第八届宋代文学国际研讨会论文集

王利民　武海军 ◆ 主编

 中山大学出版社
SUN YAT-SEN UNIVERSITY PRESS

·广州·

版权所有　翻印必究

图书在版编目（CIP）数据

第八届宋代文学国际研讨会论文集/王利民，武海军主编．—广州：中山大学出版社，2015.9

ISBN 978-7-306-05441-8

Ⅰ．①第…　Ⅱ．①王…②武…　Ⅲ．①中国文学—古典文学研究—宋代—国际学术会议—文集　Ⅳ．①I206.2-53

中国版本图书馆 CIP 数据核字（2015）第 220412 号

出 版 人：	徐　劲
策划编辑：	丁　俭　吕肖剑
责任编辑：	丁　俭
封面设计：	曾　斌
责任校对：	郭俐伽　张　静
责任技编：	何雅涛
出版发行：	中山大学出版社
电　　话：	编辑部 020-84111996，84113349，84111997，84110779
	发行部 020-84111998，84111981，84111160
地　　址：	广州市新港西路 135 号
邮　　编：	510275　　　　传　真：020-84036565
网　　址：	http://www.zsup.com.cn　E-mail:zdcbs@mail.sysu.edu.cn
印 刷 者：	广东省农垦总局印刷厂
规　　格：	787mm×1092mm　1/16　44.25 印张　1200 千字
版次印次：	2015 年 9 月第 1 版　2015 年 9 月第 1 次印刷
定　　价：	108.00 元

如发现本书因印装质量影响阅读，请与出版社发行部联系调换

第八届宋代文学国际研讨会合影纪念

目 录

宋代文学研究的前沿问题
　　——以文学与科举、党争、地域、家族、传播等学科交叉型专题为中心 …… 王水照（1）
域外汉籍中所见宋代江西诗派新资料及其价值 ………………………………… 卞东波（6）
日藏《全芳备祖》刻本时代考 …………………………………………………… 程　杰（19）
论《文苑英华》的碑志文及其类目 ……………………………………………… 陈冠明（26）
论南宋前中期的词坛风尚及尊体倾向 …………………………………………… 陈丽丽（43）
试论"嘉祐四友"的进退分合与交游唱和 ……………………………………… 陈元锋（50）
试论北宋文士对社会文化建设的贡献 …………………………………………… 崔际银（64）
泛道德思维与政治文明发展的冲突
　　——对欧阳修政治言论的重新考察 ………………………………………… 崔　铭（72）
论周密词的都市书写与情感疏离 ………………………………………………… 丁淑梅（81）
南宋的多元文化与文学流派 ……………………………………………………… 邓乔彬（89）
《绝妙好词》在清代的传刻与接受
　　——兼论项氏笺注本与查氏笺注本的关系 ………………………………… 邓子勉（98）
南北乡心自不同
　　——北宋词人贺铸与周邦彦的比较研究之一 ……………………………… 符继成（108）
宋代科举策问形态研究 …………………………………………………………… 方笑一（118）
北宋"后湖居士"苏庠考 …………………………………………… 方星移　丁　新（130）
欧阳修的经学与文学 ……………………………………………………………… 巩本栋（136）
论宋代文人的马少游情结 ………………………………………………………… 顾友泽（155）
周密诗、词之考察 ………………………………………………………………… 黄　海（166）
论宋代帝王对俗词的接受 ………………………………………………………… 何春环（174）
欧阳修的"和气"与"六一风神" ……………………………………………… 洪本健（185）
南宋祠禄官制与地域诗人群体
　　——以福建为中心的考察 …………………………………………………… 侯体健（197）
日课一诗论 ………………………………………………………………………… 胡传志（207）
张炎词在清代的接受与清代词学的建构 ………………………………………… 黄浩然（217）
黄庭坚《书磨崖碑后》的文化背景与文史互文 ………………………………… 李　贵（227）
论宋代馆驿诗的新变化 …………………………………………………………… 李德辉（238）
从《养生说》诸篇看苏轼的生死观 ……………………………………………… 李杰玲（243）
论欧阳修的公文理论与写作实践 ………………………………………………… 李黛岚（249）
经典读本的选择与宋诗雅俗观 …………………………………………………… 凌郁之（257）

篇名	作者	页码
宋代字说考论	刘成国	(266)
宋词对琵琶乐妓的描写及其审美特征	刘尊明	(281)
论宋代江西文学家族联姻对家族文学的影响	黎 清	(291)
论宋人对代名之使用与创造	罗 宁	(299)
论朱熹的古文理论	马茂军	(315)
石介对儒家雅颂诗学传统的承继	马银华	(323)
论北宋名臣韩琦的诗歌	莫砺锋	(328)
宋代《贡举条式》的艺术渊源	钱建状	(338)
论辛弃疾《贺新郎》词的传播与接受	钱锡生 雷 雯	(345)
杨万里与"诗债"	浅见洋二	(353)
日本学者内山精也的宋诗研究	邱美琼	(364)
论周紫芝其人及其诗——《周紫芝年谱》前言	任 群	(372)
宋代花判新探	沈如泉	(382)
经典缺失的诠释与补亡——论宋人对"杜甫不赋海棠"的讨论与书写	沈 扬	(390)
论唐宋词中的"生态意识"	宋秋敏	(399)
宋元之际士人阶层的分化与文学转型	沈松勤	(405)
宋初词坛沉寂原因新探	孙克强	(422)
论宋词"绝唱"	谭新红,孙欣婷	(430)
"诗律伤严近寡恩"——论"小东坡"唐庚律诗之工	唐 玲	(441)
基于诗人立场的批评——论刘克庄的诗学思想	王开春	(451)
宋诗总集三论	王友胜	(461)
论宋人以"集注"注诗	王德明	(468)
刘子翚纪事诗考论	王利民	(475)
期待视野的形成与失落——秦观"诗似小词"评价的接受学考察	王晓骊	(485)
北宋文人的地方流动及其影响论略	汪 超	(494)
翁方纲论宋诗	吴中胜	(501)
《将赴兴国别同社五君子》之五君子考	徐海梅	(510)
《六州歌头·项羽庙》与北宋初年词坛生态	许芳红	(516)
文章学对古代小说文法论之影响	杨志平	(521)
朱熹《武夷棹歌》与朝鲜理学家李退溪的次韵诗	衣若芬	(532)
试论柳永及其词在宋金时期的经典化	郁玉英	(540)
王灼行年补考	岳 珍	(549)
宋元词学批评中的词体体性论	岳淑珍	(553)
论苏轼诗学思想与书法理论的互通与互补	由兴波	(564)
唐稷生平思想考述	曾 敏	(573)

"碛砂藏"与《三体唐诗》之流传 …………………………… 查屏球（581）
观照：源于佛教的审美批评方式 …………………………… 张海沙（596）
《贺圣朝·预赏元宵》的不同文本、作年和文本关系 ……… 张明华（612）
宋人对白居易"池上"境界的仿慕及文学史意义 …………… 张再林（617）
宋代诗学视阈中的以"鬼"论诗 …………………………… 张振谦（625）
宋代"脚体"时文与元代"股体"时文 …………………… 张祝平（633）
从宋传奇看宋人的"女色"观 ……………………………… 郑慧霞（644）
从"意象"到"事象"：叙事视野中的唐宋诗转型 ………… 周剑之（651）
苏轼与临济宗禅僧尺牍考辨 ………………………………… 朱　刚（661）
《全宋诗》误收唐诗考辩（下篇） ………………………… 朱腾云（668）
论帝王词作与尊体之关系 …………………………………… 诸葛忆兵（677）
吕本中"活法"说内涵生成的理学观照 …………………… 左志南（686）
中国宋代文学学会第八届年会暨宋代文学与宋城文化国际学术研讨会综述
　…………………………………………………… 马国栋　王利民（698）

宋代文学研究的前沿问题
——以文学与科举、党争、地域、家族、传播等学科交叉型专题为中心

王水照

复旦大学

近十多年来，中国的宋代文学研究取得了颇为突出的成绩，在视野的拓展、方法的探索、材料的挖掘、队伍的建设诸多方面都取得一定的进展。就当前中国古代断代文学研究来看，宋代文学研究应是其中最为活跃、最见成果的领域之一，展示出持续发展的乐观前景。学科交叉型专题研究的蓬勃兴起，就是引人注目的倾向。其中宋代文学与科举、党争、地域、家族、传播这五者之间关系的研究，均有多部研究专著问世，备受重视，并引起讨论，可喻为"五朵金花"（20 世纪 50 年代中国历史学界争论的五个问题，当时被戏称为"五朵金花"）。这一研究方法打破了以往从文学到文学的单向研究的格局，发现不少曾被遮蔽或忽视的面相，提出值得深入探讨的新命题、新问题，便于从更广阔的大文化的全新视角上加深对宋代文学内涵的深入认识，有助于优化宋代文学研究的学理性建构，无疑是一大进步。

如科举对文学的作用，促进抑或促退，在 20 世纪 70 年代讨论唐诗繁荣原因时曾有过讨论，迄无定论。而在新出有关宋代科举的论著中，提出"两个层级"的分析方法，即"科举考试"与"科举制度"——前者对文学的作用多为负面，应试之诗文，往往阻遏创作活力；后者在读书习业、投文干谒、漫游邀誉乃至送行赠别、及第、落第等方面，则促成了诗文创作的发达。这种分析为这一聚讼纷纭的老问题，提供一个解决思路。考试科目中的各类文体的专题研究（如策论），也获得更充实的成果，甚至调整了传统的文学观念。两宋党争绵延不绝，对文人的文学创作影响深巨，尤对文风、士风的导向复杂纠葛，不少学者致力于此，作了深刻的揭示和论析。陈寅恪先生曾鲜明地提出过"地域—家族"的研究理念，用以具体考察唐代制度、政治与史学，这一观点成为他史学思想的核心之一。近来欧美学者也在这个专题上多有建树，关注于"地域性"对中国社会性质的影响，尤其着重从"家族"的角度来研究"政治精英的转变"，都直接启示了宋代文学研究者的学术视角。目前，宋代文学家族的研究方兴未艾，比如晁氏家族、吕氏家族和临川王氏家族，皆有专著出版，其中晁氏家族的研究尤较充分。从传播学的角度来考察宋代文学更是一大热点，武汉大学已俨然形成一个研究群体；关于宋词传播的方式、媒介、途径等方面，皆有新的开拓，如对男声演唱、单篇传播中的艺术媒介传播、词话和词籍序跋的传播功能、私人藏书和图书市场乃至驿递制度与传播的关系，均在文献搜集、实证研究和理论阐释上，取得很好的成绩。

学科交叉型专题研究的实践，丰富了已有的宋代文学研究成果，发现了更真实、更细致的文学图景，也有利于探讨宋代文学的一些发展规律，但似乎还需要关注以下三个问题，以求更好地达到通过学科交融来推进学术创新的目的。

一是坚持以文学为本位的原则。这里所谓的"学科交叉型专题"研究，乃指从家族、地域等学科背景上来研究宋代文学，它归根结底仍然属于文学研究，而不是建立一门独立的"文学家族学"或"文学地理学"等新学科，也不兼具什么文学学分支和家族学分支（或地

理学分支）的双重性质。拓展文学研究的外延不能导致削弱、偏离乃至湮没文学本身的地步。诚如一位西方学者所提醒，要警惕"文学研究者变成了业余的社会政治家、半吊子社会学家、不胜任的人类学家、平庸的哲学家以及武断的文化史家"（哈罗德·布鲁姆《西方正典》），忘记了作为一位文学史研究者的职责。

从20世纪90年代以来，由于受到西方社会学研究的影响，我国宋代社会史的研究逐渐兴起，研究一个家族、一个地区的论文纷纷面世，这给宋代文学研究者不少启示和促进，随即也出现不少文学与家族、文学与地理方面的研究成果。其目的是简单而明确的：即为了改变研究视角，吸取和借鉴相关学科的学术成果和方法，开拓宋代文学研究的领域和视野。也就是说，进行交叉型专题研究是出于文学研究的需要，并不是追求不同学科之间的整合。比如金克木先生1986年发布的《文艺的地域学研究设想》一文，常被主张建立"文学地理学"的学者引以为据。其实，该文旨在提倡于习见的"历史的线性探索、作家作品点的研究"之外，应"扩大到地域方面"，其本意乃在强调时空合一的多"维"研究方法，纠正流行的、单一的纵向研究的局限，并没有要建立"文学地理学"独立学科的意思。但后来在刊物上出现了建立"文学家族学""文学地理学"的呼吁（还未见公开提出建立"文学科举学"、"文学党争学"之类的口号），这就引发出一些值得深入思考的新问题。

一般说来，一门学科的成立至少应该满足三个条件：一是它有自己独特的研究对象，其研究范围的内涵和外延具有排他性；二是它要建构起学科的学术体系，有一套完整的学科范畴、术语、概念，乃至独特的研究方法和手段，具有系统性；三是应有一定的学术成果和研究队伍作为基础支撑。从这些要求来看，目前的学术准备、积累和需要，似乎还不到去建立"文学家族学""文学地理学"的时机。如果一旦真能建立起这两门独立学科，我当然也乐观其成。

宋代文学中的交叉型专题研究，当务之急还是回到最初的目标为宜，即从学科交叉处去努力发现一片新的风景——但必须是文学风景。

两宋涌现出众多的文化家族，其中具有鲜活的文学因素，具体描绘出建基在血缘关系之上，而又在家学、家风影响之下的文学创作和文学活动，呈现出真实的文学图景，应是研究这个课题的直接目的与方向。试以宋代词科设置、家族教育和骈文发展的关系作些说明。

宋代科举的科目设置历经变革，或重诗赋，或重策论，曾一度轻视对词章之才的选拔，朝廷文书质量大幅度下降。于是在宋哲宗绍圣元年始立"宏词科"（后又改称"词学兼茂""博学宏词"），直至南宋末年，共录取107人，标准甚严而颇称得人。在这一百来人中，父子三人相继中试者有三人：陈宗台、陈贵谦、陈贵谊；兄弟三人相踵者有三洪：洪遵、洪造（后改名适）、洪迈；兄弟二人荣登者更多，计六组：二吴（吴兹、吴开）、二滕（滕康、滕庚）、二李（李正民、李长民）、二袁（袁植、袁正功）、二莫（莫冲、莫济）、二王（王应麟、王应凤）。这一现象说明词科考试比起其他科目来，需要更广博的知识储备与严格的文辞训练，引导士子家庭作出针对性的应试反应，形成家学中某种专科化倾向，揭示出科举考试对形成家族文学特点的作用。这一现象还说明，南宋骈文的兴盛和繁荣与家族文学互为因果的关系，词科的制度设置，激发起士人社会和士人家族对四六文的重视和普遍肄习，在此基础上，三洪、二王以及周必大、孙觌、倪思、吕祖谦、真德秀等，均由词科出身而被称为四六名家，使南宋骈体文的成就足以与同时段的古文并肩。

二是真正打通文学学科和其他学科的交集点，善于借鉴其他学科的丰富成果，转换视角，开辟宋代文学研究的新境界。目前的有关论著，往往采取上下编的体例，先行论述其他学科的情况（如宋代科举的起源、制度、运作过程），然后转入论述它和文学的关系及其影响，两者颇有割裂之感，俗称"两张皮"。交叉型专题研究的难点和关捩点，在于真正揭示出两类事物之因果关系的真实面貌，这不是靠简单的现象类比、排列就可以奏效的，期待于学术同道长期艰苦的共同努力。这也是实现"以文学为本位"原则的具体化。

　　作家的文学创作和文学活动总是在一定的时空条件下展开和完成的，以往的文学研究偏重于"时间"的维度，从某种意义上看，我们的文学研究整体的视角、方法、问题意识、学科方向无不处在文学史书写的笼罩之下。出于改变原有视角的迫切需要，文学与地理关系研究的提出立刻得到广泛的响应，在宋代文学研究中也是如此。深入发掘地域中的文学因素，无疑是值得期待的研究领域，可以大大拓展文学阐释的广阔空间。比如研究历史上作家的地理分布就是题中应有之义，前辈学者唐圭璋就有《两宋词人占籍考》等文。不少学者指出，不能仅止于作家的籍贯分布，而应关注籍贯地理以外作家的活动地理、作品描写地理、传播地理等方面，要特别注意"地理"之于"文学"的"价值内化"作用。也就是说，有两种地理，一是作为空间形态的实体地理，一是由文学家主体的审美观照后所积淀、升华的精神性"地理"。这一见解深化了"文"与"地"关系的认识。例如欧阳修占籍江西庐陵，自然产生了"江西情结"，但他生于四川，长于随州，以后宦游各地，最后退居颍昌，一生中仅因葬母回江西一次，因而"庐陵"对他的影响不算深刻。倒是他的初仕地洛阳，对他一生的思想与文学创作起了一锤定音的作用。他在洛阳参与以钱惟演为盟主的幕僚文人集团，从梅尧臣学诗歌，从尹洙学古文，对洛阳一批文友的悼念文字，是他"六一风神"散文主体风格的最初体现。洛阳之于欧阳修，已不是一个实体意义上的地理名词，而是他的一个永不消退的记忆场景，是他人生感悟的一种象征和符号。他不断地追怀洛阳亡友，持续地吟咏洛阳牡丹和绿竹，他可能再次回到洛阳，但永远回不到他心目中那个精神性的洛阳。对于具体作家的文学创作而言，上述有关籍贯的四个层次，其作用是不等量的，对于我们文学研究者而言，宜把注意力放在这类文学与地理的实质性的关捩点上。

　　研究这个课题的学者，习惯于强调作家的故乡情结，甚至以此为基础概括出"某地域文学"或"某地域文学区"，我认为也值得斟酌。毫无疑问，中国古代文学具有显著的地域特征，在作家的地域分布和作品的地域流动上，有自己的特点和规律。但是，中国长期是一个统一的国家，遵奉的思想原则又基本一致，尤为重要的是使用统一的汉语言文字这一文学表达工具，因而能否从地域特征的基础上发展出真正独立意义上的"某地域文学"或"某地域文学区"，实在是"大体似有，定体则无"，处于疑似之间。不能把"地域文学区"与"地域文化区"这两个概念等同起来，后者植根于地域特有的历史传统、地理风貌、自然环境，以及地区的风俗习惯，尤其是方言的不同，作为"某地域文化区"是可以成立的，当然也要充分估计在历史演进过程中各地域文化相互融合的一面。试看《诗经》与《楚辞》，原是中原文化和荆楚文化的两种代表，但在秦统一以后的发展中，日益为各地区作家所共同接受和学习，《楚辞》没有发展出独立的地域性荆楚文学，《诗经》更没有这种可能，它已上升为全民族文学共同遵奉的"经"了。充其量只能形成一定时期某地域的"文学中心"或"文学交往圈"，达不到"某地域文学"所应具备的独立性与完整性。

　　要之，文学是文化的一部分，地域对文学的影响，实际上主要是通过地域文化的中介而发生作用的。地域对文化的影响力与地域对文学的影响力，两者是不能等量齐观的。还应看到，某一地区的文学能否持续地保存和发展自己的特点，也需视实际情况而定。从中国古代文学发展而言，随着时间的推移，各地文学的地域特点存在着日渐趋同的倾向。程千帆先生在评析刘师培名文《南北文学不同论》时指出:"刘君(师培)此论,重在阐明南北之始即有异,而未暇陈说其终则渐同。古则异多同少,异中见同;今则同多异少,同中见异。"(《文论十笺》)这是很敏锐的观察。近来出版的地区文学史,如《江西文学史》《福建文学史》等,数量众多,实际上只是该地区对本籍作家和客籍作家们创作的历史评述,尚未概括或提炼出该地区文学的显明的地域特色,似不能当做已然建立"文学地理学"的具体成果。

过分强调作家们的籍贯地理,有时还会遮蔽他们思想与创作的一些重要、真实的原貌。研究表明,北宋作家和南宋作家对于"故乡情结"有着明显的区别,北宋作家们固然不乏桑梓之恋,但他们随遇而安,四海为家,其最后的退居之地和卒葬之地往往不选择在故乡;而南宋作家们的家乡观念却要强烈得多,他们大都安土重迁,固守出生之地。受到"蜀人不乐仕宦"的传统影响,苏轼原也怀抱浓厚的西蜀乡土之恋,但在随后经历的三起三落、大起大落的人生波折中,他反而高唱"日啖荔枝三百颗,不辞长作岭南人""海南万里是吾乡"的诗句,甚至说"我本海南民,寄生西蜀州",他的终焉之地在常州,墓葬在河南郏县,他的弟弟苏辙晚年退居颍昌,亦卒葬于郏县,与兄同地。苏轼还有卒葬于海南的打算,"死则葬于海外",甚至说"生不挈棺,死不扶柩,此亦东坡之家风也"(《与王敏仲书》)。此外,如范仲淹葬于洛阳,不归苏州祖籍,欧阳修本意要埋于江西泷冈,最后还是在新郑安葬。其例甚多,使王士禛感叹宋世士大夫最讲礼法,但大都"仕宦卒葬,终身不归其乡",实乃"不可解"之事(《香祖笔记》)。欲深入解答王士禛的疑问,便要涉及宋代的政治、社会背景,士人们的政治生态、现实诉求,好在现存可资佐证的文学作品是大量的,又有两宋士人不同的思想和创作选择可供参酌,是能够得出较为完满的答案的。王士禛的疑问无意中揭示出文学与地理关系的一个具体交集点,循此进行研究,可求"以文学为本位"的原则不致落空。

三是对文学研究中社会学化的倾向(如计量统计法)有所警觉,不能完全脱离文学研究一套行之有效的方法,要注意从方法论上落实"以文学为本位"这一原则。层出不穷的图表统计,目眩神迷的数字泛滥,貌似科学的剖析毫末,有时并不能真正说明问题,反而是增添困惑。

武汉大学编纂的《宋词排行榜》《唐诗排行榜》问世后,引起热烈的争论。编者把苏轼《念奴娇·赤壁怀古》和崔颢《黄鹤楼》分别列居宋词和唐诗的榜首,因而引发读者"炒作湖北"之质疑。编者们任职于武汉大学,苏词、崔诗均写于鄂地,但笔者认为这纯属巧合,实乃是编者依据自己所定标准所计量的统计结果,也无"炒作"的必要,他们真诚追求学术真理的尝试,是无可置疑的。透过激烈争辩之声,学者们自能发现一些未曾发现过的学术内涵:排行榜只是测定相关作品在历史行程中的关注度和影响力的大小,而不是评价入榜作品的艺术价值和思想意义的高低。它的意义在于一定程度上直观地揭示出历代的诗歌审美标准在不断改变,诗歌的潜在含义在不断地被发现,因而不失为一种研究手段。

然而,进一步推究这种研究手段,应该承认乃是部分地反映出文学学科传统研究方法与社会学计量统计方法的不同。以《宋词排行榜》为例,它在方法上明显借用计量统计法,一切用数据来判断,最终排出100首最具影响力的宋词的名次。据编者介绍,其数据主要来源于五个途径:一是选取宋元明清以来的宋词选本107种,用以统计每首词作的入选次数;二是互联网搜索引擎谷歌和百度所链接的关于宋词的网页数目;三是吴熊和《唐宋词汇评·两宋卷》中关于宋词的评点资料;四是20世纪有关宋词赏析和研究的单篇论文;五是依据《全宋词》《全金元词》等历代词总集来统计历代词人追和宋人词作的篇数。整体设计还是颇费心思的。但结论是否科学、是否可以据信，却受到两方面的制约：一是现存文献的分布不均衡性。就以上述五个途径的材料而言，本身就是无法穷尽的，而能够搜集到的材料又具有不可避免的不平衡性，或较完备，或缺漏较多。如历代宋词选本这一项，在《宋词排行榜》的"五个途径"，即指标中，权重占50%，起着最重要的作用。但在选用的107种选本中，情况又千差万别：从时代来看，各代有各代的不同侧重；从选本性质上看，又有专家选本与普及性选本乃至两者结合的选本的差别。它们的思想倾向、主题诉求、艺术风格、审美爱好各不相同，要获得一个合理客观的平衡几乎是不可能的。二是对材料的采择选取很难避免主观性。比如对苏轼的《念奴娇·赤壁怀古》，在一般选本中受到青睐，自可理解，但像清末民初朱孝臧的《宋词三百首》，这首词在初编中虽被选入，但在"重编稿本"中却被删除，故现在通行本无此词。朱氏乃清末词坛四大家之一，他的这部词选以"浑成"为宗旨，并为所谓"重拙大"一派立帜树范。他对于苏轼《念奴娇·赤壁怀古》先取后删的态度，对于评估此词的"关注度和影响力的大小"具有特别的分量，显然不能跟其他一般选本等量齐观。新世纪以来，用"宋词三百首"为名的选本就有180余部，其中大多即是沿用朱孝臧所编的《宋词三百首》中的词作书，可见其"关注度和影响力"至今不衰，但它与其他选本一样，也只有一票的权利。但这一富于学术价值的信息，在《宋词排行榜》中却无法得到反映。编者在《前言》中也举过朱氏此例，一时亦难有应对之策。

　　要之，由于现存文献分布的不均衡性，加上对材料选取的主观性，西方社会学所常用的计量统计方法的可信度是要打折扣的，未必优于从文献记载中直接分析所得的结论。诚如王兆鹏教授后来所说，在研究文学的传播与接受问题时，"应该注意两个结合、两个并重：实证研究与理论阐释相结合，传播、接受研究与创作、文本研究相结合；界内研究与跨界研究并重，基础理论研究与实务应用研究并重"（《中国社会科学报》2014年9月24日），这在方法论方面提出了十分重要而切实的原则。

域外汉籍中所见宋代江西诗派新资料及其价值

卞东波

内容摘要：江西诗派是宋代影响最大的诗歌流派，其二十五位诗人有一半以上没有文集存世，有些诗人仅有数首诗歌存世，但在域外汉籍中还保存着不少的江西诗派新资料，如《唐宋千家联珠诗格》中有两位江西诗人的佚诗，《续新编分类诸家诗集》则有十一位诗人的二十九首佚诗，为近年来发现的最大宗的江西诗派佚诗。域外汉籍除了有巨大的辑佚价值外，亦有很高的学术价值。《联珠诗格》对入选的诗歌都有编者蔡正孙的评点，可与同时代方回《瀛奎律髓》的评点及刘辰翁的诗歌评点相并观。《联珠诗格》有朝鲜学者徐居正等人的增注，这些注释既释事又释意，是东亚学术史上最早的江西诗派诗歌的注释之作。日本汉籍宇都宫由的的《锦绣段详注》及佚名的《续锦绣段抄》中有十数首江西诗派诗歌的注释，注释详而精审。总之，这些域外汉籍中所见的江湖诗人新资料，可以丰富我们对江西诗派的认知。

关键词：江西诗派　域外汉籍　《续新编分类诸家诗集》　《锦绣段首书》　《续锦绣段抄》

江西诗派是宋代最有影响也是最有代表性的诗歌流派，其影响从北宋中后期一直持续到晚宋，甚至到晚清还馀韵袅袅。文学史上对江西诗派的评价与宋诗地位升沉起伏息息相关，在宋诗受到贬斥时，江西诗派也必然受到批评。随着宋代文学研究的深入以及宋诗研究的升温，江西诗派的研究也日益成为学术界的热点。二十世纪八十年代以来，学术界越来越重视江西诗派的研究，发表了一系列的专著和论文，取得了很大的进展[①]。但江西诗派研究的突破，受制于有关江西诗派文献的有限，故对其研究也只能集中在黄庭坚、陈师道等大家上，而对其他诗人研究还有待进一步推进，这就需要从更广阔的视野下发掘有关江西诗派的新资料。江西诗派二十五位诗人中，有一半以上的诗人没有留下文集。笔者曾在陈起所编的《圣宋高僧诗选》中发现江西诗派诗人释善权的多首佚诗[②]，近来笔者又在域外汉籍中发现数十首江西诗派诗人的佚诗，同时域外汉籍中还有不少江西诗派诗歌的注释，这可能是除黄庭坚、陈师道、陈与义之外，东亚学术史上对江西诗人最早的研究。

---

① 有关江西诗派的研究，参见傅璇琮编《黄庭坚和江西诗派资料汇编》（中华书局1978年版）、龚鹏程《江西诗社宗派研究》（文史哲出版社1984年版）、莫砺锋《江西诗派研究》（齐鲁书社1986年版）、伍晓蔓《江西宗派研究》（巴蜀书社2005年版）、韦海英《江西诗派诸家考论》（北京大学出版社2005年版）、王琦珍《黄庭坚与江西诗派》（江西高校出版社2006年版）、黄启方《黄庭坚与江西诗派论集》（国家出版社2006年版）。

② 卞东波：《南宋诗选与宋代诗学考论》第四章《陈起〈圣宋高僧诗选〉丛考》，中华书局2009年版。

一

宋人于济、蔡正孙（1239—？）合编的唐宋诗歌总集《唐宋千家联珠诗格》二十卷是一部大型的唐宋诗歌总集，共收唐宋时代600多位诗人1 000多首七言绝句，这其中入选江西诗派诗人黄庭坚（十九首）、陈师道（七首）、陈与义（十四首）、韩驹（三首）、徐俯（一首）、晁冲之（一首）、谢逸（二首）、谢薖（一首）、林敏修（一首）、释祖可（二首）十位江西诗派诗人五十一首诗，其中谢逸、林敏修各有一首佚诗。《联珠诗格》最大的价值在于，每一首诗都有蔡正孙的评点，这些评点可与同时代方回《瀛奎律髓》的评点以及刘辰翁的唐宋诗歌评点相辉映，是研究宋元之际诗学批评的新资料。中国古代的诗歌评点肇始于宋元之际，方回《瀛奎律髓》之评长似一则诗话，因为方回笃信江西诗派的诗学，其论诗兼具艺术评鉴、历史批评及理论阐发；蔡正孙与刘辰翁的评点短而有味，多从艺术鉴赏与写作技巧的角度出发，如《联珠诗格》卷二评陈师道《东禅》第二句云："下字精切。"指出此句在用字上精致而恰切。卷一一评陈与义《次韵》首联云："句法、字面皆不俗。"同卷评黄庭坚《呈孙莘老》首联云："二句对得老成，山谷诗之妙处。"卷一六陈与义《赋诗亭》首联亦云："对联老成。"蔡正孙曾经与诗友组织过诗社，蔡正孙的诗学批评比较重视诗歌的技巧层面，如下字、句法、对偶等，很可能与诗社的活动有关[1]，也可能与《联珠诗格》接受的对象是蒙童有关，这从一方面显现出晚宋诗学中世俗化的一面。不过蔡评也有部分历史批评，对所评之诗能知人论诗，如《联珠诗格》卷一二评陈师道《题柱》一诗：

> 桃李摧残风雨春，天孙河鼓隔天津。托兴谓桃李则有风雨之摧，牛女则有天河之隔。
> 主恩不与妍华尽，何限人间失意人。后山少贫，不得志，以东坡荐为徐州教，复被论罢。此诗因写其志。

陈师道这首诗所用意象，如"桃李"等有明显的托寓意味，任渊《后山诗注》卷五有此诗之注，阐释了诗中的典故，仅在最后一个注说："士不遇多矣，何独女子哉。"亦没有将其与陈师道的个人际遇结合起来，蔡评提供的历史语境对理解此诗帮助更大。

《联珠诗格》在元代以后就从中国本土失传，但一直在古代朝鲜和日本流传，目前仅有朝鲜版与和刻本存世。此书在朝鲜和日本非常流行，朝鲜学者徐居正（1420—1488）等人还在蔡评的基础上，对该书的每首诗做了补充注释，编成《联珠诗格增注》一书，这其中就有对五一位江西诗人诗歌的注释，这是东亚学术史上最早，也是比较集中地对江西诗派诗歌的研究。徐居正是朝鲜时代著名的学者，曾经编纂过《东文选》，也著有朝鲜历史上最早的诗话《东人诗话》，他对中国诗学非常熟悉[2]，所以他领衔注释，使这部增注在学术上取得很大的成绩，即使从今日古籍整理的眼光来看，也是非常出色的。下面以《联珠诗格》卷六陈师道《自况》一诗增注为例：

---

[1] 参见卞东波《南宋诗选与宋代诗学考论》第八章《〈唐宋千家联珠诗格〉与宋代诗学》中《吟社中的诗学》一节。

[2] 参见张伯伟《〈东人诗话〉与宋代诗学——以文献出典为中心的比较研究》，《域外汉籍研究论集》，北京大学出版社2011年版，第109～126页。

自况 增注 况，比拟也。后山尝作二绝句以自况，此其一也。其一绝云："春风永巷闲娉婷，长使青楼误得名。不惜卷帘通一顾，怕君着眼未分明。"陈后山

当年不嫁惜娉婷，增注 李山甫诗："当年未嫁还忧老。"杜诗："不嫁惜娉婷。"娉，滂丁切。婷，达丁切，美好也。傅白施朱作后生。增 宋玉对楚王曰："天下之佳人，莫若楚国；楚国之丽者，莫若臣东家之子者。著粉则太白，施朱则太赤。眉如翠羽，肌如白雪。"说与旁人须早计，增注《庄子》："且汝亦太早计。"随宜梳洗莫倾城。后山此诗，山谷云："顾影徘徊，眩耀太甚。"增注 李延年歌："北方有佳人，绝世而独立。一顾倾人城，再顾倾人国。"○此诗后山以处子自比，言少时不轻许人，自惜美好。今则衰矣，唯事脂粉，以作后生。寄语旁人，宜须早计，不必妍，以至于倾城也。盖比士生斯世，当早图立身，不可虚度日月，以至于失时也。元丰间，曾南丰修史，荐后山有道德，有史才，乞自布衣召入史馆。命未下，而曾已去。后山感其知己，作《妾薄命》二首，以自悲，盖亦此诗之意。

任渊《后山诗注》未注此诗。从蔡评可见，后山的同时人，如黄庭坚似乎对此诗也有微词（原始出处见《苕溪渔隐丛话》前集卷五十一引《王直方诗话》），可见山谷亦不能洞悉后山内心之苦楚。但我们看《增注》，不但将此诗中的语典解释得清清楚楚，而且还有一段很长的诗意解说，将此诗的历史背景以及后山的寄托之意全部阐释出来，深得后山之心曲。这也是徐居正等人《增注》的特色，即重视文本字义、典故疏通的同时，也注重诗意的阐发。再如卷六解释陈与义《墨梅》"粲粲江南万玉妃，别来几度见春归。相逢京洛浑依旧，唯恨缁尘染素衣"云："粲粲玉妃，状梅本色；缁尘染素，状墨梅。言曾于江南粲粲然矣，今相别几岁，而乃在京华变成缁也。"卷一六解释黄庭坚《答送菊》"病来孤负鸬鹚杓，禅板蒲团入眼中。浪说闲居爱重九，黄花应笑白头翁"云："此诗言，我病不饮，以负酒杯，便似坐禅，禅板、蒲团已入于眼中矣。凡人浪说闲人爱九日也，然我则虽闲而不饮菊，必笑我老翁之衰白也。"虽然都比较简洁，但也将诗意串讲得非常清楚。

我们再比较一下黄庭坚《呈孙莘老》一诗的任渊之注与徐居正等人的增注，可以看出两者的不同特色：

任渊《山谷内集诗注》卷十	《联珠诗格增注》卷十一
九陌黄尘乌帽底，五湖春水白鸥前。《三辅旧事》曰："长安城中，八街九陌。"退之诗："子云只自守，奚事九衢尘。"又诗："虽有九衢无尘埃。"《乐府·读曲歌》曰："不知乌帽郎是谁。"《越语》曰："范蠡遂乘轻舟，以泛于五湖。"老杜诗："时危兵甲黄尘里，日短江湖白发前。"此颇用其语律。扁舟不为鲈鱼去，收取声名四十年。《晋书·张翰传》：齐王同辟为掾，因见秋风起，乃思吴中菰菜莼羹鲈鱼鲙，曰："人生贵得适志，何能羁官数千里，以要名爵乎？"遂命驾而归。俄而同败，人谓见几。老杜诗："夫子独声名。"又赠郑虔诗："才名四十年。"	九陌黄尘乌帽底，五湖春水白鸥前。二句对得老成，山谷诗之妙处。增注《三辅旧事》："长安城中，八街九陌。"乐府："不知乌帽郎是谁。"扁舟不为鲈鱼美，收取声名四十年。非役志于功名者。增注 杜诗："夫子独声名。"又"才名四十年"。○元祐三年九月，莘老以御史中丞提举醴泉观，寻以疾，坚请外，提举舒州灵仙观。山谷喜莘老得归，作此诗。言宦者奔走于尘埃，散逸者自得于江湖，今辞名宦而就江湖。扁舟而去者，岂为鲈鱼口业之所使，盖收取四十年之功名，而欲自全之也。

从以上的比较可见，任渊注基本上遵从江西诗派所说的"无一字无来历"理论，以释事为主，努力找到黄诗每一个典故的出处。《增注》在注释上几乎本于任注，但最后有一段比较长的诗意阐释，将此诗的背景以及诗歌大意都解释得非常清楚。这固然是为了适应朝鲜读者的需要，但对于今天的读者来说，更需要释事又释意，所以《增注》中的这些注释在今天其意义仍不可忽视。

《联珠诗格》保存了约300首宋人佚诗①，其中就收有江西诗派诗人谢逸与林敏修各一首佚诗，现将两诗、蔡注及增注辑录如下：

梅花　谢无逸

约束幽香夜闭关，增注 关以木横持门户也。《易》："至日闭关。" 斩新霜露玉肌寒。下语尖新。增注 东坡诗："斩新一朵含风露。" 莫教醉里风吹尽，留取醒时子细看。此联有工部诗体。增注 教，平声，使之为也。杜诗："更把茱萸仔细看。"○此言爱梅之幽香，而约束之，当夜闭门，使不得放去。其梅之霜露玉肌斩新而寒矣，第恐醉里造次之间，风吹零谢，故曰"莫教吹尽"也。"留取醒时子细看"者，盖爱梅之至，不容易醉赏而欲待醒时子细看也。老杜云："不如醉里风吹尽，可忍醒时雨打稀。"此诗翻一转意。○杜诗："斩新花蕊未忘飞。"（卷五）

砚屏　林子来

露苇霜荷落晚风，数行归雁下秋空。此是描写屏间所作景物。何人收拾江湖景，都在明窗净几中。见得是砚屏。增注 东坡诗："赖有高楼能聚远，一时收拾与闲人。"谢叠山诗："明窗净几有宿契。"○此言苇也、荷也、雁也，皆江湖之景，而移画砚屏间也。（卷四）

谢逸（1068—1112），字无逸，号溪堂居士，临川（今属江西）人。《直斋书录解题》卷十七著录："《溪堂集》二十卷，临川谢逸无逸撰。"又《直斋书录解题》卷二〇著录："《溪堂集》五卷，补遗二卷，临川谢逸无逸撰。"原集已佚，清四库馆臣据《永乐大典》辑为《溪堂集》十卷（其中诗五卷）。《全宋诗》卷一三〇七——一三一二录其诗六卷。《四库全书总目》称其诗"虽稍近寒瘦，然风格隽拔，时露清新"②。林敏修，字子来，号漫郎，蕲春（今属湖北）人。《直斋书录解题》卷二〇著录其有《无思集》四卷，已佚。《全宋诗》卷一〇七四录其诗九首。

蔡正孙的评点仍以技巧分析为主，如评谢逸"斩新霜露玉肌寒"一句云："下语尖新。"所谓"尖新"是蔡正孙经常使用的批评术语，意为用语新颖深刻。徐居正等人的增注的学术性很强，对这两首诗的注释皆能引用唐宋诗人的诗歌来彰显这两位江西诗派诗人诗歌的诗学渊源，如谢逸之诗的第二联，蔡评仅云"此联有工部诗体"，而增注则详引杜甫原诗以证其句法来源。又引杜甫另一首诗，指出韩驹此诗是对杜诗的翻案："此诗翻一转意。"于斯可见，江西诗派诗人虽以杜甫为祖，但并不完全对杜甫亦步亦趋。另外，《增注》对两诗的诗意解释，亦清通简要。

---

① 参见卞东波《〈唐宋千家联珠诗格〉中〈全宋诗〉佚诗辑考》，载南京大学古典文献研究所编《古典文献研究》第八辑，凤凰出版社2006年版。
② 《四库全书总目》卷一五五"《溪堂集》提要"，中华书局1965年影印本，第1338页。

总之，域外汉籍《联珠诗格》及其增注不但有很高的文献价值，同时在江西诗派诗歌的评点以及诗意阐释方面都有不可忽视的价值，值得今天的学者加以利用。

二

日本镰仓（1185—1333）与室町时代（1338—1573），当时的五山禅僧为了研习中国古典文学，编纂了一些适合日本禅僧口味的中国诗歌总集，其中规模较大的是江西龙派（1375—1446）所编的《新选分类集诸家诗卷》（下简称《新选》）及慕哲龙攀（？—1424）、瑞岩龙惺（1384—1460）所编的《续新编分类诸家诗集》（下简称《新编》）。江西龙派，号木蛇、续翠，又号晚泊老人等，为日本临济宗黄龙派僧，曾为京都建仁寺、南禅寺住持。著有《江湖风月集》的注释《江湖抄》，苏轼诗的注释《天马玉津沫》以及杜甫诗的注释《杜诗续翠抄》[①]。他所编的《新选》分为19类，共收诗1 200馀首。慕哲龙攀亦为临济宗黄龙派僧侣，与江西龙派同师建仁寺名僧一麟一庵（1329—1407），后亦为建仁寺之主持[②]。瑞岩龙惺，别号蝉庵（蝉闇）、稻庵，临济宗黄龙派僧。亦从一麟一庵问学，又从法兄江西龙派、慕哲龙攀学习诗文，后为建仁寺、南禅寺主持，著有《蝉闇稿》[③]。《新编》分为25类，共收诗约1 300首。这两部总集在日本从来就没有刊刻过，仅以抄本形式存世，此两书具有极大的文献价值。这两部总集共选了中国唐至明数百位诗人的2 500多首诗，其中宋诗最多，这其中就有约三十首中国文献未见的江西诗派诗人佚诗。这些佚诗全部收录于《新编》中，《新选》未录，下文括号中标注该诗在原书中所属类别。

林敏功二首
送梅花赠蒲元礼
官梅虽近有谁知，渠共诗人似有期。记得去年携酒处，竹间初折半斜枝。（草木）
探　梅
庾岭经由九月时，南人已说探梅迟。江淮地冷君休笑，岁岁清香雪压枝。（草木）

按：林敏功，字子仁，蕲春（今属湖北）人。哲宗元符末诏征不赴，与弟敏修以文字终老，世号"二林"。徽宗政和中，他被赐号高隐处士，著有《蒙山集》《高隐集》七卷，已佚。《全宋诗》卷一〇七四录其诗八首，上两诗未收。

林敏修一首
乞　金　沙
梦里春归总不知，金沙压架尚低欹。晓来风恶应飘尽，分我红香一两枝。（草木）

---

① 江西龙派生平参见上村观光编《五山诗僧传》，东京民友社1912年版，第201～203页；又参见玉村竹二《五山禅僧传记集成》，东京讲谈社1983年版，第220～221页。
② 慕哲龙攀生平参见上村观光编《五山诗僧传》，第207页；又参见玉村竹二《五山禅僧传记集成》，第592页。
③ 瑞岩龙惺生平参见上村观光编《五山诗僧传》，第217～219页；又参见玉村竹二《五山禅僧传记集成》，第339～341页。

潘大临三首
次韵何生梅花
霜枝依旧发春早，老境无端上鬓毛。未拟落英浮竹叶，且容下榻广离骚。（草木）
壬申四月二十七日过南塔见鲁直壁间诗句因次韵
扫壁僧坊识字踪，淋漓诗句自生风。右丞放逐公为县，俱在江南烟雨中。（简寄）
遇途中寄舍弟
城头更漏落寒声，烛下文书照眼明。政以此时跌足坐，从来蛮触自销兵。（杂赋）

按：潘大临（1060—1108），字邠老，号柯山（《别号录》卷一），其先为闽人，后徙家黄州（张耒《柯山集》卷四〇《潘大临文集序》）。《直斋书录解题》卷二〇著录："《柯山集》二卷，齐安潘大临邠老撰。"《柯山集》已佚，《两宋名贤小集》中存《潘邠老小集》一卷，《全宋诗》卷一一八九录其诗三十余首，残句若干，以上三诗未收。

晁冲之一首
西　轩
简编遮眼送馀生，老境人情一羽轻。独喜西轩千个竹，最先群物报秋声。（居室）

按：晁冲之，字叔用，一作用道，济州巨野（今山东巨野）人。冲之因党争隐居具茨山下，世称具茨先生。著有《晁具茨先生诗集》十五卷。《全宋诗》卷一二二八——二四二收其诗十五卷，上诗未收。

洪朋二首
题南海僧舍
粤山寂寞荔枝红，一叶飘零蜃气中。昨夜已闻钟鼓韵，上方馀响落秋风。（释教）
谢无逸惠诗并橘
故人怜我何所赠，汝水之湄三寸柑。欲辨五言报厚意，初无妙句近周南。（食服）

按：洪朋（1060—1104），字龟父，号清非居士，南昌（今属江西）人。黄庭坚甥，与兄弟刍、炎、羽并称"四洪"。《直斋书录解题》卷二〇著录："《清非集》一卷，豫章洪朋龟父撰。"[1] 此集已佚。清四库馆臣据《永乐大典》辑为《洪龟父集》二卷，《全宋诗》卷一二七八据之录入，上诗未收。

释祖可十首
春　日
苍崖古木霭烟罗，日暖风调松韵和。节物俄经正月后，舍南舍北鸟啼多。（节序）
清明戏作小诗简庆上人
野水横来满竹池，一番风雨润花时。幽禽行破青苔色，飞上海棠人不知。（节序）

---

[1] 《文献通考》卷二四四作"清非集"，《永乐大典》引作"清虚集"。

新　秋

雨歇蘧蒢秋暗生，高林凉叶未知惊。炎蒸思客元无用，新月故人双眼明。（节序）

忆庆上人

江国秋风仍未回，萧萧晚木夜猿哀。禅心应已疏文字，不见新诗凭雁来。（释教）

香林许建茶作诗促之

竹窗凉叶已扶疏，满地馀红不扫除。午梦初回一瓯雪，却来风榻理残书。（释教）

赠　别

地远情深不怕猜，独怜行役若相催。他时定有相思梦，寄与淮南月影来。（送别）

赠　别

成阴桃李绿无波，奈此春闲客去何。别后归心知有处，渡江杨柳晚风多。（送别）

道中口占

淡烟丛竹小池塘，菱叶蒲梢亦自香。一霎清风吹过雨，绿波如画浴鸳鸯。（游览）

春　日

数番风雨清明后，江国无多桃李花。断送松窗烟渚梦，满瓯春雪啜新茶。（杂赋）

春日岭南

一枕江南梦欲回，萧萧风雨五更来。平明花絮卷春去，满眼翠阴愁绿苔。（杂赋）

按：释祖可，字正平①，俗名苏序，丹阳（今属江苏）人。苏坚子，苏庠弟。又因为患有皮肤病癞病，故被称为"癞可"②，与被称为"瘦权"的释善权齐名。其文集今已佚，《宋史·艺文志》著录《释祖可诗》十三卷，陈振孙《直斋书录解题》卷二〇著录："《瀑泉集》十二卷，僧祖可正平撰。"③ 又《通志》卷七〇著录释祖可有《东溪集》十二卷。可能《瀑泉集》与《东溪集》为同一书。《东溪集》已佚，现在可见的释祖可诗仅为三十二首④。本文所辑新见祖可十首佚诗，为近年来发现的数量最多的祖可之诗，占其今存所有诗歌的四分之一。

汪革一首

春　日

茧丝愁绪分头乱，电影年华掠眼光。底处心情是真实，个中事业要平章。（杂赋）

按：汪革（1071—1110），字信民，号青溪，临川（今属江西）人。《直斋书录解题》卷二十著录："《青溪集》一卷，临川汪革信民撰，吕居仁序之。"⑤ 已佚。《全宋诗》卷一

---

① 释祖可，在古代文献中又被经常称为"可正平"，又被误作"何正平"，两者实为一人。参见张福清：《释祖可、何正平其人及诗辨正》，载《韩山师范学院学报》2011年第1期。其实，《全宋诗》所录"孙正平"之诗，亦实为释祖可之诗，如《全宋诗》第72册，第45461页所录孙正平诗《春日岭南》亦见于《新编》，作者正作释祖可，所以此诗亦应移至释祖可名下。

② 《西清诗话》卷下云："近时诗僧祖可，被恶疾，人号'癞可'。"见张伯伟先生编《稀见本宋人诗话四种》，江苏古籍出版社2002年版，第227页。

③ 《文献通考》卷二四五著录《瀑泉集》为十三卷，疑误。

④ 《全宋诗》卷一二八八著录释祖可诗二十八首，加上何正平名下一首，以及张福清先生所辑的二首，共有三十一首，参见张福清：《释祖可、何正平其人及诗辨正》。如果加上孙正平之诗，则为三十二首。

⑤ 清同治《临川县志》卷四二载其著有《青溪类稿》，疑即此集。

三〇一录其诗七首,上诗未收。

谢逸二首
石上小楼
架岩凿石结层楼,楼外清江衮衮流。想见夜深风月冷,一声横笛满山秋。(居室)
次韵饶正叔游明水寺
早依颜巷论三益,晚悟曹溪净六尘。记得山中行乐处,醉书大字脸生春。(游览)

夏倪四首
栽竹
淇园苗裔独修修,草木中为第一流。会见他时撼风雨,伴君萧瑟赋悲秋。(草木)
次韵赵守中春日
翠袖分镜日欲斜,两行腰鼓贴金花。路人指点公归处,十朵姚黄压帽纱。(游览)
次韵九兄舟中
身从烟际牵渔父,耳到城边悲暮笳。可是一般无着处,夜深风雨倚蒹葭。(杂赋)
次韵九兄舟中
仰看斗柄辨东西,深下牂牁宿钓矶。多谢秋风一千里,为吹归梦到兰溪。(杂赋)

按:夏倪,字均父,蕲州(今湖北蕲春东北)人。夏竦之孙。《直斋书录解题》卷二〇著录:"《远游堂集》二卷,知江州、蕲春夏倪均父撰。"此集已佚,《两宋名贤小集》卷六〇八存其《五桃轩集》一卷。《全宋诗》卷一三一八录其诗十九首,残句若干,以上四诗未收。

徐俯二首
寄商老
李侯佳句似阴铿,四壁萧然枕曲肱。湖水满时还访戴,竹风清处更寻僧。(简寄)
春日溪上作时归自大梁
潜溪碧沼鉴尘容,微雨不遮天柱峰。斜日落花人散后,淡烟楼阁数声钟。(游览)

按:徐俯(1075—1141),字师川,洪州分宁(今江西修水)人,黄庭坚外甥,其作诗颇受其舅父之指导。《直斋书录解题》卷二〇著录其有《东湖集》三卷(《宋史》本传作六卷),原集已佚。《两宋名贤小集》卷一〇四有《东湖居士集》一卷,《全宋诗》卷一三八〇录其诗为一卷,以上二诗未收。

释善权一首
次韵友人秋雨书怀
秋来积雨欲生鱼,卧看蛛丝冒屋除。穷巷萧萧隔深辙,应知不枉故人车。(杂赋)

按:释善权,字巽中,俗姓高,靖安(今属江西)人。与释祖可齐名,《西清诗话》卷下载:"善权老亦能诗,人物清癯,人目为'瘦权'。"《直斋书录解题》卷二〇著录:"《真隐集》三卷，僧善权巽中撰。靖安人，落魄嗜酒。"其集已佚。《宋诗纪事补遗》卷九七补其诗一首。《宋诗纪事补正》录其诗二十一首，失题二首，残句三联。《全宋诗》卷三七四〇录权巽诗二首，实为善权之诗①。

　　以上共辑得江西诗派诗人林敏功、林敏修、潘大临、晁冲之、洪朋、释祖可、汪革、谢逸、夏倪、徐俯、释善权十一人凡二十九首诗。在宋代就有人编纂江西诗派的总集，陈振孙《直斋书录解题》卷十五著录："《江西诗派》一百三十七卷，《续派》十三卷：自黄山谷而下二十五家，又曾纮、曾思父子诗。详见《诗集类》。"②同书卷二〇《诗集类》下著录：林敏功《高隐集》七卷，林敏修《无思集》四卷，潘大临《柯山集》二卷，谢逸《溪堂集》五卷、《补遗》二卷，谢薖《竹友集》七卷，李彭《日涉园集》十卷，洪朋《清虚集》一卷，洪刍《老圃集》一卷，洪炎《西渡集》一卷，韩驹《陵阳集》四卷、《别集》二卷，高荷《还还集》二卷，徐俯《东湖集》三卷，吕本中《东莱集》二十卷、《外集》二卷，晁冲之《具茨集》十卷，汪革《青溪集》一卷，饶节《倚松集》二卷，夏倪《远游堂集》二卷，王直方《归叟集》一卷，李錞《李希声集》一卷，杨符《杨信祖集》一卷，江端本《陈留集》一卷，凡二十一种，九十二卷。《陈留集》下陈振孙注明："以上至林子仁（敏功）皆入《诗派》。"二十五位江西诗派诗人的文集，大部分已经亡佚，仅有谢逸《溪堂集》、谢薖《竹友集》、李彭《日涉园集》、晁冲之《具茨集》、洪刍《老圃集》、洪炎《西渡集》、韩驹《陵阳集》、徐俯《东湖集》、吕本中《东莱集》、晁冲之《具茨集》、饶节《倚松集》传世，但这些文集大部分都是后人的重编本，宋代的原本早已散佚③，所以江西诗人还有一定数量的佚诗亦属正常。笔者怀疑这部江西诗派总集可能东传到日本，因为笔者发现《新编》在选录江西诗人诗歌时，这些江西诗派诗人的作品基本上是排在一起的，这说明选者可能正好是从同一部书中集中选这些诗歌的。

　　《新编》保存的这批佚诗非常难得，如林敏功、林敏修之诗，在宋代时就比较罕见，刘克庄《江西诗派小序》云："二林诗极少，曾端伯作《高隐小传》云，有诗文百二十卷，今所存十无一二。兄弟皆隐君子，不但以诗重。"今人所编《全宋诗》所辑也不过十数首，《新编》则保存了这两人三首佚诗，显得异常珍贵。再如潘大临与苏轼、黄庭坚、张耒多有交往，诗学受苏黄影响最深，黄庭坚曾称："潘邠老蚤得诗律于东坡，盖天下奇才也。"④ 宋人章定所编《名贤氏族言行类稿》卷一六云其"专学山谷为诗"。释惠洪《冷斋夜话》卷四云："黄州潘大临工诗，多佳句，然甚贫，东坡、山谷尤喜之。"本文新辑潘大临佚诗多达三首，《壬申四月二十七日过南塔见鲁直壁间诗句因次韵》还是次韵黄庭坚的诗，诗中的"壬申"为元祐七年（1092），韦海英《潘大临考论》中《潘大临行年考》未考，此诗可以补潘氏生平之遗事。晁冲之在二十五位江西诗人中，创作实绩亦不俗，刘克庄《江西诗派小序》称其"意度宏阔，气力宽馀，一洗诗人穷饿酸辛之态"，"南渡后惟放翁可以继之"。《新编》中所存的《西轩》一诗可能作于其暮年，颇可以窥见其晚年之心境。洪朋是黄庭坚

---

① 参见周裕锴《略谈唐宋僧人的法名与表字》，载台湾大学《佛学研究中心学报》2004 年第 9 期，第 123 页。
② 这部江西诗派总集，由程叔达刊于江南西路安抚使任上，参见杨万里《诚斋集》卷七九《江西宗派诗序》，以及陆九渊《象山先生全集》卷七《与程帅书》。
③ 黄宝华先生认为谢薖、韩驹、饶节的集子还保存着总集的原貌，参见黄宝华《〈江西诗社宗派图〉的写定与〈江西诗派〉总集的刊行》。
④ 《山谷集》卷二〇《书倦壳轩诗后》，文渊阁《四库全书》本。

之外甥，黄庭坚称："龟父笔力可扛鼎，它日不无文字垂世。"① 刘克庄《江西诗派小序》亦谓"龟父警句，往往前人所未道"。从其《题南楼僧舍》一诗确实可见其奇警之处，如"上方馀响落秋风"一句，"秋风"本为虚物，此诗将其描写为可以从天而"落"，化虚为实，暗写秋天一夜而至的情景。释祖可在北宋诗僧中创作颇有特色，宋人对其诗评价也较高，《诗话总龟》后集卷一二云："僧祖可俗苏氏伯固之子，养直之弟也，作诗多佳句。"又周紫芝云："读正平五字诗，如大儿食藕。……曩时人问可郎诗何如？仆尝应之曰：'可公诗其苦腴相半，颇似韦应物，至其骨清而气秀，则又仿佛孟浩然辈，唐以来诗僧所未有也。'"② 所谓"苦腴相半"可能指的是祖可之诗受黄庭坚影响，讲究无一字无来处，所以诗作比较劲瘦苦涩③；同时他又能努力避免这一点，济之以唐人之风，主要是孟浩然、韦应物一派的诗风。《全宋诗》中存其诗三十余首，但据本文辑补，又可以增加十首之多。我们读释祖可的十首佚诗，以及今存的约三十首诗，鲜有堆砌典故或资书以为诗之作，大多平淡自然。这批佚诗的发现，对于我们整体上研究江西诗派，以及对这些诗人的具体认识，都有很大的帮助作用。

以上佚诗透露的信息，还可以和传世文献相印证，如林敏功《送梅花赠蒲元礼》中的"蒲元礼"，现存资料多有记载，其与黄庭坚、林敏功皆有交往，《山谷集外集》卷一二有《送蒲元礼南归》、外集卷一三有《次韵答蒲元礼病起》《山谷集》卷一九有《与王观复书三首》其一亦云："庭坚顿首启，蒲元礼来辱书，勤恳千万。"《送蒲元礼南归》云："元礼佳少年，俊气欲无敌。文章诗最豪，溟涨助笔力。"《次韵答蒲元礼病起》云："君诗入手似闻韶。"可见其亦长于诗。再如潘大临《次韵何生梅花》中的"何生"，可能为何颉。《山谷内集诗注》卷一七《宿黄州观音院钟楼上》有云："老夫梳白头，潘何埙篪集。"潘氏与何氏世为姻亲，潘大临之父潘鲠娶何氏女，潘大临之妻亦为何氏④。《遇途中寄舍弟》中的"舍弟"可能指潘大临之弟潘大观。又谢逸佚诗《次韵饶正叔游明水寺》颇可以与谢逸现存诗歌对读，谢逸《溪堂集》卷五有《和饶正叔碧桃绝句》《和饶正叔梅花》二诗，可资参证。

以上佚诗还可见江西诗派诗人之间的互动关系，如上文提到的潘大临与黄庭坚之间的唱和，洪朋诗《谢无逸惠诗并橘》中的"谢无逸"，即江西诗派诗人谢逸。徐俯《寄商老》中的"商老"，即江西诗派诗人李彭。首句用杜甫《与李十二白同寻范十隐居》中"李侯有佳句，往往似阴铿"的成句来形容其诗之风格，次句则言其生活状态较为穷困⑤。

从上可见，《新编》中所存的江西诗派诗人佚诗，不论在文献上，还是在文学上，都有重要的价值。

三

域外汉籍中除保存了数量较多的江西诗派佚诗之外，更有价值的是，域外汉籍中还有数

---

① 《山谷集》卷三〇《书旧诗与洪龟父跋其后》。
② 《太仓稊米集》卷六六《书何正平诗卷后》，文渊阁《四库全书》本。
③ 《后村集》卷二四《江西诗派小序》云："祖可嗜读书，诗料多。"又周紫芝撰《太仓稊米集》卷一八《林老借可正平诗编以诗还之》："苏家人物自有种，法护且放僧弥贤。准知癞可东溪句，参得涪翁双井禅。落叶飞云空自好，流风回雪不成妍。更须点检新编看，恐有隔林机杼篇。""恐有隔林机杼篇"用的是北宋诗僧释参寥《东园》"隔林仿佛闻机杼"之句。
④ 关于潘大临的生平与诗学，参见韦海英《江西诗派诸家考论》。
⑤ 韦海英《李彭考》未言及此，可资补充，见《江西诗派诸家考论》。

量不少的江西诗派诗歌的注释,这亦是学术史上较早关于江西诗派的研究,而且学术水平相当高,值得表出。

上述《新选》《新编》二书都是选诗1 000首以上的规模较大的总集,所以二书在日本流传不广。室町时代禅僧天隐龙泽(1422—1500)、月舟寿桂(1460—1533)有鉴于二书阅读不易,又以此二书为底本,各从中选取了300多首诗,分别编成两部小型诗歌总集:《锦绣段》与《续锦绣段》。正如天隐龙泽《锦绣段》跋所云:"近有《新编》《新选》二集而出自中唐至元季,每篇千馀首,童蒙者往往倦背诵。"两书编成后,基本取代了《新选》与《新编》,特别是《锦绣段》在日本非常流行,成为学习汉诗的范本。《锦绣段》在日本有非常多的注本,如月舟寿桂的《锦绣段抄》,宇都宫由的(1634—1709)所著的《锦绣段首书》、《锦绣段详注》,苗村丈伯(1674—1748)所著的《锦绣段熟字训解》。其中《锦绣段首书》、《锦绣段详解》为汉文注解,也是本文主要的讨论对象。《续锦绣段》仅有佚名所作的汉文注释《续锦绣段抄》。

宇都宫由的是江户时代著名的汉学家,名的,字由的,号遯庵,又别称顽拙、三近子,通称三近,周防国(今山口县)人。受业于儒学家松永尺五(1592—1657,藤原惺窝弟子),出仕于岩国藩。后来因为著述《日本古今人物志》而遭到禁锢,后被赦至京都讲学,晚年归藩出任文学职。遯庵著述宏富,以注释中国典籍为主,文学方面的主要有《杜律集解首书》六卷、《杜律集解详说》十八卷、《杜律集解增益首书》十二卷、《文选音注》二十二卷、《千家诗首书》二卷、《千家诗俚钞》五卷、《三体诗绝句详解》、《古文真宝前集首书增注》八卷、《古文真宝后集首书增注》七卷等。关于《锦绣段》,他也著有三书:《锦绣段首书》三卷、《锦绣段首书抄》十卷、《锦绣段详注》三卷[①]。由于《锦绣段》选诗与《联珠诗格》多有重叠之处,故遯庵在注释时,大量利用了徐居正等人的《联珠诗格增注》。《首书》与《详注》两者重复度相当高,《详注》可能成书较《首书》迟,故内容上稍稍详细一点,故本文以《详注》为例来考察其注。据笔者统计《锦绣段首书》、《锦绣段详注》共注解了黄庭坚《梅福隐处》,陈与义《盆池》《晚秋》《墨梅》,释祖可《新秋》《赠别》,潘大临《别鲁直于东夏》,韩驹《留别杨将军》《背面美人图》,晁冲之《晓行》,徐俯《春日溪上作时归自大梁》七位江西诗派诗人十一首诗。黄庭坚的诗在宋代有任渊注,陈与义的诗有宋人胡稺之注,其他诗人历来无注。《锦绣段详注》对这些有注与无注的江西诗人诗歌的注释都有所推进,甚至有的注释今人都有不及之处。先看陈与义《盆池》一诗的注:

盆池本集三载之。《联珠诗格·盆池》,《小莲》诗云:萍粘古瓦水浮天,数叶田田贴小钱。云云。 陈去非《排韵》:陈与义,字去非,号简斋。河目海口,大耳耸峙,识者知其为贵人云云。

三尺清池窗外开,茨菰叶底戏鱼回。茨菰:《唐诗遗响》一:《江南行》诗云:茨菰叶烂别西湾。云云。注云:茨菰,书所无载,今所在池塘有之。叶长,上尖,下大,作人字分。四五月间,白花,根下有子,如圆眼,大可食。雨声转入浙江去,浙江:《大明一统志》三十八"杭州府":浙江在府城东三里。旧志:出歙县玉山,其水经建德合婺溪,过富春为浙江入于海云云。云影还从震泽来。震泽:《大明一统志》四十"湖州府":太湖在府城北二十八

[①] 参见关仪一郎、关义直共编《近世汉学者传记著作大事典》,东京井田书店1943年版,第73页。

里，乌程、长尺之间。《禹贡》曰：震泽。《扬州记》曰：太湖，一名震泽，一名笠泽，一名洞庭。

《盆池》一诗，胡穉《增广笺注简斋诗集》仅引丘迟《应诏诗》"荇乱新鱼戏"来解释最后二句诗。今人白敦仁先生《陈与义集校笺》卷三〇于此诗无注，仅引《增注》云："《书传》：震泽，吴南太湖名。"① 于此可见，中国旧注之简略，而宇都宫的注释详而不繁，不但有作者之介绍，对诗中出现的地名也能详引中国的史料加以说明，诗中的名物也能仔细考释。我们再看宇都宫对古来无注的江西诗人诗歌的注释，以两首释祖可的诗为例：

　　新秋　释祖可《劝善书》曰：宋释祖可，字正平，西蜀苏伯固之子，养直之弟。崇宁中，止庐山，幼赡家学，预江西诗派云云。《大明一统志》十一：镇江府祖可，宋时寓京口，少病癞，人呼曰癞可。善于诗云云。
　　雨歇簟簟秋暗生，簟簟：《韵府·鱼韵》云：簟簟，竹席也。《诗·新台》篇注云：簟簟，本竹席之名，人或编以为囷。一句，退之所谓"时秋积雨霁，新凉入郊墟"之意也。高林凉叶未知惊。炎蒸恶客元无用，新月故人双眼明。三四句，杜牧之诗云："残暑如酷吏，清风是故人。"
　　赠别　释祖可
　　成阴桃李绿无波，无波：一曰无馀波也，以波为馀波见《左传·僖公二十三年》。一曰新绿未繁茂，故曰无波也。波，洋溢之物也。一曰波色，白花落以无白色，故曰无波。奈此春残客去何。别后归心知有处，渡江杨柳晚风多。《诗人玉屑》：赵嘏诗云：杨柳风多潮未落，兼葭霜在雁初飞。

这两首诗的注释很有学术性，而且很全面，既有对作者的介绍，还对诗中语汇的训诂，更能从诗学上找到诗歌的句法渊源。比较特别的是，《详注》还能从中国学者不措意处加以阐发，譬如《赠别》一诗中"无波"的三种解释。中国读者对于这种不难理解的语汇，可能想的最多的就是第一种解释，对于其有无其他意蕴则习焉不察；而外国读者不但字斟句酌，而且还能发挥所谓"异域之眼"的妙处，读出中国人忽略的内容。

《续锦绣段》编者月舟寿桂（1460—1533），日本临济宗幻住派僧，近江人。别号幻云、中孚道人。曾任京都建仁寺第二百四十六世住职。其为人博学、工诗文，曾随天隐龙泽学习汉诗文。著有《史记》之注《史记抄》八卷、黄庭坚诗歌注释《黄氏口义》二十四卷等。《续锦绣段抄》注者不详，也并非对《续锦绣段》所有诗的注释，注释也详略不一，全书基本为汉文，间有极少数假名。《续锦绣段抄》与室町时代的很多汉文抄物一样，引用了很多典籍对诗中的事典、语典进行阐释，注释风格也比较平实，偶尔也以"私曰"的形式发表自己的意见。《续锦绣段抄》共注解黄庭坚《书扇》《闻琵琶》《题归去来图》，陈与义《除夜》《柳絮》《牡丹》《题继祖蟠室》《宫妆》，释祖可《秋日钱塘杂兴》，饶节《送隆礼敦智伯世肃老》，韩驹《谢人惠茶》五位江西诗人的十一首诗。下文以其所注释祖可《东溪秋月》为例说明其特色：

---

① 白敦仁：《陈与义集校笺》，上海古籍出版社1990年版，第834页。

东溪秋月　释祖可《无文印》八《仙东溪诗集序》：癞可结庵鹤鸣峰下，山谷扁曰"东溪"。打头老屋犹在松声竹色间，断崖流水，至今尚有诗家气象。私曰：释祖可，后癞病，故称癞可云云。

　　坐见茅堂一叶秋，小山丛桂鸟声幽。《楚辞》八《招隐士》者，淮南小山所作也。淮南王安好古爱士，招致宾客，有八公之徒，分造词赋以相从。或称大山，或称小山，如诗有大小雅焉。此篇视汉诸作，最为高古。说者以为亦托意以招屈、宋也。其词云：桂树丛生兮山之幽云云，攀援桂枝兮聊淹留。王孙游兮不归，春草生兮萋萋云云。攀援桂枝兮聊淹留。虎豹斗兮熊咆，禽兽骇兮亡其曹。王孙兮归来，山中兮不可以久留。《山谷》九《子瞻寺壁小山枯木》诗：烂肠五斗对狱吏，白发千丈濯沧浪。却来献纳云台表，小山桂枝不相忘。不知叠嶂夜来雨，清晓石楠花乱流。《玉屑》八：郑毅夫云：夜来过岭忽闻雨，今日满溪俱是花。语意清绝。项在澄江见一诗云：坐见茅斋一叶秋，小山丛桂鸟声幽。不知叠嶂夜来雨，清晓石楠花乱流。状霁后景物语不凡也，或云司马才叔作，《诗选》载在可正平诗中。石楠花：李白诗：水春云母碓，风扫石楠花。

室町时代的日本禅僧汉学修养非常高，于此诗的注释可见，确实不虚。注释征引宏富，对诗中的语典、名物、句法，解释得原原本本。比较难得的是引用《无文印》中的文献，正好有助于理解诗题中的"东溪"二字。《续锦绣段抄》比《锦绣段详注》成书还要早几百年，反映了日本中世时代对江西诗派的研究。

日本汉籍中这批江西诗人诗歌的注释是东亚学术史上早期的江西诗派研究，从其学术水准来看，取得了较高的成就。这也从一个侧面展现了域外汉籍在中国古典文学研究中的巨大作用，值得中国学者多加利用。

日藏《全芳备祖》刻本时代考

程 杰

内容提要：日藏《全芳备祖》是宋刻还是元刻，迄今仍是一个悬而未决的问题。该本字体、版式与南宋建本《方舆胜览》《事类备要》等基本一致，当出于宋末建阳同一书坊系统，是宋本无疑。避讳不严，多有简体、俗体字等现象，也见于同时《事类备要》等南宋建本，不能作为否定《全芳备祖》为宋本的依据。元大德二年（1298），方回已记及《全芳备祖》刻本。保守地说，其刊刻时间在宋理宗宝祐五年（1257）至元成宗大德元年（1297）的40年间，但一般不会延至元朝，最有可能在宋度宗咸淳年间（1265—1274）。

关键词：《全芳备祖》 陈景沂 刻本 时代

《全芳备祖》是南宋后期编辑、印行的植物（"花果卉木"）专题大型类书，被植物学、农学界誉为"世界最早的植物学词典"[1]。其大量辑录"骚人墨客之所讽咏"[2]，尤其是宋代的文学作品，因而堪称宋代文学之渊薮。所辑资料极为丰富，"北宋以后则特为赅备，而南宋尤详，多有他书不载，及其本集已佚者，皆可以资考证"[3]，是宋集辑佚、校勘的重要资源，为文献学界所重视。1982年农业出版社出版影印日藏刻本，使这一在我国久已销声匿迹的原刻，在七百多年后，重新与国人见面，为植物学、农学、文学、文献学界推为当时盛事。

然而日本所存刻本究竟出于何时？一般称它为宋本，而包括唐圭璋先生等不少学者都怀疑其为元本，迄今仍是一个悬而未决的问题。笔者近年承农业出版社之约整理《全芳备祖》，对这一问题有所涉及，最终我们认为，日藏《全芳备祖》刻本应属宋代无疑。兹就我们的探索和思考，与学界方家同仁分享。

一、宋刻、元刻分歧的由来

该书藏于日本，日本方面的情况不太明确。仅就民国年间我国学者东瀛访书的有关记载可见，当时多认为该本属于元刊。董康《书舶庸谭》卷二1927年2月28日称在京都帝室图书寮所见《全芳备祖》残本为"元刊本"，傅增湘《藏园群书经眼录》卷十著录该书也称"元刊本"，附注"己巳（引者按：1929年）十一月十一日观"。两人记载如此一致，说明当时日本帝室图书寮的该书题签、目录索引或有关著录即称"元刊本"。这一说法在日本可能由来已久，天野元之助《中国古农书考》著录日本文政八年（1825）抄本《全芳备祖》

---

[1] 吴德铎：《〈全芳备祖〉跋》，陈景沂《全芳备祖》卷末，农业出版社1982年版。
[2] 陈景沂：《全芳备祖序》，《全芳备祖》卷首。
[3] 永瑢、纪昀等：《四库全书总目》卷一三五《全芳备祖》提要，清乾隆武英殿刻本。

即称该抄本题"影钞元椠残本",该本卷数与今见刻本完全相同,显然是指该本的影写本。这表明,所谓"元刊本"的说法在文政八年之前就已出现。

董、傅二氏访书后不久,关于该书是"宋本"的说法也已出现。1928年,商务印书馆董事长张元济等人赴日访书,曾商议以交换资料的方式请日本拍摄此书,几年后、约于20世纪30年代中叶,胶片寄达上海①,时任暨南大学中文系主任的郑振铎先生有可能见到胶片,今国家图书馆可见郑振铎所藏钞本前集卷十四葵花门"碎录"有8处标明用"宋本"校过,所谓"宋本",应即指这套刻本照片。郑氏称其为"宋本",或出于自己的论断,但也有一种可能,日本方面这时有了新的说法。至迟到20世纪60年代初期,据科技史学者吴德铎回忆,在有关书目中已发现日本皇宫图书寮藏有《全芳备祖》的宋刻残卷②,也就是说,至迟这个时候有关日藏刻本所属时代已由原来的"元刻"转向"宋刻"。日本天野元之助《中国古农书考》也提供了这方面的信息,1972年日本内阁文库的木藤久代曾建议他将文政八年抄本改称"影宋"本,因为该影写本的底本宫内厅书陵部所藏是宋末刊本③。也就是说,至迟这个时候,日本方面也已有了"宋刊本"的明确说法。

1979年,日本有关方面将该书全部照片运来我国,同时中日各大媒体竞相报道,均称该本为宋本。1982年,我国农业出版社影印本卷首梁家勉序言、吴德铎跋文也均称该本为宋本。这应是当时中日双方学界和媒体一致的说法。这一影印本的出版,为社会各界使用此书大开方便之门,人们的了解有所深入。

也正由此开始,关于宋刊、元刊的分歧再次挑起。就在农业出版社版面世不久,李裕民、杨宝霖等学者陆续撰文提出异议,认为该本不会出于宋代,应属元刊。④ 综合他们的意见,主要有这样四点理由:一是日人称作"元刊本"在先;二是书之行款、装饰风格等更多元版的特征;三是有不少未避宋讳的现象;四是出现不少简化字、俗体字,这也是元版书的一个特征。这些意见似乎产生了一些影响,如唐圭璋先生在稍后《记〈全芳备祖〉》一文即称"刻本似为元刻而非宋刻"⑤。最典型的莫过吴德铎,他是农业出版社版影印本的主要发起人,在该书跋文中曾盛赞该本为宋刻。但到了1990年他的《〈全芳备祖〉述概》一文中则改变了先前的说法,称"可能是元朝刊本,更可能是部分宋版、部分元刊的递修本"⑥,自称受到了李裕民、杨宝霖等人的影响。

这种否定的意见似乎并未得到普遍的认同。2002年线装书局《日本宫内厅书陵部藏宋元版汉籍影印丛书》、2012年上海古籍出版社《日本宫内厅书陵部藏宋元版汉籍选刊》影印该本均仍称宋刻,编者的有关说明对前人的异议只字未提⑦。因此,至少在我国,谈及此书版本者仍多是各持己见、各执一词,并未发生实际的交集和切磋。关于该本是宋刻还是元刻,至今仍是一个悬而未决的问题,有必要认真对待。

---

① 杨宝霖:《〈全芳务祖〉版本叙录》,载《古籍整理出版情况简报》第214期(1989年),第9~22页。
② 参见吴德铎:《文心雕同》,学林出版社1991年版,第246页。
③ 参见(日)天野元之助《中国古农书考》,农业出版社1992年版,第108页。
④ 参见李裕民:《略谈影印本〈全芳备祖〉的几个问题》,载国务院古籍整理出版规划小组编《古籍整理出版情况简报》第99期(1982年12月20日);杨宝霖:《〈全芳备祖〉刻本是元椠》,载《黄石师院学报》1983年第3期;吴家驹:《关于〈全芳备祖〉版本问题》,《图书馆杂志》1987年第6期。
⑤ 唐圭璋:《词学论丛》,上海古籍出版社1986年版,第693页。
⑥ 吴德铎:《文心雕同》,学林出版社1991年版,第249页。
⑦ 参见安平秋、杨忠等:《〈日本宫内厅书陵部藏宋元版汉籍影印丛书〉影印说明》,载《中国典籍与文化》2003年第1期。

关于刻本的时代，首先可以排除的是明、清两代，迄今未见有任何明、清新出刻本的信息，剩下的就只有宋、元两代。现存刻本并不完整，十四卷前的部分即在缺失之列，有关该书的序言之类只能从抄本中寻觅。抄本只见两篇宋人序言，未见有宋以后的任何序跋、题记之类文字，因此该本被视为宋本，有其当然之理，但仅此一端，远不充分。问题的关键就在于否定的意见是否可靠。日本人关于宋本、元本的说法，都未说明具体根据，因此孰先孰后意义不大。如今原书俱在，应该回到残存刻本本身来考察。以下我们首先就否定宋本的关键理由逐一进行考察，进而综合其他信息，提出我们的思考和断判。

二、《全芳备祖》刻本与宋末同类建本版式、字体如出一辙

宋本否定者认为，《全芳备祖》刻本的字体、行款、版面风格、标题装饰等都与元广陵泰宇书堂刻本《类选群英诗余》、安椿庄书院刻本《新编纂图增类群书类要事林广记》、四部丛刊影元刻本《朝野新声太平乐府》等比较接近，而与常见的宋版书差异较大，因而不能视为宋本。

这显然是将宋版书的特征简单化了，其实宋版书本身从事者有官刻、私刻和坊刻，时间上有北宋、南宋，区域上有浙刻、建刻、蜀刻，内容上有经、史、子、集等诸多不同，不能简单地、教条地一概而论。近三十年来，随着古籍版本学的深入发展，人们对现存宋版书的了解、掌握越来越丰富。按照杨宝霖氏的论证方法，我们拿《全芳备祖》刻本与目前已经确认的同类宋版书来对比，会发现有更多接近，甚至完全相同的情景。

我们来看刻本《全芳备祖》和宋末建本《方舆胜览》的书影（图1）：

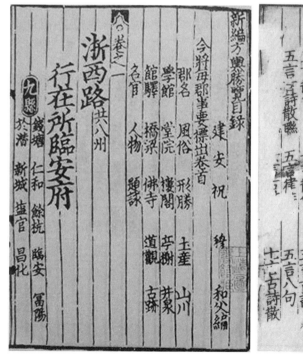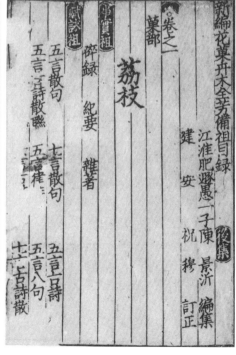

图1 左为上海图书馆藏宋咸淳刻本《方舆胜览》目录书影，
右为日藏刻本《全芳备祖》后集目录书影

这是两书的目录，版心细黑口，双黑鱼尾，左右双边，上下单边，类目的黑块白文，大字的颜体风格，小字的欧体风格等都极为相似。

再看《全芳备祖》与宋建本《事类备要》的正文（图2）：

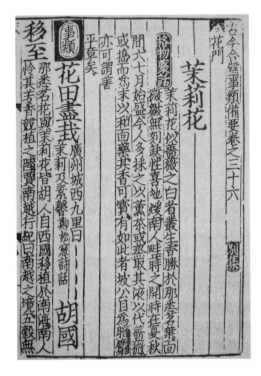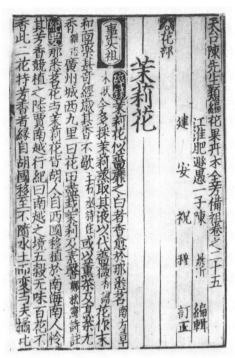

图2　左为国家图书馆藏宋刻本《事类备要》书影，右为日藏刻本《全芳备祖》书影

标题上的燕尾加圈装饰（一般都认为是元代建本的特征之一），"事实祖"与"事类"的长方块墨围装饰，"后集""别集"等椭圆形黑质阴文，更重要的还有大、小字的字体风格等，都几乎如出一手。三书的行款，《方舆胜览》与《事类备要》均半叶有界14行，《方舆胜览》行23字，《事类备要》行24字，《全芳备祖》半叶有界13行，行24字，可见行款相似，大同小异。

如果再仔细地审视一下杨宝霖氏所说三种元刻本，虽同为细黑口，与《全芳备祖》一致，但线口象鼻较《全芳备祖》稍粗。第三种即《朝野新声太平乐府》更是四周单边，字体也明显带有赵体风格，与《全芳备祖》差异最大。因此，我们说，就字体、版式风格而言，《全芳备祖》刻本与宋建本更为接近，甚至完全吻合。我们用于比较的《方舆胜览》为祝穆所编，今见刻本《全芳备祖》每卷编者署名有"祝穆订正"字样，《事类备要》中的植物类内容主要是抄录《全芳备祖》[①]，三书编者为同时人，三书之间的关系极为密切。综合编者、体例编排，尤其是上述版式、行款、字体等因素可见，《全芳备祖》应与宋本《方舆胜览》、《事类备要》一样，均具祝家编刊风格，同属宋末福建建阳一带的坊刻本[②]。

---

① 参见杨宝霖：《〈古今合璧事类备要〉别集草木卷与〈全芳备祖〉》，载《文献》1985年第1期。
② 关于南宋建本的版式、字体特征，可参阅黄永年《古籍版本学》，江苏教育出版社2005年版，第85~87页。

三、刻本避讳不严，不能作为否定宋本的依据

否定者认为刻本多有不避宋讳的现象，因而不出宋代。李裕民、杨宝霖、吴家驹都指出这一点，且举示不少例证。帝名避讳有正讳、嫌名之不同，三氏所举多为嫌名。《全芳备祖》刻本中帝名正讳一般都回避了，只有少数疏漏，而对嫌字则避之不严。

宋人避讳之例最繁，世所公认。但像学者所指出的，官刻和坊刻有所不同，一般说来，官刻较严，而坊刻较疏。① 尤其是像《全芳备祖》《方舆胜览》《事类备要》这样的类书，避讳尤多苟且不严的现象。兹举《事类备要》为例，该书与《全芳备祖》性质、内容、序署时间最为接近。我们就《中华再造善本》所收该书中明确的宋刻页面（另有一些缺页由他本配补）统计，涉宋光宗名讳"惇"字共36处，其中缺书1处，缺末笔19处，以"厚""焞"字改换2处，而直书未避达14处。孝宗名讳"慎（昚）"字共有169处，其中有50处直接书写，未作任何处理。我们只是挑选了与《全芳备祖》书序署时最近三世中，笔画比较特殊（惇）或出现频率较高（昚、慎）的两个帝讳进行查验，就有1/3的讳字疏漏不避。还有钦宗名讳"桓"字，论者都提到此字。《事类备要》续集卷二八"桓"姓条，全部内容为一页（今影印本两页）篇幅，有大字、小字、黑质阴文等共13个"桓"字，均未见缺笔。

这些都是正讳，至于嫌名，避之更疏。如理宗名"昀"，"筠""匀"均为嫌字。《事类备要》的宋刻部分共出现"筠"字30处，只有3处缺笔，"匀"字26处，无一处缺笔。不仅是《事类备要》《全芳备祖》这样的市俗类书，即便是同时文人正规别集，这样的现象也不在少数。如宋端平刻本杨万里《诚斋集》②，全书"桓"字凡4见，均未缺笔（卷九五、卷一〇九）；"曙"字共两见（卷七、卷一〇七），均不避；其他御名如"恒"（卷九五）、"顼"（卷九五）、"煦"（卷一一四）、"扩"（卷九二）等都有漏不及避的现象。可见宋人避讳，其例甚繁，而实际操作远不像清朝那样严格，在《事类备要》《全芳备祖》这样的坊刻类书中尤其明显。因此《全芳备祖》刻本诸多不避宋讳之例，并非如论者所说，是元刻本回改未尽，而应是宋刻原就避之不严，不能作为否定其为宋本的依据。

四、刻本的简字、俗字与宋本《事类备要》相同

否定者又说，《全芳备祖》刻本出现大量的简化字、俗体字，这非宋本之应有，而是元刻之常态。这一说法错误性质同上，都是将宋本、元本之差异过于简单化。坊刻类书，以盈利为主要目的，书商贪图速度，刻工为求简便，使用简体、俗体由来已久，宋末建本尤为明显，并非元朝坊书才有。上海图书馆藏宋末建本《方舆胜览》中，"無"作"无"，"於"作"于"，"國"作"国"，"雙"作"双"，"盡"作"尽"的现象数量不在少数。同时，《事类备要》中这类现象就更为频繁，该书续集卷四九"诚斋与陈提举"一条中"齐""无""举""礼"等简化字就出现了10处，别集卷四〇荔枝门"事类"中"无""宝"

---

① 参见黄永年：《古籍版本学》，第86页。
② 此据上海古籍出版社2008年版《日本宫内厅书陵部藏宋元版汉籍选刊》影印端平初刊本，与《四部丛刊初编》缪氏艺风堂影宋本大致相同。

"迁""齐""誉""于""尔""数""体""与""兴"等多为简体或俗体。这些简体、俗体字的笔画写法，《全芳备祖》、《事类备要》两书均完全相同，另如"學"作"孝"，"乂"作"义"，"興"作"具"等也都完全一致。结合两书内容上的部分抄袭雷同，我们可以说，《全芳备祖》刻本与宋刻本《事类备要》应出于建阳同一家书商、同一班写刻匠手。因此，以字见简体、俗体来否定其为宋刻也不可靠。

五、刻本出于宋代的其他证据

上述三点不难看出，否定《全芳备祖》为宋刻本的几点理由都不能成立，而诸多迹象表明，刻本《全芳备祖》与宋建本《方舆胜览》《事类备要》同出一炉，属于宋末建阳同一书坊系统的刻本，应即祝家编刻之产品。除了上述三点外，还有两方面的信息可以进一步证明我们的判断。

1.《全芳备祖》序言和正文中凡遇"国朝"、宋帝庙号及其他指称宋帝处多顶格和空格书写。以农业出版社影印本为例，第561页"哲宗"，第912页"国朝"，第1052页"宸"，第1395页"太宗""上""上"，第1456页"仁宗"诸处或顶格，或空格，或为该条起首，上为小字，余无例外。这些都是刻本存卷所见。刻本残缺而见于抄本的部分，也有这种情况，今南京图书馆所藏、原丁丙八千卷楼所藏抄本是现存抄本中与刻本最为接近的一种。该本后集卷二五山药门事实祖之"山药本名薯蓣，唐时避德宗讳，改下一字，名曰薯药。及本朝，避英宗讳，又改上一字，名曰山药"一段中，"本朝""英宗"前均空格，这显然是刻本原来的面貌。最值得注意的是，该抄本卷首的韩境序称赞《全芳备祖》"尝以尘天子之览"，"天子"另起一行顶格书写。从抄本行文状况看，"天子"前一行下空半行，这绝不是换页或换行的自然需要，而是顶格以示尊崇的特殊格式，保留了刻本的原貌。如果该书属于元刻的话，上述这些顶格和空格应该首先予以清除，至少开卷序言中不当赫然保留宋朝的书仪。那么是否存在元人仿宋的可能呢？众所周知，明中叶以后，宋本始受推崇，而在元代尚无此风气。上述这些迹象都进一步表明，刻本《全芳备祖》当属宋本无疑。

2. 元初方回对刻本的记载。方回《桐江集》（清嘉庆宛委别藏本）卷四《跋宋广平〈梅花赋〉》："近人撰《全芳备祖》，以梅花为第一，自谓所引梅花事俱尽，如徐坚《初学记》梅花事，其人皆遗之，书坊刊本不足信如此。"这是宋元明时期有关《全芳备祖》刻本的唯一记载，方回此文署时"大德二年正月初三日"，也就是说《全芳备祖》刻本出现的时间至迟应该在元成宗大德二年（1298）之前。大德初年去南宋灭亡仅过去18年，整个元世祖忽必烈时期，东南沿海的形势尚未稳定，宋室残余义勇和海盗山寇仍较活跃，社会民生处在逐步恢复之中，而此时政治上科举未行。在这样的社会状况和政治形势下，像《全芳备祖》这样的辞藻类书是否广受社会欢迎，而书坊能否积极投资经营、付刊行售，都是值得怀疑的。元代建阳一线刻书业依然兴盛，但今存元建本多出元代中叶以后。如果此书刊于元世，也当出于元中叶以后。今该书除两篇宋人序言外，未见有元人序跋。今所见各类《元史·艺文志》补辑本均未见有《全芳备祖》的记载，整个元代除前引方回文中所说外，未见有他人齿及，并整个明清时期均未见有刻本的记载。这种现象只有一种情况可以解释，这就是《全芳备祖》刻成于宋之末祚，印刷数量本就有限，紧接着世事剧变，兵荒马乱，传播和保存极为困难，入元后存世数量即极有限，此后又一直未再翻印重刻过。根据这些情况，《全芳备祖》刻于宋代的可能性应该最大。

综合以上五点论述，我们可以大致肯定地说，刻本《全芳备祖》应属宋末建阳一线的坊刻本，而不是有论者所说的元刊本。

六、刊刻时间的推测

由于刻本第十四卷之前全佚，南宋建本常见的书坊牌记或题识之类不知其有无。

今所见抄本卷首韩境序署宋理宗宝祐元年（1253）中秋（八月十五），陈景沂自序署宝祐四年（1256）孟秋（七月），后者应该是陈氏自己最终编定书稿的时间。陈氏定稿后，到了麻沙书商手上，又经由所谓"建安祝穆订正"。今所见《全芳备祖》收有祝穆作品六条：卷十二菊花门"七言散句"一条、卷十六紫薇花门"乐府祖"《贺新郎》词一首、卷二十一山礬花门"七言绝句"一首、卷二十五素馨花门"五言散句"一条、后集卷十九豫章门"杂著"《南溪樟隐记》一篇、"七言绝句"一首。这六条均见于所在类目中的最后一条或是该类唯一的一条，多应是祝氏"订正"时自辑己作附于其末，或其子祝洙在其身后补入。其中有明确时间可考的是《南溪樟隐记》一文，记其麻沙居处的幽雅环境，末署时间为宝祐四年冬十一月。这去陈景沂自序时间仅四个月，据祝洙跋文所说，这是祝穆的绝笔之作，也就是说，祝穆当卒于此后不久。以短短的四个月的时间，能对陈景沂的原稿作多大的修订，不得而知，但有一点是肯定的，祝氏的订正稿肯定完成于此后，也就是说《全芳备祖》付诸梨枣的时间不得早于宝祐四年（1256）十一月。因此最保守地说，《全芳备祖》的刊刻时间应在宝祐五年（1257）到方回记载前一年即元大德元年（1297）的40年间。

而实际时间有可能在宋之末年。编成于宝祐五年（1256）十二月的谢维新《事类备要》，草木部分的内容主要采撷《全芳备祖》，但却未及收入祝穆此篇记文，从旁也进一步证明这篇作者绝笔不可能是由祝穆自编到《全芳备祖》之中，而只能是祝氏后人补入。同时正在补刻中的祝穆《事文类聚》续集卷六也补收了此文①，祝洙的跋文对此有深情说明，署时为宝祐六年（1258）八月上旬。《全芳备祖》所收此文，也应是此时前后由祝洙补入。这样，《全芳备祖》付梓的时间应该在宝祐六年之后。

还有一个可以揣摩的时间节奏。祝穆《方舆胜览》今存两种宋刻本，刻于宋理宗嘉熙三年（1239）的为初版，另一是祝洙重订本。重订本中，国家图书馆所藏一种时间稍早，上海图书馆所藏一种刻于宋度宗咸淳三年（1267），时间最晚。三本相较，后出重订本除内容和编排体例上有所调整外，初刻之繁体字多有改为简体的现象，而这种情况在上图所藏咸淳三年刻本中出现最频。这说明愈近南宋末祚，建本的写刻愈益苟简陋劣，简体、俗体出现频率愈高。以这样的情景推想，像《全芳备祖》《事类备要》这样简体、俗体高频出现的刻本应该出现较晚，可能也与《方舆胜览》重订本一样，刊刻于咸淳年间（1265—1274），这去宋室灭亡只有10年左右。《全芳备祖》刻本如今只存孤本残籍，与其刊刻时间接近宋室悲剧落幕应该不无关系。

---

① 关于《事文类聚》的刊刻与版本情况，请参阅沈乃文《〈事文类聚〉的成书与版本》，载《文献》2004年第3期。

论《文苑英华》的碑志文及其类目

陈冠明

鲁东大学

《文苑英华》一千卷，目录五十卷，宋太宗太平兴国七年（982）诏李昉、扈蒙、徐铉、宋白等十七人编。按南朝有齐孔逭《文苑》，梁萧统《古今诗苑英华》《文章英华》《众诗英华》，唐有惠静《续古今诗苑英华集》，"文苑""英华"字出此。

此书体例与《文选》大致相同，按文体分为五十五类，下又分小类。编者均为《太平御览》《太平广记》的编者，对分类颇有研究，分类的好处是可即类以求。所收诗文、时代亦与《文选》相衔接，收录唐代作品占十分之九强，故实为唐代诗文总集，有全集收入者。对保存唐代文献，功绩极大。如李商隐《樊南甲乙集》久佚，今本即由此录出；张说《张燕公集》曾有传本，但较原本少五卷，取此书互校，又可得六十一篇。明、清两代所编诗文总集如《古诗记》《文记》《全唐诗》《全唐文》等，大都取材于此。

《文苑英华》辑录诗文时间范围，上起南朝梁，下迄唐末，正好与《文选》对接，盖当时有此考虑。

碑志文包括碑铭和墓志铭。志仅仅用于墓，故称墓志，而碑的用途较广，大凡寺、观、祠、庙、堂、学、塔、院、楼、台、画像、经藏等建筑物，皆有丰碑；此外尚有颂德、遗爱、纪功、感应，等等，墓碑用于人，则是大宗。墓志埋在地下，早期是竖立，后来是平放。墓碑一律直树，故《说文解字·石部》说："碑，竖石也。"段玉裁注："凡刻石，必先立石，故知'竖石'者，碑之本义。"① 位置在地表，故或称墓表；多在神道尽头，故又称神道碑。

碑志文发轫于汉代，经魏晋南北朝发酵，至唐代，已经蔚为壮观。《文苑英华》卷八四四至卷九三四载碑九十一卷，凡二百八十九篇；卷九三五至卷九六九载志三十五卷，凡二百二十二篇；卷九七〇载墓表一卷，凡七篇。三项合计，共五百一十八篇。除去南朝梁萧纶碑文一篇、北周庾信碑志文三十二篇、隋薛道衡碑文一篇，其余四百八十四篇均为唐代碑志文。

学术界对碑志文的研究，已经取得了卓越的成就，而对于《文苑英华》的研究，似乎还处于浅层状态。对于《文苑英华》的类目研究，本论者已经在2011年第七届中国宋代文学学会年会暨国际学术研讨会上提交一篇《论〈文苑英华〉的分类体系》。② 对于《文苑英华》辑录某种文体研究及类目研究，学界关注的不多，研究者更少。草成此文，聊作引玉之砖。

一

1.

《文心雕龙·序志》说："若乃论文叙笔，则囿别区分。原始以表末，释名以章义，选

---

① （汉）许慎：《说文解字》；（清）段玉裁：《说文解字注》，上海古籍出版社1981年影印经韵楼藏版，第450页上。
② 参见杨国安、吴河清主编《第七届宋代文学国际研讨会论文集》，河南大学出版社2013年版，第40～55页。

文以定篇，敷理以举统，上篇以上，纲领明矣。"① "原始"以下四句，是《文心雕龙》一书严密的四项基本原则，四条基本纲领。无论是文体论、创作论、作家论、批评论，一概适合。其中"选文以定篇"，就是例举"代表作家"及其"代表作品"——我们称之为"两个代表"，特别具有范本意义。对于"遴选类"（非"包罗类"）的文学总集来说，如何选文，如何准确突出"两个代表"，就是一个特别重要的问题。但是，就这一点来说，"遴选类"文学总集《文苑英华》似乎做得特别不够。

碑志文成就最大的，要数汉唐"二邕"与庾信、韩愈。"二邕"即东汉蔡邕、唐代李邕。我们可以将"二邕"与庾信视为碑志文发展的里程碑式的人物，蔡邕是碑志文发展的第一个高潮期的代表人物，庾信是碑志文发展的第二个高潮期的代表人物，李邕是碑志文发展的第三个高潮期的代表人物。历代作家在碑志文的发展、因革过程中，都或多或少起到过积极的影响。而起到划时代作用的，则是唐代韩愈。

受金谀墓，历代亦要数"二邕"。蔡邕曾对卢植说："吾为碑铭多矣，皆有惭德，唯郭有道无愧色耳。"见《后汉书·郭太传》。既有"惭德"，就是溢美不实。今本《蔡中郎集》所载碑志不少，还有部分重复，可能是重复受金后所撰。宋王应麟《困学纪闻》卷一三《考史三》："蔡邕文今存九十篇，而铭墓居其半，曰碑，曰铭，曰神诰，曰哀赞，其实一也。"② 蔡邕《蔡中郎文集》，有四十余篇碑文，著名的有《郭林宗碑》《陈太丘碑》。蔡邕所作碑铭，虽有"惭德"，历代评骘，却丝毫未受影响。如东汉末年的祢衡，"一过，视之，叹之言好"，过目不忘。见《太平御览》卷四三二引《祢衡别传》③；又见卷五八九引《祢衡别传》，文字相同④；而文渊阁《四库全书》本作"一过视，而言其好"。⑤ 南朝梁刘勰对蔡邕的碑铭文最为推崇，《文心雕龙·诔碑》曰："自后汉以来，碑碣云起。才锋所断，莫高蔡邕。观杨赐之碑，骨鲠训典；陈、郭二文，词无择言；周、胡众碑，莫非清允。其叙事也该而要，其缀采也雅而泽；清词转而不穷，巧义出而卓立。察其为才，自然至矣。"⑥ 又《铭箴》曰："蔡邕铭思，独冠古今。"⑦ 蔡邕是东汉以来碑铭文的代表作家。

《文苑英华》辑录诗文的上限是南朝梁，故不及蔡邕的作品。萧统《文选》卷五八、卷五九碑文类选录碑文五篇：蔡邕《郭林宗碑》《陈太丘碑》二文，王俭《褚渊碑文》，王巾《头陀寺碑文》，沈约《齐故安陆昭王碑文》，蔡邕占五分之二。《文选》对蔡邕碑文的"选文"，显然对后世的碑文创作，有"定篇"作用，有示范作用。对《文苑英华》来说，《文选》的分类及其类目，都有重要的借鉴、示范作用。

庾信是南北朝文学的集大成者。庾信的碑志文与他的所有辞赋一样，主体是用骈俪文构成。无论体制，还是内容，都是一次变革和飞跃。唐张鷟《朝野佥载》卷六："时温子升作《韩陵山寺碑》，信读而写其本。南人问信曰：'北方文士何如？'信曰：'唯有韩陵山一片石堪共语。'"⑧ 则庾信认为其余皆不足观，几乎将北朝碑志文全盘否定。置身泰山绝顶，故能

---

① （南朝梁）刘勰：《文心雕龙》；范文澜《文心雕龙注》，人民文学出版社1958年版，第727页。
② （宋）王应麟：《困学纪闻》，上海古籍出版社2008年版，第1492～1493页。
③ 参见（宋）李昉等：《太平御览》，中华书局1965年版，第1993页。
④ 参见（宋）李昉等：《太平御览》，中华书局1965年版，第2653页。
⑤ （宋）李昉等：《太平御览》，台湾商务印书馆影印文渊阁《四库全书》第898册，第442页。
⑥ （南朝梁）刘勰：《文心雕龙》；范文澜《文心雕龙注》，人民文学出版社1958年版，第214页。
⑦ （南朝梁）刘勰：《文心雕龙》；范文澜《文心雕龙注》，人民文学出版社1958年版，第194页。
⑧ （唐）张鷟：《朝野佥载》，中华书局1979年版，第140页。

一小北朝。庾信的碑志文，今存三十三篇。其中三十二篇出自《文苑英华》，唯独《温汤碑》出《艺文类聚》卷九。今本《庾子山集注》卷一三、卷一四碑文十三篇，卷一五、卷一六墓志铭十九篇，其顺序与《文苑英华》辑录顺序完全一致。而据《文苑英华》辑录实例，对于每一家别集，除极少数全集收入者外，一般所取仅为几分之一。从辑录庾信碑志文的情况来看，可以说明两个问题：一，《文苑英华》确实是辑录南朝梁至唐代诗文作品的最大渊薮；二，由于《文苑英华》辑录庾信的碑志文无多，其此类作品的散佚当不在少数。

《旧唐书·文苑中·李邕传》："邕早擅才名，尤长碑颂。虽贬职在外，中朝衣冠及天下寺观，多赍持金帛，往求其文。前后所制，凡数百首，受纳馈遗，亦至巨万。时议以为自古鬻文获财，未有如邕者。有文集七十卷。其《张韩公行状》、《洪州放生池碑》《批韦巨源谥议》，文士推重之。"①《太平广记》卷二〇一引唐胡璩《谭宾录》曰："邕素负才名，频被贬斥，皆以邕能文养士，贾谊、信陵之流。执事忌胜，剥落在外。人间素有声称。后进不识，京、洛阡陌聚看，以为古人。或将眉目有异，衣冠望风寻访门巷；又中使临问，索其新文。"②《新唐书·文艺中·李邕传》："邕之文，于碑颂是所长，人奉金帛请其文，前后所受巨万计。邕虽诎不进，而文名天下，时称李北海。卢藏用尝谓：'邕如干将、莫邪，难与争锋。'"③ 李邕以撰、写碑志而有"能文"之名，声闻鹊起，故虽贬职在外，中朝衣冠多赍持金帛往求其文。李邕的碑志文"前后所制，凡数百首"，《全唐文》卷二六二至卷二六五仅存碑志文二十六篇，"数百首"假定为三百首，盖不及十分之一；《文苑英华》卷八四六至卷九四九辑录其碑志文仅十三篇，则又不及二十分之一。

韩愈对前人碑志文创作成就的扬弃，既有袭旧，更有文体创新，且变化多端。有意识地突破文体的规范，赋予了碑志文文学价值和审美价值。自我作则，自我作古，这种仅仅允许大家合理存在的文体模式，是韩愈碑志文的又一种创新。"兼收并蓄"一词，出于韩文，也最是韩愈所长，可以以此评价韩愈碑志文，所谓"夫子自道"。韩愈有碑志文七十四篇，按文体可以分为碑、志两大类。韩愈的碑文，按不同对象功用及称名，可以分为以下七类：

一、碑（碑文），如《平淮西碑》《清边郡王杨燕奇碑文》等；

二、庙碑，如《柳州罗池庙碑》等；

三、家庙碑（家庙碑铭），如《乌氏庙碑铭》《魏博节度观察使沂国公先庙碑铭》等；

四、墓碑，如《唐故相权公墓碑》；

五、神道碑（神道碑文、神道碑铭），如《唐故银青光禄大夫检校左散骑常侍兼右金吾卫大将军赠工部尚书太原郡公王公神道碑文》《司徒兼侍中中书令许国公赠太尉韩公神道碑铭》等；

六、墓碣铭，如《清河郡公房公墓碣铭》等；

七、殡表，如《施州房使君郑夫人殡表》等。

又将墓志又分为两类：

一、墓志铭（墓志、墓铭），如《柳子厚墓志铭》《殿中少监马君墓志》《考功员外卢君墓铭》等；

二、圹铭：《女挐圹铭》。

---

① （后晋）刘昫等：《旧唐书》，中华书局1975年版，第5043页。
② （宋）李昉等：《太平广记》，台湾商务印书馆影印文渊阁《四库全书》，第1044册，第321页。
③ （宋）宋祁等：《新唐书》，中华书局1975年版，第5757页。

详见拙作《论韩愈碑志文对前朝成就的扬弃》。① 如此重要的作家及其碑志文作品，《文苑英华》仅辑录其中五篇碑文、两篇墓志铭。

学界似乎有一种认识，以为《文苑英华》基本上辑录了唐代的诗文。这是一种误解，与实际情况有巨大的差距。可能是某些文体辑录多一些。如清李慈铭《越缦堂读书记》八《文学·诗文总集选集》"文苑英华"条说："其所收赋至一百五十卷，唐赋居十之七八，陈陈相因，最无足观，中书制诰四十卷，翰林制诰五十三卷，表七十四卷，皆以当时所尚，而宋初尤重之。"② 或者某些作家辑录多一些。如宋周必大《文忠集》卷五五《平园续稿》十五《文苑英华序》说："是时印本绝少，虽韩、柳、元、白之文，尚未甚传；其他如陈子昂、张说、九龄、李翱等诸名士文集，世尤罕见。故修书官于宗元、居易、权德舆、李商隐、顾云、罗隐辈，或全卷取入。当真宗朝姚铉铨择十一，号《唐文粹》，由简故精，所以盛行。"③《四库全书总目》卷一八六《文苑英华》提要说："即如李商隐《樊南甲乙集》久已散佚，今所存本，乃全自是书录出；又如《张说集》，虽有传本，而以此书所载互校，尚遗漏杂文六十一篇。则考唐文者，惟赖此书之存，实为著作之渊海。"④ 周必大及四库馆臣所说，乃是少数几部文集，而大部分文集，被《文苑英华》辑录者，仅仅是一小部分。如果说，一般作家，一般作品，辑录其一小部分倒也罢了；如此重要的"两个代表"，辑录如此之少，就不免有点本末倒置了。

唐代碑志文，有成就的作家，殆不可胜数。其著者，除李邕、韩愈、张说、权德舆、白居易之外，尚有王勃、杨炯、陈子昂、崔融、苏颋、张九龄、孙逖、李华、梁肃、独孤及、常衮、穆员、元稹、杜牧等。如李华，《旧唐书·文苑下·李华传》说："华尝为《鲁山令元德秀墓碑》，颜真卿书，李阳冰篆额，后人争模写之，号为'四绝碑'。"⑤《太平御览》卷五八九引作"三绝碑"。⑥

马衡《凡将斋金石丛稿·中国金石学概要下》说："刻石之风，流衍于秦汉之时，而极盛于后汉。逮及魏晋，屡申刻石之禁，至南朝而不改。隋唐承北朝之余风，事无巨细，多刻石以记之。自是以后，又复大盛。于是石刻文字，几遍中国矣。"⑦ 又说："唐墓志流传独多，式亦最备。"⑧ 可惜的是，《文苑英华》所辑录碑志文，都只是一小部分。

2.

如果从唐代全部碑志文来考察，《文苑英华》辑录的碑志文的数量，实在是只占一小部分。

《全唐文》一千卷，作者（佚名无法统计，下同）三千零三十五人，作品两万零二十五篇；加上清陆心源《唐文拾遗》七十二卷，作者六百五十八人，作品两千六百五十八篇；《唐文续拾》十六卷，作者一百三十六人，作品三百五十一篇。三项合计，作者三千五百三

---

① 参见陈冠明《论韩愈碑志文对前朝成就的扬弃》（上、下），《周口师范学院学报》2007 年第 3～4 期；又见张明非主编《唐代文学研究年鉴［2008］》，广西师范大学出版社 2008 年版。
② （清）李慈铭著，由云龙辑：《越缦堂读书记》，中华书局 2006 年版，第 597 页。
③ （宋）周必大：《文忠集》，台湾商务印书馆影印文渊阁《四库全书》，第 1147 册，第 583 页。
④ （清）永瑢等：《四库全书总目》，中华书局 1965 年版，第 1692 页。
⑤ （后晋）刘昫等：《旧唐书》，中华书局 1975 年版，第 5048 页。
⑥ 参见（宋）李昉等《太平御览》，中华书局 1965 年版，第 2652 页；台湾商务印书馆影印文渊阁《四库全书》，第 898 册本卷第 441 页无此条。
⑦ 马衡：《凡将斋金石丛稿》，中华书局 1977 年版，第 65 页。
⑧ 马衡：《凡将斋金石丛稿》，中华书局 1977 年版，第 90 页。

十三人，作品两万三千零三十四篇。

《全唐文》中收录的碑志文，其中碑文一千余篇，志文四百七十余篇，合计一千五百余篇。按此比例，《唐文拾遗》与《唐文续拾》所辑录的碑志文约在二百篇左右。总共一千七百篇。

《文苑英华》辑录碑文二百八十九篇，志文二百二十二篇，合计五百二十一篇。除去非唐人作品萧纶一篇、庾信三十二篇、薛道衡一篇，实为四百八十七篇。占《全唐文》收录的碑志文总量尚不足三分之一。

《全唐文》之外，通过考古出土、民间发现、文献辑佚的碑志文，数量较《全唐文》更多。特别是志文，数量庞大。已经出版的，有三大宗著作：

一，周绍良主编《唐代墓志汇编》，收录墓志铭三千六百七十六篇；又《唐代墓志汇编续集》，收录墓志铭一千五百三十六篇，合计五千二百四十篇。

二，吴刚主编《全唐文补遗》（一至十册），所收除了少量的碑文之外，大部分为墓志铭，总数达六千余篇。与《唐代墓志汇编》、《唐代墓志汇编续集》相较，约有百分之七十重合，百分之三十为此书独有，或者说，约有一千八百篇为此书独有。

三，陈尚君辑校《全唐文补编》，辑录碑文三百七十篇，墓志铭四百十三篇；《全唐文再补》辑录碑文七篇，墓志铭九十篇；《全唐文又再补》辑录碑文七十五篇，墓志铭二十六篇。合计辑录碑文四百五十二篇，墓志铭五百二十九篇。《全唐文补编》成书于一九九一年，一九九三年，《唐代墓志汇编》出版，《全唐文补编》已经将与《唐代墓志汇编》重复的三百余方墓志铭"一概删除"。所以，重复无多。

三大宗著作所辑录的碑志文，合计起来，大致有八千篇左右。其数量是《全唐文》的将近五倍。按此比例，《文苑英华》辑录的碑志文，几乎是微乎其微了。

需要说明的是，碑志文作为石刻文献，与其他作品相比，有几个截然不同的特点，就是：一，作者面特别大，绝大多数不是现代概念的文学家，更多的作者没有文集；二，其附着物主体"贞石"，大多在野外或地下，在被发现之前，在被著录或写录之前，鲜为人知；三，著录或写录碑志文的，除少数有文集的作家之外，大多仅见于年代较晚的金石类或方志类的著作。这就是为什么唐代碑志文被《文苑英华》辑录的比率如此之低的原因。

《文苑英华》辑录碑志文的问题在于，对于如此众多的唐代优秀碑志文作家，尤其是对于像李邕、韩愈这样的大家的作品，选录如此之少，这是需要特别指出的。

二

1.

《文苑英华》的编排方式，除了第一位类按照文体之外，第二位类以下，都是采取分类编排的方式。这是非常科学的一种编排方式。或以为，其分类编排方式昉自《文选》。《四库全书总目》卷一八六《文苑英华》提要说："梁昭明太子撰《文选》三十卷，迄于梁初；此书所录，则起于梁末，盖即以上续《文选》。其分类编辑，体例亦略相同，而门目更为烦碎，则后来文体日增，非旧目所能括也。"①

《四库全书总目提要》说的是对的，因为现存最早的文学总集就是《文选》，而《文

---

① （清）永瑢等：《四库全书总目》，中华书局1965年版，第1692页。

选》除了第一位类按照文体之外，第二位类就是采取分类编排的方式。对于"上续《文选》"的《文苑英华》来说，选文、编排体例的继承、集成，是无可置疑的。但因为"后来文体日增"，《文选》的体例就受到局限，必须更革。比如对于碑志文，《文选》与《文苑英华》的类目存在差异。《文选》"碑文"，《文苑英华》作"碑"；《文选》"墓志"，《文苑英华》作"志""墓表"。

因此，我们认为，《四库全书总目提要》说得并不全面。《文苑英华》的编排方式，更多的是昉自《艺文类聚》。《艺文类聚》是唐高祖武德五年，唐高祖李渊诏侍中陈叔达、太子詹事裴矩、给事中欧阳询、秘书丞令狐德棻、詹事府主簿赵弘智、齐王文学袁朗等十数人编纂的，最后由欧阳询董其成。七年，书成，欧阳询撰序、奏上，故今本署欧阳询撰。全书分为四十八部，类目有天、岁时、地、州、郡、山、水等。它在辑存文献的方法、方式上，不同于之前和之后的很多类书，从而构成了它在类书群中的独特地位。此书编纂采取如欧阳询《艺文类聚序》所说"事居其前，文列于后"①的编纂体例，即先列经、史、诸子等有关文籍，后列有关诗文。诗文按诗、赋、吟、颂、赞等不同文体，标明类别，循序排列。并且在选文过程中，改变了以往类书偏重类事、不重采文的缺点，选录"艺文"。本论者认为，《文苑英华》是类书式总集，而《艺文类聚》是总集式类书。②《艺文类聚》位类系统对《文苑英华》的影响极大。明王志坚《四六法海·凡例》甚至直接将《艺文类聚》置于总集之中。王氏说："是编以《文选》《艺文类聚》《文苑英华》《唐文粹》《宋文鉴》《文章正宗》《元文类》《荆川文编》《广续二文选》为主，而参之以诸家集，及正史、野史所载。"③《艺文类聚》的第一位类是"部"，按主体区分为四十六部，第二位类"类"仍按主体区分为七百二十七类，第三位类则按文体区分排列，共涉及六十种文体，有相关文体的作品，则征引开列；无相关作品，则予空缺。

《文苑英华》与《艺文类聚》的不同之处在于，《艺文类聚》是类书，故以部类作为第一位类、第二位类，第三位类才是文体；《文苑英华》是总集，故以文体作为第一位类，第二位类、第三位类是部类。

2.

任何的事物，都是处在不断的发展、变化过程之中，文体亦是如此。上文提到，"碑的用途较广，大凡寺、观、祠、庙、堂、学、塔、院、楼、台、画像、经藏等建筑物，皆有丰碑；此外尚有颂德、遗爱、纪功、感应，等等，墓碑用于人，则是大宗"。但某一阶段，也有此起彼伏的情况。如，南北朝佛教大行，寺院兴起，寺碑大作。《魏书·外戚上·冯熙传》："其《北邙寺碑文》，中书侍郎贾元寿之词。高祖频登北邙寺，亲读碑文，称为佳作。"④《北齐书·祖珽传》载："会并州定国寺新成，神武谓陈元康、温子升曰：'昔作《芒山寺碑文》，时称妙绝。今《定国寺碑》，当使谁作词也？'元康因荐珽才学，并解鲜卑语。乃给笔札，就禁所具草，二日内成，其文甚丽。"⑤存在决定意识，自南北朝至初唐，寺碑文兴起，故《艺文类聚》将碑志文分为三类，一为碑，二为墓志，第三即为寺碑。《全

---

① （唐）欧阳询：《（宋本）艺文类聚》，上海古籍出版社2013年版，第2页。
② 参见陈冠明：《论〈文苑英华〉的分类体系》，杨国安、吴河清主编《第七届宋代文学国际研讨会论文集》，河南大学出版社2013年版，第42页。
③ （清）永瑢等：《四库全书总目》，中华书局1965年版，第1692页。
④ （北魏）魏收：《魏书》，中华书局1974年版，第1819页。
⑤ （唐）李百药：《北齐书》，中华书局1972年版，第515页。

唐文》辑录寺碑文六十三篇，四唐都有，而以初唐为多。如：唐高宗《隆国寺碑铭》、朱子奢《昭仁寺碑铭》、欧阳询《西林寺碑》、颜师古《等兹寺碑》等。王勃所作尤夥：有《益州绵竹县武都山净慧寺碑》《益州德阳县善寂寺碑》《梓州慧义寺碑铭》《梓州飞乌县白鹤寺碑》《梓州通泉县惠普寺碑》《梓州玄武县福会寺碑》《彭州九陇县龙怀寺碑》等。盛唐时碑志文大家李邕亦有不少，如《国清寺碑》《岳麓寺碑》《郑州大云寺碑》《灵岩寺碑》《嵩岳寺碑》等。《文苑英华》辑录寺碑二十一篇，而归入"释"类十九卷中，制为《〈文苑英华〉碑文位类及类目名称表》：

第一位类	第二位类	卷数
碑 07	释 1	卷 850
碑 08	释 2	卷 851
碑 09	释 3	卷 852
碑 10	释 4	卷 853
碑 11	释 5	卷 854
碑 12	释 6	卷 855
碑 13	释 7	卷 856
碑 14	释 8	卷 857
碑 15	释 9	卷 858
碑 16	释 10	卷 859
碑 17	释 11	卷 860
碑 18	释 12	卷 861
碑 19	释 13	卷 862
碑 20	释 14	卷 863
碑 21	释 15	卷 864
碑 22	释 16	卷 865
碑 23	释 17	卷 866
碑 24	释 18	卷 867
碑 25	释 19	卷 868

一部巨型的文学总集的编纂，其经验、技巧除了自身的积累、摸索之外，广泛向前修学习、汲取也是必不可少的，所谓"转益多师"。唐高宗显庆三年（658），许敬宗等修成《文馆词林》一千卷。此与《文苑英华》同等规模且为最早的巨型文学总集。遗憾的是，绝大部分已经散逸，仅存零帙。其中有碑文残卷，制为《〈文馆词林〉残本碑文位类及类目名称表》：

第一位类	第二位类	第三位类	卷数
碑 32	百官 22	将军 2	卷 452

续上表

第一位类	第二位类	第三位类	卷数
碑 33	百官 23	将军 3	卷 453
碑 35	百官 25	将军 5	卷 455
碑 37	百官 27	都督 1	卷 457
碑 39	百官 29	都督 3	卷 459

与《文馆词林》相比，《文苑英华》的碑文位类有同有异，制为《〈文苑英华〉碑文位类及类目名称表》：

第一位类	第二位类	第三位类	卷数
碑 40	神道 1	将相 1	卷 883
碑 41	神道 2	将相 2	卷 884
碑 42	神道 3	将相 3	卷 885
碑 43	神道 4	将相 4	卷 886
碑 44	神道 5	将相 5	卷 887
碑 45	神道 6	将相 6	卷 888
碑 46	神道 7	将相 7 赠官	卷 889
碑 47	神道 8	王爵 1	卷 890
碑 48	神道 9	王爵 2	卷 891
碑 49	神道 10	王爵 3	卷 892

十分明显，《文馆词林》的第二位类与第三位类属于从属关系，而《文苑英华》的第一位类与第二位类属于从属关系。第一位类相同，第二位类不同，而第三位类又相同，所谓殊途同归。

从以上的两个表中，我们很难看出《文馆词林》与《文苑英华》在分类方面的高下轩轾。但是，如果我们将《文苑英华》的第二位类作进一步的展开，展示，就能够发现，《文苑英华》的第二位类选择，优于《文馆词林》，分类学的原则是宜细不宜粗。《文馆词林》的第二位类是"职官"，而"职官"在类书的部类中，其本身就是一个大类，或者就是一个部。甚至其本身就是一个主题，围绕这个主题，就可以包括不同类别的书。如：《十三经》中的《周礼》，又称《周官》，就是西周的《职官志》；东汉有五部官制仪式的著作：佚名《汉官》、王隆撰胡广注《汉官解诂》、卫宏《汉官旧仪》、应劭《汉官仪》、蔡质《汉官典职仪式选用》，加上三国吴丁孚《汉仪》，共六部；唐代有署唐玄宗撰、李林甫注专述盛唐职官典制的《大唐六典》；宋代有专门的职官类书孙逢吉《职官分纪》；还可以编纂《历代职官表》，编纂《中国古代职官辞典》，等等。所以，《文馆词林》的第二位类失之过粗，失去了分类的意义。而《文苑英华》在"将相""王爵"之后，又作了变通，出现"职官"类，之后又具体标注职官名称，这就出现了第四位类，实质上，比《文馆词林》多了一个位类，分类更细。制为《〈文苑英华〉碑文位类及类目名称表》：

第一位类	第二位类	第三位类	第四位类	卷数
碑 50	神道 11	职官 1	北省 1	卷 893
碑 51	神道 12	职官 2	北省 2 翰林附	卷 894
碑 52	神道 13	职官 3	南省 1	卷 895
碑 53	神道 14	职官 4	南省 2	卷 896
碑 54	神道 15	职官 5	南省 3	卷 897
碑 55	神道 16	职官 6	南省 4	卷 898
碑 56	神道 17	职官 7	寺监	卷 899
碑 57	神道 18	职官 8	东宫官 1	卷 900
碑 58	神道 19	职官 9	东宫官 2	卷 901
碑 59	神道 20	职官 10	东宫官 3	卷 902
碑 60	神道 21	职官 11	王府官	卷 903
碑 61	神道 22	职官 12	诸将军 1	卷 904
碑 62	神道 23	职官 13	诸将军 2	卷 905
碑 63	神道 24	职官 14	诸将军 3	卷 906
碑 64	神道 25	职官 15	诸将军 4	卷 907
碑 65	神道 26	职官 16	诸将军 5	卷 908
碑 66	神道 27	职官 17	诸将军 6	卷 909
碑 67	神道 28	职官 18	诸将军 7 将校附	卷 910
碑 68	神道 29	职官 19	都督 1	卷 911
碑 69	神道 30	职官 20	都督 2	卷 912
碑 70	神道 31	职官 21	都督 3	卷 913
碑 71	神道 32	职官 22	节度 1	卷 914
碑 72	神道 33	职官 23	节度 2	卷 915
碑 73	神道 34	职官 24	节度 3	卷 916
碑 74	神道 35	职官 25	观察团练、副使	卷 917
碑 75	神道 36	职官 26	留守、少尹附	卷 918
碑 76	神道 37	职官 27	刺史 1	卷 919
碑 77	神道 38	职官 28	刺史 2	卷 920
碑 78	神道 39	职官 29	刺史 3	卷 921
碑 79	神道 40	职官 30	刺史 4	卷 922
碑 80	神道 41	职官 31	刺史 5	卷 923
碑 81	神道 42	职官 32	刺史 6	卷 924
碑 82	神道 43	职官 33	长史 1	卷 925

续上表

第一位类	第二位类	第三位类	第四位类	卷数
碑 83	神道 44	职官 34	长史 2 司马附	卷 926
碑 84	神道 45	职官 35	别驾、判官附	卷 927
碑 85	神道 46	职官 36	州官	卷 928
碑 86	神道 47	职官 37	县令 1	卷 929
碑 87	神道 48	职官 38	县令 2 丞尉附	卷 930

神道 1～10，分为三个位类，将"将相"与"王爵"单列，突出了帝王将相的重要位置；神道 11～48，分为四个位类，使之更加明细，也就更加明晰。巨型的类书、总集，分类必须明细。打个比方，医院分十个等级，除了床位、人员、房屋、设备有差别外，最大的差别就是科室设置。一级医院临床科室：至少设急诊室、内科、外科、妇（产）科、预防保健科；而三级甲等医院，内科应至少七个科室，必设科室是：心血管科、消化科、呼吸科、血液科、神经内科、肾内科、内分泌科等专业科室。再打个比方，小资料室与大图书馆，分类就不一样。小资料室，把所有的书，按照文科、理科，或者语文、数学、物理、化学等排列一下了事；而大图书馆，有《中国图书馆图书分类法》，先是五个部类，再是二十二大类，从 A 大类到 Z 大类。文学大类是 I，下面的类目伸展到四级，比如：第一级中国文学是 2，第二级诗歌、韵文是 22，第三级古代作品是 222，第四级《诗经》是 222.2，《楚辞》是 222.3，赋是 222.4，骈文是 222.5，乐府是 222.6，古体诗、近体诗是 222.7，词是 222.8，曲是 222.9。只要熟悉或了解《中国图书馆图书分类法》，到图书馆找书，按图索骥，一索即得。大型、巨型的类书，以及具有类书功能的文学总集，其类目越细越好，位类越多越好。从这个意义上来说，类目犹如工具书的"检索点"，"检索点"越多，对于检索者来说，就会越感到便捷、易得。《文苑英华》是巨型的具有类书功能的文学总集，其类目及位类处理得比一般的总集好得多，主要得益于编纂者翰林学士承旨李昉，翰林学士扈蒙，给事中直学士院徐铉，中书舍人宋白，知制诰贾黄中、吕蒙正、李至，司封员外郎李穆，库部员外郎杨徽之，监察御史李范，秘书丞杨砺，著作佐郎吴淑、吕文仲、胡汀，著作佐郎、直史馆战贻庆，国子监丞杜镐，将作监丞舒雅等，大多编纂过巨型类书一千卷的《太平御览》，所以能驾轻就熟，轻车熟路。

3.

周必大说："当真宗朝，姚铉铨择十一，号《唐文粹》，由简故精，所以盛行。"① 《四库全书总目提要》卷一八八苏天爵《元文类》提要说："是编去取精严，具有体要，自元兴以逮中叶，英华采撷，略备于斯。论者谓与姚铉《唐文粹》、吕祖谦《宋文鉴》鼎立而三。然铉选唐文，因宋白《文苑英华》；祖谦选北宋文，因江钿《文海》，稍稍以诸集附益之耳；天爵是编，无所凭借，而蔚然媲美，其用力可云勤。"②

今按，或谓姚铉编纂《唐文粹》，取资于《文苑英华》，一是将唐代以前的作品去除，二是将骈文去除，删取其唐人的古诗、古文而已。其实并非如此。取资在所不免，不取资反

---

① （宋）周必大：《文忠集》，台湾商务印书馆影印文渊阁《四库全书》第 1147 册，第 583 页。
② （清）永瑢等：《四库全书总目》，中华书局 1965 年版，第 1709 页。

而显得孤陋寡闻；但绝非取资《文苑英华》一家，而是广泛取资。如《唐文粹》卷七一"记甲"，辑录记文十一篇：张谓《宋武受命坛记》、独孤及《风后八阵图记》、乔潭《女娲陵记》、萧定《改修吴延陵季子庙记》、许篨《晋东莱太守刘将军庙记》、李阳冰《缙云县城隍神记》、欧阳詹《曲江池记》、白居易《太湖石记》、柳宗元《至小丘西小石潭记》、周夔《到难》、王绩《醉乡记》，张谓、乔潭、许篨、李阳冰、欧阳詹、周夔六篇，《文苑英华》未曾辑录。又如卷五十"碑一"，辑录碑文六篇：唐玄宗《祠庙后土神祠碑》、《西岳太华山碑》，张嘉贞《北岳恒山碑》，韩愈《南海神庙碑》、《黄陵庙碑》，杨炎《燕支山神宁齐公祠堂碑》，唐玄宗《西岳太华山碑》、张嘉贞《北岳恒山碑》、韩愈《黄陵庙碑》三篇，《文苑英华》未曾辑录。重复率大致在百分之五十或以下。《唐文粹》一百卷，卷帙仅为《文苑英华》的十分之一，周必大所谓"铨择十一"，所以，如果依照《文苑英华》辑录的篇数作为分母，则重复率仅为百分之五或以下。

上文说过，大型、巨型的类书，以及具有类书功能的文学总集，其类目越细越好，位类越多越好。《文苑英华》基本能做到这一点。但与《唐文粹》相比，则似乎要逊色得多。《唐文粹》卷帙较《文苑英华》少百分之九十，因此，其位类只有两级，第一位类是文体，第二位类是作品的分类属性类目。就像二级医院，临床科室有急诊科、内科、外科、妇产科、儿科、眼科、耳鼻喉科、口腔科、皮肤科、麻醉科、传染科、预防保健科等，样样齐全。如果不是疑难病症、危重病症，完全能够满足医疗需求。

将《文苑英华》的碑志文与《唐文粹》的碑铭的类目作一比较，我们发现，实际上，倒还是规模较小的《唐文粹》的类目设置更加明细，更加科学。我们再来全面看看《〈文苑英华〉碑文位类及类目名称表》：

第一位类	第二位类	第三位类	第四位类	卷数
碑01	封禅			卷844
碑02	儒1			卷845
碑03	儒2			卷846
碑04	儒3			卷847
碑05	道1			卷848
碑06	道2			卷849
碑07	释1			卷850
碑08	释2			卷851
碑09	释3			卷852
碑10	释4			卷853
碑11	释5			卷854
碑12	释6			卷855
碑13	释7			卷856
碑14	释8			卷857
碑15	释9			卷858

续上表

第一位类	第二位类	第三位类	第四位类	卷数
碑 16	释 10			卷 859
碑 17	释 11			卷 860
碑 18	释 12			卷 861
碑 19	释 13			卷 862
碑 20	释 14			卷 863
碑 21	释 15			卷 864
碑 22	释 16			卷 865
碑 23	释 17			卷 866
碑 24	释 18			卷 867
碑 25	释 19			卷 868
碑 26	德政 1			卷 869
碑 27	德政 2			卷 870
碑 28	纪功 1			卷 871
碑 29	纪功 2			卷 872
碑 30	隐居			卷 873
碑 30	孝善			卷 873
碑 31	遗爱			卷 874
碑 32	台			卷 875
碑 33	陵庙			卷 876
碑 34	祠堂			卷 877
碑 35	祠庙 1			卷 878
碑 36	祠庙 2			卷 879
碑 37	家庙 1			卷 880
碑 38	家庙 2			卷 881
碑 39	家庙 3			卷 882
碑 40	神道 1	将相 1		卷 883
碑 41	神道 2	将相 2		卷 884
碑 42	神道 3	将相 3		卷 885
碑 43	神道 4	将相 4		卷 886
碑 44	神道 5	将相 5		卷 887
碑 45	神道 6	将相 6		卷 888
碑 46	神道 7	将相 7 赠官		卷 889

续上表

第一位类	第二位类	第三位类	第四位类	卷数
碑 47	神道 8	王爵 1		卷 890
碑 48	神道 9	王爵 2		卷 891
碑 49	神道 10	王爵 3		卷 892
碑 50	神道 11	职官 1	北省 1	卷 893
碑 51	神道 12	职官 2	北省 2 翰林附	卷 894
碑 52	神道 13	职官 3	南省 1	卷 895
碑 53	神道 14	职官 4	南省 2	卷 896
碑 54	神道 15	职官 5	南省 3	卷 897
碑 55	神道 16	职官 6	南省 4	卷 898
碑 56	神道 17	职官 7	寺监	卷 899
碑 57	神道 18	职官 8	东宫官 1	卷 900
碑 58	神道 19	职官 9	东宫官 2	卷 901
碑 59	神道 20	职官 10	东宫官 3	卷 902
碑 60	神道 21	职官 11	王府官	卷 903
碑 61	神道 22	职官 12	诸将军 1	卷 904
碑 62	神道 23	职官 13	诸将军 2	卷 905
碑 63	神道 24	职官 14	诸将军 3	卷 906
碑 64	神道 25	职官 15	诸将军 4	卷 907
碑 65	神道 26	职官 16	诸将军 5	卷 908
碑 66	神道 27	职官 17	诸将军 6	卷 909
碑 67	神道 28	职官 18	诸将军 7 将校附	卷 910
碑 68	神道 29	职官 19	都督 1	卷 911
碑 69	神道 30	职官 20	都督 2	卷 912
碑 70	神道 31	职官 21	都督 3	卷 913
碑 71	神道 32	职官 22	节度 1	卷 914
碑 72	神道 33	职官 23	节度 2	卷 915
碑 73	神道 34	职官 24	节度 3	卷 916
碑 74	神道 35	职官 25	观察团练、副使	卷 917
碑 75	神道 36	职官 26	留守、少尹附	卷 918
碑 76	神道 37	职官 27	刺史 1	卷 919
碑 77	神道 38	职官 28	刺史 2	卷 920
碑 78	神道 39	职官 29	刺史 3	卷 921

续上表

第一位类	第二位类	第三位类	第四位类	卷数
碑79	神道40	职官30	刺史4	卷922
碑80	神道41	职官31	刺史5	卷923
碑81	神道42	职官32	刺史6	卷924
碑82	神道43	职官33	长史1	卷925
碑83	神道44	职官34	长史2 司马附	卷926
碑84	神道45	职官35	别驾、判官附	卷927
碑85	神道46	职官36	州官	卷928
碑86	神道47	职官37	县令1	卷929
碑87	神道48	职官38	县令2 丞尉附	卷930
碑88	神道49	宦官上		卷931
碑89	神道50	宦官下		卷932
碑90	神道51	妇人上		卷933
碑91	神道52	妇人下		卷934

位类大多为二级，"神道"一类，既有三级，又有四级。根据作品的情况，许多二级位类，可以再分为三级。如"释"类，情况繁复，大宗的有"寺碑""塔碑（塔记、浮图碑）""和尚碑（禅师碑）""像碑"等；"德政"有"颂德碑""遗爱碑"（尚有"去思碑"，本书未辑录）等；有些位类可以调整，如第二位类"陵庙""祠堂""祠庙""家庙"等，可以合并为"庙堂"类，第三位类再分设"陵庙""祠堂""祠庙""家庙"等。又如，"碑27""德政2"有杜牧《江西观察使武阳公韦公遗爱碑》，而"碑31"又有第二位类"遗爱"，则明显为位类错位，故应将"遗爱"归入"德政"，而设置为第三位类。又如，"碑90""妇人上"，可设置第三位类"公主"；"碑91""妇人下"，可设置第三位类"国夫人"等。

《唐文粹》碑文的位类当然还可以设置，但从其规模来看，二级位类已经能够反映出全部内容。制为《〈唐文粹〉碑文位类及类目名称表》如下：

第一位类	第二位类	卷数
碑01	岳渎祠庙	卷050
碑02	圣帝	卷051
碑02	先圣	卷051
碑02	大儒	卷051
碑03	神庙	卷052
碑04	高士	卷053
碑04	义士	卷053

续上表

第一位类	第二位类	卷数
碑 04	忠烈	卷 053
碑 04	忠臣	卷 053
碑 04	纯臣	卷 053
碑 04	烈女	卷 053
碑 05	古迹	卷 054
碑 05	土风	卷 054
碑 05	遗爱	卷 054
碑 06	贞义	卷 055 上
碑 06	奸雄	卷 055 上
碑 06	英杰	卷 055 上
碑 07	妃主	卷 055 下
碑 08	宰辅	卷 056
碑 09	使宰	卷 057
碑 09	节制	卷 057
碑 10	庶官	卷 058
碑 10	牧守	卷 058
碑 11	纪功	卷 059
碑 12	家庙	卷 060
碑 13	释	卷 061
碑 14	释	卷 062
碑 15	释	卷 063
碑 16	释	卷 064
碑 17	释	卷 065

总体看，类目的名称亦较为整饬、准确、科学。

《文苑英华》的墓志铭，相对比较单纯。二级位类的设置，显得比较粗糙。制为《〈文苑英华〉墓志铭位类及类目名称表》如下：

第一位类	第二位类	卷数
志 01	皇亲	卷 935
志 02	宰相 1	卷 936
志 03	宰相 2	卷 937
志 04	宰相 3	卷 938

续上表

第一位类	第二位类	卷数
志05	职官1	卷939
志06	职官2	卷940
志07	职官3	卷941
志08	职官4	卷942
志09	职官5	卷943
志10	职官6	卷944
志11	职官7	卷945
志012	职官8	卷946
志13	职官9	卷947
志14	职官10	卷948
志15	职官11	卷949
志16	职官12	卷950
志17	职官13	卷951
志18	职官14	卷952
志19	职官15	卷953
志20	职官16	卷954
志21	职官17	卷955
志22	职官18	卷956
志23	职官19	卷957
志24	职官20	卷958
志25	职官21	卷959
志26	职官22	卷960
志27	职官23	卷961
志28	职官24	卷962
志29	妇人1	卷963
志30	妇人2	卷964
志31	妇人3	卷965
志32	妇人4	卷966
志33	妇人5	卷967
志34	妇人6	卷968
志35	妇人7	卷969
墓表01		卷970

很明显，第二位类的"职官"，可以依照碑文的第二位类"职官"，起码可以设置第三位类。

《唐文粹》的铭文，包括碑铭之外的一切铭文，墓志铭亦包括在内。五卷铭文，前两卷是建筑、物品铭文，后三卷是墓志铭。制为《〈唐文粹〉铭文位类及类目名称表》如下：

第一位类	第二位类	卷数
铭01	名迹	卷066
铭02	高道	卷067
铭02	忠孝	卷067
铭02	暴虐	卷067
铭02	浮图	卷067
铭02	桥梁	卷067
铭02	宅	卷067
铭02	井	卷067
铭02	冢	卷067
铭03	宰辅	卷068
铭03	节制	卷068
铭04	庶官	卷069
铭04	牧守	卷069
铭04	贤宰	卷069
铭05	命妇	卷070
铭05	贤母	卷070
铭05	隐居	卷070

检阅原文，"铭2""高道"两篇铭文归类有误。一篇是陈子昂《昭夷子赵氏碣颂》，"碣"即"碑"，故有"碑碣"之名；一篇是柳宗元《东明张先生铭》，文有"子某等为碑，以志于墓辞"字样，则亦为碑铭。故此两篇应予剔除。墓志铭三卷，与碑文一样，类目的名称较为整饬、准确、科学。

《唐文粹》位类、类目的设置较《文苑英华》准确、科学，这是十分自然的。因为首先，《唐文粹》的编者是一位被认为在中国文学史上作出杰出贡献的"宋代诗文革新运动"的先驱，主张诗文复古，对古诗、古文有独特的理解；其次，亦是非常重要的一点，《唐文粹》是在借鉴、"铨择"《文苑英华》的基础上成书的，在技术层面上，后来居上，后出转精，是完全可以达到的。

论南宋前中期的词坛风尚及尊体倾向

陈丽丽

河南大学文学院

内容提要：宋代是词体发展的成熟期，以靖康之变为分水岭，南、北宋词创作从主题内容到艺术风格都呈现出明显不同。南渡后，金兵南侵、朝廷乐禁以及文人心态的转变，使得传统词坛创作环境发生断裂，词体在主题、功能上产生新变，词集刊刻较为丰富，以陆游为代表的一批文人对词体的态度也有所变化。词逐渐摆脱了北宋以来的"小道"地位，明显向诗靠拢。从词体发展史来看，南宋前中期是词风嬗变以及推尊词体的重要阶段。

关键词：南宋前中期　词风　词体观念　尊体

词这种文体自隋唐时期随着燕乐的盛行产生后，在晚唐、五代确立起艳科范型。北宋中期以来，词体基本沿着花间传统回旋发展。虽然苏轼以其卓绝的才气指出"向上一路"，但客观来看，《念奴娇》（大江东去）、《江神子》（老夫聊发少年狂）一类的作品在东坡词中所占比例很少，远不及其赠妓、咏妓以及写景抒情之作众多。到了崇宁、宣和年间，在徽宗皇帝的倡导下，以周邦彦为代表的词人把花间词风推向了新高度。假如词体沿着北宋末年的轨迹发展下去，很可能会在婉约、香艳的传统格调中浸淫许久，然而靖康之变的爆发，不仅把宋代历史、政治分割成南、北两段，从某个角度来说，也改变或激化了词体自身的进程。这种改变，不仅直接体现在词人创作上，而且对整个南宋词学观念也产生了深远影响。

一、南渡后词坛风尚的突变

文学亦是人学，各种文学作品在保持其独有文体特色的同时，通常对人的心灵及社会生活有敏感反映。即便是词这种歌宴集会场合中的娱乐文学，也会因创作环境的改变以及词人心态的不同而呈现出明显的时代特征。如果说北宋词坛虽然有苏轼、黄庭坚、晁补之等富于个性之作，但基本上仍以花间那种类型化、女性化、纤柔化的格调为主流；那么南渡后，词坛面貌则大为改观，富有个性的、男性的、阳刚的、开阔的作品比比皆是，"标志着唐宋词史已由女性化、阴盛阳衰走向健全的男子汉气概和阳刚阴柔的结合"。[①] 南宋词坛的突变，主要由两个因素导致：

第一，金人南侵及高宗乐禁，改变了词体的创作环境。

作为一种音乐文学，词与音乐之间的关系极为密切。徽宗时期，大晟乐府的设置，促进了词体的繁荣昌盛。北宋年间，汴京城中酒楼遍布，妓馆林立，有"浓妆妓女数百，聚于

[①] 王兆鹏：《南渡词人群体研究》，凤凰出版社2009年版，第103页。

主廊榱面上，以待酒客呼唤，望之宛若神仙"①，"又有下等妓女，不呼自来筵前歌唱，临时以些小钱物赠之而去，谓之'劄客'，亦谓之'打酒坐'"②。在这种"新声巧笑于柳陌花衢，按管调弦于茶坊酒肆……箫鼓喧空，几家夜宴"③的浮靡环境中，词的创作、消费十分红火。然而，"靖康二年，金人取汴，凡大乐轩架、乐舞图、舜文二琴、教坊乐器、乐书、乐章、明堂布政闰月体式、景阳钟并虡、九鼎，皆亡矣"④。北宋音乐文化遭到覆灭式的打击，词体所依赖的创作与传播环境，如花间尊前、歌楼酒肆、勾栏瓦市等，在金人南侵中已很难存在。绍兴二年（1132），"初驻会稽，而渡江旧乐复皆毁散"。⑤

战乱带来的音乐流失是南渡后词作沉寂的客观原因，此外，国破家亡后受命于危难的高宗皇帝在主观上对徽宗一朝的浮靡奢侈之风极为排斥。与徽宗设置大晟府相反，高宗则施行乐禁，罢省教坊。这些措施，进一步禁锢了词体兴盛所依赖的娱乐环境。亲身经历了政、宣繁华的文人们，不仅在金兵侵犯下突然失去了往日的歌舞升平，即便在偏安江南之后，在朝廷乐禁政策中，依然无法随意享受声色，词的功能从供歌妓演唱为主迅速转向了文人之间的唱和、应酬，正如周济所指出的，词在南渡后由"应歌"转向了"应社"。如果说金人入侵，使得北宋末期词坛的繁荣昌盛局面突然产生了断裂，那么，高宗的文化政策持续、加大了这种断裂。就现存作品来看，自南渡到恢复教坊音乐这16年间，词坛创作十分寂寥，与宣和年间以及绍兴中叶之后相比，明显跌入了低谷。

第二，偏安江南，使词人的情感心态、作品风格发生改变。

靖康之变打破了北宋末期的歌舞娱乐环境，然而就词曲乐章而言，并不会因此而彻底消亡。大批民间乐工、歌妓依然存在，由南入北的文人依然保持着填词传统。任何一个敏感多思的文人，面对国破家亡、流离失所，不可能无动于衷，因此许多词人南渡前后的创作明显有所不同。著名女词人李清照便是代表，其前期词作大多集中描写自然风光、离别相思；国破家亡后则主要抒发伤时念旧、怀乡悼亡的低沉情绪以及自己孤独生活中的浓重哀愁。向子諲的词集以南渡为界分为"江南新词"与"江北旧词"，内容由歌舞佳人、诗酒浪漫，转而变为酬赠述怀、感伤故国，作品格调变得开阔起来，传统绮靡婉约的艳情色彩在江南新词中几乎不复存在。

从南渡到绍兴十二年消除乐禁、恢复教坊这十余年间，虽然相对于北宋末期的歌舞荣华，词坛显得一片沉寂，然而并不是死寂，许多避难江左的文人时时即兴赋词，比如高宗皇帝赵构便于建炎之初亲自填写了15首《渔父词》⑥。此外，还有一些词作可以明确纪年为南渡之初所作，例如赵鼎的《满江红》（惨结秋阴），序曰"丁未九月南渡，泊舟仪真江口作"，丁未即建炎元年（1127），全词格调凄婉，把弃国南渡的迷茫、感伤表现得淋漓尽致。再如张元幹《石州慢·己酉秋吴兴舟中作》（雨急云飞），己酉即建炎三年（1129），其下阕："心折。长庚光怒，群盗纵横，逆胡猖獗。欲挽天河，一洗中原膏血。两宫何处，塞垣只隔长江，唾壶空击悲歌缺。万里想龙沙，泣孤臣吴越。"国破家亡之悲极为强烈。向子諲《点绛唇》九首联章乃绍兴四年（1134）中秋所作，《蓦山溪》（瑶田银海）、《阮郎归》（江

---

① （宋）孟元老撰，伊永文笺注：《东京梦华录笺注》，中华书局2006年版，第174页。
② 《东京梦华录笺注》，第188页。
③ 《东京梦华录笺注》，第1页。
④ （元）脱脱等：《宋史》，中华书局1977年版，第3027页。
⑤ 《宋史》，第3029页。
⑥ 关于《渔父词》的文体，历来有诗、词之争，诗集与词集中皆有收录。本文以《全宋词》为据，视为词。

南江北雪漫漫）为绍兴乙卯，即绍兴五年（1135）所作。这些词作完全摒弃了花间格调，明显带有南渡后的悲愤、感伤。

靖康之变的阴影极为浓厚，直到半个世纪后，姜夔于淳熙三年（1176）路过扬州时写下著名的《扬州慢》，其中仍带有"废池乔木，犹厌言兵"的战乱痕迹。孝宗年间，抗金复国的意愿在辛弃疾、陈亮等人的词中不时得到体现。从整体上看，经历了南渡之初的词坛沉寂，词在绍兴中叶乐禁消除后再度复苏起来，但其功能与风貌却发生了很大改变。与北宋相比，词不仅仅是花间尊前的娱乐工具，同时也像诗歌一样，成为文人志士抒发情怀、表达心志的重要手段。

二、词体观念的转变：从小道、余事到以词名家

任何一种文体自身通常都具有其内在的发展规律，就词体发展看，除了在内容上不断开拓外，形式上逐渐由简（小令）到繁（中调、长调），风格上由俗趋雅，地位上也经历了由卑到尊的过程。南渡后，在词坛创作风貌转变的同时，人们对词的态度也悄然改变。就整个词史看，南宋前中期正处在词体从小道、余事逐渐向诗靠拢的重要阶段，以诗为词的创作倾向十分明显。

尽管诗、词这两种文体都与音乐密切相关，但不同的功用目的，注定了二者的本质区别：早在民间阶段，"天子命史采诗谣，以观民风"，诗不仅是人们吟咏抒怀的唱本，还具有"正得失""经夫妇，成孝敬，厚人伦，美教化，移风俗"的政教功用。到了唐代，诗歌成为科举考试的重要内容，宋朝也时断时续被纳入科考中，因此，作诗成为文人必备的基本功；对于词而言，所出现的环境大多是"绮筵公子""绣幌佳人"欢宴之时，主要功能是用来歌唱助兴。因此词一直属于娱宾遣兴之小道，娱乐游戏的成分更足一些，正如胡寅所指出的："文章豪放之士，鲜不寄意于此者，随亦自扫其迹，曰谑浪游戏而已也。"[①]

政教与娱乐的不同目的，注定了人们对诗词的不同态度，例如白居易在《寄唐生》一诗中把自己与正直忠义的唐衢列为同类，提出作诗"非求宫律高，不务文字奇；惟歌生民病，愿得天子知"[②]，把写诗作为人生的政治使命；就词而言，歌妓演唱、侑欢助兴乃其当行本色，辛弃疾的"陶写之具"、陈亮的"经济之怀"是为别调、另类。极少有词人在填词时怀有明确的政教目的以及强烈的政治使命，在当权者心目中，填词与政治甚至是互相矛盾的。《苕溪渔隐丛话》《能改斋漫录》等不少宋人笔记中载有柳永的故事：柳永词名大盛，却被仁宗皇帝排斥，一句"且去填词"，注定了其政途的坎坷。以通常眼光来看，一个"薄于操行"、在烟花巷陌中填词为生的浪子文人，的确与封建士大夫的标准形象距离甚远。填词需要才情，政治要靠德能，二者并不等同，《邵氏闻见后录》中关于晏几道的记录更为分明：

> 晏叔原，临淄公晚子。监颍昌府许田镇，手写自作长短句，上府帅韩少师。少师报书："得新词盈卷，盖才有余而德不足者，愿郎君捐有余之才，补不足之德，不胜门下老吏之望"云。一监镇官，敢以杯酒间自作长短句，示本道大帅；以大

---

① （宋）胡寅：《酒边集序》，《词集序跋萃编》，第168页。
② （唐）白居易：《寄唐生》，《白居易集》，中华书局1979年版，第15页。

帅之严，犹尽门生忠于郎君之意；在叔原为甚豪，在韩公为甚德也。①

晏几道以词闻名，韩维也颇好小词，张耒《明道杂志》称韩维"每酒后好讴柳三变一曲"，并有作品存世。然而韩维收到小山词作后却并不赞赏其填词才情，反而希望他能多些政德。韩维与晏殊有交，对晏几道自称"门下老吏"，足见其劝诫是肺腑之言。韩维的言行，可以说代表了北宋文人士大夫对词体的普遍态度：一方面十分喜爱，甚至亲自创作；另一方面却绝不会把词视为"经国之大业，不朽之盛事"②，也不认为填词可以"救济人病，裨补时阙"③。与文章、诗歌这些晋身仕途的考量工具相比，词的地位要低下得多。

然而，随着北宋几代文人士大夫的创作推动，尤其是北宋末期徽宗皇帝的倡导，词体地位逐渐提升。从李清照《词论》对词人、词作的审视检讨，到王灼《碧鸡漫志》对词体源流、特色的梳理，以及曾慥、鲖阳居士等一批词学家对"复雅"的高度提倡，可以看出南渡前后，词体在文人心中的地位已越来越重要，甚至越来越向诗歌靠拢。如果说仁宗皇帝对柳永，韩维对晏几道的态度说明北宋社会普遍把词视为小道，那么在南宋士大夫的观念中，词已基本获得了可以与诗相提并论的地位。例如陈模《怀古录》中关于辛弃疾的记录：

蔡光工于词。靖康中陷于虏中。辛幼安常以诗词恭请之。蔡曰："子之诗则末也。他日当以词名家。"故稼轩归本朝，晚年词笔犹高。④

辛弃疾早年在北方时，常以诗词去请教身陷虏中的蔡光。蔡光认为他作诗属于末流，日后定会以词闻名。后来辛弃疾南归，果然词笔高妙，晚年尤其如此。该资料中所提到的蔡光，在现有宋人资料中已无从考证，他慧眼认定辛幼安将来以词名家，并最终得到证实。在蔡光看来，词可以像诗一样成为扬名、立身的资本。陈模称稼轩晚年"词笔尤高"，足见其对词体的肯定。《怀古录》中所体现出的词体态度，显然要高于北宋时期。

三、词体地位提升的重要表现："诗余"与词集刊刻

南宋词体地位的提升，还表现在词集的整理与刊刻方面。南渡之初，朝廷所拥有的图书文化资源几乎散失殆尽，高宗曾多次向民间征、购书籍，还制定献书推赏之格，凡献书一定数量者，可赐给官职。孝宗亦非常重视文化建设，淳熙四年（1177）陈骙编撰《中兴馆阁书目》，记录了秘书省所藏图书 44 486 卷，比北宋《崇文总目》多出 13 817 卷。这部书目，不仅总结了南宋朝廷的藏书状况，而且是当时学术文化繁荣的重要表现。

在这种文化背景下，南宋刻书业十分发达，许多别集得到整理与刊刻，其中便有不少词集。《花间集》作为开创词体当行本色的范本，在宋代广为流传，现存三种宋本中就有淳熙末年刻本。另外，对后世影响极大、流布极广的《草堂诗余》，乃坊间编订的歌本性质的词选，其初编本应当是孝宗末期的产物。此外，大量前代及当朝文人词集在乾、淳年间被整

---

① （宋）邵博：《邵氏闻见后录》，中华书局 1983 年版，第 151～152 页。
② （魏）曹丕：《典论·论文》，《影印文渊阁四库全书》第 1412 册，第 616 页。
③ （唐）白居易：《与元九书》，《白居易集》，中华书局 1979 年版，第 959 页。
④ （宋）陈模：《怀古录》卷中，清抄本，国图善本缩微。

理、刊刻。

施蛰存先生《词学名词释义》中对"诗余"的概念进行辨析时，指出："以'诗余'标名者，皆在乾道、淳熙年间，可知'诗余'是当时流行的一个新名词。"①"诗余"在明清以后通常被视为词之别称，甚至带有贬义，然而在南宋时并非如此，其作用仅在于编诗集时的分类。换句话说，南宋乾、淳时期刊刻文人别集时，词集往往附于诗歌集之后，因而称之为"诗余"。

虽然在宋人观念中，词的确有诗、文余事之意，比如罗泌跋欧阳修《近体乐府》称"公吟咏之余，溢为歌词"，关注题《石林词》言"右丞叶公，以经术文章，为世宗儒。翰墨之余，作为歌词，亦妙天下"，孙兢序《竹坡长短句》提到"竹坡先生至其嬉笑之余，溢为乐章，则清丽婉曲"，陆游跋《后山居士长短句》亦认为"陈无己诗妙天下，以其余作词，宜其工矣"。然而南宋文人或书商在刊刻别集时，把词随同诗、文一起付印，其行为本身就说明词已被纳入到诗、文行列中，不再是卑体、小道。

在许多南宋词人的作品中，诗、词之间的界限已经不再分明，二者往往被交融在一起，如赵彦端《看花回》写到："新诗惠我，开卷醒然欣再读。叹词章、过人华丽，掷地胜如金玉。"姚述尧《念奴娇·次刘周翰韵》中称"酒兴云浓，诗肠雷隐，饮罢须臾设。醉归凝伫，此怀还与谁说"，其《临江仙》一阕中又提到"动容皆是舞，出语总成诗"。管鉴《鹊桥仙》也有"诗情未减，酒肠宽在，且趁尊前强健"。词人填词却称诗肠、诗情，或者说他们诗情大发时，却是用词来表达，足见在实际创作中，词已经上升到诗歌一样的地位。

词体在南渡之后地位不断提升还可以通过书目得以证明。晁公武（约1104—约1183）《郡斋读书志》、尤袤（1127—1194年）《遂初堂书目》、陈振孙（1179—1262）②《直斋书录解题》被誉为南宋三大藏书目录。晁氏目录自序成书于绍兴二十一年（1151），晚年有所增订，其中共录图书1 496部，除去重见者，实为1 492部，以唐、宋（北宋及南宋初）书籍最为完备，其分类依照经、史、子、集，下又分小类，其中集部有韦庄《浣花集》五卷、《李煜集》十卷、《李易安集》十二卷等，但无专门词集、乐章名录。

尤袤《遂初堂书目》亦按四部分类，共计3 200多种，杨万里曾为之作序③，据考辨该序作于淳熙五年（1178）④，由此可知尤氏书目初编完成不迟于该年。《遂初堂书目》集部专门有"乐曲类"，列有唐《花间集》、冯延巳《阳春集》《黄鲁直词》《秦淮海词》《晏叔原词》《晁次膺词》《东坡词》《王逐客词》《李后主词》以及《杨元素本事曲》《曲选》《四英乐府》《锦屏乐章》《乐府雅词》等词别集、选集。

陈振孙《直斋书录解题》成书当在理宗朝，著录丰富，体例完备，集部中列有"歌词类"，收录词集120种。单以这三部书目中的词集情况来看，从高宗绍兴末到孝宗朝再到理宗时期，词集在目录学中经历了从无到有再到繁荣的过程。尤其是淳熙年间《遂初堂书目》中专门出现了词集一类，足可见词体观念在孝宗一朝得到了显著提高。另外通过《直斋书录解题》可以看出，南宋前期词人别集的编辑刊刻也十分突出。

---

① 施蛰存：《词学名词释义》，中华书局1988年版，第22页。
② 陈振孙生年有1181年之说，此处定为1179年，见周佳林硕士论文《略论陈振孙对目录学的贡献》，湖南师范大学，2008年5月，第13页。
③ （宋）杨万里：《益斋藏书目序》，《诚斋集》卷七九，《四库全书》本。注：尤袤藏书楼先名"益斋"，后因宋光宗赐扁而改名"遂初堂"。
④ 参见罗炳良《尤袤〈遂初堂书目〉序跋考辨》，载《廊坊师范学院学报》2007年第4期，第28～30页。

南渡后的尊体思想在该时期的一些序跋中得到了更为集中的体现：朱熹《书张伯和诗词后》（1180）把诗词并列一起，盛赞张孝祥"其父子诗词以见属者，读之使人奋然有禽灭仇虏、扫清中原之意"。此外，陈应行的《于湖先生雅词序》、汤衡《张紫微雅词序》（1171）、强焕《题周美成词》（1180）、韩元吉《焦尾集序》（1182）、陈𪒠《燕喜词序》、詹傪之《燕喜词跋》（1187）、杨冠卿《群公乐府序》（1187）、范开《稼轩词序》（1188）、曾丰《知稼翁词序》（1188）、陆游《跋金奁集》（1189）等，皆从不同角度对词作及词人给予赞扬与肯定。

　　例如詹傪之赞曹冠《燕喜词》："旨趣纯深，中含法度，使人一唱而三叹，盖其得于六义之遗意，纯乎雅正者也。……矧斯作也，和而不流，足以感发人之善心，将有采诗者播而飏之，以补乐府之阙，其有助于教化，岂浅浅哉！"①完全把曹冠的词与诗等同起来，不仅以六义、雅正来赞美，甚至认为《燕喜词》有教化之功。客观来论，现存曹冠《燕喜词》中，虽有"丈夫志业，当使列云台，擒颉利，斩楼兰，雪耻歼狂虏"（《蓦山溪·渡江咏潮》）这样的壮语，但称其"六义""有助于教化"，则未免过于拔高。抛开作序时通常的溢美态度外，可以清楚看到词体在乾、淳文人心目中绝不仅仅是"谑浪游戏"，而是"一时杰作"②，甚至成为"陶写之具"。

四、尊体观念逐渐形成——以陆游为例

　　在整个宋代词体发展过程中，孝宗时期的词学家们把南渡以来的雅化及尊体意识推向了一个新阶段，传统的诗尊词卑观念在该时期得到了极大改变，曾慥、鮦阳居士、王灼等人在理论上多有阐述，张孝祥、辛弃疾、姜夔等则以实践创作进行证明。值得一提的是，南渡后词体的推尊历程在陆游思想意识中表现得极为充分。放翁是位高寿且多产的作家，其创作经历了高、孝、光、宁四个朝代。就词而言，现存145首，另外还有6篇与词相关的序跋：自题《长短句序》（1189），《跋金奁集》（1189），《跋后山居士长短句》（1191），《跋东坡七夕词后》（1195），以及两篇《花间集跋》，第一篇未题时间，第二篇为开禧元年（1205）。通过这些序跋，可以清楚感知到陆游词体态度的变化。

　　淳熙末年（1189），陆游自编词集，作《长短句序》，称："予少时汩于世俗，颇有所为，晚而悔之。然渔歌菱唱，犹不能止。今绝笔已数年，念旧作终不可掩，因书其首，以志吾过。"65岁的陆游回顾自己的词创作时，呈现出一种矛盾的心态：一方面认为词乃世俗小道，自悔少作；另一方面却又非常喜欢，乐此不疲，最终用"以志吾过"来调和。然而作于同年的《跋金奁集》，则对温庭筠《南乡子》八首赞扬有加，认为"语意工妙""一时杰作"。两年后，陆游为陈师道词集作跋，认为唐宋诗卑，而词体高古工妙，甚至与汉魏乐府相似，显然对词体以及陈无己的词作给予全面肯定。陆游在《跋东坡七夕词后》中，不仅大赞东坡七夕词是"星汉上语"，甚至认为"学诗者当以是求之"，把词作为写诗要效仿的对象，彻底打破了诗尊词卑的观念。

　　陆游有两篇《花间集跋》，第一篇署名"笠泽翁"，陆游名号颇多，隆兴至乾道年间写文时多署"笠泽渔隐"或"笠泽渔翁"，由此推测词篇当作于孝宗初期，该跋称："方斯时，

---

① （宋）詹傪之：《燕喜词跋》，施蛰存《词集序跋萃编》，第228页。
② （宋）陆游：《跋金奁集》，施蛰存《词集序跋萃编》，第4页。

天下岌岌，生民救死不暇，士大夫乃流宕至此，可叹也哉！或者出于无聊故邪？"可见陆游站在士大夫的正统立场，对花间词持批判、否定态度；第二篇作于开禧元年（1205），态度大为改观，认为唐末五代"诗愈卑而倚声者辄简古可爱"。纵观陆游6篇序跋中的词体态度，从孝宗朝之初的批判，到淳熙末的矛盾、欣赏，再到绍熙、庆元、开禧年间的肯定，十分清晰地反映出陆游对词体从矛盾到肯定的接受过程。

陆游的词体观念，同样折射出南渡后词体在人们心目中由卑向尊的演变。乾、淳以后，词体彻底摆脱了卑体、小道的地位，辛弃疾门生范开在《稼轩词序》中称稼轩词："无他，意不在于作词，而其气之所充，蓄之所发，词自不能不尔也。"[①] 把稼轩词视为意气之作，而非娱乐游戏之工具。汪莘甚至在其作于宁宗嘉定元年（1208）的《方壶诗余自序》中公然声称"乃知作词之乐，过于作诗"[②]，可见他对于填词的情感要远超过作诗。正是经过南渡以及孝宗时期词人、词论家的推动，词体在人们心目中逐渐向诗歌靠拢，最终取得了与诗看齐的地位，从而形成了与北宋大相径庭的词坛风尚。

---

① 金启华、张惠民等：《唐宋词集序跋汇编》，江苏教育出版社1990年版，第172页。
② 金启华、张惠民等：《唐宋词集序跋汇编》，江苏教育出版社1990年版，第227页。

试论"嘉祐四友"的进退分合与交游唱和[*]

陈元锋

山东师范大学文学院

内容摘要：王安石、司马光、吕公著、韩维号称"嘉祐四友"，他们在嘉祐中结交游集，熙宁中同时进入朝廷权力中心，却因政治立场的对立而产生分化。"四友"具有素朴简淡、不慕纷华的文化性格，在科举改制问题上，均属取消诗赋一派，但司马光等人对荆公新学之专断与驳杂则持批评态度。"四友"在诗坛的交游酬唱始末与其政治上的进退分合轨迹正相吻合，可以清楚地分为嘉祐、熙丰两个阶段。汴京的文学生态因新党专权而恶化，司马光、吕公著、韩维及范镇退居洛阳、颍昌等地，却获得了难得的宽松自由的创作环境。他们优游山水园林，诗酒雅集，闲吟代替了讽谕，林泉高致掩盖了朝堂纷争，仍曲折透射了政治干预文学的阴影。

关键词："嘉祐四友" 熙宁 元丰 交游唱和

徐度《却扫编》载："王荆公、司马温公、吕申公、韩公维，仁宗朝同在从班，特相友善，暇日多会于僧坊，往往谈燕终日，他人罕得而预，时目为嘉祐四友。"[①] 司马光（1019—1086）与王安石（1021—1086）、吕公著（1018—1089）、韩维（1017—1098）四人年辈相若，与这一交游圈关系密切的还有范镇（1009—1088）。他们于嘉祐年间开始崭露头角，深相知许，交游甚密。进入熙丰时期，在王安石及其新党把持熙丰政坛、文坛话语权的情势下，旧党人士多被贬退，曾经的"嘉祐四友"也产生隔阂，走向分裂。本文重点关注"四友"熙丰时期重要的政治与文学活动，考察其出处进退、分合聚散的生活轨迹，借以管窥北宋中叶文人群体构成之特点及文学与政治之关系。

一、"四友"之相知与分化

"四友"之间相知甚深。比如司马光与王安石，两人同为群牧判官、同修起居注，同为翰林学士，有意思的是，两人均是五辞而受修注官，司马光在辞状中即引王安石为例，他说以前朝廷一有任命，自己便黾勉从事，"及睹王安石前者辞差修起居注，章七八上，然后朝廷许之。臣乃追自悔恨，向者非朝廷不许，由臣请之不坚故也……如臣空疏，何足称道？比之安石，相去远甚……乃与之同被选擢，比肩交进，岂不玷朝廷之举，为士大夫所羞哉？"[②] 司马光的道德也为王安石所敬重，陆游曾记载：安石之子王雱熙宁初于京城觅居所时，说过

---

[*] 本文为国家社科基金项目"北宋翰林学士与文学研究"（06BZW034）的阶段性成果。
[①] 徐度：《却扫编》卷中，《文渊阁四库全书》第863册，上海古籍出版社1987年版，第773页。
[②] 司马光：《辞修起居注第四状》，李之亮《司马温公集编年笺注》卷一七，第3册，巴蜀书社2009年版，第46页。

欲与司马光为邻的话："大人之意，乃欲与司马十二丈卜邻，以其修身齐家，事事可为子弟法也。"① 在文学上，司马光曾参与嘉祐四年（1059）由王安石首唱的《明妃曲》唱和，王安石还曾邀司马光和其《巫山高》诗。同样，即使在政治上分裂之后，司马光对王安石的道义文章始终都非常推许，对其变法中举措失误与用人不当也深为惋惜。王安石与吕公著素相厚，据《邵氏闻见录》载："吕晦叔、王介甫同为馆职，当时阁下皆知名士，每评论古今人物治乱，众人之论必止于介甫，介甫之论又为晦叔止也。"他平生待公著甚恭，曾屡屡表示："师友之义，实有望于晦叔。""吕十六不作相，天下不太平。""晦叔作相，吾辈可以言仕矣。"② 至于司马光与吕公著及范镇三人，尤有兄弟之谊，莫逆之交始终如一。韩维也与安石雅相厚善，与司马光为平生交。

熙丰时期，不同政治力量间的角力与学术思想的交锋，主要围绕新法和新学展开，由此划分为新党与旧党两大阵营。在王安石及其新党把持熙丰政坛、文坛话语权的情势下，旧党大臣多被贬退，"四友"进退浮沉的政治命运映现出了新旧党争的基本态势。

"四友"在仁宗朝即为朝廷大臣所看重，巧合的是，他们均于熙宁初进入翰苑，成为神宗朝第一批翰林学士。吕公著治平四年至熙宁二年（1067—1069）为学士，元丰元年曾除翰林学士承旨，恳辞未受。司马光治平四年至熙宁三年（1067—1070）在学士院。王安石亦于治平四年至熙宁二年拜翰林学士，实际上熙宁元年四月始入京任职，熙宁二年二月即为参知政事。韩维熙宁二年至五年（1069—1072）入院，熙宁七年（1074）复入翰苑为承旨学士。熙宁三年前，与"四友"同为翰苑同僚的还有承旨王珪（治平四年至熙宁三年）、学士冯京（熙宁元年）、范镇（熙宁元年至三年）、郑獬（治平四年至熙宁二年）、滕元发（熙宁二年）等人。熙宁翰林学士可以说集中了嘉祐以来最优秀的文章才俊，而以"四友"最为神宗倚重。如司马光与吕公著，据说神宗曾向时任御史中丞的王陶询问时政："会以司马公光、吕公公著为翰林学士，上问：'此举如何？'对：'二人者，臣常论荐之矣，用人如此，天下何患不治乎？'"③ 周必大跋司马光与吕公著同除翰林学士的告词载：

> 神宗皇帝天纵将圣，焕乎其有文章。即位之三月，首擢司马文正、吕正献为翰林学士……惟二公首先文学冠映本朝，故其进用大同者三：在仁宗时，力辞知制诰，并改次对，入侍帏幄，同乎初也；右文初政，并升翰苑，同乎中也；泰陵嗣服，俱在揆路，同乎终也。追观前世名公卿同时被遇者固多，至于更历累朝、名位均一如二公则鲜矣。④

此外，韩维以神宗藩邸旧僚而受宠任，神宗对王安石的信任更超越普通的君臣关系。

正值中年的"四友"于熙宁中同时进入朝廷权力中心，然而，一场空前的政治改革风暴，使"四友"走向了决裂。

熙宁二年三月，王安石以翰林学士越次入对，随即被任为参知政事，开始全面推行新法，昔日的相知、好友纷纷站到了自己的对立面，构成强大的反对力量，司马光则被王安石

---

① 陆游：《跋居家杂仪》，曾枣庄、刘琳主编《全宋文》，上海辞书出版社、安徽教育出版社2006年版，第223册，第17页。
② 邵伯温：《邵氏闻见录》卷一二，中华书局1983年版，第125页。
③ 范镇：《王尚书陶墓志铭》，《全宋文》第40册，第316页。
④ 周必大：《跋司马温公吕申公同除内翰告》，《全宋文》第230册，第280页。

视为"为异论者立赤帜"的人。① 事实确实如此,司马光利用翰林学士兼侍读、谏职等身份,连续发出不同的声音。熙宁三年,司马光连上《与介甫》三书,全面批评新法和王安石之专断刚愎,言辞切直,王安石则对司马光所列"侵官、生事、征利、拒谏以致天下怨谤"等罪名给以针锋相对的回应。② 光又上《奏弹王安石表》,奏称"参知政事王安石,不合妄生奸诈,荧惑圣聪";"首倡邪术,欲生乱阶,违法易常,轻革朝典,学非言伪,王制所诛,非曰良臣,是为民贼。而又牵合衰世,文饰奸言,徒有啬夫之辨谈,拒塞争臣之议论";声称"臣之与安石,犹冰炭之不可共器,寒暑之不可同时"。③ 两人的矛盾迅速升级,已不可调和,光遂力求去职,于熙宁三年九月罢翰林学士,以端明殿学士出知永兴军,安石则加同平章事。熙宁四年四月司马光判西京留司御史台,自是绝口不论时事,闲居洛阳十五年,远离汴京政治中心。同一时期,其他反对新法的学士朝臣也相继出外:熙宁二年,郑獬因不肯用按问新法,为王安石所恶,出知杭州④;吕公著因论青苗法出知颖州。⑤ 熙宁三年,范镇上疏极言三司条例司不可,"介甫大怒,自草制书,极口丑诋,使以本官户部侍郎致仕"⑥。其他如御史中丞吕诲罢知邓州,张方平除南都留台,富弼西京养疾,刘恕归南康,"三舍人"(宋敏求、苏颂、李大临)被罢,苏轼通判杭州。

韩维在"嘉祐四友"中比较特殊,他是嘉祐至元祐四朝名臣,熙宁中两拜学士并为承旨。神宗因其为藩邸旧臣而知之尤深,屡欲大用,会王安石用事,变更旧法,维议国事始多异同,故被阻。熙宁三年孔文仲试制科对策入等,以直言时事被王安石罢黜,维连上五章,进言:"陛下无以文仲为一贱士尔,黜之何损?臣恐贤俊由此解体,忠良结舌,阿谀苟合之人将窥隙而进,则为祸有不胜言者矣。"⑦ 由是而贬外。元祐元年(1086)为门下侍郎,"司马光与维平生交,俱以耆德进用,至临事,未尝一语附合务为苟同,人服其平"⑧。时议欲废《三经义》,韩维以为安石经义宜与先儒之说并行,不当废。绍圣中入元祐党籍。韩维在政治上独立不倚,持论公平,不愧"嘉祐以来为名臣"的称誉。他出身于著名的桐木韩氏家族,韩氏三兄弟皆官居高位,《宋史》本传比较说:"(韩)亿有子位公府,而行各有适。绛适于同,维适于正,缜适于严。呜呼,维其贤哉!"⑨

由于王安石的政治作风过于强硬专断,刚愎执拗,为顺利推行新法的实施,大力排斥异己,"于是吕公著、韩维,安石藉以立声誉者也;欧阳修、文彦博,荐己者也;富弼、韩琦,用为侍从者也;司马光、范镇,交友之善者也;悉排斥不遗力"⑩。其初入政坛时的座主、僚友、知交,均因不能附合其政治立场而被纷纷贬黜或引退。曾经的青年才俊组合"嘉祐四友"未能成为坚定的政治盟友,而不得不走向解体和绝交。

---

① 徐乾学:《资治通鉴后编》卷七八"熙宁三年二月甲戌",《文渊阁四库全书》第343册,第456页。
② 参见王安石:《答司马谏议书》,李之亮《王荆公文集笺注》卷三六,巴蜀书社2005年版,第1233~1234页。
③ 司马光:《奏弹王安石表》,《司马温公集编年笺注》附录卷二,第6册,第92~93页。
④ 参见《宋史》卷三二一《郑獬传》,中华书局1977年版,第10419页。
⑤ 参见《宋史》卷三三六《吕公著传》,第10773~10774页。
⑥ 司马光:《范景仁传》,《司马温公集编年笺注》卷六七,第5册,第218页。
⑦ 《东都事略》卷五八《韩维等传》,《文渊阁四库全书》第382册,第364页。
⑧ 《韩侍郎维传》(实录),《名臣碑传琬琰集》下卷十七,《文渊阁四库全书》第450册,第796页。
⑨ 《宋史》卷三一五《韩维传》,第10313页。
⑩ 《宋史》卷三二七《王安石传》,第10547页。

二、"四友"之科举观与文化品格

随着司马光、吕公著、范镇、韩维等人相继贬退及其与王安石的分裂,旧党在翰苑、经筵、政府的话语权逐步丧失。但熙宁时期在变法问题上严重对立的"嘉祐四友",在科举变革思想上却有着高度的一致。熙宁二年,时任参知政事的王安石进《乞改科条制札子》提出改革纲领:

> 伏以古之取士,皆本于学校,故道德一于上,而习俗成于下,其人材皆足以有为于世……今欲追复古制以革其弊,则患于无渐。宜先除去声病对偶之文,使学者得以专意经义,以俟朝廷兴建学校,然后讲求三代所以教育选举之法,施于天下,庶几可复古矣。①

四月诏:"四方执经艺者专于诵数,趋乡举者狃于文辞……今下郡国招徕隽贤,其教育之方,课试之格,令两制、两省、待制以上、御史、三司、三馆杂议以闻。"贡举制度纳入变法的议程,其时"议者多谓变法便"②。但当时的讨论还是引发了针锋相对的争议,大体可分两派,翰林学士除王珪外基本与王安石保持了一致。司马光的奏状认为:"臣窃惟取士之弊,自古始以来,未有若近世之甚者也。何以言之?自三代以前,其取士无不以德为本,而未尝专贵文辞也。"他批评了唐代以来以诗赋论策取士的不合理:"进士初但试策,及长安、神龙之际,加试诗赋。于是进士专尚属辞,不本经术,而明经止于诵书,不识义理,至于德行,则不复谁何矣。自是以来,儒雅之风,日益颓坏。""国家从来以诗赋论策取人,不问德行,故士之求仕进者,日夜孜孜,专以习赋诗论策为事,惟恐不能胜人。"科举旧制造成士风、学风的颓败,他建议实行保举之法,由朝臣荐举"学术节行"优秀者,择优召试,"进士试经义策三道,子史策三道,时务策三道,更不试赋、诗及论……对策及大义,但取义理优长,不取文辞华巧"③。吕公著认为取士的根本在学校,现行的教育制度与取士制度都需要变革,但"可以渐去而未可以遽废"。至于进士科,他指出:"按进士之科,始于隋而盛于唐。初犹专以策试,至唐中宗乃加以诗赋,后世遂不能易。取人以言,固未足见其实,至于诗赋,又不足以观言。是以昔人以鸿都篇赋比之尚方技巧之作,此有识者皆知其无用于世也。臣以谓自后次科场进士,可罢诗赋而代以经,先试本经大义十道,然后试以论策。"④韩维的建议是"罢诗赋,更令于所习一大经中(原注:"令人通习某经。")问大义十道,但以文辞解释,不必全记注疏"⑤。而学士承旨王珪的建议甚为简单,仍主张"若乃贡举以诗赋策论取人,盖自祖宗以来,收揽天下豪俊,莫不用此,臣不敢轻议"⑥,略无新意。

当时对贡举改革持异议的代表是任直史馆的苏轼,他主张保持现状,"臣以谓今之学

---

① 王安石:《乞改科条制札子》,《王荆公文集笺注》卷五,第154页。
② 《宋史·选举志》一,第3616页。
③ 司马光:《议学校贡举状》,《司马温公集编年笺注》卷三九,第3册,第552~558页。
④ 吕公著:《答诏论学校贡举之法奏》,《全宋文》第50册,第281~284页。
⑤ 韩维:《议贡举状》,《全宋文》第49册,第154页。
⑥ 王珪:《议贡举庠序奏状》,《华阳集》卷七,丛书集成初编本,第73页。

校，特可因循旧制"，因为"贡举之法，行之百年，治乱盛衰，初不由此"。苏轼针对当时司马光诸人"或曰乡举德行而略文章，或曰专取策论而罢诗赋"的建议，认为诗赋策论之废存难以从有用无用的角度来判断，"自文章而言之，则策论为有用，诗赋为无益；自政事言之，则诗赋、策论均为无用矣。虽知其无用，然自祖宗以来莫之废者，以为设法取士，不过如此也"。他否定了考试内容对培养政事能力的功用，"自唐至今，以诗赋为名臣者，不可胜数，何负于天下，而必欲废之！"而经义策论，其为文易学，但"无声病对偶，故考之难精"，"其弊有甚于诗赋者矣"。因此现行的考试制度，已证明其行之有效，不必另行更张。①苏轼的奏状并非为诗赋辩护，而着眼于取人的角度，从逻辑上看并不比司马光等人的奏状缺少说服力，因此一度也打动了神宗，"帝读轼疏曰：'吾固疑此，得轼议，释然矣。'"②但通常话语权并不掌握在少数派手里，更强势的翰苑学士与执政者的认识达成了高度一致。王安石对苏轼奏状的回应直指要害："若谓进士科诗赋亦多得人，自缘仕进别无他路，其间不容无贤；若谓科法已善，则未也。今以少壮之士，正当讲求天下正理，乃闭门学作诗赋，及其入官，世事皆所未习，此科法败坏人材，致不如古。"③

翰苑词臣中的"嘉祐四友"（安石新由翰学升任副相）在科举问题上不约而同地站到了取消诗赋一派，他们的观点大同小异，其根本目的是建设良好的士风道德，倡导朴实的文风，培养政事型人才，这或许反映了"四友"身上所具有的某种共同的文化性格：四人都曾屡辞馆职、修起居注、知制诰等文字清要之职，以恬退著称，是嘉祐以来朝野推重的士行楷模。另外，其个人生活和性格似都有些"不近人情"之处，如王安石"性不好华腴，自奉至俭，或衣垢不浣，面垢不洗"④；司马光"性不喜华靡，闻喜宴独不戴花"，"于物澹然无所好"⑤；"于财利纷华，如恶恶臭"⑥；吕公著"于声利纷华，泊然无所好"⑦；韩维"好古嗜学，安于静退"⑧。邵伯温曾比较说："荆公、温公不好声色，不爱官职，不殖货利皆同。二公除修注，皆辞至六、七，不获已方受……故二公平生相善，至议新法不合，始著书绝交矣。"⑨ 不可否认，"四友"前期之结交，性情气质的投合显然是重要因素之一，而他们先德行而后文艺、重应用而轻华辞、崇尚论策经义而摒弃诗赋的文化取向，从某种意义上看，也是基于他们素朴简淡、不慕纷华而又不甘现状、锐意变革、进退从容的文化性格的必然选择。因此，对于熙丰变法时期科举罢诗赋的文化决策，"四友"因其在翰苑政坛中的显要地位以及学术德行的崇高声望，他们的观点必然起到了重要的推动作用，而并非只是神宗与王安石的个人意志。

不过熙宁科举新制后来的发展确实越来越转向王安石"一道德"的步骤。熙宁四年（1071），"更定科举法，从王安石议，罢诗赋及明经诸科，专以经义论策试士"。熙宁八年（1075），王安石上"三经新义"，颁于学官，"一时学者无不传习，有司纯用以取士。安石

---

① 苏轼：《议学校贡举状》，《苏轼文集》卷二五，中华书局1986年版，第723～726页。
② 《宋史·选举志》一，第3617页。
③ 《宋史纪事本末》卷九，吉林出版集团2005年版，第243～244页。
④ 《宋史》卷三二七《王安石传》，第10550页。
⑤ 《宋史》卷三三六《司马光传》，第10757～10769页。
⑥ 《东都事略》卷八七《司马光传》下，《文渊阁四库全书》第382册，第566页。
⑦ 《宋史》卷三三六《吕公著传》，第10776页。
⑧ 《韩侍郎维传》（实录），《名臣碑传琬琰集》下，卷十七，《文渊阁四库全书》第450册，第790页。
⑨ 邵伯温：《邵氏闻见录》卷一一，第122页。

又为《字说》二十四卷，学者争传习之，自是先儒之传注悉废矣"①。荆公新学"多穿凿附会，其流入于佛、老"，又"黜《春秋》之书，不使列于学官，至戏目为'断烂朝报'"②。至此，在"一道德"的理论框架下，完成了贡举制度的全面变革，同时也导致了学风的专制和僵化。

因此，王安石新学随即遭到了司马光等人的抵制。司马光与范镇、吕公著均排斥佛教老庄，司马光"不喜释、老，曰：'其微言不能出吾书，其诞吾不信。'"③ 其熙宁二年上《论风俗》指出：

> 窃见近岁公卿大夫，好为高奇之论，喜诵老、庄之言，流及科场，亦相习尚。新进后生，未知臧否，口诵耳剽，翕然成风……今之举人，发口秉笔，先论性命，乃至流荡忘返，遂入老、庄。纵虚无之谈，骋荒唐之词，以此欺惑考官，猎取名第……伏望朝廷特下诏书，以此戒励内外公卿大夫，仍指挥礼部贡院，豫先晓示进士，将来程式，若有僻经妄说，言涉老、庄者，虽复文辞高妙，亦行黜落，庶几不至疑误后学，败乱风俗。④

据顾栋高《司马温公年谱》认为："所谓'好为高奇，喜诵老、庄'者，则荆公其人也。"⑤一代文坛宗师欧阳修于熙宁五年（1072）卒后，范镇、王安石、苏轼等人均撰文纪念。范镇《祭欧阳文忠公文》曰："惟公平生，谅直骨鲠。文章在世，炜炜炳炳。老释之辟，贲育之猛。拒塞邪说，尊崇元圣。天下四方，学子甫定。迩来此风，勃焉而盛。如醒复醉，如愈再病。"⑥ 范镇"其学本六经，口不道佛、老、申、韩之说"⑦，其排斥"老释邪说"的思想与欧公一脉相承，而"迩来此风"复炽，显然直指王安石。吕公著为夷简之子，与欧阳修为讲学之友，亦致力于抵制佛老异端和荆公新学，"帝从容与论治道，遂及释、老，公著问曰：'尧舜知此道乎？'"⑧ 元祐时期，公著与司马光同心辅政，光薨后，公著独当国，试图对科举制度拨乱反正，纠正王氏新学一统天下的局面，"时科举罢词赋，专用王安石经义，且杂以释氏之说，凡士子自一语上，非新义不得用，学者至不诵正经，唯窃安石之书以干进，精熟者转上第，故科举益弊。公著始令禁主司不得出题老、庄书，举子不得以申、韩、佛书为学，经义参用古今诸儒说，毋得专取王氏。复贤良方正科"⑨。韩维则以为安石经义宜与先儒之说并行，不当废。苏轼一直坚持他对王安石新学的批评立场，他在熙宁二年的《议学校贡举状》中指出：王衍好老庄，王缙好佛，均导致天下风俗凌夷，"夫性命之说，自子贡不得闻，而今之学者，耻不言性命，此可信也哉！今士大夫至以佛老为圣人，鬻书于

---

① 《宋史纪事本末》卷九"学校科举之制"条，第242～245页。
② 《宋史》卷三二七《王安石传》，第10550页。
③ 苏轼：《司马温公行状》，《苏轼文集》卷一六，第491页。按苏轼传文为范镇采用，参见范镇《司马文正公墓志铭》，《全宋文》第40册，第317～318页。
④ 司马光：《论风俗札子》，《司马温公集编年笺注》卷四五，第122～123页。
⑤ 顾栋高：《司马温公年谱》，《司马温公集编年笺注》附录卷九，第307页。
⑥ 范镇：《祭欧阳文忠公文》，《全宋文》第40册，322～323页。
⑦ 《宋史》卷三三七《范镇传》，第10790页。
⑧ 《宋史》卷三三六《吕公著传》，第10774页。
⑨ 《宋史》卷三三六《吕公著传》，第10775～10776页。

市者，非庄老之书不售也，读其文，浩然无当而不可穷，观其貌，超然无著而不可挹"①。洗涤荆公新学之弊，仍是苏轼在元祐进入翰苑后面临的重要课题。

三、"四友"嘉祐、熙宁间的汴京唱和

"嘉祐四友"在诗坛的交游酬唱始末与其政治上的进退分合轨迹正相吻合，可以清楚地分为嘉祐、熙丰两个阶段来看。

"四友"都活跃于欧阳修为领袖的嘉祐诗坛，如所周知，在文学上最为欧阳修所欣赏的是王安石，欧公曾以"翰林风月三千首，吏部文章二百年"相期许。王安石唱和较多的包括欧阳修、梅尧臣、范镇、韩维、吴充、刘攽、曾巩及司马光等人，已展示出他作为一个年轻诗人所具有的浓厚的文学热情和出色才华。王安石对当时几位诗友的评价令人颇感兴趣："韩侯（维）冰玉人。"②"清明有冲卿（吴充），奥美如晦叔（吕公著）。"③"冯侯（京）天马壮不羁，韩侯（维）白鹭下清池。刘侯（攽）羽翰秋欲击，吴侯（充）葩萼春争披。沈侯（遘）玉雪照人洁，潇洒已见江湖姿。唯予貌丑骇公等，自镜亦正如蒙俱。忘形论交喜有得，杯酒邂逅今良时。心亲不复异新旧，便脱巾屦相谐嬉。"④上述诗句对诸人（"四友"之中有吕公著与韩维）的形容均具清华高逸的诗人气质，可以想见其时诗人游随雅集时忘形尔汝之兴味。安石所咏韩、吴、吕、冯、沈五人，熙宁中均成为翰林学士。据《却扫编》载："刘贡父旧与王荆公游甚款，每相遇必终日。"刘攽后亦任中书舍人。但后来这一唱和群体却或分或合，他最服膺和相善的友人如刘攽、吕公著、韩维因对新法的批评而相继被黜，冯京亦因郑侠案遭李定、舒亶等陷害。

王安石嘉祐四年（1059）所作《明妃曲》引发的同题唱和是嘉祐诗坛最具诗史意义的一次诗歌活动，"四友"中唯有司马光参与了唱和。光诗云：

> 胡雏上马唱胡歌，锦车已驾白橐驼。明妃挥泪辞汉主，汉主伤心知奈何。宫门铜环双兽面，回首何时复来见？自嗟不若住巫山，布袖蒿簪嫁乡县。万里寒沙草木稀，居延塞外使人归。旧来相识更无物，只有云边秋雁飞。愁坐泠泠调四弦，曲终掩面向胡天。侍儿不解汉家语，指下哀声犹可传。传遍胡人到中土，万一他年流乐府。妾身生死知不归，妾意终期寤人主。目前美丑良易知，咫尺披庭犹可欺。君不见白头萧太傅，被谗仰药更无疑。⑤

与王安石原唱具有"翻案"的史论色彩相比，司马光之作仍以同情昭君为主调，结尾借题发挥，寄托了谗佞惑主的政治寓意，总体上表现得中规中矩。另外值得注意的是本文开头提到的王安石与司马光的《巫山高》唱和，时间为嘉祐七年（1062）。《巫山高》为乐府诗题，多渲染巫山神女故事，抒写远望思归之情，王安石原作共两篇，题《葛蕴作巫山高爱其飘逸因亦作两篇》，其一曰：

---

① 苏轼：《议学校贡举状》，《苏轼文集》卷二五，第725页。
② 王安石：《韩持国从富并州辟》，《王荆文公诗笺注》卷一〇，上海古籍出版社2010年版，第247页。
③ 王安石：《寄吴冲卿》，《王荆文公诗笺注》卷一〇，第250页。
④ 王安石：《和贡父燕集之作》，《王荆文公诗笺注》卷一〇，第257页。
⑤ 司马光：《和王介甫明妃曲》，《司马温公集编年笺注》卷三，第1册，第183页。

> 巫山高，十二峰，上有往来飘忽之猿猱，下有出没瀺灂之蛟龙，中有倚薄缥缈之神宫……阳台美人多楚语，只有纤腰能楚舞，争吹凤管鸣鼍鼓。那知襄王梦时事，但见朝朝暮暮长云雨。①

葛蕴原作已不存，曾巩有《答葛蕴》五言诗云："得子百篇作，读之为忻忻。大章已逸发，小章更清新。远去笔墨畦，徒识斧凿痕。想当经营初，落纸有如神。勉哉不自止，直可窥灵均"，给予很高的评价。司马光应约和安石诗一篇，云：

> 巫山高，巫山之高高不极。寒江西来曳练长，群峰森罗十二戟。清狖悲号裂翠崖，老蛟怒斗摧丹壁。轻生重利三巴客，一叶直冲高浪白。船头吟啸坐自如，仰视长天不盈尺。丛祠像设俨山椒，巫祝纷纷非一朝。云是高唐神女之所处，至今暮雨常萧萧。我闻神理明且直，兴亡唯观恶与德。安肯来从楚国君，凭依梦寐为淫昏。襄王之心自荒惑，引领日望阳台云。独不思怀王西行不复返，甲光照地屯秦军。蚕食黔中下荆门，陵园宗庙皆烧焚。社稷飘零不复存！嗟嗟若敖蚡冒将，荜路蓝缕皆辛勤。②

和作包含自然与政治两层主题，前半描写巫山险要地理与崇巫风俗，转向巫山神女传说；后半则批判襄王之荒淫无德，导致楚国覆亡，亦具有翻案意味，全诗立意命篇及语言风格都可看出李白《蜀道难》之痕迹。

《巫山高》唱和值得注意之处是与欧阳修皇祐三年（1051）所作七言歌行《庐山高》之间的潜在脉络，刘辰翁即评点安石《巫山高》："公此诗体制，颇类欧公《庐山高》，皆一代之杰作。"③ 欧公曾自许说："吾《庐山高》，今人莫能为，惟李太白能之。"④ 安石主动邀请司马光唱和，已经具有在艺术上"争胜"的意味，而二人的唱和与欧公赋《庐山高》前后相距12年，如果说欧公《庐山高》有向李白《蜀道难》"致敬"的诗学意义的话，那么，在欧阳修主盟的嘉祐诗坛，王安石与司马光所作怪奇飘逸的七言古题乐府《巫山高》，与欧公"气象壮伟"的七言古体《庐山高》，乃至嘉祐四年诸公的《明妃曲》唱和，均具体反映了仁宗朝诗人群体自觉追踪李杜、韩愈乃至欧阳修，古体诗写作兴盛的实绩。

嘉祐八年，范镇以翰林学士知贡举，王安石与司马光同知，三人阅卷后互有唱和，范镇有《夜读试卷》诗，已佚，司马光和范镇诗云：

> 案前官烛堕花频，满目高文妙入神。勇气先登势无敌，巧心后发语尤新。好贤何啻三薰贵，求宝方知百汰真。愚鲁自非凭骥尾，昆山千里到无因。⑤

安石作《夜读试卷呈君实待制景仁内翰》：

> 篝灯时见语惊人，更觉挥毫捷有神。学问比来多可喜，文章非特巧争新。蕉中

---

① 王安石：《葛蕴作巫山高爱其飘逸因亦作两篇》，《王荆文公诗笺注》卷九，第230～232页。
② 司马光：《介甫作巫山高命光属和勉率成篇真不知量》，《司马温公集编年笺注》卷四，第1册，第220页。
③ 载《葛蕴作巫山高爱其飘逸因亦作两篇》诗注，《王荆文公诗笺注》卷九，第232页。
④ 欧阳修：《庐山高赠同年刘中允归南康》，《欧阳修诗文集校笺》，上海古籍出版社2009年版，第142页。
⑤ 司马光：《和景仁〈夜读试卷〉》，《司马温公集编年笺注》卷一〇，第2册，第231页。

>得鹿初疑梦，自牖窥龙稍眩真。邂逅两贤时所服，坐令孤朽得相因。①

王安石早期试院诗多次表达了对隋唐以来诗赋取士制度的看法，是他熙宁中实行以经义策论代替诗赋的贡举新制的前奏。如《读进士试卷》："文章始隋唐，进取归一律。安知鸿都事，竟用程人物。变今嗟未能，于己空自咄。流波亦已漫，高论常见屈。故令俶傥士，往往弃埋郁。"②《详定试卷》其二："童子常夸作赋工，暮年羞悔有扬雄。当时赐帛倡优等，今日论才将相中。细甚客卿因笔墨，卑于尔雅注鱼虫。汉家故事真当改，新咏知君胜弱翁。"③ 嘉祐八年的《夜读试卷呈君实待制景仁内翰》诗既表达了与范镇、司马光同知贡举的荣幸之感，同时对崇尚"学问"而不求"文章"新巧的取向给予赞许的评价，故李璧注"学问"二句云："介甫常嫉举人学术之陋，屡见于文字，今稍与之。"

英宗、神宗两朝诗坛中心渐渐形成汴京与地方的分离，诗人群体出现新党与旧党的分化。时间节点上可分为治平至熙宁前期与熙宁中期至元丰诗坛。

治平、熙宁之际，作为汴京文化中心的馆阁翰苑仍保留着正常、热烈的文学气氛。比如"四友"与王珪的唱和，王珪作为仁、英、神宗三朝学士及学士承旨，久历词职，与台阁学士文臣唱和尤多。王安石《题中书壁》诗作于任参知政事的次年即熙宁三年：

>夜开金钥召词臣，对御抽毫草帝纶。须信朝家重儒术，一时同榜用三人。④

是记庆历二年（1041）同榜三进士同膺朝廷重命的恩荣。据李璧注：熙宁三年，王安石与韩绛同拜相，王岐公为翰林学士，被召草麻。按安石已于熙宁二年拜参政，次年王珪与韩绛同拜参知政事，末句应指此。

熙宁三年王珪知贡举，司马光子司马康与王珪、范镇、宋敏求之子同时登科，诸人于琼林苑闻喜宴上作诗相贺，范镇原唱，其诗已佚，今存光诗《和景仁琼林席上偶成》：

>念昔琼林赐宴归，彩衣绿绶正相宜。将雏虽复慰心喜，负米翻成触目悲。殿角花犹红胜火，樽前发自白如丝。桂林衰朽何须恨，幸有新枝续旧枝。⑤

自注云："时康与禹玉、景仁、次道之子同时登科，在席。"虽然父子同登科第，一同出席天子的琼林盛宴，足为家族荣耀，但欣慰中仍流露出生活的衰邃之感。王珪的和诗《依韵和景仁闻喜席上作兼呈司马君实内翰》：

>奉诏华林事最荣，门前几度放门生。三朝遇主惟文翰，十榜传家有姓名。（自注："自太平兴国以来，四世凡十榜登科。"）碧海蟠桃和露重，丹山雏凤入云清。诗书教子终须立，箧里黄金一顾轻。⑥

---

① 王安石：《夜读试卷呈君实待制景仁内翰》，《王荆文公诗笺注》卷二九，第714页。
② 王安石：《读进士试卷》，《王荆文公诗笺注》卷一五，第372页。
③ 王安石：《详定试卷》其二，《王荆文公诗笺注》卷二九，第711页。
④ 王安石：《题中书壁》，《王荆文公诗笺注》卷四四，第1161页。
⑤ 司马光：《和景仁琼林席上偶成》，《司马温公集编年笺注》卷一一，第2册，第294页。
⑥ 王珪：《依韵和景仁闻喜席上作兼呈司马君实内翰》，《华阳集》卷四，商务印书馆1935年版，第39页。

通篇渲染了翰林学士作为举子座主的清贵尊荣,表现了宋人普遍的以诗书传家博取功名的文化观念。

熙宁初,王安石在翰苑时间既短,在由翰苑逐步进入政治权力中心以后,"四友"在政治上分道扬镳,曾经的雅集唱和难以继续。但"四友"中的司马光、吕公著、韩维与范镇之间始终保持着频繁的交往,与"熙宁三舍人"亦气类相投,诸人唱和亦多。只是吕公著没有与"四友"唱和的作品留存。

司马光《早朝书事》与范镇《奉和君实早朝书事》均写早朝及翰苑当值事,光诗感叹自己"素餐无小补,俯仰愧金鳌"①,其时司马光与王安石的矛盾已不可调和,诗语中不无牢骚。镇诗则写因司马光请假而自己连续当值:"近来君在告,连直几番鳌。"② 熙宁初,范镇与司马光及"三舍人"等人屡为"东园"之游,司马光《景仁召饮东园呈陈彦升(荐)宋次道(敏求)李才元(大临)苏子容(颂)》诗写道:

> 去冬辱嘉招,寒风方凛冽。今秋侍高宴,晴日正澄丽。虽无花蘤繁,且有丘樊思。虽无山泉乐,暂远尘土气。仆休散城邑,马纵脱羁縶。欢呼笑言适,散诞冠带弃。殊胜禁掖严,进止有常地。③

熙宁二年,司马光曾荐陈荐、苏轼等4人为谏官;三年,"三舍人"封还李定任命词头,司马光对他们的做法表示了支持,他上疏说:"朝廷知大临等既累次封还词头,今复草之,则为反覆,必难奉诏,因欲以违命之罪罪之,使今后凡朝廷所行政令,群下无敢立异者。若果如此,则百执事之人,自非偷合苟容者,皆不得立于朝。"④ 正所谓人以类聚,从这首游宴诗中,则可看出两制词臣在暂时脱离与外界隔绝的"禁掖"深严生活和京华的"尘土气"之后,难得的散诞纵狂的丘樊之思,山泉之乐。现存苏颂和诗:"銮禁限沉沉,鳌头雄凛冽。主人出休沐,秋色正明丽。偶为东园游,便有中林意。纵言得造适,览物增意气。风清濯烦襟,日永忘归辔。朝野本无间,簪组何用弃。未必幽栖人,识兹真乐地。"⑤ "主人"正是对司马内翰的尊称,"朝野本无间,簪组何用弃",诠释了白居易所奉行的"中隐"思想,回应了司马光诗中"进止有常地"之意。如何在无法预测的政治风波中优游进退,消解仕与隐的矛盾,确实是宋人诗中思考较多的问题。

四、"四友"熙丰间的洛阳等地唱和

熙宁九年(1076),王安石被再度罢相退居金陵以后,逐渐回归到一位诗人的身份,其诗风亦逐渐脱离了熙宁时期以意气自许的政治色彩,而创造出诗律精严、诗意涵蓄的"荆

---

① 司马光:《早朝书事》,《司马温公集编年笺注》卷一一,第2册,第295页。
② 范镇:《奉和君实早朝书事》,《全宋诗》第6册,第4260页。
③ 司马光:《景仁召饮东园呈陈彦升(荐)宋次道(敏求)李才元(大临)苏子容(颂)》,《司马温公集编年笺注》卷四,第1册,第226页。东园为范镇之私园,"去年辱佳招"云云,指熙宁二年东园之游,司马光《景仁招游东园马上口占》诗:"适野可自爱,况逢佳主人。"《司马温公集编年笺注》卷一一,第2册,第274页。韩维亦有《载酒过景仁东园》诗,有句云:"顾惭文俗吏,游步蹑仙踪。"《全宋诗》第8册,第5217页。
④ 司马光:《论李定札子》,《司马温公集编年笺注》卷四三,第4册,第80页。
⑤ 苏颂:《次韵君实内翰同游范景仁东园》,《苏魏公文集》卷五,中华书局1988年版,第47页。

公体"。其旧友司马光等人则因属旧党阵营而退居洛阳附近，以在野的姿态，开展他们的学术与文学写作活动。"四友"之间，因政治分歧而造成的友谊的裂痕已无法弥合，昔日王安石与司马光等诗友游集唱和的场景不复再现。故本节重点考察"四友"中另外三位退居后的诗歌唱和活动。

熙宁三年，范镇致仕，先居洛阳，后迁许昌，司马光曾描述其萧散闲居的生活状态："景仁既退居，有园第在京师，专以读书赋诗自娱，客至无贵贱，皆野服见之，不复报谢。或时乘兴出游，则无远近皆往。"① 四年，司马光退归洛阳，吕公著出知颍州。熙宁五年，韩维亦因与王安石议论不合而出知襄州，改知许州（即许昌），七年，知河阳，逾年，复知许州。其间，各地相距不远，他们或诗笺相寄，"把烛题诗寄驿邮"；或命驾相访，"命驾幸无千里远，春湖舣楫待君游"②。范镇自许州寄诗韩氏昆仲——韩绛、韩维、韩缜："四十年来作往还，如今那怪鬓毛斑……相将嵩少深深处，更共眠云紫翠间。"③ 司马光从洛阳寄诗奉和说："壮齿相知约岁寒，索居今日鬓俱斑。拂衣已解虞卿印，筑室何须谢傅山。许下田园虽有素，洛中花卉足供闲。它年决意归何处，便见交情厚薄间。"题下原注云："景仁顷见许居洛，今而倍之，故诗中颇致其怨。"④ 对范镇迁许表达了惋惜之意。又寄诗慰问云："许昌昔名都，于今亦雄藩。先贤虽已远，风迹凛犹存。况复多巨公，分义素所敦。丞相辞黄阁，学士乘朱轓。青云同禁省，白首会山樊。"⑤ 韩维和光诗："蜀公有高志，谢事久杜门。扰扰世俗务，不复挂口论。群经杂图史，拥坐如周垣。上谈千载故，速若水注盆。客来必命酒，左右拱诸孙。"⑥ 颍昌、洛阳均成为退居官员汇聚的中心，两地官员更多过从游集，良辰高会，如元丰七年时司马光作《景仁将归颍昌辄为诗二十韵纪赠》："秀发西南美，挺生河岳灵。雕龙蔚文采，老鹤莹仪形。落笔高时隽，飞绣侍帝庭。英声轶云汉，远势击沧溟。苦节专忧国，嘉谋每据经。温虽比圭璧，直不避雷霆。道胜轩裳薄，神和气体宁。忠诚怀畎亩，乐事寄林垌……贱子叨流辈，高风仰典刑。巨川容滴水，余景借流萤。久别眉俱白，重来眼更青。淹留弦与晦，游集醉还醒……异日期同传，穷泉约互铭。古今难得事，交分保颓龄。"⑦ 高度赞扬范镇秀发英挺的文章学术，忠直忧国的政治品节，抒发两人诗酒游集与惜别之情。范镇与司马光相得甚欢，出处交游四十余年如一日，议论如出一口，二人曾相约："生而互为之传，后死者当作铭。"⑧ 结尾数句即写此约定。

司马光与范镇皇祐二年（1050）开始关于乐律问题的论辩，直到熙宁中两人分别居于许昌与洛阳时，仍时相过从，诗书往还，各执己见，龃龉难决。韩维时作诗记述：

> 红薇花拆萱草丹，万铃嘉菊重台莲。问公此时胡不饮，乐有至理须钻研。后夔已远师旷死，寂寞千载无其传。公穷天数索圣作，坐使绿鬓成华颠。屠龙绝艺岂世用，仪凤至业非公专。洛阳有客金石坚，持议不屈难镳镳。园收独乐会真率，以劳

---

① 司马光：《范景仁传》，《司马温公集编年笺注》卷六七，第5册，第215～219页。
② 韩维：《去冬蒙君实未嘉篇懒拙不即修谢临书走笔深愧浼淓》，《全宋诗》第8册，第5227页。
③ 范镇：《镇卜居许下虽未有涯先作五十六言奉寄子华相公持国端明玉汝待制》，《全宋诗》第6册，第4261～4262页。
④ 司马光：《和景仁卜居许下》，《司马温公集编年笺注》卷一二，第2册，第349页。
⑤ 司马光：《闻景仁迁居许昌为诗寄之》，《司马温公集编年笺注》卷五，第1册，第288页。
⑥ 韩维：《次韵和君实寄景仁》，《全宋诗》第8册，第5181页。
⑦ 司马光：《景仁将归颍昌辄为诗二十韵纪赠》，《司马温公集编年笺注》卷一五，第2册，第499页。
⑧ 范镇：《司马文正公墓志铭》，《全宋文》第40册，第317～318页。

校逸宁非偏。古称两忘化于道，此理岂不旷且然。折花持酒待公醉，乐至无声方得全。①

少年议乐至颠华，作得文章载满车。律合凤鸣犹是末，尺非天降岂无差。劳心未免为诗刺，聚讼须防似礼家。一曲银簧一杯酒，且于闲处避风沙。②

诗中说司马光在远离汴京是非之地的洛阳创独乐园，举办真率会，与范镇继续着两人长达二十余年的乐理争论，纯粹而痴迷的学术研讨成为暂时逃避政治的精神寄托和一处"避风沙"的闲静园地。

宋人笔记描述的几个雅集场景也颇能反映其时退居学士的生活状态与心态：

> 初，欧阳文忠公与赵少师槩同在中书，尝约还政后再相会。及告老，赵自南京访文忠公于颍上，文忠公所居之西堂曰会老，仍赋诗以志一时盛事。时翰林吕学士公著方牧颍，职兼侍读及龙图，特置酒于堂，宴二公，文忠公亲作口号，有"金马玉堂三学士，清风明月两闲人"之句，天下传之。③

此则所记是嘉祐中学士欧阳修、赵槩与熙宁初学士吕公著两代学士的颍州雅集，欧阳修于熙宁四年以太子少师致仕，居颍上，公著则罢翰林学士出知颍州，其实公著此时何尝不是被逐出政治中心的"闲人"？熙宁十年，吕公著移知河阳，于是司马光与范镇命驾往访。

> 正献公（吕公著）守河阳，范蜀公（范镇）、司马温公往访，公具燕设口号，有云："玉堂金马，三朝侍从之臣；清洛洪河，千古图书之奥。"④

> 吕申公知河阳，司马温公、范蜀公并驾访之。此其临岐倡和词也。既去，申公榜其所馆为"礼贤堂"云。方三公同时法从，光华台阁，然名未卓然暴白。会王安石纷更法度，莫不极力争之。温公除枢密副使，以言不见听，迄不受命。蜀公年六十三矣，亦请致仕而归。安石大怒，既落职，又自为制词丑诋之。申公自御史中丞出知颍州，安石亦改制词加之罪，而天下更以为荣焉。于是翕然仰望之，如泰山北斗矣。元祐初，温公、申公对秉钧轴，而天下复安。⑤

两则所记是熙宁三学士的河阳燕集，吕公著的燕设致语赞扬了司马光的"侍从"经历与博学素养，与欧公和赵槩的颍州聚会一样，都不约而同地强调自己"玉堂金马"的侍从身份，其中既有对这一职位的高度认同，也暗含着此刻投闲置散的自嘲。汪应辰所收藏的申（公著）、温（光）、蜀（镇）三公在河阳所作告别倡和词今均不存，司马光有诗追述了河阳之会：

> 蓬飞鲍系十余年，并荫华榱出偶然。郭隗金台虽见礼，华歆龙尾岂能贤。浮云

---

① 韩维：《招景仁饮》，《全宋诗》第8册，第5179页。
② 韩维：《览景仁君实议乐以诗戏呈景仁》，《全宋诗》第8册，第5226页。
③ 王辟之：《渑水燕谈录》卷四，中华书局1981年版，第48页。
④ 吕本中：《紫薇诗话》，"正献"作"正宪"，何文焕辑《历代诗话》本，中华书局1981年版，第370页。
⑤ 汪应辰：《题申温蜀三公倡和词》，《全宋文》第215册，第189页。

世味闲尤薄,寒柏交情老更坚。明日河梁即分手,人生乐事信难全。①

流露了浮沉飘转的身世之感,抒写了处逆境而弥坚的深厚友谊。

总之,熙丰时期的洛阳俨然已成为汴京之外与朝廷分庭抗礼的又一政治文化重心②,以洛阳为中心,颍昌、河阳等地共同构成退居官员、隐士、学者组成的交游圈,司马光则无疑是这一在野旧党群体的领袖,他"凡居洛阳十五年,天下以为真宰相,田夫野老皆号为司马相公,妇人孺子亦知其为君实也"③。故苏轼当时也曾寄诗咏叹道:"洛阳古多士,风俗犹尔雅。先生卧不出,冠盖倾洛社。虽云与众乐,中有独乐者。才全德不形,所贵知我寡。先生独何事,四海望陶冶。儿童诵君实,走卒知司马。"④ 他们一方面优游山水园林,诗酒雅集,一方面以道义自尊,以学术相高,静观时局,失势而不失意,退居而不颓丧,是熙宁前期洛阳等地退居学士诗人群的典型心态。值得庆幸的是,当熙丰年间苏轼因作诗涉嫌讽刺新法而被新党残酷地逮治入狱,汴京的文学创作已无法正常进行时,洛阳等地退居官员们却获得了难得的宽松自由的创作环境,因此文彦博、司马光等发起组织的耆英会、真率会之类诗社活动才得以频频举行。虽然闲吟取代了讽谕,林泉高致掩盖了朝堂纷争,仍曲折地透射出政治干预文学的阴影,但这样特殊政治格局下的文学景象,在元丰以后的贬谪文臣中也很难重现了。

相同的文化品格和性情气质促使司马光、王安石等人在青年时期结为交往密切的"四友",对立的政治立场促使"四友"在进入中年后最终分裂,这反映了特定政治背景下人才分化的必然趋势。非常巧合的是,元祐元年(1086)四月,退休的宰相、荆国公王安石薨,九月,复出主政的宰相司马光薨——"四友"中的两位重要人物同时离开政坛、文坛。此年,另一件引人瞩目的大事是苏轼的任命:正月,除中书舍人,十月,除翰林学士,十一月,除侍读。人事的更替代谢,预示着一个时代的新旧交替,同时也是新一轮新旧党争的延续。"四友"分裂的影响在元祐以后的政坛仍余波未已,南宋理学家张九成为刘安世《尽言集》作序说:

> 司马温公与王介甫清俭廉耻,孝友文章,为天下学士大夫所宗仰。然二公所趣,则大有不同,其一以正进,其一以术进。介甫所学者申、韩,而文之以六经;温公所学者周、孔,亦文之以六经。故介甫之门多小人,而温公之门多君子。温公一传而得刘器之(安世),再传而得陈莹中(瓘);介甫一传而得吕太尉,再传而得蔡新州,三传而得章丞相,四传而得蔡太师,五传而得王太傅。介甫学行,使二圣北狩,夷狄乱华。呜呼悲夫!器之在谏垣,专攻王氏党,其扶持正道,亦云切矣。⑤

---

① 司马光:《去春与景仁同至河阳谒晦叔馆于府之后园既去晦叔名其馆曰礼贤梦得作诗以纪其事光虽愧其名亦作诗以继之》,《司马温公集编年笺注》卷一四,第2册,第426页。
② 参见葛兆光:《洛阳与汴梁:文化重心与政治重心的分离——关于11世纪80年代理学历史与思想的考察》,《历史研究》2000年第5期。
③ 《宋史》卷三三六《司马光传》,第10767页。
④ 苏轼:《司马君实独乐园》,《苏轼诗集合注》卷一五,第715页。
⑤ 张九成:《尽言集序》,《全宋文》第184册,第39~40页。

刘安世出司马光门下，与陈瓘先后在元祐、元符中任谏职，都曾极论蔡卞、章惇、蔡京等罪。不过，张九成将吕惠卿、蔡确、章惇、蔡京、王黼均划入安石一派，尤其将靖康之难归罪于安石学行，显然是武断粗暴、不符合历史实际的结论。其实"四友"间并不因政治纷争而转向个人恩怨与意气之争，他们的政治品格始终坦荡磊落，道德文章均堪垂范后世，但若论文学建树与深远影响，则王安石在"四友"中未遑多让。

试论北宋文士对社会文化建设的贡献

崔际银

天津财经大学人文学院

内容提要：宋初确立的"崇文抑武"国策，为社会文化建设提供了重要契机。北宋文士敏锐把握这一机遇，认真分析现实问题，积极适应社会政治的需要，全身心地投入到社会文化的建构之中。他们制定礼仪程式，强化军政管理，完善司法制度，使社会文化秩序得以重建；推崇儒家思想，倡导封建伦理道德，编订整理文化典籍，巩固强化了以儒家为主干的文化根基；将知识与实用结合，注重品格形象的塑造，全面展示文士自身的文化示范作用。这些举措，取得了良好的成效，为赵宋王朝的社会文化建设做出了重要贡献。

关键词：崇文抑武　文士　社会文化

赵宋王朝建立之初，采用了一系列与前朝（五代）完全不同的治国方略，其中最重要的便是"崇文抑武"。这一国策的实施，为文人们提供了千载难逢的机遇。北宋文士利用这一机遇，适应社会政治的需要，积极地投身于社会文化的重建与新创的工作之中。

一、重建社会文化秩序

一个社会的正常运作与发展，最基本的条件就是拥有规矩和秩序，包括形而上的品行修养、道德自律，更多的则是直接约束社会成员的法律制度。五代时期的根本问题就在于道德沦丧、法制毁坏、是非颠倒、唯恃武力。造成的结果是，53 年（907—960）之中，改换五朝、七姓、一十三君[①]。没有长久之国、鲜少善终之君，父子相残、兵将作乱之事接连发生，成为一种恶性循环。赵匡胤对此有着亲身的感受，下决心改变这一状况。其方式是"反五代而为之"，亦即使用与五代相反的方略立国安邦。五代将帅"兵权"至上，他以"杯酒"释解之；五代毫无法则可言，他以建章立志纠治之；五代文人士子地位卑下，他以全力尊崇之。他是以"文"的方式夺取了天下，也决心以"文"的方式治理天下、安定天下，进而长期保有天下。这一切，都是由文士参与谋划并具体实施的。

（一）制定礼仪程式

建章立制，是清除旧朝污垢、彰显新朝气象的重要方式。在混乱至极的五代基础上建立的赵宋王朝，这一任务显得十分急迫。从赵普提议"释兵权"开始，文士们将大量精力投入到重建社会文化秩序的工作，其中重点之一就是制定礼仪程式。

规范礼仪，是表现皇家声势权威的重要方式。立国之初，赵宋就十分注意这项工作。鉴于"五代之衰乱甚矣，其礼文仪注往往多草创，不能备一代之典"，于是，宋太祖"即位之

---

① 《五代会要》卷一"帝号"，中华书局1998年版，第1～6页。

明年，因太常博士聂崇义上《重集三礼图》，诏太子詹事尹拙集儒学之士详定之。开宝中，四方渐平，民稍休息，乃命御史中丞刘温叟、中书舍人李昉、兵部员外郎知制诰卢多逊、左司员外郎知制诰扈蒙、太子詹事杨昭俭、左补阙贾黄中、司勋员外郎和岘、太子中舍陈鄂撰《开宝通礼》二百卷，本唐《开元礼》而损益之。既又定《通礼义纂》一百卷。太宗尚儒雅，勤于治政，修明典章，大抵旷废举矣"。此后，真宗、仁宗、神宗、哲宗、徽宗、钦宗朝，都有续补。

礼仪是一个极为复杂的系统，主要包括吉礼、凶礼、军礼、宾礼、嘉礼"五礼"。与此相关的还有舆服、音乐等方面的要求。礼仪虽然在很多场合表现为"形式"，但这种形式，须由内心的信念作指导，是个人修养、品格信念的外化。它比之一味强调强制的法律制度所发挥的作用更加稳定与持久。因此，礼仪程序的完善，既可显示帝王的威仪，也可在建立秩序、统一人心方面发挥作用。事实证明，赵宋王朝在这方面的投入取得了很好的收益。同时，在礼仪法式的建设过程中，儒者文士发挥了重要作用。

（二）强化军政管理

军队是政权稳固、国家安定的基本保证。宋代在军队管理方面付出了大量心血。从太祖的"收四方劲兵，列营京畿，以备宿卫，分番屯戍，以捍边圉。于时将帅之臣入奉朝请，犷暴之民收隶尺籍，虽有桀骜恣肆，而无所施于其间"，到神宗的"奋然更制，于是联比其民以为保甲，部分诸路以隶将兵，虽不能尽拯其弊，而亦足以作一时之气"①，无论任何情况下（直至宋末），军队的指挥权始终牢牢掌握在皇帝手中。能够做到这一点，是因为有一套严密的军事管理制度。宋代管理军队的最高机构是枢密院，它"掌军国机务、兵防、边备、戎马之政令，出纳密命，以佐邦治。凡侍卫诸班直、内外禁兵招募、阅试、迁补、屯戍、赏罚之事，皆掌之。以升拣、废置揭帖兵籍；有调发更戍，则遣使给降兵符。除授内侍省官及武选官，将领路分都监、缘边都巡检使以上"等权力。但是，枢密院中设有"枢密使、知院事、同知院事、枢密副使、签书院事、同签书院事、枢密使知院事"等官职。这些官员，共同"佐天子执兵政，而同知、副使、签书为之贰。凡边防军旅之常务，与三省分班禀奏；事干国体，则宰相、执政官合奏"②。设置这样的制度，想要专擅兵权，是不可能的。因此，史家曾发出感慨：宋朝"制兵之有道，综理之周密，于此亦可见矣"③。

需要特别指出的是：文士们不仅参与了以"抑武"为原则的军事制度的制定，而且经常担任军中的高级职务（如枢密使、枢密副使等）。这样，不但确保了皇权的稳固，同时也体现出鲜明的"崇文"特征。

行政管理，是各级政府正常运作的保证。宋朝最高统治者，在优先控制军队权力的同时，对以文士为主体的一般行政人员的管理，也没有丝毫的放松。在文官设置上，"宋承唐制，抑又甚焉。三师、三公不常置，宰相不专任三省长官，尚书、门下并列于外，又别置中书禁中，是为政事堂，与枢密对掌大政。天下财赋，内庭诸司，中外管库，悉隶三司。中书省但掌册文、覆奏、考帐；门下省主乘舆八宝，朝会板位，流外考较，诸司附奏挟名而已。台、省、寺、监，官无定员，无专职，悉皆出入分莅庶务。……外官，则惩五代藩镇专恣，颇用文臣知州，复设通判以贰之。阶官未行之先，州县守令，多带中朝职事官外补；阶官既

---

① 《宋史》卷一八七《兵志》，上海古籍出版社1986年，第589页。
② 《宋史》卷一六二《职官志》（二），上海古籍出版社1986年版，第490～491页。
③ 《宋史》卷一八七《兵志》（一），上海古籍出版社1986年版，第589页。

行之后，或带或否，视是为优劣"①。这段引文，说明了宋朝从中央到地方官员设置的概况。总的原则是：多设同级官职以分散权力，多设副职以牵制主官权力，多设监察人员以监督权力，减少专任职务以弱化权力，居其官而无其职以模糊权力。这样做虽然增加了行政成本、降低了行政效率，但消除了官员坐大抗上的隐患，使朝廷的统治顺利到达任何区域："太守者，块然徒管空城，受词诉而已。诸镇皆束手请命，归老宿卫。昔日节度之害尽去，而四方万里之远奉尊京城，文符朝下，期会夕报，伸缩缓急，皆在朝廷矣。"②

（三）完善司法制度

面向全体民众的司法制度，最能体现治国的水平。宋朝初建之时，太祖、太宗承袭五代乱世，多用重典，以震慑匪类。与此同时，又大力进行新司法制度的构建。例如，在选用法官（法吏）时，就特别注意选择心地善良、务存仁恕的文臣担任，"凡用法不悖而宜于时者著之"。在量刑方面，一改过去随意杀人或惩罚失据，制定了较为合理的处罚办法。比如，太祖时代所定的"折杖制"，就对不同的罪犯所受的责罚作了详细规定，甚至对行刑的棍杖也有具体要求："长三尺五寸，大头阔不过二寸，厚及小头径不得过九分。徒、流、笞通用常行杖，徒罪决而不役。"③ 这样，就做到了有法可依，量刑和行刑较为适当。

在施法之时，注意做到将事实调查清楚，以免造成冤案。对于执法者严刑逼供的行为，朝廷保持着警觉："雍熙元年（984），开封寡妇刘使婢诣府，诉其夫前室子王元吉毒己将死。右军巡推不得实，移左军巡掠治，元吉自诬伏。"后经重审，得知这是一桩假案。当事人的"诬服"，是因为"左军巡卒系缚搒治，谓之'鼠弹筝'，极其惨毒。帝（太宗）令以其法缚狱卒，宛转号叫求速死。及解缚，两手良久不能动。帝谓宰相曰：'京邑之内，乃复冤酷如此，况四方乎？'"④让发明并以酷刑整人的人体验酷刑的味道，确实可以起到一定的警示作用。

由于完善了法律制度、坚持依法办案的原则、积极纠正执法过程中的问题，宋代的司法制度得以健全，并且真正起到了惩治犯罪、安定社会的作用。此外，赵宋朝廷在很大程度上做到了"岁时躬自折狱虑囚，务底明慎，而以忠厚为本。海同悉平，文教浸盛。士初试官，皆习律令。其君一以宽仁为治，故立法之制严，而用法之情恕。狱有小疑，覆奏辄得减宥。观夫重熙累洽之际，天下之民咸乐其生，重于犯法，而致治之盛于乎三代之懿。"这种风气虽然到南宋有所败坏，"然累世犹知以爱民为心，虽其失慈弱，而祖宗之遗意盖未泯焉"⑤。宋朝采用的文治教化与法律制度相结合的治国方式，取得了较好的效果，保证了王朝内部的稳定。

就这样，经过宋朝君臣文士的共同努力，制度文化的建设取得了很大成就，赵宋王朝走出了混乱不堪的五代，以全新的面貌展现在世人面前。

二、巩固强化主干文化根基

制定完备的法律制度并加以推行，是管理国家、安定社会的必需。但这些法律条文，更

---

① 《宋史》卷一六一《职官志》（一），上海古籍出版社1986年版，第487页。
② 叶适：《水心集》卷五"纪纲二"，文渊阁四库全书本。
③ 《宋史》卷一九九《刑法志》（一），上海古籍出版社1986年版，第629页。
④ 《宋史》卷二〇〇《刑法志》（二），上海古籍出版社1986年版，第631页。
⑤ 《宋史》卷一九九《刑法志》（一），上海古籍出版社1986年版，第628页。

多地体现为外在、强制性地"治人"（治身），可能对不少当事人而言，只是"口服"。而治国的真谛，则在于内在"治心"，使当事人"心服"。要做到这一点，就必须加强与法制相配合的思想道德文化建设。

（一）推崇儒家思想

作为传统的统治思想，儒家学说得到宋代统治者的重视与推崇。开国不久，宋太祖就亲自为孔子撰写《先圣赞》，为孟子撰写《亚圣赞》，"十哲"[①]以下命文臣分别撰写了赞文。建隆年间，太祖先后三次视察国子监、拜谒文宣王（孔子）庙。太宗也曾三次进谒孔庙，并下诏要求制作三礼器物、撰写相关制度张挂于国学讲论堂壁。大中祥符元年（1008）东封泰山时，真宗专程前往曲阜，备礼谒文宣王庙（孔庙）至文宣王墓前设奠再拜，下诏追谥孔子为"玄圣文宣王"。第二年五月，又追封十哲为公、七十二弟子为侯、先儒为伯或赠官，亲制《玄圣文宣王赞》并命宰相等撰颜子以下赞文。此后仁宗、神宗、哲宗、徽宗等，都不断地谒庙、祭孔、追封[②]。在北宋诸帝中，真宗推尊儒学用力最多。他曾专门撰写了一篇《崇儒术论》，其主要观点是："儒术污隆，其应实大。国家崇替，何莫由斯。故秦衰则经籍道息，汉盛则学校兴行。其后命历迭改，而风教一揆。有唐文物最盛，朱梁而下，王风寝微。太祖、太宗丕变敝俗，崇尚斯文。朕获绍先业，谨遵圣训，礼乐交举，儒术化成，实二后垂裕之所致也。"[③] 可见，真宗认真回顾了历史，将是否崇儒上升到国家兴亡的高度，并对自己取得"礼乐交举，儒术化成"的成果感到满意。为了进一步扩大影响，他同意将《崇儒术论》刻石立于国子监。在皇帝们的不懈关注并身体力行之下，尊孔奉儒很快成为国家的意志。

文士对赵宋王朝的推举儒学，当然是完全赞同并倾心拥护的，因为绝大多数文人以儒学存身立命、求名谋利（入佛入道的文人，也与儒学有不解之缘）。同时，宋初的文士既经历了五代纲纪无存、君臣无序的混乱，又很快感受到赵宋国势贫弱、内外交困的现实。在这种情况下，他们也非常焦虑，试图在儒学框架内，建立一套与当时形势相适应的政治思想学说，用以发挥规范人心、重振纲纪、稳固集权统治。在中国学术思想史上占有重要地位的"理学"，就是在这种背景下逐渐生成发展起来的。理学，是在继承孔门心传及汉、唐诸儒思想基础上适当吸收佛、道思想的产物。它以讲求"义理"见长而异于专事训诂笺注的"汉学"，故有"新儒学"之称。理学在北宋时期已经初具规模，周敦颐、张载、程颐等人提出了太极、性命、天理等概念，为理学发展奠定了理论基础。

需要指出的是，以儒学为依托的思想学说，不仅仅限于理学。如北宋以力主变法革新著称的王安石、南宋以事功为尚的陈亮，都与以程朱为代表的理学有着明显的区别。当然，他们也有共同之处：都力求突破前代儒家寻章摘句的学风，转而向义理的纵深处进行探索；都怀有经世致用的愿望和要求。[④] 他们努力的结果，从学术的角度来看，是创建了"宋学"；从政治的角度来看，是为赵宋王朝的稳固奠定了思想根基。

---

① 十哲，指孔子门下的十名优秀弟子：颜渊、闵子骞、冉伯牛、仲弓、宰我、子贡、冉有、季路、子游、子夏。自唐代始，以之从祀孔庙，列侍孔子左侧。《论语·先进》："德行：颜渊、闵子骞、冉伯牛、仲弓；言语：宰我、子贡；政事：冉有、季路；文学：子游、子夏。"
② 参见《宋史》卷一〇五《礼志》"吉礼八"，上海古籍出版社1986年版，第351～353页。
③ 《续资治通鉴长编》卷七九"真宗大中祥符五年十月辛酉"，文渊阁四库全书本。
④ 参见邓广铭：《宋史十讲》，中华书局2008年版，第190页。

（二）倡导封建伦理道德

在大力弘扬、创新儒家学说的同时，赵宋王朝特别注意做好与之密切相关的工作来强化封建伦理道德建设，其中最重要的是提倡孝道。在儒家传统中，孝是封建伦理道德的基础，是"德之本也，教之所由生也"。孝行的表现是，"身体发肤，受之父母，不敢毁伤，孝之始也。立身行道，扬名于后世，以显父母，孝之终也。夫孝，始于事亲，中于事君，终于立身"①。孝行不仅仅是家庭内部的事情，而是关系到天下的治乱，"五刑之属三千，而罪莫大于不孝。要君者无上，非圣人者无法，非孝者无亲。此大乱之道也"②。基于这样的认识，宋代统治者利用各种方式表彰孝行。例如，太祖开宝四年（971）"以孝子罗居通为延州主簿"，开宝五年（972）"前卢氏县尉鄢陵许永年七十有五，自言父琼年九十九，两兄皆八十余，乞一官以便养。因召琼厚赐之，授永鄢陵令"③。家族世代同居，是家庭和睦与践行孝道的具体表现，也受到朝廷的关注。太宗太平兴国三年（978）三月，"贝州清河民田祚十世同居，诏旌其门闾，复其家"。同年七月，"金乡县民李光袭十世同居，诏旌其门"④。

统治者为何如此重"孝"，除了希望民众家庭和睦之外，还有他们最需要的"忠"。因为"君子之事亲孝，故忠可移于君。事兄悌，故顺可移于长。居家理，故治可移于官"⑤。于是，在提倡孝行的同时，对尽"忠"者也予以大力表彰。鉴于五代迄宋初，几乎找不出什么忠义之人，宋廷便将眼光转向前代。真宗于景德四年（1007）"二月己巳，幸西京，经汉将军纪信冢、司徒鲁恭庙，赠信太尉、恭太师"⑥；神宗元丰四年（1081）五月，"封晋程婴为成信侯，公孙杵臼为忠智侯，立庙于绛州"；元丰五年（1082），"录唐段秀实后，复其家"；元丰六年（1083）正月，"封楚三闾大夫屈平为忠洁侯"；同年十月，"封马援为忠显王"⑦。这种持续性封赏忠义，特别是不厌其烦地加封春秋时代的程婴和公孙杵臼，显然是为了向世人反复传达"舍身护主"之信息。

赵宋王朝的这番心思并未白费，大力倡导以忠、孝为核心的伦理道德，对于改变社会风气、引导社会心理、稳定社会秩序、培养忠臣孝子，起到了很好的作用。

（三）编订整理文化典籍

通过编纂文献典籍承传学术文化，是北宋不少文士的志趣及优势所在，同时也得到了统治者的大力支持，这充分体现在当时组织整理编辑的四部"大书"过程中。

编纂著名的"四大书"（《太平御览》《太平广记》《文苑英华》《册府元龟》），始于太宗太平兴国（976—984）年间，至真宗年间完成。有人认为赵宋诏命编纂"大书"，意在收伏降臣。此说未必妥当，但其中未尝没有安抚文人之心的用意。如果考虑到赵宋收拾武人是以"杯酒"释其兵权且与之富贵，那么，收拾文人，为何不能采用编纂文字使之传名呢？即使抛开这些不谈，宋朝大力编书的举措，其获益也是多方面的：从皇帝角度而言，转移了这些有影响力人物（主要是降臣）的注意力，使之不但不能构成对新朝的威胁，而且对国家的文化建设作出了贡献；从参编者角度而言，发挥了自己的特长，传扬了自己的声名，实

---

① 《孝经》"开宗明义章第一"，《十三经注疏》，中华书局1980年版，第2545页。
② 《孝经》"五刑章第十一"，《十三经注疏》，中华书局1980年版，第2556页。
③ 《宋史》卷二、三《太祖本纪》，上海古籍出版社1986年版，第20页。
④ 《宋史》卷四《太宗本纪》，上海古籍出版社1986年版，第22、23页。
⑤ 《孝经》"广扬名章第十四"，见《十三经注疏》，中华书局1980年版，第2558页。
⑥ 《宋史》卷七《真宗本纪》，上海古籍出版社1986年版，第31页。
⑦ 《宋史》卷一六《神宗本纪》，上海古籍出版社1986年版，第48、49页。

现了以"立言"而"不朽"的人生目标;从广大读者角度而言,获得了更多更好的进学增识的资料,有利于提高全社会的文化水平。由此可见,这的确是件大好事。

经过朝廷和文士们的共同努力,完成了以"四大书"为代表的标志性著作,对前代其他文献的整理取得极大进展,宋代文士自己的诗文集也陆续刊出,文化事业得到恢复与进一步的繁荣。《宋史·艺文志》(卷首)对宋代书籍文献的增益变化情况作过说明:"宋初,有书万余卷。其后削平诸国,收其图籍,及下诏遣使购求散亡,三馆之书,稍复增益。……(北宋)最其当时之目,为部六千七百有五,为卷七万三千八百七十有七焉。"① 由开国时的一万余卷,到北宋末年的七万余卷,宋代朝野乃至全社会热爱书籍、关心文化建设之情状可见一斑。而在这一过程中,无论是整理文献,还是自己创作作品、选编文集,文士的功劳都是最大的。

三、展示自身文化示范作用

文士是文化的承载者,也是文化的传播者。文士的言与行,对社会大众具有示范和引领作用。因此,文人学士必须提高自身修养,以扩大本人影响与文化传播的时空范围。

(一)以知识为用

拥有丰富的文化知识,是展示个人素养的基本条件,也是文士受到尊敬和任用的基本前提。史载宋太祖曾问宰相赵普:"拜礼何以男子跪而妇人否?"赵普答不上来,便去问礼官,礼官也不清楚。这时,王贻孙(王溥长子)回答说:"古诗云'长跪问故夫,'是妇人亦跪也。唐太宗朝妇人始拜而不跪。"赵普问他依据是什么,王贻孙说:"大和(827—835,唐文宗年号)中,有幽州从事张建章著《渤海国记》,备言其事。"赵普对他"大称赏之"②。如此这般的问题,如果不是学问赅博的文士,是回答不出的。

文才如何,是评价文人最直接的标准。大多数文士是因卓异的文才而成名,例如:宋初的杨亿"七岁能属文,对客谈论,有老成风"。十一岁那年,他的声名传到朝廷,太宗专门派人前往江南"就试词艺"并送至京城。在连续三天的考核中,他"试诗赋五篇,下笔立成"。太宗"即授秘书省正字,特赐袍笏"。因为杨亿年龄太小,特命他"读书秘阁"以增进学识。太宗举办赏花曲宴之类的活动,总是让杨亿随侍左右以应和诗赋。当时,"公卿表疏,多假文于亿,名称益著"。到了真宗朝,杨亿文名益隆,成为当时公认的文坛领袖、文章宗师。③

如果说杨亿属于"根正苗红"的文人典型,那么,吴淑则可称为"被俘投诚"文人的代表。吴淑曾仕于南唐,自幼聪慧,"属文敏速。韩熙载、潘佑以文章著名江左,一见淑,深加器重。自是每有滞义,难于措词者,必命淑赋述"。宋灭南唐之后,他北上汴京,参与修撰《太平御览》《太平广记》《文苑英华》等。他曾经献《九弦琴五弦阮颂》《事类赋》(一百篇),"太宗赏其学问优博"。太宗死后,他又参修《太宗实录》④。吴淑以自己的文才自立,赢得了大家的尊重。如果真正有才,即使来自远地,也可迅速成名,"三苏"是这方

---

① 《宋史》卷二〇二《艺文志》(一),上海古籍出版社 1986 年版,第 637 页。
② 《宋史》卷二四九《王溥传》,上海古籍出版社 1986 年版,第 986 页。
③ 《宋史》卷三〇五《杨亿传》,上海古籍出版社 1986 年版,第 1134 页。
④ 《宋史》卷四四一《吴淑传》,上海古籍出版社 1986 年版,第 1478 页。

面的显例。苏洵在仁宗时期携二子苏轼、苏辙从蜀地至京师,将文章奉送翰林学士欧阳修。"欧阳修上其所著书二十二篇,既出,士大夫争传之,一时学者竞效苏氏为文章。"① 像这样的例子,在宋代还有很多。从中可以看出,文士们依靠自己拥有的知识与文才赢得了社会各阶层的认可与喜爱。

(二) 借品格塑形

身为文士,丰富的知识储备和大量的优秀作品固然是其成功的标志,但与此同等重要甚至更重要的是拥有高尚的道德修养、品格情操、人生定位。这既是文人应当具备的素质,也是真正塑造自我形象、征服他人的要件。

修养品格的具体表现,有的人偏于循志守节、安贫乐道。如著名理学家程颐,被司马光、吕公著等人赞为"力学好古,安贫守节,言必忠信,动遵礼法"的"儒者之高蹈,圣世之逸民"。"以《大学》《语》《孟》《中庸》为标指,而达于《六经》。动止语默,一以圣人为师,其不至乎圣人不止也。"② 由此可见,他的人生目标就是达到圣人的高度。为此,他严谨治学:"为学,本于至诚,其见于言动事为之间,疏通简易,不为矫异。"他严格要求自己:"衣虽布素,冠襟必整。食虽简俭,蔬饭必洁。致养其父,细事必亲。"他严肃对待学生:"其接学者以严毅。尝瞑目静坐,游定夫、杨龟山立侍不敢去。久之,乃顾曰:'日暮矣!姑就舍。'二子者退,则门外雪深尺余矣。"③对于程颐的所作所为,苏轼等人很不以为然,认为他过于迂腐。但程颐这种追寻圣人、"尊严师道"(其兄程颢语)的做法,对于矫正世风、提高文人地位,都发挥了很好的作用,他本人也受到很多人的钦佩与敬重。

与程颐不同,穆修是以粪土富贵、蔑视权贵为特征:"(穆)修性刚介,好论斥时病,诋诮权贵,人欲与交结,往往拒之。张知白守亳,亳有豪士作佛庙成,知白使人召修作记,记成,不书士名。士以白金五百遗修为寿,且求载名于记,修投金庭下,俶装去郡。士谢之,终不受,且曰:'吾宁糊口为旅人,终不以匪人污吾文也。'宰相欲识修,且将用为学官,修终不往见。"④ 穆修的表现,真正称得上"富贵不能淫,贫贱不能移,威武不能屈"的"大丈夫"⑤。

持平而论,程颐和穆修的道德品质是令人敬服的,但要达到他们的程度也是不容易的。在现实生活中,无奈情状、不如意事太多,而绝大多数的人又无法摆脱这种现实,必须选择与之相适的人生定位,展示文化品格。在宋代这样的积贫积弱、皇权无所不在的大环境内,这已成为许多文士的人生选择。"他们不仅从传统儒家文化中继承了基本的人格精神,而且广采博取,于老庄佛释之学中大量汲取了精神营养,从而建构起一种新型的人格结构。……融进与退、仕与隐、以天下为己任与个体心灵的自由与超越于一体,……即使在仕途遭遇较大挫折,亦不轻言退隐;即使仕途极为顺遂通达,也不得意忘形、任意而为。在穷困蹇滞之时能关心社稷苍生并保持心气平和,在官运亨通之时又能存留一颗平常之心——这正是宋代士人所追求与向往的人格理想。"⑥ 最能够体现这种人格理想的代表,首推欧阳修和苏轼。欧阳修《秋声赋》:"草木无情,有时飘零。人为动物,唯物之灵。百忧感其心,万事劳其

---

① 《宋史》卷四四三《苏洵传》,上海古籍出版社1986年版,第1484页。
② 《宋史》卷四二七《程颐传》,上海古籍出版社1986年版,第1442页。
③ 《宋元学案》卷一五"伊川学案",中华书局1986年版,第589～591页。
④ 《宋史》卷四四二"文苑四"《穆修传》,上海古籍出版社1986年版,第1482页。
⑤ 《孟子》"滕文公下",见《四书章句集注》,中华书局1983年版,第266页。
⑥ 李春青:《宋学与宋代文学观念》,北京师范大学出版社2001年版,第22页。

形,有动于中,必摇其精。而况思其力之所不及,忧其智之所不能,宜其渥然丹者为槁木,黟然黑者为星星。奈何以非金石之质,欲与草木而争荣?念谁为之戕贼,亦何恨乎秋声!"①以及苏轼《定风波》"莫听穿林打叶声,何妨吟啸且徐行。竹杖芒鞋轻胜马,谁怕?一蓑烟雨任平生"之类的表述极多②。它们既是作者缓解痛苦的良药,也是自身文化素质的真实体现、个人形象的充分展示。这种思想及人生取向定位,在宋代及后代知识分子之中引起了强烈共鸣。

总之,北宋文士在社会文化构建中取得了巨大成就。这种成就的取得,既是晚唐五代社会文化遭到极度破坏的必然反拨,也是赵宋最高统治者大力提倡与支持的结果,更是文士们积极参与、全力投入的丰硕回报。他们建构新创的文化范式、取得的成果,不仅为赵宋王朝的社会文化建设作出了重要贡献,而且对后世也产生了深远的影响。

---

① 《唐宋八大家散文总集》,河北人民出版社1995年版,第1733页。
② 《全宋词》,中州古籍出版社1996年版,第202页。

泛道德思维与政治文明发展的冲突
——对欧阳修政治言论的重新考察

崔 铭

同济大学人文学院

内容摘要：泛道德思维支配下的政治观，将政治立场与道德品质一体化，既是一种范畴性错误，又与政治文明发展进程相抵牾。宋人大多深陷于这一思维误区，导致形成专制、主观、片面、非理性的政治文化性格。本文以欧阳修为个案，重点解读与其一生经历的几次重大政治事件密切相关的《与高司谏书》《论吕夷简札子》《朋党论》等文，分析其中的偏颇不实与思维谬误。由于特定政治文化生态，以及欧阳修在北宋政坛与文坛上的重要地位，这些充斥着逻辑错误与不实言辞的文章，不仅没有受到批评与纠正，反而被作为名篇传诵，从而开启了北宋中后期政治的不良风气，一定程度上改变了宋代政治文明发展的方向。

关键词：泛道德思维　政治文明　欧阳修。

在中国政治文明发展史上，赵宋王朝颇为引人关注。其中一个突出现象就是党争性质的转变。首先，宋人一反承续数千年的君子群而不党的传统，提出"君子有党"的全新见解①，肯定结党的正当性与必要性；其次，北宋前期党争不再以权力斗争为主轴，而具有政党竞争的萌芽性质，"明显地反映了当时政治上的不同主义……党派成立的主要目的，变成表达政治上的意见"②，"其主要领袖人物大都是儒家政治理想的忠实信徒，只为各自不同的政治主张的实现，而互不相让，争斗不止"③。北宋政坛一度呈现自由、宽松的政治氛围，产生了一批直言谠论且不计私憾的政治家。然而，这一局面不过昙花一现，其中原因十分复杂。本文试图以欧阳修为个案，从参政者思想意识层面进行探讨。

欧阳修无疑是北宋历史上的重要人物。他不仅是中国文化史上第一位"百科全书"式的文化巨星，而且在北宋政治史上也曾发挥不同寻常的影响，是一位集文士、学者、官员三种身份于一体的复合型人才。仔细检讨相关史料，可以发现，欧阳修在不同文化身份中呈现的文化性格不尽相同，甚至完全相反。作为文士与学者，欧阳修更多地体现出高度理性化和与之相表里的包容精神④，这种文化性格，不仅造就了他自己的辉煌成就，更对北宋诗文革新运动的发展走向及其最后胜利产生了直接而深远的影响。然而，作为北宋政坛举足轻重的

---

① 王水照：《北宋的文学结盟与尚"统"的社会思潮》，《王水照自选集》，上海教育出版社2000年版；《宋代文学通论》，河南大学出版社1997年版；沈松勤：《北宋文人与党争》，人民出版社1998年版；罗家祥：《朋党之争与北宋政治》，华中师范大学出版社2002年版。
② 内藤湖南：《概括的唐宋时代观》，《日本学者研究中国史论著选译》卷一，刘俊文主编，中华书局1992年版，第15页。
③ 王水照主编：《宋代文学通论》，河南大学出版社1997年版，第8页。
④ 参见崔铭：《论欧阳修以理性包容为特色的文化性格》，《上海大学学报》2009年第4期。

官员，身处政治斗争的风口浪尖，泛道德思维所导致的偏执与极端又似乎成为欧阳修文化性格的主要方面，诸多非理性言行开启了北宋中后期政治的不良风气，一定程度上改变了宋代政治文明的发展进程。

一

欧阳修在政治领域的成名之举，当属《与高司谏书》[①]一文的撰写。该文作于仁宗景祐三年（1036）。当时，知开封府范仲淹因言事被贬，时任馆阁校勘的欧阳修激于义愤，移书左司谏高若讷，指责他未尽言官之职。高若讷将书奏呈朝廷，欧阳修随即贬往夷陵。在这一震惊朝野的"朋党"事件中，范、欧虽遭贬谪，却赢得了当时及后世士大夫舆论的普遍同情。《与高司谏书》遂成为千古传诵的名篇，成为欧阳修刚肠疾恶、正气凛然的典型事证。在几乎一边倒的称扬声中，只有少数人表达了稍许不同看法。如，明代茅坤认为是"欧公恶恶太过处"[②]，清高宗乾隆也认为："其事之中节与否虽未知，孔颜处此当何如？"[③] 对文章表现的过激态度有所保留。清代王元启《读欧记疑》则明确指出："此书前路设辞太峻，似是有意激之使怒，毕竟与薄责远怨之义稍违。"不过，即便是这些批评性言论，对《与高司谏书》一文的基本思想也没有任何质疑和否定。从此，高若讷其人其名便与"不复知人间有羞耻事"的名言难解难分，流传后世。

诚然，在景祐政坛上，吕夷简与范仲淹分别代表的两大政治集团确有保守与革新之别，是非曲直已成历史公论。可是，当我们跳出既有政治评判的框限而试图尽可能客观、全面地理解相关的人与事时，却发现对立双方所采取的手段与方法不仅如出一辙，而且仍有重新讨论的必要。尤其是影响深远的《与高司谏书》，其中透露的问题似乎远远不止有违"中节"，更主要的是在于泛道德思维导致的诸多思想误区。

（一）政治立场与个人道德品质一体化：一种范畴错误[④]

政治立场与道德品质是两个内涵完全不同的概念。前者是指人们在政治领域观察事物、处理问题时所处的地位和抱持的态度，后者则"是人们在处理个人与他人、个人与社会关系的一系列行为中所表现出来的比较稳定的道德倾向和特征"[⑤]。二者并无必然关系。

景祐年间范、吕之争是特定时代社会政治背景下的政见之争，不是通俗小说与戏曲舞台上简单化的"忠奸"斗争。范、吕斗争的焦点主要是官员任用与边事处理两大现实问题，无关乎道德的善恶。吕夷简其人在历史上的评价虽不及范仲淹，但也绝非奸臣，而是一位有功于时的"名相"[⑥]。高若讷没有支持范仲淹而是倾向于吕夷简，这一选择本身只能说明其政治立场保守，但不能证明其道德的善恶。

当然，有些个体在政治立场的选择中会伴随道德之恶的显现。然而，从欧阳修信中可

[①] 洪本健校笺：《欧阳修诗文集校笺》，上海古籍出版社2009年版，第1785～1788页。
[②] 茅坤：《唐宋八大家文钞》，王水照主编：《历代文话》，复旦大学出版社2007年版，第1857页。
[③] 《御选唐宋文醇》卷二三，影印文渊阁四库全书本。
[④] 指在提出和尝试解决哲学问题中所犯的一种典型错误。一个概念所属的逻辑类型或范畴由它在逻辑上合理地操作于那一概念的一系列方式所组成。当一个人将事实上属于另一类型或范畴的概念归于一种类型或范畴时，他就犯了范畴错误。参见吉尔伯特·赖尔《心的概念》，徐大建译，商务印书馆2005年版。
[⑤] 邱伟光、张云：《新编大学德育》，复旦大学出版社2003年版，第210页。
[⑥] 李焘：《续资治通鉴长编》，中华书局1985年版，第3698页。

见，在两派斗争中，高若讷的言行并无违背社会基本道德规范之处。首先，他的立场明确而稳定，没有左右摇摆；第二，在吕夷简占据权力优势的情况下，高若讷没有在朝堂上正面支持吕夷简，至少表明他没有通过打击范仲淹来获取宰相垂青的企图。他对范仲淹的批评仅仅限于私人生活空间①。私下的言论最能说明他在两派斗争中的真实态度。这在社会生活中十分正常而且正当，面对同一政治事件，每个人都有权利选择自己的立场，只要他不是口是心非、首鼠两端，只要他没有卖友求荣、曲意阿附当权者，他就不应该受到道德谴责。甚至可以说，假如要从政治道德的高标准来要求的话，有理由指责高若讷的人恐怕只有吕夷简，因为高若讷既然从内心深处认为范仲淹有错，就应该履行谏官的职责，上书直言，表达自己的真实看法。事实上高若讷没有这样做，是担心被人误解为迎合宰相吗？如今已不得而知。这至多表明他尚未达到不畏人言的道德高度，而不能证明他道德品质低劣。

相反，按照当时社会普遍的道德标准来看，高若讷在很多方面堪称典范。首先，他事母至孝。知贡举时"闻母病，不得出，几不能生"②，又"因母病遂兼通医书，虽国医皆屈伏"③。依照惯例，待制以上大臣父母去世多不终丧，允许带丧履职。而高若讷母亲逝后，朝廷虽"累诏夺情"，他却"沥恳哀诉，祈终三年丧"④，宋待制以上官员终丧即自高若讷始。其次，他为官清廉。据《宋史》本传⑤记载，他早年知商河县，"县有职分田，而牛与种皆假于民"，他却"独废不耕"；又说"若讷畏惕少过"。可见宋祁《高观文墓志铭》所谓"淡于荣宠，峻节是甘""巷无密轮，奥无膝袿"⑥并非过誉之词。苏颂《赠右仆射高若讷谥文庄议》更称许他"纯学懿行"，"盖古所谓知命君子"⑦。

可是，这位有着诸多嘉德懿行的人，却被欧阳修直斥为"非君子"。在中国文化中，"君子"与"小人"是一组对立的道德范畴。欧文中虽然使用了看似委婉折中的"非君子"一词，但与"了无愧畏""不复知人间有羞耻事""他日为朝廷羞者足下也"等语句先后映照，其含义无疑与"小人"分毫无差。仅仅因为政治立场不同就对政敌加以极端的道德贬低，表明在欧阳修看来，政治立场与个人道德可以画等号。这本身就是犯了一个显而易见的范畴性错误。当然，在当时犯有这一错误的并非欧阳修一人，两大对立阵营几乎无不如此。吕夷简既指范仲淹等人为"朋党"，而"朋党"即是"朋比为奸"的同义词，同样是从道德上将政敌打入另册。但是，由于《与高司谏书》历来作为名篇佳作为后世正面接受，其思想上的不良影响尤为深远。

（二）政治立场与个人道德品质一体化所导致的专制、主观、片面、极端的政治性格

现实生活中，政治立场原是可能存在多种选择的，而道德规范则相对具有单一性与普遍性。人们可能持有不同的政治立场，却会普遍认可同一种道德规范。而政治立场与个人道德品质一体化的错误认识一旦成为处理政见分歧与党派之争的前提，专制、主观、片面、极端的思维模式便会随之产生。《与高司谏书》即典型地体现了这一问题。

---

① 《与高司谏书》："足下幸生此时，遇纳谏之圣主如此，犹不敢一言，何也？"说明高若讷在朝廷公开场合对吕范之争没有正式发表意见。信中又说："前日范希文贬官后，与足下相见于安道家，足下诋消希文为人。予始闻之，疑是戏言。及见师鲁，亦说足下非希文所为。"显然也只是在朋友间私下交谈中各抒己见。
② 赵善璙：《自警编》卷三，影印文渊阁四库全书本。
③ 《御定孝经衍义》卷八二，影印文渊阁四库全书本。
④ 文彦博：《观文殿学士尚书左丞谥文庄高公神道碑》，《潞公文集》卷一二，影印文渊阁四库全书本。
⑤ 脱脱：《宋史》，中华书局1977年版，第9684～9686页。
⑥ 宋祁：《景文集》卷六〇，影印文渊阁四库全书本。
⑦ 苏颂：《苏魏公文集》，中华书局1988年版，第275～276页。

首先，欧阳修认为"希文（范仲淹）平生刚正，好学通古今，其立朝有本末，天下所共知"，所以当他"以言事触宰相得罪"时，身为谏官的高若讷有责任为他辩护。其中隐含的内在逻辑是：因为范仲淹道德高尚，所以他政治正确。谏官不为他辩护，就是不尽责；谏官"随而诋之"，就是"小人""奸邪"。显然，欧阳修以道德的名义剥夺了高若讷选择政治立场的权利，将自己的政见与立场视为普遍的公道正义强加于他人身上。

其次，由于一厢情愿地认定，在范、吕之争中，应当以范为"是"、以吕为"非"，因此他极为主观地推断，高若讷在友朋相聚的私人场合"诋诮"范仲淹，是为了"饰己不言之过"。常识告诉我们，友朋相聚的私人场合相对于君臣相对的公共空间，更容易袒露个人的真实思想。然而，道德化的政治思维，使欧阳修无视高若讷作为独立个体在这一政治事件中可能持有的不同立场，从而陷入自我设定的迷思中而不能自拔。

第三，高若讷对范仲淹的"诋诮"，今文献可考者主要有二：其一"谋事疏阔"，其二"狂言自取谴辱"①。前者针对范仲淹的政治才能，后者当指吕、范之争中范仲淹的切直（也许是过激）言辞，并无"贤"与"不贤"的道德评判。如前所述，两派相争时，皆未免有过激言辞，因此可以暂置不论。这里重点考察一下有关"谋事疏阔"的批评。

范仲淹一生事业的顶峰就是"庆历新政"。对此，《宋宰辅编年录》中有一段为后世广为转引的评论：

  及陕西用兵，天子以仲淹士望所属，拔用护边。及夷简罢，召还，倚以为治，中外想望其功业。而仲淹亦感激眷遇，以天下为己任，遂与富弼日夜谋虑，思致太平。然更张无渐，规模阔大，论者以为难行。②

转引这段文字的著作有《宋史·范仲淹传》《宋史纪事本末》《姑苏志》《经济类编》《御批历代通鉴辑览》《钦定续通志》《史纬三编》等，表明元明清历代史家皆认同这一评论。"更张无渐，规模阔大，论者以为难行"与高若讷所谓"谋事疏阔"语意颇近。由此可知，高若讷对范仲淹的批评并非毫无道理。然而，欧阳修完全不对其"诋诮"加以客观冷静的分析，就直接斥之为"是可怪也"，体现出片面、偏执的自我封闭性。

第四，生活的面向原是丰富多样的，对人的认识与评价也是多角度多侧面和多层次的。天圣、明道间范仲淹在政坛崭露头角，景祐间骤加进用，朝廷对他的识拔，无疑是综合考察其品德、才学、胆识、人望等多方面因素的结果。然而，欧阳修完全无视这一常识，将人简单地划分为"贤"与"不贤"两个极端，并以一段假设论证，试图陷高若讷于两难：

  且希文果不贤邪？……夫使天子待不贤以为贤，是聪明有所未尽。足下身为司谏，乃耳目之官，当其骤用时，何不一为天子辨其不贤，反默默无一语，待其自败，然后随而非之？若果贤邪，则今日天子与宰相以忤意逐贤人，足下不得不言。是则足下以希文为贤，亦不免责，以为不贤，亦不免责，大抵罪在默默尔。

---

① 李焘：《续资治通鉴长编》，第3009、2787页。
② 徐自明：《宋宰辅编年录》卷五，影印文渊阁四库全书本。《续资治通鉴长编》卷一五〇亦有此段文字，其中"思致太平"为"兴致太平"，并少"更张无渐"四字。

这段论证看似逻辑严密，实则难以成立。因为在现实生活中，很难轻易地以"贤"与"不贤"对人作出简单的评判。我们可能会欣赏他某些方面，不欣赏他另一些方面，而那些不太欣赏的方面在取舍之际并不重要；也有可能在某一阶段完全欣赏他，经过一段时间的了解却对他的某些方面不以为然，而那些不以为然的方面在取舍的当下可能十分重要……总之，在范仲淹进退之际高若讷没有发表意见，其中存在着多种可能的原因。

从以上分析可知，《与高司谏书》存在的思维谬误显而易见。但在当时朝野上下人心思变以及泛道德思维占据主流的社会背景下，欧阳修虽因此书被贬夷陵，却由此赢得巨大的政治声誉，在北宋政坛崭露头角。这种特定的政治文化生态环境，不仅没能及时指出与纠正他的谬误，反而进一步给予其鼓励与滋长。

二

庆历三年（1043），欧阳修被擢为谏官。他感激恩遇，力尽言责，体现出高度的责任感与使命感，风节凛然，令人肃然起敬。遗憾的是，问政思路一如既往。在朝政斗争的攻防之战中，对政敌实行道德的污名化仍是其主要手段。《论吕夷简札子》① 即是一个典型例证。在这篇文章中，吕夷简被描述为"罪恶满盈，事迹彰著"的"大奸"，为相二十四年间，不仅导致"四裔外侵，百姓内困，贤愚失序，纲纪大隳"，而且"专夺国权，胁制中外，人皆畏之，莫敢指摘"，甚至连他的家族、子弟亦被贬称为"奸邪巨蠹之家，贪赃愚呆子弟"。只要对宋代历史稍加了解，便可清楚看到欧阳修这份奏札的偏颇不实。

首先，明道、景祐以来社会危机加剧，官场风气因循怠惰，吕夷简固然难辞其咎，但根本原因仍在于宋代高度中央集权的政治制度本身所存在的无法克服的内在矛盾。军权的集中虽成功地杜绝了武人拥兵自重、跋扈割据的局面，却造成军队训练不良、战斗力薄弱的严重弊端，使宋朝成为我国历史上统一王朝中最缺乏抵御外来侵扰能力的软弱王朝；政权与财权的集中虽有效地分化事权，避免了专权擅任，尾大不掉，却助长了因循苟且、人浮于事的官僚作风，以及官僚机构的庞大臃肿；"冗兵""冗吏"又带来"冗费"，进而导致"积贫""积弱"的社会政治危机。倘将这一切归咎于吕夷简一人，显然有失公允。

其次，吕夷简执政时期，正是范仲淹、韩琦、富弼、欧阳修等政坛新秀崛起之时。《宋史·忠义传序》云："真仁之世，田锡、王禹偁、范仲淹、欧阳修、唐介诸贤，以直言谠论倡于朝，于是中外缙绅知以名节相高，廉耻相尚，尽去五季之陋矣。"所论时段即包括吕夷简执政的二十四年，说明此时并未"贤愚失序，纲纪大隳"。范仲淹自明道二年（1033）"废后"风波起即与吕夷简政见分歧，激烈对立，虽一贬睦州，再贬饶州，但都不出两年即获起复。尽管我们不能把范仲淹两度起复归功于吕夷简，但至少表明他没有利用职权将政敌赶尽杀绝。而据司马光《涑水记闻》：康定元年（1040）范仲淹得以除龙图阁直学士，与韩琦并为陕西经略安抚副使，即因吕夷简之言②；庆历元年（1041），范仲淹陷于擅答和擅焚西夏书的风波之中，朝中大臣有人表示"范仲淹可斩"，而吕夷简却认为"止可薄责而已"。

---

① 李逸安：《欧阳修全集》，中华书局2001年版，第1542～1543页。
② 《涑水记闻》："范文正公于景祐三年言吕相之短，坐落职知饶州。康定元年复天章阁待制，知永兴军，寻改陕西都转运使。会吕公自大名复入相，言于仁宗曰：'范仲淹贤者，朝廷将用之，岂可但复旧职耶？'除龙图阁直学士，陕西经略安抚使。"中华书局1989年版，第162页。

可见，关键时刻吕夷简尚能以国事为重，表现出一位政治家应有的豁达与宽容。

第三，仁宗明道年间台谏制度已基本完善，台谏皆由君主亲除，宰相不得介入。明道二年宰相李迪除孙沔、韩渎为台官，就曾遭到仁宗的申斥①。因此，吕夷简尽管"帝眷倚不衰"，在其执政时期，仍不免"数为言者所诋"②。可知"人皆畏之，不敢指摘"并非事实。

第四，吕夷简早年遇事直言、果敢有为，主政后虽日趋保守，其劣迹也主要体现在"收恩避怨，以固权利"③，并无贪渎之名。他的四个儿子除长子吕公绰"多涉干请"，其余三子皆有令名，吕公著更是"自少讲学，即以治心养性为本……于声利纷华，泊然无所好"，"一切持正以应天下之务"，"论人才如权衡之称物"，被推为"守成之良相"④。欧阳修此文却直斥为"奸邪巨蠹之家，贪赃愚呆子弟"，无疑已涉嫌诬枉。

自庆历三年（1043）春首登言路，欧阳修即以极大的勇气指陈朝政缺失，向权威挑战，向陈规开火，充当着改革的先锋和斗士。目的固然纯正、高尚，手段却值得反思。他们的政敌也以同样手段与他们作战。庆历四年四月，"朋党"之论再起。保守派通过内侍蓝元震上疏，指控范仲淹等"以国家爵禄为私惠，胶固朋党"⑤，仁宗心生疑窦。于是欧阳修撰写了著名的《朋党论》⑥，试图为君释疑，反击政敌的攻击。

《朋党论》承续王禹偁、范仲淹"君子有党"⑦的观点，进一步提出"君子有党，小人无党"之说，从理论上公开阐明士大夫结党的正当性和必要性，体现了宋代士大夫为政治主张趋群结党的理论自觉，在中国政治史上具有开创性。然而，这一充满"近代"色彩的理论主张所依托的思想基础却是"非近代"的，依然重复着《与高司谏书》同样的范畴错误，即将政治立场与个人道德相混同。由此引发的"君子小人之辨"不仅不能说服君心，反而激化矛盾。因为，在仁宗看来，范仲淹等改革派大臣固然多品德高尚、精忠报国的君子，他们的反对派却也并非都是见利忘义、营营苟苟的小人。新政的反对者如：章得象"在中书八年，畏远名势，宗党亲戚，一切抑而不进"⑧，张方平"慷慨有气节"⑨，"虽对人主，必同而后言。毁誉不动，得丧若一"⑩，亦可称有德君子。却被欧阳修通斥为小人，其结果则是导致"指修为朋党者益恶焉"⑪。加上"君子有党论"在本质上与封建专制皇权存在着不可调和的矛盾，试图以这一理论回击保守势力自然是适得其反。果然，在保守派更加激烈的进攻下，庆历四年六月，范仲淹被迫自请外任，富弼、韩琦、杜衍、欧阳修等纷纷被

---

① 李焘：《续资治通鉴长编》，第2647页。
② 脱脱：《宋史》，中华书局1977年版，第10210页。
③ 同上书，第10220页。
④ 同上书，第10776页，第10780页。
⑤ 李焘：《续资治通鉴长编》，第3582页。
⑥ 洪本健校笺：《欧阳修诗文集校笺》，上海古籍出版社2009年版，第520～522页。
⑦ 王禹偁《朋党论》：夫朋党之来远矣，自尧舜时有之。八元、八凯，君子之党也；四凶族，小人之党也。（《小畜集》卷一五）《续资治通鉴长编》第3580页：上谓辅臣曰："自昔小人多为朋党，亦有君子之党乎？"范仲淹对曰："臣在边时，见好战者自为党，而怯战者亦自为党。其在朝廷邪正之党亦然，唯圣心所察尔。苟朋而为善，于国家何害也？"
⑧ 李焘：《续资治通鉴长编》，第3769页。
⑨ 王称：《东都事略》卷七四，影印文渊阁四库全书本。
⑩ 苏轼：《乐全先生文集叙》，《苏轼文集》，中华书局1986年版，第314页。
⑪ 李焘：《续资治通鉴长编》，第3766页。

逐出朝廷，"庆历新政"宣告失败。①

然而，"庆历新政"的失败并未引起人们对《朋党论》的反思。相反，其核心思想在此后竟笼罩了整个北宋中后期政坛。庆历年间的"君子小人之辨"也进而发展为熙宁年间的君子小人不可并处、不可两立②，乃至元祐年间的君子小人两不相容、必相排斥③。二元对立、党同伐异的非理性行为泛滥，政见之争全面转向意气之争。北宋政治因而一败涂地，不可收拾。尤具反讽意味的是，治平年间"濮议之争"爆发，身为执政大臣的欧阳修，被吕诲、范纯仁、吕大防等意见相左的台谏官指为"豺狼""奸邪"④，措辞、语气和欧阳修当年攻击吕夷简等执政大臣的奏章如出一辙。

王水照先生在《欧阳修所作范〈碑〉尹〈志〉被拒之因发覆》⑤ 一文中指出，欧阳修至和元年（1054）作《范公神道碑》客观叙述范、吕和解史实；治平二年（1065）作《徂徕石先生墓志铭》提及《庆历圣德诗》时暗寓他对石介此举的一定保留；熙宁元年（1068）作《端明殿学士蔡公墓志铭》，绝口不提《四贤一不肖诗》；晚年自编《居士集》，也不收《与高司谏书》，表明欧阳修亲历激烈党争后，不断从党争实际中总结经验并吸取教训，对《朋党论》中的思想有了新的调整，逐渐具有了防止党争失范的自觉意识。此论诚是。不过笔者认为，这种反思并不彻底。试以"濮议之争"为例分析如下。

治平元年（1064）五月，英宗亲政，宗室诸王及朝廷百官依例加官晋爵，恩泽遍及存亡。然而，围绕英宗生父濮安懿王的尊号，朝廷大臣形成两派不同意见。司马光、范镇等认为英宗应称濮王为皇伯；韩琦、欧阳修等认为应称皇考。两派坚执不下，论战持续十八个月，最后皇考派取胜，士林舆论却普遍支持皇伯派。治平四年，欧阳修撰成《濮议》四卷，其中卷二以问答方式就皇考派观点引发的不解与质疑加以辩驳申说，卷三汇集相关诏书及两派进呈的奏札等文件，卷四则收集了欧阳修本人撰写的相关文章。以上三卷着眼的都是不同观点的正面交锋，体现了理性的学术精神。其中较不可取的是《濮议序》与《濮议》卷一。在这两篇文章中，欧阳修延续了一贯的政见之争道德化的思路，指责皇伯派大臣皆为狂率疏谬的"小人"，欲"借为奇货以买名"。显然，欧阳修又重复了《与高司谏书》同样的思维误区，不仅将个人的观点视为普遍的公道正义强加于他人，而且十分主观地推定他人的动机，并以此为逻辑起点得出对方是"小人"的结论。事实上，皇伯派代表人物如司马光、范镇、范纯仁等，在历史上皆享誉极佳。而且，有关濮议的问题双方都是征引《仪礼》及前代成例，涉及对古代经典和历史掌故的不同解读，产生分歧原本十分自然。然而遗憾的是，由于两派陷入了同样的思维误区而再一次导致党争的失范。

三

从以上分析可知，泛道德思维贯穿了欧阳修的一生。陷入这一思维误区的不止他一人，

---

① 本段和下一段部分观点参考了王水照先生《北宋的文学结盟与尚"统"的社会思潮》、《宋代文学通论》，沈松勤《北宋文人与党争》，罗家祥《朋党之争与北宋政治》。

② 富弼：《上神宗论内外大小臣不和由君子小人并处》，赵汝愚编：《宋名臣奏议》卷一五，影印文渊阁四库全书本。

③ 司马光：《资治通鉴》卷二四五。

④ 李焘：《续资治通鉴长编》，第5023页。

⑤ 王水照：《欧阳修所作范〈碑〉尹〈志〉被拒之因发覆》，《江西社会科学》2007年第9期，第176～183页。

而是卷入斗争的绝大多数。但是，由于欧阳修在政坛和文坛的双重重要地位，他的言论影响尤为深远。尽管期间欧阳修也曾试图"跳出自身反观自身"①，但是，一方面他的反思在当时没能得到人们的认同②，另一方面这种反思仅仅停留在具体的人、事的表面，未能深入思想意识与思维方式。

泛道德思维是中国传统社会最突出的特征，奠基于先秦至两汉的儒者。以"三纲五常"之类的"礼"规范人们的行为，以维系良好的人际关系与社会秩序，实现"礼治"社会。"礼治"的达成有赖于统治者个人的道德修养，个人道德是否高尚便成为判别政治制度是否合理与合法的基本准则。这在"礼崩乐坏"的春秋战国以及绝对王权的秦汉大一统时代，无疑具有积极意义。但是，由此衍生的泛道德思维，从一开始就隐含着将社会生活简单化的先天缺陷，常与实际的现实政治相抵牾。随着政治制度与政治文明的不断发展，泛道德思维逐渐受到抑制。这从汉代以来官员选拔制度的演变中即可看出端倪。

西汉选拔人才的基本制度是"岁举孝廉"的察举，原本"孝""廉"分立，后逐渐合为一科。被举者虽然需经过考试，但从科目立名和以乡党评议为依据的推选过程，可知是以道德修养为核心的。到了东汉，察举科目增加，分为"贤良方正""孝廉""茂才""明经"，不过，唯"孝廉"每岁察举，其他科目则待诏而行。尽管仍以德行为主，但"茂才""明经"之设，已可见出自制度层面对泛道德思维的部分修正，以满足现实政治对才华、学问等的需求。东汉末年，曹操提出"唯才是举"，一度彻底打破以德选人的旧规。但曹操在中国历史上本属异端，不为儒家正统认可；而"唯才是举"也只是汉末动荡不宁的社会背景下的权宜之计，所以曹丕称帝前夕便改为"九品中正制"。中正评议与选拔人才的标准包括三个方面：家世、道德、才能。显然，这是对两汉与曹操时代选拔制度的综合运用。从此，至少在制度层面上，道德从人才选拔的唯一条件退居为必要条件之一。隋唐以后，科举制的实行进一步降低了道德在政治选拔制度中的影响力，无论何人只要通过试帖和诗赋考试，即可取得入仕资格。进入宋代，科举制得到高度完善，不仅取士人数激增，而且形成了以进士出身为荣的社会风气，道德基本从选拔制度中隐退。

当代学者肯尼斯·米诺格在其名著《政治学》一书的前言中指出："政治尽管能为生活的许多方面建立秩序，但必须与上述领域保持一定距离。"③ 用这种现代政治观来衡量，古人当然并不具备。因此，在人类历史上，既有中国式的道德政治，也有西方式的宗教政治。不同的生活领域与政治相纠缠，是人类都曾经过的一段历程，至今仍然难以避免。但是，政治文明发展的方向必然是与道德、宗教等相分离。中国古代政治选拔制度的演变，即清楚地显示了这一发展轨迹。这并非表明政治人物不必德才兼备，而是认为必须以更理性、更务实的态度看待政治和政治人物，因为人性是如此复杂多变。泛道德思维支配下的政治观，将政治的成败系于统治阶层的个人道德，其间存在的不确定性风险早已不断地被历史所证明。因此，政治文明的发展趋势，应该是各种权力制衡与监督机制的逐步完善，以制度的力量来保障政治的正确。道德应该退居私人生活领域，成为个人的事情。

赵宋王朝的权力结构引进了多种平衡机制，包括相权对皇权的牵制，台谏对相权的抑

---

① 王水照：《欧阳修所作范〈碑〉尹〈志〉被拒之因发覆》，《江西社会科学》2007年第9期，第178页。
② 从《范公神道碑铭》写成后所引发的纠纷可见一斑。
③ （美）肯尼斯·米诺格著，龚人译：《政治学》《序言》，辽宁教育出版社1998年版，第2页。

阻，士大夫为某种政见而组成的党派等①；宋代士人自主、自断、自信，充满了"以天下为己任"的参政热情，"用舍由时，行藏在我"②"以道进退"③、与天子"迭为宾主"④ 共治天下的政治主体意识。这些都是宋代政治"近代"指向的突出表征，也是封建君主专制政体可能蜕变为民主政体的前兆。然而，处在新的政治时代、同时又富有新的政治精神的宋人，却沿袭着与近代政治文明发展背道而驰的泛道德思维，犯下一系列不可更改的错误。

首先，他们无法理解"政治的精髓就是不同见解的争辩"⑤，因而不能在对立观点的交锋中逐步完善自己的政见，制定最切实可行的施政方针，避免政策的偏颇或不切实际，通过政治实践证明党派存在的正当性与合理性。政治是非常现实的，党派存在是否正当与合理，仅凭书面的、理论的阐发无法令人信服，何况如《朋党论》等理论文章还贯穿着似是而非的逻辑错误。假如，所谓"君子之党"或"新"党、"旧"党能够在包容众多异见的基础上尽可能务实地达成自己既定的政治目标，使朝政得以刷新，不仅北宋历史将会改写，中国政治文明进程也将开出另一种局面。

其次，为了打击政敌，他们常常无视客观事实，或攻其一点不及其余，或夸大其词、危言耸听，有时甚至颠倒黑白、混淆是非，主观化、情绪化的诛心之论充斥于谏疏、章奏之中。宋人向以理性深思见称，但在激烈的朝政斗争中，却自恃目标的道德性与正义性而放纵手段的非道德性与非正义性，在极为复杂微妙的心态中，丧失了理性思考，也丧失了对自我行为的反思、对群体行为的监督和超越的能力，导致非理性思潮在政治领域的蔓延。而理性精神正是近代政党政治与民主政治兴起的重要思想基础。

最后，他们习惯于以道德的名义剥夺他人表达不同政治见解、选择不同政治立场的权利，将自己的政见与立场视为普遍的公道正义强加于他人，将本该属于全体共享的参政、议政"权利"，视为特定个人或党派独享的"权力"，这正是民主与专制的分界所在。"一个政党若是独揽一切权力，只跟自己对话，这个党就一定是集权主义，也就是专制主义政党"⑥，可见，在北宋自由议论风气中形成的各种党派，思想的本质仍是极度专制的。因此，随着党争的不断升级，其结果不是民主精神的日益壮大和普及，也不是党派竞争的常态化、正常化，而是愈演愈烈的相互倾轧、报复，直至实行全面"党禁"。

北宋王朝在经历二十多年的"党禁"之后灭亡了，那个曾经激发了无数士人热情、勇气与雄心的时代随之一去不复返，一度呼之欲出的近代化、民主化端倪归于沉寂，中国社会不得不长久地屈服于封建君主的专制统治之下，深陷于泛道德思维迷局之中的宋人无疑难辞其咎。

---

① 参见王水照：《宋代文学通论》，河南大学出版社1997年版，第7～9页。
② 苏轼：《沁园春》（孤馆灯青），唐圭璋编：《全宋词》，中华书局1965年版，第282页。
③ 尹洙：《故将作监主簿陈君墓志铭》卷一四，《河南集》，影印文渊阁四库全书本。
④ 王安石：《虔州学记》，《王文公文集》，上海人民出版社1974年版，第402页。
⑤ （美）肯尼斯·米诺格著，龚人译：《政治学》，辽宁教育出版社1998年版，第73页。
⑥ 同上。

论周密词的都市书写与情感疏离

丁淑梅

四川大学中国俗文化研究所

内容摘要：周密词中的都市书写与笔记中的描述迥然有别，斯文的言词幕表与刻意的形象错置，透过女性美的臆想与情事拟写，遮饰了触入街市之迷思；市声与夜吟交缠出琴箫孤度、乐调琴音之回响；数字意象的引入与繁复的舟桥移送，叠印着废苑空城的故都梦魇和冷寂行在，而江南的神游，终不能抵达归处。

关键词：周密 词 都市体验 情感疏离

相较于周密笔记中宋代城市繁华与市井商业活动的研究，周密词的都市书写，还是一个相对沉寂的话题。虽然周密词与笔记之关联性已引起研究者的注意①，但笔记中琳琅满目、闹热活泼、充满生机的市井生活，还有作为都市活动主体构成的生产消费者的商人及庶民群体，却并未进入周密词的写作空间。周密词中的都市及由此延展开的山水空间，虽有灯火却阑珊，虽有清趣却闲寂，在斯斯文文的言词幕表下，山水透出靡曼倏忽的光亮，重重叠叠的楼台烟雨中，街巷扰动之下幽邃而静谧。而周密词中作为抒情主体的文人士子，往往借重女性魅影的夜游私会，社子雅集的江湖行吟，返俗入雅易容敛迹，逡巡街市神游江南，凸显出失路游子与都市的距离与疏离。这是学者周密的身份定位问题？还是词之为体与笔记适于展开的都市面向不同与写作的时间差问题？

一、宿守与冶游——触入街市之迷思

周密词中的都市，并非人群攒聚的市集，亦非车水马龙的通衢，而是与这些都市中心地带相毗连的街巷深处的楼台庭院以及连接着街市内景与街市之外的山寺湖堤、柳外梅边等延伸地带。作者有特定触感的，是与这些屋宇庭院相关的建筑陈设、与湖山水岸相依的风物声色；专注着墨的，是活动期间的宿守夜游的女子、彳亍街巷的旅人。

如《木兰花慢·苏堤春晓》："恰芳菲梦醒，漾残月、转湘帘。正翠崦收钟，彤墀放仗，台榭轻烟。东园。夜游乍散，听金壶、逗晓歇花签。宫柳微开露眼，小莺寂妒春眠。冰奁。黛浅红鲜。临晓鉴、竞晨妍。怕误却佳期，宿妆旋整，忙上雕轩。都缘探芳起早，看堤边、早有已开船。薇帐残香泪满，有人病酒恹恹。"这是作者写于景定四年（1263）的西湖十景组诗其一。开篇从晓梦初醒写起，以听闻之触感呈递出早朝与夜游的参差图景：山寺远钟隐隐敛息，早朝过罢的宫殿笼罩在一片晨雾之中，石阶上迤逦走过皇家的侍卫仪仗，而此时东园夜游的人群方散，断续微茫之夜漏、花签斗酒之沸声渐次消歇，嫩柳抽叶似微醉，流莺啭

---

① 参见金启华、萧鹏：《周密及其词研究》，齐鲁书社1993年版，第97页；操瑞文、张晓利：《论周密词与其笔记的内在关联》，《湖州师范学院学报》2012年第10期，第20页。

啼正破晓。在这人影幢幢的背景中，一幅剪影特写出现了：薄施粉黛、急就宿妆，怕误约会佳期；登上雕花帷屏的车子、换乘待晓轻发的小舟，赶趁探芳晨游。轻盈快意的女子晨游图，映照出踽踽独行于丛残若帐、香露披芬蔷薇间的病酒落拓之人，结句带出的这一自我形象，将漾开的词情敛起，归于内心的怅惘。

周密论词尚花间，《绝妙好词》收录不少恋情词，但其存世词中直写恋情的词却寥寥无几；而其咏物写景、唱和纪行词中，却常以插图剪影方式闪现别有情致的女性魅影。如"明珰、净洗新妆。随皓彩、过西厢。正雾衣香润，云鬟绀湿，私语相将。鸳鸯、误惊梦晓，掠芙蓉、度影入银塘。十二阑干伫立，凤箫怨彻清商。"（[木兰花慢]《平湖秋月》）一个夜行女子新妆焕然过西厢、雾衣湿鬟赴私约，无意间惊飞了鸳鸯、拂掠了芙蓉的场景，以及阑干久伫、翘首以待的姿态，宕开一笔，以动衬静，为平湖秋月之静美添了灵趣。"东阑、有人步玉，怪冰泥、沁湿锦鸳斑"，绣鞋侵露、步玉夜游的佳人闪过东阑，断桥残雪中透出夜气氤氲的缕缕香芬。"芳陌人扶醉玉，路旁懒拾遗簪。瘦肌羞怯金宽，笑靥暖融粉沁。珠歌缓引，更巧试、杏妆梅鬓"（[东风第一枝]《早春赋》），"宫檐融暖晨妆懒，轻霞未匀酥脸。倚竹娇鬟，临流瘦影，依约尊前重见"（[齐天乐]），如果说笑靥轻醉、遗簪落地，情事依依、拟物会神，是作者借梅写情之手段，那么，"玉立照新妆，翠盖亭亭，凌波步秋绮。真色生香，明珰摇淡月，舞袖斜倚"（[绿盖舞风轻]《白莲赋》），"应是飞琼仙会。倚凉飚、碧簪斜坠。轻妆斗白，明珰照影，红衣羞避。雾月三更，粉云千点，静香十里。听湘弦奏彻，冰绡偷剪，聚相思泪"（[水龙吟]《白莲》），会稽山下，淡月影里，红衣洒青冥之泪，湘弦剪遗黎之恸，此是周密咏莲悼美之逸态。与其男性抒情主人公游踪无凭、人生空漠、情志逶迤不同，周密词中闪现的女性角色则崭露了多重的都市生活空间：彩胜宜春、杏妆梅鬓、映烛占花、临窗卜镜、绣红鸳机、斜倚秋千、雕輧轻舫、步玉出游，充满生活气息。当写到女子出游的起程归处时，除用琐窗、绣窗、绮寮、琼疏等字眼凸显窗户向外部世界敞开的温馨美好外，重闉、锁钥、灯烛、金铺，亦成为作者着意描摹的物象，如"重城，禁鼓催更。罗袖怯，暮寒轻。想绮疏空掩，鸾绡翳锦，鱼钥收银"，城关重重、禁鼓声声，连结着步出深闺女子的去路和归程。当日影从"几点红香入玉壶，几枝红影上金铺"推移到"波影暖浮玉甃，柳阴深锁金铺"，不待"凝伫。望涓涓一水，梦到隔花窗户"，门环上的铜兽饰物、窗棂上的雕花图样都散发着温暖的余温，静静地等待着远游夜归的钿车拥入将要一道道闭锁的城门："重闉，已催凤钥，正钿车，绣勒入争门。银烛擎花夜暖，禁街淡月黄昏"，灯火依依，攘攘远游终于归家的时刻。这样的形象错置与细节描写，已非香草美人托物言志的传统比附，而是通过女性美的臆想和情事拟写，将女性魅影叠加到自我形象中，将女性暗夜里的相思宿守之苦与对恋情的大胆追逐、夜游私会之乐相对出，借以比衬冶游浪子无法安顿的生命情怀。透过特定时刻和空间物象——夜晚的隐秘与柔和、闺院的闭锁与敞开，去捕捉和呼吸流动在都市生活深处的曼妙气息，在颓靡氛围中触摸自然生机与生命温润的活力，这或许是周密希冀传递的一种词心。

周密词中伴随女性魅影出现的，总是一个个车马劳顿的旅人、孤魂野游的浪子。如"酒滴炉香，花围坐暖，闲却珠鞴钿柱。芳心漫语，恨柳外游缰，系情何许"，作者把自己想象成佳人芳心暗许的莞尔公子，从而使纵马游缰的游荡生活有了一份情感期待和一种精神归点。如"记扇底宫眉，花下游骢。选歌试舞，连宵恋醉珍丛""金鞍误约，空极目、天涯草色""柳陌，新烟凝碧。映帘底宫眉，堤上游勒""犹记粉阑东，同醉香丛。金鞍何处骤骅骝"、"当时兰柱系花骢，人在小楼东"、"看芳草平沙，游鞯犹未归家"，金鞍宝鞯出入于粉闱绣帘、歌舞香丛，忆尽旧情；花骢游勒徘徊于长堤柳陌、阆苑画楼，情系眉黛。但这种情事恋想都是虚拟的，佳人游子虽出现在同一都市空间里，他们对都市生活的体验和情感指向却是左右相向的。首先，古典诗词中常见的附着在庭院西侧边沿的"西楼"意象，更多指涉女子居所与女性情愁，总是和梦寐念远、望月相思相关联；而周密词中的"西楼"，却与东风吹雨、翠丸惊度、雁影飞掠、箫管嘶鸣相对出："翠罗袖薄东风峭，独倚西楼第几阑""啼觉琼疏午梦，翠丸惊度西楼""京洛少年游，谁念淹留。东风吹雨过西楼""曲屏遮断行云梦、西楼怕听疏雨""楚箫咽、谁倚西楼残月""雁已过西楼，又还和梦愁"、"吟香未了，怕玉管西楼，一声霜晓"……在更为空阔的夜色里，夜风峭劲，莺雁旋飞，声响惊悚，流泻着作者寄居杨宅西偏的苦恨衰飒的游子情怀。其次，周密喜用熏、逗、凉、侵等字眼表达对都市生活的特定触感。如"小窗净、沉烟熏翠袂。幽梦觉，涓涓清露，一枝灯影里""波影摇涟漪。趁熏风、一舸来时，翠阴清昼""浓熏浅注，疑醉度、千花春晓"、"槐薰忽送清商怨，依稀正闻还歇。故苑愁深，危弦调苦，前梦蜕痕枯叶"。不同于熏篝、熏炉、熏笼等写闺怨的名词，浓熏、风熏、槐熏等动词，则将触感延伸到故苑花丛、湖岸游舸，带出一份在蹊径与汀岸等都市边缘行吟的陶醉沉迷。又如"瑶妃鸾影逗仙云，玉成痕，麝成尘。露冷鲛房，清泪霰珠零""南州路杳，仙子误入唐昌。零露滴，湿微妆，逗清芬、蝶梦空忙""金缕逗浓香，接翠蓬云气。缟夜梨花生暖白，浸潋滟、一池春水""岩霏逗绿，又凉入小山，千树幽馥"，这些写景赋物之作，将笔墨停伫在对嗅味触觉的揣摩上："逗仙云"以霓云虹彩渲染梅姿清影之超逸，而"逗清芬""逗浓香"，则刻意将无形无态之嗅味动感化、具象化，以神女赏花入唐昌观事写茉莉零露沾衣、受仙女眷顾之异禀，以云气缭绕形容琉璃帘内烟霭与帘外春水相氤氲，如入琼境清惬。而岩霏逗出的绿之凉、绿之馥，更沉入巇岩丛树间，清冽峭拔，透人骨髓。

如果说熏、逗等字眼的使用多少体现出作者走近、沉溺都市生活的一份世家公子的轻快闲逸，那么冰、寒、冷、凉、侵等字眼的使用则更多抖落了周密内心对都市生活的隔膜、抵触与疏离。写室内陈设是冰奁、冰绡、冰弦，写出行夜游是冰泥、冰溪、冰河；物候更迭是余寒、剩寒、残寒，时序推移是夜寒、高寒、晓寒，月亮是冰壶、冰蟾，梅花是冰条、冰痕；大雪是霜叶敲寒，小雨是残寒迷浦，西园是楼空燕冷，断桥是诗冷孤山；南屏晚钟烟冷秋屏，平湖秋月露浓佩冷；游舸西湖凉涵荷气，逃暑环碧凉月渐生；别人江西凉砚闲试，次韵社友凉花绛缕；赋诗啸永堂凉云吹雨，放舟三汇亭凉宵横笛……周密词中不仅常常出现这些低温触感的词，还用"侵"字反复摹写这种冷感不意袭来、浸入身心的惆怅无奈、颤栗惊惧。如〔探芳讯〕《西泠春感》云："……步晴昼，向水院维舟，津亭唤酒。叹刘郎重到，依依漫怀旧。东风空结丁香怨，花与人俱瘦。甚凄凉，暗草沿池，冷苔侵甃。"此词写亡都西湖的早春，落笔在一"侵"字上：春阳晴好，唤酒赏春时，前度刘郎故实却犯上心头，遂跌入物是人非的怅叹中。李商隐《代赠》"芭蕉不展丁香结"的诗典引入，物我两照，凄凉顿生，旧履重到，再难觅旧日欢洽。池边暗草蔓延，井沿冷苔侵入，伤悼之情、失路之痛倏忽之间犁过心头。又如〔桂枝香〕《云洞赋桂》云："……别有雕阑翠屋，任满帽珠尘，拚醉香玉。瘦倚西风，谁见露侵肌粟。好秋能几花前笑，绕凉云、重唤银烛。宝屏空晓，珍丛怨月，梦回金谷。"云洞园在钱塘门外，杨和王别业，培土为洞，屈曲通行，花木蟠郁[①]，桂树繁茂、香气馥郁。游子寻香觅玉之旅，正因桂花之孤芳自赏，而此词却用满帽珠尘喻风

---

① 参见田汝成：《西湖游览志·北山胜迹》卷八，中华书局1958年版，第95页。

尘袭桂而色暗香凋，以肌肤触寒所生颗粒比喻桂蕾在西风中摇曳颤抖。虽说周密词中"凉""侵"字之用，或有消暑纳凉、清奇隽爽的一面，但"侵"字的更多意味，则偏于冷冽的触感以及由此引发的落寞愁恨，如"鬓雪愁侵秋绿，容华酒借春红""寒侵径叶，雁风击碎珊瑚屑""瑞云盘翠侵妆额，眉柳嫩、不禁愁积""尘侵锦瑟，残日绿窗春梦窄""风透幕，月侵床，记梦回""雁背风高孀兔冷，露脚侵衣香湿"，正如高士奇《绝妙好词序》所言："公谨生于宋末，以博雅名东南，所作音节凄清，情寄深远，非徒以绮丽胜者。"①

周密词展示都市空间的情感指向，与其笔记撰述客观、欢腾、解颐不同，既非着意形象塑造，也非注笔意境浑成，显得游思飘荡，语意晦密，似点染有余而生气不足，被认为是"本原一薄，结构虽工，终非正声也"②。然而，或许是要眇宜修的词体预设，决定了周密词将女性魅影的观看与窥视、佳人情事的拟写与冥想，作为都市视域内延与外展的装点。在这个被净化也同时被离析的都市世界里，作者以失宦之身失路彳亍，街市边沿的沉醉迷思，山水往观的云烟明灭，风物胜景的清冷岑寂，纷披沓来，使得抒情主体贯注的情感交触宣发于性灵与斯文、重情与讳情、弃生与尊生之间，流宕饱满而富有张力。

二、市声与夜吟——乐调琴音之回响

周密的词，除了通过建筑陈设与风物触感凸显都市意象，还常常以特定的声响传达士子雅游街市的清趣，其笔记中大量记述的在歌馆、茶肆、食店、瓦子等市井中心地带活动的庶民从商游乐声息则被隐匿了。如［鹧鸪天］《清明》："燕子时时度翠帘，柳寒犹未褪香绵。落花门巷家家雨，新火楼台处处烟。"细读此词，虽可体会繁忙热闹的红尘气息，但柳絮尚未轻飞，燕影已闪垂帘，落红细雨，极细的声响，新火袅烟，极微的动静，只是一幅远观街景的写意；何况下阕"情默默、恨恹恹""无奈春何只醉眠"的感喟，带出的更是一份只能遥望街景、难以融身其间的距离感。

其［月边娇］《元夕怀旧》被认为是周密描写市井生活的风俗词佳作："酥雨烘晴，早柳盼鬟娇，兰芽愁醒。九街月淡，千门夜暖，十里宝光花影。尘凝步袜，送艳笑、争夸轻俊。笙箫迎晓，翠幕卷、天香宫粉。少年紫曲疏狂，絮花踪迹，夜蛾心性。戏丛围锦，灯帘转玉，抃却舞勾歌引。前欢谩省。又辇路、东风吹鬓。醺醺倚醉，任夜深春冷。"上阕以酥雨、早柳、兰芽点出元夕夜的暖意春信，以九街千门、宝光花影皴染街市的吉祥氛围。其中轻俊漫游的士子、艳笑嬉戏的游女，熙熙攘攘穿梭于街巷之中，将市声喧沸推向欢快的高潮。但从下阕来看，实际上所有的欢乐都是别人的，作者沉醉的并非当下亲历，而是过往的神游，是年少游荡、流连絮花③、贪逐夜蛾④、沉酣戏舞的公子疏狂；当笙箫叠奏远远传来，缠萦眼前的却只有夜深春冷、风前残鬓。周密词中的佳节风物——"厮句元宵""雪冷清明""凝伫重阳"，与《武林旧事》"流苏宝带、交映璀璨"、山灯新巧、烛影纵横，雅戏烟

---

① 高士奇：《绝妙好词序》，载周密著，查为仁、厉鹗笺注，徐文武、刘崇德点校：《绝妙好词笺》，河北大学出版社2006年版，第2页。
② 陈廷焯：《白雨斋词话》卷二，光绪二十年（1894）海宁许正诗跋镌本，第23页。
③ 絮花即杨花，典出晏几道《鹧鸪天》"梦魂惯得无拘检，又踏杨花过谢桥"句。
④ 周密《武林旧事·元夕》卷二云："游手浮浪辈，则以白纸为大蝉，谓之夜蛾"，王国平主编《西湖文献集成》第二册，杭州出版社2004年版，第294页。

火、舞队连亘①的情致不同，周密词虽写到市讴巷吟、樗蒲双陆、声乐伎戏扬扬之处，如"昼长人困斗樗蒲""象局懒拈双陆子""呼卢笑语""犀衺象局""生怕柳眠萦舞蝶，戏抛梅弹打流莺"等，但这些市声戏乐，比之于词中其他富有情韵的声响感应，无论就文字比重还是情感倾向性，都显得逊色了。

因为曾受教于音律大师杨瓒、又从故相马廷鸾习乐理，培养了周密对声响节奏的天然敏感和对清寂乐声的独特嗜好。热闹市声转为低沉夜吟，独处静远而谛听天籁，成为周密词摹写声响的一大特点。其词中写到的声响，有水鸣山籁、风奏松琴等自然声响，也有舞鸾啼猿、蜩凄莺咽、夜鹤惊飞、孤蛮自语等动物飞禽的响动与叫声。有翠崦收钟、疏钟敲暝、乱钟晓送霜清、禁鼓催更、叠鼓清笳、倦鼓别游人等钟鼓的回声，也有歌云袅袅、乱舞五云裳、珠歌缓引怨歌长、罗窗那回歌处、叹庭花倦舞等歌舞的余音。而作者摹写更多也更有韵致的是笙箫笛管、清琴琵琶、锦瑟瑶筝等器乐弹奏的怨调商音。如《三潭印月》下阕先以凌波仙子度飞星、入芳洲暗喻水中月影之娉婷，继以"瑶瑟谁弹古怨，渚宫夜舞潜虬"，想象虬龙曼舞、锦瑟流怨协奏出月色溶溶、流光拂水般的小夜曲。［齐天乐］云："此生此夜此景，自仙翁去后，清致谁识。散发吟商，簪花弄水，谁伴凉宵横笛。流年暗惜，怕一夕西风，井梧吹碧。底事闲愁，醉歌浮大白。"咸淳四年（1268）秋，作者邀社友再游三汇亭，感苏轼中秋词意、姜夔金陵调倚《醉吟商小品》事，遂有凉宵横笛、散发吟商之惝恍。"文弦鼓其凄调，玉笛发其哀思"②，周密擅以雅词典故和音乐术语摹写各种乐器的质地形状、节奏音色、演奏细节及赏乐之趣。除以锦瑟翠管、紫箫龙笛形容乐器之古雅静美，用鹅管吹春、冰弦写怨、哀角吹霜、乱弦丛笛，表现管弦乐器奏出的音色外，周密还善用水调怨切、清商哀飒、梁州幽渺、露华愁浓、湘弦奏彻、危弦调苦、夹钟羽调、离弦乍阕等哀调商音，吟味不同调式传递的感情倾向与微妙变化。其写演奏细节更为传神，如［水龙吟］《次张斗南韵》："吟香醉雨、吹箫门巷、锦瑟华年暗度，赋行云、空题短句。情丝系燕，么弦弹凤，文君更苦。烟水流红，暮山凝紫，是春归处。怅江南望远，蘋花自采，寄将愁与。"此词以琵琶第四弦——么弦乐音的纤细如丝、幽咽凄恻，拈起白头吟话题，与章台路锦瑟诗忆才子的浪漫相对照，暗喻岁月老去、故都繁华不在的伤怀。又如以琴拨写情："龙香拨重春葱弱、一曲哀弦难托"，柔嫩手指不胜龙香琴拨之哀弦悲音③，流泻出对红颜流落的真切同情；以笙声写梦："碧柱情深凤怨，云屏梦浅莺呼"④，萦绕弦柱的幽怨笙声，应和着暮春午后的憎憎残梦；以笛音分写梅韵："阁尘初静、画楼外、一声秋笛""西泠残笛、低送数声春怨""一声龙竹、半幅鹅溪"⑤，揽秀园玲珑山的梅花，如秋笛弄仙乐，聚景园雪香亭梅影，似残笛叙春怨，疏清翁双清图梅姿，若龙竹绽清音；以箫声叙唱孤怀："……醉墨题香，闲箫横玉尽吟趣。胜流星聚，知几诵、燕台句。"当追忆宝祐五年（1257）年少执杖于祖父衢州啸咏堂宴集宾朋事，作者以白石自制调、李商隐《燕台诗》寄闲箫横玉之趣："锦鲸仙去、紫箫声杳……雨窗短梦难凭、是几番宫商、几番吟啸"，故园沦丧后无所寄托，读梦窗《霜花腴词集》，感故旧调零，风物换却，黍离唯有独品，长吟且自狂啸。

---

① 参见周密《武林旧事》卷二《元夕》，王国平主编《西湖文献集成》第二册，杭州出版社2004年版，第292页。
② 柯煜：《绝妙好词序》，载周密著，查为仁、厉鹗笺注，徐文武、刘崇德点校：《绝妙好词笺》，河北大学出版社2006年版，第2页。
③ 龙香拨：以龙香柏做的琴拨。春葱：喻女子手指。
④ 碧柱：笙的弦柱。凤怨：陈旸《乐书》云："笙为乐器，其形凤翼，其声凤鸣。"
⑤ 化用费长房竹杖化龙事，引申以龙竹制笛。

周密对琴曲别有情钟,如"宝弦愁按十三徽"即借女子卜问归期,特写古琴十三徽——即琴面十三个指示音节的标志,弹奏琴曲时高张急徽、表发抚抑之处①。又如[浣溪沙]《题紫清道院》:"竹色苔香小院深,蒲团茶鼎掩山扃。松风吹净世间尘。静养金芽文武火,时调玉轸短长清。石床闲卧看秋云。"此词以竹色苔香、蒲团茶鼎等有形物象,点染道院之氛围,接着以文武丹火的蒸腾、玉轸试音的疾徐,转写无形之触感,而琴曲《短清》《长清》②的沉吟,若寒潭之湛深、若空谷之澄明,使人洗濯心腑,化入神境。又如作者赓和诗友刘澜的[明月引]写到楚辞琴曲:"酒醒未醒香旋消。采江蓠,吟楚招。清徽芳笔、梅魂冷、月影空描","愁多病多腰素消,倚清琴,调大招。江空年晚,凄凉句、远意难描"。作者在逃离甫任义乌县令之后的颠沛流离中,又惊闻元兵破吉州,愁病交加、醉梦无凭,吟楚辞《招魂》,以哭弁阳家破。

如果说,作者以其博通音律之才情,将器乐清音与词调乐律做了声情契合的精致表达,以谛听天籁之远近,有意无意、举重若轻地与街市保持了一段心理距离,那么,市肆日新、台阁老旧的亡都阴影,风物繁华、家园沉沦的内心创痛,就无法使作者在情感上保有一份世家子弟独有的都市雍雅和贵苑宁静了。如此看来,若说周密词很少言及主观感情,非也;周密的消闲与市井逸乐是格格不入的,无论是体物怡性还是求仙问趣,周密词中总有一个都市现实中无法安顿的"故我"在。

三、废苑与空城——舟桥移送之镜像

周密词中的都市空间,是围绕着作者记忆中的都市地图展开的。东园旧苑、闲庭层阑、短桥长亭、辇路水堤、画舫游船,这些作者居住游历、寄食行吟的特定处所,在湖山依旧、莺啼燕娇的安逸闲雅面影下,已然一座碎锦纷披、飘摇欲坠的废苑空城。

周密词中写到的江南园林很多、很美,清波门外聚景园的松雪飘寒,丰豫门外的环碧园荷深柳密,钱塘门外的云洞园千树幽馥,花港山下之卢园氄奇石秀,褚家塘的琼花香度瑶阙,还有疏寮园窈窕扶疏、揽秀园柳屏芳槛、秀谷园流红迤逦、宝山园楼台如画,然而,在这些江南园林胜迹中,作者更切近感受到的,是明霞洞宵珊瑚冷、废绿平烟空远、秋笛隐隐、愁与春远……所有物色风华,都难掩幽冷空寂。尤其写到毗邻旧都之金谷园与临安行在之东园最是感念,如"看烟佩霞绡,弄妆金谷、沉香亭北""宝屏空晓,珍丛怨月,梦回金谷""非非是是总成空,金谷兰亭同梦""叹金谷楼危,避风台浅,消瘦飞琼"。金谷园,在洛阳西谷涧,晋太康中石崇所建,毗邻曾经展开过清明上河图的北宋都城的繁华靡丽,而如今已无兰亭之清泉与茂树环绕,更无避风台③之七宝熏风遮挡,早已成危楼空梦,而"怕里流芳,暗水啼烟细雨。带愁去。叹寂寞东园,空想游处""一梦东园、十年心事、恍然惊觉""最怜春梦弱。楚台远、空负朝云约。漫念想、清歌锦瑟,翠管瑶尊,几回沉醉东园

---

① 参见《汉书》卷八七《扬雄传·解难》并颜师古注。
② 《短清》《长清》是嵇康所作琴曲,与《长侧》《短侧》总称《嵇氏四弄》,与蔡邕《蔡氏五弄》合称"九弄"。隋炀帝曾以弹奏"九弄"为取士条件之一,《长清》或误为蔡邕之作。《短清》初载朱权《神奇秘谱》,解题云:"是曲者,汉蔡邕所作也。有长清、短清二曲,取意于雪,言其清洁而无尘杂之志,厌世途超空明之趣也。志在高古,其趣深远,若寒潭之澄深也,意高在冲漠之表,游览千古,有紫虚大罗之想,恍若生羽翰谒王京者也。"
③ 避风台:据汉伶玄《赵飞燕外传》,飞燕身轻不胜风,汉成帝为之筑七宝。飞琼:许飞琼,西王母侍女,后喻雪花神,此喻落梅如雪。

酌。燕麦兔葵恨，倩谁访、画阑红药。况多病、腰如削。相如老去，赋笔吟笺闲却。此情怕人问著"（[大酺]《春阴怀旧》）。东园，一说是富景园，一说为杨缵居地①，作为诗朋社友聚合之所，已然兔葵燕麦摇荡、楼空台寂梦觉，寂寞东园都成为储满记忆、愁恨离离的伤心地。

当禁苑荣华一去不返，"翠屏金辇，一片古今愁""又辇路，东风吹鬓"，为了排解空江冷月、废宫芜苑的没落感，周密词喜用与六及其倍数相关的意象，借重史典与诗典写宫观楼院、闲庭层阑、短桥长亭，重现文人眼中的江南都市佳景。如"六桥春浪暖""六桥旧情如梦"，"两岸潮平，六桥烟霁"，"远迎双塔，下瞰六桥"，"看六桥莺晓、两堤鸥暝"等。贯通南北、风物粲然的映波、锁澜、望山、压堤、东浦、跨江六桥②，成为周密西湖记忆的最佳镜像；"犹记梦入瑶台，正玲珑透月，琼钩十二""东风吹玉满闲庭。二十四帘春靓"，珍珠帘透着斑驳月影，层叠如上瑶台，酴醾阁五彩斑斓，东风吹拂帘幕映射片片春光；然而，"二十四阑愁倚遍、空怅望、短长亭、长短桥"，抒情主人公却只能在长亭与短桥之间遍倚阑干无着，徒然怅叹。或许是养习音律之染③，周密尚用三十六这个成数。"仙影悬霜粲夜，楚宫六六"，六六即三十六，如楚宫层叠错落，光彩耀眼，透出灯火明灭之照影，深窅幽冷之气息。"绿绮紫丝步障、红鸾彩凤仙城，谁将三十六陂春，换得两堤秋锦"，以紫丝步障、彩凤仙城，喻长长的湖堤将众多池塘湖湾围簇成锦，满眼缤纷，如画上观。"三十六鳞过却，素笺不寄相思"，乍一看，鲤鱼别称三十六鳞，因其"脊中鳞一道，每鳞有小黑点，大小皆三十六鳞"④，然此词写花港观鱼，落笔却在表达鱼雁难传尺素的相思之苦⑤，所以三十六鳞实是借鱼而代指书信频寄。值得注意的是［踏莎行］《与莫两山谈邗城旧事》："远草情钟，孤花韵胜。一楼耸翠生秋暝。十年二十四桥春，转头明月箫声冷。赋药才高，题琼语俊。蒸香压酒芙蓉鼎。景留人去怕思量，桂窗风露秋眠醒。"这是周密唯一一首涉及文字狱话题的词。莫两山即莫仑，字子山，号两山，江都（今江苏扬州）人⑥，邗城为扬州别名，旧事指梁栋诬告莫仑赋诗谤讪时事入狱事⑦。二十四桥，或谓廿四一座桥⑧，或谓二十四座桥⑨，指扬州歌舞繁华之地。此用杜牧《寄扬州韩绰判官》"二十四桥明月夜，玉人何处教吹箫"诗意，有感于诗祸频仍，以年轮风物之陵替，对才华横溢的莫仑遭此大难、身心摧挫的不幸命运寄予深切同情。

---

① 《七修类稿》云："东花园，宋之富景园也。内有百花池，相传旧矣。"《宋十八家词》按：非是。据夏谱，东园乃杨缵居地。
② 苏轼《次赵德麟》："我在钱塘拓湖渌，大堤士女争昌丰。六桥横绝天汉上，北山始与南屏通。"（《苏轼诗集》卷三五）
③ 《鹖冠子·度万》："五音六律，稽从身出，五五二十五以理天下，六六三十六以为岁式。"
④ 段成式：《酉阳杂俎·鳞介》卷一七。
⑤ 《埤雅·释鱼》："鲤三十六鳞，具六六之数，阴也。"
⑥ 参见周密著，查为仁、厉鹗笺注，徐文武、刘崇德点校：《绝妙好词笺》卷五，河北大学出版社2006年版，第161页。
⑦ 据《癸辛杂识》："梁栋，镇江人，与莫子山甚稔。一日，偶有客访，子山留饮，作菜元鱼为馔，偶不及栋。栋憾之，遂告子山尝作诗有讥讪语。官捕子山入狱，久之始得脱而归，未几疾死。余尝挽之云'奏邸狱成杯酒里，乌台祸起一诗间。'纪其实也。"
⑧ 《扬州画舫录·冈西录》："廿四桥即吴家砖桥，一名红药桥，在熙春台后。"
⑨ 据《方舆胜览》，隋已有二十四桥，以城门坊市为名。沈括《梦溪补笔谈·杂志》云："扬州在唐时最盛。旧城南北十五里一百一十步，东西七里三十步，可纪者有二十四桥。最西浊河茶园桥……自驿桥北，河流东出，有参佐桥，次东水门，东出有山光桥。"二十四桥或存或废，已难查考。

周密词试图以繁复倍增的数字叠印，重现士大夫眼中都市江南的烟雨楼台、宫观静好，发登临之兴，以此来削减"凄凉市朝轻换"引发的颓靡痛苦。但字面雅言的百费斟酌、繁复多变的数字堆叠，实质上无法改变废苑尘梁的了无所有、亡都阴影的颓圮荒芜。"忍记倚桂分题，簪花筹酒，处处成陈迹。十二楼空环佩杳，惟有孤云知得。如此江山，依然风月，月底人非昔。知音何许，泪痕空沁愁碧"（［酹江月］《中秋对月》），为了摆脱旧苑腐气与"十二楼空"的寂灭悲凄，周密一次次在翠晓清昼、微雨烟霁、夏日午后、秋霜渐寒、月上初晚、夜潮惊梦之时远游湖山水岸；短棹轻蓑、扁舟画舸，成为周密词中频繁出现的意象。如［明月引］："雁霜苔雪冷飘萧。断魂潮。送轻桡。翠袖珠楼，清夜梦琼箫。江北江南云自碧，人不见，泪花寒，随雨飘。愁多病多腰素消。倚清琴，调大招。江空年晚，凄凉句，远意难描。月冷花阴，心事负春宵。几度问春春不语，春又到，到西湖，第几桥。"景炎元年（1276）二月元兵入临安，正是卞阳家破之际，作者借宋室后裔赵崇嶓赋［梅花引］词，伴寂怨琴调，以《招魂》祭奠国难，发西洲之恨、沧桑之痛。这是一次看似与诗友刘澜意兴相得的春日舟游，却几如生死飘摇、断魂无归。"雪霁寒轻，兴来载酒移吟艇""清溪数点芙蓉雨，蘋飙泛凉吟艗"、吟艇、吟艗刻意形容舟游清趣，却没有花港观鱼"漾仙舟误入武陵溪，何处金刀脍玉"、三潭印月"泛天镜里溯流光"的游憩湖岸镜天的自由快适。周密词中的水上之旅，行吟江湖之乐无多，而飘摇动荡之苦实有，如"堪嗟。渐鸣玉佩，山护云衣，又扁舟东下。想故园、天寒倚竹，袖薄笼纱""画舸西湖浑如旧、又菰冷蒲香惊梦醒""翠柳无情、不堪重系行舟""飘零渐远、谁念我、同载五湖舟""尘染秋衣，谁念西风倦旅。恨无据。怅望极归舟"……这些萦绕于烟樯风幔的故园愁思，飘零在短桡轻桨间的无家别梦，这些在湖水流转与舟桥移送间叠断的游思，这些愁随两桨江南北、棹歌人语呜咽的夜歌，与《四库全书总目提要》评价《武林旧事》"湖山歌舞、靡丽纷华，著其盛，正著其所以衰"的叙写手法恰恰相反，而是今昔盛衰之慨盈溢于言表，恻恻兴亡之情发声于词内，如《宋遗民类集序例总目·宏文集序》所云："至其刻羽引商，应弦赴节，览荒凉之宫殿，梦里繁华；游消歇之湖山，尊前老大，迄今读蘋洲之谱，草窗之词，如听开元旧曲"。

　　或许是泗水潜夫与水的命里因缘①，周密词中的水路旅行与舟游生活，没有舟子贾客，没有仆从脚力，都是以自我为中心的个人游行。或许会在古刹胜迹、奇泉趣石处停伫，或许会在遥瞩高寄、赋诗应社中闲吟，但为了摆脱帝都旧苑之空幻寂灭，而陷入了另一种动荡飘摇的生活，舟桥移送的曼妙镜像却没有抵达的归处——这才是故臣游子内心最深的悲哀。

　　周密词的都市体验带有明显的文人化印记，与其笔记中的市井喧嚷迥然有别，周密词中的都市是一个沉寂静谧的个人化、内心化世界。在周密书写的这个都市世界里，女性美的臆想与情事拟写，传达的是作者远观都市的游子迷思；市声夜吟的变奏，流露了私与群的牵绊不合，琴箫孤度、乐调琴音的品嚼，则寄望在与都市的距离中保有雍雅，安顿故我之愁心；数字意象的引入与繁复的舟桥移送，叠印着废苑空城的故都梦魇和冷寂行在，也凸映出作者与江南都市的情感疏离。词之为体"要眇宜修"的内省倾向，或许在一定程度上影响了周密词的意象择取，学者词人的雅化气质或也限定了周密词的情感表达维度，然而，彳亍于街市两端而"行在"远去，最终透露了周密词斯文幕表之下的内心孤独；"千山换色"而无法诗意地栖居，是周密与词的一次错位的遭逢。

---

① 据《浙江通志》卷一七八："周密本湖州人，其称泗水潜夫者，以湖有雪溪，四水交流，因以自名也。"

南宋的多元文化与文学流派

邓乔彬

暨南大学中文系

内容摘要：北宋的主流文化是士大夫文化，因长期党争而士风渐坏，在南宋的政治环境中这一文化逐渐衰落。由于统治者的扶植，且顺应了时代之需，南宋理学大盛。理学家留意于文学理论和诗文创作，朱熹尤有建树。宋代士大夫普遍悦禅，参与了禅林文化建设，南宋禅僧多追求文人的生活意趣，诗歌不乏佳作。南宋地狭官冗，读书人沦为"谒客"，江湖文化遂成廊庙与隐逸外的主要文化形态，江湖诗派为此时的重要流派。

关键词：南宋　多元文化　理学　禅林　江湖　诗文流派

学界早有唐型文化与宋型文化之说，如同钱锺书先生"诗分唐宋"之见，这两种文化应是"类型"的区分，不限于唐代与宋代。然而，论宋型文化当然主于宋，而宋代文化又应可作北、南之分。如果说唐代的主流文化是进士文化，那么宋代则发展为士大夫文化。可是，宋代的士大夫文化如同普遍的事物一样，也经历了由盛而衰的过程，南宋是士大夫文化的衰落期，同时，又呈现多元文化的逐渐兴盛，取代了作为主流的士大夫文化。与多元文化相对应的是各文化形态下的文学创作。本文择其中三者而简论之。

一、士大夫文化及其衰落

作为宋代主流文化的士大夫文化具有以下三个主要特点：

第一，在对进士文化的批判中，努力于儒学传统的重建。唐代实行科举而最重进士，使得进士文化成为主流文化，改变了儒学与文学的传统地位。儒林与文苑的倒转，使得前者的传统不彰，而后者则文行失衡，士风渐坏。鉴于晚唐五代的政治腐败与进士无行的互为因果，自宋初始，不少有识之士已看到科举取士的弊病。因此，胡瑗、孙复等创办书院教育，以不求功名利禄为尚，努力于塑造士人的道德人格。即使是通过科举走上仕途的人物，也对唐五代进士的堕落多有反思，因而推崇人文精神。如柳开《应责》将"道"与"文"都统一于儒者。石介《怪说》虽有以道废文的倾向，却对纠正晚唐、五代以来士人轻薄无行和以文章求利禄的风气有一定的积极意义。王禹偁文学成就高，又重视道统，其《送孙何序》提出"君子之儒"的道德指向和立言目的所在，与追求个人的功名富贵根本不同。宋仁宗即位之初，范仲淹就要求改革政治和"兴复古道"，提出了"救斯文之薄"的目标，自己更是以天下为己任，践履了"古道"的兴复。虽说后出的王学、关学、洛学才是宋代的新儒学，然而，在批判进士文化将诗赋文章异化为利禄之求时，宋初诸儒已经努力于将儒学传统的重建注入到士大夫文化之中。

第二，"外王"指向与政党政治的形成。在比较唐型与宋型文化时，有一种看法是：因理学的生成，与唐代外在的"姚宋事业"相较，宋代似乎更重在道德性命之学，宋代文化也更具内倾性。其实，宋代理学或许是宋代思想文化的主流，但宋代的政治文化却以士大夫文化为主导。《周礼·考工记序》云："坐而论道，谓之王公；作而行之，谓之士大夫。"对于士大夫，郑玄注："亲受其职，居其官也。"① 虽距《考工记》的时代已远，但由于与最高统治者推行的右文政策相应，北宋士人自范仲淹起就确立起"以天下为己任"的意识、观念，而皇帝也能与士大夫"共定国是"，因而士大夫应兼具"坐而论道"与"作而行之"的特点。二者的结合体现出发扬先秦儒家弘毅、重道的淑世精神，以及果于实践、勇于行事的品格。为之，史学家柳诒徵指出：

> 盖宋之政治，士大夫之政治也。政治之纯出于士大夫之手者，唯宋为然。故唯宋无女主、外戚、宗王、强藩之祸。宦寺虽为祸而亦不多，而政党政治之风，亦开于宋。②

第三，"内圣"基础与道德性理的追求。唐代进士文化造成了"儒林"传统向"文苑"精神倾斜、转化，使得进士们在思想道德、出处大节上形成了一系列被视作"无行""轻薄"的特点③。其极端者甚至如刘克庄所说："唐人尤重进士，其末也，如李振劝朱温，一日杀司空裴贽等百馀人于白马驿，苏楷驳昭宗谥，李山甫教罗从训害王铎一家三百口，皆不得志于场屋者为之。乃至巢寇亦进士也。科目之弊如此。"④ 与晚唐五代进士文化的追求快意人生，却道德失律显然不同，宋代士大夫努力于重建儒家道统，与理学家强调道德自律相一致，在思想修养上能追求明道见性，向往"内圣"的境界。如欧阳修《答祖择之书》所云：

> 道尊然后笃敬，笃敬然后能自守，能自守然后果于用，果于用然后不畏而不迁。⑤

但是，历史经常都呈抛物线式的发展。作为北宋文化主流的士大夫文化及"士大夫政治"，在史家称道的"真仁之世"升至顶点之后，也逐渐呈现出递降的趋势。尤其因王安石变法引发的党争，使之下滑更显。经历了熙丰党争、元祐党争、蜀洛党争、绍述党争以及相关的"乌台诗案""车盖亭诗案""神宗实录案"等事件后，士人难以复制前辈的"作而行之"，参政意识、怀抱志向、人生态度都发生了显著的变化，也导致文学创作从"奋厉有当世志"中退缩，而多自老庄、佛禅中寻找思想、感情的栖息。

在宋徽宗赵佶统治时期，适逢辽、夏衰败，女真未兴，似外患不显，天下太平。此时"党人"被打入"另册"，上下噤声。蔡京据《易经》语而提出"丰亨豫大"口号，迎合徽宗太平享乐之需。在一片承平欢乐声中，靖康之难突然降临，造成了如同晋代"八王之乱"、唐代"安史之乱"的第三次"中州士女"大规模南迁。赵构在合法性被质疑中建立起

---

① 阮元校刻：《十三经注疏·周礼注疏·序》，中华书局1980年影印版，第905页。
② 柳诒徵：《中国文化史》，东方出版中心1988年版，第516页。
③ 见礼部侍郎杨绾对进士制的负面评价，参刘昫等《旧唐书》卷一一九《杨绾传》。
④ 刘克庄：《后村诗话》后集卷一，中华书局1983年版，第47页。
⑤ 欧阳修：《答祖择之书》，《居士外集》卷一九，《欧阳修全集》，中国书店1986年影印版，第1009页。

来的新朝廷，虽续上了宋朝的统系，却因内外形势均与北宋不同，这一立足于江南的新政权渐与北宋原来的立国精神有别。迫于金朝国土广袤、军力强盛，且不时会发起南侵的压力，统治者为生存、发展而寻求调整策略和战略。由于汴京沦陷，北方基业尽失，赵构君臣基于对宋金力量对比的认识，选择南下逃窜避敌之路。而金熙宗完颜亶削夺主战派粘罕兵权，将原伪齐区域交还南宋，以换取南宋臣服。赵构在和与战的选项中采取了前者，任秦桧为右相，负责对金媾和，代替伪齐而成为金的属国，俯首称臣。高宗、秦桧统治集团为恪守和议，视涉及恢复的言论为撼摇国是，予以无情打击。因经多次党争而形成萎靡、苟且的士风，此时的士大夫文化可谓衰落到了新的低点。

南宋政治与北宋政治有显著的不同，其中的相权问题尤为突出。北宋虽党争不断，在宋徽宗之前却鲜有权力很大的奸臣，而南宋则不然。先有高宗朝的秦桧擅权，压制主战派，大兴文字狱，排斥异己，重用亲信，离间张浚、赵鼎，杀害岳飞。次有宁宗朝权臣韩侂胄逐赵汝愚出朝，因朱熹支持赵氏而禁"伪学"，行"庆元党禁"，发动"开禧北伐"却招致失败。再有史弥远杀韩侂胄，任宁宗、理宗朝丞相26年，其中独相24年，"守内虚外"，向金求和，姑息养奸，致李全势大而反叛。最后是贾似道专政17年，刚愎自用，排斥贤能，瞒报敌情，造假邀功，终致南宋灭亡。

南宋初的绍兴四年，李纲上疏言六事，指出了元祐时"颠倒是非，政事大坏，驯致靖康之变，非偶然也"。又说："窃观近年士风尤薄，随时好恶，以取世资，瀹訑成风，岂朝廷之福哉！"20年后，更为不堪："自秦桧擅政以来，屏塞人言，蔽上耳目，一时献言者，非诵桧功德，则讦人语言以中伤善类，欲有言者，恐触忌讳，仅论销金铺翠、乞禁鹿胎冠子之类，以塞责而已，故皆避免轮对。"①确实，南宋以还，围绕着和、战之争及主和派的得势，许多志在恢复者都或贬或黜，或被迫闲退。此后，并无多大改观。柳诒徵《中国文化史》尝论宋代政党政治，认为庆元党禁"其事止类于后汉之党锢，与北宋之党争不同也"。②这"争"与"锢"虽一字之差，却可见两宋的不同，点明了宋代"民主政治"的蜕变与衰落。

二、理学文化与理学家诗文

石介、胡瑗、孙复被称为北宋的理学三先生，而实际的理学开创者为北宋五子：邵雍、周敦颐、张载、程颢、程颐，其中程颢、程颐兄弟更是理学思想体系的真正奠基人。理学文化在北宋时是无法与士大夫文化相抗衡的。而到了南宋，则大为兴盛。究其原因，除适应了时代思想发展的需要外，更得之于统治者的扶植及理学家的努力。在多方合力的推动下，理学最终得以确立了官学地位。

此处不说思想、学术上的因由，而只简论政治原因。南宋初绍兴三年，常同谓元丰行新法而党争兴，"邪正相攻五十馀年，章惇倡于绍圣之初，蔡京和于崇宁之后，元祐臣僚窜逐贬死，上下蔽蒙，养成夷虏之祸"。③宋高宗及其御用文人为开脱徽宗致北宋亡国的骂名，更将罪责归咎于蔡京，而蔡京是新学思想家王安石的学生，王安石因此被视为千古罪人。杨

---

① 以上分见陈邦瞻《宋史纪事本末》卷七五，中华书局1977年版，第801、804页。
② 柳诒徵：《中国文化史》，东方出版中心1988年版，第526页。
③ 陈邦瞻：《宋史纪事本末》卷七五，795页。

时是最早将北宋之亡嫁祸于王安石的理学家,他认为王安石"挟管商之术","变乱祖宗法度",致今日之败。此论既合于高宗之说,又维护了程氏理学的正统。绍兴年间,高宗全盘否定王安石,作出了"天下之乱生于安石"的历史结论,并从学术上彻底否定"新学",与此同时则提倡程氏之学。秦桧本奉王安石新学,及时转向,着力于拉拢与扶植理学人士。程氏洛学正因为适应了南宋初的政治现实需要,被统治集团所利用。而就内部言,二程的学生杨时和胡安国父子对理学的兴盛贡献尤大。杨时着力于对新学排挤打击,而胡安国父子则对洛学作系统的理论阐说。胡安国的《春秋传》被《四库全书总目提要》认为是"感激时事,往往借《春秋》以寓意,不必一一悉合于经旨"。因强调封建纲常服务于统治秩序,突出尊王攘夷思想,故既能深得宋高嘉许,又顺应了朝中上下抗金救国的民族感情。

宋孝宗登基后,既从思想上接受了理学,又改变了高宗的既定方针并起用主战派。因统治者之所爱与庇护,此期理学名家辈出。朱熹、张栻、吕祖谦时称"东南三贤",南宋理学影响较大的派别有朱熹的闽学、陆九渊的心学、吕祖谦的婺学、张栻的湖湘之学、薛季宣等人的永嘉之学。其中,陆九渊为主观唯心主义理学派别的重要代表,他的思想多与朱熹对立,二人曾有激烈辩论。据《宋元学案》,南宋前期著名的理学家有多人,以诗文见长的有吕本中、曾几、徐俯、韩元吉、朱熹、刘子翚、尤袤、杨万里、吕祖谦、楼钥、陈亮、叶适、方凤等人,而以理论见长的有杨时、胡寅、吕本中、吕祖谦、楼钥、魏了翁等,朱熹则是南宋重要的文学理论家。

南宋前期理学家多未似二程那样以"作文害道",尽管也强调"文以载道",却并不轻视为文。杨时虽"倡明道学"而肯定六经孔孟,不重汉唐以后诗文,但又能以"不知其情,则虽经穷文义,谓之不知诗可也"论诗,可又说:"惟体会得,故看诗有味。至于有味,则诗之用在我矣。"① 从他对王安石"多不循理"、对苏轼诗"多于讥玩"的批评,以及正面提倡"为文要有温柔敦厚之气"② 来看,他所说诗歌的"情""味"虽不出于儒家"诗教"之外,但毕竟将抒情视为诗歌的本质,将韵味作为诗歌审美的要素,这较之于乃师二程是显然不同的。吕祖谦自言传江西诗派衣钵,曾作《江西诗社宗派图》,阐发了江西诗派的理论。朱熹是宋代理学的集大成者,"致广大,极精微",建立了完整的理学思想体系,也是宋代理学家中最具文学思想的一位,且一生在治学、讲学之外,多有诗词、文章之作,著有《诗集传》《楚辞集注》等,还阐发了关于文学创作、鉴赏、审美、评论的较完整的思想体系。朱熹反对苏轼的"文与道俱"说,也不同意文道相分说,而认为"这文皆是从道中流出"③,但这一"流出"却又非自然而成,为之他又对文学提出了诸多见解。如《诗集传序》感物而动、欲而生思、思而有言、发而为诗的观点;对于知人与论世、自然与法度、求识与涵养,甚至风格、语言、修辞等,都有深刻的见解。朱熹的文学理论对南宋的古文创作有深刻的影响,虽然散文受到了理学的规范,文与道的关系难以摆脱主从位置,"载道"意识使得文章难以成为独立的美文,但由于朱熹毕竟肯定了文学的自有价值,探讨了为文之道,故仍在理学的大树下为文学的生长保留了一方土地。

南宋的理学家多能在理学与文学的园地上耕耘,政论文固是所长,文学性散文亦不乏名篇。吕祖谦政论文"笔锋颖利",却又长于山水游记,还编选《吕氏家塾增注三苏文选》二

---

① 《宋金元文论选》,人民文学出版社1984年版,第213页。
② 同上书,第212页。
③ 朱熹撰,黎靖德编:《朱子语类》卷一三九《论文上》,中华书局1994年版。

十七卷和《宋文鉴》一百五十卷,后者专选北宋作品,其中散文多达一千四百余篇,是南宋前期最重要的文选。楼钥散文以奏议见长,而其《北行日录》多记道里古迹,写及中原残破与百姓生活,亦带感情。叶适为文"藻思英发",论事之文尤见纵横驰骋,但亦有亭台记的佳作。朱熹为文擅长说理,人们对其文集中的奏状、论学等文字评价甚高,所作记、序、碑、铭之类杂文,亦不乏佳篇。如《送郭拱辰序》颇见情致,《江陵府曲江楼记》《百丈山记》等游记,模山范水,记叙见闻,笔调清隽,兼具情韵。

据《全宋诗》收录,南宋理学家创作的诗歌数量远较北宋为多。江西诗派是宋诗自具面目的重要流派,但发展到后期却生成以文字、议论为诗的痼疾,为此朱熹对黄庭坚不乏批评。而江西诗派内部的理学诗人也因时势之变而生变革意识,吕本中的"活法"说是从理论上作了纠偏,曾几则以清新自然的诗风对旧习作了改革。探讨道德性命为理学之根本,内省式的修养常借助于自然风景的启迪。理学家从自然中体悟义理,使得孔子"乐山乐水"的思想得以延伸、发展,也催生出许多好诗。仅以朱熹为例,他虽写有《训蒙》诗百首,以之系统阐述儒学义理,并作为授徒讲学的教材,但又有由自然风景而得到感悟的诗歌。《观书有感》之二:"半亩方塘一鉴开,天光云影共徘徊。问渠那得清如许?为有源头活水来。"这自是名篇。《出山道中口占》:"川原红绿一时新,暮雨朝晴更可人。书册埋头无了日,不如抛却去寻春。"此篇道出了理学家被春日风光所惑,欲抛开书卷去寻春的意愿,似不经意间向人展示出灵魂深处的悸动,也在理趣中饶有罕见的情思。《晨起对雨二首》其二:"晨起候前障,白烟眇林端。雨意方未已,后土何时干。倚竹听萧瑟,俯洞闻惊湍。景物岂不佳,所嗟岁已阑。守道无物役,安时且盘桓。翳然陶兹理,贫悴非所叹。"作者写出了面对一片晨雨,因景起情而生出岁阑的伤感,却又以安贫守道而自勉。他的《次韵雪后书事》其二:"饲怅江头几树梅,杖藜行绕去还来。前时雪压无寻处,昨夜月明依旧开。折寄遥怜人似玉,相思应恨劫成灰。沉吟日落寒鸦起,却望柴荆独自回。"全诗几乎未涉及梅花的色与香,而是通过对环境的烘托和感情的渲染,表现了梅花的精神、品格,又流露出自己若有所失的惆怅心情。

三、禅林文化与禅僧诗

宋初确立了以儒治国的方针,佛教仅能适度发展。仁宗庆历初,欧阳修撰《本论》,认为"王政缺""礼义废"遂使佛教为患[1]。理学家二程兄弟均以佛教教义不合于儒家的忠孝仁义,且不干世事,故屡有排摈之论。神宗熙宁初,全国僧尼数只及真宗时的四成。徽宗奉道教,强制以道改佛,但仅年馀,影响不大。

南渡后,高宗对佛教采取不兴不毁方针,使之得以平稳发展。鉴于当局对待佛教的政策,为求生存、发展,佛教理论家既倡儒、佛"共为表里",又将儒家的忠孝仁义入于佛教的善恶观,还有积极入世之论。建炎时,金兵陷杭、越、明诸州,僧人打出"保国安民"口号,参加抗金斗争。这些,都见证了佛教徒"不与世事"态度的重大改变。宋代国土狭小却财政开支极大,寺院向国家交纳赋税和购买度牒,成为政府财政的重要来源。僧人垦荒种地,又发展盈利业,使得寺院逐渐融入社会经济,与之同时,也促使了佛教自身的世俗化。

---

[1] 《欧阳修全集·居士集》卷一七《本论上》,中国书店1986年影印版。

宋代的佛教宗派有不同的地域分布。北方是律宗三家的创立地，宋前期汴京的佛教为南山律宗独占，直到仁宗时，禅宗才活动于此。南方地区，天台宗在宋初中兴，其中"山家"派以天台正统自居，而"山外"派则接受了华严学说，两者的论争使宋代佛教理论大为发展。华严宗在北宋中期由福建泉州僧净源在杭州完成，得四位华严宗大师发扬、传播其学说。净土信仰覆盖了宋代各派佛教，其中主流是天台宗与净土、禅宗与净土的结合。一方面是各宗僧人多修净土，另一面是纷纷建立起以净土念佛为主要活动的法社，尤以南方为多，参加这类净土结社活动的，既有僧人，也有官民俗众。

宋代最主要的佛教宗派还是禅宗。慧能别创"顿门"的南宗禅，成为禅宗"六祖"，虽唐武宗禁佛，佛教各派衰落，禅宗却仍很发达。五代时，"一花开五叶，结果自然成"，禅宗南岳派分为临济、沩仰二宗，青原派分为云门、曹洞、法眼三宗。宋初，禅宗五宗并行，后则临济、云门、曹洞继盛，其中的临济宗始终占居优势。临济宗之中，又以黄龙、杨歧两个分支最盛。黄龙派系慧南（1002—1069）所创，住江西隆兴府（府治在今南昌）黄龙山，接引众多门徒，以"黄龙三关"说教，影响很大。杨歧派为方会（992—1049）所创，住袁州（治所在今江西宜春）杨歧山普明禅院，因方会善以启发诱导接引禅僧，所以势力、影响在北宋末年都远过于黄龙派。

北宋佛教的主要宗派都盛行于南方，南宋时北方沦陷就更是如此。佛教不仅对理学的生成、发展有很大影响，宋代士人的禅悦之风，以及僧侣的研经习文，更形成了士夫禅僧化、禅僧士夫化的现象，都非前代可比，以致有著名的诗僧、画僧出现。北宋的政治家与文人身份难分，可谓普遍悦禅。王安石归老钟山，爱读《楞严经》。苏辙自称曾取《楞严经》反复熟读，"乃知诸佛涅盘正路，从六根入"。黄庭坚诗中常用《楞严》《圆觉》话头。张商英著《护法论》，常引此二经。除了政治因素，北宋中叶后禅悦之风大盛有诸多原因，禅宗对于士大夫，主要不是宗教信仰，悦禅更应与他们增强自身文化、学术修养的自觉意识有关。宋代士大夫多追求知识、学养的完备，而书籍的大量印行出版又提供了学习的条件。儒家经典本属传统教育，浸润已久，佛典禅书成为扩大阅读的目标，与禅僧交往更成了培育、增强禅学修养的重要手段，士大夫还直接参加了禅宗文献的整理和阐释。

宋代的士人夫自觉地将佛禅的资源移植到其他意识形态领域，尤其是用于文学与艺术。禅宗在传承中创造出了"灯录"文体，宋真宗时，道原编成《景德传灯录》，此后，续编不断，至南宋淳祐末，普济将景德录以来的多种灯录撮要而编成《五灯会元》。"灯录"不但可见禅宗史及其理论发展，而且其中对答的机辩和人生哲理也给人以启示。朱熹仿《景德传灯录》写成《伊洛渊源录》。士大夫中的诗人也从禅学中借鉴了思维方法，得到了充分的营养。尤其是江西诗派，几乎人人皆晓禅宗话头，皆用禅家典故。禅学用于作诗与论诗，使得"以禅为诗""以禅喻诗"一时成风。临济宗与元祐党人关系密切，此时的诗坛盟主是苏轼、黄庭坚，而苏、黄二体与禅宗的云门、临济相似，这也是一个颇有意思的现象。

南宋时期，大慧宗杲禅师重点提倡参究《楞严》《圆觉》，孝宗皇帝还以禅学思想注解《圆觉经》，并以《御注圆觉经》赐径山传法。南宋初的诗坛几乎为江西诗派所独占，而禅学则是其最坚强的后盾。自孝宗之后，尤其在宁宗、理宗两朝，有不少禅僧追求士大夫式的生活和人生情趣，热衷于诗文书画的创作。虽然南宋未见有如北宋道潜、仲殊、惠洪那样的著名诗僧，但仍有云泉永颐、芳庭斯植、亚愚绍嵩、橘洲宝昙、无文道璨等。尤其是南宋诗僧表现出群体性的优势，因此而有《江湖风月集》和《中兴禅林风月集》等禅僧创作的结集。前者为元代松坡宗憩所编，共二卷，收录了南宋咸淳（1265—1274）到元代至治

（1321—1323）年间诸方禅僧所作的诗偈。后者为日藏汉籍，原题为若洲孔汝霖编集，芸庄萧澥校正。编集者孔汝霖生平不详；校正者萧澥，江西宁都人，是晚宋的一位江湖派诗人。

南宋诗僧绍嵩在《江浙纪行集句诗》的序中引永上人语，以论禅、诗关系："禅，心慧也；诗，心志也。慧之所之，禅之所形；志之所之，诗之所形。谈禅则禅，谈诗则诗。"这是很值得体会的。禅僧的诗歌虽或有被人诟病的"酸馅""蔬笋"之病，但佳作亦不少，兹举数例以论之。赐号文慧大师的南宋诗僧守璋有禅诗《晚春》："草深烟景重，林茂夕阳微。不雨花犹落，无风絮自飞。"诗中既写出了对景物的感受，又表达了对事理的体会，而无雨花仍谢落，无风柳絮自飞，又透出了禅思与禅意，难怪会得到宋高宗赞赏，并为之御笔亲书。又如仲皎的《归云亭》："一丛飞出岫，舒卷意何长。作雨遍天下，乘风归帝乡。无心怜洒落，到处自清凉。缥缈来空碧，吟边带夕阳。"此诗虽无前者的静、寂外境与心境，而带有飞腾灵动的气概，与一般的禅诗异趣，但其中的"无心怜洒落，到处自清凉"，亦见禅意。僧志南的七绝："古木阴中系短篷，杖藜扶我过桥东。沾衣欲湿杏花雨，吹面不寒杨柳风。"这首僧诗的名篇，毫无禅偈气，更不见禅诗常有的枯淡。朱熹尝跋其卷云："志南诗清丽有馀，格力闲暇，无蔬笋气。余深爱之。"此说足以道出此诗佳处。有的禅诗表达的是隐逸之情，似是禅林的异类，却以风骨见长，如释智愚的《自赋息耕》："叶深烟气暖，粳软骨毛香。巢许垂清节，临流不尔忘。"

禅僧诗不限于禅林，"四灵"学晚唐，实际上主要是学习晚唐的禅化诗风，因而常与当代的禅僧交游。"四灵"与诗僧居简、永颐、葛天民等多有唱和，而且还以僧为师，因而能追慕并在一定程度上再现晚唐诗风，如《唐音癸签》卷八所说："游其心以求胜语，若有程督之者，嗜吟憨态，几夺禅颂。"

四、江湖文化与江湖诗派

宋代建政之初，为加强中央集权，实行官职不等、名实相分的差遣制度，逐渐出现了难以解决的冗官问题。南宋时期，地小官多则更为凸显，而新的选官制使冗官问题较北宋更严重。洪迈《容斋四笔》卷四《今日官冗》引曾巩上疏（请严格选官节财，以增国库之蓄），并认为："是时，海内全盛，仓库多有椿积，犹有此惧。"他列举了乾道、绍熙的京官"选人"数目后，指出"合四选之数，共三万三五百十六员，冗倍于国朝全盛之际"的事实。紧接着他又言道：

> 近者四年之间，京官未至增添，外选人增至一万三千六百七十员，比绍熙增八百一员。大使臣六千五百二十五员，比绍熙增一千三百四十八员。小使臣一万八千七百五员，比绍熙增七千四百员。而今年科举，明年奏荐不在焉。通无虑四万三千员，比四年之数增万员矣，可不为之寒心哉！盖连有覃霈，庆典屡行，而宗室推恩，不以服派近远为间断，特奏名三举，皆值异恩，虽助教亦出官归正，人每州以数十百，病在膏肓，正使俞跗、扁鹊，持上池良药以救之，亦无及已。①

试想，官冗路狭，如何容得下如此多的士人？白居易所设计的"隐在留司间"，过着

---

① 洪迈：《容斋随笔》，上海古籍出版社1978年版，第653～654页。

"似出复似处,非忙亦非闲"生活的"中隐"道路因此难以走通,江湖遂成为隐遁与为官的中介。若仕与隐皆不能得,那些饱读诗书、多有所长的知识分子就只能以奔走江湖作为生活的常态,本身则成为"谒客",以诗文博取衣食以至功名,造就出南宋特殊的"江湖文化"。

吴自牧《梦粱录》卷一九专立"闲人"一目,实是以江湖"谒客"为主的各类人的画像:

> 闲人本食客人,孟尝君门下,有三千人,皆客矣。姑以今时府第宅舍言之,食客者:有训导蒙童子弟者,谓之"馆客"。又有讲古论今、吟诗和曲、围棋抚琴、投壶打马、撇竹写兰,名曰"食客",此之谓闲人也。更有一等不着业艺,食于人家者,此是无成子弟,能文、知书、写字、善音乐,今则百艺不通,专精陪侍涉富豪子弟郎君,游宴执役,甘为下流,及相伴外方官员财主,到都营干。又有猥下之徒,与妓馆家书写柬帖取送之类。更专以参随服役资生,旧有百业皆通者,如纽元子,学像生叫声,教虫蚁,动音乐,杂手艺,唱词白话,打令商谜,弄水使拳,及善能取覆供过,传言送语。又有专为棚头,斗黄头,养百虫蚁、促织儿。又谓之"闲汉",凡擎鹰、架鹞、调鹁鸽、斗鹌鹑、斗鸡、赌扑落生之类。又有一等手作人,专攻刀镊,出入宅院,趋奉郎君子弟,专为干杂当事,插花挂画,说合交易,帮涉妄作,谓之"涉儿",盖取过水之意。更有一等不本色业艺,专为探听妓家宾客,赶趁唱喏,买物供过,及游湖酒楼饮宴所在,以献香送欢为由,乞觅赡家财,谓之"厮波"。大抵此辈,若顾之则贪婪不已,不顾之则强颜取奉,必满其意而后已。但看赏花宴饮君子,出着发放何如也。①

"古有四民,曰士,曰农,曰工,曰商。士勤于学业,则可以取爵禄;农勤于田亩,则可以聚稼穑;工勤于技艺,则可以易衣食;商勤于贸易,则可以机财货。此四者,皆百姓之本业,自生民以来,未有能易之者。"② 将各种"闲人"与之对照,显然出于"四民"之外而具有一定的寄生性。其中的"馆客""食客"所操并非贱业,亦无生活之忧,有的甚至如方回所说:干谒所得"动获数千缗以至万缗",其甚者"如壶山宋谦父自逊,一谒贾似道,获楮币二十万缗,以造华居是也"。且不说人格如何,但比起皓首穷经走科举之路,这是更为便捷的致富法。

江湖文化其实缘于"江湖诗派",而江湖诗派则无疑是江湖文化的产物,二者可谓互为因果。江湖诗派得名于南宋宝庆元年(1225)钱塘书商陈起出钱刊售的《江湖前集》《江湖后集》《江湖续集》《中兴江湖集》,由于所涉诗人多达百余人③,故能造成很大的声势。关于此派诗人的立身行事、生活方式,方回《瀛奎律髓汇评》卷二〇评戴复古《寄寻梅》论曰:

> 庆元、嘉定以来,乃有诗人为谒客。龙洲刘过改之之徒,不一其人,石屏亦其

---

① 孟元老等:《东京梦华录》(外四种),文化艺术出版社1998年版,第294页。
② 陈耆卿:《嘉定赤城志》卷三七《风俗门·土俗·重本业》。
③ 王水照主编《宋代文学通论》统计有109人,见该书第514页;张宏生《江湖诗派研究》经过进一步考索搜集,得181人,认为可列为江湖派诗人者共138人,见该书第317页。

一也。相率成风，至不务举子业。干求一二要路之书为介，谓之"阔匾"，副以诗篇，动获数千缗以至万缗。

钱谦益《初学集·王德操诗集序》亦曰：

> 诗道之衰靡，莫甚于宋南渡之后。而其所谓江湖诗者，尤为尘俗可厌。盖自庆元、嘉定之间，刘改之、戴石屏之流，以诗人启干谒之风，而其后钱塘湖山什伯为群，挟中朝尺书，奔走闽台郡县，谓之"阔匾"，要求楮币，动以万计，当时之所谓处士者，其风流习尚如此。

以上所论说明，被称为江湖诗派中的诸多诗人，都有以诗作为干谒之具、在江湖中游谒的特点，其中不乏得到较好生活条件者。

干谒之举并非南宋所特有，而江湖诗人的干谒成风作为独特的南宋文化现象，除了前述的路窄官多、出仕困难而致"闲人"众多、谒客奔竞外，与士大夫文化的衰落，知识分子人生观、价值观的蜕变是密切相关的。北宋可以有林逋那样过着"梅妻鹤子"生活的隐者，而此时的江湖之士却贪图着城市的生活享受。王德操的诗《月洞吟·呈赵使君，时方西遁》可见之：

> 欲买寒江载月船，床头金尽却谁怜？客囊空有诗千首，难向红楼当酒钱。

又如危稹《巽斋小集·上隆兴赵帅》：

> 平生骂钱作阿堵，仓卒呼渠宁肯顾？君侯地位高入云，笔所到处皆成春。万间广厦苾许远，岂无一室栖贫身。王邓故处为邻曲，更得赵侯钱买屋。便哦诗句谢山神，饮水也胜樽酒绿。

无怪后来钱谦益因江湖诗人的干谒之风而论其诗，颇不以为然。钱氏《初学集·王德操诗集序》云："彼其尘容俗状，填塞于肠胃，而发作于语言文字之间，欲其为清新高雅之诗，如鹤鸣鸾啸也，其可几乎？"

江湖诗派得名于陈起刻印的"江湖"诸集，所以此派诗人实是一个泛称，组织上较为松散，而诗风则较为接近。它不仅指那些入于"江湖"诸集的大批诗人，还可包括被称为"永嘉四灵"的赵师秀、徐玑、徐照、翁卷。他们并无明确、公认的诗学思想与品评标准，却大致有两个较明显的特征：从身份而言，多属于流荡江湖的"高人雅士"；从艺术而言，多反对江西诗派的诗风，而追求高情雅趣和清丽的风格。

因研究江湖诗派有专著，故本节对此派诗歌仅简论之。

《绝妙好词》在清代的传刻与接受
——兼论项氏笺注本与查氏笺注本的关系

邓子勉

江苏第二师范学院

内容提要：《绝妙好词》为周密入元后辑录的一部词选集，元、明罕见刻印。入清以来，历康熙、雍正、乾隆、道光、同治、光绪等，几乎各朝都有刊印，至宣统、民国时，石印本、排印本也不少见。不仅刻印，还有笺注，反映了在清代词派及其词学学术思想主导下的词集刻印与解读。

关键词：《绝妙好词》 清代 项氏笺本与查氏笺本 接受

《绝妙好词》为周密辑录的一部词选集。周密生活在宋末元初，为宋遗民。较早提及此书的，是作者同时代的几位词人，如吴文英的《踏莎行·敬赋草窗〈绝妙词〉》、张炎的《西江月·〈绝妙好词〉乃周草窗所集也》一词。张词云："花气烘人尚暖，珠光出海犹寒。如今贺老见应难，解道江南肠断。 漫击铜壶浩叹，空存锦瑟谁弹。庄生蝴蝶梦春还，帘外一声莺唤。"由词意可知，此集当编成于入元时。又张炎《词源》卷下"杂论"云："近代词人用功者多，如《阳春白雪集》，如《绝妙词选》，亦自可观，但所取不精一，岂若周草窗所选《绝妙好词》之为精粹，惜此板不存，恐墨本亦有好事者藏之。"[①] 知曾经刊刻过，所云墨本或指周氏手稿。周密有《浩然斋雅谈》，今存本为清乾隆时馆臣的辑录本，卷下云："云窗张枢，字斗南，又号寄闲，忠烈循王五世孙也。笔墨箫爽，人物醖藉。善音律，尝度《依声集》百阕，音韵谐美，真承平佳公子也。予已选六阕于《绝妙词》。"又云："秋崖李莱老，与其兄赏房竞爽，号龟溪二隐。予已刊十二阕于《绝妙选》矣。"又："筼房李彭老词笔妙一世，予已择十二阕入《绝妙词》矣，兹不重见。"又："薛梯飙长短句，予尝收数阕于《绝妙词》。"[②] 张枢、李莱老入选词之数同今存本，今本录李彭老词十三首，知"十二"为"十三"之讹。录薛梯飙词四首，知今存本大体无缺。

一、清人的著录与刻印

《绝妙好词》现存最早的本子是毛氏汲古阁藏抄本，见毛扆编《汲古阁珍藏秘本书目》著录，云精抄《绝妙好词》，未标明编者姓名。此本为中华再造善本所收，二册，乌丝栏，四周单边，半页12行，行20字。钤有"元本""甲""毛晋""汲古主人""毛扆之印""黄丕烈印""顾鹤逸""长州章珏秘匧"等印。凡七卷，前有总目（含作者姓名及所收词数），又有细目（含作者名及所收词之词牌名），卷端下题"弁阳老人缉"。据目录，全书收

---

① 《词源》，《词学丛书》本。
② 《浩然斋雅谈》，清乾隆武英殿活字印本。

词共计391首，其中卷四施岳《清平乐》一词残，另有5首缺，不能详其词牌名，书中缺处示以空白页。末有朱孝藏手跋一则，云得顾鹤逸所藏见示，又云："卷四施岳缺三十二行，词六阕，并目亦佚去，盖为后人补编，非弁阳老人原本也。"考黄虞稷《千顷堂书目》卷三二载作周密《绝妙好词选》八卷，未标明版本，作八卷，似七卷本为残缺之书？

入清后，较早著录此书的有钱曾的《也是园藏书目》，其中卷七载有《弁阳老人绝妙词选》七卷，又钱氏《钱遵王述古堂藏书目录》亦载有抄本《绝妙词选》□卷，一本。钱氏《读书敏求记》卷四于《弁阳老人绝妙词选》七卷提要云："弁阳老人选此词，总目后又有目录，卷中词人大半余所未晓者。其选录精允，清言秀句，层见叠出，诚词家之南董也。此本又经前辈细勘批阅，姓氏下各朱标其出处里第，展玩之，心目了然。"①云有总目，又有目录，知与汲古阁藏抄本同。其后朱彝尊《曝书亭藏书目》载《绝妙好词》，一册；又载《绝妙好词今辑》，一册，抄本。又《竹垞行笈书目》于"道字号"载有《绝妙好词》一本，版本不详。朱彝尊《曝书亭集》卷四三《书绝妙好词后》云："周公谨《绝妙好词》选本虽未全醇，然中多俊语，方诸《草堂》所录，雅俗殊分。顾流布者少，从虞山钱氏抄得，嘉善柯孝廉南陔重锓之，作者百三十有二人，第七卷仇仁近词残阙，目亦无存，可惜也。"②知抄自钱氏藏本。《钱遵王读书敏求记校证补遗》章钰案云：

今详核查、厉笺本，颇疑此书或非草窗原本，缘第七卷首例草窗词二十二阕，系用王逸编《楚词》、徐陵编《玉台新咏》、芮挺章编《国秀集》及同时人黄昇编《中兴以来绝妙词选》之例，而又下例王沂孙、赵与仁、仇远三人，先己后人，固无是理。沂孙为草窗吟侣，尤不应躐居其前，或经后人窜乱耶？此记标题《绝妙词选》，则与花庵编《唐宋名贤绝妙词选》之名相混。③

卷七录周密本人词二十二首，数量为第一，于体例似有违，或如黄昇《花庵词选》，为后人传抄时补进，然不是附在最后，却又置于卷七最前，若此，传抄者增补又不止一家。

《绝妙好词》清康熙以来屡有刊刻，并有笺注，这在宋人词集中是不多见的。简述于下：

（1）《绝妙好词》七卷，清康熙二十四年（1685）柯崇朴小幔亭刻本。这是已知现存最早的刻本，有柯煜序。柯煜与钱曾为姻亲，康熙二十三年柯氏走访钱氏，得钱氏藏书付刻，此书得以行世。

（2）《绝妙好词》七卷，清康熙三十七年高氏清吟堂印本。有高士奇序（康熙戊寅），此本实为柯煜转让刻版，高氏稍作改易而印行于世④。

（3）《绝妙好词》七卷，清康熙小瓶庐印本。此本有高士奇、柯煜序，卷端下却题有"清吟堂重订"的字样。又云"宋本重刊"，不知何据？此书仍是据柯氏刻本而来，即小瓶庐本和清吟堂本都是用小幔亭刻板来重新刷印的④。

（4）《绝妙好词》七卷，清雍正三年（1725）项絪群玉书堂刻本。有项氏《重刻绝妙

---

① 《读书敏求记》，《四库全书存目丛书》本。
② 《曝书亭集》，《四部备要》本，以下均同。
③ 《钱遵王读书敏求记校证补遗》，中华书局影印《清代书目丛刊》本。
④ 参见林夕《闲闲书室读书记》卷三"绝妙好词"一文。

好词序》（雍正乙巳），所据为柯氏刊本，此本有笺注，于词作偶有校勘。

（5）《绝妙好词笺》七卷，清查为仁、厉鹗笺，清乾隆十五年（1750）查氏澹宜书屋刻本。前有厉氏序（乾隆戊辰），后有查善长、查善和跋（乾隆庚午），据跋知书稿成于乾隆十四年，刻成于次年。至查、厉二氏笺注，此书始行于世。

（6）《绝妙好词笺》七卷，清查为仁、厉鹗笺；《续抄》一卷，清余集辑；又《续抄》一卷，清徐楙补录。清道光八年（1828）钱塘徐楙爱日轩刻本。余氏《续抄》一卷，据《浩然斋雅谈》一书辑得28人35首词。徐氏《续抄》一卷，据周密《志雅堂杂抄》、《癸辛杂识》、《齐东野语》、《武林旧事》等补8家13首。后来翻刻重印本，多据徐氏本。

（7）《绝妙好词笺》七卷，清查为仁、厉鹗笺；《续抄》二卷，清余集、徐楙辑。清同治十一年（1872）会稽章氏刻本，所据为道光本。

（8）《绝妙好词笺》七卷附《续抄》一卷，清光绪刊本。所据为道光本，但均不标明刻印的具体年代，翻刻本不仅多，而且彼此版式也多不同。

自清初至清代晚期，《绝妙好词》屡有刊印，至宣统、民国时，石印本、排印本也不少见，此不赘述。

二、浙西词派与笺注本的盛行

《绝妙好词》在清代的盛行与浙派词人的努力分不开，是浙派词学思想的体现。

（一）朱彝尊等人的传抄

《绝妙好词》所录以南宋词人为多，而南宋词人又以居住于江浙者居首。作为浙派词人的领袖，朱彝尊推崇姜夔、张炎等，其词集及作品成为被推崇的目标就不言而喻了。《乐府补题》得朱彝尊之力而行于世，《绝妙好词》据说也是得朱氏之力才刊行问世的，道光本"绝妙好词纪事"录何焯《读书敏求记跋》云：

> 绛云未烬之先，藏书至三千九百余部，而钱遵王此记，凡六百有一种，皆记宋板元抄，及书之次第完阙、古今不同，手披目览，类而载之。遵王毕生之菁华，萃于斯矣。书既成，扃之枕中，出入每自携，灵踪微露，竹垞谋之甚力，终不可见。竹垞既应召，后二年，典试江左，遵王会于白下，竹垞故令客置酒高宴，约遵王与偕，私以黄金翠裘予侍书小史，启镰，豫置楷书生数十于密室，半宵写成，而仍返之。当时所录，并《绝妙好词》在焉。词既刻，函致遵王，渐知竹垞诡得，且恐其流传于外也，竹垞乃设誓以谢之。①

又有跋，也有如此说法，称朱氏以非常手段抄得《绝妙好词》。对此，余集有异议，以为柯崇朴序有"从子煜为钱氏族婿，因得假归"云云，所以谓朱氏诡得此书是不实之词。按：柯煜的序未言朱氏得书之事。朱氏所编《词综》始于清康熙十一年（1672），历时八年，成书二十六卷，其后又得同乡汪森增补四卷，于康熙十七年刻成。编《词综》时，朱氏尚未抄得《绝妙好词》，详《词综》"发凡"。后汪森补《词综》时，柯南陔曾携《绝妙好词》相示，才据以采补（详汪氏《词综》"补遗后序"）。所谓朱氏的窃抄一事，或在所编《词

---

① 按此文为吴焯所撰，非何焯，参见林夕《闲闲书室读书记》卷三《绝妙好词》一文。

综》之后和得见柯氏刻本之前。朱氏抄得此书，既以誓之，自不便公诸于世，因此说未必是捕风捉影。《曝书亭集》卷四三《书绝妙好词后》有"顾流布者少，后乃于藏书家抄得"云云，只是一笔带过，或是不便明言罢了。

朱彝尊对南宋词人尤其是姜、张一派词人的醉心，在《词综》"发凡"中曾谈及，云："世人言词，必称北宋，然词至南宋始极其工，至宋季而始极其变，姜尧章氏最为杰出。"①江浙为富庶之邦，文化中心，也是文人集聚之所。《曝书亭集》卷四〇《孟彦林词序》云：

> 宋以词名家者，浙东西为多，钱唐之周邦彦、孙惟信、张炎、仇远，秀州之吕渭老，吴兴之张先，此浙西之最著者也。三衢之毛滂，天台之左誉，永嘉之卢祖皋，东阳之黄机，四明之吴文英、陈允平，皆以词名浙东。而越州才尤盛，陆游、高观国、尹焕倚声于前，王沂孙辈继和于后，今所传《乐府补题》，大都越人制作也。自元以后，词人之赋合乎古者盖寡，三十年来，作者奋起浙之西，家娴而户习，顾浙江以东鲜好之者。

以乡邦文献而自诩，所云词人多为姜、张一派成员，或与之有关联者。朱氏推崇姜、张，或有这一情结。朱氏《解佩令·自题词集》云："不师秦七，不师黄九，倚新声、玉田差近。"秦七黄九指北宋词人秦观、黄庭坚，其词以俗艳著称。朱氏于题词中表白了自己的词学取向，《词综》"发凡"云："古词选本，若《家宴集》《谪仙集》《兰畹集》《复雅歌辞》《类分乐章》《群公诗余后编》《五十大曲》《万曲类编》及草窗周氏选，皆轶不传。独《草堂诗余》所收最下，最传，三百年来学者守为兔园册，无惑乎词之不振也。"它表达了对明朝三百年以来热捧《草堂诗余》一书而以俗为美的不满。汪森《词综》"序"云：

> 西蜀南唐而后，作者日盛，宣和君臣转相矜尚，曲调愈多，流派因之亦别，短长互见，言情者或失之俚，使事者或失之伉。鄱阳姜夔出，句琢字炼，归于醇雅，于是史达祖、高观国羽翼之，张辑、吴文英师之于前，赵以夫、蒋捷、周密、陈允衡、王沂孙、张炎、张翥效之于后，譬之于乐，舞箾至于九变，而词之能事毕矣。

又云《词综》编成："庶几可一洗《草堂》之陋，而倚声者知所宗矣。"标尚纯雅，是浙派词学思想的反映，《绝妙好词》在清康熙年间多次被刻印，就与浙派的主张和取向密切相关。柯崇朴《重刻绝妙好词序》（康熙乙丑）云：

> 草窗周密以骚雅领袖，评骘时贤，表章恐后。人不数首，用拔其尤，洵词林之大观矣。自有明三百年来，人竞帖括，置此道勿讲。即一二选韵谐声者，率奉《草堂诗余》为指南。而兹编之弃掷滹漫于残编断简中者，固已久也。……余所由付剞劂而公诸同好也，其或卷帙残缺，都不可知。故仍其旧为七卷，凡一百三十二人，计词三百八十二首。而述是书之本末如此。若其雅淡高洁，绝去淫哇尘腐之音，此在读者自得之，不复赘云。

---

① 《词综》，中华书局影印清康熙刻本，以下均同。

得之者为柯氏之侄,主刊者则为柯崇朴本人。所谓"雅淡高洁,绝去淫哇尘腐之音",追慕雅洁,去俗鄙艳,所表达的思想与朱氏多同。

(二) 厉鹗等人的笺注

浙派词人有前后期之分,前期领袖为朱彝尊,后期领袖是厉鹗。厉氏对《绝妙好词》的贡献较朱氏更进了一层。查、厉二氏笺注本,前有厉氏乾隆十三年序,厉氏本人仕途不通达,于书无所不窥。序云:"夫士生隐约,不得树立功业,炳焕天壤,仅以词章垂称后世,而姓字犹在若灭若没间。"叹生世落托不偶,借此抒写一己之情怀。王昶《蒲褐山房诗话》云:"征君性情孤峭,义不苟合。读书搜奇爱博,钩新摘异,尤熟于宋、元以来丛书稗说。以孝廉需次县令,将入京,道经天津,查莲坡先生留之水西庄,觞咏数月,同撰周密《绝妙好词笺》,遂不就选而归。"① 厉鹗于乾隆元年应博学鸿词科,试日误写论在诗前,报罢。晚年,值部铨期,复入京,行次天津,与查氏觞咏数月,不就选而归。

深谙宋、元以来丛书稗说,笺注《绝妙好词》,对于厉氏来说,应该是不太困难的。查为仁,平生行迹不甚详,据厉氏跋,知有《诗余纪事》若干卷,书未存,也未见前人著录。《樊榭山房集外词》吴允嘉序云:"厉君太鸿于诗古文之外,刻意为长短句,拈题选调,与紫山相倡和,大约怀古咏物之作为多。数月之间动成卷帙,声谐律叶,骨秀神闲,当于豪苏腻柳之间别置一席,至于琢句之隽,选字之新,直与梅溪、草窗争雄长矣。"② 所谓"怀古咏物",这是南宋姜、张一派词之特长。道光刊本"绝妙好词题跋附录"引录厉氏题跋(康熙六十一)云:

> 有明三百年,乐府家未曾见其只字,徒奉沈氏《草堂》选为金科玉律,无怪乎雅道之不振也。幸虞山钱遵王氏收藏抄本,禾中柯孝廉南陔、钱塘高詹事江村校刊以传,是书乃流布人间矣。近时购之颇艰,余最有倚声之癖,吴丈志上掇残帙以赠,仅得二卷。又借于符君幼鲁属门人录成,乃为完好。

知所得为康熙时刊本,残存二卷,序云"向尝缀拾一二,每自矜创获",而未能卒其业,或与所得不全有关,故至查氏处,见其全者,竟齐选,与查氏"相与篝灯茗碗,商确笺注,搜罗考订,颇瘁心力"(查氏跋),可见僻嗜之尤。至于以为明朝三百年词学不振,为《草堂诗余》所乱,与朱彝尊有同慨。

查、厉二人的笺注,主要用力在两个方面:

其一,补词人小传,多能详其籍贯、仕宦、著述等。于词则就词题中涉及的一些人物史实、文物典章等给予了更多的关注,如卷三杨彦瞻《踏莎行·雪中疏寮借阁帖更以薇露送之》"梅观初花蕙庭"一词笺云:

> 《法帖谱系》云:熙陵以武定四方,载櫜弓矢,文治之余,留意翰墨,乃出御府历代所藏真迹,命侍书王著摹勒刻板禁中,釐为十卷,此历代法帖之祖。
>
> 《格古要论》云:太宗搜访古人真迹,于淳化中命侍书王著摹勒,作十卷,用枣木板刻,置秘阁上。有银锭纹,用澄心堂纸,李庭珪墨拓打,以手揩之,墨不污

---

① 《蒲褐山房诗话》,见《绝妙好词笺》附录引,上海古籍出版社1984年影印清道光本。
② 《樊榭山房集外词》,《四部丛刊》本。

手，亲王大臣各赐一本，人间罕得。

《读书附志》云：《淳熙秘阁续法帖》十卷，淳熙十二卷（当作年）三月十九日奉圣旨摹勒钟繇诸人帖。

《武林旧事》云：诸色名酒：蔷薇露、流香，并御库。

《中兴馆阁续录》云：高似孙，字续古，鄞县人，淳熙十一年进士，庆元五年十月除秘书省校书郎，六年二月通判徽州。

就词题中"阁帖"笺注，罗列详致。又于卷七周密《国香慢·赋子固凌波图》"玉润金明"笺云：

《珊瑚网》：赵孟坚水墨双钩水仙卷，自跋云："余久不作此，又方病目未愈，子用征凤诺，良亟急起，描写转益拙俗，观者求于形似之外可尔，彝斋。"弁阳老人周密题夷则《国香慢》云云。

《乐郊私语》云：赵孟坚子固，宋宗室也。入本朝，隐居嘉禾之广陈镇。时载以一舟，舟中琴书尊勺毕具，往往泊蓼汀苇岸，看夕阳，赋晓月为事。从弟子昂自苕中来访，公闭门不纳，夫人劝之，始令从后门入。坐定，第问："弁山笠泽佳否？"子昂云："佳。"公曰："弟奈山泽佳何。"子昂惭退。

《画鉴》云：赵子固墨兰最妙，叶如铁花，茎亦佳。作石用笔如飞白书状，前人无此也。画梅竹、水仙、松枝，皆入妙品，水仙为尤高。子昂专师其兰石，览者当自知其高下。

《画禅室随笔》云：子固水仙欲与杨无咎梅花作敌。周草窗极重其品，曾刺舟严陵滩下，见新月出水，大笑云："此文公所谓绿净不可唾，乃我水仙出现也。"

查、厉二人很少对于涉及作品本身的写作背景、词句出处、词中典事等的笺注，而专力于赵孟頫的为人及绘事等。

其二，笺注本另一显著特色，就是对《词旨》中提到的所谓对句均予以拈出强调，《词旨》为元陆行直所撰，序云："夫词亦难言矣，正取近雅，而又不远俗。予从乐笑翁游，深达奥旨制度所法，因从其言，命韶暂作《词旨》。"乐笑翁即张炎，与周密亦有交往。以徐氏刊本所载，涉及的词人有：卷一张孝祥、范成大、辛弃疾、刘过、谢懋、陈亮、洪咨夔、徐照、刘翰；卷二姜夔、刘仙伦、孙惟信、史达祖、高观国、张辑、王嵎；卷三刘克庄、罗椅、杨缵、赵汝茪、陆叡、萧泰来、刘过、李肩吾、黄昇；卷四吴文英、翁元龙、江开、楼采、赵闻礼、施岳；卷五陈允平、张枢、莫崙、丁宥、汤恢、赵淇；卷六李彭老、李莱老、王易简、张磐、张炎；卷七有周密、王沂孙、赵与仁。凡45家，涉及作品有70首左右。

《词旨》云："尝学词于乐笑翁，一旦，与周公瑾父买舟西湖，泊荷花而饮，酒半，公瑾父举似亦颜学词之意，翁指花云：'莲子结成花自落。'"意取自然，又云："词不用雕刻，刻则伤气，务在自然。周清真之典丽，姜白石之骚雅，史梅溪之句法，吴梦窗之字面，取四家之所长，去四家之所短，此翁之要诀。学者所谓'刻鹄不成尚类鹜'者也，不可与俗人言，可与知者道。对句好可得，起句好难得，收拾全藉出场。"① 标举如此，而诸人多是精

---

① 《词旨》，《四印斋所刻词》本。

心构撰，却出之以自然，《词旨》分属对、奇对、警句、词眼，笺注本详为拈出，也可见其意趣崇尚，为浙派词人所醉心处。

三、项氏笺注本与查氏笺注本

《绝妙好词》现知较早的笺注本为清雍正三年（1725）项絪群玉书堂刻本，凡七卷，此本扉页题曰："宋弁阳老人原辑，绝妙好词，群玉书堂。"有项氏《重刻绝妙好词序》（雍正乙巳），云：

> 近嘉善柯氏尝从虞山钱氏抄得藏本付梓，顾考钱氏述古堂题辞有云："此本经前辈细看批阅，下各朱标其出处里第。"今嘉善本悉皆无之。长夏掩关无事，因繙绎故书，漫加搜讨，遂已十得八九。至前人评品，与夫友朋谈艺，其言有合，及佚事可征者，悉为采录，系于本词前后。唯七卷中山村词无从补缀，犹憾蟾兔之缺尔。因重为开雕而识诸首简。

按：项絪，字书存，銮江（今江苏仪征）人；曾官延安同知，摄府事；喜收藏古玩、书籍。此本卷一末刻有"歙项絪澹斋勘定"。

继项氏注本后，有查为仁、厉鹗笺本，凡七卷，为乾隆十五年（1750）查氏澹宜书屋刻本。查善长、查善和跋（乾隆庚午）云：

> 先君子究心词学有年，是编因戊辰秋钱唐厉太鸿先生北来，假馆于舍。先君子人事之暇，相与篝灯茗碗，商确笺注，搜罗考订，颇瘁心力，成书于己巳夏，即殁之前数日也。正欲授梓，不谓疾作，遽尔见背。今春检阅遗稿，手迹宛然，读之涕泪交并，因急付剞劂，用副先志焉。

知书稿成于乾隆十四年，刻成于次年。增补笺注始于项氏，项氏刊本卷三末刻有"钱塘徐逢吉紫山、厉鹗太鸿仝勘"，知厉氏也参与了雍正本的校勘工作，如卷三萧泰来《霜天晓角》"千霜万雪"附"樊榭词话"云："此作与王瓦全梅词命意措词大略相似。"又卷七王沂孙《淡黄柳》"花边短笛"附"樊榭词话"云："'几'字当用韵。"知厉氏不仅仅是参与校勘而已。然项本所传未广，至查、厉二氏笺注本，此书始大行于世。

项氏刊本所据是柯氏刊本，前有"绝妙好词题跋附录"，收录了张炎的题词，以及钱曾、朱彝尊题识，这些又见收于后出的查注本中。项本与查本笺注有同有异，总的来说查本附载的资料较项本要丰富得多。不过项本也有优处，查本属易见的本子，而项本反而少见提及，以下偏重于项本略作说明。

增补词人小传。这是项本和查本用力最多的部分，虽然两本小传文字上多有出入，但查本与项本的关联还是可以看出的。以卷二"姜夔"为例：

> 夔，字尧章，番阳（即鄱阳）人。居吴兴苕溪上，与白石洞天为邻，自号白石道人，又号石帚。曾以上乐章得免解讫。萧东夫爱其词，妻以兄子。陈藏一郁谓尧章："气貌若不胜衣，而笔力足以扛百斛之鼎；家无立锥，而一饭未尝无食客。

远。"杨伯子长孺谓曰："先君在朝列时，薄海英才云次鳞集，亦不少矣。而布衣中得一人焉，曰姜尧章。呜呼！尧章亦布衣耳，乃得盛名于天壤间若此，则轩冕钟鼎直可敝屣矣。"黄白石景说谓："造物者不以富贵浼尧章，而使之声名焜耀于无穷，此意甚厚矣。"《癸辛杂志》载其自述一书，其受知于名公巨儒者尤为详备。有《白石诗集》《白石词集》《绛帖评》《续书谱》《大乐议》《琴瑟考》《铙歌》诸种。

　　张叔夏曰：词要清空，不要质实。清空则古雅峭拔，质实则凝涩晦昧。唯姜白石如野云孤飞，去留无迹。

　　沈伯时曰：白石词清劲知音。

　　黄叔旸曰：白石词极精妙，不减清真，其高处有美成所不能及。

——项本

　　夔，字尧章，鄱阳人。萧东夫爱其词，妻以兄子。因寓居吴兴之武康，与白石洞天为邻，自号白石道人，又号石帚。庆元中曾上书乞正太常雅乐，得免解讫，不第。有《白石诗》一卷、词五卷，又有《绛帖平》《续书谱》《大乐议》《张循王遗事集》《古印谱》。

　　黄叔旸云：白石词极精妙，不减清真，其高处有美成所不能及。

　　沈伯时云：姜白石清劲知音，未免有生硬处。

　　张叔夏云：词要清空，不要质实。姜白石如野云孤飞，去留无迹。

——查本

可知查本对项本是有借鉴的，而项本引录的资料要丰富得多。总的来看两种笺注本在小传方面多属大同小异，也有各具特色者，如卷一"潘牥"：

　　牥，字庭坚，富沙人，初名公筠，殿试第三人，跌荡不羁。为福建帅司机宜文字，醉骑黄犊歌《离骚》于市，人以为仙。才高气劲，读书五行俱下，终身不忘，文未尝起草，尤长于古乐府。慨慕先隐，集《老子》以下迄于宣、靖，各为小传，曰《幽人景范》，其雅尚复如此，余见刘克庄所作墓志。

——项本

　　牥，字庭坚，号紫岩，闽人。端平二年进士，廷对第三人，历太学正，通判潭州，有《紫岩集》。

——查本

两书小传所云是不同的，项本小传野史的味道颇浓厚，查本小传则质实简略，内容上两者不见承袭交叉之处。

　　除小传外，就是附录的相关资料，这是查本的用力处，征引广博。项本也有，但极少。不过项本附载有查本所未采录，如：

　　《玉几山房听雨录》：南宋词人，浙东西特甚，而审音之精，要以白石为诣极。先生事事精习，率妙绝无品，虽终身草莱，而风流气韵足以标映后世，当乾、淳间，俗学充斥，献文湮替，乃能雅尚如此，洵称豪杰之士矣。

——卷二姜夔《惜红衣》"枕簟邀凉"附

《玉几山房听雨录》：季蕃葬宝积山，近水仙王庙，仇山村诗所云"水仙分地葬诗人"是也。康熙初，前辈沈涧房集同人读书葛岭蕉浪轩，召乩，忽大书"予呼天先生孙季蕃"也，其诗云虽名曰呼天，而未尝一呼，试向山空无人一呼者，远近响答，何其多，如此类数十首。尝大雪登庐山绝顶，著有《庐山纪游》、《南渡小史》。

——卷二孙惟信

《听雨录》云：梦窗词佳不胜收，如"恨缕情丝春絮远"，如"叹孤身似燕，将花频绕"，如"年年古苑西风到，雁怨啼绿水蓤秋"，如"问阊门自古送春多少"，皆刻骨幽思而出之澹妙，岂他手所能凑泊？

——卷四吴文英《三姝媚》"湖山经醉惯"附

《玉几山房听雨录》：玉田词如杨花"点点是春心，替风前、万花吹泪"，惊魂荡魄之句，唯白石老仙堪与并立；若"老来犹似柳，风流先露看花眼"、"夜沉沉，不信归魂，不到花深"、"听雁听风听雨，更听过、数声柔橹"、"能几（脱'番'字）游，看花又是明年"、孤雁云"写不成书，只寄得相思一点"，此等句，岂寻常所能几及之？溪生谓清真如杜，白石兼王、孟之长，与白石并有中原者，后起之玉田也，谅哉！

——卷六张炎

以上四则均出自陈撰的《玉几山房听雨录》。陈撰（1678—1758），字楞山，号玉几，又称玉几山人，鄞县（今浙江宁波）人；国子监生，清乾隆元年（1736）征举博学鸿词，不就；喜蓄书，精于鉴赏，藏书处为玉几山房。陈氏早年投靠銮江项氏，与汪士慎、厉鹗等交好。以书画游江淮间，穷愁寡合；著有《玉几山房吟卷》《玉几山房听雨录》《玉几山房画补录》等。

陈氏《玉几山房听雨录》一书罕见，今存有抄本。民国时，顺德邓实得残稿，分成二卷，排印问世，收入《古学汇刊》第二集中。核以排印本，项本引录的四则，其中孙惟信一则见于其中，但文字出入颇多，而其他三则并不见载其中，盖为佚文，可珍视。所论四人，均为南宋词坛名家，虽然各有侧重，但陈氏对姜派词人的倾心由此可见一斑。陈撰于康熙甲午（1714）曾刻姜夔诗集，并其词附后，凡58首。陈氏跋云：

南宋词人，浙东西特盛。若岳肃之、卢申之、张功甫、张叔夏、史邦卿、吴君特、孙季蕃、高宾王、王圣与、尹惟晓、周公谨、仇仁近及家西麓先生，先后辈出。而审音之精，要以白石为诣极。石帚词凡五卷，草窗、花庵所录虽多少不同，均只十之二三。汲古阁本第增"五湖旧约""燕雁无心"二调，余佚不传。咏草《点绛唇》复见逌翁集中，援据无征，亦难臆定也。先生事事精习，率妙绝无品，虽终身草莱，而风流气韵足以标映后世，当乾、淳间，俗学充斥，献文湮替，乃能雅尚如此，洵称豪杰之士矣。①

---

① 夏承焘：《姜白石词编年笺注》"各本序跋"，上海古籍出版社1998年版，第189页。

前引《玉几山房听雨录》所云均见跋文中。其中，对姜夔及姜派词人的评议和看法，与朱彝尊所言是吻合的，推崇雅尚，与浙派词学思想也是一脉相承的。至于激赏吴文英、张炎二家的词句，也是重在精神意趣，灵动机警，自然醇雅，却源于细腻的雕琢，这也是姜夔诸人所擅长的。

南北乡心自不同[*]
——北宋词人贺铸与周邦彦的比较研究之一

符继成

湘潭大学文学与新闻学院

内容摘要：贺铸和周邦彦同为北宋词的殿军。贺铸出生于北方，其乡土上有慷慨任侠的风气、桑间濮上的歌谣和隐士文化传统，其祖先中有尚武、狂放的气质，出与处的矛盾心态，以及追求功业失败的经历；周邦彦出生于南方，从小接触到的是崇文、重商、轻礼法的乡风民俗，家庭教育理念也比较开放，使其能够"博涉百家之书"。上述诸种因素，为贺铸和周邦彦的不同心性品格奠定了基础，并进一步影响到了他们的创作。

关键词：贺铸　周邦彦　宋词　地域文化

北宋后期的著名词人中，贺铸（1052—1125）、周邦彦（1056—1121）两人不仅生卒年相近，而且他们的词坛地位也大致相当。南宋初的王灼于其词学专著《碧鸡漫志》中数次并称两人，有"语意精新，用心甚苦""时时得《离骚》遗意"等评语，后人亦多次将两人相提并论，当代学者钟振振更是明确指出："徽宗一朝（1100—1125）的二十多年，词坛的牛耳是执在贺、周二人手中的。"[①] 此外尤可注意的是，在词风由北宋向南宋演进、嬗变的过程中，两人都处于枢纽和桥梁的位置：贺铸以词风的多样性见称，"盛丽如游金、张之堂，而妖冶如揽嫱、施之袪，幽洁如屈、宋，悲壮如苏、李"[②]。其词艳冶的一面，上继晚唐五代的花间词风，下开南宋以吴文英为代表的"四明词派"，"为梦窗、西麓之先河"[③]；"悲壮"的一面，是从苏轼到辛弃疾之间"嬗变的关楗"[④]。周邦彦则集传统词风之大成，"前收苏、秦之终，复开姜、史之始"[⑤]。总而言之，贺、周二人是北宋词的并列殿军，徽宗词坛的双子星座，主要词风的代表作家。[⑥]

关于这两位词人的个体研究很多，但目前尚未见有学者对他们作专门的比较研究。事实上，由于两人在时代环境、词坛地位、词作风格、词史位置等方面都存在某些相同或类似之处，他们之间的比较研究不仅可行，而且有相当重要的意义：它让我们在更为深入细致地把握这一对词人个体的同时，还可由微观入宏观，进一步确定他们各自所代表的风格类型的发

---

[*] 本文为湖南省社科基金项目《走向南宋：北宋后期文化与词风演进》（11YBA291）阶段性成果之一。
① 钟振振：《北宋词人贺铸研究·引言》，上海古籍出版社1989年版，第1页。
② 张耒：《贺方回乐府序》，李逸安等点校《张耒集》，中华书局1999年版，第755页。
③ 王易：《词曲史·振衰》，东方出版社1996年版，第384页。
④ 钟振振：《北宋词人贺铸研究》，台北文津出版社1994年版，第174页。
⑤ 陈廷焯：《白雨斋词话》卷一，唐圭璋编《词话丛编》，中华书局2005年版，第3787页。
⑥ 参见笔者与赵晓岚合撰的《"小李杜"与"贺周"——诗词发展中的"异代同构"及其文化动因》，《文艺研究》2010年第4期。

生、发展、接受状况及其与社会文化环境之间的联系,用一种新的视角去观察词史的演进过程。因此,笔者拟在这方面作一些尝试性的工作。本文为系列论文之一,主要分析比较两位词人所居乡土的地域文化特点及相关的家族文化渊源对其人格和创作的影响。

一、乡土的痕迹

法国文艺批评家丹纳曾经说:"一个民族永远留着他乡土的痕迹,而他定居的时候越愚昧越幼稚,乡土的痕迹越深刻。"[①] 具体到作家个体来说,他们的成长也离不开乡土的滋育,他们的童年、少年时所接触到的那片土地,那片土地上的风情民俗、文化传统,都会时刻感染着他们,塑造着他们,在他们的生命和作品中留下或深或浅的痕迹。词人自然也不会例外。清人况周颐在比较南宋词与金词的差异时说:"南宋佳词能浑,至金源佳词近刚方。宋词深致能入骨,如清真、梦窗是;金词清劲能树骨,如萧闲、遁庵是……南人得江山之秀,北人以冰霜为清。南或失之绮靡,近于雕文刻镂之技;北或失之荒率,无解深裘大马之讥。"[②] 当代学者杨海明更进一步提出:宋代的婉约词为标准的"南国"型文学,豪放词为"偏于北方型的风格"[③]。贺、周分别出生、成长于北方和南方,南北不同的地域文化是他们各自的创作起点,并且在他们的词中有比较明显的表现。

贺铸的出生地卫州,在宋代属河北路(熙宁六年分为东西两路后属河北西路)。据《宋史》卷八十六《地理志》的记载,河北路"南滨大河,北际幽朔,东濒海岱,西压上党"。卫州位于河北路的西南部,州境东西二百三十六里,南北一百四十四里;东南至汴京一百三十五里,西至洛阳三百九十里。这个地方背倚巍峨的太行山,旁边是奔腾的黄河水,既有险要的地势,又有农业生产的良好条件,为殷商的都城所在地,历史文化积淀极其深厚。作为一个政治中心和文化中心,它在先秦的漫长岁月里经历了无数次战争的洗礼,战士的鲜血浸透了每一寸土地,因此也养成了当地人"刚武,上气力"[④] 的风俗。到了汉代,这里的人仍然"好气任侠"[⑤],而"二千石治者亦以杀戮为威"[⑥]。虽然在时间河流的淘洗下,它的风俗有一定程度的改移,儒家的礼义之道也曾成为一时所向[⑦],但至北宋时期,仍大致保存着"气勇尚义,号为强忮;土平而近边,习尚战斗"[⑧] 的风气。

当然,在这块土地上并不只有这一种风气。对于习惯了战争、见多了死亡的人来说,美好的爱情显得格外的宝贵;任侠使气的性格,又使他们追求起来更加无所顾忌;更何况,这块土地上除了太行与黄河的壮观,还有桑林的宁静,淇水、濮水的优美,还有一些可以偷欢享乐的和平时光。于是,"桑间濮上之风"就这样在民间四处传唱:

送子涉淇,至于顿丘。匪我愆期,子无良媒。将子无怒,秋以为期。(《诗经·

---

① 丹纳:《艺术哲学》,安徽文艺出版社1991年版,第315页。
② 况周颐:《惠风词话》卷三,唐圭璋《词话丛编》,中华书局2005年版,第4456页。
③ 杨海明:《试论宋词所带有的"南方文学"特色》,《学术月刊》1984年第1期。
④ 《汉书》卷二十八下《地理志》,中华书局1964年版,第1665页。
⑤ 《史记·货殖列传》,上海古籍出版社2011年版,第2464页。
⑥ 《汉书》卷二十八下《地理志》,中华书局1964年版,第1665页。
⑦ 《隋书》卷三十《地理志》:"汲郡、河内,得殷之故壤,考之旧说,有纣之余教。汲又卫地,习仲由之勇,故汉之官人,得以便宜从事,其多行杀戮,本此以焉。今风俗颇移,皆向于礼矣。"中华书局1973年版,第860页。
⑧ 《宋史》卷八十六《地理志》总论河北路风俗,中华书局1977年版,第2130页。

卫风·氓》）

  籊籊竹竿，以钓于淇。岂不尔思？远莫致之。（《诗经·卫风·竹竿》）
  自伯之东，首如飞蓬。岂无膏沐？谁适为容！（《诗经·卫风·伯兮》）
  投我以木瓜，报之以琼琚。匪报也，永以为好也！（《诗经·卫风·木瓜》）

这些歌谣，以"郑卫之音"的名字，被后世的儒家卫道士们反复地批判，但它们却一直保持了青春的活力，类似的歌谣、作风，在秦代以后仍广泛流行于这块土地上。北宋初乐史撰《太平寰宇记》，在论及卫州的风俗时，还是引北魏阚骃《十三州志》的话："其俗歌谣，男女淫纵，犹有纣之余风存焉。"①

贺铸十六岁之前，一直在卫州生活。当地"刚武上气力""好气任侠""气勇尚义"这一类典型的北方风俗，显然有助于他形成慷慨任侠的个性以及悲壮慷慨的词风；而那些"桑间濮上之风"，对其"妄爱温柔乡"②的生活作风以及那些"雍容妙丽，极幽闲思怨之情"③的小词创作，亦当有熏染之功。

除了上述两个方面的风俗，卫州还有着隐士文化传统，它在贺铸的心中同样留下了深刻的印记。

在卫州历史上，有两位著名的隐士：一个是两汉之际的向长。向长字子平，"性尚中和，好通《老》《易》。贫无资食，好事者更馈焉，受之取足而反其余"，王莽的大司空王邑曾想要将他推荐给王莽，他坚决推辞，潜隐于家。他读《易》至损、益卦时，喟然感叹："吾已知富不如贫，贵不如贱，但未知死何如生耳。"东汉光武帝建武年间，家中男女娶嫁既毕，他告诉家人"家事勿相关，当如我死也"，从此与同好遍游五岳名山，不知所终④。另一位隐士，是魏晋时期的孙登。孙登处于一个"乱也看惯了，篡也看惯了"的时代，独身一人，隐居在卫州境内的苏门山上，号苏门先生。他生活极其简朴，"为土窟居之，夏则编草为裳，冬则被发自覆。好读《易》，抚一弦琴"。阮籍曾奉文帝之命往见孙登，"与商略终古及栖神导气之术，登皆不应，籍因长啸而退。至半岭，闻有声若鸾凤之音，响乎岩谷，乃登之啸也"。嵇康从之游三年，"问其所图，终不答"。临别时，孙登才向嵇康赠言，指出他"才多识寡，难乎免于今之世矣"。嵇康不愿听从，最后死于非命⑤。

贺铸少年时期，曾在共城县西北百泉附近的乡村里居住过一段时间，后来他在诗中充满留恋地回忆这段"幽栖"生活⑥，又多次提及孙登隐居的苏门山⑦，明确宣称"行将隐名

---

① 乐史《太平寰宇记》卷五十六，中华书局2007年版，第1151页。
② 贺铸：《怀寄周元翁十首》其八，王梦隐、张家顺《庆湖遗老诗集校注》卷四，河南大学出版社2008年版，第211页。
③ 程俱：《贺方回诗集序》，《北山集》卷十五，四库全书本。
④ 范晔《后汉书》卷八十三《逸民传》，中华书局1965年版，第2758～2759页。
⑤ 以上引文见《晋书》卷九十四《隐逸·孙登传》，卷四十七《阮籍传》，中华书局1974年版，第2426页、第1362页。
⑥ 贺铸《田园乐》："昔我未去国，幽栖淇上村。分辞侠少事，喜与农老言。农老孰追从？四邻皆世婚。……不识百里面，不知千骑尊。供输先众期，於我何威恩。太上复淳古，坐超羲与轩。敢忘天地施，击壤声如埙。毕此百岁愿，泰然长夜魂。避秦谁氏子，客死武陵源。"见《庆湖遗老诗集校注》卷二，第107～108页。
⑦ 如《和答郑郎中见寄》："客子由来怀故乡，苏门冷落白云旁。"《寄题狄丘李伟官舍东斋》："躬耕不是悠悠计，来作苏门邻舍翁。"《丙寅舟次宋城作》："斜阳一千里，依约是苏门。"《夜行邹县道中遇雨作》："念昔卧苏门，夙兴犹及午。"《晚出江城闻角》："苏门故里斗杓下，岂无伯仲勤相望。"《三鸟咏之三子规行》："十年迹绝苏门道，梦里旧游知是非。"

姓，采药孙登鬼"①。在他的词中，也经常吟唱归隐的主题，如《续渔歌》（"中年多办收身具"）、《临江仙》（"暂假临淮东道主"）、《钓船归》（"绿净春深好染衣"）等，其中充满了对官场的厌倦和对隐士生活的渴望，而且贺铸最终也言行合一，选择了致仕归隐。虽说他归隐的地点是在南方，但这颗种子在北方的少年时代应该就已经埋下了。

与贺铸的出生地卫州相对，周邦彦的故乡杭州是较晚才兴起的南方城市，北宋时属两浙路。《宋史》卷八十八《地理志》记载说：

> 两浙路，盖《禹贡》扬州之域，当南斗、须女之分。东南际海，西控震泽，北又滨于海。有鱼盐、布帛、秔稻之产。人性柔慧，尚浮屠之教。俗奢靡而无积聚，厚于滋味，善进取急图利，而奇技之巧出焉。余杭、四明，通蕃互市，珠贝外国之物，颇充于中藏云。

据此，当时的两浙路三面近海，是一个物产丰饶的鱼米之乡，当地人性格柔弱而聪明灵慧，信尚佛教，风俗奢靡，喜欢挥霍享乐，急于进取图利，充满了商业气息。杭州作为两浙路的治所，它的民情风俗大致亦如上所述。苏轼曾说："三吴风俗，自古浮薄，而钱塘为甚。虽室宇华好，被服粲然，而家无宿舂之储者，盖十室而九。"② 苏在杭州担任过多年地方官，他的话应该是具有可信度的。具体来说，北宋时的两浙路及杭州的风俗有如下两点值得特别注意。

其一，好文而不崇儒，礼法观念较弱。杭州所属的东南一带的崇文之风，始于西晋永嘉之乱所致的晋室南迁。至齐梁时代，情形已如隋代大臣李谔所言：

> 贵贱贤愚，唯务吟咏。遂复遗理存异，寻虚逐微，竞一韵之奇，争一字之巧。连篇累牍，不出月露之形；积案盈箱，唯是风云之状。世俗以此相高，朝廷据兹擢士。禄利之路既开，爱尚之情愈笃。于是闾里童昏，贵游总丱，未窥六甲，先制五言。至如羲皇、舜、禹之典，伊、傅、周、孔之说，不复关心，何尝入耳？以傲诞为清虚，以缘情为勋绩，指儒素为古拙，用词赋为君子。③

南方这种喜欢于文字声韵上争奇斗巧、风云月露间驰骋才情的文风，尽管在隋唐时期屡受持儒家文学观念者的批评，但其时三教并行，儒学未昌，统治者与士人大多亦具兼融南北的开阔胸襟，所以它虽为以北方为中心的时代文化所整合，但并未被消灭，盛唐的诗人往往是"盛得江左风，弥工建安体"④，而吴歌楚吟，仍在南方的土地上继续滋长。至安史之乱后，唐朝的经济重心开始南移，南方的文学也再度开始兴盛。五代时北方中原战争不断，文学废坠，而南方则保持了相对的安定，诸国君主又多爱好文艺，故北方文人纷纷南下，进一步助长了南方尚文的风气。

到了北宋时期，南方士人在文学方面的优势已十分明显。杨亿在《杨文公谈苑》中列

---

① 贺铸：《寄杜仲观》，《庆湖遗老诗集校注》卷二，第 91～92 页。
② 苏轼：《上吕仆射论浙西灾伤书》，《东坡全集》卷七十六，四库全书本。
③ 《隋书》卷六十六《李谔传》，第 1544～1545 页。
④ 王维：《别綦毋潜》，赵殿成《王右丞集笺注》卷四，四库全书本。

举了宋太宗雍熙以来擅长作诗的四十二名文士，籍贯可考的三十八人中，南方有二十六人，北方只有十二人①。而在以诗赋为主要取士标准的进士科中，"所得率江南之秀"②。欧阳修在治平元年（1064）所上的《论逐路取人札子》中更是明确指出："东南之俗好文，故进士多而经学少；西北之人尚质，故进士少而经学多。"③可见好文之风已经成为东南的地域特色。而在北宋时被统称为"东南"的江南西路、江南东路、两浙路和福建路这四个区域中，两浙路在文学方面的人才，又要胜过其他几路，处于一个重中之重的位置④。

与好文风气相对的是，两浙路的儒学在很长的时间里都不太发达，士民的行事多有与儒家礼法相悖的。如作为两浙中心的杭州，五代时以此为都城的吴越号称"东南佛国"，入宋以后也没有多大改变。陈襄在《杭州劝学文》中曾说杭州的州学自宋仁宗景祐元年（1034）建学以来，"弦歌之声萧然，士之卓然有称于时者盖鲜，反不迨于支郡"。其原因是"渤海之民，罕传圣人之学，习俗浮泊，趋利而逐末。顾虽有良子弟，或沦于工商释老之业，曾不知师儒之道尊，而仁义之术胜也"⑤。苏州的长洲县，在宋太宗时"好祀非鬼，好淫内典，学校之风久废，诗书之教未行"⑥。秀州的华亭县（今上海松江），在宋真宗时的风俗是"淫神以邀其福，信佛以逃其祸。先王之教咸罔闻知，庙貌之灵宜夫委倾"⑦。其地士民佞佛而不好儒，至哲宗时仍然如此。

其二，城市风光迷人，商业文化发达。杭州地处"两浙要冲，江海之会"，具有优越的自然条件，秦代即已在此设县，属会稽郡，称钱唐。汉顺帝以后至南北朝时期属吴郡及吴兴郡，陈置钱唐郡。隋废郡置杭州，治钱唐，此为"杭州"之名首次出现。入唐后，"钱唐"改称"钱塘"。由于京杭大运河的开通，杭州成为东南一带的交通枢纽，社会经济从此开始较快发展，到盛、中唐时已初具繁华气象，杭州的自然风光和人文美景越来越多地出现在文人的笔下。孟浩然在这里登楼远望，看到的是"山藏伯禹穴，城压伍胥涛"⑧的壮观；顾况与友同游，感受到的是"荷花十余里，月色攒湖林"⑨的静美；白居易更在诗词中频频书写他对杭州的喜爱和怀念，自称"官历二十政，宦游三十秋。江山与风月，最忆是杭州"⑩。当然，总的来说，杭州在唐代还只是一座规模不大的山水名城，它正式成为繁华富庶的"东南第一州"要到五代时期。钱氏在据有吴越之后，实行了一系列"保境安民"的政策，对外尽量避免冲突，对内则招抚流亡，奖励农桑，鼓励工商，因此获得了较长时间的和平安

---

① 《杨文公谈苑》一书已佚，此内容参见江少虞《事实类苑》卷三十八、阮阅《诗话总龟》卷十二。
② 王明清：《挥麈前录》卷三，中华书局1961年版，第24页。
③ 见《文忠集》卷一百一十三，四库全书本。苏轼《上皇帝书》亦言："昔者以诗赋取士，今陛下以经术用人，名虽不同，然皆以文词进耳。考其所得，多吴、楚、闽、蜀之人。至于京东西、河北、河东、陕西五路，盖自古豪杰之场，其人沈鸷勇悍，可任以事；然欲使治声律、读经义，以与吴、楚、闽、蜀之人争得失于毫厘之间，则彼有不仕而已，故其得人常少。"（《东坡全集》卷五十二）
④ 据程民生《宋代地域文化》（河南大学出版社1997年版）的统计，在《宋史》列传的北宋文臣中，两浙路为100人，江南东路32人，江南西路48人，福建路66人；《宋史·文苑》中列出的北宋文人中，两浙路为11人，江南东路6人，江南西路8人，福建路7人；《宋诗纪事》卷二至卷四十三的北宋诗人中，两浙路有231人，江南东路45人，江南西路91人，福建路128人。分见该书第134、136、334页。
⑤ 陈襄：《古灵集》卷十九，四库全书本。
⑥ 王禹偁：《长洲县令厅记》，《小畜集》卷十六。
⑦ 陈执古：《文宣王庙记》，《至元嘉禾志》卷十九。
⑧ 孟浩然：《与杭州薛司户登樟亭驿》，《孟浩然集》卷三，四库全书本。
⑨ 顾况：《酬房杭州》，《华阳集》卷上，四库全书本。
⑩ 白居易：《寄题馀杭郡楼，兼呈裴使君》，《白氏长庆集》卷三十六。

定环境，经济和文化迅速繁荣起来，"其民老死不识兵革，四时嬉游，歌鼓之声相闻"①。在钱氏手上，杭州城经过几次扩建以及控江保湖的治理，城市面积大为拓展，城市人口大量增加，终于成了一个"四方之所聚，百货之所交，物盛人众"，"而又能兼有山水之美以资富贵之娱"②的全国性大都市③。宋初钱俶主动献土归宋，使杭州免于兵火，它的繁华因此得以继续保持。在宋初隐士潘阆的《酒泉子》词中，杭州已是人间天堂一样的地方：

> 长忆钱塘，不是人寰是天上。万家掩映翠微间。处处水潺潺。　　异花四季当窗放。出入分明在屏障。别来隋柳几经秋。何日得重游？

而北宋中期词人柳永的《望海潮》词，更为我们展开了一幅《清明上河图》似的画卷。其中既有作为东南形胜的自然美景，又有"烟柳画桥，风帘翠幕，参差十万人家"的世俗风情；既有绕堤云树、霜雪怒涛之壮丽，又有重湖叠巘、桂子荷花之优美；既有为一般市民喜闻乐见的珠玑罗绮、羌管菱歌等物产和娱乐，又有供高官和文人醉听的箫鼓和吟赏的烟霞④。真是极尽奢华，足可媲美汴京，"归去凤池夸"了！

周邦彦在这样一片美丽奢华、崇文风气浓厚而少儒家礼法约束的土地上出生和成长，他的心性和文学创作自然也会受其影响。他少年时"疏隽少检"与晚年的"学道退然，委顺知命"⑤，以及他缜密典丽的词风，其中或多或少，或隐或显，都有着这片土地的赐予。

二、祖先的灵魂

作家在他的乡土上，经常会与隐藏在血脉里的祖先的灵魂相遇。丹纳有一个论断说："倘若住在同一个地方，血统大致纯粹的话，那么在最初的祖先身上显露的心情与精神本质，在最后的子孙身上照样出现。"⑥他所谓的"最初的祖先"，乃就民族而言，不过，这句话其实也适用于某些家族个体。在中国的传统文化环境中，人们大都有很强的家族观念，尊奉有血缘关系的父祖先辈，并从中寻找合适的对象予以认同，作为自己人格的榜样；有时候，一些家族内部还会形成某种特殊的"文化场"，影响着子孙的教育与成长。就本文的研究对象来说，祖先的灵魂，在贺铸的心性中有比较明显的表现；而家族的教育方式与培养环境，则在贺、周两人身上都留下了痕迹。

贺铸曾在《庆湖遗老诗集自序》中颇为骄傲地追述自己的先祖：

> 贺本庆氏，后稷之裔，太伯始居吴。至王僚遇公子光之祸，王子庆忌挺身奔

---

① 苏轼：《表忠观碑记》，《东坡全集》卷八十六。
② 欧阳修：《有美堂记》，《文忠集》卷四十。
③ 据乐史《太平寰宇记》，宋初太平兴国年间，杭州当地主户 161 600，客户 8 857。按吴越于宋初太平兴国三年（978）纳土归宋，上述户口数正是吴越国当年的实际记录。如以平均每户 5 口计算，杭州有人口 852 785 人，其规模仅次于北宋首都开封，是苏州的六倍左右。
④ 关于杭州当日之盛，还可参看欧阳修在《有美堂记》中的描述："今其民幸富足安乐，又其习俗工艺巧，邑屋华丽，盖十万余家，环以湖山，左右映带，而闽商海贾，风帆海舶，出入于江涛浩渺、烟云杳霭之间，可谓盛矣。"见《文忠集》卷四十。
⑤ 楼钥：《清真先生文集序》，《攻媿集》卷五十一，四库全书本。
⑥ 丹纳：《艺术哲学》，安徽文艺出版社 1991 年版，第 448 页。

卫，妻子逆度淛水，隐会稽上。越人哀之，予湖泽之田，俾擅其利，表其族曰"庆氏"，名其田曰"庆湖"，今为"镜湖"，传讹也。汉孝安帝时，避帝本生讳，改贺氏，水亦号"贺家湖"焉。①

后稷是古代周民族传说中的始祖，太伯也太过遥远了一些，他们能给予贺铸的，不过是华夏正宗后裔这样具有普遍性的民族身份而已，说明不了什么问题，而王子庆忌对贺铸则可能产生了某些特殊影响，使他们在个性气质方面存在着一定程度的相似。据《吴越春秋》卷四《阖闾内传》，庆忌勇力过人，"筋骨果劲，万人莫当，走追奔兽，手接飞鸟，骨腾肉飞，拊膝数百里"，又很有忠义之心，要离将其刺成重伤，他却称赞要离为"天下勇士"，"可令还吴，以旌其忠"，让手下将要离放走。这些记载虽然带有文学的虚构色彩，但庆忌却正是以这样忠义、武勇兼备的英雄形象进入后人心中的。而贺铸同样也颇具英雄气概。叶梦得《贺铸传》说他身"长七尺，眉目耸拔，面铁色。喜剧谈天下事，可否不略少假借，虽贵要权倾一时，小不中意，极口诋无遗辞，故人以为近侠"②；程俱《贺方回诗集序》说他"仪观甚伟，如羽人剑客"，"慷慨多感激"③；陆游《老学庵笔记》卷八说他"状貌奇丑，色青黑而有英气"④。他自己也在诗中夸耀自己的胆力武勇和忠义禀性："少日用壮胆力粗，六鳌可取负而趋"，"多惭晚闻道，忠义夙自许。刚肠愤激际，赤手搏豺虎"⑤。这些自夸的语言，与《吴越春秋》中对庆忌的描写显然相当接近。

在贺铸的祖先中，唐代的贺知止和贺知章是另外两个对他的人生产生了很大影响的人物。贺知止是贺铸的十五代祖，"少味老易，躬耕不仕"，多次荐举而不愿赴官，出仕后又勤勤恳恳，政绩卓然。贺铸对此津津乐道，而他本人的行事也存在着类似的矛盾。一方面，他很有才干，"为吏极谨细。在筦库，常手自会计，其于窒罅漏、逆奸欺无遗察。治戎器，坚利为诸路第一；为巡检，日夜行所部，岁裁一再过家，盗不得发。摄临城令，三日决滞讼数百，邑人骇叹。监两郡，狡吏不得措其私。"⑥另一方面，他又十分注重个人节操，"岁晚傲霜雪，不同天下寒"⑦，不愿屈己干人，畏惧仕途险恶，因此时时泛起隐居独善的思想。这种矛盾，在他的诗和词中都有大量的表现。程俱曾指出贺铸为人有几大不可解的地方，其中之一是"理财治剧之方亹亹有绪，似非无意于世者，然遇轩裳角逐之会，常如怯夫处女"⑧。这种"不可解"，我们或许可以从他对自己这位祖先的描述中得到部分解释。

如果说，贺知止给贺铸的影响是加深了他在出与处之间的矛盾，那么贺知章则给他启示了解决这一矛盾的方法和最后归宿。贺知章字季真，为贺知止的从祖兄，少以文词知名，与包融、张旭、张若虚并称"吴中四士"，武则天证圣元年（695）进士，开元二十六年（738），迁太子宾客、银青光禄大夫兼正授秘书监。天宝三载（744）因病恍惚，自请度为道士还乡，以宅为观而居。诏许之，又赐镜湖剡川一曲，"御制诗以赠行，皇太子已下咸就

---

① 贺铸：《庆湖遗老诗集自序》，四库全书本。
② 叶梦得：《建康集》卷八，四库全书本。
③ 程俱：《北山集》卷十五，四库全书本。
④ 陆游：《老学庵笔记》卷八，四库全书本。
⑤ 贺铸：《九日雨中作》、《留别龟山白禅老兼简杨居士介校注》，分见《庆湖遗老诗集校注》补遗、卷四，第533页，第190页。
⑥ 程俱：《宋故朝奉郎贺公墓志铭》，见《庆湖遗老诗集附录》，四库全书本。
⑦ 贺铸：《题武昌郑判官直节亭》，《庆湖遗老诗集校注》卷四，第213页。
⑧ 程俱：《贺方回诗集序》，《北山集》卷十五，四库全书本。

执别"。回乡后不久去世，年八十六。其为人"性放旷，善谈笑，当时贤达皆倾慕之"，"晚年尤加纵诞，无复规检，自号'四明狂客'，又称'秘书外监'。遨游里巷，醉后属词，动成卷轴，文不加点，咸有可观。"①他和李白、李适之、汝阳王李琎、崔宗之、苏晋、张旭、焦遂被时人称为"酒中八仙人"。杜甫有《饮中八仙歌》记其纵酒后的狂态："知章骑马似乘船，眼花落井水中眠。"②贺知章之狂，以盛唐气象为时代背景，是自负才学的士人在理想与现实发生矛盾时一种常见的宣泄方式。对于贺铸来说，他身处北宋后期的升平之世，具文武之才却始终沉沦下僚，因此族祖贺知章的狂纵之性自然会从他的血液中重新苏醒过来，替他疗救心灵的痛苦。他在《诗集自序》中说自己"少有狂疾，且慕外监之为人，顾迁北已久，尝以'北宗狂客'自况"。在诗中又屡以贺知章的名号来称呼自己③，对贺知章的倾慕和崇拜可说是溢于言表。他的生平行事也有近于贺知章的狂纵之处，曾经"轰饮酒垆，春色浮寒瓮，吸海垂虹"④，曾经遨游里巷，"妄爱温柔乡，荡然不回首"⑤，曾经于密室中杖责盗物的贵人子，致其"叩头祈哀，即大笑释去"⑥。没有这份"狂"气，他是写不出《六州歌头》等悲壮慷慨不可一世的豪放词的。而他晚年隐居吴下，改自己的号为"庆湖遗老"等行为，亦可见出他对贺知章的认同。

唐朝的这两位祖先之后，另有三位祖先不仅影响了他的精神，而且还影响到了他的现实生活，这就是贺铸的六代祖贺景思、五代祖贺怀浦和高祖贺令图。贺景思为五代时后晋的护圣军校，与宋太祖赵匡胤之父赵弘殷是同事。他对于贺氏家族的最大贡献，是将长女嫁给了赵匡胤。此女虽在宋朝立国前就已病逝，但赵匡胤登基之后仍追册其为孝惠皇后，贺景思也被封为广平郡王，赐第开封隆和里，贺氏家族从此获得了皇族外戚的身份。贺怀浦与贺令图在太宗朝均颇受重用，担任过刺史、知州一类的地方长官，又先后领军职屯兵边州⑦。两人都有比较强烈的爱国情怀和建功立业之心，力主伐辽收复燕云诸州，结果"雍熙北伐"失败，贺氏父子先后在战争中遇难，并且蒙受了"贪功生事"⑧的指责，而贺家也由此逐渐败落下来。从这几位祖先那里，贺铸所收获的既有贵公子的自信与自傲，"系取天骄种"的爱国热情和报国热血，又有世态炎凉的感慨，功业不成的悲愤。

除了这些祖先，父亲贺安世是对贺铸的成长产生了直接影响的人。贺安世曾担任过内殿崇班、阁门祗候等低等武职，生平事迹不显，并且在贺铸成年以前就去世了。他在贺铸七岁时就授其五七言声律，令其"日以章句自课"⑨。贺铸后来能成为诗词兼工的名家，与其父这种悉心的培养是分不开的。此外，还有学者认为，贺安世在英宗治平年间或许曾在沧州一带为官，而贺铸随父东游，因此有过"凌高瞰海日"的经历，萌生过"径欲穷扶桑"的豪

---

① 《旧唐书》卷一百九十中《贺知章传》，中华书局1975年版，第5034页。
② 郭知达编：《九家集注杜诗》卷二，四库全书本。
③ 如《九日张谋父席上》："西家一斛黄金酒，沉醉吴音贺季真。"《题永县园水亭》："季真待得东还日，初见红蕖十亩秋。"《送僧云还吴兴》："寄声故园群儿辈，潦倒尘埃贺季真。"《将发永城题陈伯俩蒙轩》："四明狂客重来日，庭下榴花开未开？"《题宝泉吉舍壁》："偶著强名字，非才但铸金。不妨称'外监'，况复住山阴。"
④ 贺铸：《六州歌头》。
⑤ 贺铸：《怀寄周元翁十首》，《庆湖遗老诗集校注》卷四，第211页。
⑥ 叶梦得：《贺铸传》，《建康集》卷八，四库全书本。
⑦ 据《宋史》卷463《贺令图传》：贺怀浦曾仕军中为散指挥使，太宗太平兴国（976—984）初，以岳州刺史领兵屯三交（今山西太原北）。贺令图于太宗即位后先是任供奉官，太平兴国四年（979）随潘美征北汉，后改绫锦副使、知莫州（今河北任丘一带），迁崇仪使，知雄州（今河北雄县一带）。
⑧ 《宋史》卷四百六十三《贺令图传》，中华书局1977年版，第39册，第13540页。
⑨ 贺铸：《庆湖遗老诗集自序》，四库全书本。

情壮想①。

与贺铸相比，周邦彦的族谱要模糊很多，其中也没有什么特别显赫的人物。我们所知的他最早的一个祖先，是他的五世祖。据吕陶为其父周原所作的《周居士墓志铭》②，周邦彦的五世祖五代时曾在钱氏统治的吴越国做过官，不过吕陶并没提及他的名字和生平事迹。钱氏献土归宋时，周邦彦的五世祖已经去世，他的曾祖父周仁礼年纪尚幼。太平兴国三年八月，宋太宗诏令原吴越王钱俶"缌麻以上亲及管内官吏悉归阙"③，周仁礼当时很可能是由某位当官的父辈亲友照顾，所以就跟随着北徙到了汴京。关于周仁礼和周邦彦的祖父周维翰，史志中都没有具体的事迹可考，或许都是一介布衣。《墓志铭》中说，周仁礼因北徙时年幼，所以忘记了父亲坟墓的确切位置，临终时令周维翰寻找，但周维翰终其一生也没有完成这个任务。由这条记载来看，那么至少在周维翰这一代，周家已经迁回钱塘。这些祖先对周邦彦的影响虽不可确知，但至少给予了他南方人的身份、心理和成长环境。

关于周邦彦的父亲周原，《墓志铭》中也没有他曾居官的记录。他最骄傲的成就，或许是历经千辛万苦，终于在机缘巧合之下找到了祖坟，完成了上两代人的遗愿。在当地，周原是一位颇有声望的乡绅式的人物，"少居乡党自好，慈祥易感，勇于赴人之急"，"晚习导引卫生之经，颇能察脉治病。人有疾，闻而药之辄愈"，"尝遭异人，得秘诀，以奇草化水银为银，而讳之，焚其方，戒子孙不得学"。由此可见他是个有智慧而且禀性忠厚的人。周原对于文化典籍，有一种近乎宗教般的崇拜："家有藏书，清晨必焚香发其覆拜之。有笑者，辄曰：'圣贤之道尽在是，敢不拜耶？'"④周原又是一位宽厚慈祥的父亲。周邦彦后来回忆自己的童年生活，是"父仁母慈，弗鞭弗笞"，他的个性获得了比较自由的发展空间，"常人所庸，乃独舍之。究思诡奇，乐而忘疲"。⑤因此，他读书的兴趣不仅仅在于"圣贤之道"，而是"博涉百家之书"，勤于思考，喜欢与众不同；他的行为也没有受到"圣贤之道"的严格约束，而是"疏隽少检"⑥"性落魄不羁"⑦。他的词多写情爱、喜用典故乃至"集大成"等特点，与这种教养也有一定关系。

在周氏家族中，还有一位对周邦彦很有影响的人物——他的叔父周邠。周邠字开祖，于嘉祐八年（1063）登进士第，历仁宗、英宗、神宗、哲宗、徽宗五朝，先后担任过钱塘令、乐清令、管城令、知古州等差遣，官至朝请大夫、上轻车都尉。在北宋后期的新旧党争中，周邠属于旧党中的人物，与苏轼、秦观等人有诗歌唱和，关系相当密切。他的诗歌可能有一定的成就，秦观曾赞其"丽句晓披花绰约，清谈初扣玉丁东"⑧，可惜流传下来的不多。周邦彦与这位叔父的关系相当亲厚。他曾向一个道士求了一支芝术给周邠祝寿，赞美他"庐陵太守蕴仙风，健骨清姿欲飞举"⑨；他在词中曾以"吾家旧有簪缨"⑩自夸，虽未必指的

---

① 贺铸：《送表侄赵乙亿之官沧州兼简通守李延宁》："吾昔游浮阳，童心初办狂。凌高瞰海日，径欲穷扶桑。"参见钟振振《北宋词人贺铸研究》，台北文津出版社1994年版，第46页。
② 见罗忼烈《清真集笺注》附录，上海古籍出版社2008年版，第574页。
③ 《续资治通鉴长编》卷十九，中华书局1979年版，第3册，第433页。
④ 以上均据《周居士墓志铭》。
⑤ 周邦彦：《祷神文》，见罗忼烈《清真集笺注》，上海古籍出版社2008年版，第552页。
⑥ 《宋史》卷四百四十四《周邦彦传》，第37册，第13126页。
⑦ 王称：《东都事略》卷一百一十六，四库全书本。
⑧ 秦观：《次韵酬周开祖宣义》，《淮海集》卷八，四库全书本。
⑨ 周邦彦：《芝术歌》，见罗忼烈《清真集笺注》，上海古籍出版社2008年版，第382页。
⑩ 周邦彦：《南浦》（"浅带一帆风"）。

就是周邠，但在周邦彦之前，周邠是他们这个家族中我们目前唯一可以确定的当上了宋朝官员的人。对于这个赢得了"簪缨"的叔父，周邦彦显然也会引以为荣。而周邠喜好吟咏的行为及他与苏轼和苏门文人之间的交游酬唱，很可能对周邦彦的诗、词创作均产生了一定的引导作用，并提升了其受关注的机会和程度。

总而言之，贺铸和周邦彦生活的时代环境虽然一样，但两人成长的地域文化背景和家族文化环境均有所不同，由此导致他们的文化心理结构在基础上有"北方型"和"南方型"的差异。当他们从各自的乡土出发，走进北宋后期的时代氛围与文化环境中，开始词的创作时，这种文化心理结构上的差异也开始发挥作用。这一点，在两人作品的风格、内容等方面都有所体现。由于在词从北宋向南宋的发展过程中，他们是处于徽宗朝这一承上启下时期的代表作家，起着桥梁和枢纽的作用，所以本文的分析与比较虽属个案，但也能够在一定程度上说明地域、家族等文化基因是如何参与、推动了词史的演进变化的。

宋代科举策问形态研究*

方笑一

华东师范大学古籍研究所

在宋代科举考试中,试策是一种重要方式。这里所谓重要,大致可以从两个层面来理解。其一,试策在整个宋代的各种科举考试方式中持续时间最长。在历次科举改革中,试策一直作为考试方式之一保留下来,没有被废除。其二,在最主要的三级考试发解试、省试、殿试中,都需要试策,从熙宁三年(1070)开始,殿试更以试策为唯一方式,且终宋之世未变。

试策既然在宋代科举中有如此重要的地位,对于其催生的文本,就应当给予足够的关注。文本主要有两类,一类是试策时所出的策问,另一类是考生根据策问撰写的策文。由于考试制度的巨大影响力,文人也时常拟作策问和策文。但无论是考试中确实使用的,还是文人拟作的文本,其绝大多数,以往皆不在古代文学研究的视野之内,只有少数名作,常被当作论说文的典范来解析。对于宋代策问,史学界较关注其史料价值。[①] 至于其文本形态,相比于对汉、唐时期的研究[②],对于宋代的研究显然还缺乏应有的重视。[③]

宋代策问的情况十分复杂,有些可以确定为发解试、省试、殿试策问,以及制科策问、馆职考试策问,也有各级学校出给学子的策问、士人拟作的策问等等,还有不少仅以"策问"或"试策"为题,不知是在何种场合所试的策问。据笔者统计,现存宋代策问总量约在1 000道以上。

从现存的宋代策问文本看,策问并非简单等同于一个或几个问题,而是拥有一定的文本形态。在策题之外,提问者还会有针对性地叙述一些相关内容,这些内容与问题本身通过写作者的构思,用一定的结构绾合在一起,构成了整个策问的文本。本文的写作目的就是,通过分析宋代策问文本的内容和结构,揭示其形态特点及其变化。限于篇幅,在此仅讨论常科考试中发解试、省试、殿试的策问。[④]

---

* 本文为国家社科基金青年项目"宋代试策与策文研究"(11CZW033)、上海市浦江人才计划"策论与经义:宋代科举考试文体比较研究"(14PJC028)阶段性成果。

① 参见刘海峰:《科举试卷的史料价值——以科场策问为中心》,《科举学论丛》第1辑,上海中国科举博物馆、上海嘉定博物馆编,线装书局2007年版,第5～11页。

② 参见吴承学:《策问与对策》,《中国古代文体形态研究》,中山大学出版社2000年版,第48～53页;韦春喜:《汉代对策刍议》,《文学遗产》2012年第6期;陈飞:《唐代进士试策形式体制》,《清华大学学报》(哲学社会科学版)2010年第5期;《唐代明经试策形式体制考论》,《人文杂志》2006年第6期;《唐代试策的形式体制——以制举策文为例》,《文学遗产》2006年第6期。《文本所见唐代明经试策内容体制》,《文学遗产》2014年第3期。专门讨论策问形态的仅有陈飞《唐代试策的表达体式——策问部分考察》,《文学遗产》2008年第1期。

③ 参见祝尚书《宋代科举与文学》(中华书局2008年版)第十章第二节《策论的命题》,虽涉及策题,但主要着眼于其内容较唐代的新变化,而不是形态的特点,见该书第289～292页;孙耀斌《宋代科举考试文体研究》第五章第二节《宋代科举考试的策问》中第1部分《体制》是笔者所见目前仅有的对于宋代策问形态的研究,但其中提出宋代策问"以骈为主"的结论值得商榷,中山大学2009年博士论文,第106～110页。

④ 制科策问也属于殿试策问,与常科的殿试策问相类似,对于宋代殿试策问的专门讨论,可参见拙文《皇帝之问:宋代殿试策问及其模式化焦虑》,《华东师范大学学报(哲社版)》2014年第5期。

一、发解试策问的形态特点

发解试是宋代科举常科最低一级的考试，由州、府、军或国子监主持举行，合格者方有资格参加省试。发解试的策问，现在留存不多。宋初田锡《咸平集》中有《开封府发解策》共三道。第一道开头说："强学待问，儒行所先；博物辨疑，识者当务。"强调"博物辨疑"重要性，接着一连发问，问题涉及历史、政治、思想和礼制。所问多非知识性的问题，而需要考生凭自己的见识回答。如"荀、孟言性之有殊，孰者为当？管、乐立功之俱善，何人最优"，这样的问题是没有标准答案的，考生只能根据自己的理解来陈述理由。田锡的另两道发解策，每道围绕一个主题，第二道问举子对"沿塞屯田"的看法；第三道问选材方式，提到当时人们有"贤良之荐，必自于乡里；文行之选，不由于科场"的看法，也就是认为科举制度不如举荐制度有效，希望征求考生对此的意见。这两道策问在形态上有两个特点，一是对于所问之事的历史沿革有一个比较详细的叙述；第二是策问末尾并无问句，只有征求意见性的话语，如"伫闻嘉言，以观方略""伫聆商较，以副荐扬"之类。综观这三道策问，还可以发现其形式上的共同之处，一是篇幅都在200字左右，二是皆以骈体写成。宋初发解试策问选择骈体，明显是唐代策问形态的延续。但到了北宋前期，骈体不再是策问的必须形式，苏轼等人所撰策问就说明了这一点。

现存苏轼策问中有两道可以明确认定为发解试策问，一是《永兴军秋试举人策问》，二是《国学秋试策问二首》。军和国子监都有权举行发解试，发解试在秋天举行，故又称"秋试"。此两道策问与田锡策问在形态上有很大差异。下面以《永兴军秋试举人策问》为例来分析[①]：

> 问：昔汉受天下于秦，因秦之制，而不害为汉。唐受天下于隋，因隋之制，而不害为唐。汉之与秦，唐之与隋，其治乱安危至相远也，然而卒无所改易，又况于积安久治，其道固不事变也。世之君子，以为善人为邦百年，可以胜残去杀。病其说之不效，急于有功，而归咎于法制。是以频年遣使冠盖相望于道，以求民之所患苦。罢去茶禁，归之于民，不以刑狱委任武吏；至于考功取士，皆有所损益。行之数年，卒未有其成，而纷纭之议，争以为不便。嗟乎，此特其小者耳。事之可变，将复有大于此者。今欲尽易天下之骄卒，以为府兵，尽驱天下之异教，以为齐民，尽核天下之惰吏，以为考课，尽率天下之游手，以为农桑，其为拂世厉俗，非特如今之所行也。行其小者，且不能办，则其大者又安敢议。然则是终不可变欤？抑将变之不得其术欤？将已得其术，而纷纭之议不足恤欤？无乃其道可变而不在其迹欤？所谓胜残去杀者，其卒无效欤？愿条其说。[②]

首先，这道策问篇幅比田锡翻了一倍，在400字左右；其二，它不再用骈体撰写，而全用散体写成；其三，策问文辞简朴，除了叙述主题所关涉的历史事实外，一般行文中不用典

[①] 此策问作于嘉祐七年（1062）秋，参见孔凡礼：《苏轼年谱》卷五，中华书局1998年版，第106页；张文利：《苏轼在长安行实四考》，《西北师大学报（社会科学版）》2007年第4期。

[②] 《苏轼文集》卷七，中华书局1986年版，第207～208页。

故。这些差异,还比较容易观察,更为关键的是结构变化。

此策问的核心内容是新建王朝是否需要制度变革。我们可以这样来分段,第一段从开头至"其道固不事变也",以汉因秦制、隋因唐制说明王朝治乱之关键并不在于改变前代之制;第二段从"世之君子"至"争以为不便",叙述时人由于受孔子"善人为邦百年,亦可以胜残去杀矣"一说的影响,急于改变各种制度,以求有功,反而引发争议;第三段从"嗟乎"至"则其大者又安敢议",认为如今的改制并没有抓住关键,并举出四例说明改变的关键在于"拂世厉俗";第四段从"然则是终不可变欤"至"愿条其说",是该策问中提问的部分。作者一连提出五个问题:制度是否可变,是否没有掌握变革的方法,是否已掌握方法而不去考虑变革引发的争论,是否变革的具体方法有误,是否孔子"胜残去杀"之说无效。

假如去掉最后提问的部分,则这道策问简直可以说是一篇相当完整的论说文,有观点,有论据。它从历史入手,进而谈及宋代的现状,最后提出关于改变现状的观点。其构思的方式,是通过历史经验来批判现实政治。更为重要的是,作者在文中表现出相当明显的主观态度或倾向性,表现于"又况于积安久治,其道固不事变也""此特其小者耳,事之可变,将复有大于此者"等话语。虽然策问最后希望应试者"条其说",回答一个个问题,但提问者自己对于问题的态度绝非模棱两可,而是心中早有答案。我们不敢揣测,假如考生的观点与苏轼心中的答案相左,他们在考试中将会得到怎样的结局。

再看苏轼的《国学秋试策问二首》,第一道是说历史上几位帝王,其行为或为政态度相似,导致的结果却迥然不同,询问原因何在;第二道就"民之多寡"与"国之贫富"的关系,纵观宋以前各朝代的历史,指出人口增加"非徒无益于富,又且以多为患"的社会现实,请考生分析原因。从两道策问中,我们同样可以看到提问者鲜明的立场和态度,如指出当时人口众多但国家并未富裕,盖因"生之者寡,食之者众,是以公私枵然,而百弊并生",简直已经帮考生回答了问题。苏轼的三道策问表明,在北宋前期,发解试策问的篇幅明显增加,形式由骈体变为散体,行文中基本不用典故,并且,除策题部分之外,已经构成一定结构的短论,提问者在其中可以对所提问题表达明显的态度、立场和倾向。

策问的形态虽然由撰写者最终决定,但作为科举考试的试题,为全国各州、府、军及国子监所采用,它理应具有一定的程式,而非由提问者个人随心所欲撰写。所以,宋代的发解试策问虽留存不多,但我们仍可通过个例来分析其形态。从南宋留存至今的发解试策问来看,北宋前期这种策问形态的确被继承下来,并为南宋所遵循,而没有再退回到宋初田锡那样的策问形态去。

南宋文集中的发解试策问,主要有周必大的《宣州解试策问一首》[①] 和陈造的《丁酉楚州秋试策问》《己酉秀州秋试策问》。[②] 其中《丁酉楚州秋试策问》没有最后提问或征询的内容,总共才200多字,应不是完整的文本。《宣州解试策问一首》和《己酉秀州秋试策问》都是完整的,前者500多字,后者长达600余字。从形态看,除去最后提问或征询的内容,前面的文字仍可构成一篇短论,但是,这两道策问较苏轼的策问在结构上更为程式化。

---

① 《宣州解试策问一首》载周必大《文忠集》卷一二,文渊阁四库全书本。策问题下注"已卯",据该书卷首周纶所撰《年谱》云:"绍兴二十九年己卯七月壬寅,漕檄考试宣城,八月壬子朔,抵宣城,入试院,九月丙戌,还官所。"则策问当作于宋高宗绍兴二十九年(1159)。

② 此二道策问分别作于宋孝宗淳熙四年(1177)和淳熙十六年(1189)。

如《宣州解试策问一首》先述主旨:"学校兴则教化明,王室尊则名分正。立言垂训,孰有大于此者乎?"说兴学校和尊王室的重要性,接下来分别叙述《论语》不言学校,孟子不言尊王,并对孔、孟不言及此二者的原因作了几番推测,认为富有深意。最后说当今主上推崇儒家,所以提出如下问题:"《论语》不言学校,其说安在?孟子不及尊周,其指安出?记诸善言者,孔子弟子也,或曰有子、曾子门人所作耳,然则刘向之言非与?著书七篇者,孟轲也,或曰万章、公孙丑所记耳,然则赵岐之题辞非与?"问题共有四个,分作两层,先要考生回答"其说""其指"何在,然后让他们来分析提问者前面所言的"深意",其次指出,在《论》《孟》的编纂者问题上,有些说法与刘向、赵岐的看法有矛盾,询问考生究竟如何看待这种矛盾。从表面上看,第一层两个问题属于义理层面,第二层两个问题属于文献层面,但弄清楚《论》《孟》的真正编纂者,无疑和明了其中为何不涉及学校、尊王的内容密切相关。

为什么说周必大的策问较苏轼更为程式化呢?因为前者虽以散体写成,但其结构形态完全是对称的,无论是论述主旨的内容,还是申说原因和提出问题的内容,都牢牢遵循对称原则。假如将孔子作 A 项,孟子作 B 项,这道策问的结构就是 A—B,A—B,A—B,好似后世作八股文一般。而在中间申说原因的内容,作者实际上已经为他提出的问题揣度了一些答案,这当然可以看做是给考生的提示,但其实也是提问者自身意见的鲜明表达。再看陈造的《己酉秀州秋试策问》,它旨在询问皇帝考察臣下"勤惰淑慝"的措施,文本由策问主旨、历史教训、现实状况三者依次构成,最后写道:"请铺绎古今之失得,与继此可施之要,以畅祗若休命之风,以仰副圣心所欲,悉以见谂,将有以复于上。"① 这其实已经提示考生对策文进行结构安排:先总结历史与现实的经验教训,再给出具体措施。

综上所述,宋代发解试策问形态呈现这样的变化趋势:篇幅逐渐加大,形制由骈转散,结构程式化倾向日趋明显,提问者主观立场由隐而显。

二、省试策问的形态变化

按当时规定,考生在通过发解试之后,于第二年春天赴京参加礼部主持的考试。由于礼部别称"南省",因此礼部考试又称"省试"。省试的科目在北宋几经变化,北宋前期有进士科、诸科、明经科等,熙宁科举改革废诸科与明经科,只剩下进士科。一般而言,进士科的地位始终最为重要。宋代省试的内容由宋初的进士科考诗赋、论、策,至熙宁变法之后考经义、论、策,元祐时期又一度恢复诗赋。到了南宋时期,进士科诗赋、经义或分两科,或合为一科,最终在高宗绍兴三十一年(1161)二月下诏分为两科。无论是诗赋进士,还是经义进士,论、策都是必须考的,策安排在第三场,共试三道。②

目前留存时间最早的宋代省试策问,是田锡的《试进士策》,共有六道。与田锡留下的三道《开封府发解策》相比较,进士策问也是用骈体写成,但篇幅明显短小,只有寥寥数语。这六道策问的前四道,内容兼涉经史,但实质在于征询治道。后两道问时务,更为具体。问时务一策集中于一事,针对性十分明确,征询治道则更为复杂,喜欢举出经史中一些

---

① 陈造:《江湖长翁集》卷三三,曾枣庄、刘琳主编:《全宋文》第 256 册,上海辞书出版社、安徽教育出版社 2006 年版,第 304 页。

② 何忠礼:《南宋科举制度史》,人民出版社 2009 年版,第 100~102 页。

看似矛盾的说法,让考生辨析。如首两道云:

> 问:富国备边,实资农战;化民导俗,本贵儒玄。尚玄以清净为宗,尊儒以礼乐为本。《书》称偃武,《春秋》谓不可弭兵;《礼》重中庸,刑法欲畏如观火。圣人垂训,取舍何从?国士怀才,是非必当,愿闻至理,上副旁求。
>
> 问:圣人之性,与天地合,故不待多学,一以贯之。又曰终日终夜,不食不寝,以思无益,不如学也。垂训各异,其理何从?夫臣之事君,将顺其美,而魏征之谏,请停封禅。父有诤子,不陷令名,而瞽叟不贤,未闻谏诤。请发挥于古道,冀释去于所疑。①

前一道中"偃武"和"不可弭兵"明显是矛盾的,后一道中"不待多学"和"不如学也"、臣下顺君之美与谏诤,也是矛盾的,策问的目的正是要考生解释这些矛盾,从中可以考察他们分析问题的思路,也可以吸纳他们关于治道的建议。

到了仁宗时代,省试策问的形态发生了急剧的变化。我们以天圣八年(1030)欧阳修参加省试的策问和嘉祐二年(1057)他自己作为主考官所出的策问为例。天圣八年的《南省试策》一共有五道,是欧阳修应试的策题,每题之后还有他本人的对策。这些策问全用骈体写成,最长的近300字,最短的仅有140字。每一道针对一个问题。一般先由古书中的一句话或者上古的某种制度引起话题,然后列举自古以来关于此话题的若干故实或言论,其中包含一些相反的做法或观点,最后向考生发问,请他们陈述自己对此问题的看法并说明理由。这些策问,很难断定纯粹问经史还是问时务,因为其中大多牵涉到历史上的制度或做法,而最后归结的问题明显具有现实性。比如第三道从《周礼》中关于牧马的记载说起,最后问国家究竟该按照旧制向边境少数民族买马,还是取消禁令允许边境百姓自由买卖马匹?策问中所问的"国马之政",无疑关涉当时经贸与国防的双重问题。② 从行文看,这些策问完全体现了骈文的特色,充满典故,用词典雅。

由欧阳修自己主持的嘉祐二年省试,是北宋时期十分著名的一次考试,关于它对于宋代文学发展的推动作用和影响,学界已有深入探讨。③ 欧阳修为此次考试所出的《南省试进士策问》共有三道。这些策问和天圣八年的策问相比,颇有不同之处。首先是每道都超过300字,其次是全部用散体撰写,其三是天圣八年的五道策问中很难说哪一道是纯粹的经史策。在嘉祐二年的策问中,前两道一涉《禹贡》,一涉《周礼》,又都指明与现实有关。第三道则纯然是问关于《周易》的问题,与现实的制度、措施无关。也就是说,纯粹的经学策问此时已经出现。第三道策问是这样说的:

> 问:六十四卦所谓《易》者,圣人之书也。今谓之《系辞》,昔谓之《大传》者,亦皆曰圣人之作也。其言曰:"两仪生四象,四象生八卦。"又曰:"河出图,圣人则之。"又曰:"庖牺氏之王天下也,仰观于天,俯察于地,观鸟兽之文,近

---

① 田锡:《咸平集》卷二二,第228页。
② 参见欧阳修:《南省试策三》,《居士外集》卷二五,洪本健《欧阳修诗文集校笺》,上海古籍出版社2009年版,第2005页。
③ 参见王水照:《嘉祐二年贡举事件的文学史意义》,《王水照自选集》,上海教育出版社2000年版,第198~243页;曾枣庄:《文星璀璨:北宋嘉祐二年贡举考论》,复旦大学出版社2010年版。

取身,远取物,始作八卦。"又曰:"昔者圣人之作《易》也,幽赞于神明而生蓍,参天两地而倚数,观变于阴阳而立卦。"一书而四说,则八卦者果何从而有乎?若曰河图之说信然乎,则是天生神马负八卦出于水中,乃天地自然之文尔,何假庖牺始自作之也?如幽赞生蓍之说,又似八卦直因蓍数而生尔。至于两仪四象,相生而成,则又无待于三说而有卦也。故一说苟胜,则三说可以废也。然孰从而为是乎?卜筮,自尧、舜、三代以来用之,盖古圣人之法也,不必穷其始于古远茫昧之前。然《系辞》,圣人之作也,必有深旨,幸决其疑。①

提问者先肯定《周易》是圣人之作,接下来引述了其中关于八卦产生的四种说法,三处出自《系辞》,一处出自《说卦传》。提问者指出这四种说法是彼此不同甚至矛盾的,根本无法让人知道八卦究竟是如何产生的,于是设问道:"一书而四说,则八卦者果何从而有乎?"但这并非考生要解答的问题。四种说法的矛盾,欧阳修也清楚地加以揭示,他要考生解释的是,为什么圣人所作的《周易》中会有这些矛盾的说法,如何看待这些不一致的说法?这道策问的主旨虽然是八卦的产生这样艰深的问题,但行文毫不奥涩,明白如话,与27年前欧阳修自己应省试时遭遇的策问截然不同。策问文风的这种变化,显然证明了北宋古文运动在科举领域的影响。

与发解试策问的情况相似,嘉祐以后的省试策问,皆以散体写成,没有恢复之前的骈体,但篇幅明显增长。到了南宋时期,省试策问的字数越来越多,根据现在留下的文本,其中甚至有近千字的。如理宗朝地位显赫的许应龙,有《省试策问》三道,其中第一道900余字,为了便于论述,我们分段后逐录于下:

> 问:国于天地,必有与立,所恃以凭藉扶持者固不一而止,而大要则曰国论、曰人才、曰民心。盖国论者政令之所从始,人才者事功之所由立,民心者又有关于理乱安危之机也。(主旨)
> 夫执狐疑之心者,来谗贼之口;持不断之意者,开群枉之门,则国论其可以不定乎?定则不摇于浮议,而无轻变之患。然入粟之议反覆论难而不决,屯田之议前后依违而不定,而识者乃谓其议尽天下之心,何耶?(国论)
> 德胜才为君子,才胜德为小人,则人才其可以不辨乎?辨则贤否不容于并进,然跅弛之士能立功名,尾生孝己之行无益于胜负,则才胜德者似亦未可以轻弃也。(人才)
> 民心无常,唯惠之怀,大赉四海,万姓悦服,是民心不可以不结也。然济人于溱洧者乃议其不知为政,遗衣遗食者或谓其所惠之未广,岂善政善教足以得民,而不遍爱者初无损圣人之仁欤?(民心)
> 恭唯主上下诏求言,和颜受谏,或令集议,或令看详,固欲国论之一定也。为官择人,求贤用吉,而晓兵机、通财计与夫堪充将才者又令荐举,固欲人才之不遗也。发粟散财,宽租已责,而蹂践之区,流离之氓,复劳来而安集之,又所以固结斯民之心也。(国论、人才、民心)
> 然战守之议,彼此异见,秤提之令,前后屡更。履亩未几,虑其纷扰而随罢;

---

① 欧阳修:《居士集》卷四八,《欧阳修诗文集校笺》,第1198~1199页。

混试方行,恐其丛杂而复分。议论若不一矣,岂因时施宜,固不容于固执耶?然昔人谓先定规模而后从事,又谓天下之事惟审其是,定而不移,乃可成务。以是而主国论,不知果可以一定而不易乎?(国论)

阔论高谈者若善谋,轻举妄动者若敢为,露才扬己者若多多而益办,视事迁就者若随机而应变,其真伪固未易辨也,而人才因事而后见,亦安可遽疑而不之用耶?然论辨官才者必论定然后官,而知人之道亦在于听其言而观其行,以是说而选任,果可以得人否乎?(人才)

斛面方减而挨究复行,遗负方蠲而催督如故,贫困当恤而廪给难继,告戒非不切而奉行不虔,是民瘼犹未苏也。然得其心有道,唯在于所欲与聚,所恶勿施,而仁义公恕以统天下,自可使无异志,即是理而行之,果可以得民心否乎?(民心)

然是三者虽若不同而脉络未尝不相通,国论定则无好尚之偏,而有才者皆可以自见,人才既有以自见,则凡所施设必合于人心而孰不爱戴?或者又谓天下无难为之事,惟患乎无可用之才,苟众贤和于朝,则同声相应,国论不期而自定。合三者而言之,又不知何者为先欤?(国论、人才、民心)

夫识时务在俊杰,诸君博古通今,其必有以处此,详著于篇,以备上之采择。①

首段指出立国之大要有三:国论、人才、民心是策问主旨。以下各段紧扣三者,分而论之,中间和倒数第二段则绾合三者。在每段之后我们用圆括号标明其核心内容,最后一段是征询之词。不难看出,整首策问的结构极为工整严谨,而基本不用骈句和典故。其结构的严密程度,远远超过一般的论说文。作者并未将所有问题集中到最后向考生发问,而是基本上在每段结尾提出问题。这其实也是让考生在写作策文时能够有的放矢,以形成某种严谨的结构。可以说,没有宋代古文创作技巧的充分发展,若要统御如此长篇的策问并使之井井有条,根本是无法想象的。南宋时期的省试策问,尤其是后期的策问,虽然不一定如许应龙写得那样漂亮,但多为结构严谨的长篇大论。限于篇幅,这里不再列举。

三、殿试策问的独特形态

宋代殿试策问与发解试、省试策问的形态有较多不同之处,这是由殿试的性质和地位决定的。殿试是常科中最高一级的考试,由皇帝亲自考察已通过省试的考生,通常安排在殿堂举行,故名"殿试",又称"廷试""亲试""御试"等。这是自宋代才开始施行的一项制度。与发解试、省试需要试策不同,宋代殿试最初并不试策,进士科试诗、赋,后加论一首,诸科先试墨义,后亦对大义。神宗熙宁三年(1070)进行科举改革,进士科殿试改为只试策一道,不再试诗、赋、论②,而诸科被罢废,也就不存在殿试了。

殿试的策问虽用皇帝的名义拟定,但其实是在殿试举行之前三日由御试官员拟定。"宣

---

① 许应龙:《省试策问三》,《东涧集》卷一〇,《全宋文》第303册,第365~366页。
② 参见何忠礼:《宋代殿试制度述略》,《科举与宋代社会》,商务印书馆2006年,第52~53页;祝尚书:《宋代科举与文学》,第219~220页。

押知制诰、详定、考试等官赴学士院锁院，命御策题。"① 现存北宋时期的常科殿试策问数量较多，既有归入帝王本人名下的，也有标明文人代拟而收入其文集的。时代最早的宋代殿试策问是胡宿的《御试贤良王彰夏噩策题》和《御试武举策题》，但这两道策问并不是常科殿试的策问。胡宿卒于英宗治平四年（1067），距熙宁三年殿试改试策还有三年，因此说明此二道是非常科殿试策问。

我们所能见到的最早的常科殿试策问，是熙宁三年（1070）三月八日的殿试策问，这也是殿试首次以策试方式举行。文人所拟殿试策问则以元丰五年（1082）曾巩的《拟代廷试进士策问三首》②、王安礼的《元丰五年殿试进士策问》五首为最早，自此直至南宋后期，殿试策问在史书和文集中多有留存。殿试策问在形态上的特点主要可以归纳为三个方面。

首先是程式化程度更高。上文已经说过，策问的试题性质决定了作者不可能随心所欲地撰写，而是必然遵循一定的程式。但与发解试、省试策问相比，殿试策问显然更加程式化，这在策问用语和结构上都有所反映。以一道殿试策问的开头而论，文人代拟的策问常以"皇帝若曰"开始，表明以下是用皇帝口气来说话，如苏轼的《拟殿试策问》、苏辙的《拟殿试策题》皆如此。③ 但这种程式化的开头并非专属于策问，在文人代拟的册文中也很常见，因为策问和册文都需要用皇帝口气说话。笔者甚至怀疑，文人代拟殿试策问的开头应该皆有"皇帝若曰"，而现在文集中没有保留，是因为入集时被删去了。在"皇帝若曰"之后，进入正式的策问文本绝大多数都以"朕"为主语开头，表明叙述者是皇帝本人，而"朕德不类"是常见的谦词。接下来通常谈论当下统治面临的问题和困境。假如不使用谦词，而以历史或者一般性的治国理念开头，则常以"朕闻"二字引出下文。在策问的结尾，通常会表示自己对考生意见的重视，十有八九以"朕将亲览""朕将览焉"之类的话结束。这是一种固定的行文模式。这种模式并非宋人所创。策问初创于汉文帝，其《策贤良文学诏》虽然不是策问本身，但已经有了"朕既不德，又不敏"这样的话。④ 汉武帝在元光元年（前134）和五年（前130）颁布的一共四道《策贤良制》，以及元光元年的一道《诏贤良》，基本上已具备了宋代殿试策问的诸种元素。在描写"子大夫"的聪明才智后，多言"朕甚嘉之"，在策问最后，多言"朕将亲览焉"。⑤这些话语都为宋代帝王策问所继承，遂成为一种套话。

除了以这类套话起结之外，策问主体部分的结构也相对固定。一般不出五项内容。一是追述历史或先皇功业；二是阐述一般治国理念；三是表明自身勤勉的为政态度；四是直呈统治所面临的困难；五是提出问题或征询意见。这五项内容在殿试策问中一般依次出现，但并不是说每道策问都包含这全部五项，当然也并非每道策问都可以截然分割成五项内容并按如此顺序出现。不过，我们可以说，宋代大多数殿试策问的结构安排遵循这样一种模式（见表1）。据笔者统计，现存宋代常科殿试策问总共有39道，留存于文人文集中的殿试策问或拟殿试策问共有27道。由于篇幅有限，这里无法将每篇结构详细列出，仅举其中25道具有代表性的，以求窥豹一斑：

---

① 吴自牧：《梦粱录》卷四，浙江人民出版社1980年版，第22页。
② 曾巩三道策问作于元丰五年（1082），见李震：《曾巩年谱》卷四，苏州大学出版社1997年版，第436页。
③ 苏轼：《苏轼文集》卷七，第219页；苏辙：《栾城后集》卷一四，《苏辙集》，中华书局1990年版，第1045页。
④ 严可均辑：《全汉文》卷二，《全上古三代秦汉三国六朝文》，中华书局1957年版，第135页。
⑤ 《全汉文》卷三，《全上古三代秦汉三国六朝文》，第140～142页。

表1 宋代殿试策问的结构安排

策问名	作者/出处	历史/先皇功业	一般治国理念	自身为政态度	面临困难	提出问题/征询意见
拟代廷试进士策问一	曾巩/《元丰类稿》卷二六			朕有志于卑汉唐之治……如朕者亦可以无憾矣。	然古之大有为之君……行弥励而德未见于世。	岂所谓是者非欤?……可革而去之?
拟代廷试进士策问二	曾巩/《元丰类稿》卷二六		夫有《二南》之化……何其风俗美而流泽深也。	今朕躬礼义以先天下……可谓尽心矣。	然朝廷之臣未能有素丝之节……何其习之难变也。	夫先王之教,其本岂易于身先之?……不可以复化欤?
拟代廷试进士策问三	曾巩/《元丰类稿》卷二六			朕获承祖考……是一皆戾古。		岂朕之不敏……抑不然也?
元祐三年御试进士制策	刘挚/《忠肃集》卷一			朕肇膺骏命……朕甚嘉之。	盖闻天之灾祥……殍死者众。	夫恒寒之罚……又何修而至于斯欤?
元祐六年御试进士制策	刘挚/《忠肃集》卷一	先皇帝悼道之郁滞……泽不下究。	朕闻六艺之教……兹二帝、三王所由昌也。	朕奉承遗烈……臻于斯路。	今天下之俗……不可一日缓也。	今颇欲考古今之宜……其失安在?
元丰五年殿试进士策问一	王安礼/《王魏公集》卷四		朕闻动民不以言……号为极治。	朕承祖宗之休……期底治宁。	有仁民爱物之心……诐污私邪以党相尚。	历年于此……难以速化欤?
元丰五年殿试进士策问二	王安礼/《王魏公集》卷四		朕闻为君之难……而致不虞之誉。			然则知人之道果何以哉?……抑非欤?
元丰五年殿试进士策问三	王安礼/《王魏公集》卷四		朕闻先王之治天下也……此先王所以德日起而大有功也。	朕甚慕焉……以躬率在位。	然而下之随上,曾未足以庶几先王之治。	不识何道而能致先王之盛乎?
元丰五年殿试进士策问四	王安礼/《王魏公集》卷四		朕闻边骑之为中国患……有卷甲轻举而破降之者。		严尤以为古无上策……班固详而未尽。	然则考古之事……子大夫以为何施而可乎?

(续表1)

策问名	作者/出处	历史/先皇功业	一般治国理念	自身为政态度	面临困难	提出问题/征询意见
元丰五年殿试进士策问五	王安礼/《王魏公集》卷四	周衰,《子衿》之诗作……亦有近于古者乎!	朕闻王道之始必本于农……耕者无或妨其力。/朕承祖宗之大统……盖致其道、成其业也如此。	朕方崇广三舍,而来四方之贤良。	然天下之民犹且力本者寡……不可复行矣。	然则率市廛之民……子大夫以为何道而能臻此乎?/何修何饬,而能臻先王之盛欤?……施之岂无先后?
拟殿试策问	苏轼/《苏轼文集》卷七		维天佑民……朕愿闻之。	朕即位改元……犹当庶几于子路之言有勇且知方者。	而风俗未厚……商旅不行。	此三者,朕之所疑,日夜以思而未获者也。
拟进士对御试策(并引状问)	苏轼/《苏轼文集》卷七		盖圣王之御天下也……其治足以致刑。	朕德不类……且以博朕之所闻。		子大夫以谓何施而可以臻此?……亦必有可言者。
拟殿试策题(一)	苏辙/《栾城后集》卷一四	朕奉承祖宗丕绪……遂无以大相过耶?/今自祖宗创业……祖宗何术而臻此哉?		虽然,朕夙夜东朝……若蹈泉谷。	永惟近岁之治……皆今日之所当虑也。	子大夫明于古今……勿畏勿疑。
拟殿试策题(二)	苏辙/《栾城后集》卷一四			朕惟天下之治……皆何事乎?	朕既不敏不明……则士壅于下。	将制阃中,其道何由?……则士又何以处之?
试礼部奏名进士策文	哲宗/《宋会要辑稿·选举》七之二九		古之明王以道揆事……何施而可以臻此欤!	朕获奉宗庙……累年于兹。	而推原本旨……泽不下究。	此其故何欤?……孰可推而行之?
试特奏名诸科进士策文	哲宗/《宋会要辑稿·选举》七之三〇	朕闻先王之时……所以作于周也。		朕绍休圣绪……至于不可胜用矣。	今则不然……惠莫之得。	岂朕作人之道未至欤?……其故又何欤?

(续表1)

策问名	作者/出处	历史/先皇功业	一般治国理念	自身为政态度	面临困难	提出问题/征询意见
拟进御试策题	张纲/《华阳集》卷三三			朕绍开中兴……庶几乎先王之盛。	夫唐虞成周……推行而未尽。	子大夫彊学待问……必有可言者。
御试策	范宗尹/《国朝二百家名贤文粹》卷五一		朕稽法前王……损益随之。	朕粤自初载……庶几克笃前人之烈。	推而行之，间非其人……正在于今日乎!	子大夫以谓如之何而无损无益乎?
御试策	胡铨/《胡澹庵先生文集》卷五		盖闻治道本天……古先哲王罔不由斯道也。	朕承宗庙社稷之托于扰阽危之候……恤而不行也。	然而迎亲之使接武在道……旱蝗害岁。	岂朕不德……何修而可以臻此?
试正奏名进士制策	高宗/《宋会要辑稿·选举》八之三		盖闻在昔圣王之治天下……朕甚慕之。	越自即位……不惮改作。	间者乃下铨量之令以择吏……朕之治所以未效也。	顾何以辑事功弭祸乱哉?……其庶几乎?
御试策	王十朋/《梅溪先生廷试策》卷一	仰惟祖宗以来……为万世不刊之典。	盖闻监于先王成宪……未之有也。	朕缵绍丕图……惟祖宗成法是宪是若。	然画一之禁……而官师或未励。	其咎安在……其必有道。
御试策一道	张孝祥/《国朝二百家名贤文粹》卷五五			朕承列圣之休……博询当务。		子大夫襄然咸造……抑国家收取士之实效。
廷对策	陈亮/《陈亮集》卷一一			朕以凉菲……临政五年于兹。	而治不加进……果何道以臻此?	
殿试策进士制策问	理宗/《宋史全文续资治通鉴》卷三二	朕闻尧舜之帝……舍经以求治也。		朕以眇陋……顾不伟欤!	若夫商政治之得失……则有所未暇。	子大夫奉对于庭……细绎而毕陈之。
御试策一道	文天祥/《文山全集》卷三		盖闻道之大原出于天……证效有迟速者何欤?	朕以寡昧……朕心疑焉。		子大夫明先圣之术……今其可以屡更欤?

宋代殿试策问的第二个形态特点是绝大多数为骈散结合，很少出现纯粹的骈体或散体。这一点与发解试、省试策问明显由骈转散的形态变化不同。究其原因，虽然宋代古文运动取得了成功，但以皇帝名义发布的文章却基本上仍用骈体写作，以显示内容的权威性和文辞的庄重性。由于殿试策问受到这一惯例的影响，骈化程度较高是可以理解的。

最后需要指出，殿试由皇帝亲自主持，所提的问题也都从皇帝的立场出发，因此无论问题的视角和措词都比较宏观，很少有发解试、省试策问中对于具体知识掌握情况的考察，也不常引经据典。假如说，发解试、省试策问中时常流露出出题者的态度和立场，那么殿试策问在这方面则相对超然，主要征求考生的意见和建议，行文中并不给他们太多的暗示或导向。从这个意义上说，殿试策问更好地体现了这种文本征询性的原始功能。

北宋"后湖居士"苏庠考

方星移 丁 新
黄冈师范学院文学院

内容提要：苏庠（1065—1147），字养直，号眚翁，更号后湖居士、后湖病民，丹阳人，祖籍泉州。少能诗，苏轼见其《清江曲》诗，大爱之，于是知名。庠曾一就举中程，因犯讳黜，遂无意仕进，与黄庭坚、释惠洪从游。徽宗大观四年（1110），庠与徐俯、张元幹、吕本中等在豫章（今江西南昌）结诗社唱和。宣和六年（1124），为张元幹题跋。高宗绍兴三年（1133），徐俯荐其贤，令赴朝，固辞。天下士无问识与不识，皆高其节，好事者往往图其形以相赠。从其学诗者甚众。庠与词人康与之常相往还，不慕荣禄，以琴书自乐，终老布衣，绍兴十七年（1147）卒。庠工书法，诗稿多散落人间，有《后湖集》十卷，不传。今传《后湖词》一卷，词写隐逸情趣，风格淡雅。其弟祖可，亦能诗。

关键词：北宋 苏庠 生平 考辨

苏庠，《宋史》无传，生平一向无考。兹据勾稽所得，对其生平行事试作考辨。

一、名号、籍贯、生卒年考

苏庠，字养直，号眚翁，更号后湖居士、后湖病民，丹阳（今属江苏）人，祖籍泉州（今属福建）。《宋史》无传，《京口耆旧传》卷四有传。《京口耆旧传》云："庠字养直，丹阳人，其先泉人。丞相颂之族。庠父坚，字伯固。"① 《宋史》卷四五九《王忠明传》云："时又有苏庠者，丹阳人，绅之后，颂之族也。"②

初因病目，庠自号眚翁；因晚年卜居丹阳（今属江苏）后湖，自号后湖病民。陈振孙《直斋书录解题》卷一八："《后湖集》十卷，丹阳苏庠养直撰。其父坚伯固，亦有诗名。"③

后人常将苏庠父子名字相混。如明曹学佺《蜀中广记》卷一〇四："苏养直名伯固，东坡之族。坡集中有《送伯固兄诗》是也。"明杨慎《词品》卷三和清冯金伯《词苑萃编》卷四亦称："苏养直名伯固，与东坡为同族。"俱将乃父苏坚之字误作苏庠之名。清沈雄《古今词话》上卷"《乐府纪闻》曰：苏养直字伯固，《词品》讹为名伯固，字养直"，亦将苏氏父子之名字混淆。

其祖籍泉州。陈振孙《直斋书录解题》卷一八谓苏庠是"绅之后，颂之族"。按，《宋

---

① 《京口耆旧传》，影印文渊阁四库全书本。
② 《宋史》，中华书局2000年版，第10440页。
③ 陈振孙：《直斋书录解题》，上海古籍出版社1987年版，第523页。

史》卷二九四《苏绅传》"苏绅字仪甫,泉州晋江人。进士及第"①,官至翰林学士。其子苏颂,为哲宗朝宰相。《宋名臣言行录》后集卷一一:"苏颂(1020—1101),字子容,泉州人。移徙润州,中进士第,相哲宗。"考汪藻《浮溪集》卷二五《故徽猷阁待制致仕苏公墓志铭》:"苏氏自唐许公,世有人。其后分居闽之泉山,真宗时有讳仲昌,负文武材,……生绅,复举进士,贤良方正科,入翰林为学士,知河阳,年未五十而卒。生颂,相哲宗。元祐间,守观文殿大学士、太子太保致仕,与翰林皆赠太师、魏国公。始葬润州之丹阳。"其后人遂居丹阳。苏庠亦居丹阳,故为丹阳人。

因曾居澧州(今湖南澧县),故或称其为澧州人(如《宋诗纪事》)卷四一),误。苏庠居澧州事,张元幹《芦川归来集》卷九《苏养真诗帖跋尾六篇》曾言:"顷年江左亲旧说养直别业在澧阳,三两载必一往检过,经行佳处,所至痛饮。未尝不与人倾倒。篙师打鼓发船,张帆呼风,每苦养直醉卧江上酒垆边,鼾息如雷也。高标远韵,当求之晋宋间,此生那复见斯人耶。"②

苏庠生于宋英宗治平二年(1065)。李心传《建炎以来系年要录》卷一五六谓苏庠卒于绍兴十七年(1147)正月,享年83。据此即可推知其生年。

二、行年考

苏庠少能诗,苏轼见其《清江曲》诗,大爱之,于是知名。苏轼《端砚石铭》:"苏坚伯固之子庠,字养直,妙龄而有异才。"③《京口耆旧传》:"其为诗颖发,语出辄惊人。尝作《清江引》云:'属玉双飞水满塘,菰蒲深处浴鸳鸯。白苹满棹归来晚,秋著芦花一岸霜。扁舟系岸依林樾,萧萧两鬓吹华发。万事不理醉复醒,常占烟波弄明月。'苏轼见而奇之,手书此诗,云:'使载在太白集中,谁复疑其非是者,乃吾家养直所作。'自此诗益豪。"罗大经《鹤林玉露》甲编卷五:"苏养直之父伯固,从东坡游,'我梦扁舟浮震泽'之词为伯固作也。养直'属玉双飞水满塘'之句,亦见赏于坡,称为吾家养直作此诗时,年甚少,而格律已老苍如此。"④《宋史》卷四五九《王忠明传》云:"时又有苏庠者……少能诗,苏轼见其《清江曲》,大爱之,由是知名。"⑤

庠曾一就举中程,以犯讳黜,遂无意仕进。《京口耆旧传》:"庠幼尝一就举中程,以犯讳黜,由是悟得失有分,安贫守道,不复事进取。坚得任子恩,庠弗受,以属其子。沉酣诗酒,寄傲江湖间。"

庠还曾与黄庭坚、释惠洪从游。叶绍翁《四朝闻见录》卷丙《韦居士》:"韦名许,字深道,世为芜湖人。从姑溪居士李之仪学,不事科举,筑室于溪上。榜曰'独乐'。藏书数千卷,适黄鲁直兄弟、苏伯固父子来寓邑中,相与游从。"⑥释惠洪《石门文字禅》卷三有诗《会苏养直》:"方忻望庐山,忽见苏养直。向来败意事,捉手一笑失。澜翻诵新诗,与

---

① 《宋史》,中华书局2000年版,第7966页。
② 张元幹:《芦川归来集》,上海古籍出版社1978年版,第176页。
③ 《苏轼文集》卷一九,中华书局1986年版,第552页。
④ 《京口耆旧传》,中华书局1983年版,唐宋史料笔记丛刊本,第88页。
⑤ 罗大经:《鹤林玉露》,中华书局2000年版,第10440页。
⑥ 《京口耆旧传》,中华书局1989年版,唐宋史料笔记丛刊本,第122页。

山争秀色。归来对青灯，危坐口挂壁。翰林谪仙人，隐显吁莫测。正恐骑鱼去，千里作一息。"①

徽宗大观四年（1110），与徐俯、张元幹、吕本中等在豫章（今江西南昌）结诗社唱和。向子諲《水调歌头》词序云："大观庚寅闰八月秋，芗林老、顾子美、汪彦章、蒲庭鉴，时在诸公幕府间。从游者，洪驹父、徐师川、苏伯固父子、李商老兄弟。是夕登临，赋咏乐甚。"②张元幹《芦川归来集》卷九《苏养直诗帖跋尾六篇》云："往在豫章，问句法于东湖先生徐师川。是时，洪刍驹父、弟炎玉父、苏坚伯固、子庠养直、潘淳子真、吕本中居仁、汪藻彦章、向子諲伯恭，为同社诗酒之乐。予既冠矣，亦获攘臂其间，大观庚寅、辛卯岁也。"③庚寅，为大观四年；辛卯，为次年政和元年（1111）。

宣和六年（1124）四月九日，为张元幹题跋《幽岩尊祖事实》，见《芦川归来集》卷十附录《宣政间名贤题跋》。

高宗绍兴三年（1133），徐俯荐其贤，令赴朝，固辞。天下士无问识与不识，皆高其节，好事者往往图其形以相赠。苏庠平生与徐俯交谊最厚，《京口耆旧传》云："雅游故人，皆一时名士，东湖徐俯尤相厚善，曾慥跋其遗文云：'旧闻宗匠推诗匠，亲见东湖说后湖。'盖著其实云。"《建炎以来系年要录》卷六三："召布衣苏庠赴行在。庠，丹阳人，父坚，元祐中为太府卿。庠少能诗，不事科举。徐俯荐其贤于上，令赴都堂审察。固辞。又命镇江以礼敦遣赴行在。庠丧明不至。"④《鹤林玉露》甲编卷五："绍兴间，与徐师川同召，师川赴，养直辞。师川造朝，便道过养直，留饮甚欢。二公平日对弈，徐高于苏，是日养直拈一子，笑视师川曰：'今日须还老夫下此一著。'师川有愧色。游诚之跋养直墨迹云：'后湖胸中本无轩冕，是以风神笔墨，皆自萧散，非慕名隐居者比也。士生斯世，苟无利及人，区区奔走，老死尘埃，不如学苏养直。'"⑤《宋史》卷四五九《王忠明传》云："徐俯荐其贤，上特召之，固辞。又命守臣以礼津遣，庠辞疾不至，以寿终。"⑥《京口耆旧传》亦云："绍兴三年正月，俯在枢近，荐于上，令赴都堂审察，辞病不起。三月诏再下，令州县以礼津遣。郡遣签幕及县令诣门，再以疾辞，诏旨督促就道。庠闻命下，即扁舟远引，终莫能致。天下士无问识不识，皆高其节，好事者往往图其形以相赠遗。为之赞颂者不可胜计，有得片纸只字者，辄藏去为荣。"

从其学诗者甚众。王明清《挥麈余话》卷二："陈彦育序，丹杨士子。从后湖苏养直学诗，造其三昧。"周必大《文忠集》卷三四《朝散大夫直秘阁陈公从古墓志铭（淳熙十一年）》："君及从吕居仁、向伯恭、苏养直游，往往得其句法。尤爱陈去非诗。"《四库全书本》本《江西通志》卷九一："陈慕（一作篆），字必正，星子人。宣和进士。少从陈莹中、刘壮舆、苏养直游，廉静有守。历任州县，所至有政声。"同书卷一四〇："法光，姓罗氏。泰和人，喜为诗，从苏养直游。祝发于大㳽。"

庠与词人康与之常相往还。明镏绩《霏雪录》卷上："康伯可，工长短句。其为人，备见于其友吴兴君所为引。谓其少时性豪放，殆麒麟天马，不可羁及。挥麈剧谈，浩歌满饮，

---

① 释惠洪：《石门文字禅》，山明复主编：《禅门逸书初编》第4册，明文书局股份有限公司1981年版，第37页。
② 唐圭璋编纂，王仲闻参订，孔凡礼补辑：《全宋词》，中华书局1999年版，第1237页。
③ 张元幹：《芦川归来集》，上海古籍出版社1978年版，第173页。
④ 《建炎以来系年要录》，丛书集成初编本。
⑤ 罗大经：《鹤林玉露》，中华书局1983年版，唐宋史料笔记丛刊本，第88页。
⑥ 《宋史》，中华书局2000年版，第10440页。

发为词章，秀润风雅。靖康间摄淮西帅幕，尝上中兴十策，不报。南渡后落魄吴越间。抱志郁郁，以词章自娱。且曰：'吾必追汉晋风流，唐宋诸贤，非我师也。尝以小阕促苏养直赴雪夜溪堂之约，即《丑奴儿令》者是也。溪堂在荆州，苏公报章，其略云：'自秋晚迄今，凡三作书并酒去。今日雪后，方辱报并以佳词见招。数十年来无此风味。某已装酒上船，来日若晴，须有月。若溪堂闻横笛声，即我至矣。所谓莫掩溪门，真成一段奇事。'予每想象二公风致，手书此词并后湖书语，与好事者玩之。"①

不慕荣禄，以琴书自乐，终老布衣。苏庠不慕荣禄，以琴书自乐，与修水李彭齐名，世号"苏李"（《正德南康府志》卷六）。且重义好施，《京口耆旧传》云："庠虽弃置人间事，而见义勇为，本其天性。其子尝以钱数百缗买邻人之居，以庠出外未告也。庠归而闻哭声问之，其子具以告，且言邻姥将迁而哭。庠知而恻然，亟焚券，以屋归之，不复问所酬。"

绍兴十七年（1147）春正月丙寅，"丹阳隐士苏庠卒，年八十有三"。②

苏庠辞世，传说是解化仙去。曾慥《跋苏养直词翰》云："养直事佛甚谨，深契禅说，清虚恬淡，又得养生之术。三年前盛夏追凉，方与客对棋，有衣褐者，持谒云：'罗浮山道人江观潮。'未及起迎，道人直就坐，旁若无人。养直惊愕，问所从来。答曰：'罗浮黄真人，以君不好世人之好，气母已成。令某持丹度公。可服之。'袖中出一小合药，黄色而膏融。养直迟疑间，道人曰：'此丹非金非石，乃真气炼成。疑即且止，俟有急服之。'出门径去。俄顷不见。养直以丹置佛室后，与客饮，醉后食密雪和龙脑，一夕暴下而卒。所亲记道人之言，亟取丹，视其坚如石，磨以饮之，即苏。自是康强异常，齿落者复生，须白者再黑，眼枯者更明。绍兴十七年岁旦日，与家人酌别。且告辞邻里，二日东方未明，披衣曳杖，出门行步如飞，妻孥仅挽其衣，则已逝矣。"③

此事传播甚广，马纯《陶朱新录》《岁时广记》卷七引《夷坚志》俱载此事④。苏庠友人张元幹亦信其说，谓苏庠是被罗浮黄真人引渡仙去。张元幹《芦川归来集》卷九《苏养直诗帖跋尾六篇》云："亡友养直，神情萧散，仪矩雍容，自是贵公子。而识度超诣，照了世法，英妙时已甘心山泽之臞。故词翰似其为人，良由家世名德之后，平生履践，追配前哲。晚乃力辞召聘，高卧不起。老于丘园。盖此事素定于胸中，非一时矫激沽誉者。宜乎仙去，虽无罗浮金丹，其意已在云烟灭没间久矣。黄真人者，那得不一引手耶！"⑤ 陆游也相信苏庠是"解化仙去"，其《渭南文集》卷一五《达观堂诗序》云："朝请郎致仕吴公景先，少尝从洛川先生朱公希真问道。……朱公之逝甚异，世以为与尹先觉、谯天授、苏养直俱解化仙去，则吾景先亦其流亚欤！"⑥

苏庠服丹求长生，应实有其事，但解化仙去，则纯属传闻误传。《京口耆旧传》卷四云："绍兴十七年，访旧于金坛之洮湖，醉而吐，觉所吐有异。疑药力去矣。已而卒。曾慥序《宋百家诗》，言其岁旦与家人别，且辞邻里。翌日，东方未明，披衣曳杖出门，行步如飞。妻孥奔走不及。盖传闻之误。余世家丹阳，先君知其死为详。近又从其孙嚞借《家

---

① 《霏雪录》，影印文渊阁四库全书本。
② 《建炎以来系年要录》卷一五六，丛书集成初编本。
③ 载赵琦美《赵氏铁网珊瑚》卷四，文渊阁四库全书本。曾慥在其《百家诗选》中亦渲染之，宋人多据《百家诗选》引录其事，如胡仔《苕溪渔隐丛话》（后集）卷三六、《嘉定镇江志》卷二一等。
④ 按，今本《夷坚志》不载。
⑤ 张元幹：《芦川归来集》，上海古籍出版社1978年版，第174页。
⑥ 陆游：《渭南文集》，汲古阁刊本，京都大学图书馆谷村文库藏。

传》，见其叙得疾洮湖之因甚明，而好事者援以实道家神仙之说，过矣。"胡仔《苕溪渔隐丛话》后集卷三六在引曾慥《诗选》所言仙去之事后加按语云："苕溪渔隐曰：洪庆善与养直皆丹阳人，予以问庆善。庆善云：'初无此事，乃曾端伯得之传闻之误耳。'余于《后湖集序》尝言之，云：不待访丹砂于岣嵝，依羽人于丹丘。而罗浮之客，九转之丹至矣。仆驰书问之，且丐录近诗。居士答言：'顷得方士神药，夺鬼手中。服食以来，哦诗结字，无复余习矣。'养直后以寿终，亦无他异。端伯之言，不可信也。"① 洪庆善，即洪兴祖。他与晚年的苏庠有书信往还，他说曾慥之言不可信，自当属实。

苏庠卒后，周紫芝上书乞朝廷旌表："臣窃见镇江府苏坚之子庠，人物文采一时之冠，而抱泉石烟霞之念至于终身，可谓贤矣。往者朝廷束帛羔雁屡贲其门，庠虽不变所守，高卧不至，而圣主之恩所以光宠，岂不大哉。今既以是终殒于地下，倘不稍加甄异，则无以见朝廷敦尚名节终始不倦之意。臣愚伏望圣慈表其门闾，赐以美号，付之史馆，使传万世。非特后之鄙夫闻其风者莫不兴起四方，议者以谓庠能终始其节而不变，朝廷能终始于礼而不倦，亦不可谓无补于圣化之万一也。"②

庠卒后，被葬于镇江马迹山。《嘉定镇江志》卷一一："后湖居士苏庠墓，在马迹山金桥村大乘。"同书卷六："马迹山，在（镇江）城东南三十五里。"③

庠工书法。宋岳珂《宝真斋法书赞》卷二二称："其作字得东坡之骨，而加以平实；得山谷之体，而去其越轶。其应世接物，得马少游之善，而持以卑屈。"

明赵琦美《赵氏铁网珊瑚》卷四载宋李寿臣跋云："后湖先生仙去已久，残章坠稿，不为六丁取去流落世间者尚或有之，未有若吾德友所藏如是之多也。先生少不就举，老不就征，盖神仙中人，非世之所能羁绁者。故语带烟霞，嚼松风，非食烟火人所能到。此尤可宝也。见德友说，未经散亡时，其家所得词与诗与尺牍堆案盈箱，迁徙十亡八九，则不为世之所见何以宝而藏之者又不可胜计也。伏读钦叹久之。绍兴庚辰汝阴李寿臣书。"

苏庠诗稿甚多，诗稿多散落人间，时贤多有题跋。惠洪《石门文字禅》卷二七《跋养直诗》："宣和三年三月，予迁居水西南台寺。初六日，颠风搅林，东轩小寝，俄大雨。起步修廊，复坐，颓然昏睡。南州道崇难者，持此轴来隐几读之，如观飞兔顿尘，追风趁日也。然其诗词所及，皆予故人。而予亦尝落惘怜中。盖方窜海外时帖也。昔曾鲁公问了曰：'苏养直闻齿少而诗老，恨未识之。子见其诗否予？'曰：'李太白诗，语带烟霞，肺腑缠锦绣。以予观养直之诗，逮又过之。'鲁公骇予此论。今数诗惜公不见，以验前语耳。"④ 王庭珪《卢溪文集》卷五〇《跋苏养直赠李东老诗》："苏养直清词丽句，为前辈诸老先生之所称。此诗盖暮年所作，李东老尝挟书册从之游而得之。他日江西宗派后，为养直拈出一瓣香者，必子也。"曾慥《跋苏养直词翰》云："前此尽哀（苏庠）所为诗，以属芗林向伯恭。慥尝见其词翰巨轴，士大夫多作跋尾。慥亦题诗云：'元祐文章绝代无，为盟主者眉山苏。旧闻宗匠为诗匠，今见东湖说后湖。寂寞香山老居士，浩荡烟波古钓徒。澜翻翰墨惊人眼，一段清冰在玉壶。'今览德友所藏墨迹数轴，因书传引附于卷后。绍兴癸酉岁初伏日，温陵曾慥。"张元幹《芦川归来集》卷九《苏养直诗帖跋尾六篇》："养直未见东坡时，出语落

---

① 胡仔：《苕溪渔隐丛话》，人民文学出版社1962年版，290页。
② 《太仓稊米集》卷四九《乞旌表苏庠札子》，影印文渊阁四库全书本。
③ 《嘉定镇江志》卷二〇《释》，宛委别藏本，江苏古籍出版社1988年版，第268页。
④ 惠洪：《石门文字禅》，山明复主编：《禅门逸书初编》第4册，明文书局股份有限公司1981年版，第376页。

笔，便脱去翰墨畦径，自有一种风味。真所谓飘飘然凌云之志，所以受知于东坡先生。许其为神仙中人。德友所藏诗词，多是《后湖集》中所未有，要当流传墨本，用贻好事者。吾德友终能深袭独秘耶！如木犀词末句：'身到十洲三岛，心游万壑千岩。'是岂轩冕所能笼络也。平生大节如此，纵非仙去，自足以高一世。此语可为知者道。"①

庠著《后湖集》十卷，不传。今传《后湖词》一卷。词作风格淡雅，隐逸情趣。苏庠诗集《后湖集》，南宋后期尚有流传。陈振孙《直斋书录解题》卷一八有著录："《后湖集》十卷，丹阳苏庠养直撰。其父坚伯固，亦有诗名。庠以遗泽畀其子，而自放江湖间。东坡见其《清江曲》，大爱之，由是得名。僧祖可正平，号癞可者，其弟也。庠中子扶，亦工诗，有清苦之节，庠，绅之后，颂之族。"②赵蕃《乾道稿·章泉稿》卷二有《书后湖集》："我怀苏养直，不作汉三公。隐墅人安在，春溪草自丰。遗文尚亡恙，斯道未应穷。会与吾尊友，青灯话此翁。"③《宋史·艺文志》著录《苏庠集》三〇卷，均佚。

词集《后湖词》一卷，《直斋书录解题》有著录，亦久佚。近人刘毓盘有辑本。易大厂《北宋三家词》录《后湖词》一卷。《全宋词》录存其词23首。

其词写闲适生活，隐逸情趣，风格淡雅。王灼《碧鸡漫志》卷二谓苏庠、徐俯等人之词"佳处亦各如其诗"。杨慎《词品》卷三赏其《鹧鸪天》之"醉眠小坞黄茅店，梦倚高城赤叶楼"为佳句。

其弟祖可，亦能诗。苏庠与祖可为双胞胎兄弟。《嘉定镇江志》卷二〇："僧祖可，字正平，后湖苏养直之弟。元名序，后为僧，易今名。豫章徐师川俯为《东溪集序》《后湖集》。祖可与苏庠同生。庠有送行诗云：'语别既不易，况与子同生。如何携手好，忽作千里行。'洪觉范尝有评云：'余久不见养直，忽得其诗，想见岸帻醉坐，如行野渡春色，盎盎于淳秾中，自有一种清绝气味。'正平如'漱壑夜泉响，扫窗春雾空'，不类菜腹阿师语，兄弟真连璧也。"④惠洪《石门文字禅》卷一九《癞可赞》："父伯固，兄养直。父超绝，兄豪逸。家世风流称第一。二祖名，三祖疾，名是虚，疾是实。诗成舌头翻霹雳。"⑤

《京口耆旧传》卷四："祖可，字正平，少以病癞为僧，江西人目为癞可。徐俯为作诗引云：'伯固每称余季之才，养直数言余弟之美。一日，伯固集客，皆文士，出诗数首，人皆惊叹。问谁所作，则可师也。然后知伯固誉儿而非癖，养直举亲不避。余特深知之。盖游刃有余，遣言不滞，源源而来，多多益善。自为僧，居庐山之下，登高临深，穷幽极远，北望九江，南望彭蠡，取阴晴之变，风云之会，水石林木，春秋霜露，千变万态，皆发于诗。其发源也，以家学及其成功。自建安七子、南朝二谢、唐杜甫、韦应物、柳宗元，本朝王荆公、苏子瞻、黄鲁直之妙，皆心得而神解。余波所及，蒙润者多。近岁江南高僧逸民，出语可观，皆可之化也。'俯又尝为《画虎行》，卒章云：'只今耆旧无新语，尚有庐山病可师。'其推重之如此。曾慥尝从俯诵可之诗，如'谷口未斜日，数峰生夕阴。霜清群叶脱，尽见山西秋。茅檐欹送晚，苔径曲邀春。'皆警策，无蔬笋气。在方外衲僧，诚不易得。但公之称许，无乃过乎。俯强辩不可屈。"

---

① 张元幹：《芦川归来集》，上海古籍出版社1978年版，第174页。
② 陈振孙：《直斋书录解题》，上海古籍出版社1987年版，第523页。
③ 赵蕃：《乾道稿·章泉稿》，影印文渊阁四库全书本。
④ 《嘉定镇江志》卷二〇《释》，宛委别藏本，江苏古籍出版社1988年版，第613页。
⑤ 惠洪：《石门文字禅》，山明复主编：《禅门逸书初编》第4册，明文书局股份有限公司1981年版，第251页。

欧阳修的经学与文学

巩本栋

在中国历史上，欧阳修是拥有政治家、思想家、史学家、文学家、金石学家等多种桂冠、享有很高声誉、影响深远的人物。历来对欧阳修的研究，不为不多，尤其是近几十年，可谓成果众多，积累丰富。对欧阳修经学的研究，自然也有很多收获，取得了不少成绩①，然相对说来，仍显得很不够。其经学对文学的影响如何，学界似亦关注较少。本文对此试作探讨。

一、欧阳修经学的起点、观念与方法

关于欧阳修经学的渊源，其实不必远求，因为他的经学原就无所师承，按他自己的话说，是"少无师传，而学出己见"②。

欧阳修是吉州永丰（今江西永丰）人，其远族中虽出现过像欧阳询、欧阳通那样著名的人物，但其余则多仕宦不显。其曾祖郴、祖父偃仕于南唐，父欧阳观"少孤力学，咸平三年进士及第，为道州判官，泗、绵二州推官，又为泰州判官，享年五十有九"。③ 欧阳修生于绵州（今四川绵阳），其父在泰州军事判官任上去世时，他仅有四岁。其母郑氏不得已携其远赴随州（今属湖北），依靠时任随州推官的欧阳修的叔父欧阳晔生活。

郑氏出身江南名族，恭俭仁爱，此时虽生活处境窘迫，然而却能"守节自誓，居穷，自立于衣食"④，含辛茹苦，养育其子，希望他能长大成人，有所成就。郑氏以荻画地，教其习字学诗，读书作文，更以欧阳观为人的孝悌仁义，为官的仁厚廉洁，对其进行教育，常以"居于家，无所矜饰"；"养不必丰，要于孝；利虽不得博于物，要其心之厚于仁"的话勉励他。⑤ 郑氏的这些教育和熏陶，使欧阳修自幼就树立了儒家士人的远大志向。他后来之所以能成为一代道德文章宗师，与其母郑氏的教育，是断不可分的。

欧阳修聪颖好学，勤奋苦读。随州无学者，家中无藏书，欧阳修就从邻人家里借书、抄书，故虽学无所师，学业却不断长进，后果然不负其母所望。他十七岁应举随州，作文即有奇警之句。二十二岁以文谒汉阳军胥偃，深为其所赏，留置门下。二十三岁试国子监第一，

---

① 如刘子健：《欧阳修的治学与从政》（香港新亚研究所1963年版）、裴普贤：《欧阳修〈诗本义〉研究》（台湾东大图书出版公司1981年版）、刘若愚：《欧阳修研究》（台湾商务印书馆1989年版）、黄进德：《欧阳修评传》（南京大学出版社1998年版）、蔡世明：《欧阳修生平与学术》（台湾文史哲出版社2003年版）、顾永新：《欧阳修学术研究》（人民文学出版社2003年版）等，都对欧阳修的经学有所论述。

② （宋）欧阳修撰、洪本健校笺：《欧阳修诗文集校笺·居士集外集》卷十七《回丁判官书》，上海古籍出版社2009年版，第1803页。

③ 《欧阳修诗文集校笺·居士集》卷二十五《泷冈阡表》，第701页。

④ 《欧阳修诗文集校笺·居士集》卷二十五《泷冈阡表》，第700页。

⑤ 《欧阳修诗文集校笺·居士集》卷二十五《泷冈阡表》，第701页。

补广文馆生，继又得国学解试第一。次年（宋仁宗天圣八年，1030年），应礼部进士试第一，殿试以第十四名及第，试秘书省校书郎，充西京留守推官，从此进入仕途。

从欧阳修的身世和经历，我们固然可见其仁爱性格、聪颖天资和读书向学心志的养成与磨砺，然由此也可知其自幼生活的艰辛。这种艰难的生活和学无所师的经历，成就了他后来的功业，也在很大程度上规定着其思想学术的方向。

圣人所作为经。学无所师，尚友古人，使欧阳修在经学观念上主张将圣人所作之经与后儒的传疏，加以区分，"众辞淆乱质诸圣"①。重经轻传，先经后传，尊经疑传，对前代儒家经师的经传注疏决不迷信。欧阳修说：

> 事有不幸出于久远而传乎二说，则奚从？曰：从其一之可信者。然则安知可信者而从之？曰：从其人而信之可也。众人之说，如彼君子之说如此，则舍众人而从君子。君子博学而多闻矣，然其传不能无失也。君子之说如彼，圣人之说如此，则舍君子而从圣人。此举世之人皆知其然。②

不作任何辨析，仅据人情常理进行判断，就把圣人与君子、经与传区分开来。比如《周易》，欧阳修就认为除卦爻辞等为文王所作外，其余多是"讲师之言"。在《易童子问》中，他以问答的方式，对此大胆地提出了自己的看法。"童子问曰：《系辞》非圣人之作乎？"曰："何独《系辞》焉，《文言》《说卦》而下，皆非圣人之作。而众说淆乱，亦非一人之言也。昔之学《易》者杂取以资其讲说，而说非一家，是以或同或异，或是或非，其择而不精，致使害经而惑世也。然有附托圣经，其传已久，莫得究其所从来，而核其真伪。故虽有明智之士，或贪其杂博之辩，溺其富丽之辞，或以为辩疑是正，君子所慎，是以未始措意于其间。若余者，可谓不量力矣。邈然远出诸儒之后，而学无师授之传，其勇于敢为，而决于不疑者，以圣人之经尚在，可以质也。"③再如《春秋》与"三传"，欧阳修认为，"孔子，圣人也，万世取信，一人而已"，《春秋》既为孔子所作，当然可信。而公羊高、穀梁赤、左丘明三人虽"博学而多闻"，然"其传不能无失"。"孔子之于经，三子之于传，有所不同，则学者宁舍经而从传，不信孔子而信三子，甚哉！其惑也。"④

学无所师，使欧阳修在经学方法上以人情常理为理解、衡量和判断经传旨义及其异同的标准。例如他解读《周易》：

> 孔子之文章，《易》《春秋》是已。其言愈简，其义愈深，吾不知圣人之作，繁衍丛胜之如此也。虽然，辨其非圣之言而已，其于《易》义尚未有害也，而又有害经而惑世者矣。《文言》曰："元者，善之长也。亨者，嘉之会也。利者，义

---

① （宋）欧阳修：《（欧阳）文忠集》卷七十六《易童子问》一，第1102册，影印文渊阁《四库全书》本，台湾商务印书馆1986年版，第603页。
② 《欧阳修诗文集校笺·居士集》卷十八《春秋论》上，第545～546页。
③ 《（欧阳）文忠集》卷七十八《易童子问》三，第611页。
④ 《欧阳修诗文集校笺·居士集》卷十八《春秋论》上，第546页。当然，欧阳修也并非一概否定三传，只是在经传地位上认为应先经后传。如他在《春秋或问》中就说："或问予于隐摄、盾、止之弑，据经而废传，经简矣，待传而详，可废乎？曰：吾岂尽废之乎？夫传之于经勤矣，其述经之事，时有赖其详焉，至其失传，则不胜其戾也。其述经之意，亦时有得焉，及其失也，欲大圣人而反小之，欲尊经而反卑之，取其详而得者、废其失者可也，嘉其尊之之心可也，信其卑小之说，不可也。"（《欧阳修诗文集校笺·居士集》卷十八，第556～557页）

之和也。贞者，事之乾也。是谓乾之四德。"又曰："乾元者，始而亨者也。利贞者，性情也。"则又非四德矣。谓此二说出于一人乎，则殆非人情（案此谓不合逻辑）也。《系辞》曰："河出图，洛出书。圣人则之。"所谓图者，八卦之文也。神马负之，自河而出，以授于伏羲者也。盖八卦者非人之所为，是天之所降也。又曰："包羲氏之王天下也，仰则观象于天，俯则观法于地，观鸟兽之文与地之宜，近取诸身，远取诸物，于是始作八卦。"然则八卦者是人之所为也，河图不与焉。斯二说者，已不能相容矣，而《说卦》又曰："昔者圣人之作易也，幽赞于神明而生蓍，参天两地而倚数，观变于阴阳而立卦。"则卦又出于蓍矣。八卦之说如是，是果何从而出也。谓此三说出于一人乎，则殆非人情也。人情常患自是其偏见，而立言之士莫不自信，其欲以垂乎后世，惟恐异说之攻之也，岂肯自为二三之说，以相抵牾而疑世，使人不信其书乎。故曰非人情（案此谓常理）也。①

他否定《文言》《系辞》和《说卦》等是圣人之作，原因就在于所举三说自相矛盾，不合乎人情常理。这种看法，后人已证明是正确的。又如他释《易》"谦"卦象辞"天道亏盈而益谦，地道变盈而流谦，鬼神害盈而福谦，人道恶盈而好谦"："圣人，急于人事者也，天人之际罕言焉。惟谦之象，略具其说矣。圣人，人也，知人而已。天地鬼神不可知，故推其迹人可知者，故直言其情，以人之情而推天地鬼神之迹，无以异也。然则修吾人事而已，人事修则与天地鬼神合矣。"② 天意本不可测，然人情却可知，以人情推知天地之理，二者应是一致的。所以，以人情常理解《易》，自然成为欧阳修《易》学同时也是其经学的突出特色。

二、欧阳修经学的特色和成绩

欧阳修于经学最深于《易》《诗》《春秋》。因为在他看来，《周易》是"文王之作也。其书则经也，其文则圣人之言也，其事则天地、万物、君臣、父子、夫妇、人伦之大端也"。③《春秋》是"上揆之天意，下质诸人情，推至隐以探万事之元，垂将来以立一王之法者"。④ 而《诗》则在六经中颇为特殊，它不同于其它五经，但又关乎五经，"而明圣人之用"⑤，因此与其它儒家经典同样重要。

以人情常理治《易》的内涵，极为丰富。举凡"天地、万物、君臣、父子、夫妇、人伦之大端"⑥，以及生活常识、风俗习惯、语言逻辑等，皆属于人情常理。例如《周易》，它虽是卜筮之书，有筮占作用，但其最主要的旨义，却在于人事。所以，自王弼以来，以人事说《易》，成为《易》学的主流。然欧阳修所谓人事，具体地说，就是人情常理。《易》讲

---

① 《（欧阳）文忠集》卷七十八《易童子问》三，第612～613页。
② 《（欧阳）文忠集》卷七十六《易童子问》一，第604页。
③ 《欧阳修诗文集校笺·居士集》卷十八《易或问》，第535页。
④ 《欧阳修诗文集校笺·居士外集》卷十《石鹢论》，第1584页。欧阳修所论，实本于汉董仲舒对策。董仲舒曰："孔子作《春秋》，上揆之天道，下质诸人情，参之于古，考之于今，故《春秋》之所讥，灾害之所加也；《春秋》之所恶，怪异之所施也。书邦家之过，兼灾异之变，以此见人之所为。其美恶之极，乃与天地流通，而往来相应，此亦言天之一端也。"（（汉）班固撰、（唐）颜师古注：《汉书》卷五十六《董仲舒传》，中华书局1962年版，第2515页）
⑤ 《欧阳修诗文集校笺·居士外集》卷十《诗解统序》，第1597页。
⑥ 《欧阳修诗文集校笺·居士集》卷十八《易或问》，第535页。

阴阳变化，但这种变化，也是符合天地和人情常理的。所谓"物无不变，变无不通，此天理之自然也"。"阴阳反复，天地之常理也。"① 这些都体现在他对《易》义的阐释中。像《周易》"乾"卦象辞"天行健，君子以自强不息"，原就是以人事解读卦象。欧阳修进一步解释说："盖圣人取象，所以明卦也。故曰'天行健'。乾而嫌其执于象也，则又以人事言之。故曰'君子以自强不息'。六十四卦皆然也。"② 由此推及其它卦象亦然。如，他解释"豫"卦象辞："雷出地奋，豫。先王以作乐崇德，殷荐之上帝，以配祖考"，曰："于此见圣人之用心矣。圣人忧以天下，乐以天下。其乐也，荐之上帝、祖考而已，其身不与焉。众人之豫，豫其身耳，圣人以天下为心者也。是故以天下之忧为己忧，以天下之乐为己乐。"③ 原辞是以人事解《易》，然此处欧阳修则以"圣人用心"释之，并将其推衍至天下国家，所显示出的，实是宋儒"先天下之忧而忧，后天下之乐而乐"的博大情怀。还比如，欧阳修释"困"卦卦辞："'困，亨'者，困极而后亨，物之常理也。所谓易穷则变，变则通也。困而不失其所亨者，在困而亨也，惟君子能之。其曰'险以说'者，处险而不惧也。惟有守于其中，则不惧于其外；惟不惧，则不失其所亨。谓身虽困而志则亨也，故曰'其惟君子乎'。"④ 物极则变，是事之常理，而守中处外，身困志亨，则又包含着贬官夷陵的欧阳修自己的切身经历和体验了。同样，欧阳修释"艮"卦象辞"君子以思不出其位"："艮者，君子止而不为之时也。时不可为矣，则止以待其可为而为者也。故其象曰：'时止则止，时行则行。'于斯时也，在其位者宜如何？思不出其位而已。然则位之所职，不敢废也。《诗》云'风雨如晦，鸡鸣不已'，此之谓也。"⑤ 也是从人情常理上进行解读，一方面注意到思不出其位，另一方面又注意到不废其职，这就更细致、全面了。《易·文言》有所谓君子"四德"，欧阳修认为不可据。因为这话早在鲁襄公九年（公元前564年）就为穆姜（襄公之祖母）所引述了，时孔子尚未出生。这当然不成立。"彼左氏者胡为而传《春秋》，岂不欲其书之信于世也？乃以孔子晚而所著之书，为孔子未生之前之说，此虽甚愚者之不为也。盖方左氏传《春秋》时，世犹未以《文言》为孔子作也，所以用之不疑。然则谓《文言》为孔子作者，出于近世乎？"⑥ 先后时间不合，孰是孰非，很容易作出判断。这也是一种人情常理。

作为一代文学宗师的欧阳修，以人情常理治《易》，又常常从语言表达的方式上去认识和解读《周易》。他认为，经典应是言简意深，平易通达，如果言辞繁琐，新奇怪僻，前后矛盾，那么，它是否为圣人所作，便大可怀疑。"其言愈简，其义愈深，吾不知圣人之作，繁衍丛脞之如此也。"在《易童子问》中，欧阳修就是根据语言是否简要而平正，对经义进行解读的。他说道：

> 夫谕未达者，未能及于至理也，必指事据迹以为言。余之所以知《系辞》而下非圣人之作者，以其言繁衍丛脞而乖戾也。盖略举其易知者尔，其余不可以悉数也。其曰"原始反终，故知死生"之说，又曰"精气为物，游魂为变"，是故知鬼

---

① 《欧阳修诗文集校笺·居士集》卷十八《明用》，第542～543页。
② 《（欧阳）文忠集》卷七十六《易童子问》一，第603页。
③ 《（欧阳）文忠集》卷七十六《易童子问》一，第604～605页。
④ 《（欧阳）文忠集》卷七十七《易童子问》二，第608页。
⑤ 《（欧阳）文忠集》卷七十七《易童子问》二，第609页。
⑥ 《（欧阳）文忠集》卷七十八《易童子问》三，第613页。

神之情狀云者，质于夫子平生之语，可以知之矣。其曰"知者观乎象辞，则思过半矣"，又曰"八卦以象告，爻象以情言"云者，以常人之情而推圣人，可以知之矣。①

圣人言辞简要，《系辞》语言繁琐；孔子不语乱力怪神，《系辞》言之，则其必非圣人所作。

欧阳修治经，尤重《春秋》，他甚至以为："若乃上揆天意，下质诸人情，推至隐以探万事之元，垂将来以立一王之法者，莫近于《春秋》矣。"② 至于"三传"，非出圣人之手，"予非敢曰不惑，然信于孔子而笃者也。经之所书，予所信也；经所不言，予不知也"③。

以人情常理治《春秋》，突出地表现在欧阳修的《春秋论》中。

孔子所以作《春秋》，目的是"正名以定分，求情而责实，别是非，明善恶"④。就《春秋》书鲁隐公之事称"公"，而"三传"以为"摄"的问题，以人情常理推之，假如有人"能好廉而知让，立乎争国之乱世，而怀让国之高节，孔子得之"，必不会"失其本心，诬以虚名，而没其实善"。何况"孔子于名字、氏族不妄以加人，其肯以'公'妄加于人而没其善乎？以此而言，隐（公）实为'摄'，则孔子决不书曰'公'，孔子书为'公'，则隐（公）决非'摄'"⑤。孔子不没人善。同样，以常理推之，亦不会无辜而加人以恶。以《春秋》宣公二年（前607年）书"晋赵盾弒其君夷皋"为例，"三传"皆谓弒君者赵穿而非赵盾，然以赵盾逃不越境，君被弒而盾又不讨贼，故史官书盾弒君。欧阳修辨"三传"之说不可信，曰："据三子之说，初灵公欲杀盾，盾走而免。穿，盾族也，遂弒，而盾不讨，其迹涉于与弒矣。此疑似难明之事，圣人尤当求情责实以明白之。使盾果有弒心乎，则自然罪在盾矣，不得曰为法受恶而称其贤也；使果无弒心乎，则当为之辨明，必先正穿之恶，使罪有所归，然后责盾纵贼，则穿之大恶不可幸而免，盾之疑似之迹获辨，而不讨之责亦不得辞。如此则是非善恶明矣。今为恶者获免，而疑似之人陷于大恶，此决知其不然也。若曰盾不讨贼，有幸弒之心，与自弒同，故宁舍穿而罪盾，此乃逆诈用情之吏矫激之为尔，非孔子忠恕、《春秋》以王道治人之法也。孔子患旧史是非错乱而善恶不明，所以修《春秋》，就令旧史如此，其肯从而不正之乎？其肯从而称美，又教人以越境逃恶乎？此可知其缪传也。"⑥ 事远难辨，欧阳修小无从判断这段史事究竟如何，然而他却从反面以《春秋》"别是非、明善恶"的义法推之，不书弒君首恶赵穿，不辨赵盾弒君的疑似之事，则弒君者必是赵盾，而"三传"所书不可信。

在六经之中，欧阳修认为《诗经》是与他经不同的。他说："《易》《书》《礼》《乐》《春秋》，道所存也。《诗》关此五者，而明圣人之用焉。习其道，不知其用之与夺，犹不辨其物之曲直，而欲制其方圆，是果欲其成乎？"⑦ 五经为体，《诗经》为用，《诗》既要贯五经之"道"，而又有着自身的特点，不同于五经对圣人之志的直接表达。这是典型的从文学角度所作的解读。由此决定他治《诗》的方法，便是求其本而舍其末，求诗人之意，以明

---

① 《（欧阳）文忠集》卷七十八《易童子问》三，第615页。
② 《欧阳修诗文集校笺·居士外集》卷十《石鹢论》，第1584页。
③ 《欧阳修诗文集校笺·居士集》卷十八《春秋论》上，第546页。
④ 《欧阳修诗文集校笺·居士集》卷十八《春秋论》中，第549页。
⑤ 《欧阳修诗文集校笺·居士集》卷十八《春秋论》中，第549～550页。
⑥ 《欧阳修诗文集校笺·居士集》卷十八《春秋论》下，第552～553页。
⑦ 《欧阳修诗文集校笺·居士外集》卷十《诗解统序》，第1597页。

圣人之志。在《诗本义》中，他这样说：

> 诗之作也，触事感物，文之以言，美者善之，恶者刺之，以发其愉扬怨愤于口，道其哀乐喜怒于心，此诗人之意也。古者国有采诗之官，得而录之，以属太师，播之于乐，于是考其义类而别之，以为《风》《雅》《颂》而比次之，以藏于有司，而用之宗庙、朝廷，下至乡人聚会，此太师之职也。世久而失其传，乱其《雅》《颂》，亡其次序，又采者积多而无所择。孔子生于周末，方修礼乐之坏，于是正其《雅》《颂》，删其繁重，列于六经，著其善恶，以为劝戒，此圣人之志也。（略）何谓本末，作此诗，述此事，善则美，恶则刺，所谓诗人之意者，本也。正其名，别其类，或系于此，或系于彼，所谓太师之职者，末也。察其美刺，知其善恶，以为劝戒，所谓圣人之志者，本也。求诗人之意，达圣人之志者，经师之本也。讲太师之职，因其失传，而妄自为之说者，经师之末也。今夫学者得其本而通其末，斯尽善矣；得其本而不通其末，阙其所疑可也。①

诗人感物而发，意在美刺；太师以类编排，用于宗庙朝廷；圣人明其善恶，将诗人之意揭示给世人，以为劝戒。本末分明，所论通达。由诗人之意，通圣人之志，是《诗经》研究应达到的目标。

上文说到，欧阳修治经尤重《春秋》，而他又认为《诗》之本义在于美刺，惩恶劝善，故论《诗》颇与《春秋》相通。以《春秋》之法论《诗》，以求诗人美刺善恶之意，通圣人褒贬之志，成为其《诗》学的特点之一。我们看他解释《王风》：

> 六经之法，所以法不法，正不正。由不法与不正，然后圣人者出，而六经之书作焉。周之衰也，始之以夷、懿，终之以平、桓，平桓而后，不复支矣。故《书》止文侯之命，而不复录。《春秋》起周平之年，而治其事。《诗》自《黍离》之什，而降于风。绝于文侯之命，谓教令不足行也；起于周平之年，谓正朔不足加也；降于《黍离》之什，谓《雅》《颂》不足兴也。教令不行，天下无王矣；正朔不加，礼乐遍出矣；《雅》《颂》不兴，王者之迹息矣。《诗》《书》贬其失，《春秋》悯其微，无异焉尔。然则（《王风》）诗处于《卫》后，而不次于"二南"，恶其近于正而不明也。其体不加周姓，而存王号，嫌其混于诸侯而无王也。近正则贬之不著矣，无王则绝之太遽矣。不著云者，《周》、《召》"二南"，至正之诗也。次于至正之诗，是不得贬其微弱，而无异"二南"之诗尔。若然，岂降之乎？太遽云者，《春秋》之法，书王以加正月，言王人虽微，必尊于上，周室虽弱，不绝其王。苟绝而不与，岂尊周乎？故曰王号之存，黜诸侯也。次卫之下，别正变也。桓王而后，虽欲其正风不可得也。《诗》不降于厉、幽之年，亦犹《春秋》之作，不在惠公之世尔。《春秋》之作，伤典诰之绝也；《黍离》之降，悯《雅》《颂》之不复也。幽、平而后，有如宣王者出，则礼乐征伐不自诸侯，而《雅》《颂》未可知矣。奈何推波助澜、纵风止燎乎？②

---

① （宋）欧阳修：《诗本义》卷十四，第70册《本末论》，影印文渊阁四库全书本，第290～291页。
② 《欧阳修诗文集校笺·居士外集》卷十《王国风解》，第1602～1603页。

完全以《春秋》褒贬善恶的义法说《诗》，以至认为《诗》三百篇皆寓有褒贬善恶、明辨是非之意。诗人作《商颂》，是为了"大商祖之德"，"予纣之不憾"和"明正武王、周公之心"。①《鲁颂》，"非颂也，不得已而名之也"，"贬鲁之强也，一也；劝诸侯之不及，二也"。②而《风》诗，"天子诸侯当大治之世，不得有《风》。《风》之生，天下无王矣"③。至于十五国风的编排次序，也认为是两两相对，以寓褒贬。《周南》《召南》为正风，而正风分圣贤，有浅深。④ 其它如"《卫》《王》以世爵比也，《郑》《齐》以族氏比也，《魏》《唐》以土地比也，《陈》《秦》以祖裔比也，《邶》《曹》以美恶比也，《豳》能终之以正，故居末焉。浅深云者，《周》得之深，故先于《召》。世爵云者，《卫》为纣都，而纣不能有之。周幽东迁，无异是也。加《卫》于先，明幽、纣之恶同，而不得近于正焉。姓族云者，周法尊其同姓，而异姓者为后。《郑》先于《齐》，其理然也。土地云者，魏本舜地，唐为尧封，以舜先尧，明晋之乱非魏褊俭之等也。祖裔云者，陈不能兴舜，而襄公能大于秦，子孙之功，陈不如矣。"所以，"两而合之，分其次以为比，则贤者著而丑恶者明矣"。⑤ 这种从《诗》中抉发微言大义的做法，我们现在当然已难以赞同，然由此亦可略见其《春秋》学与《诗》学的联系。

以美刺褒贬说《诗》，必重时世。在欧阳修看来，《诗经》的解读之所以众说纷纭，在很大程度上就是时世背景不明的缘故。"盖自孔子没，群弟子散亡，而六经多失其旨。《诗》以讽诵相传，五方异俗，物名字训往往不同，故于六经之失，《诗》尤甚。《诗》三百余篇，作非一人，所作非一国，先后非一时，而世久失其传，故于《诗》之失时世尤甚。周之德盛于文、武，其诗为《风》、为《雅》、为《颂》，《风》有《周南》、《召南》，《雅》有《大雅》《小雅》，其义类非一，或当时所作，或后世所述，故于《诗》时世之失，周诗尤甚。自秦汉已来，学者之说不同多矣，不独郑氏之失也。"⑥ 所以，欧阳修解《诗》，很注意从时世背景上进行探讨。这里可以《诗·周南·关雎》为例，略作说明。欧阳修论曰：

> 昔孔子尝言《关雎》矣，曰："哀而不伤"。太史公又曰："周道缺，诗人本之衽席，而《关雎》作。"而齐、鲁、韩三家皆以为康王政衰之诗，皆与郑氏之说其意不类。盖常以哀伤为言。由是言之，谓《关雎》为周衰之作者，近是矣。周也远自上世积德累仁，至于文王之盛，征伐诸侯之不服者，天下归者三分有二。其仁德所及，下至昆虫草木，如《灵台》《行苇》之所述。盖其功业盛大，积累之勤，其来远矣。其威德被天下者，非一事也。大姒、贤妃又有内助之功尔，而言《诗》者过为称述，遂以《关雎》为王化之本，以谓文王之兴，自大姒始。故于众篇所述，德化之盛，皆云后妃之化所致，至于天下太平，麟趾与驺虞之瑞，亦以为后妃功化之成效。故曰《麟趾》，关雎之应，《驺虞》，《鹊巢》之应也。何其过论欤。

---

① 《欧阳修诗文集校笺·居士外集》卷十《商颂解》，第1612页。
② 《欧阳修诗文集校笺·居士外集》卷十《鲁颂解》，第1610页。
③ 《欧阳修诗文集校笺·居士外集》卷十《二南为正风解》，第1599页。
④ 此据郑玄《诗谱》说，其后欧阳修撰《时世论》，则看法又有改变。谓："今诗所述，既非先公之德教，而'二南'皆文王、大姒之事，无所优劣，不可分其圣贤。所谓文王、大姒之事，其德教自家刑国，皆其夫妇身自行之，以化其下，久而变纣之恶俗，成周之王道，而著于歌颂尔。"（欧阳修：《诗本义》卷十四，第288页）
⑤ 《欧阳修诗文集校笺·居士外集》卷十《十五国次解》，第1604～1605页。
⑥ 欧阳修：《诗本义》卷十四《时世论》，第288页。

>夫王者之兴，岂专由女德，惟其后世因妇人以致衰乱，则宜思其初，有妇德之助以兴尔。因其所以衰，思其所以兴，此《关雎》之所以作也。其思彼之辞甚美，则哀此之意亦深，其言缓，其意远。孔子曰"哀而不伤"，谓此也。司马迁之于学也，虽博而无所择，然其去周、秦未远，其为说必有老师宿儒之所传。其曰"周道缺而《关雎》作"，不知自何而得此言也，吾有取焉。①

孔子、司马迁、三家《诗》说，皆以《关雎》为周王室衰落时的作品，毛、郑则以为文王之化，后妃之德。欧阳修倾向于前者，认为此诗的主旨，在于思古以刺今，而非写后妃之德。这是从时世背景所作的判断。

欧阳修是文学家，所以，他对时世背景的判断和对诗人美刺之意的探求，总是与对诗歌本身的理解结合在一起的。他既重背景，着眼圣人之志，又十分注意从文本本身出发，衡之人情常理，对《诗》义进行阐发。他说："古诗之体，意深则言缓，理胜则文简。然求其义者，务推其意理，及其得也，必因其言、据其文以为说，舍此则为臆说矣。"② 态度很明确。他又总结《诗经》的写作类型有四："《诗》三百篇，大率作者之体不过三四尔。有作诗者自述其言以为美刺，如《关雎》《相鼠》之类是也；有作者录当时人之言以见其事，如《谷风》录其夫妇之言、'北风其凉'录去卫之人之语之类是也；有作者先自述其事，次录其人之言以终之者，如《溱洧》之类是也；有作者述事与录当时人语杂以成篇，如《出车》之类是也。然皆文意相属以成章。"③ 这都是从文学角度所作的归纳和总结。

仍以《关雎》为例，其曰：

>为《关雎》之说者，既差其时世，至于大义亦已失之。盖《关雎》之作，本以雎鸠比后妃之德，故上言雎鸠在河洲之上，关关然雄雌和鸣，下言淑女以配君子，以述文王、太姒为好匹，如雎鸠雄雌之和谐尔。毛、郑则不然。谓诗所斥淑女者，非太姒也。是太姒有不妒忌之行，而幽闺深宫之善女皆得进御于文王。所谓淑女者，是三夫人九嫔御以下众宫人尔。然则上言雎鸠，方取物以为比兴，而下言淑女，自是三夫人九嫔御以下，则终篇更无一语以及太姒，且关雎本谓文王、太姒，而终篇无一语及之，此岂近于人情。古之人简质，不如是之迂也。④

从文意上看，既然如毛、郑之说，《关雎》是写后妃之德，诗中不应不着一笔，只写三夫人九嫔，故毛、郑之说不可取，而所谓美后妃之德，也是"因其所以衰，思其所以兴，此《关雎》之所以作也。其思彼之辞甚美，则哀此之意亦深，其言缓，其意远"。这才合乎诗人创作的情理。

再如他解读《邶风·静女》：

>据《序》言："《静女》，刺时也。卫君无道，夫人无德。"谓宣公与二姜淫

---

① 欧阳修：《诗本义》卷十四《时世论》，第288~289页。
② 欧阳修：《诗本义》卷八《小雅·何人斯》，第237页。
③ 欧阳修：《诗本义》卷二《野有死麕》，第192页。
④ 欧阳修：《诗本义》卷一《关雎》，第183页。

乱，国人化之，淫风大行。君臣上下、举国之人皆可刺，而难于指名以遍举。故曰"刺时"者，谓时人皆可刺也。据此乃是述卫风俗男女淫奔之诗尔。以此求诗，则本义得矣。古者针笔皆有管，乐器亦有管，不知此彤管是何物也。但彤是色之美者，盖男女相悦，用此美色之管相遗以通情结好尔。①

据《毛诗小序》解读此诗的"刺时"之意，又说它是男女淫奔之诗，而以"彤管"之意证之，正好说明了他说《诗》的兼顾时世和文本。

再看他解读《周南·汉广》：

> 南方之木，高而不可息；汉上之女，美而不可求。此一章之义明矣。其二章云：薪刈其楚者，言众薪错杂，我欲刈其尤翘翘者。众女杂游，我欲得其尤美者。既知不可得，乃云之子既出游而归，我则愿秣其马。此悦慕之辞，犹古人言，虽为执鞭，犹忻慕焉者是也。既述此意矣，末乃陈其不可之辞。如汉广而不可泳，江永而不可方尔。盖极陈男女之情，虽有而不可求，则见文王之政化被人深矣。②

逐章解读，对诗意的阐释极为平实和准确，"见文王之政化被人深"的颂美，也就有了文本的基础。

又解《郑风·野有蔓草》曰：

> 民穷于兵革，男女失时，思不期而会也。其诗曰："野有蔓草，零露瀼兮。有美一人，清扬婉兮。邂逅相遇，适我愿兮。"此诗文甚明白。是男女昏娶失时，邂逅相遇于野草之间尔，何必仲春时也。《周礼》言仲春之月会男女之无夫家者，学者多以此说为非。就如其说，乃是平时之常事。兵乱之世，何待仲春。郑以蔓草有露为仲春，遂引《周礼》会男女之礼者衍说也。③

也是将诗歌文义和"民穷于兵革，男女失时"的背景结合起来加以阐释的例子。

欧阳修不信毛、郑④，常常批评其解诗有误，其所依据的，往往都是文义上的是否平正通达与合理。这更反映出一位文学家的眼光。像他论《小雅·鸿雁》说："诗所刺美，或取物以为喻，则必先道其物，次言所刺美之事者多矣。如'关关雎鸠，在河之洲。窈窕淑女，

---

① 欧阳修：《诗本义》卷三《静女》，第198页。
② 欧阳修：《诗本义》卷一《周南·汉广》，第187页。
③ 欧阳修：《诗本义》卷十三《一义解》，第280页。
④ 欧阳修说《诗》，取毛、郑亦多。如解《邶风·绿衣》谓："卫庄姜伤己也，言妾上僭，夫人失位也。（此据《毛诗小序》）其诗曰：'绿兮衣兮，绿衣黄里。'毛谓'绿，间色；黄，正色'者，言间色贱，反为衣，正色贵，反为里，以喻妾上僭，而夫人失位，其义甚明。而郑改'绿'为'褖'，谓褖衣当以素纱为里，而反以黄先。儒所以不取郑氏于诗改字者，以谓六经有所不通，当阙之，以俟知者。若改字以就己说，则何人不能为说，何字不可改也？况毛义甚明，无烦改字也。当从毛。"（欧阳修：《诗本义》卷十三《取舍义》，第284页）是从毛舍郑的例子。再如解《郑风·出其东门》，曰："《出其东门》，闵乱也。郑公子互争，兵革不息，男女相弃，思保其室家焉。（此据《毛诗小序》）其诗曰：'出其闉阇，有女如荼。'毛谓：'荼，英荼也。言皆丧服也。'郑谓：'荼，茅秀。物之轻者，飞行无常。'考诗之意，云'如荼'者，是以女比物也。毛谓丧服，疏矣，且弃女不当丧服。而下文云'虽则如荼，匪我思且'，言女虽美，匪我所思尔。以文义求之，不得为丧服。当从郑。"（欧阳修：《诗本义》卷十三《取舍义》，第284页）此又是从郑舍毛的例子。

君子好逑'。又如'维鹊在梁，不濡其翼。彼其之子，不称其服'者是也。诗非一人之作，体各不同，虽不尽如此，然如此者多也。《鸿雁》诗云：'鸿雁于飞，肃肃其羽。之子于征，劬劳于野。'以文义考之，当是以鸿雁比之子。而康成不然，乃谓鸿雁知辟阴就阳，喻民知就有道，之子自是侯伯卿士之述职者。上下文不相须，岂成文理？郑于三章所解皆然，则一篇之义皆失也。"① 这是从以物为喻的手法上所作的反驳。再像《小雅·何人斯》一篇，他论道："郑于《何人斯》为苏公之刺暴公也。不欲直刺之，但刺其同行之侣，又不欲斥其同侣之姓名，故曰何人斯。然则首章言'维暴之云'者，是直斥暴公，指名而刺之，何假迂回以刺其同侣，而又不斥其姓名乎？其五章、六章，义尤重复。郑说不得其义，诚为难见也。今以下章之意求之，则不远矣。"② 以文本为基础，从语言与诗意表达之关系进行分析，指出郑玄所论不确。又像《卫风·氓》，欧阳修的看法是："据《序》是卫国淫奔之女色衰，而为其男子所弃困，而自悔之辞也。今考其诗，一篇始终皆是女责其男之语。凡言子、言尔者，皆女谓其男也。郑于'尔卜尔筮'，独以谓告此妇人曰，我卜汝宜为室家。且上下文初无男子之语，忽以此一句为男告女，岂成文理？据诗所述，是女被弃逐，怨悔而追序与男相得之初，殷勤之笃，而责其终始弃背之辞云。"③ 这则是根据上下文意所作出的解释。其它如谈及《郑风·女曰鸡鸣》，批评郑玄"因以'宜言饮酒，与子偕老'，亦为宾客。斯又泥而不通者也。今遍考《诗》诸风言偕老者多矣，皆为夫妇之言也，且宾客一时相接，岂有偕老之理。是殊不近人情，以此求诗，何由得诗之义"④。同样是从诗歌文本的理解上作出的判断。至于论《王风·扬之水》，批评"郑氏泥于不抚其民，而不考诗之上下文义也"⑤；论《王风·兔爰》，指出"郑氏于诗其失非一，或不取序文，致乖诗义；或远弃诗义，专泥序文；或序与诗皆所无者，时时自为之说"⑥，其例甚多，此不赘述。

三、从欧阳修经学看北宋疑经风气的兴起

宋人疑经风气甚盛，已是经学界所熟知的事实。如乐史疑《仪礼》非周公作，欧阳修疑《周易》"十翼"非圣人所作，李觏、司马光疑《孟子》，晁补之、郑樵疑《诗序》，叶梦得疑《左传》，朱熹疑《尚书》孔安国传等等。自现代以来，学者论之亦渐多。如屈万里先生《宋人疑经的风气》⑦、叶国良先生《宋人疑经改经考》⑧、杨新勋先生《宋代疑经研究》⑨ 等，皆有成绩。然论及宋人疑经风气形成的背景和原因，则或追溯至唐人，或以为与北宋政局密切相关，虽有见地，然少有从北宋士人主体角度进行考察者，而在我们看来，北宋疑经风气的兴起，实在不过是由于当日士人多出于庶族，而学无所师，故无所拘执所造成的。

---

① 欧阳修：《诗本义》卷六《小雅·鸿雁》，第223～224页。
② 欧阳修：《诗本义》卷八《小雅·何人斯》，第237页。
③ 欧阳修：《诗本义》卷三《卫风·氓》，第201页。
④ 欧阳修：《诗本义》卷四《郑风·女曰鸡鸣》，第206页。
⑤ 欧阳修：《诗本义》卷三《王风·扬之水》，第202页。
⑥ 欧阳修：《诗本义》卷三《王风·兔爰》，第203页。
⑦ 见其《书佣论学集》，台湾开明书局1969年版。
⑧ 叶国良：《宋人疑经改经考》，台湾大学出版委员会1980年版。
⑨ 杨新勋：《宋代疑经研究》，中华书局2007年版。

宋朝文治最盛，君王"与士大夫治天下"①，对儒学也就大力提倡。宋太祖倡武臣读书②，用读书人③，已显示出崇儒倾向。宋太宗增修国子监，组织儒学之士大规模修书，崇儒意向也很明显。宋真宗撰《崇儒术论》，谓："儒术污隆，其应实大，国家崇替，何莫由斯。故秦衰则经籍道息，汉盛则学校兴行。其后，命历迭改，而风教一揆。"④ 以提倡儒学。宋仁宗即位，更是大力兴学。不仅国子学、太学、四门学招生的范围有极大的扩展，而且地方上的官学也所在多有，庆历四年（1044），他下诏"诸路转运司，令辖下州、府、军、监应有学处，并须拣选有文行学官讲说，不得因循废罢"。⑤ 同年，他又下诏说："儒者通天、地、人之理，明古今治乱之原，可谓博矣。然学者不得骋其说，而有司务先声病章句以拘牵之，则吾豪隽奇伟之士，何以奋焉？士以纯明朴茂之美，而无教学养成之法，使与不肖并进，则夫懿德敏行，何以见焉？此取士之甚敝，而学者自以为患。夫遇人以薄者，不可责其厚也。今朕建学兴善，以尊子大夫之行；更制革弊，以尽学者之才。有司其务严训导，精察举，以称朕意，学者其进德修业，无失其时。其令州若县皆立学，本道使者选部属官为教授，员不足，取于乡里宿学有道业者。""由是州郡奉诏兴学而士有所劝"，"士之服儒术者不可胜数"。⑥ 这都是与最高统治者的提倡分不开的。

北宋士人群体的特征，明显不同于晚唐五代，已为学界所注意。如，孙国栋先生曾在对晚唐五代北宋人物阶层的出身家世进行细致的统计分析后，指出："唐代以名族贵胄为政治、社会之中坚。五代以由军校出身之寒人为中坚。北宋则以由科举上进之寒人为中坚。所以，唐宋之际，实贵胄与寒人之一转换过程，亦阶级消融之一过程。深言之，实社会组织之一转换过程也。"⑦ 故自宋初以来，士大夫业儒者虽渐多，然以处五代儒学、士风衰落之后，学子出身庶族士大夫家庭以至寒门，"少无师传，而学出己见"的情况十分普遍。此以欧阳修最为显例。上文已谈到，他认为《周易》的《系辞》《文言》非孔子所作，《春秋》"三传"不可信，《诗》毛、郑所注多有讹误，"今之所谓《周礼》者，不完之书也"⑧，并禀《春秋》义法，修《唐书》《五代史》等。其所以如此大胆地疑经改经，正是因为其"少无师传，而学出己见"，"世无师矣，学者当师经"的缘故。⑨

宋初儒士，多半也与欧阳修相似，家世不显，贫寒无所师。如宋初撰《易论》三十三卷，"以注疏异同，互相诘难，蔽以己意"的王昭素⑩，曾隐居乡里，"聚徒教授以自给"。⑪振起有宋一代士风、倡为庆历革新的范仲淹，史称其"泛通六经，长于《易》（案其撰有《易义》等）。学者多从质问，为执经讲解，亡所倦。尝推其奉以食四方游士，诸子至易衣而出，仲淹晏如也。每感激论天下事，奋不顾身，一时士大夫矫厉尚风节，自仲淹倡之"。⑫

---

① （宋）李焘撰，上海师范大学、华东师范大学古籍整理研究所点校：《续资治通鉴长编》卷二百二十一，第9册，熙宁四年三月戊子引文彦博语，中华书局1992年版，第5370页。
② 参《续资治通鉴长编》卷三建隆三年（962）二月壬寅条（第1册，第62页）等。
③ 参《续资治通鉴长编》卷七乾德四年（966）五月乙亥条（第1册，第171页）等。
④ 《续资治通鉴长编》卷七十九，第3册，大中祥符五年十月辛酉，第1798～1799页。
⑤ （清）徐松编纂、苗书梅等点校、王云海审订：《宋会要辑稿·崇儒》二，河南大学出版社2001年版，第83页。
⑥ （元）脱脱等：《宋史》卷一百五十七，第11册，《选举》一，中华书局1977年版，第3658～3659页。
⑦ 孙国栋：《唐宋之际社会门第之消融》，载其《唐宋史论丛》（增订本），香港商务印书馆2000年版，第285页。
⑧ 欧阳修：《诗本义》卷十四《幽问》，第292页。
⑨ 《欧阳修诗文集校笺·居士外集》卷十八《答祖择之书》，第1821页。
⑩ （宋）晁公武撰、孙猛校证：《郡斋读书志校证》卷一，上海古籍出版社1990年版，第27页。
⑪ 《宋史》卷四百三十一，第37册，《王昭素传》，第12808页。
⑫ 《宋史》卷三百十四，第29册，《范仲淹传》，第10267～10268页。

然观其身世，却甚为艰难。"二岁而孤，母夫人贫无所依，再适长山朱氏。既长，知其世家，感泣去之南都。入学舍，扫一室，昼夜讲诵，其起居饮食，人所不堪，而公自刻益苦。居五年，大通六经之旨。"① 再有作为"宋初三先生"之一的胡瑗，著有《周易口义》十二卷、《洪范口义》二卷、《皇祐新乐图记》三卷等，其"尤患隋唐以来仕进尚文词而遗经业，苟趋禄利。及为苏、湖二州教授，严条约，以身先之，虽大暑，必公服终日，以见诸生，严师弟子之礼。解经至有要义，恳恳为诸生言其所以治己而后治乎人者。学徒千余，日月刮劘，为文章皆传经义，必以理胜。信其师说，敦尚行实。后为太学，四方归之，庠舍不能容，旁拓步军居以广之。五经异论，弟子记之，自为胡氏《口义》"②。在当时影响极大，对宋学的兴起产生了重要作用，然看其身世，少时因家贫无以自给，往泰山，与孙复、石介为友，攻苦食淡，夜以继日，后来方有成就。其他像孙复，"少举进士不中，退居泰山之阳，学《春秋》，著《尊王发微》。鲁多学者，其尤贤而有道者石介，自介而下，皆以弟子事之。（略）先生治《春秋》不惑传注，不为曲说以乱经。其言简易，明于诸侯、大夫功罪，以考时之盛衰，而推见王道之治乱，得于经之本义为多。"然而其家世寒微，竟"年逾四十，家贫不娶，李丞相迪以其弟之女妻之"。③ 石介，"尧、舜、禹、汤、文、武、周公、孔子、孟轲、扬雄、韩愈氏者，未尝一日不诵于口"，而"世为农家"④。周尧卿，世称其"为学不惑传注，问辨思索，以通为期。其学《诗》，以孔子所谓'《诗》三百，一言以蔽之，曰：思无邪'、孟子所谓说《诗》者，'以意逆志，是为得之'，考经指归，而见毛、郑之得失。曰：毛之传欲简或寡于义理，非一言以蔽之也；笺欲详或远于情性，非以意逆志者也。是可以无去取乎？其学《春秋》，由左氏记之详，得经之所以书者，至'三传'之异同，均有所不取。曰：圣人之意，岂二致耶？"⑤ 然不闻其何所师，"家贫，不事生产，喜聚书"而已。⑥ 还有苏洵，少喜游荡，其父亦纵而不问，至二十七始发奋读书，"大究六经，百家之说，以考质古今治乱成败、圣贤穷达出处之际，得其粹精"，而观其家世，"三世皆不显"。⑦ 至于宋初疑《仪礼》非周公所作的乐史，撰《易证坠简》、疑《系辞》非孔子所作的范谔昌⑧，前者"好著述，然博而寡要。以五帝、三王皆云仙去，论者嗤其诡诞"⑨，后者生平行事今已不详，从他序中所言任毗陵从事，闲退著书看⑩，可知二者家世既非显赫，学问亦无所师，治学自然少有约束。

清人评价欧阳修的《诗》学，谓："自唐以来，说《诗》者莫敢议毛、郑，虽老师宿

---

① 《欧阳修诗文集校笺·居士集》卷二十《资政殿学士户部侍郎文正范公神道碑铭序》，第587页。其生平行事略参（宋）富弼：《范文正公仲淹墓志铭》、（宋）杜大珪：《名臣碑传琬琰之集》中集卷十二等。
② （宋）蔡襄撰、陈庆元等注：《蔡襄集》卷三十三《太常博士致仕胡君墓志》，福建人民出版社1999年版，第729页。其生平行事又可略参《欧阳修诗文集校笺·居士集》卷二十五《胡先生墓表》等。
③ 《欧阳修诗文集校笺·居士集》卷二十七《孙明复先生墓志铭序》，第746～747页。
④ 《欧阳修诗文集校笺·居士集》卷三十四《徂徕石先生墓志铭序》，第896～897页。
⑤ （宋）王称：《东都事略》卷一百一十三，第382册，《周尧卿传》，影印文渊阁四库全书本，第739页。
⑥ 《欧阳修诗文集校笺·居士集》卷二十五《太常博士周君墓表》，第692页。
⑦ 《欧阳修诗文集校笺·居士集》卷三十四《故霸州文安县主簿苏君墓志铭》，第902页。
⑧ 宋人陈振孙谓其"辨《系辞》非孔子命名，止可谓之赞系，今《爻辞》乃可谓之系辞。又复位其次序。又有补注一篇，辨周、孔述作，与诸儒异"。（徐小蛮、顾美华点校：《直斋书录解题》卷一《易证坠简解题》，上海古籍出版社1987年版，第8页）
⑨ 《宋史》卷三百六〇，第29册，《乐黄目传》，第10112页。
⑩ 参《直斋书录解题》卷一《易证坠简解题》等。

儒，亦谨守小序。至宋而新义日增，旧说几废。推原所始，实发于修。"① 这个看法亦可移用于对欧阳修经学史地位的总体认识，而欧阳修不但对北宋疑经风气的兴起产生了重要作用，而且他也以其自身的学术经历，为我们解读这种疑经风气形成的原因，提供了启发和重要的参证。

四、欧阳修的经学与文学

欧阳修的经学对其文学有着深刻的影响。

欧阳修在经学方面既有心得，对文学亦必有自己的见解。他认为六经皆文。"《诗》《书》《易》《春秋》，皆善载事而尤文者，故其传尤远。"② 又说："昔孔子老而归鲁，六经之作，数年之顷尔。然读《易》者如无《春秋》，读《书》者如无《诗》。何其用功少而至于至也。"③ 都是把六经看作天下之至文的。不过，这里更值得我们注意的，是他对六经皆文的解释。他说：

> 言以载事，而文以饰言。事信言文，乃能表见于后世。《诗》《书》《易》《春秋》，皆善载事而尤文者，故其传尤远。（略）事信矣须文，文至矣，又系其所恃之大小，以见其行远不远也。《书》载尧舜，《诗》载商、周，《易》载九圣，《春秋》载文武之法，荀、孟二家载《诗》《书》《易》《春秋》者，楚之辞载风雅，汉之徒各载其时主声名、文物之盛以为辞，后之学者荡然无所载，则其言之不纯信，其传之不久远，势使然也。至唐之兴，若太宗之政，开元之治，宪宗之功，其臣下又争载之，以文其词。或播乐歌，或刻金石，故其间巨人硕德，闳言高论，流铄前后者，恃其所载之在文也。故其言之所载者大且文，则其传也章；言之所载者不文而又小，则其传也不章。④

六经所以为天下之至文，在这里主要地已不是因为其出于圣人之手，而是因为它"事信言文"，因为其"言之所载者大且文"。所谓"事"，相对于"言"而说，指一切外物、实事，范围极其广泛；所谓"大"，即事要关乎君王治政的贤明、国家社稷的兴盛、道德风尚的养成、名山事业的创制等重要问题。既重内涵的信实重大，又重文采，而非有所偏颇，事信言文，成为认识六经、衡量文章的标准。

欧阳修也说过"大抵道胜者文不难而自至"⑤ 的话，但六经既为天下之至文，他的意思也就并非简单地以道取代文。上文曾谈到，欧阳修认为六经之中，五经为体，《诗经》为用，《诗》既要贯五经之"道"，而又有着自身的特点，不同于五经对圣人之志的直接表达，这种对文与道关系的看法是很周全的。他又说："学者当师经，师经必先求其意。意得则心定，心定则道纯，道纯则充于中者实，中充实则发为文者辉光，施于事者果毅。三代、两汉

---

① （清）永瑢等：《四库全书总目》卷十五《〈诗本义〉提要》，中华书局1965年版，第121页。
② 《欧阳修诗文集校笺·居士外集》卷十七《代人上王枢密求先集序书》，第1777页。
③ 《欧阳修诗文集校笺·居士集》卷四十七《答吴充秀才书》，第1177页。
④ 《欧阳修诗文集校笺·居士外集》卷十七《代人上王枢密求先集序书》，第1777～1778页。
⑤ 《欧阳修诗文集校笺·居士集》卷四十七《答吴充秀才书》，第1177页。

之学，不过此也。"① 师法六经，然又不像一般儒生解经那样局限于传注，而是强调"求其意"，把握六经的内核和精神，意得心定，不为外物所惑，便达到了"道纯"（即"道胜"）和自我充实的境界，文章就写得好。由"意得"到"心定"，由经学到文学，是很自然的事。这是一方面。另一方面，欧阳修所说的"大抵道胜者文不难而自至"，似还有另一层含义，即"师经求意"还要根据自己情性的实际去体会，这里有个心与意的关系问题。心与意二者自然相合，才能真正做到内心充实，然后"发为文者辉光"。他说道：

> 古人之学者非一家，其为道虽同，言语文章未尝相似。孔子之系《易》，周公之作《书》，奚斯之作《颂》，其辞皆不同，而各自以为经。子游、子夏、子张与颜回同一师，其为人皆不同，各由其性而就于道耳。今之学者或不然。不务深讲而笃信之，徒巧其词以为华，张其言以为大。夫强为则用力艰，用力艰则有限，有限则易竭。又其为辞，不规模于前人，则必屈曲变态以随时俗之所好，鲜克自立，此其充于中者不足，而莫自知其所守也。②

六经为道虽一，其内容和文辞却各有特点，后人师之，当然也应根据各自情性的不同作出选择，心与道合，才是真正的内在充实，也才能"发为文者辉光"，特色各具。

师法六经，不仅要师其道，也包括师法其"言语文章"。

通过学习儒家经典，自觉地从中汲取营养，有益于文学创作，是历来儒家有识之士的共识。如唐柳宗元就明确说过："始吾幼且少，为文章，以辞为工。及长，乃知文者以明道，是固不苟为炳炳烺烺、务采色、夸声音而以为能也。凡吾所陈，皆自谓近道，而不知道之果近乎、远乎。吾子好道而可吾文，或者其与道不远矣。故吾每为文章，未尝敢以轻心掉之，惧其剽而不留也；未尝敢以怠心易之，惧其弛而不严也；未尝敢以昏气出之，惧其昧没而杂也；未尝敢以矜气作之，惧其偃蹇而骄也。抑之欲其奥，扬之欲其明，疏之欲其通，廉之欲其节，激而发之欲其清，固而存之欲其重，此吾所以羽翼夫道也。本之《书》以求其质，本之《诗》以求其恒，本之《礼》以求其宜，本之《春秋》以求其断，本之《易》以求其动，此吾所以取道之原也。参之《谷梁》氏以厉其气，参之《孟》《荀》以畅其支，参之《庄》《老》以肆其端，参之《国语》以博其趣，参之《离骚》以致其幽，参之《太史公》以著其洁，此吾所以旁推交通而以为之文也。"③ 这当然是经验之谈，只是他学习的范围更加广泛。

经典之所以为经典，其特征之一，就是言简意深。上文谈到，欧阳修认为，"孔子之文章，《易》、《春秋》是已。其言愈简，其义愈深，吾不知圣人之作繁衍丛胜之如此也"。六经之中，欧阳修对《春秋》最为推崇，研治亦深。《春秋》为后人重视，主要在于其春秋笔法，禀笔直书，褒贬善恶，而从其文字上看，则记事极为简略，本身似并无多少文学价值。然在欧阳修看来，《春秋》言虽简而意则深，正是文章创作师法的典范。比如他论《尹师鲁墓志铭》就说："《春秋》之义，痛之益至，则其辞益深，'子般卒'是也。"④ 也就是说，

---

① 《欧阳修诗文集校笺·居士外集》卷十八《答祖择之书》，第1821页。
② 《欧阳修诗文集校笺·居士外集》卷十九《与乐秀才第一书》，第1849页。
③ （唐）柳宗元：《柳宗元集》卷三十四《答韦中立论师道书》，中华书局1979年版，第873页。
④ 《欧阳修诗文集校笺·居士外集》卷二十三《论尹师鲁墓志》，第1917页。

文章写作要言简而意深，正像《春秋》鲁庄公三十二年记鲁子般被杀事一样。子般为庄公之子，庄公卒，子般即位，庆父（子般叔父）使人杀子般，立闵公。本来已即位的子般，因庄公去世后尚未安葬，故虽被杀，亦无名位，而不书"弑""杀"或"薨"，仅以"子般卒"书之，显然是讳其事。种种深曲，都不明讲，然刺责、惩恶之意必在其中，如欧阳修所说，真是"痛之益至，则其辞益深"了。

为文要做到言简意深，就需要"有法"，仅仅是言简，是难以达到意深的目标的。欧阳修认为："'简而有法'，此一句，在孔子六经，惟《春秋》可当之。"① 故其文学创作，受其经学尤其是《春秋》学的影响甚大。所谓"简而有法"，就是既要言简意深，又要选材精当，详略分明，善于裁剪。早在宋仁宗明道元年（1032），欧阳修任西京留守推官时，仅二十六岁的他，就已和尹洙在古文创作上开始简而有法的创作实践。西京留守钱惟演建双桂楼初成，命二人作记。"永叔文先成，凡千余言。师鲁曰：'某止用五百字可记。'及成，永叔服其简古。"② 又建临轩馆，请谢绛、尹洙和欧阳修作记。文成，谢绛用五百字，欧阳修五百余字，而尹洙仅用三百八十余字。然欧阳修"终未伏在师鲁之下，独载酒往之，通夕讲摩。""别作一记，更减师鲁文二十字而成之，尤完粹有法。"③ 由此可见其创作的观念和追求。欧阳修曾撰《尹师鲁墓志铭》一文，又撰《论尹师鲁墓志》，最能见出其为文简而有法的用心。此文极为简洁，为论述的方便，不妨全引如下：

> 师鲁，河南人，姓尹氏，讳洙，然天下之士识与不识，皆称之曰师鲁，盖其名重当世。而世之知师鲁者，或推其文学，或高其议论，或多其材能，至其忠义之节，处穷达、临祸福，无愧于君子，则天下之称师鲁者，未必尽知之。
>
> 师鲁为文章，简而有法，博学强记，通知今古，长于《春秋》。其与人言，是是非非，务穷尽道理乃已，不为苟止而妄随，而人亦罕能过也。遇事无难易，而勇于敢为，其所以见称于世者，亦所以取嫉于人，故其卒穷以死。
>
> 师鲁少举进士及第，为绛州正平县主簿，河南府户曹参军，邵武军判官，举书判拔萃，迁山南东道掌书记，知伊阳县。王文康公荐其才，召试充馆阁校勘，迁太子中允。天章阁待制范公贬饶州，谏官、御史不肯言，师鲁上书言，仲淹臣之师友，愿得俱贬。贬监郢州酒税。又徙唐州。遭父丧，服除，复得太子中允，知河南县。赵元昊反，陕西用兵，大将葛怀敏奏起为经略判官。师鲁虽用怀敏辟，而尤为经略使韩公所深知。其后诸将败于好水，韩公降知秦州，师鲁亦徙通判濠州。久之，韩公奏，得通判秦州，迁知泾州。又知渭州，兼泾原路经略部署。坐城水洛，与边臣异议，徙知晋州。又知潞州，为政有惠爱，潞州人至今思之。累迁官至起居舍人、直龙图阁。
>
> 师鲁当天下无事时，独喜论兵，为《叙燕》《息戍》二篇行于世。自西兵起，凡五六岁，未尝不在其间。故其论议益精密，而于西事尤习其详。其为兵制之说，述战守胜败之要，尽当今之利害。又欲训土兵代戍卒，以减边用，为御戎长久之计。皆未及施为，而元昊臣西兵解严，师鲁亦去而得罪矣。然则天下之称师鲁者，

---

① 《欧阳修诗文集校笺·居士外集》卷二十三《论尹师鲁墓志》，第1916页。
② （宋）邵伯温，李剑雄、刘德重点校：《邵氏闻见录》卷八，中华书局1983年版，第81页。
③ （宋）释文莹著，郑世刚、杨立扬点校：《湘山野录》卷中，中华书局1984年版，第38页。

于其材能亦未必尽知之也。

初师鲁在渭州，将吏有违其节度者，欲按军法斩之，而不果。其后吏至京师，上书讼师鲁以公使钱贷部将，贬崇信军节度副使，徙监均州酒税。得疾，无医药，舁至南阳求医。疾革，隐几而坐。顾稚子在前，无甚怜之色，与宾客言，终不及其私。享年四十有六以卒。

师鲁娶张氏，某县君。有兄源，字子渐，亦以文学知名。前一岁卒。师鲁凡十年间三贬官，丧其父，又丧其兄。有子四人，连丧其三女，一适人，亦卒。而其身终以贬死。一子三岁，四女未嫁，家无余赀。客其丧于南阳，不能归。平生故人，无远迩，皆往赙之。然后妻子得以其柩归河南。以某年某月某日，葬于先茔之次。余与师鲁兄弟交，尝铭其父之墓矣。故不复次其世家焉。铭曰：

藏之深，固之密，石可朽，铭不灭。①

初读此文，甚至会觉得他过于简单，记事也嫌琐碎，然细案此文，参之以作者自道曲折的《论尹师鲁墓志》，则会发现它是简而意深、简而有法的，充分体现了作者的文学观念，用心很深。尹洙的文章、学术、对政治的见解和实际的治事才能，世人皆知，所以就说得很简略，只是指出他的文章特点是"简而有法"，学术上能通古今、擅《春秋》，论政合于儒道，遇事勇于作为而已。不过，这些方面虽叙述都很简略，但用意却很深。比如称尹洙文"简而有法"，这样的评价，是只有孔子的《春秋》才能够承当的；称尹洙学通古今，这话也只有孔、孟能当之；称尹洙议论能符合儒道，那也是非孟子所不能当的。至于历叙尹洙的仕宦经历，尤其是他在西北边地与西夏的战争中的施为，则是要说明其实际的政治才能。把尹洙与儒家圣贤相比，甚而看作孔、孟式的人物，评价不可谓不高，用意不可谓不深了。然而在欧阳修看来，尹洙的这些优点和长处，还不是最值得表彰的，值得表彰的是尹洙平生的忠义大节，世人未必皆知，故有必要重点加以叙述。然能见出尹洙仁义大节的事很多，是否要一一铺叙呢？当然不是。作者举出二事：一是景祐三年（1036）范仲淹批评吕夷简擅权被贬，尹洙上书自请求同贬；二是临终言不及私。景祐三年的范、吕之争，是北宋政治舞台上的一件大事，是庆历革新的前奏，它反映了崇尚名节、革弊图新与恪守祖宗家法、因循守旧，这两种不同的士风、政风之间的矛盾和冲突。尹洙在此事件中鲜明地站在范仲淹等革新派人士一边，欧阳修书之，以此表现尹氏的大节，是很正确的。在现实生活中，一个人的大节，又往往会在面对生死祸福的关键时刻表现出来。尹洙临终之际，言语谈吐，不涉一己之私。其平生忠义大节、志气与心胸，可想而知。故欧阳修要特别书上一笔。从文章选材上看，这是十分精当的，真可谓"简而有法"。文中又述及尹洙被仇人陷害事，并不为之多加辩解。琐琐述及其身后妻子儿女困窘之状，也未多加议论。前者不作辩解，是因为既然上文说到"其穷达祸福无愧于人，则必不犯法，况是仇人所告，故不必区区曲辩也。今止直言所坐，自然知非罪矣"。后者特于文中记述之，是"欲使后世知有如此之人，以如此事废死，至于妻子如此困穷，所以深痛死者而切责当世君子致斯人之及此也"。②从欧阳修的夫子自道中，我们会恍然大悟，原来他是要以至简之语，深寓褒贬美刺之意，正所谓"《春秋》之义，痛之益至，则其辞益深，'子般卒'是也。诗人之意，责之愈切，则其言愈缓，'君子偕老'

---

① 《欧阳修诗文集校笺·居士集》卷二十八，第767～769页。
② 《欧阳修诗文集校笺·居士外集》卷二十三《论尹师鲁墓志》，第1917页。

是也。不必号天叫屈，然后为师鲁称冤也。故于其铭又但云'藏之深，固之密，石可朽，铭不灭'。意谓举世无可告语，但深藏牢埋此铭，使其不朽，则后世必有知师鲁者。其语愈缓，其意愈切，诗人之义也"①。欧阳修的经学对其文学的影响，于此愈益分明了。至于文中论及尹洙喜谈兵一事，既补说其才能，又能见其爱好，使其形象更饱满，也是简而有法的。其它如《杜祁公墓志铭》，重点论其为人廉洁、治事明敏的大节，也是能"纪大而略小"的经意之作②，此不再赘述。

经典之所以为经典，又是平易近人的。欧阳修曾多次谈到："君子之于学也，务为道，为道必求知古，知古明道，而后履之以身，施之于事，而又见于文章，而发之以信后世。其道，周公、孔子、孟轲之徒常履而行之者是也；其文章，则六经所载至今而取信者是也。其道易知而可法，其言易明而可行。及诞者言之，乃以混蒙虚无为道，洪荒广略为古，其道难法，其言难行。"③"道易知"，决定了"言易明"。欧阳修主张，文学创作的语言和风格也应是简洁流畅，平易自然的，凡晦涩怪僻者，皆不可取。他赞扬石介的以儒道自任，以天下为忧，但对其文章中"自许太高，诋时太过，其论若未深究其源者"的倾向，则持明确的批评态度，而对其手书的难辨点画，"骇然不可识"，更是认为"何怪之甚也"。④ 宋仁宗嘉佑二年（1057），欧阳修权知礼部贡举，"时举者务为险怪之语，号'太学体'。公一切黜去，取其平澹造理者，即预奏名。初虽怨谤纷纭，而文格终以复故者，公之力也。"⑤ 即是其为文主平易而黜奇险的显例。至于欧阳修本人的文章风格，则苏洵早已言之，"纡余委备，往复百折，而条达疏畅，无所间断；气尽语极，急言竭论，而容与闲易，无艰难劳苦之态"⑥。这既与《春秋》一书的"微而显，志而晦，婉而成章，尽而不污，惩恶而劝善"⑦相吻合，也是与欧阳修平易畅达的文学观念相一致的。此为论者所熟知，可不再赘述。

六经皆文。欧阳修的经论是富有文学色彩的。

这可以《春秋论》为代表。《春秋论》三篇，上篇区分圣人、君子，进而区分经、传，二者相较，经可信而传有疑。欧阳修于此并未进行论述，只是提出在鲁隐公为"公"还是"摄"、赵盾是否弑君、许世子是否弑悼公的问题上（这些问题的提出，并非随意，而是涉及名分、实录的大问题），经可信而传无据。这虽是从经、传作者的角度立论，从人情常理和感性上所作的判断，却有难以辩驳的力量。当然，仅从感性上判断还不够。接下来中篇、下篇便从孔子修《春秋》的宗旨出发立论，认为《春秋》的宗旨，既然是"正名以定分，求情而责实，别是非，明善恶"⑧，那么，上述问题的衡量和判断，也都应以此为标准。《春秋》书鲁隐公究竟是"摄"还是为"公"，这牵涉到名分问题，孔子必不会轻易下笔。"自周衰以来，臣弑君、子弑父，诸侯之国相屠戮而争为君者，天下皆是也。当是之时，有一人焉，能好廉而知让，立乎争国之乱世，而怀让国之高节，孔子得之，于经宜如何而别白之、

---

① 《欧阳修诗文集校笺·居士外集》卷二十三《论尹师鲁墓志》，第1917页。
② 《欧阳修诗文集校笺·居士外集》卷十九《与杜欣论祁公墓志书》，第1843页。
③ 《欧阳修诗文集校笺·居士外集》卷十六《与张秀才第二书》，第1759页。
④ 《欧阳修诗文集校笺·居士外集》卷十六《与石推官第一书》，第1764页。
⑤ （宋）韩琦：《安阳集》卷五十，第1089册，《故观文殿学士太子少师致仕赠太子太师欧阳公墓志铭》，影印文渊阁四库全书本，第540页。
⑥ （宋）苏洵撰，曾枣庄、金成礼笺注：《嘉祐集笺注》卷十二《上欧阳内翰第一书》，上海古籍出版社1993年版，第328～329页。
⑦ 杨伯峻：《春秋左传注》成公十四年九月"君子曰"，中华书局1981年版，第870页。
⑧ 《欧阳修诗文集校笺·居士集》卷十八《春秋论》中，第549页。

宜如何而褒显之？其肯没其摄位之实，而雷同众君诬以为公乎？"① 当褒未褒，于理不应如此，何况"《春秋》辞有异同，尤谨严而简约，所以别嫌明微，慎重而取信。其于是非善恶难明之际，圣人所尽心"呢？② 现在的事实是，《春秋》中记鲁隐公事（如盟或薨），"孔子始终谓之公"③，则"三传"以为"摄"而非"公"，当然也就不可信了。至于《春秋》书"赵盾弑其君夷皋""许世子止弑其君买"，"三传"以为弑晋灵公者非赵盾而是赵穿，弑许悼公者非太子止，止不过是未尝药致悼公被毒病亡也。"弑逆，大恶也，其为罪也莫赎，其于人也不容，其在法也无赦。"如此重大的问题，孔子同样是非常慎重的。欧阳修认为，如果杀晋灵公的人是赵穿，杀许悼公的人是太子止，当贬则贬，孔子决不会隐而晦之，即使赵盾、许世子止有弑君之嫌，也应首书弑君者赵穿和太子止，而次及赵盾和太子止。或者，赵盾、许太子止弑君之事，只是疑似难明，孔子也应为其辨明。现在既不书赵穿弑君事，对赵盾弑君事又不加辨明，而直说弑君者赵盾、许太子止，那后人只能相信孔子所书，而不应信"三传"，妄加猜测。欧阳修从《春秋》书法上所作的上述判断，是整体性的、宏观的，然而符合人情常理，内在的逻辑性也就很强，因而也就有很大的说服力。他并没有对具体的史实作细致的辨析，并没有繁琐考证，因为在他看来，历史久远，文献不足，后人若仅凭着只言词组就做出准确判断，几乎是不可能的。苏轼在《六一居士集叙》中曾说道："（韩）愈之后三百有余年，而后得欧阳子。其学推韩愈、孟子，以达于孔氏著礼乐仁义之实，以合于大道。其言简而明，信而通，引物连类，折之于至理，以服人心，故天下翕然师尊之。自欧阳子之存，世之不说者哗而攻之，能折困其身，而不能屈其言。士无贤不肖，不谋而同曰：欧阳子，今之韩愈也。"④《春秋（三）论》虽只是一篇经论文字，但从中所反映的却不仅仅是作者的经学思想，它鲜明地表现了一位敢于疑古、以振起儒道为己任的士大夫的形象和风节。

  《春秋论》的文章结构和语言，与欧阳修的其它文章一样，也同样有着鲜明的个性和特点。《春秋》经传历来少有人怀疑、议论，欧阳修大胆提出信经疑传的看法，除了从正面立论之外，还需要对一些传统的观点进行反驳。因此，在结构上便采取了问难的形式。像上篇一开始他提出自己对《春秋》经传的总体看法，就是一问一答。他说："事有不幸出于久远而传乎二说，则奚从？曰：从其一之可信者。然则安知可信者而从之？曰：从其人而信之可也。众人之说如彼，君子之说如此，则舍众人而从君子。君子博学而多闻矣，然其传不能无失也。君子之说如彼，圣人之说如此，则舍君子而从圣人。此举世之人皆知其然，而学《春秋》者独异乎是。"⑤ 明确提出在遇到疑信难从的问题时舍君子而从圣人的观点。接下来由信从圣人自然推及从经舍传，是正面立论，而末又举出难者之辞予以反驳，进一步强调自己的观点。结构清晰，层次分明，语言风格则抑扬顿挫，纡徐婉转，平易畅达。中篇、下篇亦然，问答驳难，从容不迫，而又论述有力。有时候，为了更好地表达自己看法，还多用引物连类之法。像《春秋论》下篇论证《春秋》经所书赵盾弑晋灵、许世子止弑其父事可信，就说道："问者曰：然则夷皋孰弑之？曰：孔子所书是矣。赵盾弑其君也。今有一人焉，父

---

① 《欧阳修诗文集校笺·居士集》卷十八《春秋论》中，第549页。
② 《欧阳修诗文集校笺·居士集》卷十八《春秋论》中，第550页。
③ 《欧阳修诗文集校笺·居士集》卷十八《春秋论》上，第546页。
④ （宋）苏轼撰，张志烈、马德富、周裕锴主编：《苏轼全集校注·苏轼文集校注》卷十，第11册，《六一居士集叙》，河北人民出版社2010年版，第978页。
⑤ 《欧阳修诗文集校笺·居士集》卷十八《春秋论》上，第545～546页。

病躬进药而不尝。又有一人焉，父病而不躬进药。而二父皆死。又有一人焉，操刃而杀其父。使吏治之，是三人者其罪同乎？曰：虽庸吏犹知其不可同也。躬药而不知尝者，有爱父之孝心，而不习于礼，是可哀也。无罪之人尔。不躬药者，诚不孝矣。虽无爱亲之心，然未有杀父之意，使善治狱者，犹当与操刃殊科，况以躬药之孝，反与操刃同其罪乎？此庸吏之不为也。然则许世子止实不尝药，则孔子决不书曰'弑君'。孔子书为'弑君'，则止决非不尝药。"① 选取日常生活中的情事，引物比类，于问答之中，来表明自己的看法，平易亲切，而令人信服。

综上所述，我们以为，欧阳修在经学上取得了突出的成就。六经之中，他最深于《易》《诗》《春秋》。其解经的突出特点，是本之人情常理，自成一家，尤其是疑《周易》之《系辞》《文言》非孔子所作，《春秋》"三传"不可尽信，《诗》毛、郑所注多有讹误，《周礼》亦不完之书等，对北宋疑经风气的形成和后代学术的发展，产生了重要的影响，在中国经学史上占有重要地位。他所以能取得如此成就，实与其家世不显，贫寒无所师，有着密切的关系。其少无所师，故能学出己见，无所束缚，大胆疑经。这为我们解释疑经风气何以会在北宋出现，提供了一个切实的参证。欧阳修的经学对其文学也产生了深刻的影响。无论是其关于师经应求其意和事信言文观念的提出，对言简意深和言简而有法的强调，还是对纡徐婉转、平易畅达的文学创作风格的追求，都可以从其经学中得到合理的解释。

---

① 《欧阳修诗文集校笺·居士集》卷十八《春秋论》下，第553页。

论宋代文人的马少游情结

顾友泽

南通大学文学院

内容提要：并没有丰功伟绩的马少游理当被历史湮没，然而，由于马援的一声感慨，马少游侥幸在史书上留下了姓名。在沉寂了好几个世纪之后，马少游遇上了知音。在宋人的积极建构下，马少游被赋予了特殊且充分的文化意义。唐代类书《艺文类聚》选择性的转载导致宋人将马少游误解为隐士，并对其进行道德化的重塑。宋人普遍将马少游视为生活的楷模，体现出浓厚的马少游情结。马少游之所以为宋人追捧，与宋代老成的文化性格、险恶的政治环境、宋人隐逸观的转变以及文人普遍的享乐生活习性有关。

关键词：马少游　误解　隐士化　道德化　马少游情结

一、马少游的被发现

关于马少游的事迹，仅见于《后汉书·马援传》：

> 援为新息侯，食邑三千户。援乃击牛酾酒，劳飨军士。从容谓官属曰："吾从弟少游常哀吾慷慨多大志，曰：'士生一世，但取衣食裁足，乘下泽车，御款段马，为郡掾（史）［吏］，守坟墓，乡里称善人，斯可矣。致求盈余，但自苦耳。'当吾在浪泊西里间，虏未灭之时，下潦上雾，毒气重蒸，仰视飞鸢跕跕堕水中，卧念少游平生时语，何可得也！"①

这段材料体现出的马少游的人生理想，有如下几点值得注意：一、胸无大志，不愿建功立业，也不想过荣华富贵的生活；在道德上亦不追求大的建树，只要人品为邻里认同即可。二、少游之所以不愿如马援那样奋斗，是因为怕"自苦"，即在追求过程中可能会付出代价。三、马少游所谓的理想生活，必须是一种衣食无忧的状态。四、为了达到这样理想的生活状况，马少游没有选择传统意义上的隐居，而是为郡掾吏。

通过上面的分析，我们不难看出，马少游这一人物充其量只能算是中国历史上再普通不过的乡绅阶层中的一员。其之所以能够在历史上留下一笔，纯粹出于偶然，正如陈著《俞默翁察院求书俞梅轩遗老传后》所言："使汉史臣不因传其兄伏波以附见其平生万一，则与茂陵草木同腐久矣。"②

然而，就这样一个普通小人物的生活理想，却成了无数文人欣赏、向往乃至效法的榜

---

① 范晔：《后汉书》卷二四，中华书局1965年版，第838页。
② 陈著：《本堂集》卷四四，影印文渊阁四库全书本。

样。那么，马少游这一不起眼的人物是为何人在何时发现的呢？据笔者或许不太全面的文献调查发现，在唐代以前，除了记载马援事迹的史书外，几乎无人提及马少游。也就是说，马少游在唐代以前并没有引起人们特别的注意。到了唐初，马少游事迹被《艺文类聚·人部·言志》收录。然该书为类书，收录少游事乃出于惯例，并非发现其特别的意义。据《全唐诗》看，唐代较早明确将少游事写入文学作品的是李颀《送刘十一》："房中唯有老氏经，枥上空余少游马。"① 该诗中的"少游马"还仅仅是一个普通的名物，尚未有明显的文化意义。此后，唐中期文人刘禹锡的《经伏波神祠》中之"一以功名累，翻思马少游"② 开始注意到马少游的文化内涵，然而该诗吟咏的主体对象却是马援，马少游只因题材需要偶尔涉及，马少游的意义仍然未能真正为人们揭示出来。

马少游的真正被发现，或者说马少游的文化内涵被挖掘是在宋代。宋代宋庠是较早援引马少游这一人物形象入诗的诗人。稍后，韩维、刘敞、文同、王安石、苏轼的诗作中相继出现了马少游的形象。上述诸人乃同时代年岁递减的诗人，马少游作为艺术形象相继在他们的作品中出现，似乎预示着宋代社会进入了马少游心态时期。果然，此后两宋文人的创作中便频频出现引用、化用乃至吟咏马少游事迹的现象，这种状况一直持续到南宋灭亡。

简单对创作中涉及马少游事迹的宋代文人的身份作一分析，不难发现这些作者几乎涵盖了除北宋初期之外的整个宋代各个阶层的文人。他们中间有官至宰执如王安石、李纲者，亦有沉沦下僚乃至布衣如李处权者；有文坛领袖如苏轼者，亦有一般诗人如胡仲参者；有人格高洁如王庭珪者，亦有人品为人唾弃如方回者。借用西方心理学术语，两宋时期的文人普遍具有浓厚的马少游情结。这一情结，大体有如下几方面的表现。

首先，对马少游出处行藏予以赞扬。该类作品以刘敞的《自京师泛舟还郡作三首》为代表。其诗云：

> 昔在马少游，抗志安故土。其后庞德公，迹不践城府。出乘款段马，身与麋鹿伍。乡里称善人，妻子同陇亩。人生资衣食，既足尚何取。致求多赢余，筋力但自苦。③

从艺术角度评判，这首诗歌乏善可陈；就思想深度而言，同样亦不足观。该诗仅仅是马少游思想的复述，无非将散文句换成了诗歌的形式。然而，这首诗却有两点值得注意：一、该诗写作的时间较早，为宋代第一批吟咏马少游人生出处的诗歌，筚路蓝缕，有开创之功；二、刘敞在该诗中对马少游其人其事赞扬备至，并表达出对马少游生活方式的认同，同样得风气之先。

其次，宋人的马少游情结表现在将马少游作为一个高标以比拟他人。比如，苏轼《行宿、泗间，见徐州张天骥，次旧韵》中之"二年三踅过淮舟，款段还逢马少游"④、虞俦《挽主簿杨仲远诗》中之"人间俯仰成千古，痛念吾乡马少游"⑤、洪咨夔《宿翠岩寺呈马彦

---

① 彭定求等：《全唐诗》，中华书局1992年重印本，第1351页。
② 刘禹锡著、卞孝萱校订：《刘禹锡集》卷二二，中华书局1990年版，第279页。
③ 刘敞：《公是集》卷四，影印文渊阁四库全书本。
④ 苏轼著，王文诰辑注、孔凡礼点校：《苏轼诗集》卷三五，中华书局1982年版，第1903页。
⑤ 虞俦：《尊白堂集》卷二，影印文渊阁四库全书本。

若徐师川》中之"已闻高士徐孺子,更约平生马少游"①、胡寅《和洪秀才八首》中之:"岂但人称善,无惭马少游。"② 我们知道,古典诗歌创作中常有用古人指代今人的做法,前提是两者有某种相似之处,比如品德、才华或是才干等。而且如果是对今人的赞美,这种比拟一定是选取为作者所认可的甚至是推崇的古人作为比拟的对象,苏轼与虞俦的诗句显然正是如此。洪刍的诗句用马少游指代马彦若表面看是选取二者同为马姓,实际上也暗含有对对方的推尊之意,这一点从马少游与徐孺子的并列中可以看出。至于胡寅对洪秀才的赞美是通过与马少游作类比而得出的,更可见将马少游作为一个很高的标准。

再次,表现在对马少游生活方式的向往。这是宋人马少游情结的集中体现。黄庭坚《次韵章禹直魏道辅赠答之诗》云:"我老倦多故,心期马少游"③;赵蕃《谒伏波庙四首》:"功名慷慨吾无志,所愿平生马少游。"④ 如此等等,皆表达出将马少游生活作为理想追求的意愿。而且,事实上,宋人不乏在现实生活中效法马少游者。陈师道记载秦观改字少游的原因:"于是字以太虚,以导吾志。今吾年至,而虑易。不待蹈险而悔及之。愿还四方之事,归老邑里,如马少游,于是字以少游,以识吾过。"⑤ 又如李纲仲弟"不事事,常慕马少游之为人,如某者正其所悯笑也"⑥。

二、宋人眼中的马少游

西谚有云:"一千个读者眼中就有一千个哈姆雷特。"宋人虽然对马少游的理解不至有如此大的偏差,但宋人笔下的马少游已不完全是历史上真实的马少游,这也是不争的事实。宋人对马少游的理解主要着眼于其安分寡求的生活态度,并进而将其上升到安贫乐道的道德高度。这些理解基本上没有偏离历史人物马少游的本来面目。不过,宋人对马少游的解读并不仅仅限于此,而常常渗透着他们自己的人生体会。与前文笔者对马少游形象的客观解析作一对照,我们发现宋人在以下两个方面有意或无意地对马少游的形象进行了重新塑造。

1. 马少游的隐士化

从《后汉书》的记载中可以得知,马少游并没有选择隐居,他为了满足自己的温饱生活,仍然愿意为郡掾吏。显然,马少游的人生选择与传统意义上的"不事王侯,高尚其事"的隐士人生理想有较大的出入。陈造在《十二月二十六日趋府》中就认定:"庞翁马少游,似非隐者徒。"⑦ 然而,翻检宋人诗文集,却不难发现不少诗人往往将马少游理解为古之隐君子。

> 苏轼《次韵黄鲁直寄题郭明父府推颍州西斋二首》云:"雪堂亦有思归曲,为谢平生马少游。"⑧

---

① 洪刍:《老圃集》卷下,影印文渊阁四库全书本。
② 胡寅:《斐然集》卷五,影印文渊阁四库全书本。
③ 黄庭坚著,任渊、史容、史季温注,刘尚荣校点:《黄庭坚诗集注·山谷外集诗注》卷一一,中华书局2003年版,第1157页。
④ 赵蕃:《淳熙稿》卷一八,丛书集成初编本。
⑤ 《秦少游字序》,陈师道《后山集》卷一一,影印文渊阁四库全书本。
⑥ 《与秦相公第八书别副》,李纲著、王瑞明点校:《李纲全集》卷一一八,巴蜀书社,第1127页。
⑦ 陈造:《江湖长翁集》卷三,影印文渊阁四库全书本。
⑧ 《苏轼诗集》卷三一,第1643页。

刘一止《梅子渐朝议一首》："田园竟老陶元亮，乡里谁如马少游。"①

周必大《次张钦夫经略韵送胡长彦司户还庐陵》："解印陶元亮，居乡马少游。"②

陆游《自咏》："陆驾少游车，水泛渊明舟。"③

陈著《次韵张子开教授游仗锡寺偶成》："人知晚节陶元亮，谁识初心马少游。"④

王铚《送和斜川诗二首并序》："采药游名山，恐是韩伯休。款（待）［段］下泽车，久师马少游。两公学真隐，异世今同流。"⑤

王铚诗径称马少游为"真隐"，这从某种程度上代表了宋代诗人对马少游的理解。刘一止、周必大、陆游、陈著的诗歌，将马少游与一代大隐陶渊明相提并论，正是王铚观点的佐证。苏诗字面意思虽未如上述三诗显豁，但细细分析，亦不难发现苏诗对马少游亦如是看待。苏诗的第一句，王十朋注："尧卿公在黄州盖雪堂，尝裁节陶渊明《归去来》为《思乡曲》。"⑥ 意即苏轼有思归（即归隐）之意，第二句紧承隐逸之意，提出效法马少游乃平生宿志，将马少游理解为隐士之意甚显。像苏诗这样虽不明言马少游为隐士，却以某种方式予以暗中关联是宋人最常见的表述方式，王安石《次韵酬朱昌叔五首》中"已知轩冕真吾累，且可追随马少游"⑦ 便是一例。诗人既然表现出以轩冕为累的想法，自然便会产生归隐之念。而诗人所愿意成就的隐逸人生的偶像却是马少游，马少游在诗人心目中的形象不言而喻。

2. 马少游的道德化

戴复古有一首诗歌，其诗题有"吾子固虽富而不骄，有礼文足以饰身，乡里称其善，马少游之流也"⑧ 之句，其对马少游道德品质的理解较为接近历史的本来面貌，仅仅称其为乡里之善人。然而，马少游形象在为数不少的宋人笔下却被拔高，常常被赋予超越了其人所具备的道德品质，成了一种道德楷模。陈傅良《挽刘茂实和州》云："欲课民庸元道州，欲评人品马少游。"⑨ 对亡者人品的赞颂，摒他人而独取马少游为喻，推尊之意一目了然。刘敞《同客饮涪州薛使君佚老亭》："嗟嗟贤大夫，此风可镇浮。为问三辅间，何如马少游。"⑩ 同样也将马少游理解为道德君子。其诗意在通过将薛使君与马少游对比，凸显薛使君的道德感染力之强，有重树乡风之效。诗人赞美薛使君，以马少游作为陪衬，从表现手法看，这是一种正面烘托；从表述效果看，该句间接表达了诗人对马少游的高度评价，从侧面证明了马少游在诗人心目中道德高标的形象。至于许纶的《楚望楼》更将马少游视为不可

---

① 刘一止：《苕溪集》卷八，影印文渊阁四库全书本。
② 周必大：《文忠集》卷七，影印文渊阁四库全书本。
③ 陆游著，钱仲联校注：《剑南诗稿校注》卷六六，上海古籍出版社，第3733页。
④ 陈著：《本堂集》卷二三。
⑤ 王铚：《雪溪集》卷一，影印文渊阁四库全书本。
⑥ 苏轼著，王十朋集注：《东坡诗集注》卷二九，影印文渊阁四库全书本。
⑦ 王安石著，李壁注，李之亮补笺：《王荆公诗注补笺》卷二六，巴蜀书社2002年版，第475页。
⑧ 戴复古：《石屏诗集》卷三，四部丛刊续编。
⑨ 陈傅良：《止斋先生文集》卷九，《四部丛刊初编》本。
⑩ 刘敞：《公是集》卷六。

企及的道德楷模，他甚至认为谢安之功业可及而少游之德行难达："共俟谢安石，难追马少游。"①

马少游形象的重新塑造，主要体现在上述两点。此外，宋人还常有将马少游理解为失意的士人、才疏学浅之士等，前者如赵蕃《枕上有感二首》中之"长随马少游，浮湛自闾里"②，岳珂《十月廿五日有诏以予班六卿赐对衣金带鞍马二首》中之"非念蹉跎马少游，几年田野任沉浮"③；后者如欧阳守道《跋赵武德墓志铭后》："拱辰之才之大，盖非特马少游所谓守坟墓、称乡里者。"④

从上面现象的列举中可以看出，出现于宋人笔下的马少游，已非历史上的马援之堂弟马少游，而是宋人臆想中的观念人物。也就是说，宋人对马少游的解读是一种误读。那么，宋人何以会误读马少游？又为什么主要将其误解为隐士与道德之士？

首先应该承认，上述问题似乎是伪命题。人们无论是对文学作品中的人物，还是对历史人物乃至现实生活中人物的理解，总会与事实有所偏离，正所谓"作者未必然，读者未必不然"。但联系到宋人对马少游的误读有太多的类似之处，有必要对宋人误解的原因作一探讨。

两宋文人对马少游最普遍的误解是将其视为隐士。种种迹象表明，这种误解并非出于偶然。翻检宋人有关马少游的诗文，难得有提及马少游"为郡掾吏"这样的人生理想。这种带有群体性的忽略，显然不能仅以偶然作为解释。我们对《后汉书》中有关马少游的文字进行分解，发现如下一些词语较为显目：下泽车、款段马、郡掾吏、坟墓、善人。其中"坟墓"与"善人"特殊性相对较弱，但宋人的诗文中仍有以此指代马少游事迹者，如韩维《六弟亲诣松楸时祭》："应念少游尝有语，可能疏氏独高明"⑤，秦观《还自广陵四首》："薄茶便当乌程酒，短艇聊充下泽车。坟墓去家无百里，往来仍不废观书"⑥，程俱《旅食写怀》："离骚痛饮非名士，款段还乡亦善人。"⑦至于"下泽车"与"款段马"则几乎成了典故，略举数例如下：

韩维《次韵和君实寄景仁》："每诵少游言，顾惭下泽辕。"⑧
黄庭坚《次韵答宗汝为初夏见寄》："归乘下泽车，绝意麒麟阁。"⑨
陈师道《还里》："款段引下泽，断弦更空觞。"⑩
魏了翁《蟠鳌孙通直》："趋义古君子，辞荣真丈夫。泽车款段马，古锦小奚奴。"⑪

---

① 许纶：《涉斋集》卷一三，影印文渊阁四库全书本。
② 赵蕃：《章泉稿》卷一，丛书集成初编本。
③ 岳珂：《玉楮集》卷八，影印文渊阁四库全书本。
④ 欧阳守道：《巽斋文集》卷二〇，影印文渊阁四库全书本。
⑤ 韩维：《南阳集》卷一一，影印文渊阁四库全书本。
⑥ 秦观著，周义敢等编注：《秦观集编年校注》卷三，人民文学出版社，第47页。
⑦ 程俱：《北山小集》卷一〇，四部丛刊续编本。
⑧ 《南阳集》卷六。
⑨ 《黄庭坚诗集注·山谷诗外集补》卷二，第1623页。
⑩ 陈师道著，任渊注，冒广生补笺：《后山诗注补笺》卷六，中华书局1995年版，第217页。
⑪ 魏了翁：《鹤山集》卷九二，影印文渊阁四库全书本。

然而，唯独"郡掾吏"一词很少为宋人在创作中使用，笔者仅见宋庠《初倅襄阳郡事感而自咏三首》之"平日少游思郡掾，当年邓禹志功曹"①、薛道祖《马伏波事诗》之"仕为郡掾吏，身自守丘园"② 等不多的诗句涉及。那么为什么在关于马少游的事迹中，连较为普通的"坟墓""善人"两词都被用来指代马少游的出处行藏，独独这个带有较强独特性的词语反而为人所忽略呢？

前文曾经指出，唐代以前除了史书的记载外，几乎没有任何文字涉及马少游。第一次对马少游事迹进行介绍的是唐初的《艺文类聚》，该书对马少游的介绍如下：

> 《后汉书》：马少游谓其从兄援曰："士生一世，但取衣食裁足，乘下泽车，御款段马，守坟墓，乡里称善人，斯可矣。"③

对照《后汉书》的原文，很容易发现《艺文类聚》省略了马少游"为郡掾吏"的理想，而这一点正是两宋文人的诗文常常不涉及的内容。联系到《艺文类聚》的类书性质及诗文作家常常从类书中寻找材料的创作习惯，不难看出二者之间的联系，即作为诗歌（文章）来源的类书记载的内容限制了作者对真相的了解，使得两宋时期的文人几乎集体性地忽略了马少游"为郡掾吏"这一带有特征性的想法，导致宋代文人群体性地误解了马少游的真实身份。

找到了马少游被隐士化的根源，自然也就容易理解马少游何以被道德化。一方面，被视为隐士的马少游享有了与陶渊明等真正隐士的声誉，而中国古人对隐士向来以道德君子看待；另一方面，《艺文类聚》中又摘录了"乡里称善人"的记载，强化了人们以马少游为道德之士的认识。更重要的是，马少游的理想中还提及衣食无忧的生活状态，容易为一般士人接受，也容易为人效法。周必大《广南提学市舶江公墓志铭》中的墓主江文叔正是马少游道德思想的践行者："既仕，益自刻励。声誉昭晰，平居未尝失色于人，临事则志不可夺。每诵马少游乡里目为善人之言，终身行之。"④

三、马少游情结产生的原因

通过一些电子文献检索系统对一些关键词检索数据分析（需要说明的是，现有数据库的统计不能完全反映实际的情况，但可以作为参考），发现无论与宋之前的魏晋南北朝隋唐五代相比，还是与此后的元明清相比，宋代涉及马少游的诗文在数量上都占绝对的优势。因此可以说，在整个封建王朝中，宋代文人的马少游情结最为突出。究其原因，大概有下面四个方面的理由：

1. 宋代内敛的文化性格为马少游被那个时代的文人接受提供了适宜的环境

宋代文化基本上属于宋型文化，宋型文化的特征需要通过与唐型文化作比较方能得出结论。关于这方面的研究，前人论述已多，且从不同的角度会得出不同的结论，这里仅选择与本论题相关的内容稍作比较。与唐型文化相比，宋型文化相对较为内敛、老成。而作为这种

---

① 宋庠：《元宪集》卷一四，影印文渊阁四库全书本。
② 岳珂：《宝真斋法书赞》卷一三，影印文渊阁四库全书本。
③ 欧阳询：《艺文类聚》卷二六，上海古籍出版社1981年版，第464页。
④ 周必大：《文忠集》卷七二。

文化承担者与制造者的宋代文人同样具备上述特征。他们与唐代文人相比，性格内敛、性情淡泊、情感细腻、老成持重。从某种程度上说，马少游的人生态度正是这种文化的代表。

与唐代的文人一样，宋代文人也有热衷事功的一面，但宋人的事功不同于唐人的建功立业。由于宋朝统治者的右文抑武的政策，宋人不像唐人那样热衷于建立军功，而更强调文事。而且，就一般事功而言，宋人的兴趣似乎也不仅仅在治国平天下，而常留心于精神世界的道德建设。了解了这一点，也就更容易理解为什么宋人常常将马少游道德化。而马少游对马援外在事功的否定以及自身"乡里称善人"的道德自律正契合宋人的文化心理。胡寅的《阳夏谢君墓志铭》中称引的墓主谢舜宾所言"一生无所遇，能不获咎于州乡，是岂非马少游之志耶"①，正是这种文化心理的注脚。也正因为如此，赵蕃在《谒伏波庙四首》中理直气壮地称："功名慷慨吾无志，所愿平生马少游。"②

宋人认同马少游在很大程度上是对马少游淡泊人生态度的体认。黄庭坚《薄薄酒二章并引》云："以予观赵君之言，近乎知足不辱，有马少游之余风。"③ 关于《薄薄酒》的本事，苏轼《薄薄酒二首并引》有说明："胶西先生赵明叔，家贫，好饮，不择酒而醉。常云：薄薄酒，胜茶汤；丑丑妇，胜空房。"④ 黄庭坚将赵明叔与马少游概括为同一类人，即"知足不辱"，正代表了以黄庭坚为代表的宋人自己的人生态度：知足常乐、淡定自若。这种淡泊的人生态度，又与宋人较为老成的心态有关。宋人与唐人相比，理性有余而热情不足。马少游也是如此，其否认马援的生活方式，并不是情感上不认同，而是理性思考的结果。宋人对马少游生活方式的认同，同样也是理性思考的结果。王庭珪为赵公子作《足斋记》，赞赵有马少游之风，且曰："今君以足榜其楣，而请余文以为记，朝夕逍遥寝味其下，无一毫不足人意，且非迫困穷而后有得于此，又可贵也。"⑤ 正说明宋人对生活方式的选择乃出于理性。而宋人对马少游的认同，亦出于理智的选择。张元幹《宣政间名贤题跋》："昔马少游愿为郡掾吏，意在坟墓，笑伏波有大志。人志固不同也，至伏波在壶头，乃始念其语，少游几近本哉。"⑥ 通过理性的比较分析，指出马少游的可取。晁补之论述对马少游人生态度的认识，在《进士清河张君墓志铭》中写道："昔马少游常哀其兄援'慷慨有大志'，以谓士生一世，取衣食裁足，乘下泽车，御款段马。使乡里称善人，斯可矣。致求盈余，且自苦尔。而援后遭光武，立功万里之外，光于竹帛，亦可以无憾。而当其卧浪泊时，至念少游平生语，若不可得。方余年少，意援老愈志易，不然何愧于少游者。后余宦学四方，无所成就，既未有援毫发可以厌足，加齿未若援老也，而已非元龙上床之意，从许君问舍之事，不自知与前日之虑易然，后益知少游达识，果足以愧援。"⑦ 同样，结合自身的体会，理性地肯定马少游的识见。

另外，宋人细腻的情感体验，对祖先的孝心、对家庭乐趣的关注，也是认同马少游的因素。苏轼《次韵田国博部夫南京见寄二绝》云："大夫行役家人怨，应羡居乡马少游。"⑧

---

① 胡寅：《斐然集》卷二六。
② 赵蕃：《淳熙稿》卷一八。
③ 《黄庭坚诗集注·山谷外集诗注》卷五，第890页。
④ 《苏轼诗集》卷一四，第687页。
⑤ 王庭珪：《卢溪文集》卷三五，影印文渊阁四库全书本。
⑥ 张元幹：《芦川归来集》卷一〇，影印文渊阁四库全书本。
⑦ 晁补之：《鸡肋集》卷六八，《四部丛刊初编》本。
⑧ 《苏轼诗集》卷一八，第932页。

李纲《次昭武展省祖茔焚黄因会宗族二首》："不到乡间二十秋，幸因帝命得来游。过家上垄怀先德，酾酒挥金学故侯。季子归来饶印绶，魏舒起废拥貔貅。自嗟慷慨据鞍客，不及当年马少游。"① 皆是例证。

2. 险恶的政治环境使文人在心理上认同马少游

宋代文人的生存环境与此前此后的朝代相比，应该不算很差。宋代初年，赵宋王朝就制定了优待文臣、不杀文臣的祖宗家法，而且事实上也基本遵循了这一做法。但尽管如此，宋代文人在政治生活中仍然充满险恶。除了一般官场的倾轧外，两宋文人还往往难以摆脱党争。庆历年间，有以范仲淹为首的新政派与保守派的斗争；熙宁年间，王安石变法后的新旧党争并且一直延续到北宋末年甚至南宋初；南宋则有宋金和战之争、道学与反道学之争。党争的结果往往伴随着一系列的政治迫害，"进奏院案""乌台诗案""车盖亭诗案""李光作小史案"等皆是。如此，宋代文人自然产生畏惧心理、避祸心理。

在这样的情况下，远祸自保的马少游为宋人认同也在情理之中。刘跂《次孙君汝弼晚步韵》："赋成拟学张平子，志大空惭马少游。"② 以马少游作为自己反省的参照，很能说明诗人在党争激烈的时代里所具有的特殊心理。而事实上诗人最终也的确选择了如马少游般韬光自藏的生活，《宋史·刘挚传》："跂能为文章，遭党事。为官拓落，家居避祸，以寿终。"③ 廖行之《田舍杂兴怀长兄四首》："遥知此日黄初起，颇忆平生马少游。薄有田园奉甘旨，苦无机械与沉浮。"④ 赞赏马少游同样也源于马少游的生活可以摆脱官场的纷争与人世的沉浮。而马少游这一形象较早地出现在王安石、苏轼等经历过激烈政治斗争的文人作品中，也正可以作为上述观点的佐证。

另外，在特定历史条件下，人生理想不可实现也导致宋人在心理上认同马少游。下面以南宋时期为例展开论述。从靖康之难发生至金朝灭亡，朝野抗金之声不断，然而南宋朝廷出于种种原因，抗金的积极性不高，一味退让，而多数时候对抗金人士却百般打击。抗金志士有心请缨，却报国无门，积极进取的人生理想被无情毁灭，容易产生悲愤失落的心理。而心理学告诉我们，几乎每个人都具有双重的人格。既然积极进取的理想没有实现的可能，又不愿随波逐流，与世沉浮，那么归隐田园也就成了抗金志士较为理想的生活方式。在宋代被隐士化的马少游自然成为他们心目中的众多隐士偶像中的一员，得到他们的推崇。另外，马少游是作为奋发有为人生的代表——马援的对立面出现的，那些具有马援人生追求的抗金人士在严酷的现实面前选择归隐，自然更容易在心理上认同马少游，以其作为他们的生活榜样。正因为如此，靖康之难发生后的南宋初期，马少游崇拜现象最为突出。而陆游等人的诗文则出现对马少游前后不一致的评价。他们的诗文中既有对马少游的人生观持否定态度，如"一樽共讲平戎策，勿为飞鸢念少游"⑤，又对马少游三致意焉："上书不上登封书，乘车但乘下泽车。"⑥ 对马少游的否定是作者积极人生观的体现，而对马少游的赞赏则是其积极进取的人生志向不能实现后失落、消极、逃避心理的流露。

---

① 《李纲全集》卷二九，第387页。
② 刘跂：《学易集》卷三，影印文渊阁四库全书本。
③ 脱脱等：《宋史》卷三四〇，中华书局1977年版，第10858页。
④ 廖行之：《省斋集》卷三，影印文渊阁四库全书本。
⑤ 陆游：《猎罢夜饮示独孤生》，《剑南诗稿校注》卷八，第694页。
⑥ 陆游：《独立》，《剑南诗稿校注》卷七九，第4291页。

3. 宋人隐逸观念的变化为马少游情结的产生提供了理论基础

隐逸本是政治的对立物。早期的隐士，无论是传说中的巢父、许由，还是历史人物伯夷、叔齐，都与当政者采取不合作的态度。但在后来的发展过程中，隐逸逐渐偏离了本来的意义，发生了一些变异。人们已不再将隐逸仅仅理解为身处深山老林，与世隔绝，远离政治，而将隐逸理解为心路选择。故汉武帝时期有东方朔隐于金马门；魏晋文人提出"大隐"并付诸实践；南朝谢朓隐于外郡；唐代王维隐于佛禅、韦应物隐于郡斋。隐逸也因此出现了各种各样的名目：大隐、小隐、吏隐等，在此基础上，中唐白居易又创造性地提出了"中隐"。

白居易《中隐》诗曰："大隐住朝市，小隐入丘樊；丘樊太冷落，朝市太嚣喧。不如作中隐，隐在留司官。似出复似处，非忙亦非闲。不劳心与力，又免饥与寒。终岁无公事，随月有俸钱。"① 究其实质，白居易所谓的"中隐"，承接着"大隐""小隐"而来，不再是传统意义上的隐逸，而是亦仕亦隐，将做散官、闲官、地方官视为隐逸的一种观点。这种"隐"，既可享受朝廷的俸禄，又可躲避朝堂的纷争，远祸自保、获得隐士所拥有的心灵自由。白居易的"中隐"观得到了宋人的认同，有宋一代，效法白居易者甚众。且不说诸如"禄隐""半隐"等名目繁多的隐逸方式是"中隐"观的翻版，就仅从宋代建筑中众多的"中隐堂""中隐亭""半闲亭"等名称中就可以想见白居易"中隐"观影响之大。

而且，宋人在继承白居易"中隐"观的同时，进一步从理论和实践上丰富其内涵。王安石《禄隐》曰："饿显之高，禄隐之下，皆迹矣，岂足以求圣贤哉？唯其能无系累于迹，是以大过于人也……《易》曰：或出或处，或默或语。言君子之无可无不可也。"② 王安石所说的"禄隐"，类似于白居易的"中隐"，他剔除了白居易"中隐"观中的庸俗的享乐成分，而从理论上予以总结，指出隐逸应该不论形迹而论心迹。无论是义不食周粟的伯夷、叔齐，还是三黜士师的柳下惠，都一样值得尊敬，因为他们的或仕或隐，形迹不同，但循道之心迹相同。王安石的"无系累于迹"的观念，正体现了宋人形而上的观照方式。所以，这里王安石所论证的，尽管非必是隐逸之道，却完全可以用来理解宋人的隐逸观念。在这种重"心迹"轻"形迹"的隐逸观念下，宋人的出处行藏也有了自己的特点。相比较而言，宋代真正与政权对抗的隐士已不多见，而更多地是出于审美的目的，具有世俗性。即便是拒绝入仕的隐士，也并不远离尘世，与人间隔绝，所以林逋一生不仕，却屡次接受朝廷的赐粟；朱敦儒早年隐逸，却倚红偎翠、诗酒风流。更能代表宋人隐逸观的是苏轼。苏轼从刚踏上仕途不久，便与其弟苏辙有对床夜语之约，后来又屡屡在诗文中表达归隐之思，但他却终生未离仕途，其诗句"未为小隐聊中隐"，或许正是其心隐的实践指南。

明了了宋人隐逸观的变化，自然也就弄懂了何以学养深厚的宋人偏偏集体性地忽略《后汉书》这一部常见书中有关马少游"为郡掾吏"的人生理想而将其误解为隐士。当然，也容易明白何以陈师道一方面既认识到马少游的出仕之事（之想）："未仕宁论马少游"③，另一方面却又认定马为隐士："不应为米轻乡里，定复还从马少游"④。总之，宋人重隐逸心迹的观念为接受马少游奠定了思想基础，人们或是有意识地忽略其为郡掾吏的理想，或是将

---

① 白居易著，顾学颉校点：《白居易集》卷二二，中华书局1979年版，第490页。
② 王安石：《临川先生文集》卷六九，《四部丛刊初编》本。
③ 陈师道：《送王牛兼寄西堂图澄禅师》，《后山诗注补笺·后山逸诗笺》卷下，第574页。
④ 陈师道：《上赵使君》，《后山诗注补笺》卷一〇，第378页。

这一理想视为"中隐""吏隐"的标本。

4. 宋代社会普遍的享乐之风决定了宋代文人在仕与隐的徘徊中选择界限较为模糊的马少游作为人生榜样

当然，前文强调宋人重隐逸之心迹，是从形而上的层面来讨论的。具体到现实操作中，宋人更倾向于白居易的"中隐"。我们知道，有一部分隐士隐居的目的是逃避险恶的政治环境，但选择隐居，就意味着选择清贫，而宋代文人难耐清贫。这需要从"杯酒释兵权"说起，宋太祖在"陈桥兵变"的次年，鉴于以往的历史教训，以提倡享乐换取军权，从此大开宋代社会的享乐之风。再加上宋代优待文士，官员俸禄较为丰厚，城市经济繁荣，这些都大大刺激了文人的享乐习气。北宋真宗朝宰相寇准以豪奢闻名，素有太平宰相之称的晏殊也喜宴宾客："未尝一日不燕饮。"① 甚至刚直方正的司马光，生活亦与节俭无缘。南宋也是如此，朱胜非《闲居录》："赵鼎起于白屋，有朴野之状。一日拜相，骤为骄侈，以临安相府不足居，别起大堂，奇花嘉木，环植周围。"② 后人或以为此则材料乃朱胜非杜撰攻击赵鼎，其实，如果我们联系整个宋代的享乐之风，很难轻易否定这条材料的真实性。

享乐生活自然需要丰厚的物质作为保证，而宋代官员很多出身于普通百姓家庭，他们的家底很多并不殷实。他们的物质享受，对俸禄的依赖性很大。北宋杜衍曾言："衍本一措大尔，名位爵禄，冠冕服用，皆国家者。""一旦名位爵禄，国家夺之，却为一措大，又将何以自奉养耶？"③ 杜衍的这番话很能说明问题。相传晏殊为馆职时不与文馆士大夫宴集，因而为皇帝选为东宫官，皇帝面谕除授之意时，晏殊回奏："臣非不乐燕游者，直以贫，无可为之具，臣若有钱亦须往，但无钱不能出耳。"④

既对险恶的政治有所畏惧，又难舍赖以保证享乐生活的优厚俸禄，促使文人寻找一种介于二者之间的另一种生活方式。既可算隐居，又衣食无忧的白居易的"中隐"自然备受青睐，而马少游的生活理想恰恰又是白居易"中隐"的变异。而且两者作一比较，马少游的"隐"更具有可操作性，也更接近真正意义上的归隐。陆游《悲歌行》中所言"勉骑款段乘下泽，州县岂必真徒劳"⑤，正是当时文人对"中隐"进一步认识的表现。

这自然为处于矛盾心理的宋人欣赏。以故，宋人喜欢歌咏马少游的生活方式。吕南公《酬次道京还见寄诗二首》即是这种心理的集中反映：

平昔贤他马少游，有官何必至封侯。天如大雨当挥手，命合高眠亦到头。幽涧鱼肥堪煮炙，丰年酒贱易追求。恨君门馆无酣伴，枉共痴儿对一秋。⑥

为官固然未为不可，但无须非要追求高官厚禄。人生应该安于现实，乐天知命，及时享受生活。应该注意到，诗歌中赞扬的马少游的生活，实际上很难界定是官是隐，而应该是宋代文人将仕与隐的界限打破以后重新规划出的全新的生活方式。于此，苏轼的《次韵黄鲁直寄题郭明父府推颍州西斋二首》更是这种奇妙心理的表白：

---

① 叶梦得著，徐时仪校点：《避暑录话》卷二，《宋元笔记小说大观》，上海古籍出版社2001年版，第2615页。
② 朱胜非：《秀水闲居录》，国学扶轮社1915年版。
③ 《丞相祁国杜正献公》，朱熹《五朝名臣言行录》卷七，《四部丛刊初编》本。
④ 沈括著，金良年点校：《梦溪笔谈》卷九，上海书店2003年版，第86页。
⑤ 陆游：《剑南诗稿校注》卷四七，第2878页。
⑥ 吕南公：《灌园集》卷六，影印文渊阁四库全书本。

寂寞东京月旦州，德星无复缀珠旒。莫嗟平舆空神物，尚有西斋接胜流。春梦屡寻湖十顷，家书新报橘千头。雪堂亦有思归曲，为谢平生马少游。①

苏轼该诗提到自己希望如马少游那样归隐乡里，是因为有了归隐的条件"家书新报橘千头"。这里用了一个典故，《荆州记》："李衡……遣客于武陵龙阳汜州种柑橘千株，临死语其子曰：'吾有千头木奴，不责汝衣食，岁得千匹绢，亦足用矣。'"② 苏诗借用这个典故说明，自己有了归隐的物质保障，不必非要为官。联系到苏轼的另一首《山村五绝》中"窃禄忘归我自羞，……方念平生马少游"③ 之句，可以推知这首诗并非仅仅是苏轼的牢骚之言，而从某种程度上代表了与苏轼类似的徘徊于仕与隐之间的文人的心态：即便归隐山林，亦须衣食无忧。故，苏轼笔下的马少游尽管是一个纯正的隐士，却是木奴千头的隐士，即具有物质保障的隐士。

综上所述，因为汉代名将马援转述其志，本该为历史湮没的马少游名载史册；因为《艺文类聚》的转录与选择性省略，胸无大志的马少游被隐士化与道德化；因为契合老成、淡泊、徘徊于仕与隐边缘的宋代文士的心灵，原本无足称道的马少游成了宋人的精神偶像。历史偶然记载了马少游，宋人有意误解了马少游，时代又必然成就了马少游。

---

① 《苏轼诗集》卷三一，第 1642～1643 页。
② 转引自《东坡诗集注》卷九《赠王子直秀才》诗注。
③ 《苏轼诗集》卷九，第 439 页。

周密诗、词之考察

黄 海

贵州大学人文学院

内容提要：周密是宋元之际著名的文人，著作丰富。他的诗、词创作在当时都有名气，两种文体之间因为渗透了周密的文学思想、生活经历，在很多地方都存在共同之处，比如：崇尚自然、工于炼字造句、善用事、追求清雅之美。但是，诗、词是两种不同的文体，尤其是周密严守词自是一家的观念，导致他的诗、词所表现的范围有明显区别。周密诗、词作品中体现出的互动与不同，与南宋晚期文坛对诗、词的认识是一致的。

关键词：周密 诗 词

"周密的作诗与作词相通，作词又与选词相通。周密的诗友戴表元晚年为周密《弁阳诗集》作序，总结他的三个创作阶段和三种不同的诗风，概括说：'公谨少年，诗流丽钟情，春融云荡，翘然称其材大夫也。壮年典实明赡，睹之如陈周庭鲁庙遗器，蔚蔚然称其博雅多识君子也。晚年辗转荆棘霜露之间，感慨激发，抑郁悲壮，每一篇出，令人百忧生焉。又乌乌然称其为累臣羁客也。'如此巧合，这三个创作阶段变化出三种诗歌风格，正好与周密曲子词的三种不同风格对应。周密词早年应社的清丽，中年纪游的高远，晚年凭吊的悲凉，与他的诗歌呈现为同步变化。"[①] 通读周密诗、词后，确实能感受到其诗风的转变与词风的转变是有着相应的关系的。这种诗、词风格的同步转化不是巧合，而是周密内心情感和文学思想与晚宋时代思潮共同作用的结果。通过比较周密的诗、词作品，我们可以看到这些作品在创作态度、作品风格、创作技巧等方面都有共同之处，诗与词两种文体在某些方面还相互影响。但由于周密对诗、词文体的认识不一样，也导致了他的诗与词在题材、内容上有很大的不同。

一、诗、词皆崇尚自然

马廷鸾在《题周公谨蜡屐集后》说："以余观公谨，非能为诗，不能不为诗也！"[②] 虽然《蜡屐集》已然亡佚，但从马廷鸾的评价中可见周密的诗歌在当时是以真情流露打动人的。现存诗集《草窗韵语》，陈存敬序云："君自命草窗，果于此有德，机动籁鸣，必有不求工而自工者，其进未可量也。"也认为周密的诗歌"不求工而自工"，可见当时人们对周密的诗歌评价也是比较高的。

在创作中，周密也不断表达他文主自然的思想。周密《次韵山庄杂咏十首》（本文所引

[①] 肖鹏著《群体的选择——唐宋人词选与词人群通论》，凤凰出版社2009年版，第353页。
[②] 马廷鸾著《碧梧玩芳集》卷十五，见《四库全书》第1187册，台湾商务印书馆1986年版，第1065页。

周密诗皆用《全宋诗》）组诗中，《生香》一首就强调了自然对创作的影响：

> 勾萌日条达，生意腔子满。
> 一气自流行，色香有先晚。
> 刻楮信徒劳，剪彩初无本。
> 天机造群物，四序长衮衮。
> 散我胸中春，八荒无间断。

从这首诗里可以看到周密认为好的诗歌是"一气自流行""剪彩初无本"，是真情流露之作，不加雕琢。同样的思想在词序里也有表达，如《三犯渡江云》（本文周密词皆用邓乔彬校点《蘋洲渔笛谱》）序：

> 丁卯岁末除三日，乘兴棹雪访李商隐、周隐于余不之滨。主人喜余至，拥裘曳杖，相从于山巅水涯、松云竹雪之间。酒酣，促膝笑语，尽出笈中画、囊中诗以娱客。醉归船窗，枕然夜鼓半矣。归途再雪，万山玉立相映发，冰镜晃耀，照人毛发，洒洒清入肝鬲，凛然不自支。疑行清虚府中，奇绝境也，揭来故山，恍然隔岁，慨然怀思，何异神游梦适。因窃自念人间世不乏清景，往往汩汩尘事，不暇领会，抑亦造物者故为是靳靳乎。不然，戴溪之雪，赤壁之月，非有至高难行之举，何千载之下，寥寥无继之者耶。因赋此解，以寄余怀。

这段文字叙述了他作词的缘起是因为触景生情：万山玉立之清冷入骨而记忆深刻，旧地重游感慨丛生，故"因赋此解，以寄余怀"。《解语花》词序亦云："连日春晴，风景韶媚，芳思撩人，醉摁花枝，倚声成句。"《秋霁》序中也说："乙丑秋晚，同盟载酒为水月游。商令初肃，霜风戒寒。抚人事之飘零，感岁华之摇落，不能不以之兴怀也。酒阑日暮，怃然成章。"诸如此类，触景生情，才有发自肺腑之作。

周密多次表达过他对自然真情的诗作的褒扬。《齐东野语》中对刑部侍郎张维评价道："浮游闾里，上下于溪湖山谷之间，遇物发兴，率然成章，采绘之华，而雅意自得。"[1]《浩然斋雅谈》中更是直接列举了如"梨园子弟白发新，江州司马青衫湿""天下三分明月夜，扬州十里小红楼"等诗句，认为这些诗句"皆天衣无缝，妙合自然"[2]。晚年，周密编《澄怀录》一书，所录诗歌，也大多是自然妙和之作。周密强调："盖古人意趣真率，是日适无兴不作，非若后世喋喋然，强聒于杯酒间以为能也。"以为创作是真情流露，而不是为写而写之行为，如他称赞杨万里"梅子流酸软齿牙，芭蕉分绿与窗纱。日长睡起无情思，闲看儿童捉柳花"一诗："极有思致。"

创作中，周密很好地贯彻了他"遇物发兴，率然成章"的主张。王闿运评周密《醉落魄》"余寒正怯"一词道："此亦偶然得句，而清艳天然，几于化工，亦考上上。"[3] 唐圭璋《唐宋词简释》评价《绣鸾凤花犯》"赋水仙"说："此首上片写花，下片写人惜花，轻灵

---

① 周密著，张茂鹏点校：《齐东野语》，中华书局1983年版。
② 周密：《浩然斋雅谈》卷中，中华书局1985年版。
③ 王闿运：《湘绮楼评词》，《词话丛编》，中华书局1986年版，第3858页。

宛转，韵致胜绝。起写花之姿容，继写花之内情，后写花之丰神。换头以下，惜花无人赋，花无人赏。'相将共'以下，拍到己身。上是花伴人，下是人赏花，将人与花写得缱绻缠绵，令人玩味不尽。"① 这首咏物词不受晚宋咏物多堆砌典故风气的影响，情真意切，很好地体现了周密创作由情而发的思想。周济说这首词："一气盘旋，毫无渣滓。他人纵极工巧，不免就题寻典，就典趁韵，就韵成句，堕落苦海矣。特拈出之，以为南宋诸公针砭。"②

周密一方面崇尚自然，看重作品中真情流露，文字上不加矫饰，一任天然；另一方面，对诗、词创作中谋篇布局、炼字造句等也颇有研究，深受江西诗派、晚唐诗人及姜夔等的影响。

二、诗、词皆工于炼字造句、用典

周密在《浩然斋雅谈》中多次举例说明前人用字之妙，他自己的诗、词创作也非常看重炼字造句。陆辅之《词旨》就把周密词的炼字造句作为典范，多处摘引，如在"词眼"下举周密词句"联诗唤酒"（《三犯渡江云》）、"选歌试舞"（《露华》）、"舞勾歌引"（《月边桥》）；"警句"下列"梦魂欲渡苍茫去，怕梦轻、还被愁遮"（《高阳台》）、"休缀潘郎鬓影，怕绿窗年少人惊"（《声声慢》）、"花深深处，柳阴阴处，一片笙歌"（《少年游》）、"看画船尽入西泠，闲却半湖春色"（《曲游春》）等；"属对"中再举周密词句如"砚冻凝花，香寒散雾"（《齐天乐》）、"醉墨题香，闲箫弄玉"（《长亭怨慢》）。清人对周密词的琢句炼字功夫是公认的，不少人在词话中都对此大加赞赏。邓廷桢《双砚斋词话》对周密词的造句功夫做了一个概括："弁阳翁工于造句，如'娇绿迷云，倦红肇晓''腻叶阴清，孤花香冷''散发吟商，替花弄水''贮月杯宽，护香屏暖'之类，不胜枚举。至如《大圣乐》之'对画楼残照，东风吹远，天涯何许？'《微招》之'登临磋老矣，问今古、清愁多少？'《醉落魄》之'愁是新愁，月是旧时月。'《高阳台》之'投老残年，江南谁念方回？东风渐绿西湖柳，雁已还、人未南归。'又一阕云'雪雾空城，燕归何处人家？梦魂欲渡苍茫去，怕梦轻，还被愁遮。'《宴清都》之'凭栏自笑清狂，事随花谢，愁与春远。'皆体素储洁，含毫邈然。"③ 陈廷焯认为周密的《水龙吟》（白莲）"字斟句酌，有镂月裁云之妙。"李佳《左庵词话》则说："词家有作，往往未能竟体无疵。每首中，要亦不乏警句，摘而出之，遂觉片羽可珍。……周草窗云：'梦魂欲渡苍茫去，怕梦轻，还被愁遮。'又云：'花深深处，柳阴阴处，一片笙歌。'"④ 上述种种论述，都对周密词工于造句炼字赞赏有加。

周密的诗歌也一样看重炼字琢句，《草窗韵语》中就有不少精彩诗句："梅知春意思，山借雪精神。"（《雪晴小步留吟村舍》）"鸦带斜阳山紫翠，雁啼寒水树青黄。"（《次李贯房秋晚见寄韵》）"云浮蕊殿春来早，香冷梅寒月到迟。"（《太乙西宫》）这些诗句中选字精工，极能表达情感，一字所包含的意蕴极其深广。

周密虽然推崇自然，但不反对用事。《浩然斋雅谈》云："周美成长短句，纯用唐人诗句，如'低鬟蝉影动，私语口脂香'，此乃元白全句。贺方回尝言，吾笔端驱使李商隐、温

---

① 唐圭璋：《唐宋词简释》，上海古籍出版社1981年版，第224页。
② 周济：《宋四家词选》，古典文学出版社1958年版，第70页。
③ 邓廷桢：《双砚斋词话》，《词话丛编》，中华书局1986年版，第2533页。
④ 李佳：《左庵词话》，《词话丛编》，中华书局1986年版，第3175页。

庭筠常奔走不暇。则亦可谓能事矣。"显然支持词中用典。同样地，他对诗中用典的巧妙也极为赞赏：

> 淳熙中，孝宗及皇太子朝上皇于德寿宫，置酒赋诗为乐，从臣皆和。周益公诗云："一丁扶火德，三合巩皇基。"盖高宗生于大观丁亥，孝宗生于建炎丁未，光宗生于绍兴丁卯故也。阴阳家以亥、卯、未为三合，一时用事，可谓切当。

赞成用典的同时，他也反对过于用事，《齐东野语》卷六"诗用事"条云："陈简斋尝语人以作诗之要云：'天下书虽不可不读，然慎不可有意于用事。'正谓此也。今人或以用事多为博赡，误矣。"

周密对用典的看重得力于其家学。《齐东野语》自序称父亲"博极群书，习闻台阁旧事，每对客语，音吐洪畅，洒洒不得休。坐人倾耸敬叹，知为故家文献也"。加之江西诗派看重写诗从学问中来，周密也从中吸取了用典使事的技巧。如《齐天乐》：

> 清溪数点芙蓉雨泛，蘋飙凉泛吟舰。洗玉空明，浮珠沉瀏，人静籁沉波息。仙黄咫尺，想翠宇琼楼，有人相忆。天上人间，未知今夕是何夕。　此生此夜此景，自仙翁去后，清致谁识？散发吟商，簪花弄水，谁伴凉宵横笛？流年暗惜，怕一夕西风，井梧吹碧。底事闲愁，醉歌浮大白。

这首词虽檃括了苏轼《前赤壁赋》《临江仙》（夜饮东坡）、《水调歌头》（明月几时有）、《阳关曲》（暮云收尽）等词的成句和意境，融成超然绝尘之境界，是用典成功之作。词在南渡后的诗化，某种程度上可以体现在大量用典上，周密的词也顺应了这一潮流。诗歌创作中，周密对典故的运用也是很得当的，如《重过东园怀知己二首》之二云：

> 广陵散尽清弹苦，岘首碑空两泪垂。
> 物色已非知己尽，一回临眺一回悲。

用广陵典比杨缵，用岘山羊祜典寄托自己的哀思，典故的运用突破了绝句字句有限的不足，在短短四句诗中写出了对恩师杨缵的深切悼念之情。

三、诗、词皆追求清雅之美

周密诗、书、画皆擅，又通音乐、史学等，是一个文化素养相当高的人。李莱老为其《草窗韵语》题诗曰："绿遍窗前草色春，看云弄月寄闲身。北山招隐西湖赋，学得元和句法真。"活画出周密潇洒自得、闲云野鹤般的姿态。周密自己也在《喜张九至》中说："琴书存雅道，年运有通时。"无论是早期做贵公子，还是晚年依人而居，周密生活都充满了文人的雅趣。周密这样的生活情趣来自其父亲的熏陶，其父周晋博学多才，生活充满清雅之情调，如其《清平乐》词中所述："图书一室，香暖垂帘密。花满翠壶熏研席，睡觉满窗晴日。手寒不了残茎，篝香细勘唐碑。无酒无诗情绪，欲梅欲雪天时。"周密在父亲的带领下，也是手不释卷，赏风弄月，饮酒作诗，自少年时就有了清雅的审美趣味。他在《长亭怨慢》序中记录:"岁丙午、丁未,先君子监太末时,刺史杨泳斋员外、别驾牟存斋、西安令翁浩堂郡、博士洪怒斋一时名流星聚,见为奇事。悴居据龟亭,下瞰万室,外环四山。先子作堂曰'啸咏',撮登览要,坑蜒入后圃。梅清竹难,亏蔽风月,后俯官河,相望一水,则小蓬莱在焉。老柳高荷,吹凉竟日。诸公载酒论文,清弹豪吹,笔研琴禅之乐,盖无虚日也。"周密这种充满雅趣的生活和清雅的审美观念影响到他的文学创作与批评。

周密还受到老师杨瓒的影响。周密在《瑞鹤仙》序中记录了当日随杨瓒吟词的场景:"寄闲结吟台出花柳半空间,远迎双塔,下瞰六桥,标之曰'湖山绘幅',霞翁领客落成之。初筵,翁俾余赋词,主宾皆赏音。酒方行,寄闲出家姬侑尊,所歌则余所赋也。调闲婉而词甚习,若素能之者。坐客惊诧敏妙,为之尽醉。越日过之,则已大书刻之危栋间矣。"后来周密在《齐东野语》中追忆说:"往时,余客紫霞翁之门。翁之音妙天下,而琴尤精诣。自制曲数百解,皆平淡清越,灏然太古之遗音也。……翁往矣!回思著唐衣,坐紫霞楼,调手制闲素琴(第一),作新制《琼林》《玉树》二曲,供客以玻璃瓶落花,饮客以玉缸春酒,笑语竟夕不休,犹昨日事,而人琴俱亡,冢上之木已拱矣。"杨瓒对周密的影响甚为深远,其生活方式也追随杨瓒。周密在《瑞鹤仙》序中说到亡宋前自己与友人之间的生活情景:"寄闲(张枢)结吟台,出花柳半空间,远迎双塔,下瞰六桥,标之曰'湖山绘幅',霞翁领客落成之。初筵,翁俾余赋词。主宾皆赏音。酒方行,寄闲出家姬侑尊,所歌则余所赋也。调闲婉而辞甚习,若素能之者,坐客皆惊诧敏妙,为之尽醉。越日过之,则已大书刻之危栋间矣。"这样风雅的生活在周密词中屡见记载,如《三犯渡江云》等词序中的描写。

周密善画,也很会赏画。《柳梢青》四首词前有序云:"余生平爱梅,仅一再见逃禅(即杨无咎)真迹。癸酉冬,会疏清翁孤山下,出所藏《双清图》,奇悟入神,绝去笔墨畦径。卷尾补之自书《柳梢青》四词,辞语清丽,翰札遒劲,欣然有契于心。余因戏云:'不知点胸老、放鹤翁同生一时,其清风雅韵,优劣当何如哉。'翁噱曰:'我知画而已,安与许事,君其问诸水滨。'因次韵载名于后,庶异时开卷索笑,不为生客云。"这段序里面,周密表达了对杨无咎的画与词的赞美,强调其"奇悟入神""辞语清丽",非常符合他清雅的审美观。他所作四首词从意境到用词,也极尽清雅。

周密诗、词在呈现共性的同时也存在一些明显的区别,主要体现在题材上诗歌与时事结合得更加紧密,而词更多是词人内心情绪的表现。造成这种区别的根本原因在于周密严守词自是一家的观念,对诗与词有着不同的标准。

四、诗、词各是一家

南渡词人、辛派词人不断拓展词的表现范围,丰富词的艺术风格,词不断向诗歌靠拢,呈现出明显的诗化趋势。周密在这样的趋势下,紧承李清照、姜夔等人,强调词的合乐性,有其积极的意义。周密在《弁阳老人自铭》中评价自己的词作风格说:"间作长短句,或谓似陈去非、姜尧章。"[①] 他的自评得当与否尚待商榷,但至少说明他是认可陈与义、姜夔等人维护词体含蓄蕴藉、音律协婉的特质的。

周密在《木兰花慢·西湖十咏》词序说自己师从杨瓒学词的经过:

---

① 朱存理:《珊瑚木难》,上海古籍出版社1991年版,第142页。

> 西湖十景尚矣。张成子尝赋应天长十阕夸余曰："是古今词家未能道者。"余时年少气锐，谓此人间景，余与子皆人间人，子能道，余顾不能道耶，冥搜六日而词成。成子惊赏敏妙，许放出一头地。异日霞翁见之曰："语丽矣，如律未协何。"遂相与订正，阅数月而后定。是知词不难作，而难于改；语不难工，而难于协。

老师对音律的重视，迫使周密也不得不对音律加以重视，使词作更加协律。《采绿吟》词序也说："甲子夏，霞翁会吟社诸友逃暑于西湖之环碧……余得《塞垣春》，翁为翻谱数字，短箫按之，音极谐婉。"同样强调了词要合乐。但要注意的是，周密承继了姜夔先写就词，然后再谱曲的方式，这是以文学为主体，与词起始之初的依曲拍填词不同。除《采绿吟》外，尚有《月边娇》《玉京秋》《倚风娇近》《绿盖舞轻风》《闻鹊喜》等曲调是周密自创。周密对音律的谙熟，是当时很多人公认的。他的好友李彭老《浣溪沙·题草窗词卷》说："彩扇旧题烟雨外，玉箫新谱燕莺中，阑干到处是春风。"李莱老《青玉案·题草窗词卷》也云："渔烟鸥雨，燕昏莺晓，总入昭华谱。"周密严格区分了词与诗的界限，强调合乐、蕴藉的《花间》传统，故所选《绝妙好词》皆以骚雅、工丽为标准。清代焦循就说："周密《绝妙好词》所选皆同于己者，一味轻柔圆腻而已。"也是看到了周密对词体鉴赏中的固执。

从内容上看，宋亡前周密之词多是写于朋友之间的雅聚场合，是其清雅生活的再现，对现实生活几无着墨；宋亡以后，周密在词中表达了对故国的眷恋和对朝廷的不满，但也多是含蓄婉转，如《水龙吟》（白莲）悲愤元兵掘帝后墓，《一萼红》（登蓬莱阁有感）指责朝廷纳岁币等。周密诗歌却并不如此，更多直接对现实的感叹和自己的人生嗟叹，强调诗歌的社会功能。

《齐东野语》说"诗道否泰，亦各有时"，并举政和年间禁诗事为例。基于这样的认识，周密的诗歌也多和社会时政联系密切。《草窗韵语》开篇《古意四首》中，周密提到自己的人生理想本在"鹏抟翅垂天，不作醯鸡谋""老马伏枥鸣，终有万里志"，这与词作中塑造的超越红尘、自在潇洒的人生态度很不同。在诗歌中，周密还不时流露出对国运世事的忧患意识和对仁政王道的向往，"细诵七月诗，仁意森莫御"（《怀新》）。再如《苦雨行》一诗，序云："甲戌八月，武康安吉水祸甚惨，人畜田庐漂没殆尽，赋《苦雨行》以纪一时之实。"诗中写道："恭惟在位皆圣贤，等闲炼石能补天。转移风俗在俄顷，不歌苦雨歌丰年。"（《苦雨行》）足见周密的忧民之心。《触热行》一诗描写了他在羁旅中奔波的场景："役役复役役，连山草头赤。千里无寸阴，赫日蒸沙石。黄尘迷我眼，白汗流我绤。仆羸渴欲死，马瘏喘而瘠。"笔下皆触目所见，艰辛困顿，与词作中常展示的清雅生活迥然有别。如《病起偶成》写自己病中起来照镜所见："负暄行药小徜徉，困卧长安意自伤。短发怯梳霜柳脆，衰容销镜病梨黄。熊经龟息持新诀，马勃牛溲试旧方。解祟送穷浑未验，数奇应笑贾司仓。"可以说，周密诗中的自己是现实生活中的真实形象，而词作中的自己则更多是理想化的人生。《草窗韵语》自始至终充满了忧国情怀，这与他的词很不一样。早年《南郊庆成口号》组诗歌颂国势兴盛，集中后期作品《甲戌七月》则发出对亡国后的忧国情："未撤关河戍，边声动塞鸿。忧时方邮绋，闻诏忽号弓。两鬓三秋雪，千林一夜风。寸心尤未改，何敢叹途穷。"

南宋诗、词文体界限较为分明，但两种文体间还是会有相互影响和作用。南渡初年的陈与义立意高远，中兴时期的辛弃疾、姜夔都有"以诗为词"的表现。就周密来看，他的词意境清旷、语言典雅、用典得当等都显然是受到诗歌的影响。而他的诗歌，却也受到了词的影响，有着纤细柔媚之韵。

五、周密诗、词之间的相互影响

南宋中晚期，"四灵"、江湖诗人从中晚唐诗中学习。周密的诗在摹景写情方面的细腻婉转就有晚唐诗的风味，造句炼字与用事得当又是从江西诗法中汲取。中晚唐诗的特质与词非常相似，周密的词也有明显受到唐诗影响之处。况周颐《蕙风词话》就指出："草窗《少年游》宫词云：'一样春风，燕梁莺户，那处得春多。'即'梨花雪，桃花雨，毕竟春谁主'之意。俱从义山'莺啼花又笑，毕竟是谁春'脱出。"①

钱锺书先生在《宋诗选注》里有一段话值得注意，揭示了周密诗、词之间存在的联系：

> 南宋能诗的词家，除了姜夔，就数到他。他的诗也学晚唐体，在一般江湖派所效法的晚唐人之外，又掺进了些李贺、杜牧的风格。诗里的意境字句常常很纤涩，例如"喷天狂雨沈香尽，绿填红阙春无痕"，像李贺的诗，更像吴文英的词。这里面也许有线索可找。宋末虽然有几位学李贺的诗家（周密而外，像谢翱、萧立之等），而李贺主要是词家"炼字"的典范。"四灵"等人的诗使读者想起花园里叠石为山、引水为池，没有真山真水那种阔大的气象，周密的诗更使人想到精细的盆景。②

周密的诗歌风格清丽，写景细致，在不少篇章中透露出词意。下面这几首诗，其画面与构思都逼近张先《水调歌头》"水调数声持酒听"，观景之细微，体验之细腻，都呈现出词意。

> 新竹诜诜出矮墙，虚窗风度碾茶香。疏云逗日帘垂地，一蝶飞来昼梦长。
> （《闲昼》）
> 帘外残灯照夜愁，鹈归啼梦五更头。卷春一夜东风紧，倒约飞花入小楼。
> 单衣初试觉身轻，芳径无花午气清。风胃断丝庭宇静，日长时听扑茶声。
> （《暮春次韵二首》）

周密有些诗拟闺怨，颇能道女子心事，其妩媚之姿显然具有词韵：

> 斜立倚东风，双眉对春怯。何处卜归期，花边数飞蝶。　　（《春归怨》）
> 连日春寒不上楼，画屏斜掩梦悠悠。梅花吹尽成香雪，帘外东风未肯休。
> （《春寒》）
> 嫩柳拖春眼眼愁，怨春人立柳边楼。芳心已被流莺说，手捻花枝暗点头。
> （《春闺》）

---

① 况周颐：《蕙风词话》，见《词话丛编》，中华书局1986年版，第4448页。
② 钱锺书：《宋词选注》，人民文学出版社1979年版，第308页。

有些诗在对景物的描写上细微清丽，立意不深，虽近晚唐诗，却不寒苦，倒很有词境之味道：

春江分影送残阳，浅薄东风扬晚香。燕子已归寒未去，柳娥酣雨弄青黄。
（《吴山晚望》）

小楼寂寂倚春阴，宿酒残香恼客情。连日峭寒疑有雪，隔帘错听落梅声。
（《静倚》）

晚烟归柳绿条苗，客馆春寒夜寂寥。梦又不成花又落，月明分付可怜宵。
（《春夜》）

这些诗中拈出的景物都有清丽、纤细之美，与宋词常用意象相似。对景物描摹刻画极为细腻，如"柳娥酣雨弄青黄"、"晚烟归柳绿条苗"；有些地方对情绪的捕捉也相当细微，如"燕子已归寒未去""宿酒残香恼客情""梦又不成花又落"。这种布景之精细与情绪之细腻，与晚唐诗虽有共同之处，但别具一种闲雅之情，应该是受到了词的影响。金启华、肖鹏《周密及其词研究》一书中曾拈出周密《忆旧游》"寄王圣与"词和《寄王圣与》诗作比较，认为诗歌"用意与词相近，写得非常婉转"[①]。

综上所述，周密诗、词在严守界限的同时，在创作态度、审美情趣、创作技巧等方面是存在共同之处的。正因为如此，他的不少诗作情感细腻，摹景细致，但又不寒苦，与词的含蓄蕴藉颇为相似；他的词则汲取了诗歌中的比兴手法，寄托遥深，多以自己为抒情主人公，主要是抒发情志和与朋友酬唱，显示了诗化的倾向，这与南宋晚期词坛词的功能多元化趋势一致。

---

① 金启华、肖鹏：《周密及其词研究》，齐鲁书社1993年版，第121页。

论宋代帝王对俗词的接受

何春环

中央民族大学文学与新闻传播学院

内容提要：不同社会阶层对于俗词的接受不尽相同。"古今风俗，悉从上之所好。"帝王对俗词的接受态度势必影响其他社会成员，对于俗词的创作和发展也必然产生影响。在不同的历史背景下，出于维护国家统治的考虑，抑或满足享乐生活的需要，两宋君主对俗词的接受态度大有差异：或排斥摒弃，或默许宽容，或奖赏褒扬，或亲笔御制，甚或赠赐外邦。上有所好，下必甚焉，宋代帝王对俗词的不同态度，明显影响了俗词在不同时期的发展变化。

关键词：宋代帝王　俗词　接受　原因　影响

所谓"俗词"，是指语言表达和内容题材通俗平易的词作。它大多以俚俗的语言和浅直的表现方法，来写俗人与俗事、俗景与俗情，主要反映广大民众和文人阶层的世俗生活，通俗性是其最大特点。俗词包括两大类：一是民间俗词，即由平民百姓（包括沦落民间的无名氏文人）"感于哀乐，缘事而发"① 所创作出来的直言其事、直抒其情的词作。它与《诗经》、汉魏六朝乐府一脉相承，具有典型的民间文学特质，乃是一种原生性的俗文学。二是文人俗词，即由文人士大夫（包括与士大夫有某种联系的布衣文人）从民间俗词中吸取养料而仿效创作出来的一种浅俗生动、具有俗文学特质与意蕴的词作，它大略与魏晋南北朝文人"拟乐府"诗歌有点相类似，乃是一种再生性的俗文学。②

两宋是词的兴盛时期，上至帝王宗室，下至市井小民，大多喜好词这种文学样式，然而不同社会阶层对于俗词的接受却不尽相同。"古今风俗，悉从上之所好。"③ 帝王对俗词的接受态度势必影响其他社会成员，对于俗词的创作和发展也必然产生影响。本文特以两宋帝王为研究对象，探讨其对唐宋俗词的接受状况。

一

宋代皇帝大多重视读书、喜爱诗歌，"太宗皇帝既辅艺祖皇帝创业垂统，暨登宝位，尤留意斯文。每进士及第，赐闻喜宴，必制诗赐之，其后累朝遵为故事。"④ "真宗皇帝听断之暇，唯务观书。每观一书毕，即有篇咏，命近臣庚和……可谓好文之主也。"⑤ 仁宗皇帝

---

① （汉）班固：《汉书》卷三〇《艺文志》，中华书局1983年版，第1756页。
② 参见何春环：《唐宋俗词研究·引言》，中央民族大学出版社2010年版，第11～16页。
③ （宋）李焘：《续资治通鉴长编》卷六八，第六册，中华书局1980年版，第1525页。
④ （宋）陈岩肖：《庚溪诗话》卷上，丁福保辑《历代诗话续编》，中华书局1983年版，第162页。
⑤ （宋）陈岩肖：《庚溪诗话》卷上，丁福保辑《历代诗话续编》，中华书局1983年版，第162页。

"当持盈守成之世，尤以斯文为急。每进士闻喜宴必以诗赐之"①。然而，两宋帝王特别是宋初诸帝对于俗词的接受态度，却与作为正统文学的诗文迥然不同，这大致可以分为以下几种情形。

1. 摒弃俗乐俗曲

据马永卿《元城语录》卷上记载："太祖极好读书，每夜于寝殿中看历代史。"② 司马光《涑水记闻》卷一亦记载，太祖尝谓秦王侍讲曰："帝王之子，当务读经书，知治乱之大体，不必学作文章，无所用也。"③ 可见，太祖所读之书主要是经史之类可以知治乱、通治道的实用书籍，对于"文章"这种无助治国的浮文虚词之学则认为"不必学作"。作为开国皇帝，宋太祖"杯酒释兵权"倡导大臣多养歌儿舞女以终天年，给词的发展繁荣提供了一个良好的契机，客观上促进了词体文学的发展。但是，他吸取后蜀及南唐统治者因沉湎于词曲等艺文之事而亡国的教训，故重儒学而轻文学，对以侑酒佐欢、娱宾遣兴为主要功能的曲子词及其创作者很不赏识。例如，花间词人欧阳炯就被太祖君臣所鄙弃，据《续资治通鉴长编》卷六"乾德三年八月辛酉"条载：

> 炯性坦率，无检束，雅喜长笛。上闻，召至便殿奏曲。御史中丞刘温叟闻之，叩殿门求见，谏曰："禁署之职，典司诰命，不可作伶人事。"上曰："朕顷闻孟昶君臣溺于声乐，炯至宰相，尚习此伎，故为我擒。所以召炯，欲验言者之不诬耳。"温叟谢曰："臣愚不识陛下鉴戒之微旨。"④

由此可见，太祖对后蜀君臣耽于享乐、沉溺声伎表示鄙薄，引为鉴戒。对于南唐统治者，宋太祖也认为后主李煜虽擅长文事而拙于治国，讥讽其为"好一个翰林学士"⑤，甚至还公开宣称："李煜若以作诗工夫治国事，岂为吾虏也。"⑥

宋太宗"当天下无事，留意艺文，而琴棋亦皆造极品"⑦，但也鄙视李煜"不能修霸业，但嘲风咏月"⑧。他曾对秘书监李至说："朕年长，他无所爱，但喜读书，多见古今成败，善者从之，不善者改之，斯已矣。"⑨ 据《宋朝事实类苑》卷二记载：

> 上（太宗）谓侍臣曰："昔庄宗可谓百战得中原之地，然而守文之道，可谓惜然矣。终日湛饮，听郑卫之声，与胡家乐合奏，自昏彻旦，谓之聒帐。……与俳优辈结十弟兄，每略与近臣商议事，必传语伶人，叙相见迟晚之由。纵兵出猎，涉旬不返，于优倡猥杂之中，复自矜写《春秋》，不知当时刑政如何也？"苏易简书于

---

① （宋）陈岩肖：《庚溪诗话》卷上，丁福保辑《历代诗话续编》，中华书局1983年版，第163页。
② （宋）马永卿编，（明）王崇庆解：《元城语录解》第863册，影印文渊阁四库全书，台湾商务印书馆1986年版，第366页。
③ （宋）司马光：《涑水记闻》卷一，中华书局1989年版，第20页。
④ （宋）李焘：《续资治通鉴长编》卷六，第2册，中华书局1979年版，第157页。
⑤ （宋）叶梦得：《石林燕语》卷四，中华书局1984年版，第60页。
⑥ （宋）胡仔：《苕溪渔隐丛话前集》卷五九引《西清诗话》，人民文学出版社1962年版，第406页。
⑦ （宋）叶梦得：《石林燕语》卷八，中华书局1984年版，第117页。
⑧ （宋）曾慥：《类说》卷一九，第873册，影印文渊阁四库全书，台湾商务印书馆1986年版，第337页。
⑨ （宋）李焘：《续资治通鉴长编》卷三十二，第3册，中华书局1979年版，第713页。

时政曰:"上自潜跃以来,多详延故老,问以前代兴废之由,铭之于心,以为鉴戒。"①

宋太宗以前朝灭亡为鉴戒,认为"郑卫之声"是亡国之音,而五代后唐庄宗乱政亡国的原因之一就是沉溺于"郑卫之声",故而摒弃俗乐,对市井流行的"新声"亦加以拒斥,"民间作新声者甚众,而教坊不用也"②。同时,他十分崇尚雅乐,认为"雅乐与郑、卫不同,郑声淫,非中和之道",因而"常思雅正之音可以治心,原古圣之旨,尚存遗美"③。宋太宗还精通音律,曾作九弦琴、七弦阮,并恢复隋代贺若弼所创宫词十调,替俗调改名,命苏易简等近臣按调填词。据《续湘山野录》记载:

> 太宗尝谓《不博金》《不换玉》二调之名颇俗,御改《不博金》为《楚泽涵秋》,《不换玉》为《塞门积雪》。命近臣十人各探一调撰一辞。④

可见,宋初太祖、太宗出于对后蜀、南唐诸国统治者喜好艺文、沉湎词曲最终亡国的警惕,所以极力崇雅黜俗,刻意摒弃俗乐,排斥俗词。

2. 严惩俗词作者

自古圣意难以揣摩。两宋帝王常常根据个人喜好,对作词合乎己意的臣民进行奖赏,对作词不合圣意者进行处罚。而对作俗词之臣僚的贬谪罢斥,则更是屡见不鲜。

宋仁宗"洞晓音律,每禁中度曲,以赐教坊,或命教坊使撰进,凡五十四曲,朝廷多用之"⑤。然而,对于在北宋词坛影响颇大,"凡有井水饮处,即能歌柳词"⑥的柳永,宋仁宗可谓既爱又恨,据《后山诗话》记载:

> 柳三变游东都南、北二巷,作新乐府,骩骳从俗,天下咏之,遂传禁中。仁宗颇好其词,每对酒,必使侍从歌之再三。⑦

可见,仁宗对柳永的词也颇为喜好。但是"仁宗留意儒雅,务本理道,深斥浮艳虚薄之文"⑧,那些不符合儒家诗教规范的俗词作品自然会遭其摒弃。据《能改斋漫录》卷一八记载:

> 初,进士柳三变,好为淫冶讴歌之曲,传播四方。尝有《鹤冲天》词云:"忍把浮名,换了浅斟低唱。"及临轩放榜,特落之曰:"且去浅斟低唱,何要浮名!"景祐元年方及第,后改名永,方得磨勘转官。⑨

---

① (宋)江少虞:《宋朝事实类苑》,上海古籍出版社1981年版,第17页。
② (元)脱脱等:《宋史》卷一四二,中华书局1977年版,第3356页。
③ (元)脱脱等:《宋史》卷一二六,中华书局1977年版,第2944页。
④ (宋)文莹:《湘山野录·续录·玉壶清话》,中华书局1997年版,第68页。
⑤ (元)脱脱等:《宋史》卷一四二,中华书局1977年版,第3356页。
⑥ (宋)叶梦得:《避暑录话》卷下,第863册,影印文渊阁四库全书,台湾商务印书馆1986年版,第674页。
⑦ (宋)陈师道:《后山诗话》,(清)何文焕《历代诗话》,中华书局1981年版,第311页。
⑧ (宋)吴曾:《能改斋漫录》,上海古籍出版社1979年版,第480页。
⑨ (宋)吴曾:《能改斋漫录》,上海古籍出版社1979年版,第480页。

对于颇受民众喜爱的俗词大家柳永，宋仁宗虽也"颇好其词"，却故意从黄榜上刷掉使之名落孙山，并给予严厉惩罚。

此外，《能改斋漫录》卷一七又记载：

> 王观学士尝应制撰《清平乐》词云："黄金殿里，烛影双龙戏。劝得官家真个醉，进酒犹呼万岁。　折旋舞彻伊州，君恩与整搔头。一夜御前宣住，六宫多少人愁。"高太后以为媟渎神宗，翌日罢职。①

王观所作应制词《清平乐》，采用浅近的语言、谐谑的语气，对宫廷享乐生活进行揶揄嘲讽，暴露了帝王的淫乱、庸俗与丑恶。这样的俗词作品带来的后果，自然是被神宗罢职。

除柳永、王观之外，沈辽、黄庭坚、曹组等人也有相似遭遇。据《宋稗类钞》卷一记载：

> 裕陵（神宗）初嗣位，励精求治，一见不悦。会监察御史向子韶察访两浙，临遣之际，上谕之曰："近日士大夫全无顾藉。有沈辽者，为娼优书淫冶之辞与裙带，遂达朕听。如此等人，岂不可治？"……时荆公当国，为申解之。上复申前说，竟不能释疑。遂坐深文，削籍为民。②

从这段记载可知，沈辽进士及第后，因"为娼优书淫冶之辞与裙带"，使得宋神宗不悦，虽有王安石为之申解，但还是被"削籍为民"。

黄庭坚青年时期曾创作过不少艳俗之词，指责者甚多，尤其是被法秀禅师斥骂为"以笔墨劝淫，于我法中当下犁舌之狱"③。虽然他后来也自悔少作，但其仕宦升迁还是受到影响。据《续资治通鉴长编》卷四五六记载：

> 先是中枢舍人韩川言："新除黄庭坚为起居舍人，伏以左右史职清地峻，次补侍从，而黄庭坚所为轻翾浮艳，素无士行，邪秽之迹，狼藉道路。"封还除命。吕大防必欲用黄庭坚，请再下。太皇太后曰："恐再缴，不如只依例改官。"乃诏庭坚行著作佐郎。④

黄庭坚新除起居舍人，只因作词"轻翾浮艳，素无士行"而作罢。由于丞相"吕大防必欲用黄庭坚"，请求再授其职，方才得以"依例改官"。

曹组是北宋末年名声大噪的俗词作者，创作了大量俳谐词。至南宋初年，由于靖康之难的强烈震撼和南宋军民抗战潮流的巨大冲击，新即帝位的宋高宗赵构于戎马倥偬之际，特意派人销毁曹组"淫词"（俳谐词）的刻板。据《碧鸡漫志》卷二记载：

---

① （宋）吴曾：《能改斋漫录》，上海古籍出版社1979年版，第489页。
② （清）潘永因：《宋稗类钞》，书目文献出版社1985年版，第69页。
③ （宋）黄庭坚：《小山词序》，施蛰存《词籍序跋萃编》，中国社会科学出版社1994年版，第51页。
④ （宋）李焘：《续资治通鉴长编》卷四五六，第31册，中华书局1993年版，第10930页。

> （曹）组潦倒无成，作《红窗迥》及杂曲数百解，闻者绝倒，滑稽无赖之魁也。……组之子，知阁门事勋，字公显，亦能文。尝以家集刻板，欲盖父之恶。近有旨下扬州，毁其板云。①

由于曹组大量创作俗词，被称为"滑稽无赖之魁"，因而宋高宗"有旨下扬州，毁其板"，使曹组词遭到了官方禁毁，现今只留存下来36首词，且绝大部分已非俗词。受最高统治者的影响尤其是时代精神的感召，南宋文人大多崇雅黜俗，在词坛上形成了一股复雅思潮。在复雅思潮的影响下，南宋文人虽仍有俗词创作，但不免出现了一定的雅化倾向。

宋代帝王或摒弃俗词俗曲，或严惩俗词作者，究其原因，主要是基于维护国家统治的考虑。作为最高统治者，为了实现国家的长治久安，他们必须维护儒家思想的统治地位，使文学创作回归务本向道的传统，承担言志载道的社会功能，而不能一味纵容享乐之风与声色之好，听任宣扬违背正统道德的内容，因此，对于词这种"艳科""小道"而难登大雅之堂的世俗化文艺样式，尤其是那些充满世俗情趣的俗词更是大加排拒，宋初诸帝正是如此。自开国以来，太祖、太宗就主张"文德致治"②，为了避免重蹈前朝灭亡的覆辙，刻意摒弃俗乐俗曲；真宗虽也有宴饮酒酣之后，直接向大臣夏竦索要词作的行径③，但其"尤重儒术"④，"不喜郑声，而或为杂词，未尝宣布于外"⑤。因受儒家正统思想的影响，太祖、太宗及真宗都喜好诗歌创作，且有诗作存世，却并未有词作流传。统治者这种重诗轻词的态度，也在一定程度上导致了宋初词坛的萧条冷落，俗词创作更是陷于沉寂。

宋仁宗虽然私底下也喜欢柳永的俗词，但出于维护统治的需要，对俗词创作者严加打压。这直接影响了当时词坛的雅俗之争，导致雅俗对立，出现了崇雅黜俗的审美趣尚。不过，将柳永这样的俗词作家排斥于统治阶层之外，使其索性自称"奉旨填词"，大胆冲破传统士大夫意识的束缚，可以说是间接造就了俚俗词派开山祖师的诞生。而仁宗对俗词表面厌恶、内心喜爱的态度，也使得此时期俗词创作相对增多，除了俗词大家柳永之外，文坛领袖欧阳修也曾染指俗词创作，其《醉翁琴趣外编》就收录了不少艳俗之词。继后，苏门词人黄庭坚、秦观乃至苏轼等受其影响，也创作了一些艳俗词与民俗词。

二

虽然北宋前期帝王大多崇雅黜俗，刻意摒弃俗乐，排斥俗词，但是随着市井新声的兴起和流行，民间词曲以其巨大的艺术魅力和强大的流行力量渗入社会各阶层，朝廷音乐机关也不再排斥市井新声及俗词创作者。比如北宋仁宗时期，"教坊乐工，每得新腔，必求（柳）永为辞"⑥。南宋绍兴年间，宫中举办乐舞活动还曾召集地方官府衙门的乐工、歌妓前往表

---

① （唐）南卓、段安节，（宋）王灼：《羯鼓录 乐府杂录 碧鸡漫志》，上海古籍出版社1988年版，第61页。
② （宋）李焘：《续资治通鉴长编》卷二十三，第3册，中华书局1979年版，第528页。
③ （宋）吴处厚《青箱杂记》卷五记载：景德中，夏公初授馆职，时方早秋，上夕宴后庭，酒酣，遽命中使诣公索新词。公问："上在甚处？"中使曰："在拱宸殿按舞。"公即抒思，立进《喜迁莺》词云："霞散绮……（略）。"中使入奏，上大悦。（中华书局1985年版，第48～49页。）
④ （宋）魏泰：《东轩笔录》卷一，中华书局1983年版，第6页。
⑤ （元）脱脱等：《宋史》卷一四二，中华书局1977年版，第3356页。
⑥ （宋）叶梦得：《避暑录话》卷下，第863册，影印文渊阁四库全书，台湾商务印书馆1986年版，第673页。

演。① 与此同时,不少帝王对俗词的态度也有所转变。究其原因,主要是出于满足享乐生活的需要。诗言志,词缘情。与处于正统地位的诗文不同,词是一种娱乐性极强的文体,尤其是那些俚词俗曲更具有雅文学所无法达到的娱乐效果。所以俗词也颇受宋代帝王的青睐,这不仅可以满足其淫靡嗜俗的本性,还可以使其放松身心,获得感官愉悦。因而宋代不少帝王对于俗词日渐接纳,其接受的尺度也越来越大,从默许宽容,到奖赏褒扬,乃至亲笔御制,进而赠送外邦。

(一) 默许宽容

宋徽宗建立大晟府,严禁民间淫哇之声②,但他对于俗词尤其是俳谐词创作却持默许宽容的态度。据《清波杂志》卷一二记载:

> 侯彭老,长沙人,建中靖国以太学生上书得罪,诏归本贯。缀小词别同舍:"十二封章,三千里路。当年走遍东西府。时人莫讶出都忙,官家送我归乡去。
> 三诏出山,一言悟主。古人料得皆虚语。太平朝野总多欢,江湖幸有宽闲处。"虽曰小挫,而意气安闲如此。辉顷得于故老:此词既传,斋各厚赆其行。亦传入禁中,即降旨令改正,属同获谴者不一,乃格。后繇乡贡,竟登甲科。③

侯彭老此词为《踏莎行》,语言浅俗,俳谐戏谑,意带讥讽,抒发了自己直言上书却获罪、并被下诏遣送回本籍的愤慨,影射了官场的黑暗与险恶。此词传入禁中,被宋徽宗得知,"即降旨令改正",拟免其罪,不过碍于"属同获谴者不一,乃格"。但后来"竟登甲科",由此可以略窥宋徽宗对俗词创作者的宽容态度。

曹组才思敏捷、诙谐幽默,擅长俳谐词。《名贤氏族言行类稿》卷一九记载:

> 亳人曹元宠,善为谑词……宣和初召入宫,见于玉华阁,徽宗顾曰:"汝是曹组耶?"即以《回波词》对曰:"只臣便是曹组,会道闲言长语。写字不及杨球,爱钱过于张补。"帝大笑。球、补皆当时供奉者,因以讥之。④

宣和初年,曹组被徽宗召见入宫,以俚俗的《回波词》作答,对当时的朝廷供奉杨球和张补进行讥讽,不但没有招来责怪,反而引得徽宗开怀大笑。

与曹组同时的邢俊臣,"性滑稽,喜嘲咏,常出入禁中",喜作俳谐词来影射现实,甚至将矛头对准皇帝及权贵。据《寓简》卷〇记载:

---

① 吴自牧:《梦粱录》卷二〇记载:绍兴年间,废教坊职名,如遇大朝会、圣节,御前排当及驾前导引奏乐,并拨临安府衙前乐人,属修内司教乐所,集定姓名,以奉御前供应。(宋吴自牧《梦粱录》,《丛书集成初编》本,商务印书馆1939年,第189~190页。)又《宋史》卷一四二:高宗建炎初,省教坊。绍兴十四年复置,……绍兴末复省。孝宗隆兴二年天申节,将用乐上寿……大臣皆直言:"临时点集,不必置教坊。"上曰:"善。"乾道后,北使每岁两至,亦用乐,但呼市人使之,不置教坊,止令修内司先两旬教习。(元脱脱等撰《宋史》,中华书局1977年版,第3359页。)

② (清)徐松:《宋会要辑稿·乐三》之二六记载:"大观二年八月新乐成,诏令大晟府置图颁降……淫哇之声如打断、哨笛、呀鼓、十舟舞之类,悉行禁止。"(中华书局1957年版,第320页。)

③ (宋)周辉撰,刘永翔校注《清波杂志校注》,中华书局1994年版,第517页。

④ (宋)章定,《名贤氏族言行类稿》卷一九,第933册,影印文渊阁四库全书,台湾商务印书馆1986年版,第271~272页。

> 徽皇朝置花石纲，取江淮奇卉石竹，虽远必致。石之大者曰神运石，大舟排联数十尾仅能胜载。既至，上皇大喜，置之艮岳万岁山下，命俊臣为《临江仙》词，以高字为韵。再拜，词已成，末句云："巍峨万丈与天高，物轻人意重，千里送鹅毛。"又令赋陈朝桧，以陈字为韵。桧亦高五六丈，围九尺余，枝柯覆地几百步。词末云："远来犹自忆梁陈，江南无好物，聊赠一枝春。"其规讽似可喜，上皇容之，不怒也。①

在此，邢俊臣以浅俗之词嘲讽徽宗为置花石纲而不惜劳民伤财，由于"其规讽似可喜"，因而"上皇容之"，并不责咎。

耽于享乐的宋徽宗不仅没有禁止俗词创作，还让擅长作俳谐词的曹组、张充臣等人供奉禁中。据《碧鸡漫志》卷二记载：

> （曹）组潦倒无成，作《红窗迥》及杂曲数百解，闻者绝倒，滑稽无赖之魁也。夤缘遭遇，官至防御使。同时有张充臣者，组之流，亦供奉禁中，号"曲子张观察"。②

至宋高宗时期，随驾侍从人员中也有创作俗词者。《古今词话·词品下卷》引蒋一葵曰：

> 康伯可从驾时，重阳遇雨，口占《望江南》有云："戏马台前泥拍肚，龙山会上水平脐。直浸到东篱。落帽孟嘉寻箬笠，拂衣陶令觅蓑衣。两个一身泥。"高宗大笑，问之，伯可对云，此蒜酪体也。③

高宗重阳出游遇雨，从驾的康与之（字伯可）口占《望江南》蒜酪体一阕，语言浅俗，幽默诙谐，令其为之大笑，不加谴责。

（二）奖赏褒掖

在文献史料中，有宋代文人因作词而获得帝王称赏嘉奖甚至升迁的大量记载。如晏几道应制词《鹧鸪天》（碧藕花开水殿凉）就"大称上意"④，得到仁宗赞赏；沈括四首《开元乐》也颇受神宗赏爱⑤；周邦彦因《少年游》惹怒了徽宗而被贬官，又因一曲《兰陵王》而得以赏识，"复招为大晟府乐正"⑥；晁端礼因进献《并蒂芙蓉》词而被徽宗授以大晟府协律郎一职⑦；赵昂则因应制词《婆罗门引》而受高宗赏赐并转官⑧。除了加官升迁，两宋

---

① （宋）沈作喆：《寓简》卷一〇，中华书局1985年版，第79页。
② （唐）南卓、段安节，（宋）王灼：《羯鼓录 乐府杂录 碧鸡漫志》，上海古籍出版社1988年版，第61页。
③ （清）沈雄：《古今词话·词品下卷》，唐圭璋《词话丛编》，中华书局1986年版，第875页。
④ 黄昇《唐宋诸贤绝妙词选》卷三记载，庆历中，开封府与棘寺，同日奏狱空，仁宗于宫中宴集，宣晏叔原作此，大称上意。[宋·黄昇《唐宋诸贤绝妙词选》（一），《四部丛刊》本。]
⑤ 赵令畤《侯鲭录》卷七记载，沈存中元丰中入翰林为学士，有《开元乐》词四首，裕陵赏爱之。（宋赵令畤撰、彭乘辑撰，孔凡礼点校《侯鲭录 墨客挥犀 续墨客挥犀》，中华书局2002年版，第170页。）
⑥ （宋）张端义：《贵耳集》卷下，第865册，影印文渊阁四库全书，台湾商务印书馆1986年版，第452页。
⑦ 参见（宋）吴曾：《能改斋漫录》卷一六，上海古籍出版社1979年版，第479页。
⑧ 参见（宋）陈郁：《藏一话腴》内编卷下，第865册，影印文渊阁四库全书，台湾商务印书馆1986年版，第551页。

帝王更多时候是给予臣下丰厚的物质奖赏,如曹组、曾觌、张抡等人都曾因应制词而分别得到宋徽宗、高宗、孝宗的赏赐①。

如果说以上受到帝王称赏的词作大多属于雅词范畴,那么史料中同样也有因俗词而受到奖赏的相关记载。如《词苑丛谈》卷七云:

> 宣和间,上元张灯,许士女纵观,各赐酒一杯。一女子窃所饮金杯,卫士见之,押至御前。女诵《鹧鸪天》词云:"月满蓬壶灿烂灯。与郎携手至端门。贪观鹤阵笙歌举,不觉鸳鸯失却群。　天渐晓,感皇恩。传宣赐酒饮杯巡。归家惟恐翁姑责,窃取金杯作照凭。"道君大喜,遂以金杯赐之,令卫士送归。②

民间窃杯女子以小词陈情,不但获得皇帝赦免,还"以金杯赐之",并由"卫士送归"。可见,徽宗对民间俗词也如此欣赏。

南宋时期,康与之以一阕《瑞鹤仙》而受到宋孝宗赏赐。《古今词话·词辨下卷》引《梅墩词话》曰:

> 康伯可上元应制词:"风柔夜暖。花影乱,笑声喧。闹蛾儿成团打块,簇著冠儿斗转。喜皇都、旧日风光,太平再见。"寿皇喜此数句,甚念东京故事,赐赉无算。此正弇州所评,以进奉故,未免浅俗取妍也,然唯顺斋(当为"顺庵",康与之号)老人能赋之。③

康与之此词下片尤其是上文中所引数句,语言颇为浅俗,近乎口语,孝宗皇帝并不责怪,反而喜爱称赏,"赐赉无算"。

(三)亲笔御制

两宋诸帝大多能创作词曲,《词曲史·衍流第四》云:

> 有宋词流之盛,多由于君上之提倡。北宋太宗为词曲第一作家;真、仁、神三宗俱晓声律;徽宗之词尤擅胜场,即所传十余篇,固已无愧作者。……南渡以后,流风未泯。高宗能词,有《舞杨花》自制曲,廖莹中《江行杂录》谓光尧《渔歌子》十五章,备骚雅之体,虽老于江湖者不能企及。……孝、光、宁三宗虽鲜流传,而歌舞湖山,其游赏进御各词,至今犹有清响。④

作为最高统治者的帝王,直接参与词的创作,必然会促进曲子词在宋代的繁盛。同样,两宋帝王参与俗词创作,也会在一定程度上推动俗词的发展。翻检《全宋词》,宋代诸帝仅徽宗、高宗及孝宗有少量浅俗之词流传至今。

---

① 参见(宋)周紫芝:《太仓稊米集》卷六七《书曾处州〈雅词〉后》(影印文渊阁四库全书,台湾商务印书馆1986年版,第1141册,第478页);宋·周密:《武林旧事》卷七(西湖书社1981年版,第120页。)
② (清)徐釚:《词苑丛谈》卷七,上海古籍出版社1981年版,第152页。
③ (清)沈雄:《古今词话·词辨下卷》,唐圭璋《词话丛编》,中华书局1986年版,第950页。
④ 王易:《词曲史》,东方出版社1996年版,第116~117页。

宋徽宗"天才甚高，于诗文外，尤工长短句"①，耽于声色享乐，对俚俗艳曲也颇为喜好。他本人就曾创作过一些俗词，据《云麓漫钞》卷四记载："徽庙既内禅，寻幸淮浙，尝作小词，名《月上海棠》。末句云：'孟婆，且与我做些方便，吹个船儿倒转。'"② 据明代杨慎考证，《孟婆》一词乃是"宋代京勾栏语，谓风也"③。除了此类直接将市井俚俗语入词的作品之外，其他还有一些语言浅近者，如《醉落魄·预赏景龙门追悼明节皇后》："无言哽咽，看灯记得年时节。行行指月行行说。愿月常圆，休要暂时缺。　　今年华市灯罗列。好灯争奈人心别。人前不敢分明说。不忍抬头，羞见旧时月。"明节皇后刘氏是徽宗的宠妃，去世后徽宗对其仍念念不忘。在第二年赏灯时节，他回想以前与刘氏出行的情景，不禁悲从中来，填词以表哀悼。词中采用今昔对比，语言通俗直白，抒情不加掩饰。

宋高宗赵构承传了其父徽宗的一些艺术天分，不但十分喜爱歌词，而且精通音律，屡有创作。据《历代词话》卷七所收录廖莹中《江行杂录》记载，高宗曾创作十五首《渔父词》，寄寓闲适之情。④ 词前小序云："绍兴元年七月十日，余至会稽，因览黄庭坚所书张志和渔父词十五首，戏同其韵，赐辛永宗。"张志和《渔父》五首描写渔父闲适生活，抒发了自得其乐的真率性灵，颇有民歌风味，与雅文学"兼济独善"的传统主题有所背离。宋高宗《渔父词》也属于闲适之作，且语言浅近，明白如话，属于近似民歌体的浅俗之作。如其六："侬家活计岂能明。万顷波心月影清。倾绿酒，糁藜羹。保任衣中一物灵。"其十："远水无涯山有邻。相看岁晚更情亲。笛里月，酒中身。举头无我一般人。"

面对大举入侵的金兵，宋高宗苟安江南，奉行主和政策，他创作语言浅俗的《渔父词》，高唱"谁云渔父是愚翁？一叶浮家万虑空"，或许正是自我消遣，借以寻求精神慰藉。有学者认为："在高宗《渔父词》影响之下，南宋词坛渔父词、渔父舞大昌，隐逸之风大盛。"⑤ 虽然南宋时期隐逸词盛行，主要是由于面对权奸当道而报国无门的残酷现实，大批忠直之士被迫愤而挂冠，归隐林泉，寄情山水，但或许也受到了高宗《渔父词》的一点儿影响吧。不少词人在心情闲适自放、疏懒散漫之时进行创作，大抵以遣兴自娱为目的，往往语不暇拣、辞不待修，脱口而出，不假文饰。因此，当时运用口语白话来叙写日常生活的俗词作品随之增多，如朱敦儒以及后来辛弃疾等词人，都先后创作了不少闲适俗词⑥。

宋高宗禅位于孝宗后，退居德寿宫，安享太上皇之位长达25年之久。孝宗不仅在朝政上受其掣肘，每年还要花费巨资来供奉他游玩享乐。《西湖游览志余》云："绍兴、淳熙之间，颇称康裕。君相纵逸，耽乐湖山，无复新亭之泪。"⑦ 在这种奢靡逸乐的环境中，孝宗不仅让大臣应景应制，还在宫廷宴饮时亲自唱词助兴⑧，并与臣属唱和，亲手创作了语言浅白的《阮郎归》："留连春意晚花稠。云疏雨未收。新荷池面叶齐抽。凉天醉碧楼。　　能达理，有何愁。心宽万事休。人生还似水中沤。金樽尽更酬。"上行下效，士大夫也争相追求奢侈享乐的生活，于是赵长卿、石孝友等人的艳俗词随之流行起来。

---

① （宋）吴曾：《能改斋漫录》卷一六，上海古籍出版社1979年版，第485页。
② （宋）赵彦卫：《云麓漫钞》卷四，上海古典文学出版社1957年版，第50页。
③ （明）杨慎：《词品》卷五，唐圭璋《词话丛编》，中华书局1986年版，第505页。
④ 参见（清）王奕清：《历代词话》卷七，唐圭璋《词话丛编》，中华书局1986年版，第1212页。
⑤ 蔡镇楚、龙宿莽：《唐宋诗词文化解读》，北京图书馆出版社2004年版，第246页。
⑥ 葛兆光：《论朱敦儒及其词》，《文学遗产》1983年第3期，第54～65页。
⑦ （明）田汝成：《西湖游览志余》卷二，上海古籍出版社1998年版，第11页。
⑧ （宋）胡铨《经筵玉音问答》记载："隆兴元年癸未岁，五月三日晚，侍上于后殿内阁……上自取酒，令潘妃唱《贺新郎》……上乃亲唱一曲，名《喜迁莺》，以酌酒。"（宋·胡铨《经筵玉音问答》，《知不足斋丛书》第二集）

（四）赐予外邦

两宋帝王不仅有亲自创作浅俗小词者，而且还将市井流行的淫冶讴歌之曲作为文化交流的一部分赐予邻国外邦。在《高丽史》卷七一《乐志二》所收录的七十四首宋人词曲中，包含约十四首俗词作品，如柳永《传花枝》（平生自负）、《浪淘沙令》（有个人人）、无名氏《感皇恩令》（和袖把金鞭）、《醉太平》（厌厌闷着）、《千秋岁令》（想风流态）等。关于这些宋人词作是否徽宗时期传入高丽，学者持有不同看法。

一种持肯定观点，认为是宋徽宗赐予高丽国。《钦定词谱》卷九《迎春乐令》调下注云："按宋以大晟乐赐高丽，其乐章皆北宋人作，故《高丽史·乐志》，有宋词一卷。"卷一〇《荔枝丹》调下注云："宋赐高丽大晟乐，故《乐志》中犹存宋人词，此亦其一也。"卷一六《惜奴娇》调下注云："此以下三词，皆见《高丽史·乐志》，宋赐大晟乐中，《惜奴娇曲破》之一遍也。"① 可见，《钦定词谱》认为《高丽史·乐志》中收录的宋词出自宋朝赐给高丽的大晟乐。今人唐圭璋认为："《高丽史·乐志》中也有柳（永）词，这是宋徽宗赐给高丽的宋乐。"② 谢桃坊认为："政和七年（1117）应朝鲜高丽王朝之求，宋王朝赐给大晟燕乐及乐谱歌词。这大晟府习用的歌谱及歌词一卷，至今见存于朝鲜《高丽史·乐志》。"③

一种持否定观点，如今人罗忼烈认为：宋徽宗不会将《传花枝》一类市井无赖语赐给高丽王作燕乐④。吴熊和认为：把《高丽史·乐志》中的宋人词曲与大晟乐混为一谈，实在令人遗憾。《高丽史·乐二》所收录的七十四首北宋词曲，应当在神宗熙宁四年（1071）至北宋末年这段时期先后传入高丽。⑤

笔者认为，这两种观点之所以产生一定分歧，主要在于对"大晟乐"的不同理解。查阅相关历史文献可以发现，宋徽宗赐予高丽的音乐实际上包括大晟雅乐和大晟燕乐两种⑥。据《宣和奉使高丽图经》（成书于宋徽宗宣和六年）卷四〇记载：

> 熙宁中，王徽（即高丽文宗）尝奏请乐工，诏往其国，数年乃还。后人使来，必赍货奉工技为师，每遣就馆教之。比年入贡，又请赐大晟雅乐，及请赐燕乐，诏皆从之。故乐舞益盛，可以观听。⑦

由此可知，宋朝与高丽早在宋神宗熙宁年间已经有了密切的音乐文化交流。到了宋徽宗时期，高丽入贡，又赐予其大晟雅乐及燕乐。《宋史·高丽传》记载，宋徽宗在政和年间，

---

① （清）王奕清等编：《钦定词谱》，中国书店1983年版，第607、660、1077页。
② 唐圭璋：《词学论丛·柳词略述》，上海古籍出版社1986年版，第928页。
③ 谢桃坊：《宋词概论》，四川文艺出版社1992年版，第72页。
④ 参见罗忼烈：《高丽、朝鲜词说略》，《文学评论》1991年第3期，第18页。
⑤ 参见吴熊和：《吴熊和词学论集·高丽唐乐与北宋词曲》，杭州大学出版社1999年版，第36～51页。
⑥ 参见诸葛忆兵：《大晟乐辨三题》，《文献》1998年第2期，第153、156页。该文认为："大晟府所制新乐，可以分为二大类：朝廷庆典、庙堂祭祀所用的颂乐和歌舞宴席佐欢助兴所用的燕乐。徽宗时朝廷颁布的'大晟乐'，仅指前者；后人理解的'大晟乐'，偏指后者，二者并不是一个概念。"又指出："北宋徽宗崇宁四年（1105）九月，朝廷以新乐修成，赐名《大晟》，特置府建官。""徽宗天性耽于享乐，极喜民间俗乐，故命大晟府制订正，又于政和三年（1113）五月，'班新燕乐'。"作者经过考证，得出结论："崇宁四年颁布的'大晟乐'与政和三年颁布的'新燕乐'，是两个不同的体系。"
⑦ （宋）徐兢：《宣和奉使高丽图经》，《万有文库》本，商务印书馆1937年版，第140页。

给高丽"赐以大晟燕乐，笾豆、簠簋、尊罍等器，至宴使者于睿谟殿中"①。《宋史·乐志五》又记载，政和七年（1117）二月，"中书省言：'高丽，赐雅乐，乞习教声律，大晟府撰乐府辞。'诏许教习，仍赐乐谱"。② 在《高丽史》卷七〇《乐一》中也记载了宋朝先后两次赐给高丽大晟乐，并录有宋徽宗赐大晟乐的两个诏书。③ 第一次为睿宗九年（1114），所赐为大晟燕乐④；第二次为睿宗十一年（1116），所赐为大晟雅乐。这在《高丽史·睿宗世家》中也有相关记载⑤。诸多文献史料言之凿凿，完全可以相互映证。

综上可知，徽宗分别在政和四年（1114）及政和七年（1117）赐给高丽大晟燕乐（新乐）和大晟雅乐。或许也将当时流行的一些俗词作品随同大晟燕乐赐给了高丽国，这对喜好并填写过俗词的徽宗而言，似乎并不离经叛道。因为北宋末年，统治者以及社会上层的审美趣尚与创作观念都发生异变，世风浮靡奢侈，俗词艳曲十分流行。故而《高丽史·乐志》所收录的这些宋人词曲中，既有一些歌颂升平的大曲雅词，也有些反映现实生活世俗情感的俗词小调。

总之，徽宗对于俗词的接受在两宋帝王中可谓达到极致，他虽然也提倡雅乐，禁淫声，但由于当时"辇毂之下，太平日久，人物繁阜"⑥，加上其本来就是好大喜功、耽于奢靡的荒淫帝王，所以他一反祖宗"尚俭之法"，放纵声色享乐，对俗词表现出极大的兴趣。不仅对俳谐词人青睐有加，对其他俗词创作者也非常宽容，又时有赏赐，甚至还亲自填写俗词，并将当时广为流行的一些俗词作为对外文化交流的一部分赠予高丽。徽宗对俗词的接受态度导致了北宋末年世风丕变，"淫声日盛，闾巷猥亵之谈，肆言于内，集公燕之上，士大夫不以为非"⑦。一时间填词唱曲，皆不避俚俗，形成了俗词创作的热潮，不仅有供奉禁中的曹组、张兖臣等俳谐词人，就连大晟词人晁端礼、周邦彦、万俟咏等人也不乏俗词创作⑧，俚俗词风于是空前盛行。

随着历史背景的变化，统治者的享乐意识逐渐膨胀，面对具有强大诱惑力的俗词，其接受态度也不断改变，由宋初诸帝的刻意拒斥，仁宗的爱恨交织，到徽宗的近乎全方位接受，虽然其后经历了靖康之难的冲击，但仍然挡不住南宋高宗、孝宗对俗词的喜爱和接纳。宋代帝王对于俗词的不同态度，明显影响了俗词在不同时期的发展变化，这很值得我们认真研究。

---

① （元）脱脱等：《宋史》卷四八七，中华书局1977年版，第14049页。
② （元）脱脱等：《宋史》卷一二九，中华书局1977年版，第3019页。
③ [朝鲜] 郑麟趾：《高丽史》卷七〇《乐一》之"宋新赐乐器"条、"有司摄事登歌轩架"条。
④ （宋）陈振孙：《直斋书录解题》卷一八著录孙觌《鸿庆集》四二卷，注云："大观三年进士，政和四年词科。《代高丽谢赐燕乐表》，脍炙人口。"（上海古籍出版社1987年版，第527页）（宋）洪迈《容斋随笔》之《容斋三笔》卷八"四六名对"条：孙仲益试词科日，《代高丽国王谢赐燕乐表》曰："玉帛万国，干舞已格于七旬；箫韶九成，肉味遂忘于三月。"又曰："荡荡乎无能名，虽莫见宫墙之美；欣欣然有喜色，咸豫闻管龠之音。"（中华书局2005年版，第518页）
⑤ （朝鲜）郑麟趾《高丽史》卷〇三《世家十三》：睿宗九年"六月甲辰朔，安稷崇还自宋。帝赐王乐器。……丁未，遣枢密院知奏事王字之、户部郎中文公彦如宋谢乐"。（朝鲜）郑麟趾《高丽史》卷〇四《世家十四》：睿宗十一年六月乙丑："乙丑王字之、文公美赍诏还自宋，王受诏于乾德殿。"
⑥ （宋）孟元老撰，邓之诚注：《东京梦华录注》，中华书局1982年版，第4页。
⑦ （宋）朱翌：《猗觉寮杂记》，见《笔记小说大观》第6册，江苏广陵古籍刻印社1983年版，第38页。
⑧ 关于宋代不同时期俗词创作的具体情况，拙著《唐宋俗词研究》（中央民族大学出版社2010年版）有详细论述。

欧阳修的"和气"与"六一风神"

洪本健

内容提要：欧阳修个性气质中的"和气"，早年甚弱，贬滁后变强，至晚年甚强。"六一风神"正源于欧以"和气"为主导的人格修养。历代古文评家争相选录的欧公脍炙人口的佳作，多具备其所特有的风采、情韵、意态，多创作于贬滁后的中晚年。欧贬夷陵后，在《易》理的探究上，深有创获，视中正之道为从政处世务必遵循的价值取向和修身为人务必时刻秉持的道德准则，这对贬滁之后欧公"和气"的增长有莫大的帮助。《丰乐亭记》与《岘山亭记》是充满"和气"的中、老年欧公书写忧国爱民和谦恭博大情怀的杰作，是最令人心驰神往的风神。"六一风神"极致的抒情，欧文从容的气度、荡漾的笔调、无穷的唱叹和韵味，都发自欧公真挚阔大的情怀，自然也离不开他那"和气"主导的令人崇敬的人生。

关键词：欧阳修　和气　六一风神

从 20 世纪 90 年代起，随着对欧阳修研究的深入，"六一风神"引来许多学者的关注，或对"六一风神"称谓的来源详加考查①，或谓"六一风神"是"对欧阳修散文审美特质最准确的概括"②，或称"六一居士的人格是'六一风神'的内在主体精神"③，或强调"茅坤对'风神'的讨论主要针对叙事文而发，与议论文无涉"④。此外，尚有不少真知灼见，恕不赘述。学者们从不同方面阐述自己对"六一风神"丰富内涵的理解，共同深化了对"六一风神"的研究。可以说，在迄今为止近 20 年的探讨中，大家对如下观点是趋于认同的，即"六一风神"最早见于茅坤、归有光的论述，并上承"史迁风神"。它是抒情范畴的产物，于一唱三叹中含悠长的韵味；与韩文的阳刚之美截然不同，"六一风神"是欧文独特的阴柔之美的体现；就文体而言，它属于叙事文，而与议论文无关。

一

"六一风神"之称谓因独具魅力的欧阳修散文而生，因此，对六一风神的探究，离不开研究欧阳修这个人物，特别是离不开研究他与众不同的个性气质。拙文《略论"六一风神"》⑤，在论述"散文诗化：六一风神的标志""情感外显：六一风神的本质""阴柔之美：六一风神的属归"之同时，强调"身兼三任：六一居士之特点"，指出政治斗争、修史经

---

① 黄一权：《"六一风神"称谓的来源及其阐释》，载《中国文学研究》1998 年第 4 期。
② 周明：《论"六一风神"——欧阳修散文的审美特质》，载《江苏教育学院学报》（社科版）1999 年第 3 期。
③ 马茂军：《庐陵学与六一风神》，载《东南大学学报》（哲社版）2004 年第 4 期。
④ 刘宁：《叙事与"六一风神"——由茅坤"风神"观切入》，载《文学遗产》2011 年第 2 期。
⑤ 洪本健：《略论"六一风神"》，载《文学遗产》1996 年第 1 期。

历、古文运动给欧阳修带来的忧患意识、深沉思考和情感波澜，赋予其创作以巨大的能量，成为其作品蕴含感人艺术魅力的无尽源泉。今天看来，这些论述尚有不足，还必须结合欧阳修本人的秉性，考察其特有"和气"的强化，即气质、性致、涵养的完善，探讨这种强化和完善与六一风神形成的关系。

苏洵评欧文云："执事之文，纡徐委备，往复百折，而条达疏畅，无所间断；气尽语极，急言竭论，而容与闲易，无艰难劳苦之态。"[1]曾巩称欧文"深纯温厚，与孟子、韩吏部之书为相唱和"。[2]苏辙《欧阳文忠公神道碑》云："公之于文，天材有余，丰约中度，雍容俯仰，不大声色，而义理自胜。"[3]与欧公同时代而关系密切的这三位大家，深有所感地评价欧文，用语虽异，而精神实质却是一致的。所谓"容与闲易，无艰难劳苦之态"、"深纯温厚"及"丰约中度，雍容俯仰"，都形象地道出了欧公的气质素养和欧文独特的艺术风貌。

后世，又有宋人邵博引人注目地指出："欧阳公之文和气多，英气少。"[4]罗大经引杨东山语称欧公"温雅纯正，蔼然为仁人之言"。[5]金元人评欧文，延续了宋人的论析。赵秉文云："亡宋百余年间，唯欧阳公之文不为尖新艰险之语，而有从容闲雅之态，丰而不余一言，约而不失一辞。"[6]刘埙云："欧公文体，温润和平，虽无豪健劲峭之气，而于人情物理，深婉至到，其味悠然以长，则非他人所及也。"[7]

至明代前期，方孝孺仍沿袭前人"和气"之说，称"永叔厚重渊洁，故其文委曲平和，不为斩绝诡怪之状，而穆穆有余韵"[8]。而归有光的评说已由"和气"转到"风神"，称欧公"风神机轴逼真太史公"[9]。茅坤云："西京以来，独称太史公迁，以其驰骤跌宕，悲慨呜咽，而风神所注，往往于点缀指次外，独得妙解……累数百年而得韩昌黎，然彼固别开门户也。又三百年而得欧阳子……而其姿态横生，别为韵折，令人读之，一唱三叹，余音不绝。予所以独爱其文，妄谓世之文人学士得太史公之逸者，独欧阳子一人而已。"[10]又云："《五代史》……往往点次如画，风神烨然。"[11]到了清代，桐城派方苞继承归有光、茅坤的论述，曰："永叔摹《史记》之格调，而曲得其风神。"[12]显而易见的是，在归、茅二氏提出"风神"的概念以前，两宋、金、元、明之人，皆以"和气"之类的言辞描述欧公的气质与文风。当"六一风神"已然成为欧文风格的核心概念深入人心的今天，我们有必要追根溯源诸多有关"和气"的表述，探究一下它与"六一风神"的关系。

当然，以"和气"为代表的欧公这种气质并非固有的，而是在步入仕途和文坛后逐步形成的。所谓"和气多，英气少"，自然不是针对早期的欧公而言，而是指为人与为文、从

---

[1] 苏洵：《上欧阳内翰第一书》，《嘉祐集》卷一二，文渊阁四库全书本。
[2] 曾巩：《上欧阳学士第一书》，《元丰类稿》卷一五，文渊阁四库全书本。
[3] 苏辙：《欧阳文忠公神道碑》，《栾城集·后集》卷二三，文渊阁四库全书本。
[4] 邵博：《邵氏闻见后录》卷一四，中华书局1983年版。
[5] 罗大经：《鹤林玉露》丙编卷二，中华书局1983年版。
[6] 赵秉文：《竹溪先生文集引》，《闲闲老人滏水文集》卷一四，《四部丛刊》本。
[7] 刘埙：《隐居通议》卷一三文章，《丛书集成》本。
[8] 方孝孺：《张彦辉文集序》，《逊志斋集》卷一二，《四部丛刊》本。
[9] 归有光：《欧阳文忠公文选》卷五《新唐书·兵志论》评语，清刊本。
[10] 茅坤：《欧阳文忠公文钞引》，《茅鹿门先生文集》卷三一，明刊本。
[11] 茅坤：《唐宋八大家文钞·欧阳公史钞》卷首，皖省聚文堂重校刊本。
[12] 方苞：《古文约选序例》，清同治乙巳望三益斋重刊本。

政与创作趋于成熟时的欧公说的。我们不妨从邵博的话入手，探究欧阳修一生英气与和气的消长及其对创作的影响。

首先要明确英气与和气的内涵。所谓英气，指锐气、豪气、英武之气、刚明秀发之气。陈寿评孙策时云："策英气杰济，猛锐冠世。览奇取异，志陵中夏。"① 所谓和气，指温和、温柔、温润之气，多含蓄与包容。和，有和顺、和谐、宽和、平和等意思。人问伊川先生程颐"横渠之书有迫切处否"，程颐答曰：

> 子厚谨严，才谨严便有迫切气象，无宽舒之气。孟子却宽舒，只是中间有些英气。才有英气，便有圭角。英气甚害事，如颜子便浑厚不同……或问："气象于甚处见？"曰："但以孔子之言比之便见。如冰与水精虽不光，比之玉，自是有温润含蓄气象，无许多光耀也。"②

上述"气象于甚处见"的"气象"，即指英气。程氏以为，如将孔、孟之言加以比较，孟子"有些英气"；而孔子"如冰与水精"，虽无"许多光耀"，但显得"温润含蓄"。这确实较形象地道出了英气与和气的不同。故人言孟子善辩，文有气势，有光焰；孔子德性宽大，气象从容，即之也温，如饮醇醪，如沐春风。

二

回顾欧阳修由天圣入仕至熙宁致仕的经历，其英气与和气的消长大致可以分为五个阶段。

（一）初仕西京及任职馆阁时期：英气甚强，和气甚弱

天圣末，以国子监试、国学解试与礼部试三个第一步入仕途的欧阳修，英姿焕发，豪气干云，在钱惟演的西京幕府与尹洙、梅尧臣等切磋诗文，渐以文章知名天下。《答梅圣俞寺丞见寄》云：

> 忆昔识君初，我少君方壮。风期一相许，意气曾谁让。交游盛京洛，樽俎陪丞相。骎骎日相追，鸾凤志高飏。词章尽崔、蔡，议论皆歆、向。文会忝余盟，诗坛推子将。③

早年的欧阳修责无旁贷地以文会的主盟者自居，以飞驰的骎骎与高飏的鸾凤自喻，以古时尽人皆知的著名文士自比，这是何等的意气风发、何等的英气逼人啊！

明道元年（1032），因修建遭焚毁的大内，洛阳竹林被砍伐至"地榛园秃"，如此"敛取无艺"，令欧阳修忍无可忍地痛斥之，呼吁"不作无益害有益"④。初入官场，便以初生牛犊不怕虎的勇气怒斥时弊，矛头直指"天子有司"，真是放胆直言，锐气可嘉。同年，又作

---

① 陈寿：《三国志·吴志》卷一《孙策传评》，文渊阁四库全书本。
② 朱熹编：《二程遗书》卷一八，文渊阁四库全书本。
③ 欧阳修：《欧阳文忠公文集（下简称《欧集》）·居士外集》卷三，《四部丛刊》本。
④ 《戒竹记》，《欧集·居士外集》卷一三。

《非非堂记》云："是是近乎谄，非非近乎讪。不幸而过，宁讪无谄。"① 英锐之气，尽显于短章之中，可见批判错误的无比坚决及严以律己的高度自觉与自信。

至于深为敬佩的人物，欧阳修亦以责贤者备的态度待之，不稍宽贷。明道二年（1033）四月，范仲淹自陈州被召赴阙，欧上书激励鞭策之，称"拜命以来，翘首企足，伫乎有闻而卒未也"，谓仲淹当"思天子所以见用之意，惧君子百世之讥，一陈昌言，以塞重望"。② 景祐二年（1035），在石介因上书论不当录用五代及诸国后嗣，惹怒仁宗，被罢去即将担任的御史台主簿一职时，欧阳修毅然上书御史中丞杜衍，责备其"为天子司直之臣"，未能坚持初衷，推荐石介，不主持公道而屈服于威权。③

与朋友论事，欧有不同的观点，亦坦诚相告。批评对方错误，他从不轻描淡写，不留一点情面。景祐二年，欧作《与石推官第一书》，直言不讳地指责石介"端然居乎学舍，以教人为师，而反率然以自异"④。在石介不听劝告、强词辩解之后，他又作《第二书》，谓石介曰：

> 今足下以其直者为斜，以其方者为圆，而曰我第行尧舜周孔之道，此甚不可也。譬如设馔于案，加帽于首，正襟而坐然后食者，此世人常尔。若其纳足于帽，反衣而衣，坐乎案上，以饭实酒卮而食，曰：我行尧舜周孔之道者，以此之于世可乎？不可也。⑤

言辞不可谓不辛辣，语气不可谓不尖锐，批评不可谓不有力。

景祐三年（1036），范仲淹言宰相吕夷简专权，忤权相，落职贬知饶州。欧阳修致书司谏高若讷，斥其诋诮范仲淹，而不能辩仲淹非辜，痛骂若讷"不复知人间有羞耻事"⑥。爱新觉罗·弘历曰："是岁修甫三十岁，年少激昂慷慨，其事之中节与否虽未知，孔、颜处此当何如？然而凛凛正气，可薄日月也。时修筮仕才五年，为京职才一年馀，未熟中朝大官老于事之情态语言大抵如此，千古一辙，于是少所见多所怪，而有是书。"⑦ 这段评语颇为生动地道出了官场的情状和欧阳修凛然无畏之英气。

英气甚强，则和气甚弱。《欧集·书简》有天圣明道间致富弼书一通，写于富弼离西京赴绛州后，欧"独怪彦国了无一书"，又回忆分手时曾有"通相思，知动静"的约定而写道：

> 当时相顾切切，用要约如此，谓今别后，宜马朝西而书夕东也。不意足下自执牛耳登坛先敭，降坛而吐之，何邪？平生与足下语，思欲力行者事何限，此尺寸纸为俗累牵之，不能勉强，向所云云，使仆何望哉？洛阳去京为僻远，孰与绛之去京师也？今尚尔，至绛又可知矣。⑧

---

① 《非非堂记》，《欧集·居士外集》卷一三。
② 《上范司谏书》，《欧集·居士外集》卷一六。
③ 《上杜中丞论举官书》，《欧集·居士集》卷四七。
④ 《与石推官第一书》，《欧集·居士外集》卷一六。
⑤ 《与石推官第二书》，同上。
⑥ 《与高司谏书》，《欧集·居士外集》卷一七。
⑦ 《与高司谏书》评语，《唐宋文醇》卷二二，清光绪三年浙江书局重刊本。
⑧ 《欧集·书简》卷一《与富文忠公》。

年轻气盛的欧阳修咄咄逼人地指责富弼未践行好友间的约定，笃于友情固然是修书的动因，但"何邪""何限""何望"等一连串的诘问亦见少了和气，无后时容与闲易之态也。

（二）贬官夷陵及参与新政时期：英气依然，和气不足

景祐三年的夷陵之贬并未能使欧阳修屈服。甫抵夷陵，欧即作《黄杨树子赋》，序云："江行，过绝险处，时时从舟中望见之，郁郁山际，有可爱之色。独念此树生穷僻，不得依君子封殖，备爱赏。"赋云："日薄云昏，烟霏露滴。负劲节以谁赏，抱孤心而谁识……节既晚而愈茂，岁已寒而不易。"① 显然，欧以树自比，托物言志，抒坚贞不屈之情怀，英气未尝稍减。致尹洙书云："往时砧釜鼎镬皆是烹斩人之物，然士有死不失义，则趋而就之，与几席枕藉之无异。"② 一赋一书，异曲同工。欧阳修依然斗志高昂，豪气凌霄。同年，欧作《读李翱文》，借他人之酒杯，浇自家胸中之块垒：

> 呜呼！使当时君子，皆易其叹老嗟卑之心，为翱所忧之心，则唐之天下，岂有乱与亡哉？然翱幸不生今时，见今之事，则其忧又甚矣，奈何今之人不忧也……呜呼！在位而不肯自忧，又禁他人使皆不得忧，可叹也夫！③

贬谪中的欧阳修锐气未减而和气未增。

康定元年（1040）返京后即有《通进司上书》，纵论国是，献可替否。庆历二年（1042）又有《准诏言事上书》，采当世急务为三弊五事，谓"天下之势，岁危于一岁"④，极力呼吁变革。此前一年，枢密使晏殊置酒西园，邀欧前往饮酒赏雪，欧即席赋诗云："主人与国共休戚，不唯喜悦将丰登。须怜铁甲冷彻骨，四十余万屯边兵。"⑤ 欧心有所感，口无遮拦，以诗进谏，惹恼恩师，虽经一度贬谪，英气仍旧强盛，和气依然未长。

庆历四年（1044），在新政人士横遭污蔑与攻击之时，欧不避"朋党"之嫌，断然作《朋党论》呈进，吁请仁宗"退小人之伪朋，用君子之真朋"⑥，刚烈之性可见。何焯谓"此欧文之近苏者"，"少和气"。⑦

庆历五年（1045），在范仲淹罢参知政事、富弼罢枢密副使之后，杜衍罢枢密使，韩琦罢枢密副使，新政领导人纷纷被赶出了京都。面对新政已然夭折的严酷局面，在河北都转运按察使任上，志强气盛的欧阳修呈进《论杜衍范仲淹等罢政事状》，言杜、范等乃可用之贤，无可罢之罪：

> 臣闻士不忘身不为忠，言不逆耳不为谏，故臣不避群邪切齿之祸，敢干人主难犯之颜，唯赖圣明幸加审察……正士在朝，群邪所忌，谋臣不用，故国之福也。今此数人一旦罢去，而使群邪相贺于内，四夷相贺于外，此臣所为陛下惜之也……今群邪争进谗巧，正士继去朝廷，乃臣忘身报国之秋，岂可缄言而避罪？敢竭愚瞽，

---

① 《黄杨树子赋》，《欧集·居士集》卷一五。
② 《与尹师鲁第一书》，《欧集·居士外集》卷一七。
③ 《读李翱文》，《欧集·居士外集》卷二三。
④ 《准诏言事上书》，《欧集·居士集》卷四六。
⑤ 《晏太尉西园贺雪歌》，《欧集·居士外集》卷三。
⑥ 《朋党论》，《欧集·居士集》卷一七。
⑦ 《朋党论》评语，《义门读书记·欧阳文忠公文》上卷，清乾隆三十四年刊本。

唯陛下择之。①

明知局势已难挽回，但骨鲠在喉不吐不快，欧阳修还是要作最后的抗争。奏状充满了革新者无私无畏的勇气、婴逆鳞而直言的正气和久郁于胸中的愤懑之气。同时，欧阳修作《班班林间鸠寄内》诗，向夫人薛氏阐明形势之严峻和抗争到底的决心：

> 孤身一许国，家事岂复恤？横身当众怒，见者旁可栗。近日读除书，朝廷更辅弼。君恩忧大臣，进退礼有秩。小人妄希旨，论议争操笔。又闻说朋党，次第推甲乙。而我岂敢逃，不若先自劾。……苟能因谪去，引分思藏密。②

宁折不弯的欧阳修最终为自己的抗争付出了横遭污蔑而贬往滁州的代价，但这一时期所展现出的不屈斗志和磅礴英气深受后人的褒扬和钦仰。

（三）贬滁徙扬至颍州居丧时期：英气消减，和气渐长

庆历五年（1045）欧阳修被贬谪滁州，八年徙知扬州；皇祐元年（1049）移知颍州，二年改知应天府兼南京留守司事，四年丁母忧，归颍守制；至和元年（1054）返京。这就是所谓"十年困风波，九死出槛阱"③时期。在新政夭折和贬滁的沉重打击下，欧阳修的挫折感油然而生，不再像早先那样无所顾忌、不惧后果，他仍思进取，但有些犹豫和彷徨了。庆历六年（1046），欧作《新霜二首》，其一云：

> 林枯山瘦失颜色，我意岂能无寂寞。衰颜得酒犹强发，可醉岂须嫌酒浊？泉傍菊花方烂漫，短日寒辉相照灼。无情木石尚须老，有酒人生何不乐？

"林枯山瘦"之景映衬着失意寂寞之人，木石无情尚且老去，何况有情之人生？无奈的诗人也只能以酒浇愁、愁中取乐了。

其二云：

> 荒城草树多阴暗，日夕霜云意浓淡。……兰枯蕙死谁复吊，残菊篱根争艳艳。青松守节见临危，正色凛凛不可犯。……惟有壮士独悲歌，拂拭尘埃磨古剑。④

这里展现的是诗人情感的另一面：与枯死的兰蕙和篱根的残菊截然不同，青松傲然挺立，凛然不可侵犯，壮士磨砺古剑，引吭悲歌，这是何等的壮烈与不屈，何等的庄严与豪迈！

欧阳修两种心态的矛盾交织，真实地反映了他的苦闷，反映了他的豪气、锐气、英迈之气遭到严重的消磨。这与他第一次被贬的时候大不一样，那时他对政局的革新还充满期待，阅读夷陵架阁陈年公案，为其枉直乖错不可胜数而慨叹，仰天誓心，仍欲大有作为。如今，新政的失败如同当头痛击，他的内心实在难以平静。《重读徂徕集》为受诬蒙冤的石介鸣不

---

① 《论杜衍范仲淹等罢政事状》，《欧集·奏议集》卷一一。
② 《班班林间鸠寄内》，《欧集·居士集》卷二。
③ 《述怀》，《欧集·居士集》卷五。
④ 《新霜二首》，《欧集·居士集》卷三。

平，实际上也是在为夭折的新政鸣不平：

> 人生一世中，长短无百年。无穷在其后，万世在其先。得长多几何，得短未足怜。惟彼不可朽，名声文行然。谗诬不须辨，亦止百年间。百年后来者，憎爱不相缘。公议然后出，自然见媸妍。孔孟困一生，毁逐遭百端。后世苟不公，至今无圣贤。……我欲犯众怒，为子记此冤。下纾冥冥忿，仰叫昭昭天。书于苍翠石，立彼崔嵬巅。①

在愤懑不已的同时，欧阳修也开始自我调适，让滁州的山水抚慰他那受伤的心灵，留下了《游琅琊山》《琅琊山六题》《题滁州醉翁亭》《丰乐亭小饮》《丰乐亭游春》及《醉翁亭记》《丰乐亭记》等诗文，着意描写滁地的安闲、丰乐和醉翁的逍遥、潇洒。我们看到，在英气消减之时，欧阳修的和气明显增长。

庆历八年（1048），徙知扬州，欧为郡宽简，公馀携客往游平山堂，传花饮酒；中秋宴饮梅尧臣，请许元、王琪作陪，赋诗为乐。皇祐元年（1049），移知颍州，为西湖风光之美所吸引，叹"柳絮已将春去远，海棠应恨我来迟"②；二年改知应天府，为杜衍等设庆老公宴……这里，我们看到的是从政事纷扰中脱身的自在平和的欧公。而皇祐四年（1052），范仲淹逝世，欧有《祭资政范公文》，怀念颂美范仲淹，并严词厉色地痛斥诬陷仲淹的邪佞小人：

> 呜呼公乎！学古居今，持方入圆。丘、轲之艰，其道则然。公曰彼恶，公为好许；公曰彼善，公为树朋；公所勇为，公则躁进；公有退让，公为近名：谗人之言，其何可听！③

"公曰"领起的四句排比，盛赞范仲淹的美德，无情地揭露与批判污蔑仲淹的小人的丑恶行径。这里，我们又看到了一个正气凛然、爱憎强烈、锐不可挡的欧公。

（四）逐步高升而历任要职时期：英气犹在，和气大增

至和元年（1054），欧阳修已48岁。他服除返京，权判吏部流内铨，即请抑制豪门贵族子弟优先入仕的特权，又遭人中伤，出知外州，幸得吴充、范镇等保护，留京修《唐书》，旋迁翰林学士兼史馆修撰。与"壮年犹勇为，刺口论时政"相比，他感到势单力薄，因无所作为而苦闷：

> 丹心皎虽存，白发生已迸。惭无羽毛彩，来与鸾皇并。铩翮追群翔，孤唳惊众听。严严玉堂署，清禁肃而静。职业愧论思，文章惭诰命。厚颜难久居，归计无荒径。……何日早收身，江湖一渔艇。④

---

① 《重读徂徕集》，《欧集·居士集》卷三。
② 《初至颍州西湖种瑞莲黄杨寄淮南转运吕度支发运许主客》，《欧集·居士集》卷一一。
③ 《祭资政范公文》，《欧集·居士集》卷五〇。
④ 《述怀》，《欧集·居士集》卷五。

在惶惑和不安中，欧阳修已流露出收身归田的念头。

嘉祐二年（1057）权知贡举，力革文弊，擢拔苏轼等英才，使庆历时已执文坛牛耳的欧公声誉日隆，但身陷宦海，身体衰疲，难有革新作为，令其情绪不佳。嘉祐三年，致书王素云：

> 岁月不觉又添一岁，目日益昏，听日益重，其情惊则又可知。……群贤在外，皆当召归，而议者不及。衰病思去，又亦未得。守常不变，其弊乃尔。①

欧公向庆历时同为谏官支持新政的挚友敞开了心扉：群贤未至，事业难期，"守常不变"，内心不宁。这是壮志尚未完全消泯而对现实又无可奈何的表白。他已作好归田的准备，《归田四时乐春夏二首》之一称："吾已买田清颍上，更欲临流作钓矶。"②对于前时与今日环境及心态的变化，欧公有切身的感受，《谢观文王尚书惠西京牡丹》云："心衰力懒难勉强，与昔一何殊勇怯。"③于是，翌年遂有《秋声赋》问世，直抒百忧感心万事劳形之抑郁。在"砭人肌骨"的秋气中，我们明显感觉到欧公的英气已大大消磨。

嘉祐五年（1060），欧擢为枢密副使；六年，任参知政事。官职的荣升，并未给他带来什么欣喜，昔日的英迈之气，罕见于笔端，而时起归田之念，常有思颍之作。他致吴充书云："某以孤拙之姿，不求合世，加以衰病，心在江湖久矣。"④八年，仁宗崩，英宗继位，与皇太后成隙，欧阳修与韩琦竭力弥缝母子，镇安内外。他们的努力促使政局趋于和缓，而避免了动乱的发生。

治平年间，濮议之争起，欧阳修在纷扰中益增衰暮之感，归田之念益加迫切。治平二年（1065）他作《秋阴》云"国恩惭未报，岁晚念余生"⑤，作《秋怀》云："鹿车终自驾，归去颍东田。"⑥治平四年，他作《谢提刑张郎中寄筇竹拄杖》，以"玉光莹润锦斓斑，霜雪经多节愈坚"⑦自喻刚正之节操，仍见英迈之气。《归田录序》云："既不能因时奋身，遇时发愤，有所建明，以为补益，又不能依阿取容，以徇世俗，使怨嫉谤怒丛于一生，以受侮于群小。"⑧宣泄愤慨与牢骚，见锐气不尽消失，但此时欧公胸中更多的却是平和之气。熙宁元年（1068），欧作《端明殿学士蔡公墓志铭》，四库馆臣云："（蔡襄）为秘阁校勘时，以《四贤一不肖诗》得名，《宋史》载之本传，以为美谈……欧阳修作襄墓志，削此一事不书，其自编《居士集》亦削去《与高司谏书》不载，岂非晚年客气渐平，知其过当欤？"⑨确实，与早年的英气远胜于和气不同，致仕前的欧公和气远胜于英气，心态十分平和，看问题全面而客观。与这种心态相适应，他爱颍州"民淳讼简而物产美，土厚水甘而风气和"⑩，

---

① 《与王懿敏公》，《欧集·书简》卷三。
② 《归田四时乐春夏二首》，《欧集·居士集》卷八。
③ 《谢观文王尚书惠西京牡丹》，《欧集·居士集》卷七。
④ 《与吴正献公》，《欧集·书简》卷二。
⑤ 《秋阴》，《欧集·居士集》卷一四。
⑥ 《秋怀》，同上。
⑦ 《谢提刑张郎中寄筇竹拄杖》，同上。
⑧ 《归田录序》，《欧集·居士集》卷四四。
⑨ 《四库全书总目》卷一五二《蔡忠惠集》提要，中华书局1965年版。
⑩ 《思颍诗后序》，《欧集·居士集》卷四四。

迫不及待，急欲归田，终老颍州，"其进退出处，顾无所系于事矣"。①

（五）六一居士致仕归田时期：英气甚弱，和气甚强

熙宁三年（1070），欧公更号六一居士，作《六一居士传》，感叹"轩裳珪组，劳吾形于外；忧患思虑，劳吾心于内"②，渴望早日退休。又撰《续思颍诗序》，自称"年益加老，病亦加衰，其日渐短，其心渐迫"③，故思颍之诗愈多，仍以告老归田为言。同年，作著名的《岘山亭记》，云：

> 岘山临汉上，望之隐然，盖诸山之小者，而其名特著于荆州者，岂非以其人哉！其人谓谁？羊祜叔子、杜预元凯是已。……传言叔子尝登兹山，慨然语其属，以谓此山常在，而前世之士，皆已湮灭于无闻，因自顾而悲伤。然独不知兹山待己而名著也。元凯铭功于二石，一置兹山之上，一投汉水之渊，是知陵谷有变，而不知石有时而磨灭也。岂皆自喜其名之甚而过为无穷之虑欤？将自待者厚而所思者远欤？④

此记是因襄阳守史中辉"欲记其事于石，以与叔子、元凯之名并传于久远"而作的。欧公以古说今，以彼喻此，借言羊祜虽为仁者，但好名之心未泯，杜预声名显赫，犹不忘铭功于石，委婉地劝说史中辉勿"汲汲于后世之名"，也抒发了自己无比谦恭旷达的情怀，尤见晚年欧公的博大心胸与宽厚平和之气。

熙宁四年（1071），欧公终于如愿以偿地致仕归颍，时有《答资政邵谏议见寄二首》，其一云：

> 豪横当年气吐虹，萧条晚节鬓如蓬。欲知颍水新居士，即是滁山旧醉翁。所乐藩篱追尺鹨，敢言寥廓逐冥鸿。期公归辅岩廊上，顾我无忘畎亩中。⑤

从当年豪气冲天的馆阁校勘，到贬滁时锐气渐次消磨的醉翁，再到退居颍州逍遥自在平和自如的六一居士，在欧阳修自述中，我们不难察觉他那和气渐长直至主导整个身心的历程。

熙宁五年（1072），欧公与世长辞。此前，所作《退居述怀寄北京韩侍中二首》之一云：

> 悠悠身世比浮云，白首归来颍水滨。曾看元臣调鼎鼐，却寻田叟问耕耘。一生勤苦书千卷，万事销磨酒百分。放浪岂无方外士，尚思亲友念离群。⑥

诗中写到自己仕宦漂泊的一生和晚年如愿的致仕归颍，写到在朝时参与国家大事和退老后安逸自在的田园生活，写到毕生的勤学与奋斗和如今的逍遥与解脱，也写到了自己对人间真情

---

① 《思颍诗后序》，《欧集·居士集》卷四四。
② 《六一居士传》，《欧集·居士集》卷四四。
③ 《续思颍诗序》，同上。
④ 《岘山亭记》，《欧集·居士集》卷四〇。
⑤ 《答资政邵谏议见寄二首》，《欧集·居士集》卷一四。
⑥ 《退居述怀寄北京韩侍中二首》，《欧集·居士外集》卷七。

的珍惜和感悟于老庄的情怀。这是对自身漫长而丰富的经历的心平气和的总结。

三

综观上述五个阶段，欧阳修贬官滁州前的两段生涯，英气甚盛而和气不足，而贬官滁州后的三段生涯，和气渐增，并成为其气质之主导。欧文中所见的特有风采、情韵、意态，即"六一风神"，正源于其以和气为主导的人格修养。因此，"六一风神"在欧被贬滁以前的作品中不是没有，但主要还是见于以和气为主导的贬滁后的生涯中。由于"六一风神"是欧阳修以和气为主导的精神产物，自然非一般所说的委婉纡徐之欧文皆有；属于抒情范畴的"六一风神"，亦非见于欧公的所有文体，而仅见于叙事的文体。历代古文评家争相选录的脍炙人口的佳作，多具备"六一风神"以沉吟往复、抑扬吞吐、唱叹不尽、韵味无穷为要素的美感，为读者反复吟诵，珍爱有加。如此精品，有序体文，如《苏氏文集序》《江邻几文集序》《释秘演诗集序》《梅圣俞诗集序》《五代史伶官传叙》《五代史一行传叙》等；有赠序文，如《送徐无党南归序》《送杨寘序》等；有记体文，如《丰乐亭记》《醉翁亭记》《岘山亭记》等；有墓志文，如《张子野墓志铭》《黄梦升墓志铭》《泷冈阡表》等；还有哀祭文，如《祭石曼卿文》（治平四年）、《祭尹师鲁文》（庆历八年）等。其中，仅有少数作品，如《释秘演诗集序》《张子野墓志铭》《黄梦升墓志铭》等写于被贬滁的庆历五年之前。

归有光和茅坤是最早就欧文提出"风神"这一概念的文评家，"六一风神"见于序、赠序、记三体者尤多，以下谨列茅、归两家各自所编欧公文选中三体文之题目，考其作年，加括号标示于作品之后，并略作分析。先看茅坤的《欧阳文忠公文钞》，其选录之三体文如下：

序：《外制集序》（庆历五年）、《内制集序》（嘉祐六年）、《薛简肃公文集序》（熙宁四年）、《苏氏文集序》（皇祐三年）、《廖氏文集序》（嘉祐六年）、《江邻几文集序》（熙宁四年）、《仲氏文集序》（熙宁元年）、《梅圣俞诗集序》（庆历六年）、《谢氏诗序》（景祐四年）、《释惟俨文集序》（庆历元年）、《释秘演诗集序》（庆历二年）、《传易图序》（作年不详）、《诗谱补亡后序》（熙宁三年）、《韵总序》（作年不详）、《孙子后序》（康定元年）、《续思颍诗序》（熙宁三年）、《礼部唱和诗序》（嘉祐二年）、《集古录目序》（嘉祐七年）。上文除《传易图序》外，全选自《居士集》。

赠序：《送王陶序》（庆历二年）、《送徐无党南归序》（至和元年）、《送杨寘序》（庆历七年）、《送秘书丞宋君归太学序》（皇祐元年）、《送梅圣俞归河阳序》（明道元年）、《送廖倚归衡山序》（明道二年）、《送曾巩秀才序》（庆历二年）、《送田画秀才宁亲万州序》（景祐四年）。上文除送梅圣俞、廖倚二序外，均选自《居士集》。

记：《相州昼锦堂记》（治平二年）、《有美堂记》（嘉祐四年）、《岘山亭记》（熙宁三年）、《李秀才东园亭记》（明道二年）、《泗州先春亭记》（景祐三年）、《真州东园记》（皇祐三年）、《海陵许氏南园记》（庆历八年）、《菱溪石记》（庆历六年）、《浮槎山水记》（嘉祐三年）、《游儵亭记》（景祐五年）、《伐树记》（天圣九年）、《吉州学记》（庆历四年）、《襄州谷城县夫子庙记》（宝元元年）、《丰乐亭记》（庆历六年）、《醉翁亭记》（庆历六年）、《画舫斋记》（庆历二年）、《峡州至喜亭记》（景祐四年）、《夷陵县至喜堂记》（景祐三年）、《偃虹堤记》（庆历六年）、《王彦章画像记》（庆历三年）、《樊侯庙灾记》（明道二年)、《明因大师塔记》(景祐元年)。以上有《李秀才东园亭》《游鯈亭》《伐树》《偃虹堤》《樊侯庙灾》《明因大师塔》六记选自《居士外集》,余皆出自《居士集》。

茅坤所选序、赠序、记三体文凡48篇,仅9篇出自《居士外集》,《外集》篇目尚不及总数的二成。这说明欧公晚年亲手编纂的《居士集》,确实汇集了其毕生散文创作的精品,为后人所青睐。如按作品的创作年份来区分,作年不详的《传易图序》《韵总序》不计,三体文共46篇,其中作于前两段生涯,即庆历五年欧公贬滁之前的作品,计22篇,而被贬滁之后的作品有24篇,尚多出2篇。

相较于茅坤,归有光是明代杰出的散文大家,有很强的创作和鉴赏能力,选文更为精当,其所编《欧阳文忠公文选》中选收三体文如下:

序:《外制集序》(庆历五年)、《苏氏文集序》(皇祐三年)、《廖氏文集序》(嘉祐六年)、《江邻几文集序》(熙宁四年)、《释惟俨文集序》(庆历元年)、《释秘演诗集序》(庆历二年)、《诗谱补亡后序》(熙宁三年)、《孙子后序》(康定元年)、《集古录目序》(嘉祐七年)。

赠序:《送徐无党南归序》(至和元年)、《送杨寘序》(庆历七年)、《送秘书丞宋君归太学序》(皇祐元年)、《送梅圣俞归河阳序》(明道元年)、《送廖倚归衡山序》(明道二年)。

记:《御书阁记》(庆历二年)、《相州昼锦堂记》(治平二年)、《岘山亭记》(熙宁三年)、《丰乐亭记》(庆历六年)、《画舫斋记》(庆历二年)、《真州东园记》(皇祐三年)、《浮槎山水记》(嘉祐三年)、《伐树记》(天圣九年)、《王彦章画像记》(庆历三年)。

归氏选三体文凡23篇,只有送梅圣俞、廖倚二序和《伐树记》计3篇出自《外集》,仅占总数的13%,馀皆选自《居士集》。欧公被贬滁之前的作品仅10篇,被贬滁之后的作品有13篇。需要说明的是,包括《居士集》和《居士外集》在内的《欧集》,共收三体文83篇,内作于被贬滁前的有46篇,而作于被贬滁后的只有37篇,少于前者9篇,但归氏选入其《文选》者,贬滁后作品反多出被贬滁前作品3篇。可见,归氏与茅坤一样,更偏重于选收被贬滁之后的欧文。因为随着年龄的增长、学识的丰富和仕宦历练的增多,欧阳修涵养也不断提升,襟抱更为阔大,思虑更为周全,处事更为在理,创作亦更为成熟,被贬滁后以"和气"为主导的欧阳修,其作品的艺术魅力自是非此前可比,给读者带来更大的震撼是理所当然的。

特别要指出的是,景祐后期,欧被贬夷陵,潜心钻研经学,延至康定及庆历初,在《易》理的探究上,深有创获,成就斐然。在追求中正之道上,他甚有心得,看问题更为全面。这对他品格的提升、修养的完善都有很大的帮助。他指出:"事无不利于正,未有不正而利者。"① 视中正之道为自己从政处世务必遵循的价值取向和修身为人务必时刻秉持不可偏离的道德准则。又指出:"必合乎大中,不可以小过也。盖人过乎爱,患之所生也;刑过乎威,乱之所起也。推是可以知之矣。"② 他强调,要符合大中至正之道,且须实事求是,不能意气用事,应该说,获得这些认识,对被贬滁之后欧阳修"和气"的增长有莫大的帮助。如在从政上,他避免偏激,讲求中道,完全肯定范仲淹与吕夷简的释憾解仇③;晚年编《居士集》,不收早年所写影响极大而未免过火的《与高司谏书》等。其实,在被贬滁之前

---

① 《欧集·易童子问》卷一。
② 同上卷二。
③ 《文正范公神道碑铭》云:"及吕公复相,公亦再起被用。于是二公欢然相约,戮力平贼。天下之士,皆以此多二公。"见《欧集·居士集》卷二〇。范家子弟否认范、吕释憾,擅改《范碑》,为亲历其事、尊重史实的欧公所不能容忍。此事邵博载入《邵氏闻见后录》卷二一,《避暑录话》卷上、《墨庄漫录》卷八等亦有记载。

任河北都转运按察使时，欧就拒绝在镇压保州兵变之后，富弼欲杀降以斩草除根免却后患的谬见①，已表露出他坚守中道，不走极端，严防过犹不及的思想。

"六一风神"的本质是情感的外显，是淋漓尽致的抒情。以"和气"为主导的欧阳修，在被贬滁以后，"和气"日增，在情感领域里，则表现为温情、柔情、深情、浓情的强化。借助宾主相形、俯仰今昔的手法，追怀逝去的风云岁月和长眠地下的亲密友人，一篇篇可见梅尧臣、苏舜钦、石延年等挚爱友朋身影的以"追"字诀闻名的动人心魄的佳作，一唱三叹，情韵不尽，极致的抒情充满阴柔的美感，无限的风神溢出于字里行间。《丰乐亭记》与《岘山亭记》则是充满"和气"的中、老年欧公书写忧国爱民和谦恭博大情怀的杰作，最见令人心驰神往的"六一风神"。欧公从容的气度、宽阔的胸襟，见诸两篇文字；欧文之蕴蓄吞吐亦尽显于两篇文中。纡徐的情致、荡漾的笔调、古今的俯仰、无穷的韵味，令此二篇无愧于历代评家所给予的高度赞誉。这一切都离不开欧公极为真挚阔大的情怀，自然，也离不开欧公那"和气"主导的令人崇敬的人生。

---

① 苏辙：《欧阳文忠公神道碑》"会保州兵乱"一段记叙，见《栾城集·后集》卷二三。

南宋祠禄官制与地域诗人群体
——以福建为中心的考察

侯体健

复旦大学中文系

内容提要：祠禄官制对宋代社会文化特别是南宋士人阶层产生了重要影响，为南宋士人的居乡提供了有效的制度通道，从而促成了南宋地域文化与文学的繁荣。从以方信孺为核心的福建莆田诗人群体形成过程中，可以窥见作为祠官的核心文学家凭借一定的经济基础和身份认同感，在地域诗人群体形成过程中发挥了至关重要的作用。与奉祠状态相关的文学创作可称作"祠官文学"，它承载了南宋士人阶层的集体经验与文化记忆，折射出地域诗人群体的复杂心态，影响了南宋文学独特风貌的塑成。

关键词：祠禄制　南宋文学　福建诗人群体　祠官文学

作为宋代独有的官制[①]，祠禄制度早已引起研究该制度产生、发展、沿革、任禄等问题的史学界的关注，并取得了较为丰硕的成果[②]，但关于它对宋代社会文化所产生的影响则探讨较少。在论述祠禄制造成的后果时，梁天锡认为它"处异议、悯寒士、增冗员、坏士风、害吏治之举，每根蠹国家财经、政治命脉，安能中兴复国？"[③]他着重财经与政治角度，评价十分消极。也有学者认为，祠禄官制使得"宋代由国家政府豢养了大批俸禄优厚的闲官，他们对宋代思想文化的飞跃发展起了巨大作用"[④]，看到了其在文化上的积极意义，然未作深入论述。近年来，学界就祠禄制度与宋代社会风气、书院发展、士人心态、文学新变等方面作了进一步研究[⑤]，这意味着重新全面客观评价该制度是十分可能的。由于祠禄制度的复杂性与任职祠官的广泛性，本文无意从制度层面和人事角度全面梳理宋代祠官任职及其文学创作，仅就祠禄制度对南宋地域诗人群体的影响作简要探析，为理解祠禄制度的文化意义提供视角，也以此观察南宋文学的某些特点。

[①] 参见汪圣铎：《关于宋代祠禄制度的几个问题》，载《中国史研究》1998年第4期。他将祠禄官分为广狭二义，认为广义的祠禄官包括三种类型的宫观官，狭义的祠禄官则特指"专职的但却无实际执掌的宫观官"，为宋代所独有，辨析甚明。该文着重讨论的祠禄官制即为狭义。

[②] 参见梁天锡：《宋代祠禄制度考实》，台北学生书店1978年版；金圆：《宋代祠禄官的几个问题》，载《中国史研究》1988年第2期；刘文刚：《论宋代的宫观官制》，载《宋代文化研究》第7辑。尤以梁著最为系统。

[③] 梁天锡：《宋代祠禄制度考实》，第351页。

[④] 魏天安、刘坤太：《宋代闲官制度述略》，载《中州学刊》1983年第6期。

[⑤] 参见周永健：《宋代祠禄制度对士大夫的影响》，载《湖北职业技术学院学报》2007年第3期；拙撰：《祠禄官制与南宋士人》，载《新民晚报》2009年8月16日；李光生：《南宋书院与祠官关系的文化考察》，载《河北大学学报》2012年第5期。另有拙撰《刘克庄的乡绅身份与其文学总体风貌的形成——兼及江湖诗派的再认识》，载《中山大学学报》2011年第3期；刘蔚：《宋代田园诗的政治因缘》，载《文学评论》2011年第6期。上述论著涉及祠禄制度对文人心态和文学创作的影响。

一、祠禄官制与南宋士大夫的居乡

祠禄制的设置，初衷在于"佚老优贤"，以宫观官之名而享受俸禄，对象是高官重臣，至王安石变法后又以此"处新法之异议者"，任此职以闲置不用，成为贬官的辅助手段。梁天锡将祠禄制度的发展分为雏模阶段（真宗朝）、挫折及转变阶段（仁宗、英宗二朝）、长成阶段（神宗、哲宗二朝）、兴盛阶段（徽宗、钦宗二朝）、冗滥阶段（高宗朝）、凝固阶段（孝、光、宁、理、度、恭六朝）[①]。就狭义的"专职的但却无实际执掌的宫观官"来说，自王安石变法时的神宗朝开始就大量出现。不过，此时祠官总人数也仅100余而已，只是百官比例的1/300弱。到了南宋高宗朝，祠禄制度进入"冗滥阶段"，祠官总人数已逾千人，与三省吏人数相当。[②] 自此之后，祠官数量不断攀升，奉祠对象也囊括了从朝廷名臣到低级幕僚的各级士人，这让祠官成为一个不容忽视的、对士人社会产生重要影响的身份队伍。北宋祠官由于数量少难成气候，未能对士大夫阶层的生存状态与整体心理产生太大作用，而南宋数以千记的奉祠官吏已经作为一支不可忽视的士人队伍而存在，他们的社会活动已成为观察南宋社会与文化的独特窗口。正是从这个意义上来说，探讨祠禄官制的文化影响，其实主要是探讨该制度在南宋时期的影响。

南宋的绝大部分官员都有奉祠经历，或内祠或外祠，这从《宋史》南宋列传部分即可窥见一斑，如刘一止、周必大、尤袤、杨万里、吕祖谦、楼钥、辛弃疾、曹彦约、真德秀、文天祥等，无一不领受过祠禄。许多重要士人还有过相当长时期的多次奉祠经验，如洪适（1117—1184）分别七次提举洞霄宫；陆游（1125—1210）历主崇道观、玉局观，提举冲祐观、佑神观、太平兴国宫[③]；朱熹（1130—1200）更是自29岁差监南岳庙始，几乎大半生都处于祠官状态。南宋士人奉祠的原因非常多，比如引疾乞祠、侍亲乞祠、待阙与祠、被罚与祠、政争与祠等，但多数时候，疾病与侍亲也不过是全身远祸的借口，他们的自乞或被罚为祠官大都因个人在官场遭遇排挤而造成的，是政治上失意的结果。由此而言，奉祠便带有一定的贬谪色彩，只是依旧有俸禄，依旧在体制之内，随时可能再次被朝廷起用。与北宋党争时期残酷的贬谪相比，南宋的奉祠归乡可谓"温柔的贬谪"，这种谪官方式在许多时候代替了那种动辄远罚他乡的贬斥，给政治斗争提供了新的发泄渠道，成为解决政治冲突的缓冲带。与此同时，奉祠也让南宋的贬谪文化发生了改变，与宋代其他黜降办法相较，如刺配、编管、羁管、安置、居住等，奉祠最大的不同则是常常拥有"任便居住"[④] 的自由、思想人格的保护和一定的经济收入。职是之故，士人奉祠之后可以有自由的人身活动，而南宋大多数奉祠士人的选择即是回乡里居。

所谓"壮游车辙遍天涯，晚得祠官不去家"[⑤]，上文所及洪适、陆游、朱熹等人在奉祠

[①] 见氏著第一章第四节。

[②] 以上数据均来自梁天锡《宋代祠禄制度考实》附录《宋祠禄奉罢年表》及《宋代之祠禄制度（提要）》的统计。下文相关士人奉祠时间，如非特别说明，均据《宋祠禄奉罢年表》。

[③] 参见于北山：《陆游年谱》，上海古籍出版社2006年版。

[④] 无论内祠外祠均可"任便居住"，虽亦有"限居本处"或"限居行在"之例，但主要用来处置朋党，南宋时（特别是中后期）较少用。

[⑤] 陆游：《食新有感贫居久蔬食至是方稍得肉》，《剑南诗稿校注》，上海古籍出版社2005年版，第2387页。

期间都处于乡居状态。另外，如诗人赵蕃（1143—1229）"奉祠居家，积祠庭之考三十有三"①寓居信州，词人辛弃疾（1140—1207）奉祠里居铅山，理学巨擘叶适（1150—1223）"奉祠十三年"（《宋史》本传）均在家乡永嘉度过，晚宋文坛领袖刘克庄（1187—1269）七次主管宫观亦在莆田里居，……类似例证都说明，居乡在许多时候几乎成了奉祠后的必然选择。当然，居乡不一定就是回到自己的故乡，像赵蕃、辛弃疾是北方南渡而来，自然不可能再回去，有些南方人奉祠也不一定回到故乡。如四川人程公许（1182—1251）在嘉熙二年（1238）、淳祐七年（1247）两次"得祠去国"，并未返回家乡四川，而是在湖州居住②。当然，这种情况相对较少。不过，即使未回家乡里居，却依然寓居地方而非中央，他们同样促进了地方文化的勃兴。另外，根据祠禄制度，一任祠官一般是30个月（也有二年、三年制），如果一个士人每次奉祠任满，而又多次祠（次数虽有限额，却常有突破），那么其奉祠里居的时间是相当可观的。一部分士人因想主动回避官场斗争而借助祠官可连续多任的特性，持续保持里居状态，借祠食禄且自由活动。所以，祠禄制度在南宋泛滥的一个明显后果就是使得大批士大夫里居地方，而且极可能长期里居，可以说，它为士人里居提供了良好的制度通道。

众多士人的居乡带来了南宋地域文化的蓬勃发展，学术流派与文学团体都烙上了鲜明的地域印记。地方志编撰中的地域意识不断强化，区域性文学总集不断涌现，地域文学也随之显现出一派繁荣景象。仅以现存宋人总集来看，反映北宋文人诗歌创作的《二李唱和集》、《西昆酬唱集》《同文馆唱和诗》《坡门酬唱集》大多是文人在京城地区的酬唱集，几乎不带任何地域色彩。而南宋陆续出现的《南岳酬唱集》《四灵诗》《天台集》《成都文类》《昆山杂咏》《赤城集》《严陵集》等，或以唱和地点命名，或以诗人籍贯聚集，或在区域范围搜辑文献，都充分体现了地域因素在总集编撰中的重要导向，折射出南宋地域文学自我意识的觉醒。

从文学创作的题材来看，文人士大夫的奉祠居乡直接促成了田园诗、农事诗、村居诗的大量创作。学者已指出"很多宋代诗人的田园诗都是在奉祠期间创作的"③，而南宋农事诗也十分发达，漆侠曾以江湖诗人的作品为中心，论述了南宋农事诗所反映出的南宋农村社会状况④。就农事诗的创作主体来说，实则江湖谒客与居乡士人可谓两个并驾齐驱的群体，许多的农事诗正是出自奉祠居乡士人之手⑤。至于村居诗也在南宋奉祠居乡文人手中得到极大的发展。刘克庄奉祠里居时期创作了一系列的村居诗，成为其晚年诗歌创作的主要题材之一，甚至可以看成是"后村体"的一个标志性特点。⑥ 与此相类，颇具特色的地域景观与地方风物系列诗作也频繁出现，如朱熹《百丈山六咏》《云谷二十六咏》《武夷七咏》《武夷精舍杂咏》等均是此类。其他如种艺、访花、时序、节俗、气候乃至闲逸、读书等题材，无一不是士人奉祠里居生活的重要组成部分，士人的居乡创作也大大促进了这类诗歌的

---

① 刘宰：《章泉赵先生墓表》，《漫塘文集》卷三二，嘉业堂丛书本。
② 参见程公许：《淮海挐音序》，落款为"沧州道人程公许希颖书于雪溪寓舍"（见《宋代蜀文辑存》卷八三），《宋史》本传亦言"清之再相，公许屏居湖州者四年，再提举玉隆观、差知婺州，未上"。
③ 刘蔚：《宋代田园诗的政治因缘》，载《文学评论》2011年第6期。
④ 参见漆侠：《关于南宋农事诗——读〈南宋六十家集〉兼论江湖派》，载《河北学刊》1988年第5期。
⑤ 其实传统所言江湖诗人许多就是居乡士人，如漆侠之文重点引述的赵汝鐩、利登、俞桂、朱继芳都曾进士及第、任职地方甚至奉祠里居过。
⑥ 参见侯体健：《论刘克庄晚年诗歌主流——从"效后村体"谈起》，载《北京大学学报》2012年第4期。

发展。

另外，更为突出的是关于地方事务的各类文章创作因士人的居乡而大量出现。奉祠居乡的士大夫，许多都曾有主政地方的经历，他们一旦居乡便会或主动或被动地参与地方事务的处理，相关的应用性文章也随之增加。像碑铭、墓志、祭文、题跋、启文、祝文等都会留下地方人物和当地关系网络的强烈痕迹，而受此影响最突出的则是记体文。宋代记体文非常发达，以内容而分，主要有山水游记、书画记、建筑记三类①。南宋时前二者数量明显少于后者，在建筑记中记叙风景的亭台楼阁记又明显少于厅壁、社仓、祠庙、学堂、书院、桥梁、堤坝、修城等带有事务和地域指向的议论性记文。此类现象的出现显然与祠禄官制促成的士人里居有着密切关系。可以说，奉祠里居时期成为了许多士人的文学丰收期，祠禄制度为一批政治失意又有真才实学的文人提供了经济基础、写作时间与自由氛围，为他们专心学术著述与诗文写作创造了有利条件。

二、祠官中的核心文学家与南宋福建地域诗人群体

士大夫奉祠归乡对文学创作的影响，除了里居带来的地方物事进入诗文作品之外，更重要的在于交往人群、心理情感与文学趣味的变迁。领任祠官是政治失意的结果，诗人奉祠后的心理虽因各自性格不同而有不同程度的起伏，但总体来说是趋于消极避世的。在如此心理状态的作用下，自然渴望释放心情的压抑，寻找心灵的慰藉，这使得他们较之一般士人更关注外部世界的身份认同与情感共鸣。因而，祠官们更愿意在地域范围内寻找志同道合之士，或寄情山水，或游戏翰墨，由此建立交际网络并形成文学群体。地域性诗人群体的聚合，固然在于多方面因缘际会的促成，就南宋来说，隐的地域——家族网络就是一个重要的依附条件，而同样重要的是核心文学家的凝聚力。与北宋"欧门""苏门"那样的全国性高级文人集团相比较，地域诗人群体不一定有公认的领袖人物，但一般都有核心文学家，由他联络声气、组织唱和，在群体之中常有引领作用。特别是那些具有较高政界、文坛声望的士人，一旦长期奉祠居乡就必然引起地域士人的聚集，并以他为核心进行或长或短、或大或小的各类文学活动，这也为地域诗人群体的健康发育提供了契机与温床。

南宋诗人的地域分布主要集中在以临安为中心的江浙地区（含两浙东路、两浙西路、江南东路）、以吉州为中心的江西地区（江南西路）和以福州为中心的八闽地区（福建路）三大块。其中江浙、江西早已引起学界重视，而对另一重镇福建，研究稍显不足。福建属异军突起的新兴地区，该地区在南宋时的及第士人数量直追两浙，而且刻书业发达，书院林立，学派成熟，文学氛围浓厚，士人活动频繁，并陆续出现了一批足以改变时代风气的人物，在宋代文学演变中起到了重要作用，非常值得关注。以下即以福建为中心，考察祠官在地域诗人群体形成中的作用。

福建有"八闽"之称，八地文化发展极不平衡，人才分布主要在闽北和闽东地区②。就诗人群体而言，福州、建州、泉州和兴化军在南宋时文学活动比较频繁，与主流文坛交流密切。南宋初年，李纲（1083—1140）在沙县、福州一带长期谪居，与邓肃、朱松、陈兴宗

---

① 林纾《春觉斋论文》将记体文分为建筑记、书画古物记、山水记、杂事记、学记和游宴记这五类，颇为中肯，这里取其要者。

② 参见刘锡涛：《宋代福建人才地理分布》，载《福建师范大学学报》2005年第2期。

唱和往来①；张元幹自绍兴元年（1131）底至绍兴二十年（1150）里居福州，与叶梦得、李弥逊、富直柔频繁交流，创作了一批优秀的作品②。这一批士人有些被贬谪或致仕归乡，这是南渡之际政治局势使然，也有一些是奉祠归乡的，如李纲多次提举崇福宫、洞霄宫，富直柔提举洞霄宫，朱松主管崇道观，李弥逊奉祠寓居连江等都在绍兴年间。奉祠士人显然是此时福建地域诗人群体的重要组成甚至是核心部分。另外，如被列入《宋史·隐逸传》的胡宪（1086—1162）是以祠官的身份里居崇安籍溪，从而逐渐彻底摆脱官场，传道授业，著书立说，成为宋代理学一大家数；刘子翚、刘子羽、刘子翼兄弟三人奉祠在家，借助家族网络在福建地区长期活动，领导并参与了许多文学、学术活动。其他福建士人如黄公度（1109—1156）、陈俊卿（1113—1186）等也都是福建地区重要的奉祠文人，至于一代儒宗朱熹，就更不消说了。总之，这批士人借助多次奉祠里居之际进行文学活动，充分体现出奉祠里居的福建士人在构建地域文人网络中的积极作用。

为了更细致地展现祠官在地域诗人群体中形成的作用和意义，就以闽东兴化军莆田地区方信孺（1177—1223）为核心的诗人群体略作申说。

方信孺，字孚若，号好庵，莆田人，崧卿子。开禧年间，韩侂胄北伐，假信孺朝奉郎使金，一年中三次往返于宋金之间，以口舌折强敌，于是闻名一时。他是一个颇有侠义的士大夫，性情豪爽，待客热情。自嘉定十三年（1220）陆续主管云台观、主管崇禧观，回到莆田，度过了其人生最后的岁月。奉祠里居的这几年虽然在政治上毫无作为，但从文学上来说却极有成果，刘克庄《诗境集序》说他"坐议边事与当国不合，免归，益大肆于翰墨"③。据史料所载，方信孺曾有诗文集八种行世，目前仅存《南海百咏》一卷。

方信孺奉祠期间，身边聚集围绕了一批诗人，目前可考者至少有陈宓、柯梦得、赵庚夫、刘克庄、方左钺、高翥、胡仲弓、胡仲参、林景祥、孙惟信、翁定等④。由于方信孺诗集的散佚，我们已不能清晰呈现这个群体的面貌，但根据相关材料，依然能够勾勒其大概。这批诗人可分为两部分，一部分是莆田本地人，一部分是江湖游士：

（1）陈宓、柯梦得、赵庚夫、刘克庄、方左钺五人本即莆田人。在方信孺奉祠时，陈宓主崇禧观、刘克庄监南岳庙，也正好都领受祠禄归乡里居，祠禄制度让他们有了居乡的共同时间；柯梦得、赵庚夫未出仕，一直在莆田；方左钺乃信孺子。五人中陈宓、柯梦得、赵庚夫与方信孺年龄相仿，刘克庄则可视为后生门人。今陈宓《复斋先生龙图陈公文集》有七首与方信孺相关的诗作，分别是《和方漕孚若游瀑布》《题西淙》《往濑溪西重山观瀑分韵得还字》《次方云台韵》《次方诗境韵》以及《挽方寺丞》，呈现出他与方信孺结社唱和之一隅。

（2）高翥（余姚）、孙惟信（婺州）、胡仲弓（福建清源）、胡仲参（福建清源）、林景祥（福建福州）、翁定（福建建瓯），这几位是典型的江湖诗人，特别是前二人，他们游走干谒，慕名而集。方信孺曾经"至临江以诗酒自娱，江湖士友慕公盛名，多裹粮从之游"⑤，早已在江湖有了诗名，《宋史》本传言其"性豪爽，挥金如粪土，所至宾客满其后车"。他

---

① 参见赵效宣：《宋李天纪先生纲年谱》，台湾商务印书馆1980年版。
② 参见王兆鹏：《张元幹年谱》，南京出版社1989年版。
③ 刘克庄：《诗境集序》，《后村先生大全集》卷九七，《四部丛刊初编》本。
④ 人物主要根据与方信孺诗歌唱和及刘克庄《后村先生大全集》之《宝谟寺丞诗境方公行状》《跋孚若赠翁应叟岁寒三友图》《孙花翁墓志铭》《方武成墓志铭》等考订。
⑤ 刘克庄：《宝谟寺丞诗境方公行状》，《后村先生大全集》卷一六六，《四部丛刊初编》本。

里居时"尤好士,所至从者如云,闲居累年,家无担石,而食客常满门"(《行状》),这种豪侠性格对江湖士人尤其具有吸引力。高翥《同刘潜夫登乌石山望海,有怀方孚若、柯东海、陈复斋旧游》《过方孚若寺丞故庐》等作品为这个群体热闹的曾经留下了快速写真与记忆图相。

方信孺诗人群体有过密集的文学活动,今《后村先生大全集》(下称《大全集》)卷二至卷五有几十首诗歌是刘克庄跟随方信孺及周边文人所创作的,由此管窥这个群体在嘉定十三年至十六年这四年间的创作量是十分可观的。正如学者所言"士大夫奉祠,在淡化其政治身份的同时事实上也意味着其作为文士和学者身份的强化"①,作为祠官的方信孺就是这个诗人群体的核心。这一群体的文学活动也有两点与祠禄制度密切相关:第一,方信孺有相对稳定的经济收入,据考察,南宋孝宗朝的祠禄年耗高达 200 万缗,按祠官总数 1 400 左右计算②,祠官收入一年的平均数是 1 429 缗左右,根据方信孺的官阶,其领任的祠禄远在平均水平之上,祠禄所得能够支撑他收养一定数量的门客(孙惟信、翁定等人都是典型谒客型诗人),具备了"散尽千金"的资本,这是江湖干谒诗人聚集其旁的一个重要原因;第二,陈宓、刘克庄等人也是祠官身份,在文学活动中与方信孺之间有着较高的身份认同与情感共鸣。陈宓《次方云台韵》中说"人生有禄亲头白,万石何如宦本乡",刘克庄《次方寺丞方湖韵》也说"帝犹给我还山俸,天不需人买月钱",都表现出大家共同领任祠官时的心理状态与互相安慰之情。

方信孺诗人群体在莆田地区持续了多年的文学活动,却因为盟主方信孺的陡然逝世而宣告解散。刘克庄《别高九万》诗云:"花翁徒步悲诗境,菊涧春粮哭复斋。众客食鱼弹铗去,几人白马索车来。"③ 花翁即孙惟信,诗境即方信孺,菊涧即高翥,复斋即陈宓,在"众客食鱼弹铗去"的世态炎凉中,在核心文学家逝世后,这群人结束了在一起的游玩唱酬。不过,从文坛发展和地域文人的承续结盟角度来看,方信孺诗人群体解散后留下来的最大遗产就是刘克庄。

方信孺在刘克庄的诗歌生涯中充当了极其重要的角色。在追随方信孺的时期里,刘克庄得以与那批江湖诗人结下深厚情谊,其早年诗名所得益的《南岳五稿》中相当诗作也是在方信孺及周边文人的直接指导、激励与竞技唱和下创作的。特别是方信孺本人的侠士情怀与豪迈诗风,直接促成了刘克庄诗歌中第一次摆脱了前期晚唐体的雕琢苦吟与弱小格局,一变而为颇有些狂放气势的篇章,在流转之间蕴蓄笔力,不再精致雕刻五律,转而为七律、五古乃或联章组诗,其篇章字数的增加,意味着其诗歌格局的扩展。刘克庄曾说自己"欲息唐律,专造古体"④ 就是方信孺群体诗学影响的结果。另外值得指出的是,刘克庄集中所著第一篇超过四韵的作品,就是五言排律《跋方云台文稿二十韵》,方云台即方信孺,这与其看作是巧合,不如看作正是方信孺引导他所作长篇五排,开拓了其诗境。叶适《题刘潜夫诗什并以将行》云:"寄来南岳第三稿,穿尽遗珠簇尽花。几度惊教祝融泣,一齐传与尉佗夸。龙鸣自满空中韵,凤味都无巧后哇。庾信不留何逊往,评君应得当行家。"⑤《南岳第三稿》所载多为刘克庄追随方信孺时期的作品,叶适的评价显然正是对其这一时期诗歌风格

---

① 李光生:《南宋书院与祠官关系的文化考察》,载《河北大学学报》2012 年第 5 期。
② 梁天锡:《宋代祠禄制度考实》,所附之财政负担表,第 567 页。
③ 刘克庄:《别高九万》,《后村先生大全集》卷九,《四部丛刊初编》本。
④ 刘克庄:《瓜圃集序》,《后村先生大全集》卷九四,《四部丛刊初编》本。
⑤ 叶适:《叶适集》,中华书局 1961 年版,第 121 页。

转变的正面肯定。

更有意味的是，20余年后（淳祐七年，1247）刘克庄再次长期领任祠官，里居莆田，以刘氏为核心又形成了一个颇具规模的莆田地域诗人群体，其主要成员如林希逸、刘希仁、李丑父等也是因各种缘故奉祠里居的。这个以奉祠文士为骨干的莆田地域诗人群体与方信孺诗人群体前后呼应，同样说明祠官与地域诗人群体关系的上佳例证，同样创造了莆田文学上的高峰①。

总之，作为祠官的核心文学家长期里居为地域诗人群体的衍生带来了绝好契机，核心文学家以其特有的号召力与凝聚力吸引地方士人聚于周边，并在文学观念与创作个性上直接影响诗人群体的总体审美趣味与发展方向。由祠官领导、羽翼而成福建地域诗人群体的这种内在运行机制，在一定程度上也很有代表性，曾几在上饶、周必大在庐陵、陆游在江阴、辛弃疾在铅山、赵蕃在玉山……无不呈现出作为祠官的他们在地域诗人群体离合聚散中的关键作用与导向意义。祠禄制度下的文学家主盟地方，成为一股不可忽视的文学凝聚力量，在南宋多层次的网络性、块状化文坛中显得颇为重要。

三、祠官文学：观察诗人群体心态的一个视角

如果要在以祠官为核心的地域诗人群和其他诗人群中寻找特殊之处的话，那么群体的心态差异显然是一个重要的指标。前文已及，奉祠带有政治上的贬谪色彩，犹如被贬期间的士人相聚一样，文学的精神倾向与情感诉求有着强烈的发泄性与寄托性，文学——特别是诗歌——在他们手上常常带有慰藉生命、安顿灵魂和荡涤情绪的意义。但是，奉祠毕竟不是贬谪，与真正的贬谪有着质的区别。学者论述元祐党人在贬谪期的文学创作时认为，"畏祸避谤的心理扼制了相当一部分元祐文人的创作欲望，迫使他们不作文或少作文，不作诗或少作诗"②，然而奉祠文人却大不相同，他们并没有太多的创作禁忌，倒是在奉祠期更倾向于创作。刘克庄曾经说自己"奉南岳祠，未两考，得诗三百，非必技进，身闲而功专尔"③，诗中也说"牢落祠官冷似秋，赖诗消遣一襟愁"④，祠禄制度提供的闲暇恰是文学高产的好时机。奉祠又类似归隐，比如胡宪主管台州崇道观，在京友朋便创作了一系列作品相赠，王十朋《送胡正字宪分韵得来字》、汪应辰《送正字胡丈》、周必大《胡原仲正字特改官除宫观，中置酒钱别，会者七人，以"先生早赋归去来"为韵，人各赋一首，仆得早字》等，他们以"先生早赋归去来"为韵，显示出对奉祠所具隐逸性质的认识。不过，奉祠和归隐之间也不能完全画等号，奉祠文人并不与世隔绝，而是不断表现出参与地方事务的热情。由此而言，奉祠可谓介于贬谪与隐逸之间的特殊状态，既是"温柔的贬谪"，也是"带薪的归隐"。反面观之，奉祠心态下创作的文学，既不是纯粹的贬谪文学，也不是完全的隐逸文学，它虽带有贬谪或隐逸的某些性质，却依然保持了独特的内涵，与祠禄制度之间有着千丝万缕的联系，承载着南宋士大夫的某种集体记忆与精神特质，或许正可称作"祠官文学"。

当然，"祠官文学"并非一个完全独立的文学概念，只是观察南宋文学的一个角度而

---

① 这个群体的形成过程与构成成员，请参侯体健《刘克庄的乡绅身份与其文学总体风貌的形成——兼及江湖诗派的再认识》，载《中山大学学报》2011年第3期。
② 尚永亮、钱建状：《贬谪文化在北宋的演进及其文学影响》，载《中华文史论丛》2010年第3期。
③ 刘克庄：《跋黄恺诗》，《后村先生大全集》卷九九，《四部丛刊初编》本。
④ 刘克庄：《答翁定》，《后村先生大全集》卷二，《四部丛刊初编》本。

已。从奉祠者角度来说，它的范围可以包括请祠、奉祠、归祠、罢祠等一系列书写与祠禄状态相关的作品。这些作品依据士人个性和所处境况的不同，从而表现出不同的精神特质，或是理想放逐的悲伤、报国无门的遗憾，或是挣脱政争的轻松、闲居故里的愉悦，前者类似贬谪，后者类似隐逸，抑或二者兼而有之，色彩则较为轻淡。不过有一点比较明显，就是他们习惯将奉祠身份作为一种特别的人生状态而予以区隔，甚至倾向于将奉祠时的自我塑造成一个高蹈的逸士或孤寂的逐臣，以获得身份认同与心理平衡。比如姜特立《庚申春再得奉祠》诗说"香火缘深宦意灰，十年萧散卧蒿莱。庞公从此不入市，只与渔樵相往来"①，俨然一副将自己视为渔樵隐士的心理，其中又少不了"宦意灰"的失望；周必大《恩许奉祠子中兄重寄臣字韵诗再次韵》则说"弟兄有禄供温饱，畎亩何阶答圣神。此去读书真事业，向来正字误根银"②，奉祠领薪，读书赋闲，两相慰藉。特别是陆游写祠官状态下的生活与心情最繁多，既有"羁鸿但自思烟渚，病骥宁容着帝闲"（《蒙恩奉祠桐柏》）的憔悴心理，也有"不为挂冠方寂寞，宦游强半是祠官"（《蔫牡丹感怀》）的无奈感慨；既表达过"读骚未敢称名士，拜赐犹应号散人"（《受外祠敕》）的洒脱，也发出过"世路涩如棘，祠官冷欲冰"（《夜赋》）的悲戚。他甚至写道："黄纸淋漓字似鸦，即今真个是还家。园庐渐近湖山好，邻曲来迎鼓笛哗。筤实傍篱收豆荚，盘蔬临水采芹芽。皇家养老非忘汝，不必青门学种瓜。"③诗歌情绪起伏不定，寓苦涩于萧散，将官场失意、归家景致、里居状态等糅合进难以言说的心情之中，对自我形象的确认也充满矛盾与犹豫。姜特立、周必大、陆游等人复杂的奉祠心态非常有代表性，体现出祠官书写作品在情感上的别样内涵。

从他者角度来说，"祠官文学"又可以包括送归、饯别、安慰、回忆、想象、唱和等围绕他人领任祠官而产生的诗文。这些作品比起奉祠者本人的作品来说，更能表现出奉祠士人及其周边友朋的情感共鸣与身份认同，在书写祠官的状态中，文人常常将政治上的无奈形诸笔端。而且由于奉祠并非某一个人的特殊遭遇，几乎可称是整个南宋士人的群体记忆，所以他们对奉祠的友朋常能以己度人，写出真情实感，意味深长。如乾道七年（1171），汪大猷提举太平兴国宫，奉祠归里，吕祖谦、范成大、赵汝愚、朱熹、姜特立、司马伋、魏杞等均作诗相送，诗歌总体表现出对汪大猷奉祠的理解与宽慰。吕祖谦说"向来功名人，勇进忘坎窞。听诵归来辞，掩耳谢不敢。宁知达士胸，万牛眇难撼。清风满后车，一洗世氛默"④，范成大则写下"侍臣相忆松门远，归客还怜菊径存"⑤的安慰之句，朱熹"照眼湖山非昨梦，及时诗酒合同襟。不应便作真狂客，讲殿行思听履音"⑥也是如此。这群士人不一定都在同时奉祠，但多少都有过奉祠的经历，他们在给汪大猷饯行之时，未尝不曾唤起自己以往相似的遭遇。正是基于这样一种同气相求、同声相应的心理认同，让祠官文学在聚合诗人群体中发挥了重要作用。

再以福建莆田地区刘克庄为核心的诗人群体为例，窥视祠官文学中的文人心态。

在刘克庄的人生中，奉祠里居可谓常态，他在祠官状态下的文学创作非常突出也很有自

---

① 姜特立：《庚申春再得奉祠》，《梅山续稿》卷九，文渊阁四库全书本。
② 周必大：《恩许奉祠子中兄重寄臣字韵诗再次韵》，《文忠集》卷三，文渊阁四库全书本。
③ 陆游：《上章纳禄恩界外祠遂以五月初东归》，《剑南诗稿校注》，第3152页。
④ 吕祖谦：《尚书汪公得请奉祠，饯者十有四人分韵赋诗，某得敢字》，《吕祖谦全集》第1册，浙江古籍出版社，第11页。
⑤ 范成大：《送汪仲嘉待制奉祠归四明分韵得论字》，《范石湖集》，上海古籍出版社2006年版，第136页。
⑥ 朱熹：《送汪大猷归里》，束景南《朱熹佚文辑考》，江苏古籍出版社1991年版，第93页。

觉性，特别是晚年更是看清了自己与祠禄的不解之缘。他在52岁所作《最高楼·戊戌自寿》开篇即言"南岳后，累任作祠官。试说与君看：仙都、玉局才交卸，新衔又管华州山"①，历数自己的祠官经历，不久又说"衡岳仙都迹已陈，云台玉局敕犹新。暮年拟乞冲虚观，长向山中祝圣人"②，不过他后来提举的不是冲虚观，而是崇禧观、明道宫。这些岳庙宫观，定下了刘克庄的命运基调。

与刘克庄同样系命运于祠禄的，是他周围的一批诗朋文友。早在嘉定十六年（1223），写下题为《昔方孚若主管云台，予监衡岳，每岁瑞庆节常聚广化寺拈香，癸未此日独至寺中，辄题一绝》诗中的"同作祠官荷圣朝，年年相待放生桥"（《大全集》卷七）之句时，他这种对同任祠官的情感依托与倾诉欲望已经显露出来。至宝祐四年（1256），提举明道宫，友人赵时焕也奉祠明道宫，其作《蒙恩复畀明道祠寄呈赵克勤吏部三首》之一写道："曾对青藜汉阁中，天风吹散各西东。白头重得为僚友，同为君王辖竹宫。"（《大全集》卷二三）当时里居家乡晋江的赵时焕与刘克庄有着长期而密集的诗歌唱和，一直是福建地域诗人群体的重要成员，这首作品缘起于二人同奉明道宫，"同为君王辖竹宫"中强烈的身份认同感更是呼之欲出。当然，刘克庄暮年最亲密、最知心的诗文酬唱对象还数林希逸和刘希仁。这两位也有着长期而多次的奉祠经历，一直里居家乡，特别是在淳祐七年（1247）后以刘克庄为核心的莆田文人群体成员渐趋稳定③，林希逸和刘希仁更是频繁与刘克庄相互唱和，感情也愈为醇厚，其中对共同的祠官状态的书写显得更具情感交流与群体维系的意义。

刘克庄给林希逸的诗《闻竹溪得玉局祠二首》道："甘泉宿老求闲局，苦县仙人有废坛。拜敕定披新紫氅，榜斋应许旧黄冠。"（《大全集》卷三三）并特别自注："仆尝主此祠。"其实，从制度层面上来说，即使共主同一宫观也不需要赴任同一地点，而是任便居住，所以并无太多实际经验的共同点，但从情感上来说，刘克庄的自注显然将共主一祠作为他和林希逸之间情感密切契合的象征加以言说。与从弟刘希仁之间的这种认同更是强烈④，《秘书弟得祠》写道"我为明道君崇道，同系冰衔晚节光"（《大全集》卷二一）。明道宫在亳州，崇道观在台州，明道、崇道并不相关，只因兄弟二人"同系冰衔"而声息相系。《又和二首》又说"亳社重新依老子，天台自古属刘郎"并且自注："余旧尝领明道。"亳社指明道宫，天台指崇道观，而这里又以亳社老子、天台刘郎的典故双关，在妙用典故的同时，更显得二人关系之非同寻常。特别是"自古属刘郎"之句，将自己奉祠崇道观的经历与兄弟刘希仁奉祠紧密相接，在亲情血缘之外增加了心理的共鸣。至于《贺秘书弟提举崇禧》"皆云新管辖，还是小茅君"（《大全集》卷二一）下自注"余尝两任崇禧，居厚亦再任"，《居厚弟改提举鸿禧一首》说"犹胜亳州前管辖，鬓毛秃尽欲归僧"（《大全集》卷二一）等诗句，无一不显露出诗人们因具有相同的奉祠经历而获得的内心交集与认同。可以说，在维系群体关系，加强群体情感交流，建构群体文学精神世界上，同任祠官的经历发挥着不可替代的重要作用，奉祠人生下的文学写作成为当时莆田文人群体独立于世的潜在而关键之一环。

---

① 刘克庄著，钱仲联笺注：《后村词笺注》，上海古籍出版社1980年版，第18页。
② 刘克庄：《罗湖八首》，《后村先生大全集》卷一二，《四部丛刊初编》本。
③ 参见侯体健：《刘克庄的乡绅身份与其文学总体风貌的形成——兼及江湖诗派的再认识》，载《中山大学学报》2011年第4期。
④ 刘希仁为刘克庄从弟，《南宋馆阁续录》卷八载其乃"嘉定四年赵建大榜进士出身"，因屡以谤退，亦主崇禧观等闲职，长期里居莆田，与刘克庄经历相似。

除了诗词而外，祠官文学中那些"乞宫观劄子""丐祠申状""任祠谢表""贺得祠启"之类的启表奏状之作，也充分展现出南宋士人在祠禄制度下的心理进退与政治情怀，透露出他们的生存状态与处世心态。祠官书写在某种程度上比起贬谪与隐逸来说更能代表他们广泛的人生真实，更能反映南宋特别是南宋中后期士人心态与文学创作之间的复杂关系。再扩而言之，作为南宋士人群体记忆与集体经验的奉祠，不仅能够在地域诗人群体中起到维系情感、唤起共鸣的作用，而且在更大范围的士大夫交往圈中也有着声气相通的特殊意义，影响了他们的社会心理、文化品格和精神特质，由此也对南宋士大夫文学独特风貌的塑成起到了不容小觑的作用。也正因此，要全面梳理祠官及他们复杂的文学创作样态，非一篇文章可以容纳，这里仅抛砖引玉，且待学界进一步探讨。

日课一诗论

胡传志

内容提要： 日课一诗源于宋前。杜甫的纪行诗、元稹学诗时的日课、白居易日记性质的闲适诗，都是日课一诗的源头。梅尧臣大力践行日课一诗法，将创作诗歌作为穷士的精神追求，使其诗题材、风格、手法等方面出现诸多新变，直接开启宋诗面貌。苏轼明确肯定梅尧臣日课一诗之举，提高日课一诗的意义，胡仔、刘克庄又作了进一步的阐释。陆游笃好梅诗，自觉践行日课一诗，将之当成一种生活方式，表现出与梅尧臣等人不同的旨趣。

关键词： 日课一诗　梅尧臣　苏轼　陆游

日课一诗，即每天坚持作诗，是古代诗人的一种创作方式。苏轼正式将前人这一实践形诸文字，其《答陈传道》（三）曰：

> 知日课一诗，甚善，此技虽高才，非甚习，不能工也，圣俞昔尝如此。[①]

苏轼该文作于元祐四年（1089）[②]。陈传道为著名诗人陈师道之兄陈师仲。在苏轼看来，梅尧臣（1002—1060）是践行日课一诗法的代表。经过苏轼此番鼓吹，日课一诗法广为人知，在宋代日渐发展。

相对于最常见的即情即景赋诗而言，日课一诗不是主流的创作方式，因此学术界很少关注它，对其渊源、流变及其意义尚缺少必要的研究。有鉴于此，本文拟作些初步探讨。

一、日课一诗的发源

从诗歌发展史来看，日课一诗经历了漫长的酝酿过程。

诗歌本是有感而发，所谓"诗言志"，"在心为志，发言为诗"，要求"情动于中而形于言"（《诗大序》）。刘勰《文心雕龙·明诗篇》亦曰："人禀七情，应物斯感，感物吟志，莫非自然。"钟嵘《诗品序》曰："气之动物，物之感人，故摇荡性情，形诸舞咏。"正因为此，创作者必须在外物感发内心时，才创作诗歌，大多数创作者都是即兴而作。这与日课一诗、日积月累的训练式写作有较大距离。

但是，在某些特殊阶段，仍然潜藏着日课一诗的可能性。《诗品序》又曰：

[①] 孔凡礼点校：《苏轼文集》卷五十三，中华书局1992年版，第1575页。
[②] 参见吴雪涛：《苏文系年考略》，内蒙古教育出版社1990年版，第282页。

若乃春风春鸟，秋月秋蝉，夏云暑雨，冬月祁寒，斯四候之感诸诗者也。嘉会寄诗以亲，离群托诗以怨。至于楚臣去境，汉妾辞宫；或骨横朔野，或魂逐飞蓬；或负戈外戍，或杀气雄边；塞客衣单，孀闺泪尽；又士有解佩出朝，一去忘返；女有扬蛾入宠，再盼倾国：凡斯种种，感荡心灵，非陈诗何以展其义？非长歌何以释其情？故曰："《诗》可以群，可以怨。"使穷贱易安，幽居靡闷，莫尚于诗矣。①

如果上述种种激荡诗人心灵的因素接踵而至，特别是在行旅途中，光景常新，诗情丰沛，诗人们创作诗歌的密度自然就随之加大。永初三年（422），谢灵运以"构扇异同，非毁执政"②之由，出守永嘉，七月十六日出发，八月十二日抵达永嘉，在这不足一月的时间里，谢灵运写下系列诗歌，传世的有以下7首：《永初三年七月十六之郡初发都》《邻里相送方山》《过始宁墅》《富春渚》《初往新安至桐庐口》《夜发石关亭》《七里濑》③。不排除途中还有其他佚诗。谢灵运抵达永嘉后，更是"肆意游遨，遍历诸县，动逾旬朔，民间听讼，不复关怀，所至辄为诗咏，以致其意焉"④。这种动辄出游十余日、动辄吟咏的过程，其创作应该比较接近日课一诗了。

杜甫的纪行诗更加突出。乾元二年（759）七月，杜甫弃官华州司功参军，前往山川迥异的秦州，形成了他创作的一个高峰时期。有学者指出，杜甫"寓居秦州的三个月，写诗95首，平均每日一首"⑤。该年十月，杜甫由秦州至同谷，十一月再由同谷至成都，写下"发秦州""发同谷县"两组纪行诗，各12首。第一组为：《发秦州》《赤谷》《铁堂峡》《盐井》《寒峡》《法镜寺》《青阳峡》《龙门镇》《石龛》《积草岭》《泥功山》《凤凰台》，第二组为：《发同谷县》《木皮岭》《白沙渡》《水会渡》《飞仙阁》《五盘》《龙门阁》《石柜阁》《桔柏渡》《剑门》《鹿头山》《成都府》。两组诗均以地名为题，"在时间与空间上具有很强的连续性"⑥，具有日记与"图经"的性质⑦。这种连续性的纪行诗，已越来越接近日课一诗。尽管这类纪行诗仍是因外物感发、即景即情而作，杜甫也未必具有日课一诗的自觉意识，但它应是日课一诗的发源之一。

在其他非纪行诗中，杜甫也有一些"典型的日记体诗歌"⑧，如大历二年（767）中秋节前后，杜甫连续作了4首诗，题作《八月十五日夜月二首》《十六夜玩月》《十七夜对月》。有人说："杜甫几十年如一日，把写诗当作日记，真实、连续、丰富、完整地记录了诗人自己光辉的一生。"⑨ 不管这一说法是否很确切，都必须承认部分杜诗的日记功能。这些日记体的诗歌是日课一诗的又一发源。

日课一诗还有另一个重要源头，就是初学者的朝夕琢磨。初学者为了掌握作诗方法、提高诗艺，免不了要下一番循序渐进的功夫。钟嵘曾批评当时的"膏腴子弟，耻文不逮，终

---

① 曹旭：《诗品笺注》，人民文学出版社2009年版，第28页。
② 《宋书》卷六十七《谢灵运传》，中华书局1974年版，第1753页。
③ 顾绍柏：《谢灵运集校注》，中州古籍出版社1987年版。
④ 《宋书》卷六十七《谢灵运传》，第1753～1754页。
⑤ 聂大受、霍志军：《陇右文学概论》，兰州大学出版社2007年版，第82页。
⑥ 莫砺锋：《杜甫评传》，南京大学出版社1993年版，第130页。
⑦ 刘克庄：《后村诗话·新集》卷二引林亦之（网山）《送蕲师》："杜陵诗卷是图经"。中华书局1983年版，第176页。
⑧ 鲜于煌：《杜甫日记体诗歌与日本圆仁〈入唐求法巡礼行记〉比较研究》，载《贵州文史丛刊》1999年第1期。
⑨ 金启华、胡问涛：《杜甫评传·引言》，陕西人民出版社1984年版，第4页。

朝点缀，分夜呻吟"①（《诗品序》）。他的言论针对附庸风雅而言，膏腴子弟"终朝点缀，分夜呻吟"的浓厚兴趣、刻苦努力应予以肯定。有的初学者出于科举应试的需要，将写诗纳入每日功课之中。唐代举子所谓的"夏课""行卷"中就包括诗歌写作。一些实践者往往因为自己的才识不足、诗艺不足而讳言其艰苦努力，等到功成名就时才坦言青涩往事。如元和十年（815）元稹回忆20年前的作诗经历，他说：

> 不数年，与诗人杨巨源友善，日课为诗，性复僻懒，人事常有闲暇，间则有作，识足下时有诗数百篇矣。习惯性灵，遂成病蔽。每公私感愤，道义激扬，朋友切磨，古今成败，日月迁逝，光景惨舒，山川胜势，风云景色，当花对酒，乐罢哀余，通滞屈伸，悲欢合散，至于疾恙躬身，悼怀惜逝，凡所对遇异于常者，则欲赋诗。②

元稹与杨巨源"日课为诗"当在贞元十二年（796）前后，元稹不足20岁，尚未进入诗坛。据上文，后来他作诗兴趣日渐浓厚，以致成为"习惯"，时常有赋诗的欲望。

杜甫近似日课一诗的创作现象，既是"诗是吾家事"、热爱诗歌的自然表现，更是受社会、人生、自然等种种因素不断感发的结果。本质上，杜甫诗歌仍然是"使穷贱易安，幽居靡闷"的精神寄托，他开启了日课一诗的穷者模式。元稹"日课为诗"则是其学诗过程中的阶段性经历，随着他进入仕途，随着诗艺水平的提高，"日课为诗"的性质随之发生变化，由琢磨诗艺到抒发种种哀乐情怀。他与其好友白居易一同开启了日课一诗的达者模式。

白居易与元稹相似，对诗歌有着广泛的爱好，"知我者以为诗仙，不知我者以为诗魔"，"或花时宴罢，或月夜酒酣，一咏一吟，不知老之将至"③，通过这种随时随处的快意吟咏，他留下近3 000首诗歌。其中不免有日课一诗的现象，如他所说："二十已来，昼课赋，夜课书，间又课诗，不遑寝息矣，以至于口舌成疮，手肘成胝。"④ 其《自吟拙什因有所怀》曰："懒病每多暇，暇来何所为？未能抛笔砚，时作一篇诗。诗成淡无味，多被众人嗤。上怪落声韵，下嫌拙言词。时时自吟咏，吟罢有所思。"有时他连续多日作诗。如宝应元年（825），除日作《除日答梦得同发楚州》，次日作《岁日家宴，戏示弟侄等，兼呈张侍御二十八丈殷判官二十三兄》，隔日再作《正月三日闲行》。白居易这些诗以纪事感怀为主，日记色彩浓厚。有学者指出，白诗有日记化倾向，主要体现在"诗题的日记化""诗句的日记化""诗歌的序、跋、注与诗句的事实性"等方面⑤。

白居易很多诗歌是闲适富足生活的吟叹。闲适诗是其"或退公独处，或移病闲居，知足保和，吟玩情性"⑥之作，杂律诗是其"率然成章""释恨佐欢"⑦的产物。他在《序洛诗》中自叙洛阳5年432首诗，"除丧朋、哭子十数篇外"，"苦词无一字，忧叹无一声"，

---

① 曹旭：《诗品笺注》，人民文学出版社2009年版，第32页。
② 《元稹集》卷三十《叙事寄乐天书》，中华书局1982年版，第352页。
③ 朱金城：《白居易集笺校》卷四十五《与元九书》，上海古籍出版社1988年版，第2795页。
④ 同上书，第2992页。
⑤ 张哲俊：《诗歌为史的模式：日记化就是历史化——以白居易的诗歌为例》，载《文化与诗学》2010年第2辑，北京大学出版社2010年版。
⑥ 《白居易集笺校》卷四十五《与元九书》，第2794页。
⑦ 同上书，第2795页。

真可谓"闲居之诗泰以适"①。他以诗反复品味闲适生活的滋味,吟咏人生的况味和感慨,有些诗却成为寡淡的絮语。

对于白居易而言,诗酒相伴是一种生活方式,是他日常享受的内容。他虽然没有做到严格意义上的日课一诗,但其写诗之多,在唐代诗人中名列前茅,至少可以说,写作诗歌是他这位富贵达人不可或缺的精神生活。因为他的闲达,除了常见的排忧遣兴之外,他的诗歌还多了其他诗人少见的"吟玩""佐欢"功能。把玩生活、助兴言欢是达者日课一诗的动力之一。

日课一诗的创作方式,增加了诗歌的数量,随之而来的问题就是质量能否得到保证。白居易用心将自己的诗作藏之名山,那些寻常佐欢之作得以与其他佳作一同传之后世。而后来的追随者未必都有此幸运。五代时官至户部尚书、兵部尚书、太子少保的王仁裕(880—956)勤勉作诗,"有诗万余首"②,如今存者寥寥。富贵宰相晏殊"尤喜为诗,而多称引后进"③,"不自贵重,其文凡门下客及官属解声韵者,悉与酬唱",累计作诗"过万篇"④,如今亦所存无几。之所以如此,质量不高当是其重要原因,由此表明,日课一诗这一创作方式在正式提出之前,就面临着质量的挑战。

二、梅尧臣的大力践行

梅尧臣虽然不是日课一诗的始创者,却是日课一诗的大力践行者。正因为他的长期实践,不仅让日课一诗固定为引人注目的创作方式,还促进了宋代诗歌的转向。

在现存文献中,未发现梅尧臣有关日课一诗的言论。他酷爱作诗的言论,倒是屡见不鲜,如下列诗句:

> 春雨懒从年少狂,一生憔悴为诗忙。
> ——《依韵和春日见示》
>
> 人间诗癖胜钱癖,搜索肝脾过几春。囊橐无嫌贫似旧,风骚有喜句多新。
> ——《诗癖》
>
> 我生无所嗜,唯嗜酒与诗。一日舍此心肠悲。
> ——《依韵和永叔劝饮酒莫吟诗杂言》
>
> 君尝谓我性嗜酒,又复谓我耽于诗。一日不饮情颇恶,一日不吟无所为。酒能销忧忘富贵,诗欲主盟张鼓旗。
> ——《缙叔以诗遗酒次其韵》

据上述言论来看,诗歌创作差不多是梅尧臣每日例行之事。当然,我们不能对其日课一诗之举作出很机械的理解,也许其中不无夸张之处。梅尧臣现存诗歌近3 000首,远少于日课一诗的数量,即使以司马光所说"圣俞诗七千"⑤来计算,其数量也与日课一诗不太相当。梅

---

① 《白居易集笺校》卷七十《序洛诗》,第3757～3758页。
② 《旧五代史》卷一百二十八《王仁裕传》,中华书局1976年版,第1690页。
③ 李逸安点校:《欧阳修全集》卷一百二十八《诗话》,中华书局2001年版,第1995页。
④ 宋祁:《宋景文公笔记》卷上,宋朝安等主编《全宋笔记》第一编,第5册,大象出版社2003年版,第48页。
⑤ 司马光:《和吴冲卿〈三哀诗〉江邻几梅圣俞韩钦圣》"圣俞诗七千,历历尽精绝"。李之亮《司马温公集编年笺注》,巴蜀书社2009年版,第192页。

尧臣诗歌创作"最多的一年是庆历八年，达二百七十七首"，因为这年有两次往返汴京、宣城经历，途中写下了大量纪行诗，"几乎可以构成完密的旅行日记"①。这一点与前文所说谢灵运、杜甫相同，旅行促进了日课一诗式的创作。

孙升（1037—1099）等人曾亲眼目睹了梅尧臣旅行途中每日作诗的生动情景。据刘延世《孙公谈圃》卷下所载：

> 公（指孙升）昔与杜挺之、梅圣俞同舟溯汴，见圣俞吟诗，日成一篇，众莫能和。因密伺圣俞如何作诗，盖寝食游观，未尝不吟讽思索也。时时于坐上，忽引去，奋笔书一小纸，纳算袋中。同舟窃取而观，皆诗句也。或半联，或一字，他日作诗，有可用者入之。有云："作诗无古今，唯造平淡难。"乃算袋中所书也。

所记"同舟溯汴"之事，当在嘉祐元年（1056）②。前辈诗人梅尧臣每日写作一首诗歌，引起后学孙升等人的好奇，进而观察他如何做到这一点。尽管梅尧臣当时已是名满天下的大诗人，但在舟行途中，仍然坚持每日作诗。他甚至像李贺随身携带锦囊一样，以"算袋"随身，随时储存诗思灵感和只言片语，如此与众不同地"吟讽思索"，自然不同凡响。上文所引"作诗无古今，唯造平淡难"是梅诗名句③，就是此次途中深入思索所得的珍贵诗学思想。

梅尧臣之所以日课一诗，直接原因当然是不断探索诗歌创作的技艺，提高创作水平。与一般初学者不同的是，提高诗艺是梅尧臣终生的不懈追求。欧阳修《书怀感事寄梅圣俞》："圣俞善吟哦，共嘲为阆仙。"④ 该诗作于景祐元年（1034），在大家看来，年轻的梅尧臣善于吟哦，喜欢作诗，有贾岛（阆仙）苦吟之风。《六一诗话》说得更加直白："圣俞平生苦于吟咏，以闲远古淡为意，故其构思极艰。"⑤《邵氏闻见后录》在记载日课一诗的"梅圣俞法"之后，引用韩维语曰："梅圣俞学诗，日欲极赋象之工，作《挑灯杖子》诗尚数十首。"⑥ 韩维（1017—1098）与梅尧臣交往，始于庆历五年（1045），梅尧臣当时已经44岁⑦。韩维不可能见到梅尧臣早年学诗的情形，或许见到过他的早年作品。所说"《挑灯杖子》诗尚数十首"，现仅存一首《挑灯杖》：

> 油灯方照夜，此物用能行。焦首终无悔，横身为发明。尽心常欲晓，委地始知轻。若比飘飘梗，何邀世上名。⑧

该诗作于嘉祐元年（1056），早已超越初始的"学诗"阶段。其重点不在于"极赋象之工"，而是借咏物发掘挑灯杖这一日用品的功用、寓意，方回便从中读出了"忠臣义士之敢

---

① 程杰：《北宋诗文革新研究》，内蒙古教育出版社2000年版，第136页。
② 吴孟复：《梅尧臣年谱》，《吴孟复安徽文献研究丛稿》，黄山书社2006年版，第213～216页。
③ 出自《读邵不疑学士诗卷，杜挺之忽来，因出示之，且伏高致，辄书一时之语以奉呈》，见《梅尧臣集编年校注》卷二十六，上海古籍出版社1980年版，第845页。
④ 《欧阳修全集》卷五十二《书怀感事寄梅圣俞》，第730页。
⑤ 《欧阳修全集》卷一百二十八《诗话》，第1950页。
⑥ 邵博：《邵氏闻见后录》卷十八，中华书局1983年版，第145页。
⑦ 吴孟复：《梅尧臣年谱》，《吴孟复安徽文献研究丛稿》，第185页。
⑧ 朱东润：《梅尧臣集编年校注》卷二十六《挑灯杖》，上海古籍出版社1980年版，第869页。

谏者"① 的品格。

比追求诗艺更重要的是，梅尧臣将写作诗歌当成穷士文人的精神信仰。他继承了杜甫的穷者模式，对"穷士"身份、对诗歌的意义有了进一步的认识。一方面，他的穷士身份为人们所公认，如欧阳修对别人说，"近时苏、梅，二穷士耳"②；另一方面，他也乐意以穷士自居，以作诗为业。庆历六年（1046），他于颍州拜会晏殊，在与晏殊的多首酬唱之作中，一再申言其穷士之志："刻意向诗笔，行将三十年"（《谢晏相公》），"微生守贫贱，文字出肝胆"（《依韵和晏相公》），"平生独以文字乐，曾未敢耻贫贱为"（《途中寄上尚书晏相公二十韵》）。他认为创作诗歌能实现自己的人生价值。"莫恨终埋没，文章自可传"（《晨起裴吴二直讲过门，云凤阁韩舍人物故，作五章以哭之》），"诗欲主盟张鼓旗"（《缉叔以诗遗酒次其韵》）。正如程杰所说："梅尧臣把诗歌艺术视作人生不遇的自我补救，视作穷困之士傲视世俗的资本。"③ 有了这种信念，梅尧臣当然比前人更加自觉、更加用力践行日课一诗的写作方式。

日课一诗，让梅尧臣诗歌更加精工，创作量更大，还让他的诗作题材、风格、手法等方面出现了诸多变化。日课一诗这种日常化的写作，必然将诗歌题材日常化。他经常将触目所见的诗材甚至缺少诗意的题材写进诗歌，如晏殊所期望的，"有咏无巨细"（《途中寄上尚书晏相公二十韵》），不免失之杂碎。有时，他的诗歌类似日记，在题目中就标明时间和事件，如《五月二十日夜梦尹师鲁》《五月二十四日过高邮三沟》《四月二十七日与王正仲饮》《四月二十八日记与王正仲及舍弟饮》之类。日日作诗，难免诗情不足，其诗歌不得不趋向"平淡"。前引白居易诗的夫子自道"诗成淡无味，多被众人嗤"，正是其连日作诗的必然结果。欧阳修称梅尧臣早年诗"闲肆平淡"④，梅尧臣晚年也以"平淡"为目标，声言"作诗无古今，唯造平淡难"，尽管其"平淡"的内涵有所变化，但应该包括自然、质朴、亲切在内。他之所以用心苦吟，甚至"雕刻"⑤，正是要克服平易、浅薄、无味的毛病，以达到平淡而老成、平淡而山高水深的境界。梅尧臣通向这一目标的途径正是日课一诗式的努力。与日课一诗相关，除了写景、抒怀之外，梅诗还喜欢叙事、议论。叙事记录日常见闻，如其名作《田家语》《伤白鸡》之类。议论源于日常感想，如《范饶州坐中食客语食河豚鱼》，开头两句"春洲生荻芽，春岸飞杨花"写春景，诗意盎然；接下两句"河豚当是时，贵不数鱼虾"，之后有关河豚怪状剧毒不可食的长篇议论，成了骂题之作，几无美感可言。日课一诗所造成的诗情欠缺，强化了梅诗的叙事化、议论化倾向。

梅尧臣是宋代诗歌的开山者，引导着宋诗的发展方向，其中日课一诗的写作方式发挥了重要作用。

三、苏轼等人的揭橥

或许与穷士身份、苦吟方式相关，梅尧臣的日课一诗，在其生前没有得到充分的重视。梅尧臣自己没有大张旗鼓地宣扬，对他一再推崇的欧阳修从其经历与创作中提炼出"诗穷

---

① 方回选评，李庆甲集评校点：《瀛奎律髓汇评》卷二十七，上海古籍出版社1986年版，第1163页。
② 《后村诗话》卷二，第22页。
③ 程杰：《北宋诗文革新研究》，第134页。
④ 《欧阳修全集》卷三十三《梅圣俞墓志铭》，第497页。
⑤ 同上。

而后工"的理论，对日课一诗的写作方式却略而不提。直到梅尧臣过世30年后，苏轼才重新发现和彰显其日课一诗的意义。

苏轼在《答陈传道》中标举日课一诗说，其实也经历了较长的过程。这与陈传道其人有关。

陈师仲，字传道，生卒年不详，为陈师道（1053—1102）之兄，与秦观、贺铸等人往来唱和。熙宁十年（1077），苏轼任徐州太守，与陈氏兄弟相识。陈师仲很喜爱作诗。元丰三年（1080），苏辙作《答徐州陈师仲书》曰："蒙惠书论诗，许以五百篇为惠，既知所从学诗之人，又知所以作诗之意。"① 他要一次性地寄给苏辙500首诗歌，可见其创作量之大，创作热情之高。

元丰四年（1081），苏轼贬官黄州期间，陈师仲寄去他自己的诗文，以及所编苏轼在徐州的作品《超然》《黄楼》二集，苏轼在回信中称许他"文词卓伟，志节高亮"，"诗文皆奇丽"，并且与他讨论"诗能穷人"的问题：

> 诗能穷人，所从来尚矣，而于轼特甚。今足下独不信，建言诗不能穷人，为之益力，其诗日已工，其穷殆未可量，然亦在所用而已。不龟手之药，或以封，安知足下不以此达乎？人生如朝露，意所乐则为之，何暇计议穷达？云能穷人者固缪，云不能穷人者，亦未免有意于畏穷也。江淮间人好食河豚，每与人争河豚本不杀人，尝戏之，性命自子有，美则食之，何与我事？今复以此戏足下，想复千里为我一笑也。②

所讨论的话题源自欧阳修《梅圣俞诗集序》："非诗之能穷人，殆穷者而后工也。"苏轼相信诗能穷人，自己因乌台诗案而被贬黄州就是明证。而陈师仲不相信诗能穷人，"为之益力，其诗日已工"。在信中，苏轼还鼓励担任钱塘主簿的陈师仲追随他的足迹，纵游杭州，所到之处都要题诗，"诗但不择古律，以日月次之，异日观之，便是行记"。如果陈师仲真的将诗歌写成"行记"，诗歌也就具有日记性质。这次讨论已经接近日课一诗的主题了。

元祐四年（1089）五月，陈师仲寄给苏轼"近诗一册"，苏轼回信称赞其诗"笔老而思深，蘄配古人，非求合于世俗者也"③。其后不久，陈师仲又进一步向苏轼报告其"日课一诗"式的创作，得到苏轼"甚善"的肯定。此时，苏轼与陈师仲交往已达十余年之久，陈师仲作诗愈发勤奋，以致日课一诗。其原因在于，陈师仲才华有限，必须不断摸索。苏轼说："此技虽高才，非甚习，不能工也。"潜台词正是陈师仲非高才。上引苏轼对陈师仲的诗文评价，多出于应酬，较为虚泛，"蘄配古人"云云，暗含其诗不合时宜之病。陈师仲当年所作的大量诗文如今居然全部不存，质量不高当是其诗失传的主因。

苏轼将"日课一诗"定性为"技"，予以肯定，淡化了"日课一诗"与初学者、才情不足者的关联，将之提升到一个新的高度。他认为，即使是才华出众的诗人也必须经过后天循序渐进的勤奋练习，才能写出精工的诗歌。这就提高了"日课一诗"的地位，扩大了"日课一诗"的名声，提升了初学者、才情不足者的信心，让众多陈师仲般的无名诗人可以

---
① 曾枣庄、马德富校点：《栾城集》卷二十二，上海古籍出版社1987年版，第491页。
② 《苏轼文集》卷四十九《答陈师仲主簿书》，第1428页。
③ 《苏轼文集》卷五十三《答陈传道》，第1574页。

堂皇地日课一诗。

梅尧臣是苏轼之前首屈一指的大诗人，苏轼举梅尧臣作为日课一诗的例证，最为有力，得到后人的响应。人们据此将日课一诗的冠名权归于梅尧臣，邵博直接将之命名为"梅圣俞法"："东坡与陈传道书云，知传道日课一诗，甚善，此技虽高才，非甚习，不能工，盖梅圣俞法也。"①

稍后，胡仔又对苏轼之论作了进一步的阐发。他记载苏轼对欧阳修"勤读书而多为之"的称赞：

> 东坡云："顷岁，孙莘老识文忠公，乘间以文字问之，云：'无他术，唯勤读书而多为之，自工。世人病作文字少，又懒读书，每一篇出，即求过人，如此少有至者，疵病不必待人指摘，多作自能见之。'此公以其尝试者告人，故尤有味。"苕溪渔隐曰："旧说梅圣俞日课一诗，寒暑未尝易也。圣俞诗名满世，盖身试此说之效耳。"②

值得注意的是胡仔针对苏轼语所作的引申。所谓"旧说"，即是苏轼所说。他认为，梅尧臣之所以获得满世诗名，就是以日课一诗的方式实践欧阳修"多为"之说所取得的效果。梅尧臣日课一诗，是否受到欧阳修创作经验的启发，姑且不论，但胡仔此说进一步揭示了日课一诗对梅尧臣的关键意义。

对梅尧臣日课一诗之举，刘克庄在苏轼、胡仔的基础上，又作了一番阐释：

> 昔梅圣俞日课一诗。余为方孚若作行状，其家以陆放翁手录诗稿一卷为润笔，题其前云："七月十一日至九月二十九日，计七十八日，得诗百首。"陆之日课尤勤于梅，二公岂贪多哉！艺之熟者必精，理势然也。③

刘克庄将日课一诗从经验、技术层面上升到艺术理论层面，认为日课一诗般地训练积累，会使诗艺成熟、精妙。他还能面对日课一诗所具有的"贪多"倾向，为梅、陆二人辩护，认为他们日课一诗不是"贪多"，而是追求诗艺的精熟。这样就避开了日课一诗过程中创作过多的负作用。

四、陆游的发展

从苏轼揭橥日课一诗的意义之后，践行此论者，代不乏人，其中最著名者当是陆游。

上引刘克庄所言是陆游日课一诗的明证。文中的方孚若即方信孺（1168—1222），曾从陆游问诗，陆游大书"诗境"二字与之。刘克庄为方信孺所作行状现存，题作《宝谟寺丞诗境方公行状》④。被方家当作润笔费、赠给刘克庄的"手录诗稿"，当来自陆游本人。考陆

---

① 《邵氏闻见后录》卷十八，第145页。该书成于绍兴二十七年（1157）。
② 胡仔：《苕溪渔隐丛话》前集卷二十九，人民文学出版社1984年版，第202页。
③ 魏庆之：《诗人玉屑》卷五《艺熟必精》，中华书局2007年版，第158页。
④ 辛更儒：《刘克庄集笺校》卷二百六十六，中华书局2011年版，第6457页。

游所题"七月十一日至九月二十九日,计七十八日,得诗百首"等语,可知是《剑南诗稿》卷六十八中的诗作。该卷起自开禧二年(1206)《七月十一日见落叶》,终于九月下旬所作的《子虞调官行在,寓餕团巷,初冬遽寒甚,作两绝句寄之》,正好100首。陆游以82岁的高龄日均写作1首以上诗歌,其勤奋程度超过了日课一诗的梅尧臣,不得不令后人感叹。在《剑南诗稿》中,这种日课一诗的情景并非个案,还有其他例证。譬如卷六十五收录开禧二年正月的诗作,自《丙寅元日》起,至《二月一日夜梦》止,一个月内作诗30首(不含《二月一日夜梦》),亦是典型的日课一诗。

相对于梅尧臣等人而言,陆游日课一诗,具有更自觉的意识。梅尧臣没有明确日课一诗的言论,陆游则有日课一诗之说。他记载其六叔祖陆傅的生平时说:"六叔祖祠部平生喜作诗,日课一首,有故则追补之,至老不衰,年八十余,尝有句云:'枕上吹齑醒宿酒,窗间秉烛拾残棋。'又有《闻乱》云:'宁知小儿辈,竟坏好家居。'"① 对比刘克庄所载,陆游与其祖何其相似!陆傅熙宁六年(1073)进士,曾知宣州、明州,约卒于绍兴二十年(1150),享年九十②。陆傅日课一诗,不排除受到梅尧臣和苏轼的影响。陆游对其家风比较了解,或许还亲眼目睹过陆傅作诗情景,陆游不仅得其长寿基因,还得其祖传的日课一诗法。陆游后来自己说:"老人无日课,有兴即题诗"③,"经年谢客常因醉,三日无诗自怪衰"④。作诗成了他的日课。正是这种自觉意识,让他保持不竭的创作动力。杨循吉《放翁诗选序》曰:"放翁为南渡诗人大家,而年又最寿,日课一诗,至耄耋不懈,故其多不啻万首。"⑤ 可见,日课一诗是其"六十年来万首诗"的关键。

除受其叔祖熏染之外,陆游的日课一诗还直接上承梅尧臣。众所周知,在前代众多诗人中,陆游笃好梅尧臣,在很少有人喜欢梅诗的时代,唯独他特别喜欢梅诗。陈振孙《直斋书录解题》曰:"圣俞为诗,古澹深远,有盛名于一时。近世少有喜者,或加毁訾,惟陆务观重之。"⑥ 陆游喜欢梅诗的平淡、清切、雄浑,予以很高的评价,并一再效仿"宛陵先生体"⑦。陆游对梅尧臣的日课一诗法、对苏轼等人的有关言论,一定了然于胸,事实上也在践行日课一诗法,可他偏偏没有正面论及梅尧臣的日课一诗,这是为什么?下面一段评论梅尧臣的文字颇值得玩味:

> 先生天资卓伟,其于诗,非待学而工,然学亦无出其右者。方落笔时,置字如大禹之铸鼎,练句如后夔之作乐,成篇如周公之致太平,使后之能者欲学而不得,欲赞而不能,况可得而讥评去取哉?⑧

陆游对梅诗推崇得无以复加,其评价之高,远在欧阳修之上。其中关于梅尧臣"天资卓伟"的罕见评价,与欧阳修所说"圣俞平生苦于吟咏"不符。他一方面认为梅尧臣天资不凡,

---

① 陆游:《家世旧闻》卷上,中华书局2006年版,第187页。
② 《全宋诗》卷一千二百七十,北京大学出版社1998年版,第14340页。
③ 钱仲联:《剑南诗稿校注》卷三十《闷极有作》,上海古籍出版社1985年版,第2060页。
④ 《剑南诗稿校注》卷三十九《五月初病体益轻偶书》,第2488页。
⑤ 孔凡礼、齐治平编:《古典文学研究资料汇编·陆游卷》,中华书局1962年版,第122页。
⑥ 陈振孙:《直斋书录解题》卷十七,上海古籍出版社1987年版,第494页。
⑦ 钱锺书:《谈艺录》,中华书局1984年版,第115~117页。
⑧ 《陆游集·渭南文集》卷十五《梅圣俞别集序》,中华书局1976年版,第2108页。

诗歌"非待学而工";另一方面又指出其"学亦无出其右者"。两者显然有所矛盾,其真正用意可能是突出其天赋,来掩饰后天努力所暗含才华不足的一面,以维护梅尧臣的形象。"非待学而工",当是溢美之词,学无出其右,方是事实,其中包括日课一诗在内的后天努力。

相比较而言,陆游的《读宛陵先生诗》显得更加全面:

> 李杜不复作,梅公真壮哉。岂惟凡骨换,要是顶门开。锻炼无遗力,渊源有自来。平生解牛手,余刃独恢恢。①

在陆游看来,梅尧臣正是经过不遗余力的锻炼,才达到游刃有余的境界。尽管如此,陆游还是回避了对日课一诗的评论。陆游的侧重点似乎不是继承梅尧臣日课一诗的刻苦用心,而是继承其持之以恒的作诗习惯,以及梅诗闲肆平淡、平常琐屑等倾向。陆游晚年虽然没有白居易的闲达,却与白居易一样,将日课一诗作为顺物玩情、流连光景的生活方式,实际上偏离了梅尧臣、苏轼等人以日课一诗来提高诗艺的核心旨趣。陆游晚年诗的得与失,都与日课一诗有关。

从上文论述来看,日课一诗本是初学者习诗的技法,具有很强的操作性,有利于提高初学者的写作水平,为很多诗人所践行。后来渐渐演变为诗人们自觉的写作习惯,内化为一种精神寄托、一种生活方式,这有利于保持诗人们的持续创作,增加诗歌创作量。而这一转变,适逢唐宋诗歌转型时期,杜甫、白居易、梅尧臣、苏轼、陆游等大诗人不同程度地参与其中,使得日课一诗法因此具有推动唐宋诗歌转型的意义。宋代之后,日课一诗仍然是一种较为常见的创作方式,一直延续到当代,推动着诗歌的发展。当然,日课一诗法也存在局限,就是将诗歌创作日常化,有时不免为写作而写作,不免催生出一些平庸之作。

---

① 《剑南诗稿校注》卷六十,第 3464 页。

张炎词在清代的接受与清代词学的建构

黄浩然

南京师范大学文学院

张炎（1248—1320），字叔夏，号玉田，晚年号乐笑翁，有词集《玉田词》、《山中白云词》和词话《词源》存世。张炎词对于后世词坛的影响主要集中在有清一代。康熙初年，以朱彝尊为首的浙西词派，借助《词综》《山中白云词》《乐府补题》等词籍的刊行，将过往几乎无人提及的张炎词隆重推出，引发了词坛的热烈反响，一时姜夔、张炎并举，"家白石而户玉田"①。然而，当常州词派兴起之际，张炎词却遭受到了相当的冷遇。尤其是在周济的《宋四家词选》中，张炎竟然只得到了"才本不高，专恃磨砻雕琢，装头作脚，处处妥当"②的评价。不同词派对于同一词人的不同评价，无疑能够集中体现各自词派之间词学观念的差异。而考察清人对于张炎词的接受，无疑可以见微知著，从一个相对具体的视角考察清代词学的演进历程，进而加深对清代词坛的体认。

一、浙西词派与张炎典范意义的形成

从宋末元初到清代浙西词派形成之前，张炎词似乎很少能引起词坛的特别关注。在张氏赞赏的《绝妙好词》③中，其词只有3首入选，远逊于姜夔的13首、史达祖的10首、吴文英的17首。有明一代，自"永乐以后，南宋诸名家词皆不显于世，唯《花间》《草堂》诸集盛行"④。南宋书坊编选的《草堂诗馀》成书于宁宗庆元朝（1195—1200）以前，收录尚不及张炎词作。而明代涌现的多种草堂系列选本，包括顾从敬的《类编草堂诗馀》、陈仁锡的《类选笺释草堂诗馀》与《类编笺释续选草堂诗馀》和沈际飞的《古香岑草堂诗馀四集》，其选词范围又多不超出《草堂诗馀》，所以张炎词在明代几乎湮没无闻。到了清代顺治、康熙之际，尽管王士禛、邹祗谟已经开始留意以前"不显于世"的南宋诸名家词，论词时也会提及姜夔、吴文英、蒋捷、史达祖、高观国，但是张炎仍然被游离于王、邹的视野之外。⑤直至康熙初年浙西词派崭露头角之后，这一局面才得以扭转。

鉴于"世之论词者，唯《草堂》是规，白石、梅溪诸家，或未窥其集，辄高自矜诩"⑥，朱彝尊与诸同仁"以彼之道，还施彼身"，试图通过推出一部全新的词选——《词综》，来宣扬其"词至南宋，始极其工，至宋季而始极其变"⑦的词学观点，进而逐渐消除

---

① 朱彝尊：《静惕堂词序》，曹溶：《静惕堂词》，清康熙刻本。
② 周济：《宋四家词选目录序论》，唐圭璋：《词话丛编》，中华书局2005年版，第1644页。
③ 《词源》卷下，《词话丛编》，第266页。
④ 王昶：《明词综序》，载王昶：《明词综》，清嘉庆七年王氏三泖渔庄刻本。
⑤ 《倚声初集》卷首王士禛序、邹祗谟《远志斋词衷》，邹祗谟、王士禛：《倚声初集》，清初刻本。
⑥ 汪森：《词综·序》，朱彝尊、汪森：《词综》，上海古籍出版社2005年版。
⑦ 《词综·发凡》，第10页。

《草堂诗馀》系列选本在词坛的影响。在编纂选本搜罗文献的过程中，朱彝尊等人既获得了张炎词别集《玉田词》，也获得了收录张词的《乐府补题》，使得《词综》的编纂工作有了重要的文献支撑。而张炎词引起当时词坛的关注，正是在《乐府补题》刊行之后。康熙十七年（1678）夏，朱彝尊应召入都，参加博学鸿词科，将《乐府补题》"携至京师"。之所以选择《乐府补题》，其主要原因恐怕还是时间问题，毕竟三十卷本的《词综》直到这一年的腊月才刻竣。《乐府补题》是一部成于元初的咏物专集，收录王沂孙、周密、张炎等14位南宋遗民的37首词作。蒋景祁"读之，赏激不已，遂镂板以传"。① 随后掀起的"后补题"倡和热潮，使得张炎之名广为人知。与此同时，入京之后的朱彝尊发现编纂《词综》时所依据的《玉田词》远非完帙："顷吴门钱进士宫声相遇都亭，谓家有藏本，乃陶南村手书，多至三百阕，则予所见，犹未及半。"② 在获得钱中谐所藏的陶宗仪手书本《山中白云词》之后，朱氏就迫不及待地将其"厘卷为八，与诸同志辨正鱼鲁"③。康熙十八年（1679），龚翔麟将《山中白云词》附刻于《浙西六家词》之后，奠定了张炎词在清代词坛广为流传的文献基础。

值得注意的是，在张炎词再度问世之前，以朱彝尊为首的《词综》的编纂者和《山中白云词》的整理者，已经提前展开了对于张词的体认和接受。在朱氏看来，"词莫善于姜夔"，而"具夔之一体"④ 的张炎词"意度超玄，律吕协洽，当与白石老仙相鼓吹"⑤，为日后的姜张并称埋下了伏笔。在《解佩令·自题词集》中，朱氏更是旗帜鲜明地表示："不师秦七，不师黄九，倚新声、玉田差近。"⑥ 以此为基础，朱彝尊等人还通过创作来表达对于张词的认可。从张炎受学的陆行直撰有《词旨》，专门拈出张氏的奇对23则、警句13则予以表彰。而朱彝尊也对张炎在字句上的造诣颇为欣赏，其《浙西六家词》本《江湖载酒集》就至少有6处化用了张炎词句。《玉田词》和《山中白云词》的开篇之作《南浦·春水》被誉为"绝唱千古，人以'张春水'目之"⑦，引起了浙西诸家的格外关注。自宋代以来，文人就开始通过对特定词人的追和来显示推崇之意，其中最为人熟知的当属方千里的《和清真词》，沈皞日、李符、龚翔麟等人也纷纷通过追和《南浦·春水》来展现自己对张词的偏好。种种迹象表明，浙西诸家对张炎的追捧并非出自一己的好恶，而是已经成为一种群体的选择。

随着《词综》和《山中白云词》的相继问世，词坛对于张炎的接受已经不仅仅限于浙西诸家，以往专注于北宋的词家也开始积极响应。康熙五十六年（1717），《词洁》的编者先著回顾了当时词学风尚的转变："四十年前，海内以词名家者，指屈可数，其时皆取途北宋，以少游、美成为宗。迨山中白云词晚出人间，长短句为之一变，又皆扫除秾艳、问津姜史。"⑧ 在先氏的印象里，康熙十七年前后曾发生过一次深刻的词风转变，其主要原因在于张炎词的"晚出人间"。楼俨的《南村词选序》可以充当这段追忆的注脚，他在总结其师孙

---

① 朱彝尊：《乐府补题序》，朱彝尊著，王利民等校点：《曝书亭全集》，吉林文史出版社2009年版，第421页。
② 《词综·发凡》，第10～11页。
③ 李符：《龚刻山中白云词序》，张炎撰，吴则虞校：《山中白云词》，中华书局1983年版，第167页。
④ 朱彝尊：《黑蝶斋诗馀序》，《曝书亭全集》，第453页。
⑤ 《词综》卷二一"张炎小传"，转引自《玉田词》卷末仇远《玉田词后序》。
⑥ 《江湖载酒集》卷一，龚翔麟：《浙西六家词》，清康熙刻本。
⑦ 邓牧：《山中白云词序》，《山中白云词》，第165页。
⑧ 程庭：《若庵集》卷三，清康熙刻本。

致弥的创作历程时指出："吾师少作《别花馀事词》，全学秦柳，迨后宦游京师，始变化于山中白云，所传《梅沜词》是也。"① 孙氏康熙十七年入都之时，正值张炎词再度问世之际。熟识浙西诸家的孙氏不仅自己师法张炎，而且向弟子极力推荐，楼俨《秋左堂集序》② 云："往余在都下，谒松坪先生于古藤书屋，首问作词之法。先生教以当学乐笑翁，因举'只有空山，近来无杜宇'，叹为文外独绝，并述乐笑警句、奇对，与陆辅之《词旨》互相发明。"类似的现象也出现在杜诏身上。幼时即得顾贞观、严绳孙指受的杜诏，"原本《花间》，熏习乎晏小山、张子野及周美成"，"迨折衷于吾师竹垞先生，又从南渡诸名家变化出之"。③ 在其《三姝媚·朱竹垞先生为余品骘宋人词有作》中，杜氏盛赞张炎"净洗铅华"，并直接引用朱彝尊《解佩令·自题词集》中的"玉田差近"，显示了他对竹垞推尊玉田的认同。至于上文提到的先著本人，更是对张炎青睐有加。先氏认为张炎词乃"生香真色"④，完全契合自己的选词取向，所以，"自有词选以来，张炎词从来没有像在《词洁》中那样，成为榜首"。⑤

尽管张炎词在康熙年间已经获得广泛的认可，但是其《山中白云词》的流传范围却相对有限。康熙四十四年（1705）冬，杜诏"奉命分纂《御选历代词》，始得竹垞所寄《玉田词》钞本，时亦未知有'山中白云'名目也"。直到康熙四十八年（1709）春，杜氏才在修纂《钦定词谱》时得见《山中白云词》。⑥ 不过，这一情况很快就得以缓解，从康熙六十一年（1722）曹炳曾城书室刊行龚刻本《山中白云词》到雍正四年（1726）曹氏重印，再到乾隆元年（1736）厉鹗助赵昱重刊龚刻本，《山中白云词》在15年间至少被刊行3次。而词别集的再三刊印也从一个角度表明，张炎在当时已经日益成为一个相对独立的接受对象，而非先前在《词综》和《乐府补题》中作为特定词人群体的一员。

尽管《全清词·顺康卷》及补编，与《全清词·雍乾卷》中均有相当数量的词作关涉张炎，但通过比对，我们不难发现前后之间的变化：康熙年间，词人极少直接提及"山中白云"，到了雍乾年间，"山中白云"在词作中出现的频率明显提高；康熙年间，词人对于张炎的追和极少超出《词综》的选录范围，到了雍乾年间，词坛的追和活动开始更多地转向《山中白云词》。⑦

与此同时，集山中白云词的出现也是值得关注的词学现象。与朱彝尊的"集唐人诗句，自一字以至十馀字，辏成小词"⑧ 相比，江昉和仇梦岩则是"通阕只集一人之句"⑨，其中的"一人"正是张炎。尽管集山中白云词难免被视为文人游戏之举，但这一现象本身就颇具意味，至少能在一定程度上反映当时词人对于张炎心慕手追的热衷程度。

在编纂《词综》的过程中，浙西词派"发现"并较早接受张炎。在《乐府补题》《词综》《山中白云词》相继刊行之后，张炎彻底摆脱了以往乏人问津的局面，日益从边缘走向

---

① 戴鉴：《南村词选》，清道光刻本。
② 孙致弥：《秋左堂集》，清康熙刻本。
③ 楼俨：《云川阁集词序》，杜诏：《云川阁集词》，清雍正刻本。
④ 《词洁》卷二评张先《醉落魄》（云轻柳弱）云："'生香真色'四字，可以移评石帚、玉田之词。"按，清人多以石帚为姜夔之别号。见《词话丛编》，第1348页。
⑤ 陈昌强：《南北宋之争与清代词学建构》，南京大学博士论文，2011年，第52页。
⑥ 杜诏：《曹刻山中白云词序》，《山中白云词》，第171页。
⑦ 参见黄浩然：《清代词集整理与词学演进研究》，南京大学博士论文，2012年，第61～62页。
⑧ 钱澄之：《蕃锦集引》，《田间诗文集》文集卷一六，清康熙刻本。
⑨ 谢章铤：《赌棋山庄词话》卷一二，《词话丛编》，第3467页。

中心，有力地促进了康熙初年的词风转变。随着《山中白云词》在康熙末年至乾隆元年的多次刊刻，学界对于张炎的关注更多地从《词综》转向《山中白云词》，词坛对于张炎的接受也因此愈趋全面、深入。这样的接受进程或许相对缓慢，但张炎在康乾词坛的典范意义，已经在浙西词派的大力推动下逐渐形成。

二、常州词派与张炎词史地位的重估

嘉庆、道光之际，随着常州词派的逐渐兴起，清人对于张炎词的接受出现了很大的变化，清代词学也因此进入了新的发展时期。

嘉庆二年（1797），被后学追尊为常派先导①的张惠言（1761—1802）推出《词选》，倡导"意内而言外谓之词"②以推尊词体。所谓"意内者何？言中有寄托也。"③ 在这部于唐宋词仅录44家116篇的选本中，张炎虽然只有《高阳台·西湖春感》一首入选，但该词却因"言中有寄托"而颇受好评："词意凄咽，兴寄显然。疑亦黍离之感。"相比浙派传人许昂霄对该词的品评——"淡淡写来，泠泠自转，此境不大易到"④，张惠言着眼"兴寄"的词学主张，无疑开启了清人对张炎词接受的全新视角。

沿着《词选》的阐释思路，张惠言又"在他去世前的四五年中"⑤手批赵昱重刊龚刻本《山中白云词》。"全书有眉批六十一条，旁批十一条，共七十二条"，着力探求张炎词作的所托之意。由于张炎身为张俊之后，又身处易代之际，所以张惠言关注其中的恢复之意、初服之意和隐遁之意。《词选》评王沂孙《眉妩·新月》云："碧山咏物诸篇，并有君国之忧。此喜君有恢复之志，而惜无贤臣也。"对于同时代的张炎，张惠言同样留心其中蕴含的恢复之意，其批卷二《长亭怨·旧居有感》"谢杨柳多情，还有绿阴时节"曰："杨柳绿阴，其犹有恢复之思耶。否则，弃予阴雨之感也。"⑥《词选》卷一评温庭筠《菩萨蛮》（小山重叠金明灭）云："此章从梦晓后，领起'懒起'二字，含后文情事，'照花'四句，《离骚》初服之意。""初服"一词，语出《离骚》"退将复修吾初服"，意为"故将复去，修吾初始清洁之服"。⑦这样的解读难免令人费解，不过张惠言本人对此颇为得意，其批卷一《解连环·孤雁》下片云："芦花伴侣，画帘双燕，指在山不出者而言，明己之必遂初服也。"《词选》卷二评姜夔《暗香·石湖咏梅》和《疏影·石湖咏梅》云："题曰'石湖咏梅'，此为石湖作也。时石湖盖有隐遁之志，故作此二词以沮之。……首章言己尝有用世之志，今老无能，但望之石湖也。"⑧ 如果说姜夔和范成大在当时还可以徘徊于"用世"与"隐遁"之间的话，那么张炎在其所处的时代就几乎没有类似回旋的余地了：恢复已根本无望，出山则有违初服，隐遁似乎就成了唯一的选择。卷四《甘州·题戚五云云山图》有"无心好，休教

---

① 严迪昌：《清词史》，江苏古籍出版社2001年版，第469～472页。
② 张惠言：《词选序》，张惠言：《词选》，道光十年宛邻书屋刻本。
③ 况周颐：《词学讲义》，谭新红《清词话考述》，武汉大学出版社2009年版，第335页。
④ 许昂霄：《山中白云词偶评》，葛渭君《词话丛编补编》，中华书局2013年版，第1015页。
⑤ 徐永年：《张皋文手批〈山中白云〉跋》，徐立《徐无闻论文集》，文物出版社2003年版，第147～148页。
⑥ 本文所引张氏批语，悉据马兴荣《张皋文手批〈山中白云词〉》，《词学》第15辑，华东师范大学出版社2004年版。
⑦ 洪兴祖撰，白化文等点校：《楚辞补注》，中华书局1983年版，第17页。
⑧ 按：姜夔年少于范成大，此处乃张惠言望文生义。相关问题的讨论，见张宏生：《〈暗香〉、〈疏影〉的历史评价与接受策略》，《中国韵文学刊》2013年第1期，第54页。

出岫，只在深山"，张惠言批曰："相招深隐，此玉田本色，故处处及之。"张惠言的种种解读，大大充实了《词选》对于张词"兴寄显然"的评语。

张惠言之甥，后又为张氏之婿的董士锡（1782—1831），在嘉庆二年《词选》问世之际从张氏游，"承其指授，为古文、赋、诗、词，皆精妙"①，可谓张氏词学的嫡系传人。谈及董士锡本人对于张炎的态度时，论者往往囿于周济嘉庆十七年（1812）的《词辨自序》，认为董氏"初好玉田"，后在周氏的影响下"益厌玉田"。② 周氏所言恐怕不尽合乎实情，至少董士锡在道光初年所作的《餐花吟馆词叙》③ 并非如此。董氏对于宋代词家的标举，基本延续了张惠言的观点，其推崇的秦观、周邦彦、苏轼、辛弃疾、姜夔、张炎"六子"，只比张氏认可的八家少了张先和王沂孙。而更为值得注意的是董氏有关姜、张的论述。一方面，他明确地指出姜、张在宋代词史上的贡献，以"清雅之制"力矫柳永、康与之的"鄙嫚之辞"，使得"词品以尊"；另一方面，他也清楚地意识到姜、张在清代词史上的影响，"浙西六家独宗姜、张"，使得"秦、周、苏、辛之传响几绝"。换言之，董氏"厌"的应该不是张炎本人，而是"墨守浙西者"。

一篇序文或许不足以说明董士锡对于张炎的态度，可如果联系到其子董毅（1803—1851）的《续词选》，这一现象恐怕就并非偶然了。道光十年（1830）夏，董毅携所编《续词选》稿本拜访《词选》的另一位编者——张惠言之弟张琦。④ 张琦序之云："《词选》之刻，多有病其太严者，拟续选而未果。今夏外孙董毅子远来署，携有录本，适惬我心，爰序而刊之，亦先兄之志也。"⑤《续词选》对于《词选》所录诸家进行了不同程度的增选，其中秦、周、苏、辛、姜、张六家分别有8首、7首、3首、2首、7首和23首入选。而在对《续词选》进行讨论时，收录数量冠绝两宋的张炎自然是无法回避的话题。通过比对可以看出，董毅是根据《山中白云词》顺次选录张炎词作的。同时，论者也不难从中发现张惠言手批《山中白云词》的身影：其一，董毅所选的词作，大多是张惠言认为有所寄托的，比如他欣赏的《忆旧游·登蓬莱阁》和《甘州·寄李筼房》；其二，董毅对一些词题有所删节，比如《甘州·饯沈尧道，并寄赵学舟》原作"庚寅岁，沈尧道同余北归，各处杭越。逾岁，尧道来问寂寞，语笑数日，又复别去。赋此曲并寄赵学舟"，这恐怕是受张惠言的影响，以为"不过偶然即景则可"，"玉田当不如此不知痛痒也"；其三，董毅没有选录一首张惠言批评的词作，即便是当时公认的名篇，比如"托意浅"的《水龙吟·白莲》。尽管目前尚不能证明董氏父子与张惠言手批《山中白云词》之间有直接关联，但从《续词选》深得张琦之心可以看出，董选确实"渊源张氏，不愧外家宗风"⑥。

"受法"于董士锡的周济，尽管服膺《词选》的理论主张，但在持论上却绝非亦步亦趋，其嘉庆十七年所编《词辨》即"与二张、董氏各存岸略"，有时甚至会提出异议："近

---

① 缪荃孙：《国朝常州词录》卷一九，清光绪刻本。
② 《词辨自序》，《词话丛编》，第1637页。
③ 董士锡：《齐物论斋文集》卷二，清道光二十年刻本。董氏《餐花吟馆词叙》云："小秋之词主乎清，以贬三长，为之四十年。今五十馀矣，仅六卷耳，而生平游历踪迹具在。余少小秋十年，而为词且三十年，所得亦止三卷。""小秋"，即严骏生，著《餐花吟馆词钞》，生于乾隆三十七年（1772）（江庆柏编著《清代人物生卒年表》，人民文学出版社2005年版，第234页），故董氏自称"余少小秋十年"。董序作于严氏五十余岁之时，则必在道光元年（1821）之后。
④ 黄志浩：《常州派词学研究》，中国社会科学出版社2008年版，第265页。
⑤ 张琦：《续词选序》，董毅：《续词选》，清道光十年刻本。
⑥ 董贻清：《蜕学斋词识》，董毅：《蜕学斋词》，民国铅印本。

人颇知北宋之妙，然终不免有姜、张二字横亘胸中。岂知姜、张在南宋，亦非巨擘乎？"①在他看来，张炎乃是"积谷作米，把缆放船，无开阔手段"，且"只在字句上着功夫，不肯换意"，而"近人喜学玉田，亦为修饰字句易，换意难"。②为此，他不仅和董士锡一样，将批评的矛头指向学张炎者，而且比董氏更进一步，开始将矛头直接指向张炎本人。道光十二年（1832），周济编成《宋四家词选》以开示常派门径，"问途碧山，历梦窗、稼轩，以还清真之浑化"。以托意见赏于常派中人的王沂孙，开始被推举到"领袖一代"的高度，而过往风光无限的张炎，却在周济的《宋四家词选》中沦为王沂孙的附庸，只有8首词入选，"其他宅句安章，偶出风致，乍见可喜，深味索然者，悉从沙汰"。③

其实，"玉田之寄托显而易知"④，否则很难赢得张氏昆仲、董氏父子的认可。因此，陈廷焯并没有继续贬抑张炎，反而调整了批评的调门。一方面，对于深受周济"纠弹"的姜、张，陈氏认为他们与温庭筠、秦观、周邦彦、吴文英、王沂孙诸家一样，均属"表里俱佳、文质适中者"，乃"词中之上乘"；另一方面，陈氏对姜、张也有所轩轾，认为白石乃"纯乎纯者"，而玉田则"大纯而小疵，能雅不能虚，能清不能厚"。与此同时，陈氏还将玉田本人和师法玉田者作了区别对待，认为后人"师玉田而不师其沉郁，是买椟还珠也"。⑤

对于玉田词的"小疵"，晚清四大家之一的况周颐曾作专门分析："宋人词亦有疵病，断不可学，高竹屋《中秋夜怀梅溪》云：'古驿烟寒，幽垣梦冷，应念秦楼十二。'此等句钩勒太露，便失之薄。张玉田《水龙吟·寄袁竹初》云：'待相逢说与相思，想亦在、相思里。'尤空滑粗率，并不如高句，字面稍能蕴藉。"⑥ 上述疵病尽管令况氏认为"张诚不足为山斗"，但也不足以掩盖张炎作为宋词名家的"偏精独诣"之处。与况氏同时的朱祖谋编有《宋词三百首》，其中姜、张二家分别有17首和6首入选（据唐圭璋《宋词三百首笺注》统计），这在一定程度上也可以视作相关论述的延续。

随着张惠言《词选》的问世，词坛就开始以异于浙派的角度解读张炎的创作，更多地着眼于其中的"兴寄"。无论是张惠言的手批《山中白云词》，还是董毅的《续词选》，都体现了这一思路。常州词派的核心周济，不满于二张、董氏仍有张炎"横亘胸中"，因而全力"纠弹"玉田。一直到陈廷焯的词话中，张炎才算止住了地位下降的趋势，转而开始获得相对公允的评价。从某种程度可以说，正是常派的全新视角，给张炎的词史地位带来了变化。

三、浙西、常州两大词派的异同与词学建构

纵观清代词坛，浙西、常州两大词派的此消彼长，构成了清代词学发展史的主要脉络。从某种程度上甚至可以说，"清代之词派，浙西、常州而已"⑦。透过浙、常两派对于张炎的

---

① 周济：《介存斋论词杂著》，《词话丛编》，第1637、1637、1629页。
② 《介存斋论词杂著》，第1635页。
③ 《宋四家词选目录序论》，第1643～1646页。
④ 陈匪石：《声执》卷下，载陈匪石编著，钟振振校点：《宋词举（外三种）》，江苏古籍出版社2002年版，第202页。
⑤ 陈廷焯：《白雨斋词话》卷八、卷二、卷三，《词话丛编》，第3968、3908、3834页。
⑥ 况周颐：《蕙风词话》卷二，《词话丛编》，第4440页。
⑦ 陈匪石：《旧时月色斋词谭》，《宋词举（外三种）》，第212页。

接受和评价，无疑可以管中窥豹，从一个特定的角度来审视两派之间的差异与联系。

张炎词之所以能在清初词坛重获关注，与浙西词派的主要思路密不可分。顺康之际，"世人言词，必称北宋"①。这很大程度上是由于当时流行的《花间》《草堂》遮蔽了南宋词的存在，人们已经习惯于"高谈《花间》《尊前》，鄙南宋而不观"②。为此，以朱彝尊为首的浙西诸家，试图通过搜集和展示过往被学界忽视的南宋词，"豁词林之耳目，使不蔽于近"③，从而冲击并最终扭转清初的词学风尚。作为一名热衷于藏书的学者，朱氏自然清楚目录之学在学术研究中的重要作用，所以他创造性地将严谨的目录学操作方法运用到词学研究中。《词综》初刻之际，朱氏在《发凡》中详细列出"已经选辑"者、"虽已览观，未入选"者、"旧本散失、未经寓目，或诗集虽在，而词则阙如"者、"只字未见"者，合计超过两百家。对张炎来说，其词通过《乐府补题》《词综》和《山中白云词》开始为人所知，很大程度上得益于浙西诸家在文献方面的不懈努力。就张氏的词集而言，浙派在整理过程中也非常注意相关材料的搜集。《山中白云词》初次刊刻时，李符与龚翔麟分别从戴表元、袁桷的别集中辑得《送张叔夏西游序》和《送张玉田归杭疏》《赠张玉田》，"因附刻于后，而其生平约略可见"。④ 乾隆元年赵昱摹印龚本时，厉鹗又通过邓牧《伯牙琴》中的《张寄闲词序》得知"叔夏父名枢"⑤，进而指出："功甫名偏旁从金，以五行相生之次推之，叔夏于功甫为三世，于循王为五世，与袁伯长赠诗注云'为循王五世孙'者相符矣。"⑥ 这类材料的不断补充，对知人论世颇有裨益。

与浙西成派时所要应对的局面不同，嘉道年间常州词派逐渐形成之际，良好的文献基础已经在浙派的努力下奠定，而"经过乾隆年间四库馆的开设，唐宋两代的词籍文献已经得到了比较充分的整理"。因此，常派的代表人物"主要是采取对原有文献进行再阐释的方式来建构其词学论述的"。⑦ 张惠言《词选》的蓝本，"大概是根据朱彝尊的《词综》一书"⑧。《词综》卷二十四选无名氏《绿意·荷叶》，张惠言《词选》据以收录并评曰："此伤君子负枉而死，盖似李纲、赵鼎之流。'回首当年汉舞'云者，言其自结主知，不肯远引。结语，喜其已死而心得白也。"其实这首词乃是张炎所作，后来张惠言手批《山中白云词》时对《词选》中的阐释作了相应的调整："此首自寓其意，遗簪不展，当年心苦可知。……'回首当年汉舞'者，庚辰入都也。彼时憔恐失身，故曰'怕飞去谩绺，留仙裙褶。'……玉田庚寅之归，西风吹折时也。自此得长啸湖山，故曰'喜静看，匹练秋光'也。刻《词选》时未见此集，从《词综》作无名氏，所解未当也。"之前被视为"胡牵妄撦"的阐释，在调整之后还是不无牵强。周济《宋四家词选》的情况与《词选》很相近，其所选"皆取之竹垞《词综》，出其外仅二三篇"⑨。周氏亦收《绿意》，并评曰："《词综》列入无名氏，记见一本作梦窗词，今不记何本矣。"⑩ 尽管周氏对吴文英极为推崇，但他似乎对这阕词的

---

① 《词综·发凡》，第10页。
② 陈匪石：《旧时月色斋词谭》，第211页。
③ 柯崇朴：《词综后序》，第3页。
④ 《山中白云词》，第167页。
⑤ 按：笔者所寓目的《知不足斋丛书》本《伯牙琴》有《张叔夏词集序》而无《张寄闲词序》。
⑥ 《山中白云词》，第168～169页。
⑦ 张宏生：《〈暗香〉、〈疏影〉的历史评价与接受策略》，第56页。
⑧ 吴宏一：《常州派词学研究》，《清代词学四论》，联经出版事业公司1990年版，第164页。
⑨ 谭献：《复堂日记》，河北教育出版社2001年版，第299页。
⑩ 周济：《宋四家词选目录序论》，第1657页。

最终归属并不十分在意,也没有开展进一步的文献考订。类似的情况也出现在谭献的《箧中词》里,"其书实不得谓之选本,盖其从别集选录者极少,嘉庆以前词,大多从王、黄二家《国朝词综》中抄撮,嘉道以后,多以朋好传钞一二词录存之,几有存人之意。《续集》四卷,皆取资于丁氏《国朝词综补》"。① 这些盛极一时的选本或许可以表明:对于常派诸家而言,当文献积累到一定程度时,文献的占有量可能会影响到细微之处阐释的周严性,但远不足以动摇其理论框架。

当张炎的词作呈现于清代词坛时,浙西、常州两派接受的角度有着相当的差异,前者主要着眼于张词之艺,后者主要着眼于张词之意。当然,这只是就其主要差别而言。包括张炎词在内的《乐府补题》进入清人视野时,朱彝尊就探求其中的言外之意:"虽有山林友朋之娱,而身世之感,别有凄然言外者,其骚人《橘颂》之遗音乎?"② 浙派的另一位代表人物厉鹗,也探求过其中的身世之感:"头白遗民涕不禁,《补题》风物在山阴。残蝉身世香莼兴,一片冬青冢畔心。"③ 由此可见,张词之意也曾经引起过浙派的关注。只不过浙派推举张炎的目的,主要在于以其"句琢字炼,归于醇雅","一洗明代纤巧靡曼之习"。④ 因此,从朱彝尊《江湖载酒集》化用张炎词句,到孙致弥"述乐笑警句、奇对,与陆辅之《词旨》互相发明",再到江昉、仇梦岩集山中白云词,词坛似乎更津津乐道于张词之艺,特别是张炎在字句上的造诣。

针对上述情况,强调"意内而言外"的常州词派进行了不同程度的批评。谭献曾指出:"《乐府补题》,别有怀抱。后来巧构形似之言,渐忘古意,竹垞、樊榭不得辞其过。"⑤ 谭氏所言,绝非无的放矢。随着"后补题"热潮的涌现,包括朱彝尊在内的参与者逐渐将这种唱和演变为词人逞才斗智的舞台,"益见洞筋擢髓之力",言外之意就变得相对次要了。厉鹗的六首"后补题"词作⑥,除《摸鱼儿·莼》之外,另他五首均有自注来解释相应的典故,以腹笥为词的印记相当明显,言外之意更是难以觉察。至于浙派对张词字句的追慕,陈廷焯针对性地指出:"大抵读玉田词者,贵取其沉郁处。徒赏其一字一句之工遂惊叹欲绝,转失玉田矣。"⑦ 这番颇具忠告意味的词论,是其由浙而常后的切身体会。同治十三年(1874),陈氏编《云韶集》,崇尚雅正;光绪十六年,陈氏辑《词则》,鼓吹沉郁。前后旨趣相异的两部词选,正好折射出浙、常两派在张炎词上关注点的不同。以张炎词集开篇《南浦·春水》为例,《云韶集》评曰:"'鱼没浪痕圆'五字静细。(下阕眉批)神化之句,碧山《春水》一篇不能及此。(结句眉批)婉转流丽。"⑧ 而《词则》评曰:"玉田以此词得名,用冠集首。然此词虽佳,尚非玉田压卷,知音者审之。后半有所指而言,自觉深情绵邈。"随着关注点的转移,张炎与王沂孙的高下之分也因此改变:"玉田词,感时伤世,与碧山同一机轴。深厚微逊碧山。"⑨

---

① 施蛰存:《北山楼词话》,华东师范大学出版社2012年版,第171页。
② 朱彝尊:《乐府补题序》。
③ 厉鹗:《论词绝句十二首》其六,厉鹗著,董兆熊注、陈九思标校《樊榭山房集》,上海古籍出版社1992年版,第512页。
④ 陈匪石:《声执》卷下,第200页。
⑤ 谭献:《复堂词话》,《词话丛编》,第4008页。
⑥ 厉鹗:《秋林琴雅》卷二,清光绪九年泉唐汪氏酒边人倚红楼重校刊本。
⑦ 《白雨斋词话》卷二,《词话丛编》,第3817页。
⑧ 陈廷焯:《云韶集辑评》卷九,《词话丛编补编》,第1601页。
⑨ 陈廷焯:《词则辑评·大雅集》卷四,《词话丛编补编》,第2183页。

从浙西词派到常州词派，其中有一个耐人寻味的现象，那就是两派的代表性人物对张炎的态度近乎迥异。顺康之际，云间词派的宋徵璧，于宋词标举欧阳修、苏轼、秦观、张先、贺铸、晏几道、李清照七家，同时对南宋词也提出论断："词至南宋而繁，亦至南宋而敝，作者纷如，难以概述。"① 针对这种在当时颇为流行的观点，朱彝尊不仅提出"词至南宋，始极其工，至宋季而始极其变"②的主张，而且还阐明创作立场，所谓"不师秦七，不师黄九，倚新声、玉田差近"。这句话见于《浙西六家词》本《江湖载酒集》的开篇《解佩令·自题词集》，其产生的背景要远比其内容来得复杂。康熙十一年（1672）《江湖载酒集》成，曹尔堪为之序："顷与锡鬯同客邗沟，出示近词一帙，芊绵温丽，为周柳擅场。"③ 康熙十八年《浙西六家词》本《江湖载酒集》刊行时没有收录曹序，但卷首的李符序并没有反对曹序的观点，只不过进行了一番解释："集中虽多艳曲，然皆一归雅正，不若屯田《乐章》，徒以香泽为工者。"尽管其中的"雅正"论调已经与《词综》相一致，在一定程度上为朱彝尊作了辩护，但朱氏本人的举措更见成效，以开篇自题词集的方式自铸面目，后人也将其视为《江湖载酒集》的标签，成为概括朱词的经典评语。

不过，当浙西一派日益风行之时，其弊端也日益显现，"由其以姜张为止境，而又不能如白石之涩，玉田之润"④。常州词派的先导张惠言，已经找寻出异于浙派的词学方向考察姜、张，"虽町畦未辟，而奥窔始开"⑤。推阐张惠言之意、"自树风声"⑥的周济，在《宋四家词选》中大破大立，既开示常派门径，又批判浙派流弊。其对姜、张的纠弹，尤具轰动效应，似乎不"骇世"不足以矫枉。其实，"一种学术宗派之建立，必有其所标之特殊宗旨，力足以振废起衰，乃能使学者景从，蔚成风会"。⑦ 从这个角度来说，不管是朱彝尊对张炎的追捧，还是周济对张炎的贬抑，从根本上都是出于开宗立派的需要。

随着清代词学的不断发展，浙西、常州两派之间也开始出现互通之处。后人谈及学词门径，往往首先想到周济在道光十二年提出的"问途碧山，历梦窗、稼轩，以还清真之浑化"，也就是由王沂孙入手，经吴文英、辛弃疾以至周邦彦。其实，差不多在同一时期，后期浙派的重要代表戈载曾在其《宋七家词选》中提出过另外的门径。是选在嘉庆二十三年（1818）前就着手编纂⑧，至道光十七年（1837）方刊行，崇尚"正轨""雅音"，收录周邦彦、史达祖、姜夔、吴文英、周密、王沂孙、张炎七家。其中，值得注意的是戈氏有关姜夔、王沂孙和张炎的论述。卷三姜夔词跋云："白石之词，清气盘空，如野云孤飞，去留无迹，其高远峭拔之致，前无古人，后无来者，真词中之圣也。"卷六王沂孙词跋云："白石之词，空前绝后，匪特无可比肩，抑且无从入手，而能学之者，则惟中仙。其词运意高远，吐韵妍和。其气清，故无沾滞之音；其笔超，故有宕往之趣。是真白石之入室弟子也。"卷七张炎词跋云："仇山邨称其'意度超玄、律吕协洽'，是真词家之正宗。填词者必由此入

---

① 《倚声初集》卷首卷二。
② 《词综·发凡》，第10页。
③ 《曝书亭全集》，第41页。曹序云："往壬寅夏日，与锡鬯聚首湖上，时画船歌扇，午风涤暑，各有诗篇和答。倏忽已十年矣，中间离合不常。"严迪昌据以指出："壬寅是康熙元年（1662），'倏忽已十年矣'，曹尔堪此序乃为《江湖载酒集》而作当无疑"（《清词史》，第264页）。
④ 《复堂词话》，第4008页。
⑤ 《复堂词话》，第4009页。
⑥ 龙榆生：《论常州词派》，《龙榆生词学论文集》，上海古籍出版社2009年版，第434页。
⑦ 龙榆生：《论常州词派》，第428页。
⑧ 沙先一：《清代吴中词派研究》，人民文学出版社2004年版，第38页。

手，方为雅音。"① 戈载的这三段论述，隐约勾勒出了一条由张炎入手、经王沂孙以至词圣姜夔的学词路数。尽管"戈载与周济的著述中未见有二人交游的记述"②，但两家开示门径时所采取的逆溯之法③却很是相似，可谓不谋而合。后来，陈匪石沿着戈、周两家的思路将浙、常两派的门径熔为一炉："初学为词者，先于张、王求雅正之音、意内言外之旨，然后以吴炼其气意，以姜拓其胸襟，以辛健其笔力，而旁参之史，藉探清真之门径，即可望北宋之堂室。"④ 这样一来，张炎和王沂孙同时成为初学之入门，而浙、常两派的理论关切又同时得到体现。

四、结论

清人对于张炎词的接受，大致可以分为三个阶段：第一阶段从康熙十七年（1678）开始，朱彝尊等人通过《乐府补题》《词综》《山中白云词》的刊行，向学界展示过往不受关注的张炎词，有力冲击并最终扭转了"世人言词，必称北宋"的词学风尚；第二阶段主要包括雍正、乾隆两朝，随着《山中白云词》在康熙六十一年（1722）至乾隆元年（1736）间的多次重刊，词坛对于张炎词的接受逐渐趋于细致、深入；第三阶段始于《词选》问世的嘉庆二年（1797），张惠言着手以全新的思路来全面解读张炎的词作，其后的周济、陈廷焯诸家继承并发展了张惠言的理论主张，实现了词学视角的彻底转换。前两个阶段是浙西词派从登上词坛到笼罩词坛的历史时期，张炎的典范意义就是在这一时期逐渐形成的。后一个阶段是常州词派逐渐兴起并占据主流的历史时期，张炎的词史地位因为词坛焦点的变化而被重估。由此可以窥见浙西、常州两派在词学思路上的不同：浙派是借助文献的搜集和展示来推动词风的转向，而常派则是借助已有文献的阐释来实现理论的更新；浙派主要关注的是词之艺，而常派主要关注的则是词之意。另外，两派之间的某些相似之处也不容忽视。朱彝尊与周济对于张炎的态度虽然大相径庭，但大力标举和极力纠弹都是基于相似的策略——以一种补偏救弊的姿态开宗立派。而戈载提出的由张炎入手、经王沂孙以至姜夔的学词门径，又与周济的逆溯之法不谋而合。

浙西、常州两派对于张炎词的种种论述，既有助于我们从不同的层面体认张炎的创作，又有助于我们从具体而微的角度考察清代词学的建构历程。与此同时，我们还可以总结清人持论中的洞见与不见，从而更新研究方法，进一步发掘张炎词所蕴含的文学价值，促进词学研究的深入开展。

---

① 戈载：《宋七家词选》，光绪十一年曼陀罗华阁重刊本。
② 沙先一：《清代吴中词派研究》，第 39 页。
③ 关于这一问题，参见沙先一《逆溯之法与开示门径——从〈宋四家词选〉到〈宋词举〉》，《文学遗产》2011 年第 5 期。
④ 陈匪石：《宋词举》，《宋词举（外三种）》，第 8 页。

黄庭坚《书磨崖碑后》的文化背景与文史互文

李 贵
上海财经大学人文学院

一、引言

唐肃宗上元二年（761）八月，元结撰《大唐中兴颂并序》，记唐室收复两京、太上皇玄宗还长安、肃宗领导中兴之事，有"事有至难，宗庙再安，二圣重欢"等语①；代宗大历六年（771），全文由颜真卿书丹，刻于永州祁阳（今属湖南）浯溪临江崖壁之上，世称"磨（摩）崖碑""中兴颂碑"或"中兴碑"。中兴碑在宋代受到广泛关注，成为纵贯两宋知识阶层的一个公共话题，讨论热烈，题咏众多，形成一套独特的"宋代中兴碑话语"，并对后来代不乏书的浯溪书写产生深远影响。

宋代文化史的这个现象也引起现代学者的重视，在基本文献方面，孙望、傅璇琮、桂多荪、邹志勇、张蜀蕙等人的论著从历代著录、传世文献和地方石刻等多种来源对宋代有关浯溪的文字做了初步整理，虽仍有遗漏疏误，但资料已大体具备。② 在理论阐释方面，李炳海、王建生都从"中兴想象"的视角探讨宋代的浯溪话语③，邹志勇研究宋人笔记中对中兴颂碑的解读④，张蜀蕙的论文从文化地理学的角度入手，朱刚的著作则把宋代中兴碑题咏与《明妃曲》《千秋岁》等诗歌系列联系起来，分析北宋士大夫非集会的同题写作现象。⑤

纵观自宋迄今的浯溪中兴碑话语，影响最大者莫过于北宋黄庭坚的《书磨崖碑后》一诗，后来者对黄庭坚的诗意无论同意、反对、引申，皆由黄诗生发，诚如南宋刘克庄所咏："无端一首黄诗在，长与江山起是非。"⑥ 而黄诗的文字、主旨皆存争议，声韵魅力未经细析，其文化背景有待揭示，且涉及众多文史互文，故讨论浯溪话语，须先通过文本细读将《书磨崖碑后》全诗及其影响研究透彻，始能正本清源，为研究历代浯溪书写奠定文本基础和逻辑起点。

二、宋代浯溪书写背后的寻碑读帖潮流

黄庭坚《书磨崖碑后》诗云："平生半世看墨本，摩挲石刻鬓成丝。"⑦ 深沉感慨的背

---

① 参见元结著，孙望校点：《元次山集》卷七，中华书局上海编辑所1960年版，第107页。
② 参见元结著，孙望校点：《元次山集》；傅璇琮：《古典文学研究资料汇编·黄庭坚和江西诗派卷》，中华书局1978年版；桂多荪：《浯溪志》，湖南人民出版社2004年版；邹志勇：《浯溪题跋的文献记载梳理》，《南京师范大学文学院学报》2005年第2期；张蜀蕙：《谁在地景上写字——由〈大唐中兴颂〉碑探究宋代地志书写的铭刻与对话》，台湾《师大学报：语言与文学类》2010年第2期。
③ 参见李炳海：《浯溪胜境与湖湘文学的中兴话题》，《中国文学研究》1995年第3期；王建生：《通往中兴之路——思想文化视域中的宋南渡诗坛》，上海古籍出版社2011年版，第308～315页。
④ 参见邹志勇：《宋人笔记中的诗学讨论热点研究》，南京师范大学2005年博士论文第55～69页。
⑤ 参见朱刚：《唐宋"古文运动"与士大夫文学》，复旦大学出版社2013年版，第187～211页。
⑥ 刘克庄：《浯溪二首》其一，《后村先生大全集》卷六，《四部丛刊》本。
⑦ 黄庭坚撰，任渊等注，黄宝华点校：《山谷诗集注》卷二〇，上海古籍出版社2003年版，第478页。以下所引黄庭坚诗皆出此本，不另出注。

后蕴藏着宋代寻碑读帖的时代潮流和黄庭坚本人在此潮流中的亲身经历，这是宋代浯溪书写的时代文化背景。

在宋代，搜集、赏玩和研究钟鼎彝器、碑碣墓志等金石成为时代风尚，遍及朝野，直接促成了金石学在宋代的成熟和高度发达。王国维即谓宋人金石学"陵跨百代"，乃"有宋一代之学"。① 金石学作为宋代"一代之学"，不仅符合史学实际，也为宋代咏史、怀古诗提供了独特的时代和学术背景。宋人在搜金求石、寻碑读帖的过程中证补经史、玩味古器、欣赏书法、游观山水，发思古之幽情，骋切己之体验。② 这也是浯溪书写如此丰富的一个原因。

在众多的宋代金石学著作中，北宋欧阳修《集古录》、曾巩《金石录》、赵明诚《金石录》③，南宋王象之《舆地纪胜》之《舆地碑记目》、陈思《宝刻丛编》、佚名《宝刻类编》等都是重要的碑石目录。据欧阳修自述，他花了十八年时间，搜集从周朝至五代的石刻拓本一千卷。④ 其《唐中兴颂》云：

> 右《大唐中兴颂》，元结撰，颜真卿书。书字尤奇伟，而文辞古雅，世多模以黄绢，为图障。碑在永州，摩崖石而刻之，模打既多，石亦残缺。今世人所传字画完好者，多是传模补足，非其真者。此本得自故西京留台御史李建中家，盖四十年前崖石真本也，尤为难得尔。⑤

跋语透露出三点消息：第一，欧阳修关注的是中兴碑的书法艺术，对中兴颂文则只用"文辞古雅"带过，不涉及其内容。前引张蜀蕙文就结合欧阳修在《唐韦维善政论》《唐元次山铭》《唐元结洼罇铭》《唐元结阳华岩铭》等跋语分析道，他虽然肯定元结对古文写作的先驱作用，却明确指出他是求奇好名之徒，故对其中兴颂的内容颇不以为然。与欧阳修相反，后来黄庭坚等人则专注颂的内容。第二，中兴碑拓本在当时广受欢迎，传本既多，亦多用于装饰。第三，浯溪磨崖原刻在当时已有残缺。

诚然，访读古碑早已有之，襄阳岘山堕泪碑的典故深入人心，《世说新语·捷悟》也曾记载曹操与杨修共访曹娥碑的故事。⑥ 只是到了宋代，访古读碑才成为朝野上下不同身份人们的共同爱好，成为他们日常生活的一部分。试看《全宋诗》所录诗人们的描述：

> 闲骑劣马寻碑去，醉卧荒庐出寺迟。（陈文颢《喜宣义大师英公相访》）
> 见碑时下岸，逢店自征酤。（王禹偁《赴长洲县作》其五）
> 几处古碑停马读，到时春笋约僧尝。（王禹偁《送同年刘司谏通判西都》）
> 访古寻碑可销日，秋风原上足麒麟。（梅尧臣《闻永叔出守同州寄之》）
> 兴罢日斜归亦懒，更磨碑藓认前朝。（王安石《登中茅山》）

---

① 参见王国维：《静庵文集续编·宋代之金石学》，《王国维遗书》第5册，上海古籍书店影印本1983年版，第74页A。
② 关于宋代金石学的成就及兴盛的原因，详见夏超雄《宋代金石学的主要贡献及其兴起的原因》，《北京大学学报》1982年第1期；陈慧玲《论宋代金石学之发达及其价值》，《"国立"编译馆馆刊》第17卷，1988年第2期。
③ 曾巩编纂过《金石录》500卷，早佚，仅存14首跋尾，载《元丰类稿》卷五〇。见陈杏珍、晁继周点校《曾巩集》卷五〇，中华书局1984年版，第680～688页。
④ 欧阳修《唐孔子庙堂碑》，《集古录跋尾》卷五，《欧阳文忠公文集》，《四部丛刊》本。
⑤ 《集古录跋尾》卷七。
⑥ 参见刘义庆撰、刘孝标注、余嘉锡笺疏：《世说新语笺疏》，上海古籍出版社1993年版，第579页。

旧筑扫成空，古碑埋不烂。（苏轼《凤翔八观·诅楚文》）
道人兴废了不知，但见游人来读碑。（释德洪《同景庄游浯溪读中兴碑》）
寻碑野寺云生屦，送客溪桥雪满衣。（陆游《留题云门草堂》）
策杖访回无际塔，日晡聊看草书碑。（白玉蟾《题平江府灵岩寺》）
孤城吹角寒猿应，破屋寻碑野鼠惊。（徐照《同徐文渊登永州高山寺》）
谁昔来营此，寻碑看记文。（翁卷《宝冠寺》）
海上多幽迹，寻碑始得名。（释智愚《游栖霞观》）
云峰自有樵人径，岣嵝寻碑误退之。（刘子澄《云峰寺诗》）
春风采药桃花国，落日寻碑薏苡祠。（乐雷发《送友人之辰州觐省》）①

这些诗句，有的是诗人自述个人经历，有的是想象他人生活，有的是表达共同期待，都围绕着访古读碑的主题。诗句作者和受主，包括了朝廷重臣、地方官员、失意文士、江湖士人、终身布衣和佛道教徒。这是一个寻碑成癖的庞大群体，带着他们的家眷、仆从和朋友，一次次踏上旅途，即使愿望受阻，也要在精神上走遍天南地北、山崖洞窟，享受访古读碑的无穷乐趣。清代金石学家叶昌炽结合自身的体会，指出宋人寻访古碑时"山川之胜、翰墨之缘可以兼得"②，可谓确论。而浯溪《大唐中兴颂》碑则逐渐被宋人奉为碑刻典范，有"周石鼓，秦峄山，汉燕然，唐浯溪"③之说。

在北宋末期，这波时代潮流被用绘画这一空间艺术的形式记载下来。《宣和画谱》著录有六幅隋唐时期的《读碑图》，另有两幅北宋画家李成的《读碑窠石图》。④访古读碑作为主题进入院体绘画中，表明它已经成为时代表征，进入历史记忆。

在两宋浯溪书写里，处处可见这种到浯溪访古读碑的风气。但并非人人都有机缘身临其境，故希望以拓本、碑帖聊作替代之物，如李洪《和柯山先生读中兴碑》所言："我思潇湘不易到，谁持墨本心眼开。"⑤尽管中兴碑刻本身已有残缺，经过"传模补足"的拓本作为装饰物品和习书法帖却始终是宋人追求的对象，争相购买。从北宋到南宋，浯溪当地都有人在打碑贩卖，还有人自称是元结的后裔。⑥阅《全宋诗》可见，在艺术品市场，有人赞叹此碑刻"日光玉洁元子辞，银钩铁画颜公书"，从而"百金不惮买墨本"（王炎《过浯溪读中兴碑》）。人们一旦得到，则视若稀世珍宝："天然二妙刻苍崖，墨本传来重和璞。"（文子璋《浯溪》）珍宝的主人或置诸大堂作装饰："字画端重无倾欹，文辞简古有刺讥。高堂一见为却立，知是浯水中兴碑。"（滕岑《中兴碑》）或坐于绿窗之下欣赏："花间小阁临清溪，绿

---

① 《全宋诗》，北京大学出版社1991～1998年版。以下所引宋诗，凡出此书者，只随文注出作者和篇名。
② 叶昌炽撰，韩锐校注：《语石校注》卷五《题名八则》，今日中国出版社1995年版，第505页。已有学者涉及宋人的寻碑读碑现象，但本文的材料和视角都不同。见王星、王兆鹏：《论石刻对宋代文学传播的作用与影响》，《甘肃社会科学》2012年第2期。
③ 周必大：《绍兴淳熙两朝内禅诏跋》，《全宋文》第230册，上海辞书出版社2006年版，第208页。
④ 佚名《宣和画谱》卷五、一一、一三，台北故宫博物院影印元大德本，1971年版。参见史明理（Clarissa von Spee）《〈读碑窠石图〉——绘画主题的嬗变》，朱莺译，上海博物馆编《千年丹青——细读中日藏唐宋元绘画珍品》，北京大学出版社2010年版，第151～158页。
⑤ 李洪：《和柯山先生读中兴碑》，《芸庵类稿》卷一，文渊阁四库全书本。
⑥ 张耒：《读中兴颂碑》："君不见荒凉浯水弃不收，时有游人打碑卖。"李逸安等点校《张耒集》卷一三，中华书局1999年版，第233页。易祓嘉定丙子（1216年）浯溪无题诗则："野叟蒙头看打碑。"桂多荪《浯溪志》，第273页。范成大《骖鸾录》记浯溪："打碑卖者一民家，自言为次山后人，擅其利。"孔凡礼点校《范成大笔记六种》，中华书局2002年版，第57页。

窗坐阅三吾碑。"（赵蕆《阅浯溪集用山谷韵》）在社交场合，中兴碑帖是文人官僚之间应酬的礼物，如孙觌《与惠彦光朝议帖九》："黄绢中兴碑纳上一本，它日新第落成，可供厅事照屏之饰也。"① 一直到南宋末期，度宗咸淳六年（1270），天台人江琼（字彦藻）知祁阳县，亲临浯溪磨崖访碑怀古，仍然题壁描述说"今打碑卖者，亦供不应求"，并赋诗感慨"君不见零落寒溪几世孙，自打元家古碑卖"（《磨崖碑》）。

宋代知识人普遍具备"游心翰墨的人文旨趣"②，不难想见，中兴碑拓本必定在他们之间广为传观。士人时常雅集赏艺，北宋元祐年间的"西园雅集"最具代表性，据说苏轼、苏辙、黄庭坚、秦观、张耒、晁补之、米芾、李公麟等文学家、艺术家共16人在驸马王诜的西园聚会，李公麟作画《西园雅集图》，后来米芾、郑天民、杨士奇皆为之作记。虽然此事未必真实发生过，但类似的诗酒优游在北宋东京确乎常见。今人的研究还原了北宋东京士人多次雅集的历史事实，观赏私家珍藏的书画碑帖是此类活动中的重要内容。③ 李清照在《金石录后序》里回忆与丈夫赵明诚一起摩玩书画碑帖的幸福情景④，中兴碑帖当在其中，这也是她有关浯溪的《和张文潜浯溪中兴颂碑诗》二首的深层背景。⑤

黄庭坚也热衷于寻碑读帖，四卷《山谷题跋》即为明证。他凭吊古墓时注意到"断碑略可读"（《过百里大夫冢》），初到县邑即访晋碑（《初至叶县》），时与朋友驱马寻古碑（《同孙不愚过昆阳》）。《观王熙叔唐本〈草书歌〉》自述搜集珍藏书法珍本的情形是："家藏古本数十百，千奇万怪常搜索。"至于阅碑读帖，一个重要目的是练习书法，《书赠福州陈继月》教人"学书时时临模，可得形似，大要多取古书细看，令入神，乃到妙处"⑥。《跋与张载熙书卷尾一》则提示单纯读帖的好处："古人学书不尽临摹，张古人书于壁间，观之入神，则下笔时随人意。"⑦

亲至浯溪前，黄庭坚一直留意搜集中兴碑的拓本，或请人代为办理，《与德久帖三》即云："《浯溪铭》篆字，计箧中乃未有，故分一本去。《中兴颂》却乞一本。"他高度赞扬中兴碑的书法艺术，前引《书赠福州陈继月》谈到书法的"结密而无间"时，所举典范是"如焦山崩崖《瘗鹤铭》、永州磨崖《中兴颂》、李斯峄山刻秦始皇及二世皇帝诏"。《论作字一》将中兴碑和《瘗鹤铭》并列为楷书大字的两大高峰："大字无过《瘗鹤铭》，晚有石岩颂中兴。"⑧ 黄庭坚高度推崇颜真卿的艺术成就和道德力量⑨，这也推动了北宋中后期全社会的颜真卿崇拜。⑩

---

① 《全宋文》第159册，第329页。
② 周裕锴：《宋代诗学通论》，上海古籍出版社2007年版，第102～111页。
③ 参见梁建国：《〈西园雅集图〉与北宋东京士人雅集》，上海博物馆编《翰墨荟萃——细读美国藏中国五代宋元书画珍品》，北京大学出版社2012年版，第356～377页。
④ 参见赵明诚撰，金文明校证：《金石录校证》，广西师范大学出版社2005年版。
⑤ 此诗作年向有争议，庞石帚等学者考订为南渡后作，可从。详见庞石帚《养晴室笔记》，四川文艺出版社1985年版，第99～104页；柳亚耀《李清照和张文潜〈浯溪中兴颂〉诗创作年代辨》，《上海师范大学学报》1980年第1期；成善楷《李清照诗初探》，《四川大学学报》1981年第3期。
⑥ 《全宋文》第106册，第200页。
⑦ 《全宋文》第106册，第200页。此数句又见《论作字四》，只有两字差异，《全宋文》第107册，第96页。
⑧ 《全宋文》第107册，第95页。
⑨ 参见黄庭坚：《题颜鲁公帖》、《题颜鲁公〈麻姑坛记〉》、《跋洪驹父诸家书》。
⑩ 详见白川义郎《北宋における颜真卿书道の书评の考察》，《大分大学教育学部研究纪要》第15卷，1993年第2期；宫崎洋一《宋元时代の"颜真卿"》，书学书道史学会编《国际书学研究》，东京萱原书房，2000年版，第37～45页；梁先培《从书斋走向神龛——北宋中后期的"颜真卿热"现象考辨》，邱振中主编《书法与中国社会》，中国人民大学出版社2011年版。

以上就是黄庭坚感慨"平生半世看墨本，摩挲石刻鬓成丝"的广阔背景，既是诗人作诗的间接动力，也构成读者解读浯溪书写的文化视野。《中兴颂》碑引发宋人兴趣有多种原因，欧阳修、赵明诚等人是出于对金石的兴趣，发思古之幽情；多数人是因为钟情其书法艺术，亲至浯溪访碑是希望"山川之胜、翰墨之缘可以兼得"；南渡后它又被寄托着对宋室"中兴"的向往。至于北宋后期的黄庭坚，亲到浯溪现场则是因为长久的艺术兴趣和不幸的政治贬谪。

三、《书磨崖碑后》的异文与互文

清阮元《游浯溪读唐中兴颂用黄文节诗韵》云："江湖岂独漫郎宅，又遣山谷来题诗。"① 元结（漫郎）和颜真卿创造了作为"地方"的浯溪，黄庭坚则进行了再创造。宋哲宗绍圣元年（1094）十二月，黄庭坚（1045—1105）因《神宗实录》文字罪案，责贬涪州别驾、黔州安置，流放蜀中长达八年。徽宗崇宁二年（1103）十一月，因《承天院塔记》再遭构陷，贬谪宜州（今广西宜山）。次年三月己卯（初三），60 岁的诗人途经浯溪，在风雨中与文士、僧尼同游浯溪磨崖，连游三日始作诗。

为讨论方便，兹将《书磨崖碑后》全诗文字及平仄列出如下：

1. 春风吹船著浯溪，平平平平仄平平
2. 扶藜上读中兴碑。平平仄仄平平平
3. 平生半世看墨本，平平仄仄平仄仄
4. 摩挲石刻鬓成丝。平平仄仄仄平平
5. 明皇不作包桑计，平平仄仄平平仄
6. 颠倒四海由禄儿。平仄仄仄平仄平
7. 九庙不守乘舆西，仄仄仄仄平平平
8. 万官已作鸟择栖。仄平仄仄仄仄平
9. 抚军监国太子事，仄平平仄仄仄仄
10. 何乃趣取大物为？平仄仄仄仄仄平
11. 事有至难天幸尔，仄仄仄平平仄仄
12. 上皇踽踽还京师。仄平仄仄平平平
13. 内间张后色可否，仄平平仄仄仄仄
14. 外间李父颐指挥。仄平仄仄平仄平
15. 南内凄凉几苟活，平仄平平仄仄仄
16. 高将军去事尤危。平平平仄仄平平
17. 臣结春秋二三策，平仄平平仄平仄
18. 臣甫杜鹃再拜诗。平仄仄平仄仄平
19. 安知忠臣痛至骨，平平平平仄仄仄
20. 世上但赏琼琚词。仄仄仄仄平平平
21. 同来野僧六七辈，平平仄仄仄仄仄
22. 亦有文士相追随。仄仄平仄平平平

---

① 徐世昌：《晚晴簃诗汇》卷一〇七，退耕堂刻本。

23. 断崖苍藓对立久，仄平平仄仄仄仄
24. 涷雨为洗前朝悲。平仄仄仄平平平

黄庭坚作诗时，面对着异常丰厚的文本传统：有关玄宗、肃宗和安史之乱的历史记载，元结和颜真卿的生平及作品，中唐至北宋文人对安史之乱和中兴碑的吟咏等，其中元稹和白居易的诗歌就被黄庭坚化用入诗。黄诗"颠倒四海由禄儿"，是凝炼元稹《连昌宫词》"禄山宫里养作儿""庙谟颠倒四海摇，五十年来作疮痏"三句而成，虽是化用前人旧句，但上句"明皇不作包桑计"指斥玄宗未能居安思危，两句连在一起，批评玄宗不作国家根本大计，任由安禄山恣意妄为而终致叛乱，将国家社会动乱的原因归结到玄宗身上，这是黄庭坚所擅长的"以故为新"。

第15句"南内凄凉几苟活"的"南内"一词，常被指系黄庭坚误用。这其实与白居易《长恨歌》有关。任渊（天社）注引《唐书·玄宗纪》，上皇还自蜀郡，先居兴庆宫，李辅国迁之西内，兴庆即南内也。又引《高力士传》，随上皇徙西内居十日，为李辅国所诬，长流巫州。钱锺书《谈艺录·黄山谷诗补注》对此批评说：

> 按《苕溪渔隐丛话》后集卷三一、瞿佑《归田诗话》卷中皆谓山谷诗宜作西内，作南内，误。是也。天社以兴庆当之，曲为山谷文饰，与下句意不贯矣。①

胡仔和瞿佑认为玄宗在西内的生活才是凄凉苟活，故黄诗该作"西内"而非"南内"，钱锺书进一步说作"西内"才能与下句"高将军去事尤危"语意连贯。今按，任渊以兴庆宫解释南内，算不上为黄庭坚文饰。唐玄宗以太上皇的身份于肃宗至德二载（757）十二月返回长安，定居兴庆宫，即南内；乾元三年（760）七月被迫迁入西内（太极宫）之甘露殿，次年四月卒于西内神龙殿。那么，玄宗在南内的生活能否算"凄凉几苟活"呢？从史书记载看，玄宗入住南内的两年半时间，虽有一定范围内的活动自由，但始终处于肃宗监控之下。② 一个被剥夺了权位的皇帝，宠妃已死，身亦老，日夜被人监控，稍不慎即可能被控图谋复辟，当然称得上是苟活的状态。黄诗前两句已作铺垫："内间张后色可否，外间李父颐指挥。"皇后张良娣与宦官李辅国"持权禁中，干预政事"③，李辅国更是集内廷、外朝、禁军众多大权于一身。而且南内兴庆宫是玄宗为王子时的旧居，玄宗即位后扩建并常往居住，如今物是人非，触景伤情，安得不凄凉？白居易就认为玄宗在南内、西内的生活都很凄凉，故其《长恨歌》写道："西宫南内（苑）多秋草，落叶满阶红不扫。"诚然，玄宗迁入西内后的生活更加不堪，史家求实，于此要加辨析，诗人感物，又不必过于拘泥。黄庭坚早年有《和陈君仪读太真外传》五首，以凄艳的笔触写李、杨的悲剧，尤其第二首"人到愁来无处会，不关情处总伤心"，第四首"蛛网屋煤昏故物，此生惟有梦来时"等句，道尽马嵬之变后唐玄宗内心的悲凉。史家记述、《长恨歌》用例、《和陈君仪读太真外传》五首与《书磨崖碑后》一起构成一组互文，足以证明"南内凄凉几苟活"不是误用，而是诗人尊重史实、体察人情而描绘出的带有普遍性的生命感受。南宋曾丰《题浯溪》诗云"南内起居

---

① 钱锺书：《谈艺录》，中华书局1987年改订重印本，第16页。
② 详见《旧唐书》卷一八四《李辅国传》、卷一〇《肃宗本纪》，中华书局1975年版；郭湜：《高力士外传》，《开元天宝遗事十种》，上海古籍出版社1985年版；司马光：《资治通鉴》卷二二一上元元年六月条，中华书局1956年版。参见黄永年《六至九世纪中国政治史》，上海书店出版社2004年版，第266~267页。
③ 《旧唐书》卷五二《肃宗张皇后传》。

不遑安，西宫晨夕无聊赖"，亦以南内、西宫相属对。

至于"南内凄凉几苟活"与下句"高将军去事尤危"语意是否连贯，则要注意"尤危"二字。据《资治通鉴》卷二二一上元元年（760）条记载，肃宗身体多病，对玄宗愈加不放心，李辅国遂以武力胁迫玄宗从南内迁入荒凉得如同废宫的西内太极宫，迁居过程中高力士（高将军）始终以智勇护主，玄宗得以少受凌辱。随后高力士遭到流放，玄宗其他的亲信随从也全部被贬或被迫离开，玄宗自此成为与世隔绝、孤独无依的囚徒。准此，"南内凄凉几苟活，高将军去事尤危"意为：玄宗自蜀归来，入住南内，已经凄凉得如同苟活，后来被迫迁入西内，高力士等亲信尽散，情势就更加危险。语意足称连贯，层次尤为分明。史书"辅国矫称上语"云云，据黄永年考证，只是曲笔粉饰，为肃宗、玄宗留面子而已，实则肃宗最忌惮玄宗复辟，移居之诏非李辅国所能矫；玄宗囚禁于西内不到两年即死，十三天后，多病的肃宗亦亡，史书记载已见事太突兀，北宋初，乐史多采唐人旧闻的《杨太真外传》更隐约表示玄宗非善终而是兵死，当时肃宗既已久病难愈，李辅国怕玄宗有复辟的机会而抢先下手害死玄宗，"从情理上说也完全是可能的"。① 黄庭坚熟读唐史和《杨太真外传》，对结局及其原因当有深刻体认，故有"事尤危"之语。

第17句"臣结春秋二三策"，"春秋"一作"舂陵"，二字古来聚讼不已，古今浯溪书写也常以此生发。前引钱锺书《黄山谷诗补注》对历代讨论作过详细剖析，大要有三：第一，黄诗为元结《中兴颂》发，与元结《舂陵行》无交涉，不当作"舂陵"；第二，宋人所读、所引黄诗皆作"春秋"；第三，南宋袁文《甕牖闲评》载"亲见山谷手书作'春秋'"，故作"春秋"是、作"舂陵"非。钱说堪为定论。

需补充者，今存黄诗刻石固然是作"春秋"②，"春秋"也是最佳选择。但石刻材料未必是作者最终定稿。由黄庭坚及同游朋友的题壁可知，《书磨崖碑后》在当时未立即上石，而是黄庭坚去世后，由曾同游的僧伯新等人于宣和二年（1120）十二月磨崖刻石③，不排除错刻的可能，故尚需从诗歌的上下语境和整体涵义上去寻求最终的判断依据。

试析第17～20句。"二三策"出自《孟子·尽心下》："吾于《武成》，取二三策而已矣。""杜鹃诗"指杜甫的两首七古《杜鹃行》和五古《杜鹃》，后者有句："我见常再拜，重是古帝魂。"宋人多认为此三诗乃有感于玄宗失位被囚之事而作。故黄诗这四句的意思是：元结的《中兴颂》采用了春秋笔法，蕴含微讽，就好像杜甫杜鹃诸诗那样；世上之人只知《中兴颂》写得精美，却不知后面有《春秋》《杜鹃》这样令忠臣哀痛至骨的心声。杜甫本与中兴颂无关，却与湖湘之地有关，故被黄庭坚用以映衬；且黄庭坚《次韵伯氏寄赠盖郎中喜学老杜诗》推崇杜甫"千古是非存史笔，百年忠义寄江花"，杜甫诗多及玄宗、肃宗事，《忆昔》亦云"张后不乐上为忙"，与黄诗"内间张后色可否"相涉。若作"舂陵"，则指元结《舂陵行》；唐代宗广德元年（763），元结任道州刺史，翌年到任，作《舂陵行并序》，用白描铺叙手法揭露官府横征、民生疾苦，与玄宗、肃宗均无涉，词语也谈不上精美。南宋费少南《跋中兴颂磨崖碑后》云："昔黄太史庭坚读元次山《中兴碑》，有二三策之句，盖本传所载时议三篇，大率愤激，不独颂中兴为焜耀之美也。"④ 认为"二三策"

---

① 黄永年：《六至九世纪中国政治史》，第362～365页。
② 《浯溪碑林》，湖南美术出版社1992年版，第38～39页；桂多荪：《浯溪志》，第238页。
③ 详见黄庭坚《中兴颂诗引并行记》，《全宋文》第107册，第217页；桂多荪：《浯溪志》，第237页；陆增祥《八琼室金石补正》卷九一宋十《浯溪题刻二十七段·黄庭坚诗》，文物出版社影印本1985年版。
④ 《全宋文》第287册，第184页。

指元结于肃宗乾元二年（759）在京师所上《时议》三篇，然其时其地皆与"舂陵"无涉，且《时议》三篇直陈时事及主张，了无春秋笔法，费说拘泥于字面而误解黄诗。故此句当以"春秋"为佳。

至于末句"涷雨为洗前朝悲"，涷雨，指暴雨。时当三月初，未必有暴雨，前引黄庭坚磨崖题名也仅言"风雨"，此处当是借涷雨一词写风雨之中游浯溪的实景。"涷"在古籍和碑刻中有时可以假借为"冻"，故黄诗此句常被误成"冻雨"，且后世和作及引用亦有作"冻雨"者，需加注意。又，苏轼早年《游三游洞》诗云："涷雨霏霏半成雪，游人屦冻苍苔滑。""屦冻"或作"屦冷"，"苍苔"或作"苍崖"。① 黄诗"断崖、苍藓对立久，涷雨为洗前朝悲"，或是有意选用涷雨、断崖苍藓等词，与苏诗形成互文，从而与四年前去世的师长苏轼（1037—1101）构成生死对话。

黄庭坚受中兴碑触动而赋诗，是与元结、颜真卿在对话，其作品刺激了后来的浯溪书写，彼此又构成一个互文世界。黄庭坚在浯溪摩崖作诗题名，与颜真卿刻石一样，都是在与大地对话，并赋予大地以意义。学者们指出："在中国，可视空间里的书写形式或文化图案常被看作是空间意义的首要方面。"② 黄庭坚的浯溪诗刻与颜刻并重于世，在宋代即被称为"小磨崖"③，它们塑造了浯溪这个地方，并与后来的摩崖石刻一起给浯溪赋予了空间意义。前引张蜀蕙文称中兴碑是时代的记忆、地景的象征和珍贵的碑本文献，将浯溪石刻概括为"铭刻与对话"，洵为的论。

四、《书磨崖碑后》的议论和声韵

在浯溪书写里，《书磨崖碑后》诗的成就一直最受推崇，但也始终伴随争议。此诗的议论和声韵常被相提并论，如宋末元初刘壎赞为"精深有议论，严整有格律"④；近代陈衍评"此首音节甚佳，而议论未是"⑤，陈寅恪则反驳说"此诗议论甚是，造语亦妙，何止'音节佳'也?"⑥ 然而黄诗的议论和声韵具体好在何处仍鲜见分析。

今按此诗的"议论"大旨略有五端：其一，唐玄宗耽于逸乐，不恤国事，酿成大乱；其二，唐肃宗身为太子，监国平乱乃分内之事，却怀藏野心，竟然在统兵平乱一个月后就强行登上皇位；其三，平叛之事甚为艰难，平叛成功全靠上天保佑，侥幸而已，绝非所谓"肃宗中兴"；其四，还京后肃宗大权旁落，内廷外朝实际掌握在张良娣、李辅国手中，其父玄宗凄凉苟活，形同囚徒；其五，元结《中兴颂》使用春秋笔法，寓含讥讽。五端之中，重点在第二、三、五处，焦点则在肃宗是否不法不孝，以及元结《中兴颂》是否包含批评之意，自黄庭坚此诗以后，这个"中兴颂罪案"一直贯穿着浯溪书写。

黄诗第17句"臣结春秋二三策"，是说元结《中兴颂》里有数句采用了春秋笔法，语含讥讽。从第11、12句"事有至难天幸尔，上皇蹢躅还京师"以及15、16句"南内凄凉几

---

① 苏轼著，孔凡礼点校：《苏轼诗集》卷一，中华书局1982年版，第46、56页。
② Ron Scollon & Suzie Wong Scollon. *Discourses in Places: Language in the Material World*. London: Routledge, 2003, p. 145.
③ 王象之：《舆地纪胜》卷五六，中华书局影清道光本1992年版，第2056页。
④ 刘壎：《隐居通议》卷八，《丛书集成》本。
⑤ 陈衍著，曹中孚校注：《宋诗精华录》卷二，巴蜀书社1992年版，第309页。
⑥ 转引自张求会辑录《陈寅恪手批〈宋诗精华录〉》，《文学遗产》2006年第1期。

苟活，高将军去事尤危"看，黄庭坚针对的元结原文是："事有至难，宗庙再安，二圣重欢。"元结本意是否有讥讽，本文存而不论①，重要的是黄庭坚首先作如许解读，宋人多数也持同样看法，前引曾丰《题浯溪并序》指出了黄庭坚解读中兴颂的转折意义："元次山颂刻于崖，至本朝熙宁数百年无异论。一经黄鲁直出意着语，来者往往更相黜陟。"问题的关键在于宋人对肃宗所持的批判态度。

在唐代，安史之乱的亲历者对肃宗的分兵自立、讨叛平乱是赞扬有加的，至少不会批评。如与元结同时的李华《无疆颂》八首，颜真卿《天下放生池碑铭》，杜甫《哀王孙》《收京三首》。杜甫《杜鹃行》微讽肃宗还京后不能善待上皇，也未涉及灵武即位一事。《旧唐书·肃宗纪》评论肃宗"孝莫大于继德，功莫盛于中兴"，很能代表唐末五代的普遍观点。但宋人对肃宗的看法出现逆转。《新唐书·肃宗纪》说"肃宗虽不即尊位，亦可以破贼"。宋代的历史评论呈现义理化、道德化的特点，司马光修《资治通鉴》至唐事，程颐（正叔）要求他正太宗、肃宗之"篡名"，司马光表示同意。② 元祐初成书的范祖禹《唐鉴》的史论也多接受程颐的意见，指斥肃宗逼夺皇位、监控玄宗于南内、胁迫玄宗迁入西内、致使玄宗郁愤而终，皆为悖逆不孝③，黄庭坚《书磨崖碑后》的议论与之如出一辙，曾季貍《艇斋诗话》称黄诗"有史法，古今诗人不至此也"④，原因盖在此。罗大经对此认识的历史演变有简要概述：

> 昔唐明皇幸蜀，肃宗即位灵武。元次山作颂，谓自古有盛德大业，必见于歌颂，若今歌颂大业，非老于文学，其谁宜为？去盛德而止言大业，固以肃宗即位为非矣。伊川谓非禄山叛，乃肃宗叛也。山谷云："抚军监国太子事，胡乃趣取大物为。"此皆至论。⑤

对肃宗不法不孝的批评从史学、理学蔓延到诗学，宋人以之为"至论"，实质上反映出宋人"祖宗法度，乃是家法"的理解。⑥ 至南宋，宋学的集大成者朱熹认为《书磨崖碑后》是黄庭坚"最好底议论"⑦，更指出："然元次山之词，歌功而不颂德，则岂可谓无意也哉？至山谷之诗，推见至隐，以明君臣父子之训，是乃万世不可易之大防，与一时谋利计功之言，益不可同年而语矣。"⑧ 黄诗对肃宗的批评是宋代理学、史学观点在诗学领域的首次表现，始终引领着此后浯溪书写的主题。如北宋末期释惠洪《同景庄游浯溪读中兴碑》赞扬玄宗、批评肃宗，南宋中期杨万里的《浯溪赋》认为肃宗灵武登基虽过于匆忙，但理解其当时进退两难的处境，认同其危难之际的历史功绩，这些观点皆由黄诗引发。

---

① 关于元结原文有无讥讽的讨论，详见陈文华《〈大唐中兴颂〉非"罪案"论》，《唐代文学研究》第4辑，广西师范大学出版社1993年版；邓小军：《元结撰、颜真卿书〈大唐中兴颂〉考释》，《晋阳学刊》2012年第2期；邹志勇《〈大唐中兴颂〉创作意图考论》，《甘肃高师学报》2012年第6期。
② 参见程颢、程颐：《河南程氏遗书》卷二上；王孝鱼点校：《二程集》，中华书局1981年版，第19页。
③ 参见范祖禹：《唐鉴》卷六，上海古籍出版社影宋刻本1981年版，第155～156页。
④ 丁福保：《历代诗话续编》上册，中华书局2006年版，第296页。
⑤ 罗大经著，王瑞来点校：《鹤林玉露》丙编卷三"建炎登极"条，中华书局1983年版，第283页。
⑥ 关于宋代"正家之法"与"祖宗家法"的关系，详见邓小南《祖宗之法——北宋前期政治述略》，三联书店2006年版，第42～77页。
⑦ 黎靖德编，王星贤点校：《朱子语类》卷一三〇，第7册，中华书局1994年版，第3120页。
⑧ 朱熹：《跋程沙随帖》，《晦庵先生朱文公文集》卷八四，《四部丛刊》本。

黄诗能够构建起文化浯溪这个"地方",不仅因其议论,也由其声韵。此诗是唐以来古体诗反律化的典型作品,以高古之声调,写怀古之深慨,情辞相称。其声韵特点有三:

首先,全诗一韵到底,四支五微八齐邻韵通押,声音低微,适合表现低沉的情感。此时正值蔡京当国,黄庭坚乃戴罪之身,政治形势压抑,内心情感抑郁,连同游的朋友曾纡的姓名都不能明白写出①,乃用低微的韵部抒情。第 7 句"九庙不守乘舆西",虽是篇中出句,却也以八齐韵部字押韵,清沈道宽总结李杜韩苏平韵七古的声调称:"平韵之上尾必仄。其偶有用平者,必在文气已完,另用振笔,如韩之'忆昔初蒙博士征',苏之'潮阳太守南迁还'也。"② 黄诗此句上尾用平,正是要转入安史之乱后果的描写,故振起一笔。

其次,全诗第 2、7、12、20、22 和 24 句皆为三平尾,第 3、9、13、19、21 和 23 句皆为三仄尾,三平三仄脚占诗句总数的一半,声调极为高古。其中最后 6 句更是三仄尾和三平尾交替使用。王士禛倡导平韵七古"出句终以二、五为凭,落句终以三平为式"③,强调第二、第五字的平仄要相反,是为了避免平仄声叠用过多而失去顿挫起伏之势。黄诗 12 句出句中,第 1、3、7、9、11、13、15、19、21、23 句共 10 句的第二、第五字的平仄相反,落句的第 4、6、16、20、22、24 句共 6 句也是如此,加上 5 句三平脚,特别是最后连续三句落句皆为三平调,拗折之中有和谐在。

最后,某些句子的平仄声调精心安排,与诗歌的意义和情感密切配合。如第 1 句"春风吹船著浯溪",起首连用 4 个平声,衬出平稳轻快的情景,接着用 1 个短促的入声"著",感觉一下子从空中降落,最后用 2 个平声"浯溪"接住,描摹出稳妥靠岸上崖的情状。第 10 句"何乃趣取大物为",只有首字和末字是平声,中间叠用 5 个仄声,连声质问之态呼之欲出。第 19 句"安知忠臣痛至骨",前面 4 个平声,似乎在喃喃低语,如泣如诉,结尾 3 个仄声,尤其末字是短促的入声"骨",仿佛突然高声呐喊,沉痛之情从压抑转向发泄。末句"涷雨为洗前朝悲",三平尾回应诗歌开头的 4 个平声,平声在持续,诗意也在持续,余音不断,余意不尽。

黄诗的政治背景是"崇宁党锢"。从崇宁元年到三年,徽宗与蔡京大规模打击异己,三次籍定"元祐奸党碑",司马光、苏轼、黄庭坚、秦观等旧党人物皆在贬斥废黜之列。对正在贬谪途中的黄庭坚来说,元结的颂文本身有无讽谕已不重要,重要的是现场的摩崖石刻勾起了他的历史记忆,元结和颜真卿生命中高洁讽谏的政治行为激发了他对现实政治的思考,从而发出批评肃宗的议论。待到南宋,偏安一隅的现实使作家的浯溪书写很容易想到收复中原失地、张扬"中兴想象"。④ "哪里有空间,哪里就有存在。"⑤ 当作家在现场观景怀古,在风景中思索历史,将自身投射到文化遗迹,时空交错,历史记忆、时代感伤和个体存在被熔于一个空间,这个空间就沟通了个人、地方与国家,地方书写因此而具备时间感、空间感、地方感和存在感。

---

① 参见王明清:《挥麈录·后录》卷七,上海书店出版社 2001 年版,第 134 页。
② 沈道宽:《六义郛郭》,转引自蒋寅《古诗声调论的历史发展》,收入其《中国诗学的思路和实践》,广西师范大学出版社 2001 年版,第 298 页。
③ 翁方纲:《王文简古诗平仄论》,丁福保辑《清诗话》本,上海古籍出版社 1978 年版,第 228 页。参见蒋寅《韩愈七古声调之分析》,《周口师范高等专科学校学报》2002 年第 1 期。
④ 详见王建生:《通往中兴之路——思想文化视域中的宋南渡诗坛》,上海古籍出版社 2011 年版,第 308 ~ 315 页。
⑤ Henri Lefebvre. *The Production of Space*. D. Nicholson - Smith trans., Oxford: Blackwell, 1991, p. 22.

五、结语

　　黄庭坚《书磨崖碑后》作于暮年再次贬谪南迁的途中,时在徽宗崇宁三年(1104)三月,师友苏轼、秦观已去世,新党掌权,尽逐旧党,政局多变,国事日非。六十岁的黄庭坚受到历史遗迹和现实政治的双重触发,反复凭吊,在诗中怀古伤今,以抑扬顿挫的声调,写悲愤无奈的深情,幽咽吞吐,不能自已,情辞相称,风格沉雄。此诗反映出宋代访碑读帖的时代潮流,高度凝炼了唐玄宗、肃宗朝的时代动乱、皇室恩怨和个体命运,融合了关于李唐史事及中兴颂碑的历史记录、杂史杂传、理学教训、史学评论、书学艺术和诗学吟咏,文史互文,思诗交融,编织出一张巨大的互文网络,使自身成为一个超文本,既重写了历史记忆,又进入了历史记忆。此诗仿佛由众人写成,黄庭坚只是他们的执笔者。这样的互文在四个方面吸引着历代读者:记忆、文化、诠释的创造性和玩味的心理。[①] 王世贞道:"山谷《中兴颂碑后诗》,是论宗语,俯仰感慨,不忍再读。"[②] 简要而形象地概括了黄诗的互文特征、议论渊源和艺术效果。诗中认为元结的《大唐中兴颂》寓含讥讽,这一极具挑战性的解读引发后来者的纷纷回应,至今难有定论,其开创意义正如南宋钟兴嗣《浯溪》诗序所总结:"兴嗣暂寓浯溪,得观古今碑刻,往往议论互相矛盾,其端皆由黄太史之诗而起。"浯溪石刻最初记录了唐代事迹,后来沉淀为史迹,经过历代众人的书写,最终凝固为空间符号"诗迹"[③],具有形象、记忆的唤醒能力。黄诗由磨崖中兴碑这一"诗迹"引起,本身也成为千古"诗迹"。

　　不知是黄庭坚的预见准确还是历史的巧合,在黄庭坚去世后不久,北宋果然出现了皇位继承权的危机,赵桓、赵楷兄弟阋墙,后来太子赵桓侥幸登极,是为钦宗,尊徽宗为太上皇,但不久父子即反目,徽宗在东南与钦宗争夺权力,最终被迫还朝。历史学家分析靖康内讧时,即在此处引用黄诗"抚军监国太子事……高将军去事尤危"数句作对照。[④] 靖康内讧以北宋灭亡、二圣被俘告终,由此悲剧反观黄庭坚《书磨崖碑后》诗里的慨叹,令人不胜唏嘘。清阮元《游浯溪读唐中兴颂用黄文节诗韵》有感于此,终以不问世事的渔翁形象自解:"事有至难最可叹,靖康俄与灵武随。惟有溪边古渔父,欸乃湘烟无所悲。"[⑤]

　　(本文为国家社科基金项目"宋代文学的文化地理学研究"(11CZW035)的阶段成果。承蒙周裕锴教授赐示选题及宝贵意见,又蒙"宋代文史青年学者论坛"(2013年8月,杭州)诸位专家指教,谨致谢忱。)

[①] 此处借用了互文理论,详见萨莫瓦约《互文性研究》,邵炜译,天津人民出版社2003年版,特别是第82页。
[②] 王世贞:《山谷中兴颂碑后诗》,《弇州山人四部稿》卷一三六,世经堂刻本。
[③] "诗迹"的概念借用自日本学者对中国文学古迹的概括,诗迹不单是地名,而且是长期吟咏、广泛流传的古典诗中出现的具有某种特定、传统的诗情或形象的各地实在、具体的场所。参见植木久行《中国における「诗迹」の存在とその概念:近年の研究史を踏まえて》,《村山吉广教授古稀记念中国古典学论集》,东京汲古书院2000年版,第573～589页。
[④] 参见张邦炜:《靖康内讧解析》,《四川师范大学学报》2001年第3期。
[⑤] 徐世昌辑:《晚晴簃诗汇》卷一〇七,退耕堂刻本。

论宋代馆驿诗的新变化

李德辉

湖南科技大学 中国古代文学与社会文化研究基地

内容提要：作为交通机构，馆驿和驿铺对唐诗和宋诗有不同的影响。宋代馆驿诗既源于唐，又变于唐。源于唐的在于诗歌的题材内容、体裁样式和写作手法，变于唐的在于诗意诗境的写作上普遍趋新趋深贵精，从而在艺术面貌上自异于唐。

关键词：馆驿　唐诗　宋诗

馆驿诗的研究近年已渐成热点。根据目前学界取得的共识，馆驿诗有广狭二义。广义的馆驿诗指诗中带有馆驿字眼的作品，狭义的馆驿诗则指作者经过驿馆时所作，内容也是驿馆景色、驿中生活，以纪行为主。根据广义，宋代馆驿诗可以统计出数千首之多；即使取狭义，也在千首以上。这些作品，都是从唐五代发展而来的，一般认为唐诗要比宋诗好，是否馆驿诗方面也是如此？馆驿诗发展到宋代，都有哪些新变？这些变化，意味着诗艺的退步还是进步？怎样看待这些变化？本文尝试解答。

一

宋诗向来以唐诗为参照系。若是取宋代馆驿诗与唐代相对照，就会发现，自唐到宋馆驿诗并不是一成不变或蜕化老化的，而是不断变化的，存在着趋新、趋深、趋精的三种发展态势。趋新的表现之一是诗句诗境的避熟就生，有措词之工、构境之妙。馆驿诗古已有之，馆驿的功能也总是接待行客和传递邮书这几项，可是馆驿诗作为心造之物，却总是因时、因事、因人而异，可以愈出愈新，不仅有代际的变化，而且有个性的差别。如何在唐人的基础上推陈出新，体现宋人的自我创造而不重复前人，是他们所面临的一个大课题。宋人了不起的地方在于，他们面对与前人一样的题材，却写出了很多不一样的意思，赋予人们以较之唐诗更为丰富和新颖的启迪，不仅彰显了作品的自我价值，也增添了宋诗的魅力。比如，对客愁的表现易写难工，可是宋人在这方面偏有不凡的表现。如黄庭坚《次韵王稚川客舍二首》其一："五湖归梦常苦短，一寸客愁无奈多。慈母每占乌鹊喜，闺人应赋㷅㷍歌。"① 他把归梦和客愁量化，说归梦偏短，客愁一寸，用语超出了经验想象，赋予作品以明显的新意。这联诗，也因意新语工而被历代诗家所仿效，并被收入类书、总集、杂著。陆游《书驿壁》："猿叫铺前雪欲作，鬼门关头路正恶。泥深三尺马蹄弱，霜厚一寸客衣薄。"② 寇准《南平驿》："心随流水还乡国，身向青山上屈盘。秋梦不成秋雨细，西风一夜客亭寒。"③ 严羽

---

① 刘尚荣：《黄庭坚诗集注》，中华书局2003年版，第51页。
② 陆游：《剑南诗稿》，上海古籍出版社2005年版，第209页。
③ 寇准：《忠愍公诗集》卷中，商务印书馆1986年版，四部丛刊本。

《江上泊舟》:"天际长愁客,沙边旧驿亭。风低江浦雁,雪暗夜舡灯。穷老嗟身拙,狂歌畏酒醒。此生何定著,江汉一浮萍。"① 二诗的造语也很新颖。寇准的诗主要写他夜宿南平驿的孤苦心境,首联以对句起势,以流水和青山身与心相形相对,突出二者的矛盾,强调自己身心两属,不得自由。尾联将驿景和秋思相连接,以秋雨和寒风相比附,将心态景物化,既富藻思,亦饶逸韵。严羽之诗也格律精深,词调清远,有杜诗风味。首联把自己塑造成一个黄昏时刻泊舟江边的天际长愁客,面对暗夜和江浦,无计消愁。客愁的主题,被对举的景句衬托得十分鲜明。后面几联也气脉流转,虽多刻画之笔,不无自然之致。穷老、身拙、狂歌、酒醒、定著、浮萍等词,或带象征色彩,或具感叹意味,突出了诗人的生存困境,增强了词气的抑塞之感。在宋人的诗集中,常可看到类似这种有构思造语之工的馆驿诗,读来总能让人感到一股清爽之气,与宋人诗中常见的那种老拙、古质迥异,与唐诗中惯见的那种泛写旅愁也不尽相同,不是一种偶然,而是一种常态。由于表现比较普遍鲜明,故可构成宋代馆驿诗趋新的一大表现。

趋新的表现之二是诗歌题材、诗句取意新颖别致,到前人所未到。宋人深知诗者以意为主的道理,作诗十分留意以立意为宗旨,以文词为兵卫,让新颖的意思来统率有创意的文词,这样处理,诗篇就不会落入下乘。这个意,可以是作者的立意诗中的某个见解,也可以是前人没有写到或较少涉及的某个意思或境界,情况复杂,不主一宗。若取其大概,则无外乎主思想和主艺术两种情况。就宋代馆驿诗的实况来看,是以主思想内容、题材、意蕴之新的居多。例如,对驿馆形象的描写就表现不俗,超越前人。唐人馆驿诗虽以馆驿为题,但一般不正面描写馆驿,驿馆的作用对唐人来讲,仅止于路边客亭,聊以居止,与村店旅馆僧房、道观并无大的区别。驿馆作为官营的公共交通生活设施,本来有它的自身特点,完全可以对它作传神的再现,赋予它以独特的文学魅力。但是不知何故,驿景在多数唐诗中都模糊不清,即使有一二诗篇写到,也实感过强,一笔带过,不具有形象意味和意境特征。宋诗则不然,不仅多有正面描写,而且炼句炼意,虚处传神,在唐诗之外别开生面,从北宋初到南宋末都有。寇准、赵抃、张咏、王十朋、汪元量诗中的驿馆,有不少就可以这么看。比如对驿廊的描绘,宋人所写即多有新意。陆游《驿壁偶题》:"去去投山驿,悠悠解橐装。斜阳穿破厩,落叶满空廊。"《弋阳县驿》:"大雨山中采药回,丫头岩畔觅诗来。殷勤记着今朝事,破驿空廊叶作堆。"这两首诗对山店山县破驿空廊的描写也很成功,诗人将落叶和回廊两个形象结合来描写,以见羁旅之孤苦,尤有新意。尽管破落的驿馆和马厩在现实中使人难堪,但在诗中却构成一种荒索意境,引人遐想。唐人馆驿诗中对驿廊的描写,最好的也不过元稹的"墙外花枝压短墙,月明还照半张床。无人会得此时意,一夜独眠西畔廊"。虽然通俗流畅,但措词命意却很普通,不及宋诗有味。再如征途旅况,宋诗也比唐诗有新意。强至的《梃山道中早行有感》其二:"山驿孤灯尽,霜天片月低。还家人自喜,恋枥马频嘶。野水分微白,巢禽惊稳栖。前村应曙色,依约数声鸡。"② 立意也不同一般,不是写常见的旅愁乡心,而是归途欢乐,并把这种欢乐外化为客观景物,使得诗篇带上喜气,寻常景致也魅力平添。

趋新的表现之三是创作手法新,在馆驿诗中兼有议论,虽用议论而带情韵。例如,彭汝砺《临江驿中庭有大柏因寄颖叔》:"林麓山头屋数椽,中庭翠柏上参天。庙廊岂不须梁栋,

---

① 严羽:《沧浪集》,上海古籍出版社1987年版,文渊阁四库全书本。
② 强至:《祠部集》,上海古籍出版社1987年版,文渊阁四库全书本。

偶置荒幽亦偶然。"首联以林麓山上低矮的驿舍和驿亭中的参天古柏作对比，突出柏树挺拔孤直的形象。下面就此生发议论，云如此栋梁之才而置之荒郊野地，无人知晓，毕竟可惜，还是要让它物尽其用为好。像这样先叙后议，由物理而及人事，由表及里，就多了一层转折之妙，避免了就事论事。王十朋《宿新丰驿》："小驿数椽屋，夜深风雨中。邻家有鸡犬，不是汉新丰。"文笔简淡，不过20个字，却活画出一个隘小、卑陋的小驿形象。"夜深风雨中"五字还带有比兴意味，令人感受到那个风雨飘摇的时代暗影。"不是汉新丰"取西汉与南宋对比，暗含国运兴衰、盛世不再的感慨。路德章《盱眙旅舍》："道傍草屋两三家，见客搥麻旋点茶。渐近中原语音好，不知淮水是天涯。"首联写盱眙村店民俗，说这个旅舍烹制搥茶以待行客。尾联述说南宋与金国以淮河中流为国界的现实，包含了作者对于此事的理性思考，读之使人百感交集。全诗不仅琢句精绝，内容也稀见。亦有全篇议论而仍然不失佳作者。如杨子方怀古诗《上亭驿》："时平总忽忠臣语，世乱仍遭弄臣侮。至今说到弑琅珰，行路犹能痛千古。"曾极《梦笔驿》："晋尚清谈笔力衰，文章高下亦随时。景纯不作文通死，五色毛锥付与谁。"两首诗都笔触冷峻，解剖深入，不同于唐人罗隐等人的情绪化表达。尽管句句都是议论，但是思想深刻，造语奇隽，评述前朝史事人物，立论却不重复前人这样的议论，不仅未减损作品的艺术性和可读性，反而有所加强，不可以因为它是议论就予轻视。

趋新的表现之四是格调新。这个新，表现在语气的平和淡泊、气度的老成持重、格调的变于前代。例如同样是写山馆，宋人就和唐人不同。唐人山馆诗多主于抒情，内容不离个人穷通、宦途得失这一套志。虽然措词精切、情韵悠长，但是主题重复，忽视外物的审美特征，过于专注于作者内心。特别是中晚唐迁客、流人及举子进士诗，满纸悲愁，不但格调不高，写法也嫌单调。宋人则不然，他们的馆驿诗，有不少都是快诗，充满昂扬欢乐的气氛，读之使人欢喜。例如，陈藻《喜次漳浦》："江滩已过瘴烟收，野象逢人自缩头。官路十程如砥去，举杯先贺到漳州。"张耒《建平途次》："野桥田径滑，官路柳条新。流水伴丽日，野花留晚春。点空知去翼，冲绿有归人。自笑谙岐路，无劳更问津。"[①] 诸如此类作品，在唐诗中很难找到，宋诗中却不少见。意思更新，反映面更广，情调也更平和淡泊，较之唐诗是一种进境。

二

上文从四个方面论述了宋代馆驿诗艺术表现上趋新的特点，下面再来论说其趋深和趋精的特点。趋深即诗境、诗意深隐曲折，愈到后来愈显深曲。这一特色的形成，首先是缘于馆驿诗的描写性和抒情性，写心的作品本来就比一般的叙事即景之作要深曲。馆驿诗尽管也叙事即景，但它所写主要在暮夜晨朝、至驿离驿。这样的时分本来就是光线幽暗、景物朦胧的，而诗人造句构境，还喜欢将其作情绪化的处理，使物象轮廓更加暗淡朦胧，以映射作者旅宿时分的愁寂内心。所以一般的馆驿题材诗较之其他作品，更加具有趋深的特点。

想要趋深，首先就要"言眇"，即写景状物细美幽约，意思不明白说出，这样更能达到深曲的效果。韦骧《宿坛石驿六首》其二："山馆萧条冷似冰，黄昏四壁但蛩声。无端更恶飞萤点，强起前檐斗月明。"李光《离萍乡晚宿里田铺》："晓出萍乡动越吟，清溪无底乱山

[①] 张耒著，李逸安等点校：《张耒集》，中华书局1990年版，第304页。

深。颓垣破屋邮亭古,面壁聊观去住心。"像上面这两首诗,就是"言眇"的,因为其词义、意象境界都是幽约的,中间的夜景、寒空、古驿、颓垣、坏壁、冷月、清溪、乱山,无不给人朦胧幽冷的感觉。而作者身处其中,也是情绪黯淡,写景状物避实就虚,自饶深曲之致。

趋深其次也必须思深,即用意精、锻炼工。若取唐人诗集和宋代相比,就会发现,唐代馆驿诗多主于叙事即景,赋诗造句大体得乎自然,往往称心而出,纵笔而成,较少刻意锻炼。这么写成的诗,虽然语气连贯,但是总乏余味,功力差的甚至鄙俗不工,聊以写意。宋诗虽以音调格律相尚,然而锻炼益工,句法亦矫,不少作品还能做到情景相生,能够深层次地展露作者的内心世界,在诗意和诗境上要深过唐人。若取初盛唐诗和中晚宋诗相比,就会发现,这种偏重写心、转折层深的特点尤为显著。例如,赵蕃《长田铺二首》:"野驿人稀到,空庭草自生。霜清殊未觉,雨细更含晴。""晚入东西路,秋风长短亭。悲歌浑欲绝,衰泪不胜零。"读来就有清深悲凉、精绝的感觉。四句全用白描,笔触简洁凝练,读后分明感到主人公生活环境的孤绝和困窘。清霜、细雨二词,体物精妙。"驿"前着一"野"字,"庭"上着一"空"字,更显驿铺的荒凉孤深。"自"字还使人联想到杜甫的《江村》"自去自来梁上燕,相亲相近水中鸥"[①] 这一名句。这种造境趋深的特点,就不是唐代馆驿诗所常有的,即使是在北宋也不多见,而在南宋中后期诗中则尤为多见。例如,文天祥《真州驿》:"山川如识我,故旧更无人。俯仰干戈迹,往来车马尘。英雄遗算晚,天地暗愁新。北首燕山路,凄凉夜向晨。"意蕴清深,境界浑茫。后面两联中情绪化的词语,更添一层悲情意味。汪元量《邳州》:"身如传舍任西东,夜榻荒邮四壁空。乡梦渐生灯影外,客愁多在雨声中。淮南火后居民少,河北兵前战鼓雄。万里别离心正苦,帛书何日寄归鸿。"诗中的意境,也因为荒邮、空壁、乡梦、灯影、雨声等词语而显得深微幽约。这样的诗,又不同于唐人杜甫、李商隐式的工于比兴、巧用典故、寄托深远,而是以浓情和悲思为内核,融情入景,将情绪物化,让诗境深化,以赋写愁心。这样的写法,给人以别开生面的感觉。

最后说说宋人馆驿诗趋精的写作特点。

本文所谓趋精主要指诗篇琢思新奇,语意妙绝,使人吟叹不已,整体上显现出精致可爱的特点。同样是馆驿诗,唐人写得最好的,仅宋之问、杜甫、司空曙、白居易、戴叔伦、罗隐等人的少数佳作,其余的都流于一般。即使一流诗人,其馆驿诗也表现平庸。杜甫诗集中,写得最好的馆驿诗仅有《宿白沙驿》等二三首,知道的人很少,远不能和《登岳阳楼》等名作相比。李白、韩愈、元稹、白居易、李商隐、杜牧的馆驿诗,给人的整体感觉也很平庸,读后觉得不过如此。故可以说,馆驿诗确非唐诗的一流,登临怀古、边塞征戍、山水田园、迁谪流离、爱情悼亡才是唐诗的上乘。在唐代,由于馆驿诗的表现不著,故还不构成一类具有独立审美意义的题材,只能当做普通的纪行诗来看待,或是被其他题材所掩盖,艺术水准上难敌宋代。宋人在这方面确实比唐人要讲究,好诗要比唐人多。徐铉、寇准、张咏、韩琦、米芾、蔡襄等人的诗集中,写得较好且吸引读者的恰恰是馆驿诗。例如张咏,存世的诗作不多,但他的《新市驿别郭同年》《晚泊长台驿》却是众人皆知的名篇。寇准的《南平驿》《书河上亭壁》《海康西馆有怀》《途次方城》,更是人见人爱、不可多得的佳作。王安石、陆游、杨万里、戴复古、文天祥等人的诗集中也存在类似的情况。同样是驿馆言怀,宋人之诗显得更为精炼形象,具有较强的艺术魅力和动情特征,反倒是唐人在这方面给人的印

[①] 仇兆鳌:《杜诗详注》,中华书局1979年版,第476页。

象不深，艺术处理上不及宋人。

以上所说的趋新、趋深、趋精，在宋代不是一人两人如此，而是贯穿全代，表现突出，构成一个显著特点。宋人之所以能够如此，主要是缘于创作态度和创作方法的转变，缘于宋人对诗歌艺术的精益求精，总是力求超越自我。在对待馆驿这一题材方面，唐人不甚努力，以为弃余，宋人则不弃不离，在此日常生活题材上去下深细的功夫，然而叙事抒情又不避开寻常经验，不背离读者的文学欣赏习惯，造句命意特别讲求新颖别致，不重复前人，但又不乏唐诗般的深情远韵，还不像平时那样贵用事，讲来历，句子和意思喜从前人成篇中化出，而不注重自我创造。避开了这些不好，宋人的馆驿诗自然能够给人以一种既熟悉又陌生、既亲切又可爱的集体印象。

从写法上看，宋代馆驿诗与唐诗相比，分明不是一路。唐人馆驿诗的路子是李白式的，其特点是按照事理顺序往下铺叙，多用赋法，较少比兴，遣词造句以气韵为主，以自然为宗，有雄豪沉着之气，无刻画形容之妙。这种不太讲究的写法，其直接的结果就是使得一代馆驿诗的创作落入集体的平庸，与唐代诗国高潮的美誉和"唐人虽小诗必极工而后已"的集体印象既不相符，也不相称。宋代馆驿诗则正好相反：主于表现新颖，刻画天成，铺叙之外杂以议论，写作手法多变，有明显的创意和较高的创作追求。这么写，尽管不能保证各家所作都臻于上乘，也免不了琐屑尖新、规模蹈袭的老毛病，但至少能够保证多数诗作都有一定的质量。他们所擅长的这一套技法，是从杜甫和大历诗人那里过来的，是走的以杜甫为风标的精心锻炼的路子。唐人馆驿诗则是从晋宋齐梁这边过来的，到宋之问、李白、戴叔伦、司空曙的时代，写法已经趋于固定，又没有很多的经典作家在这方面去特别留意，反复试验，加以提升，大家的习惯都是沿着宋之问、李白所开创的这条路子往下走，造语写意比较自然，提炼不够，用力不深，所以多数诗篇都流于平庸。唐人馆驿诗已经如此，宋人想要有所突破，再这样显然已经行不通，要是改走杜甫的路子，却还是大有可为的，也比较容易奏效，于是纷纷效法老杜，以立意为主，以独造为宗，为此而反复究心，因而能够有所成就，佳作较多。故可以说，尽管馆驿诗不是宋诗中最见特色、最具水平的组成部分，但其水平至少可以居于中上，这是没有问题的。

从《养生说》诸篇看苏轼的生死观

李杰玲

广东第二师范学院

内容提要：苏轼热爱生活，注重养生，希望健康长寿。同时，他又时常感到"人生如梦"的沉重，并受中国传统的冥界思想影响，对死亡有清醒的认识。生与死这两股看似矛盾的思想犹如两根线，始终纠缠于他的一生，纠缠于他对死亡由认识到接受的整个过程，并最终在生死之间找到了平衡和平静，实现了他的"超越"。

关键词：苏轼 养生 死亡 超越

凡人，终有一死，死亡是古今中外无数诗人和哲人不断思考的问题。他们试图超越死之惧，死之重负。但中西方对死亡的超越又不相同。19世纪著名的美国女诗人艾米莉·狄金森就曾对"死亡"这个问题进行过多次探讨，并实现了她的"超越"，这可以说是西方诗人对死亡的典型的"超越"方式，从她的 Because I could not stop for death（《因为我不能停下来等待死亡》）一诗中，我们可以看出这一点：

Because I could not stop for death, /He kindly stop for me; /The carriage held but just ourselves/And Immortality. /We slowly drove, he knew no haste, /And I had put away/My labor, and my leisure too, /For his civility. /We pass the school where children played/At wrestling in a ring; /We passed the fields of gazing grain, /We passed the setting sun. /Or rather—he passed us—/The Dews drew quivering and chill—/For only Gossamer, my Gown—/My Tippet—only Tulle—/We paused before a house that seemed/A swelling of the ground; /The roof was scarcely visible, /The cornice but a mound. /Since then 'tis centuries; but each/Feels shorter than the day/I first surmised the horses' heads/Were toward eternity.

因为我不能停下来等待死亡/所以，死神慈祥地停下来，等待我/他的马车只容得下我们和不朽/我们慢慢移动，他知道我们不急/而我已经收起/我的厌倦和我的散漫/因为他的谦恭有礼。我们经过了学校/孩子们正围成一圈玩摔跤/我们经过了满眼谷粒的田野/我们经过了正在升起的太阳/更准确地说 死神经过了我们——/露水颤抖 冰冷——/我只穿着轻纱，我的长袍——/我的披肩——只是一袭轻纱——/我们停在一所房子前/它看起来像肿胀的土地/屋顶几乎看不见/屋檐也看不见/能看到的 只是/一个土堆而已/从那时起，几个世纪过去了，但是每个世纪/感觉比一天还短/我开始猜测 马的头/正朝着永恒。[1]

---

[1] 英文版 American Poetry, Edited by Karl Shapiro, University of Nebraska, Thomas r. Crowell Company · New York Established in 1834. P130. 译文为笔者根据原文翻译。

诗里，诗人想象着被死神带走时回顾自己一生的情景，最后，诗人在走进坟墓时实现了"超越"——肉体虽朽，而精神永生。西方人拥有一个天堂，他们笃信上帝，在他们死亡之前，他们已为自己找到了一个理想的去处——天堂。魂归天堂，而灵魂永存。

那么，中国的诗人又是如何对待生死这件大事的呢？中西方的态度有何不同？本文仅以宋代著名诗人苏轼为例来简单谈谈诗人对待生死的态度。

"生死和出处，是自古以来中国文人面临的两大人生课题。"① 除了对生死的思考外，中国古人还面临着仕与隐的人生抉择。本文限于篇幅，只谈诗人对死亡的人生态度问题，且只以苏轼为例。

苏轼无疑是个智者，是一个不折不扣的哲人，但又是一个平常人，他像平常人一样热爱生活，享受着生活中的快乐。他修身养性，希望延年益寿，但面对身边人的死亡时，他悲伤、消沉之后又能坦然接受。他对死亡的认识和接受有一个漫长的过程，其间有着痛苦、怀疑和矛盾，但最后实现了"超越"，他的"超越"就是：在生与死之间获得平衡与平静。活着时，可以快乐地享受生命，当死亡到来时又可以平静面对。然而，对生活深深的热爱和对"人生如梦"的强烈的悲观认识又贯穿于他的一生，像两条盘旋而上的线，纠结在他心中。他不断地解开这两根矛盾冲突而又纠缠在一起的线，但那两根线又不断地在他心中打结……就这样，直至他生命的终结。苏轼在诗歌中表现出来的对待生死的态度，在我国古代诗人中是有代表性的。

当然，在苏轼对死亡的思考里，没有西方的"天堂"在等待他，他心中有的是一个很具有中国特色的神鬼的冥界，那是苏轼生前所认为的一个死后的"去处"。

一、善恶报应的冥界

在我们的印象中，苏轼的形象是洒脱的，似乎并不在意生死，比如他的《定风波》："莫听穿林打叶声，何妨吟啸且徐行。竹杖芒鞋轻似马，谁怕？一蓑烟雨任平生。　料峭春风吹酒醒，微冷。山头斜照却相迎。回首向来萧瑟处，归去，也无风雨也无晴。"竹杖芒鞋、任凭风雨的苏轼，其实早就对"另一个世界"有了思考和探索。

苏轼幼学时即师从道士张易简，此后与僧道的交往一直不断。他还研读佛经，不时也炼丹制药，思想受佛道浸染之深自不待言。苏轼还常结交一些异人奇士，听到了不少神鬼怪事。如此，久而久之，苏轼脑海中的那个神鬼世界也就渐渐成形了。《东坡志林》中就有不少相关的记载，如《记苏佛儿语》《记道人戏语》等。首先，苏轼相信鬼的存在，《记鬼》曰：

> 秦太虚言：宝应民有以嫁娶会客者，酒半，客一人竟起出门。主人追之，客若醉甚将赴水者，主人急持之。客曰："妇人以诗招我，其词云：'长桥直下有兰舟，破月冲烟任意游。金玉满堂何所用？争如年少去来休。'仓皇就之，不知其为水也。"然可竟亦无他。夜会说鬼，参寥举此，聊为之记。②

---

① 王水照、朱刚：《苏轼评传》，南京大学出版社2004年版，第562页。
② 刘文刚：《东坡志林》，学苑出版社2000年版，第129页。

从《李氏子再生说冥间事》这一则笔记可看出，苏轼相信冥界的存在，冥界中有官府、吏、狱卒，还有一僧发号施令，似判人间生死事之"地藏菩萨"，"见者擎跪作礼"①。

苏轼感到死亡及死后的冥界十分神秘和神奇，他记录了不少冥界的奇事，但有时又表示怀疑："不知古所记异人虚实，无乃与此等不大相远，而好事者缘饰之耶？"（《延年术》）苏轼还记录了不少死后善恶、因果报应的事，如《陈昱被冥吏误追》，说的是一书吏暴死三日后复苏，书吏自称是因为冥吏抓错了人，该死的是那个真正杀死乳母的凶手陈周，故冥吏把他放还人间。当他苏醒时，陈周就死了。相类似的记载还有不少，兹不一一详举。

我国冥界思想的形成，早在先秦时期。在我国古人的观念里，人生而有魂魄，人死后魂魄离体而去，游荡不止，或因情性思乡而返故里，或沿生前足迹游荡，《艺文类聚》卷七十九《灵异部下·魂魄》曰：

《白虎通》曰：魂者何谓也，魂犹伝伝也，行不休也，动于外，主于情；魄者白也，犹着人者也，主于性。

《越绝书》曰：越王问于范子曰，寡人闻人失其魂魄者死，得其魂魄者生，物皆有之，人亦有之。

又《招魂》篇曰，招魂者，宋玉之所作也，玉怜哀屈原，忠而斥弃，忧愁山泽，魂魄放逸，厥命将落，故作招魂，欲以复其精神，延其年寿。

《襄阳耆旧记》曰，羊公与驺润甫，登岘山，垂泣曰，我百年后，魂魄尤当归此山也。

此外，有诗为证，如鲍照的《代蒿里行》曰：

同尽无贵贱，殊愿有穷伸。驰波催永夜，零露逼短晨。结我幽山驾，去此满堂亲。虚容遗剑佩，实貌戢衣巾。斗酒安可酌，尺书谁复陈。年代稍推远，怀抱日幽沦。人生良自剧，天道与何人。赍我长恨意，归为狐兔尘。

如此看来，人死后魂魄所到之处，既是蒿里，也是黄泉。中国古人想象的死亡世界并不是西方的极乐天堂，而是凄清萧瑟的高山深处。如《古诗十九首》中的《驱车上东门》："驱车上东门，遥望郭北墓。白杨何萧萧，松柏夹广路。下有陈死人，杳杳即长暮。潜寐黄泉下，千载永不寤。"古人以朴素原始的想象把世间的生活情境、事物……略加变形或颠倒，就构筑了一个死后世界的模型——冥界。冥界里有王，有官吏，有等级，也有酷刑……这些思想早就在民间传播。

苏轼是相信死后有冥界的，并认为冥界里有"地藏菩萨"，有善恶报应。他在另一则笔记中探索了生前"如何修身可以免罪"②的方法，即"怕人之事莫萌心"③，也就是说，千万不要萌生做见不得人的事的念头，而要多做善事。

苏轼确实也做到了这一点，他在为官期间广做善事，利泽百姓，故"轼二十年间再莅

---

① 刘文刚：《东坡志林》，学苑出版社2000年版，第130页。
② 刘文刚：《东坡志林》，学苑出版社2000年版，第156页。
③ （元）脱脱：《宋史》卷三百三十八，列传第九十七。

杭，有德于民，家有画像，饮食必祝。又作生祠以报"。① 史书对苏轼所做善事记载甚多，现略举一二例：

> 时新政日下，轼于其间，每因法以便民，民赖以安。②
> 又：雨日夜不止，城不沉者三版。轼庐于其上，过家不入，使官吏分堵以守，卒全其城。复请调来岁夫增筑故城，为木岸，以虞水之再至。朝廷从之。③

苏轼就是这样时刻惦记着行善助人的。笔者认为，苏轼这样做，一是由于他善良的本性和儒家仁爱思想对他的影响，另外，恐怕不无为死后可在冥界俯仰无愧，不致受"地藏菩萨"审判的原因。

二、人生如梦：对人生的一种认识

正如有的学者所说，"苏轼的悲剧意识以'人生如梦'的虚幻观为核心，它源于苏轼与生俱来的'死亡意识'"④。在苏轼的集子中，有不少抒写"人生如梦"的作品。他的"人生苦难意识和虚幻意识是异常沉重的"⑤。苏轼在面对自己的死亡之前，就经历了许多次亲友的死亡，这些都给他的心灵、给他对死亡的思考投下了浓重的影子。

据曾枣庄先生的《三苏年谱》，我们可以看到如下记载：

1052 年，苏洵 44 岁，苏轼 17 岁，苏辙 14 岁。苏洵幼女八娘因受程家虐待而死，苏程两家遂绝交。

1057 年，苏轼 22 岁时，四月，其母程夫人卒于家，三苏父子匆匆返蜀。

1065 年，苏轼 30 岁，其妻卒于京师，年 27。

1066 年，四月二十五日苏洵卒于京师，苏轼兄弟护丧出都，自汴入淮，沿江而上返蜀。

1096 年，苏轼 61 岁，七月爱妾朝云卒。

我们从他的《祭亡妻同安郡君文》中，可以看出他那沉重的悲哀："呜呼，昔通义君，没不待年。嗣为兄弟，莫如君贤。妇职既修，母仪甚敦。……已矣奈何，泪尽目干。"⑥

又：苏轼词《江城子》中说："十年生死两茫茫，不思量，自难忘。"苏轼痛苦而清楚地意识到生死相隔便成永诀的悲哀，词中的"短松冈"与艾米莉·迪金森诗中的"土堆"都指坟墓。诗人对生死的敏感，中西一样。无论是亲人还是友人的死亡，苏轼都悲不自禁，"作挽诗哭之"："老来尚有忧时叹，此涕无从何处倾"⑦。

我们并不否认苏轼作为一个智者的旷达和乐观，但也看到了苏轼作为一个平常人的一面，他和常人一样也重感情而伤别离，更何况是永诀。经历了仕途上的大风大浪，体验了亲友亡故的大悲大痛，苏轼内心深处的悲剧意识和"人生如梦"的思想就更加深重，且一直

---

① （元）脱脱：《宋史》卷三百三十八，列传第九十七。
② （元）脱脱：《宋史》卷三百三十八，列传第九十七。
③ （元）脱脱：《宋史》卷三百三十八，列传第九十七。
④ 杜霁：《苏轼的悲剧意识及其价值》，载《扬州师范大学学报》2004 年第 6 期，第 30 页。
⑤ 王水照：《苏轼的人生思考和文化性格》，载《文学遗产》1989 年 5 月，第 89 页。
⑥ 孔凡礼点校：《苏轼文集》（第五册），中华书局 1986 年版，第 1960 页。
⑦ （清）厉鹗辑：《宋诗纪事》卷二十一，上海古籍出版社 1983 年版，第 510 页。

盘旋于他心中,他,决不是一个轻飘飘的乐观主义者,而是一个沉重的思想者。

然而就是这样的苏轼,他并没有因"人生如梦"的悲剧意识而消极颓废,而是表现出了对生活热烈的爱。

三、坚持修身养性

苏轼对生活的热爱和对生活的珍惜,表现得最明显的莫过于他对修身、养生的注重和坚持了。苏轼对养生之法的严格遵守,有时甚至达到了匪夷所思的地步。如《养生说》:

> 已饥方食,未饱先止,散步逍遥,务令腹空。当腹空时,即便入室,不拘昼夜,坐卧自便,唯在摄身,使如木偶。常自念言:"令我此身,若少动摇如毛发许,便堕地狱!如商君法,如孙武令,事在必行,有犯无恕!"①

这则笔记十分有趣,苏轼对饭前饭后的养生之法如此讲究,严令自己遵守,甚至"事在必行,有犯无恕!"苏轼有时取雨水"泼茶煮药",认为"食之不辍,可以长生",其次取井水,但他取井水,是十分讲究的,丝毫马虎不得:"泉甘冷者",又"分、至日取井水"②,即泉要"甘而冷"者,还要在春分、夏至等节气的日子取井水。可见苏轼十分重视健身、养生。

除修身养生之外,苏轼还很重视修心养性,如《论修养帖寄子由》所表达的修心养性观。他认为:"人性逍遥,随缘放旷,但尽凡心,别无胜解。"③ 也就是说,要旷达而无所拘束,消除世俗欲念,方可清静养性、健康长寿。

此外,苏轼平时很注意搜集各种治病、健身、长生的秘方、土方和奇方,《东坡志林·技术》中就记载了不少,另外还有,如《阴丹诀》:

> 取首生男子之乳,父母皆无疾恙者……日取其乳一升,少者半升已来亦可。以朱砂银作鼎和匙,……慢火熬炼,不住于搅如淡金色,可丸即丸如桐子大,空心酒吞下,亦不限丸数。④

苏轼最后还神神秘秘地说:"非其人不可轻泄,慎之!慎之!"十分有趣。可见他对各种处方的珍惜和重视,亦可见其健身、延年之心愿殷切也。

四、生与死之间的处世平衡

苏轼就是这样矛盾而又真实,既是一个智者,也是一个平常人;他热爱生活,渴望健康长寿,但又时时感到"人生如梦"、生死永诀的悲伤。他对冥界的想象和在世间积善行德的

---

① 刘文刚:《东坡志林》学苑出版社2000年版,第23页。
② 刘文刚:《东坡志林》学苑出版社2000年版,第23页。
③ 刘文刚:《东坡志林》,学苑出版社2000年版,第25页。
④ 刘文刚:《东坡志林》,学苑出版社2000年版,第32页。

表现混合在一起，使他对死亡有了更多的坦然。在生与死之间，他有时偏向生活的快乐和美，有时又不免在"人生如梦"的悲哀下偏向死亡的神秘，但是，苏轼最终在生与死之间找到了一种平衡和平静。当他要面对自己的死亡时，他十分坦荡和淡然。林语堂先生对苏轼临终前的描写十分生动而感人：

> 这时全家都在屋里。方丈走得靠他很近，向他耳朵里说："现在，要想来生！"
> 苏东坡轻声说："西天也许有。空想前往，又有何用？"钱世雄这时站在一旁，对苏东坡说："现在，你最好作如是想。"苏东坡最后的话是："勉强想就错了。"①

林语堂先生还引了苏轼临终前半个月写给维琳方丈的信，中有一言表达了苏轼对自己的死亡的看法，可以为本文作结："然生死亦细故尔，无只道者。"逝者已往，生死已昨，苏轼就这样走完了他"充实而有光辉"（孟子语）的一生。对于死亡，在人生的最后一刻，他竟是这样的寡言和平静，他思考了一生，痛苦和快乐了一生，他无须再多说什么了。

---

① 林语堂：《苏东坡传》，百花文艺出版社2000年版，第371页。

论欧阳修的公文理论与写作实践

李黛岚

赣南师范学院文学院

内容摘要：按照现行的分类标准，《欧阳修全集》中的散文作品多数都是公文，占作品总数比例最高。公文写作是欧阳修一生文章事业的重要组成部分。欧阳修继承性地发展了韩愈的"文以载道"的公文思想，提出"文以明道""文道并俱"的公文主张，提倡平易自然、流畅自如的公文文风。欧阳修早期公文写作改革的主张和实践显示出他对当时文坛风气的强烈不满及革除文坛时弊的决心。他以身作则，积极践行自己的公文理论主张，为天下学者之表率。欧阳修的公文理论与写作实践是中国公文史上不可或缺的一笔，并确定和影响了后世公文写作的发展方向。

关键词：欧阳修　公文　文以明道　文道并俱　平易自然

众所周知，欧阳修是宋代主盟文坛的领袖人物，他的文章涉及众多领域。如今学术界对于他的研究多偏重诗文鉴赏、史书纠谬、补遗及生平、经学、史学、金石等方面。而对于欧阳修的公文写作，学者们长期以来都没有给予应有的重视。其间偶尔有人涉及欧阳修公文作品，也没有真正认识其中奥妙，而把它们当做散文来看待了。为此，本文将尝试对欧阳修的公文理论与写作实践进行研究，以期引起人们对欧阳修公文写作的重视和研读。

一、《欧阳修全集》中公文分布情形

学术界一直都在推崇欧阳修的散文成就。其实，若细细考究，按照现行的分类标准，所谓"欧阳修散文"多数都是公文。欧阳修不仅是文学家，也是政治家。他的政治生涯促使其平日写作的多是公牍类的文书。现根据中国书店1986年版《欧阳修全集》中"居士集""外集""外制和内制集""表奏书启集""奏议集""奏事录濮议""集古录跋尾卷"等几个部分收入的作品统计，列表如下：

文体类别	篇数	文体名称	占作品总数比例
诗、赋作品	1 051	古诗、律诗、赋、乐府	32.29%
议论文	37	论、辩	1.14%
记叙文	138	记、录	4.24%
应用文（日常应用文）	972	墓碑铭、志、表、帖、书简、跋、祭文	29.87%
应用文（公文）	1 056	状、制、批答、劄子、表、奏、书、启	32.45%

由上表可知，欧阳修的文章广泛涉及各种文体。除了诗、赋等文学类文体之外，其他作品主要还是以实用性文体为主。这些实用文包括议论文、记叙文、应用文（日常应用文和公文），其中公文占作品总数比例最高。公文写作是欧阳修一生文章事业的重要组成部分。

二、欧阳修公文作品主要类别鉴析

（1）劄子。劄子是欧阳修公文的主要类别，共208篇，如《论按察官史劄子》《论吕律简劄子》《论大臣不可亲小事劄子》等。劄子，亦写作"札子"。它是始于宋代的一种公文文体。劄子分为两类：一是下行文，用于发布命令。宋初中书省或尚书省有发布不用诰命的指令，沿唐制称"堂帖"，后来称堂札子、札子，又称札府。二是上行文，用于向皇帝奏事。宋后札子一般只用于下行文，称为御札。① 可见，欧阳修的"劄子"类文章无疑是地地道道的公文。

（2）表。欧阳修公文中表类文章共80篇，如《乞罢政事第一表》《谢擅止散青苗钱放罪表》。明代吴讷指出：古者献言于君，皆称上书。汉定礼仪，乃有四品，其三曰表，然但用以陈情而已。后世因之，其用浸广。于是有论谏，有请劝，有陈乞，有进献，有推荐，有庆贺，有慰安，有辞解，有陈谢，有讼理，有弹劾，所施既殊，故其词亦异。② 表，作为公文，可谓源远流长。

（3）批答。欧阳修批答类公文共20篇，如《赐枢密使宋庠让恩命第一表不允批答》《赐观文殿学士尚书右丞田况乞致仕不允批答》。吴讷云："批答者，天子采臣下章疏之意而答之也。至唐始有批答之名，以谓天子手批而答之也。"③可见"批答"是批复性的下行文。

（4）奏。欧阳修奏类公文共36篇，如《辞翰林学士奏》《乞预闻边事再奏》。奏，属于上行文，是古老的公文文种。明徐师曾指出："按奏疏者，群臣论谏之总名也。奏御之文，其名不一，故以奏疏括之也。"④ 不难理解，古代的"奏"相当于现代的"报告"或"请示"这两个文种。

（5）诏。欧阳修的诏类公文共57篇，如《赐起居舍人知制诰刘敞等奖谕诏》、《恩州赐契丹皇太后贺乾元节副使茶药》。诏属于下行文，是命令性的公文文种。明代徐师曾根据刘勰之言云："古者王言，若轩辕、唐、虞同称为命。至三代始兼诏誓而称之，今见于书者是也。秦并天下，改命曰制，令曰诏，于是诏与焉。汉初，定名四品，其三曰诏，后世因之。"⑤ 欧阳修的诏类公文，是代皇帝拟写的文书。

（6）启。欧阳修启类公文共46篇，如《谢知制诰启》《上都运待制启》。启源于奏疏。明徐师曾指出："按奏疏者，君臣论谏之总名也。奏御之文，其名不一，故以奏疏括之也。魏晋以下，启独盛行。"⑥ 可见，启也是一种上行文。

（7）状。欧阳修状类公文共78篇，如《举丁宝臣状》《举吕溱自代状》。宋代百官有事

---

① 参见徐兴华：《中国古代文体总览》，沈阳出版社1994年版，第25页。
② 吴讷：《文章辨体序说》，人民文学出版社1982年版，第37页。
③ 吴讷：《文章辨体序说》，人民文学出版社1982年版，第117页。
④ 徐师曾：《文体明辨序说》，人民文学出版社1982年版，第123页。
⑤ 徐师曾：《文体明辨序说》，人民文学出版社1982年版，第112页。
⑥ 徐师曾：《文体明辨序说》，人民文学出版社1982年版，第132页。

申中书，皆用状。① 状，这是下属向上级陈述事实的上行文书。

（8）制。欧阳修制类公文共157篇，如《三班借职崔瑾可换县尉制》《登州黄县尉东方辛可密州司士参军制》。颜师古云："天子之言，一曰制书，谓为制度之命也。"蔡邕云："其文曰制，诰三公，赦令、赎令之属是也。"唐世，大赏罚、赦宥、虑囚及大除授，则用制书，其褒嘉赞赏，别有慰劳制书，余皆用敕，中书省掌之。宋承唐制，用以拜三公、三省等官，而罢免大臣亦用之。②

上述客观材料的鉴析进一步证明，所谓欧阳修的"散文"其实多是实用文体，其中尤以公文写作成果突出，成就巨大。

三、欧阳修的公文理论

（一）提出"文以明道""文道并俱"的主张

北宋初期的数十余年间，晚唐五代以来的柔弱绮艳文风相沿成习，一直未能根除，流行"白体""西昆体""晚唐体"。尤其是"西昆体"大行于时，把"雕章丽句"作为诗之正道，主张创作中"历览遗编，研味前作"，创作的出发点不是现实生活中的实际感受，而是前人作品中的"芳润"之词，不再是"缘情遣兴"了，因而缺乏内在感情与气韵，渐为人们所厌弃。这种不良文风严重影响着当时公文的写作，社会上出现了不少违背公文实用性原则的成品。

正是在这种背景下，欧阳修继承性地发展了韩愈的"文以载道"的公文思想，提出"文以明道""文道并俱"的公文主张。具体内容包含两方面：

1. 文以明道，道胜文至

欧阳修其文中有如下具体论述：

> ……述三皇太古之道，舍近取远，务高言而鲜事实，此少过也。君子之于学也务为道，为道必求知古，知古明道，而后履之于身，施之于事，而又见于文章而发之，以信后世。其道，周公、孔子、孟轲之徒常履而行之者是也；其文章，则六经所载至今而取信者是也。其道易知而可法，其言易明而可行。及诞者言之，乃以蒙混虚无为道，洪荒广略为古，其道难法，其言难行。孔子之言道曰："道不远人。"言《中庸》者曰："率性之谓道。"……凡此所谓道者，乃圣人之道也。此履之于身、施之于事而可得者也，岂如诞者之言者耶！尧、禹之《书》皆曰："若稽古"；……仲尼曰"吾好古，敏以求之者"。凡此所谓古者，其事乃君臣、上下、礼乐、刑法之事，又岂如诞者之言者耶！……如孔子之圣且勤，而弗道其前者，岂不能邪？盖以其渐远而难彰，不可以信后也。……然则《书》之言岂不高邪？然其事不过于亲九族、平百姓、忧水患、问臣下谁可任、以女妻舜，及祀山川、见诸侯、齐律度、谨权衡、使臣下诛放四罪而已。孔子之后，唯孟轲最知道，然其言不过于教人树桑麻、畜鸡豚，以谓养生送死为王道为本。夫二《典》之文，岂不为文，孟轲之言道，岂不为道？而其事乃世人之甚易知而近者，盖切于事实而已。今学者不深本之，乃乐诞者之言。思混沌于古初，以无形为至道者，无有高下远近。……

---

① 参见徐兴华：《中国古代文体总览》，沈阳出版社1994年版，第27页。
② 徐师曾：《文体明辨序说》，人民文学出版社1982年版，第114页。

宜少下其高而近其远，以及乎中，则庶乎至矣。

——《与张秀才第二书》

欧阳修认为文章之"道"是"六经所载"，是孔孟所认为的"百事"，更具体地说就是《尚书》中所记载的"亲九族，平百姓，忧水患"等。也就是说，文章的"道"必须反映社会现实，文章要"中于时病而不空言"，"系乎政乱之说"，能革弊去弊，即强调公文的现实意义、实用价值。他强烈地批判了"舍近而取远"，"务高言而鲜事实"的文风，坚决反对作者为文而文，"弃百事而不关心"，不满当时许多为文者终日不出轩序，不认同"吾文士也，职于文而已"死读书的态度。总而言之，作为一个公文作者，欧阳修认为只有关心"百事"这个"道"，关心国计民生，对社会十分了解，才可达到"道充""道胜"的境界，才能"文至"，写出好公文来。

欧阳修认为"道"对"文"具有决定作用，"我所谓文，必与道俱"（苏轼《祭欧阳修文》）。他认为"道"是文章的思想内容，如金玉；"文"是文章的艺术形式，如金玉之光。他说："圣人之文虽不可及，然大抵道胜者文不难而自至也。"① "道纯则充于中者实，中充实则发为文者辉光。"②

《宋史》列传曾记载欧阳修格外重"吏事"："学者求见，所与言，未尝及文章，唯谈吏事，谓文章止于润身，政事可以及物。"在欧阳修看来，文人士大夫关心"百事"就是要关心"吏事"。因为"文章止于润身"，只可取得个人名利，但文人的责任是要"及物"，是要有益于社会与百姓，因而必须关心政事。关心政事就是行"道"。所以他说"道"不但"易明"，而且"可行"。

欧阳修认为："今之学者，莫不慕古圣贤之不朽，而勤一世以尽心于文字间者，皆可悲也。"（《送徐无党南归序》）与其做个空头文学家，不如做社会实践家，从虚无烦琐的文牍簿书中解放出来，关心民生疾苦，担负起社会的责任。这才是欧阳修"文以明道，道胜文至"的实质内容。

2. 文道并俱，文道合一

欧阳修其文中有如下说法：

古人之学者非一家，其为道虽同，言语文章未尝相似。孔子之系《易》，周公之作《书》，奚斯之作《颂》，其辞皆不同，而各自以为经。子游、子夏、子张与颜回同一师，其为人皆不同，各由其性而就于道耳。

——《与乐秀才第一书》

由此可见，欧阳修认为的"道""文"并非是一回事，"道"并不能取代"文"，同样的文章题材，不同的人有不同的写法，可以写出不同风格、不同观点的文章来。因此，为文要有作者个人的特色，艺术风格必须有独创性，反对因袭模仿。他曾对王安石说："勿用造语及模拟前人"（曾巩《与王介甫第一书》），并指出"孟韩文虽高，不必似之也"（曾巩《与王介甫第一书》），虽然欧阳修十分推崇孟韩之文，但他却要人们开拓视野，不要模拟，

---

① 刘尚荣：《欧阳修全集》，中华书局2001年版，第2册，第664页。
② 刘尚荣：《欧阳修全集》，中华书局2001年版，第3册，第1010页。

而要"取其自然",写出自己的特色。

欧阳修的《六一诗话》曾就文章的思想内容与艺术形式关系进行了探讨:

> 圣俞尝语予曰:"诗家虽率意,而造语亦难。若意新语工,得前人所未道者,斯为善也。必能状难写之景,如在目前,含不尽之意,见于言外,然后为至矣。"
> ——《六一诗话》

欧阳修在此提出"穷而后工"的创作思想。这并非只限于诗歌创作,同样适用于公文写作。公文不能够平铺直叙、枯涩呆板,也需要一定的文采。

欧阳修认为文道可以有第一、第二之分,但不必以此否定彼,非此即彼,而需两者兼顾。在其文中欧阳修曾写道:

> 某闻《传》曰:"言之无文,行而不远。"君子之所学也,言以载事,而文以饰言……事信矣,须文;文至矣,又系其所恃之大小,以见其行远不远也。……故其言之所载者大且文,则其传也章;言之所载者不文而又小,则其传也不章。
> ——《代人上王枢密求先集序书》

"信""大"指内容,即所写的事情真实而重要;"文"指文采,文采的作用是"饰言"。即使事信而大,如果没有文采,也是不可能传远的。在《与郭秀才书》一文中,欧阳修要郭秀才"修其辞,暴练缉织之不已,使其文采五色,涧泽炳郁"。可见他对文采的重视。"事"与"文"比较,当然"事"即内容更重要,所以他将其摆在第一位;但"事"与"文"又是辩证统一体,两者缺一不可。"事信言文",才是最好的结合。

欧阳修在另一文中也写道"其为言也,质而不文则不足以行远而昭圣谟,丽而不典则不足以示后而为世法"(《谢知制诰表》)。这说明他主张重道亦重文。

(二)提倡平易自然、流畅自如的公文文风

欧阳修平易自然、流畅自如的公文风格与他的为文思想是分不开的。欧阳修经常在文章中要求为文要平易自然:"其道易知而可法,其言易明而可行。"(《与张秀才第二书》)他认为,文章应"易知""易明";"君子之欲著于不朽者,有诸其内而见于外者,必得于自然。颜子萧然卧于陋巷,人莫见其所为,而名高万世,所谓得之自然也"(《唐元结阳华岩铭》);"然不必勉强,勉强简洁之,则不流畅,须待自然之至,其如常宜在心也"(《与渑池徐宰无党六通》)。

韩愈虽主张"词必己出""文从字顺",但他的作品中有时不勉有崎岖险晦、艰涩怪僻的风貌。而欧阳修的文章却批判地接受、学习和发展了韩愈的理论,力纠韩文之弊,其文如曾巩所评"得之自然""浑然天质"。

四、欧阳修的公文写作实践

(一)早期公文写作改革的主张和实践

欧阳修对公文的理论研究和写作实践,并非一朝一夕。宋仁宗天圣元年(1023),欧阳修首次应举失利,第二次应举在省试中被黜落。当时的文坛主要流行西昆体诗。因两次落第，欧阳修为入仕途只能暂时把精力转移到主流文体上。他在《免进五代史状》中说："自忝窃于科名，不忍忘其素习，时有妄作，皆应用文字。"① 欧阳修所说的"应用文"，指的是科举应试文章。与此同时，他把科场的"对策"视为"应用文"，说明他看到了公文的应用性质。但是，这句话也表明了他对当时的文坛风气是有所不满的。且看其下文就明确地表达了欧阳修的这种心情：

> 年十有七试于州，为有司所黜。因取所藏韩氏之文复阅之，则喟然叹曰："学者当至于是而止尔！"因怪时人之不道，而顾己亦未暇学，徒时时独念于予心，以谓方从进士干禄以养亲，苟得禄矣，当尽力于斯文，以偿其素志。
> ——《记旧本韩文后》

这段话表明，欧阳修对韩愈（韩氏之文）的文章、文风是极其崇拜的。为了"干禄以养亲"，他只好委曲求全。"苟得禄矣，当尽力于斯文，以偿其素志"，则表明他一旦功成名就之后，就要发扬韩愈的古文运动传统，以革除文坛时弊的决心。果然，欧阳修从政之后，就致力于公文写作的改革。

1042年，欧阳修在《进泥御试应天以实不以文赋并引状》一文中说："自来科场只有考试进士文辞，但取空言，无益时事"②，因而向宋仁宗提议殿试"但直言当今要务"。由此可见欧阳修对于文章脱离实际的强烈反对及改革的主张。

欧阳修在嘉祐二年（1057）主持贡举。他提倡应试文字要采用实用的散文，并明确规定，本次衡文标准，力斥险怪奇色、空洞浮华的文章。有一份试卷空论述一番后写道："天地轧，万物茁，圣人发。"欧阳修在他文后戏批说："秀才刺，试官刷！"③ 乃以大朱笔横抹之，自首至尾，谓之"红勒帛"。判大纰缪字榜之。（沈括《梦溪笔谈》卷九）这次贡举在《续资治通鉴长编》卷一八五载："及试榜出，时所推誉者皆不在选，嚣薄之士，候修晨朝，群聚诋斥之，至街司逻吏不能止，或为祭欧阳修文投其家。"④ 在《宋史》卷三一九《欧阳修传》中载：知嘉祐二年贡举，时士子尚为险怪奇涩之文，号"太学体"。修痛排抑之，凡如是者皆辄黜，毕事，向之薄者伺修出，聚噪于马首，街逻不能制，然场屋之习，从是遂变。可见欧阳修对公文写作改革的决心之强烈。

（二）以身作则，积极践行自己的公文理论主张

欧阳修对于自己的公文理论并没有只挂在嘴边说说，而是身体力行，为天下学者之表率。在为官期间，欧阳修写了大量反映时事、针砭时弊、内容充实的公文。如庆历三年写的一篇文章：

> 臣伏见天下官吏员数极多，朝廷无由遍知其贤愚善恶。审官、三班、吏部等处，又只主差除月日，人之能否，都不可知。诸路转运使等，除有赃吏自败者临时举行外，亦别无按察官吏之术。致使年老病患者，或懦弱不材者，或贪残害物者，

---

① 刘尚荣：《欧阳修全集》，中华书局2001年版，第4册，第1706页。
② 刘尚荣：《欧阳修全集》，中华书局2001年版，第3册，第846页。
③ 郭正宗、宋心昌：《欧阳修》，上海古籍出版社1998年版，第54页。
④ 顾易生、蒋凡、刘明金：《宋金元文学批评史上》，上海古籍出版社1996年版，第74页。

此等之人布在州县,并无黜陟,因循积弊,冗滥者多,使天下州县不治者十有八九。

今兵戎未息,赋役方烦,百姓嗷嗷,疮痍未复,救其疾苦,择吏为先。臣今欲乞特立按察之法,于内外朝官中,自三丞以上至郎官中,选强干廉明者为诸路按察使。

——《论按察官吏札子》

他又在《论乞止绝河北伐民桑柘札子》中说:"天下公私匮乏者,殆非夷狄为患,全由官吏坏之。其诛剥疲民,为国敛怨,盖由郡县之吏,不得其人。"①

宋自开朝以来,靠维持着宠大的官僚机构和军队来维护国家安定。由于当时朝廷缺乏考察管理官员的具体措施,致使冗官日甚。欧阳修曾亲见吏治之腐败,并认为解救民生疾苦的首要工作就是选好官吏,因而提出按察之法。这两个札子,既符合吏情,又符合民情,全由实际出发,没有半分虚妄之言。

平易自然、流畅自如是欧阳修文章历来被人所称道的突出特点。庆历四年,为了支持范仲淹"新政",欧阳修挺身而出为其辩诬,奏进了《朋党论》,驳斥朋党之说,极力主张进用"君子之朋",疏远"小人之朋"。这份奏折就是一篇极好地体现欧阳修公文特点的例文。

孔子曰:"君子朋而不党",显然"朋党"这个词是有着贬义的。现在欧阳修则群出蹊径,将这个词赋予了新的内容。他一起笔并没有辩驳自己与范仲淹不是朋党,而是说"臣闻朋党之说,自古有之,唯幸人君辨其君子、小人而已"。指出朋党的存在是客观事实,关键在于人主能否辨别君子之朋还是小人之朋,以退为进。欧阳修又说:"大凡君子与君子,以同道为朋,小人与小人,以同利为朋,此自然之理也。"这样就明确地划出了一条界限,为下文论说做了极好的铺垫。令人难以预料的是欧阳修笔锋一转,指出"然臣谓小人无朋,唯君子则有之"。这太让人惊奇了!是怎么一回事?欧阳修这样道来:"小人所好者,利禄也,所贪者,货财也。当其同利之时,暂相党引以为朋者,伪也。及其见利而争先,或利尽而交疏,则反相贼害,虽其兄弟亲戚,不能相保。故臣谓小人无朋,其暂为朋者,伪也。"与之相反的君子"所守者道义,所行者忠信,所惜者名节。以之修身,则同道而相益;以之事国,则同心而共济,始终如一"。接着,他又举出一些史实来证明"故为人君者,但当退小人之伪朋,用君子之真朋,则天下治矣"。欧阳修没有用一个华丽的词藻,也不作任何夸张,更不用奇字怪句,而只用通俗易懂的语言来说明道理,一句一句,一层一层,从容不迫,使文章平易自然,流畅自如。

欧阳修的文章平易自然,并不代表其临文挥笔一蹴而就,也不是轻易遣词草率而得的。其实"看似寻常最奇崛,成如容易却艰辛"(王安石《题张司业诗》),欧阳修的文章所以言简意深,流畅自如,是因为他作文时无论是立意谋篇,还是遣词造句,都要百般斟酌,反复修改。欧阳修常常把写成的文字"贴之墙壁,坐卧观之,改正尽善,方出以示人"。他对写文章从不敢大意,"虽作一二十字束,亦必属稿,其不轻易如此"。欧阳修在《归田录》中说:"余平生所作文章,多在三上:乃马上、枕上、厕上也。盖唯此尤可以属思耳。"②《过庭录》中曾记载欧阳修为韩琦作《相州书锦堂记》,韩得之十分爱赏。数日后,欧阳修

---

① 刘尚荣:《欧阳修全集》,中华书局2001年版,第4册,第1574页。
② 刘尚荣:《欧阳修全集》,中华书局2001年版,第5册,第1931页。

特令专人送来修改本,说:"前有未是,可换此本。"韩反复对照玩味,仅是首句"仕官""富贵"下各添了一个"而"字。然此一改则立增神韵,读来果然跌宕起伏,流畅自然。直到晚年的欧阳修依然保持着这种兢兢业业、一丝不苟的精神。欧阳修晚年整理旧稿,一日又在烛下改定文稿,眼看已过夜半时分。薛夫人止之,不解而问:"何自苦如此,尚畏先生嗔邪?"公笑而答:"不畏先生嗔,却怕后生笑。"(《寓简》)

五、欧阳修公文写作的积极意义

唐宋之时以骈文、薄书、四六文写奏议,极不利于公文的上传下达,而欧阳修平易自然、言简意深、骈散结合的公文作品无疑是一道脱颖而出的亮丽风景,散发出一股清新之气。

他的公文文风平易自然,言简意深,说理透彻,逻辑推理严密,在中国公文发展史上有着相当重要的位置。他所领导的宋代古文运动对长期充斥公牍的绮靡浮艳文风进行了一次彻底的清洗,并用古文的质朴平易将公文从华而不实的骈体文中解脱出来。在他的领导和影响下,宋代公文才回归到了实用的轨道上来。欧阳修公文的理论和优秀的写作实践是中国公文史上不可或缺的一笔,并确定和影响了后世公文写作的发展方向。

通过对欧阳修的公文理论与写作实践进行探讨,我们应该充分认识欧阳修公文写作的巨大成就、地位及作用,更应该继承性地发展欧阳修的公文理论,并积极效仿他的写作实践,搞好当下的公文写作教学和研究工作,开展好现今的公务活动,为国家和人民做些有意义的事情。

经典读本的选择与宋诗雅俗观

凌郁之

内容提要：经典读本的选择，必然因不同时代读者趣味的改变而改变。两宋时期，文学经典读本有过几次重大变化，反映了文学雅俗观的变迁。在宋初依然流行的《文选》，因为长期被作为范本而无可避免地"俗"了、"旧"了，时代亟需新的经典选本。杜诗顺理成章地成为取代《文选》的经典读本。杜诗的流行与《文选》的没落，在时间上是相衔接的。以杜诗为典范的苏、黄时代对《文选》的否定，是对六朝乃至唐诗的超越。他们洗净了六朝的绮靡，选择了淡雅的主导风尚，从而在整体上走出以《文选》为祈向的古典时代。到南宋中后期，苏、黄文章与当年《文选》一样，被竞相仿效而成烂熟之俗，遂受诋评或被扬弃，苏、黄作为文学经典的时代亦告式微，诗学风气又有重大转移。南宋诗坛出现了经典读本多元化的倾向，他们对北宋人对待《文选》的态度有所反思和拨正。在宋代雅俗纷争的时期，《诗经》《楚辞》都毫无争议地被作为经典而用来抵制低俗文学思潮。

关键词：经典读本　宋诗　《文选》　杜诗　苏黄

每一时代都有其富有时代色彩的经典文学读本。经典读本的选择，折射出文学雅俗的变迁。能被推为经典读本的，无疑是精雅之作。没有一成不变的读者群体，所以没有一成不变的经典读本。经典读本的选择，必然因不同时代读者趣味的改变而改变。纵观两宋文学史，文学经典读本有过几次重大变化，从中可以看到宋代文学的发展。就诗歌而言，《文选》、杜诗、苏黄，无疑是宋诗经典读本的三个重要阶段，其间的递嬗轨迹，反映了宋代诗学发展的重要信息。

一、《文选》时代的终结

《文选》在宋朝的遭际，颇能反映宋诗趣味的变迁。

有着浓厚六朝趣味并代表着六朝文学高度的《文选》，曾经风靡于唐朝，是唐代最具影响力的文学经典读本，引导并塑造着唐代文学的发展。或许可以说，在某种意义上正是对《文选》的追摹，才成就了唐代文学的高潮，成就了李白、杜甫这样的第一流大诗人。杜甫劝子读书，诗云"熟精《文选》理"，应可理解为唐人普遍取向的表达。李德裕表示家不置《文选》，却从反面让我们感受到了《文选》为学者案头必备的普遍情况。

唐人以《文选》为经典读本，即是以六朝为典范，虽然唐代一开始就有对六朝文风的批判。唐去六朝未远，《文选》在整体上所体现的高华、典雅而又富艳的气质，正是唐代社会所崇尚和唐代诗人所亲近的。

但是，宋朝文人是否一如既往地重视《文选》呢？答曰：不然。一方面，宋代带有平民化倾向的总体社会风气,与《文选》风尚相去甚远;另一方面,《文选》的妙处毕竟已被唐代文人发掘殆尽,略无余蕴。《文选》在宋代的冷落,遂成必然。

宋初,文人仍然重视《文选》,它仍是文人学习、模仿和推重的范本。王得臣《麈史》卷中:"予幼时,先君日课令诵《文选》,甚苦其词与字难通也。先君因曰:'我见小宋说手钞《文选》三过,方见佳处,汝等安得不诵?'由是知前辈名公为学大率如此。"小宋即宋祁。《文选》在宋初的流行,其实是唐诗传统的沿袭。

但是,庆历以后,文风丕变,流行了五百年的《文选》的影响,呈式微之势。陆游《老学庵笔记》卷八:"国初尚《文选》,当时文人专意此书,故草必称'王孙',梅必呼'驿使',月必称'望舒',山水必称'清晖'。至庆历后,恶其陈腐,诸作者始一洗之。"由此可见从宋初到南渡以前文坛风尚的变迁。

否弃《文选》之所以发生在庆历之际,其原因在于,宋代文学经历了七八十年的发展,随着宋代文人时代感与文学自信力的进一步加强,随着杨亿、范仲淹、梅尧臣、欧阳修等当代典范的形成,宋代文人已不屑于步唐人之后尘,遂以学《文选》为陈腐,以晚唐为俗格,也就在情理之中了。

而且,在这些文章巨公周围,已然生出大批追随者,成长为具有转移风气意义的文学群体。因此,必然产生文学代际,从而与前朝文学趣味拉开距离。一代文学每每发展到这个时期,势必有所因革,势必奠立适合当代的新的文章范式。旧的选本就会受到挑战而致弃。

带头唱响《文选》时代的挽歌的,正是后来成为宋代文学巨擘的苏轼。苏轼对待《文选》的态度具有典型性。他几乎凌驾于这部被前人极力推崇的文学经典之上。他不喜《文选》,敢于批评其不足。在他眼里,这部书不仅没有因数百年被推崇而增加些许神秘感,反而彻底揭开了其被唐人及宋初文人膜拜的面纱。《东坡志林》卷一:"舟中读《文选》,恨其编次无法,去取失当。齐梁文章衰陋,而萧统尤为卑弱。"这段话的意义,并不在于苏轼的评价有无道理,而在于苏轼这种平章古今、目无《文选》的大家风范,也标志着宋代新文学的成熟和新的文学审美标准的形成。

庆历前后文学趣味的转向表明,一个时期以为雅的东西,到另一时期则可能走向它的反面。如若继续草必"王孙"、梅必"驿使"、月必"望舒",山水"清晖"云云,则不仅不雅,反而大俗。虽然《文选》曾经是、现在仍是最高典范,但它毕竟已被文人用得"烂熟"了。任何一种风尚,一旦至于烂熟,必归于俗,必遭厌弃。否弃《文选》是符合美学上所讲的"陌生化"理论的。

《文选》在北宋中叶被轻弃,是宋代文学自觉的重要体现。他们着意于唐人之后劈山开道,故不向如来行处行。从杨亿到晏殊,追求新雅,以别于流俗。他们企图建立新时代的诗学趣味和规范。这是北宋诗坛的第一次觉醒,但仍是唐诗的旧路,所以被以欧、苏为代表的第二波诗歌运动所超越。

欧、苏一代则是追求新变,追求有别于唐,超越于唐。其最后的方法总结,即是苏、黄所提倡的"以俗为雅""以故为新"。这些命题的提出,不外乎寻唐人蹊径而翻新之。其所谓"俗"与"故",是包含《文选》而下的诗歌传统在内的。吉川幸次郎所说"宋诗是作为对唐诗的反题而出现的"[①],应在这个道理上理解。其实,不仅是作为"唐诗的反题",也是作为"《文选》的反题"。因为这些空前自信的大家,已然不屑于步《文选》及唐人之后

[①] 吉川幸次郎:《中国诗史》,复旦大学出版社2001年版,第262页。

尘了。要之，北宋中期的变古文学思潮，是宋代文学崇雅黜俗的反映。

杜甫之誉《文选》与苏轼之毁《文选》，不仅是一己之好恶，而是时代风气使然，是"一代有一代之文学"的发展规律使然。《文选》仍是那一部《文选》，《文选》自身并没有变化，变化的是不同时代的读者及其审美趣味。要之，《文选》作为一本文学总集与作为一本学习范本，是两回事。作为学习范本，会因长期深入的仿效而使之失去变化生新，而趋于陈俗；作为文学总集，自有历久弥新的魅力。因此，《文选》不可能完全被后来文学选本所取代，南宋中后期学习《文选》又成为新的时尚，其故或在此。

从杜甫标举"熟精文选理"到苏轼摒弃《文选》，时间约三百年。这三百年可谓"《文选》的时代"。对待《文选》的态度变化，可以看出唐宋诗的分野。《文选》总的来说代表了六朝诗风，李、杜皆与六朝有着重大关联，至韩、孟则变之，而亦下开宋调。

《文选》的被否弃，必有新的文学范本起而代之。宋太宗雍熙年间编纂《文苑英华》1 000卷，汇粹有唐一代美文，上接《文选》。学者私家也有总集的编选。如姚铉《唐文粹》，也有效法《文选》的意思。吉川幸次郎认为，其以"古雅"者为主，这种态度可能包含对此前《文苑英华》主要汇集唐代美文的做法的反拨①，但《唐文粹》的趣味显然不同于《文选》，而其在当代的影响也不突出。又有晏殊编《集选》，晁宗悫编《文林启秀》。但是这些总集或类书似乎传流不广，至于湮没不闻。其故恐怕在于其做法之不合时宜。晏殊之"删次梁陈迄唐"，实际乃是步《文选》之后尘而已。至于晁宗悫之专集"美字粹语"，亦如《老学庵笔记》所提到的"驿使""望舒""清晖"之类，都是《文选》流行时代的审美观念，自然不合北宋人口味了。但是，这些总集或类书毕竟是应时代需要而编纂的，反映了宋人对《文选》之外文学读物的诉求，也反映了人们对《文选》以来新的文学成果的重视。它们虽然并未起到"流行"的效果，但一定意义上预示着读者期待对《文选》的超越。

宋诗之所以在整体上能够走出以《文选》为祈向的古典时代，根本上在于宋代文人切入生活之深，他们太熟悉这个时代了。在他们笔下，平凡与不平凡，平淡与不平淡，雅与俗，都随缘自然，在在共存，洗净了六朝的绮靡，选择了淡雅的主导风尚。

苏、黄时代对《文选》的否定，是对六朝文体的扬弃和对唐诗的超越。北宋中期之所以能够推倒《文选》之牌坊，正在于有那些敢于睥睨古今的大家，故当时对《文选》的超越，若以时代气象视之，亦未尝不可，而自南宋中兴四大家以后的诗坛局面，显然不再有那样的抱负和气象了。

二、杜诗时代的确立

《文选》因为长期被作为范本而无可避免地"俗"了、"旧"了，时代亟需新的经典选本。这种对新经典读本的选择，在以苏轼为代表的北宋中期的文学界已经有了结果。苏轼云："子美之诗，退之之文，鲁公之书，皆集大成者也。"② 杜诗，顺理成章地成为取代《文选》的经典读本，成为新的典范。

我们注意到，杜诗的流行与《文选》的没落，在时间上是相衔接的。在庆历以降，杜诗实际替代了《文选》的地位。叶适说："庆历、嘉祐以来，天下以杜甫为师，始黜唐人之

---

① 吉川幸次郎著，李庆等译：《宋元明诗概说》，中州古籍出版社1999年版，第49页。
② 《后山诗话》，载《历代诗话》，中华书局1981年版，第304页。

学,而江西宗派章焉。"① 与陆游所言庆历之后《文选》不行,正相连贯。

杜诗虽在中晚唐已为诗家所尊奉,故其在入宋后备受推重,既有一贯的因承之势,又是宋人的自觉选择。

宋初,王禹偁、梅尧臣已开始注意杜诗。王禹偁首倡"韩柳文章李杜诗""子美集开诗世界",但是,当西昆体流行之际,"唐贤诸诗集几废而不行",杜诗亦不为世所重。姚铉《唐文粹》于老杜诗只选十首,比张籍还少一半,甚至还不如贾岛、姚合。欧阳修《六一诗话》记陈从易杜诗旧本,"文多脱误"。由此可见杜诗在宋初的境遇。

杜诗地位的真正确立,是在王安石、苏轼表率诗坛的时期。王、苏不遗余力的推重和黄庭坚的"身体力行"奠定了杜诗的典范地位。

王、苏、黄诸大家何以皆心折于老杜?他们也完全可以像杨亿那样轻视老杜,而他们之所以认同并推尊之,这不仅是老杜诗歌艺术本身的问题。王安石评杜诗,"谓与元气侔"(《杜甫画像》诗),此论已与向来论者不同。他又说:杜诗"悲欢穷泰,发敛抑扬,疾徐纵横,无施不可","光掩前人,而后来无继也"(《遁斋闲览》)。苏轼认为:"古今诗人众矣,而子美独为首者,岂非以其流落饥寒,终身不用,而一饭未尝忘君也欤?"(《王定国诗集叙》)"李太白、杜子美以英玮绝代之姿,凌跨百代,古今诗人尽废"(《书黄子思诗集后》)。王安石、苏轼的评价,已足以树立老杜在宋代诗坛的地位。更有黄庭坚推波助澜于后,对杜诗极为推崇。黄庭坚自云:"不读书万卷,不行地千里,不可看杜诗。杜诗无一字无来处。"② 他推杜诗为"大雅之音"(《山谷文集》卷一六《刻杜子美巴蜀诗序》),效杜诗之"高雅大体"③。一般论者多注意黄庭坚论老杜"无一字无来处",实际上他深层次看重的乃在此"高雅大体"。

宋人选择杜甫,不仅在于其诗歌艺术,更重要的在于其诗歌的理想,甚至上升到忠君爱国的道德层面上。杜诗也因此被推到"诗中六经"(《扪虱新话》下集卷一)的高度。此非关诗艺本身,而乃以其进乎道。这是杜诗作为大雅正宗的本义。《唐子西语录》所云"三百五篇之后,便有杜子美"④,敖陶孙《臞翁诗评》所云"唐杜工部如周公制作,后世莫能拟议",并皆此义。

要之,王、苏、黄他们皆从杜诗中读出其与当代、与自己个性相契合的一面。从杜甫这一面看,则因其自身的博大精深,自然是取之不竭的资源,仰之弥高的对象,自有其不可企及的高度与深度在;而从王、苏、黄诸家来说,他们变革诗风的艺术精神正与杜诗相通,而"子美集开诗世界"也正遇上其历史契机。

当然,就诗歌艺术本身而言,老杜"语不惊人死不休""无一字无来处"以及将俗语入诗、拗律险韵的技法,也与苏、黄的诗歌趣味相一致。同时,杜诗"集大成"⑤ 的性质,"世间好语言,已被老杜道尽"⑥,自然使之成为取资不尽的"诗律武库"。

---

① 《徐斯远文集序》,载《叶适集》,中华书局1961年版,第214页。
② 《诗法正宗》,载张健《元代诗法校考》,北京大学出版社2001年版,第318页。
③ 《潜溪诗眼》,载:"山谷尝言少时曾诵薛能诗云:'青春背我堂堂去,白发欺人故故生。'孙莘老问云:'此何人诗?'对曰:'老杜。'莘老云:'杜诗不如此。'后山谷语传师云:'庭坚因莘老之言,遂效老杜诗高雅大体。'"
④ 《诗人玉屑》卷一四,上海古籍出版社1978年版,第302页。
⑤ 蔡梦弼:《杜工部草堂诗话》卷一引淮海秦少游《进论》;亦见《淮海集》卷二二《进论·韩愈论》,文字稍异。
⑥ 王安石语,见《苕溪渔隐丛话》前集卷一四引《陈辅之诗话》。

宋人往往将杜诗与韩文并举，二者皆被视为"古文"，"直将骚雅镇浇淫"①，这也是杜诗盛行于宋的重要原因。杜诗正如韩文，亦有艺有道，外则文艺之高标，内则道德之楷模。《蔡宽夫诗话》说："景祐、庆历后，天下之尚古文。于是李太白、韦苏州诸人始杂见于世。杜子美最晚出，三十年来，学者非子美不道。"这里透露出一个消息，即李白、韦应物、杜子美之诗的流行，与"尚古文"的宋世风气有关。朱子《答刘子澄》："古乐府及杜子美诗意思好，可取者多。"也是看到其中的古意。

宋人经过以上的诗学历程，矫正了宋初杨亿嘲老杜为"村夫子"以及姚铉《唐文粹》摒斥杜诗律体的局限，杜诗终被树立为雅正高古的典范。于是，学杜成为风气。曾噩《九家集注杜诗序》云："少陵巨编，至今数百年，乡校家塾，髫总之童，琅琅成诵，殆与《孝经》《论语》《孟子》并行。"

从学《文选》到学杜，一种雅的范本取代了另一种雅的范本。至于南渡后，吕本中、曾几、陈与义及中兴四大家，皆能发扬苏、黄论杜之旨。陈与义云："草草《檀弓》策，茫茫杜老诗"（《发商水道中》）；"但恨平生意，轻了少陵诗"（《正月十二日自房州城遇虏至》）。陆游云："永怀杜拾遗，抱病起登台"（《秋怀十首》之八）。皆能取则老杜之"高雅大体"。

然而，宋人学杜却也有精粗雅俗之别。苏轼就批评时人学杜，"得其麄俗而已"②。后人也对宋人学杜不无微词。胡应麟《诗薮》批评"宋人学杜，于唐远；元人学杜，于唐近"。又云："宋人学杜得其骨，不得其肉；得其气，不得其韵；得其意，不得其象，至声与色并亡之矣。"③ 换言之，他们学杜的误区，乃在不得其雅，反得其俗，已经偏离或违背了王安石、苏轼、黄庭坚提倡杜诗的宗旨。唯知形似的模仿，纵使逼肖，也不能真正深入老杜。他们的学杜，就成为一种俗学。

三、向选体与晚唐体的复归

北宋后期，苏、黄成为文艺界的领袖，其诗文甚至书法绘画艺术，皆为世所重，成为新一代的文学典范。自建炎以后，举世皆好苏氏文章。"苏文生，吃菜羹；苏文熟，吃羊肉。"而到南宋中后期，苏、黄文章亦被临摹烂熟，热度消歇，甚或遭到批评。张戒云："自汉魏以来，诗妙于子建，成于李杜，而坏于苏、黄。"④ 严羽《沧浪诗话》也抨击"近代诸公乃作奇特解会，遂以文字为诗，以才学为诗，以议论为诗"⑤，力推盛唐气象，都宣告了苏、黄作为文学经典时代的终结，诗学风气又有了重大转移。另一方面，也缺少像元祐时代诸宗师那样的时代领袖的引领和蓬勃的时代精神，南宋末流只能走"回头路"：回复到《文选》与晚唐。

苏、黄的被批评，与当年《文选》一样，其故皆在一"熟"字上，因为被举世仿效而成烂熟之俗。"苏文熟，吃羊肉"，是苏文最大的荣耀，却又何尝不是最大的不幸呢。

随着苏、黄诗歌被质疑，甚或厌弃，南宋诗坛出现了经典读本多元化的倾向：或重拾

---

① 赵抃：《清献集》卷三《题杜子美书堂》。
② 《东坡题跋》卷五《书诸葛散卓笔》。
③ 《诗薮》，上海古籍出版社1979年版，第40页、第60页。
④ 《岁寒堂诗话》卷上，见《历代诗话续编》，中华书局1983年版，第455页。
⑤ （宋）严羽：《沧浪诗话·诗辩》，郭绍虞：《沧浪诗话校释》，人民文学出版社1961年版，第26页。

《文选》，或回归晚唐，或推尊盛唐，或师法陶（渊明）、谢（灵运）、韦（应物）、柳（宗元）。苏、黄，也仍有相当多的学习者。当然，各家之间也并非具有排他性，可以兼学兼融。如陈与义，学习杜诗，却又能"上下陶、谢、韦、柳之间"①。

在南宋多元的诗学方向中，"选诗"与"晚唐"，是影响较大的两个方面。南宋后期的诗坛，随着《文选》作为范本的复归，晚唐诗也再次成为学习的范本。永嘉四灵和江湖诗派，重走北宋初期的晚唐之路，掇拾"晚唐异味"。

因为诗学对象之不同，甚至形成门户之见。刘克庄云："近世诗学有二：嗜古者宗《选》，缚律者宗唐。"②高斯得《读书》"五诗讽被底"句原有注，所谓"五诗"指："选、李、杜、韩、苏。"③各家之间，不可相犯。如《诗法家数》云："体者，如作一题，须自斟酌，或骚，或选，或唐，或江西。骚不可杂以选，选不可杂以唐，唐不可杂以江西，须要首尾浑全，不可一句似骚，一句似选。"④如此论诗，则已从大雅沦为俗谛了。

早在北宋、南宋之交，诗风已悄然转移。江西诗派的重要人物徐俯，已开南宋诗歌趣味转向的先声。其论诗颇重《文选》。《艇斋诗话》云："东湖尝与予言：'近世人学诗，止于苏、黄，又其上则有及老杜者，至六朝诗人，皆无人窥见。若学诗而不知有《选》诗，是大车无輗，小车无軏。'东湖尝书此以遗予，且多劝读《选》诗。近世论诗，未有令人学《选》诗，唯东湖独然，此所以高妙。"⑤江西诗派之前，宋人学《文选》，取《文选》文章之富丽华赡；其后学《文选》，则取其清淡一面。前后取舍之趣味已有不同。

杨万里学诗的经历微妙而清晰地显示出这个时代诗学趣味的转变。"始学江西诸君子，既又学后山五字律，既又学半山老人七字绝句，晚乃学绝句于唐人"，然后"辞谢唐人及王、陈、江西诸君子，皆不敢学"⑥。可以说，杨万里前期所学也是当时大多数诗家共同的学习对象，而后"皆不敢学"，乃因为其所学皆已熟滥而不新鲜。在这里，我们看到前代文学典范的失坠。"黄陈篱下休安脚，陶谢行前更出头"⑦，既是对当代文学经典的超越，也有追求经典范本时的彷徨。

陆游也已突破江西藩篱，方回论其诗云："出于曾茶山，而不专用江西格，间出一二耳。有晚唐，有中唐，亦有盛唐。"⑧在求新、求变、求奇的驱使下，最优秀的诗人都必然不会安于墨守，而转益多师。其根本仍是对俗滥的厌弃和超越。

一代理学宗师朱熹，对于诗学也有独到的理解。他主张："作诗须从陶、柳门庭中来，乃佳。不如是，无以发萧散冲淡之趣，不免于局促尘埃，无由到古人佳处也。如选诗及韦苏州，亦不可不熟读。"⑨他还试图重新建立一个诗学秩序，"尝欲抄取经史诸书所载韵语，下及《文选》汉魏古词，以尽乎郭景纯、陶渊明之所作，自为一编，而附于《三百篇》《楚辞》之后，以为诗之准则"⑩，但显然难以实现。钱基博认为朱熹"其意在宗魏晋选体以斥

---

① 张嵲：《紫微集》卷三五《陈公资政墓志铭》。
② 《后村先生大全集》卷九七《宋希仁诗》。
③ 《全宋诗》册六一，北京大学出版社，第38562页。
④ 《历代诗话》，中华书局1981年版，第736页。
⑤ 《历代诗话续编》，中华书局1983年版，第296页。
⑥ 《诚斋集》卷八一《诚斋荆溪集序》。
⑦ 《诚斋集》卷二六《跋徐恭仲省干近诗》。
⑧ 《瀛奎律髓》卷四。
⑨ 《诗人玉屑》卷五《晦庵海人学陶柳选诗韦苏州》，上海古籍出版社1978年版，第114页。
⑩ 《晦庵集》卷六四《答巩仲至》。

江西诗"①，与南宋诗学转向的背景相一致。

南宋人重拾《文选》，与北宋初期或唐人并非同一路径。《竹庄诗话》卷一引《雪浪斋日记》云："昔人有言'《文选》烂，秀才半'，正为《文选》中事多可作本领尔。余谓欲知文章之要，当熟看《文选》，盖《选》中自三代涉战国、秦、汉、晋、魏、六朝以来文字皆有，在古则浑厚，在近则华丽也。"似已舍弃了前人以《文选》为功利之资的做法，而从文学方面重新关注之。

南宋批评家对北宋人对待《文选》的态度有所反思和拨正。张戒《岁寒堂诗话》卷上："近时士大夫以苏子瞻讥《文选》去取之谬，遂不复留意。殊不知《文选》虽昭明所集，非昭明所作。……作诗赋四六，此其大法，安可以昭明去取一失而忽之?"② 对《文选》的认识和评价，也趋于平静客观。王应麟《困学纪闻》卷一七，对于"选学"之衰，有另外一种看法："熙、丰之后，士以穿凿谈经，而选学废矣。"这是从文学之外寻找其衰落的原因。

南宋初重开的《文选》之风，一直影响到宋末元初诗坛，当时有"选体"之名，已无法免于不俗。《诗宗正法眼藏》："近世有论作诗，开口便教人作选体。夫《文选》中诸诗，当时拟作，必各有所属，今泛而曰选体，吾不识何谓也。且如看杜诗，自有正法眼藏，毋为傍门邪论所惑。"③ 一味"临摹"，只是"优孟衣冠"，自然不会"复雅"，即使其所临摹的是"大雅"。正如清代诗人田雯所说："《选》体可学乎？学之者如优孟学叔敖衣冠，笑貌俨然似矣，然不可谓真叔敖也。善学者须变一格。"④ 张谦宜亦云："仿《选》体患其太似，著力摹古，痕迹不化。褚河南临帖，正以独存本色为佳。"⑤

总之，南宋中后期诗学趣味的转变，不完全因为诗学本身的发展，而有着"文变染乎世情，兴废系乎时序"的时代背景因素，乃与宋朝的整体衰落相表里。风衰俗怨，才是六朝与晚唐之诗风重新流行的深层原因。而严羽所鼓吹之盛唐气象，就显得不合时宜，注定不可能成为末世的文学范本。

四、作为雅正典范的《诗》、《骚》

诗道兴替，有革有因。在任何雅俗纷争的时期，《诗经》都毫无争议地被作为雅的典范而发挥着积极影响。不仅《诗经》，楚辞与汉魏古风往往也被视为典范而用来抵制低俗文学。以齐梁为俗艳，以汉魏为高古，实际是唐代就已形成的诗史雅俗观。

苏轼曾教学者"但熟读《毛诗·国风》与《离骚》，曲折尽在是矣"⑥。南宋以后，在诗学方向多元化的情势下，《诗经》与《楚辞》更是被作为诗歌范本提了出来。吕本中《童蒙诗训》："大概学诗，须以《三百篇》《楚辞》及汉、魏间人诗为主，方见古人妙处，自无齐梁间绮靡气味也。"⑦ 严羽所主张的"从上做下"的道理也在此。《沧浪诗话·诗辨》："工夫须从上做下，不可从下做上。先须熟读《楚辞》，朝夕讽咏以为之本；及读《古诗十

---

① 钱基博：《中国文学史》，中华书局1993年版，第631页。
② 《历代诗话续编》，中华书局1983年版，第456页。
③ 张健：《元代诗法校考》，北京大学出版社2001年版，第326页。
④ 田雯：《古欢堂集杂著》卷一，《清诗话续编》，上海古籍出版社1983年版，第692页。
⑤ 张谦宜：《絸斋诗谈》卷七，《清诗话续编》，上海古籍出版社1983年版，第886页。
⑥ 陈善：《扪虱新话》上集卷一"论苏、黄文字"。
⑦ 郭绍虞：《宋诗话辑佚》，中华书局1980年版，第593页。

九首》，乐府四篇，李陵、苏武、汉魏五言，皆须熟读。即以李、杜二集枕籍观之，如今之治经。"陈造则将诗、骚、杜诗相提并举，作为学诗的典范，云："夫三百篇之为经，后世无以加，士以诗名，舍是无善学。屈氏之骚、杜氏之古律，三百篇之正派。"①

《诗经》的经学面纱已然被宋人揭开而露出其文学的本相。朱熹主张学诗要本于《诗》《骚》，谓："《三百篇》，情性之本；《离骚》，词赋之宗。学诗而不本于此，是亦浅矣。"又云："《诗》之为经，人事浃于下，天道备于上，而无一理之不具。学诗者当本之《二南》以求其端，参之列国以尽其变，正之于《雅》以大其规，和之于《颂》以要其止，此学诗之大旨也。"②

宋人喜欢从诗歌的角度看待《诗经》，从诗歌美学方面对《诗经》进行评价，从中汲取艺术精神与艺术手法。《雅》《颂》，被许为"精深醇粹，博大宏远"③。即使《国风》，宋人也从中发现了新美。吕本中《童蒙诗训》："《载驰》诗反复说尽情意，学者宜考。《蒹葭》诗说得事理明白，尤宜致思也。"或以为子美"无数蜻蜓飞上下，一双鸂鶒对浮沉"，有"关关雎鸠，在河之洲"气象；或以为渊明"暧暧远人村，依依墟里烟，狗吠深巷中，鸡鸣桑树颠"，当与《豳风·七月》相表里。④皆从文学艺术着眼而见出《诗经》在当时的古典新义。

罗大经《鹤林玉露》说："今观《国风》，间出于小夫贱隶、妇人女子之口，未必皆学也，而其言优柔谆切，忠厚雅正。后之经生学士，虽穷年举世，未必能措一辞。"⑤刘辰翁云："《三百篇》情性皆得之容易，如'驾言出游，以写我忧'，'知我如此，不如无生'，'道之云远，曷云能来'，虽妇人自道亦能此，而不朽亦以此"（《答刘伯英书》）。又谓"《诗》自小夫贱吏，兴寄深厚"，故"后来作者，必不能及"（《曾季章家集序》）。这些都是从艺术精神上把握和解读《诗经》，欲从中寻求诗学的最高准则，作为力挽宋末诗歌颓势的良方。

但是，论者往往"持论太高，开口辄以《三百篇》《十九首》为准。六朝而下，渐渐不满意。至宋人殆不齿矣"⑥。至于元代，则如赵文所云："近世士无四六、时文之可为，而为诗者益众，高者言《三百篇》，次者言《骚》、言《选》、言杜，出入韦、柳诸家，下者晚唐、江西。"⑦这当然已入歧途了。

《楚辞》，特别是《离骚》，一直是宋人重视的经典读本，并影响到了宋代诗歌。宋人学《骚》，可能导源于韩、柳。韩愈云"上规姚姒，下逮《庄》《骚》"（《进学解》），柳宗元云"参之《离骚》，以致其幽"（《答韦中立书》），皆以学《骚》相号召。

北宋元祐诗坛，苏轼、黄庭坚、王安石、秦观、晁补之、张耒等，俱爱《楚辞》，甚至形成一个推扬《楚辞》的群体。东坡校《楚辞》，山谷拟《楚辞》。尤其是黄庭坚，"以《楚辞》自许，当时亦盛归之"⑧。李涂《文章精义》："学《楚辞》者多矣，若黄庭坚最得

---

① 《江湖长翁集》卷二六《答陈梦锡书》。
② 《诗人玉屑》卷一三《三百篇、晦庵谓学诗者必本之三百篇》，上海古籍出版社1978年版，第267页。
③ 《珊瑚钩诗话》卷三，载《历代诗话》，中华书局1983年版，第477页。
④ 参见陈善：《扪虱新话》卷七《陶渊明杜子美韩退之诗》。
⑤ 《鹤林玉露》乙编卷三《以学为诗》，中华书局1983年版，第162页。
⑥ 《潄南诗话》卷三，《历代诗话续编》，中华书局1983年版，第529页。
⑦ 赵文：《青山集》卷四《诗人堂记》。
⑧ 《诗薮》外编卷五，上海古籍出版社1979年版，第211页。

其妙。"① 洪朋、晁补之皆以为不可及。② 晁载之、鲜于侁的《楚辞》拟作，也受到苏、黄好评。③ 晁补之有《重定楚辞》《续楚辞》《变离骚》诸书，鲜于侁有《九诵》。他如胡珵有《九章》，韩元吉有拟骚《羁凤辞》。韩元吉称"国朝骚词，遂与古相上下"④。

拟古之外，他们论诗也以楚辞为标准。黄庭坚论诗，多取《楚辞》⑤。朱熹亦云："古人文章，大率只是平说，而意自长；后人文章，务意多而酸涩。如《离骚》初无奇字，只怎说将去，自是好；后如鲁直，怎地着力做，却自是不好。"⑥

当然，《离骚》对宋代文人的意义不仅在文学本身，还与宋人所向往的晋宋风度有关。王恭"饮酒读《骚》"⑦一语，庶几已成为宋代文人一种口头禅，"读骚"已是文人日常生活一个重要节目。如辛弃疾在词中经常提到读《骚》："细读《离骚》还痛饮，饱看修竹何妨肉"（《满江红·山居即事》）；"手把《离骚》读遍，自扫落英餐罢，杖履晓霜浓"（《水调歌头·赋松菊堂》）；"未堪收拾付薰炉，窗前且把《离骚》读"（《踏莎行·木犀》）⑧。宋人读骚，据严羽《沧浪诗话》云："读《骚》之久，方识真味，须歌之抑扬，涕泪满襟，然后为识《离骚》，否则为戛釜撞瓮耳。" 如朱熹，就能歌《离骚》，"吐音洪畅，坐客悚然"⑨。朱熹序子厚诗，称"其于骚词，能以楚声古韵为之节奏"，"凌厉顿挫，闻者为之感叹"⑩。

与《文选》、唐诗之作为诗歌范本不同，《诗》《骚》的经典意义主要在世道人心上的"化俗""导俗"作用。不过，南宋人在文学层面上对《诗》《骚》、汉魏的推重，一定程度上也还有"厚古薄今"的味道，此乃与严羽批评"近代诸公"相一致。

---

① 《文章精义》第八十二则，人民文学出版社1960年版，第76页。
② 《诗话总龟前集》卷九，人民文学出版社1987年版，第103页。
③ 《邵氏闻见后录》卷一四，中华书局1983年版，第110～111页。
④ 韩元吉《南涧甲乙稿》卷一四《九奏序》也有不同的意见。朱熹云："古赋须熟看屈、宋、韩、柳所作，乃有进步处。入本朝来，骚学殆绝。秦、黄、晁、张之徒，不足学也。"载《诗人玉屑》卷一三《楚词》引晦庵论楚词，上海古籍出版社1978年版，第270页。
⑤ 《艇斋诗话》，见《历代诗话续编》，中华书局1983年版，第299页。
⑥ 《朱子全书》卷六五《论文》。
⑦ 《世说新语》卷二三《任诞》："王孝伯（恭）言：'名士不必须奇才，但使常无事，痛饮酒，熟读《离骚》，便可称名士。'"
⑧ 饶宗颐：《〈楚辞〉与词曲音乐》，载《饶宗颐二十世纪学术文集》卷一一，中国人民大学出版社，第271～293页。
⑨ 《朱子年谱》卷一，载莫砺锋：《朱熹文学研究》，南京大学出版社2000年版，第10页。
⑩ 《晦庵集》卷七六《黄子厚诗序》。

宋代字说考论

刘成国

内容提要：字说起源于先秦的冠礼仪式，发轫于中唐，兴起于北宋。字说与字序并无实质性区别，但与字辞则无论体制还是功能，泾渭分明，不宜相混。字说的兴起，首先是受激于古文运动中士人们因希贤仰圣而以之命名取字的行为。其次是受激于宋代士人阶层中新兴的请字、改字（包括名）的社会风气。字说有着固定的创作模式，通常包括三个部分：交待命名取字的缘起，或者追溯命名取字的仪式风俗之演变，以及名与字之不同；引经据典，解释、说明所取名、字之意义，或就此抒发议论，阐述道德规范、人生哲理；寓以警戒、勉励之意。字说的文体功能相当多元，既可传播社会主流意识形态、价值观念，对士人进行道德训诫与伦理规范，又可以为士人社会关系网络的编织穿针引线。

关键词：字说　冠礼　请字　创作模式　文体功能

字说（序）是一种与中国古代命名取字的仪式习俗相关的文体。它叙述为某人命名取字的缘起，阐释名、字的内涵意义，同时寓以祝福、勉励和警戒。

作为一种极富传统文化特色的应用文体，字说发轫于中唐，蔚兴于两宋，而泛滥于元、明、清三朝。只要略翻现存的宋、元、明、清四朝文集，我们便不难发现，字说可能是宋代以后士人日常生活中最为常见的文体形式之一，并且时时不乏名篇问世。或许有鉴于此，明代的文体学家徐师曾、贺复徵等人，往往将字说、字序从说、序这两大类文体中单独拈出，树为一体，予以论述；而南宋以后的各种文章总集，如《宋文鉴》《唐宋八大家文钞》《古文辞类纂》等，也均为字说留有一席之地。

只是近代以来，随着现代学科分类体系的确立，以及纯文学观念的熏染，字说与诸多古代应用文体一样，一度被弃置在以纯文学为主线的文学史边缘，乏人问津。[1] 笔者不揣浅昧，以下拟对宋代字说的文体渊源、流变、社会基础、创作模式、文体功能等问题予以初步探讨。

一

字说的起源，最早可追溯至中国古代的冠礼仪式和命名取字习俗。从西周以后，贵族男子在不同的年龄阶段，分别拥有不同的称呼。成年之前呼"名"，成年之后称"字"。命名

---

[1] 几本有影响的宋代散文专著都未曾论及字说。知见所及，台湾叶国良教授最早关注到宋代字说文体，见《冠笄之礼的演变与字说兴衰的关系——兼论文体兴衰的原因》，《台大中文学报》第12期。曾枣庄教授有《君子尚其字——论宋代的字序》，载《宋代文学与宋代文化》，上海人民出版社2006年版，第125～141页。徐建平论述了黄庭坚的字说创作，见《黄庭坚"字说"散文论》，载《长江学术》2010年第1期，第31～36页。刘欣《父兄的叮咛——宋代字说解析》探讨了字说中命名取字的原则等问题，载《孔子研究》2009年第6期，第84～91页。

是在个体出生之后三个月，用以区别各个不同的生命，所以上至周天子、下至平民奴婢，必都有名；而取字则是"士"以上的贵族男子于冠礼仪式上完成，表示成人之意。命名取字，需要在特定的、比较郑重的仪式场合下进行。① 前者是由父亲，后者则在冠礼上由父亲聘的师友来取字。冠礼的主要仪式过程，包括始加、再加、三加、宾礼冠者、宾字冠者等。② 在不同的仪式阶段，通常都伴随着不同的祝词，用来昭告祖先神灵，并寓以祝福、警诫、勉励之意。如宾为冠者取字，祝辞曰："礼仪既备，令月吉日。昭告尔字，爰字孔嘉。髦士攸宜，宜之于假，永受保之。曰伯某甫、仲叔季，唯其所当。"此类祝词，可以视为字说文体的原始雏形。近些年的文体研究表明，中国古代许多文体最初都来源于某些特定的仪式礼节，字说也可作如是观。明代文体学家徐师曾谓："按《仪礼》，士冠三加三醮而申之以字辞，后人因之，遂有字说、字序、字解等作，皆字辞之滥觞也。虽其文去古甚远，而丁宁训诫之义无大异焉。"③ 这是颇有见地的。

不过，冠礼上的祝辞与直至宋代才兴起的字说，文体形式毕竟相差甚远。据《礼记》记载，冠礼中的一加祝辞、二加祝辞、三加祝辞，以及取字后的字辞，均为四言韵语，属于典型的祝祷类文体。④ 无论篇幅抑或形式、内容，它与后世单句散行为主的字说（序）都明显不同。更何况，从东汉以后，除了皇室之外，冠礼在一般的士人家庭内已经日趋简易⑤，迄中唐时几乎趋于荒废⑥。那么，先秦冠礼上简单的口头祝辞，如何在漫长的历史长河中逐渐演变成可以相对自由地阐发义理、传情表意的字说文体呢？

在这个复杂历程中，首先值得注意的是仪式与习俗相脱离。冠礼的仪式已经疏废，命名取字的行为却已积淀成一种习俗风气。⑦ 由于和文人们的日常生活息息相关，它开始逐渐进入文学作品中，成为文人们抒情写意、讲理叙事的工具。这个过程分为两个层面。一是祝辞、字辞的形式依然得以保留，文人们用旧瓶装新酒，赋予它新的情感内涵。如晋陶渊明《命子》："卜云嘉日，占亦良时。名汝曰俨，字汝求思。温恭朝夕，念兹在兹。尚想孔伋，庶其企而。厉夜生子，遽而求火。凡百有心，奚特于我。既见其生，实欲其可。人亦有言，斯情无假。日居月诸，渐免于孩。福不虚至，祸亦易来。夙兴夜寐，愿尔斯才。尔之不才，亦已焉哉。"⑧ "命"者，教训、告诫之谓，同时兼具命名之意。在冠礼的字辞中，二者本是互为表里的。诗中"温恭朝夕，念兹在兹。尚想孔伋，庶其企而"四句，便是对"俨"名和"求思"之字的解释与训诫。此诗形式上与祝辞尚有若干相似，但其复杂深邃的情感则远非格式化的后者所能容纳。

---

① 关于古代名、字的研究，可见张孟伦：《汉魏人名考》，兰州大学出版社1988年版；萧遥天：《中国人名研究》，新世界出版社2007年版。侯旭东的《中国古代人"名"的使用及其意义》探讨了古代人名使用中的尊卑、统属与责任，载《历史研究》2005年第5期，第3～21页。
② 参见钱玄：《三礼通论》，南京师范大学出版社1996年版，第557～566页。
③ 徐师曾：《文体明辨序说》，人民文学出版社1998年版，第147页。
④ 祝祷文体的定义，见吴承学、刘湘兰：《祝祷类文体》，载《古典文学知识》2009年第5期，第106～114页。
⑤ 关于魏晋南北朝时期冠礼的实行情况，见张承宗主编：《中国风俗通史·魏晋南北朝》，上海文艺出版社2001年版，第243～246页。
⑥ 柳宗元《答韦中立论师道书》谓："古者重冠礼，将以责成人之道，是圣人所尤用心者也。数百年来，人不复行。"《柳宗元集》，中华书局1979年版，第872页。李华也将冠礼之废视为唐代风俗衰败的重要原因，见《李遐叔文集》卷二《正交论》。
⑦ 魏晋南北朝士人命名取字的风气、特点，见张承宗主编：《中国风俗通史·魏晋南北朝》，第223～228页；柳士镇：《世说新语人物言谈中称名与称字的考察》，《中华文史论丛》第50辑，第257～262页。
⑧ 陶渊明著，袁行霈笺注：《陶渊明集笺注》，中华书局2003年版，第41页。

二是文体形式上突破了字辞四言韵语的限制，将字辞中对冠者的勉励、劝诫，用其他文体来表述。如王昶《诫子书》。《三国志·魏书》卷二十七《王昶传》载："其为兄子及子作名字，皆依谦实以见其意，故兄子默，字处静；沈，字处道。其子浑，字玄冲；深，字道冲。遂书戒之曰：'夫人为子之道，莫大于宝身全行，以显父母。此三者人知其善，而或危身破家，陷于灭亡之祸者，何也？由所祖习非其道也。'"

及至中唐，刘禹锡便开创性地将当时新兴不久的"杂说"文体，正式应用到命名取字的习俗上。① 而他坦然指出，这是受到王昶的启发而撰：

> 魏司空王昶名子制谊，咸得立身之要，前史是之。然则书绅铭器，孰若发言必称之乎？今余名尔：长子曰咸允，字信臣；次曰同廙，字敬臣。欲尔于人无贤愚，于事无小大，咸推以信，同施以敬，俾物从而众说，其庶几乎！夫忠孝之于人，如食与衣不可斯须离也，岂俟余勖哉？仁义道德，非训所及，可勉而企者，故存乎名。夫朋友字之，非吾职也，顾名旨所在，遂从而释之。孝始于事亲，终于事君，偕曰臣，知终也。②

文章的内容、体制与后世的字说（序）已经相去无几。二百年后，柳开等古文家们在刘禹锡开创的道路上继续探索，字（名）说一体遂正式成立。

除了字说之名，我们在宋人文集中还屡屡发现字序、字解、字训、字辞、名述等称谓。它们与字说究竟属于从同一母体衍生出的不同文体，抑或只是同一文体的不同名称？徐师曾将它们统统归于字说之下，未加区别："字说（字序、字解、字辞、祝辞、名说、名序、女子名字说）……若夫字辞、祝辞，则仿古辞而为之者也。然近世多尚字说，故今以说为主，而其他亦并列焉。至于名说、名序，则援此意而推广之。而女子笄，亦得称字，故宋人有女子名辞，其实亦字说也。今虽不行，然于礼有据，故亦取之，以备一体云。"③ 笔者认为，这一论断过于笼统，有必要予以细致分疏。

字说（名说）与字序（名序）。无论从起源、体制还是文体表现手法来看，"说"与"序"都属于两种不同的文体。明代的文体学家却往往将字说、字序从"说""序"之中单独拈出，认为二者并无不同。对此，宋人所见略同。陆游谓："王荆公父名益，故其所著《字说》无'益'字。苏东坡祖名序，故为人作序皆用'叙'字；又以为未安，遂改作'引'，而谓'字序'曰'字说'。"④ 他认为字序便是字说。二者之所以异名，盖因苏轼撰写字序时避祖父苏序之讳，故"谓'字序'曰'字说'"。其实，早在苏轼写作《赵德麟字说》《杨荐字说》《文与可字说》等之前，柳开、赵湘、宋祁等古文家便已经撰有《（焦邕）字说》《名说赠陈价》《王杲卿字说》，而苏轼之父苏洵也曾撰《仲兄字文甫说》。所以，将字说的出现归之于苏轼避讳，纯属牵强附会。不过，陆游毕竟正确指出，在宋人眼中，字说便是字序，二者并无本质区别。这一点，从宋代的具体作品中可以确证。

例如，宋代有些题为"××字说"的作品，在其他版本中或作"××字序"，反之亦

---

① 《太平御览》卷三百六十二，载何积《玄寿赐名叙》，叙述赐名原委及名之意义，但具体语境不详，待考。
② 刘禹锡：《名子说》，瞿蜕园笺证《刘禹锡集笺证》，中华书局1989年版，第542页。
③ 徐师曾：《文体明辨序说》，人民文学出版社1998年版，第147页。
④ 陆游：《老学庵笔记》卷八，中华书局1979年版，第74页。

然。如欧阳修《胡寅字序》，四部丛刊本题下注曰：一本作字说。黄庭坚《青城唐当时字说》，一本作《当时字序》。他的《国经字序》《张光祖光嗣字序》《周渤字序》《钱培字序》《侍其鉴字序》等，别本均作《字说》。这种不同版本上的差异，表明编纂者或许并未严格区分二者。

还有一些作品，题名为"××字序"，可文中作者明确声称是在撰写"说"。如王令《杜渐字序》："杜君山东士，名渐，少嗜学，性澄淡，不易语笑，平居循循，若不自足。予与之交且三年，不甚见其喜之与怒也。一日，探字于予，归作渐说以字之，曰……。请字曰子长，幸听之无忽。河东王令序。"① 唐庚《郑默字序》："郑子以其名默，求字于余，余为之说。"② 或者题名为"××字说"，文中却谓之"序"。如黄庭坚《张说子难字说》："南阳张说子难尝以名字求余为序，余辞以不能，而求不已。"③

关键是在体制和表现手法上，宋代的字说与字序实在轩轾难分。此类应用文体的写作通常具有固定模式。大多先简单介绍请字、改字的缘起，然后以"字之曰……且说之曰"，"字曰……而为之说曰"等词句，引出对所取、所改之名、字内涵的解释说明，再附以勉励、警戒或祝愿之语结束。同样地运用"为之说曰""说之曰""告之曰"等字眼，同样的体制、句式，同样的应用场合，文章的标题或作字说，或作字序，并无固定的规律可寻。例如在黄庭坚的字说（序）中，运用"告之曰"的表述方式来引出解释、议论的，共有9处。其中4处出现在字说中，5处出现在字序中。笔者进一步统计，在近500篇宋代字说、字序中，运用这种表述语句的共有40处。在相同的应用场合下，其中25处题为"字序"，15处题为"字说"。

这种说、序不分的现象，从文体发生学的角度看，很可能是由于字说刚刚兴起时，有些作品撰于赠别场合，常常与赠序难以截然划分。所以"字说"便被冠以"字序"了。如欧阳修《张应之字序》《尹源字子渐序》、司马光《张共字大成序——嘉祐元年为越州张推官作》、黄裳《师德字序》。无独有偶，曾枣庄指出，宋代有很多赠序，则是以"说"名篇："赠序文的标题一般都是以"送……序""赠……序"为题，但也有前面冠以杂说之题者，如王令《交说送杜渐》。……苏轼冠以杂说标题的赠序尤多。"④ 另外，在文体功能上，"说者，释也，述也，解释义理而以己意述之也"⑤。序则"以次第其语、善叙事理为上"⑥。"其为体有二：一曰议论，二曰叙事。"⑦ 二者确有相通之处。

其他几种稀见的名说、名述、字解、字训等文，写法上大同小异，也可直接归于字说名下，无须区别。⑧

至于"字辞"，笔者认为决不应与字说、字序笼统地混为一谈。尽管它们共同依附于命名取字的仪式风俗，体出一源，但在宋人创作中，字辞均为四字韵语。如黄彦平《三余集》卷四《王氏二子字辞》："王侯太初，嗜好诗书。见其二子，骥种凤雏。群从制名，皆取于

---

① 王令著，沈文倬校点：《王令集》卷十五，上海古籍出版社2011年版，第271～272页。
② 唐庚：《眉山唐先生文集》卷二十七，四部丛刊本。
③ 黄庭坚：《黄庭坚全集》，四川大学出版社2001年版，第1533页。
④ 曾枣庄：《论宋代的赠序文》，《宋代文学与文化》，第109页。他也指出，以序名篇的文章有四种文体，"其二为字序之序，虽以序名篇，实为杂说。"上海人民出版社2006年版，第106页。
⑤ 吴讷：《文章辨体序说》，人民文学出版社1998年版，第43页。
⑥ 吴讷：《文章辨体序说》第42页。
⑦ 徐师曾：《文体明辨序说》第135页。
⑧ "字训"的提法在元、明渐多。训是指对"字"的训诂解释，兼及训示、警戒。如（元）王恽《王氏四子字训》，（明）倪谦《殷氏五子字训》、黄仲昭《希韶希㴶字训》、祝允明《徐氏三外弟名字训》等。

水。尔其从之，有本于是。濯字忠父，在诗远酌。自事吉蠲，神歆其约。仲浩直父，孟子是师。不枉不挠，达于无疵。"①再如王柏，其《鲁斋集》卷六收有字说8篇，卷四收有字辞3篇，字箴1篇。字说全为散体，字辞、字箴则全用四字韵语，泾渭分明，文体编排也界限清晰。这样看来，字辞应是直接摹仿冠礼中的字辞、祝辞，而字说、字序等则是后世文人将一些新兴文体与命名取字的风俗相结合的产物。故前者自成一类，以韵文写就，而后者却是散行单句之体。②

这个区分相当重要。到了明代，随着冠礼的复兴，字说（序）、字辞的创作日趋泛滥。二者之间的区别，也由于仪式的实践所需，更为清晰地呈现出来。可用于冠礼上的，只能是字辞，而非字说、字序所能越俎代庖。宋濂《补张冯加冠字辞（有序）》载：

> 冯当冠时，大宾字之曰子翼，而未有造祝辞者。迩来监祀广西、行中书省参知政事黄君子邕，尝为推说字义而序之。冯事予颇谨，间复以祝辞为请。予按《士冠礼》，载其三加之辞甚具。辞，古也；而字说，则今也。予虽不敏，弗能从大宾与闻制字之义，冯之意难固拒也，遂黾勉以补其辞，辞曰……。③

黄子邕已为张冯撰写字序，可并不符合冠礼仪式所需，只能再请宋濂补撰。而宋濂也清醒认识到，"辞，古也；而字说，则今也"，二者并不相同，于是便勉为其难。今宋濂集中，存有《张孟兼字辞并序》《黄仁渊静字辞有序》《王宗器字辞》《王生致远冠字祝辞》《宋惟善字辞》《郑氏三子加冠命字祝辞有序》《郑柏加冠祝辞》《补临川危安子定加冠祝辞有序》等十几篇字辞，同时还有《章氏三子制字说》《傅幼学字说》之作。后者全篇散句单行，而前者则以韵辞为主，有的前面附有小序，交待缘起；或者直接在题中点明。④

二

在刘禹锡撰写《名子说》后，中晚唐文坛上应者寥寥，如空谷足音。直到北宋，字说才蔚然兴起，进化成一种成熟的文体形态。据笔者统计，现存宋代字说类作品（包括字序、字解、字训、名说、名述，还有字辞），有480多篇。它的创作群体相当庞大，几乎囊括了宋文中所有名家。如宋文六大家：欧阳修3篇、苏洵2篇、曾巩2篇、王安石1篇、苏轼8篇、苏辙1篇。如苏门：文同2篇、黄庭坚53篇、秦观1篇、陈师道2篇、晁补之12篇、惠洪11篇；张耒2篇、李之仪2篇、苏过1篇。其他文坛名宿，如周紫芝4篇、朱熹9篇、陆游2篇、叶适2篇、陈傅良4篇、刘克庄9篇等。宋代的几部文章总集，如《圣宋文选》《宋文鉴》《文章正宗》等，敏锐地注意到了这种新兴文体，将它的一些代表作予以收录⑤。

---

① 黄彦平：《三余集》卷四，《全宋文》第181册，上海辞书出版社2006年版，第305页。
② 按：宋代也有题名字说而全篇韵语的，如赵汝腾《庸斋集》卷五《盛时立中字说》《陈谠无党字说》《眉山孙梦得子良仁字说》。但仅此一例，或是误用。
③ 宋濂：《宋濂全集》，浙江古籍出版社1999年版，第1022页。
④ 不仅宋濂，其他如王祎、胡翰、童骥、郑真等皆然。
⑤ 吴承学指出："唐宋新文体的出现、定名、传播和接受，集中反映在宋代文章总集的编录之中，它们为理解文体史与文学史的发展提供了新颖的角度和有力的证据。"《宋代文章总集的文体学意义》，载《中国古代文体学研究》，人民出版社2011年版，第319页。这一论断十分精辟。如，编于北宋前期、以收录唐代作品为主的《文苑英华》未收字说，而编于南宋前期的《宋文鉴》却收有3篇字说，由此可见字说在宋代的发展是一个引人注目的文学现象。

字说在宋代之所以突然涌现，笔者认为，至少可以从两个方面进行考察。

首先，字说这种新型文体是在宋初古文运动和儒学复兴的氛围中逐渐成长的。现存最早几篇北宋字说都出自重要古文家之手，如：柳开《名系》《字说》，赵湘《名说赠陈价》，智圆《叙继齐师字》，穆修《张当字序》，宋祁《王杲卿字说》，范仲淹《南京府学生朱从道名述》，石介《归鲁名张生》《宗儒名孟子》《吕虞部士龙字序》……其中智圆身属佛门，却深受韩愈等古文家影响，强调古文的明道济世之功，是一位儒释兼融的佛门古文家①。鉴于刘禹锡在宋初文坛上的影响，以上诸人很可能在文体上直接沾丐于他《名子说》②。特别需要指出，《名系》《名说赠陈价》这二篇最早的字说，其创作都受激于古文运动中士人们因希贤仰圣而以之命名取字的行为，反映了古文家对实践儒道的独特理解。

作为宋代古文先驱，柳开少年时代因仰慕韩愈、柳宗元，自名为肩愈，字绍先，有志于肩负继承韩柳的使命和事业。后悟其非，改名曰开，字曰仲涂，"其意将谓开古圣贤之道于时也，将开今人之耳目使聪且明也，必欲开之为其涂矣，使古今由于吾也"③。前后两次的命名改字，意味着柳开对儒道的理解由文及道，逐渐深化。于是，当进士高本也步其后尘，"学慕韩愈氏为文，名曰愈"，柳开便撰写《名系》相赠，向他阐述学习圣人的关键是习其"道"，而非名彼之"名"："名彼之名称之，不若如彼之贤己有之。古之贤者同其道，愚者亦同其道，非其称名同于身也。……身名之名，非有善与恶也，同贤愚人之为道，斯乃善恶也。"④

柳开的劝诫言之凿凿，可并不足以扼制在新思潮影响下，士人阶层中命名取字的新风气。随着北宋儒学复兴的深入，崇圣慕圣的思潮和心态也逐渐弥漫，反映在命名取字上⑤，便出现了以下情况："今之世尤甚焉。往往慕周公之圣者，不名周公则名旦；希孟轲之贤者，不名轲则名孟。"对此，古文家赵湘大不以为然："噫！何惑缪之若是也。"他为仰慕柳宗元的陈宗柳改名为陈价，然后撰写名说，追溯了历代命名取字风俗的演变，告诫陈价："名之贵贵乎道，道由人不由名。"⑥ 追慕圣人，重要的是实践圣人之道，而非单纯摹仿圣人名字。

南宋以后，字说创作更趋繁荣，背后一个强劲的推动力是理学兴起。原本处于学术边缘的理学家们相当重视冠礼，力求重振这种古老礼仪。他们异常积极地参与到字说创作中。据统计，仅朱熹等理学家（包括心学）及其门人们所撰字说，约有125篇，占两宋字说总数的26%，占南宋字说总数（290多篇）的43%。他们利用这种文体，来宣扬理学独特的学说思想，将冠礼对成人的期待，与正心、诚意、格物、致知的德性修养联贯起来，从而为古老的命名取字风俗，注入了新的哲学内涵。这直接导致了南宋后期的字说处处弥漫着理学说教气息。如詹何字功父，"将以法萧何"。其舅父真德秀基于理学中"德性先于事功"的立

---

① 关于智圆的古文理论与创作，可见祝尚书：《北宋古文运动发展史》第六章第三节，北京大学出版社2012年版。袁九生：《释智圆诗文研究》，硕士论文未刊稿。
② 宋祁《宋景文公笔记》卷上载："李淑之文，自高一代，然最爱刘禹锡文章。以为唐称柳刘，刘宜在柳柳州之上。"智圆曾力辨《陋室铭》非刘所作，谓"禹锡巨儒，心知圣道"。见智圆《雪刘禹锡》，《全宋文》15册，第261页。
③ 柳开：《补亡先生传》，《河东先生集》卷二，四部丛刊本。
④ 柳开：《名系》，《河东先生集》卷一。
⑤ 陈怀宇分析了唐末五代宋代士人表字中"圣"的运用。他指出，北宋士人名字特别是表字中"圣"字大量增加，反映了宋代士人更注重儒家圣人的观念和圣人之道。这是一个很敏锐的观察，揭示了士人命名取字与时代思潮间的关系。见《唐宋思想史上的圣文化：以士人表字为中心》，《清华历史讲堂三编》，三联书店2011年版，第158～170页。
⑥ 赵湘：《名说赠陈价》，《南阳集》卷五，《全宋文》第8册，第365页。

场，认为"学者当求道而不计功"，惟功业是求，非圣人本意，于是将外甥改字宗楚，勉励其效法战国楚隐，以修身为本，事功为末。①《杨实之字说》则阐述了理学中重德行而轻文艺的主张，将友人之子杨文华改名杨华，字以实之，指出为己之学，应当从孝悌起步，"不然，则非余之敢知也"②。

其次，作为一种典型的应用文体，字说的崛起具有坚实的社会基础，那就是宋代士人中流行的请字（包括请求改字）风气。字说的创作缘起，通常基于以下四种场合：①行冠礼，聘宾命字，然后请撰字说。②请字，然后请求命字者撰写字说，阐释其意。③请字之后，别求他人撰写字说。④直接请求对方撰说阐释名字之意。第一、四种这两种情况相当少见，可以忽略不计。不妨说，请字、改字（偶尔包括请名、改名）的社会风气，是宋代字说创作的基本前提，也是文章中必不缺少的内容要素，有必要详细论述。

魏晋以后，先秦冠礼在皇室之外的一般士族家庭内已日趋简便，乃至荒废不举。这种情况直至北宋晚期，并无明显转变。③但充满文化内涵的取字习俗，至少在士人阶层内一直实行着。至于社会底层民众，更常见的则是以名相呼。④北宋以后，世家大族衰落。随着雕版印刷的发展，教育的日益普及，此前主要来源于门阀士族的"士"阶层，开始向社会各阶层敞开流动的大门。但凡具备一定经济实力与文化背景，参加过科举考试，或曾出仕做官的人，都可以自命为士。士人阶层的规模、数量较之前代急剧增加。于是，原来局限于一个狭小社会阶层内的取字行为，也开始在更加广泛的社会群体内流行开来⑤，这就为字说的创作奠定了广泛的社会基础。

例如，按照先秦冠礼，加冠仪式上所聘请的命字之"宾"，与受字人不应存在血缘关系，而只能是师友或耆老。直到中唐，士人们还恪守这一规定。刘禹锡《名子说》谓："夫朋友字之，非吾职也，顾名旨所在，遂从而释之。"宋代的请字行为则从根本上突破了这一限制。"宋代同辈朋友之间、同僚之间、甚至自己都可以为自己命字、改字。史料中更有大量直系血缘亲属为其晚辈命字的例子。"⑥ 惟其如此，我们在宋代发现了许多字说，是由父亲写给儿子、女儿，或祖辈写给孙辈，或叔辈写给侄子，或兄长写给弟弟，或本人写给姻亲等。据统计，此类作品大概有60多篇，约占宋代字说的12.5%。它们大多在训诫之中，饱

---

① 参见真德秀：《詹宗楚字说》，《西山先生真文忠公文集》卷三十三，四部丛刊本。
② 真德秀：《西山先生真文忠公文集》卷三十三。
③ 除皇室外，北宋冠礼基本荒废。蔡襄、曾巩、苏辙都曾指出，"冠礼今不复议"，"今冠礼废，字亦非其时"，"夫冠礼所以养人之始而归之正也，……今皆废而不立"。《蔡襄集》卷二十二《明礼》，上海古籍出版社1996年版，第376页。《曾巩集》卷十四《王无咎字序》，中华书局1984年版，第327页。《栾城应诏集》卷十一《礼以养人为本论》，《苏辙集》，中华书局1990年版，第1343页。南宋以后，由于理学家的提倡，士人阶层中偶有实行的，随之产生了一些字辞、字说。如南宋虞仲海为长子彦忱行冠礼，请理学家熊禾莅临加冠，熊禾应允，并撰《虞彦忱字说》。
④ 有研究者指出，宋代之前禁止平民取字，这恐怕失于武断。但从名、字的用法中，的确可以看出社会的分层现象。洪适分析《殽阮神碑阴题名》谓："其前四十余人，称之曰郡吏。其间四十人，皆字其名，而系以阿字，如刘兴阿兴、潘京阿京之类。必编户民未尝表其德，书石者欲其整齐而强加之，犹今闾巷之妇，以阿挈其姓也。"《隶释》卷二，中华书局1985年版，第16页。魏斌认为："对于普通民众而言，即便到了冠礼之年，也不一定会被命字，而多会继续使用俚俗幼名。"见《单名与双名：汉晋南方人名的变迁及其意义》，载《历史研究》第2012年第1期，第36～53页。这种情况是否延续至隋唐，还有待考证。
⑤ 张国刚指出，在唐宋转型过程中，社会上出现了一个士大夫家族特有的礼法发生下移的现象，即原来由门阀大族所标榜的一些文化仪式习俗，至宋代越来越普及化。见《从礼容到礼教》，《河北学刊》2011年第3期，第36～40页；《论中古士大夫风操》，《清华历史讲堂三编》第151～155页，三联书店2011年版。宋代请字现象的普及，也应属于其中一环。
⑥ 刘欣：《父兄的叮咛》，载《孔子研究》2009年第6期，第85页。

含深情，情理交融，反映了家族长辈对后代的殷切期待，以及振兴家门的美好向往。如司马光为兄子十四人命字，大多取之于儒家经典，希望他们牢记字中之义，"朝夕不离于口耳者，名字而已。尔曹苟能言其名求其义，闻其字念其道，庶几吾宗其犹不为人后乎！"①郑刚中《华孙命名序》引用"实大华亦荣"的诗句来命名侄孙，并将对孙辈的期望、侄辈的告诫融入到家族盛衰和时世变迁中，内涵丰富，抑扬顿挫，颇富感染力，其中凝聚着浓厚的家族意识，堪称字说中的上乘之作。②

从宋人尺牍看，最迟至北宋中后期，请字的社会行为已经在士人阶层中蔚然成风。苏轼《与滕达道书二十三》载："某晚生，蒙不鄙与游，又令与立字，似涉僭易，愿公自命，却示及作字说，乃宠幸也。"③ 在致文与可的信中，苏轼还提及命字撰说后的润笔问题："近屡于相识处见与可近作墨竹，唯劣弟只得一竿。未说字说润笔，只到处作记作赞，备员火下，亦合剩得几纸。专令此人去请，幸毋久秘。"④ 流风所及，释子、道士也附庸风雅，沾染此习。如思聪曾向秦观请字，并求字说，而秦观因准备应举，只答应为他取字："聪师有书来要字序，仆近日无好意思，明年又应举，方欲就举子学时文，恐未有好言语。今但为渠取字曰'闻复'，盖取《楞严》所谓'闻复翳根除'者也。钱塘多文士，可求人为作，不必须仆也。"⑤ 据笔者钩辑，专为释子道士所撰的字说现存有20多篇，如惠洪《德效字序》《无住字序》《师璞字序》，释宝昙《鹗上人字序》；释居简《字三子序》等。苏、秦书简中都曾涉及撰写字说之事。事实上，宋代字说恰于此时迎来了创作高峰。雄踞北宋后期文坛的苏门，成为字说创作的主力。其中，仅黄庭坚一人便撰有53篇，有力地推进了这种新兴文体的成熟。何良俊谓："山谷文，如《赵安国字序》《杨概字序》二篇，似知道者，岂寻常求工于文词者可得窥其藩篱。其他如《训郭氏三子名字序》，又……《宋完字序》，皆奇作也。"⑥

至于更名改字的风气，则毫无疑问是宋代的新生事物。宋前虽然也有士人改名、改字的现象，一般出于应谶、钦赐、避祸等，主动的更名改字行为寥寥无几。⑦ 及至宋代，此风甚嚣尘上，堪称奇观。据笔者统计，宋代因更名改字而创作的字说，有将近200篇之多，约占作品总数的41%。

从作品来看，宋人的更名改字大致由于以下三种情况：

（1）因避讳而改。陈垣谓："宋人避讳之例最严。《容斋三笔》卷十一云：'本朝尚文之习大盛，故礼官讨论，每欲其多，庙讳遂有五十字者。举场试卷，小涉疑似，士人辄不敢用，一或犯之，往往暗行黜落。方州科举尤甚，此风殆不可改。'"⑧ 士人们除了在撰文赋诗中须避家讳、国讳、圣讳之外，还曾一度被禁止以"圣""君""天"等有僭窃之嫌的字眼，来命名取字。如徽宗政和八年（1118）五月，尚书户部管勾公事李宽针对士人们"制名命字率多以'圣'为称"的社会风气，上奏朝廷下诏禁止："'欲乞凡以圣为名、字，并

---

① 司马光：《诸兄子字序》，《温国文正司马公文集》卷六十四，四部丛刊本。
② 参见郑刚中：《北山文集》卷五，金华丛书本。
③ 《苏轼文集》卷五十一，中华书局1986年版，第1487页。
④ 苏轼：《与文与可其三》，《苏轼文集》，第1512页。
⑤ 秦观：《与参寥大师简》，载徐培均笺注：《淮海集笺注》卷三十，上海古籍出版社2000年版，第1012页。
⑥ 何良俊：《四友斋丛说》，中华书局1959年版，第206页。
⑦ 张孟伦：《汉魏人名考》，兰州大学出版社1988年版，第80～84页。
⑧ 陈垣：《史讳举例》，上海书店1997年版，第112页。

行禁止,以正名称。'从之。"① 洪迈《容斋续笔》卷四载:"政和中,禁中外不许以龙、天、君、玉、帝、上、圣、皇等为名字。"结果,士人们纷纷更名改字,"毛友龙但名友,叶天将但名将,……程振字伯玉,改曰伯起。程瑀亦字伯玉,改曰伯禹。张读字圣行,改曰彦行"。此禁令一直延续至宣和七年(1125)七月,徽宗方下手诏罢之。②

因避讳情况而撰写的字说,有 11 篇。如陈公燮初字思道,"以避耆旧讳,请改焉"。于是李觏命之曰"中道",然后由中生发,集中阐述治国之大道"不可不先其大者"③。徐简字敬伯,楼钥认为有犯太祖祖父"敬"讳之嫌,为其易字"圣可",并撰字说解释其故④。石敦仁原名天倪,字圣和,因政和八年禁诏,"今天子立极正名,以谓天之尊、圣之重,皆非臣下所宜号,曩者申命有司,具为禁令",只得易名敦仁,并请求赵鼎臣为之改字。赵鼎臣叙述了更名的原委,然后根据敦仁之意予以发挥,字之曰"思济",鼓励他出仕济民,以行仁道⑤。

(2)为了应对科举、步入仕途而更名改字。这种情况与科举迷信相关,颇为有趣,从中可窥见在竞争激烈的科举社会里,士人们沉重的心理负担。根据人类学家弗雷泽的研究,"在原始氏族观念里,人名是一个人最重要的部分之一,所以当一个获知某一个或某一灵魂的名字时,他同时也将得到它的一部分力量"。后世民间流传的姓名巫术(掌握了一个人姓名,再辅以特殊的法术,就可以操纵制服某人)便起源于这种古老的原始思维。⑥秦代以后,至少在主流文化传统中,儒家的理性精神很大程度上冲淡了这种思维方式,仅仅认为"名以正体,字以表德"⑦,基本上祛魅了名字上的神秘色彩。到了北宋,科举制度中的多个环节都与士人名字密切相关,如糊名制、殿试中因名字不佳或犯讳而遭黜落、唱名赐第、放榜等。这些环节将考生的命运与名字更加紧密地联系一起,无形中增强了名字能决定科举成败的心理印象。于是,士人们希望通过更名易字的方式,改变自己的命运,高中科第。在比较全面、真实地反映宋代士人生活的《夷坚志》中,士人为应科举而更改名字的记载屡见不鲜。⑧基于此类情况而撰的字说则有 20 多篇。虽然数量不多,可蕴含着丰富的社会文化信息。例如,贺性父热衷科名,然屡举不中,困于场屋,遂更名"天成","以求速化"。果然,当年便通过解试。赴省试之前,他向黄庭坚求字,希望能借此延续好运。黄字之曰"性父",提醒他"天之所成"乃天德,而非科举功名,"性父深思之"⑨。倘若改名易字是由梦兆或神启,那就更加灵验了。如张遹旧名张准,字子平。在途经芜湖和寄寓苍梧时,他

---

① 徐松:《宋会要辑稿·刑法二之七一》,中华书局 1957 年版,第 6531 页。
② 洪迈:《容斋随笔》,中华书局 2005 年版,第 269 页。
③ 李觏:《叙陈公燮字》,《李觏集》卷二十五,中华书局 1981 年版,第 284 页。
④ 楼钥:《徐圣可字说》,《楼钥集》卷六十六,浙江古籍出版社 2011 年版,第 1179 页。
⑤ 赵鼎臣:《石敦仁字序》,《竹隐集》卷十三,《全宋文》第 138 册,第 219 页。
⑥ 关于这方面的研究,笔者引用了万晴川教授的研究成果,见:《巫文化视野中的中国古代小说》,中国社会科学出版社 2003 年版,第 204~205 页。
⑦ 颜之推著,王利器集解:《颜氏家训集解》卷下,中华书局 1993 年版,第 92 页。
⑧ 最典型的如《夷坚甲志》卷六"李似之";《夷坚支乙》卷二"罗春伯""杨证知命""黄溥梦名";《夷坚支景》卷八"黄颜兄弟""平阳王夔""谢枢密梦""丁适及第""丘秀才",卷十"赵积智""婆惜响卜";《夷坚支戊》卷七"邵武秋试",卷八"吕九龄及第"、"湘乡祥兆",卷九"金谷户部符";《夷坚三志己》卷五"程采梦改名",卷六"二姜梦更名";《夷坚三志壬》卷一"邹状元书梦",卷五"黄子由魁梦"等。廖咸惠指出,宋代考生因神启而更名的故事不胜枚举,除了《夷坚志》外,她还列举了多部宋人笔记中的相关记载。见《祈求神启——宋代科举考生的崇拜行为与民间信仰》,《新史学》第 4 期,第 85 页。
⑨ 黄庭坚:《贺性父字说》,《黄庭坚全集》,四川大学出版社 2001 年版,第 1540 页。

两次得到梦兆，改名张逼，遂以此名得预乡选。邹浩得知后，为其改字循中，希望他再接再厉，"将奏名于礼部，将唱名于集英"①。

（3）原字意义不妥，改字明志，寄寓规训。因这种情况而撰写的字说有160多篇。如楼钥为从子改字景刘，希望他效仿孝子刘沨，妥善处理家庭关系。刘梦牛原字相岩，名字不配，于是欧阳守道易其字为"牧"，并撰字说。对此，刘欣论述颇详②，兹不赘述。

士人改字的群体行为，反映了在科举社会中他们对自己命运的深层关注和焦虑，以及新型的身份意识。就是说，他们通过命名表字来展示个体的志向、理想和价值观，以此凸显个人独特的士人身份。如果要追本穷源，这也许就是宋代字说兴起的最深层社会心理原因吧。

三

作为一种应用文体，字说（序）具有固定的写作模式。一篇字说（序），通常包括三个部分：首先，交待命名取字的缘起，或者追溯命名取字的仪式风俗之演变，以及名与字之不同；然后引经据典，解释、说明所取名、字之意义，或就此抒发议论，阐述道德规范、人生哲理；最后则寓以警戒、勉励之意。如宋祁《景文集》卷四十八《王杲卿字说》：

> 字之言滋也，名之外滋其一称，古君子因用表德焉。《阳秋》："大夫褒则书字。"《礼经》："男子二十冠而字。"厥惟旧矣。琅邪王君仁旭，字杲卿，既式是道，且欲本而推之，以充其谊。予辱君请，得以文陈。
>
> 旭者，日之旦也，本君含章自内，不待于外也。杲者，日之出也，本君厥修时敏，浸升以著也。仁联昆仲之次，八慈比也；卿同士子之称，劳谦象也。凡道不闻休笃实，光明章大，未有能发乎远也。若君家太尉，以三公建上将，威略折冲，为时长城，勋在王府，耿乎当世。君承德厚之庆，孺笃于赏典，崇让下贤，不以倨贵自安，靖恭肃给，入服华伍，其有意乎缉熙于光明，发于事业欤！又将不衰其孝谨而念尔祖欤！
>
> 昔君之先代有元长者，自比扶桑旸谷。今君溯洪源，休令闻，还以旭杲命之，则光辉日新。世其家者，有待于君矣。

也有许多字说先以议论之笔开门见山，阐述名、字中包含的意蕴，继而点出所取之字，再以警戒终结。如章望之族子章衡，原字子平，因仕宦不达，请求望之改字。于是望之撰写《章公甫字序》（此篇误入刘敞集中），开篇便论述圣人创立了种种繁复的文明制度，各有所宜，各有所限。只有度量权衡，是"齐众之器"，可以用来"多寡天下之物，诚信天下之民"，"以适规矩方圆，以定准绳平直，法于王府，同于四海之内。凡出于人力者，莫不得所，以程百器，以役百工，是以先王务审之"。然后结合"衡平"之意，为族子易字"公甫"："衡平，而物得轻重；物得轻重，而民得其情，天下之公所由出也。字曰公甫，可乎。"③

---

① 邹浩：《张循中字序》，《道乡先生邹忠公文集》卷二十八，明成化六年刻本，宋集珍本丛刊第31册。
② 刘欣：《宋代士人改字及其社会文化分析》，载《北京理工大学学报》（社科）2009年第6期，第109～115页。
③ 吕祖谦：《宋文鉴》卷八十九，中华书局1992年版，第1271～1272页。

为了缓解应用文体势所难免的刻板僵硬套路，主客对话的形式也频频运用在字说中。如被后人叹为"奇作"的黄庭坚《宋完字说》。全篇由对话构成，先是宋完陈诉求学中的苦恼："完也有志从学于先生之门，而未能自克。出从市井之嚣，莘然其有味，而常见侮于人。入闻先生之言，淡然其无味，而常见敬于人。二者交战，敢问其故？"继而，庭坚为其取字"志父"，阐述其意："士唯无志，则不可学；诚有志乎，不难追配古人矣。战市井之嚣，又何难哉！古之言曰：'不以物挫志之谓完。'"然后循循善诱，引用季札、子臧、泰伯、虞仲四位名人之例，证明"夫志者，战不义之良将也"，最后予以鼓励："而况市井之嚣、曲巷之好、频频之党，酒食嬉戏相追逐者乎？"① 这就巧妙地避免了行文的平淡，而主客二人的精神风貌也跃然纸上。苏轼《文与可字说》也以通篇问答的形式，层层深入，步步进逼，直至篇末才点明"与可"之意："吾友文君名同，字与可。或曰：'为子夏者欤？'曰：'非也。取其与，不取其拒，为子张者也。'与可之为人也，守道而忘势，行义而忘利，修德而忘名，与为不义，虽禄之千乘不顾也。虽然，未尝有恶于人，人亦莫之恶也。故曰：'与可为子张者也。'"② 通过对话展开行文，使得文章迭宕起伏，姿态横生，突破了字说文体千篇一律的陈窠。

在表现手法上，字说主要以说理、议论为主，叙述为辅。但名家作手往往能逸出常规，破体为文，自立机杼。如苏洵《仲兄字文甫说》，先是指出仲兄苏涣之字不妥，为之改字"文甫"；继而紧扣《周易·涣》象曰"风行水上涣"，运用十几个比喻，穷形尽相地描写了"风水相遭而成文"的千姿百态。"写得有声有色，备极奇观。然后转入出于自然，乃为至文，以见君子之立言，原非得已，结出一篇正论。"③ 由于将说理、叙事和描写融为一体，文章一洗日常应用文的刻板，表现得色彩斑斓、眩人耳目，并呈现出一种深刻新颖的理趣之美，堪称字说文体中的绝唱。又如黄庭坚《侍其鉴字说》。侍其鉴"骨秀而气清，应对机警"，其父请字于黄，黄字之曰弥明，并解释道："物材、美火齐得，然后成鉴。鉴明则尘垢不止，明虽鉴之本性，不以药石磨砻，则不能见其面目矣，况于下照重渊之深，上承日月之境者乎！学者之心似鉴，求师取友似药石。得师友，则心鉴明矣；求天下之师，取天下之友，则弥明矣。"④鉴既是名，同时暗喻心，"以药石磨砻"暗喻后天的访师求学，避免了叮咛说教的枯燥干瘪。

极少数的上乘之作，则在本属说教、训诫的字说中融入个人的深情壮志，感人肺腑。如高登《东溪集》卷下《命诸子名字说》：

> 名字所以相识别，未尝有义。自左氏载"德命"、"类命"之说，后世因取义焉。如王昶命子以默、沈、渊、深，见意于冲虚谦静。谢庄名子以飏、朏、颢、瀹，寓文于风月山水。厥趣不同，所属亦异。痛念王室凌迟，思扶持而一振之，左右匡拂，以守鸿业。然此志未遂，天也。吾以未遂之志，命汝箕曰扶，字伯起；裘曰持，字仲安；庭曰振，字叔昌；桴曰拂，字季士。人字汝而耳听之，汝称名而心维之，勉效两全之节，无使后人笑我昧于诸子，而遣蚊负山也。

---

① 《黄庭坚全集》，第632页。
② 《苏轼文集》卷十，第334页。
③ 孙琮：《山晓阁选宋大家苏老泉全集》卷二，清康熙刊本。
④ 《黄庭坚全集》，第636页。

此篇堪称字说中的异类。文章首先以86个字的篇幅，简明扼要地介绍西周以后，命名取字的风俗惯例及其演变。然后抒写怀抱，点明为诸子命名取字的内涵，以未申的报国壮志，寓于诸子名字中；希望诸子在呼名称字之际，牢记父训，勉成父志。篇幅虽短，但音调铿锵有力，句式错落有致，简洁严整，沉郁慷慨，有一股悲壮之气，充溢着时代气息。"其忠君爱国之心，每饭不忘如此。朱子谓能使人闻风兴起，良不虚云。"①

有的作者甚至异想天开，以文为戏，通过戏谑性模仿，将字说这种新兴文体俳偕化，取得一种幽默的戏谑效果。如周紫芝的《竹坡四君子字序》。作者先是正色危言，摆出一幅严肃面孔，批评世俗中称呼的紊乱。老者对少者不以字相称，而是"谓少者为丈"，这"岂其情哉？非相伪则相谀而已矣"。自己虽然甚陋此风，但无力扭转衰俗。然后叙述自己解官奉祠，门前冷落，独与毛颖、陶泓、陈玄、褚先生四君子者"相视而笑，莫逆于心，遂相与为友焉"。因四人有名无字，于是分别为其取字叔锐、坚伯、客卿、记言："入则与之晤而谈，出则与之偕而往也，醒则与之清坐终日，醉则与之纵横交错也，而其乐有不可胜言者矣。于是四君子相与逡巡而谢曰：'愿奉先生之几席，不敢辞也。'已而为之序以赠之。"②在文体、写法上，此文与一般字说无异，可其实它是一篇彻头彻尾拟体俳谐文。文中的四位好友并非高人雅士，只是笔墨纸砚文房四宝而已。作者把为后进子弟阐述名字内涵、富有道德规训意义的字说体，应用到了书斋中的日用之物，这与韩愈戏仿《史记》列传为毛笔立传，是出于同样的艺术机杼。即，"使用或摹仿某种实用文体，而出之于戏谑的内容，通过文体与内容的不协调，营造或增强文章的戏剧效果"③。"当仿体刻意模仿本体的形式，而又以此表达出人预料的与本体题材风格完全相悖的内容时，二者的形式与内容就产生了不协调。这种不协调会造成滑稽悦人的幽默效果和别具特色的讽刺。"④不同的是，韩愈戏仿的是久为史家矩矱的列传，而周紫芝戏仿的是方兴未艾的字说，表现出异常敏锐的文体嗅觉和艺术创造力。

四

与创作模式的相对单调形成鲜明对比，字说（序）的文体功能却相当多元化。如果说，前者将大多数作者的创造力囿于固定模式，无法纵横驰骋，限制了字说向所谓"纯文学"领域的拓展，那么，后者则使其在士人日常生活中游刃有余，日益普泛。简而言之，字说（序）的文体功能可以概括为：

（一）传播社会主流意识形态、价值观念，对士人进行道德训诫与伦理规范

每一时代的命名取字，通常反映着特殊时代的思想和信仰。魏晋以后，玄学、道教兴起，士族门阀多以"道""之"表字。陈寅恪指出："简万帝字道万，其子又名道生、道子，俱足证其与天师道之关系。六朝人最重家讳，而'之''道'等字则在不避之列，所以然之故虽不能详知，要是与宗教信仰有关。"⑤"盖六朝天师道信徒之以'之'字为名者颇多，

---

① 《四库全书总目》卷一百五十七《东溪集》提要，中华书局年1965年版，第1358页。
② 周紫芝：《太仓稊米集》卷五十二，《全宋文》第162册，第274页。
③ 陈允吉：《论敦煌写本〈王道祭杨筠文〉为一拟体俳谐文》，载《复旦大学学报》2006年第4期，第81页。
④ 沈立新：《仿拟结构的二合性及其关系浅探》，载《云南师范大学学报》2002年第3期，第96页。
⑤ 陈寅恪：《天师道与滨海地域之关系》，《金明馆丛稿初编》，三联书店2001年版，第9页。

'之'字在其名中,乃代表其宗教信仰之意,如佛教徒之以'昙'或'法'为名者相类。"①南北朝以后,佛教风靡华夏,于是诸如金刚、摩诘、力士等词汇也蜂涌进入士人名字中。与前代明显不同,由于儒学复兴,宋代士人的命名表字,不论是根据同义互训、反义相对、连意推想、五行干支相配的取字原则,还是直接从经典中选择美辞、警句,或追慕前贤,绝大多数都凝聚了儒家的意识形态和价值观。对此,字说(序)往往予以简明扼要的阐述,以对士人进行道德训诫、行为规范。如南宋理学家魏了翁途经绥定,与戴令翻辞行。戴子立本字仁父,因侍父侧,"谒余字义",魏语之曰"学之道,莫大于求仁,仁本我有"。回家后又撰写字说相付,阐释为仁之道,始自孝悌,"孝弟也者,其为人之本欤?"②继而又申明孝悌非仁,乃仁之一事。这样,魏既圆满地解释了"立本""仁父"之意,又将理学中"仁"与"孝悌"的复杂关系通俗地表述出来,传授于人。事实上,在南宋理学的传播过程中,字说也是一个重要渠道。它将本来复杂深奥的心性哲理,以通俗化的形式,与士人日常生活中最平常的命名取字行为相结合,成功地实现了理学向社会中下层的普及。

命字者将意识形态、道德伦理凝缩到所取字中,寄寓着真诚的期待和勉励。受字者也希望能以字为箴,牢记字说中的寓义,服之终身,时时警醒。南宋永嘉陈均向理学家真德秀请字,真命之以"子公",为撰字说:"夫处物之平,视物之一,及物之周,三者天下之至善也。……吾子敏学而好修,且有志于及物者,请以'子公'为子字,如何?""(陈均)竦然曰:'此一字箴也,愿幸而笔之于牍,以为吾终身规。'"③另一士人卓廷瑞有二子,长子以克,字伯仁;次子以存,字叔义。因与朱熹高足陈淳"趣味投合,有金兰之契",卓恳请陈淳为撰字说,"请为讲明其义之所以然,庶其归也,得以为趋庭诏士之助"④。某些士人甚至认为,字说就如同箴、训铭之于金,勒之于石,应终身念兹在兹。如南宋李知几,字吉先,因犯讳而请求孙应时为其改名易字。孙名以知仁,字以任甫,勉励道:"古之人盘盂有铭,几杖有戒,所以存之目、志之心而不敢忘也。名字之于人,从其美者而命之,其视盘盂、几杖也,不愈近矣乎? 古语有之:'衣服在躬,而不知其名,为罔。'然则为李生者,宜如何耶?"⑤理学家陈文蔚为其子陈浩取字存之,示以字说,又跋曰:"因自反曰:'苟吾日用之间,自不知操而勿失,所谓传而不习也,其罪又有浮于浩矣。'因书以当盘盂之戒。"⑥

除师友外,宋代字说还承载着来自士人家族内的训诫,从而部分地充当家训之用。由于科举导致的社会流动性较之前代更为明显,宋人意识到,读书应举、争取科第是保持家族政治、经济地位的上佳选择,也是维持士人社会身份的主要标志。良好的家庭教育与家风传承,可以为家族的繁衍兴盛奠定坚实基础,形形色色的家训于是应运而生。那些由家族长辈撰写的字说,便构成其中重要一类。⑦其训诫的内容以子侄们立身、持家、处世为重点,广泛涉及子侄们知识学习、道德规范、处世为宦等各个方面,从中体现出浓郁的家族意识。如司马光将兄子分别命字为"希祖""希道""袭美""居德",一一阐述其义,然后叮嘱道:"呜呼! 朝夕不离于口耳者,名字而已。尔曹苟能言其名求其义,闻其字念其道,庶几吾宗

---

① 陈寅恪:《崔浩与寇谦之》,《金明馆丛稿初编》,第121页。
② 魏了翁:《戴立本字仁夫说》,《鹤山先生大全文集》卷五十八,四部丛刊本。
③ 真德秀:《陈子公字说》,《西山先生真文忠公文集》卷三十三,四部丛刊本。
④ 陈淳:《卓氏二子名字说》,《北溪先生大全文集》卷十二,明钞本,宋集珍本丛刊第70册。
⑤ 孙应时:《李生名字说》,《烛湖集》卷十,《全宋文》第290册,第85页。
⑥ 陈文蔚:《书浩字说后》,《克斋集》卷七,《全宋文》第290册,第375页。
⑦ 南宋刘清之《戒子通录》便将刘禹锡《名子说》、苏洵《名二子说》与其他文体作品编在一起,充当家训。

其犹不为人后乎。"① 由于这方面已有专门研究②，此处不再赘述。

（二）为士人社会关系网络的编织牵针引线

在竞争激烈的科举社会，社会关系、人际网络对于士人的成才、中举、磨勘等决定人生命运的行为有着举足轻重的影响。除了血缘关系外，宋代士人的地缘、业缘、学缘、宗教等四类关系，需要他们主动地去经营、拓展。诸如投赞、干谒、走访、雅集、结社等活动，都是编织社会网络的有效途径。在"诗可以群"的传统观念驱引下，与这些社会活动相伴的各类文学创作，如干谒文、唱和诗、祝寿词等，可以为关系网络的编织牵针引线，为各层面的人际交往增添润滑剂。字说亦然。在一篇字说的形成过程中，请字（或改字）、命字、撰述这三个基本环节，主要是在士人阶层中进行的。字说的撰者，一般都是宦海精英、社会贤达、文坛名宿或乡间耆老。先是请字、命字双方的书启往还，或是拜谒走访；在各致殷勤、谦逊之意后，命字者为对方取字改字，然后撰文阐述其意，对请字者予以语重心长的叮嘱，寄托厚望与祝福。整个行为完成后，双方的关系较之以前自然更为密切，甚至从无到有，确立起一种新型的私人关系，终身不渝。

元祐八年（1093），苏轼为盱眙塾师杜舆取字子师，并写下《杜舆子师字说》。杜又请求苏轼门人晁补之"识其说"，于是补之根据苏轼命字之意，进一步推阐发挥，撰成《杜舆子师名字序》。苏轼读后相当满意，又专门作《书晁无咎所作〈杜舆子师字说〉后》，称赞补之之文"富于言而妙于理者也"③，足以阐发杜舆之志。这两篇字说，成为联系杜舆与苏门的重要关系纽带，而杜也成为苏轼晚年最密切的友人之一。在苏轼远贬儋耳时，杜舆甚至要尽鬻家产，携妻以从。崇宁五年（1106）冬，苏门弟子张耒途经盱眙，与杜小聚。杜出示此文，张耒写下《跋杜子师字说》：

"车之所以能载者，以其有舆也。人之所以从君子者，以其有德也。从之众矣，此名舆字子师之说也"。耒以丙戌岁仲冬，自黄之颍，过盱眙，少留。子师出子瞻文，始获见焉。于是苏公之亡五年矣，相与太息出涕而读之。至前二日书。④

张耒题跋之时，苏轼已经去世五年了，党锢依旧严峻，但这并未能影响苏门弟子对苏轼的爱戴与追慕。苏轼字说中的名言"人之所以从君子者，以其有德也，从之众也"，成为张耒和杜舆缅怀师长、抗议时局的无言心声，见证着苏门在心理上的认同感、归属感，凝聚着苏门及其后裔们共同的群体记忆和情感共鸣。⑤

一篇出自于苏轼、朱熹等名家之手的字说，可以无形中提高受字者的社会身份，延致声誉。元祐六年（1091），苏轼出守汝南，与宗室赵令畤定交，为其取字德麟，并撰《字说》高度评价令畤："学道观妙，澹泊自守，以富贵为浮云。"⑥ 这篇文章让原本寂寂无闻的赵令畤迅速融入苏轼的交游圈中，声名鹊起。"既而得《秋阳赋》于黄门苏侍郎家，《赵德麟字

---

① 司马光：《诸兄子字序》，《温国文正司马公文集》卷六十四，四部丛刊本。
② 刘欣将宋代家训作了文体分类，将字说纳入其中，见其博士论文《宋代家训研究》第一章第一节。
③ 《苏轼文集》卷六十六，第2057页。
④ 张耒：《张耒集》卷五十三，中华书局1990年版，第809页。
⑤ 关于苏门的形成及晚期苏门的心理认同、情感共鸣，王水照、崔铭均有精彩论述。他们的根据主要是诗词。见王水照：《"苏门"诸公贬谪心态的缩影》，《苏轼研究》，河北教育出版社1995年版，第112～118页；崔铭：《跨越时空的群体性唱和》，《中国石油大学学报》（社科版）2006年第1期，第93～98页。
⑥ 《苏轼文集》卷十，第337页。

说》于翰林范学士家,又知德麟为从事,虽未识德麟,已知其贤。"① "赵德麟始以僚属受知于苏公,今苏集有《倡酬》《字说》与《秋阳》《春色》二赋。世之贤德麟者以此。"而德麟也的确不负东坡之文,患难见真情:"迨苏公度岭,诸贤皆坐废锢,德麟与焉,而犹惓惓于片文遗墨之是宝,于是有以知德麟之所存者远矣!"②

从写作场合考察,宋代约有15%的字说撰于师友赠别之际,这是一个相当奇特的现象。它表明,至少在这一场合,字说在社交功能上完全可以代替赠序,来"叙友谊,道惜别","致勉励,陈忠告"。如尹洙之兄尹源将西行,向饯别诸友求赠序,"称古仁者送人之义,责言于其交之所常厚者"。欧阳修自谦对尹源"既友慕钦挹之不暇,顾岂有遗忽乏少之可以进于言邪?"于是,"因姑请更君之字(子渐),以塞其求",撰成《尹子渐字序》,鼓励好友"渐进不已,而至深远博大之无际"。③ 由此,赠别双方在觥筹交错、歌酒侑欢的饯席之外,谆谆嘱托,促进了双方的情谊。

另一方面,字说也和赠序一样,充当着士人游学、干谒等活动中的引介、推荐之功。如南宋陈惟月长期跟随著名学者、乡郡儒宗欧阳守道学习举子业。咸淳四年(1268),陈补太学生,临行之际,与欧阳守道辞别。守道为其改字"学可",并撰字说赠别,谓:"今之学官,盖有予之凤昔师友。余以病,不能奉竿牍介吾子而见于门。然吾子既为其诸生矣,不在予之介也。既拜而得侍函丈之席,其以予之赠吾子者告以闻,而归还以教予。"④ 太学中有欧阳守道诸多师友,他为陈所撰写的字说,相当于一封推荐信,可使惟月迅速融入新的学习环境和社会群体中。

综上所述,字说文体起源于先秦的冠礼仪式,发轫于中唐。北宋时,因受到士人阶层中新兴的请字、改字(包括名)社会风气刺激,从而蔚为兴盛。元、明、清三代,字说更趋繁荣,成为士人日常生活中最为常见的文体形式之一,但其创作模式和文体功能,基本上未能脱离宋代之藩篱。直至民国以后,随着取字习俗的式微以及新文学的兴起,字说才逐渐退出纯文学的殿堂。

---

① 李鹰:《济南集》卷六《汝阴唱和集后序》,《全宋文》第132册,第136页。
② 魏了翁:《跋东坡赵德麟字说真迹》,《鹤山先生大全文集》卷六十四。
③ 欧阳修:《尹源字渐序》,《欧阳修诗文集校笺》,上海古籍出版社2009年版,第1718页。
④ 欧阳守道:《陈惟月字说》,《巽斋文集》卷二十四,《全宋文》第347册,第58页。

宋词对琵琶乐妓的描写及其审美特征

刘尊明

深圳大学

谈到琵琶在我国古代的流行与繁盛以及文学描写琵琶妓乐的成就，一向推唐代和唐诗为最高峰，论者往往忽略了琵琶妓乐在宋代的流行现象以及琵琶与宋词的关系。事实上，琵琶在宋代燕乐中的地位仍然很重要，尤其是对宋词的创作和发展影响甚大。据笔者检索统计，《全宋词》中涉及对琵琶妓乐赋咏和描写的词作共计250余首。在这250余首宋词中，词人们除了一般性地描写"琵琶"这一音乐意象之外，还有大量作品则是专门赋咏琵琶妓与琵琶乐的。在这些描写和吟咏琵琶妓乐的"琵琶词"中，有相当一部分作品就是专门描写"琵琶妓"的，或描写其容貌形象，或赋咏其演奏情形，或刻画其内心世界，或反映其生活状况，其中也反映了宋代词人与琵琶乐妓的交往情形，并倾注和渗透了词人的审美情感和文化心理。这些赋咏"琵琶妓"的词作，不仅与描写"琵琶乐"的词作共同构成了宋代"琵琶词"的有机整体，而且它们所包含的文化信息和审美内涵也非常丰富，堪与唐代的"琵琶诗"前后辉映。笔者此前曾撰文考察宋词对琵琶乐的描写[①]，本文则拟对宋词描写琵琶妓做进一步的观照与探讨。

一、一般赋咏琵琶妓

宋词对琵琶妓的描写，大致可以划分成两种主要的创作模式，即一般性的赋咏和专门性的题赠。我们先对一般赋咏琵琶妓的宋词加以考察。

和以描写琵琶乐为重心不同，宋词对琵琶妓的赋咏虽然也涉及对琵琶乐的描写，但全篇则多是以弹奏琵琶乐的乐妓为描写对象或抒情主人公的，故抒写的重心多偏于人而不在于乐。我们发现，不少宋词篇章都描写了词人在不同场合观赏琵琶妓演奏的情景，这些琵琶妓的年龄、身世、技艺各不一样，词人与这些琵琶妓的接触、了解和关系也有所不同，通过这些赋咏琵琶妓的宋词作品，我们不仅能增进对宋代琵琶妓的认识，而且还能获取宋代词人与琵琶妓交往及其审美体验方面的一些文化信息。

（一）"隔帘听"琵琶妓弹奏

在北宋词坛上，柳永是第一个大量接触各类从事歌舞表演和器乐演奏等职业妓女的词人，他的词中也较早涉及对琵琶妓的描写。请看《隔帘听·林钟商》一词：

咫尺凤衾鸳帐，欲去无因到。虾须窣地重门悄。认绣履频移，洞房杳杳。强语笑。逞如簧、再三轻巧。　　梳妆早。琵琶闲抱。爱品相思调。声声似把芳心告。

---

① 刘尊明、李晓妍：《宋词所描写的琵琶音乐及其审美特征》，载《徐州工程学院学报》2012年第6期。

隔帘听，赢得断肠多少。恁烦恼。除非共伊知道。①

这首词赋咏《隔帘听》这个词调之"本意"，是写隔帘听佳人笑语和琵琶情曲，却不得与她相见幽会而徒增感伤烦恼。词中帘内"强语笑""逗如簧""品相思"的佳人应是一位琵琶妓，而屋外隔帘窥听者可能就是浪游市井出入青楼的词人自己。正像他在《鹤冲天》词中所写，"烟花巷陌，依约丹青屏障。幸有意中人，堪寻访"（64页），这首词中的琵琶妓，可能属于他在"烟花巷陌"中的"意中人"之一。这种隔帘窥听的生活经历和审美体验，在他的《凤栖梧》一词中也有描写："帘下清歌帘外宴。虽爱新声，不见如花面。牙板数敲珠一串，梁尘暗落琉璃盏。 桐树花深孤凤怨。渐遏遥天，不放行云散。坐上少年听不惯。玉山未倒肠先断"（31页）。只不过一写听歌，一写听琵琶也。除了描写这位琵琶妓的居处环境和陪笑生活之外，词人也通过倾听她的琵琶声而感受到了她渴望爱情的心悸："梳妆早。琵琶闲抱。爱品相思调。声声似把芳心告。"尽管没有题序，且带有赋咏"本调"的痕迹，但我们仍然可以通过词作内容并联系词人的生平，而认定此词为宋代词坛上较早的一首赋咏琵琶妓的歌词。

这种"隔帘听琵琶"的娱乐消闲生活并非只有柳永一人经历过，宋代其他文人中也不乏体验者，如黄庭坚有《粹老家隔帘听琵琶》诗云："马卿劝客且无喧，请以侍儿临酒樽。妆罢黄昏帘隔面，曲终清夜月当轩。弦弦不乱拨来往，字字如闻人语言。千古胡沙埋妙手，岂如桃李在中园。"② 即写他在"粹老家"（粹老指马玿）听其"侍儿"隔帘弹奏琵琶的情形，所谓"侍儿"应是主人家畜养的一个擅弹琵琶的乐妓。又如宋代陈舜俞《双溪行》诗序记载云：张先尝与"故范恪太尉之家妓"何氏相识，此妓后为陈正臣之"侍婢"，张先晚年尝在陈舜俞、李公择陪同下往访之，"正臣不肯出何氏侑诸客饮，独使在屏障中歌，及作笛与胡琴数弄而罢，其声调无不清妙"③，亦属"隔帘听"之例，可见一时之风气也。又如王安中亦有《临江仙》一词，题作"贺州刘帅忠家隔帘听琵琶"（975页），词云：

凤拨鹍弦鸣夜永，直疑人在浔阳。轻云薄雾隔新妆。但闻儿女语，倏忽变轩昂。 且看金泥花那面，指痕微印红桑。几多余暖与真香。移船犹自可，卷箔又何妨。

清叶申芗《本事词》卷上记本事云："王初寮在贺州刘帅家，听隔帘琵琶，因赋《临江仙》云。"④ 据史传记载，王安中曾贬官象州，与词题中所记贺州相邻，宋代属广南路，皆在今广西境内，则此词当为王安中谪居象州时于贺州帅刘忠家"隔帘听琵琶"而作。词中所写"隔帘"弹琵琶者，多半亦为刘帅所畜养的家妓，只因宠爱有加，故秘不示人也。词从帘内的琵琶声写起，写词人隔帘听琵琶而恍然如置身当年白司马浔阳江头夜听琵琶之境界。接下来，"轻云"句写隔帘所见琵琶妓之隐约妆束，朦胧轻盈，引人遐思；"但闻"二句写隔帘听琵琶乐之起伏变化，虽从韩愈《听颖师弹琴》诗句化出，而生动贴切，以少胜多。下片

---

① 唐圭璋编纂，王仲闻参订，孔凡礼补辑：《全宋词》（简体增订本），中华书局1999年版，第38页。按：本文所引宋词作品均据此本，以下随文括注页码，不再一一出注。
② 黄庭坚：《山谷集·外集》卷十四，文渊阁四库全书本。
③ 傅璇琮：《全宋诗》，北京大学出版社1999年版，第4956页。
④ 吴熊和：《唐宋词汇评》（两宋卷）引录，浙江教育出版社2004年版，第1200页。

则全写听琵琶之感想。换头三句,亦出自词人"隔帘听"而生发的想象:那该是一把用红桑木制作的精美琵琶,槽面上有金泥描画的花朵,上面还微微映现出琵琶妓的手指印痕,更有从琵琶妓手指和身体上传导和散发的"几多余暖与真香"啊。承此绮思遐想,词人于结尾更是妙语惊人:当年白居易于浔阳江头遇琵琶女,犹且可以"移船相近邀相见,添酒回灯重开宴",刘帅您又何妨卷起帘栊,让您宠爱的琵琶妓当面弹奏一曲呢?王安中这首"隔帘听琵琶"的小令词,虽然涉及琵琶妓的形象和演奏的内容并不多,但他用主要篇幅所抒发的绮丽香艳的情思,却颇能反映宋代词人"隔帘听琵琶"的审美心理。

(二)晏几道赋咏琵琶妓

与歌妓包括与琵琶妓交往最为密切而且产生感情的词人,柳永之外,晏几道也是非常典型的一位。《小山词自序》尝云:"始时沈十二廉叔、陈十君龙家,有莲、鸿、蘋、云,工以清讴娱客。每得一解,即以草授诸儿,吾三人持酒听之,为一笑乐。已而君龙疾废卧家,廉叔下世,昔之狂篇醉句,遂与两家歌儿酒使,俱流转于人间。"① 所谓"莲、鸿、蘋、云",即晏几道在沈廉叔、陈君龙两位朋友家结识的"歌儿酒使"中的佼佼者,其中的"小蘋"不仅"工以清讴娱客",而且也擅弹琵琶,晏几道的经典名篇《临江仙》一词就是为追忆小蘋而作(286页):

梦后楼台高锁,酒醒帘幕低垂。去年春恨却来时。落花人独立,微雨燕双飞。记得小蘋初见,两重心字罗衣。琵琶弦上说相思。当时明月在,曾照彩云归。

对于此词,历代多激赏"落花"二句,却极少注意这个"小蘋"擅弹琵琶。关于"琵琶弦上说相思"一句,或解为词人与小蘋别后而借琵琶诉说相思之情,但笔者更倾向于解读为当时小蘋琵琶曲中流泻出相思之意,换言之,即小蘋弹奏的琵琶曲属于相思一类的情曲。对此,陈匪石《宋词举》有较详细的解说:"过变追溯'初见''罗衣'述当时服饰。然今已不见,故'相思'之情只能就'琵琶弦上''说'之,以琵琶惯弹别曲也。或'初见'时听弹琵琶,有'相思'之曲,为今所记得者:意亦彻上彻下也。"② 可见,令晏几道难以忘怀的不仅是小蘋"两重心字罗衣"的服饰,"当时明月在,曾照彩云归"的形象,而且还有小蘋那"琵琶弦上说相思"的琴艺与心声。晏几道另有一首《清平乐》写道:

千花百草。送得春归了。拾蕊人稀红渐少。叶底杏青梅小。　　小琼闲抱琵琶。雪香微透轻纱。正好一枝娇艳,当筵独占韶华。(297页)

词中所写"闲抱琵琶"的小琼,虽不见于其《小山词自序》的陈述,当亦为小晏所结识的琵琶妓之一。此词上片主要写暮春之景,下片写小琼弹奏琵琶,却并不着力于琵琶乐声,而是写其"雪香微透轻纱"的形象,赞其"正好一枝娇艳,当筵独占韶华"的风情,因而一扫上片"千花百草,送得春归了"的孤寂与伤感。因小山词绝少题序,我们虽无从得知上引二词是否为小晏题赠琵琶妓之作,但从内容判断,一写别后追忆"记得小蘋初见""琵琶弦上说相思",一写当筵欣赏"小琼"弹奏琵琶,则是大致可以确定的。

---

① 施蛰存:《词籍序跋萃编》,中国社会科学出版社1994年版,第32页。
② 陈匪石:《宋词举》,江苏古籍出版社2002年版,第155页。

（三）对琵琶妓的多样化描写

此外，我们发现，在其他词人所作一般性赋咏琵琶妓的词作中，也有丰富多彩的思想内涵和精彩纷呈的艺术表现。兹略举数例如下：

> 良夜灯光簇如豆。占好事、今宵有。酒罢歌阑人散后。琵琶轻放，语声低颤，灭烛来相就。　玉体偎人情何厚。轻惜轻怜转唧嗾。雨散云收眉儿皱。只愁彰露，那人知后。把我来僝僽。
> ——周邦彦《青玉案》（802 页）

> 琵琶弦畔春风面。曾向尊前见。彩云初散燕空楼。萧寺相逢各认、两眉愁。　旧时曲谱曾翻否。好在曹纲手。老来心绪怯么弦。出塞移船莫遣、到愁边。
> ——王千秋《虞美人》（1469 页）

> 怯雨羞云，翠鬟初按檀槽就。赏心时候。常劝花间酒。　慢捻轻拢，怨感随纤手。胡沙奏。几行红袖。都道谁家有。
> ——曹勋《点绛唇》（1605 页）

> 曳云摇玉。裙蘼秋绡幅。学得琵琶依约熟。贪按雁沙新曲。　曲终满院春闲。清颦移上眉山。心事怕人猜破，折花背插云鬟。
> ——程武《清平乐》（4016 页）

> 莺踏花翻，乱红堆径无人扫。杜鹃来了。梅子枝头小。　拨尽琵琶，总是相思调。知音少。暗伤怀抱。门掩青春老。
> ——无名氏《点绛唇》（4740 页）

以上所引五词，均无题序，但内容皆写到琵琶妓的演奏和生活。周邦彦《青玉案》一词中的女主人公应该就是一个在酒筵上弹曲的琵琶妓，词的内容并没有写她弹奏琵琶的技艺和场景，而主要是写她的一段幽欢艳情。此词不仅是宋代琵琶词中描写尺度最大胆的一首，也堪称宋代艳情词中较为出格的作品。对此词，王国维《清真先生遗事·尚论三》认为是"伪词"，"乃改山谷《忆帝京》词为之者，决非先生作"①，而龙榆生则认为："邦彦年少风流，又居汴梁声歌繁盛之地，闲游坊曲，自在意中。集中侧艳之词，时有存者。如《青玉案》云（略）。试与《乐章集》中'淫冶讴歌'之作相较，亦'伯仲之间'。"② 笔者以为，此词即使非周邦彦作而是出自他人之手，而它对琵琶妓情爱生活的大胆描写，对于我们了解宋代琵琶妓也仍然具有一定的认识价值。无名氏《点绛唇》一首，所歌咏的对象也是一个琵琶妓，"拨尽琵琶，总是相思调"，反映了她对爱情的渴求；而"知音少"的感叹和"门掩青春老"的"暗伤怀抱"，也非常真实地刻画出她孤寂悲伤的内心世界。无名氏的这首《点绛唇》很可能出自于一个琵琶妓的自我写照。程武的《清平乐》所描写的大概是一个刚学琵琶不久的年少乐妓，她不仅外形美丽可爱，而且也勤奋练习琵琶技艺，但当"曲终"之后、"春闲"之际，"清颦"也会"移上眉山"，"心事怕人猜破，折花背插云鬟"二句，刻画琵琶妓的心理和形象，极为生动传神。王千秋《虞美人》一词，概写词人晚年与过去结识的一个琵琶妓在寺院重逢的情景，既抒发了较凄婉的今昔盛衰之感，也表现了词人与琵

---

① （宋）周邦彦著，吴则虞校：《清真集》附录，中华书局 1981 年版，第 113 页。
② 龙榆生：《清真词叙论》，载《词学季刊》第二卷第四号，开明书店 1935 年版，第 4～5 页。

琶妓的密切关系和深厚情谊，堪与小山词前后媲美。至于曹勋的《点绛唇》，概写宫廷乐妓演奏琵琶的情景，她们所具有的红袖翠鬟之形貌，怯雨羞云之情态，轻拢慢捻之技法，皆非人间平常乐妓可比，故词中夸耀"都道谁家有"，而她们的主要工作则不过是为皇室贵族服务，所谓"赏心时候，常劝花间酒"。全篇笔触轻灵，情调闲雅，当是曹勋宫廷生活体验的反映。

二、专门题赠琵琶妓

我们再来考察宋词专门题赠琵琶妓的作品。与一般性的赋咏琵琶妓有所不同的是，宋代琵琶词中还有不少作品则属于专门题赠琵琶妓之作。这些作品基本上都有题序，表明它们是为某个具体、特定的琵琶妓而创作的，有的甚至标明是赠与琵琶妓的。虽然这些专门题赠琵琶妓的词作在表现内容上与一般性赋咏琵琶妓之作并无本质的不同，但创作态度和情感表达上的细微差别，以及题序的运用，仍给我们带来了一些新的文化内涵和审美体验。

（一）张先题赠琵琶妓

张先堪称宋代词坛上最早题赠琵琶妓的词人。请看其《醉垂鞭》一词，题云"赠琵琶娘，年十二"，全词如下：

　　朱粉不须施。花枝小。春偏好。娇妙近胜衣。轻罗红雾垂。　　琵琶金画凤。双绦重。倦眉低。啄木细声迟。黄蜂花上飞。（72页）

此词题序明确表明为"赠琵琶娘"之作。所谓"琵琶娘"，也就是琵琶妓，而且还是一个年仅十二岁的雏妓。上片写琵琶娘，以"花枝小，春偏好"比其"年十二"的豆蔻年华，以"娇妙近胜衣，轻罗红雾垂"写其娇妙柔美，而"朱粉不须施"则传达出天真自然的风韵。下片咏琵琶演奏，主要以"金画凤"写琵琶乐器之精美，以"啄木细声迟，黄蜂花上飞"状琵琶乐声之美妙，而穿插服饰及形貌的描写，相互映衬，可谓赏心、悦目、快耳三美兼具。张先一生风流自赏，既家有聘妾宠姬，也多冶游艳遇，则此词所赠琵琶妓，属官妓或私妓，皆有可能。张先另有《南乡子》"送客过余溪，听天隐二玉鼓胡琴"和《定西番》"执胡琴者九人"等词，描写多位琵琶妓一起演奏的情景，亦别有风情。兹引录二词如下：

　　相并细腰身。时样宫妆一样新。曲项胡琴鱼尾拨，离人。入塞弦声水上闻。
　　天碧染衣巾。血色轻罗碎摺裙。百卉已随霜女妒，东君。暗折双花借小春。（93页）
　　铮拨紫槽金衬，双秀萼，两回鸾。齐学汉宫妆样，竞婵娟。　　三十六弦蝉闹，小弦蜂作团。听尽昭君幽怨，莫重弹。（100页）

《南乡子》一词，据考证，盖熙宁七年（1074）九月，苏轼与杨绘因调任密州和京城而同时离杭过吴兴，沈汭于雪上天隐楼中设宴款待，张先作陪，席上沈氏命二妓弹琵琶侑酒，张先为作此词。词序中的"送客"，即指送别苏轼、杨绘二人；"二玉"指二琵琶妓，因名字中皆有玉字者，故名。苏轼同时亦有同调之作，题云："沈强辅雯上出犀丽玉作胡琴，送元素还朝，同子野各赋一首。"沈强辅，盖即沈汭；雯上，当为"雪上"之讹误；犀丽玉，别本作"文犀丽玉",或为文丽玉、犀丽玉之简写,也可能是犀玉、丽玉之简写,应即张先词序中的"二玉"也;作胡琴,意同鼓胡琴,胡琴即琵琶。① 将苏词与张词及其题序两相对应,可见二词为同一场合同一背景下所作,皆以"二玉鼓胡琴"为描写内容,"二玉"大概就是沈沔家中畜养的两个琵琶妓。张先对"二玉鼓胡琴"的描写,除了"曲项胡琴鱼尾拨""入塞弦声水上闻"二句涉及乐器和曲调外,其他篇幅主要致力于描写二玉的穿着打扮和身姿风韵,并把她们比作秋日里众芳凋落后东君特意赏赐的两朵春花。《定西番》一词,虽然写作的时间和背景等皆不详,但描写"执胡琴者九人"之"三十六弦蝉闹"的热烈繁促,亦令人大开眼界,想见当时词坛风流繁华之气象也。

(二) 苏轼题赠琵琶妓

苏轼也堪称宋代词坛上与琵琶妓多有交往的词人,不仅写出了不少描写听琵琶的精彩词章,而且也有专门题赠琵琶妓的作品。除上文所举《南乡子》一首描写"二玉"弹奏琵琶之外,他另有二词也非常值得注意:

  小莲初上琵琶弦。弹破碧云天。分明绣阁幽恨,都向曲中传。 肤莹玉,鬓梳蝉。绮窗前。素蛾今夜,故故随人,似斗婵娟。
            ——《诉衷情·琵琶女》(398 页)
  琵琶绝艺。年纪都来十一二。拨弄么弦。未解将心指下传。 主人嗔小。欲向东风先醉倒。已属君家。且更从容等待他。
            ——《减字木兰花·赠小鬟琵琶》(403 页)

这两首词作,一题"琵琶女",一题"赠小鬟琵琶",皆专门为琵琶妓而作也。在《诉衷情》中,词人以"小莲"指称"琵琶女"。据《北史》卷十四《列传第二·后妃下·冯淑妃传》,冯淑妃名小怜,原为穆后之从婢,"能弹琵琶,工歌舞"②。"莲"与"怜"谐音同意,则苏词中的"小莲"或许不无以北齐冯淑妃为比之意,但联系到晏几道等人词作词序中亦多处写到有歌妓或乐妓名"小莲",则这里的"小莲"也可能就是指称东坡所结识的某个"琵琶女"。词的上片以"弹破碧云天"来描状琴声之响彻云霄,并听出了曲中所传达的"绣阁幽恨",可见她琴艺之精湛,乐曲之感人;下片写其"肤莹玉,鬓梳蝉"的美丽形象,并以明月"故故随人,似斗婵娟"加以烘托,词人对她的喜爱之情也就不言而喻了。至于"赠小鬟琵琶"一首,则可与张先"赠琵琶娘,年十二"一词对读,反映了宋代琵琶乐妓从小学艺年纪偏小的普遍现象。"此词咏一个刚学弹琵琶的乐妓,全词咏她'小'。上阕指出'年纪都来十一二',技艺没有驯熟;下阕说她的主人已迫不及待地要摧残她,苏轼劝说那个主人'等待'。"③ 可见苏轼不仅对这个弹琵琶的雏妓充满了怜惜和同情,而且以调侃的笔触对其主人的迫不及待表达了善意化的嘲讽与人性化的劝慰,含蕴极其丰富,未可等同游戏笔墨也。

(三) 其他词人题赠琵琶妓

在宋代词人专题赋咏或题赠琵琶妓的作品中,还有黄庭坚、吴文英、蒋捷三人的三首词

---

① 关于张先、苏轼二词的编年和解读,参见薛瑞生《东坡词编年笺证》之《南乡子》"裙带石榴红"一词后所附《考证》。三秦出版社 2006 年版,第 107~108 页。
② 李延寿:《北史》卷十四,文渊阁四库全书本。
③ 石声淮、唐玲玲:《东坡乐府编年笺注》,(台北) 华正书局 1993 年版,第 481 页。

值得关注和考察。兹引录三词如下：

> 薄妆小靥闲情素。抱著琵琶凝伫。慢捻复轻拢，切切如私语。转拨割朱弦，一段惊沙去。　　万里嫁、乌孙公主。对易水、明妃不渡。泪粉行行，红颜片片，指下花落狂风雨。借问本师谁，敛拨当心住。
>
> ——黄庭坚《忆帝京·赠弹琵琶妓》（508页）
>
> 坠瓶恨井，分镜迷楼，空闲孤燕。寄别崔徽，清瘦画图春面。不约身移杨柳系，有缘人映桃花见。叙分携，悔香瘢漫蓺，绿鬓轻剪。　　听细语、琵琶幽怨。客鬓苍华，衫袖湿遍。渐老芙蓉，犹自带霜宜看。一缕情深朱户掩，两痕愁起青山远。被西风，又惊吹、梦云分散。
>
> ——吴文英《倦寻芳》"花翁遇旧欢吴门老妓李怜，邀分韵同赋此词"（3703页）
>
> 妾有琵琶谱。抱金槽、慢捻轻拋，柳梢莺妒。羽调六幺弹遍了，花底灵犀暗度。奈敲断、玉钗纤股。低画屏深朱户掩，卷西风、满地吹尘土。芳事往，蝶空诉。　　天天把妾芳心误。小楼东、隐约谁家，凤箫鼍鼓。泪点染衫双袖翠，修竹凄其又暮。背灯影、萧条情互。捐佩洲前裙步步，渺无边、一片相思苦。春去也，乱红舞。
>
> ——蒋捷《贺新郎·弹琵琶者》（4360页）

黄庭坚《忆帝京》一词明确题注为"赠弹琵琶妓"。据考证，此词乃黄庭坚绍圣四年（1097）谪居黔州（今四川彭水）时所作，与另外两首赋咏琵琶的词作《木兰花令》"东君未试雷霆手""黄金捍拨春风手"盖为同时之作[①]。全词描写了琵琶妓演奏的全过程，先从她的淡薄妆束和专注神情写起，中间用一连串比喻和典故来描状琵琶妓手法之娴熟高超，渲染琵琶乐曲之繁音促节，抒写琵琶曲调内容声情之悲苦凄厉，而末尾写词人的关切询问与琵琶女的敛拨无语，又似有无限幽怨尽在言外。虽然词中没有像白居易《琵琶行》那样突出而强烈地叙写自己的青衫之泪与沦落之悲，但联系到黄庭坚在黔州贬地连写三首琵琶词，而此词又为"赠弹琵琶妓"之作，则词人由听琵琶而触起的悲苦之情，引琵琶妓为知音的身世之感，还是可以从全词的声情意境及字里行间领略得到的。

吴文英的《倦寻芳》一词，据词序可知，乃为花翁孙惟信与旧欢吴门乐妓李怜于晚年邂逅重逢的一段凄艳故事而写照传情也。作为故事男主人公的孙惟信（号花翁），为南宋后期与吴文英同时的一个名重江浙的隐逸词人，遗憾的是他本人赋咏与乐妓李怜重逢的同题词作已散佚不传，倒是吴文英的"分韵同赋"之作传存下来，让我们得以领略才子词人与乐妓佳人的一段凄美情事。尽管词序称李怜为"吴门老妓"，但词中分明写道"听细语、琵琶幽怨；客鬓苍华，衫袖湿遍"，俨然就是白司马浔阳江头听琵琶故事的缩写，因此我们完全有理由相信李怜也是一个擅弹琵琶的乐妓。词的上片，先从以前的分别写起，继写别后的音信往还，接以不期而遇的花柳重逢，收煞于倾诉别情中对当初轻率分手所产生的追悔之意。词的下片，换头四句，接写叙旧情景，一者以琵琶细诉别后幽怨，一者因客鬓苍华而泪湿衣袖；以下"渐老芙蓉"二句，转写李怜徐娘渐老，风韵犹存，以带霜芙蓉为比，既见别后辛酸，亦寓怜惜之情；"一缕情深"二句，写两情款曲，深爱不移，而分离在即，愁绪又

[①] 马兴荣、祝振玉：《山谷词》，上海古籍出版社2001年版，第52页。

起;结尾一韵,写重逢后又分离,恍如一梦。全词写得摇曳多姿,而又深婉动人,可见吴文英不仅对这个乐妓充满了人性的关注和审美的体认,而且也对文人与乐妓的这段艳情倾注了感伤之情与礼赞之意。明人以"白香山情事"五字评此词①,实则此词虽不无《琵琶行》的故事影踪,但它所叙写的文人与乐妓的悲欢离合更有超逸于《琵琶行》的文化意蕴。

蒋捷的《贺新郎》"弹琵琶者"一首,别本或题"赠弹琵琶者",或作"赠琵琶者",而清叶申芗《本事词》卷下则记载"名姬有善琵琶者,胜欲为赋《贺新郎》云"②,则为我们解读此词提供了较明晰的线索与启示。盖此词乃蒋捷为一善弹琵琶之名姬而作,此名姬当属他人所有,而此时她已沦落不偶,故蒋捷为赋此词以赠之。词以琵琶姬的自诉口吻写出。上片写琵琶姬借曲传情。她自述按谱弹曲,学有根底,因技艺出众、音声美妙而直令柳莺含妒;她弹完一曲羽调《六么》,已令听者有灵犀暗通之感;可是演奏结束后,彼此却无由交接,画屏朱户终将两情分隔,一段美好的芳事也就此终结。下片写琵琶姬的相思之苦。她埋怨上天误了自己的一片芳心;她听楼外他人的欢歌之声而更增孤寂之悲;她泪染衣衫却仍然坚守品操;她天天在失望中度过,却依然不辞"一片相思苦"!在这个琵琶姬的形象中,我们似乎看到了蒋捷的人格投影。蒋捷另有同调"题后院画像"一词(4361页),从"背琵琶、盈盈袖手,粉闲红靓"的描绘来看,画像上的女子应该也是一位琵琶妓,至少也是一位擅弹琵琶的佳人。限于篇幅,兹不赘述。

三、宋词描写琵琶妓的审美特征

综上所述,宋词对琵琶妓的描写,无论是一般的赋咏还是专门的题赠,既不乏鲜明的形象、香艳的色调,也有着浓郁的情感、深切的思想,比之唐代琵琶诗对琵琶妓的描写,宋代琵琶词似乎并不逊色,而且还有进一步的拓展与丰富。下面,我们试对宋词描写琵琶妓的审美特征略作探讨与总结。

(一)偏嗜女色与雏妓的审美倾向

尽管宋代也不乏像南宋末年汪元量那样著名的宫廷乐师,但从宋词的歌咏中,我们却很难找到像唐代的裴神符、曹保、曹善才、曹纲、贺怀智、裴兴奴、康昆仑、段善本那样擅名天下的男性琵琶名师,宋代琵琶词所描写的琵琶演奏者主要为女性,而且多为专门从事歌舞伎乐职业的"乐妓",其中一部分为士大夫文人家所纳"姬""妾"或所畜"侍儿""小鬟"之类,也多类同乐妓或是由乐妓、歌舞妓转化的,因此我们称她们为"琵琶妓"或"琵琶伎"。从宋代文献和宋代琵琶诗中,我们还能看到对男性弹奏琵琶的记载和歌咏,而宋代琵琶词的描写对象则几乎全为女性的琵琶妓,而且其中还多有十来岁的雏妓,这可能与宋词主要作为配合流行音乐曲调而填写和歌唱的音乐文学属性有关,但我们从中似乎也看到了宋代乐坛和词坛的娱乐消费偏嗜女声女色的审美趣尚。

关于宋代乐坛和歌坛偏嗜女声女色的审美趣尚,宋人自己即有描写和表述。如李鹰《品令》词云:"唱歌须是,玉人檀口,皓齿冰肤。意传心事,语娇声颤,字如贯珠。老翁虽是解歌,无奈雪鬓霜须。大家且道,是伊模样,怎如念奴。"(822页)李鹰用歌词的形式对宋代歌坛嗜赏女声的审美追求做了最典型的表述。又如陈师道《后山诗话》评曰:"退之

---

① 参见卓人月汇选、徐士俊参评:《古今词统》卷十二,辽宁教育出版社2000年版,第470页。
② 杨景龙:《蒋捷词校注》,中华书局2010年版,第277页。

以文为诗，子瞻以诗为词，如教坊雷大使之舞，虽极天下之工，要非本色。"① 陈师道批评韩愈以文为诗、苏轼以诗为词"要非本色"，拿"教坊雷大使之舞"作比喻，不仅反映了宋代词坛以婉约为"本色"的词体观，而且也折射出宋代欣赏舞蹈偏嗜女色的审美观。蔡絛《铁围山丛谈》卷六记载北宋徽宗朝"手艺人之有称者"，其中"教坊琵琶则有刘继安，舞有雷中庆，世皆呼之为雷大使"②，可见"雷大使"者乃指徽宗朝教坊大使雷中庆，为著名舞蹈家，只可惜他是一位男性舞蹈家，而宋人更嗜好由女性表演的"软舞"，所以陈师道叹为"虽极天下之工，要非本色"。从蔡絛的记载中，我们还看到徽宗朝教坊中亦有琵琶名师刘继安，可惜他也是一个男性琵琶师，所以我们在宋词的歌咏中也就看不到对他的描写了。

虽然白居易的《琵琶行》中描写琵琶妓亦有"十三学得琵琶成，名属教坊第一部"的自述，但我们看到唐代诗人并没有把聚焦点放在琵琶妓的年龄上。然而宋代琵琶词中却有不少作品专门描写和题赠十几岁的琵琶雏妓，如上文所举张先《醉垂鞭》题作"赠琵琶娘，年十二"，苏轼《减字木兰花·赠小鬟琵琶》所写"琵琶绝艺，年纪都来十一二"，便是对琵琶雏妓最典型的描写。此外，如欧阳修《望江南》词云：

江南柳，叶小未成阴。人为丝轻那忍折，莺嫌枝嫩不胜吟。留著待春深。
十四五，闲抱琵琶寻。阶上簸钱阶下走，恁时相见早留心。何况到如今。
（201 页）

词人以江南嫩柳为比喻，描写的也是一个年纪"十四五"的琵琶雏妓的可爱形象。宋代琵琶词对琵琶雏妓的偏爱，一方面反映了宋代琵琶妓从幼小即开始学习琵琶技艺、宋代士大夫文人家中也多有畜养琵琶雏妓的普遍风习，另一方面也折射出宋词创作与琵琶妓乐密切结合的文化背景、宋代词人在欣赏琵琶雏妓表演时更容易激起怜香惜玉之情的审美心理。

（二）倾注了词人浓烈的香艳之思

读唐人吟咏琵琶与琵琶妓的诗歌，我们既能在王昌龄的《从军行》中欣赏到琵琶表现"别情""边愁"的雄浑与苍凉——"琵琶起舞换新声，总是关山旧别情。撩乱边愁听不尽，高高秋月照长城"③，也能在白居易的《琵琶行》中领略到白司马抒发人生感怀的悲苦与深沉——"同是天涯沦落人，相逢何必曾相识"④。然而我们发现在宋代琵琶词中，虽不无表现"昭君怨"一类的悲情之曲，也有借《琵琶行》之典故寄托身世之感的哀婉之调，但更多的描写琵琶妓的篇章却倾注了宋代词人较浓烈的绮丽之情和香艳之思。

即使我们把周邦彦描写琵琶妓幽欢偷情生活的《青玉案》一词视为个别现象或出格表现，却难以否认王安中《临江仙》一词表现"隔帘听琵琶"的香艳情思反映了宋代词人较普遍的审美心理。这种绮丽香艳的情思，即使在苏轼的琵琶词中也有表现，如上文所叙其与张先同时、同题之作《南乡子》一词，描写在吴兴天隐楼听沈汮琵琶妓"二玉"弹奏琵琶，不仅从"二玉"的名字作生发点染，描写她们的殷勤聪灵和天真可爱，而且在末尾发为"愿作龙香双凤拨，轻拢，长在环儿白雪胸"的绮艳之思。最典型的例子莫过于欧阳修《蕙

---

① 陈师道：《后山诗话》，载何文焕辑《历代诗话》本，中华书局 1982 年版，第 309 页。
② 蔡絛：《铁围山丛谈》卷六，中华书局 1983 年版，第 107～108 页。
③ 彭定求等编：《全唐诗》卷一四二，上海古籍出版社 1986 年版，第 330 页。
④ 白居易：《白氏长庆集》卷十二，文渊阁四库全书本。

香囊》一词了,兹引录全词如下:

> 身作琵琶,调全宫羽,佳人自然用意。宝檀槽在雪胸前,倚香脐、横枕琼臂。组带金钩,背垂红绶,纤指转弦韵细。愿伊只恁拨梁州,且多时、得在怀里。

(198页)

此词写琵琶对佳人的绮丽之思,像喻和寄托的正是词人对琵琶妓的香艳之情。宋词描写琵琶妓之所以表现出如此绮丽香艳的色调和风情,既与词体的娱乐性质和缘情功能相联系,也与宋代词人与琵琶妓乐的密切接触有关,另外与宋代文化的世俗化进程当亦不无关联,个中原因值得进一步探讨。

(三)融入了词人真切的爱怜之情

当然,我们也注意到,宋词对琵琶妓的描写并非只注重外在形象,也并非只有绮丽的风情和香艳的色调,而是将描写的笔触也深入到了人物的内心,也相当程度地融入了创作主体对琵琶妓的赞美之意和爱怜之情,从而使宋代琵琶词具有更深刻的思想内涵和审美意义。

这首先表现在宋代词人对琵琶妓的描写并没有玩弄和轻亵的笔墨,而大多出之以优美的文辞和赞美的笔触。即使是欧阳修的《望江南》对"十四五,闲抱琵琶寻"的琵琶雏妓的描写,虽不无香艳的情调,但词人"恁时相见早留心,何况到如今"的表白,应该也是一种无所伪饰的真情流露,词人喜爱和赞美的正是她的那份自然活泼、天真无邪。其次,宋代琵琶词也一定程度地表现了词人与琵琶妓之间的真实感情与深厚情爱。如晏几道《临江仙》词"记得小蘋初见""琵琶弦上说相思"的深情追忆,王千秋《虞美人》词记与琵琶妓在萧寺重逢的悲婉与感慨,吴文英《倦寻芳》词为"花翁遇旧欢吴门老妓李怜"的一段凄美情爱作传神写照,蒋捷《贺新郎·题后院画像》词为画像上的琵琶女深情招魂,既是宋代词人与琵琶妓真实感情生活的反映,因此读来也就格外具有动人心神的艺术魅力。其三,宋代琵琶词也普遍表现了宋代词人对琵琶妓身世的同情之心。这不仅表现在苏轼《减字木兰花·赠小鬟琵琶》对琵琶雏妓"拨弄么弦,未解将心指下传"的真切理解,以及对主人所发"已属君家,且更从容等待他"的善意劝慰,而且也表现为吴文英《倦寻芳》、蒋捷《贺新郎·弹琵琶者》等词对琵琶妓身世经历的深挚同情。宋代陈舜俞《双溪行》诗序记云:"熙宁七年九月,予游吴兴,遇致政张郎中子野,日有文酒之乐。时学士李公择为使君,幕客陈殿丞正臣,皆予故人。一日,正臣语予云:'昨日张子野过我,吾家有侍婢何氏,故范恪太尉之家妓也,窥子野于牖,识子野尝陪范宴会,因感旧泣数行下。'予闻之恻然,交语公择。公择益为之悽怆,即乃载酒选客,陪子野访之。……唯子野以旧恩,得附屏障间问范之废兴及所由来。子野曰:'此范当年最所爱者。'于是诸客人人怜之。又嘉其艺之精,而恨其不得见也。予因作《双溪行》。"① 这段诗序记载了陈舜俞等人陪同八十五岁高龄的张先访其旧时相识琵琶妓的经过,很典型地反映了宋代文人对琵琶妓身世的同情怜惜之心,同时也很深刻地揭示了宋代琵琶词(包括琵琶诗)的创作动因和审美心理。

---

① 《全宋诗》,第4956页。

论宋代江西文学家族联姻对家族文学的影响[①]

黎 清

江西省社科院文学所

内容提要：近年来，有关宋代文学家族的研究成果出现较多，然而，对文学家族的联姻以及联姻对家族文学影响的研究，却并不多见。本文主要论述了宋代江西文学家族的联姻对家族文学的影响，并从以下四个方面展开论述：一是女性文学家对夫家文学的影响；二是联姻可提供良好的文学交游平台；三是联姻可在文学上提供点拨和帮助；四是有助于形成诗社、文社乃至文学流派。这还只是一个初步的探讨，更多、更深入的研究还需学界同仁进行不断地探讨。

关键词：宋代江西 文学家族 联姻 家族文学

在中国传统社会，绝大多数家族都非常重视对婚姻的选择，正所谓"婚姻者合二姓之好，上以事宗庙，下以继后世"（《礼记·婚仪》）。他们心目中向往的是"家族开王社，姻亲满帝京"（韩淲《何信州挽诗》），拥有庞大而强有力的姻亲网络。家族如此重视联姻，那是因为姻亲能为家族带来各种有利的社会资源，可拓展家族发展的空间。关于联姻对家族发展的重要意义，罗时进先生曾归纳为："姻娅亲谊对文化家族发展的意义大致有四：一是声誉相互借重使共同提升，二是道义上相互支持使威势扩大，三是危难时的相互救助使解除困顿，四是文化和教育资源共享。"[②] 研究文学家族，对家族联姻的问题亦应引起足够的重视。

宋代，是江西文学发展异常繁盛的一个时期，出现了众多文学家族。据统计，宋代江西至少出现文学家族151家，一些著名的文学家（如晏殊、欧阳修、曾巩、王安石等）便都出自这些文学家族。在这些文学家族中，一些家族在联姻方面表现得非常主动与活跃，如洪皓在《恳婚朱氏书》中就放下身段，恳请洪、朱两家结亲："梁都江左，婚必取于朱张。自视衰门，敢攀右姓？"其他如黄庭坚的《问婚书》、洪适的《大儿求婚书》、周必大《子柔弟亲书》等。这些婚书都被收入个人的文集中，宋代江西各文学家族对联姻的重视程度，由此也可见一斑。

宋代江西文学家族的联姻，除在江西区域内相互结亲外，在江西区域之外亦建立了广泛的联姻网络。如在曾巩家族中，除与金溪吴颐家族、临川王安石家族、南丰朱京家族、南城王无咎家族、分宁的徐俯家族有联姻外，还与开封（今河南）的晁宗恪家族、襄阳（今湖北）的魏泰家族、兴国军永兴（今湖北）的吴则礼家族、杭州（今浙江）的强至家族、会稽（今浙江）的关景晖家族、江都（今江苏）的王几家族、汝阴（今安徽）的王铚家族、眉山（今四川）的苏辙家族、宋城（今河南）的张方平家族、丹阳（今江苏）的王存家族、泉州（今福建）的苏颂家族等均结有姻亲关系。宋代江西文学家族的联姻对象，有着

[①] 本文系国家社科基金项目"北宋文人交游与文学关系研究"（14CZW023）阶段性成果。
[②] 罗时进：《地域·家族·文学：清代江南诗文研究》，上海古籍出版社2010年版，第61页。

名的文学家如冯延巳、苏轼兄弟、陆游、张先和夏倪，有著名的爱国名臣李纲和李光，有宋代著名的世家大族东莱吕氏、昭德晁氏、三槐王氏，有理学家程颢，等等。当然，这其中有许多人还身为宰辅重臣，如冯延巳、丁谓、吕惠卿、蔡卞等。

除对家族经济、政治、文化等产生影响外，宋代江西文学家族的联姻对其家族的文学亦会产生或大或小的影响。家族联姻对宋代江西文学家族文学的影响，概言之主要表现在以下几个方面。

一、女性文学家对夫家文学的影响

在宋代，女性文学家本就不多，能对夫家的文学产生影响并见诸文字记载的那就更少。在宋代江西文学家族中，这主要以曾布之妻魏夫人为代表。魏夫人以词闻名，其词创作可以说给曾氏家族带来了新的文学样式的尝试。就文学样式而言，曾氏家族在文方面比较擅长，词的创作则显得较为薄弱。据现今留存下的作品来看，曾布之前，仅曾巩有词1首。随着魏夫人的到来，家族的词作数量逐渐增多起来，曾布有8首，曾布之子曾纡有9首，曾纡之子曾惇有7首，此外，还有曾肇1首，曾协14首。曾布一家共存词作24首，而曾氏家族总共存词才40首，则曾布这家所存词的数量占总数的60%。我们不能肯定曾肇与曾协的词作是否受到魏夫人的影响，但可以肯定的是，曾布一家在词的创作上受到过魏夫人的影响应无须置疑。

除词外，曾纡还曾学诗于魏夫人，孙觌在《曾公卷文集序》中云：

> 公文章固自守家法，而学诗以母夫人鲁国魏氏为师，句法清丽，纯去刀尺，有古诗之风。黄庭坚鲁直迁宜州，道出零陵，道得公《江槛书事》二小诗，爱之，书团扇上，诸诗人莫能辨也。呜呼！公之文足以书典册，公之诗足以继雅颂。①

从文中看，曾纡不仅学诗于母亲魏夫人，而且其诗还得到了黄庭坚的喜爱。由此可见，魏夫人不仅以词闻名，而且还擅长于诗，并曾将诗法传授给了其子曾纡。

综上所述，我们至少可以这样认为，魏夫人对曾氏家族中曾布一家文学的影响是显而易见的。

当然，女性文学家对夫家文学有时更多的还是一种潜移默化的影响。以建昌洪氏家族为例，"四洪"祖母文城君李氏乃李常之姊、黄庭坚母亲之妹，可谓出身名门，渊源有自。文城君治《春秋》，黄庭坚《洪氏四甥字序》就称"洪氏四甥，其治经皆承祖母文城君讲授"；她还善于为文，"姨母文城君作《白山茶赋》，兴寄高远，盖以自况，类楚人之《橘颂》"（黄庭坚《白山茶赋》）。"四洪"自幼失去父母，主要是在文城君的抚养、教育下成长，这种幼年时期的教育，或多或少会影响他们之后的文学创作。

二、可提供良好的文学交游平台

在相互联姻的文学家族中，因各自拥有广泛的人脉关系，可为姻亲提供良好的文学交游

---

① 孙觌：《鸿庆居士集》卷三十一，文渊阁四库全书本。

平台。在这方面，宋代江西文学家族中颇具代表性的，便是黄庭坚与苏轼之间的交游。苏轼在《答黄鲁直书》中，详细记载了他们结交的过程：

> 轼始见足下诗文，于孙莘老之坐上，耸然异之，以为非今世之人也。莘老言："此人，人知之者少。子可为称扬其名？"轼笑曰："此人如精金美玉，不即人而人即之，将逃名而不可得，何以我称扬为？然观其文求其人，必轻外物而自重，今之君子莫能用也。"其后过李公择于济南，则见足下之诗文愈多，而得其为人益详，意其超逸绝尘，独立万物之表，驭风骑气，与造物者游，非独今世之君子所不能用，虽如轼之放浪自弃，与世阔疏者，亦莫得而友也。①

在未遇到苏轼之前，黄庭坚虽然在文学创作上有自己的独到之处，但还是"人知之者少"，名声不显。上文中的孙莘老即为孙觉，是黄庭坚的岳父；李公择即李常，黄庭坚舅父，两人均为苏轼挚友。经过岳父孙觉以及舅父李常的前后举荐，黄庭坚最终与当时文名显赫的苏轼定交，并在后来还成为苏门弟子，为"苏门四学士"之一。这为黄庭坚走向更为广阔的文学道路提供了良好的契机。王称对此便说黄庭坚"由是名声始震"（《东都事略》卷一百十六）。后来，黄庭坚确实不负所望，成为与苏轼并称"苏黄"的文学大家，并成为宋代最大诗派——江西诗派的领袖。

再如，洪炎与晁说之的交往。据刘清之《戒子通录》卷六记载："晁以道笃于亲戚故旧，有牵联之亲，一日之雅，皆委曲敦叙，后生闻而化者甚众。以道盛文肃家外甥，洪炎玉父祖母文城君亦盛氏甥，以道于玉父为尊行。一日，同会京师，玉父未及见以道，邂逅僧寺中。玉父谓以道曰：'公丈行也，前此未得一见。'以道遽折之曰：'某自是公表叔，何丈行之有？'玉父再三谢之，曰：'是表叔，但某未曾敢叙致尔。'以此知游学之士，须经中原先达钤椎方能有成也。"晁以道即晁说之，盛文肃为盛度。盛度（968—1041），字公量，余杭（今属浙江）人，仁宗朝为参知政事、知枢密院事。从《戒子通录》的记载看，洪、晁两家的姻亲关系，乃以盛氏为纽带：晁以道为盛文肃外甥，洪炎祖母李氏亦为盛氏甥女，故晁以道在洪炎面前以"表叔"自居。因相关文献资料的缺失，洪炎与晁说之其他的交往情况现已不详。但毋庸置疑，在文学交游网络中这种姻亲之谊是较为普遍的。而由姻亲搭建的交游平台，也非常有助于文学家的不断成长。

三、可在文学上提供点拨和帮助

在一些文学家族中，文学家往往会在文学上受到姻亲的点拨与教育。以黄庭坚为代表的江西诗派在取法上主要以杜甫为旨归。黄庭坚学习杜甫，除受到其父亲的影响外，他的两个岳父孙觉与谢景初在其中亦发挥着重要的作用。陈师道曾云："唐人不学杜诗，唯唐彦谦与今黄亚夫庶、谢师厚景初学之。鲁直，黄之子，谢之婿也。其于二父，犹子美之于审言也。"②范温亦记载云："山谷常言少时曾诵薛能诗云：'青春背我堂堂去，白发欺人故故生。'孙莘老问云：'此何人诗？'对曰：'老杜。'莘老云：'杜诗不如此。'后山谷语传师

---

① （宋）苏轼著，孔凡礼点校：《苏轼文集》卷十，中华书局1986年版，第1531～1532页。
② 傅璇琮：《黄庭坚和江西诗派资料汇编》，中华书局1978年版，第15页。

云：'庭坚因莘老之言，遂晓老杜诗高雅大体，"① 正是在孙觉的点拨下，黄庭坚知晓了老杜诗的"高雅大体"。

关于两位岳父对黄庭坚学杜的影响，王炎在《与杜仲高》中说得更为清楚、详细：

> 山谷外舅谢师厚、孙莘老二人皆学杜诗，鲁直诗法得之谢、孙，故专以杜诗为宗，然诗法出于工部，而句法不尽出于工部，山谷所以名世者以此。②

从上文看，黄庭坚的两位岳父，在其学习杜诗并"专以杜诗为宗"的过程中，确实起到了重要的引领作用。

后来，黄庭坚对其外甥诸人在文学上亦大加提携，指教诗法，同样堪称文坛佳话。如对"四洪"，清四库馆臣就说："炎与兄朋、刍、弟羽，号曰四洪，皆黄庭坚之甥，受诗法于庭坚。"③ 黄庭坚对诸甥诗法的传示主要见于他们的书信往来中。略举数例，如《答洪驹父书》（其二）云：

> 少加意读书，古人不难到也。诸文亦皆好，但少古人绳墨耳。可更熟读司马子长、韩退之文章。凡作一文，皆须有宗有趣，终始关键，有开有阖，如四渎虽纳百川，或汇而为广泽，汪洋千里，要自发源注海耳。老夫绍圣以前，不知作文章斧斤，取旧所作读之，皆可笑。绍圣以后，始知作文章，但已老病，惰懒不能下笔也。外甥勉之，为我雪耻。《骂犬文》虽雄奇，然不作可也。东坡文章妙天下，其短处在好骂，慎勿袭其轨也。甚恨不得相见，极论诗与文章之善病。临书不能万一，千万强学自爱，少饮酒为佳。④

在书信中，黄庭坚对洪刍的文章首先予以肯定，同时指出其不足之处，那就是"少古人绳墨"，希望他能多读书，特别是要熟读司马迁和韩愈的文章，如此方能"汪洋千里，要自发源注海"。对其《骂犬文》，黄庭坚还特别提醒洪刍，切不可学苏轼的"好骂"之文。从这篇书信中，我们可以看到黄庭坚对外甥洪刍充满着鼓励、期许和深厚的温情。

《答洪驹父书》（其三）又云：

> 所寄《释权》一篇，词笔纵横，极见日新之效。更须治经，深其渊源，乃可到古人耳。青琐祭文，语意甚工，但用字时有未安处。自作语最难，老杜作诗，退之作文，无一字无来处。盖后人读书少，故谓韩、杜自作此语耳。古之能为文章者，真能陶冶万物，虽取古人之陈言入于翰墨，如灵丹一粒，点铁成金也。文章最为儒者末事，然既学之，又不可不知其曲折，幸熟思之。至于推之使高如泰山之崇，崛如垂天之云，作之使雄壮如沧江八月之涛，海运吞舟之鱼，又不可守绳墨，令俭陋也。⑤

---

① 傅璇琮：《黄庭坚和江西诗派资料汇编》，中华书局 1978 年版，第 38 页。
② （宋）王炎：《双溪类稿》卷二十二，文渊阁四库全书本。
③ （清）纪昀等：《钦定四库全书总目·西渡集提要》，四库全书研究所整理，中华书局 1997 年版，第 2092 页。
④ （宋）黄庭坚著，刘琳等点校：《黄庭坚全集》（二），四川大学出版社 2001 年版，第 474～475 页。
⑤ （宋）黄庭坚著，刘琳等点校：《黄庭坚全集》（二），四川大学出版社 2001 年版，第 475 页。

这篇书信提到了文学批评史上两个重要的概念，那就是"无一字无来处"和"点铁成金"。对于洪刍所寄之文，黄庭坚亦是肯定在先，随后指出其不足和应努力之处，希望其能多读书，并且"须治经"，以深其渊源。同时，黄庭坚还提醒洪刍，为文不能过肆，但亦不可拘于"绳墨"。

在传授诸甥诗法的过程中，黄庭坚一项重要的内容就是要求他们向杜甫学习。如《与洪甥驹父》（其二）：

> 更须留意作五言六韵，诗若能此物，取青紫如拾芥耳。老舅往尝作六七篇，曾见之否？或未见，当谩寄。大体作省题诗，尤当用老杜句法。将有鼻孔者，便知是好诗也。①

他认为只要使用杜甫句法创作诗歌，只要是"有鼻孔"的人，都知道这肯定是好诗。

在《与徐师川书》（其一）中，黄庭坚亦要求徐俯能够多读杜诗：

> 士大夫多报吾甥择交不妄出，极副所望，诗政欲如此作。其未至者，探经术未深，读老杜、李白、韩退之诗不熟耳。②

自黄庭坚之父黄庶以及其岳父孙觉、谢景初以来，经黄庭坚，再到庭坚诸甥，都以杜诗为诗法对象，可谓颇具渊源。这种文学取向上的传承，对于保持诗学的家族传统，以及家族文学的可持续发展，均具有非常重要的意义。

在诸甥中，黄庭坚尤极力推扬徐俯，认为其可为文坛砥柱，大有期之以文坛盟主的意味。他在《与徐师川四首》（其二）中称：

> 每见贤士大夫及林下得意人，言师川言行之美，未尝不叹息也。所寄诗，正忙时读数过，辞皆尔雅，意皆有所属，规模远大。自东坡、秦少游、陈履常之死，常恐斯文之将坠。不意复得吾甥，真颓波之砥柱也。③

在黄庭坚的期许与鼓励之下，徐俯的文学道路更为自觉，到后来成为豫章诗社的重要发起者。但可惜的是，由于种种原因，徐俯并未能成为文坛的盟主。而据吕本中《徐师川挽诗三首》（其一）中云："江西人物胜，初未减前贤。公独为举首，人谁敢比肩。"④可知其在当时的文坛依然具有很高的地位。

再看晏殊家族。在晏殊家族中，晏殊的岳父李虚己亦在诗歌创作上将诗法传给晏殊：

> 李虚己侍郎，字公受，少从江南先达学作诗，后与曾致尧倡酬，曾每曰："公受之诗虽工，恨哑耳。"虚己初未悟，久乃造入。以其法授晏元献。⑤

---

① （宋）黄庭坚著，刘琳等点校：《黄庭坚全集》（二），四川大学出版社2001年版，第484页。
② （宋）黄庭坚著，刘琳等点校：《黄庭坚全集》（二），四川大学出版社2001年版，第479页。
③ （宋）黄庭坚著，刘琳等点校：《黄庭坚全集》（二），四川大学出版社2001年版，第480页。
④ （宋）吕本中：《东莱诗集》卷十九，文渊阁四库全书本。
⑤ （宋）陆游：《老学庵笔记》卷五，中华书局1979年版，第69页。

李虚己传给晏殊的所谓诗法，就是作诗不能"哑"，相对的就是要求诗歌创作要"响"。

其他如黄庭坚"年十七从舅氏李公择学于淮南"（《黄庭坚全集》之《黄氏二室墓志铭》），曾几"早从舅氏孔文仲、武仲学文"（《两宋名贤小集》卷一百九十），晏防"幼从荆国王文公学文，公名之曰防，既长，又以宗武字之"（《溪堂集》卷七）等。

可见，因为联姻的缘故，有时可为姻亲提供诗法、文法上的传授、点拨和帮助。并且，这种传授与点拨可谓自身创作经验的倾囊相授，更具实用性和操作性。对于联姻家族中的文学家来说，这是最为直接也是最为有效的，可迅速提高姻亲的文学创作水平，从而带动家族文学的发展。

四、有助于形成诗社、文社乃至文学流派

通过家族的联姻，家族成员之间的联系更为紧密，相互之间也更方便了解和交流。因此，姻亲关系往往会在诗社、文社和文学流派的形成过程中成为一股重要的中坚力量。对此，罗时进先生在《江南文化家族联姻与创作群体形成》中就称："这种姻戚群体共生、联袂创作的极致状态往往是和文学流派的形成、发展相联系的。在研究江南文学流派时，人们不难看到这样一个事实，即在某一文学流派发挥支柱或纽带作用的，往往是具有姻戚之谊的家族。"① 其中说到了姻戚关系在江南文学群体、流派中发挥着重要的支柱和纽带作用。其实，在宋代江西的文学家族中，亦未尝不是如此。

在诗社方面，如豫章诗社。张元幹在《苏养直诗帖跋尾六篇》（甲卷）中对豫章诗社有记载：

> 往在豫章问句法于东湖先生徐师川，是时洪刍驹父、弟炎玉父、苏坚伯固、子庠养直、潘淳子真、吕本中居仁、汪藻彦章、向子諲伯恭，为同社诗酒之乐，予既冠矣，亦获攘臂其间，大观庚寅辛卯岁也。②

这里的大观庚寅辛卯岁即为大观四年至政和元年（1110—1111），则该诗社应成立于政和元年之前，地点为徐俯所居住的豫章（今南昌）。从诗社的组成人员看，徐俯（师川）、洪刍、洪炎为其中的重要人物。这三人均为黄庭坚的外甥，相互间可谓亲戚，且又同受教于黄庭坚。豫章诗社，正是在他们积极的倡导和参与下才创立并开展文学创作活动的。

再看文社，如丰城的青云课社。徐鹿卿在《青云课社序》中云：

> 己卯之春，其月建寅，其日己亥，青云课会，十有七人，集于里之崇元观，以文会也。酒才数行，肴核具而已，卒饮，相顾言曰：朋友之会尚矣，兰亭之集以修禊会，别墅之游以围棋会，竹林七贤以放达会，酒中八仙以沉醉会。朋友之会尚矣，而以文会者寡也。惟吾乡里之士，平时过从，聚合言论，鲠鲠如药石，矧当天子诏兴贤能，郡诸侯劝驾之秋，蓄锐待敌，正其时矣，可不益图切磋之功乎？此课会之举，吾徒所以相长而求益也。凡与此会者，不以技过者必知所裁，而未及者必

---

① 罗时进：《地域·家族·文学——清代江南诗文研究》，上海古籍出版社2010年版，第76页。
② （宋）张元幹：《芦川归来集》卷九，上海古籍出版社1978年版，第173页。

知所勉也；不以齿长者毋至于亢，而少者毋至于悍也；不以分师生得以相正，亲戚得以相规，而兄弟子侄得以相指摘也。言而失则约之中，行而失则返之善，其所以辅仁者，又有在于会文之外也。岂直曰缀缉之工，而缔绘之巧邪？噫嘻，尚敬之哉！尚勉之哉！于是同辞而歌曰："彼泽相滋兮流长，彼兰相袭兮幽香，维朋友之好兮，亦泽丽而兰芳。"乃赓载歌曰："讳过兮不药之膏肓，专固兮自伐之斧斨，维朋友之益兮，尚愈疾而起伤。"又歌曰："青云坦其路平，桂窟蔼其风清。维朋友之庆兮，当携手而同升。"歌毕，乃命徐某次而叙之以为识，且条列事目而附诸其后云。①

文中所提到的己卯为嘉定十二年（1219），则该文社当成立于是年；徐鹿卿为丰城人，文社"集于里之崇元观"，则文社成立的地点在丰城。文社由17人组成，成员的具体姓名和职业情况因未明确提及而难以获悉。按徐鹿卿的说法，文社举办的宗旨是"相长而求益"，即有助于作文之法的提高，更高的标准是以"辅仁"。他不希望人们在文社中以文较高下、工巧，以尊长凌人，从而影响朋辈的友情，故其在《序》中多次强调文会为"朋友之会"。如此看来，"青云课社"主要还是亲友间的以文会友。

在《青云课社序》中，虽未涉及成员的具体情况，但还是提及了文社成员之间的关系有：长辈关系、师生关系、亲戚关系、兄弟子侄关系。这里，由于记载的缺略，我们不知道在文社成员中哪些人属于亲戚关系，他们在文社形成中到底起到何种作用，但是毫无疑问的是，姻亲关系是"青云课社"形成的重要纽带之一。

最后看诗派，如江西诗派。江西诗派之名出自吕本中的《江西诗社宗派图》，然而，吕本中的《宗派图》早已失传，诗派成员的组成情况可见胡仔《苕溪渔隐丛话》前集卷四十八中的节录：

> 吕居仁近时以诗得名，自言传衣江西，尝作《宗派图》，自豫章以降，列陈师道、潘大临、谢逸、洪刍、饶节、僧祖可、徐俯、洪朋、林敏修、洪炎、汪革、李锱、韩驹、李彭、晁冲之、江端本、杨符、谢薖、夏倪、林敏功、潘大观、何觊、王直方、僧善权、高荷，合二十五人，以为法嗣，谓其源流皆出豫章也。②

当然，江西诗派是一个较为开放的诗歌流派，并不局限于以上的25位成员，如陈与义，吕本中，何颙，曾纮、曾思父子，曾几，杨万里等后来都被认为是江西诗派的重要成员。在江西诗派形成的诸因素中，有学者较早前就注意到成员之间的姻亲关系在诗派形成中所起的重要作用。王琦珍先生在《传统文学世家在江西诗派形成中的作用》中就指出：

> 江西诗派作家之间还存在相当复杂的姻亲关系。这大致分两大系统：一、黄氏家族系统：1. 李常之姐嫁黄庶，生黄庭坚；李常之妹嫁洪氏，生洪民师。洪民师又娶黄庭坚之妹，生"四洪"。2. 徐禧父娶分宁黄氏，生徐禧。徐禧娶黄庭坚堂姐，生徐俯。3. 潘大临之父潘鲠娶黄州何氏，潘大临亦娶何氏，洪羽亦娶何氏。

---

① （宋）徐鹿卿：《清正存稿》卷五，文渊阁四库全书本。
② 傅璇琮：《黄庭坚和江西诗派资料汇编》，中华书局1978年版，第445页。

> 此系统涉及到李彭、黄庭坚、徐俯、"四洪"、何颉、潘大临、潘子真六大家族共计十人。这中间，似乎还有一层关系，即黄庭坚《跋元祐间与三妗太君帖（李公布达之妻）》一文所说的，何人表之妻出示此书于鄂州舟中，"妗"即舅母；何人表，即何颉。黄庭坚与舅母的信，藏于何人表妻处，这中间可能还意味着何氏与李氏还有姻亲关系。二、曾几是"临江三孔"之甥，与吕本中又是姻亲，黄庭坚与"三孔"又同出"苏门"。……所以，在江西诗派的形成过程中，我们不应该忽视这种家族性因素的作用。①

从家族联姻的角度来审视江西诗派，这对江西诗派的研究特别是对诗派形成原因的考察来说，是非常有价值和意义的，更是"不应该忽视"的。当然，除以上王琦珍先生所列江西诗派中的姻亲谱系外，笔者在检索宋代江西文学家族的联姻网络时还发现，在江西诗派中，尚有夏倪、曾统两家的联姻，目前学界尚未引起足够的注意：

一是夏倪与黄庭坚家族的联姻。据袁燮为黄荦所作《秘阁修撰黄公行状》称："考讳霡，守袁、永、吉三州，皆有惠政，官朝请大夫，赠通奉大夫。妣硕人夏氏，九江使君倪之女，使君之名见江西诗派中。"从这一记载来看，黄荦之父黄彪（一作霡）尝娶夏倪之女。黄彪为黄叔敖之子，黄庭坚的从侄。夏倪尝与黄庭坚有唱和，并作《和黄鲁直游百花洲盘礴范文正公祠下以生存华屋处零落归山丘为韵赋十诗》。两家的联姻，或与夏倪、黄庭坚两人之间密切的关系有关。

一是曾统与徐俯家族的联姻。据李心传《建炎以来系年要录》卷六十载："（绍兴二年十有一月）乙亥，赐新除殿中侍御史曾统进士出身。时统以故事，任子不除台职，又与谏官徐俯连姻，为言诏统元祐石刻名臣之子，特赐进士出身，统乃受命。"曾统（曾肇子）与徐俯家族之间具体的联姻情况，由于资料的缺失，我们现在已很难确切知晓。但在曾统这代之后，南丰曾氏家族中出现多人诗法江西诗派的现象：如曾惇（曾布孙，曾纡子）"诗源正嗣江西派"（曹勋《送曾纮父还朝》〈其七〉），曾季狸（曾宰曾孙）"意惬归来能访我，亦令宗派倚生春"（曾几《贺曾裘甫得解》），并且曾纮（曾阜子，曾统从兄弟）、曾思父子还被列名为江西诗派"续派"中（杨万里名父子二人的诗集为《江西续派二曾居士诗集》）。这一现象的出现，可以说与曾、徐两家的联姻不无关系。

以上两家的联姻，使夏倪与曾氏诸子能够凭借各自的姻亲关系，与江西诗派中的重要成员进行交游、切磋诗艺，从而亦使自身与江西诗派产生紧密的联系：或"名见江西诗派"，或为江西诗派之"续派"，或渊源于江西诗派。由此可见，姻亲关系所发挥的"支柱或纽带作用"，在江西诗派的形成中，的确是一个不容忽视的重要因素。

除以上几点外，家族联姻对家族文学的影响，还表现在一些具体的文学创作实践上，如亲戚间的诗歌唱酬、书信往来及墓志铭的撰写等，像汪藻在为许几所撰《户部尚书许公墓志铭》中就说"以藻世姻，知公为悉，使来问铭"。此类情形在联姻的文学家族中较为普遍，故在此不多加展开。总而言之，宋代江西的文学家族通过联姻，不仅对自身家族文学的发展产生着积极的影响，而且对江西文学乃至宋代文学都会产生相应的影响。因此，我们有必要进行更为深入、系统的研究，这对于文学家族的研究来说也是非常有价值和意义的。

---

① 王琦珍：《黄庭坚与江西诗派》，江西高校出版社2006年版，第122～123页。

论宋人对代名之使用与创造

罗 宁

西南交通大学中文系

内容提要：代名是指在诗文写作中用以指代某一事物的异名别称，是古典文学中一种常见的现象。宋人除了使用一些前代已有的代名外，更喜欢使用生新的代名。这些生新的代名有的来自唐以前的典籍，但未被注意或极少使用；有的来自唐代至宋初的典籍；有的来自当时的俗语。此外宋人还通过改变词性、利用歇后等方法创造和使用了一些代名。更进一步发展，出现了宋人自己为某些事物取名以创造代名的现象，而某些伪典小说更是提供了大量典故和代名。对各种新奇代名的搜集、使用乃至创造，正表现出宋人"以才学为诗"的文学精神。

关键词：代名 典故 宋诗 伪典小说

代名是指在诗文写作中用以指代某一事物的异名别称。以词性而论，代名一般是名词；以所指对象而论，代名多是具体的名物词而非抽象概念。宋人好用代名，是宋人好用并善用典故以及俗语的一个表现。程千帆《诗辞代语之缘起》一文，论代语之起源、功用甚详。其定义云："盖代语云者，简而言之，即行文之时，以此名此义当彼名彼义之用，而得具同一效果之谓。"① 其论代语缘起之故则有九端：除重复、矫熟俗、资偶丽、调声律、齐句度、别善恶、避忌讳、远嫌疑、明分际。但所谓代语，实较本文所说的代名为广，其用法牵涉及形容、譬谕、引申、增损、借代等，如以落屑代雪，以蔓草、荆榛代纷乱，以腥臊代胡人，以潜翳代死，以贱子代己，以潜虬代潜龙等；而代语之词亦包含动词、形容词、短语之类。钱锺书《谈艺录》第七十五篇"代字"，于古典诗歌中的代字论述颇详②。其所谓代字，则较近本文所说之代名。此外，周裕锴也曾分析宋代使用借代语（借代词）的现象③。本文在前贤的基础之上，对宋人使用代名的情况作进一步讨论。

何为代名

学界讨论宋人使用代名，常引《冷斋夜话》等几则材料，为便于讨论，先录于下：

> 用事琢句，妙在言其用不言其名耳。此法唯荆公、东坡、山谷三老知之。荆公曰："含风鸭绿鳞鳞起，弄日鹅黄袅袅垂。"此言水、柳之用，而不言水、柳之名

---

① 程千帆：《诗辞代语缘起说》，程千帆《古诗考索》，《程千帆全集》第8册，河北教育出版社2005年版，第376页。蒋寅亦曾阐发宋人之代语，见其《古典诗学的现代诠释》，中华书局2003年版，第89～95页。
② 参见钱锺书：《谈艺录》，中华书局1984年版，第247、563页。又，同书第十二篇为"长吉用代字"。
③ 参见周裕锴：《宋代诗学通论》，上海古籍出版社2007年版，第494～497页；周裕锴：《绕路说禅：从禅的诠释到诗的表达》，载《文艺研究》2000年第3期。

也。东坡《别子由》诗:"犹胜相逢不相识,形容变尽语音存。"此用事而不言其名也。山谷曰:"管城子无食肉相,孔方兄有绝交书。"又曰:"语言少味无阿堵,冰雪相看有此君。"又曰:"眼见人情如格五,心知世事等朝三。"格五,今之蹙融是也。《后汉》注云:"常置人于险处耳。"……(《冷斋夜话》卷四《诗言其用不言其名》①)

惠洪此段所论,虽然统名之为"诗言其用不言其名",实际上包含了五个方面的内容:一,鸭绿、鹅黄指代水、柳,是以事物性状代替事物之名;二,苏诗用《后汉书·党锢·夏馥传》之典故(夏馥避党祸,乃翦须变形,其弟夏静遇之不识,闻其言声乃觉),写兄弟之事,但文字中无夏馥、兄弟之词;三,格五指代人情险恶,是譬喻;四,朝三是朝三暮四的缩略和歇后语;五,管城子指笔,孔方兄、阿堵指钱,此君指竹,这才是本文所说的代名。《苕溪渔隐丛话》前集卷三六曾引《冷斋夜话》此文,末有胡仔之语:"荆公诗云:'缫成白雪桑重绿,割尽黄云稻正青。'白雪则丝,黄云则麦,亦不言其名也。余尝效之云:'为官两部喧朝梦,在野千机促妇功。'蛙与促织二虫也。"②白雪、黄云类似鸭绿、鹅黄,也是以事物性状代其名,而两部则是歇后代名(见后)。

再看《吕氏童蒙训》的一段记载:

"雕虫蒙记忆,烹鲤问沉绵。"不说作赋而说雕虫,不说寄书而说烹鲤,不说疾病而云沉绵。"颂椒添讽味,禁火卜欢娱。"不说岁节但云颂椒,不说寒食但云禁火,亦文章之妙也。(《苕溪渔隐丛话》前集卷十二引《吕氏童蒙训》③)

吕本中所引二诗均为杜诗④,雕虫、烹鲤有出典(《法言·吾子》和古诗《饮张城窟行》),颂椒、禁火则是岁时习俗(同时也可算作典故),在诗中均是作为代语使用。需要指出的是,雕虫、烹鲤、作赋、寄书都是动词,和本文所说的作为名词的代名不同。但如李贺"寻章摘句老雕虫"⑤,杜甫"赠子云安双鲤鱼"⑥,其中雕虫、鲤鱼作名词,则可视为赋、书信之代名。(古诗中词性比较灵活,名词、动词只是相对而言。)

钱锺书曾说:"惠洪《冷斋夜话》卷四《诗言其用不言其名》一条、《渔隐丛话》前集卷三七又《诗人玉屑》卷十引《漫叟诗话》记陈本明语一条,《丛话》前集卷一二引吕氏《童蒙诗训》一条皆以不直说为文章之妙。夫徐彦伯、宋子京等涩体,如'野禽'(狡兔)、'苇杖'(蒲鞭)、'筱骖'(竹马)、'虹户'(龙门)、'宵寐'(夜梦)、'弘休'(大吉)之类,仅以难字换习见字;而此则举物之用,以名其物,于修辞之道,较为迂曲。"⑦后来订补复云:

---

① 惠洪:《冷斋夜话》,《稀见本宋人诗话四种》,江苏古籍出版社2002年版,第43页。
② 胡仔:《苕溪渔隐丛话》前集,人民文学出版社1993年版,第250~251页。
③ 胡仔:《苕溪渔隐丛话》前集,第80页。
④ 杜甫:《秋日夔府咏怀奉寄郑监李宾客一百韵》和《续得观书迎就当阳居止正月中旬定出三峡》,仇兆鳌《杜诗详注》,中华书局1979年版,第1699、1852页。
⑤ 《南园十三首》之六,见王琦等《三家评注李长吉歌诗》,上海古籍出版社1998年版,第62页。
⑥ 杜甫:《寄岑嘉州》,《杜诗详注》,第1262页。
⑦ 钱锺书:《谈艺录》,第247~248页。按:《漫叟诗话》记陈本明语见《苕溪渔隐丛话》前集,第263页,又见魏庆之《诗人玉屑》引,上海古籍出版社1978年版,第215页。

《漫叟诗话》载陈本明所谓"言用勿言体",与《冷斋夜话》《童蒙诗训》所言,绝非一事。余皮相而等同之,殊愦愦。陈氏云:"前辈谓作诗当言用,勿言体,则意深矣。若言冷,则云:'可咽不可漱',言静,则云:'不闻人声闻履声'。"两例皆东坡诗,分别出《栖贤三峡桥》《宿海会寺》。"言体"者,泛道情状;"言用"者,举事体示,化空洞为坐实,使廓落有着落。吴梦窗《风入松》词:"黄蜂频扑秋千索,有当时纤手香凝";正以"蜂扑"之"用",确证"香凝"之体(参见《管锥编》六二八至六二九页)。盖描摹刻划之法,非用"替代字"。此类描绘亦可流为"替代字",如言"佳人"者,以"用"显"体"、以果明因曰:"一顾倾人城,再顾倾人国",浸假则"倾城""倾国"成姝丽之"替代字"。然铸词本意,初非避"名",固已直言"北方有佳人"矣。"替代字"略判二类。《冷斋夜话》称荆公诗"言用不言名",不言"水""柳""丝""麦",而言"鸭绿""鹅黄""白雪""黄云",乃拟状事物之性态,以代替事物之名称。韩、孟《城南联句》以"红皱""黄团"代"枣""瓜",长吉《吕将军歌》以"圆苍"代"天",《雁门太守行》以"玉龙"代"剑",即属此类。《童蒙诗训》论"文章之妙",如"不说作赋,而说'雕虫',不说寄书,而说'烹鲤',不说寒食,但云'禁火'",乃征引事物之故实,以代事物之名称(参见《宋诗选注》论晏殊)。子才所讥"浙派"用"替代字",多属此类。一就事物当身本性,一取事物先例成语,二者殊途同揆,均欲避直言说破,而隐曲其词(periphrasis)耳。①

这段话颇值得注意。"言冷,则云:'可咽不可漱'"之类,其实是以具体情状表达抽象之感觉,与代字无关。而描摹事物性状之词,如鸭绿、鹅黄、白雪、黄云等,虽然也能起到避直言、不说破的效果,但与出于"先例成语"之代名是不同的。严格地说,代名是指源自典故、成语(包括歇后语、俗语等)而形成的对某一事物的代称和别号。如果只是以鸭绿指水,以鹅黄指丝,只是作者巧于描写譬喻而已,并不是借助于典故的妙用。鉴于学界在讨论这一问题时经常笼统相混,这个分别是必须强调的。

简而言之,代名仅指事物的异名别称,多作名物词使用,是代语的一个部分。程千帆说代语"至其根株,则基联想",而代名则基于典故、成语、俗语等。从修辞上说,代名仅是借代法中的一个具体表现而已。

代名与典故

正如管城子、孔方兄一样,代名大多来自典故,有前代典籍文献的出处。宋人诗文中使用代名,与其说是诗文用字、择字问题,不如说是用典问题。用典是中国古代诗文写作中最常见的手段和技巧之一,其性质、功用以及用法,前人论述颇多,如周裕锴说:"它能使诗歌在简练的形式中包含丰富的、多层次的内涵,使诗歌显得渊雅富赡,精致含蓄。"② 宋人对代名的使用,也表现出"渊雅富赡,精致含蓄"的特点。学界在讨论代语时已涉及宋人常用的一些代名,如管城子(笔)、孔方兄(钱)、黄奶(书)、琴高(鲤鱼)、青牛(老

---

① 钱锺书:《谈艺录》,第563~564页。
② 周裕锴:《宋代诗学通论》,第512页。

子)、阿堵(钱)、此君(竹)、峥嵘(石)、觳觫(牛)、青女(霜)、青州从事(酒)、玉楼(肩)、银海(眼)等。这些代名在宋人诗话中亦屡屡道及,人所熟知。下面另举几个代名,看看它们是如何从前代典故中产生并被选择出来使用的。

【白水真人】代钱。典出《后汉书·光武帝纪》:"及王莽篡位,忌恶刘氏,以钱文有金刀,故改为货泉,或以货泉文字为白水真人。"《能改斋漫录》卷一〇《文贵自然》载元丰中吕梦得启谢王禹玉饷钱、酒,有白水真人、青州从事之语,"后毛达可谢人惠酒启云:'食穷三岁,曾无白水之真人;出钱百壶,安得青州之从事。'此用梦得语,尤为无功。非唯出于剽窃,又且白水真人为虚设也。至若东坡《得章质夫书遗酒六瓶书至而酒亡因作诗寄之》云:'岂意青州六从事,化为乌有一先生。'二句浑然一意,无斧凿痕,更觉其工。"① 陈师道《九日无酒书呈漕使韩伯修大夫》:"惭无白水真人分,难致青州从事来"② 是诗中兼用此二名的例子。赵令畤诗中也有青州从事对白水真人,苏轼"极称之,云二物皆不道破为妙"③。陈与义《同家弟用前韵谢判府惠酒二首》之一:"不烦白水真人力,来自青城道士山。"④ 另外白水真人亦可指汉光武帝,因其出于春陵白水乡,符于谶纬。李白《南都行》:"白水真人居,万商罗鄽阓。"⑤ 李廌《过昆阳城》:"白水真人今物化,春陵惟有荷锄归。"⑥

【曲生】【伯雅】曲生代酒。典出《开天传信记》(略)。宋人始用此名。苏轼《泗州除夜雪中黄师是送酥酒二首》之二:"欲从元放觅挂杖,忽有曲生来坐隅。"⑦ 张耒《王都尉惠诗求和逾年不报王屡索而王许酒未送因次其韵以督之》:"主人文章足宾客,许致曲生来坐侧。"⑧ 曾几《雪中次韵》:"辟寒须底物,正乏曲生才。"⑨ 曾几弟子陆游用曲生更多,如《对酒》:"曲生绝俗人,笑汝非真契。"《日用》之一:"旧好疏毛颖,新知得曲生。"⑩ 亦称曲道士。陆游《秋冬之交杂赋》之一:"东邻曲道士,折简也能呼。"⑪ 陈与义《季高送酒》:"自接曲生蓬户外,便呼伯雅竹床头。"⑫ 伯雅代酒器,出《纪闻谭》⑬。范成大《初秋闲记园池草木五首》之二:"菱苊可范伯雅,蓼节偏宜曲生。"原注:"菱苊为酒杯,样最佳,蓼入曲为胜。"⑭

【髯簿】【冰壶先生】髯簿代指羊。曾几《次王元渤问余脱齿韵》:"政恐曲生深作祟,

---

① 吴曾:《能改斋漫录》,上海古籍出版社1979年版,第279页。《苕溪渔隐丛话》后集卷二一引《复斋漫录》亦载此文。
② 任渊注,冒广生补笺:《后山诗注补笺》,中华书局1995年版,第556页。
③ 赵令畤:《侯鲭录》卷一,《侯鲭录 墨客挥犀 续墨客挥犀》,中华书局2002年版,第38页。
④ 《陈与义集》,中华书局1982年版,第528页。
⑤ 王琦:《李太白集注》,中华书局1977年版,第372页。
⑥ 李廌:《济南集》卷四,《丛书集成续编》(台湾新文丰公司出版)第126册第46页下。
⑦ 《苏轼诗集》第4册,中华书局1982年版,第1302页。
⑧ 《张耒集》,第260页。
⑨ 曾几:《茶山集》卷四,文渊阁四库全书本。
⑩ 陆游:《剑南诗稿》卷八一、卷七一,见钱仲联《剑南诗稿校注》,上海古籍出版社1985年版,第4371、3796页。
⑪ 陆游:《剑南诗稿校注》卷七十三,第4021页。
⑫ 《陈与义集》,第518页。
⑬ 载《侯鲭录》卷一,《侯鲭录 墨客挥犀 续墨客挥犀》,第39页。又参见拙文《潘远〈纪闻谭〉辑考》,载《西南交通大学学报》2008年2期。
⑭ 范成大:《范石湖集》卷二四,上海古籍出版社1981年版,第337页。

可怜髯簿顿成疏。"原注："《炙轂子》谓羊为髯须主簿。"① 其实更早的《古今注》卷中《鸟兽》已载"羊一名髯须主簿"。陆游亦喜用这一代名，如《对食戏作》："冰壶欲着先生传，髯簿卑凡岂得书。"《早饭后戏作》之二："髯须主簿方用事，冰壶先生来解围。"② 冰壶先生代指齑。文莹《玉壶清话》载苏易简一夕大醉，醒而口渴，见雪中有齑盎，乃饮齑（腌菜）汁数缸，咀齑数根，以为美味，欲作《冰壶先生传》而未暇③。从此齑得冰壶先生之名。陈与义《食齑》："冰壶先生当立传，木奴鱼婢何足录。"④

【郭索】代蟹。典出《太玄·锐》："蟹之郭索，后蚓黄泉。测曰：蟹之郭索，心不一也。"司马光集注："范曰：'郭索，多足貌。'王曰：'郭索，匡襄也。'吴曰：'匡襄，躁动貌。'"⑤ 郭索本为蟹行之描写，陆龟蒙《酬袭美见寄海蟹》："自是扬雄知郭索，且非何胤敢餦餭。"⑥ 林逋诗云："草泥行郭索，云木叫钩辀。"郭索一词尚介于名词和形容词之间，而此句经欧阳修表彰之后⑦，郭索、钩辀（代鹧鸪）成为宋人喜用的代名。如黄庭坚《又借答送蟹韵并戏小何》："草泥本自行郭索，玉人为开桃李颜。"又《次韵师厚食蟹》："朝泥看郭索，暮鼎调酸辛。"⑧ 韩驹《谢江州送糖蟹》："故人书札访林泉，郭索相随到酒边。"⑨ 方岳《擘蟹》："空洞略容君几辈，草泥郭索一丛渠。"又《九日》："未郭索前空有酒，自陶潜后久无诗。"⑩

【无肠公子】【长喙参军】无肠公子代蟹。典出《抱朴子·内篇·登涉》："称无肠公子者，蟹也。"⑪ 唐人已用此名。唐彦谦《蟹》："无肠公子固称美，弗使当道禁横行。"⑫ 宋人用例如曾几《糟蟹》："风味端宜配曲生，无肠公子藉糟成。"⑬ 岳珂《螃蟹》："无肠公子郭索君，横行湖海剑戟群。"⑭ 王十朋《出清溪》："长喙参军初荐熟，无肠公子正输芒。"⑮ 长喙参军代猪，见《古今注》卷中《鸟兽》。

【滕六】【巽二】分别代雪和风。典出《玄怪录》卷七《萧志忠》（略）⑯。李廌《兴安道中雪晴见群山偶成》："滕六自知迁客近，前驱一洗瘴烟消。"⑰ 范成大《正月六日风雪大作》："滕六无端巽二痴，翻天作恶破春迟。"⑱ 杨万里《兰溪解舟四首》之四："也知青女

---

① 曾几：《茶山集》卷五。
② 陆游：《剑南诗稿校注》卷五六，第3269页；卷五一，第2592页。
③ 参见文莹：《玉壶清话》卷五，《湘山野录 续录 玉壶清话》，中华书局1984年版，第53页。
④ 《陈与义集》卷八，第114页。
⑤ 司马光：《太玄集注》，中华书局1998年版，第33页。
⑥ 陆龟蒙自注云："《太玄经》云：蟹之郭索。""何胤侈于食味，稍欲去其甚者，犹有魿腊糟蟹。"见《全唐诗》卷六二四，中华书局1960年版，第7175页。
⑦ 欧阳修：《归田录》卷二，中华书局1981年版，第22页。《梦溪笔谈》卷十四、《苕溪渔隐丛话》前集卷二十七引《遁斋闲览》、《猗觉寮杂记》卷上均引此诗并作解释和辨说。
⑧ 《黄庭坚诗集注》，中华书局2003年版，第615、885页。
⑨ 高似孙：《蟹略》卷四引，文渊阁四库全书本。
⑩ 方岳：《秋崖集》卷三、卷七，文渊阁四库全书本。
⑪ 王明：《抱朴子内篇校释》，中华书局1980年版，第278页。
⑫ 《全唐诗》卷六七一，第7681页。
⑬ 《蟹略》卷四引。此首文渊阁四库全书本《茶山集》失载。
⑭ 岳珂：《玉楮集》卷四，文渊阁四库全书本。
⑮ 《王十朋集》诗集卷二四，上海古籍出版社1998年版，第459页。
⑯ 参见《玄怪录 续玄怪录》，中华书局2006年版，第66～67页。
⑰ 《济南集》卷四，《丛书集成续编》，第126册第57页下。
⑱ 《范石湖集》卷二五，第350页。

嫁滕六，巽二何须强作媒。"① 又《走笔谢张功父送似酴醾》："向来巽二拉滕六，玉妃夜投玉川屋。"② 周必大《王才臣子俊求园中六诗·松庵》："冬与滕六宜，夏与赵盾敌。"③ 赵盾为夏日之代名，见后。

此外，宋代常见的代名还有鹅黄（酒）、白堕（酒）、玉友（酒）、索郎（酒）、欢伯（酒）、督邮（薄酒、恶酒）、竹根（酒器）、青蚨（钱）、毛颖（笔）、中书君（笔）、楮先生（纸）、陈玄（墨）、陶泓（砚）、毛锥（笔）、木上座（杖）、黄姑（牵牛星）、天孙（织女星）、于菟（虎）、钩辀（鹧鸪）、陇客（鹦鹉）、谢豹（杜鹃鸟、杜鹃花）、杜宇（杜鹃鸟）、平头（奴仆）、蹲鸱（芋）、苍官（松）、青士（竹）、稚子（笋）、锦绷（笋）、箨龙（笋）、木奴（柑橘）、不借（草鞋）、赵盾（夏日）等。限于篇幅，不再一一举例和分析了（有的代名在后面会提到）。

上文说，王安石诗中"鸭绿"只是描摹水之性状，并非用典，其实也不全然。以鸭绿代水，亦见苏轼《乘舟过贾收水阁收不在见其子三首》之二云："小舟浮鸭绿，大杓泻鹅黄。"④ 注家或谓出自李白《襄阳歌》："遥看汉水鸭头绿，恰似葡萄初酦醅。"⑤ 在李白而言，以鸭头绿比拟水色并非用典，而在王安石、苏轼这里则可算是用典了。所以从这个角度来说，鸭绿也算是代名。苏诗中的"鹅黄"，来自杜甫《舟前小鹅儿》："鹅儿黄似酒，对酒爱新鹅。"⑥ 苏轼《岐亭五首》之一又用之："洗盏酌鹅黄，磨刀削熊白。"《追和子由去岁试举人洛下所寄九首·暴雨初晴楼上晚景》之三则连带酒字而出："应倾半熟鹅黄酒，照见新晴水碧天。"⑦ 显然是用作酒的典故和代名。

其它类似的代名，如苍官、青士出樊宗师《绛守居园池记》，原本是松和竹的比拟之名，但王安石在《红梨》中云"岁晚苍官才自保，日高青女尚横陈"，又在《酬王浚贤良松泉二诗》中三用"苍官"⑧，就可视作代名了。又如箨龙出卢仝《寄男抱孙》⑨，绿蚁首见谢朓《在郡卧病呈沈尚书五言》⑩，玉箸首见梁诗⑪，平头出自梁武帝《河中之水歌》⑫，这些词最早只是普通描写或比喻，后来则成为典故和代名。沈义父《乐府指迷》"咏物不可直说"条称："如说桃，不可直说破桃，须用红雨、刘郎等字。"⑬ 刘郎典出刘晨、阮肇之故事，是有典故的代名，而红雨出李贺《将进酒》："况是青春日将暮，桃花乱落如红雨。"⑭ 则是与鸭绿、苍官、鹅黄等性质相近的代名。钱锺书举"一顾倾人城，再顾倾人国"的例子也说明了这个道理，倾城、倾国在李延年歌中并非用典，而后人因袭借用为佳人之代名，

---

① 辛更儒：《杨万里集笺校》，中华书局2007年版，第947页。
② 《杨万里集笺校》，第1538页。
③ 周必大：《文忠集》卷四一，文渊阁四库全书本。
④ 《苏轼诗集》，第3册，第967页。
⑤ 王琦：《李太白集注》，中华书局1977年版，第369页。
⑥ 《杜诗详注》，第1009页。
⑦ 《苏轼诗集》，第4册，第1204页；第2册，第458页。
⑧ 李壁：《王荆文公诗笺注》，上海古籍出版社2010年版，第1332、119页。
⑨ 诗云："万箨苞龙儿，攒迸溢林薮。……箨龙正称冤，莫杀入汝口。"见《全唐诗》卷三八七，第4369页。
⑩ 逯钦立：《先秦汉魏晋南北朝诗》，中华书局1983年版，第1427页。
⑪ 如纪少瑜《春日诗》、刘孝威《独不见》、梁简文帝《楚妃叹》，见《先秦汉魏晋南北朝诗》，第1779、1871、1917页。
⑫ 《先秦汉魏晋南北朝诗》，第1520页。
⑬ 唐圭璋编：《词话丛编》，中华书局1986年版，第280页。
⑭ 《三家评注李长吉歌诗》，第164页。

则可谓用典了。如钱锺书所云:"此类描绘亦可流为替代字。"韩愈、孟郊联句中的红皱、黄团,宋人亦用作枣、瓜的代名,如范成大《大宁河》:"荆箱扰扰拦街卖,红皱黄团满店头。"①

代名在晋唐诗人那里已经开始使用,但它在宋人笔下用得更为广泛和灵活,则是一个不争的事实。蒋寅说:"考代语虽早见于《诗经》,但正如王夫之所指出的,'汉人及李杜高岑犹不屑也',乐于使用并津津乐道始于宋人。"② 代名也是如此。而且,宋人求新好奇的作风,也使得他们在使用代名时表现了与前代不同的特点。陆游《老学庵笔记》卷八云:"国初尚《文选》,当时文人专意此书,故草必称王孙,梅必称驿使,月必称望舒,山水必称清晖。至庆历后,恶其陈腐,诸作者始一洗之。"③ 由于王孙、驿使之类的代名被反复使用,宋人觉其陈腐,不再使用或很少使用。但正如钱锺书所言:"然庆历、元祐以来,频见'云间赵盾''渊底武侯''青州从事''白水真人','醋浸曹公''汤燖右军''平头''长耳''黄奶''青奴''苍保''素娥''鹅黄''鸭绿''此君''阿堵',庄季裕《鸡肋编》卷上至载'左军'为鸭、'泰水'为妻母之笑枋。况之选体,踵事加厉。"④ 虽然宋人也沿用玉箸、绿蚁、平头、黄姑、天孙、谢豹、木奴等前代常见代名,但宋人在代名使用上确实进行了很大的开掘。具体而言有三点:一,使用了一些新的代名,如鸭绿、鹅黄、苍官、青士、箨龙、滕六、巽二、曲生等来自唐代诗文和小说,毛颖、中书君、管城子、陈玄、陶泓、楮先生来自韩愈《毛颖传》,毛锥来自《旧五代史·史弘肇传》,冰壶先生来自宋初,可以说是全新的代名。二,挖掘了一些过去已有的代名,如郭索、髯簿、不借、蹲鸱、黄奶、长喙参军等,或从前代典籍中总结化用出一些代名,如赵盾、白水真人等,这些代名因过去在诗文中无人使用或极少使用,显得生新。三,接着晚唐以来的诗人使用较为新颖生僻的代名,如此君、阿堵、青蚨、伯雅、索郎、欢伯、青州从事、无肠公子等。

在宋人笔记和诗话中,还可见到宋人对于代名之讲求和讨论。如关于王安石使用青女一词,《能改斋漫录》卷三《青女横陈》云:

> 荆公诗云:"日高青女尚横陈。"横陈二字见宋玉《风赋》"横自陈兮君之前"及《楞严经》。夫青女者,主霜雪之神也。故《淮南子》云:"至秋三月,青女乃出,降霜雪。"高诱注云:"青女乃天神青腰玉女,主天霜雪。"荆公以青女为霜,于理未当。杜子美《秋野》诗云:"飞霜任青女。"乃为尽理。梁昭明《博山香炉赋》曰:"青女司寒,红光翳景。"亦皆指为霜雪之神。然荆公之诗不害为佳句也。⑤

按,唐诗中用青女甚多,但均指青腰女神,如杜甫《秋野五首》之四:"飞霜任青女,赐被隔南宫。"⑥ 唐彦谦《红叶》:"素娥前夕月,青女夜来霜。"⑦ 未尝直接作为霜之代名。王安石之用青女,实际上是一种突破。与此类似的是苏轼以酿酒人刘白堕作为酒之代名。《避暑录话》卷一:

---

① 《范石湖集》卷一二,第 152 页。
② 蒋寅:《古典诗学的现代诠释》,第 90 页。
③ 陆游:《老学庵笔记》,中华书局 1979 年版,第 100 页。
④ 钱锺书:《谈艺录》,第 248 页。"苍保"疑当作"苍官"。
⑤ 吴曾:《能改斋漫录》,第 55 页。
⑥ 《杜诗详注》,第 1734 页。
⑦ 《全唐诗》卷六七二,第 7690 页。

《洛阳伽蓝记》载，河东人刘白堕善酿酒，虽盛暑，暴之日中，经旬不坏。今玉友之佳者，亦如是也。……白堕乃人名，子瞻诗云："独看红蕖倾白堕。"恐难便作酒用。吴下有馔鹅设客，用王逸少故事，言请过共食右军，相传以为戏。"倾白堕"得无与"食右军"为偶耶？①

苏门四学士之张耒，也曾以此刁难苏轼。《道山清话》云：

张文潜尝云，子瞻每笑"天边赵盾益可畏，水底右军方熟眠"，谓汤燖了王羲之也。文潜戏谓子瞻："公诗有'独看红蕖倾白堕'，不知白堕是何物？"子瞻云："刘白堕善酿酒，出《洛阳伽蓝记》。"文潜曰云："白堕既是一人，莫难为倾否？"子瞻笑曰："魏武《短歌行》云：'何以解忧，惟有杜康。'杜康亦是酿酒人名也。"文潜曰："毕竟用得不当。"子瞻又笑曰："公且先去共曹家那汉理会，却来此间厮魔。"盖文潜时有仆曹某者在家作过，亦去失酒器之类，既送天府推治，其人未招承，方文移取会也。坐皆绝倒。②

张耒诗名《仲夏》，云："云间赵盾益可畏，渊底武侯方熟眠。"③ 赵盾典出《左传·文公七年》："酆舒问于贾季曰：'赵衰、赵盾孰贤？'对曰：'赵衰，冬日之日也；赵盾，夏日之日也。'"杜预注："冬日可爱，夏日可畏。"④ 苏轼也曾用此典，《次韵朱光庭喜雨》云："久苦赵盾日，欣逢傅说霖。"⑤ 但苏轼用赵盾日指夏日，尚与原典之语较近，而张耒进一步省略"日"字，则更显奇异。至于武侯，乃借诸葛武侯有卧龙之称的典故，称龙卧水底而不施雨，极言夏日酷暑之状。《道山清话》载张耒诗误作"右军"，大概是受当时流行的"汤燖右军"之说的影响⑥。苏轼取笑张耒诗中右军（武侯）之句有歧义，张耒则反问苏轼为何以人名代作酒名，如何"倾"白堕？（在叶梦得看来，这是"食右军"相类似的句子）苏轼乃举出始作俑者曹操的"杜康"为说，张耒仍然以为"用得不当"。苏轼最后用当时张耒与曹某打官司的事开玩笑，说"公且先去共曹家那汉理会，却来此间厮魔"，令人捧腹。

在青女、白堕的讨论中可以发现，其实宋人使用的出自典故的代名，有的是在改变了典故原意及词汇本义乃至性质的情况下使用的。在原来的典故里，青女是女神，琴高是神仙，赵盾、白堕是人名，现在变成了霜、鱼、夏日、酒，所指已经发生变化。又如谢豹，原指杜鹃鸟，宋人也用来指杜鹃花，则是对代名所指的一种拓展。至于峥嵘、觳觫、郭索、钩辀等，原本是描写事物的状态，是形容词、象声词之类的词汇，现在却变成了名词。凡此都可看出宋人在代名使用方面表现出的创造精神。

---

① 叶梦得：《避暑录话》，《宋元笔记小说大观》，上海古籍出版社2001年版，第2602页。
② 《道山清话》，《宋元笔记小说大观》第2949页。
③ 《张耒集》卷二三，中华书局1990年版，第409页。
④ 《春秋左传正义》，北京大学出版社2000年版，第599页。
⑤ 《苏轼诗集》第5册，第1446页。
⑥ 旧说王羲之（右军）为山阴道士写《黄庭经》换鹅，故宋人或称鹅为右军。《梦溪笔谈》卷二三《讥谑》："吴人多谓梅子为曹公，以其尝望梅止渴也。又谓鹅为右军。有一士人遗人醋梅与燖鹅，作书云：'醋浸曹公一瓮，汤燖右军两只，聊备于馔。'"载沈括《梦溪笔谈》，岳麓书社1998年版，第194页。又，王士禛曾辨"水底右军方熟眠"为"武侯"之误，载王士禛《居易录》卷一五（文渊阁四库全书本）。

代名与歇后语、俗语

代名的另一来源是由古代典籍产生的歇后语,这样的代名可称之为歇后代名。歇后语是指将古书中的陈词(成语)进行截取,一般是保留其前面部分,省略其后面部分,而代指其事义。这在修辞学上称之为藏词①,如《尚书·君陈》和《论语·为政》中均有"友于兄弟"的说法,后人则用友于代指兄弟或兄弟之情,如陶潜《庚子岁五月中从都还阻风于规林二首》之一:"一欣侍温颜,再喜见友于。"② 其它的藏词如周余(黎民)、凡百(君子)、孔怀(兄弟)、贻厥(子孙),出自经典,同时也可视为代名。唐诗中出现了一些较新的歇后代名,如以三尺代剑,杜甫《奉送苏州李二十五长史丈之任》:"一毛生凤穴,三尺献龙泉。"③ 以六钧代弓,张说《将赴朔方军应制》:"幼志传三略,衰材谢六钧。"④ 但是当宋人沿用这些代名时,却遭到了批评。《石林诗话》卷中:

> 杨大年、刘子仪皆喜唐彦谦诗,以其用事精巧,对偶亲切。黄鲁直诗体虽不类,然亦不以杨、刘为过。如彦谦《题汉高庙》云:"耳闻明主提三尺,眼见愚民盗一抔。"虽是着题,然语皆歇后。一抔事无两出,或可略土字;如三尺,则三尺律、三尺喙皆可,何独剑乎?……苏子瞻诗有"买牛但自捐三尺,射鼠何劳挽六钧",亦与此同病。六钧可去弓字,三尺不可去剑字,此理甚易知也。⑤

一抔指土,典出《史记·张释之传》,从典故上来说没有歧义,但三尺除三尺剑(《史记·高祖纪》、《汉书·高帝纪》)外,还有三尺律(《汉书·朱博传》)、三尺喙(《庄子·徐无鬼》),叶梦得认为三尺有歧义,而从对仗的角度来说,也有偏枯的毛病。对于这个问题,何文焕说:"既曰'明主提''买牛''捐三尺',下谅无别解。"⑥ 十分在理。叶梦得实在过于挑剔。《石林诗话》卷中又云:

> 苏子瞻尝两用孔稚圭鸣蛙事,如"水底笙簧蛙两部,山中奴婢橘千头",虽以笙簧易鼓吹,不碍其意同。至"已遣乱蛙成两部,更邀明月作三人",则成两部不知为何物,亦是歇后。故用事宁与出处语小异而意同,不可尽牵出处语而意不显也。⑦

《南齐书》《南史》的《孔稚珪传》中均载孔稚珪以蛙鸣为"两部鼓吹"的事。叶梦得认为,"水底笙簧蛙两部"虽然改鼓吹为笙簧,但句意完整,而"已遣乱蛙成两部"则成歇后,

---

① 参见陈望道:《修辞学发凡》,上海教育出版社1997年版,第159～162页;李士彪:《魏晋南北朝文体学》,上海古籍出版社2004年版,第217～231页。
② 《能改斋漫录》卷八《友于》,第223页;《野客丛书》卷二〇《诒厥友于等语》,上海古籍出版社1991年版,第289页。
③ 《杜诗详注》,第1879页。
④ 《全唐诗》卷八十八,第967页。
⑤ 叶梦得:《石林诗话》,何文焕编《历代诗话》,中华书局1981年版,第416页。
⑥ 《历代诗话》,第816页。
⑦ 《历代诗话》,第416页。"簧",《苕溪渔隐丛话》前集卷三七引《石林诗话》作"歌",与今苏诗《赠王子直秀才》同。

意义不显。其实苏轼正是要用"两部"以省略和指代鼓，取得一种新奇的效果。胡仔亦曾用两部代蛙鸣（见前）。谢榛《四溟诗话》卷一曾举吴筠以及唐人骆宾王、卢照邻、陈子昂、高适、李颀、唐彦谦用歇后的诗句①，其中如绵蛮代鸟，负郭代田，七尺代身，均可算歇后代名，宋人也有沿用。不过在歇后代名方面，宋人之创造似乎较少，其原因可能是宋人对诗艺过于讲求乃至挑剔，并且如叶梦得所评那样，认为歇后并不是一种较好的表现方法。

相对来说，宋人在用俗语作代名方面就大有发展了。有的代名是宋以前的俗名，如刘恂《岭表录异》卷下载："招潮子，亦蟛蜞之属。壳带白色。海畔多潮，潮欲来，皆出坎举螯如望，故俗呼招潮也。"招潮乃成小蟹之代名。黄庭坚《又借答送蟹韵并戏小何》诗后作《又借前韵见意》："招潮瘦恶无永味，海镜纤毫只强颜。"② 又如《尔雅·释鱼》有"鱎鲂，鳜鳎"，郭璞注："小鱼也，似鮒子而黑，俗呼为鱼婢。"③ 由此鱼婢成为小鱼的代名。陈与义《食蕈》："冰壶先生当立传，木奴鱼婢何足录。"④ 沈与求《董袌大有诗纪吴江豁然阁旧游索仆继和》："胜游君复羹鱼婢，幽屏予方饭芋魁。"⑤ 陆游《村居书事二首》之二："春深水暖多鱼婢，雨足年丰少麦奴。"⑥ 从有出典的角度来说，招潮、鱼婢同时也可算是典故代名。

不过更多的俗语代名来自宋代当时对一些事物的俗名别称，没有更早的典籍出处，如般若汤（酒）、竹夫人（竹几）、狸奴（猫）、衔蝉（猫）、猫头（竹）、鸭脚（银杏）、软饱（酒）、黑甜（睡觉）、长耳（驴）等。

般若汤见《酒谱·异域》："天竺国谓酒为酥，今北僧多云般若汤，盖廋辞以避法禁尔，非释典所出。"⑦ 可知是当时僧徒所取别号。苏轼亦云："僧谓酒'般若汤'，谓鱼'水梭花'，谓鸡'钻篱菜'，竟无所益，但自欺而已。"⑧ 用例如谢逸《闻幼盘弟归喜而有作二首》之二："曲肱但作吉祥卧，浇舌惟无般若汤。"⑨

竹夫人是竹几之名。苏轼《次韵柳子玉二首·地炉》："闻道床头惟竹几，夫人应不解卿卿。"苏轼自注："俗谓竹几为竹夫人。"⑩ 将这一俗名用入诗中，苏轼应是第一人，此前惟见白居易诗中有竹几⑪。苏轼又有《送竹几与谢秀才》："留我同行木上座，赠君无语竹夫人。"⑫ 木上座原为晚唐佛日禅师为拄杖所取别号，算是一个典故代名⑬。此二名因苏轼用之而流行。饶节《次韵答吕居仁》："我已订交木上座，君犹求旧管城公。"⑭ 方岳《感怀》其九："竹夫人爽夜当直，木上座臞新给扶。"又《以梅送王尉再用韵》："孔方兄自非吾党，

---

① 载《历代诗话续编》，中华书局1983年版，第1151页。
② 《黄庭坚诗集注》，第617页。
③ 《尔雅注疏》，北京大学出版社2000年版，第330页。
④ 《陈与义集》，第114页。
⑤ 沈与求：《龟溪集》卷二，文渊阁四库全书本。
⑥ 陆游：《剑南诗稿校注》卷五〇，第3012页。
⑦ 窦苹：《酒谱》，涵芬楼《说郛》卷六十六。
⑧ 《苏轼文集》卷七二《僧自欺》，中华书局1986年版，第2303页。《墨庄漫录》卷五更据《释氏会要》载"般若汤"得名之由，见《墨庄漫录 过庭录 可书》，中华书局2002年版，第143页。
⑨ 谢逸：《溪堂集》卷五，《丛书集成续编》第127册，第24页下（据《胡氏豫章丛书》本影印）。
⑩ 《苏轼诗集》第2册，第315页。
⑪ 白居易：《闲居》："绵袍拥两膝，竹几支双臂。"见谢思炜《白居易诗集校注》，中华书局2006年版，第527页。
⑫ 《苏轼诗集》第4册，第1354页。
⑬ 载《景德传灯录》卷二〇《杭州佛日和尚》，《大正藏》第51册，第361页。又见《五灯会元》卷一三《杭州佛日禅师》，中华书局1984年版，第826页。
⑭ 吕本中：《紫微诗话》引，见《历代诗话》，第363页。

木上座堪寻酒徒。"①陆游《初夏幽居》之二："瓶竭重招曲道士，床空新聘竹夫人。"② 文珦《野老》："交游木上座，疏阔楮先生。"③ 苏轼门生张耒还写有《竹夫人传》④。

苏轼用俗语作代名的另一著名例子是《发广州》的"三杯软饱后，一枕黑甜余"，上句自注"浙人谓饮酒为软饱"，下句自注"俗谓睡为黑甜"⑤，显然是俗语之借用。后人沿用而作睡和酒之代名，如楼钥《送蒋甥若水使属北行》："黑甜软饱宜加爱，红皱黄团正可观。"⑥ 陆游《初秋小疾效俳谐体》："遣闷凭清圣，忘情付黑甜。"⑦

狸奴、衔蝉也应是当时俗语，因黄庭坚用而出名，其《乞猫》云："闻道狸奴将数子，买鱼穿柳聘衔蝉。" 史容注："衔蝉用俗语也。"⑧ 狸奴则曾经五代德韶禅师使用⑨。后人沿用，如曾几《乞猫二首》之二："小诗却欠涪翁句，为问衔蝉聘得无。"⑩ 陆游《习懒自咎》："猧子巡篱落，狸奴护简编。"又《嘲畜猫》："欲骋衔蝉快，先怜上树轻。"⑪ 韩驹《湖南有大竹世号猫头取以作枕仍为赋诗》："湖南人家养狸奴，夜出相乳肥其肤。买鱼穿柳不蒙聘，深蹲地底老欲枯。"猫头为当时人对一种竹笋的俗称。陈师道《寄潭州张芸叟二首》之一："秋盘堆鸭脚，春味荐猫头。"任渊注："潭州有猫头笋。"⑫ 黄庭坚也有《谢人惠猫头笋》："走送烦公助汤饼，猫头突兀想穿篱。"⑬

鸭脚是银杏的别名，因银杏叶如鸭脚而得名。梅尧臣《永叔内翰遗李太博家新生鸭脚》："鸭脚类绿李，其名因叶高。吾乡宣城郡，每以此为劳。"⑭ 欧阳修《和圣俞李侯家鸭脚子》："鸭脚生江南，名实未相浮。绛囊因入贡，银杏贵中州。"又《梅圣俞寄银杏》："鸭脚虽百个，得之诚可珍。"⑮ 后黄庭坚用之而愈著名，《送舅氏野夫之宣城二首》之一："藉甚宣城郡，风流数贡毛。霜林收鸭脚，春网荐琴高。"⑯ 亦有人用之与鸡头（芡实）作对，如郭祥正《和颖叔千岁枣》："鸭脚看何小，鸡头美未全。"⑰ 杨万里《德远叔坐上赋肴核八首·银杏》："未必鸡头如鸭脚，不妨银杏伴金桃。"⑱ 鸭脚、猫头、鸡头之类原本是俗名，宋人好用而成为流行的代名，大约是因为其物本是植物，但名称却似动物，用作食物时

---

① 方岳：《秋崖集》卷六、卷十。
② 陆游：《剑南诗稿校注》卷六六，第3747页。
③ 释文珦：《潜山集》卷八，文渊阁四库全书本。
④ 《张耒集》卷五二，第799页。
⑤ 《苏轼诗集》，第6册，第2067页。
⑥ 楼钥：《攻媿集》卷一一，《丛书集成初编》本，第181页。
⑦ 陆游：《剑南诗稿校注》卷一二，第989页。
⑧ 《黄庭坚诗集注》，第975页。
⑨ 《景德传灯录》卷二五《天台山德韶国师》："又僧问：三世诸佛不知有，狸奴白牯却知有。既是三世诸佛，为什么却不知有？师云：却是尔知有。学云：狸奴白牯为什么却知有？师云：尔什么处见三世诸佛？"见《大正藏》第51册第408页下。又见《五灯会元》卷一〇《天台德韶国师》，《五灯会元》第570页。又按，黄庭坚诗之史容注："《传灯录》第十卷，僧曰：狸奴、白牯，为什么却有知？"中华书局本"第十卷"三字疑衍，文渊阁四库全书本及武英殿本《山谷外集诗注》均无此三字。
⑩ 曾几：《茶山集》卷八。
⑪ 陆游：《剑南诗稿校注》卷六四，第3624页；卷三八，第2428页。
⑫ 陈师道：《后山诗注补笺》，第277页。
⑬ 《黄庭坚诗集注》，第661页。
⑭ 朱东润：《梅尧臣集编年校注》，上海古籍出版社1980年版，第959页。
⑮ 《欧阳修全集·居士集》卷七、卷五，中华书局2001年版，第106、88页。
⑯ 《黄庭坚诗集注》，第110页。
⑰ 郭祥正：《青山集》卷二二，蒋氏密韵楼影宋刊本。
⑱ 《杨万里集笺校》，第725页。

颇能引起珍馐美味的联想。黄庭坚《答永新宗令寄石耳》："雁门天花不复忆，况乃桑鹅与楮鸡。"① 桑鹅与楮鸡都是木耳类食物，黄诗用其字眼，则兼有鹅、鸡之美味。其实，这和苏轼笑话的僧人谓鱼水梭花、谓鸡钻篱菜是一样的心理，不过是反过来把素食称作荤食而已。

宋人搜集生新僻典以作代名以及化用旧典而成代名，是宋诗"以故为新"的一个表现，而宋人取俗语别名入诗，则是宋诗"以俗为雅"的表现。有的俗语别名因有前代人使用，如狸奴，也近于出自典故的代名。事实上，由于苏轼、黄庭坚等人在当时拥有的巨大影响，后人使用他们用过的俗语代名时，也可谓是用苏黄的典故了，这从后人用衔蝉、狸奴多连"聘"字可以看得很清楚。宋人喜欢杜诗，杜诗中的天棘、稚子、竹根等，以及前面提到的鹅黄，也因此被宋人广泛使用，虽然出现了误将天棘认作柳的问题②，但并没有影响到宋人的使用热情。所以，典故代名和俗语代名有时并不能截然区分。由此也可看出，不是所有的俗语中的异名别称都能成为诗歌中的代名，大诗人的使用往往是一个俗名成为代名并流行开来的重要原因。

创造（杜撰）代名

前论宋人以青女代霜、白堕代酒之类，是改造化用前人典故，与截取典故成语以两部代鼓吹、选取俗称以衔蝉入诗一样，表现出宋人在诗歌写作上的创造性。但本节要说的创造，是指宋人为一些事物取异名别称，也就是发明或杜撰代名。

黄庭坚有《赵子充示竹夫人诗，盖凉寝竹器，憩臂休膝，似非夫人之职，予为名曰青奴，并以小诗取之二首》："青奴元不解梳妆，合在禅斋梦蝶床。公自有人同枕簟，肌肤冰雪助清凉。""秾李四弦风拂席，昭华三弄月侵床。我无红袖堪娱夜，正要青奴一味凉。"除诗题明言取名青奴外，次诗末又有黄庭坚字注："冬夏青青，竹之所长，故命曰青奴。"③ 竹夫人原本已是竹几的俗名，苏轼以之入诗，且从"夫人应不解卿卿"的角度来写，已具新意。但黄庭坚并不满足于此，他认为"憩臂休膝似非夫人之职"，叫竹夫人不恰当，又给它命名为青奴。这里要强调的是，黄庭坚这种取名是一种完完全全的杜撰。青奴之名，既非来源于典故成语，也不是来源于俗语，而是一种陌生化和拟人化的创造④。既然有名家创造在前而成一新的典故和代名，后来诗人自然纷纷袭用了。如陈师道《咸平读书堂》："复作无事饮，醉卧拥青奴。"⑤ 吕祖谦《夏日》："待唤青奴与黄奶，为君极意作今年。"⑥ 但与黄庭坚创造代名不同的是，对于后人来说，用青奴之名只是用典而已。这类似于前面所说的鸭绿、鹅黄以及软饱、衔蝉的情况。另外，脚婆一名可能也是黄庭坚的创造。在黄诗《戏咏暖足瓶二首》中，有"千金买脚婆""脚婆原不食"的句子，任渊注："俗以暖足瓶为铁

---

① 《黄庭坚诗集注》，第1241页。
② 杜甫"天棘梦青丝"，天棘何指，宋人多有争论，一般理解为柳，但实际应是天门冬。见曹慕樊《杜诗杂说》，四川人民出版社1981年版，第161页。
③ 《黄庭坚诗集注》，第404页。
④ 关于宋人用语追求陌生化的效果，见周裕锴《宋代诗学通论》诗艺编第二章第一节"造语：语词的陌生化效力"。拟人化在《宋代诗学通论》第110页亦略有提及。
⑤ 陈师道：《后山诗注补笺》，第355页。
⑥ 吕祖谦：《东莱吕太史文集》卷一，黄灵庚、吴战垒主编《吕祖谦全集》第1册，浙江古籍出版社2008年版，第6页。

婆。"① 当时这种器具也有一个更为流行的俗名——汤婆，但在黄庭坚之前未见有称为"脚婆"的，这恐怕也是黄庭坚的自我作古。《墨庄漫录》卷二还载有一事："黄鲁直谓：荀中令喜焚香，故名缩砂汤曰荀令汤；朱云喜直言切谏，苦口逆耳，故名三棱汤曰朱云汤。"②缩砂汤、三棱汤是两种汤药的名字，黄庭坚却给它们起了颇有文化内涵的名字，充满人文气息。由此均可见出黄庭坚的创造（杜撰）精神。

苏轼也是一个喜欢自我作古的人。他以《刑赏忠厚之至论》应举时，就杜撰出"皋陶曰杀之三，尧曰宥之三"之事，以致考官欧阳修追问"此见何书"③。这个著名事件其实也是宋人好杜撰乃至作伪的一个表现。考试时都敢杜撰典故，平时随意编造代名，也就可以想见了。《冷斋夜话》卷七《东坡戏作偈语》：

> 又尝要刘器之同参玉版和尚。器之每倦山行，闻见玉版，欣然从之。至廉泉寺，烧笋而食。器之觉笋味胜，问："此笋何名？"东坡曰："即玉版也。此老师善说法，要能令人得禅悦之味。"于是器之乃悟其戏，为大笑。东坡亦悦，作偈曰："丛林真百丈，嗣法有横枝。不怕石头路，来参玉版师。聊凭柏树子，与问篦龙儿。瓦砾犹能说，此君那不知。"④

苏轼随口就给笋取了个名字——玉版，又称作玉版师。上录之偈即苏诗《器之好谈禅不喜游山山中笋出戏语器之可同参玉版长老作此诗》，"嗣法有横枝"下自注："玉版、横枝，竹笋也。"⑤ 宋人沿用甚多，如谢茔《许巨源送笋》："入山长镵不汝赦，日获玉版登君盘。"⑥ 方回《寄题九仙俞君竹屋》："勿起青奴想，毋垂玉版涎。"⑦

有了苏黄的榜样和启发，后来的诗人也开始大胆地编造代名了。《娱书堂诗话》载：

> 曾文清公云："山谷以竹夫人为青奴，余亦名脚婆为锡奴，戏作绝句云：[露][雾]帐桃笙昼寝余，此君那可一朝无。秋来冷落同班扇，岁晚温柔是锡奴。"⑧

曾文清公即曾几，作为宗法江西的诗人，似乎深得黄庭坚创造代名之法。此外，曾几还创造了内黄侯（蟹）一名。其《谢路宪送蟹》诗云："从来叹赏内黄侯，风味樽前第一流。只合蹒跚赴汤鼎，不须辛苦上糟丘。"⑨ 内黄侯无出典，应是曾几因螃蟹有蟹黄美味而取的

---

① 《黄庭坚诗集注》，第553页。
② 《墨庄漫录 过庭录 可书》，第68页。
③ 杨万里：《诚斋诗话》，《历代诗话续编》，第148页。苏轼此事宋人记载甚多，其表现的文化精神与杜诗伪苏注和伪典小说均有密切关系。杨经华、周裕锴《杜诗伪苏注与宋文化关系管窥》论述了伪苏注的问题，载《四川师范大学学报》2010年4期。
④ 惠洪：《冷斋夜话》，《冷斋夜话 风月堂诗话 环溪诗话》，中华书局1988年版，第54页。
⑤ 《苏轼诗集》，第7册，第2447页。
⑥ 谢茔《谢幼盘文集》卷二，《丛书集成初编》本，第11页。
⑦ 方回：《桐江续集》卷一九，文渊阁《四库全书》本。
⑧ 赵与虤：《娱书堂诗话》，文渊阁四库全书本。《历代诗话》本《娱书堂诗话》脱佚较多，无此条。又见《诗人玉屑》卷一九引《余话》。"露"，《诗人玉屑》、曾几原诗均作"雾"。曾几诗见《茶山集》卷八，题《竹奴》，注："因读山谷竹奴、脚婆诗，戏作。山谷既以竹夫人为竹奴，余亦名脚婆为锡奴焉。"诗题"竹奴"疑当作"锡奴"。又按：山谷诗"青奴"一作"竹奴"，故曾几云"山谷竹奴、脚婆诗""山谷既以竹夫人为竹奴"。
⑨ 曾几：《茶山集》卷八。

别名。《娱书堂诗话》亦专载此诗，并评论说"内黄侯三字甚新"①，称赞此代名之新颖。内黄侯后来也流行开来，如方岳《雨夜持螯》："郭索解围功独隽，中书君拟内黄侯。"② 方回《松江使君张周卿致泖口蟹四十辈》："内黄侯承津致矣，但欠青州从事耳。"③ 曾几还给猫取名小于菟，其《乞猫二首》之一："青蒻裹盐仍裹茗，烦君为致小于菟。"④ 于菟本来指虎，加一小字则用以称猫⑤，十分恰当。曾几弟子陆游也有《赠猫》："盐裹聘狸奴，常看戏座隅。时时醉薄荷，夜夜占氍毹。鼠穴功方列，鱼殓赏岂无。仍当立名字，唤作小于菟。"⑥ "立名字"正是宋人编造杜撰代名的"招供"。

概而言之，宋人使用代名，一是沿袭前代已有之代名，如天孙、杜宇、谢豹之类；二是搜集和发现新颖的和生僻的代名，如从《钱神论》里找到孔方兄，从《金楼子》中找到黄奶，从《毛颖传》里找到管城子等；三是将过去的典故或代名进行改造和化用，如彀觫、赵盾、青女、白堕、琴高之类；四是创造发明新的代名。然而，创造（杜撰）代名毕竟是文人一时兴起的产物，一般都会在诗中专门予以说明，如黄庭坚、曾几那样，否则像内黄侯、小于菟之类的代名尚较易理解，但有些诗句恐怕就会因此而很难读懂了。事实上在上述四种情况中，宋人运用较多的是前三种办法，后一种仅是偶尔为之。所以我们才可以看到，宋人总是费尽心思地从小说传记、佛道医卜等各种杂书中搜集和借用新鲜的和生僻的代名和典故，如滕六、巽二出自唐代小说，冰壶先生出自宋代小说，髯须主簿、长喙参军出自杂书，玉楼、银海出自道书等⑦，因为只有这样，诗歌才能脱去陈言，熔铸新语。在宋人小说、笔记、诗话里，常可以看到涉及代名的条文，或论代名之使用技巧，或述代名之来源出典。在《履斋示儿编》卷十五《人物通称》《人物异名》《物重名》《因物得名》等条中⑧，我们还可以看见作者孙奕搜集的一些代名（其中不少也见于本文）。凡此均反映出宋人注重代名的普遍风气。

在宋人追求搜集生新的典故和代名甚至不惜自我作古、编造杜撰典故和代名的风气之下，一种特别的小说——伪典小说便应运而生了。伪典小说是笔者提出的一个概念和小说类别，指编造和杜撰各种新奇典故（包括代名）的一类小说。就笔者目前的研究看来，宋代的《云仙散录》《清异录》《开元天宝遗事》《龙城录》和明代的《琅嬛记》等可为其中的代表⑨。其中《清异录》最为热衷杜撰代名，如陈振孙说的"每事皆制为异名新说"⑩，书

---

① 《历代诗话续编》，第495页。
② 方岳：《秋崖集》卷八。
③ 方回：《桐江续集》卷一九。
④ 曾几：《茶山集》卷八。
⑤ 苏轼《将至筠先寄迟适远三犹子》："夜来梦见小于菟，犹是髧髦垂两耳。"苏轼自注："远小名虎儿。"（《苏轼诗集》第4册，第1223页）这是小于菟的又一种活用法。
⑥ 陆游：《剑南诗稿校注》卷四二，第2656页。
⑦ 苏诗："冻合玉楼寒起栗，光摇银海眼生花"，其中玉楼、银海宋人小说载王安石以为其名出自道书，但迄今未发现哪本道书可以提供出处，周裕锴《玉楼银海与苏轼伪注》怀疑此说伪托（《古典文学知识》2012年第1期）。笔者深表同意。但后人因对苏诗的误解（或伪注）而将玉楼、银海用作肩、眼的代名，则是确定无疑的。
⑧ 孙奕：《履斋示儿编》，《丛书集成初编》本（据《知不足斋丛书》排印）。
⑨ 参见笔者的系列论文《论五代宋初的"伪典小说"》，赵敏俐、佐藤利行主编《中国中古文学研究》，学苑出版社2005年版；《制异名新说、应文房之用——论伪典小说的性质与成因》，载《社会科学研究》2008年第2期；《明代伪典小说五种初探》，《明清小说研究》2009年第1期；《〈龙城录〉是伪典小说》，《文学与文化》2011年第1期；《〈开元天宝遗事〉是伪典小说》，发表于中国唐代文学学会第十七届年会（2014年10月，苏州）。
⑩ 陈振孙：《直斋书录解题》，上海古籍出版社1987年版，第340页。

中绝大多数条文都指向一个或多个代名。其书提供的代名之多、之奇，令人叹为观止。简单而言，其杜撰代名之手法有两种，一种带有简单故事，一种则直接给出代名。前者如：

> 南海城中苏氏园，幽胜第一。广主尝与幸姬李蟾妃微至此憩，酌绿蕉林，广主命笔大书蕉叶曰"扇子仙"。苏氏于广主草宴之所，起扇子亭。（《草木·扇子仙》）
>
> 皮光业最耽茗事。一日，中表请尝新柑，筵具殊丰，簪绂丛集，才至，未顾尊罍，而呼茶甚急。径进一巨瓯，题诗曰："未见甘心氏，先迎苦口师。"众嚛曰："此师固清高，而难以疗饥也。"（《馔羞·苦口师》）

这是为蕉叶、柑、茶取代名。后者如：

> 世宗时，水部郎韩彦卿使高丽。见有一书，曰《博学记》，偷抄之，得三百余事。今抄天部七事：迷空步障（雾），威屑（霜），教水（露），冰子（雹），气母（虹），屑金（星），秋明大老（天河）。（《天文·迷空步障》）
>
> 武宗为颍王时，邸园畜食兽之可人者以备十玩。绘十玩图，于今传播。九皋处士（鹤），玄素先生（白鹇），长鸣都尉（鸡），灵寿子（龟），惺惺奴（猴），守门使（犬），长耳公（驴），鼠将（猫），茸客（鹿），辨哥（鹦鹉）。（《兽名·灵寿子》）

第一条编了七个代名，第二条编了十个代名，而《药门·一药谱》录一百余种药之异名，《鱼门·水族加恩簿》为数十种鱼类加官名封号等①，更是肆无忌惮地杜撰。这些代名往往符合拟人化、陌生化的要求，但相关的故事绝不可信以为真。编造这些故事的目的，只是为了典故和代名而已。这些名号新颖奇异，是上佳的诗料，钱锺书慧眼独具，曾指出《清异录》这一特点：

> 《清异录》取事物性能，傅色揣称，立为名号，而复杜撰故实，俾具本末而有来历，思巧词纤，一新耳目。拟雪于"天公玉戏"，想象灵幻，"空际撒盐"之旧喻相形见绌矣。呼雁曰"书空匠"，点化成语，使"书空咄咄"生色增华，"雁足系书"等故实黯然无色矣。以笋为"甘锐侯"，茶为"不夜侯"之类，与韩退之以笔为"中书君""管城子"，司空表圣以镜为"容成侯"、王景文以枕为"承元居士"（《雪山集》卷十）等，意度不异。……故作诗而撷取《清异录》，非徒如子才所谓"僻典及零碎故事"，亦实喜其名目之尖新、比拟之慧黠也。

作伪者深知当时人汲汲于僻典、代名之搜求，于是编造杜撰并假托宋初陶谷的名义作一本代名书（小说），暗中希望有人能使用其中的典故和代名。比起苏轼、黄庭坚、曾几等人偶尔为之的取名游戏，《清异录》等伪典小说可算是毫无顾忌地作假了（小说可能失实，不

---

① 《清异录》等伪典小说所造代名的详细举例，可以参见拙文《论辞书编纂中采用伪典小说的问题》，载《汉语史研究集刊》第15辑，巴蜀书社2012年版。

过有意作伪又是一回事）。但是，编造代名和典故毕竟不是光彩的事情，还会招来"此见何书"的质问，所以这类小说要么托名陶谷、柳宗元等名人，要么属名冯贽这样的子虚乌有之人。为了回答"出处"的问题，《云仙散录》还杜撰了一大批从未听说过的书名来掩饰其内容的荒诞无稽，《清异录》也杜撰了《博学记》《黑心符》《药谱》《警忘录》等书名。《清异录》等伪典小说是伪书无疑①，但恰好反映出宋人追求代名的风气。和杜诗伪注一样，伪典小说也是宋代诗学精神的一种异化。

简单地说，代名就是异名别称，但它不是普通的语言学意义上的概念，而是常见于古典文学中一个现象，拥有丰富的文学内涵和文化意蕴。代名主要来自典故，也属于典故的一个范畴。宋人诗话中屡称王安石、苏轼、黄庭坚等善于用典，实际也包含使用代名在内。对各种新奇代名的搜集、使用乃至创造，深深表现出宋人"以才学为诗"的文学精神，是值得宋代文学研究者重视的一个现象。

---

① 《清异录》无疑是一本伪典小说，其出现时间应在两宋之际，钱锺书认为黄庭坚诗用其书之典故，其实是《清异录》编造典故以迎合黄诗。关于这一问题，笔者将另文论证。

论朱熹的古文理论[①]

马茂军

华南师范大学

内容提要：朱熹的诗学思想学界研究较多，但是散文思想却没人讨论。本文在南宋古文运动的大视野下讨论朱熹的古文理论，认为朱熹在南宋古文运动中占有重要的主导地位，甚至对整个中国古文运动史有重要的影响。他主导了古文运动的理学化，为唐宋八大家的地位定调，也导致了古文运动的僵化和非文学化。

关键词：南宋古文运动　朱熹　古文运动的理学化

古文运动的成立有三个条件，一是复兴儒学的运动，二是推广古文的运动，三是有组织的文学运动。对于古文运动、古文理论的认识，过去我们一直重视唐宋古文运动、秦汉派、唐宋派、桐城派，对南宋古文运动（本人另有专文《论南宋古文运动》）的叙述几乎是空白的。实际上，南宋是古文和古文运动理论非常繁荣的时期，古文写作出现了四大儒学流派，出现了朱熹、周必大、吕祖谦、叶适等散文大家和带头人，古文理论更是出现了前所未有的繁荣，产生了《古文关键》《文则》几十部文话著作，这些著作至今为研究者所忽视。在南宋古文运动中，朱熹的古文思想更全面，是南宋古文运动对北宋古文运动最全面的总结和超越。对于朱子的研究，只有放到南宋古文运动乃至中国古代散文的古文运动中，才能准确地把握。

一、朱熹的文道观

在北宋古文运动中，韩柳、欧曾文以载道的观点，在文道之间首鼠两端，已经引起二程的不满，至朱子则进一步将道推向极致。从根本上说，朱子是否定文的本体性的，道是本，文是末。《朱子语类》卷一三九云："才卿问：韩文《李汉序》头一句甚好。曰：公道好，某看来有病。陈曰：文者，贯道之器，且如六经是文，其中所道皆是这道理，如何有病？曰：不然，这文皆是从道中流出，岂有文能贯道之理？文是文，道是道，文只如吃饭时下饭耳。若以文贯道，却是把本为末，以末为本，可乎，其后作文者皆是如此。"（《论文》上）这里道是饭，文只是如何能让饭吃得有滋有味的技巧（下饭），则否定了文的本体性。虽曰文道一体，而一本一末，泾渭分明。这是朱子对文道关系的认识，他的文是义理，文学家的文是炼字、新奇词语的功夫。所以他的文即是道，文学家、古文家文以载道，文以贯道，都是文是文，道是道，承认文的独立性，哪怕文以害道，也承认文的独立性和主体性，朱子则干净彻底地融灭了文的独立性和主体性。

从道的角度出发，朱熹将文字分为闲戏文字和雅正文字。"又问《潜真阁铭》好？曰：

[①] 本文是 2012 年国家部级项目（12BZW034）《宋代文话与宋代散文文体学》研究成果之一。

'这般闲戏文字便好，雅正底文学便不好。如《韩文公庙碑》之类，初看甚好读，仔细点检，疏漏甚多。'"①（卷一三九）将文字分为闲戏文字和雅正文字，其实闲戏文字、游戏为文的自由精神，才是散文审美的精神。雅正文字的功利性、哲理性恰与文学性是分道扬镳的。疏漏与密不透风是对应的，是说理严密与否的问题，是合不合义理的问题。

朱子以道为文，建立了宋人的新文统。"寿昌录云：或问《太极》《西铭》。曰：自孟子以后，方见有此两篇文章。""又借刘子澄言：本朝只有四篇文字好，《太极图》《西铭》《易传序》《春秋传序》。"②（卷一三九）朱子将义理与文字合一，将文统归于道统，故周敦颐、张载等理学家的文字直接孟子，是最高境界。

朱熹认为将道理说清楚就行了，反对新奇。"今人作文，皆不足为文。大抵专务节字，更易新好生面辞语。至说义理处，又不肯分晓。观前辈欧苏诸公作文，何尝如此？圣人之言坦易明白，固言以明道，正欲使天下后世由此求之。使圣人立言要教人难晓，圣人之经定不作矣。若其义理精奥处，人所未晓，自是其所见未到耳。学者须玩味深思，久之自可见。"③（卷139）圣人平易之言，有长处，便于宣教说理，但文学语言一统于平易，如广大教化主，以说理之文一统文学语言，也未必是好事。唐宋派、桐城派缺乏文采，朱熹是有责任的。

从宣传理学的角度出发，朱熹主张文章要考实、稳妥的理学文风，反对华采之文。"今执笔以习研钻华采之文，务悦人者，外而已，可耻也矣！"要靠实，反对架空细巧。"因论文，曰'作文须是靠实，说得有条理乃好，不可架空细巧。'大率要七分实，只二三分文。如欧公文字好者，只是靠实而有条理。如《张承业》及《宦者》等传自然好。东坡如《灵壁张氏园亭记》最好，亦是靠实。秦少游《龙井记》之类，全是架空说去，殊不起发人意思。"④作文须虚实相生，过实则易呆板，朱子、曾巩一派则讲究靠实，所谓靠实，一是讲事实，二是格物致知的实在的理学道理，三是有条理。朱熹反对文采，讲究平易典实。作为理学文字标准是对的，作为文字作品，未免过于质实平淡了。他认为文章要依定格依本分做，甚至说："《史记》不可学，学不成，却颠了，不如且理会法度文字。"

朱熹以为作文有个把道理说得安稳的问题，"又如郑齐叔云，做文字自有稳底字，只是人思量不著。横渠云'发明道理，惟命字难。'要之，做文字下字实是难，不知圣人说出来底，也只是这几字，如何铺排得恁地安稳！或曰：'子瞻云，都来这几字，只要会铺排。'"⑤对炼字的看法，苏轼云"铺排"，朱子如何下字，横渠云命字，大底苏轼求自然流畅，横渠求精粹。朱子求安稳妥帖，并上升到圣人的高度，那么苏轼求辞达意而已，朱子则要求很高，要合圣意，合天道、合天理才安稳。

二、朱熹的散文史观

（一）朱熹是个秦汉派

南宋时代，苏黄文章流行，吕祖谦《古文关键》推崇唐宋八大家文章，而朱熹反其道而行之，褒贬唐宋八大家，推崇秦汉文章。提倡文必秦汉，这种思想韩柳就有，而以朱熹为

---

① （宋）黎靖德编，王星贤点校：《朱子语类》卷一三九，中华书局1986年版，第3311页。
② 同上，第3307页。
③ 同上，第3318页。
④ 同上，第3320页。
⑤ 同上。

甚。宏观地看，朱子特别推崇先秦散文，甚而称为圣贤文章，这是和朱子的原道、征圣、宗经思想一致的，从这样一种虔诚的热情去看圣人文章，自是最好的文章。"《论》《孟》文词，平易而切于日用，读之疑少而益多。"① "《孟子》若读得无统，也是费力。某人从十七八岁读到二十岁，只逐句去理会，更不通透。二十岁以后，方知不可恁地读。原来许多长段，都自首尾相照管，脉络相贯串，只恁地熟读，自见得意思。从此看《孟子》觉得意思极通快。亦因悟作文之法，如孟子当时固不是要作文，只言语说出来首尾相应，脉络相贯，自是合著如此。"② 他觉得孟子之文，无意为文，而脉络贯通，意思通快。

《尚书》是朱子对先秦文章关注的焦点之一，对《尚书》的解读可以看出儒家朱熹实用主义的哲学思想。扬雄《法言·问神》称："虞、夏之书浑浑尔，商书灏灏尔，周书噩噩尔，下周者其书谁乎？""或问：圣人之经不可使易知与？曰：不可。天俄而可度，则其覆物也浅矣；地俄而可测，则其载物也薄矣。"他认为"圣人之经"难测度。韩愈更直言："周诰、殷盘，佶屈聱牙。"（《进学解》）朱熹从道本文末的观点出发，推测《尚书》当时是平易文字，"孔壁所出《尚书》，如《禹谟》《五子之歌》《胤征》《泰誓》《武成》《冏命》《微子之命》《蔡仲之命》《君牙》等篇，皆平易。如当时诰命出于史官，属词须说得平易。若《盘庚》之类再三告诫者，或是方言，或是当时曲折说话，所以难晓。"③ 朱子对《尚书》的总体判断是平易，至于难晓处，他天才地认为是"方言"或是当时曲折说话，这也是今天古代汉语界的看法。他又进一步解释说："书有易晓者，恐是当时做底文字，或是曾经修饰润色来。其难晓者，恐只是当时说话，盖当时人说话自是如此，当时人自晓得，后人乃以为难晓尔。若使古人见今之俗语，却理会不得也。以其间头绪多，若去做文字时，说不尽，故只直记其言语而已。"④ "《尚书》诸命皆分晓，盖如今制诰，是朝廷做底文学。诸'诰'皆难晓，盖是时与民下说话，后来追录而成之。"⑤ 朱熹对《尚书》发挥了格物的功夫，反复参研，得出了这般通脱结论。朱子对秦汉派的偏爱，不仅影响了明代秦汉派，而且影响了明代唐宋派、桐城派。

朱熹把先秦文章称为圣贤文章，是一种虔诚的崇拜，对汉文则是一种平视的视角，往往更能从文学艺术的角度说话。《朱子语类》多次提到风格学上的西汉文章。朱熹注意总结汉文的发展历程："汉初贾谊之文质实。晁错说利害处好。"⑥（《论文》上）朱子重内容之质、切、实；关乎利害，反对缓弱、对偶、谶讳、文气卑下。

朱子对汉文史还有另外一种表达："司马迁文雄健，意思不帖帖，有战国文气象。贾谊文亦然。老苏文亦雄健。似此皆有不帖帖意。仲舒文实。刘向文又较实，亦好，无些虚气象，比之仲舒，仲舒较滋润发挥。大抵武帝以前文雄健，武帝以后更实。到杜钦，谷永书，又太弱无归宿了。匡衡书多有好处，汉明经中皆不似此。"⑦ 朱子这里有个两重标准的问题，作为理学家，他希望文应该实在而不虚浮；作为文学家，他希望文章雄浑而帖实。在他看来："太抵武帝前文雄健（但有不贴贴意），武帝以后更实（又弱了）。"（《论文》上）他理

---

① （宋）黎靖德编，王星贤点校：《朱子语类》卷七八，中华书局1986年版，第1981页。
② （宋）黎靖德编，王星贤点校：《朱子语类》卷一〇五，中华书局1986年版，第2630页。
③ （宋）黎靖德编，王星贤点校：《朱子语类》卷七八，中华书局1986年版，第1978页。
④ （宋）黎靖德编，王星贤点校：《朱子语类》卷七八，中华书局1986年版，第1981页。
⑤ 同上。
⑥ （宋）黎靖德编，王星贤点校：《朱子语类》卷一三九，中华书局1986年版，第3299页。
⑦ （宋）黎靖德编，王星贤点校：《朱子语类》卷一三九，中华书局1986年版，第3299～3300页。

智上倾向于仲舒，审美上则倾向于司马迁和贾谊。"仲舒文大概好，然也无精彩"（《论文》上）。

朱子对战国时期文风的评论最为精彩。朱子认为：司马迁、贾谊文"文雄健，意思不帖帖，有战国文气象"，战国文是何气象呢？《朱子语类》卷一三九《论文》云："至于乱世之文，则战国是也。然有英伟气，非衰世《国语》之文之比也。饶录云：'《国语》说得絮，只是气衰。又不如战国文字，更有些精彩。'楚汉间文学真是奇伟，岂易及也！又曰：'《国语》文学极困苦，振作不起。战国文字豪杰，便见事情。非你杀我，则我杀你。'尝云：'观一时气象如此！如何遏捺得住！所以启汉家之治也。'"①

朱子虽然指出战国文有不实在的地方，但对其内在的勃勃生气、充满野性生命力的点评非常精彩，让我们看到，除了道学外，朱子尚有"刑天舞干戚"的生猛之处。朱子说："韩文力量不如汉文，汉文不如先秦战国。"他甚至感叹："大率文章盛，则国家却衰。如唐贞观、开元都无文章，及韩昌黎、柳河东以文显，而唐之治已不如前矣。"②（《论文》上）这和诗教的治世之音、乱世之音的理论是不一样的。

朱熹是一个理学家，将古文引上了一条理学化的不归路。但不能否认，朱熹具有天才的审美判断力和艺术潜质，使他的理学本体论和艺术天赋之间构成了深刻的矛盾，并且遗传给了秦汉派、唐宋派、桐城派，深深地影响了后人一千年！

朱子认为六朝文章和理学是对立的。朱熹的文章比较温和，并不刚健，但是他却反对六朝之弱。《朱子语类》（卷139）说："问：吕舍人言，古文衰自谷永。曰：何止谷永？邹阳《狱中书》已自皆作对子了。""又问：司马相如赋似作之甚易。曰：然。""又问：高适《焚舟决胜赋》甚浅陋。曰：《文选》、齐梁间江总之徒，赋皆不好了。"③ "又云：汉末以后，只做属对文字，直至后来，只管弱。""东汉文章尤更不如，渐渐趋于对偶。"又《朱子语类》卷七八："况先汉文章，重厚有力量。今大序格致极轻，疑是晋宋间文章。"可见朱子对六朝文章的批评态度一是对偶；二是格致极轻，没有力量；三是弱，不厚重。朱子的内心是批判六朝儒学衰落。

（二）朱子重塑了唐宋八大家的形象和地位

朱子以前，唐宋八大家的地位已经得到了确立，吕祖谦的《古文关键》等流行评点本已经得到广泛刻印。唐宋八大家的传统基本上是个文儒的传统，他们热爱文学，又强调古文要干预现实生活，主张清新刚健的文风。而朱子一出，以理学为衡量古文的唯一标准，要求人们弃文从道，成为纯粹的道学家，彻底否定了文学的独立性，建立北宋五子的新文统，唐宋八大家的地位被动摇了。这种观点一直影响着唐宋派、桐城派。

朱子疵议韩愈的道学。苏轼评韩愈"文起八代之衰，道济天下之溺"，朱熹作为一代理学宗师自我标高，对韩愈的道学认可度不高。《朱子语类》卷一三九云："韩较有些王道意思，每事较含洪，便不能如此。""退之要说道理，又要则剧。"④ 他认为韩愈的道学比较含混、游戏。朱子尤其批判韩愈文以贯道的纲领性说法。韩愈集政治家、儒家、文人于一体，但作为一个文人，他仍然承认文的独立存在。朱熹则是一个纯粹的道学先生，否定文的独立

---

① （宋）黎靖德编，王星贤点校：《朱子语类》卷一三九，中华书局1986年版，第3297页。
② （宋）黎靖德编，王星贤点校：《朱子语类》卷一三九，中华书局1986年版，第3302页。
③ （宋）黎靖德编，王星贤点校：《朱子语类》卷一三九，中华书局1986年版，第3300页。
④ 同上。

性，文只如下饭菜耳，是个技巧和过程，是道的细枝末节。所以，朱子狠批韩愈本末倒置，似是名教之罪人。

朱子刻意贬低柳文。今人一般认为韩柳齐名，柳宗元的思想深度和山水散文的成就为韩愈所不及，而朱子站在道学家的立场上扬韩抑柳，虽然在艺术上他是肯定柳的。但朱子对柳文的评价比较尖刻，"柳子厚看得文字精，以其人刻深，故如此"①。人品刻深，又染朱子最反对的佛家气息，故"会衰了人文字"，这个评价是很低的。朱子一言九鼎，由于他的影响，柳文在元明清三代的地位远不如韩文。"柳文局促，有许多物事，却要就些子处安排，简而不古，更说些也不妨。《封建论》并数长书是其好文，合尖气短。如人火忙火急来说不及，又便了了"，"柳子厚文有所模仿者极精"，"宫沉羽振，锦心绣口，柳子厚语"、"韩千变万化，无心变，欧有心变"，"柳文虽不全好，亦当择"。② 语语皆有贬褒。虽肯定其艺术，却质疑柳的思想。

朱子曾肯定六一文，第一次提出六一文"一唱三叹"之说。"陈同父好读六一文，尝编百十篇作一集。今刊行《丰乐亭记》是六一文之最佳者，却编在《拾遗》。"（卷139）"欧公文字锋刃利，文字好，议论亦好。尝有诗云：'玉颜自古为身累，肉食何人为国谋！'以诗言之，是第一等好诗！以议论言之，是第一等议论。"（卷139）"问'坡文不可以道理并全篇看，但当看其大者。'曰：'东坡文说得透，南丰亦说得透，如人会相论底，一齐指摘说尽了。欧公不尽说，含蓄无尽，意又好。'"（卷139）他对欧文风格认识很透彻。③ "欧公文章及三苏文好说，只是平易说道理，初不曾使差异底字换却那寻常底字。"（卷139）"文字到欧、曾、苏，道理到二程，方是畅，荆公文暗。"（卷139）"欧公文字敷腴湿润。"（卷139）④ 由于欧阳修政治上可靠，儒学正宗，文章也平淡，被朱熹树立为文章楷模，影响久远。

朱子着力打压苏门文章。在唐宋八大家中，苏文的成就可以推为第一，由于蜀学和二程洛学的过节，以及苏轼的文人习气对理学的破坏力，苏文成为朱子刻意打压的对象，所以，在理学家的古文传统中苏轼的地位一直不高，被朱熹视为异端。朱熹批评东坡文字好、义理不好。"老苏之文高，只议论乖角。""老苏文字初亦喜看，后觉得自家意思都不正当。以此知人不可看此等文字，固宜以欧曾文字为正。东坡、子由晚年文字不然，然又皆议论衰了。东坡初进策时，只是老苏议论。"（卷139）⑤ "坡文雄健有余，只下字亦有不帖实处。""坡文只是大势好，不可逐一字去点检。"朱子对苏文的意见不在于文字，而在于义理，故说"不帖实"，经不起"点检"。"东坡《墨君堂记》，只起头不合说破'竹'字，不然，便似《毛颖传》。"（卷139）此段话说明朱子对文章含蓄蕴藉之味的偏好，又脱去了理学气。是一个复杂的人。"东坡《欧阳公文集叙》只恁地文章尽好。但要说道理，便看不得，首尾皆不相应。起头甚么样大，末后却说诗赋似李白，记事似司马相如。"（卷139）他还是批评东坡文字好，义理不好。

朱子有意抬高南丰文。在唐宋八大家中，曾巩的文章文学性比较差，受到很多人的疵议，但是朱熹情有独钟，认为曾巩文章平实、近理，合乎理学家的文章规范，有意抬举，因

---

① （宋）黎靖德编，王星贤点校：《朱子语类》卷一三九，中华书局1986年版，第3303页。
② （宋）黎靖德编，王星贤点校：《朱子语类》卷一三九，中华书局1986年版，第3306页。
③ （宋）黎靖德编，王星贤点校：《朱子语类》卷一三九，中华书局1986年版，第3310页。
④ （宋）黎靖德编，王星贤点校：《朱子语类》卷一三九，中华书局1986年版，第3309页。
⑤ 同上。

此曾巩在后来的唐宋派、桐城派文学传统中获得了特别的推崇。朱熹说"南丰文确实"。"问'南丰文如何?'曰:'南丰文却近质。他初亦只是学为文,却因学文,渐见些子道理。故文字依傍道理做,不为空言。只是关键紧要处,也说得宽缓不分明,缘他见处不彻,本无根本功夫,所以如此。但比之东坡,则较质而近理。东坡则华艳处多。'"①(卷139)曾南丰文字更峻洁,虽议论有浅近处,然却平正好懂。"南丰拟制内有数篇,虽杂之三代诰命中亦无愧,""南丰作宜黄、筠州二学记好,说得古人教学意出","南丰《列女传序》说《二南》处好","南丰《范贯之奏议序》气脉浑厚,说得仁宗好",大概南丰文有古意、古风,又合圣人之道,故朱子喜爱。"先生旧喜南丰文,为作年谱",可见南丰为朱子最爱。"两次举《南丰集》中《范贯之奏议序》末,'文之备尽曲折处'。"② 南丰曲折是章法,六一曲折是命意,境界有高下之别。而朱子的价值取向是说理文,非抒情文。南丰文好在确实、质朴、平易,苏文华艳,柳文尚奇,朱子以为苏柳皆非正道,南丰文是正道,这种议论奠定了南丰文在后来宋明理学家文统中的地位。唐宋派和桐城派都极推崇南丰文。

(三) 宏阔的批评视野:论八家之外及南北宋文

"国初文章,皆严重老成。尝观嘉祐以前诰词等,言语有甚者,而其人才皆是当世有名之士。盖其文虽拙,而其辞谨重,有欲工而不能之意,所以风俗浑厚。至欧公文字,好的便十分好,然犹有甚拙的,未散得他和气。到东坡文字便已驰骋,忒巧了。及宣政间,则穷极华丽,都散了和气。所以圣人取'先进于礼乐',意思自是如此。"(卷139)③ 这是从语言拙巧来论述的北宋散文史,拙因而质、质因而道、质因而词严谨,一团和气,风俗浑厚。将道学修养与文章风格结合在一起,故朱子批评东坡之巧和宣政间文章的华丽冗弱。

作为一位文化史上的集大成者,朱熹的研究对象是一网打尽式的。作为学者的朱子,他视野开阔,对宋代中小名家皆有精彩评论:"江西欧阳永叔、王介甫、曾子固文章如此好。至黄鲁直一向求巧,反累正气。""陈后山之文有法度,如《黄楼铭》,当时诸公都敛衽。佐录云:'便是今人文字都无他抑扬顿挫。'""《馆职策》,陈无已底好。""李清臣文饱满,杂说甚有好议论。""李清臣文比东坡较实。李舜举永乐败死,墓志说得不分不明,看来是不敢说。""论胡文定公文字字皆实。但奏议每件引《春秋》,亦有无其事而迁就之者。大抵朝廷文字,且要论事情利害是非令分晓。今人多先引故事,如论青苗,只是东坡兄弟说得有精神,他人皆说从别处去。""胡侍郎万言书,好令后生读,先生旧亲写一册。""陈几道《存诚斋铭》,某初得之,见其都是好义理堆积,更看不办。后仔细诵之,却见得都是凑合,与圣贤说底全不相似。""张子韶文字,沛然犹有气,开口见心,索性说出,使人皆知。近来文字,开了又合,合了又开,开合七八番,到结末处又不说,只恁地休了。""文章轻重,可见人寿夭,不在美恶上。《白鹿洞记》力轻。韩元吉虽只是胡说,然有力。吴逵文字亦然。""韩无咎文做著尽和平,有中原之旧,无南方啁哳之音。""王龟龄奏议气象大,曾司直会做文字,驰骋有法度。裘父大不及他,裘父文字涩,说不去。""陈君举《西掖制词》殊未得体。王言温润,不尚如此。胡明仲文字却好。""纯粹语某人文章。先生曰:'绍兴间文章大抵粗,成段时文。然今日太细腻,流于委靡。问贤良,先生曰:'贤良不成科目,天

---

① (宋) 黎靖德编,王星贤点校:《朱子语类》卷一三九,中华书局1986年版,第3313~3314页。
② (宋) 黎靖德编,王星贤点校:《朱子语类》卷一三九,中华书局1986年版,第3314页。
③ (宋) 黎靖德编,王星贤点校:《朱子语类》卷一三九,中华书局1986年版,第3307页。

下安得许多议论!'"①

承接对唐宋八大家的评论,这几乎是一部宋代散文史论,既有大的判断,"绍兴文章大抵粗","今日太细腻,流于委靡",又有对14家文的细致分析。由于是教育家、书院山长的身份,以及教育后学需要,朱子的评论又非纯文艺的,而是有针对性、纲领性地阐释自己的散文主张,如讲求:质实,确实,气象,气脉,浑厚,精神,饱满,曲折,温润,得体,有力,沛然有气,和平,有法度,驰骋,开合,布置,粗细,不涩,不衰,不巧,不奇,直率。从中可以看出朱子对不同文体的要求,如对札子、馆职策、奏议、外制、朝廷文字、贤良文字的质实要求。总的来说,朱熹的评论既客观又保守,既冷静又犀利。宽对道学中人,严对文章之士。为南宋以后的古文理论建构了宏大的理论体系,并且一直笼罩着后来的唐宋派、桐城派。

作为一代理学宗师,朱熹广大教化,门生弟子200多人遍布天下,因此他有很多讲授古文写作、批评世风的语录,从中可以看出朱子一代文坛领袖的风范。朱熹说:"诸公文章驰骋好异。止缘好异,所以见异端新奇之说从而好之,这也只是见不分晓,所以如此。看仁宗时制诏之文极朴,固是不好看,只是它意思气象自恁地深厚久长;固是拙,只是他所见皆实。……如今只是将虚文漫演,前面说了,后面又将这一段翻转,这只是不曾见得。所以不曾见得,只是不曾虚心看圣贤之书。固有不曾虚心看圣贤书底人,到得要去看圣贤书底,又先把他自一副当排在这里,不曾见得圣人意。待做出,又只是自底。某如今看来,唯是聪明人难读书,难理会道理。盖缘他先自有许多一副当,圣贤意思自是难入。"②(《朱子语类》卷一三九)从这段对当时文人的批评来看,一是文章不再质朴切实,而尚奇巧之风,其实仁宗时许多文字也尚奇巧,只不过是朱子厚古薄今罢了;二是批评别人不理会他那一套理学思想,认为这些人不肯读圣贤书和不明白圣贤意。

三、朱子的散文艺术论

(一)朱子的自成一家说

"文字自有一个天生成腔子,古人文字自贴这天生成腔子。'"(卷139)③ 朱子提倡文要自成一家:"其文自成一家。""先生读宋景文《张巡赞》曰:其文自成一家。景文亦服人,尝见其写六一《泷冈阡表》二句云:'求其生而不得,则死者与我皆无恨也'。"(卷139)④ 在朱子眼中,每一家文都是不同的。"温公文字中多取荀卿助语。六一文一倡三叹,今人是如何作文!"⑤ 朱子这是文章阶段论、境界论的说法,前期、初级阶段是模仿文字和腔调;要作好文,则需要学问义理的功夫,道德高了,文自然从道中流出,从自己胸臆中流出的才是如古人般的天生成"腔调"。这个看法很辨证,然而他的"腔调"也只是理学的"腔调"。

(二)模仿说

作为一个教育家,作为一名作文教师,朱子对初学者又有模仿说:"古人作文作诗,多

---

① (宋)黎靖德编,王星贤点校:《朱子语类》卷一三九,中华书局1986年版,第3315～3316页。
② (宋)黎靖德编,王星贤点校:《朱子语类》卷一三九,中华书局1986年版,第3316～3317页。
③ (宋)黎靖德编,王星贤点校:《朱子语类》卷一三九,中华书局1986年版,第3322页。
④ 同上。
⑤ (宋)黎靖德编,王星贤点校:《朱子语类》卷一三九,中华书局1986年版,第3308页。

是模仿前人而作之。盖学之既久，自然纯熟。"（《论文》上）"人做文章，若是子细看得一般文字熟，少间做出文学，意思语脉自是相似。读得韩文熟，便作出韩文的文字，读得苏文熟，便作出苏文的文字。若不曾子细看，少间却不得用。""盖意思句语血脉势向，皆效它的。大率古人文章皆是行正路，后来杜撰底皆是行狭隘邪路去了。而今只是依正的路脉作将去，少间文章自会高人。"①朱子这一段话有几层意思：一是创作始于模仿；二是模仿熟了，便能生巧；三是将模仿古人与征圣宗经思想结合起来。他认为拟古是正路，因为古人是行正路，今人是杜撰的，当然这也是厚古薄今的思想；四是模仿不仅要学文字，更要学意思语脉；五是要保持文统的历史延续性，读韩得韩，读苏得苏，以延续优秀的文章传统；六是文章要追求最高境界，"自在流出"。"林艾轩云：'司马相如，赋之圣者。扬子云、班孟坚只填得他腔子，如何得似他自在流出！左太冲、张平子竭尽气力又更不及。'"（《论文》上）依朱子的逻辑推理，模仿可得技巧，"道"还是自己修养的功夫，有道才可流出文来。

（三）文风要刚健，要有气魄

"后人专做文字，亦做得衰，不似古人。前辈云：'言众人之所未尝，任大臣之所不敢！'多少气魄！今成甚么文字！""看陈蕃叟《同合录序》，文字艰涩。曰：'文章须正大，须教天下后世见之，明白无疑。'"②"凡人做文字，不可太长，照管不到，宁可说不尽。欧苏文皆不曾说尽。东坡虽是宏阔澜翻，成大片滚将去，他里面自有法。今人不见得他里面藏得法，但只管学他一滚做将去。"③（卷139）文章长了弱，宁可短而有余味；有气魄，中间又要藏有法。

（四）表达要含蓄

朱熹也谈散文的艺术性问题，论平淡与枯槁说："道夫因言欧阳公文平淡。曰'虽平谈，其中都自美丽，有好处，有不可及处，却不见阘茸无意思'"（卷139）。表扬平谈与枯槁之美。"其（梅尧臣）诗亦平淡，曰：他不是平淡，乃是枯槁。"（卷139）自然平正典重。"曾问某人，前辈四六语孰佳？答云：'莫如范淳夫，因举作某王加恩制云……自然平正典重，彼工于四六者却不能及'"（卷139）。"后来如汪圣锡制诰，有温润之气。"（卷139）欧文不说破，有六一风神之美。"曾所以不及欧处，是纡徐曲折处。曾喜模拟人文字，《拟岘台记》，是仿《醉翁亭记》不甚似。"

朱子是个理学宗师，随着宋明理学成为官学，朱子也成为古文运动的理论权威，他的一言一行都具有宪法的地位。他导致了古文运动的理学化，他也很懂文学。

---

① （宋）黎靖德编，王星贤点校：《朱子语类》卷一三九，中华书局1986年版，第3301页。
② （宋）黎靖德编，王星贤点校：《朱子语类》卷一三九，中华书局1986年版，第3322页。
③ 同上。

石介对儒家雅颂诗学传统的承继

马银华

山东管理学院

内容提要：石介是北宋泰山派诗人的代表人物，其诗坛地位与诗学价值突出表现在对儒家雅颂诗学传统的呼唤与承继上。石介对雅颂诗学的深切呼唤与自觉倡导，与他所成长生活的鲁地浓厚的儒学传统有关，折射出深受儒学思想影响的那一代士人对大宋王朝寄予的太平盛世期望。

关键词：泰山诗人石介　雅颂诗学传统　儒学思想

泰山派诗人是北宋前期出现于泰山地区的一个松散的诗人群体，该群体以质朴刚劲的诗风开启了北宋诗文革新运动。北宋诗文革新运动的开展是由自发到自觉、由分散到集中一步步发展而来的。仁宗天圣、庆历年间于东京、西京与山东三地相继出现了三个诗人团体①，东京以穆修、苏舜钦为代表，西京以欧阳修、尹洙、梅尧臣等为代表，山东则以孙复、石介等人为代表，因孙复、石介为泰山学派创始人，故称之为泰山派诗人②。这个诗人群体从儒学立场出发，对西昆体发起了猛烈攻击，并以独特的诗文创作实践奠定了北宋诗文的格调。

泰山派诗人除孙复、石介外，还有他们的弟子及其过从甚密的文人。据《徂徕石先生文集》（石介）与《宋元学案》（黄宗羲、全祖望）载，泰山孙复门人有石介、刘牧、姜潜、张洞、李缊等，徂徕石介门人有马默、何群、苏唐询、杜默、徐遁、高拱辰等。可以这样说，泰山派诗人就是以泰山地区为中心，以石介、孙复、杜默等泰山学派师徒为代表的一个松散的诗人群体。这派诗人"倔强劲直"的诗风启迪了北宋诗文格调的塑造，这正是泰山诗人的诗坛地位与诗学价值之所在，而他们"倔强劲直"的诗风又是与他们对儒家雅颂诗学传统的呼唤与承继紧密联系在一起的。

下面以石介为例，就泰山派诗人对雅颂诗学传统的呼唤与承继做一论析，以加深对北宋诗文革新与齐鲁地域诗学的全面认识。

一、石介与儒家"讽喻"诗学传统

儒家诗学传统主要是汉代《诗经》研究者依傍《诗经》风雅颂所建立起来的"美刺"（讽谕与颂美）诗学理论。讽谏理论依傍的对象主要是风、雅（小雅），颂美理论依傍的对象主要是雅、颂。最早对风雅颂作出阐释的是《诗大序》："风，风也，教也；风以动之，教以化之……故正得失，动天地，感鬼神，莫近于诗。先王以是经夫妇，成孝敬，厚人伦，

---

① 参见吕肖奂：《宋诗体派论》，四川民族出版社2002年版；袁世硕：《中国文学史》，中国人民大学出版社2006年版。

② 参见李伯齐：《山东文学史论》，齐鲁书社2003年版，第252页。

美教化，移风俗。故诗有六义焉：一曰风，二曰赋，三曰比，四曰兴，五曰雅，六曰颂。上以风化下，下以风刺上，主文而谲谏，言之者无罪，闻之者足以戒，故曰风……是以一国之事，系一人之本，谓之风；言天下之事，形四方之风，谓之雅。雅者，正也，言王政之所由废兴也。政有大小，故有小雅焉，有大雅焉。颂者，美盛德之形容，以其成功告于神明者也。"（《毛诗正义》卷一）由此可知，汉代学者对《诗经》雅、颂的解释偏向于颂美，在对《诗经》的解读过程中，他们往往雅、颂连称，共指颂美之作，通过这样的解释，雅、颂不仅与政治相通，而且义归颂美。"论功颂德，所以将顺其美，刺过讥失，所以匡救其恶，各于其党，则为法者彰显，为戒者著明"①，"昔殷周之《雅》《颂》……君臣男女有功德者，靡不褒扬。功德既信美矣，爰扬之声盈乎天地之间，是以光名著于当世，遗誉垂于无穷也"②。这样通过汉儒所阐释的《诗大序》就逐渐成为后代诗论者所遵循的儒家诗学理论依据。

北宋时期，受儒学复古思潮与唐代诗文运动的影响，承继发扬《诗经》以来的风雅（讽谕）传统便成为欧阳修等当时诗文革新者所倡导的诗学思想。欧阳修主张诗文作品能传达人民的情感，发挥诗歌的讽谕劝诫作用："诗之作也，触事感物，文之以言，善者美之，恶者刺之。"③他极力称扬那反映现实、干预现实的诗文："先生（石介）貌厚而气完，学笃而志大……其遇事发愤，作为文章，极陈古今治乱成败以指切当世。"④同时，他期望年轻后生重视国计民生、了解民间疾苦，创作出更多抒写下情、切于现实的好作品，在送给泰山诗人杜默的诗中写道"京东聚群盗，河北点新兵。饥荒与愁苦，道路日以盈。子盍引其吭，发声通下情。"⑤实际上，重视诗歌美刺劝诫作用、倡导有感而发，反对言之无物、无病呻吟之作自始至终都是欧阳修诗文革新所坚持与倡导的准则。

生长于泰山地区的石介，自小就受鲁地儒学文化传统的影响，把恢复《诗经》以来的风雅传统作为诗人的一种历史责任而自觉倡导："古之有天下者，欲知风教之感，气俗之变，必立官司采掇而监听之……唯秘阁曼卿与穆参军伯长，自任以古道，作之文，必经实不放于世。而曼卿之诗又特震奇秀发，盖能取古之所未至，托讽物象之表，警时动众，未尝徒设。……欲使观者知诗之原于古，卒之于用而已矣。"⑥石介认为"诗之原，施之于用"，诗歌的本源就是切于世用，为社会服务，为此对"自任以古道，作之文，必经实不放于世"的石曼卿诗作赞赏有加，极力称扬，并以此作为评价年轻后生之作的标准："曼卿续得少陵弦，弦绝年来又一年。惊起听君讽新句，洒如开集味遗篇。一家气骨疑无偶，万丈光芒欲拂天。好向风骚尤着意，他时三个地诗仙。"⑦当年轻的郑师易秀才的诗作具有奔腾遒壮的诗风时，石介表现出无比的兴奋，对他热情鼓励，"三个地诗仙"，以郑师易与杜甫、石曼卿相期许。由此可见，与好友欧阳修一样，石介看重的也是诗文作品的社会作用与内在风骨，这表现在他对石曼卿、杜默等人大力称扬中所展现出的诗歌审美趋向上，也表现在他充满着忧患意识与现实责任感的诗文创作实践中。诗文革新领袖欧阳修对此给予了高度评价："其

---

① 郑玄：《诗谱序》，文渊阁四库全书本。
② 《汉书·礼乐志》，文渊阁四库全书本。
③ 欧阳修：《诗本义·本末论》，文渊阁四库全书本。
④ 欧阳修：《徂徕石先生墓志铭》，《欧阳修文集》卷三四，中华书局2001年版，第506页。
⑤ 欧阳修：《赠杜默》，《欧阳修文集》卷一，第14页。
⑥ 石介：《石曼卿诗集序》，《徂徕石先生文集》卷一八，中华书局2009年版，第212～213页。
⑦ 石介：《郑师易秀才诗奔腾遒壮》，《徂徕石先生文集》卷四，第49页。

遇事发愤，作为文章，极陈古今治乱成败，以指切当世，贤愚善恶，是是非非，无所讳忌。"① 诗学理论家吴之振认为其诗有《诗经》之风："其诗，嶙峋砰砊，挺立千寻，温厚之意，存于激直，得见风人之遗。"②"守道最折服者柳仲涂，最诋毁者杨文公大年。观《魏东郊》诗、《怪说》，可见其文倔强劲质有唐人风，较胜柳、穆二家。"③ 清代四库馆臣也认为其诗文独具一格："介深恶五季以后文格卑靡，故集中亟推柳开之功，而复作《怪说》以排杨亿，其文章宗旨可以想见，虽主持太过，抑扬皆不得其平，要亦戛然自异者。"④ 在谈到自己的诗文作品时，石介也曾说："仆文字实不足动人，然仆之心能专正道，不敢跬步叛去圣人，其文则无悖理害教者，斯亦鄙夫硁硁然有一节之长也。"⑤

由此可见，石介所看重与倡导的正是诗文言之有物、针砭时弊的社会内容与思想风骨。

二、石介与儒家"颂美"诗学传统

相对传统讽谕诗论，一生志在恢复儒道古风的石介对"颂美"诗学传统有更为自觉的承继。在他看来，诗歌的最高形式是《诗经》雅颂，对《诗经》及后世雅颂作品中所描写的盛世王朝的颂美之音情有独钟，因为期待明君贤相实现太平盛世是石介这位深受儒学思想影响的儒者一直以来的政治理想与追求目标。他希望大宋皇朝能像西周、汉、唐时代那样成为历史上的盛世，而自己则能担负起历史赋予诗人"立言"颂美的时代使命。

他的《宋颂》九首便是在这一思想指导下创作出来的，目的是激励上台执政的宋仁宗皇帝励精图治，继承祖宗伟业，开创盛世太平。当然，石介作颂诗，不排除有像历史上侍从文人歌功颂德、阿谀奉承以邀功请赏的心理，但正如他在序言中所说，其主要意图还是想继承《诗经》雅颂传统，创作出像周代《清庙》《生民》《臣工》《天作》与汉代《中和》《乐职》《圣主得贤臣》以及大唐《晋阳武》《兽之穷》《淮夷》《元和圣德》这样展现盛世景象的史诗般的传世之作，以"开太平之颂声"，展现大宋王朝的盛世之音。

他认为先有辉煌伟业、治世之功绩，然后才有传世之宏作："颂者，美盛德之形容，以其成功告于神明者也，夫有盛德大业，然后著之于文辞。有粹文俊辞，然后见之乎功业。德与辞表里，功与文相等。然后奋为文藻，擿为英声。"⑥ 现在大宋皇朝正处于历史上太平盛世，从宋太祖、太宗、真宗至宋仁宗，皆神谋睿断，励精图治，建功立业，所以他要著《宋颂》这样的诗歌进行颂扬。

也许，由于雅颂诗歌这种典雅庄严四言形式非常适合颂美思想的表达，因此石介对这种形式情有独钟。在庆历新政革新开展之时，他又撰写了一篇轰动一时、毁誉参半的《庆历圣德颂》。期盼贤臣名相的儒者石介在这里有感于朝廷起用范仲淹、欧阳修等人士追求政治革新，高度赞扬这次政治革新"选人之精，得人之多，进人之速，用人之尽"，是自汉、魏、隋、唐五代凡千五百年来所没有过的，认为这是"旷绝盛事，在皇帝之德之功，为卓荦瑰伟、神明魁大"，所以他要对仁宗皇帝任贤用能的施政行为进行大力颂扬。于是学习仿

---

① 欧阳修：《徂徕石先生墓志铭并序》，《欧阳修全集》卷三四，第506页。
② 吴之振：《宋诗钞》卷一四《徂徕诗钞》，《文渊阁四库全书》第1461册，第256页。
③ 王士祯：《池北偶谈》卷一六，文渊阁四库全书本。
④ 四库馆臣：《徂徕集提要》，文渊阁四库全书本。
⑤ 石介：《答欧阳永叔书》，《徂徕石先生文集》卷一五，第175页。
⑥ 石介：《宋颂》，《徂徕石先生文集》卷一，第2页。

效他所尊崇的文学家韩愈撰写的《元和圣德颂》，创作了《庆历圣德颂》九百六十言，"使陛下功德赫奕炜烨，照于千古，万千年后观之如在今日也"①。

站在承继儒家诗学传统的角度进行"立言"颂美，使石介的《庆历圣德颂》诗作具有某种历史使命感。在这场以范仲淹为首的激进士人所进行的政治革新中，儒者石介表现出了无比的热情与兴奋，他要用诗歌为武器积极参与这场政治运动中，并以饱含激情之笔为庆历新政"鼓与呼"。他的好友欧阳修最了解他："先生……服除，召入国子监直讲。是时兵讨元昊久无功，海内重困。天子奋然思欲振起威德，而进退二三大臣，增置谏官御史，所以求治之意甚锐。先生跃然喜曰：'此盛事也，雅颂吾职，其可已乎！'乃作《庆历圣德诗》，以褒贬大臣，分别邪正，累数百言。"②

《庆历圣德颂》一发表后，一石激起千重浪，在当时诗坛、政界及社会上产生了巨大反响。"某闻善论诗者，不专取其文词，必观其志而听其音……本朝石守道作《圣德颂》于庆历间，词工意直，真一代名笔。"③ 与此同时，此诗也带来不小的负面效应并殃及自己的性命，这是石介一介文人始料不及的。石介所攻击的夏竦等保守派反攻清算，革新之士纷纷遭到贬斥，石介本人也因此罹祸并病逝家中。四库馆臣对此曾有一评价："介传孙复之学，毅然以天下是非为己任，然客气太深，名心太重，不免流于诡激……介时为国子直讲，因作《庆历圣德诗》以褒贬忠佞……贤奸黜陟，权在朝廷，非儒官所应议，且其人见在，非盖棺论定之时，迹涉嫌疑，尤不当播诸简牍，以招恩怨，厥后欧阳修、司马光朋党之祸屡兴，苏轼、黄庭坚文字之狱迭起，实介有以先导其波。"④

三、石介与鲁地儒学传统及北宋儒学复古

石介对雅颂诗学的深切呼唤与自觉倡导，与他所生活成长的鲁地浓厚的儒学传统有关。石介所活动的泰山地区位于山东西南部，在北宋时为京东路的兖州、郓州（今山东东平），此地自古文化发达，有着丰厚的文化底蕴，儒学传统保存较好，讲学、求学之风兴盛："其俗重礼义……政教所出，五方杂居……专经之士为多。"⑤ 兖州地区也是"人情朴厚，俗有儒学……又如近古之风"⑥，而郓州作为北宋文化重镇更是"地连邹鲁、分青齐，硕学通儒，无绝古今"⑦，执掌此地的北宋文学家刘敞在《东平乐郊池亭记》曾饱含深情地写道："夫东平，盖古之建国。又州牧连率之政，于今为重。其地千里，其四封所极，南则梁，东则鲁，北则齐，三者皆大国也。其土沃衍，其民乐厚，其君子好礼，其小人趋本，其俗习于周公仲尼之遗风余教。"⑧

北宋时期，本地文化凭借自身优势和皇朝的鼓励政策迅速恢复并发展起来，涌现出诸如田诰、王禹偁、邢昺、孙奭、穆修等儒师儒臣，可谓"衣冠鲁国动成群"⑨。鲁地丰厚的文

---

① 石介：《庆历圣德颂》，《徂徕石先生文集》卷一，第7页。
② 欧阳修：《徂徕石先生墓志铭并序》，《欧阳修全集》卷三四，第507页。
③ 王之望：《上宰相书》，《汉滨集》卷九，文渊阁四库全书本。
④ 《徂徕集提要》，《文渊阁四库全书》第1090册，第182页。
⑤ 《宋史》卷85"地理志·京东路"。
⑥ 杜佑：《通典》，文渊阁四库全书本。
⑦ 乐史：《太平寰宇记》卷一三《河南道·郓州》，文渊阁四库全书本。
⑧ 刘敞：《东平乐郊池亭记》，《全宋文》卷一九二四，第59册，第356页。
⑨ 陈师道：《赠田从先》，《后山诗注补笺》卷一一，第386页。

化积淀为新儒学的出现和发展创造了无比优越的条件，众多的儒师儒臣及其活动进一步激励了本地的学风与士风。正是在这种浓厚的文化氛围的影响下，生于鲁、长于鲁、讲学于鲁的石介才形成了对恢复儒学思想的强烈自我期待与浓厚责任意识："夫求圣人之道者，必自鲁始。鲁，周公之所封也，孔子之所出地，圣人之道尽在鲁矣。"① 而这种"圣地"意识使石介更倾向于把圣贤的开济之心与教化之意作为其所追求的社会理想与人生信念，这也正是生长于礼仪之邦、首善之区的齐鲁士人的一种使命与宿命。

石介对儒家雅颂诗学的深切呼唤与自觉倡导，也与北宋时期儒学复古思潮相呼应。北宋诗人论诗虽不如石介那样对自觉承继《诗经》"雅颂"传统具有强烈责任感，但取《雅》《颂》而不取《风》《骚》，或是取《诗经》而不取《楚辞》，也是宋代士人论诗的一个重要趋向。像"西昆体"代表人物杨亿所持的品评标准，就与石介诗论很相近："若乃《国风》之作，骚人之辞，风刺之所生，忧思之所积，犹防决川流流，荡而忘返，弦急柱促，掩抑而不平。今夫聂君之诗，恬愉优柔，无有怨谤，吟咏情性，宣导王泽，其所谓越《风》《骚》而追二《雅》，若西汉《中和》《乐职》之作者乎！"② 不难看出杨亿诗论所蕴含的歌功颂德趣尚，而巧合的是，石介站在反西昆体形式主义立场的论点与杨亿又有些暗合。在痛斥杨亿"西昆"之时，石介《怪说》所倡言的儒家经典就是"《诗》则又大小《雅》《周颂》《商颂》《鲁颂》"，所强调的也是《诗经》"雅颂"。诗文革新领袖欧阳修在《梅圣俞诗集序》一文中曾赞叹梅尧臣诗作"穷而后工"的同时，也感叹梅尧臣一生诗作多风骚之气而少雅颂之音："予友梅圣俞……若使其幸得用于朝廷，作为雅颂，以歌咏大宋之功德，荐之清庙，而追商、周、鲁《颂》之作者，岂不伟欤！奈何使其老不得志，而为穷者之诗，乃徒发于虫鱼物类、羁愁感叹之言？"③ 在这里，欧阳修一方面同情梅圣俞的不幸遭遇，赞美其"兴于怨刺……穷而后工"的风骚感愤，另一方面他也为好友不能发出盛世之音而遗憾，认为雅颂这种形式才是诗歌的最高境界。

"雅颂"之作所抒写的是一个国家政治兴盛的恢宏景象与激荡高昂的时代精神，而"穷者之诗"仅仅是一己之哀愁的感发，欧阳修显然认为"雅颂"之作高于"穷者之诗"。这种"雅颂"之作与讽谕之诗的并行不悖、两相统一的论点，可谓北宋诗人对儒家"风雅"诗学理论的全面承继与超越发展，大大丰富了儒家风雅诗学观的完整内涵。一方面，他们肯定那些切中时弊、揭露现实的不平之鸣；另一方面，他们更崇尚那些心忧天下、胸怀大局、超越一己穷愁的治世之音。这是北宋诗人对"立言"历史责任的自觉承担，也是深受儒学思想影响的新一代士人对大宋王朝实现太平盛世的殷切期望。

泰山诗人石介带着"致君尧舜"的政治理想与积极入世的儒家淑世情怀，站在承继儒家诗学传统的角度进行"立言"颂美创作，创作出《宋颂》《庆历圣德颂》等一系列抒写盛世情景的论政之诗。从这一意义上来理解石介等人对儒家诗学传统的呼唤与承继，或许更能客观地认识与评价其颂美之声的价值与作用。

---

① 石介：《归鲁名张生》，《徂徕石先生文集》卷七，第82页。
② 杨亿：《温州聂从事云堂集序》，《武夷新集》卷七，《文渊阁四库全书》第1806册，第426页。
③ 欧阳修：《梅圣俞诗集序》，《欧阳修文全集》卷四三，第612页。

论北宋名臣韩琦的诗歌

莫砺锋

南京大学

一

北宋大臣多能文,像晏殊、欧阳修、王安石等人,不但仕至宰辅,而且是名垂史册的著名文学家。即使是不以文学家名世的其他大臣,也往往擅长诗文,其中尤以韩琦最具代表性。韩琦其人,堪称北宋政绩最著、声望最隆的名臣。他曾领兵御侮,"琦与范仲淹在兵间久,名重一时,人心归之,朝廷倚以为重,故天下称为'韩范'"①。他又曾在朝主政,"与富弼齐名,号称贤相,人谓之'富韩'云"②。对于韩琦的名臣地位,可谓人无间言。但对于其文学成就,则一向少见论及。嘉祐二年(1057),刚刚进士及第的青年苏辙上书韩琦云:"见翰林欧阳公,听其议论之宏辩,观其容貌之秀伟,与其门人贤士大夫游,而后知天下之文章聚乎此也。太尉以才略冠天下,天下之所恃以无忧,四夷之所惮以不敢发,入则周公、召公,出则方叔、召虎。而辙也未之见也。"③ 此书以"天下文章"归之于欧阳修,而对韩琦则仅以政绩誉之即可见一斑。在今人的文学史著作中,除了一种《宋诗史》以外,也未见论及韩琦者。④ 其实,韩琦诗文俱佳,足以跻身北宋名家之列。限于篇幅,本文仅论韩琦之诗歌。

韩琦的作品今存《安阳集》五十卷,以李之亮、徐正英笺注的《安阳集编年笺注》(巴蜀书社 2000 年版)最为通行。此本的前二十卷为诗,其中卷一至卷三标为古风,卷四至卷二十标为律诗。然仔细检查,此本对诗体的标识并不准确。例如卷十五的《又次韵和题休逸台》云:"昔年衣绣临吾乡,后圃力变池亭荒。井梁生涩卧耕壤,螺榭发棠营高冈。易为隅柱极增观,下视众岭森成行。锦鳞遂落贤者钓,谁喧歌酒台东堂。"全诗平仄不协,且第一、二、四、六、八句皆为三平调,是典型的七言短古而非七言律诗。卷二中《再赋》的声律特征与之相似:"蒙山崦里藏禅宫,朝苍暮翠岚光浓。枯松老柏竞丑怪,危峦峻岭相弥缝。剑峡路岐唯少栈,榆关气象全无烽。恩深报浅来未得,暂留金节开尘容。"就被准确地归入古风类。由此可见,今本《安阳集》的编纂恐非出于韩琦自己之手,因为诗人写作《又次韵和题休逸台》时肯定清楚这是一首七言短古,不可能将其归入律诗类。又如卷十九的《春寒呈提举陈龙图》云:"春寒入人骨,病肌尤见侵。芳园欲暂适,风恶不可禁。回身复拥炉,噤余难发吟。几日阳和恩,一开愁悴心。"平仄既不合律,又无一联对仗,实为五言短古。后三十卷为文,但是卷四十五的"挽辞"31 首其实都是五言律诗。此外,附录中

---

① 《宋史》卷三一二《韩琦传》,中华书局 1977 年版,第 10222 页。
② 《宋史》卷三一二《韩琦传》,中华书局 1977 年版,第 10230 页。
③ 《上枢密韩太尉书》,《苏辙集·栾城集》卷二二,中华书局 1999 年版,第 381 页。
④ 许总《宋诗史》(重庆出版社 1992 年版)在第三章《范仲淹等名臣诗人》中为韩琦专设一节,其他四节分别为范仲淹、富弼与文彦博、韩维、司马光。按:在傅璇琮主编的《宋才子传笺证》(辽海出版社 2011 年版)中,北宋名臣范仲淹、富弼、文彦博、韩维、司马光等人皆有传,唯独韩琦无传,可见其被当代学界忽视的程度。

的《韩琦诗文补编》卷九中辑有佚诗4首，断句10句。① 综合考虑上述因素后对《安阳集》进行统计，韩琦的诗作共存726首，其中七律401首，五律163首（包括五排27首），七绝106首，五古36首，七古20首。若依古、律二体计之，则律诗共有670首，古诗共有56首，律诗的比例远远超过古诗。

韩琦一生经历丰富，曾两度经略陕西，亲临当时边患最重的宋、夏前线，绝非老于馆阁的文臣。熙宁元年（1068），年过花甲的韩琦在《谢并帅王仲仪端明惠葡萄酒》一诗中回忆庆历五年（1045）自己任河东路经略安抚使驻守并州时的情景："忆昨朔边被朝寄，亭燧灭警兵锋韬。时平会数景物好，齿发未老胸襟豪。当筵引满角胜负，金船滟溢翻红涛。间折圆荷代举酌，坐客骇去如奔逃。我乘余勇兴尚逸，直欲拍浮腾巨艘。"他在46岁时尚有如此豪兴，那么当其三十五六岁戍守西陲时定是更加意气风发。不知是作品有所亡佚还是戎马倥偬之际无暇写诗的缘故，今本《安阳集》中没有涉及戍守西陲的作品。否则的话，以其雄豪的笔力，一定可以写出与当时的边地民谣"军中有一韩，西贼闻之心胆寒"同样豪情万丈的边塞诗来。②

韩琦还曾数度担任州郡长官，辗转于扬州、郓州、成德军、定州、并州、相州等地。作为地方长官，韩琦勤于政事，关心民瘼，凡遇水旱之灾，辄忧心如焚，这在其诗作中有所体现，例如庆历六年（1046）作于扬州任上的《岁旱晚雨》："庆历丙戌夏，旱气蒸如焚。行路尽婴喝，居人犹中瘟。堕鸟不收啄，游鱼几烂鳞。绪纻亦难御，更值成雷蚊。骄阳断雨脉，焦熬逾五旬。农塍坐耗裂，纵横龟灼文。众目血坏眦，日睎西郊云。守臣恤民病，心乱千丝棼。祈龙刻舒雁，纵阴开北门。古法久弗验，群祠益致勤。遍走于境内，神兮若不闻。或时得泛洒，濛濛才湿尘。丰年望既绝，节候俄秋分。忽尔降大澍，霄冥连日昏。垂空状战戟，入雷疑倾盆。禾田十九死，强渍枯稿根。萧稂贱易活，势茂如逢春。蛙黾渴易满，泥跃嬉成群。济物乃容易，应时何艰辛。辙鲋骨已坏，徐激西江津。谷黍霜已厚，始调邹律温。天意孰可问，对之空气吞。"③ 此诗细致真切地描写了始旱终涝的严重灾情，也深切地体现了诗人对灾民的怜悯、同情，一位勤政爱民的循吏形象跃然纸上。这种情形在其他内容的诗中也时有体现，例如作于熙宁八年（1075）的《元日祀坟道中》："新元先陇遂伸虔，荒岁嗟逢众食艰。比户生涯皆墨突，几家林木似牛山。三阳已泰春来懒，六幕虽昏雪尚悭。道殣浸多无力救，据鞍衰叟只惭颜。"此时韩琦已68岁，仍在相州任上，当年六月逝世。年老力衰的诗人上坟时看到沿途的农村一片凋敝，心情压抑，全诗仅用首句对"祀坟"之事一语带过，其余七句皆写民生艰难。颔联中的"墨突"是用"墨突不黔"之典，意指百姓斋厨萧然，灶不举火；"牛山"是用"牛山濯濯"之典，意指山林光秃，无材可用。④ 颈联写时入正月而春寒料峭，天色阴霾却未见瑞雪，言下之意是如此气候更使百姓的生计雪上加霜。所以诗人虽是怀着虔诚之心前去上坟，却因治下百姓之疾苦而心生惭愧。可惜此类作品在《安阳集》中为数较少，不但远远不如屈居下僚的梅尧臣、苏舜钦，也比不上同样仕登宰辅的欧阳修、王安石。

---

① 此卷中据吴师道《吴礼部诗话》辑得的《早夏之一》："脱帻吏修后，凭轩风快余。瀑泉增濑急，新叶补林疏。"《早夏之二》："暑初天未热，观阁进清凉。果熟愁枝重，荷生觉渚香。"疑皆为五律之半，暂以断句视之。
② 朱熹：《五朝名臣言行录》卷七，北京图书馆出版社2003年影印本。
③ "天意"，原作"天气"，据明刻安氏校本校改。
④ 李之亮、徐正英笺注本引《孟子·告子上》为注："牛山之木尝美矣，以其郊于大国也，斧斤伐之，可以为美乎。"其实应该引至下文"是以若彼濯濯也"句，文意方足。

二

韩琦诗中数量较多的内容有以下几类：一是节候风物，多至一百余首。① 此类作品有时相当频繁地出现，例如卷七的《至和乙未元日立春》《元夕》《春寒》《后园春日》《乙未寒食西溪》《上巳西溪同日清明》等六首，便相继作于至和二年（1055）的年初。又如卷十四的《立秋日后园》《己酉中元》《中秋席上》《九日水阁》等四首，便相继作于熙宁二年（1069）的秋季。此类诗中颇有世所传诵的名作，例如《九日水阁》："池馆隳摧古榭荒，此延嘉客会重阳。虽惭老圃秋容淡，且看黄花晚节香。酒味已醇新过熟，蟹黄先实不须霜。年来饮兴衰难强，谩有高吟力尚狂。"此诗被宋末的方回两度选入《瀛奎律髓》，既见于卷八"宴集类"，又见于卷十二"秋日类"，方回且评次联曰"实为天下名言"，清人纪昀则曰："此在魏公诗中为老健之作，不止三、四为诗话所称。"②

二是题咏园林及官居的日常生活，由于这两类题材往往出现在一首诗中③，所以归为一类，共有一百余首。此类题材是后代所谓"台阁体"的主要内容④，最易写得典雅平稳而空洞无聊，韩琦也未能完全免俗，例如《召赴天章阁观新刻仁宗御诗》："天阁当年拂雾宣，紫皇端扆侍群仙。亲挥龙凤轩腾字，命继咸韶雅正编。劝酌屡行均圣宠，赐花中出夺春妍。玉峰光景都如旧，但睇宸章极泫然。"假如这样的诗窜入明代台阁体诗人"三杨"的集中，则难以识别。但是韩琦的此类诗中也有佳作，例如《后园闲步》："池圃足高趣，公余事少关。幽禽声自乐，流水意长闲。近竹花终俗，过栏草费删。心休谁似我，官府有青山。"描绘官衙内公务之余的悠闲生活，饶有情趣。次联虽稍近宋代理学家所谓的格物致知、观景悟道，但句法活泼，情景浑融，读来趣味盎然。唐人杜甫有句云："水流心不竞，云在意俱迟。"明末王嗣奭评曰："景与心融，神与景会，居然有道之言。"⑤ 王维亦有句云："行到水穷处，坐看云起时。"清人查慎行评曰："自然，有无穷景味。"⑥ 韩琦此联意境之妙，较之上述唐诗名句并不逊色，是体现宋诗理趣的名句。

三是题咏花木，多达八十余首。值得注意的是，虽然宋代诗人在总体上喜欢咏梅，而牡丹则被周敦颐称为"花之富贵者也"⑦，韩琦却偏喜题咏牡丹，其中不乏佳作，例如《赏西禅牡丹》："几酌西禅对牡丹，秾芳还似北禅看。千球紫绣擎熏炷，万叶红云砌宝冠。直把醉容欺玉斝，满将春色上金盘。魏花一本须称后，十朵齐开面曲栏。"相当生动地刻画了牡丹的国色天香，字里行间洋溢着诗人的爱花之情。当然，若以有无寄托而论，此类诗中咏得最成功的还推竹、菊等物，例如《枢廷对竹》："一纪前曾对此君，依然轩槛喜重临。丹心

---

① 韩琦诗的各类作品在题材上时有交叉，例如卷六的《壬辰寒食众春园》，所咏及的"众春园"便是韩琦在定州时修葺的一个园林，但全诗的主要内容则是描写壬辰（皇祐四年）寒食节的一次游宴，本文暂时归入"节候风物"类，其实归入"题咏园林"类亦无不可。因此本文的统计结果不是十分精确。

② 《瀛奎律髓汇评》，上海古籍出版社2005年版，第458页、307页。

③ 例如卷二的《虚心堂会陈龙图》、卷六的《依韵和机宜陈荐请游城北池馆》等。

④ "台阁体"这个名称始见于明代。明末王世贞评杨士奇云："杨尚法，源出欧阳氏，以简淡和易为主，而乏充拓之功，至今贵之曰'台阁体'。"（《艺苑卮言》卷五，《历代诗话续编》，中华书局1983年版，第1024页）杨士奇是明代前期仕途显赫的台阁重臣，其诗文雍容典雅，四平八稳，故得此名。

⑤ 《江亭》，《杜臆》卷四，上海古籍出版社1983年版，第132页。

⑥ 《终南别业》，《王维集校注》卷二，中华书局1997年版，第192页。

⑦ 《爱莲说》，《元公周先生濂溪集》卷六，书目文献出版社1998年影印本，第145页。

自觉同高节，青眼相看似故人。不杂嚣尘终冷淡，饱经霜雪尚精神。枢廷岂是琴樽伴，会约幽居称幅巾。"诗人在庆历三年（1043）初任枢密副使，至和二年（1055）重任枢密使，时隔12年后重至枢密院，再次看到院中所植的竹子倍觉亲切，故欣喜之情流溢于首联。尾联意谓枢密院为朝廷重地，不宜诗酒风流，但愿将来与竹子一同退隐于幽静之地。首尾互相呼应，章法细密。中间两联堪称咏竹名句：既生动地凸现了竹子的高风亮节，又充分地流露出诗人与竹子的契合之情，体物与抒情达到了水乳交融的程度。相形之下，王安石的咏竹名句"人怜直节生来瘦，自许高才老更刚"① 倒显得有点生硬。

四是吟咏风霜雨雪等气候现象，其中咏雨诗31首，咏雪诗28首。此外如卷一的《苦热》《后园寒步》等亦属此类，但为数较少。韩琦的咏雪诗颇多佳作，后文再论，此处先论其咏雨诗。在古代，雨水是直接关系到国计民生的大事，身为地方长官的韩琦对此极为关心。试看作于熙宁三年（1070）的两首诗。《苦热未雨》："骄阳为虐极烦歊，万物如焚望沃焦。举世不能逃酷吏，几时还得快凉飙。精祈拟责泥龙效，大索谁诛旱魃妖。翘首岱云肤寸起，四方膏泽尽良苗。"《雨足晚晴》："掣电搜龙发怒雷，欲驱时旱涤民灾。四溟滂泽三农足，万宇愁襟一夕开。虹影渐从天外散，蝉声初到枕边来。高楼小酌清风满，不胜当年避暑杯？"前者写盼雨之忧愁，后者写既雨之欣喜，一愁一喜，皆为真情流露，足以感人。甚至在中秋之夜适逢霖雨，诗人也因旱情得到纾解而欣喜万分。《次韵和通判钱昌武郎中中秋遇雨》中的"不恨高楼空宴月，却欣丰泽入民天"一联，堪称咏雨奇句。即使脱离了时雨利农的写作背景，韩琦的咏雨诗也有佳作，例如《次韵和子渊学士春雨》："天幕沉沉淑气温，雨丝轻软坠云根。洗开春色无多润，染尽花光不见痕。寂寞画楼和梦锁，依微芳树过人昏。堂虚座密珠帘下，试问淳于醉几樽？"此诗并未写到春雨利于稼穑这层意思，但字里行间仍流露出淡淡的喜悦之情：春雨细密无痕，然经其滋润，花木葱茏，春色醉人。诗人于此时在画堂深处与好友会饮，遂欣然进入醉乡。咏雨诗写得如此从容安详，堪与陶渊明的《停云》诗相映成趣。

五是祭奠坟茔。方回在《瀛奎律髓》中专设"陵庙类"，解题曰："君陵臣墓，大庙小祠，或官为禁樵采，或民间香火祭赛不容遏。盖圣贤之藏所宜重，而鬼神有灵，亦本无容心于其间也。屈子是以有《山鬼》《国殇》之骚，诗人有降迎送神之词。生敬死哀，宁无感乎？"② 的确，慎终追远，向为古人所重。在前人坟茔前引起的追慕哀思，也足以产生激荡的诗情。方回选录的此类作品共52首（作者25人），其中韩琦一人即有9首，数量上独占鳌头。更值得注意的是，此类作品绝大部分是题咏古人陵墓的，咏及亲人坟茔的只有12首，它们全都出自宋人之手，其中韩琦一人就独占8首。③ 所以，虽然韩琦的此类作品共有27首，在数量上远不如前面四类之多，但就其独特性而言，这是韩琦诗在题材上的最大亮点。韩琦少孤，鞠于诸兄方得成长。也许正因如此，他对先人的追思始终不衰，曾云："某自成立，痛家集之散缺，百计访求，十稍得其一二，而所集著墓铭者终不可得，每自感念，未尝忘心。"④ 庆历四年（1044），韩琦上表请知相州，其理由竟是"近乡里一郡，躬亲营护坟域"⑤。嘉祐八年（1063），韩琦重修五代祖茔毕，作文告诫子孙曰："夫谨家谍而心不忘于

---

① 《华藏院此君亭》，《王荆文公诗李壁注》卷三三，上海古籍出版社1993年版，第1493页。
② 《瀛奎律髓汇评》卷二八，第1219页。
③ 其余的三位宋人分别是梅尧臣（1首）、陈师道（1首）、范成大（2首），详见《瀛奎律髓汇评》卷十八。
④ 《韩氏家集序》，《安阳集编年笺注》卷二二，第728页。
⑤ 《迁葬求郡谢赐批答不允表》，《安阳集编年笺注》卷二四，第817页。

先茔者,孝之大也。"① 当诗人在相州为官时,每年都往祖茔祭扫,几乎每次都作诗,例如《癸丑初拜先坟》:"昼锦三来治邺城,古人无似此翁荣。道过先垅心还慰,一见家山眼自明。酾酒故庐延父老,驻车平野问农耕。便思解绶从田叟,报国惭虽万死轻。"② 首联似有自炫衣锦还乡之意,其实不然。古人本有以仕宦"显亲扬名"的习俗,况且韩琦三度出任故乡的地方长官,故在祭扫祖茔时举以为荣,无可深责。至于清人纪昀讥评此诗"语皆浅拙"③,也非的评。孔子云:"孝子之丧亲也,……言不文。"④ 祭奠祖坟之诗也一样,不宜写得精深华美。韩琦此诗以平淡的语言和平直的章法叙述前往家山扫墓的过程,相当得体。全诗四联,分别抒写衣锦还乡、行赴坟山、劳问乡亲及思归田里四层意思,意足脉畅,可称佳作。

三

除祭奠坟茔一类之外,韩琦诗的题材走向在当时的诗坛上并无特殊之处。那么,韩琦诗在内容上究竟有什么价值呢?

笔者认为,韩琦诗的价值在于它们全面而真切地展现了一位北宋名臣的人生与心迹,是"诗言志"这个诗学原理在朝廷重臣此类特殊身份的创作主体身上的典型体现。

韩琦诗中相当生动地展现了其人生经历的若干片断,例如皇祐五年(1053),韩琦以武康军节度使、河东路经略安抚使的身份从定州移知并州。定州和并州都是北方最重要的边陲重镇,韩琦很清楚自己既是地方长官,又是边镇守将的双重身份,所以一接到任命就作《次韵答留台春卿侍郎以加节见寄》云:"一落粗官伍哙曹,清流甘分绝英髦。建牙恩有丘山重,扦塞功无尺寸高。许国壮心轻蹈死,殄戎豪气入横刀。只期名遂扁舟去,掉臂江湖掷锦袍。"宋人重文轻武,故诗中用汉代韩信"生乃与哙等为伍"之语以自嘲⑤,但仍然流露出为国戍边的深重责任和豪情壮志。及至赴任途中历经艰险,他乃作《离天威驿》云:"早发天威驿,深春尚薄寒。龙蛇盘道路,波浪卷峰峦。古木萌常晚,新流势未湍。忠臣方叱驭,更险不辞难。"末联用汉人王尊赴益州刺史任时途经九折阪,"问吏曰:'此非王阳所畏道邪?'吏对曰:'是。'尊叱其驭曰:'驱之!王阳为孝子,王尊为忠臣'"⑥ 这一典故,表明为国事不辞艰难的决心。他又作《黑砂岭路》云:"诘曲榆关道,终朝险复平。后旌缘磴下,前骑半天行。举目自山水,劳生徒利名。报君殊未效,何暇及归耕?"以此来表示虽历尽艰险而仍愿效力国家、暂时不归隐的意愿。及至到达太原府之后,他又于次年作《甲午冬阅》一诗叙述"练士当时阅,临高共一观"的阅兵过程,诗中既描写了将士们"避槊身藏镫,扬尘足挂鞍"的飒爽英姿,也表达了自己"全师充国慎,坚卧亚夫安"的大将气度,最后以军民同心协力练武卫国的决心结束全诗:"父兄人自卫,凫藻众胥欢。有志铭燕石,无劳误汉坛。壮心徒内激,神武正胜残。"将这几首诗合而读之,韩琦自定州移知太原府一

---

① 《重修五代祖茔域记》,《安阳集编年笺注》卷四六,第1402页。
② 《安阳集编年笺注》卷一八。按:此句在《瀛奎律髓》卷二八中误作"古人无似此公荣",清人冯舒、冯班、纪昀针对这个"公"字讥评纷纷,殊属无谓。
③ 《瀛奎律髓汇评》卷二八,第1243页。
④ 《孝经注疏》卷九,北京大学出版社1999年版《十三经注疏》本,第57页。
⑤ 《史记》卷九二,中华书局1982年版,第2628页。
⑥ 《汉书》卷七六,中华书局1982年版,第3229页。

段经历的细节历历在目,而这些内容不但在《宋史》的韩琦传中没有记载,即使是记事甚详的《韩魏公家传》中也付诸阙如。又如治平四年(1067)英宗崩后,韩琦为山陵使,复土既毕,即请辞相位,得知相州,未及赴任,因宋、夏边境有变,乃改判永兴军兼陕府西路经略安抚使,次年复知相州。短短两年,国家正值多事之秋,韩琦本人也在宦海中浮沉不定。这段复杂的经历原原本本地记载在《荣归堂》这首诗中:"非才忝四邻,待罪涉一纪。妨贤得云久,不退不自耻。永厚复土初,叠奏犯斧扆。乞身临本邦,多疾便摄理。帝曰吁汝琦,辅翼甚劳止。今俾尔荣归,揭节治故里。均逸向盛辰,宠异固绝拟。整装将北辕,羌衅兆西鄙。俄易帅咸秦,旰食谕所倚。艰难恶敢辞,奔走奉寄委。天声方震扬,狡穴惧夷毁。款塞械凶酋,唯幸赦狂诡。疆事计日宁,拙疹乘衰起。披诚叩上仁,再遂守桑梓。尪疲解剧烦,宴息良自喜。……"可以毫不夸张地说,如果后人想仔细探究韩琦的生平,《安阳集》中的诗文是比史书更加有用的第一手资料。史书中记载的只是其生平大事,韩琦诗中却提供了详尽的细节和生动的情景,通读其诗,韩琦这位北宋名臣的面貌栩栩如生。

更重要的是,韩琦诗中对自己的心态有相当深切的刻画。例如至和二年(1055)韩琦知相州,相州是韩琦的故乡,乃作一堂"名曰'昼锦',盖取古人荣守本邦之义"①。汉人朱买臣任会稽太守,司马相如以中郎将使蜀,皆是衣锦还乡,人所共羡。韩琦却深以为非,作《昼锦堂》诗曰:"古人之富贵,贵归本郡县。譬若衣锦游,白昼自光绚。不则如夜行,虽丽胡由见?事累载方册,今复著俚谚。或纡太守章,或拥使者传。歌樵忘故穷,涤器掩前贱。所得快恩仇,爱恶任骄狷。其志止于此,士固不足羡。兹予来旧邦,意弗在矜炫。……公余新此堂,夫岂事饮燕?亦非张美名,轻薄诧绅弁。重禄许安闲,顾己常竞战。庶一视题榜,则念报主眷。汝报能何为,进道确无倦。忠义耸大节,匪石乌可转?虽前有鼎镬,死耳誓不变。丹诚难悉陈,感泣对笔砚。"原来他虽以"昼锦"为堂名,并非以此炫耀乡里,而是为了以君恩自警,进而忠君报国。一代名臣的心迹,表露无遗。又如嘉祐年间韩琦身居相位,曾作《夏暑早朝》云:"夺热清风几快襟,禁街岑寂漏声沉。东方似动阴氛失,北斗高垂帝阙深。忧国远图深入梦,费诗光景懒成吟。平明天外鸣鞘下,万玉颙然拱极心。"唐诗中有几首著名的早朝诗②,都着力描绘宫阙之壮丽、仪仗之威严,词藻富丽,花团锦簇。韩琦此诗与之大异其趣,对宫阙崔巍等内容不着一词,转而叙写清晨入朝的过程,并抒发内心的所感所思。韩琦卒后,宋神宗亲撰碑文,称韩琦为"两朝顾命定策元勋",且曰:"方天下以为忧,公独能蹈危机,进沉断,上以尊强宗庙社稷,下以慰安元元之心,功高而不矜,位大而不骄,禄富而不侈。"③韩琦是身系天下安危的元老大臣,读其早朝诗,一位安详稳重、深谋远虑的大臣形象如在目前。这与贾至等馆阁文士但知描摹宫室之美的诗不可同日而语。又如熙宁年间所作的《雅集堂》:"过马传名事莫详,我严宾集在更张。不资金石升堂乐,务接芝兰入室香。农获大丰歌滞穗,讼销群枉阒甘棠。时开雅席延诸彦,病守心闲兴亦长。"此时韩琦正在判大名府任上,集贤堂即府治内的堂名。身为治理一邦的长官,招揽贤才自是当务之急。正值年丰讼息,又逢佳宾满堂,诗人满心欣喜,既为群贤毕至,也为人民安乐。这是一位勤政爱民的地方长官的真实心声。

---
① 《小恳帖》,《韩琦诗文补编》卷八,《安阳集编年笺注》,第1700页。
② 贾至的《早朝大明宫呈两省僚友》和杜甫、王维、岑参的《和贾至舍人早朝大明宫》,《瀛奎律髓汇评》卷二"朝省类",第58~61页。
③ 《两朝顾命定策元勋之碑》,《安阳集编年笺注》附录二,第1728页。

即使在咏物诗中，韩琦也时常流露出栋梁之臣的不凡气度。例如《云》："适意自舒卷，有容谁浅深。"《谢丹阳李公素学士惠鹤》："只爱羽毛欺白雪，不知魂梦托青云。"《和润倅王太博林畔松》："霜凌劲节难摧抑，石缠危根任屈盘。"《删柏》："孤根得地虽经岁，逸势参天不在人。"所咏之物变化万端，寄托遥深的手法却相当一致：表面上是咏物，其实是抒写道大能容、志坚难屈的胸怀气度。

当然，韩琦诗中的抒情主人公并非总是一副正襟危坐的严肃面貌，有时他也歆羡安逸悠闲的退隐生活。熙宁五年（1072），退居颍州的欧阳修寄诗给韩琦，韩琦作《次韵答致政欧阳少师退居述怀二首》，其二云："尘俗徒希勇退高，几时投迹混渔樵。神交不间川途阔，直道难因老病消。魏境民流河抹岸，颍湖春早柳萦桥。相从谁挹浮丘袂，左右琴书酒满瓢。"颈联可谓感慨言之："魏境"指大名府境，上一年黄河决口，大名府境内洪水泛滥，人民流离失所，正在判大名府任上的韩琦劳心焦思，寝食难安。"颍湖"指颍州西湖，诗人遥想欧阳修正在西湖上悠闲地欣赏春光。尾联全是对欧阳修退隐生活的想象，歆羡之情溢于言表。熙宁八年（1075），韩琦作堂于相州私第，取白居易《池上篇》诗意，名曰"醉白堂"，并作《醉白堂》诗，既表示了对白居易的仰慕之情："乐天先识勇退早，凛凛万世清风传。古人中求尚难拟，自顾愚者孰可肩？"又表明自己亦能自得其乐："人生所适贵自适，斯适岂异白乐天？未能得谢已如此，得谢吾乐知谁先？"可惜此时韩琦年已迟暮，曾屡次上表请求致仕而未能如愿。醉白堂成于是年五月，六月韩琦去世，《醉白堂》以及《初会醉白堂》二诗遂成绝笔，诗中的愿望也成了无法实现的遗愿。然而正如韩诗所言"人生所适贵自适"，他在仕宦生涯中也曾忙里偷闲地享受安闲，这在其诗歌中有充分的体现，例如《北塘避暑》："尽室林塘涤暑烦，旷然如不在尘寰。谁人敢议清风价，无乐能过白日闲。水鸟得鱼长自足，岭云含雨只空还。酒阑何物醒魂梦，万柄莲香一枕山。"此诗作于皇祐年间，韩琦正在知定州任上。诗中描绘了一个清幽的环境：林木深幽，池莲清香，水鸟、岭云皆悠闲自在，可见知足者自得其乐。身处此境的诗人则酌酒自乐，白昼醉眠，其乐陶陶，何况还有时时吹拂的一缕清风！此诗即使置于白居易退居洛阳后所写的闲适诗中，也毫不逊色，堪称宋诗中描写公退悠闲之乐的名篇。

四

韩琦诗歌的艺术成就究竟如何？《四库全书总目》的评论颇有代表性："诗句多不事雕镂，自然高雅。……盖蕴蓄既深，故直抒胸臆，自然得风雅之遗，固不徒以风云月露为工矣。"[①] 概而言之，这个结论当然是正确的。韩琦评欧阳修之文曰："公与尹师鲁专以古文相尚，而公得之自然，非学所至，超然独骛，众莫能及。譬夫天地之妙，造化万物，动者植者，无细与大，不见痕迹，自极其工。"[②] 韩琦崇尚"不见痕迹，自极其工"的"自然"风格，这与其本人作诗"不事雕镂，自然高雅"互为表里。然而仔细研读韩琦诗歌，就可发现问题并不如此简单。

首先，韩琦对诗歌的艺术技巧相当留意，在用典、炼句等方面达到了很高的水准。韩琦用典精切，例如《通判钱昌武代归以诗见别次韵为答》云："剑光久已冲牛斗，力振沉理尚

---

① 《四库全书总目》卷一五二《安阳集》，中华书局1965年版，第1311页。
② 《故观文殿学士太子少师致仕赠太子太师欧阳公墓志铭》，《安阳集编年笺注》卷五十，第1551页。

愧雷。"用晋人张华见斗牛之间常有紫气，雷焕以为乃宝剑之精上彻于天，后果于丰城县狱屋基下掘地而得宝剑一双之典①，从而准确地表达了钱昌武以大才而屈居下僚，作为长官的自己却未能荐之于朝，故而愧对雷焕的复杂心情。又如《次韵答致政杜公以迁职惠诗》云："一年愿借中惭寇，万里思归却笑班。"分别用东汉寇恂任颍川太守，后被调任，百姓乃遮道向皇帝请求"愿从陛下复借寇君一年"②，以及班固久戍西域上书请归之典③，二典均切，而前一典尤精。此诗作于皇祐三年（1051），当时韩琦以定州路安抚使的身份知定州已满三年，按例当迁，"本路八州之民，合数千人，挝登闻鼓，愿不以三年代韩魏公"④。这与寇恂之事非常相像，用典精确无比。有些典故出处较僻，例如《邵亢茂材南归》有句云"履迹见穿期仕汉"，注者谓"履迹，谓踏着前人的足迹，指承袭祖业"⑤，未能准确领会原诗的意思。其实这是用汉人东郭先生的故事："衣敝，履不完。行雪中，履有上无下，足尽践地。道中人笑之，东郭先生应之曰：'谁能履行雪中，令人视之，其上履也，其履下处乃似人足者乎？'"东郭待诏公车时贫困无比，后来却仕宦甚达。故韩琦用此典安慰应举不中而失意南归的邵亢，相当精切。还有一些典故读者或浑然不觉，例如《答孙植太博后园宴射》有句云"耳后生风鼻头热"，笺注者未曾注出，其实这是用梁代曹景宗回忆少时射猎"觉耳后生风，鼻头出火"之语⑥，既生动又贴切，已臻用典之高境。不过此处在字面上相当浅近，故仍有不事雕琢的风格倾向。即使在最易流为陈词滥调的祭挽诗中，韩琦也有不俗的表现。例如《苏洵员外挽辞》云："对未延宣室，文尝荐子虚。"他分别用汉代贾谊为文帝召对于宣室以及司马相如因《子虚赋》而为人所荐的典故，前者反用，后者正用，从而准确地写出苏洵以文章见重一时而未得施展其政治才能的人生遭遇，用典之精熟老到，已臻化境。

韩琦对于字句之锤炼也相当用心。例如《中秋月》有句云"海际掀鲸目"，以鲸鱼之目形容海上明月，取喻甚新。又如《张逸人归杭》有句云"堤衾一鉴平湖满，寺枕千屏叠嶂深"，"衾""枕"二字均用作动词，炼字甚巧。此外如《会故集贤崔侍郎园池》中的"青螺万岭前为障，碧玉千竿近作篱"，《题忘机堂》中的"前槛月波清涨夜，后檐风竹冷吟秋"，构句都很精巧。又如《再和》中的"吾民正遂歌襦乐，我里甘忘衣锦游"，《喜雨》中的"已发宋苗安在握，再生庄鲋不虞枯"，《浮醴亭会陈龙图》中的"不系舟虚谁触忤，无机鸥近绝惊猜"，都是上下句皆用典故成语而形成对仗，相当巧妙。更值得注意的是，韩琦在运用上述艺术技巧时往往不露痕迹，例如《答袁陟节推游禅智寺》的"陇麦齐若剪，随风卷波澜"，表面上平淡无奇，其实前句用明喻，后句用暗喻，形容陇上麦浪非常生动，深得自然之妙。又如《寄题广信军四望亭》中的"古道入秋漫黍稷，远坡乘晚下牛羊"，《拜西坟》中的"春山带雨和云重，麦陇如梳破雪青"，都是字面平淡而写景生动的清丽之句。正因如此，韩琦诗才能在整体上呈现"不事雕镂，自然高雅"的艺术风貌，例如《登抱螺台》："坏圃萧疏有废台，登高留客此徘徊。几年埋没荒榛满，今日崔嵬宴席开。一境山川俱入眼，重阳风物尽宜杯。坐中不劝犹当醉，菊蕊浮香似拨醅。"《暮春康乐园》："榆荚纷纷掷乱钱，柳花相扑辊新绵。一年寂寞顿来地，三月芳菲已过天。树密只喧闲鸟雀，台

---

① 《晋书》卷三六，中华书局1974年版，第1075页。
② 《后汉书》卷十六，中华书局1965年版，第625页。
③ 《后汉书》卷四七，中华书局1965年版，第1583页。
④ 《魏王别录》，《宋朝事实类苑》卷二三，上海古籍出版社1981年版，第285页。
⑤ 《安阳集编年笺注》卷四，第145页。
⑥ 《南史》卷五五，中华书局1975年版，第1357页。

高犹得好山川。病夫不饮时如此，徒有诗情益自然。"篇中并没有想落天外的奇思妙想，也没有特别引人注目的警句，仿佛是毫不用力，平平道来，却达到了平实稳妥、清新自然的艺术境界。

在北宋中后期的诗坛上，韩琦不像欧阳修、梅尧臣等人那样轰动一时，更不如稍晚的王安石、苏轼、黄庭坚等人那样名震千古。那么，韩琦在宋代诗歌史上是否无足轻重、不值一提呢？并非如此。笔者认为，由于韩琦没有将太多的精力放在文学创作上，他的诗歌基本上都是从政之余随意吟咏而成的性情之作，既然没有语不惊人死不休的艺术追求，也就避免了北宋诗人因求新太过而产生的普遍缺点。下文试从一个特殊的角度来进行分析。众所周知，北宋诗人在艺术上的总体追求是求新求变，由欧阳修首创的"白战体"就是一个显著的例子。"白战体"始于欧阳修于皇祐二年（1050）所写的《雪》诗，题下自注云："玉、月、梨、梅、练、絮、白、舞、鹅、鹤、银等事，皆请勿用。"① 后来欧门弟子苏轼作《聚星堂雪》等诗，称欧阳修的写法是"当时号令君听取，白战不许持寸铁"②，此体遂以"白战体"的名称广为流传。"白战体"固然名震一时，其新颖独特的手法也确实使人耳目一新，但是它毕竟有很大的局限性，因为它在本质上是一种作茧自缚的做法。欧阳修本人仅是偶尔为之，苏轼笔下纯粹的"白战体"也寥寥无几，就是明证。正如当代学者所指出的，"在创作中将体物语与禁体物语随宜酌情地使用，而不走向极端，乃是一种最佳选择"。③ 韩琦集中的几首咏雪诗就是生动的例证。庆历五年（1045），韩琦作《广陵大雪》："淮南常岁冬犹燠，今年阴沴何严酷。黑云漫天素月昏，大雪飞扬平压屋。风力轩号助其势，摆撼琳琅摧冻木。通宵彻昼不暂停，堆积楼台满溪谷。有时造出可怜态，柳絮梨花乱纷扑。乘温变化雨声来，度日阶庭恣淋漉。和絷寒霰不成丝，骤集疏檐还挂瀑。蛰蛙得意欲跳掷，幽鹭无情成挫辱。罾鱼江叟冰透蓑，卖炭野翁泥没辐。间阎细民诚可哀，三市不喧游手束。牛衣破解突无烟，饿犬声微饥子哭。我闻上天主时泽，亦有常数滋农谷。膏润均于一岁中，是谓年丰调玉烛。此来盛冬过尔多，却虑麦秋欠沾足。太守忧民仰天祝，愿扫氛霾看晴旭。望晴不晴无奈何，拥被醉眠头更缩。"全诗共 32 句，内容相当丰富，大雪对贫民生活的严重影响以及诗人内心的忧虑都有所涉及，但是其主要篇幅则是咏雪。诗中有少许字眼如"柳絮""梨花"等属于欧、苏悬为厉禁的"体物语"，但是多数句子则完全摆脱了前人咏雪经常使用的习惯用语，堪称"白战体"的先驱，因为此诗的写作时间比欧阳修的《雪》诗还早五年，不可能受到后者的影响。更值得注意的是，正因韩琦此诗并不刻意回避所谓的"体物语"，所以既达到了推陈出新的效果，又避免了刻意求奇而产生的弊病，其艺术成就并不输于欧、苏。也正因如此，欧、苏咏雪的"白战体"诗寥寥无几，而韩琦倒有多首类似的咏雪佳作，例如《喜雪》："朔雪飞残腊，融和变凛严。徐来花出在，骤急霰声兼。数住天应惜，争繁酒易添。积深函久润，济大略微嫌。雅意明书幌，多情入宴帘。舞腰难学转，峰顶尚饶尖。露蕊仙盘挹，风毛鬻圅烊。宫墙胡粉画，梅梗蜀酥黏。影淡三春絮，光寒八月蟾。垣途谁复辨，巨壑有何厌。狂助诗毫逸，清驱疠气潜。欢谣腾紫塞，喜色上形瞻。凝霤收冰乳，堆庭镂虎盐。吾民无足虑，丰岁可前占。"此诗作于庆历八年（1048），亦在欧阳修作《雪》诗之前。诗中虽有"舞""絮"等字，但多数句子则呈现出"白战体"的倾向，即不用常见

---

① 《欧阳修诗文集校笺》外集卷四，上海古籍出版社 2009 年版，第 1363 页。
② 《苏轼诗集》卷三四，中华书局 1982 年版，第 1813 页。
③ 程千帆、张宏生：《火与雪：从体物到禁体物》，《被开拓的诗世界》，上海古籍出版社 1990 年版，第 94 页。

的比喻等手段来直接描写雪的颜色与形态，而以叙述大雪的效果以及人们对雪的感受为主。此外，如作于至和二年（1055）的《冬至前一日雪》、作于熙宁三年（1070）的《雪二十韵》也是此类佳作，后者长达四十句，全诗中仅有"皓彩生和烛"及"道山谁辨玉，佛界普成银"三句有"体物语"，其主体部分如"缓舞疑翻佩，徐来类积薪。盘高擎露蕊，隙细入驹尘。易掩妖颜嫭，难藏厚地珍。坠轻时断续，势猛忽纷纶。肯使瑕瑜见，惟思沃瘠均。歌妍皆似郢，璧碎不因秦。䩃冷侵驯鹿，符光逼琢鳞。充盈是溪壑，挺特有松筠。近岭梅先发，濒江练更匀。楼台竞瑰丽，蟾兔起精神。病骨惊新怯，书帷忆旧亲"，堪称"白战体"的典范之作。

如果论风格之新颖独特，以及在建构有宋一代诗风的过程中的独特贡献，韩琦的作用当然远远不如欧、梅、王、苏、黄诸位宋诗大家。正因如此，当后人称赞宋诗之新奇或批评宋诗之尖新时，都没有涉及韩琦。但正如上文所述，事实上韩琦的诗歌创作也有类似欧、梅诸人的艺术追求，不过不像后者那样苦心经营而已。所以韩琦的诗歌成就虽然没有达到宋诗艺术的最高境界，却也避免了宋诗在艺术上的诸种缺点，基本上代表着北宋诗坛的普遍水准。由于韩琦的特殊身份，他堪称历代名臣诗人中的优秀代表，其成就远胜于明代的"台阁体"诗人，理应在古典诗歌史上占有一席之地。

宋代《贡举条式》的艺术渊源

钱建状
厦门大学中文系

宋代的礼部《贡举条制》①，一见于宋仁宗景祐四年（1037），详文今附于日本真福寺本《礼部韵略》；一见于庆历四年（1044），详文见《宋会要辑稿》选举三；一附见宋本《礼部韵略》，起于建炎四年（1130），以后续有添修。三部条制，其主要内容基本相同。只是后出转精，个别条款有增删加注。以后出的《绍兴重修通用贡举式》为例，其衡文标准主要分为三类：一是犯不考，一是犯抹式，一是犯点式。其中试卷犯不考二十条，犯抹式二十条，犯点式六条。这些条式，对于举子程文的用韵、平仄、用字、属对、用事、引文、避讳乃至书写格式、涂乙等方面有严格的规定，在一定程度上限制了举子的创作自由，不利于其才性的发挥和个性的展示。当世或后世学者引以为病，亦在情理之中。但是，宋承唐制，宋代贡举条制，特别是关于诗赋写作的规定，其实是源自唐五代的。因此，从文体学的视角来看，宋代《贡举条式》中所列的衡文标准，仍然包含一些合理的艺术成分，不容忽视。

一

由于史料的不足，从唐五代至北宋，科举条制的演变轨迹尚难清晰地勾勒出来。但是，断章残简亦弥足珍贵。从唐五代人零星的记载来看，大致可以看到端倪。

1. 中华书局1960年影印本《册府元龟》卷六四一贡举部《条制》三载：宣宗大中十二年三月，中书舍人李潘知举，放博学宏辞科陈琬等三人。及进诗赋论等，召潘谓曰："所赋诗中，重用字何如？"潘曰："钱起《湘灵鼓瑟诗》有重用字，乃是庶几。"帝曰："此诗似不及起。"乃落下。

按，钱起《省试湘灵鼓瑟》："善鼓云和瑟，常闻帝子灵。冯夷空自舞，楚客不堪听。苦调凄金石，清音入杳冥。苍梧来怨慕，白芷动芳馨。流水传潇浦，悲风过洞庭。曲终人不见，江上数峰青。"其中"楚客不堪听"与"曲终人不见"句，"不"字重，此所谓重用字，与景祐四年《贡举条制》"犯抹式""诗重迭用字"条同。

2. 中华书局点校本《太平广记》卷一百七十九《贡举》二载阎济美纪事曰：（余）既下第，又将出关。因献坐主六韵律诗曰……座主览焉，问某："今年何者退落"。具以实告："先榜落第"。座主赧然变色，深有遗才之叹。乃曰："所投六韵，必展后效，足下南去，幸无疑将来之事。"某遂出关，秋月，江东求荐，名到省后，两都置举，座主已在洛下……十二月三日，天津桥放杂文牓，景庄与某俱过。其日苦寒，是月四日，天津桥作铺帖经，景庄寻被绌落。……其夕，景庄相贺云："前与足下并铺，试《蜡日祈天宗赋》，窃见足下用鲁丘对卫赐。据《义》：卫赐则子贡也。足下书卫赐'作驷马字。唯以此奉忧耳。"某闻是说，

---
① 《贡举条制》，亦作《贡举条式》，但两者的内涵各有侧重，本文视具体情形而用之。

反思之，实作"驷马"字，意甚惶骇。比榜出，某滥忝第，与状头同参座主。座主曰："诸公试日，天寒急景，写札杂文或有不如法。今恐文书到西京，须呈宰相，请先辈等各买好纸，从来请印，如法写净送纳，抽其退本。"诸公大喜。及某撰本却请出，"驷"字上朱点极大。座主还阙之日，独揖前曰："春间遗才，所投六韵，不敢暂忘，聊副素约耳。"

按，阎济美书"卫赐"作"驷马"，显系错用字，又有误用事之嫌。故以此奉忧，恐遭黜落。幸得考官庇护，得以重新誊写文卷。所谓"驷字上朱点极大"者，表明考生杂文不如法。景祐四年《贡举条制》，"误用事"，犯抹式。"错用字"，犯点式。显系沿用了唐代的考试条例。

3. 又据《册府元龟》卷六四二贡举部《条制》四：后唐明宗长兴元年（930），中书门下详覆新及第进士所试新文，其意见如下：

> 李飞赋内三处犯韵，李榖一处犯韵，兼诗内错书"青"字为"清"字，并以词翰可嘉，望特恕此误。今后举人，词赋属对并须要切，或有犯韵及诸杂违格，不得放及第。仍望付翰林，别撰律诗赋各一首，具体式一一晓示。将来举人合作者，即与及第。其李飞、樊吉、夏侯琪、吴油、王德柔、李榖等六人，望放及第。
>
> 卢价赋内，"薄伐"字合使平声字，今使侧声字，犯格。
>
> 孙澄赋内"御"字韵使"宇"字，已落韵；又使"瞽"字，是上声。"有"字韵中，押"售"字，是去声，又有"朽"字犯韵。诗内"田"字犯韵。
>
> 李象赋内一句"六石庆今"，并合使此"奚"字；"道之以礼"，合使此"导"字，及错下事。"尝"字韵内使"方"字。诗中言"十千"，"十"字处合使平声字。"偏"字犯韵。
>
> 杨文龟赋内，"均"字韵内使"民"字；以君上为骖靶之士，失奉上之体。兼"善"字是上声，合押"遍"字是去声。"如"字内使"舆"字；诗中"遍"字犯韵。
>
> 师均赋内，"仁"字犯韵。"晏如"书"（晏）如"。又"河清海晏"，晏字不合韵，又无理；晏字即落韵。
>
> 杨仁远赋内，"赏罚"字书"伐"字，"衔（勒）"字书"针"字。诗内"莲蒲"字合着平声字，兼"黍梁"不律。
>
> 王谷赋内，"御"字韵押"处"字，上声则落韵，去声则失理。"善"字韵内使"显"字，犯韵。"如"字韵押"殊"字，落韵。
>
> 其卢价等七人，望许令将来就试，仍放再取文解。高策赋内，于字韵内使"依"字，疑其海外音讹同，文意稍可，望特恕此。其郑朴赋内言"肱股"，诗中"十千"字犯韵，又言"玉珠"，其郑朴许令将来就试，亦放取解。

中书门下的这一段文字，主要涉及用字、用事、声韵三个方面。错书字、误用事，在唐宋皆犯格，已如上论。而关于声韵方面的限制，其意见包括三方面：一是平仄使用犯格。如卢价的赋句中的"薄伐"两字，当使平声，却用了仄声。二是犯韵，即"句中字不得与押韵字同音"①，"句子中间用了韵脚所属韵部的字"②。如孙澄赋内本用"有"字，而赋句中

---

① 王骥德：《曲律》卷三。
② 邝健行：《唐代的律赋与律》，载《诗赋合论稿》，江苏古籍出版社2002年版，第123页。

又用了属"有"韵的"朽"字。三是落韵。按，景祐四年《贡举条制》，诗赋脱官韵、落韵、失平侧，皆犯不考式。与《册府元龟》所载有重合之处。

4. 中华书局点校本《续资治通鉴长编》卷三三载：宋太宗淳化三年三月戊戌，"上御崇政殿覆试合格进士。先是，胡旦、苏易简、王世则、梁灏、陈尧叟皆以所试先成，擢上第。由是士争习浮华，尚敏速，或一刻数诗，或一日十赋。将作监丞莆田陈靖上疏，请糊名考校，以革其弊。上嘉纳之。于是召两省、三馆文学之士，始令糊名考校，第其优劣，以分等级。内出《卮言日出赋》题，试者骇异，不能措词。相率扣殿槛上请。会稽钱易，时年十七，日未中，所试三题皆就。言者指其轻俊，特黜之。"

按，唐开成二年，高锴知贡举，取进士李肱等五人为前五名，并上《先进五人诗赋奏》说明录取的理由："进士李肱《霓裳羽衣曲诗》一首，最为迥出，更无其比。词韵既好，人才俱美。臣前场吟咏，近三五十遍，虽使何逊复生，亦不能过。兼是宗枝，臣与状头第一人，以奖其能。……其次柳棠诗赋，兴思敏速，日中便成。臣与第五人。"① 高锴以"兴思敏速"录柳棠为第五人，正可与胡旦等人以敏速而登上第的情形相参看。

以上所举说明，宋景祐四年所修之《贡举条制》，与唐五代的科场条令渊源甚深。庆历四年重修之《贡举条式》，主张先策论，后诗赋，欲革"有司务先声病章句"之弊端，而对景祐四年的条制作了较大的损益，但在不考、点、抹等具体条款上，只是略有改变，即增加一条"赋每韵不限联数，每联不限字数"，诗赋失平侧犯不考式，改成诗失平侧犯不考。涂乙字五字以上为一点，十五字为一抹，较旧制为宽。但是，为律赋松绑的新制，不久即受到了非议："旧制以词赋声病偶切之类，立为考式，今特许仿唐人赋体，及赋不限联数，每联不限字数。且古今文章，务先体要，古未必悉非。……自二年以来，国子监所试监生，诗赋即以汗漫无体为高，策论即以激讦肆意为工。中外相传愈滥，非惟渐误后学，实恐将来省试，其合格能几何人。伏以祖宗以来，得人不少，考校之艺，固有规程，不须变更，以长浮薄。请并如旧制。"② 因此，庆历八年四月，"诏科场旧条，皆先朝所定，宜一切无易。"③ 建炎四年的《贡举条制》，明显因袭景祐四年旧制。因此，单从《贡举条制》的不考、点、抹式等来看，唐五代的衡文标准基本上被宋人沿袭下来，而且持续的时间相当长。就试帖诗与律赋而言，尤其如此。这就意味着，宋代的《贡举条式》凝结的艺术经验有着更深远的艺术源头。

二

唐自永隆二年（681）起进士科，试杂文，最初包括的文体为箴、表、论、赞，后渐有赋，天宝时期杂文开始专试诗赋。至中唐时，试帖诗、律赋作为考试文体，在艺术上已逐渐有了自己明显的文体特色，文坛上先后涌现了一批以词赋名世的作家。明刻《稗海》本《因话录》卷三载："李相国程，王仆射起，白少傅居易兄弟，张舍人仲素，为场中词赋之最，言程式者，宗此五人。"这些作家，在场屋之内，以词赋博取功名。场屋之外，则凭借场屋之声，总结创作经验，著书立说，撰诗格、赋格，以便文场后辈揣摩学习之用。《新唐

---

① 《全唐文》卷七二五，中华书局影印本，第7467页。
② 《宋会要辑稿》选举三。
③ 同上。

书·艺文志》著录张仲素《赋枢》三卷，范传正《赋诀》一卷，浩虚舟《赋门》一卷。《宋史·艺文志》著录白行简《赋要》一卷。此外，还有王起著《大中新行诗格》、白居易著《金针诗格》等。这些诗格、赋格类的著作，在当时影响甚大，以至于朝廷中的持文衡者不得不以之为参考。《册府元龟》卷六四二贡举《条制》四载：

> （后唐长兴元年）十二月，每年贡举人所试诗赋，多不依体式。中书奏请下翰林院，命学士撰诗赋各一首，下贡院，以为举人模式。学士院奏："伏以体物缘情，文士各推其工拙。抡材较艺，词场素有其规程。凡务策名，合遵尝式。况圣君御宇，奥学盈朝。倘令明示其规模，或虑众贻其臧否。历代作者，垂范相传。将其绝彼徽瑕，未若举其旧制。伏乞下所司，依《诗格》《赋枢》考试进士。庶令职分，互展恪勤。"从之。

后唐学士院所谓《诗格》《赋枢》，其作者为何人，今已不可确考。但是，这则材料至少提示我们，唐五代士人所著之《诗格》《赋枢》，是当时科场衡文的最直接的理论依据。今天借助《文镜秘府论》、唐抄本《赋谱》等唐代的著述，验以唐宋人的诗赋创作，仍可能读出一些不为人知的科场信息。试举二例：

例一，关于"诗意偏枯"。旧题白居易《金针诗格》载，诗有四不入格："轻重不等，用意太过，指事不实，用意偏枯。"又《诗中密旨》："五字之法，切须对也。不可偏枯。诗云：'春人对春酒，芳树间新花。'"所谓"偏枯"，宋人郑起潜《声律关键》"琢句"条释曰："又取其对偶亲切停当。一意对两意，只字对双字，谓之偏。轻字对重字，撰句对全句，谓之枯。"宋人孙奕《履斋示儿编》（《丛书集成初编》本）卷九举了若干诗例来解释这条诗病：

> 诗贵于的对，而病于偏枯。虽子美尚有此病。如《重过何氏》曰："手自栽蒲柳，家才足稻粱。"（毛氏注诗云："桃柳，蒲柳也。"）《寄李白》曰："稻粱求未足，薏苡谤何频。"《田舍》曰："榉柳枝枝弱，枇杷树树香。"此以一草木对二草木也。《赠崔评事》曰："燕王买骏骨，渭老得熊黑。"《得舍弟消息》曰："浪传乌鹊喜，深负鹡鸰诗。"《寄高詹事》曰："天上多鸿雁，池中足鲤鱼。"《寄李白》曰："几年遭鹏鸟，独泣向麒麟。"又曰："麒麟不动炉烟转，孔雀徐开扇影还。"此以一鸟兽对二鸟兽也。《秋野》曰："吾老甘贫病，荣华有是非。《寄李白》曰："未负幽栖志，兼全宠辱身。"《偶题》曰："作者皆殊列，声名岂浪垂。"《上韦左相》曰："聪明过管辂，尺牍倒陈遵。"是以二字对一意也。《人日》曰："冰雪莺难至，春寒花较迟。"是以二景物对一物也。《归雁》曰："见花辞瘴海，避雪到罗浮。"（惠州二山）是以一水对二山也。《月夜》曰："遥怜小儿女，未解忆长安。"是以二人对一郡也。《上韦左相》曰："巫咸不可问，邹鲁莫容身。"是以一人对二国也。《赠太常张卿均》曰："友于皆挺拔，公望各端倪。"是以歇后对正语也。《龙门》曰："往还时屡改，川水日悠哉。"是以实对虚也。大手笔如老杜则可，然未免为白圭之玷，恐后学不可效尤。

以一物对二物，以二字对一意，以实对虚，皆非切对，而为偏枯。以"偏枯"为诗病，唐宋诗人皆以为然。《绍兴贡举条式》以"诗赋属对偏枯",是唐人诗学观在科场上的嗣响。而当其写入条式之中,又被士人当作金科玉律加以仔细研究。郑起的《声律关键》为上呈朝廷的科举用书,孙奕《履斋示儿编》为训蒙之作。其目的皆在科举。诗病—诗规—诗病,以科举为纽带,唐宋士人的诗学紧密地联系在一起,殊堪玩味。

例二,关于声病问题。祝尧《古赋辨体》云:"盖自沈休文等人倡以平、上、去、入为四声,至子山尤以音韵为事,后遂流于声律焉。"律赋的文体特征与声律有紧密的联系。四声八病之说虽说来源于南朝沈约等人,但在唐人的著作,具体内涵却不尽相同。王利器校注本《文镜秘府论》载文二十八种病:

一曰平头:"平头诗者,五言诗第一字不得与第六字同声,第二字不得与第七字同声。同声者,不得同平上去入四声,犯者名为犯平头。……上句第一字与下句第一字,同平声不为病,同上去入声即病。若上句第二字与下句第二字同声,无问平上去入,皆是巨病。此而或犯,未曰知音。……四言、七言及诸赋颂,以第一句首字,第二句首字,不得同声,不复拘以字数次第也。"

二曰上尾,"上尾诗者,五言诗中,第五字不得第十字同声,名为上尾。……齐梁已来,无有犯者。此为巨病,若有犯者,文人以为未涉文途者也。唯连韵者,非病也。……其赋颂,以第一句末不得与第二句末同声。……其铭诔等病,亦不异此耳。斯乃辞人痼疾,特须避之。若不解此病,未可与言文也。……若第五与第十同韵者,不拘此限。……凡诗赋之体,悉以第二句末与第四句末以为韵端。若诸杂笔不来以韵者,其第二句末即不得与第四句同声,俗呼为隔句上尾,必不得犯之。"

三曰蜂腰,"蜂腰诗者,五言诗一句之中,第二字不得与第五字同声。言两头粗,中央细,似蜂腰也。……此病轻于上尾、鹤膝,均于平头……以下四病,但须知之,不必须避。"又引刘滔说:"为其同分句之末也,其诸赋颂,皆须以情斟酌避之。"

四曰鹤膝。"鹤膝诗者,五言诗第五字不得与第十五字同声。言两头细,中央粗,似鹤膝也。"又引刘善经之说曰:"其诸手笔,第一句末不得犯第三句末,其第三句末复不得犯第五句末,皆须鳞次避之。……其诗、赋、铭、诔,言有定数,韵无盈缩,必不得犯。"

以上所载,有两点值得注意。一是声病之说所指的对象不仅是诗,还包括了赋、颂、铭、诔等其他韵文。二是各种诗病、文病的种类,其重要性并不相同。例如"上尾"之病特别重要,不知此者,未可言文。而大韵、小韵、旁纽、正纽四病,"但须知之,不必须避",可见,沈约等人的声律理论,到了唐代,有了更细致入微的体现。

唐人对声病的重视,在创作中得到了响应。唐代精于律赋的大家,如王起、李程、白居易、白行简、张仲素等,其作品皆有区别四声、回忌声病的特点。邝健行先生在其《唐代的律赋与律》一文中,以《文镜秘府论》所理解的平头、上尾、蜂腰、鹤膝四病来分析李程的《日五色赋》,得出李程的律赋极少犯声病的结论。王良友《中唐五大家律赋研究》一书更是扩而大之,全面考察了中唐五大家王起、李程、白居易、白行简、张仲素的现存律赋,平均每篇犯平头2例,犯上尾1例,犯蜂腰3例,犯鹤膝4例。五大家的律赋作品,现存王起65篇，李程25篇，白居易13篇，白行简18篇，张仲素19篇，数量并不为少。由此不难看出，李程等中唐律赋作家，为求回忌声病，是尽了全力的。

正因为声病之说，既为唐代文论家所重视，又有成功的作品可以践行，于是，移声病之说为科场之金科玉律，就不足为怪了。《太平广记》卷三四九引《纂异记》，以小说家言，借神仙之口，说出了中晚唐以来有司衡文的标准：

> 赋有蜂腰、鹤膝之病，诗有重头、重尾之犯。若如足下"洞庭木叶"之对，为纰缪矣。小子拙赋云："紫云稍远，燕山无极。凉风忽起，白日西匿。"则稍远忽起之声。俱遭黜退矣，不亦异哉。……有司考之诗赋，蜂腰、鹤膝，谓不中度。弹声韵之清浊，谓不中律。虽有周孔之贤圣，班马之文章，不由此制作，靡得而达矣。

按，《文镜秘府论》论蜂腰曰："又第二字与第四字同声，亦不能善。此虽世无的目，而甚于蜂腰"。《纂异记》所引"洞庭始波，木叶微脱"一联，庭与波同平声，叶与脱同入声，正犯蜂腰之病。又"紫云稍远"四句，第一句末"远"字与第三句末"起"字，同是上声，犯了上尾之病。《纂异记》为唐宣宗大中年间（847—860）李玫所作。所谓"蜂腰鹤膝"云云，尽管借神仙之口道出，但绝不当是空穴来风。

声病之说，在宋代的科场仍然受到了足够的重视。景祐四年《贡举条式》"抹式"条曰："赋第一句末与第二句末用平声，不协韵。"按，据《文镜秘府论》对于上尾的定义，赋，以第一句末不得与第二句末同声，否则视为上尾。"抹式"所谓赋第一句末为平声，第二句末也为平声，符合唐人对于上尾的一般理解。但是，"若连韵，非病也。"也就是说，赋第一句末与第二末两字互相协韵，虽同属平声，也不算上尾之病。因此，凡不协韵者，两字又同为平声，肯定为上尾无疑。按唐人的理解，犯上尾者，"文人以为未涉文途者也"，乃律赋之大忌。宋人在《科场条式》沿用了这一观点。

"抹式"条又曰："赋侧韵第三句末用平声，今谓赋眼。如第一句用侧声，即第三句用平声亦许。"试以王起《登天坛山望海日初出赋》破题前四句为例："山惟隐天，海日孕日。日将升而转丽，山望远而无失。"第一句末"天"，平声。第二句末"日"，入声。第三句"丽"，去声，与第四句"失"皆为入声字。首句末字平声，这是前一种情况；后一种情况，如李程《攻坚木赋》，以"以学者攻艺必求至精"为韵。破题前四句曰："工之制兮雕乎朴，人之兴艺兮志乎学。利用者臃肿无前，善扣者舂容乃觉。"押仄韵，第一句末"朴"字，入声屋韵，第三句末"前"，平声先韵。王起与李程的破题，第一句末字与第三句末字皆不是同声字，故不犯鹤膝之病。"鹤膝"者，"若不犯此病，谓之鹿卢声，即是不朽之成式耳"。这个在唐人看来很高的声律标准，宋人在科场中也继承了下来。

律赋八病之中，"蜂腰""鹤膝"两病，至为紧要。宋人继承了这个创作法则，把它应用于科场之中。元祐初，司马光批评诗赋取士之弊曰：

> 至于以赋诗、论策试进士，及其末流，专用律赋格诗取舍过落，摘其落韵，失平侧，偏枯不对，蜂腰、鹤膝，以进退天下士，不问其贤不肖，虽顽如跖、蹻，苟程试合格，不废高第；行如渊骞，程试不合格，不免黜落，老死衡茅。[①] ……神

---

① 《长编》卷三七一。

宗皇帝深鉴其失，于是悉罢赋诗，及经学诸科专以经义论策试进士，此乃革历代之积弊。"

司马光所说的"蜂腰、鹤膝，以进退天下士"，显然是科场真实情形的描述，而讲求"蜂腰、鹤膝"之习，直至诗赋退出北宋科场，才被革除。但是，宋南渡之后，恢复诗赋考试。声病问题，再一次为士人所关注。考官周紫芝在策问举子时曾说："方今世革经义浮虚之弊。稍复诗赋以取士。则学者于声律，尤当用心。"[①] 以非常肯定的语气，肯定了四声八病的重要性。历史以其自己的方式前行，文学的运行轨迹看来也有自己独特的方式。

---

① 《太仓稊米集》卷四九。

论辛弃疾《贺新郎》词的传播与接受

钱锡生 雷 雯
苏州大学文学院

《贺新郎》是南宋词人辛弃疾最喜欢的词牌之一。他创作的《贺新郎》词有23首之多，有的以苍凉笔触表达其愤懑不平之气，有的以雄浑之语表达其悲壮激烈之情，亦不乏寄情山水、志在丘壑的借景抒情之作。特别是同韵组词和谋篇布局的定法形成了辛弃疾《贺新郎》词的独特风格，引得人们在其生前身后和韵、仿作、化用、评论不断，蔚为壮观。辛弃疾《贺新郎》词有什么独特的艺术奥秘？为什么会引来那么多人的瞩目？本文将对这一现象略作分析。

一

《贺新郎》这个词牌名，始创于苏轼。龙榆生在《唐宋词格律》中云："又名《金缕曲》《乳燕飞》《貂裘换酒》。传作以《东坡乐府》所收为最早，惟句读平仄，与诸家颇多不合。因以《稼轩长短句》为准。116字，前后片各六仄韵。大抵用入声部韵者较激壮，用上、去声部韵者较凄郁，贵能各适物宜耳。"[1] 从中可见，一是这一词牌别名较多，多来自名人词作；二是风格多样，和其声韵相关，有的沉郁凄凉，有的悲壮激烈。

苏轼《贺新郎》词抒写的是婉约细腻的闺阁幽思。上阕讲述了华屋中的女子在"桐阴转午，晚凉新浴"之际期待心上人归来，睡梦中却被风吹竹叶之声惊醒，表现其幽怨与寂寥之情。下阕描写该女子从自然界的季节变换联想到自己容颜老去的无奈与惆怅，婉转细腻之中含有无限凄艳伤感之情。全词代写女子之际遇心情，发之以哀怨，似有用香草美人寄托君国之思意，与后世被人们称许的东坡词风大相径庭。

此后叶梦得所作《贺新郎》词也从闺阁女子着手，描写"乘鸾女"在"睡起流莺语。掩青苔、房栊向晚，乱红无数"的环境下，"吹尽残花无人见""惊旧恨，遽如许"的哀怨之情，极尽轻柔婉媚之致。词中描写闺中女子"但怅望、兰舟容与，万里云帆何时到"，将其等候归人的柔肠寸断之情，表现得曲折动人。可见《贺新郎》这一词牌早期的创作大都是比较传统的婉约之作，更多用于代言女性之生活情状，表达其感时伤怀的愁绪。

而南北宋之交的周紫芝的《贺新郎》词，则第一次打破了苏轼、叶梦得的柔婉一路，以之吟咏怀抱，抒发自己壮志难酬、归隐田园的身世感慨，情真意切。他以"白首归何晚。笑一椽、天教负与，楚江南岸"的慨叹贯注全篇，把自己的怨愤之情付诸笔端，使原本咏叹美人闺阁情怀、离愁别恨的哀婉之词奏出了新声。

到了南宋初年的张元幹更是将《贺新郎》词引向了豪放一路。张元幹是南宋著名的爱国词人，曾被抗金名将李纲辟为属官，其词雄浑有豪气。他所作的《贺新郎》二首，将周

---

[1] 龙榆生：《唐宋词格律》，上海古籍出版社1978年版，第144页。

紫芝词中的疏宕之气化为境界壮阔的英雄之语，意境尤为开阔，如《贺新郎·送胡邦衡待制赴新州》："梦绕神州路。怅秋风、连营画角，故宫离黍。底事昆仑倾砥柱，九地黄流乱注？聚万落千村狐兔？"既深含家国之痛，更有黍离之悲。

张元幹之后，《贺新郎》词逐渐为广大填词者所认可，创作数量开始增加，南宋时，除辛弃疾大量创作此词外，刘克庄此调之作有42首，刘辰翁有27首。词中咏叹的内容也变得更加丰富多样，既有写实咏史之厚重，又有自叙身世之慷慨，也有一些劝酒祝寿应酬之作。随着创作量的增加，此调日益通俗流行，为大众所广泛接受。

二

《贺新郎》词篇幅较长，不比小令需要节省笔墨，用笔只能精省。116字的篇幅，使其可容纳的内容更多。稼轩的23首《贺新郎》词以赋体铺排、繁复的表现手法，将身世之感、家国之思、历史感悟、自然体察等多种内容加入其中，同时运用正反对比、虚实对衬、古今对照等多种手法，盘转起伏，运气蓄势，寓情于景，寓志于典。邓廷桢以为稼轩《金缕曲》中"听我三章约""甚矣吾衰矣"等词"不免一意迅驰，专用骄兵"①，实际上这种如野马脱缰一般无所束缚的铺排赋法，是缘于其内容的丰富而呈现的特征，这正是辛氏《贺新郎》词的可贵之处，也是其词得以广泛传播的内在动因。其主要特色是：

第一，情感的复合性。稼轩内心充满激情，刘辰翁在《辛稼轩词序》中云其"英雄感怆，有在常情之外"②，表现在《贺新郎》词中充满了各种各样的人生感慨，既有功业无成、事业不遂的郁愤，又有孤独无偶、知音难觅的悲凉，也有借酒浇愁、寻求解脱的回避，更有寄情山水、志在丘壑的恬淡。他往往将悲与喜、正与反、大与小等互相对立的情绪合在一起说，构成一个特殊的矛盾统一体。如其《贺新郎》"甚矣吾衰矣"一阕，既有"甚矣吾衰矣。恨平生、交游零落，只今余几"的悲叹，也有"我见青山多妩媚，料青山、见我应如是"的欣喜；既有对"一尊搔首东窗里。想渊明、停云诗就，此时风味"的陶渊明正面的推崇，又有对"江左沉酣求名者，岂识浊醪妙理"的名利之徒尖锐的批判；既有"白发空垂三千丈，一笑人间万事"之时空容量之大，又有"知我者，二三子"之人间知己的数量之少。全词哀乐无端，将多种情绪统摄在一起，通过对比反衬，表现其强烈的内在情绪和心志。

第二，结构的跳跃性。与前一特点相关，在《贺新郎》词谋篇布局上，稼轩往往跳跃动荡、开合无端。范开在《稼轩词序》中云："其词之为体，如张洞庭之野，无首无尾，不主故常；又如春云浮空，卷舒起灭，随所变态，无非可观。"③这虽是从总体而论，但也非常吻合稼轩此调之作的特点。陈廷焯在《白雨斋词话》中评其《贺新郎》词云："沉郁苍凉，跳跃动荡，古今无此笔力。"④其词大多以首句领起，再逐层展开。首句为单句，往往直抒胸臆、意味深长，有总领全篇之力。首句以下，或即景抒情、或伤今感旧，有较大的空间容量和弹性，往往能放能收、神行无碍，集刚柔动静之变和起伏跌宕之势。句法多变，长

---

① 邓廷桢：《双砚斋词话》，载唐圭璋编：《词话丛编》，中华书局2005年版，第2528页。
② 刘辰翁：《辛稼轩词序》，载施蛰存主编：《词籍序跋萃编》，中国社会科学出版社1994年版，第201页。
③ 范开：《稼轩词序》，载施蛰存主编：《词籍序跋萃编》，中国社会科学出版社1994年版，第199页。
④ 陈廷焯：《白雨斋词话》，人民文学出版社1983年版，第21页。

短相错，多用问句，使其词有顿挫跳跃之感。结尾往往比较决绝，结得刚烈，将词情推向高潮。

第三，用典的丰富性。稼轩擅长使用历史典故来寄寓心志、批评现实，其用典往往随心所欲而又彼此关照，不露痕迹，恍如己出。以《贺新郎》"别茂嘉十二弟"为例，连用了王昭君弹奏琵琶曲、庄姜送戴妫、李陵辞苏武、荆轲别易水这四个典故，逐一叙述，将其中共同因素"别离"暗含其中，打破前人分上下两片成规而一意贯之，却又通过用典时空的不同形成层次感和情节感，丰富了词的内涵和意义。又如其《贺新郎》"濮上看垂钓"一阕，此词是一首题画词，题严和之濮上、濠梁、齐泽、严濑四画，作者善用典故，上片写庄子和严子陵的事迹，下片写严君平的事迹，巧妙地对严氏家族的历史名人作出积极评价，以褒扬严和之"好古博雅"，与"巢由同调"之高风亮节。

稼轩《贺新郎》这种独树一帜的风格特点，正是被后世誉为"稼轩风"的一个缩影。正是因为这样一些相对比较稳定的特点，使后人看到了《贺新郎》的创作其实是有法可依的，清人周济在《宋四家词选目录序论》中就提到"稼轩则沉著痛快，有辙可循"①，虽不是专指此调，但也说明稼轩词并不是一座迷宫。这在一定程度上为后世研究辛氏《贺新郎》和韵和模仿《贺新郎》提供了坚实的基础。

特别值得一提的是，辛弃疾还经常尝试以《贺新郎》词同韵数阕，使之既同中有异又一脉相承，表现出更丰富的内容和独特的风格，这尤其为后世所推崇，在后世和作颇多。他这样的《贺新郎》组词有五组之多，如淳熙十六年（1189）与陈亮、杜斿唱和的《贺新郎》三阕："把酒长亭说""老大犹堪说""细把君诗说"，出语雄豪，有英雄之气；绍熙三年（1192）作于福州的《贺新郎》"翠浪吞平野""觅句如东野""碧海成桑野"三阕，以自然风光作为描写的主体，清新恬淡。这些组词的创作实际上使《贺新郎》这一词调渐渐形成了固定的韵格，后世和作更多地选择这些组词的固定韵脚来和，这也使稼轩《贺新郎》词通过和韵得到更广泛的传播。

三

稼轩词在其生前就赢得了广泛的声名，朱熹在《答辛幼安启》中云："经纶事业，有股肱王室之心；游戏文章，亦脍炙士林之口。"② 楼钥在《回赵昌甫监岳蕃启》中云："惟上饶凤名于佳郡，而南渡犹多于寓公。东莱文清之重名，典刑斯在；南涧稼轩之妙语，酬唱相从。"③ 由此可见，稼轩生前就被很多人所推赏，其词也得以广泛地传唱。

稼轩之所以在当时的词坛有广泛影响力，除了其爱国热情、人格魅力之外，与其大量创作和韵词有着密切的关系。他与很多文人骚客进行诗词唱和，既有思想方面的沟通，更有艺术方面的切磋。《稼轩词》中的和韵词约占其全部词作的1/4，大部分是"他和"，也有小部分"自和"。而在其23首《贺新郎》词中，明确指出与其他人往来的词作就有16首，这些作品作为人际交往中传情达意的载体，本身就具有易于传播的特性。

淳熙十五年（1188），陈亮从浙江东阳来到江西信州，与闲居带湖的稼轩一同游于鹅

---

① 周济：《宋四家词选目录序论》，载唐圭璋编：《词话丛编》，中华书局2005年版，第1644页。
② 朱熹：《答辛幼安启》，载辛更儒编：《辛弃疾资料汇编》，中华书局2005年版，第12页。
③ 楼钥：《回赵昌甫监岳启蕃》，载辛更儒编：《辛弃疾资料汇编》，中华书局2005年版，第29页。

湖。他们日夜畅谈，话别后意犹未尽，稼轩几欲追随，未得，便以词《贺新郎》"把酒长亭说"相寄。陈亮正好也写信来索词，收到此词即以相同韵脚与稼轩唱和。这些唱和词将此调悲愤之情推向极致，成为南宋词坛的一段佳话。他们两人有共同的人生志向，同是失路英雄，又面临相似的人生困境，自然心有戚戚。在稼轩词中，既有渴望恢复故土、建功立业的豪情壮志，更有令人荡气回肠的知己之情。故清人梨庄云："辛稼轩当弱宋末造，负管乐之才，不能尽展其用。一腔忠愤，无处发泄。观其与陈同父抵掌谈论，是何等人物，故其悲歌慷慨抑郁无聊之气，一寄之于词。"① 陈亮的《贺新郎》和词也驰骋豪气，虽沉郁不足，但锋芒毕露。刘熙载在《词概》中云："陈同甫与稼轩为友，其人才相若，词亦相似。"② 他们在一唱一和的往来中吐露心声，肝胆相照，显然更容易打动人心，也更容易被广泛传唱。

应朋友之索的《贺新郎》词还有"濮上看垂钓"一阕，那是应严和之"属余赋词"而作。稼轩与朋友们之间的这种唱和甚多，有时以词代书，就像家常便饭一样。如张镃就有《贺新郎》"次辛稼轩韵寄呈"之作，那是唱和辛的《贺新郎》"曾与东山约"组词。张在《汉宫春》的小序中写道："稼轩帅浙东，作秋风亭成，以长短句寄余。欲和久之，偶霜晴小楼登眺，因次来韵，代书奉酬。"

除了他和，稼轩还有自和之作，如他在创作《贺新郎》"三山雨中游西湖，有怀赵丞相经始"之后，还有"和前韵""又和"两首之作。在《贺新郎》"题傅岩叟悠然阁"后，有"用前韵再赋"。在《贺新郎》"题傅君用山园"后，又有"用韵题赵晋臣敷文积翠岩，余谓当筑陂于其前""韩仲止判院山中见访，席上用前韵"两首之作。在《贺新郎》"甚矣吾衰矣"后，有"再用前韵"之作。这些词都为组词，数阕同韵，为意犹未尽之作。

辛氏《贺新郎》词序中有"用前韵送杜叔高""和徐斯远下第谢诸公载酒相访韵""题赵兼善龙图东山园小鲁亭""和吴明可给事安抚"等送别、互访、题咏之语，这些都不光是稼轩自我抒怀的作品，而有鲜明的人际交往的创作目的，有了友人的参与，所以更加易于传唱。

同时，作为燕享之乐的唐宋词更多地是在歌筵酒席上创作和传播，辛弃疾的不少词作也就是在酒席上即兴创作而成的，在他的词序中明确表明即席创作的有七八十首之多，《贺新郎》词也不例外。岳珂在《桯史》中记载：

> 稼轩以词名，每燕必命侍妓歌其所作。特好歌《贺新郎》一词，自诵其警句曰："我见青山多妩媚，料青山见我应如是。"又曰："不恨古人吾不见，恨古人不见吾狂耳。"每至此，辄抚髀自笑，顾问坐客何如，皆叹誉如出一口。③

稼轩每每于席上自咏得意之作，聆听之人亦多文人骚客，所以这些词借助宴席传唱能够得到快速传播，这为《贺新郎》词提供了有利的传播环境。

大量唱和作品本身就具有的易于快速流传的特点，稼轩自己在各种酒筵歌席上的自我吟唱，加上稼轩在世时门人范开为其编订的《稼轩词》，都使其《贺新郎》词享有广泛的盛名，在人际交往传播中传唱甚广，这为同时及后世词人和韵、仿作、化用其《贺新郎》词

---

① 徐釚：《词苑丛谈》，中华书局2008年版，第92页。
② 刘熙载：《词概》，载唐圭璋编：《词话丛编》，中华书局2005年版，第3694页。
③ 岳珂：《桯史》，中华书局1981年版，第38页。

奏响了先声。

四

  稼轩与同时文人之间的唱和，同声相应、同气相求，但也包含着一些社交应酬的因素。而后世文人对辛弃疾《贺新郎》的和韵，则更多是一种词人的自觉接受行为，是对辛氏《贺新郎》词的由衷喜爱、接受与认可。根据刘尊明、王兆鹏《唐宋词统计学》的统计："稼轩词被历代词人次韵最多的是《贺新郎》一调，共有47人（50人次）写出了85首次韵词，远远超出其他被次韵的词调。"① 到《全清词·顺康卷》及补编为止，这一统计尚不完整。这些和作与原作同中有异，变幻无穷，却依稀能看到稼轩的用语和风格。

  以《贺新郎》"老去那堪说"为代表的组词，也就是稼轩与陈亮往来唱和的这组作品，和者尤多。刘尊明、王兆鹏《唐宋词的定量分析》中云："尤其值得注意的是，稼轩《贺新郎》与陈亮唱和之词，即'把酒长亭说'一首，历代词人的次韵之作竟多达51首，实在值得深思与探讨。"② 历代词人之所以特别喜欢唱和此词，首先是与其中所表达的百折不挠的坚定信念有一定的关系。在南宋时就有刘学箕和词三首，表达了词人对稼轩的敬仰之情。刘学箕比辛弃疾生活的时代稍晚，他在其《贺新郎》词序中写道："近闻北虏衰乱，诸公未有劝上修饬内治以待外攘者。书生感愤不能已，用辛稼轩金缕词韵述怀。此词盖鹭鸶林寄陈同甫者，韵险甚。稼轩自和凡三篇，语意俱到。捧心效颦，辄不自揆，同志毋以其迂而废其言。"③ 可见刘学箕对稼轩人品、志向和创作都钦佩不已。赵必愿在为刘学箕《方士闲居士小稿》序中提到，从刘学箕《和辛稼轩金缕词》"国耻家仇何年报？中夜闻鸡狂起舞"中，"固知居士之立志，即忠显少傅忠肃之志"④。南宋末年，刘辰翁也有《金缕曲》"送五峰归九江"的"世事如何说"的和韵之作，也是一首感时之作。到了明清时期，唱和此词的数量大增，虽然时代变幻，他们的和词却能够承袭稼轩有感于家国危亡的悲怆之气，风格豪放沉郁。如陈维崧的《贺新郎·冬夜不寐写怀，用稼轩同父倡和韵》：

  已矣何须说！笑乐安、彦升儿子，寒天衣葛。百结千丝穿已破，磨尽炎风腊雪。看种种、是余发。半世琵琶知者少，枉教人、斜抱胸前月。羞再挟，王门瑟。
  黄皮裤褶军装别。出萧关、边笳夜起，黄云四合。直向李陵台畔望，多少如霜战骨。陇头水、助人愁绝。此意尽豪那易遂？学龙吟、屈煞床头铁。风正吼，烛花裂。⑤

  作为清初"稼轩风"的积极倡导者和实践者，陈维崧有着与稼轩相似的家国之痛和愤恨之情。上词是陈维崧因冬夜不寐而意绪难平之作，抒写怀抱，其中首句"已矣何须说"，乍起之处便有无限怅恨，借描写冬夜而发，倾诉自己无人赏识的不遇之悲，意境描写粗犷雄浑，着意于大漠关外的胡笳声声，而现实却只是对着烛花的一场想象，填不平的是理想与现

---

① 刘尊明、王兆鹏：《唐宋词的定量分析》，北京大学出版社2012年版，第369页。
② 刘尊明、王兆鹏：《唐宋词的定量分析》，北京大学出版社2012年版，第371页。
③ 唐圭璋：《全宋词》，中华书局1965年版，第2434页。
④ 赵必愿：《方士闲居士小稿序》，载辛更儒编：《辛弃疾资料汇编》，中华书局2005年版，第84页。
⑤ 陈维崧：《陈维崧集》，上海古籍出版社2010年版，第1539页。

实的鸿沟，只剩下自己一腔豪情难遂的失落。无论是失意英雄的悲怆情感，词中构筑的战场雄浑场景，抑或是一唱三叹、回环往复的表达方式，都与稼轩《贺新郎》词有异曲同工之妙。清代中后期，张惠言也三和此词，且标明是"感时用稼轩韵"。其次，与稼轩词中表现的人生知己之感有关，后世词人借唱和此词表现对友情的格外珍惜和志同道合之感。如陈维崧另有《贺新郎》"用辛稼轩陈同甫倡和原韵，送王正子之襄阳，明春归广陵，并嘱其一示何生龙若"一首，此词描写与朋友的惜别之情："才逢燕市还分别。怅平生无多知己，几番离合？"叙离合之情的还有吴绮的和词《贺新郎·送邓孝威用辛稼轩赠陈同甫韵》："朝来画桨还催别。笑年来暮云春树，几番离合？"王鹏运的和词也是借此表达与朋友之间的手足之情："暂时携手还轻别。望江湖风尘颃洞，星萍离合。一度相逢一回老，冷语凄然砭骨，且莫对寒蛩愁绝。"

而《贺新郎》"甚矣吾衰矣"的组词则是以归隐的无奈和苍凉之感，吸引了在现实中找不到出路的词人，他们像稼轩一样以追慕陶渊明为共同志趣，劝慰自己把灵魂交与自然山水。南宋后期，刘将孙曾有《贺新郎》用"稼轩韵"作的和词，其中写道："吾老无能矣。叹人生、得开口笑，一年闲几……我本渔樵孟诸野。"表现其对人生老去之悲。清初彭孙遹的和词《贺新郎·酌酒与孙默用稼轩韵》，与稼轩同样抒发悲愤，首句"笑谓君休矣"以"笑"字领起全篇的悲凉与苦涩，表达了"休官且卧烟霞里"的情怀，"趁取新凉今夜好，一醉破除万事"的心愿，希望自己能归于山水，长醉不醒，不再过问世事。看似洒脱，却有深深的无奈，虽然少了稼轩"不恨古人吾不见，恨古人不见吾狂耳"的疏狂，但在字里行间却流露出悲怆苍凉之意，与稼轩词仿佛相似。唱和此韵的词人大多将首句作为情感喷薄之口，继而有节制、有层次地抒情，用语疏淡而意蕴深厚。而张惠言的和韵词则是借此向稼轩表示无限的敬仰和强烈的自负："燃髭长啸西风里，想稼轩凌云意气，挥毫情味。落句铿然金石响，殊胜新桐初理……万古词人无敌手，只使君之后唯孤耳。"

辛弃疾《贺新郎·翠浪吞平野》的组词在传播和接受的过程中唱和之作也不少，有清曹溶、董元恺、陈寿熊等十多人的和词。陈寿熊《贺新郎·和春木先生用辛稼轩韵》一首仍以清新恬淡的自然风光为对象，描写云气浩渺、孤鸟翔空，以"夕阳萧鼓枌榆社。纵江乡无田可种，我犹归也"来寄托自己的归隐之情，和"倚醉狂歌公不怒，惜悠悠今古无来者"的愤慨情怀。董元恺《贺新郎》"左卫城楼望昭君墓用辛稼轩韵"，因受词题所限，风格由清丽之景的描绘转为雄浑笔法和历史典故的堆叠，如"莽莽天垂野，遍晴空金风万里，哀鸿欲下"，有辛弃疾《贺新郎·老去那堪说》组词之风。清代还有唱和此词的群体行为，根据毛奇龄《西河词话》记载：

> 慈溪叶天乐于秋节过常熟，偕友倡和，名三秋诗。又为词分三名，一银河词，用柳耆卿二郎神七夕韵；一醉月词，用东坡念奴娇赤壁怀古韵；一采菊词，用辛稼轩贺新郎三山雨中韵，各有所取也。……天乐词赋多为友人所刻，此三诗三词皆已刻者，共六卷。①

这又是一次唱和宋词的群体和韵行动，辛氏《贺新郎》只是其中之一，这种群体性的行动，对于扩大辛氏《贺新郎》的影响，具有推波助澜之力。

---

① 毛奇龄：《西河词话》，载唐圭璋编：《词话丛编》，中华书局2005年版，第573页。

后世数量庞大的和韵作品，证明了辛弃疾《贺新郎》词已经为该调提供了一种范式，历代的和韵词人借此不断强化了对辛弃疾的认同和效仿，成为其自觉意识，这使辛弃疾《贺新郎》词中的抚时感事之言、悲壮激烈之情与愤懑不平之气，以及独特的抒情方式、谋篇布局、声律韵脚的特点代有传人。

五

除和韵作品之外，仿作也是辛弃疾《贺新郎》词传播和接受的重要途径。

明末清初，稼轩《贺新郎》词影响尤巨，有很多模仿之作。如清初的"秋水轩唱和"，这是以《贺新郎》词牌为媒介，在传播和接受辛弃疾《贺新郎》词的过程中最重大的集体事件。"秋水轩唱和"之事发生在康熙十年（1671），当时词人周在浚下榻于京城孙承泽的秋水轩别墅，一时间众多文人雅士慕名而来，饮酒赋诗。其间，由曹尔堪首唱的《贺新凉》词，引起了大规模的和韵。曹尔堪自己在《纪略》中写道："雨后晚凉，停鞭小坐，见壁间酬唱之诗，云霞蒸蔚，偶赋贺新凉一阕，厕名其旁。大宗伯公携尊饯客，见而称之，即席和韵。既而露垂泉涌，叠奏新篇，可谓濯绮笔于锦江，吐绣肠于沙籀者矣。檗子、方虎同授餐于宗伯，亦击钵而赓焉，均工组练，并擅赋心。"① 大宗伯为龚鼎孳，檗子、方虎分别为纪映钟、徐倬，这都是当时的大词家。龚鼎孳亦擅长《贺新郎》词调，陈维崧在《贺新郎》的词序中曾提到："昔夫子（指龚鼎孳）填此韵最多，集中常叠至数十首。"② 由此可见，这是一次由曹尔堪首倡，后得到龚鼎孳响应并大力推波助澜，其他成员广泛参与的集体酬唱活动。后由周在浚辑录成二十六卷的《秋水轩唱和词》，共收26位词人176首词，成为当时"词场一时之盛"，严迪昌先生认为，这是"'稼轩风'从京师推向南北词坛的一场大波澜"③。这一批《贺新郎》词，虽然没有步稼轩之韵，但却是在辛氏《贺新郎》词的直接影响下出现的。这些词人的创作，一是全部同韵脚，二是全为唱和酬赠之作，三是全以赋法直叙，效仿辛词风格，表达的情感也有相似之处。因此，客观上推动了稼轩词风在清初的回归和风靡。

清初个人创作中喜用《贺新郎》词牌最多的词人是陈维崧，他创作的《贺新郎》之词数量极多，有135首。陈是阳羡词派之领袖，身边有一大批追随者。蒋景祁在《荆溪词初集》序中说他："负才晚遇，僦居里门近十载专攻填词，学者靡然从风。"他在当时就被视为辛派传人，如朱彝尊在《迈陂塘·题其年题词图》中云："擅词场、飞扬跋扈，前身可是青兕？"陈廷焯在《白雨斋词话》中也评云："迦陵词气魄绝大，骨力绝遒，填词之富，古今无两。只是一发无余，不及稼轩之浑厚沈郁。然在国初诸老中，不得不推为大手笔。"④ "其年《贺新郎》调，填至130余首之多，每章俱于苍莽中见骨力，精悍之色，不可逼视。"⑤ 他的此调之作有的一韵十余阕，如其中一首《贺新郎·虎丘剑池作》竟十五用前韵。我们试看其一首《贺新郎·秋夜呈芝麓先生》："掷帽悲歌发。正倚幌、孤秋独眺，凤城双阙。一片玉河桥下水，宛转玲珑如雪。其上有、秦时明月。我在京华沦落久，恨吴盐、只点

---

① 曹尔堪：《秋水轩唱和词》纪略，载张宏生编：《清词珍本丛刊》，凤凰出版传媒集团2007年版，第306页。
② 陈维崧：《陈维崧集》，上海古籍出版社2010年版，第1574页。
③ 严迪昌：《清词史》，江苏古籍出版社1990年版，第117页。
④ 陈廷焯：《白雨斋词话》，人民文学出版社1983年版，第71页。
⑤ 陈廷焯：《白雨斋词话》，人民文学出版社1983年版，第77页。

离人发。家何在？在天末。　　凭高对景心俱折。关情处、燕昭乐毅，一时人物。白雁横天如箭叫，叫尽古今豪杰。都只被、江山磨灭。明到无终山下去，拓弓弦、渴饮黄獐血。长杨赋，竟何益。"① 此词可谓得稼轩之真谛，伤今怀古，富于激情。作为遗民词人，他内心有着强烈的恢复之志，却面对着外界强大的阻力，只能诉诸笔端，化为激昂之词。

总的来说，辛弃疾的《贺新郎》词在前人创作的基础上独辟蹊径，形成了自己的创作范式，得到其生前身后词人的广泛唱和与模仿，使《贺新郎》这一词调的创作成为一种较普遍的群体行为。历代词人以极大的热情去学习和效仿辛弃疾《贺新郎》词，有的是直接的和韵之作，如《贺新郎·把酒长亭说》词次韵次数高达51次，为辛词历代唱和之冠；有的是模仿之作，如清代的"秋水轩唱和"，虽是同代人之间的唱和之作，但也效仿辛词的创作风格，具有辛词风骨。这些词的共同之处是多直面现实人生，富于强烈的情感关怀，气盛而情郁，这一现象既表达了人们对稼轩《贺新郎》词的充分认可和接受，也反映了稼轩词在词史上所具有的重要地位和深远影响。

---

① 陈维崧：《陈维崧集》，上海古籍出版社2010年版，第1529页。

杨万里与"诗债"

浅见洋二
日本大阪大学大学院文学研究科

内容提要："诗债"就是"诗的亏欠、债务"的意思。最早使用这一诗语的恐怕应该说是白居易。例如在他的《晚春欲携酒寻沈四著作，先以六韵寄之》一诗中有"负君诗债多"的句子。正如他在自注"沈前后惠诗十餘首，春来多醉，竟未酬答，今故云尔"中所说的那样，这一词语将对友人所赠送的诗文没有做出回应的事态比喻为负"债"。

这一意义的"诗债"，得到了后代诗人们的继承。南宋诗人杨万里就是其中之一。例如，杨万里在《和贺升卿云庵。升卿尝上书北阙，既归，去岁寄此诗，今乃和以报之》诗中就有"莫嫌久不还诗债，诗债从来隔岁还"的诗句。

不过，比起其他诗人，杨万里对"诗债"进行了自己与众不同的诠释。《送彭元忠县丞北归》诗"我欠天公诗债多，霜髭捻尽未偿他"的诗句，说的不是对诗友而是对"天公"所负的"债"。对造物主的天来说诗人是背负着它的债务而存在的。这一认识方法在杨万里的作品中是很多的。

像这样，从杨万里所描叙的诗人与天、造物主以及它们所创造出的外界的大自然之间的"债"的描述中，能够读取到杨万里诗学的独特性。可以说，这与钱锺书在《宋诗选注》中所提到的杨万里的"他努力要跟事物——主要是自然界——重新建立嫡亲母子的骨肉关系，要恢复耳目观感的天真状态"特质并不是完全没有关联的。

关键词：杨万里　白居易　苏轼　诗债　自然　天　造物

序言

钱锺书在《宋诗选注》①中如此解说杨万里（1127—1206）："他努力要跟事物——主要是自然界——重新建立嫡亲母子的骨肉关系，要恢复耳目观感的天真状态。"这是钱氏在基于杨万里的诗歌创作以及《诚斋荆溪集序》②中"万象毕来，献予诗材"等发言的基础上对杨万里与"自然界"之间亲密的充满慈爱的幸福关系所作出的指摘。他的这一结论精确直接地指出了杨万里的诗学特征，而我们也有必要以钱氏的这一指摘为基础，对杨万里的诗学进行更加深入的考察。本稿就是从这一角度出发对其进行考察的尝试。

本稿着重对"诗债"这一词语进行分析。所谓"诗债"，就是"诗的债务"之意。杨万里在自己的诗作中频繁地使用这一词语，并对其赋予独特的含义，在考察杨万里诗学中的

---

① 钱锺书：《宋诗选注》，人民文学出版社1989年版，第161页。
② 《诚斋集》卷八〇，四部丛刊本；辛更儒：《杨万里集笺校》卷八〇，中华书局2007年版，第3260页。

"诗与自然界的关系"时,可以认为这一现象包含不容忽视的问题。以下,就从唐宋间中国诗学整体潮流的角度来对此进行考察。

一、唐宋"诗债"的源流

应该说,最先使用"诗债"或类似词语的是唐代的白居易。比如在他的《晚春欲携酒寻沈四著作,先以六韵寄之》[①]中有这样的诗句:

篇章慵报答,杯燕喜经过。顾我酒狂久,负君诗债多。

正如最后一句自注中所说的"沈前后惠诗十馀首,春来多醉,竟未酬答,今故云尔"那样,白居易将没有酬答友人沈述师所赠诗文的状态比喻为一种"负债"。在白氏其他作品中亦存在将诗文应酬、赠答中的亏欠看作是诗文债务的描述。例如《江楼夜吟元九律诗成三十韵》[②]中有这样的句子:

酬答朝妨事,披寻夜废眠。老偿文债负,宿结字因缘。

这里也是将自己没有对元稹的诗文进行酬答的事作为一种"负债"来表现。此外,在他的《自咏老身示诸家属》[③]中,"走笔还诗债,抽衣当药钱"的表现,也可以说是对诗友(此处为泛称)诗文酬答的表述吧。这些发言都是通过使用"债"字,表现了对友人的诗文赠送无法作出回应时所产生的心理上的歉疚感,这也是一种罪业意识。

伴随着"欠情、债务"所产生的罪业意识,是古今中外共通的普遍现象,而在中国,它与佛教思想是紧密相连的[④]。例如,(唐)释道世编《法苑珠林》中有"债负"篇,从中我们可以看到在佛教教理有关罪业的"债(债务)"问题所占居的重要位置。从白居易诗中的"债"的表现中也能够看到佛教的影响[⑤]。所有这些,在前面例举的《江楼夜吟元九律诗成三十韵》中,与"因缘"对仗使用的"债负"一语也是能够表现出来的。其他的如《自解》[⑥]诗中的句子:

我亦定中观宿命,多生债负是歌诗。不然何故狂吟咏,病后多于未病时。

[①] 朱金城:《白居易集笺校》卷三三,上海古籍出版社1988年版,第2297页;谢思炜:《白居易诗集校注》卷三三,中华书局2006年版,第2546页。

[②] 《白居易集笺校》卷一七,第1058页;《白居易诗集校注》,第1339页。

[③] 《白居易集笺校》卷三七,第2578页;《白居易诗集校注》,第2818页。

[④] 德语"entschuldigung"的意思是"抱歉、对不起"。其中"schuld"是"罪恶"的意思,而"ent"却是"除去、除掉"之意。"请您原谅我的罪过"是"entschuldigung"一语的直译。而"schuld"一语同时亦有"债务"的意思。也就是说在德语"请原谅我"的语意中亦有"请把我欠的债务从您的账本上消掉吧"之意。在西方"债务"即"罪业"意识的形成可以说是与基督教有着很深的渊源。也就是说,人们背负着沉重的罪业,对上帝存在着亏欠,而代替人们赎罪的就是耶稣等,诸如此类。

[⑤] 有关白居易的"诗债"以及佛教对其的影响,请参照日本花房英树氏《白居易研究》,世界思想社1971年版,第三章第二节《"诗魔"的吟咏》与第三节《"狂言绮语"的自觉》。

[⑥] 《白居易集笺校》卷三五,第2395页;《白居易诗集校注》,第2638页。

此作品把诗歌比拟成自己前世命中注定所要背负的罪业，堪称更为明确的佛教思想的反映。这里与"债负"一起使用的"宿命"一语也是佛教特有的语汇。此外，在《斋戒》① 中吟咏佛教的斋戒时白居易说道：

> 酒魔降伏终须尽，诗债填还亦欲平。

这里与"酒魔"相对应的是"诗债"②。在此基础上，白居易在这里还提到了对罪业"诗债"的"填还"，即偿还。所谓偿还"诗债"，是指从诗歌创作的惩罚中得到解脱。当然，实质上这一罪业并没有完全被洗刷掉，因为在这之后白居易的诗歌创作也是从来没有停止过的。

从上面例举的两首诗中可以看出，对于白居易来说，诗歌创作活动是自己所背负的一种罪业，正因为背负了这一罪业，所以自己必须不停地创作下去。当然我们不能忽视作品所具有的戏谑意趣，而将诗歌创作活动作为一种罪业来把握的事实，从其对后世诗人们所带来的影响之深远上也是值得关注的。

白居易诗中所体现的"诗债"意识，在其后的时代中明显地得到了继承。以下，通过对唐代后期以及宋代诗歌中主要用例的拔萃来追寻一下"诗债"的发展谱系。

在唐代，"诗债"或是类似于它的语汇并不多见。在《全唐诗》中我们所能见到的也不过是下面的七例。

> 牟融《题朱庆馀闲居四首》其二③：
> 　　近来疏懒甚，诗债后吟身。
> 刘得仁《和郑先辈谢秩闲居寓书所怀》④：
> 　　把笔还诗债，将琴当酒资。
> 陆龟蒙《袭美见题郊居十首，因次韵酬之以伸荣谢》⑤：
> 　　酒材经夏阙，诗债待秋征。
> 司空图《白菊杂书四首》其二⑥：
> 　　此生只是偿诗债，白菊开时最不眠。
> 司空图《狂题十八首》其十二⑦：
> 　　来时虽恨失青毡，自见芭蕉几十篇。应是阿刘还宿债，剩拚才思折供钱。
> 卞震《春日偶题》佚句⑧：
> 　　诗债到春无处避，离愁因醉暂时无。
> 贯休《酬杜使君见寄》⑨：

---

① 《白居易集笺校》卷三五，第 2402 页；《白居易诗集校注》，第 2645 页。
② 在佛教思想的基础上，白居易造出了"诗魔"一语来表现诗所具有的不可思议的妖异的魅力。这里的"酒魔"也可以说是与此相同的造语。此外，"诗魔"一语的设想与"诗债"也是密切关联的。敬请参照前揭的花房英树氏著作以及冈田充博氏论文《关于"诗魔"》(《集刊东洋学》第 68 号，1992 年)。
③ 《全唐诗》卷四六七，中华书局 1979 年版，第 5318 页。
④ 《全唐诗》卷五四五，第 6303 页。
⑤ 《全唐诗》卷六二二，第 7162 页。
⑥ 《全唐诗》卷六三三，第 7259 页。
⑦ 《全唐诗》卷六三四，第 7274 页。
⑧ 《全唐诗》卷七九五，第 8959 页。
⑨ 《全唐诗》卷八三二，第 9391 页。

> 心疼无所得，诗债若为还。

这些都是对诗文的应酬、赠答中所产生的欠情即债务所做的描述。但是司空图的诗有可能是将"诗债"作为罪业加以叙述的。①

宋代以后，在诗文的创作、交流中，"诗债"这一语汇虽然被延续使用着，但这并不意味着广泛应用。即使是在北宋主要诗人黄庭坚作品中也只能见到下面的两例。

《次韵张秘校喜雪三首》其一②：
> 睡余强起还诗债，腊里春初未隔年。

《道中寄景珍兼简庾元镇》③：
> 传语濠州贤刺史，隔年诗债几时还。

杨万里曾经在《委怀堂记》④中说："东坡先生不云乎：诗债隔年而后还。予逋价卿之债，今十年矣，其可不作乎哉。其可忘乎哉。其可使催租仁徒手复命乎哉。"苏轼所说的"诗债隔年而后还"，只不过是后世杨万里的引用，我们在苏轼文集中找不到这一内容，从而也就无法证实它的真实性。假如这的确是苏轼的发言，那么黄庭坚的两首诗作就是据此而来的。前者是说，虽尚未到年关，但仍要努力偿还债务；而后者却是说，新年已过，希望赶快偿还所欠的债务。无论是哪一首，都将对友人所赠送的诗作没有酬答的事态作为欠情即背负债务来捕捉的⑤。

那么，既是黄庭坚的老师又是北宋代表诗人的苏轼又是如何的呢？在苏轼的作品中，除上面所引用的杨万里的发言以外，将对友人所赠送的诗作没有酬答的事态作为"债"来捕捉的词汇是不存在的。在这一意义上，与上面所列举的诗人们相比，苏轼多少呈现出了些许不同的倾向。不过，在另一方面，他却呈现了自己所受到的与白居易同样的佛教思想影响。例如在他的《次韵秦太虚见戏耳聋》⑥中有这样的诗句："眼花乱坠酒生风，口业不停诗有债。君知五蕴皆是贼，人生一病今先差。"《孙莘老寄墨四首》其四⑦中有这样的诗句："吾穷本坐诗，久服朋友戒。五年江湖上，闭口洗残债。"就像"口业"一词所表现的那样，这里所吟咏的是对因为将诗歌创作活动作为罪业来理解而产生的"诗债"的认识。⑧尤其是后者，是在元丰年间的笔祸事件，也就是"乌台诗案"的基础上所使用的诗语，所以对苏轼

---

① 此外，韩偓有题为《奉和峡州孙舍人肇荆南重围中寄诸朝士二篇，时李常侍洵严谏议龟李起居殷衡李郎中冉皆有继和，余久有是债，今至湖南方暇牵课》（《全唐诗》卷六八○，第7791页）的诗。这里的"债"亦是指在诗文应酬中所产生的欠情。

② 黄宝华：《山谷外集诗注》卷五，上海古籍出版社2003年版，第637页。

③ 陈永正、何泽棠：《山谷诗注续补》卷三，上海古籍出版社2012年版，第276页。

④ 《诚斋集》卷七五，《杨万里集笺校》，第3121页。

⑤ 在有关诗的用例之外，黄庭坚在《食笋十韵》（《山谷外集诗注》卷一二，第879页）中有"戢戢入中厨，如偿食竹债"句，在唱和诗《胡朝请见和复次韵》（同上，第882页）中有"忍持芭蕉身，多负牛羊债"句，与白居易一样，在表现佛教思想中的罪业意识上使用了"债"字。

⑥ 冯应榴：《苏轼诗集合注》卷一八，上海古籍出版社2001年版，第919页。

⑦ 《苏轼诗集合注》卷二五，第1251页。

⑧ "口业"一语恐怕也是白居易在佛教思想的影响下而初次使用的诗语。例如在《斋月静居》（《白居易集笺校》卷二六，第2395页；《白居易集笺校》第2036页）诗中有"些些口业尚夸诗"，《寄题庐山旧草堂兼呈二林寺道侣》（同上，卷三五，第2432页；同上，第2678页）中有"渐伏酒魔休放醉，犹残口业未抛诗"句。

来说，这时的诗歌创作行为不再是抽象意义上虚无缥缈的罪业，而是成了更为真实具体的、足以让他触目惊心的罪业。

此外，苏轼在"乌台诗案"的狱中创作的《予以事系御史台狱，狱吏稍见侵，自度不能堪死狱中，不得一别子由，故作二诗，授狱卒梁成以遗子由》①中如此叙述："圣主如天万物春，小臣愚暗自亡身。百年未满先偿债，十口无归更累人。"这里的"偿债"所意味的是"死"。这是在"人的一生是偿还宿业的一生"这一佛教的人生观基础上所诞生的诗语②。

以上对白居易之后唐宋间关于诗中"债"字使用情况作了整体上的概括。那么，在这样的"诗债"谱系中，杨万里又占居怎样的位置呢？在下节中将对此加以检讨。

二、杨万里的"诗债"

正如上面所论述的那样，"诗债"或是类似于此的语汇在宋代并没有太多的用例。在宋代主要诗人中，最为频繁地使用这一语汇的就是杨万里，他的诗作中共有12例③。

首先，杨万里亦有将因为没有对友人赠送的诗作进行酬答而产生的欠情、债务作为"诗债"来描述的作品。例如，《和贺升卿云庵。升卿尝上书北阙，既归，去岁寄此诗，今乃和以报之》④中有这样的句子："莫嫌久不还诗债，诗债从来隔岁还。"这是杨万里依据在《委怀堂记》中引用的苏轼的"诗债隔年而后还"的发言，以幽默的笔触，为对诗歌酬答迟迟没有作出回应的态度向贺升卿致歉。在《和昌英主簿叔社雨》⑤中，他对亲戚杨辅世说："愁已春相背，诗仍债未还。"《和昌英主簿叔求潘墨》⑥中同样对杨辅世说："墨家何以得公重，诗债又来欺我贫。"《和吴伯承提宫孟冬风雨》⑦中对吴铨（字伯承）说："与公无诗债，何得便见窘。"《和曾克俊惠诗》⑧中对曾克俊说："旧喜作诗今已懒，君能得句我先传。略无好语偿嘉惠，只么从权只么权。"《送孙检正德操龙图出知镇江》⑨中对孙㮚（字德操）说："昨宵归梦月千里，馀债欠君诗两篇。"《又追和功父病起寄谢之韵》⑩中对张镃（字功父）说："忽忆约斋诗债在，自吹灯火起来看。"《赠高德顺》⑪中向高守道的儿子高德顺说："儿时同客水中蟹，鸭脚林间索诗债。"以上所列举的作品都是将没有对友人赠送

---

① 《苏轼诗集合注》卷一九，第976页。
② 《法苑珠林·债负》等。
③ 与杨万里同时代的陆游、范成大的诗中也有使用，但用例不多。陆游的"诗债"用例有3例，类似的"碑债"有2例。范成大的"诗债"用例有2例，类似的用语有1例。由此愈发能够显出杨万里"诗债"一语使用频度的突出。此外，杨万里以不关乎作诗的形式论及"债"的叙述也很多。例如在《寓仙林寺待班戏题用进退格》（《诚斋集》卷二六，《杨万里集笺校》第1372页）中有"莫教少欠丛林债，更作今宵且过僧"，《阻风泊黄浦》（同上卷三〇，第1529页）中有"不了行程债"，《古风送刘季游试艺南宫》（同上卷四〇，第2100页）中有"绿衣锦上千载鲜，还成西溪读书债"，《王式之命刘秀才写予真因署其上》（同上卷四一，第2162页）中有"游山祇欠金华债"等，可以看到各种例句。
④ 《诚斋集》卷五，《杨万里集笺校》，第274页。
⑤ 《诚斋集》卷二，《杨万里集笺校》，第131页。
⑥ 《诚斋集》卷三，《杨万里集笺校》，第182页。
⑦ 《诚斋集》卷四，《杨万里集笺校》，第213页。
⑧ 《诚斋集》卷五，《杨万里集笺校》，第271页。
⑨ 《诚斋集》卷二〇，《杨万里集笺校》，第1042页。
⑩ 《诚斋集》卷二七，《杨万里集笺校》，第1383页。
⑪ 《诚斋集》卷三九，《杨万里集笺校》，第2042页。

的诗歌进行酬答的事态作为"债"来捕捉。

上面杨万里的作品与历来的诗人们有着同样的认识,并没有什么特别之处。但是,就像下面所要分析的诗句那样,杨万里的作品中存在着与众不同的诗例,从唐宋间"诗债"谱系的观点上来看也是极为独特的。

例如他的《淋疾复作,医云忌文字劳心,晓起自警》①:"荒耽诗句枉劳心,忏悔莺花罢苦吟。也不欠渠陶谢债,夜来梦里又相寻。"这是嘉泰四年(1204),也就是杨万里去世的前两年在故乡的作品。因为疾病而被医生要求停止作诗的杨万里在作品中这样说:"过去因为沉迷于写诗而费尽了心思,现在忏悔自己吟咏作诗戏弄那些莺燕花鸟,希望得到它们的原谅所以想终止这些冥思苦吟。可是,我并没有欠下陶渊明、谢灵运的什么债,夜里他们却又出现在梦中来向我索求佳句。"所谓的"陶谢债"指的是对古代的大诗人陶渊明、谢灵运所欠的债务的意思,或许杨万里把诗歌创作看做是受到了陶渊明、谢灵运在文学上的恩惠的行为吧。而把这一恩惠作为"债"来表现的诗语就是"陶谢债"。杨万里所说的陶渊明、谢灵运在梦里来向自己"讨债",就是以充满幽默诙谐的语气宣称,自己虽然想要停止作诗,结果反而被催促着继续作诗。②

在一般情况下,所谓的"诗债"是发生在同时代的诗友之间的,而杨万里在这里把受人尊崇的古代诗人作为自己欠债的对象,不得不承认这种认识方法的独特创新。超越时空的限制,把古代诗人看做是自己亲近的友人,这也充分体现了杨万里独有的自由豁达的精神。

不仅是上面引用的作品,在下面所要列举的作品中,杨万里"诗债"的独特性更是体现得淋漓尽致。

例如《寄题更好轩二首》其一③:"经丘寻岳恰忙时,更有工夫到得诗。政用此时索诗债,素兄青士若为痴。"这是吟咏名为"更好轩"(未详)的建筑物的内容。从其二中的"无梅有竹竹无朋,有竹无梅梅独醒。雪里霜中两清绝,梅花白白竹青青"诗句里可以得知,"素兄"指的是白梅,"青士"指的是青竹,名为"更好轩"的建筑中有这两种历来被喻为君子的植物应该说是很自然的。这里的诗债,首先可以把它理解为作者对更好轩主人所欠的"债"。但是,仅仅这样解释是不充分的。后面的两句:"在这个时候来向我追偿所欠的诗债,素兄、青士啊,你们的想法太可笑了吧。"是不是也能够理解为是作者向着庭院的梅花青竹所发出的呢?假如这一解释成立的话,那么这里的"诗债"就是作者对梅花青竹所欠的"债"了。偿还梅竹的"债"就要把它们吟咏到诗中,只有这样做,才能够还清诗人欠它们的债务。

当我们作如此解释的时候,也许会有人产生这样的疑问:"债"是相对于人而产生的概念,对梅花竹子这样的草木是不成立的。让人产生如此疑问,正是杨万里标新立异的特征。实际上杨万里在其他诗作中也描述了由这一设想而产生的捕捉方法,在这一点上能够与他相

---

① 《诚斋集》卷四二,《杨万里集笺校》,第2223页。
② 关于本诗后面的两句,周汝昌在《杨万里选集》(中华书局香港分局1972年版,第241~242页)中这样解说:"'陶谢',六朝大诗人陶潜、谢灵运。唐代诗人杜甫等都把他们当作前代大诗人的代表。作者把自己爱作诗说成是如欠陶谢的债一样,他们总是要求'讨债(原文作"赈",恐为排错)'。是谐谑语。"陶渊明、谢灵运在梦中讨债的表现,让人想起在南朝江淹的梦中(晋)郭璞讨还"五色笔",也就是《诗品》卷中等所记录的"梦中彩笔"的故事。不过,对于后两句我们或许亦可以作这样的解释:"然而对于莺燕花鸟我并没有欠下它们必须要写出像陶渊明、谢灵运那样的名诗句的债务,可是夜里它们即莺花却又出现在我的梦中来向我索求佳句。"如果这样来解释的话,与下面所列举的诗例一样,这里的"债"就是指对自然界所负的"债"了。
③ 《诚斋集》卷七,《杨万里集笺校》,第402页。

比肩的诗人是不存在的。

例如在《黄雀食新》① 其一中有这样的诗句："鹅黄染线织秋衣，杨柳吹绵细细披。诗债被渠浑索尽，醉乡邀我不容归。"这是淳熙六年（1179）杨万里在故乡时的作品。在吟咏身处优美山水间的闲适生活时，杨万里说"黄雀要我偿还欠它的所有的诗歌债务"。这可以理解是描述自己沉溺于吟咏黄雀的诗歌创作中的情景。

上面的《寄题更好轩二首》其一、《黄雀食新》中所说的，都是诗人针对梅竹、黄雀等自然界的动植物所背负的"债"，而在《送彭元忠县丞北归》② 中也有同样的见解："我欠天公诗债多，霜髭捻尽未偿他。"这里的"天公"指的是自然界的主宰者。这与杨万里喜欢使用的诗语"造物"几乎是同义的。杨万里针对"天公"即"造物"的债说："我欠了天公许多的诗债，就算捻着胡须苦吟也偿还不尽。"在这里引用的两句之前，有"三春弱柳三秋月，半溪清水半峰雪。只今六月无此物，君能唤渠来入笔。恰别新莺百啭声，忽有寒蛩终夜鸣。潇湘故人江汉客，为君一夜头尽白"等句，说的是彭元忠的诗作能够向读者栩栩如生地描绘出并不在眼前的景物。在上面引用的两句诗中，也包含了杨万里认为自己的诗作欠缺彭元忠那样的笔力而抱有的惭愧之情。

应该说上面三例中所表现出来的是这样的一种诗学观念：诗人背负着"天公"以及它所主宰的自然界的债务，诗人是为了偿还债务而在进行诗歌创作。也就是说，杨万里把诗的创作活动作为是对天及自然界的债务的偿还。而更为值得注意的是，这些作品中都用了拟人化的手法来捕捉自然景物。这种栩栩如生的精彩的拟人化手法的活用，作为杨万里诗歌整体上所具有的特征，在这里也得到了验证。"债"原本是发生在人与人之间的，对自然界负"债"的看法，难道不应该说是只有在将自然界拟人化之后才有可能成立的认识方法吗？

那么，在杨万里之前就完全没有这样的认识吗？当我们这样追问的时候，首先应该注意到苏轼《与胡祠部游法华山》③ 中这样的诗句："不将诗句纪兹游，恐负山中清净债。"在游览了法华山之后，苏轼说：如果不作一首新诗来纪念这次出游的话，就会对山中的清净景色有所亏欠。诗人之于山中的秀丽景色，也就是对大自然背负了"债"，而为了偿还它就必须作诗来吟咏山中的景色。把诗歌的创作活动作为对自然界的债务来偿还，从这一视点上来看，就是有着与杨万里相同认识的先驱性的诗例。不过在笔者管见的范围内，在宋代杨万里以前，继承苏轼这一说法的诗人并没有出现，作为先例，苏轼几乎是孤立存在的。

如果追溯到宋代之前，情况又会怎样呢？结论是很难发现与此相类似的说法。不过，在（梁）刘勰《文心雕龙·物色》④ 中，存在着某些共通的理解和认识。刘勰在论述"物色"即自然界与文学（诗）之间的关系时这样说：

> 春秋代序，阴阳惨舒。物色之动，心亦摇焉。……物色相招，人谁获安。……是以诗人感物，联类不穷。流连万象之际，沉吟视听之区，写气图貌，既随物以宛转，属采附声，亦与心而徘徊。……若乃山林皋壤，实文思之奥府。略语则阙，详说则繁。然屈平所以能洞监风骚之情者，抑亦江山之助乎。

---

① 《诚斋集》卷一四，《杨万里集笺校》，第718页。
② 《诚斋集》卷一六，《杨万里集笺校》，第832页。
③ 《苏轼诗集合注》卷一九，第957页。
④ （梁）刘勰著，范文澜注：《文心雕龙》卷一〇，人民文学出版社1978年版，第693～695页。

自然界感化和动摇诗人的心灵,而正是心中的这种感动诱发了文学作品的诞生。这就是所谓的"感物说"。其中,正如"物色相招"或是"江山之助"所表现的那样,自然界接受和容纳了诗人,并对诗人们的创作加以援助。在这一议论的基础上,本篇这样写道:

> 山沓水匝,树杂云合。目既往还,心亦吐纳。春日迟迟,秋风飒飒。情往似赠,兴来如答。

值得注意的是最后两句。刘勰说,当诗人将于自然界得到的感动即"情"赋予大自然的时候,大自然就像回赠一样给予诗人们文学的感兴,即"兴"。也就是说,诗人与大自然的关系是被放在互相赠答"情""兴"的关系上来捕捉的。杨万里、苏轼等通过"诗债"一语描述的是自然界与诗人之间的"借贷"关系。在这一点上,必须说与把自然界和诗人看做是"赠答"关系的刘勰的认识是不一样的,但不得不承认在很多方面它们是重叠交错的,因为在描述诗人与自然界充满着友爱、慈爱的亲密关系的这一点上两者是共通的①。"赠答"与"借贷"相差无几。

三、杨万里诗中的"天"

上节我们曾指出,从在"天公""造物"以及它们所创造的自然界的关系中使用"诗债"这一点上,杨万里诗学的创新与独特得到了充分的体现。这与钱锺书在《宋诗选注》中所说的,"他努力要跟事物——主要是自然界——重新建立嫡亲母子的骨肉关系,要恢复耳目观感的天真状态"那样的杨万里诗学的特质相较,不能说是没有关系的。以下就这一点来阐述一下笔者的几点拙见。

《文心雕龙·物色》描述了自然山水对文学者施以援手的认识。像这样把大自然看做是亲切的充满友爱及慈爱的世界的认识方法,在杨万里的作品中连续不断地出现。其中之一就是对"天公""造物"以及它们所主宰的大自然的景物给诗人提供"诗材""诗料""诗本"即作诗的素材的看法②。试看一下杨万里的几首代表性的作品。首先,在《瓦店雨作》其三③中有这样的诗句:"诗人长怨没诗材,天遣斜风细雨来。"看到因为没有"诗材"而苦恼的诗人,作为万物造物主的"天"产生了恻隐之情,所以弄风拨云降下了小雨。这小雨就是"天"给诗人送来的"诗材"。在《跋陆务观剑南诗稿二首》其一④中有这样的诗句:"今代诗人后陆云,天将诗本借诗人。"杨万里把友人陆游在蜀地所创作的诗比作是晋朝的陆云来称赏,说"天"把"诗本"借给了陆游。在这两句后面的"重寻子美行程旧,尽拾灵运怨句新。鬼啸狖啼巴峡雨,花红玉白剑南春"或许就是从天那里得到的"诗本"具体

---

① (唐)刘禹锡《楚望赋》(《刘梦得文集》卷一)中有"万象起灭,森来贶予"之句,同上《管城新驿记》(同上卷8)中有"四时万象,来贶于我"之句,"万象"被作为对诗人的馈赠。但是这里并没有言及对此的回赠。
② 有关这一问题的详细内容请参照拙论《论"拾得"诗歌现象以及"诗本""诗材""诗料"问题——以杨万里、陆游为中心》(拙著《距离与想象——中国诗学的唐宋转型》,上海古籍出版社2005年版)。此外,山本和义氏的论文《苏轼诗论考》之《诗人与造物》以及《造物之诸相》(同氏《诗人与造物——苏轼论考》,研文出版2002年版)以苏轼为中心,川合康三氏的论文《诗能否创造世界——中唐的诗与造物》(同氏《终南山的变容——中唐文学论集》,研文出版1999年版)以中唐文人为中心,各自进行了相关的考察,敬请参考。
③ 《诚斋集》卷二九,《杨万里集笺校》,第1505页。
④ 《诚斋集》卷二〇,《杨万里集笺校》,第1021页。

内容吧。

其他例如《次主簿雪韵》①："向来一雪亦草草，天知诗人眼未饱。"《夜宿东渚放歌三首》其三②："天公要饱诗人眼，生愁秋山太枯淡。旋裁蜀锦展吴霞，低低抹在秋山半。"这里所描述的是"天（天公）"为了愉悦"诗人眼"而尽情地向诗人展现大自然的景物。把大自然看做是"天"为了取悦"诗人眼"而设的场所，这可以说与"天"为诗人提供作诗素材的认识是相通的。

像这样，对亲切慈爱、给予诗人"诗的素材"的"天"的描述，在杨万里之前值得注意的就是苏轼。例如，苏轼在《僧清顺新作垂云亭》③中通过"诗本"一语这样说："天怜诗人穷，乞与供诗本。"这也是最早使用意味着"诗的素材"词语的例子。在大自然与人的关系的认知上，苏轼最终是具有先驱性认识的诗人。而秉承了苏轼的这一认识，更为明确、频繁地对其进行表现的无疑就是杨万里。在他的作品中，除了上面所列举的以外，其他描叙同样认识的发言不胜枚举，充分体现了他对自然认识的特征④。

"天"把"诗的素材"作为馈赠提供给诗人，对诗人加以援助——以上我们所分析的杨万里、苏轼的作品中所描述的，就是这样的充满善意的"天"的举动。一般来说，当接受别人的馈赠时，总会试图对其作出相应的回报。作为人类社会普遍的社会现象，这已经在人类学、社会学等研究领域中得到了证实。那么，对于提供"诗的素材"的"天"，诗人们又是如何回报的呢？其手段之一就是诗歌的创作。为了回报"天"以及它所创造的大自然，诗人们吟咏着大自然的姿态。这就是在杨万里的诗作中反复出现的他对大自然与诗人关系的认识。例如《寒食雨作》⑤中有："老来不办雕新句，报答风光且一篇。"《多稼亭前两株梅盛开》⑥中有："报答风光只有诗，今夕不醉仍无归。"两首作品描叙的都是通过诗作对自然界的事物（前者是雨、燕子和桃李，后者是梅花）所作的"报答"。在《晨炊旱塘》⑦中他这样吟咏：

> 一岁官居守一州，天将行役赐清游。青山绿水留连客，碧树丹枫点缀秋。
> 夜梦昼思都是景，左来右去不胜酬。我无韦偃丹青手，只向囊中句里收。

这是杨万里在淳熙六年（1189）从筠州到临安途中的作品。诗中叙述了对筠州秀丽景色的"酬"，即酬报。自己不会绘画，所以只能通过作诗来加以酬报。这里也把将自然景色吟咏到诗中的行为作为对其的酬报。

下面的诗句也因为与大自然的酬答相关联而受到关注。例如，《丰山小憩》⑧："江山岂无意，邀我觅新诗。"《山村》⑨："一搭山村一搭奇，不堪风物索新诗。"《又自赞（严陵决

---

① 《诚斋集》卷三，《杨万里集笺校》，第161页。
② 《诚斋集》卷二六，《杨万里集笺校》，第1365页。
③ 《苏轼诗集合注》卷九，第428页。
④ 这里所举的是描述与作诗相关联的"天"对诗人的顾及、帮助。即使无关乎诗歌创作，在杨万里的作品中描述"天"的这种亲切关怀的语例是数不胜数的。杨万里一直都把"天"作为充满着友爱、慈爱的存在来捕捉。
⑤ 《诚斋集》卷九，《杨万里集笺校》，第486页。
⑥ 《诚斋集》卷一二，《杨万里集笺校》，第613页。
⑦ 《诚斋集》卷二六，《杨万里集笺校》，第1334页。
⑧ 《诚斋集》卷五，《杨万里集笺校》，第295页。
⑨ 《诚斋集》卷三二，《杨万里集笺校》，第1652页。

曹易升自官下遣骑归写予老丑因题其额，又自赞）》①："清风索我吟，明月劝我饮。"《题分宜李少度燕谷》②："谷中花柳莫放过，乞取风月三千篇。"这些都是描述大自然的景物要求诗人进行诗歌创作的内容。但是，此时的"天公"即大自然并没有向诗人索求什么回报。当然，这里所表现的是受到大自然馈赠的诗人对自然界的感恩和歉疚从而意图有所回报的心情。在杨万里的作品中，像这样意趣的说法是很多的。

在钱锺书《宋诗选注》的解说中，作为体现杨万里自然认识的特征的资料，钱氏所注意的《诚斋荆溪集序》（前揭）的内容，在考察以上所论述的内容上具有重要意义。在出任常州知事的淳熙五年（戊戌，1178），对自己之于诗歌创作的感悟以及因此感觉到诗歌创作的安易性，杨万里这样说道：

> 戊戌三朝时节，赐告，少公事。是日即作诗，忽若有窹。……试令儿辈操笔，予口占数首，则浏浏焉无复前日之轧轧矣。自此每过午，吏散庭空，即携一便面，步后园，登古城，采撷杞菊，攀翻花竹，万象毕来，献予诗材。盖挥之不去，前者未雠而后者已迫，涣然未觉作诗之难也。

这里值得注意的有二点。第一，就像"万象毕来，献予诗材"那样，大自然的景物连续不断地向诗人奉献上诗的素材。第二，如"前者未雠而后者已迫"那样，诗人努力地尝试着对此作以酬报（"雠"与"酬"相通）。可以说，杨万里所捕捉到的自然界与诗人的独特关系，在这一段落中得到了淋漓尽致的表现。

可以认为，在自然界和诗人之间所缔结的这种关系，明确地存在于前面所论述的有关"诗债"的思考方法的底层。尽管这一事实通过上面所举的诗例已经得到了证明，但还是有必要来看一下下面的例子。这是绍熙元年（1190）在护送金国使节团经过诗人曾经出任知事的常州时所作《明发荆溪馆下》③中的句子："莫教物色有欠处，剩与新诗三五句。"这里的"欠"可以理解为是表示对大自然有所亏欠的用词。也就是说，这里描述的与前面《送彭元忠县丞北归》中的"我欠天公诗债多"是相同的状态。杨万里说：对于大自然的景物不要留下什么亏欠，那就为它创作更多、更新的诗作吧。在这里，杨万里把自然风物当做是诗人从"天"那里借的"债务"，把诗歌创作视为在偿还"天"债的行为。这与本节所论述的自然界与诗人的关系在捕捉方法上是相通的。

结　语

"天"以及它所创造出的自然界与文学是怎样的关系——这是中国文人自古以来所面对的重要问题，当然他们也从诗学的角度上对此进行了各种考察。把"天"比作是向诗人借贷"诗材""诗料""诗本"的"债主"，而把诗歌创作活动比作是偿还债务的行为。本稿从"诗债"的角度出发来考察杨万里的诗学，在中国诗学考察的历史上居于独自而稳固的位置。

---

① 《诚斋集》卷四二，《杨万里集笺校》，第 2225 页。
② 《诚斋集》卷四二，《杨万里集笺校》，第 2233 页。
③ 《诚斋集》卷二九，《杨万里集笺校》，第 1498 页。

不过，我们尚需确认以下几个问题。杨万里所描述的作为债主的天，绝不是那种贪婪的、残酷无情的高利贷者。杨万里与"天"之间所缔结的关系充满着友爱、慈爱，实质上更应该称其是一种已经超越了利益的"赠答"关系。这应该联系钱锺书《宋诗选注》对杨万里的解说中所比喻的"母子"关系来作进一步的理解。母亲满怀慈爱地抚养幼小的子女，长大成人的子女对母亲报以尽心的孝道。像这样，"天"将美丽的自然借贷，即赠送给诗人，而作为酬报，诗人将它们吟咏到自己的诗作中去。当然，母亲或是相当于万物之母的"天"，从来没有刻意地奢望儿女，即诗人的回报。但是作为子女，出于对母亲的感恩必然会怀有回报的愿望。当这种愿望无法实现时，就会产生背负着某种罪过，即债务的感觉而遭受良心的苛责。这亦是我们所说的人之常情。

日本学者内山精也的宋诗研究

邱美琼

南昌大学人文学院中文系

内容摘要：内山精也是日本宋诗研究的中坚力量，他在宋诗文献整理、宋代士大夫的诗歌观研究、宋代士大夫的诗歌研究、宋代士大夫与文化研究、日本宋诗研究史研究等方面，均取得了突出成就，提出了自己独到的见解，构筑了日本学界宋诗研究的繁荣，对我国的宋诗研究极具参照与借鉴意义。

关键词：日本学界　内山精也　宋诗研究

内山精也，1961年（昭和36年）1月生，文学博士。1988至1989年，留学于复旦大学，师从王水照。1992年于早稻田大学研究生院文学研究科博士课程修业期满，2009年以《北宋诗研究：士大夫阶层的文学》获早稻田大学文学博士学位。曾任职于横滨市立大学国际文化学部，现为早稻田大学教育综合科学学术院教授，宋代诗文研究会会刊《橄榄》主编，主要从事宋代诗文尤其是苏轼诗研究。他在宋诗研究上所取得的成就，部分内容已为我国学者了解，但还不够全面具体。本文试作论述如次，以引起人们对内山先生学术成就的进一步关注。

一、宋诗文献整理

内山精也在宋诗文献整理方面最突出的成果就是率领几位同仁译注的《宋诗选注》（共四卷，平凡社2004—2005年版）。《宋诗选注》为我国国学大师钱锺书所撰，在我国古典诗歌选本中堪称典范。虽然只是一般诗选，但钱锺书撰写的题解和注释，非常独特，显示出他读书破万卷及对宋代史实掌故熟稔于心的学术功底。更难得的是他不落窠臼、自定取舍的创新，这显示出他对宋诗的透彻了解，与对整个中国诗歌发展流变的全面把握。《宋诗选注》于1957年出版后，日本学者小川环树写了《钱锺书的〈宋诗选注〉》（《中国文学报》1959年第10期）一文予以推介，认为"宋代文学史的许多部分，也将由于本书的问世而不得不重新认识和改写了"[①]。但由于语言的障碍，加上宋诗用事造成的自身的艰深，日本学者对此还是很少问津，缺乏了解。所以，1988年开始，内山领着"宋诗研究班"（1990年后正式成立为学会，即"宋代诗文研究会"）的同仁们，包括种村和史、保苅佳昭、三野丰浩、矢田博士等，成立"《宋诗选注》读书班"，一起学习研究。他们在读书会上发表的成果即汇成这部书。此书是对我国学术成果的日文译注，所以这本身就成了中日两国学术交流互动的代表与象征，可谓意义非凡。

完成《宋诗选注》的译注后，内山马不停蹄，又领着同仁们成立"江湖诗派读书班"，

[①]（日）小川环树著，周先民译：《风与云——中国诗文论集》，中华书局2005年版，第268页。

拟将江湖诗派100多位诗人的诗集进行译注。笔者有幸参与其中，参加了14次读书会，故将最新动向予以说明。"江湖诗派读书班"现阶段主要译注戴复古诗歌，前阶段成果已汇成《江湖派研究》（第1辑，2009年2月），内容有内山撰写的《古今体诗中的"近世"萌芽——南宋江湖派研究事始》，王岚撰、内山译的《戴复古集编刻流传考》及《戴复古五律译注》，其中《戴复古五律译注》包括对戴复古《秋怀》《晚春次韵》等五律诗32首的译注，译注者有内山精也、梅田雅子等13位日本学者和钱志熙、李珏2位中国学者。这些译注的出现，将极大地推动日本学者对江湖诗派的探讨与研究。我们有理由相信，这个宋诗的学术群体，一定会再为学界献出更多的学术精品。

二、宋代士大夫的诗歌观研究

日本汉学界很多学者接承内藤湖南的宋代"近世说"，以"士大夫"的命题作为"内藤学说"在文艺史领域的延伸，注重以士大夫作为文艺主体对唐宋转型的重大作用。1999年3月，日本的宋史研究者曾经在东京大学文学部召开一次专题讨论会，会议名称是"宋史研究者所见的中国研究之课题——士大夫、读书人、文人或精英"，其主题就是以"士大夫"为中心的研究。之后，他们陆续在此论题上进行研究探讨，并结集发表研究成果，如《亚细亚游学》7号特集《宋代知识人之诸相》（勉诚社1999年版）、《知识人之诸相——以中国宋代为基点》（勉诚社2001年版）等。

对于以"士大夫"为中心的研究，中国文学研究者中，以内山精也最为给力。他的《传媒与真相——苏轼及其周围士大夫的文学》与《苏轼诗研究——宋代士大夫的构成》，就是围绕着"士大夫"的中心议题的。所以我们从这一部分开始，有三个方面是围绕内山这一主题研究来谈的。

这个系列的第一部分就是宋代士大夫的诗歌观。如《论苏轼再仕杭州所作的诗——苏轼诗论的声音》（《中国诗文论丛》，1986年6月）、《苏轼"元轻白俗"辩》（《新释汉文大系季报》2004年第101期）、《宋代士大夫的诗歌观——从"苏黄"到江湖派》（《橄榄》2005年第13期）、《宋代士大夫的诗歌观——从"苏黄"到江西派》（《第四届宋代文学国际研讨会论文集》，2006年）、《宋代士大夫的诗歌观——苏轼的"白俗"之评意味着什么》（《松浦友久博士追悼纪念中国古典文学论集》，研文社2006年版）等文，着眼于宋代诗歌的演变，试图对宋代士大夫理想中的诗歌观念进行阐说，并通过这种理念与实际状况的错位，来分析宋代诗歌史上重要诗风的嬗变与衍化。

内山认为："在北宋中后期发生的如下文化现象，即使对悠久的中国史来说也是令人瞩目的：身为中央的显官，同时又是第一流的学者，又是领袖文坛的作家，此种'官——学——文'三位一体型的知识人连续地出现。"① 因此，宋代被称为士大夫的时代，科举出身的高级官僚掌握了政权，同时也由他们构成了诗坛的主体，并创造出新的学说。因为这种复合性，宋代士大夫的诗歌创作有一个题材内容上的相反运动模式，即从青年到老年，政治批判诗由多而少，闲适诗由少而多。这是因为："当诗人把自己看作一个士大夫，即站在民众之上领导社会与文化的存在时，作为联系社会与自己的纽带，或者还作为保障此纽带的文化手段，社会、政治批判的题材就理应具有其他题材无法比拟的重要意义。这是他们为了表现

---

① 沈松勤：《第四届宋代文学国际研讨会论文集》，浙江大学出版社2006年版，第226页。

作为公共人物的气概而不可缺少的之一。""在积累官界履历的过程中，他们不管自愿与否，都要学习现实社会的运作方式，不再只依理念、理想，以个人的气力来行事（这是引起作风变化的要因二——看破）。在此基础上，再加上公平地降临于所有人身上的从肉体到精神的衰老，使作为诗人的他们更多地转而关心个人的生死问题，以及与个人嗜好相关的事物。"① 他们的诗学观念亦由重现实内容转到重艺术技巧，并有着深深的反"俗"心结。因此，苏轼对白居易诗中学问性要素的缺乏表示不满，而加以"白俗"的酷评。黄庭坚也是出于同样的理由，而嫌恶晚唐诗，并固执地偏好"以学为诗"型的诗歌。这些都如实地表现了宋代诗人对于其作为士大夫诗人的基本姿态的顽强守护。

他新近出版的著作《苏轼诗研究——宋代士大夫的构成》（研文出版社2010年版）也是如此。著作把苏轼个案作为切入点，从宋代士大夫的诗歌观、士大夫社会的观念及其时代背景出发，对苏轼的生平遭遇、诗词创作、社会活动等进行了深入剖析与考察，以"作为士大夫的苏轼""东坡乌台诗案考""苏轼诗的技巧""苏轼周边"四大部分，理性地展现苏轼以诗文传世、以官入世的典型宋代士大夫形象。

内山的论述，为我们勾勒了宋代诗歌史上以士大夫为创作主体的重要诗风的嬗变与衍化，并由此深入到宋代的政治、科举、士人心态各个层面，确为高屋建瓴之论。他的研究，昭示出自己对宋诗研究的独特体认和学术智慧，给广大研究者提供了极富启发的研究方法和研究思想。

三、宋代士大夫的诗歌研究

内山精也对宋代士大夫的诗歌研究，主要抓了几个极为有意思的文学现象，如王安石《明妃曲》的翻案语、郭祥正"李白后身"说、苏轼《题西林壁》的表达意图、"东坡乌台诗案"的流传及黄庭坚与王安石隐性的承传关系等，运用西方接受美学、传播学的方法，考述印刷术作为新兴的传播媒体给文学带来的重大影响，深入挖掘宋代士大夫的审美心态与审美趋向，以小见大，见解十分新颖而生动。

1. 王安石《明妃曲》的相关考述

昭君出塞的感人故事为多愁善感的文人提供了文学的想象空间，有关创作以晋石崇的《王明君辞》为滥觞②，历代歌咏的作品不绝如缕，唐、宋尤多。通过《全宋诗》检索，两宋时创作以昭君为咏写对象的诗人有80余位，作品130余首。王安石在这种浪潮中，于嘉祐年间写下两首《明妃曲》，当时即引起轰动，名家纷纷唱和。但后代聚讼纷纭，至今争论不休。围绕王安石诗的争论，绝不仅仅是两首小诗的解读和评价问题，而是涉及一系列历史、文学和人生的重大问题。内山精也抓住这一文学现象，撰写了《王安石〈明妃曲〉考（上）——围绕北宋中期士大夫的意识形态》（《橄榄》1993年第5期）、《王安石〈明妃曲〉考（下）——兼及北宋中期士大夫的意识形态》（《橄榄》1995年第6期），对此进行了深入探讨，由此剖析北宋中期士大夫的意识形态。二文均收入中文版的《传媒与真相——苏轼及其周围士大夫的文学》一书。

---

① 《第四届宋代文学国际研讨会论文集》，第231～233页。
② 明君：即王昭君，名嫱，西汉元帝时的宫女。西晋石崇作《王明君辞并序》时，为避晋文帝司马昭之讳，改称"明君"，后又被称作"明妃"。

内山首先分析了王安石两首《明妃曲》的内容，因其用典较多，文中一一予以揭示，亦为不易。接着，从诗语、诗句、场面设计的角度，比较了王安石诗作与前人作品间的异同。又归结对于此诗的评价问题主要集中在"君不见咫尺长门闭阿娇，人生失意无南北"，"汉恩自浅胡恩深，人生乐在相知心"两个翻案句，其争议主要在：一是"汉恩自浅胡恩深"等句有无违背儒家伦理的问题；二是对"翻案"的技巧如何评价的问题。关于第二个问题，内山认为："在昭君诗的系列中，自中唐以降，'翻案'法便屡被使用，给这个系列的诗歌增添了新鲜的色彩。在传统的继承与发展之间，'翻案'法起到了犹如杠杆一般的作用。现在，如果全然否定'翻案'法，全然抹煞包含此法的诗作，则中唐以降的昭君诗便显得索然无味了。所以，就此系列诗歌的实际情况来看，'翻案'的技法具有很大的意义。而王安石《明妃曲》的历史作用，就是紧接白居易的作品之后，将'翻案'法的功过都昭示了出来。它引出了同时代的许多唱和诗，和后世的纷纷议论，这一事实就足以证明其历史作用。"①

内山最为重视的是第一个争议焦点。对此，他重点探索了王安石寄托在这招来后世猛烈批判的翻案句中的真意，并论及使《明妃曲》获得同时人唱和的北宋中期之言论环境。内山提出，王安石该诗创作的直接契机是他经历了和王昭君一样的出塞体验，而其意图则是：在此稍前，王安石奏进的"万言书"被皇帝和朝廷置之不理，引起了他的失望、不满，而寄托于该诗的翻案句中。② 检讨历代的评价，可以看出北宋中期的读者都以某种宽阔的胸襟来接受它，而后世则往往采取判断是非或纠弹作者的态度，这反映出的是各个时期士人的言说环境问题。

内山的论说，从阐释到分析，从历史到逻辑再到文学，作者以扎实的学术功底和全新的理论视野为基础，把这一聚讼纷纭的诗歌现象予以了提升，从两首小诗出发，探讨了一个时期及至整个封建历史时期文学与政治的方方面面，读来颇多启益。

2. 郭祥正与"和李诗"研究

关于郭祥正与"和李诗"的问题，内山精也还是一贯的手法，以小见大，从一个小小的文学现象带出许许多多的问题。

引起内山对郭祥正关注的原因，他自己在《李白后身郭祥正及其"和李诗"》一文中说：一是郭祥正不属于北宋后期的两大流派王（安石）门、苏（轼）门之中的任何一派，而是第三类型的诗人，在对北宋后期文学进行总括性、包笼性的把握时，郭祥正诗歌研究是必不可少的重要一环；二是郭祥正的"和李诗"是对次韵这一文学现象研究的初期实例，有其重要的研究价值。③

基于此，内山开始了对郭祥正的研究，他首先写了《郭祥正〈青山集〉考（上）》（《橄榄》3，1990 年 10 月）与《姑苏纪游——当涂郭祥正关系遗迹调查报告》（《橄榄》11，2002 年 12 月）两文，既进行历史的考索，又有现存遗踪的访寻。他更为引人注目的是《李白后身郭祥正及其"和李诗"》中对于"李白后身"说的分析与思考。该文从"李白后身"说的出现、郭祥正以"和李诗"印证"李白后身"的诗歌实践、郭祥正诗中的李白形

---

① 内山精也著，朱刚、益西拉姆译：《传媒与真相——苏轼及其周围士大夫的文学》，上海古籍出版社 2005 年版，第 33 页。
② 《传媒与真相——苏轼及其周围士大夫的文学》，第 84 页。
③ 《传媒与真相——苏轼及其周围士大夫的文学》，第 512 页。

象、郭祥正模仿李白的诗、被称为"李白后身"的不幸等方面进行考察。首先，内山考溯了"李白后身"说的最早出处，认为梅尧臣《采石月赠郭功甫》①暗示了郭祥正是李白的转生，从此，"李白后身"说迅速在士大夫间流传。梅尧臣的称赞也客观地决定了郭祥正的命运，郭祥正以后的诗歌实践往往以"和李诗"和模仿李白的诗来证实和扮演着"李白后身"的角色，这其中却"集中了诗人郭祥正的所有的两难境地"：一是"李白的神仙形象与作为肉体的人的郭祥正之间，俨然存在着距离。他若要向外部宣扬作为'李白后身'的自己，势必就不得不追求李白的形象，如此他越强调李白脱俗的形象，自己也就越不得不扮演一种脱离世俗的浮云般的离奇古怪的角色"；二是"以'客寓''放浪'型诗人的性格特征贯穿一生的李白，和执着地对故乡当涂寄予无限爱情的定居诗人郭祥正，二者之间有着难以填平的差距。"所以说，"在与盛唐完全异质的北宋后期这样一个时代里，要扮演'李白后身'，本来就是一个接近无理的要求。尽管如此，还要主动地、极其认真地去扮演的诗人，这就是郭祥正。'李白后身'的评价使年轻的他一举成名了，但是也许可以说，这又一直从反面成为他的巨大的苦恼和两难境地。"② 内山的分析，辩证地说明了"李白后身"说对于郭祥正诗歌创作与人生的正、负面影响。这实际上已不局限于个体诗人的分析，完全转到诗歌流变及时代变迁、人生思考的层面上了。

3. 苏轼研究

在诗人个案的研究上，苏轼是内山关注得最多的。苏轼的次韵诗、《题西林壁》的表达意图、"乌台诗案"与苏集传播，都是他研究的重要论题。

次韵是古体诗词创作的一种方式，即按照原诗之韵和用韵的次序来和诗。内山精也撰写了《苏轼次韵诗考》（《中国诗文论丛》7，1988年6月）、《苏轼次韵诗序说》（《早稻田大学大学院文学研究科纪要》15，1988年12月）、《苏轼次韵诗考——以诗词间所呈现的次韵之异同为中心》（《日本中国学会报》44，1992年10月）等文讨论苏轼的次韵诗。他认为，次韵流行于中唐的白居易、元稹、刘禹锡等人之间，到宋代以降普遍使用。苏轼的次韵诗，几近800首，占了其诗作总数的三分之一。在这些次韵诗里，他不但次韵时人诗友的诗，也次韵古人的诗以至自己的诗。他在文中以计量数据确认了次韵诗在苏轼诗歌中的重大意义，探讨了其次韵诗友诗、次韵自作诗、次韵古人诗的手法。他提出，次韵有三种效果：①游戏性、比赛性；②对比鲜明化；③社交交情。其次韵自作诗主要满足第二种效果，次韵古人诗则可以满足第一、二两种效果，次韵诗友诗则可满足一三两种效果。最后，内山精也将笔墨集中于苏轼次韵诗中最蕴含丰富的"和陶诗"，分析了苏轼写作大量"和陶诗"的意图。他说："因为次韵手法具有使用原诗韵字的特性，所以读者在鉴赏次韵诗时，自然会将它与原诗相互比较。如果原诗已经受到当时诗人高度评价，那么对它进行次韵，可以说同时也就意味着会被拿去跟这样的诗比较，这就包含了一种危险性：稍有差池，便难免会有损此前已经确立起来的自己的诗名，成为一个无谋的行为。……苏轼有这样的自信：即便被拿去跟陶渊明原诗比较，仍足供读者鉴赏。反过来想，苏轼持续创作'和陶诗'，毋宁说是希望被拿去跟陶诗比较的吧。也就是说，通过'和陶诗'这样的实际作品，来让满天下的人都知道，

---

① 梅尧臣《采石月赠郭功甫》诗为："采石月下闻谪仙，夜披锦袍坐钓船。醉中爱月江底悬，以手弄月身翻然。不应暴落饥蛟涎，便当骑鱼上九天。青山有家人邈传，却来人间知几年。在昔熟识汾阳王，纳官贳死义难忘。今观郭裔奇俊郎，眉目真似攻文章。死生往复犹康庄，树穴探环知姓羊。"

② 《传媒与真相——苏轼及其周围士大夫的文学》，第528～529页。

自己乃是陶渊明的真正理解者。""苏轼应该充分认识到,跟原诗形成对比性才是次韵的妙处所在。"① 既揭示了苏轼写作大量"和陶诗"的意图,也高度评价了苏轼的诗歌创作能力。

苏轼的《题西林壁》诗是大家耳熟能详的作品了。该诗是苏轼游观庐山后的总结。诗作先描写庐山变化多姿的面貌,然后借景说理,以"不识庐山真而目,只缘身在此山中"指出观察问题应客观全面。内山精也《苏轼"庐山真面目"考——围绕〈题西林壁〉的表达意图》(《中国诗文论丛》15,1996 年 10 月)则以小见大,来探求苏轼的人生思考。文章从苏轼的一生和庐山文化史的两种面貌出发,来刻画苏轼庐山之行的意义,揭示《题西林壁》诗,尤其是"庐山真面目"诗句的表达意图,认为:"苏轼的《题西林壁》是他置身于跟陶渊明相同的空间时,对陶渊明《饮酒二十五首》其五提出的'真意',通过自问自答而最终作出的回答。"② 他的著述,将"栖居"哲学境界中苏轼的诗与人生揭示出来,引发了人们对苏轼诗的广泛关注。

关于苏诗的被传播,内山精也著述最丰,其论述有:《"东坡乌台诗案"流传考——关于北宋末至南宋初士大夫对苏轼作品的收集热》(《横滨市立大学论丛》,1996 年 3 月)、《"东坡乌台诗案"考(上、下)——北宋后期士大夫社会中的文学与传播手段》(《橄榄》,1998 年 7 月,2000 年 12 月)、《苏轼的文学与印刷传媒——同时代文学与印刷传媒的邂逅》(《中国古典研究》,2001 年 12 月)、《东坡风气与东坡现象》(《墨》,2002 年),其主要论文亦结集收入《传媒与真相——苏轼及其周围士大夫的文学》。这些论文着眼于案件审理过程中把民间印刷的诗集当作物证的事实,论述了当时的政治与传媒、文学的关系。他认为,诗案使我们承受到传播媒介的消极侧面的强烈撞击,但是这并不意味着传播媒介的效力都是消极的,苏轼经过诗案,亲身体验到自己的作品对同时代人的影响力以及传媒的功过,他成为中国文学史上第一个充分体验到传媒功过的诗人。他在《苏轼的文学与印刷传媒——同时代文学与印刷传媒的邂逅》一文中总结"乌台诗案"作为传播媒介的影响道:"就其影响力来说,和今天的传播媒介相比,可能微小得难以相提并论。但是,如果同早于北宋前期的时代那种还没有对印刷媒介产生切实体会的状况相比,其差别仍是显著的。""至少说,苏轼以后的诗人,一方面乌台诗案这一片不祥的阴影长久地留在脑海里,另一方面必然在进行创作活动时将印刷媒体的影响力也考虑在内。"③

内山的苏轼研究,都选取了细小常见而又未曾为人们说透的一些问题,不仅考察的角度新颖,并且在文献考释上也极为细致翔实。

4. 黄庭坚与王安石师承关系研究

文学史上"苏黄"并称,其师承关系是时人及后世的共识。但也有些诗话笔记提到黄庭坚师承王安石的。黄庭坚的师承是苏轼还是王安石?内山精也《黄庭坚与王安石——黄庭坚心中的另一师承关系》(《橄榄》10,2001 年 12 月;又见莫砺锋主编《第二届宋代文学国际研讨会论文集》,江苏教育出版社 2003 年版)提出黄庭坚心中的另一师承关系是王安石。他认为,诗风上苏、黄差异明显,黄与王实一脉相传,他在文中一一比照王安石、苏轼、黄庭坚的诗歌艺术特征,指出:①三人都是进士及第,博览强记,运用典故得心应手;②关于"脱胎换骨、点铁成金"的手法,"王安石多次使用'集句'的手法,苏轼曾尝试创

---

① 《传媒与真相——苏轼及其周围士大夫的文学》,第 360~361 页。
② 《传媒与真相——苏轼及其周围士大夫的文学》,第 327 页。
③ 《传媒与真相——苏轼及其周围士大夫的文学》,第 292 页。

作'集字',并多用'檃括'一法",此手法最终"作为黄庭坚的主张盛传于后世";③黄庭坚、王安石多效法杜甫,苏轼则效法陶渊明更多;④苏轼长于古体,王安石、黄庭坚则近体诗更出色;苏轼用字不尚苦心锻炼,王安石、黄庭坚则精于锻炼。① 可见,黄庭坚师承王安石远较苏轼要多,其师承实质上是王安石。他并总结说:"在宋代诗歌历史上,创造出更踏实的实质性流派的,实际上不是'苏黄'而是'王黄'。"② 长期以来,黄、王间的师承关系为学界忽视,虽也有学者提出过,但并无专论出现,内山的探讨与结论有令人耳目一新的效果。

四、宋代士大夫与文化研究

内山精也还从与文学相关的其他文化现象来研究宋代士大夫的文学、文化及其心态。如《宋代八景现象考》(《中国诗文论丛》20,2001年10月)就是从绘画中的"八景"现象来考察的。

五代末北宋初画家李成画了一幅"八景图",这可能是"八景"之名的正式出现。后来,北宋的宋迪在"八景图"的基础上,绘作了"潇湘八景图",共八幅,分别名为平沙雁落、远浦帆归、山市晴岚、江天暮雪、洞庭秋月、潇湘夜雨、烟寺晚钟、渔村落照。米芾观后拍案称绝,给每幅画题诗写序,"八景"因此声名大震,"八景"从此受到很多士人的关注,或绘画,或吟诵,或以诗配画,或以画附诗,这些相关的文化组合融入了士人们的思想情感、精神寄托以及审美取向。内山看准这一文化符号,通过对八景现象的文化渊源、北宋后期士大夫与绘画、八景图与八景诗、连章组诗的名胜题咏诗及延展到"近世"的"西湖十景"的考察,探讨了其中所蕴含的宋代士大夫独有的主体心性、诗画观、自然观等,揭示出宋代八景现象的文化史意义。

内山的论述中,还触论及"八景"文化在日本文化中的渗透与影响,展示了我国古典文化跨越时间、空间和文化的差异,在他国文化世界里绽放的异彩。

五、日本宋诗研究史研究

日本宋诗研究史研究属于学术史的研究,一般来说,学术史的撰写既与学术发展到一定高度有关,也与撰写者的自觉意识有关。一直从事宋代文学研究的内山精也,对宋代文学的学术史也极为关注,体现了其学术研究的自觉。

内山精也参与了川合康三主编的《中国文学研究文献要览(1978—2007)》(日外アソシエーツ株式会社,2008年7月)一书的撰写,承担了宋代部分研究文献收集编录工作,为日本及我国的研究者提供了有关文献信息。

另外,内山还撰写了《1980年代以降日本的宋代文学研究——以词学与诗文研究为中心》、《日本宋代诗文研究会和〈橄榄〉简介》二文,分别由朱刚、益西拉姆译成中文,发表于《宋代文学研究年鉴(2006—2007)》(武汉出版社2009年版)。其中《1980年代以降日本的宋代文学研究——以词学与诗文研究为中心》一文,将日本战后的研究者划分为四

---

① 参见《传媒与真相——苏轼及其周围士大夫的文学》,第494~500页。
② 《传媒与真相——苏轼及其周围士大夫的文学》,第507页。

代予以了介绍，并结合日本学校的课程开设与素质教育揭示出四代研究者的特点。接着，内山分20世纪80年代以前的研究成果、80年代以后的选译书和影印资料、词学、诗文的单行研究著作和译注、诗文总论、北宋诗文专论、南宋诗文专论以及诗话研究几个类目介绍日本学者的研究成果，材料翔实，有述有评。他还总结了近年日本宋代文学研究的特征，即跟海外，特别是跟中国大陆和台湾拥有密切的协作关系，认为在中国古典文学研究的各领域中，像宋代文学研究领域那样拥有日中间频繁交流的，恐怕不多。至于个中原因，内山指出：第一，宋代文学研究是后起的领域，故能超越国家和地区的差异，容易取得共同的步调，拥有共同的问题意识；第二，目前日本担当宋代文学研究的中坚力量，大都拥有留学中国的经历，他们拥有更多的与中国研究者交流的层面和途径，语言上的障碍也更少；第三，随着因特网的普及，通信技术上发生了革命性的进步，研究者之间信息交换快速、便捷。因此，各国的宋代文学研究，既保存了各个国家和地区特有的个性，也形成了相互刺激、相互切磋的良好的交流与互动局面。《日本宋代诗文研究会和〈橄榄〉简介》则如题所示，介绍了日本的宋代诗文专门性团体——宋代诗文研究会的成立过程与主要研究活动，及会刊《橄榄》所刊载的全部论文，其中特别提出的是宋代诗文研究会在推动日中两国学术交流方面的贡献，如在《橄榄》上揭载大陆和台湾学者的学术论文，当有中国学者来到日本的时候，创造机会邀请学者讲演等。这些述论，体现了内山精也对日本宋代文学研究的整体认识与深刻思考。

总而言之，从内山精也发表的论文及所出版专著来看，他的研究有其独具的特色，如视野开阔，整体性强；善于抓点，以点带面；考辨资料细致翔实；角度新颖，见解独到等，很值得我们学习与借鉴。内山精也以强烈的使命意识开展其学术研究活动，大大推动了日本学界的宋诗研究，促进了日中两国学术的交流与互动，对宋诗的研究作出了很大的贡献。

论周紫芝其人及其诗
——《周紫芝年谱》前言*

任 群

西藏民族大学

内容提要：周紫芝是南宋初期一位品节有亏的作家，有1900多首诗歌传世。他的诗歌创作能够转益多师，有接近杜甫和苏轼的地方，比江西诗派末流稍高一筹，是南宋初期杰出的诗人。

关键词：周紫芝　《太仓稊米集》　杜甫　苏轼　江西诗派

周紫芝（1082—1125），字少隐，号"竹坡"，宣城人（今属安徽省），是南北宋交替之际的诗人，著有《太仓稊米集》《竹坡词》《竹坡诗话》等。《四库简明目录》云："其诗在南渡之初则特为秀出，足以继眉山之后尘，伯仲于石湖、剑南也。"① 以为他的诗歌上承大诗人苏轼，下与范成大、陆游比肩。那么，他的诗歌创作成就到底如何呢？下面分别从生平、文学观和文学成就三个方面予以简单介绍。

一

周紫芝出生于北宋后期，正值多事之秋，当时的政坛风云变幻，新旧党争闹得不可开交。宋徽宗上台后，蔡京等人打着王安石的招牌胡作非为，朝政越发不可收拾，终于亡在金人的铁骑之下。

其父周觉具有一定的文化修养，似乎还懂得相面占卜，他断言自己的儿子："肩有诗骨，在法当穷；而又好诗，穷固必矣。"② 显然，这是受了欧阳修"穷而后工"的影响。虽然穷困潦倒，但周紫芝依然刻苦攻读不已，"并日而炊。里人嗤之，不顾，嗜学益苦"。③ 经过长时间的积累，政和七年（1117），他终于踏上了赴京师汴梁的科考之路。遗憾的是，他没有实现跃龙门的理想，铩羽而归。七年之后，也就是宣和六年（1124），他再次参加科举考试，依然未能高第。实际上，落第是情理之中的事情。首先，他轻视科举之文，重视诗赋创作，还说："是（按：即科举程文）足以得名，不足以名世也"，"乃喜诵前人之文与其诗，往往为之废业。"④ 体现出重视诗赋、轻科举策论的倾向，这显然与朝廷废除诗赋取士的方针相左。其次，徽宗朝科举考试的公正性是值得怀疑的。以宣和六年科举为例，"时内侍梁师成益通宾客，招赇赂，士人纳钱数千缗，即令赴廷试，以献颂上书为名而官之至百余

---

* 任群《周紫芝年谱》，世界图书出版社2014年版。
① 永瑢等《四库全书简明目录》卷十六，影印文渊阁四库全书本。
② 周紫芝《太仓稊米集》卷首自序，八千卷楼影宋钞本。
③ （明）李默《宁国府志》卷八《周紫芝传》，上海古籍书店影印天一阁地方志丛刊，1962年。
④ 《太仓稊米集》卷首自序。

人。及唱第日，侍于上前，奏请升除，皆出其口。其小史储宏者，亦登第，而执厮养之役如初"。① 作为寒门子弟，周紫芝的落第也就可想而知了。向上之路不畅，又拙于生计，生存日益艰难。

但这还不是最糟糕的，因为在不到三年时间内，已经千疮百孔的北宋王朝终于在靖康二年（1127）覆灭，连皇帝都被金人掳到了北方。同年五月，高宗在南京（今河南商丘）即位。但是这位皇帝既不像晋元帝，又不如唐肃宗，在强大的金兵面前只是苦苦哀求，期望敌人能够放过自己。他不仅放弃了大好的北方河山，一路逃命，而且到了南方之后又流浪于海上，陈与义就此发出了"初怪上都闻战马，岂知穷海看飞龙"的感慨。

在抗金救亡的形势下，周紫芝站了出来，他向皇帝上书，并提出应对之策："上策莫如自治而已。自治之策无它，在力救前日之弊耳。用人不专、黜陟不明、刚断不足，此三者所以召祸乱之本也。"并请求皇帝严惩蔡京等人，重用李纲，抗击金兵，收复河山，迎回徽、钦二帝。② 应该说这些主张还是有见地的，在危难之际，最高领导人的立场尤为重要，"用人不专"是针对高宗不能视李纲为股肱，并推心置腹；"黜陟不明"指赏罚不明，这与李纲的观点一致，如李纲在《议伪命》一文中就希望皇帝能够学习唐肃宗处置接受安禄山伪职官员的方法，对投降金兵的官员"考核其罪之轻重"予以处罚，对忠义之士给予褒奖；③ "刚断不足"主要批评高宗在对金的态度上优柔寡断，抗击敌人的立场不坚定。这几点反映了遭受金兵奴役迫害的广大民众的心声。当时有类似言行的还有康与之，也提出了"中兴十策"。罗大经说："余观其策正大、的确，虽李伯纪、赵元镇亦何以远过？"④ "南渡君臣轻社稷"，皇帝对这些建议都置若罔闻。

作为社会底层的读书人，周紫芝在南宋从建立到绍兴十一年（1141）和议签订这长达15年的时间里，饥寒交迫，苦不堪言。他带领家人四处躲避金兵和宋朝溃兵的追杀，惶惶不可终日，窜迹于宣城、泾县的山谷之中。"夜宿山穴，挽木叶以自蔽。且为积雪所埋，几不得出，顾无异沟中之瘠。"（《书寒山诗后》）战火纷飞，他在宣城城南的住宅也被焚毁，无家可归，只好浪迹江淮，食不果腹，寄人篱下。吕本中之父吕好问守宣州，他手持所作诗文拜谒；李光任当地的父母官，他为人代笔，以求润笔之资；友人徐献可担任无为知军，他就率领全家就食淮西；徐献可改知池州，他又远赴池阳，以求斗粟；后来又与家人流浪于芜湖，漂泊于船上，可谓饱尝艰辛。

绍兴十二年，他的命运终于有了转机。这一年，宋、金绍兴和议生效，战火平息，为了润色"鸿业"，朝廷开科取士。61岁的周紫芝这次以"特奏名"的方式步入了仕途，嘉靖《宁国志》卷八本传说他是"以廷对第三名同学究出身"。总而言之，周紫芝正式"释褐"了。虽然他廷对的内容不得而知，但联系一下当时的背景却可以想见，那一定是替高宗、秦桧的"中兴"吹嘘的文字。他先是被任命为霍邱县的税官，很快改任去监管户部曲院，留在临安。笔者认为这肯定是秦桧干预的结果，因为嘉靖志本传就说："初，秦桧爱其诗云：'秋声归草木，寒色到衣裘'，留京。"

尽管他"命薄官如虱"（《闷题》），但相对于前半生的漂泊来说，居官临安已经是很幸

---

① 陈均：《九朝编年备要》卷二十九，影印文渊阁四库全书本。
② 《太仓稊米集》卷五十七《上皇帝》。
③ 李纲：《梁溪集》卷五十八，影印文渊阁四库全书本。
④ 罗大经著，王瑞来点校：《鹤林玉露》，中华书局1983年版，第182页。

福的事情了,至少衣食无忧,还能日日徜徉于西湖之上,与诗友们交游唱和,好不快哉!但有一件功课是必做的,就是每逢十二月二十五日,为宰相秦桧写生日贺诗,把秦桧吹捧成伊尹、周公等圣人,把高宗、秦桧的"和议"吹成是天下第一的功劳,同时不忘吹捧一下秦桧的儿子秦熺。这样的作品连篇累牍,以至于"略其人品不计"的四库馆臣都说他:"老而无耻,玷污汗青"。然而这样的作品再次感动了秦桧父子,所以他的仕途越来越顺利,从绍兴十五年开始担任六部架阁官,由低贱的酒丞专任清要的文字工作。绍兴十七年,又任敕局删定官,并权实录院检讨官,进入史官序列。同年,又任枢密院编修官。品级虽然不高,但是越来越接近权力中心。绍兴十九年,得以权摄右司员外郎,从六品。在这段时间里,周紫芝主要是在秦熺手下编撰史料,他们删除所有对秦桧不利的旧迹,颠倒黑白,混淆是非,以致宋代南渡国史往往有不符合事实的地方。同时,笔者也注意到秦桧专制时期,告讦之风盛行,大狱不断,但是周紫芝并没有制造一些事端以求晋身。所以,他充其量只是秦桧的一个文化打手、帮闲文人而已。

绍兴二十一年五月,71岁的周紫芝在临安生活了10年之后,终于外放出任兴国军的知军。按照地方志的记载,原因在于他"和御制诗'已通灌玉(一作火)亲祠事,更有何人敢告猷?'桧怒其讽己,出之。紫芝唯言:'士遇合有时,吾岂以彼易此?'"这段话似乎表明他的立场与秦桧对立。实则不然,兴国军虽然在南宋时期是边鄙小郡,但他于致任之年出任郡守,显然级别待遇都提高了,而且到任后,他依然为秦桧父子唱赞歌不已。那么,他主宰兴国军应当是秦桧的一个恩惠。在兴国军3年间,他唯一的政绩就是游览山水,焚香赋诗。绍兴二十三年年底,任满,他奉祠庐山,于是就携带着家人渡江,定居在早已修好于庐山之上的二妙堂。直到二十五年春病逝,他再也没有回过他的家乡宣城。

纵观其人,周紫芝是一个品节有亏的文人。那么,研究他的文学成就,只能"略其人品"(四库馆臣语)。作为儒家知识分子,他多次参加进士考试,上书言事,最终沦为秦桧的帮凶,体现出积极用世的精神。晚年之后,他明哲保身,处事更加圆滑,正如他在《静寄老翁自赞》里评价自己的那样:"是老翁者,方其少也,玉三献而不售;及其老也,云一出而未还。枯木之株,飞蓬之颠,韦韦脂脂,不亦可怜。"唯有如此,他才能在居心叵测的秦桧身边游刃有余。除此之外,他还熟稔佛教,这在宋代士大夫中是普遍现象。由于不懂佛教,笔者暂将此略过。

二

周紫芝著有《竹坡诗话》一书,其中逸闻轶事和诗文评论参半,很难称之为文学理论著作。加上他对部分诗歌的鉴赏不精,以至于后人对此书评价很低。① 而且他的见解多是借鉴前人,不能自成体系,所以本文只打算用文学观念一词来阐述这个问题。

总的说来,周氏的文学观念多以继承和发扬苏门理论为主,创见较少,具体如下:

第一,以"平淡"为最高审美标准。追求平淡美是宋代文坛的一种风气,有着普遍的社会心理和创作实践基础,从梅尧臣、欧阳修到苏轼、黄庭坚莫不存在这样的一种倾向。② 周紫芝的"平淡"直接来源于苏轼,据《竹坡诗话》里面记载:

---

① 参见《周紫芝年谱》附录中谢肇淛和陈衍的相关论述。
② 参见程杰师:《宋诗"平淡美"的理论和实践》,《学术研究》1995年第6期。

> 知作诗到平淡处，要似非力所能。东坡尝有书与其侄云："大凡为文，当使气象峥嵘，五色绚烂，渐老渐熟，乃造平淡。"余以不但为文，作诗者尤当取法于此。

可见，平淡美的创造有一个过程，必须先具有气象，然后才能达到平淡美的境界。"平淡的形式中包含着不平淡的内容。苏轼称赞柳宗元'外枯而中膏，似淡而实美''发纤秾于简古，寄至味于淡泊'，就是这种境界。这与黄庭坚所说的'平淡而山高水深'意义相近。"① 周紫芝对此理解得比较正确，正像他在诗里面写到的"淡中得味世谁知？"② 也是要求诗歌有言外之意，韵外之致。所以他用"平淡"二字形容前人的诗歌，如称韦应物"有句尽平淡"，夸王安石"横斜照壁诗，平淡如止水"（《游定林》）。他认可苏轼所言郑谷诗"江上晚来堪画处，渔人披得一簑归"气象浅俗，又批评白乐天《长恨歌》云"玉容寂寞泪阑干，梨花一枝春带雨"气韵近俗。这些诗句有历历在目的感觉，但是一览无余，却没有达到令人回味的境界，俗不可耐。

第二，实现平淡美的途径是自然天成。这一点源自苏洵的"风行水上，自然成文"。周裕锴先生认为："风行水上，水起波纹，既是天然无心的，又是富于文采的，它是自然成文的艺术表达论的绝佳象征，即主体无意乎相求的自然无心表达，完全可以生出最美的文理。"③ 周紫芝也常用风水的关系来评价别人的诗，如："诗如水得风，自然偶成纹"（《刘德秀县丞凡五和前篇仆亦五次其韵》其四）、"孙郎惜春句，平淡古未闻。譬如春江波，因风自成纹"（《次韵子绍送春七绝》其二）。具体而言，自然天成体现在以下两个方面：

（1）诗贵自然，反对雕琢。他在《祭靖节先生》一文中说："汉魏而下，晋宋之间，制作之辈，其出班班。曹刘鲍谢，岂不足观。文贵天成，不贵雕镌。"④ 他举例说韩驹《题何太宰御赐画喜雀诗》"想得雪残去鹎鹋观，一双飞上万年枝"之句，"不动斤斧，有太平无事之象"⑤。不事雕琢，而且有太平气象，这正是周紫芝心中的好诗，原因在于"大抵子苍之诗，淡泊而有思致，奇丽而不雕刻，未可以一言尽也"。不但韩驹如此，徐俯"暮年得句多出自然"⑥。应该看到，这种自然是"作诗到平淡处，要似非力所能"（《竹坡诗话》）的境界，只有经过意匠惨淡经营后方可达到。以用事为例，就要求达到水中着盐的地步，不留痕迹，自然贴切，比如《竹坡诗话》云：

> 凡诗人作语，要令事在语中，而人不知。余读太史公《天官书》："天一、枪、棓、矛、盾动摇，角大，兵起。"杜少陵诗云："五更鼓角声悲壮，三峡星河影动摇。"盖暗用迁语，而语中乃有用兵之意。诗至于此，可以为工也。

强调典故的运用与诗情表达的完美融合。实际上，"事在语中，而人不知"并不是周紫芝的创造，如《西清诗话》云："杜少陵云：'作诗用事要如禅家语，水中着盐，饮水乃知盐

---

① 周裕锴：《宋代诗学通论》，上海古籍出版社2007年版，第345页。
② 周紫芝：《太仓稊米集》卷三十四《全一道人分以石芝》。
③ 《宋代诗学通论》，第388页。
④ 《太仓稊米集》卷六十九《祭靖节先生》。
⑤ 《太仓稊米集》卷六十七《书陵阳集后》。
⑥ 《太仓稊米集》卷六十六《书老圃集后》。

味。'此说诗家秘密藏也。如'五更鼓角声悲壮,三峡星河影动摇',人徒见凌轹造化之工,不知乃用事也。"① 沿袭之迹,可见于此。

(2)诗歌创作的源泉在于生活,反对过于奇险。钟嵘说"气之动物,物之感人,摇荡性情,形诸舞咏",强调了外物之于诗歌创作的重要性。周紫芝的时代,黄山谷"诗歌从学问中"来的教诲言犹在耳,但是周氏却从自己的实践中体味到诗歌创作的真谛在于生活,如《竹坡诗话》记载:

> 余顷年游蒋山,夜上宝公塔。时天已昏黑,而月犹未出。前临大江,下视佛屋峥嵘,时闻风铃铿然有声。忽记杜少陵诗"夜深殿突兀,风动金琅珰",恍然如己语也;又尝独行山谷间,古木夹道交阴,唯闻子规相应木间,乃知"两边山木合,终日子规啼"之为佳句也。又暑中濒溪与客纳凉,时夕阳在山,蝉声满树,观二人洗马于溪中,曰:"此少陵所谓'晚凉看洗马,森木乱鸣蝉'者也。"此诗平日诵之不见其工,唯当所见处,乃始知其为妙。作诗正欲写所见耳,不必过为奇险也。

"作诗正欲写所见",那么山水草木、虫鱼鸟兽尽可以驱诸笔端作为诗材,这正是周紫芝比死守江西教条之辈高明的地方。这一点与后来的陆游、杨万里等类似,他们出于江西诗派而又能够破除江西诗派藩篱,最终自成一家。所以,我们看到周紫芝常有"清风吹句来,念我作句痒""山自眼前将句来"的诗句,"不必过为奇险",就是要求诗歌能够忠实地反映生活,不能刻意求奇求险。

第三,提倡胸有所养。这里的胸有所养,包括学问见识和道德修养等,周紫芝认为这是文学创作的重要前提。其实,也不是他的独创,孟子、韩愈、欧阳修、苏轼、黄庭坚等都或多或少提到了这个问题。关于学问见识,他说:"杜少陵用胸中万卷之书,作妙绝古今之句。尝自言诗有神助,而语不惊人虽死不休,宜其傲睨凌蔑,高目一世,以谓前无古人,后无作者。"实际上这是杜甫"读书破万卷,下笔如有神"的翻版,却被江西诗派奉为圭臬。类似的话也见于他对晁补之的评价,他说:"晁无咎之文与诗,浩浩然犹河汉之无极也,想其胸中何止有八九云梦而已。"② 关于道德修养,他认为"求文章操行兼修并立,如韩退之、白乐天辈且未易得",虽存在一定的难度,但是也不乏其人,比如他评价苏门弟子李鹰说:"自非豪迈英杰之气过人十倍,则其发为文词,何以若是其痛快耶?"③ 他的好友王相如是一位死于乱军之手而毫不屈服的壮士,生前"平居言笑乐易,与人和柔,未尝一失颜色。而其泾渭白黑,自有胸次,不肯略借毫发于人"。故所作诗文"如江平风霁,微波不回,而汹涌之势、澎湃之声固已隐然在其中"④,俨然就是道德文学的统一体。遗憾的是,他自己虽然颇有文采,却难在道德层面赢得尊敬。

那么,德行能感召来者,文学创作又具平淡之美的作者存在吗?周紫芝认为陶渊明就是一个很好的典范。他说:"先生之出,如山吐云;先生之归,如鸟入林。人见乃尔,我独何

---

① (宋)胡仔编撰,廖德明校点:《渔隐丛话前集》卷十《杜少陵》,人民文学出版社1962年版,第66页。
② 《太仓稊米集》卷六十六《书晁无咎帖后》。
③ 《太仓稊米集》卷六十六《书月岩集后》。
④ 《太仓稊米集》卷五十一《溪堂文集序》。

心?所以超绝,亘古一人。放而为词,妙不可论。律而为诗,是亦斯文。高风卓行,文章本根。"① 针对那些有意模仿陶渊明的人,周紫芝给予嘲讽,比如"彼捧心者,乃欲效颦。东涂西抹,而倚市门。刻画无盐,宁不厚颜"。② 他在《书陶渊明归田园书后》一文中解释道:"近时士大夫多喜学渊明诗,皆故为静退远引之词,以文其歆羡躁进之失,譬犹效西子之颦而忘其语意高远,不能窥此老之藩篱也。"盖无陶渊明的心胸,就写不出陶渊明式的作品。

如果说平淡、自然和有所养三个方面可以看做是在继承和接受前人的理论,那么周紫芝对乐府歌诗的理解倒是令人耳目一新。他曾编有《古今诸家乐府》一书③,"是集古今之作,如古乐府所载及诸公文集中有之及《文选》《玉台》《唐文粹》类悉编次成书,为三十卷"。④ 此书序言详细地阐述了他的乐府观,具体如下:

第一,简述了乐府诗发展的概况。他追溯乐府诗的起源,以为"实肇于虞舜之时",上古时代诗、乐、舞三位一体的,这是乐府的萌芽阶段。春秋战国时期,具体而言就是"孔子删诗定书取三百六篇"时,乐府诗正式出现了。六朝时期乐府诗得到了一定的发展,而唐代则是乐府的丰收期。

第二,提倡诗歌的教化功能,但并不因此忽略诗歌的文学性。魏晋至唐代乐府诗大量出现,这些作品十有八九与乐府古题本事不相符合,原因在于已经不可考。于是"变为淫言,流为亵语,大抵以艳丽之词更相祖述,至使父子、兄弟不可同席,而闻无复有补于世教"。他举例说,《玉台新咏》的艳歌词"肆帷幄之言,渎君臣之分,此谓害教之大者"。这实际上是典型的儒家诗教观,即强调诗歌的教化作用。他补充说,这个时代的乐府诗使"规箴训诲之意,伤今思古之作。与夫感创时物,纪述节义,使后人歌咏其言而有悲愁感慨之意"为之扫地。这与白居易诗歌"上以补察时政,下以泄导人情"的观点有一致之处。如《金铜歌》,诗拟李贺《金铜仙人辞汉歌》,作者就在引言里写道"予因读长吉诗,爱其奇古,然味牧之所谓其于骚人感刺怨怼之意无得而有焉,乃为续赋,以系乐府之末"⑤。尽管如此,他还是能够充分地认识到文学自身的美学特征。比如他认为齐梁时代的乐府作品于世教无益,但他肯定"歌词之丽如梁简文、陈叔宝辈,皆以风流婉媚之言,而文以闺房脂泽之气,婉而深情而有味,亦大有可人意者"。在这一点上,周氏的评价十分中肯,尽管齐梁时代文学往往为后世诟病,但他并没有偏废,而是从文学自身的角度予以肯定。

第三,对于众名家巨手的创作,周氏唯独尊崇张籍,认为"唐人作乐府者甚多,当以张文昌为第一",其他诸家比如"李太白最高而微短于韵,王建善讽而未能脱俗,孟东野近古而思浅,李长吉语奇而入怪,唯张文昌兼诸家之善,妙绝古今"。他处处以张籍的乐府诗为标准,比如在评述本朝诗人王观的乐府诗创作时,他就说:"观尝作《游侠曲》……此篇词意大似李太白,恨未入文昌之室耳。……至《莫恼翁》篇……遂与文昌争衡矣。"(《竹坡诗话》)他又认为,张耒学习张籍乐府诗"亦颇逼真",并且举出张耒的代表作《输麦行》,认为"知其效籍之意盖甚笃,而乐府亦自是为之反魂矣"(《竹坡诗话》)。正因如此,他总结说:"本朝乐府当以张文潜为第一。文潜乐府刻意文昌,往往过之。顷在南都见《仓前村民输麦行》,尝见其亲稿。其后题云'此篇效张文昌'而语差繁,乃知其喜文昌如此"(《竹

---

① 《太仓稊米集》卷六十九《祭靖节先生》。
② 同上《祭靖节先生》。
③ 是书今已不存,此据《太仓稊米集》卷五十一《古今诸家乐府序》得知。
④ 《太仓稊米集》卷五十一。
⑤ 《太仓稊米集》卷一。

坡诗话》)。有自己的乐府诗见解，还有创作实践，这使周紫芝在南渡诗坛能够独树一帜。①

从以上论述可以看出，周紫芝受苏门特别是苏轼、张耒影响最大。除此之外，李之仪也教他创作之道。对于其他派别的作家，他同样以兼容并包的态度虚心求教，体现出"转益多师是汝师"的广阔胸怀。比如他在逃难之时，"因不能尽挈群书以行，携古今诸人诗唯柳子厚、刘梦得、杜牧之、黄鲁直、杜子美、张文潜、陈无己、陈去非，皆适有之，非择而取也。使小儿辈抄为小集，日诵于山中，行住坐卧必以相随，尝号为《诗八珍》"②，师法的对象多，所以视野相对开阔。

以江西诗派为例，他对黄庭坚非常尊崇。黄被贬太平州，他就打算亲自上门求教。山谷门人元勋在宣州逗留，周紫芝就向他学作诗。③ 江西诗派的中坚吕本中曾经也是他的好友。对他影响最大的莫过于徐俯的一番言论，如下：

> 金陵吴思道为余言，顷尝以近诗示徐公。徐公谓仆："是岂欲拟杜少陵句法邪？"思道曰："少陵安可拟？但不取法耳。"公因言："余平生正坐子美见误。"思道问其故，公曰："今人饭客饮食中最美者无如馒头夹子，连日食之，如嚼木札耳。"丙辰夏至前两日，朱子明司理以此本见还。时方昼卧东窗枕上，读数十篇，乃悟前语。④

杜甫是江西诗祖，徐俯竟然反思平生为其误导，这对周紫芝的触动应该是很大的。

三

周紫芝是一位诗、词、文三样都比较擅长的作家，其中以诗歌成就最为可观，《全宋诗》收录其诗1 900多首。

下面有必要交代一下他的《太仓稊米集》。是书一共七十卷，前四十三卷都是诗歌。需要说明的是这个集子是按照文体分类来编订的，前两卷是乐府，第三卷至第四十二卷为诗，第四十三卷为颂，第四十四卷至第四十六卷为论，第四十七、四十八卷为策，第四十九卷为札子，第五十卷为杂说，第五十一、五十二卷为序，第五十三卷为表，第五十四卷至第五十六卷为启，第五十七卷至第五十九卷为书，第六十、六十一卷为记，第六十二卷为上梁文，第六十三卷为疏文，第六十四卷为偈，第六十五卷为史断，第六十六、六十七卷为书后，第六十八卷为祝文，第六十九卷为祭文，第七十卷为墓志。分类庞杂，其中乐府、颂今天已经被看成是诗歌一类的文体了。⑤ 所以，这里要讨论的就是《太仓稊米集》的前四十三卷。而原书第三卷到第四十二卷诗歌部分有一个大致的编年，虽然不尽准确，但是时间先后宛然，为笔者编订年谱提供了一些便利，基本可以断定的是该书前二十一卷作于周紫芝61岁前，身在江湖；第二十二卷至四十三卷作于周紫芝62岁至去世，名在庙堂。这里主要讨论前二十一卷的内容，因为后半部分的创作多为交友唱和之作和为秦桧父子作的赞歌，内容单一，情

---

① 可参考拙文《论周紫芝的乐府诗》，载《南京师范大学文学院学报》2007年第3期。
② 《太仓稊米集》卷五十一《诗八珍序》。
③ 可参考拙文《元勋事迹补正》，载《文学遗产》2006年第2期。
④ 《太仓稊米集》卷六十六《书徐师川诗后》。
⑤ 按：《全宋诗》收录了周紫芝的《大宋中兴颂》。

感基调基本一致，呈现出位尊而才减的倾向。

而前二十一卷正是周紫芝诗歌创作的精华所在。就内容而言，大多写自己的穷愁潦倒、交友唱和与纪乱流亡。就诗体而论，他的五言律诗和乐府歌行更加出色。

首先是五言律诗。他喜欢用组诗的形式来写流亡，很接近杜甫，具有鲜明的时代特征，这类作品以《避兵遣怀六首》《山中避盗后十首》为例，如前者：

> 乌噪乌江渡，鲸吞白下州。地分元帅重，声入贼营愁。近碟巡江尉，将俘北阙头。兵行速如鬼，高鼻半毡裘。
> 江阔烽烟冷，城危战骑骁。虏从诸道入，将拥溃兵骄。万国昼多垒，三军夜击刁。干戈空满眼，蛇豕不胜枭。
> 避地苍黄夜，悲凉郡郭西。扪萝危绝磴，杖策困深泥。掩面怜痴女，回头愧老妻。惊魂犹未定，胡马莫频嘶。
> 野宿宁堪度，风餐实自怜。妻孥浑在眼，戈甲暗凋年。夜月翻惊鹊，炎天看跕鸢。射敌无一矢，南渡几楼船。
> 心折来时路，身行乱后村。土兵呵白昼，野妇哭黄昏。贼去烟留屋，人归日在门。春陵四万户，今日几家存。
> 阊阖乾坤大，封疆四百州。蒙尘二圣哲，伐叛六春秋。地入强胡阔，官封悍将优。奉天哀诏下，感泣万方愁。①

诗歌写建炎三年前后，金兵南下，乱兵四起，自己携带家人四处逃亡的经历。语语沉痛，很接近杜甫《春望》的格调。而其五"春陵四万户，今日几家存"很明显出自杜甫的"城中十万户，此地两三家"。

这些诗格律严谨，对仗工稳。周紫芝曾说："作诗先严格律，然后及句法。"② 于此可见一斑。方回指出："五言如：'日日湖边鹭，频来我不嗔。故山无百里，客舍遂三春。红落含桃过，青垂小杏新。光阴花委地，漂泊燕依人。'其格律、句法可觇也。"③这首诗见《太仓稊米集》卷二十，题为《客舍》。其时作者隐居芜湖，唯见白鹭频来，天长日久，所以熟识而不嗔。虽然距离家乡宣城不到百里，但是他在异地客居三年。桃花飘零，杏子青青，光阴逝去，漂泊他方，只如燕子寄人篱下，无家可归。整首诗格律如下："仄仄平平仄，平平仄仄平。仄平平仄仄，仄仄仄平平。平仄平平仄，平平仄仄平。平平平仄仄，平仄仄平平。"除了"故""红""漂"没有严格遵守格律之外，其他无一处不合律。第三联"红落含桃过，青垂小杏新"，为了突出红、青二色的视觉冲击，有意地使用倒装。这一点在杜甫诗中很常见，比如"绿垂风折笋，红绽雨肥梅"之类。此外，诗中几乎没有使用典故，清新流畅，没有艰涩之感，这比同样学习杜甫的江西诗派后进要高妙得多。此外，诗集中有很多对偶句可谓工对，方回认为："'幅巾沾雨过，拄杖看云移''长须吸水去，小艇得鱼回''冠敧从自落，门设未尝扃''附陇田成陛，倾崖水作帘''木杪收残照，云间得数星''云破千峰出，秋随一雨生''幽虫近床语，黄叶到阶飞''好句贫犹得，衰颜醉亦丹'，皆清新

---

① 《太仓稊米集》卷八。
② 《太仓稊米集》卷首《陈天麟序》。
③ 方回：《桐江集》卷三《读太仓稊米集》，续修四库全书本。

可喜。"①

其次是乐府歌行。② 据笔者统计,周紫芝一共创作了90余首乐府诗,它们并非作于一时一地,时间和空间的跨度都比较大。如有作于北宋政和七年(1117)诗人赴汴京途中的《隋渠行》;有南宋建炎元年(1127)作于江宁的《秣陵行》;有绍兴十八年(1148)作于临安的《虚飘飘》等。而且风格上差异也很大,如拟古乐府多作于周氏早年,风格以清丽为宗,婉转有味;新乐府大多作于中、壮年时期,国难当头,人事沉沦,诗歌以慷慨激越为主;少部分新乐府作于绍兴十二年(1142)登第之后,生活安逸,诗歌就显得中正平和。总而言之,他的乐府诗较全面地反映了北宋末年到南宋初期社会由治而乱、由乱转治的全景,这是同时代其他诗人无法比拟的。它们远绍汉乐府,近承杜甫、白居易、张籍,以诗歌写实事,弘扬现实主义精神,批判不正常的社会现象和问题,代表了周紫芝乐府诗的最高成就。

新乐府往往能直面社会现实。如针对宋徽宗迷信道教,满朝乌烟瘴气,周紫芝讽刺道"汉皇年来新受箓,自篆天书辟邪毒。六宫此日多欢娱,就中何人恩宠殊。黄金钗横绛囊小,争带君王亲写符"(《汉宫词》)。又如作于政和七年(1117)的《隋渠行》,当时诗人乘舟沿京杭运河赴汴京参加科举考试,在途中见到运送花石纲的情景。对此祸国殃民之举,他非常痛恨和无奈。他在《上皇帝》中写道:"道由淮汴以至京师,是时四方奉花石之贡。吴樯蜀艑,岢峨而来,衔尾而进不绝于道。臣在舟中望见几至泣下。"这首诗里描写的就是当时的情景,即使在"雪花漫天大如掌"的冬天,朝廷仍不顾人民的死活,运送花石纲如故,"舳舻相仍冻衔尾",并且随行官吏气焰嚣张,以致"当路谁人敢呵喝?"用新乐府来反映战乱也是周紫芝的长项,如《魔军行》记述徽宗宣和二年(1120)方腊起义,《雍门行》写靖康元年(1126)宋室诛杀奸相蔡京余孽蔡攸等,《秣陵行》写建炎元年(1127)江宁士兵因不满郡守宇文粹中的暴虐而发动兵变的事,《悼友篇》写建炎三年(1129)金兵渡江紫芝友人王相如全家死于乱兵事,《艨艟行》写绍兴年间岳飞平定洞庭湖杨么事等,语言通俗易懂,时代特色鲜明。

在与其同时的江西诗人中能用诗歌反映时事者位数不多,而能用乐府歌来反映现实的更是寥寥无几。其时曹勋也以乐府诗闻名,"集中诸诗如《独不见》《杨花曲》之类,语多缛丽,时有小词香艳之遗"③。但与周紫芝相比,相差远矣。

四

用风格多样来概括周紫芝的诗歌特色是比较恰当的。他的五言律格律严谨,一如杜甫,但是除了少数避乱诗略有杜甫沉郁顿挫的味道之外,其他则纤巧有余,雄浑不足;有些长句有意学苏轼,但是纵横捭阖、意趣横生则不足。比上明显不足,即使与深得杜甫精髓的陈与义相比,他也难以比肩。然而将周紫芝与堆砌典故词藻的江西诗派后进相比,优势就特别明显,他能够消化典故,合理地安排字句,让典故很好地为造境服务。所以,四库馆臣评价周紫芝说"其诗在南宋之初,特为杰出,无豫章生硬之弊,亦无江湖末派酸馅之习",的是

---

① 方回:《读太仓稊米集》。
② 可参考拙文《论周紫芝的乐府诗》。
③ 永瑢等:《四库全书总目提要》,中华书局1965年版,第1348页。

确论。

可以看出,在学习诸家包括江西诗派的基础上,周紫芝力图在诗歌创作上走出一条属于自己的路子——兼容苏、黄,跳出江西藩篱。这对陆游、范成大等中兴诗人来说实在是导夫先路的,但如果要把他与陆、范二人相提并论,还是有拔高的嫌疑。

综上所述,周紫芝在南渡时期有一定的文学地位。他虽然不能够与陈与义等人并驾齐驱,但是依然有自己的风格和特色,是研究南渡时期文学不可缺少的重要对象,对于诗人纠正江西诗派生硬的毛病,走向中兴诗坛也是有一定帮助的。

宋代花判新探*

沈如泉
西南交通大学

关于唐宋判词的研究，目前学界已经取得不少成果，其中与文学研究相关的较为重要的学术成果主要有吴承学从文体学角度分析判词的《唐代判文》一文，以及苗怀明发表的《中国古代判词的文学化进程及其文学品格》等文章。① 这些论文对判词的体制、文体演变及判词与其他文体，如公案小说之间的联系都有比较清晰的描述。前举两篇文章也曾论及花判，其中吴承学对花判体制特点的描述以及苗怀明对花判在判词文学化进程中所居地位的概括均值得重视。不过上述二文限于篇幅，对花判相关问题论述尚嫌简略，此后则更少见学者有论及花判之作发表。其实，关于花判得名、花判文体演变等问题至今尚未得到深入讨论，目前部分学者得出的结论也还值得商榷。本文拟就如何理解花判、宋代花判的文体特点与功能等问题略加申述，期待同行专家学者的批评与指正。

一、释"花判"

今欲解说"花判"，首先我们要回顾一下当代学者对"花判"所持的代表性观点并同时检讨其所利用的史料以及对史料的处理方式是否妥当。

苗怀明指出"花判一词最早由洪迈提出"，现在看来，此说并不准确。笔者发现，至迟在南宋初已成书的蔡絛《铁围山丛谈》中就有关于花判的记录，这比洪迈《容斋随笔》中的记录要早。该书卷四载：

> 蔡内相文饶蘲，以殿魁骤进。晚知杭州，稍失志。时宣和间，钱塘经方寇破残后，其用意将效张崖公领成都故事。花判府有寡妇诣讼庭投牒而衣绯袴，即大书曰："红袴白裆，礼法相妨。臀杖十七，且守孤孀。"②

此条所录蔡蘲花判，内容及风格均与洪迈所描述的花判特征相符，这样看来，花判一词或在北宋末已开始流行。

不过就目前所知，洪迈仍是最早对花判作出确切解释的学者。洪迈《容斋随笔》卷十"唐书判"条云：

---

* 本文为教育部人文社会科学研究西部和边疆地区规划基金项目"宋代骈文文体功能研究"（11XJA751004）及中央高校基本科研业务费专项资金资助项目"唐宋古文运动背景下的苏轼骈文研究"（SWJTU11CX108）的阶段性成果。

① 吴承学《唐代判文》一文原载《文学遗产》1999 年第 6 期，后收入吴氏著《中国古代文体形态研究》（修订版）中，中山大学出版社 2002 年版，第 156～180 页。苗怀明：《中国古代判词的文学化进程及其文学品格》载《江海学刊》2000 年第 5 期，第 156～160 页。

② （宋）蔡絛著，冯惠民、沈锡麟点校：《铁围山丛谈》，中华书局 1983 年版，第 63 页。

  唐铨选择人之法有四：一曰身，谓体貌丰伟；二曰言，言辞辩正；三曰书，楷法遒美；四曰判，文理优长。凡试判登科谓之入等，甚拙者谓之蓝缕，选未满而试文三篇谓之宏辞，试判三条谓之拔萃。中者即授官。既以书为艺，故唐人无不工楷法，以判为贵，故无不习熟，而判语必骈俪，今所传《龙筋凤髓判》及《白乐天集甲乙判》是也。自朝廷至县邑，莫不皆然，非读书善文不可也。宰臣每启拟一事，亦必偶数十语，今郑畋敕语、堂判犹存。世俗喜道琐细遗事，参以滑稽，目为花判，其实乃如此，非若今人握笔据案，只署一字亦可。国初尚有唐余波，久而革去之。但体貌丰伟，用以取人，未为至论。①

  洪迈此段文字基本将花判特点概括清楚，但其表述中也有令人稍觉含混之处，如"世俗喜道琐细遗事，参以滑稽，目为花判，其实乃如此"，似乎是说宋代世俗所称的花判其实源出唐判，但又紧接"非若今人握笔据案"数语，则"世俗"仿佛又指唐代的民众了。故凭此段记载，我们仅可知宋人对花判一词的理解，而唐代是否有花判之名，尚难借此证明。

  应该如何理解花判，吴承学指出："古人还把某些唐判文称为'花判'，《容斋随笔》卷十'唐书判'：'世俗喜道琐细遗事，参以滑稽，目为花判。'学术界对花判尚无确解，我以为上述所言的拟判、案判与杂判是以判的应用范围和对象来区别的，而花判却是就其风格而言的，其分类不属同一系列。花判之'花'，除了滑稽之外，可能还应该指各色琐细繁复之意，如花名册、花户的花字之义。花判的文体特征，即洪迈所说的'琐细遗事，参以滑稽'两端。因此，花判可能是案判，也可能是杂判，可实录，可加工，也可虚拟。旧时地方官于民刑细事足资谈助者，其判词亦为俪体而语带滑稽，也就是花判之遗。花判往往以其判词的语言才思和思考的机智幽默而吸引人，这类花判近于街谈巷议，故一般记载在笔记杂录小说之中。"②接下来，吴先生引用《开天传信记》所载裴谞判状及《卢氏杂说》所载李据判状两段记载诙谐判词的文字为例，进一步指出："花判是文人或官场的逸事，其幽默滑稽近于笑话，反映出当时文人雅谑之风的一面，由于花判的这种特性，故它与小说家言的关系非常密切。"这是当代学者首次对花判加以较为明晰的解释。同时，吴先生还曾引用五代何光远《鉴戒录》中卷六"戏判作"一条，认为："这种'戏判'，也可以看成花判。"笔者认为，吴先生所举三例作为花判例证进行分析的合理性还值得检讨，因为这三段文字所载判词的特点虽然均具有诙谐特征，可记录者仅称其为判或戏判，文中均未出现花判这一概念。吴先生是先依洪迈所解，将花判文体特征定为"琐细遗事，参以滑稽"，再反过来确定前引笔记小说中三例为"花判"，于是就将花判出现的时代上限推到唐代。然而严格地说，只宜讲那时已经出现带有如宋人洪迈所云花判特点的判词，并不能证明唐五代人已有花判的概念。

  苗怀明先生对花判的理解也仍然是立足于洪迈的描述，不过他列举的花判例子比较恰当，当然，这些例子吴承学先生在论述花判与小说关系时也曾提及。苗怀明说："显然，'琐细遗事'是花判的内容，'滑稽'是花判的风格，那些人命、抢劫、谋反的大案要案因政治味、血腥味太浓，是不适合作花判题材的。这种花判，我们可以在罗烨的《醉翁谈录》里看到，该书庚集收录有十五则花判公案小说。这类小说最引人入胜之处不在案件的离奇惊险，故事内容较简单，其结尾的判词是全文的精彩之处。这些判词多是拿妓女、和尚开玩

---

① （宋）洪迈：《容斋随笔》卷十，上海古籍出版社1978年版，第127页。
② 吴承学：《中国古代文体形态研究》（修订版），中山大学出版社2002年版，第169页。

笑，诙谐幽默。形式上既有通常所见的四六骈文，也有一些和诗词结合的诗词体判文。"

罗烨的《新编醉翁谈录》卷二庚集下署"花判公案"四字，后列十五则公案故事，其中七则所录判词前均明确写有"花判云"字样，其余八则仅书判而已。此书卷一乙集"烟粉欢合"类下亦录"宪台王刚中花判"一条。罗烨，生平不详，当代学者据书中内容推测其可能为宋人①，但《新编醉翁谈录》一书则因乙集卷二收录《吴氏寄夫歌》（为元人吴伯固之女作）等原因被学者定为元刻本。那么此书所录的花判究竟为宋本原有还是后来掺入，也还有些问题。此外，还有一个值得注意的现象，日本翻刻元禄十二年刊本《重编群书类要事林广记》（以下简称和刻本《事林广记》）卷十三下亦列"花判公案"一门，其下收录十四条花判公案，前十三条与《新编醉翁谈录》相同。二书不同处在于和刻本《事林广记》最后收录"建康留守判道士归俗"一条不见于《新编醉翁谈录》，而《新编醉翁谈录》中最后所录《判渡子不孝罪》及《判妓告行赛愿》也不见于和刻本《事林广记》。相同的十三条内容，二书所录文字大致相同，也各有讹误，可以对校。比较而言，和刻本《事林广记》文字稍佳。疑二书所录花判或源出一本，或彼此间有抄录关系。《事林广记》为南宋末年陈元靓所编，但宋版早佚，传世元、明刻本及和刻本均经后世增删，已非原貌。②

花判公案一门所载诸判在《事林广记》诸本中除见于和刻本外，也见于北大本辛集卷下"风月笑林"之"烟花判笔"中。③ 和刻本及北大本都被认为是比较接近于宋刻的版本。但此二本所收诸判条目、排列顺序及文字内容等又有较大差别。如北大本前两条"戚氏诉情词状"和"判府大怒判云"是集曲名而成的一段俳谐文体故事，叙事与判词均用词牌名连缀成文，此二篇不见于和刻本《事林广记》及《新编醉翁谈录》。再如"判妓执照状"一条，《新编醉翁谈录》及和刻本《事林广记》均写作"柳借古诗句花判云"，而北大本作"柳借古诗句判云"；《新编醉翁谈录》"判妓告行赛愿"一条，和刻本无，北大本题作"判妓告假赛愿"，文中《新编醉翁谈录》本"作《西江月》以云。奉判云"数语，北大本作"花判云：《西江月》"。此外，北大本"刘静女私通陈彦臣"一条纪事简略，文中判词称王刚中"花判云"；和刻本无此条，而《新编醉翁谈录》乙集"烟粉欢合"类下此故事被敷衍成"静女私通陈彦臣"及"宪台王刚中花判"两个前后衔接的条目，内容更加丰富。但王刚中最后的判词仅称"判云"，与标题称"花判"并不一致。此外，《富沙守收妓附籍》一条，《新编醉翁谈录》及刻本《事林广记》均作"花判云"而北大本作"判云"，判词内容则《新编醉翁谈录》与北大本基本相同，而和刻本则有缺略。其他异同，三本多有，当另撰文申述，今不一一胪列。不过，由此已可窥见当日世俗往往将判与花判混为一谈的情状。

南宋刘克庄的诗里也有数处明确提及花判的句子。如《送邹莆田》云："日日焚香出，天知令尹心。租符环境少，花判入人深。发路唯诗卷，般家亦俸金。极为乡井惜，不是怆分襟。"④《同安权县林丞和余二首趁韵答之》其二云："颇闻四境有弦声，雉傍人飞犬不惊。在处棠阴应勿伐，等闲花判亦流行。掞庭子盍摘新藻，绝廪□□□落英。台府诸公衡尺审，

---

① 周晓薇：《新编醉翁谈录》之"本书说明"，辽宁教育出版社1998年版。
② 1963年中华书局影印元至顺建安椿庄书院本《事林广记》，胡道静撰《前言》。
③ 1993年中华书局将北大藏元后至元六年（1340）郑氏积诚堂本与日本元禄十二年翻刻本（1699）《事林广记》合刊影印出版，本文所称"北大本"与"和刻本"即指此书所收此二种版本。
④ 傅璇琮等主编：《全宋诗》，第58册，北京大学出版社1998年版，第36242页。

春风荐子有谁争。"①《送赵司理归永嘉》诗云："终岁闭柴荆，于君面尚生。客谈花判健，民道李官清。方喜片言折，忽因微罪行。吕侯今秉钺，羔雁必来迎。"②《送强甫赴惠安六言十首》其五云："脑上笔不会插，心头肉其忍剜。乍可依无花判，莫教渠有租瘢。"③值得注意的是，在刘克庄诗中，"花判"是作为一个赞美官员能力的褒义词在使用，与洪迈说的世俗所谓"花判"有区别。

根据上述材料，我们对学者关于"花判"的一些论述可以再次加以讨论。

吴承学说："花判之'花'，除了滑稽之外，可能还应该指各色琐细繁复之意，如花名册、花户的花字之义。"这个解释可能并不全面。而苗怀明说："'琐细遗事'是花判的内容，'滑稽'是花判的风格，那些人命、抢劫、谋反的大案要案因政治味、血腥味太浓，是不适合作花判的题材的。"这一观点恐怕也值得商榷。在现存的唐宋判词中，其内容几乎涉及社会生活的方方面面，各色琐细繁复的案件可谓一应俱全，因此吴承学与苗怀明的观点在操作层面仍难以将普通判词与花判区分开。不过"滑稽"确实是花判的一个明显标志，据现存标明花判的作品来看，判词基本都令人发笑，故"措词滑稽"仍可谓花判的一个基本特征。

而据刘克庄诗"花判入人深""等闲花判亦流行""客谈花判健"等知"花判"在南宋亦可用为赞美之词。此"花"当与"华"通，指判词笔力雄健或文章华美，其含义略近于《文选·陆云〈大将军宴会被命做诗〉》中之"神道见素，遗华反质"中之"华"字。李善注云："华谓采章，质谓淳朴也。"花判之"花"亦当释为采章，故花判即是写得漂亮的、富有文采的判词，是相对于质木无文的判词而言的。从判词发展历史看，宋代判词正是由唐判重文词之美转向重法理清明，散体判词逐渐取代骈体判词的一个阶段，如今存《名公书判清明集》等宋人判词基本都是据实直说，平白如话。而在世俗娱乐性的文艺作品中，特为这些强调文辞之美的判词加一"花"字，可能也是为了突出其讲究文辞修饰的特点。当然，这种世俗所认为的美，与文人士大夫所谓的美还是有区别的。花判语言多俚俗而少典雅，往往以滑稽有趣为美。

此外，"花判"之"花"可能还双关"烟花"之"花"。此烟花指妓女或艺妓，如唐代黄滔《闺怨》诗中"塞上无烟花，宁思妾颜色"之烟花意。而歌妓又总是与男女情爱之事相关联，如前蜀韦庄《多情》诗所写"一生风月供惆怅，到处烟花恨别离"。北大本《事林广记》所载诸花判正在"风月笑林"之"烟花判笔"条下，亦可成为此说一个佐证。

今以罗烨的《新编醉翁谈录》及和刻本《事林广记》中"花判公案"条目下所收的共16道花判为例，加以简单统计，列表如下。

序号	花判名称	主要案情	判文文体
1	张魁以词判妓状	妓杨赛赛讼人负约欠钱	词【踏莎行】
2	判暨师奴从良	妓暨师奴陈乞落籍	骈文
3	判娼妓为妻	张贡士与一角妓情好，挈而之家，因财礼与妓父成讼	骈文

---

① 同上，第36441～36442页。
② 同上，第36447～36448页。
③ 同上，第36530页。

续上表

序号	花判名称	主要案情	判文文体
4	判妓执照状	不羁子骗妓首饰而逃,妓不平而讼,乞判执照状捕之	诗（集句）
5	富沙守收妓附籍	延平妓因讼审到富沙,本州岛移文乞押回	骈文
6	判妓告行赛愿	妓女秀欲往婺源祖庙赛愿,尉不肯行,女秀具状陈乞放行	词【西江月】
7	子瞻判和尚游娼	僧了然常宿娼妓李秀奴家,一朝金尽,秀奴不纳,因击秀奴,随手而毙	词【踏莎行】
8	建康留守判道士归俗	道士与嘌唱宋英奴私通,事觉,捉到府庭	词【声声慢】
9	判僧奸情	镇江僧法聪犯童尼	词【望江南】
10	判和尚相打	光华院僧永圆、妙圆为奸情相妒而争打,投诉于郡衙	诗
11	大丞相判李淳娘供状	李淳娘与曹君议亲后五载而鸳衾未遂,遂与里人萧章私通,事发,诉于府庭	骈文
12	判夫出改嫁状	一良家妇以夫婿久出不得音耗投状求改嫁	诗
13	黄判院判戴氏论夫	王贡士赴省,就都下娶戴氏,约归为妻。及还舍,戴氏见王妻子已具,乃诉于县令	诗
14	判楚娘悔嫁村夫	葛楚娘为媒婆欺骗,嫁与村夫,怨恨求去,其夫诉于府	骈文
15	断人冒称进士	有一健讼人,冒称进士,妄生事节	诗
16	判渡子不孝罪	一士人赴省时过三衢,甚为渡子辱,后士人及第出镇三衢,遂擒渡子,渡子窜不出,追禁其母,经十日不出,追逮其妻,禁一日,渡子即出	骈文

从上表可以看出,其中涉及妓女的内容至少八条,居其半数,而关乎男女风月之情的内容除2、5、15条外,共计13条,占了绝大多数。不妨推测,对于南宋世俗民众而言,对花判含义的理解或者已经悄然发生转化,花判在意指文章美丽的同时也开始兼指事关烟花风月了。

这样,我们就可以理解为何花判公案中内容多为男女情事以及妓女故事,同时也可以理解前列数据中所谓"花判公案"为何也可列入"风月笑林"之"烟花判笔"下,或被收录在"烟粉欢合"类目下了。也许正因为南宋世俗所理解的花判一词含义与士大夫有别,故学者洪迈才需在《容斋随笔》中做一番考证工作,讲明世俗喜道的花判其实源出唐判,不过其内容是以烟粉欢合、风月笑谈等琐细遗事为主,而复具滑稽风格。同时洪迈又指出讲求文辞之美本是自唐以来判词本色,南宋世俗虽觉新奇有趣,而其实不过如此罢了。

二、宋代花判的文体特点与文体功能

宋代虽然出现了花判一名,但从使用情况看,这一名称似乎还没有完全固定下来。据前述,花判公案中绝大部分内容也可称为烟花判笔或烟粉欢合。同一道判词,在不同版本的文献中或称花判,或径称判。而花判公案这个短语也是偏正结构而非并列结构,其中公案是核心词，花判不过是为突出公案特点而加的一个修饰成分，用以体现此类小说不同于通常所说专讲"朴刀、杆棒及发迹变泰"故事的公案。这样看来，花判从判词中独立出来的迹象好像并不明显，似尚不足以视为完全独立成熟的文体。但如果我们能结合文体特点与文体功能等因素加以考虑，就会发现，在《新编醉翁谈录》等书中收录的花判与唐代或宋代士大夫所撰判词（如《文苑英华》中所收大量唐判，宋余靖《武溪集》中的判词，南宋吕祖谦编《宋文鉴》中所收判词，刘克庄、文天祥等人文集中所收录的判词以及《名公书判清明集》中的判词）相比较，文体形式已发生显著变化，同时其文体功能也随之而变，其虽自判词衍生，但已经具备若干独特而典型的新的文体特征。

第一，花判表现出文体的灵活性与综合性。唐判及北宋余靖判等均以典雅的骈文撰写，《名公书判清明集》及刘克庄、文天祥集中的判词是用散体文写成，总之均是文体。而以诗、词为判，是花判与传统判文的一个显著区别。前列16例中，用骈体文写作的判词6则；以词为判者5则，涉及4个词牌；以诗为判者5则，其中有集句诗，有打油体诗，有七言诗，也有四言诗。不用南宋常见的散体文写判而采用节奏感较强的诗、词、骈文来撰写判词，很可能是为了配合小说（笔者此处所用小说概念，取其狭义，指短篇话本）艺人的表演。《梦粱录》中说："且小说名银字儿，如烟粉、灵怪、传奇、公案、朴刀、杆棒、发迹变泰之类。"叶德均、孙楷第、李剑国等都认为"银字儿"就是以银字装饰的笙管，说唱时以之伴奏。① 故宋代话本小说中每多韵文，大概说书人遇到这些地方都要在乐器的伴奏下歌唱或念诵，或许这也是花判公案多用诗词的一个原因。前列16例，以诗词为判的占到2/3，推想起来，或者即是诗词便于配乐吟唱的缘故。

以词为判，当是宋人的创造，小说家将时代流行的艺术形式吸收到判词的创作中，大概更容易为观众接受和喜爱。而以诗为判的例子，在五代时就有，如吴承学曾列举过的何光远《鉴戒录》中卷六"戏判作"一条所载：

> 王蜀宋开府光嗣佽忝枢衡，紊乱时政，所为妖媚，下笔纵横。凡断国章，多为戏判。用三军为儿戏，将万机为诡随。取笑四方，结怨上下，以至一身受戮，后主遭诛，良由君子退身，阉人执政者也。《判行营将士申请裹粮》云："才请冬赐，又给行装。汉州咫尺，要甚裹粮？绵州物贱，直到益昌。"又《判内庭求事人》云："觅事撮岭岰，勾当须教了。傥若有阙遗，禁君直到老。"又《判导江县申状封皮上着状上门府衙》："敕加开府，不是门府。典押双盺，令佐单瞽。量事书罚，胜打十五。令佐盘庚，典押岁取。事了速归，用修廨宇。"又《小朝官郭延钧进识字女子》："进来便是宫人，状内犹言女子。应见容止可观，遂令始制文字。更遣阿母教招，恨不太真相似。且图亲近官家，直向内廷求事。"又《神奇军背军官健李绍妻阿郑乞判改嫁》："淡红衫子赤辉辉，不抹燕脂不画眉。夫媚背军缘甚事，女人别嫁欲何为？孤儿携去君争忍，抵子归来我不知。若有支持且须守，口中争着两张匙？"又判《州刺史安太尉申院状希酒场》："系州收摧，安胡安胡，空有髭须，所见不远，智解全愚。酒场是太后教令，问你还有耳孔也无？"又《判内门得御厨杂使衙官偷肉》云："肉是官家物，饱祭喉咙更将出。不能为食斩君头，领送

---

① 李剑国、陈洪：《中国小说通史》（唐宋元卷），高等教育出版社2007年版，第839页。

右巡枷见骨。①

文中《神奇军背军官健李绍妻阿郑乞判改嫁》一首判词就是诗体。观宋光嗣所撰戏判，风格写法均已与宋代花判相近，似肇其端。可如从文体功能角度看，戏判与宋代花判却大不相同。宦官宋光嗣在后蜀身为枢密使，前后把持国政数年，他的判词是对具体事件的行政批复或对具体案件的宣判，因而具有行政及司法效力，属实判。宋光嗣身为辅臣，紊乱时政，拟判草率，且以鄙俚诗语为判，故为士大夫所不齿。这些判词就其文体要求而言应该秉持公正严肃的态度进行写作，可宋光嗣却以游戏文字行下，士大夫称其为戏判，就是讥刺宋视军国大事如儿戏的意思。何光远记录这些戏判的目的也不在于供人一笑而在于提供鉴戒。不过时过境迁之后，如宋人再读此文本，则未必还会有切肤之痛，如仅从写作样式、内容风格的角度看，应该说戏判对宋代花判的形成是有影响的。前引《铁围山丛谈》中记载的蔡蘧判词也是实判，被蔡絛称为花判。蔡蘧花判与宋光嗣戏判在表述方式上比较接近，但在内容上仍有区别，蔡所判者不过一寡妇着衣不当的琐细小事，而宋光嗣则将军国大事都以玩笑处之。蔡判之所以被称为花判，大概是因为当时花判之名已经出现并流行于勾栏瓦肆中，故文人亦不妨借用。

至于《新编醉翁谈录》等书中所录花判的功能又与蔡蘧花判不同，它们没有行政、司法效力，其功能在于取悦观众或读者。作为公案的组成部分，它也是花判公案的主体部分，可以是供说话人传习备忘的文字脚本，在勾栏瓦肆中通过说话人的表演再现而得以娱乐观众；也可以单独作为文本，付梓后以印刷品的形式娱乐读者。

第二，在花判公案中，滑稽戏谑的判词成为公案的主体与关键，这类作品既不似《名公书判清明集》中的许多判词详细记载对案情的分析，也不似烟粉欢合类小说对涉案人员情感纠葛、交往始末细细铺陈。花判公案中对案情的概括极其简略，有些细节甚至要依靠花判的内容来提供。如《判和尚相打》中犯案二僧的名字永圆、妙圆就出现在判词中。当然，更为典型的是北大本《事林广记》中所载《刘静女私通陈彦臣》一条花判公案，文曰：

> 王刚中为福建宪，一日出巡，首到延平。撞狱引问静女彦臣私通因依，一直招认无隐，而供状语言成文，刚中甚称赏之，且主之永为夫妻。花判云：佳人才子两相宜，置福端由祸所基。永作夫妻谐汝愿，不劳钻穴隙相窥。②

全文不过80字左右。而《新编醉翁谈录》乙集"烟粉欢合"将此敷衍为"静女私通陈彦臣"和"宪台王刚中花判"两则前后衔接的故事，合计近千字，其中包括六首七言绝句、两首词，文中对二人身份、以诗词情挑的种种细节记叙颇为生动。从叙事角度看，在花判公案《刘静女私通陈彦臣》中，审案官员王刚中成为主角，其判词为叙事的要点。而在"烟粉欢合"类故事里，静女与陈彦臣为男女主角，王刚中不过是一个玉成好事的配角而已。比较而言，花判公案是以判词的滑稽生动或结局出人意料来达到娱乐效果，而烟粉欢合故事是通过曲折多变的情节设置及生动详尽的细节描绘来吸引观众、感动读者。这也就决定了二者在篇幅安排上必定有较为悬殊的详略安排。

---

① （后蜀）何光远著，邓星亮等校注：《鉴诫录校注》，巴蜀书社2011年版，第136～138页。
② （南宋）陈元靓：《事林广记》，中华书局1999年版，第211页。

第三，花判公案中的断案常从市井人情出发，并不完全以法律为准绳。也许正因断案不同于日常所见判决，除开语言方面给读者带来愉悦外，这些判词在内容情节方面也造成新奇的效果，这自然也会增加花判公案的吸引力。

如《新编醉翁谈录》中《判娼妓为妻》一条所载：

> 鄂州张贡士，与一角妓情好日久，后挈而之家，得金与妓父李参军，未偿所欲。一日，讼于府庭。追至，引问情由，供状皆骈辞俪语，知府乃主盟之。
> 花判云：风流事到底无赃，未免一班半点；是非心于人皆有，也须半索千文。彼既籍于娼流，又且受其币物，辄背前约，遽饰奸词，在理既有亏，于情亦弗顺。良决杖头之数，免收反坐之愆。财礼当还李参军，清娘合归张贡士。为妻为妾，一任安排，作正作偏，从教处置。①

而记录宋人实判的《名公书判清明集》所载蔡久轩作《士人娶妓》条下判词却与此形成了鲜明的对比，蔡文曰：

> 公举士人，娶官妓，岂不为名教罪人？岂不为士友之辱？不可！不可！大不可！②

这表明，花判里大团圆的结局不过代表了市民阶层的审美趣味和理想，而在现实生活中，士人娶妓，即为名教罪人，是士友之辱。故蔡久轩作判，竟以此二者为罪名，连书三不可，以坚示不允。由此可见，与实判或者拟判相比，花判的写作是不太受法律条款约束的，它可以超越现实社会司法制度的限制而杜撰。实判与拟判则必须在律法条文的框架规定内依法理进行断案，不得违背法理而全顺人情。这种区别是因花判、拟判、实判三者文体功能不同而造成的结果。

以上仅对涉及宋代花判的几个具体问题及花判的文体特点做了初步的探索，而花判从判词中逐渐演化出来的具体过程，以及在这一演变进程中所受到的社会制度与文化变迁的影响，乃至花判作为雅俗文学彼此交叉、相互影响的一个典型，其所具有的文学史意义等许多重要问题尚有待学者进一步深入探究。

---

① 罗烨等著，周晓薇校点：《新编醉翁谈录》，辽宁教育出版社1998年版，第57页。
② 中国社会科学院历史研究所宋辽金元研究室：《名公书判清明集》，中华书局1987年版，第344页。

经典缺失的诠释与补亡
——论宋人对"杜甫不赋海棠"的讨论与书写

沈 扬

内容提要：宋代文人对于"杜甫与海棠"的关系表现出浓厚的阐释兴趣，并提出了不少推论和主张。限于材料，"杜甫究竟写没写海棠"已经不能定谳，但这一话题成为文人普遍关心的事实背后却彰显着阐释行为的历史性特征，具有一定的理论价值；此外，宋代题咏海棠之作的腾盛与宋人的补亡心态不无关联，与其说宋人是在补杜诗之亡，倒更像是一场与杜甫的文学竞技。他们形塑了杜甫诗学的典范地位，也尝试去超越典范。

关键词：杜甫 海棠 阐释的历史性 补亡心态

"杜甫不赋海棠"是杜诗阐释史的一大悬案，这一悬案经由晚唐五代的薛能、郑谷发畅以来，至宋代便已成为文人普遍关心的话头。它类似禅门公案一般，引得无数学者诗人对之进行品头论足。因为材料的不足，本文并没有足够的证据支撑历史上的某一种观点，也不能凭所见的材料来提出更加圆满周到的假说。换句话说，澄清历史事实并非笔者的意图，而本文所要追问的，乃是这一公案究竟如何成为文人关心的问题，以及在不同观点背后所彰显的心态。本文运用阐释学的方法来探究争论出现的原理及其能够反映的理论价值，并且循着"知识考古"的思路来揭橥命题背后的文学史意义。

一、学术史回顾

"杜甫不赋海棠"是晚唐以来一直为文人雅士津津乐道的一个文学史公案，最先提出此问题的是晚唐的薛能。他认为："蜀海棠有闻而诗无闻，杜工部子美于斯有之矣。"[①] 在薛能看来，蜀海棠"一时开出一城香"，而杜诗偏偏未及只言片语，甚是可疑。然而，薛能的重点还在海棠，对杜甫不写海棠的原因并没有表达自己的意见，但作为问题的引出者，薛能却起到了抛砖引玉的作用。与之同时并为好友的郑谷则第一次在诗中表达了自己对杜甫不写海棠原因的猜测，《蜀中赏海棠》："浓淡芳春满蜀乡，半随风雨断莺肠。浣花溪上堪惆怅，子美无心为发扬。"[②] 所谓"无心"，为无所用心之意，意为因天气惨淡，杜甫尚无从顾及海棠之娇艳多姿，故不曾书写。郑谷的偶然一说，兴致所至，却不曾想为后世留下了一桩悬案。心仪杜甫而又深受其影响的宋人围绕上述话头，聚讼纷纷，莫衷一是，综合来看，大体有五种观点：①杜甫因未见海棠而未写。如杨万里《海棠四首》（其四）："岂是少陵无句子，少

---

① 陈思：《海棠谱》下卷，《影印文渊阁四库全书》八四五册，第139页。
② 《全唐诗》卷六七五，中华书局1979年版，第7734页。

陵未见欲如何。"① ②避母讳而不写。此说见晚宋蔡正孙《诗林广记》卷八引《古今诗话》："杜子美母名海棠，子美讳之，故《杜集》中绝无海棠诗。"② 这种说法显然是为了满足文人索隐的兴趣而产生，诚不足论。③遗失说。陆游《海棠》："拾遗旧咏悲零落，瘦损腰围拟未工。"③ 但陆游却又在另一首六言诗中表达了另一种观点，《六言杂兴》（其六）："广平作梅花赋，少陵无海棠诗。正自一时偶尔，俗人平地生疑。"④ 这样一来，杜甫不赋海棠又不成为问题了。④无心赋海棠说。这种观点可以说是郑谷观点的延续，但却出现了两种"无心"的原因。第一种以王安石为代表，认为杜甫因被别的花（如梅花）吸引了眼球，故无心赋海棠，王安石《与微之同赋梅花得香字》（其二）："少陵为尔牵诗兴，可是无心赋海棠。"⑤ 南宋李升弇与王安石持同一声气，《梅花集句》（其八九）曰："少陵苦被花相恼，可是无心赋海棠。"⑥ ⑤另一种声音则因为特殊的文化语境，将无心赋海棠与杜甫的忧国忧民精神联系在一起，如南宋王柏："当日杜陵深有恨，何心更作海棠诗。"⑦ 王柏以理学家的眼光来审视杜甫不写海棠的原因，故"海棠"等与道相妨的琐碎闲言自不应入诗。以上是"杜甫不赋海棠"这一话头自晚唐薛能提出以来，宋人对其所进行的回应和推测，似乎并没有一种完满的解释可以服众，其中有不足论者如"避讳说"，甚至为了替杜甫回护声辩，称《春夜喜雨》中的"晓看红湿处，花重锦官城"中的"花"便是海棠，然问题是，杜甫这句本出于想象，并未亲眼见证，则辩护者显然有牵强附会的嫌疑，反倒过犹不及。

对于古人的种种揣测和质疑，当代学者作出了不同角度的回应。例如日本学者岩城秀夫从文人对海棠的审美观念之转变的角度对此一问题作了可能性的解读，孤文先发，论证充分⑧；台湾张高评教授则循此线索，对宋代咏海棠诗的艺术手法及其展现的审美意识作了集中梳理，推进研究的同时也垂范后学，转示方法⑨。此外，国内尚有王仲镛、子房、吴维杰等先生对此问题作过细致考辨，王、吴二文针锋相对，一从怀疑夏承焘先生的日记入手，支持了杜甫客蜀期间海棠未盛于蜀，因而未见海棠的旧说⑩，吴先生从植物学的角度反驳王说，以为海棠与薛涛诗中的棠梨并非同一物种，故杜甫见与未见海棠真花与李德裕镇蜀并不相关⑪。复有学者认为，杜甫《江畔独步寻花》中的"千朵万朵压枝低"便是海棠云云⑫。这种观点经不起推敲，因为物候学的知识告诉我们，海棠和蝴蝶不可能同时出现在同一季节。职是之故，上述诸家的观点皆以文献学的方法来探讨"杜甫究竟写没写过海棠"，他们的重点始终集中于历史的真伪。然而，由于材料的不足以及解读角度的差异，又始终莫衷一是。

---

① 《全宋诗》第四二册，北京大学出版社1998年版，第26494页。
② 蔡正孙：《诗林广记前集》卷八，中华书局1982年版，第142页。
③ 《全宋诗》第三九册，北京大学出版社1998年版，第24321页。
④ 《全宋诗》第四十册，第25293页。
⑤ 《全宋诗》第十册，第6630页。
⑥ 《全宋诗》第五九册，第37446页。
⑦ 《全宋诗》第六十册，第38040页。
⑧ 参见岩城秀夫撰，薛新力译：《杜诗中为何无海棠之咏——唐宋间审美意识之变迁》载《杜甫研究学刊》1989年第1期。
⑨ 参见张高评：《自成一家与宋诗宗风》，台湾万卷楼2004年版，第137页。
⑩ 参见王仲镛：《杜甫无海棠诗辨》，载《杜甫研究学刊》1996年第2期。
⑪ 参见吴维杰、吴柯：《薛涛〈棠梨花和李太尉〉与西川海棠辩证——王仲镛〈试论西川海棠与薛涛〉质疑》，载《成都大学学报》（社会科学版）2006年第2期。
⑫ 参见子房：《杜甫不咏海棠之迷》，载《文史杂志》2004年第2期。

循此,笔者不打算考证杜甫与海棠之间的历史本事,所关心的是这一事实为何在后代产生了巨大的影响,以至于成为诗歌典故,被化用入文人墨客的创作中,这足以说明"杜甫不赋海棠"的现象在后代文人中的兴趣的普遍程度。当我们转换研究视角,"杜甫不赋海棠"之成为文人普遍关心的话头的文学史意义便得以呈现。质言之,宋人对杜甫不赋海棠作出种种解读与推论,其行为本身便构成了对杜甫及其诗歌的阐释,属于文学接受的意义范畴。阐释行为发生的背后既折射出杜甫在后代诗人心目中的典范地位,同时也体现了阐释的历史性特征,换句话说,"杜甫之不赋海棠"之所以成为问题,除了唐宋对海棠审美观念的变化之外,与宋人对杜甫的形塑不无关联。这一问题实际是在杜甫与宋人的关系中形成发展而来的,因此,只将目光投射在杜甫抑或宋人身上都不能完满地看到问题背后的意义。基于此,本文所要追问的是,在宋人"好奇和冲动"所引发的种种阐释行为中,究竟可以体现怎样的理论意义,同时,宋代大量的题咏海棠之作的产生究竟与"杜甫不赋海棠"这一典故存在怎样的历史联系,这种联系又反映着宋人怎样的创作心态。

二、宋人眼中的"杜甫与海棠":理解的历史性特质

杜甫究竟有没有写过海棠这个问题的产生,其实质是宋代杜诗阐释学中的一个颇有趣味的话题,它涉及杜甫其人、其诗以及宋人对杜甫形象的建构和他们自己的文化心态等多个方面。阐释行为的发生从来不是孤立的,而是与具体的历史的文化观念、历史视域联系在一起,这种关系构成了阐释者和被阐释者各自的历史世界,先验的历史世界不期而然地会影响到阐释行为及其效用,从而导致了所谓仁者见仁、智者见智的现象发生。① 对此,孟子有着深刻而独到的理解,因此,他提出的"以意逆志"和"知人论世"的阐释方法并不是孤立的,依照孟子的本意,二者当互为前提,交替使用,方能避免"断章取义"的发生。然而孟子的阐释理路本身便隐含着"文本与解释""作者与读者""历史与当代"多重对立共存的关系,阐释行为实则是在这些关系中产生效果的。伽达默尔认为:"真正的历史对象根本就不是对象,而是自己和他者的统一体,或一种关系,在这种关系中同时存在着历史的实在以及历史理解的实在。"② 为了更加清晰地体现"杜甫—海棠—宋人"之间存在的关系,笔者拟通过下面的图形加以形象说明:

图中杜甫与海棠的关系用虚线表示,而"宋人与杜甫""宋人与海棠"皆示之以实线,它暗示"杜甫与海棠"的关系存疑,宋人发现了海棠的审美价值以及杜甫对宋人产生了巨大的影响这一历史事实,于是,原本历时性的前后顺序就构成了一种共时性的"在场与缺席"的场域联系。从图中我们可以看出,"杜甫究竟写没写过海棠"其实已经转化为一个阐释学的经典案例,它牵涉杜甫自身的创作特质、宋人的审美眼光以及杜甫对于宋人的影响三

---

① 参见周裕锴:《中国古典诗歌文本类型与阐释策略》,载《北京大学学报》(社会科学版)2005年第4期。
② 伽达默尔著,洪汉鼎译:《真理与方法》,译文出版社1999年版,第384页。

个方面。所以，宋人对杜甫蜀中诗作缺少海棠的质疑首先应该从杜甫自身创作中找原因。

从杜甫的蜀中创作来看，宋人的疑惑并非毫无根据。他们心仪于杜甫的蜀中创作，对其萧散自然的风格特征、精工细腻的体物笔法、中和自适的抒情范式仰慕已久，并对其身远江湖而心恋魏阙的风骨推崇备至。杜甫自乾元二年（759）季冬入蜀，至永泰元年（765）离开草堂赴戎，前后6年，在这段时期中，杜甫共创作了421首诗①，几乎占到了其全部诗作的三分之一，单纯从咏物一体来考察，此一阶段也是杜甫大量创作咏物诗的开端，为了将杜甫蜀中的咏物诗创作更加清楚地再现出来，兹列表如下：

物类	植物	动物	图画	器物
数量	33	14	9	10

从表中可以看出，杜甫蜀中咏物诗中吟咏花草等植物物色的占了半数之多，这其中既有丁香花、丽春花、栀子花等常规题材，亦有源于杜甫特殊心境而发现的题材如恶木、病柏、枯柟、病橘等带着病态或丑怪的物类，将丑怪物色入诗是杜甫蜀中咏物诗歌的一大特色，对宋人以丑为美的审美观具有先导意义。若将现存1 400余首杜诗题材作集体分类，则对花草类植物题材的热衷和题咏仅仅出现于杜甫的蜀中生活期间，而夔州诗中动物类题材则呈现上升趋势，这是一个有趣的现象，与作家生活环境和晚年心境的变化有着潜在的同构性。另一方面，蜀中生活体验成就了杜甫诗学的别调。因为远离政治中心长安，暂时免却了繁忙的公务和琐碎的人事，故诗人能以闲雅恬淡的心态去体验周边的生存环境，以审美的眼光体察寻常物性中的美感动态，如："无数蜻蜓齐上下，一双鸂鶒对沉浮。"②（《卜居》）"圆荷浮小叶，细麦落轻花。"③（《为农》）"风含翠筱娟娟净，雨裛红蕖冉冉香。"④（《狂夫》）"练练峰上雪，纤纤云表霓。"⑤（《泛溪》）"细雨鱼儿出，微风燕子斜。"⑥（《水槛遣心》）宋人叶梦得赞之曰："此十字殆无一字虚设。"⑦ 体物笔法的成熟是蜀中生活对于杜甫最大的馈赠，他自己又何尝不这样认为，"江山如有待，花柳自无私。"⑧（《后游》）"东阁官梅动诗兴，还如何逊在扬州。"⑨（《和裴迪登蜀州东亭送客逢早梅》）仿佛万相毕来诗人眼前，应物而感，诗兴萌发，别寄怀抱。总之，杜甫蜀中的咏物诗呈现出日常性、随机性的特色，情感被自然而然地隐喻在物色的描绘和物理的探究中，从这个角度而言，杜甫蜀中诗学已经隐然导夫宋人中和博雅的风格路数。然而，就是这样一个继往开来而又独具慧眼的诗人，如何会遗落了蜀中奇花"海棠"？对此宋人曹勋的诗歌颇能反映他们对这一不合常理现象的疑惑："海棠盛西蜀，豪压春风途。三月浣花溪，游人鄙金珠。少陵时居瀼，诗史切太虚。独不披品藻，此理端何如？"（《山中杂居九十首》其四七）⑩

---

① 此根据清仇兆鳌《杜诗详注》统计。
② 《杜诗详注》卷九，中华书局2007年版，第729页。
③ 《杜诗详注》，第739页。
④ 《杜诗详注》，第743页。
⑤ 《杜诗详注》，第769页。
⑥ 《杜诗详注》，第812页。
⑦ 叶梦得：《石林诗话》卷下，《历代诗话》本，中华书局1986年版，第431页。
⑧ 《杜诗详注》卷九，中华书局2007年版，第787页。
⑨ 《杜诗详注》，第781页。
⑩ 《全宋诗》第33册，北京大学出版社1998年版，第21204页。

这一疑窦的滋生体现着宋人对杜诗研习的深入细微，同时，也反映着宋人在理解杜甫及其诗歌时的"历史性"特征，这种历史性是由人类存在方式的历史性来决定的。伽达默尔指出："每一时代都必须按照自己的方式来理解历史流传下来的文本。"① 前代的文学经典向后代读者敞开着无数理解的法门，当作者完成作品的那一刻起，他就已经失去了解释的权力，让位于后代的读者去尝试填补和建构。而选择何种方法来进入经典的意义集合取决于阐释者自身的历史世界，传统阐释学中所谓的"本意"对于后来读者来说是可望而不可即的，因为他们的历史存在决定着他们理解的方式的局限，而这一理解方式本身则成为文学经典之所以发生效果、产生影响的前提。经典的一大特征在于它暗含了多重阐释的可能，其意义总是在阐释中得以呈现。杜诗典范地位无疑是在宋人的理解、阐释中得以确立的，也就是说，宋人根据自己的历史世界建构了杜甫其人及其诗学经验。他们通过研习杜诗，总结出了一系列关于句法、用韵、用典、遣词、炼字的创作技法，同时又从杜甫诗歌中读出了"一饭未尝忘君""诗史实录"等精神境界，表达对杜甫认同的同时，也建构了别具宋型文化特征的宋代诗学规范。

循着阐释历史性的逻辑，我们便可以理解，宋人之所以对于"杜甫不赋海棠"表示出极大的兴趣，是因为他们站在自己的立场上，从既有的对于海棠的审美性体验出发，去理解杜甫及其诗歌中的空白，这是由他们的历史性特征来决定的。葛立方《韵语阳秋》："杜子美居蜀累数年，吟咏殆遍，海棠奇艳，而诗章独不及，何邪？"② 这一句本身就包含了两种时间向度：首先是杜甫的历史存在方式，即蜀中生活日久，吟咏众多；其次是葛立方的历史世界，海棠的审美价值之发现实际是晚唐以来的事情，宋人进一步渲染了海棠的殊姿美态，发现幽藏其中而又切合自己性情趣味的美感。这从唐宋两代海棠诗的创作规模上可以看出，《全唐诗》题咏海棠者才十一家、计十八首，而宋代咏海棠诗则多至七百余首，仅陆游一人就有二十余首海棠诗，其余如王禹偁五首、晏殊四首、梅尧臣五首、欧阳修、王安石、苏轼、陈与义各两首，黄庭坚、张耒、晁补之、朱熹各一首，范成大十六首、杨万里二十三首、刘克庄二十八首③，此外尚有不知名的文人如郭稹、李定、范镇、杨谔、凌景阳、郭震、邵雍、吴中复等人的题咏之作，足证海棠在宋代文人心中的地位之高。以致南宋书贾陈思为之作《海棠谱》，网罗唐宋文人关于海棠的轶闻韵语，其意非徒售利，兼反映文人题咏海棠的兴趣。总之，海棠审美价值的发现是宋人的功劳，尤其苏轼的两首题咏之作，咏物精工，寄托深远，在士大夫中能引起广泛的影响，其后许多文人在题咏海棠时化用其名句，形成了良性的传播效应；陆游、范成大皆曾镇蜀，更得以异乡人之姿态亲证西蜀海棠的娇艳玲珑，因此，他们分明是以自己的审美意识先入为主地作了如下思考：既然海棠如此幽美，而杜甫客蜀期间又创作了大量的咏物诗，其中植物类题材占多数，在这样一个先入为主的价值观念的前提条件下，就自然推出杜甫应该赋写海棠才对。殊不知宋人其实是以今隶古，从自我的价值立场出发去判断历史发生的有无；事实上，在杜甫与海棠这一关系中，在场的是宋人，而杜甫却恰恰处于缺席的状态。宋人仅仅作到了"以意逆志"，却忽略了"知人论世"的重要性。

---

① 伽达默尔著，洪汉鼎译：《真理与方法》，译文出版社1999年版，第380页。
② 葛立方：《韵语阳秋》卷十六，《历代诗话》本，中华书局1986年版，第611页。
③ 张高评：《自成一家与宋诗宗风》，万卷楼2004年版，第137页。

三、从经典补亡到超越典范：宋人补杜诗之亡的文化心态

杜甫不赋海棠之所以在宋代引来诸多纷争聚讼，诚然是宋人对杜甫阐释过程中的建构性和历史性使然，然而，这仅仅解释了为何宋人对此一小问题发生了极大的兴趣，这兴趣背后究竟反映了宋人怎样的文化心态？杜甫集中缺少题咏海棠的作品，与此形成对应的是《全宋诗》《全宋词》中存世的数百首题咏海棠之作，笔者认为宋人对于海棠的发现并乐于题咏之，并非仅仅源于花卉审美观念的变迁，至少从现存宋代"海棠诗"中存在这样一种现象：诗人题咏海棠时，明确指出自己要补杜诗之亡阙。只是这种补亡并非如其产生之初那样严肃刻板，重视"活法"的宋人在补杜甫亡诗时更多带有闲雅游戏的意趣。那么，描述这一现象并恰如其分地去尝试对其背后的文化心态进行推测和阐发，则应是本节的重点所在。此前，有必要对中国古代文学中的"补亡"观念及其形态作一番历史性的梳理，以期更能彰显宋人补杜甫之亡的特殊性。

因文献散佚的程度不同，"补亡"也具有了"补佚"和"补缺"两类体格，由此也就奠定了补亡文学的两种范式，曹辛华先生定义"补亡诗"为："补写原有之失或补写原来根本没有之作而产生的一类诗。"① 这一定义基本涵盖了"补亡诗"的两种类型。早期中国文学的补亡对象常常是"诗"与"乐"，汉代就有对"有序无词"或"有弦无词"之古琴歌进行补亡的传统。蔡邕《琴操》属于补古乐府，第一次以"补亡"作为篇名的则是西晋束皙的"补亡诗"②，其被萧统编选入《文选》中"诗"的开篇。据何焯看，这样安排是为了"继三百篇之绪"③，显然带有宗经垂范的意思。根据题下注文引束皙《补亡诗序》，大概因周成王诗存其义而亡其词，故赋以补亡。束皙《补亡诗》的出现配合了西晋政治上的复古思潮，这股复古之风在文学史上掀起了一股拟古作伪的风气，束皙《补亡诗》可以看作是另一种意义的拟古，与六朝托古作伪的常规路数尚有区别，当时的潘岳、夏侯湛都曾写过类似题材的四言雅诗，无非是政治形势和处身立命的需要。早期补亡之作大多为文造情、质木无文，写作者常常处于失语的状态，他们只是在努力模仿所补对象的语气和风格，尤其对于"补经典之亡"的作品来说，连字句都要极力模仿经典的味道，这样很难说表现了多少自己的兴趣。这种尴尬的局面至齐梁才稍有转机。例如萧统《咏山涛王戎》二首的序中乃称颜延之《五君咏》不咏山涛和王戎，可见他是出于对山、王二人的仰慕，颜延之不写二人，萧统认为不足，故笔补其失。这已经不同于束皙《补亡诗》的创作心理和范式，尽管因所补对象不同而造成风格的迥异，但束皙本意在述而不在作，萧统则全然凭空虚拟，因此带有更多尚友古人、追慕先贤的意图。六朝是中国诗学发展承前启后的关键时期，大量文人通过模拟经典、仿效同时或先前的作品以熟练掌握为文之枢机，因此，六朝也是补亡诗、拟古诗集中出现的时段，从而构筑了极具古雅朴拙风神的文学景观。

"补亡"心态在唐宋得到了进一步发展和体认，唐代文人的补经典之亡、补古人或时人之亡、补乐府之亡的作品甚多，补亡之"义"由单一朝向多元化发展，补古乐如元结《补

---

① 曹辛华：《论中国诗歌补亡精神——以文选补亡诗为例》，载《文史哲》2004年第3期，第34页。
② 为了防止误解，这里有必要作出界定："补亡诗"最初是以诗体的形态出现的，本文所探讨的并非补亡、拟古等诗体问题，而是将补亡作为一种文化心态和创作行为去加以梳理和阐发。
③ 何焯：《义门读书记》卷四六，中华书局2006年版，第887页。

乐歌》、韩愈《续补琴操》、皮日休《补周礼九夏系文》；与此同时，中唐时期的文人已经注意到补前人未写之题材，如白居易："遍览古今集，都无秋雪诗。"①（《和刘郎中望终南山秋雪》）"下马闲行伊水头，凉风清景胜春游。何事古今诗句里，不多说著洛阳秋。"②（《秋游》）此外，白居易也以调侃的笔法"补自家之亡"："犹无洛中作，能不心悢悢？遇物辄一咏，一咏倾一筋。笔下成释憾，卷中同补亡。"③（《洛中偶作》）这种情况也见于刘禹锡的创作，兹不赘述。值得注意的是，这种用戏谑调侃的口吻补前人之亡的作品已隐然开宋人游戏文学之先河。宋人带着极强的道统意识，以继往圣绝学自诩，欧阳修继郑樵之后补《诗谱》之亡，柳开干脆自命不凡地号曰"补亡先生"，虽曰大言，却足见他们述三代之道以自任的使命感，有补斯文成为宋代士大夫的普遍价值认同，士大夫在补经典过程中体验着乐道的生命情怀，同时也提升了古文创作的水平。在文学创作领域，"补亡"成为文人交游奖掖的一种方式，例如，《思子台赋》本苏轼乡人史经臣作，苏轼"记其意而亡其词，乃命过作补亡之篇，庶几君子犹得见斯人胸怀仿佛也"④，这是以补亡来追忆旧游。苏轼因孟嘉《解嘲》久失其词，"因戏为补之"，此虽补前人轶文，却是一空依傍而自铸伟词，游戏的成分远大于模仿。楼钥赞赏友人惠赠"米缆"，作《陈表道惠米缆》："束皙一赋不及此，为君却作补亡诗。"⑤ 此以补亡之说法酬谢友人的馈赠。这里我们看到，补亡创作已经失去了当初"据义补词"的原貌，从一种作家缺席的零度写作转而成为在场的创造，这不得不说是补亡意识在宋代的大发展⑥，它与宋代诗歌的交际效应结合在一起，成为文人相互联系的一项工具。那么，宋人的"补亡"意识与宋人关注杜甫不赋海棠这一问题究竟存在怎样的联系呢？这还要从杜甫对诗歌题材的开拓及其对宋代文人写作的影响说起。

诗歌发展到宋代，众多的写作题材已经被开发殆尽，在这一过程中，杜甫对于诗歌题材的开拓最令宋人瞠目。陈岩肖认为："少陵诗非特纪事，至于都邑所出，土地所生，物之有无贵贱，亦时见于吟咏。"⑦ 这已初步道出和王安石一样的感慨，而在胡铨看来，"（少陵）仰观天宇之大，俯察品汇之盛，见日星霜露，丰隆裂缺，屏翳沦潗，烟云之变灭，云岩邃谷，悲泉哀壑，深山大泽，龙蛇之所宫，茂林修竹，翠筱碧梧，鸾鹄之所家，天地之间，诙诡谲怪，苟可以动物悟人者，举萃于诗。"⑧ 可见，当宋人面对杜甫这座艺术高峰时，不仅倾赏他的儒者精神，更心仪杜甫"笼天地于形内，挫万物于笔端"的博观约取，摆在宋人面前的，不单单是词法、句律等形式层面的技术创新，首当其冲令他们感到焦虑的恐怕是如何规避陈腐题材，开拓诗歌创作新世界的问题。盖不能新变、无以代雄，宋代文人必须找准临摹典范与变化生新二者之间的最佳关节点，才能独辟蹊径，成就另一番诗学境界。

为此，宋人在题材方面的拓展遵循着两种相反相成的路线：一是关注前人已经写过的题材，对其进行写法上的深化。所谓"人所易言，我寡言之；人所难言，我易言之，自不

---

① 白居易著，谢思炜校注：《白居易诗集校注》卷二六，中华书局2009年版，第2094页。
② 白居易著，谢思炜校注：《白居易诗集校注》卷二七，第2138页。
③ 白居易著，谢思炜校注：《白居易诗集校注》卷八，第706页。
④ 苏过著，舒大刚等校注：《斜川集校注》卷七，巴蜀书社1996年版，第456页。
⑤ 《全宋诗》第四七册，北京大学出版社1998年版，第29386页。
⑥ 这里笔者仅仅强调宋人"补亡"心态的一个侧面，也即游戏的性质，目的在于与本文主题相切合。其实，"补亡"心态在宋代尚有形式，限于篇幅，无法一一举例。
⑦ 陈岩肖：《庚溪诗话》，《历代诗话续编》本，中华书局1983年版，第167～168页。
⑧ 胡铨：《僧祖信诗序》，《全宋文》，第一九五册，上海辞书出版社2006年版，第268～269页。

俗"①，正可以代表宋人的一种取材思维。就咏物诗而言，最具"我宋"风神的恐怕就是"白战体"，因其避熟就新、因难见巧，兼舒卷胸中学问与个人才情于一体，故深合宋人雅趣，宋代禁体咏物诗大量出现，写法登峰造极，充分体现宋人欲变前人的创新精神。二是欲变前人已说，不如转而去关注前人不曾言及的题材。杜甫诗集中竟然未能留下对于海棠的只言片语，这在宋人看来诚然有疑惑不解之处，反面而观，正为他们留下了一片可供开拓的诗的世界。这样看来，大量的题咏海棠的诗词在宋代的产生似乎又可以从这一角度得到解释，宋人一方面要求自己的诗作像杜甫那样笔补造化，另一方面则又希望能从杜甫诗歌中去寻觅空白，赋咏海棠无疑切合了宋人的这一心态，与其说是补杜甫之亡，不如说是宋人的一场诗学狂欢，在这场题材竞赛中，他们享受到了超越榜样的乐趣。其实，这种体验自晚唐薛能已经兆示端倪，这从薛能《海棠诗序》②可以看出："蜀海棠有闻而诗无闻，杜工部子美于斯有之矣。得非兴象不出，殁而有怀？何天之厚余，获此遗遇。"可见，薛能发现杜甫不曾题咏海棠，因此感到兴奋，仿佛上天对他的恩赐一般。在宋人眼中，薛能的文学成就并不高，这篇序文如果真是薛能所写，则至少说明杜甫晚唐在的声誉已经得到了文学界的认同，而薛能多少有些自不量力、大言不惭了。

如果说，薛能尚非有意"补亡"杜诗的话，黄彻《䂬溪诗话》中对东坡《柯丘海棠》的指认，则似乎可以说明问题。其曰："东坡《柯丘海棠》长篇冠绝古今，虽不指明老杜，而补亡之意盖使来者自晓也。"③黄彻认为，东坡《柯丘海棠》冠绝古今，他之所以写海棠是为了补杜诗之亡，尽管东坡并没有明确说明。而赵次公在次韵东坡《定惠院海棠》时又分明道破："此花本出西南地，李杜无诗恨遗蜀。高才没世孰雕龙？后辈补亡难刻鹄。"④ 与黄彻不同之处在于，赵次公认为李杜那样的天才都不曾题咏海棠，后来者即便想补其缺省亦难以达到他们那样的境界，但二者在补亡这一创作心态的揭示上是一致的。巧合的是，《定惠院海棠》也正是苏轼平生自诩的佳作，而翻检南宋人咏海棠之作也会发现，"朱唇得酒晕生脸，翠袖卷纱红映肉"屡屡被化用，足证此诗在后世文人群体中产生的影响效应。此外，诗人在咏海棠诗中明言补杜甫之失的尚不在少数。他们在诗歌中对于杜甫不赋海棠所抱的态度不尽相同，有的明言补杜甫之缺漏，显示出极强的自负，如梅尧臣《送晋原乔主簿》："刻意咏芳菲，追补李杜失。"⑤陈与义《雨中对酒，亭下海棠经雨不谢》："燕子不经连夜雨，海棠犹待老夫诗。"⑥ 方岳《次韵海棠》："不遇少陵休惆怅，醉中试作补亡诗。"⑦ 有的则替杜甫感到惋惜，又为海棠打抱不平，如王十朋《郁师赠海棠酬以前韵》："杜陵应恨未曾识，空向成都结草堂。"⑧《郡圃无海棠，买数根植之》："少陵诗史有遗缺，海棠名花辄淹没。"⑨ 杨万里《送丘宗卿帅蜀三首》（其二）："二月海棠倾国色，五更杜宇说乡情。少陵山谷千年恨，不遇丘迟眼为青。"⑩ 甚至有诗人以戏谑的口吻调侃杜甫，如喻良能《次韵

---

① 姜夔：《白石道人诗说》，《历代诗话》本，中华书局1986年版，第680页。
② 陈思：《海棠谱》下卷，影印文渊阁四库全书本，台湾商务印书馆1986年版，第139页。
③ 黄彻：《䂬溪诗话》卷八，人民文学出版社1986年版，第132页。
④ 陈思：《海棠谱》下卷，影印文渊阁四库全书本，台湾商务印书馆1986年版，第150页。
⑤ 《全宋诗》第五册，北京大学出版社1998年版，第3054页。
⑥ 《全宋诗》第三一册，第19534页。
⑦ 《全宋诗》第六一册，第38406页。
⑧ 《全宋诗》第三六册，第22655页。
⑨ 《全宋诗》第三六册，第22860页。
⑩ 《全宋诗》第四二册，第26556页。

伯寿兄海棠》："无情常笑杜陵老，不识海棠春意好。"① 释了惠《送人归昌州》："见说家山富海棠，杜陵才短没篇章。烦君开口道一句，撋掇教他分外香。"② 当然，也有诗人对杜甫依然怀着敬畏之感，赵蕃《沅陵见招赏海棠病不能往辄尔言谢三首》："少陵当日犹无语，而我何人敢谩狂？"③ 无论态度如何，事实便是他们代杜甫补写了海棠，从结果来看，诗人对于杜甫究竟写还是没写海棠并没有亲证其实的意思，而是以游戏心态、诙谐的口吻和轻松的笔调去化用这一历史典故，与其说补亡杜甫倒不如说是炫耀自己的意外发现，发泄内心的快感或许更能揭示宋人补写杜甫海棠诗的创作体验。这样独特的"补亡"心态已经迥异于其最初"据义补词"的形态，而更能体现出宋人独特的文学气质，他们在承认杜甫及其诗歌的典范意义的同时，也每每欲与之博弈，这或许是宋诗能自立诗国、与唐诗分疆辟域的原因之一。

结　　语

相比于唐人的豪放而言，宋人则更多显得内敛而老成，特殊的文化性格孕育了独具特色的理性精神。作为宋人重要的学问方法，格物致知对他们行为方式、思维气质以及价值观念都产生了深远的影响。他们希望在纷繁复杂的现象世界中去寻觅背后普遍的道理，通过类似的"格物"而达到"致知"的目的。杜甫正是在这样的文化背景中被发现，进而被理解和阐释的。宋人究心于杜甫其人其诗兼及其时代，从杜甫身上领悟为人、作诗的"真理"，他们寄心杜甫曾经言说的题材，更关心他不曾经眼的物类、典故，对后者的发现足以令他们沉醉其中。杜甫"诗圣"的地位是由宋人建构出来的，他们在推崇杜甫诗学典范的同时也体验着超越典范、填补杜诗空白的快感。

---

① 《全宋诗》第四三册，第26933页。
② 《全宋诗》第六一册，第38109页。
③ 《全宋诗》第四九册，第30794页。

论唐宋词中的"生态意识"

宋秋敏

东莞理工学院城市学院

内容摘要：从一定意义上讲，当今世界正面临着重重生态危机，而唐宋词中所蕴含的朴素的生态意识便为当代生态学的发展和重构提供了取之不竭的智慧资源。词人以特有的敏感于和谐的大爱之中不断地唤醒着人们对天地众生的体贴关怀，其中，既有对自然生态的呈现和礼赞，也体现了重生爱物的生态意识和"天人合一"的生态美学理想。

关键词：唐宋词　生态意识　重生爱物　天人合一

中国古典诗词与自然生态的渊源由来已久，亲近自然、摹写自然、吟咏自然几乎是中国古代诗人的一种"集体无意识"行为。我国第一部诗歌总集《诗经》记载动植物共约250余种①，呈现出一道奇异多彩的自然风景线；《楚辞》中出现了大量与自然风物相关而又带有特定内涵的艺术审美符号，比如山峦河流、各种芳卉香草、大自然的风云雷电等，皆成为诗人抒情言志的媒介物；"感于哀乐，缘事而发"的汉代乐府民歌，其中也充满了一幅幅中国古代先民与自然和谐共处的生态画卷。随着时代发展和文学的进步，越来越多的山川风物、自然景观、动植物情态等进入诗人视野，并现诸诗人笔端，变成了一系列丰富多彩的诗歌意象。"无论是霜天木落、断雁啼鸦，无论是孤舟月影、疏林渔火……在那些诗人心灵的客观对应物之上，乃是一代一代地层累积般地凝聚着数百千年的集体无意识，因而恒久地成为生命信息传递与接受的感性符号。"② 这些从自然生态世界中撷取的种种意象，因诗人的关注和咏叹而进入人们的审美文化视野，展现了宇宙、自然和生命本身的魅力。唐宋词是中国古典诗词中的瑰宝，词人以特有的敏感于和谐的大爱之中不断地唤醒着人们对天地众生的体贴和关怀，在表达对自然万物敬畏的同时表现出了内蕴丰厚、发人深省的生态意识。

一、一丘一壑也风流
——对自然生态的呈现和礼赞

与现代人更多的是出于功利之心来关心自然相比，中国古代文人对于自然的亲近之情是由衷的、发自肺腑的。山水自然给了他们灵魂的安顿之所，是触动他们创作灵感的最佳契机。中国古代文论家早就注意到自然界对诗人创作的感发作用，"感物论"源远流长。比如西晋陆机的《文赋》云："遵四时以叹逝，瞻万物而思纷。悲落叶于劲秋，喜柔条于芳春。

---

① 参见孙作云：《诗经研究》，河南大学出版社2001年版，第7页。
② 胡晓明：《万川之月——中国山水诗的心灵境界》，北京大学出版社2005年版，第13页。

心懔懔以怀霜，志渺渺而临云。"① 南朝刘勰的《文心雕龙·物色篇》云："春秋代序，阴阳惨舒，物色之动，心亦摇焉。"② 梁朝钟嵘的《诗品》所谓"若乃春风春鸟，秋月秋蝉，夏云暑雨，冬月祁寒，斯四候之感诸诗者也"③ 等，都以颇具文采的笔触揭示了自然界的变化给诗人带来的不同感受和情绪波动，强调了自然生态世界对诗人的感发作用。

早在中唐的文人词中，就已经出现了吟咏山川原野、自然风光之作，词中有歌唱渔隐的山水环境和山水之乐，也有些作品对自然美景做单纯的审美观照。比如张志和存世的《渔父》词五首，就主要写渔隐之乐；而白居易的《忆江南》三首，则以山水美景的赏会来怡情悦志，逍遥自适。

与前代士人相比较，宋代文人对自然山水的感情更加深厚，宋人郭思所编《林泉高致·山水训》曰："君子之所以爱夫山水者，其旨安在？丘园养素，所常处也；泉石笑傲，所常乐也；渔樵隐逸，所常适也；猿鹤飞鸣，所常亲也。尘嚣缰锁，此人情所常厌也；烟霞仙圣，此人情所常愿而不得见也。"宋代文人的生活方式、文化传统、价值取向等方面都说明他们对于山水的偏嗜，由此，则自然风光也大量而普遍地现诸于宋人的词作中。词人们流连于城郊、园林的光景，比如潘阆《酒泉子》十首联章体词，就是以描绘杭州近郊的风景为主，另如贾昌朝《木兰花令》（都城水绿嬉游处）、张先《破阵子·钱塘》（四堂互映）、柳永《木兰花慢》（拆桐花烂漫）、韩绛《踏莎行》（嵩峤云高）等，都以大量篇幅描写城郊的山水风景；又如晏殊《浣溪沙》"小阁重帘有燕过。晚花红片落庭莎。曲阑干影入凉波"、欧阳修《贺圣朝影》"白雪梨花红粉桃，露华高。垂杨慢舞绿丝绦。草如袍。风过小池轻浪起，似江皋"等词作，则是以园林风景为审美对象。此类流连风景、闲淡浅近之作大多集中出现于北宋前期，在对自然风光的呈现和激赏之外，浸润着承平时代浓厚的享乐意识。

北宋中后期以来，随着政治斗争的日益复杂化和不同党派之间互相倾轧，越来越多的文人寄意林泉，在客观描述自然美景的同时，又将身心投诸其中，多方位地体验大自然内在的生命律动。因此，在苏轼、黄庭坚、晁补之、李之仪、贺铸等词人的山水词作中，不但能够体味到自然风光的赏心悦目，更能感觉到他们身处大自然的那份自适和超然。比如："晚景落琼杯，照眼云山翠作堆。认得岷峨春雪浪，初来，万顷葡萄涨绿醅。"（苏轼《南乡子》）"断虹霁雨，净秋空，山染修眉新绿。桂影扶疏，谁便道，今夕清辉不足。万里青天，姮娥何处，驾此一轮玉。"（黄庭坚《念奴娇》）"正风静云闲、平潋滟，想见高吟名不滥。频扣槛，杳杳落、沙鸥数点。"（李之仪《天门谣》）"溪面荷香粲粲，林端远岫青青。楚天秋色太多情。云卷烟收风定。"（黄裳《西江月·秋兴》）在或平淡冲融、或瑰丽壮阔、或缥缈空濛、或安恬静穆的水色山光中，蕴含着词人豁达坦荡、清高脱俗的潇洒气度。

还有一部分宋词，通过对自然山水的吟唱来表露隐逸遁世之情。比如："经年不踏斜桥路，青山试问谁为主。密叶转回风，寒泉落半空。此间无限兴，可便荒三径。明日下扁舟，沧波莫浪游。"（叶梦得《菩萨蛮》）"雨意挟风回，月色兼天静。心与秋空一样清，万象森如影。何处一声钟，令我发深省。独立沧浪忘却归，不觉霜华冷。"（向子諲《卜算子》）"无穷白水，无限芰荷红翠里。几点青山，半在云烟霭间。移舟横截。卧看碧天流素月。此意虚徐，好把芗林入画图。"（向子諲《减字木兰花》）词人在大自然的山水林石间优游清

---

① 张少康：《文赋集释》，上海古籍出版社1984年版，第14页。
② 周振甫：《文心雕龙今译》，中华书局1986年版，第页409。
③ 陈延杰：《诗品注》，人民文学出版社1961年版，第1页。

赏，借此来慰藉心灵，运化出旷达的人生态度，或者将景物作为牵愁惹恨的触发之物，在对自然山水的审美观照中感悟生命的意义，获得隐逸高蹈、遗世独立的人格精神。

宋代洪迈《容斋随笔》曰："江山登临之美，泉石赏玩之胜，世间佳境也，观者必曰如画。"① 山水景致出于大自然的鬼斧神工，令人惊叹。但往往只有当它们进入人类的意识和审美视野并经过艺术家的提炼、表现和传达以后，其妙处才能真正为世人所领略，才能构成一种价值和美。因此，叶燮《原诗》云："天地之生是山水也，其幽远奇险，天地亦不能自剖其妙；自有此人之耳目手足一历之，而山水之妙始泄。"袁枚《随园诗话》载黄梨洲语云："诗人萃天地之清气，以月露、风云、花鸟为其性情。月露、风云、花鸟之在天地间，俄顷灭没，唯诗人能结之于不散。"② 一方面，宋词中的自然景物摹写以审美为旨归，强化了景物的审美意趣。词人以"诗人之眼"选择、过滤，使自然美景集中化、凝炼化、艺术化，呈现出比现实生态世界更美、更具有诗情画意的图画；另一方面，由于自然景物不断被人文化，自然界的许多物象因其本身的自然属性而被词人们赋予某种特定的文化象征意义，成为某种特定的人格精神或审美情趣的象征。比如，词中水、月、柳、梅、菊等意象，就已经不再仅仅是某种生态因子的符号，而是具备了某种特定的道德特指和丰富的人文内涵，反映出人们长期以来形成的某种共同的集体意识或约定俗成的审美价值取向。

值得一提的是，曲子词"绮罗香泽之态"和"绸缪宛转之度"的主体特征又决定了其在景物的描摹和基本意象的选取上与诗歌有着明显的区别，偏重于表现那些"杏花烟雨江南"一类南国化的比较柔性的景物和风情，这也使词中的生态景观呈现出不同于诗的另一番风貌。

二、一松一竹真朋友，山鸟山花好兄弟
——唐宋词中重生爱物的生态意识

中国传统文化历来重视生命，《孟子·尽心上》云："亲亲而仁民，仁民而爱物。"其根本内涵就是呼吁对人的生命等所有生命的尊重。北宋哲学家张载《西铭》云："民吾同胞，物吾与也。"他要求爱一切人如同爱同胞手足一样，并进一步扩大到爱惜世间万物，正所谓"视天下无一物非我"。当代社会面对生态环境日益恶化的现状，西方学者也阐发了类似观点。环境伦理学家阿尔贝特·史怀泽在其《敬畏生命》一书中提出了"敬畏生命"的伦理观，提倡人类对生命怀有崇敬和敬畏之心，要如同尊重自己的生命那样，敬畏每个想生存下去的生命。

对于敏感多情的唐宋词人而言，众生万物皆有灵性，也都是他们悉心关爱的对象，唐宋词中热爱自然、怜惜生命的词篇比比皆是。比如，面对月缺花残、春秋更替，词人往往黯然神伤："满目山河空念远，落花风雨更伤春。"（晏殊《浣溪沙》）"杨柳丝丝弄轻柔。烟缕织成愁。海棠未雨，梨花先雪，一半春休。"（王雱《眼儿媚》）"易得凋零，更多少、无情风雨。愁苦，问院落凄凉，几番春暮？"（赵佶《宴山亭》）"惜春长怕花开早，何况落红无数！"（辛弃疾《摸鱼儿》）又比如，对于自然界中一些极为平常的事物，微小如一草一木、

---

① 洪迈：《容斋随笔》，上海古籍出版社1998年版，第214页。
② 袁枚：《随园诗话》，江苏广陵古籍刻印社1998年版，第41页。

一叶一花，词人也能以独特的慧眼发掘出不同寻常的美来。在他们笔下，有普通的茅舍疏篱、村落间安闲散步的鸡犬："茅舍槿篱溪曲。鸡犬自南自北。"（孙光宪《风流子》）有悠闲的黄犊、聒噪的暮鸦："春雨满、秧新谷，闲日永眠黄犊。"（辛弃疾《满江红·山居即事》）"斜阳外，寒鸦万点，流水绕孤村。"（秦观《满庭芳》）有火红的樱桃、缤纷的桃李："樱桃著子如红豆，不管春归。"（黄庭坚《采桑子》）"千里袴襦添旧暖，万家桃李间新栽。"（晏几道《浣溪沙》）也有连绵的芳草和田边溪头的野花："野色和烟满芳草，溪光曲曲山回抱。"（沈蔚《转调蝶恋花》）"携竹杖，更芒鞋，朱朱粉粉野蒿开。"（辛弃疾《鹧鸪天·代人赋》）……清新可喜的自然山水，也足以牵惹起词人的无端怜爱之情："可惜一溪风月，莫教踏碎琼瑶。解鞍欹枕绿杨桥，杜宇一声春晓。"（苏轼《西江月》）为了不扰乱幽美、恬谧的月色，词人宁愿解鞍下马，欹枕桥边，静静地欣赏感受，将敏于情、笃于情的"多情"心态外射于天地间的众生万物。他们以孩童般纯真的心灵观物感物，字里行间流露出对一切生命的善待、尊重和热爱。

再以辛弃疾为例，他被罢职闲居期间，以青山为伴、绿水为邻，将花鸟草木虫鱼等自然物视为亲密无间的朋友，彼此友好与信任，平等相待，互通款曲。他与青山相互欣赏，心意相通："我见青山多妩媚，料青山见我应如是。"（《贺新郎》）他将月亮引为知己，向它倾吐心声："硬语盘空谁来听？记当时，只有西窗月。"（《前调》）他热爱大自然的湖光山色，不厌一日走千回："带湖我甚爱，千丈翠奁开。先生杖履无事，一日走千回。"（《水调歌头·盟鸥》）他与动植物和乐相处："朝来山鸟啼，劝上山高处。"（《生查子》）"一松一竹真朋友，山鸟山花好弟兄。"（《鹧鸪天》）他与鸥鹭结盟，与沙鸥同病相怜："凡我同盟鸥鹭，今日既盟之后，来往莫相猜。白鹤在何处，尝试与偕来。"（《水调歌头·盟鸥》）……这一幅幅没有隔阂、没有疏离，人与物、物与物之间和谐相处的生态景观，正是辛弃疾朴素生态意识的真实表达。出于对自然万物的悉心关爱和细心呵护，哪怕它们有些许异常，词人也会敏锐觉察并予以高度关注。其《丑奴儿近·博山道中效易安体》云："午睡醒时，松窗竹户，万千潇洒。野鸟飞来，又是一般闲暇。却怪白鸥，觑着人欲下未下。旧盟都在，新来莫是，别有说话？"对自然生命的关切体贴和挚爱之情溢于言表。

自然万物不但是辛弃疾的朋友、亲人，有时还是他的精神导师。他赞美松、竹、梅、兰、菊的品格，并以此自勉，将其视为自身人格风范和精神境界的象征。辛弃疾喜欢与竹为伴："怕凄凉无物伴君时，多栽竹。"（《满江红》）他爱菊，常常将菊花视为高洁、隐逸人格的化身："一见萧然音韵古，想东篱醉卧参差是。千载下，竟谁似。"（《贺新郎》）他对孤傲冰洁的梅花亦喜爱有加："老去惜花心已懒，爱梅犹绕江村。一枝先破玉溪春。更无花态度，全是雪精神。"（《临江仙》）……显然，自然世界正以其多姿多彩的生命表现方式，在展现出一幅幅五光十色的生态画卷的同时，给人类的精神世界以净化和启迪。而唐宋词中所表现的对自然中一切生命的善待、尊重和热爱，所唤起的便是人与自然和谐共处的思想和情趣，也是一种广义上的人文关怀。

三、与谁同坐？明月清风我

——唐宋词中"天人合一"的生态美学理想

老子说："人法地，地法天，天法道，道法自然。"（《老子》第二十五章）在这里，

"自然"并非指表象层面上的山水风月,而是指万物自然而然的本性。当人类从名缰利锁的束缚中挣脱出来,回复本性,以忘我的状态投入自然界的怀抱,同时,自然界亦以其鲜活的生机融入人的襟怀,此时,天地万物同享生的快乐,从而达到了一种无所依傍、自足自由的"天人合一"之境。这种"天人合一"的生态意识在唐宋词中亦有突出表现,它们主要展示为两种形态。

首先,唐宋词人将自己的身心与自然融为一体,充分享受与天地万物同呼吸、共命运的自由和喜悦。

在相当一部分唐宋词人的笔下,众生万物已不是简单地独立于人的个体生命之外的"外部环境",而是与人类休戚与共、血脉相连的生命共同体。他们不是在自身生命之外去认识和观照自然界的其他生命,而是投身其中去体验和感觉,以自己的感觉和自然同呼吸,以生命的共性与自然共命运,用心感受众生万物的生命律动,从而达到物我相融、物我一体的生命境界。

在唐宋词人的眼中,人与山川草木、日月星辰一样,都是自然的一部分。置身于大自然的怀抱,他们自得自适、无拘无束,拥有无所不快、无所不适的澄澈心境。苏轼《点绛唇》:

闲倚胡床,庾公楼外峰千朵。与谁同坐?明月清风我。　　别乘一来,有唱应须和。还知么,自从添个,风月平分破。

苏轼《书临皋风月》云:"江山风月,本无常主,闲者便是主人。"《前赤壁赋》又云:"唯江上之清风,与山间之明月,耳得之而为声,目遇之而成色;取之不尽,用之不竭。"沉醉于大自然的光风霁月之下,人世间的荣辱兴衰、机心名利早已烟消云散,词人思虑澄渺悠然,只安静地享受明月清风带来的快乐。

从生态美学的角度而言,"生态美首先体现了主体的参与性和主体与自然环境的依存关系,它是由人与自然的生命关联而引发的一种生命的共感与欢歌。它是人与大自然的生命和弦,而并非自然的独奏曲。"① 置身于大自然的怀抱,人的精神境界也得以升华和净化,变得澄澈透明。张孝祥《念奴娇·过洞庭》:

洞庭青草,近中秋,更无一点风色。玉鉴琼田三万顷,著我扁舟一叶。素月分辉,明河共影,表里俱澄澈。悠然心会,妙处难与君说。　　应念岭表经年,孤光自照,肝胆皆冰雪。短发萧骚襟袖冷,稳泛沧溟空阔。尽挹西江,细斟北斗,万象为宾客。扣舷独啸,不计今夕何夕。

词人月下泛舟洞庭,面对星月皎洁的夜空和寥廓静谧的湖面,神与物游,悠然心会,在自觉不自觉的状态下逐渐达到了与宇宙生命浑然同体、浩然同流的美妙境界。在这个过程中,自然之景因词人的高洁人格变得更加纯净无暇和晶莹剔透,而词人也从自然审美中受到启迪,得到了精神澡雪和心灵净化。钱穆先生的《中国文学论丛》指出:"中国人山水之乐,其性其情,固本天赋,亦属地成。"山水养成一种真情至性,词写山水之乐,既是物我相融、物我一体的宇宙生命之呈现和生成,也是词人自我生命的活跃和绽放,天人合璧,缺一不可。

---

① 徐恒醇:《生态美学》,陕西人民教育出版社2000年版,第119页。

其次，除了表现人与自然万物和谐相处之美以外，"天人合一"的生态观在一部分唐宋词中又呈现为物我两忘的更高境界。

苏轼《与子明兄》云："吾兄弟俱老矣，当以时自娱。世事万端，皆不足介意。所谓自娱者，亦非世俗之乐，但胸中廓然无一物，即天壤之间，皆是供吾家乐事也。"所谓"胸中廓然无一物"，也即"忘我"，以此达到"虚以待物"甚至"物我两忘"的境界。这与梁漱溟对儒家文化的一段解释不谋而合："孔家没有别的，就是要顺着自然之道路，顶活泼顶流畅地去发生。他以为宇宙总是向前发生的，万物欲升，就使其升，不加造作必能与宇宙契合，使全宇宙充满了生意春气。"① 由于在"无我"的状态下达到了与宇宙生命浑然同体、浩然同流的境界，所以词人能超越现有的生活模式和生命状态，从有限中体验无限，从短暂中顿悟永恒，全面感受和理解宇宙发展的生生之道。比如辛弃疾《江神子·闻蝉蛙戏作》：

> 簟铺湘竹帐垂纱。醉眠些。梦天涯。一枕惊回，水底沸鸣哇。借问喧天成鼓吹，良自苦，为官哪。　心空喧静不争多。病维摩。意云何。扫地烧香，且看散天花。斜日绿阴枝上噪，还又问，是蝉么。

以空静的思想看待自身与万物，表达心空万物亦空的思想，深得物我两忘之乐。

再如张抡的《阮郎归》：

> 寒来暑往几时休？光阴逐水流。浮云身世两悠悠，何劳身外求！　天上月，水边楼，须将一醉酬。陶然无喜亦无忧，人生且自由！

面对无穷岁月、短促人生和浮云身世，只有摆脱自然、社会和自我的束缚，才能将个体有限的生命与无垠的宇宙合为一体，从而达到物我两忘、悠然心会的新境界。

尼采在《悲剧的诞生》中说："抒情诗人所描写的画景不是别的，正是他本人……不过这个'我'当然不是清醒的实践中的人的'我'，而是潜藏在万象根基中的唯一真正存在的永恒的'我'；而凭借这个'我'的反映，抒情的天地就能够是洞察万象的根基。"当唐宋词人消泯了个体与外在世界的冲突，将人世的纷扰置之于宇宙无尽的"永恒"中来观察时，他们不但获得了"此心安处是吾乡"的淡定心境，更从而洞悉了宇宙万象广泛的形态与根基。

人类社会进入近现代以来，工业文明取代了农业文明，人们的物质生活日益丰富。然而，与此同时，人与自然的关系也日益疏离，人类与天地万物之间的和谐已被粗暴破坏。"用生态学的观点来看，当今世界正面临三重生态危机：一是人类出于自身的欲望，无度开发、掠夺自然而形成的自然生态危机；二是经济全球化背景下的世界贫富分化现象所产生的社会生态危机；三是消费文化开拓了人类无尽的欲望致使人性扭曲，信仰失落，价值取向倒错，进而导致精神生态危机。"② 在这种情况下，反观中国传统文化中蕴含的生态思想与智慧，从中汲取有益的养料，就不失为一条良策。细心研读唐宋词，不仅有助于当代人深刻地反思自我生存状态，懂得与自然和谐相处的重要，更有助于人们摆脱外在条件的困扰和束缚，超越自我，涵养深厚、醇美的人格，从而拓展精神境界，获得最大的精神自由。

---

① 刘梦溪：《中古现代学术经典——梁漱溟卷》，河北教育出版社1991年版，第130页。
② 侯国良：《中国古典诗歌与生态伦理》，载《社会科学》2003年第6期。

宋元之际士人阶层的分化与文学转型

沈松勤

杭州师范大学

内容摘要：宋开禧以后、元延祐以前的一个世纪里，在科举、政治等多种因素的作用下，大批士人被摒弃于统治阶层以外，流向民间市井，形成了一支举足轻重的社会文化力量，造成了士人阶层的分化和文化下移。表现在文学主体上，既不失传统士人知识分子的身份和人文素养，又怀揣世俗趣味原则，取向世俗文化价值，导致文坛的主要力量步入了非精英写作的时代，改变了以往文学以雅正为主流的历史，全面确立了世俗文学的地位；与此同时，确立了以"自由"为核心的市民立场，拥有了自由自适的叙事权力与丰富多样的叙事题材，使叙事文学的发展获得了前所未有的强大动力和广阔空间，揭开了叙事文学兴盛的序幕，在文体上进入了"小说戏曲的时代"，最终完成了中国文学史上的一次重大转型。

关键词：宋元之际　士人阶层分化　文化下移　文学转型

一、引　言

诚如萧启庆所说："元代用人取才最重世家，即当时所谓'根脚'。此一'根脚'取才制，与唐宋以来中原取士以科举为主要管道可说南辕北辙，大不相同，元朝中期以前，一直未恢复科举制度，汉族士人遂丧失此一主要的入仕管道。"因此，"南宋以来独享统治权力与社会荣耀的'知识菁英'遂多遭摒弃于统治阶层以外"，延祐二年（1315）恢复科举考试后，这种局面才开始有所改观。① 不过，在以科举取士的南宋，尤其是宁宗开禧（1205—1210）以后，绝大部分读书人同样被摒斥于统治阶层以外，分别扮演了游士、幕士、塾师、儒商、术士、相士、书会才人等多种社会角色，形成了一个庞大而又独特的士人阶层，构成了一支举足轻重的社会与文化力量。那么，在角色属性和社会文化活动中，这支力量与元代中期以前被"根脚"制度排斥在外的大批读书人有无相通之处或内在联系？

尽管宋开禧以后、元延祐以前的一个世纪——宋元之际士人阶层的分化具有模糊性和多样化，影响分化的因素也相当复杂，但在分化过程中，无论独享统治权力与社会荣耀的知识精英，抑或远离统治权力之外的布衣士人，他们都具有作为知识分子固有的文化素养和相同的身份标志。不同的是，后者因远离统治权力和社会地位的下降，传统士人的精英意识随之淡化，导致士阶层文化的下移和文学取向的差异；进而言之，宋元之际因士阶层的分化而造成的文化下移趋势，以及由文化下移导致文坛的主要力量步入了非精英写作的时代，是一种前后连续的社会文化现象，并共同改变了以往文学以雅正为主流的历史，全面确立了世俗文学的地位，也促进了叙事文学的兴盛，完成了中国文学史上的一次重大转型。

---

① 萧启庆：《内北国而外中国：蒙元史研究》，中华书局2007年版，第145页、187～198页。

作为唐宋政治、文学与文化的主体，士人阶层一直是学界关注的一个话题。而这个话题主要停留在士人通过科举的向上流动，对他们在内部分化后的向下流动，以及在向下流动过程中所完成的文学转型的历史，尚未引起足够的重视；尽管对南宋后期"江湖诗人"的研究已相当深入[①]，但由于这些研究成果主要面向文学上的诗歌流派，因此，对向下流动的士人阶层的社会属性及其文化与文学活动的取向在元代前期的延续性就不在考察范围之内。至于王国维以来大量关于宋元话本、南戏、杂剧等方面的研究成果，虽注重这些新型文体在朝代更替过程中的生成与发展，闻一多还从文学新变的角度指出"中国文学史的路线南宋起便转向了，从此以后是小说戏剧的时代了"[②]，但对于宋元之际士阶层分化与这些文体或文学史"转向"之间的内在联系及其底蕴却缺乏深入的考究。

在宋开禧以后、元延祐以前的一个世纪里，士人阶层分化与文学转型是互为因果、相辅相成的一种社会文化现象。因此，打破政治上的朝代界限，在时空上将"宋元之际"的这一社会文化现象作为一个统一体进行考察，是本文所遵循的路径；从中揭示士阶层分化后文化下移，以及因此导致文学转型的内涵特征及其意义，则是本文试图达到的目的。

二、社会变动与士人阶层分化

南戏《张协状元》第一出（副末）[水调歌头]下阕云：

> 但咱们，虽宦裔，总皆通。弹丝品竹，那堪咏月与嘲风。苦会插科使砌，何吝涂灰抹土，歌笑满堂中。一似长江千尺浪，别是一家风。

一般认为，《张协状元》是成于南宋的中国戏剧史上第一部完整的剧本。[③] 据该剧署名"九山书会"，即上列自白"宦裔"身份者为编写剧本的书会才人。暂且不论这一"自白"是否真实，书会才人都是读书人，这是毋庸置疑的。在宋代，读书人属于"通治道"的士人阶层。[④] 所谓"书会"，是指读书人"替说话人、戏剧演员编写话本和脚本"的行会组织。[⑤] 据钟嗣成《录鬼簿》、贾仲明《书录鬼簿后》，以及《张协状元》《小孙屠》《白兔记》等戏文，宋元之际有九山书会、永嘉书会、武林书会、古杭书会、元贞书会、玉京书会、敬先书

---

① 近三十年来，研究南宋"江湖诗人"的成果相当丰硕，有不少单篇论文，也有多种专著，其中张宏生的博士学位论文《江湖诗派研究》（1989年，中华书局1995年版），为较早也是影响最大的一种。

② 《闻一多全集》第1册，三联书店1982年版，第301页。

③ 该剧作年，学界或以为作于北宋末年（俞为民《南戏通论》，浙江人民出版社2008年版）；或以为作于元代（周贻白《中国戏剧史长编》，上海书店出版社2007年版）；多数则认为作于南宋，举其要者，有钱南扬"南宋早期说"（《永乐大典戏文三种·前言》，中华书局1979年版）；王季思"南宋中叶说"（《从莺莺传到西厢记》，上海古典文学出版社1955年版）；胡忌"南宋晚期说"（《宋金杂剧考》，上海古典文学出版社1957年版）。近年来，尚有多种论文以新的资料分别佐证"南宋中叶说"与"南宋晚期说"。

④ 李焘：《续资治通鉴长编》卷三"建隆三年二月壬寅"条："上谓近臣曰：'今之武臣欲尽令读书，贵知为治之道。'"中华书局2004年版，第62页。关于"读书人"的由来，以及宋代用"读书人"的政策，参见邓小南：《谈宋初之"欲武臣读书"与"用读书人"》，载《史学月刊》2005年第7期。

⑤ 参见胡士莹：《话本小说概论》，中华书局1980年版，第65页。何谓书会？学界虽有多种说法，但在编写戏剧剧本这一点上是相一致的。

会等等。书会才人不仅编撰戏剧剧本和话本小说，同时也编写散曲、套数、歌曲和隐语等①，他们中的绝大部分终身布衣，是宋元之际士人阶层分化后向下流动而出现的一个阵容不小的读书人群体。

南宋书会才人"大多是科举考试失意的下层文人"②，在传统的"学而优则仕"的社会里，他们从事剧本与话本编撰，当属无奈之举；在不设科举的元代前期，具有文学素养的下层士人充当书会才人，却可谓"专业对口"。而元代中期前无科举，固然是有别于唐宋士人社会的一大变动，是导致下层士人丧失出仕机会的原因所在，那么设有科举制度的南宋，绝大部分士人却为何不入仕途而扮演书会才人及其他的社会角色？

诚然，相对于唐代的科举取士，宋代科举制度以更强的力度保证了属于寒族的下层士人进入统治阶层，开辟了寒族向上流动的新纪元。据孙国栋统计，北宋入《宋史》的官员中，有46.1%来自寒族；晚唐入新、旧《唐书》的官员中，寒族仅占13.8%。③ Kracke（科莱克）对南宋两份进士题名的研究表明，来自非官员家庭的下层士人，在绍兴十八年（1148）占56.3%，在宝祐四年（1256）占57.9%④，从中昭示了科举制度下士人向上流动在宋代的强度和力度。然而，一方面，正如生活在南宋中后期的叶适所说："今三岁诏举进士，州以名闻者数十万，礼部奏之，而天子亲为发策于廷，去为州县吏者数百人。"⑤何忠礼则又以两组数字揭示南北宋应举人数之悬殊：一是从北宋英宗治平元年（1064）参知政事欧阳修奏章所载南北取士的比例，推算全国参加发解试人数达42万左右；一是从南宋宁宗嘉定三年（1210）权礼部尚书章颖奏疏中所载发解试人数，推算全国应举之人达60万之众，进而指出在人数少于北宋的南宋，"如果将全国应举和准备应举的读书人都统计在内，人数可能接近百万。至于受科举之风影响而读过书的人，还要多得多"。⑥面对这一近百万乃至更多的应举者中仅取数百人的取士之路，无疑犹如李白诗中之"蜀道"，让人不禁哀叹"蜀道之难难于上青天"了。另一方面，由科举制度带来士人向上流动的快捷性，造成了宋代官僚机构的极大臃肿，尤其是南宋。南宋土地面积虽仅为北宋的3/5，冗官症疾却甚于北宋。譬如：光宗绍熙二年（1191），吏部四选官员共33516人；宁宗庆元二年（1196），吏部四选之数共43059人，略少于北宋宣和元年（1119）48000之数，而与北宋政和二年（1112）43000余员等量齐观；嘉泰元年（1201），通四选共37800余员；嘉定六年（1213），四选名籍共38864人；理宗宝祐四年（1256），除去被元兵破坏的四川地区，仍有官员24000余人。⑦吏部所选虽非全部官员，却占了官员总数的大部分。这些数字固然进一步昭示了科举取士在南宋的强度和力度，但在人口峰值不过8060万的南宋⑧，其超容量的官僚机构已无法承受更多的官员，否则，难免其臃肿之瘤一触即破而无法弥合的危险。也就是说，南宋由

---

① 贾仲明《书录鬼簿后》："玉京书会、燕赵才人，四方名士大夫编撰当代时行传奇、乐章（按：当指散曲、套数之类）、隐语。"钟嗣成《录鬼簿》"赵良弼"下注："乐章、小曲、隐语、传奇，无所不究。"
② 谢桃坊：《中国市民文学史》，四川人民出版社1997年版，第74页。
③ 参见孙国栋：《唐宋之际社会门第之消融》，载《新亚学报》1959年第4期。
④ Kracke：《中国考试制度里的区域、家族与个人》，载《中国思想与制度论集》，台北联经出版事业公司1976年版，第304页。
⑤ 叶适著，刘公纯等点校：《士学下》，《叶适集·水心别集》卷三，中华书局2010年版，第676页。
⑥ 何忠礼：《南宋科举制度史》，人民出版社2009年版，第284～285页。
⑦ 参见王曾瑜：《宋朝阶级结构》，河北教育出版社1996年版，第255页。
⑧ 参见吴松弟：《南宋人口史》，上海古籍出版社2008年版，第348页。

"读且耕者十家而五六"① 组成的"读书人"大军，面对空前拥塞的科举之路和挤堵不堪的官僚之门，只有比例极小的士人才能向上流入统治阶层，极大部分却与仕途无缘而向下流动。

叶适在谈到土地兼并后失去田产的"小民"的去向时，有"游手末作，俳优伎艺，传食于富人"② 的生存之道。所谓"俳优伎艺"，指包括编剧、演戏、讲史在内的诸色伎艺，其中不乏与书会才人一样是"读书人"。据张政烺考，周密《武林旧事》中"诸色伎艺人"条所载乔万卷、武书生、王贡士、张解元、陈进士等23名演史者，"皆读书人，万卷极言其记诵之博也"，不过，"此诸人未必皆出科举，盖有儒生试而不第者，所谓'免解进士'、'白衣秀才'之类也"。③ 而诸色伎艺仅仅是士人向下流动的领域之一，袁采则指出了"无常产可依"的士人在"取科名"以外的诸多生存之路：

> 士大夫之子弟，苟无世禄可守，无常产可依，而欲为仰事俯育之资，莫如为儒，其才质之美能习进士业者，上可以取科名，致富贵，次可以开门教授，以受束脩之奉。其不能习进士业者，上可以事笔札、代笺简之役；次可以习点读，为童蒙之师。如不能为儒，则巫、医、僧、道、农圃、商贾、技术，凡可以养生而不至于辱先者，皆可为也。子弟之流荡，至于为乞丐、盗窃，此最辱先之甚。④

袁采为孝宗隆兴元年（1163）进士，主要生活在南宋中期。降至南宋后期，伴随土地兼并的加剧，出现了以往少见的"士失其守，反不如农工商贾之有定业"⑤的社会现象，为了"养生"，不少士人放弃了袁采"莫如为儒"的职业理想，纷纷涌向非儒的巫、医、僧、道、商贾等行业。以僧、道为例，南宋寺院道观有着较强的经济实力，僧、道可以免除赋税杂役，而出卖度牒则是国家财政尤其是战乱时期财政的重要来源。⑥ 因而为僧为道成了士人乐意的一个选择。而文献记载最多的，是由儒士转入术士或相士，时人有"术士满天下""挟术浪走四方者如麻粟"之说⑦，成为以相术谋生的江湖游士，他们与蜂拥而起的以诗文谋生的江湖诗人前后呼应，并驾齐驱，即方回所说："盖'江湖'游士，多以星命相卜，挟中朝尺书，奔走阃台郡县，糊口耳。庆元、嘉定以来，乃有诗人为谒客者。龙洲刘过改之之徒不一人，石屏亦其一也。相率成风，至不务举子业，干求一二要路之书为介，谓之'阔匾'，副以诗篇，动获数千缗、以至万缗。如壶山宋谦父自逊，一谒贾似道，获楮币二十万缗，以造华居是也。钱塘湖山，此曹什伯为群，阮梅峰秀实、林可山洪、孙花翁季蕃、高菊涧九万，往往雌黄士大夫，口吻可畏，至于望门倒屣。石屏为人则否，每于广座中，口不谈世

---

① 胡寅著，容肇祖校点：《建州重修学记》：《斐然集》，中华书局1993年版，第442页。
② 叶适：《民事下》，《叶适集·水心别集》卷二，第657页。
③ 《张政烺文集·文史丛考》，中华书局2012年版，第227页。
④ 《袁氏世范》卷中"子弟当习儒业"条，黄山书社2010年版，第117页。
⑤ 陆文圭：《吴县学田记》，见《全元文》第17册，凤凰出版社2004年版，第607页。对此，南宋遗民牟巘也不无感叹："士散久矣！"（《顾伯玉文稿序》，《全元文》第7册，第507页）黄潜云："呜呼！四民失其业久矣，而莫士为甚。"（《送叶审言诗后序》，《全元文》第29册，第28页）王沂云："噫！士散久矣！治心修身之学之废久矣！"（《送张光道序》，《全元文》第60册，第65页）这样的议论在此前是很少看到的，但在宋元之际的文献中却屡见不鲜。
⑥ 参见全汉昇：《宋代寺院所经营的工商业》，见《中国经济史研究》，中华书局2011年版。
⑦ 陈著卿：《赠周生序》，《窦窗集》卷三，第1178册，影印文渊阁四库全书本，台湾商务印书馆1986年版，第26页；刘克庄：《术者施元龙行卷》，《后村先生大全集》卷一〇九，四川大学出版社2008年版，第2813页。

事，缙绅以此多之。"① 从中可见江湖术士与江湖诗人从事的职业虽然有异，形成的原因却相同——"不务举子业"；从业方式无异——游谒"江湖"；目的也相一致——"糊口"。在不设科举的元代前期，分别从士阶层分化出来的这两大游士群体又呈现出进一步壮大的趋势。吴澄《吴文正集》、王恽《秋涧集》、袁桷《清容居士集》等文集中所涉及的大量术士，便是入元后以相术谋生者。又据戴表元《刘仲宽诗序》："子欲学诗乎？则先学游；游成，诗当自异。"② 周霆震《送刘弘略远游序》："余昔未壮时，见士之怀才抱艺有志四方白首而未遂者，往往悲歌慷慨，怅然负其平生，不胜往日之悔。故凡后进之彦，邂逅相遇，必勉之以不可不出，出之不可后时。"③ 则可知游谒"江湖"为元代下层士人普遍拥有的生活方式。

较诸以相术与诗文谋生的"江湖"游士，从教书塾和书院当符合袁采"莫如为儒"的职业理想。事实上，在宋元之际，塾师与教授也是士人最乐意从事的职业之一。南宋乡塾远较北宋普及，塾师的需求也较北宋为多。④ 而宋季士人出"为童蒙之师"，其因同样出于对科举无望和"士失其守"。如邵季父"中岁弃科举，闭门著书，动必由礼，行义为乡先生。家贫，食于学。晚舍去，并学俸却之"⑤，便是一位因屡举不第和家道衰落而教书的乡塾先生。孙介原本有田四十亩，但是"伏腊不赡，常寄食授书助给"，中年三子渐长，"归训家塾。久之大困，丧其土田"，却又"不事请谒，不营锥刀，忍穷如铁石，非其义馈之不受"。⑥ 所谓"锥刀"，就是指入阃帅之幕，充当刀笔吏即幕士，从事袁采所说的"事笔札、代笺简之役"。在当时，相当一部分士人在科举无望的情况下走幕府，"营锥刀"。⑦ 孙介"不营锥刀"，"忍穷"从事塾师之职，反映了恪守儒道的士人于书塾的敬业精神。不过，相对于乡校塾师，书院教授可以解决生计而不必"忍穷"，成了"我无愿于仕也，而不能无愿于禄"⑧ 的士人最佳的去处之一。宋季书院的兴盛有其特定的历史原因。据载，度宗咸淳七年（1271），方逢辰"侍读经闱，尝被赞书，有曰：'近进士一科，文章盛而古意衰，乡以儒硕创家塾，以程朱之学淑其徒，朕甚嘉之。'赐名'石峡书院'，刻之坚珉，列于学"⑨。将方逢辰创办的家塾改成书院，就是因为科举取士之弊和理宗以来程朱道学的盛行，也昭示了理宗以后书院之盛的原因。徐梓研究表明：从宁宗嘉定元年（1208）至元成宗大德十一年（1307）年间，是我国书院创建史上第一个高峰时期。就数量而言，在两宋所建的书院总数中，北宋占24.19%，南宋占75.81%，理宗一朝新建书院又占两宋全部书院的1/3以上。就地区而言，江西是书院最集中的地区，建于南宋的书院有165所，其中嘉定元年（1208）以后有94所，占南宋书院的57%；江西始建于元朝的书院有94所，占元代全部书

---

① 李庆甲：《瀛奎律髓汇评》卷二〇，上海古籍出版社1986年版，第840页。
② 《全元文》第12册，第130页。
③ 《全元文》第39册，第146页。
④ 参见何忠礼：《南宋科举制度史》，第298～299页。
⑤ 刘克庄：《季父易稿序》，见《后村先生大全集》卷九十五，四川大学出版社2008年版，第2450页。
⑥ 沈焕：《承奉郎孙君行状》，见曾枣庄等编《全宋文》第272册，上海辞书出版社、安徽教育出版社2006年版，第297～298页。
⑦ 方岳《与赵端明书》云："制梱号小朝廷，以其为人才所聚焉耳。戎书辟士，谓当朝取一人拔其尤，暮取一人拔其有，罗而致之，以望此府可也，而运筹帷幄，载笔旌麾，乃无大强人意者。……今幕府何所？而名丽丹书，有不得调者则借以为捷径；梱议何事？而号为贩夫，人所不齿则据以为亨衢。今日一计议矣，明日又一计议也，而夐取于幕谋？"（《全宋文》第342册，第103页）便昭示了宋季入幕士人之多与阃帅择士之滥的现象。
⑧ 戴表元：《送杜子问赴学官序》，见《全元文》第12册，第39页。
⑨ 牟巘：《重修石峡书院记》，见《全元文》第7册，第708页。

院数的52%。① 从中反映了宋元之际书院盛极一时的情形。宋代书院虽被列学官，元代书院的山长、学录、教谕也"并受礼部付身"，或"受行省及宣慰司札付"②，但一方面，书院的传统为私学，元代前期的书院也有私人创办，如熊禾、刘应李、刘埙等南宋遗民在兵燹以后创办书院，招收生徒，接受束脩之奉。另一方面，元代书院的山长、学录、教谕，以及省掾、府判、县尹、典史、提控、书吏、巡检、太医院尹等儒吏，虽属朝廷命官，但正如元散曲家张可久所说："淡文章不到紫薇郎，小根脚难登白玉堂。"③ 属于"门第卑微，职位不振"、有的甚至"三年月日无俸钱"的底层官员④，其生活习性大都根植于民间市井，尤其是身为儒吏的元杂剧作家，他们之所以能创作"犹重听众之情感"的代言体戏曲，与寄身市井的布衣杂剧作家一样，基于丰富的市井生活体验。

诚然，上述职业不少在南宋以前业已出现，但分别为一个个阵容不小的士人群体所从事则始于宋元之际。造成这一现象的原因，固然是多方面的，科举制度却无疑是主因之一。科举取士制度的设立，不断积累了数量众多的为应举而读书的"读书人"，逐渐形成了庞大的士人阶层。士人阶层的庞大，导致了仕途的逼仄；仕途逼仄，加上在土地兼并中"士失其守"，士人的出路问题便凸显出来，士人阶层的分化也就在所难免。特别是宋宁宗以后，随着"读书人"的队伍不断扩大，科举之路和官僚之门的空前拥塞，加剧了士人向下流动的密集性，终于全面导致了士人阶层的分化，从事不同职业的众多群体随之纷纷形成。元代中期以前，由于取消科举制度，加诸蒙元统治者对汉人尤其是南人采取歧视政策，这些群体的进一步壮大，也就势在必然了。

需要说明的是，首先，宋元之际向下流动的士人虽然从事众多不同的职业，但他们如钱南扬论其中书会才人时所说："是不得志于时的小知识分子，他们接近市民阶层，与士大夫阶层的所谓名公不同。"⑤ 一方面与士大夫一样是读书人出身，都接受过长期的人文教育，教养深厚，学问渊博，具有满腹经纶的知识储备和人文素养；一方面在接近市民的过程中，身染世俗生活习气，怀揣世俗趣味原则，取向世俗文化价值，是一个既非代表庙堂又非属于市民的独特阶层。其次，在这些从事不同职业的群体中，不乏"跳槽"或"客串"者。如黄镛为江湖诗人，后入名臣崔与之幕府，成为崔与之的幕士⑥；陈造为著名的书商，同时又是重要的江湖诗人；也有不少游士入太学、州学和书院⑦；而南戏《小孙屠》的作者或改编者萧德祥为儒医；《金鼠银猫李宝闲花记》的作者邓聚德为术士；又据《录鬼簿》，元杂剧作家李进取为儒医；宫天挺为书院山长；范居中为术士。无论"跳槽"者抑或"客串"者，均无远离"文"的领域。究其原因，正如马克斯·韦伯所说："中国的科举根本不像我

---

① 参见徐梓：《元代书院研究》，社会科学文献出版社2000年版，第31页。
② 孙承泽：《元朝典故编年考》卷三"诸路学校书院"条，第645册，影印文渊阁四库全书，第741页。
③ 《水仙子·归兴》，杨朝英编：《朝野新声太平乐府》，中华书局1958年版，第64页。
④ 钟嗣成：《录鬼簿序》，王钢：《校订〈录鬼簿〉三种》，中州古籍出版社1991年版，第3页。按：元代儒吏的身份地位、朝廷虽予以职田，却"常是虚数"，有的甚至"三年月日无俸钱"的情况，以及元杂剧作家担任儒吏人数、儒吏身份对杂剧创作的影响，郭英德有较为详细的考察，见《元杂剧作家身分初探》，载《晋阳学刊》1985年第4期。
⑤ 《永乐大典戏文三种校注·前言》，中华书局1979年版，第2页。
⑥ 参见李昴英：《诗隐楼记》，《全宋文》第344册，第105页。又方回《晓山乌衣坼南集序》："前丁后贾浊乱天下，戚宦势御之所盘踞，工技胥隶之所依凭，无功之庸将，不才之狎客，狙驵妾婢之执诗侍从台谏，权熏势胶，相视自都，而材硕俊茂如太初曾不得一齿朝绅之后。"（《全元文》第7册，第93页）其所载幕士中的"狎客"，原本就是江湖游士。
⑦ 载周密：《齐东野语》卷六《杭学游士聚散》，中华书局1983年版，第110～111页；欧阳守道《白鹭洲书院山长厅记》云："如吾庐陵士至二三万，挟策来游者不于州学则于书院。"（《全宋文》第347册，第89页）

们近代考法官、医生、技术人员等的理性官僚制的考试制度,根本不确认专业是否合格",而是注重"是否满腹经纶,是否具有一个高雅的人所应具有的思维方式",其教育则"束缚于正统地诠释圣人的严格规范,具有极端排他性的通晓文学典籍的性质",体现了"文学教育手段的实质内容"。① 因此,宋元之际向下流动的士人在职业选择上包括文学在内的人文领域成了他们的主选,文学创作也成了他们不可或缺的一种活动方式,即便从事商业、医术和相术者,也不忘"客串"文学之门。而当他们失却政治与社会地位在"江湖"谋生时,传统教育给予的价值观念发生了巨变。

三、士人阶层文化下移与文学主体转型

刘辰翁《逍遥游庵记》说:

> 往时父兄子弟拄杖入市,不东家即西里,酣嬉傲睨,行者避路。常少年厌乡井,志游侠,拂衣草屦出门,左湖右湘,诸公贵人下客飞觞共赋,纵观远赏……或从是远引,闭门息迹,而诸贤论荐,当路踵馈,直疑殷生不起。名山绝境,俗驾交横,或间王事,携妓女。世未尝一日无客,客未尝一日不游。②

这段文字描绘了宋代以自由自适为人格精神的"浪子"群像图,不啻揭示游士浪迹"江湖"的盛况。身为太医院尹的关汉卿在【南吕】《一枝花·不服老》中则又自称:"浪子风流,凭着我折柳攀花手,直煞得花残柳败休。半生来折柳攀花,一世里眠花卧柳。[梁州]我是个普天下郎君领袖,盖世界浪子班头。愿朱颜不改常依旧,花中消遣,酒内忘忧。"这是关汉卿自我形象的生动写照,也是"关氏所塑造的一种元代下层文人的典型形象,其意味在于标举出一种新的人格"。③ 这一形象和人格与宋代江湖游士并无二致。在宋元之际向下流动的士人群中,虽不乏恪守儒道的雅正之士,但绝大部分却如刘辰翁所记与关汉卿所表白,以陶然以醉、翕然以游的"浪子"形象和"自由自适"的人格精神走向市井,放浪自我,极大地瓦解了传统士人所恪守的"达者兼济天下,穷者独善其身"的价值体系,导致了士阶层文化下移和文学主体转型,具体表现为以下三个方面。

其一,群体性愤世降志与"滑稽玩世"的处世哲学畅行其道。

蒙元初期,官至翰林学士的吴澄指出:"省得南华真玩世,无何有处觅缁帷。"④ 又说:"庄子内圣外王之学洞彻天人,遭世沉浊,而放言滑稽以玩世。其为人固不易知,而其为书亦未易知也。"⑤ 认为"滑稽玩世"的处世哲学出自《南华经》,是庄子"内圣外王之学"的具体表现。吴澄对《庄子》的这一解读,显然基于当时士人心态。元杂剧家白朴"既不欲高蹈远引以抗其节,又不欲使爵禄以污其身,于是屈己降志,玩世滑稽"⑥ 便体现了这一点。元散曲家赵宏显【南吕】《一枝花·行乐》则以自身的经历揭示了个中消息:

---

① 马克斯·韦伯著,王蓉芬译:《儒教与道教》,商务印书馆1995年版,第173~174页。
② 《全宋文》第357册,第240页。
③ 李昌集:《中国古代散曲史》,华东师范大学出版社1991年版,第503页。
④ 吴澄:《题寒江独钓图二首》其二,《吴文正集》卷九二,第1197册,影印文渊阁四库全书,第859页。
⑤ 《庄子正义序》,见《全元文》第14册,第300页。
⑥ 孙大雅:《天籁集后序》,见白朴《天籁集》卷末,第1488册,影印文渊阁四库全书,第655页。

十年将黄卷习，半世把红妆赡。向樱花场上走，将风月担而拈。本性谦谦，到处干风欠。人将名姓喏。道丽春园重长歌羲之，豫章城新添个子瞻。［梁州］醉醺醺过如李白，乐陶陶胜似陶潜。春风和气咱独占，朝云画栋，暮雨珠帘。狂朋怪友，舞妓歌姬，喜孜孜诗酒相兼。争知我愁寂寂闷似江淹。……［尾］栋梁才怎受真钢剑，经济手难拿桑木锨。堪笑多情老双惭，江洪茶价甜，丑冯魁正忺，见个年小的苏卿望风儿闪。

　　十年悬梁锥股，苦读诗书，养就了"栋梁才"的素质，积蓄了"经济手"的能量，但"半世"以来肩负的却是"风月担"，行走的是"樱花场"，"乐陶陶"地"自适"于"舞妓歌姬"的风月场中，为文化娱乐市场提供与"经济"背道而驰的充满世俗情欲的"淫哇"之音；只是这一"滑稽玩世"的经历诚非真心所愿，故不免"愁寂寂闷似江淹"般的纠结。若关汉卿自称"普天下郎君领袖，盖世界浪子班头"，是以愤慨语表达了对当时世道的轻意肆志之心和玩世自适之意，赵宏显则直接抒发了知世之不可与有为而降志玩世的深刻苦闷，共同诠释了元代下层士人"滑稽玩世"的成因及其内涵。

　　其实，作为下层士人普遍奉行的处世哲学，"滑稽玩世"在南宋业已流行。刘过将"滑稽玩世"视为"通儒"的标征，其《寄竹隐先生孙应时（时为常熟宰）》云："敛藏穷达付之酒，不以礼法自束拘。情归一真举无伪，滑稽玩世为通儒。饮与不饮无不可，醉醒醒醉同一区。"① 这一"通儒说"与吴澄对《庄子》的解读有异曲同工之妙，而且其说如此，其行亦然。刘过曾以词谒辛弃疾，辛弃疾"赒之千缗"，目的在于"以是为求田资"，结束悠游"玩世"生涯，但刘过归后却自适于市，"竟荡于酒，不问也"。② 其行为方式与人格精神与关汉卿、白朴、赵宏显并无二致。他如书商陈造《自适三首》其一："绕床不著阿堵物，玩世何须身后名。倚赖儿曹解人意，典衣长得解余酲。"其三又说：在"诮诮礼法工相聒"面前，自己却"饮忘醒醉狂常尔"。③ 又赵必瑑《赠相士桂月岩》："昔有道人张岩电，口不言钱似王衍。却言姓钱不姓张，滑稽玩世名犹香。昔有岩电今月岩，月眼神舌和天谈。江湖剩结贵人知，虽不爱钱犹爱诗。"④ 这也佐证了"滑稽玩世"为宋代从事不同职业的下层士人群所奉行。刘辰翁《逍遥游庵记》所载"未尝一日无客，客未尝一日不游"的"浪子"或"俗驾交横；或间王事，携妓女"，则又揭示了下层士人群体性履行"玩世"哲学中生活态度与行为方式。宋亡后，不少遗民也以"玩世"自勉，如熊禾说："古来抱关人，玩世可无闷。内省既不疚，得仁又何怨。"⑤ 戴表元也自称："浮沉以玩世，优游以毕齿。"⑥

　　促使宋元之际士人群"滑稽玩世"的客观因素虽然不尽相同，但无论出于何种现实媒触，这都是戏世弄世的表现，其主体原因也都在于不得志于世而生轻世、愤世之心，因为轻世愤世，所以戏世玩世，以滑稽不恭的态度处世。玩世者，先秦以来，历代不乏其人。近者如北宋仁宗时期的柳永、金章宗时期的董解元。据载，柳永"薄于操行，当时有荐其才者，上曰：'得非填词柳三变乎？'曰：'然。'上曰：'且去填词。'由是不得志，日与猥子纵游

---

① 《全宋诗》卷二七〇〇，第51册，北京大学出版社1998年版，第21813页。
② 岳珂：《桯史》卷二《刘改之诗词》，中华书局1981年版，第23页。
③ 《全宋诗》第45册，北京大学出版社1998年版，第28153页。
④ 赵必瑑：《赠相士桂月岩》，《全宋诗》第70册，第43942页。
⑤ 熊禾《送税官仇副使诗十首》其七，《全宋诗》卷三六七三，第70册，第44088页。
⑥ 戴表元：《居清堂记》，《全元文》卷四二五，第12册，江苏古籍出版社1999年版，第311页。

娼馆酒楼间，无复检约。自称云：'奉圣旨填词柳三变。'"① 董解元《西厢记诸宫调》引辞也说，虽"吾皇德化，喜遇太平多暇"，却怀才不遇，故"携一壶儿酒，戴一枝儿花。醉时歌，狂时舞，醒时罢。每日价疏散不曾着家"，在"秦楼谢馆鸳鸯幄，裁剪就雪月风花"，编撰"倚翠偷期"的诸宫调唱本。然而，事实表明，这在宋仁宗与金章宗时代并非属于士阶层的普遍现象，士人群体性奉行"滑稽玩世"的处世哲学，并最终成为一支强劲的社会文化力量，全面挑战传统士阶层所恪守的雅正文化价值体系，则盛行于宋元之际。表现在文学主体上，便直接导致了从精英转向非精英，从雅正转向世俗，体验民间市井生活，表现世俗情趣，使柳永、董解元基于"滑稽玩世"的文学创作趋向多样性和普泛化。

其二，商品经济下市民阶层的崛起与文化的市场化、文学的商品化。

从严格意义上来说，中国古代并不存在像西方那样独立发展、自主管理的市民阶层，所谓市民，即《史记》所说"用贫求富农不如工，工不如商，刺绣文不如倚市门"的"倚市门"之民②，是一个以工商业主、手工业者、商货搬运工为主体而形成的阶层。这一阶层的壮大依赖于商品经济的繁荣。现有大量研究成果表明，中国古代商品经济的繁荣始于北宋而盛于南宋。南宋商品经济则又促进了市民阶层的壮大，带动了以市民为主体的文化娱乐市场的空前繁荣，尤其是京城临安。据龙登高考察，作为临安城市市场体系的组成部分，文化娱乐市场在与商品市场的互动中出现了异常活跃的商业化经营，并形成了诸多功能性的行业组织，行业之间竞争激烈，呈现出前所未有的发展趋势。③ 该趋势在元代都市得到了延伸。元曲作家杜仁杰的《庄家不识勾栏》叙及一个乡下人进城看勾栏："要了二百钱放过咱，入得门上个木坡。见层层叠叠团圆坐，抬头觑是个钟楼模样，望下觑都是人漩涡。见几个妇女台上儿坐，又不是还神赛社，不住的擂鼓筛锣。"④ 这呈现了勾栏活动的热闹场景，也从出钱看戏中昭示了元代都市文化娱乐的商业化经营。这一商品化文化娱乐市场为小说戏剧等娱乐作品的繁衍提供了肥沃的土壤，为下层士人"战文场"创造了机会，构筑了舞台。也因他们潜心参与，给文化娱乐市场的推陈出新注入了养分，增强了娱乐作品在市场的竞争力。如《张协状元》第一出（副末）[满庭芳]："《状元张叶传》，前回曾演，汝辈搬成，这番书会，要夺魁名。"第二出（副末）[烛影摇红]又云："精奇古怪事堪观，编撰于中美。真个梨园体，论诙谐除师怎比？九山书会，近日翻腾，别是风味。"据张庚所谓"从事话本或剧本创作的人自行组织的团体，进行创作，将作品卖与演出者，此种团体名为书会"⑤。则九山书会才人在流行的诸宫调《状元张叶传》的基础上改编，使之"别是风味"，便出于商业目的。而才人与演员通过这一真正的"梨园体"，以期"夺魁名"的驱动力，则来自商业上和艺术上的双重竞争。由此观之，在文学艺术上，下层士人成了文化娱乐市场的引领者。

刘埙指出："至咸淳永嘉戏曲出，泼少年化之，而后淫哇盛，正音歇。"⑥ 将分别表现市井与庙堂文化价值取向的"淫哇"之声与"雅正"之音区别开来的同时，从戏曲的角度揭示出文化下移的趋势及其品格特征。在元代，为了净化文化市场，朝廷又颁布禁令，对市井

---

① 胡仔：《苕溪渔隐丛话》后集卷三九引《艺苑雌黄》，人民文学出版社1962年版，第319页。
② 司马迁：《史记》卷一二九《货殖列传》，中华书局1982年版，第3274页。
③ 参见龙登高：《南宋临安的娱乐市场》，载《历史研究》2002年第5期，第29～41页。
④ 孔繁信：《重辑杜善夫集》，济南出版社1994年版，第67页。
⑤ 张庚：《戏曲艺术论》，中国戏剧出版社1980年版，第37页。
⑥ 刘埙：《词人吴用章传》，《全元文》第10册，凤凰出版社2004年版，第401页。

"演唱词话,教习杂戏,聚众淫谑者,并禁治之"。① 但作为适合市民需求的商业化文化娱乐,"淫哇"之声在商品经济这块肥沃的土壤上呈现出强劲的发展态势,元曲不以庙堂"禁治之"的禁令为转移,终成"一代之胜",即为明证。而就整个文化下移的趋势观之,不仅由士人创作的"淫哇"之声戏曲愈行愈烈,愈行愈盛,而且南宋以后商业化的世俗文化又不断向上渗透,得到了上流社会的认同。高宗绍兴三十一年(1161)五月,"诏罢教坊,其乐工许自便"②,从此以后,朝廷举办文化活动所需伎艺人,通常向娱乐市场邀请。被邀艺人"御前应制",获取报酬。③ 值得注意的是,另一特殊的商品化文化市场也堪称兴旺发达,只是该市场不在歌栏瓦肆、秦楼楚阁或市井行会,而在统治者的衙门府第。其"买卖"双方的交易为"卖者"兜售个人才艺或诗文作品,"买者"则根据才艺的优劣高低或对作品的认同程度,馈赠价值不一的钱物,出现了上述刘辰翁所说的"当路踵馈"的热闹场景。又如:江湖诗人姜夔以其高超的诗词才艺,赢得了当时一批名公巨卿的青睐,纷纷给予钱物,其中"平甫念其困踬场屋,至欲输资以拜爵,某辞谢不愿,又欲割锡山之膏腴以养其山林无用之身"。④ 宋自逊以诗谒宰相贾似道,"获楮币二十万缗"(引见前文)。戴复古《市舶提举管仲登饮于万贡堂有诗》则自称:"七十老翁头雪白,落在江湖卖诗册。平生知己管夷吾,得为万贡堂前客。嘲吟有罪遭天厄,谋归未办资身策。鸡林莫有买诗人,明日烦公问蓄舶。"⑤ 又盛烈《送黄吟隐游吴门》云:"节翁旧有珠履缘,何况荐书袖无数。此行一句直万钱,十句唾手腰可缠。归来卸却扬州鹤,推敲调度权架阁。"⑥ 不过,他们在兜售自己的诗文作品时,并非个个都能获得丰厚的回报。许棐《赠钱相士》说:"我貌君容一种寒,鹭漂鸥泊廿来年。我诗吟就无人买,君相公卿煞得钱。"⑦ 刘克庄也描绘了一位奔走于"使君"与"丞相"门下的相士出卖诗卷的艰辛情形,"袖阔日常笼短刺,肩寒春未换单衣。半头布袋挑诗卷,也道游方卖术归"。⑧

士人将自己的诗文商品化,向上流社会兜售,显然溢出了传统文学的价值取向和审美趋向的管道,而转向了世俗化的市场之路,其交易环境和"消费"对象虽然与城市市场体系的组成部分——文化市场不同,却共同展示了士阶层文化下移后的世俗化趋势。他们与话本戏曲作家一起强力推动了文化的世俗化和世俗文化向士大夫阶层渗透的进程,在文坛上实现了从以雅正文化为主导的精英创作历史向以世俗文化为主流的非精英创作格局的转型。

其三,以世俗情欲为本体的创作思潮与世俗文学地位的全面确立。

大量事实表明,随着士阶层分化后的文化下移,文学的主体意识开始大量融入世俗文化趣味,其笔触也伸向了以往士大夫所不曾涉及的诸多世俗生活领域,使宋元之际的文学在反映社会生活和人情世态的广阔性和丰富性上超过了以往任何一个时代的文学作品,也因此促进了文学体裁的多样性。宋元之际堪称文体史上的绚丽期,除传统的诗词文外,话本小说和

---

① 宋濂等:《元史》卷一〇五《禁令》,中华书局1976年版,第2685页。
② 李心传:《建炎以来系年要录》卷一九〇"绍兴三十一年六月癸丑"条,中华书局1956年版,第3184页。
③ 据载:"孝宗奉太皇寿,一时御前应制多女流也。若碁待诏为沈姑姑,演史为张氏、宋氏、陈氏,说经为陆妙慧、妙静,小说为史惠英,队戏为李瑞娘,影戏为王润卿,皆一时慧黠之选也。两宫游幸聚景、玉津、内园,各以艺呈,天颜喜动,则赏赉无算。"(杨维桢:《送朱女士桂英演史序》,《全元文》第41册,第236页)
④ 周密:《齐东野语》卷十二《姜尧章自叙》,中华书局1983年版,第212页。
⑤ 《全宋诗》卷二八一三,北京大学出版社1998年版第54册,第33465页。
⑥ 《全宋诗》卷三七四五第72册,第45171页。
⑦ 《全宋诗》卷三〇九一第59册,第36861页。
⑧ 《全宋诗》卷三〇三六第58册,第36181页。

各种类型的戏曲等新兴文体也相继成熟，接踵而至。这些新兴文体的生成与盛行，无不根植于世俗土壤。其中元曲为王国维所激赏，在他看来，"古今之文学，无不以自然胜，而莫盛于元曲。盖元剧之作者，……以意兴之所至为之，以自娱娱人。关目之拙劣，所不问也；思想之卑陋，所不讳也；人物之矛盾，所不顾也。彼但摹写其胸中之感想，与时代之情状，而真挚之理，与秀杰之气，时流露于其间。故谓元曲为中国最自然之文学"。① 该"自然说"固然为历史上流行的元曲有"一代之胜"的直觉判断寻找现代理论依据，而在元散曲创作中又有所谓"典雅派"的存在，但为了"自娱娱人"，不问"关目之拙劣"，更不讳"思想之卑陋"，唯以世俗情欲为本体，"摹写其胸中之感想"，的确是元曲作家最强劲的创作思潮，也是呈现在元曲作品中最醒目的价值取向。其实，这并非为元曲作家及其作品所独专，而是普遍体现在宋元之际士人多种文体的创作之中，是基于文学主体转型后形成的一种时代产物。

以传统文体诗歌为例，刘克庄论宋代诗坛："近时小家数不过点对风月花鸟，脱换前人别情闺思，以为天下之美在是，然力量轻，边幅窘。"② 方回在总结宋末元初诗坛"虽不读书之人皆能为五七言"的轻俗化趋向时也指出："无风云月露、冰雪烟霞、花柳松竹、莺燕鸥鹭、琴棋书画、鼓笛舟车、酒徒剑客、渔翁樵叟、僧寺道观、歌楼舞榭，则不能成诗。"③ 站在传统诗歌的雅正立场，刘、方两人对专写"别情闺思""歌楼舞榭"等题材的诗歌深表不满，或斥其"力量轻，边幅窘"，或斥其缺乏"读书之人"应有的精湛诗艺。这正与元曲作家一样，是诗人"以为天下之美在是"而不讳"思想之卑陋"、不问诗艺之拙劣，但求自适其行、自娱娱人的集中表现，为宋元之际文学世俗化的创作思潮与价值取向在诗歌领域中的具体反映。与此相适应，在诗的品格上，即如方回评戴复古诗时所说："苦于轻俗，高处颇亦清健，不止如高九万之纯乎俗。"④ 朱庭珍所论："江湖一派，俚俗不堪入目。"⑤ 包恢又将宋元之际诗歌的主导品格总结为"鄙俚"⑥，钱锺书还惊奇地发现，文天祥"留下来的诗歌绝然分成两个时期。元人打破杭州、俘虏宋帝以前是一个时期。他在这个时期的作品可以说全部都是草率平庸，为相面、算命、卜卦等人做的诗的比例大得让我们吃惊"。⑦ 从相面、算命与卜卦中获取生命的展望与人生的信念，无疑是民间市井的世俗心理与情欲的具体表现形式，但在"术士满天下"的宋元之际，以此为诗文创作主题的，又何止文天祥一人！翻开吴澄的《吴文正集》，同样屡见不鲜。而文天祥却是宋末官僚阶层中的重要一员，并在宋亡后为故宋舍身就义。吴澄则不仅官至翰林学士，而且为元初大儒，与北方许衡齐名。他们笔下这一以世俗心理与情欲为本体的诗文主题的形成，进一步证实了宋元之际文化下移和文学世俗化的广度与深度。

较诸庙堂的精英文化，民间市井的世俗文化更具丰富性和复杂性。就世俗文化体现为文学品格而言，便有轻俗、俚俗、粗俗、鄙俗、庸俗之别，这些不同的文学品格均以世俗情欲为本体。尽管传统的诗歌与新兴的小说戏曲在体裁上存在差别，但文学主体转型后表现在不

---

① 王国维：《宋元戏曲史》，东方出版社1996年版，第101页。
② 刘克庄：《听蛙诗》，《后村先生大全集》卷九七，四川大学出版社2008年版，第2510页。
③ 方回：《送胡植芸北行序》，《全元文》第7册，第34页。
④ 《瀛奎律髓汇评》卷二十，上海古籍出版社1986年版，第840页。
⑤ 朱庭珍：《筱园诗话》卷一，续修四库全书第1708册，上海古籍出版社2002年版，第4页。
⑥ 包恢：《书侯体仁存拙稿后》，《全宋文》第319册，第317页。
⑦ 钱锺书：《宋诗选注》，人民文学出版社1989年版，第281页。

同体裁中的世俗化的品格特性是相一致的,都展现了"时代之情状",标示了以世俗化为主流的文学时代的到来与世俗文学地位的全面确立。

四、市民立场确立与叙事文学兴盛

清四库馆臣说:

> 考《三百篇》以至诗余,大都抒写性灵,缘情绮靡,惟南北曲则依附故实,描摹情状,连篇累牍,其体例稍殊。①

所谓"依附故实,描摹情状",即指文学叙事。一般认为,我国第一部诗歌总集《诗经》与汉乐府中的某些作品乃至杜甫、白居易等诗人笔下的一些篇章,尤其是唐传奇,虽已呈现了现代意义上的叙事特质,但中国古代文学叙事远不如古代历史叙事之发达,与西方古代文学相比,则更显迟滞状态,至"连篇累牍"的"南北曲"——宋元杂剧,以及南戏、话本等,这种状态才得到了改观,呈现出兴盛景象,成了这一时期文学转型的又一个突出标志。

中国叙事文学为何迟滞不前,至宋元之际才得到改观?王先霈认为:"在古人的文学观念中,主要倾向是重抒情而轻叙事,崇尚减省而反对繁缛。这两条对于长篇巨制的叙事文学的发展,很是不利";尤其是他们"受到'三纲六纪'的伦理观念的拘束,由'男女大防'的伦理判断戕杀全知叙事的小说技巧"。而"从文学史的事实看,每当宗法制度和儒家礼教对思想的管辖松动、男女之大防受到冲击的时候,文学叙事就获得发展空间"。② 这的确是宋元之际叙事文学赖以兴盛的一个重要原因。不过,宋代正值程朱理学占统治地位之际,元代建国后的统治也借助了理学,从宋元之际国家意识形态的层面观之,宗法制度与儒家礼教对人们思想的管辖非但没有松动,反而趋向严厉。这又如何认识这一时期叙事文学的兴盛?作为从"宗法制度与儒家礼教对人们思想的管辖松动"到"文学叙事就获得发展空间"的不可或缺的中介,文学主体转型后叙事者市民立场的确立③,无疑是问题的关键所在。

从发生学的角度观之,宋元之际的叙事文学小说戏曲等,均为都市文化娱乐的产物,其娱乐主体也主要是市井之民。而市井与庙堂虽然相互依恃,但在许多情况下,庙堂倡导的道德说教无法真正规范市井的精神世界,庙堂制定的政治律条也难以全面约束市井的行为规范。同样,根植于市井的市民文化娱乐品格与代表庙堂的精英文化娱乐品格,也有所谓"淫哇"之声与"雅正"之音的区别与对立(引见前文)。当向下流动的士人走向市井,进入以市民为主体的商业化文化娱乐市场而为之提供娱乐作品时,既找到了自身的活动空间,又拥有了自己的话语空间。身处这个双重空间,他们可以不受宗法制度与儒家礼教在思想上的管辖,也可以摆脱"男女大防"的枷锁,因而淡化甚至消弭了精英意识,转换了文化视

---

① 永瑢等:《四库全书总目》卷一九九《〈钦定曲谱〉提要》,中华书局1965年版,第1828页。
② 王先霈:《中国古代叙事文学发展迟滞原因之探讨》,载《汕头大学学报》2008年第4期。
③ 20世纪90年代,陈思和在当代文学批评领域里提出了"民间立场"的概念,"它是指一种非权力形态也非知识分子精英文化形态的文化视界和空间,渗透在作家的写作立场、价值取向、审美风格等方面。作家把自己隐藏在民间,用'讲述老百姓的故事'作为认知世界的出发点,表达原先难以表述的对时代的认识。"(陈思和、何清:《理想主义与民间立场》,载《中山大学学报》1999第5期)宋元之际叙事文学作者也具有"非权力形态也非知识分子精英文化形态的文化视界和空间",而其"文化视界和空间"主要停留在市民阶层,故本文据而运用"市民立场"的概念。

界,确立了市民立场,在叙事价值和叙事艺术上,均使叙事文学获得了新的发展空间。

首先,在叙事价值上,市民立场将叙事者的价值取向隐藏在本源性市井文化中,通过市民的视阈,叙述市民的生活与命运、情趣与愿望,加以表达,从而使叙事者拥有了前人难以比拟的自由自适的叙事权力和丰富多样的叙事题材。

先须指出的是,现存宋元之际不少叙事文学尤其是宋话本的文本形态及其作年存在诸多争议。或认为,宋代并无白话话本,书会才人编写的为说话艺人所用的"底本"如《醉翁谈录》《绿窗新话》,只是为艺人讲说而准备的参考材料,以文言出之而非白话[①];或认为除现存残页元刊《红白蜘蛛》为宋话本,"今天所见的话本,实没有一种货真价实的宋话本,至少已经过元人的增润"。[②] 如此等等,尽管还没有足够的证据彻底否定宋话本的存在,但毕竟对传统的宋话本研究提出了挑战。对此,有学者提出了两种研究方法:"一是根据元代以后成立的口述笔记之类的'话本'来研究,这方法能很明白话本的叙事者的语言,但缺点是没法保证那就是宋代的话本;再一是根据小说人的'种本'来研究,这方法虽不能明白话本的叙事者的语言,但有利于正确理解其内容。如果这两种方法并用的话,宋代小说话本就可在相当程度上得以表明。"[③] 质而言之,从用于"口头"的宋代书会才人向说话艺人提供参考资料的"种本",到元代书会才人用白话"增润"后向说话艺人提供文本形态的"话本",是一个叙事文本从流动的活态到凝定的固态的过程。在这个过程中,虽然叙事语言与技巧在发生变化,所叙故事的情节及其发生的时间与地点也会随之出现变异,但故事梗概和基本内容不会改变,书会才人的市民立场同样也不会改变。所以,现存话本小说,无论作于宋代抑或元代,无论是文言还是白话,并不妨碍对宋元之际书会才人叙事立场的认识。

譬如,载于《清平山堂话本》的白话话本《柳耆卿诗酒玩江楼记》若出于元人之手,其故事原型则见于《绿窗新话》上卷《柳耆卿因词得妓》。《绿窗新话》是南宋皇都风月主人辑录汉魏六朝以来的笔记小说、诗词列话、史传文集而成,每则故事以七字为题,被视为向说话艺人所提供的"底本"或"种本"。《柳耆卿因词得妓》出自杨湜的《古今词话》,讲述北宋仁宗年间柳永在江淮期间惓一官妓。柳永赴京,临别之际,两人以"杜门为期"。别后,柳永闻知官妓另有异图,心中怏怏,并以《击梧桐》词相寄,指责她"把前言轻负"。官妓阅此词后,"遂负愧,竭产泛舟来辇下",奉从柳永。在《柳耆卿诗酒玩江楼记》中,柳永为余杭县令,因其心仪的余杭歌妓周月仙与当地的黄员外"精密甚好",故设下阴计:"密召其舟人至,分付交伊:'夜间船内强奸月仙'";次日,"排宴于玩江楼上,令人召周月仙",揭穿夜间之事,使周月仙"羞惭满面",发誓"妾今愿为侍婢,以奉相公,心无二也"!当日便"与耆卿欢洽",后又"殷勤奉从,两情笃爱"。两相对照,后者虽然改变了前者所载故事的具体情节、人物活动的时间和地点,整个故事也变得曲折丰满,但故事的梗概和基本内容却没有改变,作者以市民立场进行叙事,以及在叙事中呈现的市民的审美趣味与品格,前后也无二致,只不过是后者比前者更加鲜明、更为凸显罢了。

市井如同一个演绎市民原始生命情欲和行为方式的大舞台,又如一锅汇聚市民真善美与假恶丑的大杂烩。市井的这个多样性和复杂性文化空间,必然会反映到市民立场确立后的文

---

① 参见卢世华:《试论宋代说话人的底本》,载《江汉大学学报》2005年第6期。
② 章培恒:《关于现存的所谓"宋话本"》,载《上海大学学报》1996年第1期。
③ (日)大塚秀高著,柯凌旭译:《从〈绿窗新话〉看宋代小说话本的特征——以'遇'为中心》,载《保定师范专科学校学报》2002年第3期。

学叙事中来。《柳耆卿诗酒玩江楼记》中的故事情节、人物形象，尤其是主人公以极其卑劣的手段获得周月仙后，又以欣赏的眼光，视为美事，声称"两情笃爱"，就是书会才人从市民的视阈展现了市井趣味的一面。换言之，市民立场的确立，虽使书会才人获得了自由叙事的权力，但在不讳"思想之卑陋"中放弃了对真善美的坚守，在市井世俗生活的声色诱惑与官能刺激中滑向丑陋，趋向堕落。这在其他话本戏曲的叙事中也不乏其例，但从市民的视阈出发，叙写市民真善美的作品同样比比皆是。《碾玉观音》堪称话本在这方面的代表作之一。该话本中的主人公裱褙匠的女儿璩秀秀是咸安郡王的女奴，她爱恋碾玉工人崔宁。在崔宁让她到自己的住处"歇脚"的一个晚上，"当夜成了夫妻"。第二天，两人逃奔潭州成婚，旋为咸安郡王的爪牙郭排军发现并被抓回，崔宁被解送临安府判刑，秀秀被打死，但阴魂不散，成鬼后仍与崔宁逃奔建康做夫妻。这一爱情悲剧故事旨在反映市民阶层和统治阶级之间的矛盾，颂扬秀秀冲破儒家礼教、追求婚姻自由的坚强意志，揭露和鞭挞统治阶层的专横与凶恶。它如话本《错斩崔宁》、《万秀娘仇报山亭儿》、《张生彩鸾灯传》、南戏《张协状元》、《王魁》（存残曲 18 支）、《王焕》（存佚曲 22 支），白朴《墙头马上》、王实甫《西厢记》、杨显之《潇湘雨》等元杂剧，也都通过市民的视阈，在驳杂的市井文化空间中张扬了善与美，鞭挞了丑与恶，表达了作者对社会的认识和对理想价值的追求。

  市民立场的确立，促使市民与叙事者在价值取向上的相互联系。因此，以市民为主体构成的本源性市井文化空间，全方位地进入了叙事艺术世界，在题材上，正如胡祗遹论杂剧时所说："既谓之杂，上则朝廷君臣政治之得失，下则闾里市井，父子、兄弟、夫妇、朋友之厚薄，以至医药、卜筮、释道、商贾之人情物理，殊方异域风俗语言之不同，无一物不得其情，不穷其态。"[①] 形成多样性和丰富性的特征。关汉卿《包待制三勘蝴蝶梦》便是有别于上述"烟粉"题材的公案类杂剧。剧中案情为开封府中牟县的王尧汉上街办事，因冲撞了皇亲葛彪而被当街打死；王尧汉的三个儿子因报父仇而怒取葛彪之命。对于这一事实昭著的简单案子，包拯作了别样的审理与宣判：在先后审理王大、王二时，以王母所提老大孝顺，老二又能做生意，自己要靠他们养老送终的申诉为理由，作无罪宣判；当杀人罪推向了王三时，梦见一张蜘蛛网先后网住了两只小蝴蝶，一只大蝴蝶奋勇将它们救出蛛网，此梦便成了其审案的法理依据。王母原来是王尧汉的续弦，王大和王二是其养子，王三才是她亲出。在包拯看来，王母出庭救养子，恰如梦中的大蝴蝶。他说："听了这婆子所言，方信道'良贾深藏若虚，君子盛德，容貌若愚。'这件事，老夫见为母者大贤，为子者至孝；为母者与陶孟同列，为子者与曾闵无二。"他认为蝴蝶梦乃"天使老夫，预知先兆之事，救这小的之命"。便移花接木，让一位偷马贼做了替死鬼。全剧所叙审案过程和宣判，就司法层面而言，可谓荒谬至极；从民间市井观之，却符合其坏人做坏事应予从严惩罚、好人被迫触犯法律应予从轻发落的生存逻辑。在认同这一生存逻辑的基础上，关汉卿进而揭示了其道德至上的价值取向。又如睢景臣【涉般调·哨遍】《高祖还乡》，通过"社长"的视阈，叙述汉高祖刘邦登基后还乡的场景及其昔日行径。从首曲叙述刘邦及其随从回到家乡时对乡人的骚扰不堪，到尾曲书写一位乡友向刘邦讨债，并责问他何必"改了姓、更了名，唤做'汉高祖'"？刘邦的盛大排场及其好酒贪色、"借粟"、"强秤了麻"、"偷量了豆"等往事被一一道出，笼罩在其身上的至尊光环随之消失殆尽，呈现出一个本真的无赖形象。与其他历史题材的小说戏曲一样，该套曲在叙述历史人物与故事中寄寓了鲜明的当下意识，其中既有市民

---

① 胡祗遹：《赠宋氏序》，《全元文》，第 5 册，第 260～261 页。

又有作者对元代统治者的极度不满与蔑视。

然而，无论《柳耆卿诗酒玩江楼记》抑或《碾玉观音》，无论《包待制三勘蝴蝶梦》抑或《高祖还乡》，都是不受庙堂制约的自由叙事的产物，而"自由"是市民立场赖以确立的关键，也是其核心所在，它从根本上决定了本源性市井文化空间向叙事艺术世界的转化。所谓"本源性市井文化空间"，不仅仅指市民物质性的生活形态，更重要的是市民建立在物质基础上的精神形态，其中既有来自原始生命情欲的粗犷与质朴、放纵与丑陋，又有在面对压迫和不幸中的悲哀与反抗、诉求与理想。较诸代表庙堂的官僚阶层，市民阶层的这种精神状态无疑别具自由自在的特质。被抛出仕途轨道的下层士人，或"门第卑微，职位不振"的底层儒吏，也不仅仅从市井获得了自己的活动和话语空间，更重要的是他们在以娱乐作品的创作者的身份面对市民，市民以世俗激情恣恿他们的创作过程，或真切感知市井，或"躬践排场，面傅粉墨，以为我家生活，偶倡优而不辞"①——从市井"外部"进入了市井"内部"，对以自由自在为特质的市井文化有了深入的理解和高度的认同，并自觉或不自觉地交汇，乃至融入到了自身"滑稽玩世"的自由自适的精神之中。正是这种"自由自在"与"自由自适"的交汇与融合，使叙事文学的发展获得前所未有的强大动力和广阔空间的同时，也使庞杂的本源性市井文化空间在叙事艺术世界中得到了空前的多元展现。

其次，在叙事艺术上，市民立场使叙事者在尊重和认同市民的审美原则与欣赏习惯的同时，融入自我的审美素养和艺术技巧，将本源性多元市井文化空间转化成自觉的叙事艺术世界。

面对丰富多样的叙事题材，无论是文本呈现抑或口头表演，以传统文学"重抒情而轻叙事，崇尚减省而反对繁缛"的方式加以表现，显然不适宜于市民的欣赏。恰恰相反，他们不仅需要设身处地、体贴入微的繁缛叙事，而且还需要在繁缛叙事中设置曲折诱人的情节和悬念。罗烨谈及话本创作时指出："说国贼怀奸纵佞，遣愚夫等辈生嗔；说忠臣负屈衔冤，铁心肠也须下泪。讲鬼怪，令羽士心寒胆战；论闺怨，遣佳人绿惨红愁。说人头厮挺，令羽士快心；言两阵对圆，使雄夫壮志。谈吕相青云得路，遣才人着意群书；演霜林白日升天，教隐士如初学道。噇发迹话，使寒门发愤；讲负心底，令奸汉包羞。"②在表现上，使各种不同题材的话本均能产生如此强烈效应的一个重要原因，便在于和崇尚减省的抒情文学完全相反的叙事方式，尤其是如前引〔烛影摇红〕所谓《张协状元》"精奇古怪事堪观"——曲折的情节、诱人的悬念。也就是说，为了吸引和打动观众，小说与戏剧都需要作者在叙事中设置"堪观"的"精奇古怪"的情节与悬念。打个比方，叙事对于市民来说，如同炉中烈火所吞噬的木块，而贯穿其中的故事情节和悬念，却犹如一股强劲的气流，扇旺炉中之火，使之生动狂舞，从中获得审美上具体而强烈的快感和精神上细腻而真切的体验。事实表明，叙事者为了达到这一效应，在不同的文体中均采用了与之相适应的叙事方式。不妨再以《碾玉观音》为例，其上篇有璩秀秀夜间薄醉时与崔宁的一段对话：

> 秀秀道："你记得当时在月台上赏月，把我许你，你兀自拜谢。你记得也不记得？"崔宁叉着手，只应得喏。秀秀道："当日众人都替你喝彩：'好对夫妻！'你怎地到忘了？"崔宁又则应得喏。秀秀道："比似只管等待，何不今夜我和你先做

---

① 臧懋循：《元曲选序二》，《元曲选》，中华书局1958年版，第3页。
② 罗烨：《醉翁谈录》甲集卷一，《舌耕叙引·小说开辟》，上海古典文学出版社1957年版，第5页。

夫妻，不知你意下何如？"崔宁道："岂敢！"秀秀道："你知道不敢，我叫将起来，教坏了你。你却如何将我到家中？我明日府里去说！"崔宁道："告小娘子：要和崔宁做夫妻不妨；只一件，这里住不得了。要好趁这个遗漏，人乱时，今夜就走开去，方才使得。"秀秀道："我既和你做夫妻，凭你行。"当夜做了夫妻。

通过这段丝丝入扣的繁缛对话，细腻地刻画了秀秀奔放而又坚毅、崔宁谨慎却懦弱的性格，在这两种不同性格的冲突中，完成了两人当夜成为夫妻的情节安排；并在崔宁"这里住不得了……今夜就走开去，方才使得"的请求中，既表现了人物活动在环境和心理上的紧张气氛，又让人担忧他们私奔后的命运。下篇叙述秀秀被咸安郡王抓入后花园，再次为她的命运捏了一把汗，直到郭排军发现秀秀逃匿建康并立下军令状来抓时，始知她原来是鬼。可谓情节曲折，悬念叠出，引人入胜。这对市民而言，显然较重比兴、崇减省的抒情文学更具审美效应，也更能从中获得具体而真切的体验。而用来体现剧场性的不可或缺的方式和手段，南戏、杂剧等戏曲中的情节安排、悬念设置，也就毋庸赘言了。

如果说，市民立场的确立赋予了创作主体的市民视阈，决定了其创作的价值取向，那么适合市民审美原则与欣赏习惯的叙事方式则赋予了呈现其价值取向的艺术形态，成了"市井文化空间"走向"叙事艺术世界"的一座桥梁。

不过，在艺术上，这个基于"市井文化空间"的"叙事艺术世界"已非本源性市井审美艺术，而被注入文人的艺术技巧与审美素养而文人化了。其所叙故事，也并非都像《碾玉观音》那样源自当代生活或直接出自书会才人之手，不少却具有民间性、传承性和变异性的特点，并且同一故事原型出现在不同的叙事文体中。对此，谭正璧对宋官本杂剧段数内容作了详细的考察，如宋官本杂剧《崔智韬艾虎儿》《雌虎》两出，其故事原型为唐薛用弱《集异记》所载民间流行的《崔韬》，《崔韬》同时衍化为宋元话本《崔智韬》，又成为关汉卿《谢天香》、无名氏《人头峰崔生盗虎皮》等元杂剧的故事原型。① 这一现象昭示了文人叙事对民间叙事的传承，在传承中变异，在变异中赋予了文人化的叙事艺术。② 那么，在叙事艺术上如何认识文人化与市民性之间的关系？

宋元"说话者谓之舌辩，虽有四家数，各有门庭"③；在不同的"门庭"之间，"举断模按，师表规模"。同时，为了吸引听众，"使席上风生，不杆教坐间星拱"，又对渊源不一的故事题材细分为"烟粉、灵怪、传奇、公案"等。④ 在这一"说话"技艺的专门化所带来了话本故事题材类型化的过程中，固然提高了故事的精彩程度，彰显了叙事艺术的文人化特征，但事实上，这正是为前文所述在商品经济繁荣下娱乐市场行业化，以及行业之间相互竞争所致。而无论故事源自何时何处，书会才人在首次叙述或在民间叙事基础上的再创作中，以繁缛为务、以婉曲为贵、以纷披为美，揭示或扩展故事的叙述价值，使叙事艺术趋向精细化、文人化，是"说话"技艺专门化与话本故事题材类型化的重要一环。也正是书会才人的这种努力，促进了话本娱乐性的高度成熟，使之在市民的娱乐生活和都市娱乐行业的竞争中，呈现出"使席上风生"的审美效应，成为市民阶层喜闻乐见的一种文化娱乐样式，

---

① 参见谭正璧：《话本与古剧·宋官本杂剧段数内容考》，上海古籍出版社1985年版，第117～190页。
② 参见王丽娟：《论文人叙事与民间叙事——以〈连环计〉故事为例》，载《文学遗产》2004年第4期。
③ 吴自牧：《梦粱录》卷二十《小说讲经史》，《东京梦华录》（外四种），上海古典文学出版社1956年版，第312页。
④ 《醉翁谈录》甲集卷一，《舌耕叙引·小说开辟》，上海古典文学出版社1957年版，第3页。

体现了文人化与市民性的相辅相成、互为促进。

戏曲的叙事艺术更是如此。俞平伯分析词与曲的同源分流时说:"最初之词、曲同为口语体,同趋于文,而后来雅俗正变似相反也。换言之,即词之雅化甚早,而白话反成别体;曲之雅化较迟,固已渐趋繁缛,仍以白话为正格。"其因则在于:"词虽出北里,早入文人之手,其貌犹袭倡风,其衷已杂诗心,多表现作者之怀感,故气体尚简要。曲则直至今日犹未脱歌场舞榭之生涯,犹重听众之情感,虽文家代作,不能与伶工绝缘,故情韵贵傍流。"①无论古今,戏曲叙事始终根植于"歌场舞榭",因而决定了其有别于诗词的"犹重听众之情感"的特性;而剧本又是"文家"为伶工代言的代言体。因此,宋元之际"偶倡优而不辞",或熟悉市井生活和市民习性的"文家",他们在"代作"剧本中,无论其叙事艺术的文人化程度有多高,"犹重听众之情感"则是其叙事的不二法则;也就是说,他们与话本作者一样,在展现故事的叙事价值时,既理解和遵循市民的审美原则和欣赏习惯,又注入自我的审美素养和艺术技巧,将本源性的市井文化空间转化成了一个自觉的"叙事艺术世界",最终实现了叙事文学的兴盛。

从叙事的艺术形态观之,这个"叙事艺术世界"的形成无疑与文体体制息息相关,而任何一种文体的兴盛,都有其体制内部的运行规律。不过,任何一种文体的内部规律的运行,都是建立在外部推力的基础之上的。宋元之际小说戏曲所拥有的为之潜心创作的作家群和庞大的受众群,无疑是其兴盛的外部推力所在。尤其是市民立场的确立,不仅使作家群深入到市井"内部",拥有了自由自适的叙事权力和丰富多样的叙事题材,而且市民的生存逻辑、价值取向、审美原则等诸多要素形成的本源性市井文化,获得作家的理解、尊重和认同而成为其叙事价值和叙事艺术的现实支撑,并通过其自身精神和艺术素养的投射,全面转化成为一个自觉的"叙事艺术世界",就不完全是一种外部推力而成为其内部规律运行中的一个重要组成部分了。这也为我们更为全面而真切地认识宋元之际开始成为"小说戏曲的时代"的历史原因,以及小说戏曲艺术形态的生成,提供了一个不可或缺的维度。

---

① 俞平伯:《词曲同异浅说》,《论诗词曲杂著》,上海古籍出版社1983年版,第696~697页。

宋初词坛沉寂原因新探

孙克强

南开大学

内容摘要：本文从宋初城市格局的变化及其对词坛的影响这一角度探讨宋初词坛沉寂以及由沉寂转为繁盛的原因。从唐代至北宋初年，城市一直实行严格的坊市制、宵禁制，歌妓为主角的娱乐业受到限制。北宋初期的数十年，坊市制逐渐走向废弛，坊墙被商铺取代，夜市繁盛，娱乐场所遍布全城，歌妓的数量大量增加。由词曲消费者、演唱者所构成的市场极度膨胀，需要大量词曲作品以满足需求，在此社会背景下词坛迅速走向繁盛。

关键词：宋初　词坛　坊市制　歌妓

《文学遗产》2009年第2期发表了诸葛忆兵的《宋初词坛萧条探因》，近期沈松勤教授又发表了《词坛沉寂与南词北进——论宋初百年词坛的演进历程》[1]，也对宋初词坛沉寂萧条的原因加以探讨，说明北宋初年词坛沉寂原因再一次成为关注的焦点。宋初词坛沉寂的原因以及为何北宋词坛在建国七八十年之后才繁盛起来，是词史研究者都曾注意到并亦试图加以解释的问题，各种词史或文学史著作亦有各种各样的说法。所谓"宋初"指宋代建国（960）至仁宗朝的前期（大约为1030年前后），其下限如以作家为标志，则是指晏殊、柳永登上词坛。"北宋初期"时间跨度大约七十年，在两宋三百六十余年的历史发展过程中约占近五分之一。诸葛忆兵据《全宋词》统计这一时段有作品留存的词人一共十一位，保留至今的词作共三十四首。与《全宋词》收录的两万余首作品相比，极不成比例。宋初词坛相当萧条沉寂，词人词作极少，这种局面相对于之后的繁盛兴旺形成了鲜明的对比，在宋词的发展史上也显得十分特异，造成这种局面的原因自然会引起研究者的思考。本文拟从一个新的角度——宋初城市格局特别是北宋都城开封的城市格局的变化及其对词坛的影响来探讨这个问题。

文学作品的创作和传播都与社会生活环境密不可分，一种文体的产生和繁荣亦与社会生活环境相关联，这种联系在词体发展史上的表现尤为显著。词为音乐文学，是配合乐曲的歌词。与单纯书面文字的诗歌不同，词体在成熟之后相当一段时期主要靠歌妓的演唱实现传播，词体的兴盛与否，不仅在于填写歌词的作者，更依赖演唱歌曲的歌妓；也就是说，歌妓的生存状态以及她们演出的条件和环境在相当程度上决定了词体兴盛的基础。词体萌芽于隋朝初唐，成型于中唐，成熟于晚唐五代，然而真正繁盛起来则在宋代，故而，"一代之文学"的荣誉只能是两宋而不是唐五代。词体在宋初的沉寂以及在建国七十年之后的繁盛，与宋代城市的格局功能的特点有直接的关系；换言之，北宋城市（首都东京最为典型）格

---

[1] 参见陈水云、潘碧云主编：《2012词学国际学术研讨会论文集（唐宋卷）》，马来西亚大学2012年版，第360～375页。

局功能的新变为歌妓的生存状态、演出的条件带来了极好的发展空间,进而为词体的发展创造了极为有利的条件,成为词体创作、传播繁盛的重要原因。

一、坊市制度损毁,新型城市面貌出现

考察北宋初期词坛萧条冷落的原因,可以从宋代坊市制度的破坏得到启发。北宋初期七八十年恰好是坊市制度由局部损毁到全面崩溃的过程。在这个过程中都市的面貌发生了深刻的变化。从空间上看,城市坊市分置的格局慢慢发生了变化,沿街开店经商,商铺遍布全城,商业空间得到极大扩展;从时间上看,唐代以来实行的宵禁制度废弛,夜市出现,城市居民的夜生活丰富多彩,消费时间成倍增加,商业活动在时间上得以扩容;以上的变化给歌妓的生存和经营提供了空前的机会,歌妓队伍急速膨胀,歌词的创作随之繁盛。宋初词坛沉寂的局面成为历史,宋词的发展翻开了崭新的一页。

从中国古代城市演变史来看,宋代以前不论大都市或州县城镇,基本上皆实行坊市制度,即严格地将"坊"和"市"分离开来的制度。"坊"是居住区,"市"是商业贸易区。坊市分离,各有不同的功能。如唐代的都城长安城内有一百零八个坊,另独立设有东、西两市。洛阳城内有一百一十二个坊,另有北、南、西三市。坊或市四周都有围墙,设有坊门和市门,朝廷任命专职门吏实行管理,管理官员称为坊正和坊佐等。坊和市形成了城中之城的格局。这种大城套若干小城的城市设计所体现的理念,一是传统军事堡垒形态的余绪,乃出于安全的考虑,正如宋代朱熹所说:"唐宫殿制度正当甚好。官街皆用墙,居民在墙内,民出入处皆有坊门。"① 二是与当时经济水平相适应,是城市经济不发达、商品流通不充分的体现。作为商业贸易区的市有诸多限制,如入市交易有固定的地点和时间的限制,唐朝景龙元年(707)规定:"诸非州县之所,不得置市。其市当以午时击鼓两百下,而众大会,日入前七刻,击钲三百下,散。"② 商品交易的市场只能设置在州、县所在的城市之中,不能设在小集镇和农村;设在大中城市之中的"市"之门有严格的开闭时间,市中的交易活动仅限于白天,日落闭市,交易活动停止。这样做出于管理的需要,便于控制尚不丰裕的货物商品流通。而都市之中的大街小巷两边皆为森严的坊墙,不许开设店铺,仅有交通功能,没有商业活动。

唐代确立的坊市制度对后世产生了深远的影响,五代时期各朝坊市制度一直被延续实行。北宋初期沿袭旧制,仍试图严格实行坊市制度,与唐代的长安、洛阳大致相同。都城开封也以坊市规划布局,据《宋会要》记载北宋开封城的旧城、新城以及新城之外共有一百三十六坊。但随着经济的发展,商品的丰富,交易的需要,原来设计封闭式的坊市结构逐渐被突破,城市内部布局发生了变化,商业店铺不再局限在"市"中,而是在大街小巷乃至桥头河岸广为布点,出现了街市、桥市,坊市不再以墙作为界限。坊、市的围墙拆除之后,带来了城市生活的一系列变化,工商业者和居民都可以自由选择他们的地点,商人可以在城内随处设置店肆,不仅在市民居住的胡同、小巷面街开设,甚至在御街通衢两侧也可以面临大街开设,"自大街至诸坊巷,大小铺席连门俱是,即无虚空之屋,每日侵晨,两街巷门,

---

① 黎靖德编、王星贤点校:《朱子语类》,中华书局1986年版,第3283页。
② 王溥:《唐会要》,中华书局1955年版,第1581页。

浮铺上行，百市买卖，热闹至饭前，市罢而收。"①商业经营场所由唐代集中的"市"，扩散至全城，居民购物消费更为方便，由此促进了商业的发展和繁荣。透过时空的间隔我们可以加以对比：唐代长安街道两边的森严的坊墙变成了宋代东京街上大小错落、装饰各异的商铺。从《东京梦华录》记载的商店酒楼位置可见东京城市大街的情况：如"遇仙正店"的位置在曲院街街南："至朱雀门街西过桥，即投西大街，谓之曲院街，街南遇仙正店，前有楼子，后有台，都人谓之'台上'。"又如"清风楼酒店"位于龙津桥西："龙津桥南西壁邓枢密宅，以南武学巷内曲子张宅、武成王庙。以南张家油饼、明节皇后宅。西去大街，曰大巷口。又西曰清风楼酒店，都人夏月多乘凉于此。"又如"白矾楼"位于"马行街东西两巷"："白矾楼，后改为丰乐楼，宣和间，更修三层相高。五楼相向，各有飞桥栏槛，明暗相通，珠帘绣额，灯烛晃耀。初开数日，每先到者赏金旗，过一两夜，则已元夜，则每一瓦陇中皆置莲灯一盏。内西楼后来禁人登眺，以第一层下视禁中。大抵诸酒肆瓦市，不以风雨寒暑，白昼通夜，骈阗如此。"以上所说的"遇仙正店""清风楼酒店""白矾楼"等这些著名的商店酒楼，皆坐落在东京开封的大街两侧，完全没有市墙的阻隔。

北宋开封的都市格局制度从规整的坊市设置到坊市制度的废止恰恰经过了北宋初年的七十年左右的历程。北宋建国之后，朝廷多次颁发政令强调坊市的重要性，意在通过强化坊市制度以加强治安。然而由于商品增加，市场繁荣，流通需要的急速膨胀，坊市制度对城市商业的限制与城市经济的高速发展之间形成了尖锐的矛盾。都市里破墙开店、临街摆摊、坊中开铺的现象逐渐增多起来，这种打破坊墙市墙限制的举动拉开了新型城市模式的序幕。拆毁坊墙市墙、开店经商不仅破坏了城市格局，造成治安隐患，并且难免要侵占道路，阻碍交通，这种现象当时被称之为"侵街"，即侵占街道之谓。客观来看，"侵街"出于私利，在城市中建"违章建筑"，市容、治安和交通均会受到影响，自然会受到朝廷和官府的干预，市民私人利益与官府所代表的公众利益发生了冲突，必然招致官府的禁止乃至处罚。这种出自朝廷官府禁止"侵街"，以及巩固坊市制度的举措屡屡见诸文献，如：

开宝九年（976）"乙巳，宴从臣于会节园，还经通利坊，以道狭，撤侵街民舍益之。"②

至道元年（995）"诏张洎改撰京城内外坊名八十余，分定布列，始有雍洛之制。"③

真宗咸平五年（1002）"京城衢巷狭隘，诏右侍禁、合门祗候谢德权广之。……德权因条上衢巷广袤及禁鼓昏晓，皆复长安旧制。乃诏开封府街司约远近置籍立表，令民自今无复侵占。"④

大中祥符元年（1008）"始分置九厢及诸坊"⑤。

"侵街"与反"侵街"，实质是突破坊市制还是沿袭巩固坊市制。这种矛盾冲突在北宋初的七十年间乃至更长的时间反复较量。宋仁宗（1023—1063年在位）登基之后，面对汹涌澎湃的商业潮流，朝廷无奈地承认城市的变化，允许市民商户临街开设邸店，实际上是默许坊市制的废弛。

北宋开封城坊市制度废弛的时间正是本文所讨论的"北宋初年"的下限。

据《宋史》记载：熙宁七年（1074）"司农寺乞废户长、坊正"⑥，废除坊正之职，说

---

① 吴自牧：《梦粱录》，丛书集成初编，商务印书馆1939年版，第114页。
② 李焘：《续资治通鉴长编》，中华书局1995年版，第370页。
③ 徐松：《宋会要辑稿》，中华书局1957年版，第7324页。
④ 李焘：《续资治通鉴长编》，中华书局1995年版，第1114页。
⑤ 高承：《事物纪原》卷六，中华书局1986年版，第328页。
⑥ 脱脱等：《宋史》，中华书局1977年版，第4307页。

明作为行政管理单位的"坊"不存在了,坊的行政官员"坊正"自然也没有存在的必要。事实正是如此,坊墙拆毁,坊门洞开,里坊的封闭管理已经不再可能,坊正一职形同虚设,已经没有意义,最终正式撤销。从实际情形来看,城市行政单位的建立、完善、强化,逐渐变为弱化,再到名存实亡,最终予以正式取消,是一个漫长的过程,熙宁七年(1074)由朝官提出正式废除"坊正",说明此职早已荒弛,上推几十年正是"北宋初年"的下限。

街鼓制度(详下文)是坊市制度的一部分,街鼓制度也是在仁宗时期彻底废除的。写成于宋神宗熙宁三年至七年(1070—1074)宋敏求的《春明退朝录》记述:"二纪以来不闻街鼓之声,金吾之职废矣。"街鼓是城市作息时间规定性的信号,是城门、坊门、市门开闭的号令。街鼓不闻,说明坊市制的时间规定不复存在。所谓"二纪"即二十四年,由神宗熙宁上溯近三十余年,时间与上文所说的"北宋初期"的下限大致相合。

还可以作为补充证明的是,元丰二年(1079)朝廷开始正式征收"侵街钱"①,表面看这是对破坏坊墙临街开店侵占街道的商户人家经济上的的处罚,实际上是意味着朝廷对"侵街"现象的默许,实质上意味对坊里制度解体的无可奈何接受。

应予说明的是,坊市制度的废弛是一个渐变的过程,而且是一个兴废交替不断变化的过程。词曲的兴盛也是一个逐渐发展的过程。本文所说的宋初时间段的下限也是一个大致标志点。事实上,在此之前一些地方坊市的破坏已经十分严重;在此之后不少坊市仍有顽固的保留。从制度上废止坊市已是在坊市功能实际上废弛多年之后了。

宋代城市的布局发生了变化,坊市制度被破坏,新兴城市制度建立。西方学者将这种变化称之为"革命性的变化",美国学者施雅坚将宋代"城市制度革命"概括有五个特点,其中第三个特点是"坊市分隔制度消灭,而代之以自由得多的街道规划,可以在城内和四邻各处进行买卖交易"②。城市坊市制度的破坏是中国城市发展史上一个重要的转折标志。中外学者称宋代出现的城市为近代型城市,或曰具有现代意义的都市。这种"城市制度革命"对于宋词的发展来说具有极为重要的意义,从晚唐时期流行开来的词体是一种极具娱乐特性的新型音乐文学,是需要综合填词、演唱、市场诸种条件的艺术形式,具有很强的商品性质。词体只有在满足商品流通的条件下才能兴盛繁荣。经过北宋初年七十年的发展,以开封为代表的城市格局发生了根本性的变化,词体繁荣的条件已经具备,宋初词坛沉寂的面貌开始改观。

二、夜市出现,歌妓膨胀

坊市制度的废弛不仅开拓了商业活动的空间,还增加了商业经营和消费娱乐的时间。据唐代城市坊市制的管理制度,城门、坊门早晚都要定时开闭,长安、洛阳等坊门开闭以击鼓六百下为号,称为"街鼓",以长安为例,日出天明时,首先承天门击鼓,随即街鼓响起,坊门开启,街上允许通行;日落傍晚时,承天门击鼓,街鼓继起,坊门关闭,街上断绝行人。宋人程大昌《雍录》卷三载:"市井邑屋各立坊巷,坊皆有垣有门,随昼夜鼓声以行启闭……启闭有时,盗窃可防也"③,正是这种唐代城市制度的描述。城门、坊门关闭之后,

---

① 李焘:《续资治通鉴长编》卷二九七,中华书局 1995 年版,第 7234 页。
② (美)施雅坚主编,叶光庭等译:《中华帝国晚期的城市》,中华书局 2000 年版,第 24 页。
③ 程大昌:《雍录》,中华书局 2002 年版,第 53 页。

实行宵禁，街上禁止行人，违者即为"犯夜"，按《唐律》，犯夜笞二十①，可见宵禁的管理是十分严格的。《新唐书·温庭筠传》记载温"丐钱扬子院，夜醉，为逻卒击折其齿"，即是因为犯夜所致。在北宋初年的相当长时间内宵禁仍然实行，开封城内的夜晚也与唐代长安一样寂静。

然而，随着宋代东京坊市制的逐步废弛，坊墙纷纷破拆，坊门成了虚设，宵禁无法执行，逐利的商人将经营时间扩展到夜晚，夜市应运而生。《东京梦华录》专列《州桥夜市》一节：

> 出朱雀门，直至龙津桥。自州桥南去，当街水饭、爊肉、干脯。王楼前獾儿、野狐、肉脯、鸡。梅家鹿家鹅鸭鸡兔肚肺鳝鱼包子、鸡皮、腰肾、鸡碎，每个不过十五文。曹家从食。至朱雀门，旋煎羊、白肠、鲊脯、冻鱼头、姜豉子、抹脏、红丝、批切羊头、辣脚子、姜辣萝卜。夏月麻腐鸡皮、麻饮细粉、素签沙糖、冰雪冷元子、水晶角儿、生淹水木瓜、药木瓜、鸡头穰沙糖、绿豆、甘草冰雪凉水、荔枝膏、广芥瓜儿、咸菜、杏片、梅子姜、莴苣笋、芥辣瓜儿、细料馉饳儿、香糖果子、间道糖荔枝、越梅、刀紫苏膏、金丝党梅、香枨元，皆用梅红匣儿盛贮。冬月盘兔旋炙、猪皮肉、野鸭肉、滴酥水晶脍、煎角子、猪脏之类，直至龙津桥须脑子肉止，谓之杂嚼，直至三更。

北宋开封城内的州桥就在直通皇宫的"御街"上，州桥夜市以经营饮食小吃为主，其食客、游客也是普通市民百姓，可以说北宋开封的夜市是市民休闲娱乐消费的乐园。州桥夜市"直至三更"，宵禁已经荡然无存。开封城内还有更多的夜市通宵达旦营业，从时间上给服务业提供了充分的条件。宋史专家周宝珠教授指出："东京的夜市在我国城市经济发展史上具有重要意义，它为商品交换开创了新路子，增加了时间，扩大了交易量，促进了城市经济的发展。同时也丰富人们生活、娱乐，改变了城市夜间的面貌，是东京城市发展的重要表现之一。"② 与唐代长安入夜之后的寂静、黑暗相比，宋代东京的夜晚华灯璀璨、人群熙攘、市声鼎沸。夜生活的繁荣是宋代都市新面貌的重要标志。

娱乐业的活动主要在夜间，北宋东京夜市的出现给娱乐业提供了蓬勃发展的空间。蔡絛《铁围山丛谈》卷四载：

> 马行街者，都城之夜市酒楼极繁盛处也。蚊蚋恶油，而马行人物嘈杂，灯火照天，每至四鼓罢，故永绝蚊蚋。上元五夜，马行南北几十里，夹道药肆，盖多国医，咸巨富，声伎非常，烧灯尤壮观。故诗人亦多道马行街灯火。

《东京梦华录》载：

> 凡京师酒店，门首皆缚彩楼欢门，唯任店入其门，一直主廊约百余步，南北天井两廊皆小子，向晚灯烛荧煌，上下相照，浓妆妓女数百，聚于主廊槏面上，以待

---

① 长孙无忌：《唐律疏议》，中华书局1983年版，第489页。
② 周宝珠：《宋代东京研究》，河南大学出版社1992年版，第257页。

酒客呼唤，望之宛若神仙。（卷二）

御街东朱雀门外，西通新门瓦子以南杀猪巷，亦妓馆。以南东西两教坊，馀皆居民或茶坊。街心市井，至夜尤盛。（卷十）

值得注意的是在以上夜市的描述中多有妓女的身影。事实上无论是卖艺的或是卖身的妓女，其营业接客的时间多是在夜晚，这是消费者多利用夜晚休闲时间进行娱乐的缘故。北宋之前唐五代的城市，夜晚来临，坊市门关闭，宵禁实行，意味着妓女生意的消歇；北宋的开封，降临的夜幕同时又拉开了夜市帷幕，也点燃了妓女营业的烛火，夜晚的烛火更能映照妓女、色艺，熙攘的游客带来滚滚的金钱。可以说夜生活是歌妓演艺的助燃剂。

在唐代，里坊制度还有划分行业、职业居住区的功能，也就是说，里坊中要求居住同行业、同职业或同类身份的人，娱乐业的歌妓自然也要集中居住，长安的妓女集中住在平康里，平康里正是长安的一个坊。孙棨《北里志》载："诸妓皆居平康里"，"平康里，入北门，东回三曲，即诸妓所居之聚也"。唐代其他城市也有这样布局的特点，如成都的富春坊也是妓女聚集之地。妓女集中居住便于管理和治安，但集中居住则在空间上对妓女的经营有很大的限制，无法扩大布点，实际上限制了这种娱乐业的规模和发展。宋代初年的后期，情况完全不同了，由于没有坊墙的限制，妓女的居住地和营业场所的选择十分自由，从史料文献来看，宋代东京的歌妓不再集中居住，而是遍布全城各处，这样一来，无论营业场所的分布还是规模均得到了充分的发展，妓女的人数大为膨胀，舞榭歌楼遍布全城。试以《东京梦华录》的记载为例：

至朱雀门街西，过桥即投西大街，谓之曲院街，街南遇仙正店，前有楼子，后有台，都人谓之"台上"。……向西去皆妓馆舍，都人谓之"院街"。

出朱雀门东壁亦人家。东去大街麦秸巷、状元楼，馀皆妓馆，至保康门街。其御街东朱雀门外，西通新门瓦子。以南杀猪巷，亦妓馆。

出旧曹门朱家桥瓦子。下桥南斜街、北斜街，内有泰山庙，两街有妓馆。桥头人烟市井，不下州南。以东牛行街下马刘家药铺，看牛楼酒店，亦有妓馆，一直抵新城。自土市子南去铁屑楼酒店、皇建院街、得胜桥郑家油饼店，动二十馀炉，直南抵太庙街高阳正店，夜市尤盛。土市北去乃马行街也，人烟浩闹。先至十字街，曰鹁鸽儿市，向东曰东鸡儿巷，向西曰西鸡儿巷，皆妓馆所居。①

寺东门大街，皆是幞头、腰带、书籍、冠朵铺席，丁家素茶。寺南即录事巷妓馆。绣巷皆师姑绣作居住。北即小甜水巷，巷内南食店甚盛，妓馆亦多。向北李庆糟姜铺。直北出景灵宫东门前。又向北曲东税务街、高头街，姜行后巷，乃脂皮画曲妓馆。②

可见东京开封的妓馆遍及全城，无论是通衢大街还是幽曲小巷都有妓馆分布。随之而来妓女的人数也极为膨胀，竟达有数万之巨："诸妓馆……所谓花阵酒池，香山药海。别有幽坊小

---

① 孟元老撰，邓之诚注：《东京梦华录注》卷二，中华书局1982年版，第52、59、70页。
② 《东京梦华录注》卷三，中华书局1982年版，第102页。

巷，燕馆歌楼，举之万数，不欲繁碎。"① 北宋人陶谷亦描绘当时东京开封的烟花之所："今京师鬻色户将及万计，……遂成蜂窠巷陌，又不止烟月作坊也。"② 陶谷是北宋初年人，当时东京开封的情形当是其亲历亲见，可信度甚高。从文献的记载来看，当时大型的酒楼有妓女数百人，如前引《东京梦华录》记载"任店……浓妆妓女数百"；小型妓馆也应有数人，以此推算，东京妓女的人数至少有数万，甚至超过十万。

歌妓的数量与词曲创作有直接关系。歌妓数量的激增说明词曲表演的繁荣，词曲消费者、演唱者的增加就需要更多的词曲作品，尤其需要"新声"来满足市场，自然促进了词曲创作的繁荣。大量能够创作"新声"的词人应运而生，这些词人中有乐工、歌妓，更有为词曲这种新的娱乐形式所吸引的文人。

三、城市格局变化与词体的繁盛

晚唐五代至北宋，以燕乐为基础的词曲逐渐发展成熟起来。词曲"此种新音乐，曲调丰富，乐器繁多，旋律和节奏活泼而多变化，格调多姿多彩，既有中土韵味，亦兼容异域风情，更明显的一个特点是它的许多曲调迥然有异于传统庙堂那种典重乃至沉闷的基调，而充溢着世俗性的欢快冶荡心音，因而赢得了朝野士庶各阶层众多接受者的普遍喜爱"③。与传统音乐文学的雅乐、清商乐所强调的教化、移风易俗的功能不同，新兴的燕乐词曲是世俗性的、娱乐性的，甚至是具有色情色彩的，是以迎合受众为主要特点的。可以说新型词曲就是一种特殊商品，就传播过程而言，词曲这种新型音乐文学与中土传统诗歌相比最大的特点就是如同一般商品一样在市场上流通。这种特殊商品受到消费者、生产者、营销者等各个环节的影响。就北宋时期词曲的消费情况来看，有以下三个方面值得注意：

第一，词曲消费群体庞大。北宋的东京是当时世界人口最多的城市，淳化二年（991）六月，宋太宗曾提到东京"居人百万"④。之后人口持续快速增长，《宋史·地理志》载，东京开封的人口在北宋末年已达26万余户，按每户五口计，人口已达130万以上。周宝珠先生的《宋代东京研究》认为，汴京最盛时人口已达150万左右，此外还要加上数量相当可观的外来临时旅客，生活在城市的人口十分庞大。除了京师开封之外，其他大都市也蓬勃发展，如杭州在北宋初年已有十万户、数十万市民人口，成都、扬州、长安、洛阳也是人口繁多的大城市。众多的城市居民构成庞大的消费群体，刺激着消费品的增加，词曲也与其他消费品一样得以迅速发展。五代之前在城市中词曲仅仅流传于"西园英哲"式的上层贵族的欣赏群体，北宋词曲开始走入普通市民之中，消费群体的无限膨胀意味着商品需求的无限膨胀。

第二，词曲的营销队伍庞大。词曲的一个重要特点是要由歌妓演唱的，由歌妓的现场演出实现商品营销。从某种意义来说，歌妓的数量标志着营销的规模和这种娱乐行业的繁荣度；歌妓的生存环境又决定着歌妓的数量。宋代妓女服务的内容主要有三项：才艺表演、陪酒助兴和皮肉营生，根据妓女的不同等级，三项服务中又有不同的侧重，或兼而有之。演唱

---

① 《东京梦华录注》卷五，中华书局1982年版，第131页。
② 陶谷：《清异录》，朱易安、傅璇琮主编《全宋笔记》第一编，第2册，大象出版社2003年版，第22页。
③ 刘扬忠：《唐宋词流派史》，福建人民出版社1999年版，第48页。
④ 李焘：《续资治通鉴长编》，中华书局1995年版，第716页。

艳曲是妓女主要的才艺表演形式。北宋的东京开封,妓女的人数可达数万,她们在各种酒店旅舍、歌榭舞台乃至大街小巷演唱词曲,已经没有任何以往因城市管理所造成的限制和束缚,只要有市场、有消费需要就蓬勃发展。歌妓一方面直接面对消费者,一方面又要从词作者那里获取(购买)新的、适应市场需要的作品填入曲中。可以说歌妓的繁盛必然带来词曲创作的繁盛。

第三,词曲演唱市场促进词人词作的繁荣。北宋时期,外来的音乐与中土音乐素材相结合,已经形成相对稳定的"燕乐"系统,曲调词牌丰富多样,为歌词的创作提供了广阔的空间。曲调虽然好听,但是陈辞旧语难以长期吸引消费者。词曲的消费市场和演唱者歌妓的群体都需要"新词"创作来满足,于是那些善于填写"新词"的各个阶层的词作者应运而生,乘势而起,如柳永"善为歌辞,教坊乐工每得新腔,必求永为辞,始行于世,于是声传一时"①。像柳永这样的一大批词人,兼具文人才能和市场眼光,他们在文化修养上远高于民间的乐工歌妓,又较一般文人更熟悉曲调声情,他们的作品更适应都市消费者的口味。正是由于他们投入到词曲创作(或曰商品制造)的热潮之中,歌词的创作开始繁荣起来。

生活在北宋初年东京的柳永是当时城市生活的亲历者,这位"能道嘉祐中太平气象","太平气象,柳能一写于乐章"②的词人笔下生动展现了当时东京的夜间娱乐繁荣景象,其〔看花回〕词写到:

> 玉城金阶舞舜干。朝野多欢。九衢三市风光丽,正万家、急管繁弦。凤楼临绮陌,嘉气非烟。　雅俗熙熙物态妍。忍负芳年。笑筵歌席连昏昼,任旗亭、斗酒十千。赏心何处好,惟有尊前。

这首词极写开封的繁华,灯红酒绿,流光溢彩,欢歌笑语。同时这首词将北宋开封酒店、歌楼、妓馆的经营布局和时间作了最好的说明:"九衢三市",可见遍布大街小巷,非集中设置;"凤楼临绮陌",乃坊墙拆除之后临街开设的景象;"笑筵歌席连昏昼",通宵达旦,夜晚的经营更为繁盛,不再有时间限制;"正万家、急管繁弦",遍布全城,举目皆是。可以想见,北宋东京的新型城市面貌给歌妓提供了多么广阔的舞台,同时也为像柳永这样的词人提供了充分展示才能的机会。事实上,像柳永这样的词人只能产生于新的城市面貌的背景下,而不可能在唐五代及宋初坊市制度约束的城市格局中产生。从某种意义上来说,柳永的出现标志着宋初词坛沉寂状况的终结。

宋初七八十年,城市繁荣扩张,人口激增,城市格局功能产生了新变。仅就与词体发展相关的社会环境考察,商业的繁荣为娱乐业的勃兴提供了条件,酒楼妓馆遍布全城,歌妓于此展示才艺,消费者在此听歌赏艳。消费需求不仅促进了歌妓人数的膨胀,也带来了消费品之一的歌词需求的膨胀,词体正是在这种需求膨胀之中繁盛起来。宋初的词坛由于旧的城市格局而沉寂,又由于新的城市面貌而走向繁盛。

---

① 叶梦得:《避暑录话》,丛书集成初编本,中华书局1985年版,第49页。
② 黄裳:《书乐章集后》,曾枣庄、刘琳主编《全宋文》第103册,上海辞书出版社2006年版,第106页。

论宋词"绝唱"

谭新红,孙欣婷

武汉大学文学院

内容提要: 在中国古代文学批评史中,有不少文学作品曾经被文学批评家称誉为"绝唱",这一重要的文学批评现象迄今为止尚未引起学术界的重视。本文以此为切入点,搜集了从宋至清的众多词学批评文献,发现共有120首宋词被誉为"绝唱"。在此基础上,结合其他相关数据对宋词"绝唱"的创作队伍、时代分布、作品的题材分布等方面进行统计分析,以揭示宋词"绝唱"的基本格局。

关键词: 宋词 "绝唱" 定量分析

贝特森认为,文学史旨在展示甲源于乙,而文学批评则在宣示甲优于乙。[①] 在中国古代文学批评中,我们常常见到某作品被称誉为"绝唱",意即此作品是最好的,要优于同类型的其他作品。这一概念最早应该是由沈约在《宋书·谢灵运传论》中提出来的:"若夫平子艳发,文以情变,绝唱高踪,久无嗣响。"其后逐渐演变成为一个重要的批评术语,很多文学作品被冠以"绝唱"的美名。对这一重要的批评术语和批评现象,迄今为止,学术界还没有人关注过。本文则以此为切入点,探讨宋词中的"绝唱"。

一、哪些宋词曾被誉为"绝唱"

在千余年的接受史中,究竟有多少首宋词曾被批评家们称誉为"绝唱"?通过翻检唐圭璋《词话丛编》、吴熊和《唐宋词汇评》、邓子勉《宋金元词话全编》及历代词集序跋等词学文献,发现共有120首宋词被宋、元、明、清及民国的词学批评家称为"绝唱",详见表1。需要说明的是,"第一""妙绝""观止""压卷"之类的赞誉之词与"绝唱"的意思差不多,都是称赞作品好到极点,能够压倒其他的同类作品。因此本文在搜集资料时,并不限于被夸为"绝唱"的作品,也包括那些被誉为"第一""妙绝""观止""压卷"之类的作品。

表1 宋词"绝唱"统计

序号	词名	题材	作者	排名	出处	著者	评语	作品排名
1	阳关引·塞草烟光	离情	寇准		苕溪渔隐	胡仔	第一	
2	点绛唇·金谷年年	咏物	林逋		人间词话	王国维	绝唱	171

[①] 参见勒内·韦勒克、奥斯汀·沃伦著,刘象愚、邢培明、陈圣生、李哲明译:《文学理论》,江苏教育出版社2005年版,第33页。

(续表1)

序号	词名	题材	作者	排名	出处	著者	评语	作品排名
3	喜迁莺·霞散绮	宫词	夏竦		吴礼部诗话	吴师道	绝唱	
4	苏幕遮·碧云天	相思	范仲淹	31	金粟词话	彭孙遹	绝唱	32
5	雨霖铃·寒蝉凄切	离情	柳永	5	艺蘅馆词选	梁令娴	双绝	5
6	夜半乐·冻云黯淡	羁旅	柳永		乐章集校	郑文焯	绝唱	216
7	天仙子·水调数声	闲愁	张先	14	优古堂诗话	吴开	绝唱	22
8	玉楼春·东城渐觉	风景	宋祁		七颂堂词绎	刘体仁	卓绝	67
9	苏幕遮·露堤平	咏物	梅尧臣		人间词话	王国维	绝调	
10	浣溪沙·一曲新词	闲愁	晏殊	17	论词随笔	沈祥龙	绝妙	44
11	临江仙·柳外轻雷	恋情	欧阳修	6	词综偶评	许昂霄	绝唱	121
12	浣溪沙·堤上游人	春游	欧阳修		能改斋漫录	吴曾	绝妙	107
13	少年游·阑干十二	咏物	欧阳修		人间词话	王国维	绝调	
14	桂枝香·登临送目	怀古	王安石	26	古今词话	杨湜	绝唱	33
15	水龙吟·燕忙莺懒3	咏物	章楶		与章质夫	苏轼	绝妙	74
16	临江仙·梦后楼台	相思	晏几道	9	论词随笔	沈祥龙	绝妙	66
17	更漏子·柳丝长	闺情	晏几道		宋词选释	俞陛云	绝妙	
18	鹧鸪天·彩袖殷勤	恋情	晏几道		白雨斋词话	陈廷焯	独步	54
19	水龙吟·似花还似	咏物	苏轼	2	词综偶评	许昂霄	绝唱	11
20	水调歌头·明月几时	节序	苏轼		苕溪渔隐	胡仔	尽废	4
21	念奴娇·大江东去	怀古	苏轼		苕溪渔隐	胡仔	绝唱	1
22	西江月·玉骨那愁	咏物	苏轼		词品	杨慎	第一	219
23	卜算子·缺月挂疏桐	咏物	苏轼		甕牖闲评	袁文	冠绝	24
24	贺新郎·乳燕飞	身世	苏轼		苕溪渔隐	胡仔	冠绝	55
25	八声甘州·有情风	离情	苏轼		手批东坡乐府	郑文焯	观止	196
26	八六子·倚危亭	离情	秦观	4	拙轩词话	张侃	绝唱	104
27	满庭芳·山抹微云	离情	秦观		古今词话	沈雄	绝唱	29
28	千秋岁·水边沙外	身世	秦观		苕溪渔隐	胡仔	奇绝	43
29	踏莎行·雾失楼台	身世	秦观		花草蒙拾	王士禛	绝唱	20
30	鹧鸪天·枝上流莺	恋情	秦观		古今词话	杨湜	最工	243
31	芳心苦·杨柳回塘	咏物	贺铸	11	云韶集	陈廷焯	压倒今古	
32	青玉案·凌波不过	闲愁	贺铸		潘子真诗话	潘子真	绝唱	17
33	减字浣溪沙·秋水	羁旅	贺铸		云韶集	陈廷焯	奇绝	
34	薄倖·艳真多态	恋情	贺铸		云韶集	陈廷焯	妙绝	

(续表1)

序号	词名	题材	作者	排名	出处	著者	评语	作品排名
35	盐角儿·开时似雪	咏物	晁补之	23	雨村词话	李调元	第一	
36	绿头鸭·新秋近	歌舞	晁补之		珊瑚钩诗话	张表臣	妙绝	
37	瑞龙吟·章台路	恋情	周邦彦	2	清真词释	俞平伯	压卷	34
38	瑞鹤仙·悄郊原	离情	周邦彦		宋词选释	俞陛云	绝作	125
39	浪淘沙慢·昼阴重	离情	周邦彦		词律	万树	绝调	154
40	一落索·眉共春山	闺情	周邦彦		云韶集	陈廷焯	双绝	
41	浣溪沙·宝扇轻圆	闺情	周邦彦		宋词选释	俞陛云	绝妙	
42	点绛唇·征骑初停	离情	周邦彦		云韶集	陈廷焯	高绝	
43	齐天乐·绿芜凋尽	悲秋	周邦彦		清真词释	俞平伯	绝调	75
44	少年游·并刀如水	恋情	周邦彦		云韶集	陈廷焯	妙绝	63
45	大酺·对宿烟收	离情	周邦彦		宋词选释	俞陛云	绝作	73
46	花犯·粉墙低	咏物	周邦彦		批片玉集	乔大壮	绝唱	51
47	六丑·正单衣试酒	咏物	周邦彦		批片玉集	乔大壮	绝唱	28
48	兰陵王·柳阴直	离情	周邦彦		介存斋论词	周济	冠绝	19
49	西河·佳丽地	怀古	周邦彦		云韶集	陈廷焯	绝唱	69
50	夜飞鹊·河桥送人	离情	周邦彦		艺蘅馆词选	梁令娴	双绝	117
51	南浦·风悲画角	羁旅	孔夷		白雨斋词话	陈廷焯	工绝	254
52	虞美人·落花已作	伤春	叶梦得	28	古今词话	沈雄	绝唱	190
53	鹊桥仙·溪清水浅	咏物	朱敦儒	19	贵耳集	张端义	奇绝	
54	烛影摇红·霭霭春空	相思	廖世美		蕙风词话	况周颐	绝妙	
55	如梦令·昨夜雨疏	伤春	李清照	8	花草蒙拾	王士祯	绝唱	14
56	凤凰台上·香冷金猊	恋情	李清照		草堂诗余	沈际飞	至文	31
57	一翦梅·红藕香残	恋情	李清照		白雨斋词话	陈廷焯	特绝	30
58	醉花阴·薄雾浓云	恋情	李清照		自怡轩词选	许宝善	双绝	16
59	念奴娇·萧条庭院	恋情	李清照		金粟词话	彭孙遹	绝调	46
60	声声慢·寻寻觅觅	家国	李清照		词的	茅暎	绝唱	3
61	卜算子·有意送春	送春	如晦		蓼园词选	黄苏	第一	
62	临江仙·忆昔午桥	家国	陈与义	29	金粟词话	彭孙遹	绝唱	48
63	满江红·怒发冲冠	家国	岳飞		草堂诗余	沈际飞	悉无今古	2
64	菩萨蛮·湿云不渡	咏物	朱淑真	28	古今诗余醉	潘游龙	第一	
65	凤栖梧·桂棹悠悠	风景	曹冠		蕙风词话	况周颐	绝佳	
66	念奴娇·寻常三五	节序	范端臣		宝真斋法书	岳珂	绝唱	

(续表1)

序号	词名	题材	作者	排名	出处	著者	评语	作品排名
67	忆秦娥·新春早	送春	杨万里		中兴词话	黄昇	精绝	
68	木兰花慢·紫箫吹	离情	张孝祥	20	皱水轩词筌	贺裳	压卷	
69	摸鱼儿·更能消	家国	辛弃疾	1	白雨斋词话	陈廷焯	独绝	9
70	水调歌头·带湖吾	身世	辛弃疾		白雨斋词话	陈廷焯	绝唱	
71	鹧鸪天·枕簟溪堂	身世	辛弃疾		白雨斋词话	陈廷焯	绝技	81
72	菩萨蛮·郁孤台下	家国	辛弃疾		云韶集	陈廷焯	独步	18
73	青玉案·东风夜放	节序	辛弃疾		词学	梁启勋	独绝	40
74	贺新郎·凤尾龙香	咏物	辛弃疾		白雨斋词话	陈廷焯	独绝	
75	贺新郎·柳暗清波	家国	辛弃疾		词综偶评	许昂霄	绝远	
76	王孙信·有得许多	恋情	辛弃疾		云韶集	陈廷焯	绝唱	
77	贺新郎·绿树听	家国	辛弃疾		人间词话	王国维	绝妙	50
78	永遇乐·千古江山	怀古	辛弃疾		词品	杨慎	第一	6
79	汉宫春·亭上秋风	怀古	辛弃疾		词则	陈廷焯	独有	
80	踏莎行·夜月楼台	悲秋	辛弃疾		云韶集	陈廷焯	独有	
81	南乡子·何处望神州	怀古	辛弃疾		云韶集	陈廷焯	虎视	115
82	满庭芳·月洗高梧	咏物	张镃		白石道人歌	郑文焯	观止	
83	唐多令·芦叶满	家国	刘过	22	词洁	先著	绝作	65
84	点绛唇·燕雁无心	怀古	姜夔	3	白雨斋词话	陈廷焯	绝调	93
85	齐天乐·庾郎先自	咏物	姜夔		花草蒙拾	王士禛	绝唱	41
86	琵琶仙·双桨来时	离情	姜夔		词源	张炎	绝唱	103
87	暗香·旧时月色	咏物	姜夔		词源	张炎	绝唱	10
88	疏影·苔枝缀玉	咏物	姜夔		词源	张炎	绝唱	12
89	翠楼吟·月冷龙沙	身世	姜夔		白雨斋词话	陈廷焯	最高	138
90	湘月·五湖旧约	风景	姜夔		白雨斋词话	陈廷焯	高绝	
91	霜天晓角·倚空绝	家国	刘仙伦		中兴词话	黄昇	绝唱	
92	绮罗香·做冷欺花	咏物	史达祖	16	论词随笔	沈祥龙	绝妙	25
93	双双燕·过春社了	咏物	史达祖		词的	茅暎	绝唱	15
94	临江仙·倦客如今	身世	史达祖		白雨斋词话	陈廷焯	独绝	
95	贺新郎·谓是无情	离情	葛长庚		别调集	陈廷焯	绝唱	
96	贺新郎·妾出于微	身世	刘克庄	18	宋词选释	俞陛云	绝妙	
97	莺啼序·残寒正欺	离情	吴文英	7	白雨斋词话	陈廷焯	空绝	136
98	高阳台·宫粉雕痕	咏物	吴文英		白雨斋词话	陈廷焯	最高	

(续表1)

序号	词名	题材	作者	排名	出处	著者	评语	作品排名
99	水龙吟·画楼红湿	闲愁	翁元龙		南宋杂事诗	厉鹗	佳绝	
100	秋霁·千顷玻璃	风景	陈允平		云韶集	陈廷焯	独有	
101	乌夜啼·月痕未到	恋情	陈逢辰		铜鼓书堂	查礼	绝唱	
102	小重山·谢了梅花	离情	周容		闲情集	陈廷焯	精绝	
103	玉京秋·烟水阔	悲秋	周密	17	白雨斋词话	陈廷焯	空绝	
104	一萼红·步深幽	家国	周密		白雨斋词话	陈廷焯	压卷	292
105	庆宫春·重叠云衣	离情	周密		宋词选释	俞陛云	清绝	
106	天香·孤峤蟠烟	咏物	王沂孙	15	词则	陈廷焯	最高	
107	眉妩·渐新痕悬柳	咏物	王沂孙		白雨斋词话	陈廷焯	绝构	169
108	高阳台·残雪庭阴	离情	王沂孙		白雨斋词话	陈廷焯	绝构	
109	庆清朝·玉局歌残	咏物	王沂孙		白雨斋词话	陈廷焯	绝构	
110	齐天乐·一襟余恨	咏物	王沂孙		白雨斋词话	陈廷焯	上乘	135
111	齐天乐·冷烟残水	家国	王沂孙		白雨斋词话	陈廷焯	高绝	
112	三姝媚·红缨悬翠葆	咏物	王沂孙		莲子居词话	吴衡照	空前绝后	
113	南浦·波暖绿粼粼	咏物	张炎	10	山中白云词	邓牧	绝唱	118
114	高阳台·接叶巢莺	家国	张炎		宋词选释	俞陛云	压卷	78
115	壶中天·扬舲万里	家国	张炎		云韶集	陈廷焯	高绝	
116	扫花游·嫩寒禁暖	家国	张炎		云韶集	陈廷焯	高绝	
117	解连环·楚江空晚	咏物	张炎		宋词选释	俞陛云	绝唱	98
118	九张机·一张机	恋情	无名氏		词则	陈廷焯	绝妙	213
119	风光好·柳阴阴	风景	无名氏		别调集	陈廷焯	绝妙	
120	鹧鸪天·镇日无心	离情	无名氏		白雨斋词话	陈廷焯	绝调	

说明:"作者排名"指刘尊明、王兆鹏《唐宋词的定量分析》一书中"宋代著名词人综合名次排行榜"中的词人排名,第140~142页;"出处"指评价这首词的文献来源;"著者"指文献来源的作者;"作品排名"指这些"绝唱"在刘尊明、王兆鹏《唐宋词的定量分析》中"宋词300经典名篇综合数据排行一览表"中的排名,第174~185页。

二、统计分析

通过搜检历代文献,得出了千年接受史中被誉为"绝唱"的宋词120首。以下拟结合相关数据对宋词"绝唱"的创作队伍、时代分布、作品的题材分布等方面进行统计分析,以揭示宋词"绝唱"的基本格局。

1. 宋词"绝唱"的创作队伍

从表1可知,共有51位词人(含三位无名氏)的120首词被称为"绝唱"。下面我们对其中48位有名氏作者进行统计分析,请看表2:

表2 宋词"绝唱"作者分析表

北宋前期				北宋中后期				南渡时期			
作家	绝唱数量	存词总数	比例	作家	绝唱数量	存词总数	比例	作家	绝唱数量	存词总数	比例
寇准	1	4	25%	章楶	1	2	50%	叶梦得	1	103	1%
林逋	1	3	33%	晏几道	2	260	0.8%	朱敦儒	1	246	0.4%
夏竦	1	1	100%	苏轼	7	363	1.9%	廖世美	1	2	50%
范仲淹	1	5	20%	秦观	5	90	5.6%	李清照	6	52	12%
柳永	2	213	0.9%	贺铸	4	283	1.4%	如晦	1	1	100%
张先	1	165	0.6%	晁补之	2	167	1.2%	陈与义	1	18	5.6%
宋祁	1	6	17%	周邦彦	14	186	7.5%	岳飞	1	3	33%
梅尧臣	1	2	50%	孔夷	1	3	33%	葛立方	1	39	2.6%
晏殊	1	140	0.7%					朱淑真	1	25	4%
欧阳修	3	242	1.2%								
王安石	1	29	3.4%								
总数	14				36				14		

南宋中期				南宋后期				易代时期			
作家	绝唱数量	存词总数	比例	作家	绝唱数量	存词总数	比例	作家	绝唱数量	存词总数	比例
曹冠	1	63	1.9%	史达祖	3	112	2.7%	陈允平	1	209	0.5%
范端臣	1	2	50%	葛长庚	1	135	0.7%	陈逢辰	1	2	50%
杨万里	1	8	13%	刘克庄	1	296	0.3%	周容	1	1	100%
张孝祥	1	224	0.5%	吴文英	2	341	0.6%	周密	3	153	2%
辛弃疾	13	629	2.1%	翁元龙	1	20	5%	王沂孙	7	68	10%
张镃	1	86	1.2%					张炎	5	302	1.7%
刘过	1	78	1.9%								
姜夔	7	87	8%								
刘仙伦	1	31	3.2%								
总数	27				8				18		

说明：本表所划定的六个时间段参照的是王兆鹏《唐宋词史论》所列六代词人群的活动年限。"绝唱数量"指该作者共有多少首词被誉为"绝唱"，"比例"指该作者的"绝唱"数与其存词总数之比。

刘尊明、王兆鹏《唐宋词的定量分析》一书列有"宋代主要词人综合名次排行榜"，也是48位词人。对照两个榜单，48位"绝唱"词人中，没有进入"主要词人综合名次排行榜"的有如下20位词人：寇准、林逋、夏竦、宋祁、梅尧臣、章楶、孔夷、廖世美、如晦、岳飞、葛立方、曹冠、范端臣、杨万里、张镃、刘仙伦、葛长庚、翁元龙、陈逢辰、周容，其中林逋、夏竦、梅尧臣、章楶、孔夷、廖世美、如晦、范端臣、杨万里、陈逢辰、周容等十一位词人更是连"宋代词人三百家"都没有进入，也就是说历来没有什么影响力的这11位词人，却创作过"绝唱"级的作品，这值得引起我们的重视。

《唐宋词的定量分析》一书中还有"宋代著名词人综合名次排行榜"，共33位词人。在这33位宋代著名词人中，有26人有"绝唱"95首，即周邦彦14首、辛弃疾13首、苏轼7首、姜夔7首、王沂孙7首、李清照6首、秦观5首、张炎5首、欧阳修3首、史达祖3首、周密3首、柳永2首、晏几道2首、晁补之2首、吴文英2首、张先1首、晏殊1首、王安石1首、叶梦得1首、朱敦儒1首、陈与义1首、朱淑真1首、张孝祥1首、刘过1首、刘克庄1首，也就是说近80%的"绝唱"是由这26位著名词人创作的。另外7位著名词人黄庭坚、陆游、蒋捷、张元幹、高观国、陈亮、毛滂则没有作品被称为"绝唱"。

在48位"绝唱"词人中，周邦彦和辛弃疾分别以14和13首"绝唱"遥遥领先于其他词人的"绝唱"数，比并列第三名的苏轼、姜夔、王沂孙的7首"绝唱"多出了一倍，这与二人在词史上的地位是相吻合的。在近千年的接受史中，周邦彦一直是好评如潮，特别是到了清代，周济《宋四家词选》称他为"集大成者"，陈廷焯《词坛丛话》称他为"千古词坛领袖"，王国维《清真先生遗事》也誉其为"词中老杜"。辛弃疾虽然没有得到像周邦彦那么高的评价，但作为豪放词风的代表人物，加之存词量远超其他词人，所以有13首词被称为"绝唱"亦属正常。

在26位有"绝唱"的著名词人中，"绝唱"数量与存词总量之比最高的是李清照，在她52首存词中，有6首"绝唱"，比例高达12%。此外比例较高者依次是王沂孙10%、姜夔8%、周邦彦7.5%、秦观5.6%，都是两宋词坛超一流的大家。比例最高的这五位词人，他们的存词总量都不高，超过100首的只有周邦彦一人，达186首。在另外四位词人中，秦观90首，李清照52首，姜夔87首，王沂孙68首。而辛弃疾虽然"绝唱"数有13首，居第二，但由于他的存词总量多达629首，因此只有2.1%。

48位"绝唱"词人中，16位词人有2首或超过2首"绝唱"，另外32人则每人都只有1首。这32位词人，很多在词史上默默无闻，但我们要记住，这些词人的某首词作，曾经在某个时间获得过某位词评家至高无上的赞语，只不过没有引起我们的重视而已。从今以后，我们至少应该将眼睛的余光投射到这些词人身上，因为正如胡仔在《苕溪渔隐丛话后集》卷二中所云："古今诗人，以诗名世者，或只一句，或只一联，或只一篇，虽其余别有好诗，不专在此，然播传于后世、脍炙于人口者，终不出此矣，岂在多哉？"

在120首宋词"绝唱"中，有13位词人的24首词不止一次被称誉为"绝唱"，其中被称誉次数最多者是姜夔的《暗香·旧时月色》，高达6次。以下依次为：姜夔《齐天乐·庾郎先自吟愁赋》5次、苏轼《水龙吟·似花还似非花》4次、周邦彦《兰陵王·柳阴直》4次、姜夔《疏影·苔枝缀玉》4次、史达祖《双双燕·过春社了》4次、苏轼《念奴娇·大江东去》3次、章楶《水龙吟·燕忙莺懒》3次、周邦彦《花犯·粉墙低》3次、李清照《声声慢·寻寻觅觅》3次、辛弃疾《摸鱼儿·更能消》3次、苏轼《贺新郎·乳燕飞华屋》2次、张先《天仙子·水调数声持酒听》2次、王安石《桂枝香·登临送目》2次、秦观《八六子·倚危亭》2次、秦观《满庭芳·山抹微云》2次、贺铸《青玉案·凌波不过横塘路》2次、辛弃疾《贺新郎·柳暗清波》2次、辛弃疾《贺新郎·绿树听》2次、辛弃疾《永遇乐·千古江山》2次、姜夔《点绛唇·燕雁无心》2次、吴文英《莺啼序·残寒正欺病酒》2次、张炎《南浦·波暖绿粼粼》2次、张炎《解连环·楚江空晚》2次。这24首词中，除了辛弃疾的《贺新郎·柳暗清波》外，另外23首都位居"宋词三百经典名篇"之列，其中20首还处于前100名的位置。

2. 宋词"绝唱"的发现者

是谁率先垂范开始用"绝唱"评价宋词？又是哪些词评家发现了如此众多的宋词"绝唱"呢？哪些词评家的评语最为公允客观？又有哪些词评家只是一时冲动的随意点评抑或是慧眼独具？结合表1我们可以逐一找到答案。

最早用"绝妙"评词者为苏轼，他在《与章质夫三首》其一中称赞章楶的《水龙吟·燕忙莺懒》时说："《柳花》词绝妙，使来者何以措词。"杨湜《古今词话》则是现存最早的用"绝唱"评词的著作："金陵怀古，诸公寄词于《桂枝香》，凡三十余首，独介甫最为绝唱。"赵万里《校辑宋金元人词》认为杨湜与胡仔同时，然胡仔《苕溪渔隐丛话》已经称引《古今词话》，因此至少《古今词话》一书成书要早于《苕溪渔隐丛话》。所以虽然胡仔是宋人中最热心用"绝唱"称赏宋词者，但从时间上考量，杨湜应该是更早用"绝唱"评价宋词的人。《苕溪渔隐丛话》既然称引了《古今词话》，胡仔说不定还是受杨湜的影响呢。

在120首宋词"绝唱"中，有23首是由15位宋代词评家发现的，他们分别是：胡仔5首（3首进入经典前50，1首进入前100），张炎3首（10、12、103），杨湜2首（33、243），黄昇2首，潘子真1首（17），袁文1首（24），张侃1首（104），张表臣1首，苏轼1首（74），张端义1首，吴开1首（22），周密1首，吴曾1首（107），岳珂1首，邓牧1首（118）。在23首词作中，有11首进入"宋词三百经典名篇"的前100名，16首进入"宋词三百经典名篇"的前300名。胡仔和张炎是宋代两位最高明的发现者。胡仔共评价5首宋词是"绝唱"，其中4首分列"宋词三百经典名篇"的第1、4、43、55名；张炎评价的3首"绝唱"都属姜夔词，这3首词在"宋词三百经典名篇"中分列第10、12、103位。可见他们眼光独到，评选出来的"绝唱"都经受住了历史的考验而成为经典名篇。此外，如苏轼、杨湜、潘子真、袁文、张侃、张表臣、吴开、吴曾、岳珂、邓牧提出的"绝唱"也进入了"宋词三百经典名篇"的行列，都属于发现型词评家。

正所谓"词衰于元而亡于明"，元、明两代的词评家发现宋词"绝唱"的成就要远逊于宋、清两代。元代只有吴师道《吴礼部诗话》评价了夏竦《喜迁莺·霞散绮》一首词为"绝唱"，并且这首词没有进入"宋词三百经典名篇"，也就是说这首词在千年接受史中并没有获得大众的青睐。明代共有4人评选出7首宋词"绝唱"，其中杨慎2首（6、219）、沈际飞2首（2、31）、茅暎2首（3、15）潘游龙1首，应该说明代人的品鉴眼光还是不错的，他们评选出的7首"绝唱"中有6首进入了"宋词三百经典名篇"，"十大金曲"中的第2、3、6名都是率先由明代人评价为"绝唱"的。只是明代人参与评选的人数不多，热情也不够高，因此和宋、清两代比较起来就显得成就不大。

在宋词"绝唱"的评选过程中，清代人无疑贡献最大，共有21位清代人评选出了82首宋词"绝唱"，按数量由多到少分别是：陈廷焯40首（8首进入前100，8首进入前300，9、18、30、54、63、69、81、93、115、135、136、138、169、213、254、292）；俞陛云8首（3首进入前100，1首进入前300，73、78、98、125）；王国维4首（1首进入前50，1首进入前200，50、171）；王士禛3首（全进入前50，14、20、41）；彭逊遹3首（32、46、48）；沈祥龙3首（全进入前100，25、44、66）；许昂霄3首（11、121）；郑文焯3首（196、216）；沈雄2首（29、190）；况周颐2首；刘体仁1首（67）；李调元1首；万树1首（154）；周济1首（19）；许宝善1首（16）；黄苏1首；贺裳1首；先著1首（65）；厉鹗1首；查礼1首；吴衡照1首。

在千年接受史中，陈廷焯无疑是宋词最狂热的崇拜者和最积极的评介者。在120首宋词"绝唱"中，竟然有40首是拜陈廷焯所赐。主张论词沉郁雅正、比兴寄托的陈廷焯，对南宋词特别是易代之际有家国兴亡之感的作品发抉尤力，如王沂孙7首"绝唱"，其中6首是陈廷焯评选出来的。陈廷焯评选的40首"绝唱"中，有8首进入"宋词三百经典名篇"的前100名，另有8首进入"宋词三百经典名篇"的前300名，也就是说共有16首进入了"宋词三百经典名篇"中，贡献不可谓不大。清代一些精于创作的词学家的眼光更为独到，如清初扬州词坛著名词人王士禛和彭逊遹，他们都评选出了3首宋词"绝唱"，这6首词都排在"宋词三百经典名篇"的前50名。清人评选出的82首"绝唱"有42首进入了"宋词三百经典名篇"。

民国承清之绪余，有4人评选出7首宋词"绝唱"，即梁令娴2首（5、117）、俞平伯2首（34、75）、乔大壮2首（28、51）、梁启勋1首（40）。虽然数量不多，但与明朝惊人地相似，其中也是有6首进入了"宋词三百经典名篇"的前100名，另一首进入了前300名。

3. 被冷落的宋词"绝唱"

在120首宋词"绝唱"中，有71首进入了"宋词三百经典名篇"，另49首曾被誉为"绝唱"的宋词则无缘"宋词三百经典名篇"榜单，这个比例不可谓不大。其中不外乎两个方面的原因，一方面有可能是这49首词之所以被评为"绝唱"，只是某位词评家一时的心血来潮使然，并不是理性的判断和准确的体认。蔡嵩云《柯亭词论》曾云：

> 看人词极难，看作家之词尤难。非有真赏之眼光，不易发见其真意。有原意本浅，而视之过深者。如飞卿《菩萨蛮》，本无甚深意，张皋文以为感士不遇，为后人所讥是也。有原意本深，而视之过浅者，如稼轩词多有寓意，后人但看其表面，以为豪语易学是也。自来评词，尤鲜定论。派别不同，则难免入主出奴之见。往往同一人之词，有扬之则九天，抑之则九渊者。如近世推崇屯田、梦窗，而宋末张玉田《词源》，则非难备至，即其一例。至于学识敷（肤）浅，则看词见解失真，信口雌黄，何异扣槃扪烛，目碔砆为宝玉，认骐骥作驽骀，更不值识者一哂矣。偏见多蔽，陋见多谬，时人论词多有犯此病者。①

勒内·韦勒克、奥斯汀·沃伦在他们的名著《文学理论》中也曾说过类似的话："一个批评家倘若满足于无视所有文学史上的关系，便会常常发生判断的错误。他将会搞不清楚哪些作品是创新的，哪些是师承前人的；而且，由于不了解历史上的情况，他将常常误解许多具体的文学艺术作品。"② 因此，所谓"绝唱"自然也会有名不符实者。

当然，也有另外一种可能性存在，那就是还有很多艺术价值和审美价值都相当高的宋词被我们忽视了。贺裳《皱水轩词筌》曾说："从来佳处不传，不但隐鳞之士，名人犹抱此憾。"③ 所谓"调高和者寡，绝唱难为听"④ 也。这49首尚未引起重视的宋词"绝唱"，有

---

① 唐圭璋：《词话丛编》，中华书局1986年版，第4909～4910页。
② 勒内·韦勒克、奥斯汀·沃伦著，刘象愚、邢培明、陈圣生、李哲明译：《文学理论》，江苏教育出版社2005年版，第39页。
③ 唐圭璋：《词话丛编》，第707页。
④ 李先芳：《东岱山房诗录》，石卷《杂诗二十首》之十六，吴文治编《明诗话全编》本，凤凰出版社1997年版，第3811页。

很多出自贺铸、周邦彦、辛弃疾等大家之手，而评价它们为"绝唱"的也是陈廷焯、王国维之类的词话大家。创作者、评价者均为一流大家，对这类作品我们有必要重新审视。

4. 宋词"绝唱"的时代分布

从表2可知，在48位词人创作的120首"绝唱"中，北宋前期11人创作了14首"绝唱"，北宋中后期8人36首，南渡时期9人14首，南宋中期9人27首，南宋后期5人8首，宋元易代时期6人18首。在这六个时段中，北宋中后期的"绝唱"总数以领先第二名9首的成绩独占鳌头。这一时段创作了"绝唱"的8位词人，除了章楶和孔夷名气稍小以外，周邦彦、苏轼、秦观、晏几道是超一流的大家，贺铸、晁补之也是一流的词人，他们不仅填词的热情高、数量多，而且"绝唱"众多，使这时期成为宋代当仁不让的最高峰。南宋中期以27首"绝唱"排名第二，成为另一个小高峰。辛弃疾和姜夔这两位豪放词风和典雅词派的代表人物在此期双峰并立，创作了数量众多的宋词"绝唱"。由于这一时期其他词人的创作实绩与辛、姜差距较大，因此"绝唱"数量逊色于北宋中后期也就在情理之中了。宋元易代时期有18首宋词"绝唱"，虽然远逊于北宋中后期和南宋中期，但它优于另外三个时期。这一时期创作了"绝唱"的只有6人，幸亏还有周密、王沂孙、张炎这三位遗民词人创作了数量不菲的佳作，他们的贡献使得宋词在易代之际发射出最后的光芒。

相比以上三个时段，另外三个时段的宋词"绝唱"数就相对处于低潮了。北宋前期创作"绝唱"的作家人数在六个时段中是最多的，共有11人。但由于这一时段尚属宋词发展的初级阶段，人们的创作态度还不够严肃，创作热情还不够高，创作手段也还不够丰富，因此11人只创作了14首"绝唱"。南渡时期是第二个相对低潮期，只有李清照一枝独秀，一个人就有6首"绝唱"，使得这一时段的宋词"绝唱"尚属可观。在这六个时段中，南宋后期的宋词"绝唱"无疑最为落魄，只有5人的8首作品被誉为"绝唱"。究其原因：一是因为这一时段的填词大家太少。吴文英是超一流大家，但所填的词太过晦涩难懂；史达祖、刘克庄算得上是一流词人，但史词为咏物而咏物，刘词走的还是辛弃疾的老路，与那些具有开创性的词人相比，终隔一尘。二是宋词发展至此，已是夕阳西下、盛极难继，作家们更多地是在技巧上找出路了。三是此期的词人多为江湖游士，填词往往成为进谒谋生的手段，自然难出大篇佳制。

5. 宋词"绝唱"的题材分布

宋词的题材非常丰富，据许伯卿《宋词题材研究》，宋词的题材类型约有36种。宋词绝唱的题材类型主要集中在以下18类：咏物28首，离情19首，家国14首，恋情12首，身世8首，怀古7首，风景5首，闲愁4首，相思3首，羁旅3首，闺情3首，节序3首，悲秋3首，伤春2首，送春2首，歌舞酒宴2首，宫词1首，春游1首。

在18类题材中，咏物词以28首绝唱遥遥领先于其他类型的宋词。对此，明代人早有体认。茅暎在《词的》中曾说："词之咏物往往有绝唱者，诗则寥寥数作而已。"咏物类诗歌的"绝唱"是否只有"寥寥数作"未必然，如杜甫一人就有13首咏物诗被誉为"绝唱"。从统计数据看，咏物词"往往有绝唱"倒是事实。六个时期中，北宋中后期和易代时期是咏物词"绝唱"最多的两个时期，分别有8首和7首。以个人而言，王沂孙的咏物"绝唱"最多，有5首。此外，苏轼3首、姜夔3首、周邦彦2首、史达祖2首、张炎2首，都是创作咏物词"绝唱"较多的作家。

紧随其后的是离情类19首，家国类14首，恋情类12首。离情别绪是一个永恒的文学主题，也是宋词的重要组成部分。两宋因为经历了靖康之乱和南宋亡国，词人们在这种悲剧时刻也用词来抒发家国兴亡之感，并写出了许多名篇佳作，以 14 首"绝唱"排名第三也就不让人意外了。词本来是以恋情为主要表现内容的，但在这份榜单中，恋情类题材只以 12 首排名第四。

  通过以上的统计分析，我们了解了宋词"绝唱"的大致情况。对这个饶有兴味的话题，还有很多问题值得我们作进一步探讨。比如：在这 120 首宋词"绝唱"中，尚有不少作品难称经典名篇，有不少"绝唱"的创作者也远谈不上有名，我们的文学史更是没有他们的只言片语。勒内·韦勒克早就告诉我们："在考察想象性的文学的发展历史时，如果只限于阅读名著，不仅要失去对社会语言的和意识形态的背景以及其他左右文学的环境因素的清晰认识，而且也无法了解文学传统的连续性、文学类型的演化和文学创作过程的本质。"[①] 对于这些称不上名著的"绝唱"，我们还有待于作进一步的研究挖掘。

[①] 勒内·韦勒克、奥斯汀·沃伦著，刘象愚、邢培明、陈圣生、李哲明译：《文学理论》，江苏教育出版社 2005 年版，第 11 页。

"诗律伤严近寡恩"
——论"小东坡"唐庚律诗之工*

唐 玲

华东师范大学 古籍研究所

内容提要："小东坡"唐庚为北宋末著名诗人,所作诗歌,尤其是律诗,以一个"工"字享誉于世,为历代学者所称道。具体表现在属对精工、隶事妥帖、结构严密等方面。通过对一字一语的反复推敲、日锻月炼,从而达到言对、事对皆工,结构精严、措语贴切的境界。所谓"诗律伤严近寡恩",正是其诗学观的体现。

关键词：唐庚 诗律 属对 章法 工

唐庚（1071—1121）字子西,眉州丹棱人,北宋哲宗绍圣元年进士,曾官利州、阆中、绵州等地,后为宗学博士、提举京畿常平。大观四年冬,唐庚被贬安置惠州,五年后方遇赦北归。宣和二年,得请提举上清太平宫,归蜀,道卒于凤翔,年五十一。[①] 有《眉山唐先生文集》二十卷,行于世。[②]

北宋诗坛人才济济、名家辈出,在欧、王、苏、黄等巨匠圣手的光环笼罩下,唐庚虽未能跻身于一流诗人之列,然细观其诗亦别有一番风致。正如钱锺书先生所说："在当时不属'苏门'而也不入江西派的诗人里,贺铸跟唐庚算得艺术造诣最高的两位。"[③] "边幅虽狭,而苍峭善炼句,不类苏黄之专使事,卓然可以自成一家。"[④]评价之高可知。

唐庚为诗所追求的是一个"工"字,元代的方回正是看到了这一点,故赞曰"唐子西诗无往不工"。[⑤] 诗有各家,而各家心目中的"工"是不一样的。唐庚之所谓"工",是在"诗律伤严近寡恩"的诗学观驱使下,通过字敲句酌、日锻月炼,从而逐步走向"工"的历程；从写作技巧来看,则表现在对属对、隶事、组织结构的高度重视与潜心研炼上。

---

* 本文为全国高校古籍整理与研究委员会项目"唐庚诗集校注"阶段性成果,批准号1354。
① 按：王称《东都事略》卷一一六载："举进士,稍用为宗子博士。张商英荐其才,除提举京畿常平。商英罢相,庚亦坐贬,安置惠州。会赦,复官提举上清太平宫。归蜀,道病卒,年五十一。庚为文精密,通于世务,作《名治》《察言》《闵俗》《存旧》等篇,学者称之。"《宋史》本传略同。亦可参出文《唐庚诗集校注》第一章《唐庚生平考述》,华东师范大学2011年博士学位论文。
② 按：《眉山唐先生文集》今存四大版本系统,分别为宋绍兴饶州刊本（二十卷）；四部丛刊三编本（三十卷）；雍正四年南陔草堂汪亮采活字印本（二十四卷）；嘉靖三年任佃刻本（按：有诗无文,共七卷）。参见拙文《眉山唐先生文集版本考略》,《新世纪图书馆》2011年第4期。本文引文、论述均以宋刊二十卷本为依据,下文不复注释版本信息。
③ 钱锺书：《宋诗选注》,人民文学出版社1979年版,第104页（下同）。
④ 钱锺书：《钱锺书手稿集·中文笔记》,商务印书馆2011年版,第171页。
⑤ 李庆甲：《瀛奎律髓汇评》卷一六,上海古籍出版社2005年版,第600页（下同）。

一、"诗律"与"寡恩"

唐庚算不上是一位天才的诗人，他既没有李白那样奇思逸想、纵横开阖的气概，也没有苏轼这样跌宕起伏、酣畅淋漓的气势，所以他选择了精致工稳的创作道路。然而，在"工"的背后，诗人付出的却是执着于"唧唧苦吟"与"诗律伤严"的执着。

所谓苦吟，是指反复吟咏，苦心推敲，找出最为适合的表达。托名冯贽的《云仙杂记·苦吟》云："孟浩然眉毫尽落，裴祐袖衣袖至穿，王维至走入醋瓮，皆苦吟者也。"① 虽不免夸张，但也刻画出诗人们追求描写精切的创作理念。

唐庚《自说》云：

> 诗最难事也。吾于他文不至寒涩，惟作诗甚苦，悲吟累日，仅能成篇。初读时未见可羞处，姑置之。明日取读，瑕疵百出，辄复悲吟累日，反复改正。比之前时，稍稍有加焉；复数日取出读之，疵病复出。凡如此数四，方敢示人，然终不能奇。李贺母责贺曰："是儿必欲呕出心乃已。"非过论也。今之君子，动辄千百言，略不经意，真可贵哉？②

也正因为有着苦吟的历练，他才会对一字一语反复推敲、日锻月炼，直到字词安稳妥帖为止。不由令人联想起唐代诗人卢延让所作《苦吟诗》："莫话诗中事，诗中难更无。吟安一个字，捻断数茎须。险觅天应闷，狂搜海亦枯。不同文赋易，为著者之乎。"③

如果说苦吟是每个诗人走向精工的必经之路的话，那么"诗律伤严近寡恩"则是唐庚的"独门秘籍"。"诗律"通常有二意，一指诗之格律，即平仄、用韵、对仗；二指诗之结构，即章法、句法、隶事。唐庚所谓"诗律伤严"，就不仅仅限于声韵格律，还包括了组织结构在内。《唐子西文录》中一段文字，恰好阐释了"诗律"与"寡恩"之间的关系。文云：

> 诗在与人商论，深求其疵而去之，等闲一字放过则不可，殆近法家，难以言恕矣，故谓之诗律。东坡云："敢将诗律斗深严。"予亦云："诗律伤严近寡恩。"大凡立意之初，必有难易二途，学者不能强所劣，往往舍难而趋易。文章罕工，每坐此也。作诗自有稳当字，第思之未到耳。④

《文录》一书，由唐庚晚年小友强行父辑录而成，最能代表其诗学思想。唐庚作诗，将诗律之严与法家之"刻薄寡恩"相提并论，等闲一字也不肯轻易放过。钱锺书先生诠释得好："'诗律伤严似寡恩'（按："似"当作"近"），若用朱熹的生动的话来引申，就是：'看文字如酷吏治狱，直是推勘到底，决不恕他，用法深刻，都没人情。'"⑤ 其"作诗自有

---

① 托名冯贽：《云仙杂记》卷二，《四部丛刊》本。
② 唐庚：《眉山唐先生文集》卷一九。
③ 《全唐诗》卷七一五，中华书局1960年版，第8212页。
④ 强行父辑：《唐子西文录》，何文焕《历代诗话》本，中华书局2009年版，第444页（下同）。
⑤ 钱锺书：《宋诗选注》，第104页。

稳当字，第思之未到耳"一语，与法国作家福楼拜的"一语说"相近。

正是由于心系精严之诗律，唐庚不得不在诗艺技巧上狠下工夫，通过实践将自己对诗律伤严的理解转化为属对之工整、隶事之切合、结构之严密，从而达到自己心目中的诗作之"工"。

二、属对之工、隶事之切

（一）对仗手法多样化

若论唐庚诗之"工"，首先表现为其对仗手法的多样化。只需信手翻检其近体诗作，各式各样的对仗警句纷至沓来，如工对、自对、借对、无情对、流水对等，皆精妙绝伦。再经诗人彩笔一挥，往往能将众多对仗手法巧妙地融汇贯通起来，令人目不暇接，以下各举一例明之。

1. 工对

通常认为，诗句的上下联只要词性、句型相对即可称为对仗了。而所谓工对，指除了在词性、句型相对以外，名词的同类相对。一般来说，如果上下联在颜色、数目、形体、方位上对得工了，这一联就属工对。如《人日》："人日伤心极，天时触目新。"① 方回《瀛奎律髓》云："以'人日'对'天时'，虽近在目前，仔细看甚工。"② 忖度其意，"日"对"时"不消说，"天"和"人"正是中国哲学所注重的两个概念范畴。此外，"伤心"对"触目"，除了以动宾结构相对之外，"心"和"目"皆为身体器官，属对尤工。

2. 自对

一句诗中若出现互相对偶的词语，而不需要上下句中同一位置的词语严格相对，此一手法即称之为自对。

如《春日谪居书事》："四十缁成素，清明绿胜红。"③ 其对仗手法源自杜甫《杜位宅守岁》："四十明朝过，飞腾暮景斜。"郭知达《九家集注杜诗》云："以'四十'对'飞腾'，不必以数对数，此公之妙处。"④ 方回云："以'四十'字对'飞腾'字。谓'四'与'十'对；'飞'与'腾'对，诗家通例也。唐子西诗：'四十缁成素，清明绿胜红'祖此。"⑤

自对手法还有一种常见的情形，即若出句与对句中均有互相对偶的词语，尽管上下联看上去是宽对，但由于当句中均有自对的存在，也可被视为对偶精工了。

如《杂咏二十首》之十二："百非无一是，显过岂微功。"⑥ 此诗上句"百非"对"一是"是当句自对，下句"显过"对"微功"也是当句自对。虽然统观上下联之"百非"与"显过"、"一是"与"微功"，仅仅是词性结构相同的宽对，但将其视为自对看待的话，属对之妙尽在其中矣。

---

① 唐庚：《眉山唐先生文集》卷二。
② 李庆甲：《瀛奎律髓汇评》卷一六，第581页。
③ 唐庚：《眉山唐先生文集》卷二。
④ 郭知达：《九家集注杜诗》卷一八，影印文渊阁四库全书本。
⑤ 李庆甲：《瀛奎律髓汇评》卷一六，第571页。
⑥ 唐庚：《眉山唐先生文集》卷三。

3. 借对

借对可分为两类，一是借音相对。即以一句中某字的同音字与另一句中的字相对。如刘禹锡《陋室铭》："谈笑有鸿儒，往来无白丁。""鸿"音同"红"，借以与"白"相对。还有一类是借义相对，利用的就是词汇的多义性，如杜甫《北邻》："爱酒晋山简，能诗何水曹。"借"山水"之"山"为"山简"之"山"，以与"水"字相对；李商隐《无题》："曾是寂寥金烬暗，断无消息石榴红。"将"石头"之"石"借为"石榴"之"石"，以与"金"字相对。

唐庚诗中借音相对的如《直舍夜坐》："月来吟处白，风及醉时清。"① 以及《题春归亭》："绿杨雅与清江称，残雪偏于碧嶂宜。"②皆借"清"为"青"，以与"白""碧"相对。

借义相对的如《北风累日不止寒甚寄郑潮阳》："瓮面不容存酒子，床头几欲爨桐孙。"③"酒子"是酒初熟时的膏液，而"桐孙"是桐树新生的小枝。二者本来毫无联系，诗人借"酒子"之"子"与"桐孙"之"孙"相对，便觉甚工。又如《南迁》："未诛绮语犹轻典，更赐罗浮有底功。"④"罗浮"本指惠州境内的罗山与浮山，此处借"罗"有"罗绮"之意，用以与下句"绮语"之"绮"相对。

4. 无情对

无情对指初看似不对，而将其中词语改变词性、进行别解之后，反成工对的联语。如《杂咏二十首》之十九："人情双鬓雪，天色屡头风。"⑤"头风"本指头痛病症，而诗人将"风"意用作"风雨"之"风"，则"头风"与"鬓雪"，恰为工对。唐庚作对仗，尤喜此法。又如《送苏教授赴阙》："久钦才调无双手，今喜声名达九重。"⑥"无双手"是偏正结构，"达九重"是动宾结构，本不能相对。但拆开看，"无"可对"达"，"双手"又可对"九重"，同样可称精工。

5. 流水对

流水对指相对的两联实属一句，单独一句意思不完，须两句方明一意的对仗。如杜荀鹤《春宫怨》："承恩不在貌，教妾若为容？"若单吟"承恩不在貌"，实不明诗人所指，尚需结合"教妾若为容"，方知其意为："善于取宠的人，并不在于俏丽的容颜；究竟是为了取悦谁，叫我梳妆打扮修饰仪容？"

唐庚近体诗中这一类型的对仗甚多，而选词也同样讲究。如《儿曹送穷以诗留之》："就使真能去穷鬼，自量无以致钱神。"⑦"穷鬼"典出韩愈《送穷文》，"钱神"典出鲁褒《钱神论》。此诗其实反其意而用，人言送穷，彼言留之，于诙谐风趣中，颇显意味深长。且"鬼""神"二字之对，在流水对之外又见工对之巧。他如《次韵幼安留别》："细思寂寂门罗雀，犹胜累累冢卧麟。"《谢人送酒》："细思扰扰胶胶事，政坐奇奇怪怪文。"《王元

---

① 唐庚：《眉山唐先生文集》卷七。
② 唐庚：《眉山唐先生文集》卷七。
③ 唐庚：《眉山唐先生文集》卷二。
④ 唐庚：《眉山唐先生文集》卷二。
⑤ 唐庚：《眉山唐先生文集》卷三。
⑥ 唐庚：《眉山唐先生文集》卷七。
⑦ 唐庚：《眉山唐先生文集》卷三。

隐挽诗》："由来户外屦，不救甑中尘。"① 皆如此。

（二）"言对"与"事对"

刘勰云：

> 言对为易，事对为难。反对为优，正对为劣。言对者，双比空辞者也；事对者，并举人验者也；反对者，理殊趣合者也，正对者，事异义同者也。长卿《上林赋》云："修容乎礼园，翱翔乎书圃。"此言对之类也；宋玉《神女赋》云："毛嫱鄣袂，不足程序；西施掩面，比之无色。"此事对之类也。仲宣《登楼赋》云："钟仪幽而楚奏，庄舄显而越吟。"此反对之类也。孟阳《七哀》云："汉祖想枌榆，光武思白水。"此正对之类也。凡偶辞胸臆，言对所以为易也；征人之学，事对所以为难也。幽显同志，反对所以为优也；并贵共心，正对所以为劣也。②

所谓"言对"，指词性之对仗而言，而所谓"事对"，则指"隶事"之对仗而言，也就是用典相对。

关于唐庚诗的属对之妙，前人早已瞩目，称美者甚多。如其"言对"之妙，刘克庄云：

> "潮田无恶岁，酒国有长春。草木疑灵药，渔樵或异人。""花开不旋踵，草薙复齐腰。""团扇侵时令，方书遣昼长。""问学兼儒释，交游半士农。""国计中宵切，家书隔岁通。""关河先陇远，天地小臣孤。""山静似太古，日长如小年。"皆唐子西惠州诗也。曲尽南州景物，略无迁谪悲酸之态。七言如"身杂蛮中谁是我，食除蛇外总随乡。""骥子能吟青玉案，木兰堪战黑山头。"亦甚工。③

除了"骥子"一联外，所举皆是言对，"踵""腰"是身体对；"花""草"是植物对；"时""昼""恶岁""长春""中宵""隔岁""太古""小年"皆时令对；至"草木""渔樵""儒释""士农""关河""天地"皆并列对；"团扇""方书"之对则可看成反对，因为"团"是圆的意思，而"方"虽指药方，也可看成"方圆"之方，属于"借对"。自然，对仗只是修辞的一种技巧，最难能可贵的是这些诗句能"曲尽南州景物"，即为作者想要表达的内容服务。

至其"事对"之妙，胡仔云：

> 子西诗多佳句，如"儿馁嗔郎罢，妻寒怨槁砧"；"十年驹局促，万事燕差池"；"脱使真能去穷鬼，自量无以致钱神"。此用事对属精切者。子西尤工对属，佳句不可尽举，姑言其大概如此。"④

除了第一例"郎罢""槁砧"之对实际上只是言对以外，其它二例皆可归入"事对"之列。

---

① 按：三诗俱见《眉山唐先生文集》卷三。
② 范文澜：《文心雕龙注·丽辞》，人民文学出版社1981年版，第384页。
③ 刘克庄：《后村诗话前集》卷二，中华书局1983年版，第26页。
④ 胡仔：《苕溪渔隐丛话前集》卷五三，人民文学出版社1963年版，第360～361页（下同）。

"驹局促",用《史记·魏其武安侯列传》"今日廷论,局趣(同"促")效辕下驹"之典,"燕差池",用《诗经·邶风·燕燕》"燕燕于飞,差池其羽"之典;"穷鬼"出自韩愈《送穷文》,"钱神"出自鲁褒《钱神论》。其妙已开陆游律诗巧对的先河。

吴师道是第一个看出唐庚诗与陆游诗在这一方面的共同特点的,他说:

> 唐子西诗文皆精确,前辈谓其早及苏门,不在秦、晁下。以予评之,规模意度,殆是陈无己流亚也。世称宋诗人句律流丽,必曰陈简斋;对偶工切,必曰陆放翁。今子西所作流布自然,用故事古语融化深稳,前乎二公,已有若人矣。刘后村诗话尝举十余联,考其集中盖不胜举也。①

这一相似当非偶然,陆游与唐庚间实有渊源,其《家世旧闻》记载:

> 唐子西庚晚自岭表归,客荆州,与处厚、居正两舅氏游,因通谱为兄弟。其自荆州归蜀也,来别两公,而居正出,独见处厚,约复来卜邻,且留诗为别曰:"旧交零落半存亡,晚岁荆州得两唐。临别眼中无小谢,再来天外有他扬。预行后日诛茅地,要近先生避世墙。会与幽人数晨夕,安能结客少年场。"②

处厚即唐恕、居正即唐意,唐庚晚年与此两兄弟交好。诗颔联"小谢""他扬",颈联"后日""先生"之对,既工又巧。而陆游诗中此类甚多,若说受到唐庚的启发,似乎也不中不远。

清代诗人舒位云:"尝论七律至杜少陵而始盛且备,为一变;李义山瓣香于杜而易其面目,为一变;至宋陆放翁专工此体而集其成,为一变。凡三变,而他家之为是体者不能出其范围矣。随园七律又能一变,虽智巧所寓,亦风会攸关也。"③ 我认为,在七律的这四变之中,唐庚应当是在李商隐之后,为陆游的新变导夫先路的一位诗人。

(三)隶事精切

如上所述,一首称得上"工"的好诗,往往在属对之工外,还需具有隶事之切的特色。那么,是否每位诗人在对仗时皆能两者兼顾呢?答案自然是否定的。有许多人在刻意追求"属对之工"的同时,往往忽略了"隶事之切"这一关键因素,由此也就产生了语词生造、文意偏枯之弊。

所谓"偏枯",指联语中一句用典,而另一句无典的现象,是文论家历来都视为疵病的。如蔡绦《西清诗话》卷上所载:

> 熙宁初,张侍郎揆以二府成,诗贺王文公。公和曰:"功谢萧规惭汉第,恩从隗始诧燕台。"示陆农师,农师曰:"萧规曹随,高帝论功,萧何第一,皆摭故实。而'请从隗始',初无'恩'字。"公笑曰:"子善问也。韩退之《斗鸡联句》:'感恩惭隗始。'若无据,岂当对'功'字耶?"乃知前人以用事一字偏枯为倒置眉

---

① 吴师道:《吴礼部诗话》,《知不足斋丛书》本。
② 陆游:《家世旧闻》卷下,中华书局1997年版,第224页。
③ 舒位:《瓶水斋诗话》,《瓶水斋诗集》卷末,光绪刻本。

目、反易巾裳，盖慎之如此。①

王安石诗中"恩从隗始"四字，不仅要与"功谢萧规"从字面上相对，而且所用语词、典故皆须有其出处。若"恩"字为荆公生造而来，则此诗犯了偏枯之弊，定为世人所笑。

同样的诗例还见于《苕溪渔隐丛话》：

> 夏文庄守安州，莒公兄弟尚在布衣，文庄异待之，命作落花诗。莒公一联云："汉皋佩冷临江失，金谷楼危到地香。"子京一联云："将飞更作回风舞，已落犹成半面妆。"余观《南史》，梁元帝妃徐氏无容质，不见礼于帝。帝眇一目，每知帝将至，必为半面妆以俟之。此"半面妆"所从出也。若"回风舞"无出处，则对偶偏枯，不为佳句。殊不知乃出李贺诗："花台欲暮春辞去，落花起作回风舞。"前辈用事必有来处，又精确如此，诚可法也。②

钱锺书先生评价诗文中的对仗，也将偏枯悬为禁忌，《管锥编》云：

> 老手大胆，英雄欺人，杜撰故实，活剥成语，以充数饰貌，顾虽免合掌，仍属偏枯，其弊较隐。……《小园赋》："龟言此地之寒，鹤讶今年之雪。"上句羌无故实，凭空硬凑以成对仗；《哀江南赋》："王子洛滨之岁，兰成射策之年。"至自呼小名，充当古典，俾妃王子晋，大类去辛而就蓼、避坑而堕窔矣。③

唐庚作诗在追求对仗精工之余，尽量克服生造、偏枯之病，以期达到隶事确切、妥帖，有诗为证，《泸人何邦直者为安溪把截将有功不赏反得罪来惠州贫甚吾呼与饮为作此诗》云：

> 楚人季布以勇显，鲁国朱家用侠闻。驰马弯弓臣好武，吹毛洗垢吏深文。王孙此日谁漂母，卿子前时号冠军。满引一杯齐物论，白衣苍狗听浮云。④

此诗首、颔、颈三联皆用对仗，工整严谨。首联"季布""朱家"人名相对自不消说。颔联，"驰马"与"弯弓"，"吹毛"与"洗垢"为自对，"臣"与"吏"是人伦对，"武"与"文"是反对，其对既工，且"无一字无来处"。如"驰马弯弓"出《册府元龟·神武序》；"吹毛洗垢"出刘孝绰《与东宫启》。"臣好武"出自《文选·张衡·思玄赋》："尉尨眉而郎潜兮，逮三叶而遘武。"李善注："《汉武故事》曰：颜驷，不知何许人。汉文帝时为郎，至武帝尝辇过郎署，见驷尨眉皓发。上问曰：'叟何时为郎，何其老也？'答曰：'臣文帝时为郎，文帝好文，而臣好武；至景帝好美，而臣貌丑；陛下即位好少，而臣已老，是以三世不遇，故老于郎署。'上感其言，擢拜会稽都尉。"⑤ 而"吏深文"出《史记·汲郑列传》：

---

① 张伯伟：《稀见送人诗话四种》，江苏古籍出版社2002年版，第174页。
② 胡仔：《苕溪渔隐丛话后集》卷二一，第141～142页。
③ 钱锺书：《管锥编》第三册，生活·读书·新知三联书店2012年版，第196页。
④ 唐庚：《唐先生文集》卷二。
⑤ 《六臣注文选》卷一五，中华书局（据四部丛刊本影印）2012年版。

"刀笔吏专深文巧诋,陷人于罪。"① 颈联"王孙此日""卿子当时",其对之巧固不待言,一出《史记·淮阴侯列传》,一出《史记·项羽本纪》,而皆与何邦直的身份遭遇贴合。

读此诗,不由得令人想到袁枚《随园诗话补遗》中所谓:"其隶事、不隶事,作诗者不自知,读诗者亦不知,方可谓之真诗。"②

三、结构严密

如果诗人仅仅在对仗上下功夫,过分强调属对与隶事,从而忽略了诗的整体性与协调性,如此诗作,必会破坏诗之章法句律,无甚可观。其实,属对和隶事只是诗人技巧与学养的体现。无论对仗如何精工的句子,也要融入全诗语境中去关照,力求使诗作臻于结构严密、构思精巧。唐庚对诗的整体结构就十分注意。

如其《悯雨》诗云:

老楚能令畏垒丰,此身翻累越人穷。至今无奈曾孙稼,几度虚占少女风。兹事会须星有好,他时曾厌雨其蒙。山中赖有莱粮足,不向诸侯托寓公。③

方回《瀛奎律髓》评云:

子西时谪惠州,谓庚桑楚居畏垒之山,能令丰穰。惠州人以我之故,而至于不雨以穷耶?善用事。"曾孙稼""少女风""星有好""雨其蒙"又用四事。如此加以斡旋为句,而委曲妥帖,不止工而已也。尾句尤高妙。④

此诗除了隶事精切、属对精工以外,一句紧承一句,层层深入,绝无凑泊之语。首联之意方回述之甚明;颔联则言自己无计救庄稼之遭旱,多次占卜都不灵验;而颈联则用逆挽之法,言下雨还得要靠天,以前曾讨厌天老是下雨,但如今想它下雨却偏偏不下。幸亏山居储粮尚足,不必去向地方官求告了,最终还是归结到了自身,与首联遥相呼应。

诗发展至于唐宋,鉴赏者已不满足于摘句嗟赏,而开始注重整首诗是否完美了。诗人片面追求工对,往往会忽略了全诗的整体布局。如钱锺书《谈艺录》评陆游曰:

词意相复。似先组织对仗,然后拆补完篇,遂失检点。虽以其才大思巧,善于泯迹藏拙,而凑填之痕,每不可掩。往往八句之中,啼笑杂沓,两联之内,典实丛迭;于首击尾应、尺接寸附之旨,相去殊远。文气不接,字面相犯。⑤

唐庚虽年辈在陆游之前,诗中却绝无此病。换句话说,即重视布局,决不以文害辞、以辞害意。其实,出现此等弊端的原因正在于诗人过分拘泥于属对,未能从全编的章法结构出

---

① 司马迁:《史记》卷一二〇,中华书局1977年版,第3108页。
② 袁枚:《随园诗话·补遗》卷一,人民文学出版社1982年版,第565页。
③ 唐庚:《眉山唐先生文集》卷三。
④ 李庆甲:《瀛奎律髓汇评》卷一七,第697页。
⑤ 钱锺书:《谈艺录》三五,生活·读书·新知·三联书店2007年版,第324页。

发，从而丧失了组织的严密性与和谐性，大大削弱了诗篇的美感。

陆游而外更有甚者，有的诗人只追求属对精工，竟然不切实际地强对、硬对，导致诗句愈发生搬硬套、情理不通，甚至是贻笑大方了。如《苕溪渔隐丛话》所引《遁斋闲览》云：

> 李廷彦献《百韵诗》于一达官，其间有句云："舍弟江南没，家兄塞北亡。"达官恻然伤之，曰："不意君家凶祸重并如此。"廷彦遽起自解曰："实无此事，但图对属亲切。"①

如李廷彦之辈，为求属对不惜生造出此等有乖常理之语，实在令人啼笑皆非。凡此种种，在唐庚诗中是决计不会出现的。例如其《九日怀舍弟》诗：

> 重阳陶令节，单阏贾生年。秋色苍梧外，衰颜紫菊前。登高知地尽，引满觉天旋。去岁京城雨，茱萸对惠连。②

方回《瀛奎律髓》云：

> 唐子西诗无往不工。此政和辛卯年谪居惠州时。用"单阏贾生"对"重阳陶令"，工矣。"苍梧""紫菊"又工。"登高""引满"，"地尽""天旋"之联，又愈工。末句用"茱萸"事思弟，尤工也。③

方回此评连用四个"工"字，可见他对此诗确实青眼有加。然而，每一个"工"字的含义却不尽相同。首联："单阏"对"重阳""贾生"对"陶令"，为时令、人名相对之"工"。颈联："苍梧"为地名，即宋之岭南地区；而"紫菊"为花名。初看之下，此对似乎仅仅满足了名词对名词的基础要求，并不出奇，实则是用了借对的手法，借"苍"有白色之意，用以对"紫"，即颜色对颜色；而"梧"对"菊"本就是植物对植物，故而此处之"工"尚含借对之"工"。颔联："登高"对"引满"，"地尽"对"天旋"，皆为动词对动词，且四语皆有出处，丝毫无强对、硬对之感。最为关键的便是尾联，方回称："末句用'茱萸'事思弟，尤工也。"此联虽无关属对，然而末句却点出了全诗的主旨——重阳日登高思弟。正因为此诗作于政和元年重阳日，故诗人引陶渊明"白衣送酒"事、王维"遍插茱萸少一人"意，点出时节与思念。又用"苍梧"与"京城"在地域上的巨大反差，突出自己被贬的境遇。在前三联的应承之下，末句"茱萸对惠连"起到了画龙点睛的作用，自然流畅地将全诗的意境烘托出来，所以方回所言末句之"工"，实为组织精工之"工"。

一个"工"字，是诗界对唐庚的公认，可谓千古定评。这个"工"是如何求得的呢？其好友郑总云："子西谪官七年，诗文益多而工，其得失盖类子厚。"④ 其弟唐庚亦云："至被谪南迁，其文益工。"⑤ 除了作诗态度的严肃和认真以外，贬谪的经历无疑也起了很大的

---

① 胡仔：《苕溪渔隐丛话前集》卷五五，第377页。
② 唐庚：《眉山唐先生文集》卷二。
③ 李庆甲：《瀛奎律髓汇评》卷一六，第600页。
④ 唐庚：《眉山唐先生文集·郑总序》。
⑤ 唐庚：《眉山唐先生文集·唐庚序》。

作用,所谓"诗穷而后工",所谓"江山之助",均促使唐庚写出了不少好诗,终于在北宋诗坛中占有了一席之地。这使我想起白居易《读李杜诗集因题卷后》一诗:

> 翰林江左日,员外剑南时。不得高官职,仍逢苦乱离。暮年逋客恨,浮世谪仙悲。吟咏流千古,声名动四夷。文场供秀句,乐府待新词。天意君须会,人间要好诗。①

的确,好诗是从苦难和苦闷中产生的。

---

① 白居易:《白氏长庆集》卷一五,《四部丛刊》本。

基于诗人立场的批评
——论刘克庄的诗学思想

王开春

合肥师范学院中文系

内容提要：刘克庄在进行诗学批评时，有着自觉的"诗人立场"。对诗人和儒者的不同，有着明确认识。论诗提倡"本色"，要求诗歌要"有性情"且"句律精"。将"句律"和诗歌本质联系起来，显示了刘氏对诗歌艺术形式的重视，是宋代诗论的深化。他更注意到不同诗体的体制特点，并提出"（古体）归齐梁而返建安、黄初，（近体）蜕晚唐而追开元、大历"，作为疗治当时诗坛弊端的药方，表现出一定的复古倾向。诗人立场和辨体意识是刘氏诗学的基本立场和思路，这也使其诗论具有"文学本位"的色彩，是"诗人"的批评，而不是道学家的意见。

关键词：诗学思想　诗人立场　辨体意识　本色　复古

有关刘克庄诗学思想的研究，近十年来取得了较大的成绩，他的许多诗学观点都得到深入的阐释[①]。在此基础上，对其诗学思想作一总体把握，显得尤为必要。

较早对刘克庄诗歌理论做总体概括的是郭绍虞。他将刘氏视为道学家中的诗人，诗人中的道学家，并指出后村论诗"重内容，讲品德"，同时又不忽视语言锻炼和学力，认为他"调剂融会诗人道学家之意见"[②]。

自二十世纪80年代以来，刘氏的诗学思想渐渐引起学者注意，相关论述渐多。这些观点或注目于刘氏诗论的道学家色彩，强调其对诗歌内容和诗歌社会作用的关注[③]；或凸显刘

---

① 不计单篇论文，仅博士论文和专著就有王明见《刘克庄与中国诗学》、王锡九《刘克庄诗学研究》、何忠盛《刘克庄诗学思想研究》三部。王宇《刘克庄与南宋学术》虽然以较大篇幅讨论刘克庄的学术背景、思想，但其旨归也正是刘氏的诗学思想。景红录《刘克庄诗歌研究》专设"诗学篇"，占全书篇幅的三分之一强。王述尧《刘克庄与南宋后期文学研究》也有一章专及刘氏诗学。

② 郭绍虞：《中国文学批评史》下册，百花文艺出版社1999年版，第75～81页。

③ 参见胡明：《关于刘克庄的诗论》（《中州学刊》1987年第2期）、陈先汀《刘克庄文学思想管窥》（《福建论坛》1998年第5期），张福勋也认为他的诗论在讨论内容和形式关系时，表现出现实主义特性（见《后村诗论漫说》，《内蒙古民族师院学报》1996年第1期）。黄宝华以为刘克庄在诗歌本体论方面标举性情、主张有益世教，内容上侧重忠君爱国（《宋诗学的反思与整合——刘克庄诗学思想述评》，《上海师范大学学报》2003年第4期）。严国荣认为刘克庄的诗学思想是有性情、益世教、尚比兴、重声律（《刘克庄本色论》，《陕西师范大学学报》2004年第3期）。何忠盛认为性情说受到理学影响，讲究中正平和（《刘克庄诗学思想研究》，四川大学2007博士毕业论文）；景红录也认为刘氏的性情是重性轻情（《刘克庄诗歌研究》，上海古籍出版社2007年版）。牟鹭玮则从德性培养、轻清简淡诗风、感情力量三个方面论述刘氏序跋文中所体现出的诗学思想，并认为德性培养是受到理学的影响（《后村诗论精神研究》，四川大学2003年硕士毕业论文）。

氏诗论"调剂融会"的特点①。总体来看,大都偏重刘克庄道学家身份对其诗论的影响,而对其诗人身份似乎注意不够。

其实,刘克庄在进行诗学批评的时候,是有着自觉的"诗人立场"的。对诗人和儒者的不同,有着明确的认识。由此,他强调"本色",即诗歌本身的文体特点,反对文人之诗。他更注意到不同诗体各自的体制风格,并提出"(古体)归齐梁而返建安、黄初,(近体)蜕晚唐而追开元、大历",作为疗治当时诗坛弊端的药方。总之,诗人立场和辨体意识是刘氏诗学的基本立场和思路,这也使得其诗论具有一定的"文学本位"色彩,是"诗人"的批评,而不是道学家的意见。下面分别进行论述。

一、"诗人"立场

诗人立场,是指刘克庄在展开诗学批评时,具有自觉的角色意识。他是以诗人的身份,而不是官员、理学家等身份进入诗歌批评世界的。他在《跋刘澜诗集》中有一段著名的话:

> 诗必与诗人评之。今世言某人贵名揭日月,直声塞穹壤,是名节人也;某人性理际天渊,源派传濂洛,是学问人也;某人窥姚、姒,逮《庄》《骚》,摘屈、宋,熏班、马,是文章人也;某人万里外建侯,某人立谈取卿相,是功名人也。此数项人者,……于诗家高下深浅未尝涉其藩墙津涯,虽强评,要未抓着痒处。……余少有此癖,所恨涉世深,为俗缘分夺,不得专心致志,项自柱史免归,入山十年,得诗二百余首,稍似本色人语。俄起家为从官词臣,终日为词头所困,诗遂绝笔。②

这条材料值得注意之处,首先他是将诗人与所谓名节人、功名人、文章人区分开来,显示出对诗人特殊性的强调。其次,他指出"诗必与诗人评之",这实际上是批评立场的自觉,强调必须从"诗人"的立场出发来展开诗学批评。更进一步,他强调诗歌创作也应作"本色人语"。可见,对"诗人"立场的坚持是贯穿在批评和创作当中的。

诗人立场,体现在对诗人身份特殊性的强调上。他在《诗话》中论及叶适诗歌,颇有好评,但"水心,大儒,不可以诗人论"③ 一句,正显出他心目当中诗人和儒者两种角色是各自独立的。他屡次感叹"本朝文人多,诗人少"④,说"文士满朝,而诗道寂然"⑤,也显示出区别诗人和文人(士)的意识。这些都可以和《跋刘澜诗集》中区分诗人和"名节人""学问人""文章人"的表述相参看。而这种区分,正体现了他对诗人身份特殊性的体认。

诗人立场,集中体现在他对诗歌文体特性的强调上。诗人既不同于文章人、学问人、名

---

① 例如彭娟提到刘克庄注意对"诗歌的抒情性、韵律美等本质的维护"(《刘克庄唐宋诗学史观研究》,暨南大学2006年硕士毕业论文),但点到即止,没有展开分析,也没有分析它和刘氏其它观点诸如标举六义等的关系。成复旺认为刘克庄的本色论主张作诗需要特殊才能,与道德、学问是两回事,但是又认为其认识还停留在"传统儒家思想的水平",以言志和礼仪来规范诗的"吟咏性情"。(《中国文学理论史》二册,北京出版社1987年版,第474页)
② 曾枣庄、刘琳主编:《全宋文》第330册,上海辞书出版社、安徽教育出版社2006年版,第25页。
③ 刘克庄:《后村诗话》,中华书局1983年版,第71页。
④ 《竹溪诗序》,《全宋文》第329册,第92页。
⑤ 《后村诗话》,第22页。

节人，那么诗歌自然也和道德、学问分途，有着自己的独立性。他说："余常谓选古今诗，先正推欧、韩、曾、范，大儒惟周、程、张、邵及近世朱、张、吕、叶不可以诗论。"① 又说："有硕师鸿儒，宗主斯文，而于诗无分。"先正、大儒的道德学问震耀一世，但却"不可以诗论""与诗无分"。正是因为诗歌有着自己独特的体制要求，"此事之不可勉强"② 故也。他在反思宋代诗歌弊端时，说道：

  唐文人皆能诗，柳尤高，韩尚非本色。迨本朝则文人多，诗人少，三百年间虽人各有集，集各有诗，诗各自为体，或尚理致，或负材力，或逞辨博，少者千篇多至万首，要皆经义策论之有韵者尔，非诗也。自二三巨儒及十数大作家具未免此病。③

刘克庄批评那些"尚理致""负材力""逞辨博"之作为"非诗"，可见在他的心目中，诗歌不仅是"有韵"而已，它应该有着自己的文体特性，符合者为本色，不符合就不是诗。

  诗人的立场，不仅表现在具体批评中，还渗透在选诗的行为中。刘克庄早年曾受真德秀委托，编选《文章正宗》"诗歌"一门。约定标准"以'世教民彝'为主，如仙释、闺情、宫怨之类，皆勿取"④。即使这样，刘克庄所选依然有大半为真德秀所不取。后来，刘克庄自选《唐五七言绝句》，"所取多边情春思宫怨之什"⑤，与真德秀形成鲜明对照。王宇认为这个分歧显示了两人选诗宗旨的不同。一以"世教民彝"为准，一则坚持诗歌的抒情性。⑥ 这固然不错，但宗旨不同的背后，正彰显出不同的立场。真德秀以理学宗师的身份来选诗，看到的是诗歌的工具性。刘克庄以诗人的眼光来选诗，自然强调诗歌的文体特性。两人选诗的宗旨不同，也是自然的了。

  对诗人和儒者两种不同身份的区分，对诗歌创作之特殊性的强调，都显示出刘克庄诗学批评对于道学的疏离，表现出他自觉的"诗人立场"。由此，我们在分析刘氏的诗学思想时，固然不能不考虑其学术背景，但也不能简单地在两者之间建立直接的对应关系。毕竟学术思想和文学创作是两个不同的领域，而刘克庄对此也有明确的认识和自觉。明确这一点，是正确把握刘氏诗学思想的关键。

  需要说明的是，作为传统士人，刘克庄是诗人、学者、官员等角色的合集。强调其诗人立场，并不是将他只看做一个"诗人"。拈出"诗人立场"，是为了纠正在讨论其诗学思想时，偏重其理学背景，甚至将其诗学思想看成其理学思考在文学世界中的自然延伸的做法。

  强调"诗人立场"也是为了彰显刘氏诗学的特点。理学关注的是人成为君子的可能性和可行性。包括诗歌在内的文学，只是被看成影响君子品性养成的一种手段。故而它关注的是文学作品的作用以及创作者的人格修养。而诗歌从本质上说是一种语言艺术。诗歌创作是对语言进行组织、运用，进而达到特殊表达效果的过程。因此，从诗人立场出发，其讨论的立足点是诗歌文本自身，而在理学家看来，则关注的是诗歌是否有益于世道人心。他们讨论

---

① 刘克庄：《后村诗话》，第 222 页。但标点本将"大儒"断于上一句，不确。
② 刘克庄：《跋何谦诗》，《全宋文》第 328 册，第 365 页。
③ 刘克庄：《竹溪诗序》，《全宋文》第 329 册，第 92 页。
④ 刘克庄：《后村诗话》，第 4 页。
⑤ 刘克庄：《唐五七言绝句序》，《全宋文》第 329 册，第 97 页。
⑥ 参见王宇：《刘克庄与南宋学术》，中华书局 2007 年版，第 196～202 页。

的内容不免有交叉甚至相通的地方，但其基本出发点却是不同的。

刘克庄对诗歌本色的认识，对不同诗体体制特点的把握，以及他所提出的解决当时诗坛创作困境的方法，都是紧紧围绕诗歌文本自身，围绕诗歌特性展开的，表现出鲜明的诗人立场。这些将在下面分别加以论述。

二、本色之论

"本色"是刘氏诗学的重要概念，是他对诗歌文体特性的根本认识。因此，在分析这一概念的内涵时，既要注意刘氏对这一概念的使用，更不能忽视刘氏那些没有使用这一概念，却涉及对诗歌体质特性进行阐发的表述。

刘克庄在《跋何谦诗》说：

> 自四灵后，天下皆诗人，诗若果易矣。然诗人多而佳句少，又若甚难，何欤？余尝谓以情性礼义为本，以鸟兽草木为料，风人之诗也；以书为本，以事为料，文人之诗也。世有幽人羁士，饥饿而鸣，语出妙一世；亦有硕师鸿儒，宗主斯文，而于诗无分者。信此事之不可勉强欤。①

一般都以为"性情礼义"是刘氏对诗歌本质的重要规定。这自然是正确的。只不过，关于性情的理解，大都偏重于传统诗教一路。笔者倒是赞成王宇的意见，以为刘克庄所谓的"性情"，"主要是指主体的感情"，是"人之常情。"② 这个"人之常情"，自然也不排斥那些"有益世教"的内容。

抒情性，并不是刘克庄"本色论"的全部。笔者以为，要全面把握刘氏"本色"的内涵，下面这段话非常值得重视：

> 元祐后，诗人迭起，一种则波澜富而句律疏，一种则煅炼精而性情远，要之不出苏、黄二体而已。③

他不满元祐之后宋诗的演变，主要从两个角度来立论，即"句律"和"性情"。这也正是理解其"本色"论的两个重要维度。

性情，指的是人的感情，已见上文。这里关键是对"句律"一词的理解。检索刘氏文集，"句律"一词凡十一见。我们先看其中的一个例子：

> 余观古诗以六义为主，而不肯于片言只字求工，季世反是，虽退之高才，不过欲去陈言以夸末俗。后人因之，虽守诗家之句律严，然去风人之情性远矣。君诗之病在于炼字而不炼意，予窃以为未然。若意义高古，虽用俗字亦雅，陈字亦新，闲

---

① 《全宋文》第 329 册，第 365 页。
② 参见王宇：《刘克庄与南宋学术》，第 202～210 页。
③ 刘克庄：《后村诗话》，第 26 页。

字亦警，君归而求之，高无对矣。①

这段材料中，刘克庄先指出后世诗歌有严于"句律"而远"性情"之弊，然后指出方俊甫的诗歌只注意"炼字"而不知"炼意"。细按其行文思路，刘氏是将方俊甫之不足，看作"季世诗歌"弊端的体现。如此，此则材料中"句律""炼字"与"性情""炼意"正好形成一组对待的范畴。前者指向诗歌艺术形式，后者指向诗歌的内容。"句律"的这种涵义在下面这段话中体现得更为明显：

> 世之学梅诗者，率以为淡，集中如"莙上春田阔，芦中走吏参"，"海货通闾市，渔歌入县楼"，"白水照茅屋，清风生稻花"，"霜落熊升树，林空鹿饮溪"，"河汉微分练，星辰淡布萤"，"每令夫结友，不为子求郎"，"山形无地接，寺界与波分"，"山风来虎啸，江雨过龙腥"之类，殊不草草。盖逐字逐句铢铢而较者，决不足为大家数，而前辈号大家数者，亦未尝不留意于句律也。②

对字句的精心锻炼，正是"留意于句律"的表现，可见"句律"正是指诗歌的艺术表现形式而言。刘克庄文集中关于"句律"的其它用例，也都是如此：

> （鲍明远）诗工于赋，押韵用事，往往切题。岑参、贾至辈，句律多出于鲍，然去康乐地位尚远。③
> 山谷为诗初祖，而句律自"山鬼木怪着薜荔，天禄辟邪眠莓苔"之语而出。④
> 叔季词人杂雅哇，喜君诗卷美无瑕。朋侪却走避三舍，句律斩新成一家。肯学小儿烹虱胫，要看大手拔鲸牙。村翁岂敢持衡尺，直为痴年两倍加。⑤
> 别后书稀梦亦稀，忽传尺素到柴扉。不知天骥方徐步，将谓云鹏久怒飞。句律斩新过似旧，姓名略是复疑非。长官倦去宾朋散，存者依稀有杜微。⑥

第一、二例说的是诗歌艺术之继承，第三例指林文之在诗歌艺术方面自成一家，第四例，则称赞对方诗歌艺术之进步。刘氏使用"句律"一词，涵义稍难解者，是如下一条：

> 歙郡赵君寄予诗五卷，五七古亦宗晚唐，然稍超脱，不为句律所缚。⑦

这里大概是说，赵戣的五七言古诗，在规模晚唐之作的同时，又有所不同，表现出不同于晚唐五七古诗的艺术特点。

---

① 刘克庄：《跋方俊甫小稿》，《全宋文》第 330 册，第 100 页。
② 刘克庄：《后村诗话》，第 22 页。
③ 刘克庄：《后村诗话》，第 104 页。
④ 刘克庄：《跋给事徐侍郎先集》，《全宋文》第 330 册，第 33 页。
⑤ 刘克庄：《题林文之诗卷二首》之一，傅璇琮等主编：《全宋诗》第 58 册，北京大学出版社 1997 年版，第 36569 页。
⑥ 刘克庄：《答循倅潜起》，《全宋诗》第 58 册，第 36362 页。
⑦ 刘克庄：《赵戣诗卷》，《全宋文》第 329 册，第 248 页。

考察了刘克庄使用"句律"一词的例子之后,大体可以明确,刘氏所谓"句律",不是指诗歌之音律,应当是指诗歌文本的"构成方式",包括了声律、遣词、词序、意象组合等艺术方面的全部内容①。如果说性情是规定诗歌表现什么,那么"句律"则规定诗歌该如何表现。写什么和怎么写,这两个方面融合在一起,构成了刘克庄"本色"的基本内涵。

从"性情"和"句律"两个方面来认识诗歌的文体特性,表现出两个特点:以"人之常情"来解性情,不同于理学对诗歌内容的狭隘规定,坚持了诗歌的抒情性;注重"句律",和宋代诗学盛谈"句法"的风气一致,与理学家忽视诗艺的态度不同。这些都显示出刘克庄诗学思想的"诗人"底色,是其诗人立场在诗学理论上的集中表现。

刘克庄通"性情"和"句律"而言的本色观,也是对宋代诗学理论关于诗歌本质认识的深化和推进。

首先需要指出的是,刘克庄以及其他同时代人关于诗歌本质的讨论,有着明确的现实针对性。宋诗能开辟出不同于唐诗的境界,原因端在"破体"为诗,宋诗之弊端,也在于此。因此,关于诗歌本质的认识,就成为南宋中后期的人们总结宋诗演变经验、评价宋诗成就、探索诗坛发展方向的基本出发点。

南宋中后期,理学逐渐取得了思想领域的统治地位,伴随着这种强势话语,理学家关于诗歌本质的讨论,成为当时不能忽视的一种声音。客观地看,以朱熹为代表的理学中人,对诗歌的认识还算通达。他们一般承认诗歌是人性情的自然发露,能正面肯定诗歌的地位。不过,由于理学对人的性情有着先验的道德预设,因此在谈论诗歌时,大都鼓吹诗歌应该吟咏"性情之正",对"诗艺"有所忽视,所论具有非文学色彩。

在理学家的阵营之外,较受后世关注的是严羽。《沧浪诗话》采用了一种比较激烈的姿态来论述自己的主张,确实引人注目。他论诗倡言"别材""别趣",直言"夫诗有别材,非关书也;诗有别趣,非关理也",并激烈批评宋诗"以文字为诗,以才学为诗,以议论为诗"的弊端。不过和批评的尽兴淋漓相比,他所提倡的"妙悟""兴趣"却不免给人以"雾里看花"之感。他更多地是从审美感受的角度来论述他心目中的诗歌:"故其妙处,透彻玲珑,不可凑泊,如空中之音,相中之色,水中之月,镜中之象,言有尽而意无穷。"②

相较之下,刘克庄则立足于诗歌文本自身,在思考诗歌本质问题时,强调"句律"因素,与朱熹和严羽都不相同。从本质上说,诗歌语言是对日常语言的一种变形,而这种变形正是艺术性之所在。梁启勋《词学例言》中说:"(声音)其发于自然者谓之天籁,渐进而具格律者即称艺术。"③ 所谓"具格律",也就是形成了一定的表现形式,这才能成为艺术。从这个意义上说,如何表现可能比表现什么更具意义。中国古人在规定诗歌本质时,多从内容和效果上着眼,恰恰忽略了诗歌表现形式这一最关键的部分。宋人盛谈句法、诗眼,注意到语言形式的作用,是中国诗论的一大转关,而刘克庄在此基础之上,明确将"句律"和诗歌本质联系起来,是对宋代诗歌理论的重大推进。

---

① 苏珊·朗格在《哲学新解》中说:"尽管诗的材料是语言,但重要的不是词所表达的内容,而是这些内容的构成方式,它包括声音、快慢节奏、词的联系所产生的氛围……。"转引自高友工《唐诗的魅力》,上海古籍出版社1989年版,第37页。并参见王德明《中国古代诗歌句法理论的发展》(北京师范大学2000年博士论文)"绪论"部分。钱志熙《杜甫诗法论探微》(《文学遗产》2001年第4期)中对"诗律"概念的界定。他认为诗律正是诗法,并引缪钺的观点,认为是指"作诗艺术风格与手法的一切规律"。

② 严羽著、郭绍虞校释:《沧浪诗话校释》,人民文学出版社1983年版,第26页。

③ 梁启勋之言,转引自钱志熙《黄庭坚诗学体系研究》,北京大学出版社2003年版,第186页。

三、辨体意识

与"诗人"立场、"本色"之论相一贯的，是刘克庄在具体批评时所体现出的"辨体"意识。如果说本色强调的是诗歌的文体特征，那么"辨体"就是进一步辨别诗歌内部不同体裁之间的体制特性。

"体"在中国古代文论中大致有两个意思，一是体裁，二是风格。就风格来说，成功的作家、特定的时代乃至不同地域的诗歌创作都会体现出自己的特点。对风格的辨析，是宋代诗学的一个重要内容，严羽《沧浪诗话》中就有很细致的分辨。刘克庄的论诗之语中也不乏对诗歌风格的细心体会，像："杜牧、许浑同时，然各为体"①；"（茶山）《送别》……绝似唐人"②；"唐绝句诗选成，童子复以本朝诗为请。余曰，兹事尤难，杨刘是一格，欧苏是一格，黄陈是一格，一难也；以大家数掩群作，以鸿笔兼众体，又一难也。"③ 诸如此类的表述，都是建立在风格辨析的基础之上的。

不过，这里说的辨体主要不是指这种对风格的细微辨析，而是指刘克庄对不同诗体各自体制特色的体认和分别。这种意识自觉地贯穿在他具体的诗学批评之中：

> 古体淡泊简远，有陶阮遗意，律体切近妥帖，唐家数中名作也。④
> 公古风调鬯流丽得元白之意，律体精切帖妥，拍姚贾之肩。⑤
> 友山诗攻苦锻炼而成，诗深而语清，律体师岛、合，乐府拟籍、建。⑥
> 唐乐府为张籍、王建，本朝惟一张文潜尔。⑦

在这些材料中，刘氏提及的体裁就有古体、律体、古风、乐府。针对不同诗体，他的具体评价也各不相同，比如古体要"淡泊简远"、律体可以"精切帖妥"、古风则需"调鬯流丽"。对诗体的分别和不同批评标准的使用，说明刘克庄在评价他人诗歌时，是先辨体制而后再论其工拙的，体现出自觉的辨体意识。

辨体是中国文论的重要组成部分。"中国的文学批评，从他的开始起，主要即沿着两条线发展的——论作者和论文体。……一面是'读其文不知其人可乎'的以作者为中心的评语，一面是'体有万殊'而'能之者偏'的各种文体体性风格的辨析。"⑧ 辨体意识的出现，是日益丰富的文学实践提出的要求，也是人们对文学特征认识日益深入的表现。魏晋南朝时期曹丕、陆机和刘勰等人表现出来的辨体思想，就是当时日益丰富的文学创作在批评领域的反映，也体现了时人对文体特征认识的深入。

谈到宋人的辨体意识，学者们或注意宋人对不同时代和作家风格的体认与把握，着力对

---

① 刘克庄：《后村诗话》，第 17 页。
② 刘克庄：《后村诗话》，第 19 页。
③ 刘克庄：《本朝五七言绝句序》，《全宋文》第 329 册，第 98 页。
④ 刘克庄：《吴归父诗序》，《全宋文》第 329 册，第 129 页。
⑤ 刘克庄：《曹东畎集序》，《全宋文》第 329 册，第 166 页。
⑥ 刘克庄：《跋李贾县尉诗卷》，《全宋文》第 329 册，第 200 页。
⑦ 刘克庄：《跋苏文忠公帖》，《全宋文》第 329 册，第 314 页。
⑧ 王瑶：《文体辨析与总集的成立》，《中古文学史论》，北京大学出版社 1998 年版，第 84 页。

宋人所提出的易安体、荆公体、大历体、晚唐体等的内涵进行辨析。或者关注宋人在诗文、诗词之辨中所体现出的文体意识。对刘克庄在这里所体现出来的对诗歌内部诸种体裁的辨析则注意不够。

刘氏对诗歌内部诸体的辨析，首先体现了刘氏诗歌批评的"文学本位"立场。辨体批评关注的是诗体的体式特点，而非究心于诗歌的表达内容、作者经历等因素。从某种意义上说，辨体批评是一种"内在的"、关注"文学内部"的批评。[①] 其次，刘氏对诸种诗体的辨析也体现了宋人辨体意识的深化。他不仅注意到诗文之别，更进一步认识到古体、律诗、乐府都各自有自己的传统和体制要求，显示了对诗歌体制认识的细化和深化。最后，刘克庄诗学辨体批评可以看作明人辨体批评的先声，反映了诗学批评深入和演变的历史趋势。

不过，值得注意的是，刘氏虽然明辨古、近体之不同，却也时常流露出推崇古体而不满近体的态度来：

> 昔南塘力勉余息近体而续陈、李之作，余汩世故，忽忽不经意，而老至矣。聊记其言，以谂同志。[②]

> 近岁诗人惟赵章泉五言有陶阮意，赵蹈中能为韦体。如永嘉诗人极力驰骤，才望见贾岛、姚合之藩而已。余诗亦然，十年前始自厌之，欲息唐律，专造古体。[③]

> 近时诗人竭心思搜索，极笔力雕镌，不离唐律，少者二韵，或四十字，增至五十六字而止，前一辈以此擅名，后生歆慕，人人有集。皆轻清华艳如露蝉之鸣，木杪翡翠之戏苔上，非不娱耳而悦目也，然视古诗盖有等级，毋论《骚》、《选》，求一篇可以籍手见岑参、高适辈人，难矣。[④]

可见，在近体和古体之间，刘氏明显表露出一种倾向古体的意味。最后一条材料尤为特别。唐律和古体应该具有各自的体式要求，但是刘克庄这里偏偏将它们放到一起比较，以古体来反衬律体之不足，正显示出他对不同诗体的价值判断不同，即所谓古体、唐律之间"盖有等级"耳。

在不同的诗体之间有所轩轾，其原因大概在于崇古的思维方式。较早出现的体裁总是比晚近的体裁更能引起人们的重视。更为直接的原因可能来自刘克庄本人的诗学经历。刘氏自己的诗歌创作实践是律体胜于古体的。他自己承认欲专力于古体而未成，已见上引。稍后于他的刘辰翁也批评他说："刘后村仿《初学记》骈俪为书，左旋右抽，用之不尽，至五七言名对，亦出于此。然终身不敢离尺寸，遂欲古诗少许自献，如不可得。"[⑤] 也许正是因为自己在古体方面的缺陷，才使得他对其再三致意吧。

四、复古倾向

复古是中国文论中常见的现象。每当现实的诗歌创作出现困境时，人们往往乞灵于过

---

① 关于辨体批评的意义，参见邓新跃《明代前中期的诗学辨体理论研究》中"文体学视角与古代诗学辨体理论研究"一节的相关论述，上海古籍出版社2007年版。
② 刘克庄：《后村诗话》，第61页。
③ 刘克庄：《瓜圃集序》，《全宋文》第329册，第81页。
④ 刘克庄：《晚觉闲稿序》，《全宋文》第329册，第140页。
⑤ 刘克庄：《赵仲仁诗序》，《全宋文》第357册，第57页。

去，从中寻找创作的指南。因此，复古往往意味着对现实的反思、批判以及寻找出路的努力。

就诗歌创作来说，南宋中后期的复古思潮体现出两个不同的取向。一是以朱熹为代表，关注诗歌对于世道人心的作用，具有"非文学"色彩的复古思潮。

朱熹在《答巩仲至》中将古今之诗分为三等，而以"虞夏以来，下及魏晋"①之诗为准的。其原因，可以从下面这段话中寻出端倪：

> 熹闻诗者志之所之，在心为志，发言为诗。然则诗者岂复有工拙哉，亦视其志之所向者高下如何耳。是以古之君子德足以求其志，必出于高明纯一之地，其于诗固不学而能之。至于格律之精粗，用韵属对、比事遣词之善否，今以魏晋以前诸贤之作考之，盖未有用意其间者，而况于古诗之流乎？②

可见，朱熹推崇古诗，关注点在于其中体现了"君子之德"，吟咏的是"性情之正"。通过对这类诗歌的讽诵体味，"则修身及家，平均天下之道，其亦不待他求而得之于此矣"③。

这类复古思想关注的不是诗歌文体本身，而是它在涵咏性情、有益世教方面的作用，和刘勰、元结、白居易等人强调文学社会、政治作用的复古观，是一脉相承的，其本质是非文学的。

一类是以严羽为代表的关注诗歌本身文体特点的复古思潮。严羽论诗，有谓"汉魏晋与盛唐之诗则第一义也"④，主张"以汉魏晋盛唐为诗"。不过，与朱熹关注君子之德不同，严羽认为"诗道亦在妙悟"，而"悟"则有"不暇悟""透澈之悟"以及"一知半解之悟"⑤的不同，诗也因此自有高下。"妙悟"一词固然玄虚费解，却是立足于诗歌本身"诗性"特点的概念。因此，严羽的复古观就具有了文学本位的色彩。

严羽和朱熹的复古观虽有不同，但是其内在思路却相近，都认为有一个唯一的标准，对文学的发展也持一种倒退的观点。刘克庄的复古观则与他们不同。

首先，刘氏的诗人立场决定了他的复古观本质上是立足于诗歌之文体特性的，这和严羽相同。不过，严羽以妙悟、气象论诗，认为"截然当以盛唐为法"，刘克庄却从诗歌体裁入手，提出古诗和近体不同的标准。他在《后村诗话》中评价陈子昂和李白的古体，说道：

> 陈《感遇》三十八首，李《古风》六十六首，真可以扫齐梁之弊而追还黄初、建安矣。⑥

可见古体应该以汉魏之作为标的。在《野谷集序》中，他说：

---

① 《全宋文》第249册，第220页。
② 朱熹：《答杨宋卿》，《全宋文》第246册，第37页。
③ 朱熹：《诗集传序》，《诗集传》，中华书局上海编辑所1958年版，第2页。
④ 严羽著，郭绍虞校释：《沧浪诗话校释》，第11页。
⑤ 严羽著，郭绍虞校释：《沧浪诗话校释》，第12页。
⑥ 刘克庄：《后村诗话》，第61页。

> 明翁诗兼众体，而又遍行吴楚百粤之地，眼力既高，笔力益放，卷中歌行跌宕顿挫，剸龙缚虎手也，及敛为五七言，则妥帖丽密，若唐人锻炼之作。订其品，自元和、大历溯于建安、黄初者也。①

刘克庄在评价赵汝鐩诗时，也是古体（歌行）、近体（五七言）对举，并分别以元和、大历和黄初建安为旨归。在《山中别集序》中，他以同样的方式称赞赵庚夫（仲白）之作：

> 始余请南塘选仲白诗，南塘更以属余，苦辞不获。南塘诗评素严，而余尤缚律，每去取一篇，常三往返然后定。……仲白之志，常欲归齐梁而返建安、黄初，蜕晚唐而追开元、大历。于古体寓其高远，于大篇发其精博，于短章穷其要渺。《雪夜感兴》等作，呫呫逼子昂、太白，顾专取律体而使仲白之高远者、精博者皆不行于世，所谓要渺者又多以小疵遗落。天乎！余之有罪也。②

材料中"归齐梁而返建安、黄初，蜕晚唐而追开元、大历"一句，与其说是赵庚夫之志，不如说是刘克庄的诗学理想。而这也正是他为当时诗坛开具的疗救之方。

其次，刘氏特具一种历史视野，能注意到"变"的合理性，因此他论诗，就不像朱熹、严羽那样绝对，在主张"建安、黄初"和"开元、大历"的同时，也表现出兼容并包的风度。他在《林子显诗序》中说：

> 五言诗三百五篇中间有之，逮汉魏苏、李、曹、刘之作，号为选体。及沈休文出，以浮声切响作古，自谓灵均以来未睹斯閟，一唱百和，渐有唐风。唐初如陈子昂《感寓》，平揖《骚》《选》，非开元天宝以后作者所及。李杜大家数，姑置勿论。五言如孟浩然，刘长卿，韦苏州，柳子厚，皆高简要妙。虽郊、岛才思拘狭，或安一字而断数髭，或先得上句，经岁始足下句，其用心之苦如此，未可以唐风少之。③

在这段材料中，刘克庄梳理了五言诗由萌芽到古体再到律体的演变过程。这首先体现了刘克庄明确的历史意识，他不是用孤立、静止的眼光来分析各种诗学现象，而是把它们放到历史演变的脉络中加以观察。因此，他能认识到"变"的合理性和必然性。他在评价贾岛、孟郊时，认为"未可以唐风少之"，对各种体式风格，也表现出兼容并包的态度，其根源正在于这种历史意识。④

刘克庄的复古观念，建立在对诗歌体裁特性和诗歌演变历史的把握之上，更具现实性和可操作性。

---

① 《全宋文》第 329 册，第 86 页。
② 刘克庄：《山中别集序》，《全宋文》第 329 册，第 127 页。
③ 《全宋文》第 329 册，第 178 页。
④ 王宇也提到刘氏的"历史视野"，参见《刘克庄与南宋学术》，第 219～220 页。

宋诗总集三论

王友胜
湖南科技大学

宋诗总集一般指收录宋诗或宋代诗文的断代总集，还包括收录有宋诗的唐宋或宋金元明通代诗歌总集，以及收录一时一地、一家一族、一宗一派之宋诗的总集。宋诗总集自宋开始，历金、元、明、清历代皆有编辑，其中以宋编宋诗总集为早①，而以清编宋诗总集集其大成。据公私书目统计，见于著录或文献记载的历代宋诗总集约有190种，若加上现当代的数十种宋诗总集，其数量则更多。如同唐诗总集一样，宋诗总集的编撰是历代编选者从事文学批评的一种重要方式，有着丰富的理论价值与实践意义，对其加以系统研讨，能开拓宋诗研究领域，深化我们对宋诗的认识。本文试图从类型、编选宗旨与理论价值等三方面对宋诗总集进行初步探讨，以引发学界同好之进一步关注。

一、宋诗总集的类型

宋诗创作从数量上来说，较之唐诗更为繁盛。据北京大学古文献研究所编，北京大学出版社1991年后陆续出版的《全宋诗》统计，宋代诗歌共有作者9 079人，作品254 240余首（不计残诗断句）；另外，大象出版社2005年还出版了由陈新等补正的《全宋诗订补》，又收录了诗人1 436人，其中增加了《全宋诗》漏收的诗人182名。如此繁多的作品，兼之宋代诗社林立，流派纷呈，为宋诗总集的编撰提供了大量的第一手原始材料，从而也导致了宋诗总集类型的丰富多样。

按不同的标准划分，宋诗总集的类型有以下几种。

第一，按所选诗歌的时限来分，有跨代宋诗总集与断代宋诗总集。跨代宋诗总集，顾名思义，收录有两个或两个以上朝代的诗歌总集，一般是唐宋、宋金、宋元、宋金元、宋元明或宋金元明等时段合选之诗。唐宋诗合选最早出现在北宋中期，即僧仁赞所序，罗、唐两士所编的《唐宋类诗》二十卷，《郡斋读书志》卷二〇著录称该集"分类编次唐及本朝（大中）祥符已前名人诗"，而比较典型的唐宋合编诗总集如乾隆御编的《御选唐宋诗醇》及民国间高步瀛编的《唐宋诗举要》等，在讨论唐宋诗创作特点、发展过程与唐宋诗优劣高下之争中，往往是很好的例证；后几种以宋代开头的跨代宋诗总集如沈德潜编的《宋金三家诗选》，明氏周诗雅编的《宋元诗选》（已佚），清代吴翌凤编的《宋金元诗选》，朱梓、冷昌言合编的《宋元明诗三百首》，张豫章等奉敕编的《御选宋金元明四朝诗》等，这类诗歌总集的价值与意义则在于彰显宋诗的诗史地位及宋诗对后代诗歌创作的影响。此外，还有极少数兼具以上两种总集内容的唐宋金元合选的诗歌总集，其录诗的时间上限与下限离宋朝虽然都不远，但"宋诗总集"的意义则相对不大，如翁方纲编选的《小石帆亭五言诗续钞》选录唐宋金元

---

① 王友胜：《宋编宋诗总集类型论》，《赣南师范学院学报》2015年第1期。

四朝五古九卷，凡22家274首，其中宋人四卷10家137首；又其乾隆四十七年编选的《七言律诗钞》选录唐宋金元四朝七律十八卷，凡109家767首，其中宋人六卷56家347首。

断代宋诗总集仅录宋朝之诗，能涵盖两宋诗歌的总集则只能出现在宋末元初之际及以后，如元代陈世隆编的《宋诗拾遗》，明李蓘编的《宋艺圃集》，清严长明编的《千首宋人绝句》等。此类宋诗总集数量最多，不胜枚举。一般而言，断代宋诗总集还包括仅录北宋或南宋诗的总集，如吕祖谦编的《宋文鉴》（北宋诗文合选）、清陆锺辉编的《南宋群贤诗选》及清卢景昌编的《南宋群贤七绝诗》等。

第二，按所选诗歌的内容与范围来分，有综合性宋诗总集与专题性宋诗总集。综合性宋诗总集选录有宋一代各家各派不同题材与体裁之诗，包含的内容十分广泛；专题性宋诗总集是相对综合性宋诗总集而言的，它包括仅录一时一地、一宗一派或仅录某一类题材与内容的宋诗总集，也含仅录僧、道诗歌的宋诗总集。前一种总集不难理解，以下仅对专题性宋诗总集略作分析。

录一时一地宋诗（或宋诗文）的总集也可按其录诗范围细分为两种情况，前者如《政和文选》二十卷，收北宋徽宗政和年间或元丰后诗文千余篇，徐禧、席旦，为所选作者较知名者也；佚名所辑《圣宋文粹》三十卷，辑录仁宗庆历年间群公诗文，刘牧、黄通之徒皆在其选；后者则有李庚、林师蒧、林表民等合作选编的《天台续集》三卷、《续集别集》六卷及南宋绍兴间董棻编的《严陵集》九卷等。《天台续集》三卷皆宋初迄宣、政间人之诗，成于嘉定元年；《续集别编》则林表民以所得南渡后诸人之诗及《续集》内阙载者，次第裒次而成。《严陵集》前五卷诗，第六卷诗后附赋二篇，卷七至卷九为碑铭题记等杂文，所录内容，与《钓台集》一致，都是历代文人歌咏严子陵的作品。录一宗一派宋诗的总集数量既多，学术价值亦大，如南宋邵浩编的《坡门酬唱集》收苏轼、苏辙兄弟及苏门文人同题唱和之作六百六十篇；元初金履祥编的《濂洛风雅》录周敦颐、二程等45位理学家之诗，主要为宣传与鼓吹周敦颐的"濂学"及程颢、程颐的"洛学"而编，清代张伯行的同题宋诗总集亦辑录宋、明17家理学家诗；元初吴渭编的《月泉吟社诗》选宋末元初遗民之诗，是我国现存最早的一部诗社总集。仅录某一类题材与内容的宋诗总集主要有龚昱编的《昆山杂咏》，主要收唐宋人题咏昆山名胜物产之作，孙绍远编的《声画集》所选为唐宋人题画之诗等。仅专录僧道诗的宋诗总集有陈元作序的《九僧诗集》一卷，陈起编的《圣宋高僧诗选三卷后集三卷续集一卷》等。

第三，按编写目的与作用来分，有研究性宋诗总集与普及性宋诗总集。前者如南宋遗民蔡正孙编的具有诗话汇编体性质的选本《诗林广记》二十卷，以选唐、宋两朝诗人为主，唐前仅录陶渊明一家，凡录六十位大诗人，各人名下以评论性主题为中心，编排诗作726首、诗评1 185条，融诗选、诗注与诗话为一体，其中蔡氏所引宋诗、宋注尤有价值[①]，堪称唐宋诗研究与文学批评史研究的重要史料。明代张鼐《刊精选古今名贤丛话诗林广记序》云："宋蒙斋蔡先生《诗林广记》，会萃晋、唐及本朝诸家之诗，长篇短章，众体咸备，复取大儒故老佳话附录各篇之下，单言只句，品议无遗，诚诗学之指南矣。"又如方回选评的《瀛奎律髓》，专选唐宋五、七言律诗，共录诗人385家，诗3 014首，以大家为主，兼顾各种流派，比较全面地反映了唐宋七百年间诗歌创作和律诗流变的轮廓。所选之诗凡分四十九大类，每类诗前有总论，说明这类诗的性质和特点，每首诗后有编选者精要细致的分析评

---

① 参见李晓黎：《论〈诗林广记〉对宋诗宋注的摘引》，《安徽大学学报》2012年第3期。

点，其中唐诗崇杜，宋诗鼓吹江西诗派。清代评点此书有纪昀等十余家，后多为厉鹗《宋诗纪事》所取资①。该集是比较唐宋诗优劣与差异，探讨唐宋诗题材内容与发展演变轨迹不可或缺的重要书籍。

普及性宋诗总集如署作宋末谢枋得选、明末清初王相注的《重定千家诗》（皆七言律诗）和王相选注的《新镌五言千家诗》。清代书坊将两者合刊，即通行版本的《千家诗》。是集实际只录有122家。它是我国旧时带有启蒙性质的格律诗选本。因为它所选的诗歌大多是唐宋时期的名家名篇，易学好懂，题材多样，较为广泛地反映了唐宋时代的社会现实，所以在民间流传广泛，影响极其深远，在《唐诗三百首》出现之前，《千家诗》居于唐宋诗选本霸主地位。类似的总集还有清代冷昌言等的《宋元明诗三百首》、许耀的《宋诗三百首》等。许氏为道、咸间的塾师，为"初学计"，他编选宋代诗人78家、诗300首为塾学教材，其自序采录标准为"不特近于腐且纤者不敢阑入，即典重、绮丽之作，亦盖就阙如。"

第四，按编写体例来分，有分类宋诗总集、分体宋诗总集、分韵宋诗总集、以人系诗宋诗总集及以事系诗宋诗总集五种情况。分类宋诗总集如旧题刘克庄编的《分门纂类唐宋时贤千家诗选》。又如清王史鉴编的《宋诗类选》，全书将所选之诗分为天、地、岁时、咏物、咏史、庆贺、及第、落第、宴集、怀约、呈献、赠、寄、酬和、闲适、自咏、品目、题咏、游览、行旅、送别、杂诗、寺院及哀挽二十四类，类各一卷。分体的宋诗总集如宋佚名编的《丽泽集诗》35卷，方回谓吕祖谦编，其中宋四古一卷、乐府歌行一卷、五古六卷、七古一卷。又如明初符观编的《宋诗正体》，凡收宋人近体诗246首，其中七绝72首、五律48首、七律126首。清代张景星、姚培谦、王永祺编选的《宋诗别裁集》凡选录五古58首、七古79首、五绝54首、七绝97首、五律115首、七律204首、五排40首，凡647首。此类诗选皆为以体标目，以人系体，即在每体之下再按作者时代为序进行编排。分韵宋诗总集即按韵编排的总集，如明卢世㴶所编的《宋人近体分韵诗抄》，清佚名所编的《分韵近体宋诗》。

以人系诗的宋诗总集在古代最为常见，当代学人编选宋诗总集时一般也采取这一体例。这类宋诗总集一般按作者的出生年代顺序进行编排，近似编年体宋诗总集，也有不编年或大致编年的。南宋佚名编的《诗家鼎脔》，元杜本编的《谷音》，明李蓘编的《宋艺圃集》，清吴之振、吕留良、吴自牧合编的《宋诗钞》，民国间陈衍编的《宋诗精华录》等都是。以事系诗的宋诗总集一般为"纪事"类总集，如厉鹗编的《宋诗纪事》，陆心源编的《宋诗纪事补遗》，孔凡礼编的《宋诗纪事续补》及钱锺书的《宋诗纪事续补》等，因附录了许多诗歌的写作背景材料或有关诗歌的评论资料，故于宋诗研究极为重要。

第五，以某一总集为"母本"的续补与删选本宋诗总集。此类总集早在宋代既已有之，元、明两朝少见，清朝尤多。以清代为例，续补型宋诗总集最典型的是《宋诗钞》《宋诗纪事》的众多续选本，此外还有佚名的《宋诗窥》与《宋诗窥补》，佚名的《宋人绝句选》与《宋人绝句选补遗》；删选型宋诗总集如张世炜据陈訏《宋十五家诗选》而编的《宋十五家诗删》，佚名据顾贞观《积书岩宋诗删》而编的《积书岩宋诗选》，佚名据吴之振等《宋诗钞》而编《宋诗钞精选》等。

除以上五种主要情况外，有些宋诗总集的编者还对所录诗歌做了一些附加值的工作，据此则宋诗总集除单纯诗选外，还有笺注之选、评点之选等类型。如清代彭元瑞所编《宋四家律选》即有圈点、句读及评点，凡收《陆放翁诗》两卷160首，《范石湖诗》《杨诚斋

---

① 李庆甲：《瀛奎律髓汇评》，上海古籍出版社2005年版。

诗》与《刘后村诗》各一卷80首。彭元瑞跋曰："五七言律非诗家高格，四家非宋极品，特以砭恆钉晦涩，蹴复重腘之病而已。陆取其生者，范取其壮者，杨取其细者，刘取其新者，各视乎其人。"又如清代曾经编著《四书汇辨》的侯廷铨所编《宋诗选粹》，所选诗人即有小传，所选诗歌多有批注。一般而言，广义的宋诗总集还包括诗文合编的总集。比如南宋吕祖谦编的《宋文鉴》，即编有北宋200多位诗文作者的作品，其中卷一至十一，收赋80余篇；卷十二至三十，收各体诗（包括"骚"）约1 020篇；卷三一至一五〇，收文1 400多篇。

总之，囿于宋诗在后代的影响，宋诗总集的数量虽远没有唐诗总集那么多①，但其类型却丰富多样，为后人阅读、理解与研究宋诗提供了极有价值的参考资料。

二、宋诗总集的编选宗旨

宋诗总集的出现具有一定的文学生态环境与文化生成机制。选家编辑宋诗总集并不是一种单纯的文学行为，而是有着明确的动机，受到当时的政治生态、文治思想、经济状况等因素的制约，同时与历代唐宋诗之争更有密不可分的关系。

第一，宋诗总集的编撰可用以推行当时的主流政治思想或主流诗学观念。如《御选唐宋诗醇》的选评极力强调儒家诗教传统及德治精神，努力挖掘诗歌中所蕴含的政治教化意义。该书卷十九总评现实主义诗人白居易说："其《与元微之书》云：'志在兼济，行在独善。讽谕者，意激而言质；闲适者，思澹而辞迂。'作诗指归，具见于此。盖根柢六义之旨，而不失乎温厚和平之音。"故编者赋予白居易唐诗大家的地位，与李白、杜甫及韩愈并为唐诗四大家。宋代诗人中，编者舍黄庭坚而取陆游，主要原因也在于他的诗具有忠君爱民的儒家思想。卷四十二总评陆游诗云："观游之生平，有与杜甫类者：少历兵间，晚栖农亩，中间浮沉中外，在蜀之日颇多。其感激悲愤，忠君爱国之诚，一寓于诗。酒酣耳热，跌荡淋漓。至于渔舟樵径，茶碗炉熏，或雨或晴，一草一木，莫不著为咏歌，以寄其意。此与甫之诗何以异哉？"与此同时，该书还严满、汉之防，极力维护清王朝的正统地位，对那些涉及夷夏之辨、民族意识颇强的诗歌则尽量少录或不予收录。该书入选的六位诗人中，陆游诗的民族意识最强，其《关山月》《胡无人》《战城南》之类虽属名作，但彰显民族精神、有碍满清统治，故未选录。宋元之际的《濂洛风雅》亦为以风雅为旨归的教化诗选，编者金履祥捍卫儒家重教化、喜言义理的诗学观，在确定选录对象、选录数量及选录内容时表现出了较强的门派意识。他标举、弘扬理学家诗，认为"道人之诗"高于"诗人之诗"，对促成理学诗派的形成起到了很好的作用。南宋后期蔡正孙所编《诗林广记》本是一部带有诗话性质的通代诗歌总集，可明弘治间张萧在《新刊精选古今名贤丛话诗林广记序》中，却特别看重该集中朱熹《闻雷》、欧阳修《温成阁帖》等讽谏时君、同情民瘼的诗句，并云："其他谲谏，率多类此，闻之者不惕然于中乎。其补于世也多矣。学诗者人挟一帙，沉潜玩索，因言求心，养其正气，端人善士之域，可驯致矣。"

第二，宋诗总集可用以宣传文学主张，表达编选者的宋诗观。选家编撰诗歌总集有着鲜明的目的，他选谁的诗，选多少首诗，选什么题材与体裁的诗，皆体现了自觉的文学批评意识，彰显他的文学理论主张。宋末元初诗坛主角方回在南宋中后期江西诗派衰落后，着力编撰《瀛奎律髓》，宗奉杜甫，标举江西诗风，推崇黄、陈诗，提出"一祖三宗"之说，极力

---

① 按孔琴安著《唐诗选本提要》统计，古代唐诗选本近六百种，其中存世三百余种。

重振江西诗风。他说:"老杜为唐诗之冠,黄陈为宋诗之冠,黄陈学老杜者也。"① 又说:"古今诗人当以老杜、山谷、后山、简斋四人为一祖三宗,馀可预配飨者有数焉。"② "予平生持所见,以老杜为祖,老杜同时诸人皆可伯仲。宋以后山谷一也,后山二也,简斋为三,吕居仁为四,曾茶山为五,其他与茶山伯仲亦有之,此诗之正派也。"③ 由此可见,方氏通过诗选与诗评,其彰显、鼓吹江西诗派,尤其是黄陈诗的诗学观昭然若揭。在诗歌风格上,方氏特嗜生硬美与老境美,故纪昀《瀛奎律髓刊误序》谓其选诗标准为"以生硬为高格,以枯槁为老境,以鄙俚粗率为雅音"。又如《宋诗钞》的主要编定者吴之振、吕留良、吴自牧及参与编撰的黄宗羲等,针对数百年来尊唐黜宋的不良诗风,通过编撰《宋诗钞》,学习宋诗,宣传宋诗,堪称清初宋诗运动的倡导者与推动者。吴之振《宋诗钞序》认为:"宋人之诗,变化于唐而出其所自得,皮毛落尽,精神独存。"故其所选宋诗,既侧重"近唐调",又注重选录最能体现宋人以文为诗、以议论为诗、以学问为诗的作品,旨在"尽宋人之长,使各极其致","欲天下黜宋者得见宋之为宋如此"。

第三,宋诗总集可用以对某一理论缺失进行纠偏补阙,使其臻于完善。诗歌总集的编选不仅可以宣传选家的理论主张,还可以用来相互论辩,彼此批评,如针对《宋诗钞》《宋十五家诗选》及《宋四名家诗钞》等前人总集仅选名家的偏执,《宋百家诗存》的编者曹庭栋则"俱采僻集",以保存有宋三百年诗歌文献。编者在全书《凡例》中规定,凡《宋元诗》、《宋诗钞》及《宋十五家诗选》已采者概不收录,对近时坊刻已有专集行世者不收录,而对那些本非诗家而其诗确有足观者则一并采录。如穆修以古文著,傅察以忠节传,林亦之、陈渊以道学显,贺铸、张孝祥、陈允平以词学彰,而他们的诗均已被收录于书中。再如清初王士禛所编《古诗选》,录汉代至元代五、七言古体诗,凡作者约百五十家,作品千数百首,所选均为古体而无格律诗,为此,桐城派代表作家姚鼐特编《今体诗钞》,专录唐宋近体格律诗。关于此选与王士禛《古诗选》的渊源,姚鼐《今体诗钞序目》云:"论诗如渔洋之《古诗钞》,可谓当人心之公者也。吾惜其论止古体而不及今体,至今日而为今体者,纷纭歧出,多趋诡谬,风雅之道日衰。从吾游者,或请为补渔洋之阙编,因取唐以来诗人之作采录论之,分为二集十八卷,以尽渔洋之遗志。"

第四,宋诗总集可用以揭示写作途径,指导初学写诗者的诗歌创作,或用以自娱娱人。前者如由宋末谢枋得所选《重订千家诗》和明末王相所选《新镌五言千家诗》合并而成的《千家诗》。因其所选二百二十四首诗,大多是唐宋两代的名家名篇,易学好懂,脍炙人口,具有启蒙性质,初学写诗者常以为范本。刘鹗《老残游记》第七回记载:"所有方圆二三百里,学堂里用的《三》《百》《千》《千》,都是在小号里贩得去的,一年要销上万本呢。"其中所谓《三》《百》《千》《千》,即指《三字经》《百家姓》《千字文》《千家诗》,足见《千家诗》在当时的影响之广泛。明代杨廉《风雅源流绝句诗序》夫子自道说:"予选古人绝句诗,以授家塾童蒙。"④ 清代道光二十一年冷鹏《宋元明诗三百首序》说:"鹏少从朱梅溪师游,课余日授一诗,于三百首外,又增钞唐诗一册以授之;唐以后,若宋、若元、若明,又各钞一册以授之。"

---

① 陈与义:《〈于大光同登封州小阁〉诗评》,《瀛奎律髓》卷一,四库全书本。
② 陈与义:《〈清明〉诗评》《瀛奎律髓》卷二十六,四库全书本。
③ 陈与义:《〈道中寒食二首〉诗评》《瀛奎律髓》卷十六,四库全书本。
④ 杨廉:《杨文恪公文集》卷二十六,明刻本。

第五，宋诗总集有时并不选优，而是用来对宋诗文献拾遗补阙，即存史之选。清代有名的总集《宋百家诗存》《宋元诗会》《宋诗纪事》等，即为存录一代诗歌文献而编。陆锺辉《南宋群贤诗序》谓其编撰宋诗选的原因说："自临安汇刻之后，绝罕流传。倘不亟为甄收，诚虑终归湮落。闲居诵读之余，爰加决择，存其什三，厘为十二卷。"又，今检四库全书本《两宋名贤小集》，得255家三百八十卷，除富弼、张方平、岳珂等相重外，《小集》中的其他人在《宋诗拾遗》中都没有诗，可见《拾遗》也在有意识地对《小集》作补阙。

三、宋诗总集的文学价值与文献价值

宋诗总集不唯为后世读者提供了阅读的文本，还是有关宋诗研究、宋代诗学体系建构与宋代诗学批评史的重要资料，有着极其宝贵的文学与文献双重价值。

1. 文学价值

宋诗总集中有的重在选优，是选家经过"删汰繁芜"后的文学精华，它把在选家看来最有代表性的诗歌辑于一册，宋代不同时段、不同风格、流派的诗歌精品得以呈现、流传，为广大读者所接受。因此，宋诗总集的文学价值首先表现在它能为读者省去阅读卷帙浩繁的专集或全集之烦劳，清晰地考察宋代诗歌创作的面貌特征提供方便，尤其是那些在民间广为流传，或经统治者御定，形成经典了的总集，如《千家诗》《唐宋诗醇》等，其文学价值就更为明显。清代出现的《宋诗别裁集》入选137位诗人的645首诗歌，包括了五古、七古、五律、七律、五绝、七绝在内不同体裁的诗歌，也出现了欧阳修、梅尧臣、王安石、苏轼、黄庭坚、陈师道、陈与义、陆游、范成大、杨万里、朱熹等一流大诗人的作品。有的宋诗总集具有指导初学的功能，因而又成了诗歌习作者热衷捧读的范本。

宋诗总集具有包容性，很多宋诗总集同时也是宋诗选评本，很多诗话也是通过宋诗总集的形式出现的，其中的序跋、注语与评点实际上包含着编者对诗人的定位与对诗歌的品鉴，故其又具有较大的诗学批评价值，如同诗话、词话、文话一样，宋诗总集也是诗学批评史的重要史料。于济、蔡正孙合撰的《唐宋千家联珠诗格》、蔡正孙的《诗林广记》及方回的《瀛奎律髓》等宋末元初出现的几部选、评结合的宋诗总集均为中国古代诗学批评史上的重要史料。纪事类宋诗总集，如《宋诗纪事》等，诗后所附材料还对挖掘作品的思想内涵、解析艺术技巧有着较大的作用。

再者，选家在宋诗总集的编撰中，往往会采其合于己见者为一集，借古人的诗歌来表达自己的文学见解。这样，宋诗总集又成了诗坛各宗各派诗学辩难的有力武器，宋诗学中的诸多纷争，如唐宋诗优劣之争、苏黄优劣之争、苏陆优劣之争、黄陈优劣之争等学术公案，均在宋诗总集中得到体现。《瀛奎律髓》与《唐宋诗醇》同样是唐宋诗合选，我们仅从其中入选诗人数量的多少中即可初步看出编者的诗学见解。前编录唐代诗人180余家，宋代诗人190余家，编者对唐宋两朝诗的喜好大致持平而倾向于宋；《唐宋诗醇》录唐代李白、杜甫、白居易、韩愈四家，而于宋则仅录苏轼、陆游两家，由此即可窥见编者尊唐黜宋的诗学趣向，若进一步结合诗后所附所谓的"御评"，则这一观点就会呈现得更为明显。该书《原序》即谓"宋之文足可以匹唐，而诗则实不足以匹唐也"。关于江西诗派的干将黄、陈诗的评价，《瀛奎律髓》一书极力鼓吹宋代江西诗派，以为黄陈诗为宋诗之冠；而《唐宋诗醇》则取苏、陆而舍黄、陈，该书《纂校后案》至谓"江西宗派实变化于杜、韩之间，既录杜、韩，可无庸复见"。中国诗学史上关于元、白优劣与苏、黄高下的争论，历来十分激烈，《唐宋诗醇》的《凡例》对此作出了明确的分析："若唐之配白者，有元；宋之继苏者，有黄，在当日亦几角立争雄。而百世论定，则微之有浮华而无忠爱，鲁直多生涩而少浑成，其视白、苏较逊。"

2. 文献价值

宋诗总集的文献价值主要表现在辑录、传播宋代诗人诗歌，尤其是那些名不见经传，无别集传世的诗人之诗歌。文学史的大量事实证明：一些诗人的诗歌专集没有流传下来，而他的部分诗歌却在诗歌总集中被很好地传承。因为诗歌总集远比作家个人的别集流传要广泛，影响要深远，阅读的人也多得多。例如阅读姚鼐所编《古文辞类纂》的人肯定非常多，而能静下心来去读他的《惜抱轩全集》的人寥寥可数。对此，鲁迅先生《选本》一文深刻地指出："凡选本，往往能比所选各家的全集或选家自己的文集更流行，更有作用。"①

宋诗因在元、明两朝受到歧视、贬黜，以致宋人的诗集被大量损毁，清初吴之振在《宋诗钞·凡例》中说："宋集为世所厌弃，其存者如秦火后之诗书。"值得幸庆的是，大量的宋诗总集，或因所录皆为精品，或因编者名位高、影响大，或因辑录的专题诗歌有特色而引人注意等原因，广泛地流传开来，为后世读者保存了大量作品。有些宋诗总集的评点与注语所引文献也保存了大量有价值的佚文。《全宋诗》辑录的许多集外诗，尤其是无集传世诗人的零星诗歌，有很大一部分是从历代宋诗总集中辑录而出。再者，有的宋诗总集编撰的目的原本就不在选优，而在补阙。宋末佚名所编《诗家鼎脔》、刘瑄所编《诗苑众芳》及元初陈世隆所编《宋诗拾遗》等三部宋诗总集主要收录小诗人的作品。如《宋诗拾遗》的编撰，正如书名所指，实为有宋一代诗歌拾遗补阙，在《北轩笔记小传》中，此书亦名《宋诗补遗》，并不是作者的一时疏忽。《全宋诗》的编撰者就充分利用《诗家鼎脔》辑录宋诗。据我们统计，《全宋诗》中首见于《诗家鼎脔》的宋诗即有54人，82首，其中14人19首诗为他书所不见，仅赖该书而得以流传后世。其实，《全宋诗》检而未尽，笔者再次将两书对读，又发现《全宋诗》失收5人6首，其中新增3人②。《唐宋千家联珠诗格》二十卷在中土久佚，对订补《全宋诗》亦有巨大的辑佚价值，有学者统计，是集约有400首诗《全宋诗》失收。③可见，宋诗总集对保存、流布宋诗是做出了巨大贡献的。

其次，宋诗总集还具有考辨诗人生平，辨析诗歌真伪，校勘文字异同的功能。

有的宋诗总集作者名下有诗人小传，诗后简注与评语也涉及作者仕履，为读者理解作品提供了大量第一手原始材料。《宋艺圃集》中的题下注或尾注对考证诗人及诗歌所涉人物生平事迹不无裨益，如郭明复生卒不详，仅宋代笔记《吴船录》卷上、《容斋三笔》卷六有简要记载，一般读者对其知之甚少，编者注其生平云："成都人，隆兴癸未（1163）登科，仕不甚达。"（卷十八）注明了诗人的籍贯与登第年份。陈世隆所编的《宋诗拾遗》采录诗人784家，其中的441位诗人名下有相关记载，因文字极其简略，有的仅寥寥二、三字，还谈不上是小传，内容涉及诗人的家世、籍贯、字号、登进士时间、仕履、著述，间有关于诗人学性、职业、交流及师从的记述。这些作者中绝大部分为默默无闻的小诗人，史书无传，仅赖该书的诗人小传而得知其一二。校刊价值如《全宋诗》卷一千三百一十九据明代释正勉与释性合编《古今禅藻集》卷一二，录释法成《山居》："青光上下含虚碧"，其中"青光"，元陈世隆所编《宋僧诗补选》作"青山"，当以后者为胜，以与该诗上句"雪覆乔林同一色"意思相吻合。

---

① 鲁迅：《集外集》，见《鲁迅全集》（卷七），人民文学出版社1981年版。
② 参见王友胜：《论〈宋诗拾遗〉的文献价值》，《湖南科技大学学报》2006年第5期。
③ 参见卞东波：《唐宋千家联珠诗格校证》（前言），凤凰出版社2007年版。

论宋人以"集注"注诗

王德明

广西师范大学文学院

内容提要：宋人以"集注"的方式大量注释诗歌著作，于是在南宋时期出现了大量此类书籍。这些著作可分为以学术研究为目的的学者集注和以牟利为目的的书商集注。丰富的成果积累、本身具有的优势以及出版业的推动等，是导致宋代大量涌现诗歌集注著作的主要原因。这些集注著作的产生具有多方面的意义，它丰富了诗歌注释的形式，推动了宋代诗歌注释的发展，为后世诗歌集注树立了规范和榜样，客观上保存了大量宝贵的资料，并可窥宋代的诗学倾向。同时，宋人的"集注"注诗也存在一些问题。

关键词：诗歌　集注　学术研究　书商

宋代以集注的方式注诗，比较著名的有吕祖谦《吕氏家塾读诗记》，朱熹《诗集传》《楚辞集注》，郭知达《九家集注杜诗》，无名氏《集千家注杜诗》，黄鹤《集千家注分类杜工部诗》，魏仲举《五百家注昌黎先生文集》，王十朋《集注分类东坡先生诗》等，这成为宋代注诗的风潮。那么，这种现象是怎样产生的，又有怎样的特点和意义呢？

一

作为中国古代文化中的一种现象，注释可谓源远流长。对于诗歌的注释，最早当然可以追溯到先秦时期人们对《诗经》的注释。而集注的出现是比较晚的，在充分吸收前人研究形式的基础上，宋人大规模地采用了集注的方式来注释诗歌，无论在内容还是形式上都有了创新。

宋代诗歌的集注著作虽然数量不少，但是，从现存资料来看，绝大部分宋代的诗歌集注著作出现在南宋，北宋时期罕有所闻。究其原因，可能与北宋相关注释成果积累较少、出版业相对欠发达有关。

从现存资料来看，宋人以集注注诗主要有两种类型：

1. 学者集注

所谓学者集注，就是研究者在注释某一部著作时充分吸纳前人成果，经过认真筛选后，将其罗列在著作中。如郭知达《九家集注杜诗》，在为该书所作的序中，郭知达说："杜少陵诗，世号诗史。自笺注杂出，是非异同，多所牴牾，至有好事者掇其章句，穿凿附会，设为事实，托名东坡，刊镂以行，欺世售伪，有识之士，所为深叹。因辑善本，得王文公、宋景文公、豫章先生、王原叔、薛梦符、杜时可、鲍文虎、师民瞻、赵彦材凡九家，属二三士友，各随是非而去取之。如假托名氏，撰造事实，皆删削不载。精其雠校，正其讹舛，书锓版，置之郡斋，以公其传，庶几便于观览，绝去疑误。"再如朱熹《诗集传》，之所以命名为"集传",是因为广泛吸收了各家之说,正像王应麟所说:"诸儒说诗,一以毛郑为宗,未有参考三家者。独朱文公《集传》阅意眇指,卓然千载之上:言《关雎》则取匡衡;《柏舟》妇人之诗,则取刘向;笙诗有声无辞,则取《仪礼》;'上天甚神',则取《国策决》;'何以恤我',则取《左氏传》;《抑》,戒自儆;《昊天有成命》,道成王之德,则取《国语》;'陟降庭止',则取《汉书注》,《宾之初筵》,饮酒悔过,则取《韩诗序》;'不可休思''是用不就''彼岨者岐',皆从韩诗;'禹敷下土方',又证诸《楚辞》。一洗末师专己守残之陋。"(《诗考·序》)在充分吸收先秦汉唐人研究成果的基础上,又吸取了二程、张载、吴氏、胡氏、吕氏、陈氏、杨氏等十余家宋人说《诗》成果①,从而形成了一项集大成之成果。

宋代学者对诗歌注释的集注往往不是单纯地集他人之注,而表现出如下特点:一是虽以"集注""集传"命名,但往往以己意为主。上文所述郭知达《九家集注杜诗》和朱熹《诗集传》,将作者(编注者)的意见列在前面构成全书的主体,却以他人的意见为辅,作为参考或补充列在后面。例如郭知达《九家集注杜诗》注杜诗《兵车行》中"新鬼烦冤旧鬼哭,天阴雨湿声啾啾"二句:"《文二年传》:吾见新鬼大,故鬼小。王元长《策秀才》云:肺石少不怨之民,棘林多夜哭之鬼。《九歌》云:猿啾啾兮狖夜鸣。刘安云:蟪蛄鸣兮啾啾。杜云:陈宠为广汉太守,先是,洛阳县城南,每阴雨,常有哭声。宠闻而疑其故,使吏按行问。还言,世乱时,此下多死亡者,而骸骨不得葬。宠尽收敛葬之,自是哭声遂绝。赵云:《闲居赋》,管啾啾而并吹。"在这段注释中,从"《文二年传》"到"刘安云:蟪蛄鸣兮啾啾",均是王洙的注释②。中间"杜云"是杜时可的注释,后面"赵云"则是赵彦材的注释。所以,杜诗的这两句实际上有三人的注,其中王洙的意见是主要的,杜时可、赵彦材只是作为补充的形式出现。在这个看似没有郭知达意见的集注中,实际上郭知达是有自己的学术倾向的。他认为王洙的注最重要,也最准确,因此以王洙的注为主要意见,这实际上也是郭知达的意见。二是在集注时,对旧注往往据己意加以取舍,并不完全照搬。郭知达编注《九家集注杜诗》时,"属二三士友,各随是非而去取之。如假托名氏,撰造事实,皆删削不载"。朱熹在编注《诗集传》时,虽然博采众长,但是取舍同样严格,他摒弃了历代奉为圭臬的《诗序》,"或集毛、郑、孔的疏释而简化之,或仅就郑或孔加以取舍"③。

2. 书商集注

这种情况往往是书商为便于读者阅读,将本来是独立单行的各种注释集中在一起加以刊行。例如旧题宋童宗说注释、张敦颐音辩、潘纬音义的《柳河东集注》,正如《四库全书总目》所云:"据乾道三年吴郡陆之渊序,称(潘纬)为乙丑年甲科……之渊序但题《柳文音义》。序中所述,亦仅及韩仿、祝充《韩文音义传》《柳氏释音》,不及宗说与敦颐。书中所注,各以'童云''张云''潘云'别之,亦不似纬自撰之体例。盖宗说之注释、敦颐之音辩,本各自为书。坊贾合纬之音义,刊为一编,故书首不以《柳文音义》标目,而别题曰《增广注释音辩唐柳先生集》也。"按照这个说法,宋童宗说的注释、张敦颐的音辩、潘纬的音义原来是各自为书,只是到了后来"坊贾合纬之音义,刊为一编",这才是今天我们见

---

① 参见耿纪平:《朱熹〈诗集传〉征引宋人〈诗〉说考论》,《河南教育学院学报》2006年第2期。
② 郑庆笃、焦裕银等认为:"郭知达《九家集注杜诗》不标姓氏之注……为王洙注。"(《杜集书目提要》,齐鲁书社1986年版,第7页)
③ 张宏生:《〈诗集传〉的特色及其贡献》,《运城师专学报》1987年第2期。

到的《柳河东集注》。又如《九家集注杜诗》（又名《杜工部诗集注》），在流传过程中，也曾出现过书商集注的情况。陈振孙《直斋书录解题》卷十九："蜀人郭知达所集九家注，世有称东坡《杜诗故事》者，随事造文，一一牵合，而皆不言其所自出，且其辞气首末若出一口，盖妄人依托以欺乱流俗者，书坊辄钞入集注中，殊败人意。"从这段话可以看出，在郭知达《九家集注杜诗》之前，就有一个更原始的集注本。在这个原始的集注本中，就有"至有好事者掇其章句，穿凿附会，设为事实，托名东坡，刊镂以行，欺世售伪"的现象，所集之注至少在10家以上，其中一家就是《杜诗故事》。郭知达的《九家集注杜诗》是在这个原始本的基础上删改而成的。那个原始本，显然就是"书坊辄钞入集注中"的结果。

学者集注为学，书商集注为利，二者的目的不同，性质和价值也就有了很大的区别。一般而言，学者集注的著作态度认真，取舍谨慎，因而价值较高；书商集注有可能是书商自己所为，也可能是假人之手，但其出发点是在牟利，往往为求全而敷衍，甚至假托名人，因此，虽然偶有精品，但多数问题较多，价值相对较低。

二

为什么宋代大量涌现诗歌集注著作呢？

首先，宋人及其前人对于《诗集》《楚辞》、杜甫、韩愈、柳宗元、苏轼等经典著作及著名诗人作品有了较深入的研究，积累了大量研究成果，这为宋代诗歌集注奠定了坚实的基础，同时也是为了阅读的方便。如果没有先秦汉唐人对《诗经》的研究及二程、张载、吴氏、胡氏、吕氏、陈氏、杨氏等十余家宋人说《诗》的成果，就不可能有朱熹的《诗集传》。同样，如果没有王逸《楚辞章句》与洪兴祖《楚辞补注》，也就不可能产生朱熹的《楚辞集注》。至于《九家集注杜诗》《集千家注杜诗》等集多家注释的较大型作品，如果没有大量相关的注释成果，就更不可能产生了。"乃有注释，散在多家，检阅不便，而求集注，自然之势也"（《杜诗引得序》）①。另一方面，宋人对于诗歌研究的热情空前高涨，这也是诗歌集注著作大量产生的原因。

其次，集注这种形式有利于克服一人作注的局限，充分吸收前人成果，全面准确地发掘作品的内涵，使读者能够比较全面而准确地理解相关作品。正如托名王十朋的《东坡诗集注序》所说："训注之学，古今所难，自非集众人之长，殆未易得其全体。况东坡先生之英才绝识，卓冠一世，平生斟酌经传，贯穿子史，下至小说杂记、佛经道书、古诗方言，莫不毕究，故虽天地之造化，古今之兴替，风俗之消长，与夫山川草木禽兽鳞介昆虫之属，亦皆洞其机而贯其妙，积而为胸中之文，不啻如长江大河，汪洋闳肆，变化万状，则凡波澜于一吟一咏之间者，讵可以一二人之学而窥其涯涘哉！予旧得公诗八注、十注而事之载者十未能五，故常有窥豹之叹。近于暇日搜诸家之释，裒而一之，刬繁剔冗，所存者几百人，庶几于公之诗有光。"②集注正是一种能够"集众人之所长""易得其全体"的形式。所以，当王十朋面对苏轼这样一位英才绝识、学问广博、诗歌作品包罗万象的大家时，集注就成了他解决有关作品的最好方式。即使被认为是"祛前注之蔽陋，而发明屈子于千载之下"的朱熹《楚辞集注》，面对"自原著此词，至汉未久，而说者已失其趣，如太史公盖未能免，而刘

---

① 洪业等：《杜诗引得》，上海古籍出版社1985年版。
② 文渊阁四库全书本《东坡诗集注》附。

安、班固、贾逵之书，世复不传。及隋唐间，为训解者尚五六家。又有僧道骞者，能为楚声之读，今亦漫不复存，无以考其说之得失，而独东京王逸《章句》与近世洪兴祖《补注》并行于世，其于训诂名物之间，则已详矣。顾王书之所取舍与其题号，离合之间，多可议者，而洪皆不能有所是正；至其大义，则又皆未尝沉潜反复、嗟叹咏歌以寻其文词指意之所出，而遽欲取喻立说，旁引曲证，以强附于其事之已然。是以或以迂滞而远于性情，或以迫切而害于义理，使原之所为抑郁而不得申于当年者，又晦昧而不见白于后世"的《楚辞》注释史，朱熹也不得不"疾病呻吟之暇，聊据旧编，粗加櫽括，定为集注八卷，庶几读者得以见古人于千载之上；而死者可作，又足以知千载之下有知我者，而不恨于来者之不闻也"（《楚辞集注·目录》）①。这段话虽不无自谦，但"聊据旧编，粗加櫽括"八字就表明，尽管朱熹的《楚辞集注》多有发明创新，但也有意识地吸收了王逸、洪兴祖的注释成果，采取了集注的方式，这一方面是出于朱熹的谦虚，另一方面也是朱熹对集注这种注释方式优点的认可。

再次，宋代发达的出版业也促进了诗歌集注著作的产生。宋代尚文，整个社会对诗歌有着浓厚的兴趣，同时，又由于活字印刷术的发明，出版技术有了质的飞跃，于是形成了读者对诗歌读本的广泛需求与诗歌读本繁荣出版之间的良性互动关系。书商为了满足读者的需求，便于读者理解诗歌作品，同时显示其出版的诗歌读本与众不同的个性与质量，往往自己或雇人编著集注本，以吸引读者，增加销售量，这在客观上促进了诗歌集注本的产生。《四库全书总目》在谈到《五百家注昌黎文集》时说："（此书）宋魏仲举编。仲举，建安人。书前题庆元六年刻于家塾，实当时坊本也。首列评论、诂训、音释诸儒名氏一篇，自唐燕山刘氏迄颍人王氏，共一百四十八家。又附以新添集注五十家、补注五十家、广注五十家、释事二十家、补音二十家、协音十家、正误二十家、考异十家，统计只三百六十八家，不足五百之数。而所云新添诸家，皆不著名氏。大抵虚构其目，务以炫博，非实有其书。即所列一百四十八家如皇甫湜、孟郊、张籍等，皆同时唱和之人。刘昫、宋祁、范祖禹等，亦仅撰述《唐史》。均未尝诠释文集。乃引其片语，即列为一家，亦殊牵合。盖与所刊《五百家注柳集》，均书肆之习气。"② 这"均书肆之习气"六字，一针见血地指出了《五百家注昌黎文集》和《五百家注柳集》是书肆所为。再如《门类增广十注杜工部诗》，正如郑庆笃、焦裕银等《杜集书目提要》所云："据传宋时尚有《十家集注杜诗》本……疑是书（指《门类增广十注杜工部诗》）乃坊贾以陈本（指陈浩然《析类杜诗》）作底本，撷取《十家集注杜诗》之注合编而成。所谓'增广十注'者，或先有数家之后注，后增而广之；或坊贾故夸繁富，以惑世人。"③ 这说明《门类增广十注杜工部诗》这部杜诗分类集注著作的产生是与书商有直接关系的。

三

宋人以集注注诗具有多方面的意义：

第一，宋人以"集注"注诗促使大量集注著作的出现，是对其他领域注释成果有意识的借鉴，丰富了诗歌注释的形式，为诗歌注释找到了新的发展途径，推动了宋代诗歌注释的

---

① 蒋立甫：《楚辞集注》附，上海古籍出版社、安徽教育出版社2001年版。
② 《五百家注昌黎文集提要》，四库全书本《五百家注昌黎文集》附。
③ 郑庆笃、焦裕银等：《杜集书目提要》，齐鲁书社1986年版，第7页。

发展。在宋代以前，诗歌注释往往多是以单人单注的形式流传，虽然经部和史部中产生了不少集注性质的著作，但是集部中还是比较少见的，除了《五臣注文选》等少数著作外，就罕有所闻了。这说明，《五臣注文选》这样的集注性质的著作形式没有得到世人的重视和充分的认可。宋代则不同，以"集注"注诗致使产生大量融众人之长的诗歌集注著作，这一方面说明宋人对诗歌集注的形式有了充分的认识；另一方面也是从客观上对向来以单人单注为基本形式的诗歌注释形式的一种变革，为诗歌注释找到了新的方向。所以，从宋代开始，诗歌集注就成为诗歌注本中的一种非常重要的形式，并产生了大量优秀的诗歌注本，许多具有重要学术地位和影响力的诗歌注本就是集注著作。同时，从现存的宋代诗歌集注著作来看，宋人的集注实践在内容上极大地推动了宋代诗歌注释乃至整个诗学的发展。朱熹的《诗集传》《楚辞集注》之所以成为"《诗经》学"和"《楚辞》学"的集大成之作，就在于它们充分吸收了前人的注释成果，将自己的创新与前人的真知灼见一并展现出来，给人一种珠玉在前的感觉。正如朱熹所说："凡先儒解经，虽未知道，然尽其一生之力，纵未说得七八分，也有三四分，且须熟读详究，以审其是非而为吾之益。"（《语类》卷八十）既不全盘接受，也不全盘否定，因而大大推动了《诗经》和《楚辞》的研究。

第二，宋人以"集注"注诗而产生的诗歌集注著作为后世诗歌集注树立了规范和榜样。这一问题可从两方面来看：一是在理论上，宋代的诗歌集注者论述了集注的优点，确定了诗歌集注必须要根据集注者自己的理解，对有关旧注加以适当的取舍，不能全盘照录。王十朋说，集注是一种能够"集众人之所长""易得其全体"的形式，"以一人而肩乌，获之任则折筋绝体之不暇，一旦而均之百人，虽未能舂容乎通衢，张王乎大都，而北燕南越亦不难到"。这就在理论上充分肯定了集注的优点。他在给苏轼诗作集注时，是"搜诸家之释，裒而一之，划繁剔冗"（《东坡诗集注序》）。郭知达在作《九家集注杜诗》时说："杜少陵诗，世号诗史。自笺注杂出，是非异同，多所牴牾……因辑善本，得王文公、宋景文公、豫章先生、王原叔、薛梦符、杜时可、鲍文虎、师民瞻、赵彦材凡九家，属二三士友，各随是非而去取之。如假托名氏，撰造事实，皆删削不载。"一个是强调"划繁剔冗"，一个是强调"各随是非而去取之"，都强调了不能全盘照录，必须加以适当取舍。这些论述虽然尚属简略，不够系统全面，但在理论上却基本上确定了中国古代诗歌集注需要遵守的基本原则和规范。二是在实践上，宋代一些优秀的诗歌集注著作在集注的方式、注释的编排等方面采取了适当的措施，因而在体例上为后世的诗歌集注树立了榜样。例如，蔡梦弼在编《杜工部草堂诗笺》时确定的体例是："每于逐句文本之下，先正其字之异同，次审其音之反切，方作诗之义以释之，复引经子史传记，以证其用事之所从出，离为若干卷，目曰《草堂诗笺》。尝参以蜀石碑及诸儒定本，各因其实，以条纪之。凡诸家义训皆采录集中，而旧德硕儒间有一二说者，亦两存之，以俟博识之决择。"①

第三，宋代以"集注"注诗，客观上保存了大量宝贵的资料，因而具有重要的文献学价值。《四库全书总目》在谈到《集千家注杜诗》一书时说："编中所集诸家之注，真赝错杂，亦多为后来所抨弹。然宋以来注杜诸家，鲜有专本传世，遗文绪论，颇赖此书以存。其荜路蓝缕之功，亦未可尽废也。"洪业的《杜诗引得序》也有类似的看法。例如赵次公对杜甫诗歌和苏轼诗歌的注释上下过很深的功夫，在当时产生了重要的影响。刘克庄甚至有这样

---

① 文渊阁四库全书本无名氏《集千家注杜工部诗集》附蔡梦弼序。

的说法,"杜氏《左传》、李氏《文选》、颜氏《班史》、赵氏《杜诗》,几于无可恨矣。"①将赵次公所注的杜诗与历史上著名的杜预注《左传》、李善注《文选》、颜籀(师古)注《汉书》并列,称之为尽善尽美之作。然而,赵次公所注杜的著作,现在我们已看不到完整的传本流传,只有依靠诸家集注著作才可以大致了解其注杜的情况。在保存史料上,宋代以"集注"注诗而产生的著作可以说具有不可替代的贡献。

第四,从宋代以"集注"注诗的对象可以一窥宋代的诗学倾向。相对于单人注释,集注是一种分量更重的形式,集注者对于集注对象的选择也就更为慎重,只有那些成就更高、影响更大、相应的注释成果更为丰富的诗人作品才有可能成为集注的对象。整个宋代,集注的对象最多的是杜甫,其次是《诗经》《楚辞》,再次是韩愈、柳宗元、苏轼等。由此可见,在宋代,从纯粹的诗学意义上来说,杜甫的地位是最高的。在现存宋代诗歌集注作品中,杜诗的集注著作差不多有近十家,几乎占宋代诗歌集注著作的一半。这固然有陈陈相因的因素,但同时也说明杜诗确实是宋代诗人的"偶像"。唐代与后世并称的"李杜",在现存宋代注李的只有杨齐贤一家,且无集注本②。由此可见,在宋人的心目中李、杜地位的悬殊。所以《四库全书总目》感叹道:"甫集自北宋以来注者不下数十家,李白集注宋、元人所撰辑者,今唯此本(《分类补注李太白集》)行世而已。"这与宋人的一般看法一致。"《钟山语录》云:荆公次第四家诗,以李白最下。俗人多疑之。公曰:'白诗近俗,人易悦故也。白识见污下,十首九说妇人与酒。然其才豪俊,亦可取也。"③ "李白诗类其为人,骏发豪放,华而不实,好事喜名,不知义理之所在也……唐诗人李杜称首,今其诗皆在。杜甫有好义之心,白所不及也。"(苏辙《诗病五事》)《诗经》与《楚辞》虽然也各有两三种集注本,可见也受到了宋人的充分重视,但与杜甫相比,从诗歌的意义上来说,还是有相当的距离。韩愈、柳宗元有集注本,是因他们文章的崇高地位而来的,所以,他们的集注本是诗文合集,而无独立的诗歌集注本,这说明韩、柳的诗歌在宋有一定的地位,但也并不是非常高。贵古贱今是人之常情,宋人对本朝人诗歌的注释本来就不多,而在不多的注释本中苏轼诗歌却有一种单独的集注本,这说明在宋代苏轼具有无可匹敌的诗学地位,这是其他诗人望尘莫及的。"苏黄"并称,在江西诗派某些人看来,似乎黄庭坚的地位和成就超过了苏轼,至少从集注来看是不能成立的。

当然,宋人以"集注"注诗也存在着诸多问题:

第一,不少集注著作贪多务得,一味地追求集注注家的数量。毫无疑问,集注是要以一定数量的注家为基础的,但是,宋代诗歌集注往往存在片面追求数量的倾向,例如无名氏《集千家注杜诗》、黄鹤《集千家注分类杜工部诗》、魏仲举《五百家注昌黎先生文集》等。这些集注著作中真正的注家可能并没有像书面所标示的那样,真的有千家或五百家之多,但实际的数量也是非常可观的。《四库全书总目》谈到无名氏《集千家注杜诗》时说:"所采不满百家,而题曰千家,盖务夸攟拾之富,如魏仲举《韩柳集注》亦虚称五百家也。"追求数量,数家而称十家,数十家而称百家,数百家而称数千家,这是宋人集注诗歌时的习惯,而在实际集注时,也是尽量多地采入,而不看实际需要。这导致了注释多而不精,粗制滥造,泛滥成灾,这是宋代诗歌集注时经常出现的问题,尤其是在一些以牟利为目的的书商那

---

① 《跋陈教授杜诗补注》,《后村先生大全集》卷一百,文渊阁四库全书本。
② 《分类补注李太白集》原有《集注李太白集》之称,现已看不出集注的痕迹。
③ 《苕溪渔隐丛话》前集卷六,人民文学出版社1962年版,第37页。

里，这种倾向更为严重。

　　第二，由于许多集注往往追求集注的数量，大量联系不紧，不是注释，甚至虚假材料也滥入其中，严重地影响了集注著作的质量。例如，假托苏轼而作的伪书《老杜事实》进入了多家杜诗集注中，直到郭知达编注《九家集注杜诗》才删掉，这一方面与集注著作的编著者水平有关，另一方面也与编著者的态度有关，正是因为主观上贪多，从而采取了听之任之、不问真假的态度。

　　以上笔者就宋人以"集注"注诗的若干问题进行了初步探讨，由于宋人的"集注"注诗本身就是一个很复杂的问题，由于时代久远、版本变化，因此，其作品之真伪，作品之间的继承关系，作品本来的面目等都需要认真研究。本文浅尝辄止，敬请批评指正。

刘子翚纪事诗考论*

王利民

赣南师范学院文学院

内容提要：刘子翚诗歌的诗史性主要反映在其纪事诗、丧乱诗中。其《靖康改元四十韵》记叙自海上之盟至太原城破前的历史，书写了诗人自己在靖康改元前后的人生经历和情感状态；《望京谣》运用直感性很强的语言将金人屠杀破坏的场面刻画了出来；《四不忍》设身处地体会徽、钦二帝北狩后的苦楚，表达出内心的痛苦和复仇的意念；《防江行五首》塑造了血诚壮烈的抗金英雄的形象；《汴京纪事二十首》的前六首重在记述干戈战乱，后十四首主要是回忆太平衣冠，诗人通过今昔盛衰的对比流露出难以掩抑的伤感；《游朱勔家园》通过朱勔家园的荒废，印证了世间繁华的短暂性。

关键词：刘子翚　纪事诗　靖康之耻

刘子翚是宋室南渡之际的诗坛大家。根据诗作题材和风格的特点，可把其创作阶段分为早、中、晚三期。早期是其诗歌创作的发轫期。这个时期他处在一个模拟前人佳作的阶段。他学的是选体，诗歌多为五古，高闲、旷逸、清远、玄妙的气韵中渗透着悲怆、凄凉、寂寞、郁抑的情思。刘子翚中期的诗歌稍变早期"软性"之体，笔力劲健，笔势放纵，悲慨的梗概气与激昂的风云气兼而有之，其纪事伤怀之作具有诗史的价值。其晚期诗歌摒弃了深重的危机感，从以诗史型为主转向以审美型为主，注重吟赏周围的自然生活空间，笔力老健，趣味幽洁，出入众作，自成一家。

在思想内容方面，刘子翚的诗歌具有哲理性、诗史性和日常性等特性。其诗史性与强烈的情怀相伴随，从其壮年时期的纪事诗、丧乱诗中体现出来。本文意在详细考证其纪事诗的本事，揭橥其诗史性的特征。

一、《靖康改元四十韵》

在历史的书写中，战争、动乱、灾难等重大的事件和标志时代转折的时间节点总是占有主要的篇幅。刘子翚诗歌对当代史的关注首先集中在重要政治人物和他们的活动方面。其《靖康改元四十韵》《汴京纪事二十首》《望京谣》《四不忍》《防江行》《书事》等诗具有突出的诗史性。这些诗多缘自国家时事的激发，可以处处凿实，完全能够用作政治史、社会史、民族史的素材，起到黄宗羲所说的那种"以诗证史"的作用。刘子翚《靖康改元四十韵》记叙自海上之盟至太原城破前的历史，推见至隐，殆无遗事：

---

* 本文是国家社科基金后期资助项目"宋代理学诗人论稿"（项目批准号07FZW003）的阶段性成果。

肉食开边衅，天骄负汉恩。阴谋招叛将，喋血犯中原。饮马江河竭，鸣笳宇宙喧。氛埃缠帝座，獯猃吠宫垣。鼓锐梯飞壁，弯强矢及门。黔黎惊瓦解，冠盖尽星奔。走辙秦城地，浮航楚峡村。画堂空锁钥，乐府散婵媛。夜诏闻传玺，春王记改元。三辰光尽匿，四海浪横翻。伏阁唯群彦，兴邦在一言。雉城期必守，虎旅更增屯。龙困虽忧蚁，牛羸尚覆豚。谋成擒颉利，义可绝乌孙。坚壁师弥老，穷兵火自燔。钩鱼犹假息，幕燕暂游魂。恳款情先露，诛钼党实繁。横磨非嗜杀，下策且和番。割地烦专使，要盟胁至尊。赐弓垂拱殿，留宴玉津园。回骑桑干北，游军广武原。驱驰无立草，剖斫露空坟。太子悲秦粟，明妃泣汉轩。敌情终未测，邻好久宜敦。晋赵封疆远，金汤阻固存。短衣求李广，长啸得刘琨。御极朝仪盛，胪传诏语温。神霄分别仗，法驾引双辕。内柳东风软，宫花丽日暄。闾阎多喜气，箫鼓送芳樽。运契天同力，时危祸有根。覆车宜自戒，曲突更深论。落拓江南士，飘零塞北藩。蚤尝专翰墨，晚厌属橐鞬。拔剑思摩垒，怀书拟叩阍。蹉跎谋不遂，感激气潜吞。野迥寒烽照，楼高暮雨昏。望乡心恍惚，忧国涕潺湲。仄席勤咨访，垂绅乐引援。鹓鸾方竞集，短翼待腾骞。

开头四句中的一、三两句写宋朝鄙陋的肉食者，二、四两句写金人。"肉食开边衅"指的是童贯、蔡京、蔡攸、王黼等主张和金人结盟，夹攻辽国，恢复燕云故地，结果燕云之役导致国家祸变。"天骄负汉恩"是从宋朝的立场上指斥金人渝盟。"阴谋招叛将"指宋徽宗手诏招纳平山张觉之事。金人即以叛将张觉为名举兵深入中原，杀掳士民，焚荡庐舍。"饮马江河竭，鸣笳宇宙喧"两句，渲染了金兵铁骑长驱的声威。"氛埃缠帝座，獯猃吠宫垣"，指宋徽宗被老奸巨恶、近幸小人所围绕。

"鼓锐梯飞壁，弯强矢及门"，描绘的是靖康元年正月九日金兵攻打汴京城的情景。《靖康要录》卷一曰："敌方渡濠，以云梯攻城。……是日敌攻陈桥、封丘、卫州等门，而酸枣门尤急，矢集城上如猬毛。"金兵迫近畿甸之前，不少大臣离开朝廷，逃往他方，如王黼、蔡京及资政殿大学士蔡儵，保和殿大学士蔡行，保和殿学士、驸马都尉蔡鞗、显谟阁直学士蔡术、蔡衍，显谟阁待制蔡修、蔡翛，徽猷阁待制蔡仍，直龙图阁蔡𧦬等都是"星奔"的"冠盖"。靖康元年正月三日夜漏二鼓，宋徽宗率太上皇后及皇子、帝姬等出通津门东下。在皇帝的示范效应下，正月四日，即金人兵临城下的前一天，尚书张劝和卫仲达、何大圭等五十人弃官而逃。甚至有官员向西逃往甘肃，向西南逃往四川。这就是所谓"走辙秦城地，浮航楚峡村"。四日这一天，宋钦宗也打算"亲往陕西起兵，以复都城"①。正月七日，"京城戒严，城门昼闭，令百姓上城守御。京城居民男子妇人老幼相携出东水门，沿河而走者数万，遇金人，杀掠者几半。金人从城外放火烧屋宇，光焰烛天，连夜不止，城中之人皆怀恐惧"②。

"夜诏闻传玺"说的是宋徽宗传位给钦宗的事。宣和七年十二月二十二日申时后，"内侍官黄仅传圣旨，宣押皇太子入殿内。续有快行亲从官十余人，催上马入殿，至夜不出。至五更，太上皇帝径出殿，往龙德宫。宁德皇后出往撷景园，改充宁德宫。是日，皇太子登宝位。先是太上皇帝御玉华阁，先召宰执及给事中吴敏等。日晡，内禅之议已决，擢吴敏为门

---

① 汪藻著，王智勇笺注：《靖康要录笺注》卷一，四川大学出版社2008年版，第99页。
② 徐梦莘：《三朝北盟会编》卷二八，上海古籍出版社1987年版，第208页。

下侍郎，草传位诏，召百官班垂拱殿下，宣示诏旨。是夕，命皇太子入居禁中，覆以御袍。皇太子俯伏感涕，力辞，因得疾。召东宫官耿南仲视医药，至夜半少苏。翌日，又固辞。及即大位，御垂拱殿，见宰执百官，大赦天下"。"春王记改元"是说宋钦宗下诏"自宣和八年正月一日改为靖康元年"。当时，李邦彦等专主和议，"范宗尹俯伏流涕，乞割三关，以安社稷，赵野、王孝迪、蔡懋皆含糊其间，不敢决"。① 这就是诗中所谓"伏阁唯群彦"的情形。而兵部侍郎李纲发出兴邦之言："整齐军马，扬声出战，固结民心，相与坚守，以待勤王之师。"五日，宋钦宗驾临宣德门，劳问将士。自此以后，"方治都城四壁守具，以百步法分兵备御，每壁用正兵万二千余人，而保甲、居民、厢军之属不预焉。修楼橹，挂毡幕，安炮坐，设弩床，运砖石，施燎炬，垂檑木，备火油，凡防守之具无不毕备"。② 二十七日，勤王之师大集，西军将领日至。这就造成了"雉城期必守，虎旅更增屯"的情形。

金人以孤军深入重地，前阻坚城而后顾邀击之威，其穷兵黩武，也有玩火自焚之虞。刘子翚判断金军此时处于极危险的境地，宛如钓钩上的鱼在苟延残喘，帷幕上筑巢的燕子游魂于一时。但姚平仲劫营失利后，钦宗帝派遣资政殿大学士宇文虚中、知东上合门事王球出使斡离不军中，恳款声辩劫营非朝廷之意。在围攻京城三十三天后，金人得到割太原、中山、河间三镇的诏书以及肃王作为人质，遂不待金币足数，即遣左金吾卫大将军权宣徽北院使韩鼎裔、信州管内观察使耶律克恭充代辞使来宋廷告辞，退师北去。在刘子翚看来，捐金帛、割土地以求和好，无疑是下策。李纲当时即提出："若扼河津，绝饷道，分兵复畿北诸邑，而以重兵临敌营，坚壁勿战，如周亚夫所以困七国者。俟其食尽力疲，然后以一檄取誓书，复三镇，纵其北归，半渡而击之，此必胜之计也。"③ 如果此计施行，则"谋成擒颉利，义可绝乌孙"。

钦宗膺受大位后，元恶巨奸，相继诛逐。王黼被开封尹聂昌遣武士取其首级，李彦被赐死并籍没家产，朱勔被放归田里，梁师成被赐死，蔡京被流放儋州，蔡攸被流放雷州，童贯被流放吉阳军，赵良嗣被流放柳州。蔡京、王黼执政二十余年，门生党徒遍台谏。如右正言崔鹍上疏曰："数十年来，王公卿相皆自蔡京出，要使一门生死则一门生用，一故吏逐则一故吏来，更持政柄，无一人害己者。此京之本谋也。"④ 东南部刺史郡守则多出朱勔之门，时人称之为东南小朝廷。宣和末年，朱氏"一门尽为显官，驺仆亦至金紫"⑤。靖康改元后，蔡京、王黼、朱勔等子弟族人职名爵秩例从降贬，"凡由杨戬、李彦之公田，王黼、朱勔之应奉，童贯、谭稹等西北之师，孟昌龄父子河防之役，夔、蜀、湖南之开疆，关陕、河东之改币，吴越、山东茶盐，陂田之利，宫观、池苑营缮之功，后苑、书艺局、文字库等之费，又若近习所引献颂可采、效用宣力、应奉有劳、特赴殿试之流，所得爵赏，悉夺之"⑥，是谓"诛钼党实繁"。姚平仲夜劫敌营失利后，"宰执亟议召李棁持国书割地以和，并奉地图。沈晦奉誓书。路允迪割太原，秦桧割河间，程瑀割山中"。⑦ 是谓"割地烦专使"。至于"赐弓垂拱殿，留宴玉津园"两句，当是就宋钦宗接待金人使者韩鼎裔、耶律克恭而言。垂

---

① 陈均：《九朝编年备要》卷三十，台湾商务印书馆景印文渊阁四库全书1986年版，第328册822页上。
② 汪藻著，王智勇笺注：《靖康要录笺注》卷一，四川大学出版社2008年版，第112页。
③ 脱脱等：《宋史》卷三五八，中华书局1977年版，第11244页。
④ 陈邦瞻：《宋史纪事本末》卷五五，中华书局1977年版，第559页。
⑤ 陈邦瞻：《宋史纪事本末》卷五五，中华书局1977年版，第561页。
⑥ 陈邦瞻：《宋史纪事本末》卷五五，中华书局1977年版，第561～562页。
⑦ 徐梦莘：《三朝北盟会编》卷三三，上海古籍出版社1987年版，第246页。

拱殿是宋朝皇帝常日视朝之所。玉津园在南薰门外，是接待外国使臣的燕射之所。虽然关于钦宗接待金使的礼仪史料缺载，但从南宋时金国聘使见辞仪可以推知一二："四日，赴玉津园燕射，命诸校善射者假管军观察使伴之，上赐弓矢。酒行乐作，伴射官与大使并射弓，馆伴、副使并射弩。"① 所谓"回骑桑干北，游军广武原"是指金人北返后的行止。"剖斫露空坟"是说金人掳掠屠戮，甚至将城外皇妃、皇子、帝姬坟墓发掘殆尽。"太子悲秦粟，明妃泣汉轩"两句则可备史乘所未载。

"邻好久宜敦"是指和高丽、西夏、安南等邻国及辽政权的残余力量悖信修睦。《靖康要盟录》记载钦宗致耶律太师书曰："朕初即大位，唯怀永图。念烈祖之遗德，思大辽之旧好。辄食兴念，无时敢忘。凡前日大臣先误国构祸，皆已窜逐。思欲亲仁善邻，以为两国生灵无穷之福。"② "短衣求李广，长啸得刘琨"意在呼唤抗金的英雄。当时刘子翚的父亲刘韐正守御真定，其处境与刘琨据太原孤城抵御匈奴时约略相似。"短衣求李广"脱化自杜甫《曲江三章》中的"短衣匹马随李广"。短衣即短装，是古代士兵、平民的服装。刘韐在真定招募敢战士时，相州汤阴人岳飞来应募。刘韐"壮其勇，知非常人"③，拔升岳飞为队正。岳飞就是宋朝的飞将军。刘子翚写这首诗时，岳飞的军事天才不过是小荷才露尖尖角，但刘子翚似乎已经预见到了未来战场上的抗金英雄必出自卒伍，而不可能从肉食者中产生。

《靖康改元四十韵》是三段式结构。从"御极朝仪盛"至"曲突更深论"是此诗的第二大段，盖追溯致祸之由，提醒朝廷曲突徙薪。"神霄分别仗，法驾引双辕"点出了徽宗尊崇道教的事实。宣和三年冬十月，徽宗曾"御神霄宫，亲授王黼等元一六阳神仙秘箓及保仙秘箓，仍许黼等拜表称谢"④。《汴京纪事二十首》咏此事云："诏许群臣亲受箓，步虚声里认龙颜。"接下来"内柳东风软"数句，看似藻采分披，描绘了宫廷内外的"盛世"之景，其实是揭露了国衰主昏之象。金兵离开汴京后，太上皇帝宋徽宗从南京（今河南商丘）回到宫中，"上下恬然，置边事于不问"⑤。只有李纲建议备边，种师道亦请防秋。刘子翚在此诗中也表明了自己的忧患意识。

如果说《靖康改元四十韵》的前三十二韵基本上是叙事诗的模式，那么最后的八韵则具有言志诗、咏怀诗的特点。自"落拓江南士"至诗末是此诗的第三大段，主要书写了诗人自己在靖康改元前后的人生经历和情感状态。从"飘零塞北藩"一句可以推知，刘子翚写作这首诗时正作为父亲的幕僚，主管真定府路安抚都总管司书写机宜文字。"野迥寒烽照，楼高暮雨昏"以鲜明的时空感呈现出深远朦胧的意境，在一定程度上表现了诗人对国家前途的迷茫之感。

靖康元年正月，钦宗下诏令中外臣庶直言得失。本来好议论的宋朝士大夫们更是纷纷上书。刘子翚"怀书拟叩阍"的想法就产生在这样一种背景下。在父亲幕下，刘子翚承担着汲引人才的工作，所以他"仄席勤谘访，垂绅乐引援"。这项工作看来颇有成效，以致"鹓鸾方竞集"。鹓鸾是贤者之喻，"短翼"则是作者自谦。从"拔剑思摩垒""短翼待腾骞"诸句看来，诗人此时胸中有雄鹰的羽翼在拍击，正期待着抗金的事业中一展鹏程。诗的结尾雄豪悲慨，大声镗嗒，语尽而气未尽。《宋诗选注》"陆游"篇说："刘子翚的诗里说：'中

---

① 脱脱等：《宋史》卷一一九，中华书局1977年版，第2812页。
② 徐梦莘：《三朝北盟会编》卷五八，上海古籍出版社1987年版，第434页。
③ 王栋彬：《刘忠显王实录》，《刘氏传忠录》续编卷一，民国二十二年三余子室铅印本，第12页。
④ 徐乾学：《资治通鉴后编》卷一○一，台湾商务印书馆景印文渊阁四库全书1986年版，第344册21页下。
⑤ 脱脱等：《宋史》卷三五八，中华书局1977年版，第11247页。

兴将士材无双……胡儿胡儿莫窥江！'‘低头拔胡箭，却向胡军射……男儿取封侯，赴敌如饥渴。'语气已经算比较雄壮了，然而讲的是别人，是那些'将士'和'男儿'——正像李白、王维等的《从军行》讲的是别人，尽管刘子翚对他的诗中人有更真切的现实感，抱更迫切的希望。"而《靖康改元四十韵》最后的八韵恰和陆游的诗歌一样，表达了"投身在灾难里、把生命和力量都交给国家去支配的壮志和弘愿"，"并且声明救国、卫国的胆量和决心"。① 这同样是《诗经·秦风》里《无衣》的意境，也是岳飞在《满江红》一词里表现的气概。

《靖康改元四十韵》寓议论、抒情于叙事之中。此诗在抒发奋厉的情感的同时不失精警的政治见解、清醒的时事判断和沉郁的诗歌韵味，具有很强的悲剧性和纪实性。但它的语言是陈述性的，而不是描绘性的，加上作者当时不在汴京城内，只能耳闻京师的风云变幻而没有目睹，因此一路写来，虽如钱塘江潮，波澜迭现，语言亦雅健雄浑，却不及鸿胪寺主簿邓肃的《靖康行》那么有现场感。

二、《望京谣》《四不忍》《怨女曲》《防江行五首》

就靖康之耻的全过程而言，《靖康改元四十韵》只写了这个事变的前半程。靖康元年冬，金人再犯畿甸，俘虏徽宗、钦宗北去。这幕悲剧才告结束。刘子翚的《望京谣》展示了靖康之变落幕后的惨象："双銮北狩淹归辔，寂寞梁园春草绿。犹传故老守孤城，官军不到黄河曲。连云楼橹已灰烬，更倚窗扉防箭镞。招兵太半出群盗，绣襦蒙衣屡翻覆。前宗后社力诛钽，白刃如霜挂人肉。州桥灯火夜无光，夹道狐狸昼相逐。往时汴泗绝行舟，市粟十千尘满斛。衣冠避胡多在南，胡马却食江南粟。谋臣武士力俱困，海角飘摇转黄屋。盘庚五迁方择利，昆阳一战何当卜。宁闻犬豕乱中华，汉祚承天终必复。夕烽明处望千门，孤臣只欲吞声哭。"诗中燃烧着忠君爱国的激情。刘克庄评此诗曰："叙当时事，忠愤悲壮。"方回《瀛奎律髓汇评》中也称此诗"忠愤至矣"。诗人运用直感性很强的语言将金人屠杀破坏的场面刻画了出来。特别是像"白刃如霜挂人肉"这样具有穿透力的文字在当时和以后都不多见。刘子翚写这首诗时，国家的情形比写《靖康改元四十韵》时更加不堪回首。"盘庚五迁方择利"以下四句是用历史来超越现实，"汉祚承天终必复"的信念不是理性考量的结果，而是感情执着的必然。

《四不忍》以想象的方式、对比的笔法和重章复唱的结构，设身处地体会徽、钦二帝北狩后的苦楚，表达出内心的痛苦和复仇的意念。其第一段云："草边飞骑如烟灭，拉兽摧斑食其血。此时疾首念銮舆，玉体能胜饥渴无？危城屑曲惊云扰，簋簋无光天座杳。奋戈倘未雪深仇，我食虽甘何忍饱。"这首诗有可能写于绍兴二年。这一年殿试，宋高宗在策问中说他即位后，"六年于兹，顾九庙未还，两宫犹远，夙兴夕惕，靡敢荒宁"。张九成在对策中有段体会高宗之心的文字："方当春阳昼敷，行宫别殿，花柳纷纷，想陛下念两宫之在北边，尘沙漠漠，不得共此融和也，其何安乎？盛夏之际，风窗水院，凉气凄清，窃想陛下念两宫之在北边，蛮毡拥蔽，不得共此疏畅也，亦何安乎？澄江泻练，夜桂飘香，陛下享此乐时，必曰：'西风凄劲，两宫得无忧乎？'狐裘温暖，兽炭春红，陛下享此乐时，必曰：'朔雪冱丈，两宫得无寒乎？'至于陈水陆，饱奇珍，必投箸而起曰：'雁粉腥羊，两宫所不便

---

① 钱锺书：《宋诗选注》，人民文学出版社1989年版，第171页。

也，食其能下咽乎？'居广厦，处深宫，必抚几而叹曰：'穹庐区脱，两宫必难处也，居其能安席乎？'今闾巷之人，旺隶之伍，皆知有父兄妻子之乐，陛下虽贵为天子，富有四海，以金房之故，使陛下冬不得温，夏不得清，昏无所于定，晨无所于省，问寝之私，何时可遂乎？在原之急，何时可救乎？日往月来，何时可归乎？每岁时遇物，想唯圣心雷厉，天泪雨流，抚剑长吁，思欲扫清蛮帐，以还二圣之车。此臣心之所以知陛下者如此。"① 刘子翚诗和张九成策文在构思上大致相似，彼此间可能有一定的联系。

在中原陆沉的时代，芸芸众生的生活和他们的感受同样是历史悲剧中不可缺少的一部分。靖康之变中，大批的中原女子被金人掳掠到北地。她们无论是出身于宗室之门、权贵戚里之家，还是来自内人街巷或教坊，被掳掠后往往充作奴婢。刘子翚的《怨女曲》感时抚事，写出了这些女子不幸的命运："空原悲风吹首蓿，胡儿饮马桑干曲。谁家女子在毡城，呜呜夜看星河哭。黄金为闺玉为宇，平生不出人稀睹。父怜母惜呼小名，择对华门未轻许。干戈飘荡身如寄，绿鬓朱颜反为累。朝从猎骑草边游，暮逐戎王沙上醉。西邻小姑亦被房，贫贱思家心更苦。随身只有嫁时衣，生死同为泉下土。出门有路归无期，不归长愁归亦悲。女身软弱难自主，壮士从姑不如女。"金人掳掠的重点是美女，他们曾向开封府尹"指名要童贯、蔡京家祗应凡千余人，选端丽者"，许多漂亮女孩"至府，则皆蓬首垢面，不食作羸病状，觊得免"②。诗中写"绿鬓朱颜"不是要欣赏女性的美丽，而是要真实地反映历史。《怨女曲》作为女性题材，不写服饰、神态，也不渲染情色，却重点展示了女性的内心世界。像"贫贱思家心更苦""不归长愁归亦悲"这样的句子就将女性在特殊情境中的心理活动细腻地表现出来。这离不开作者对女性悲惨遭遇感同身受般的悲悯。身为儒学宗师，刘子翚在这里却没有担当理学道德准则的代言人，没有指责怨女"朝从猎骑草边游，暮逐戎王沙上醉"的苟且生活。此诗主在为"第二性"诉幽怨，不过也没有忘记第一性。身污名辱，失节事敌者不独是女子。末句中的"从姑"当作"从胡"，"壮士"即《维民论》所称"夷狄劫之从为夷狄"的叛上之民。结尾两句从女性生理上的弱势说明其无奈，借以映照出"壮士"的无耻。

除了吞声饮泣之音，《屏山集》中也不乏沉雄铿锵之节。如《防江行五首》中就塑造了血诚壮烈的抗金英雄的形象。这组诗曾作为具有爱国主义精神的诗篇被一些诗歌选本所选录，但注解者只能说一些浮词空言。据笔者考证，《防江行五首》咏的是建炎四年的抗金之战。南宋朝廷开始措置防江之策是在建炎三年（1129）的维扬之役后。建炎四年，金人自浙江回到长江以北，扎大寨驻屯于天长、六合之间。南宋承州天长保宁镇抚使薛庆"亲率众劫之，得牛数百，悉贱其估，分界之力田者。民怀其惠，亦赖其捍御以自固"③。《防江行五首》其一即咏其事："朝来杀气秋，千里无立草。翩翩黑帜飞，结垒天长道。猎罢楚天寒，黄云淡如扫。""黑帜"在当时南宋文人的笔下特指金军的旗帜。如邓肃的古风《贺梁溪李先生除右府》云："北兵振地喧鼛鼓，黑帜插城遍楼橹。"④ 胡寅《原乱赋》云："忽黑帜之连林兮，朔吹激夫鸣箭。"⑤ 胡寅《右承事郎谭君墓志铭》曰："旃蒙大荒落之岁，东

---

① 张九成：《状元策一道》，《全宋文》卷四〇三一，第183册，上海辞书出版社、安徽教育出版社2006年版，第427页。
② 汪藻著，王智勇笺注：《靖康要录笺注》卷一五，四川大学出版社2008年版，第1581页。
③ 李心传：《建炎以来系年要录》卷三六，中华书局1956年版，第689页。
④ 邓肃：《栟榈集》卷五，第1133册，台湾商务印书馆景印文渊阁四库全书1986年版，第280页。
⑤ 胡寅著，容肇祖点校：《斐然集》卷一，中华书局1993年版，第1页。

北敌女真内侮。越明年,靖康改元,月哉生明,黑帜环都邑。"①"猎罢楚天寒"指薛庆率部下从金军那里抢夺了数百头牛羊。

薛庆临敌骁勇,能以少击众,曾在承州城下累次击败金兵。"金人欲自运河引舟北归,而赵立在楚,庆在承,扼其冲,不得进。金左监军昌来见兀术,欲会兵攻楚州。真扬镇抚郭仲威闻之,约庆俱往迎敌。庆至扬州,仲威殊无行意,置酒高会。庆怒曰:'此岂纵酒时耶?我为先锋,汝当继后。'上马疾驰去。平旦出扬州西门,从骑不满百,转战十余里,亡骑三人。仲威迄不至。庆与其下奔扬州,仲威闭门拒之。庆仓皇坠马,为金追骑所获,马识旧路,还军中。见之曰:'马还,太尉其死乎?'金人杀庆。"《防江行五首》其二即咏薛庆于建炎四年八月在扬州城附近战死之事:"汉家飞将雄,夜战芜城北。双刀斫尽刓,月暗穿围出。低头拔胡箭,却向胡军射。"诗中所咏汉家飞将用的是双刀,而《三朝北盟会编》引《中兴姓氏录·忠义传》,称薛庆"善用大刀,勇冠诸军"②。最后两句是描写英雄气概的精彩之笔,但拔箭射敌的壮举在抗金战争中并不罕见。如在顺昌保卫战中,"柳知军适在东门,为敌箭中左足,柳倪即拔箭,就以破胡弓射之,应声而倒"。③

建炎四年四月,金兀术回至镇江,而南宋浙西制置使韩世忠已率领舟师,驻扎焦山以邀击金兀术。驻跸越州的宋高宗在左仆射吕颐浩的建议下,下诏亲征。《防江行五首》其三"君王自临戎,万骑随清跸"即咏其事。《防江行五首》其五云:"楼船动沧江,江晴鼓声发。男儿取封侯,赴敌如饥渴。腰悬孛堇头,长歌献金阙。"这分明写的是韩世忠的江中之捷(俗称黄天荡之战)。《宋史》卷三百六十四曰:"及金兵至,则世忠军已先屯焦山寺。金将李选降,受之。兀术遣使通问,约日大战,许之。战将十合,梁夫人亲执桴鼓,金兵终不得渡。尽归所掠假道,不听;请以名马献,又不听。挞辣在潍州,遣孛堇太一趋淮东以援兀术。世忠与二酋相持黄天荡者四十八日。太一孛堇军江北,兀术军江南。世忠以海舰进泊金山下,预以铁绠贯大钩,授骁健者。明旦,敌舟噪而前,世忠分海舟为两道,出其背。每缒一绠则曳一舟,沉之。"宋熊克《中兴小纪》卷八曰:"先是世忠视镇江形势无如龙王庙者。敌来,必登此望我虚实,因遣将苏德以二百卒伏庙中,又遣二百卒伏江岸,遣人于江中望之,戒曰:'闻江中鼓声,岸下人先入,庙中人又出。'数日敌至,果有五骑至龙王庙。庙中之伏闻鼓声而出,五骑者振策以驰,仅得其二。有人红袍白马既坠,乃跳驰而脱。诘二人者云则乌珠也。是举也,俘获杀伤甚众,金所遗辎重山积,又得龙虎大王舟千余艘。龙虎大王者乃金封王爵而监龙虎军,乌珠之婿也。"按之《宋史》和《中兴小纪》的记载,诗中的"楼船"即韩世忠进泊金山之下的百十艘海舰,"鼓声"即梁夫人亲自敲击出的鼓声,以及韩世忠通知伏兵擒敌的信号。"孛堇"是金朝军事组织猛安谋克的官员和荣爵,在此诗中并非专指驻军江北的金军将领太一孛堇。

清代贺裳《载酒园诗话》有评论说:"《防江行》一篇,不徒词章陡健,如拔敌军之箭以射敌,深觉尔时将士可用,令人转忆待制先生之用兵。"待制先生指刘子翚。他于建炎四年除徽猷阁待制。刘子翚知镇江府兼沿江安抚使,担任防江责任,已经是绍兴十一年的事了。据刘子翚墓志记载说:"会江上择守,起公为沿江安抚使,知镇江府。虏入寇,公建请清野,尽徙淮东之人于京口,填拊得宜,人情不摇。谓枢密使张俊曰:'异时此虏入寇,飘

---

① 胡寅著,容肇祖点校:《斐然集》卷二六,中华书局1993年版,第574页。
② 徐梦莘:《三朝北盟会编》卷一四一,上海古籍出版社1987年版,第1030页。
③ 徐梦莘:《三朝北盟会编》卷二〇一,上海古籍出版社1987年版,第1448页。

忽如风雨，今更迟回，是必有它意。'已而果欲邀和。及遣使来，揭旗于舟，大书'江南抚谕'。公见之，怒，夜以他旗易之。翌日，接伴使索之甚急，公曰：'有死耳，旗不可得！'及其归，遣还之境外。张俊以公料敌及治状闻，有旨复待制。"①

三、《汴京纪事二十首》《游朱勔家园》

就反映历史事件的全面性和文学影响而言，刘子翚《汴京纪事二十首》更具文献史料价值和传播效应。这组诗在南宋时就流传颇广。譬如《大宋宣和遗事》元集从中引了四首，利集引了三首。组诗的内容是故实、传闻、趣味、意义兼备。因为是时过境迁后的感慨，所以《汴京纪事二十首》中语句的沉痛感已不及《靖康改元四十韵》《望京谣》《四不忍》《怨女曲》诸诗。《汴京纪事二十首》的前六首重在记述干戈战乱，后十四首主要是回忆太平衣冠。诗人通过今昔盛衰的对比流露出难以掩抑的伤感。翁方纲说："刘屏山《汴京纪事》诸作，精妙非常。此与邓栟椆《花石纲诗》，皆有关一代事迹，非仅嘲评花月之作也。宋人七绝，自以此种为精诣。"② 此种绝句之所以能成其精诣，是因为它据事直书，把痛苦的根子深深地伸进了社会和历史的土壤里。

如果说《靖康改元四十韵》是一幅首尾完整连续展现的长卷，那么《汴京纪事二十首》就是一本由具有相对独立性的小品连缀而成的册页。这种七绝组诗形式在体制上与大型的唐宋宫词相似，在内容上都有"补史"的作用。宋白《宫词一百首》序曰："宫中词，名家诗集有之，皆夸帝室之辉华，叙王游之壮观，抉彤庭金屋之秘，道龙舟凤辇之嬉。"我们不妨采用摘句法比较一下《汴京纪事》和徽宗宫词，很容易在诉诸视觉效果的描写文字中找到一些类似之处，如《汴京纪事》中"内苑珍林蔚绛霄""神霄宫殿五云间"正是"夸帝室之辉华"，和徽宗宫词"佑神珍观五云开，高倚层霄迓玉台"语词相仿；"御路丹花映绿槐，曈曈日照五门开"正是"叙王游之壮观"，和徽宗宫词"涓辰游幸出严城，黄道中分辇路平"含义相同；"笃耨清香步障遮，并桃冠子玉簪斜"正是"抉彤庭金屋之秘"，和徽宗宫词"头上宫花妆翡翠，宝蝉珍蝶势如飞"旨趣相通；"日曛未放龙舟泊，中使传宣趣郓王"正是"道龙舟凤辇之嬉"，和徽宗宫词"龙舟舣岸簇楼台，兰棹轻飞两翅开"意蕴相近。他们当年凝望帝都的目光都充满欣赏意味。像"吾皇欲与民同乐，不惜千金筑露台"这样的句子，与其说是针砭了夸侈之弊，不如说是宣扬了与民同乐的主流意识形态。说到底，宏大的汴京及其派生的都市文化意象都是中华文明发展到一个新的"造极"阶段的产物。

声色娱乐是近世城市居民欲望主体的核心，也是古典诗歌叙事的传统主题之一。酒楼苑囿则是最常见的大众娱乐场所。《东京梦华录》"酒楼"条说："向晚灯烛荧煌，上下相照，浓妆妓女数百，聚于主廊槏面上，以待酒客呼唤，望之宛若神仙。"③ 这样绚丽的娱乐空间在《汴京纪事二十首》里是从时间的纵深中展开的："梁园歌舞足风流，美酒如刀解断愁，忆得少年多乐事，夜深灯火上樊楼。"梁园是刘子翚年轻时的游赏之所、中年后的忆念之地。《屏山集》中有好几首诗提到梁园，如《雪》云："忆得梁园探花早。"《次韵熊叔雅七

---

① 张栻：《少傅刘公墓志铭》，《全宋文》卷五七四四，第 255 册，上海辞书出版社、安徽教育出版社 2006 年版，第 441 页。
② 翁方纲著，陈迩冬校点：《石洲诗话》卷四，人民文学出版社 1981 年版，第 131 页。
③ 孟元老撰，邓之诚注：《东京梦华录》卷二，中华书局 1982 年版，第 71 页。

言》云："却记梁园初识面。"樊楼即白矾楼，后改名为丰乐楼。此楼是汴京城内的头等酒楼。周密《齐东野语》称："楼乃京师酒肆之甲，饮徒常千余人。"① 刘子翚的汴京纪事诗大多数与具有政治性、社会性、公共性、悲剧性的事件或场景相联系，而樊楼灯火既是盛世浮华的具化形态，也映照着年少疏狂时的一段快乐往事。这是二十首诗中最具个体性、欢愉性的记忆书写，体现了刘子翚对于商业都市夜生活的欣赏和肯定。他的伦理意识此时并没有让其笔下逗露出拘谨和怯懦的气息。正是因为有着开放通达的人生观念，作为理学家的刘子翚，才能写出清新而少腐气的诗章。

就一首诗的整体而言，汴京纪事诗前两句和后两句之间在意义上往往有俯仰盛衰的巨大逆折，由此形成一个两极对立的张力结构。如《汴京纪事二十首》其七云："空嗟覆鼎误前朝，骨朽人间骂未销。夜月池台王傅宅，春风杨柳太师桥。"前两句已不仅仅是温柔敦厚的怨刺，完全称得上是气愤填膺的斥骂。但如果孤立地看后两句，可以说是一派灯火楼台般的富贵气象，似乎和徽宗宫词所谓"銮调都在臣工力，遣使荣颁两府筵"与"相府元勋次第雄，构成高阁倚层空"同出一辙。再如《汴京纪事二十首》其十云："宫娃控马紫茸袍，笑捻金丸弹翠毛。凤辇北游今未返，蓬蓬艮岳内中高。"前半首是东京梦华之重温，是审美趣味之流露，后半首表明黍离宗周之未忘，表明道德批判之自觉。而徽宗宫词中的纪事诗往往用一个连续性的镜头描写动态的场景，如徽宗宫词咏女子打马球说："控马攀鞍事打球，花袍束带竞风流。盈盈巧学男儿拜，惟喜先赢第一筹。"前两句是中景，后两句则是镜头推近后的"特写"，其带有戏剧性的视觉图像是前后统一的，反映的是独一无二的文化身份。总之，《汴京纪事二十首》思继骚雅，感情与理性相交融，具有鉴戒规讽的功能，借用文天祥评杜诗的话来说就是"以咏歌之辞，寓纪载之实，而抑扬褒贬之意，灿然于其中，虽谓之史，可也"②。而宋徽宗《宫词三百首》邻近艳科，情意与欲念交杂，充满摇荡性灵之词。后者尽管细节刻画更入微，语言运用更华美，但在思想性和艺术性两方面都难与前者争锋。

《汴京纪事二十首》属于"史诗春秋笔"，但其中的春秋笔法颇堪玩味。如其二云："玉玺相传舜绍尧，壶春堂上独逍遥。唐虞盛事今寥落，尽卷清风入圣朝。"壶春堂是宋徽宗自称道君皇帝时所居，在撷芳园中，俗称八滴水阁。此诗咏的是徽宗禅位一事。宋徽宗在国家存亡之秋，独自逍遥，逃避了自己作为国家最高领导人的责任。这就是诗人谏讽怨谲之所在。诗中的"今"实际上是一个很长的历史阶段，汉唐以降都可以包括在这个"今"中。禅让是公天下时代的权力继承方式，到私天下时代必然"寥落"。徽宗禅让帝位在当时是一个正确的政治措施，给挽回危局带来一丝希望。深入剖析一下"尽卷清风入圣朝""责躬犹是禹汤贤"这样的文本，我们觉得刘子翚的心态是相当复杂的。他不仅不直笔刺讥徽宗，反而用了称扬之词，这不能简单地看成是曲笔或为尊者讳。宋徽宗作为君主，是国家的代表，是文明的象征。在面临异族入主中原的时代，维护皇帝的形象，也就是维护他所代表的政权的合法性。有论者已指出："在刘子翚《汴京纪事》组诗中，对于北宋汴京的回忆充满了复杂性、矛盾性和多层次、多侧面的丰富内容与复杂情感，通过《汴京纪事》组诗的回忆性叙事，刘子翚不仅追忆了东京梦华，而且力图建构南宋政权的正统性与合法性。与此同时，刘子翚也努力重建了他的意义世界。"③

---

① 周密：《齐东野语》卷一一，中华书局1983年版，第206页。
② 文天祥：《文天祥全集》卷一六，江西人民出版社1987年版，第621页。
③ 刘方：《宋代两京都市文化与文学生产》摘要，上海师范大学2008年博士学位论文。

从小可以观大，以家可以谕邦。朱勔家园也是刘子翚汴京记忆的物质基础之一，是呈现国家兴衰面貌的微缩景观。刘子翚《游朱勔家园》表现了今昔两重时空的叠映，讥刺和伤悼两种情思的交错："晨晖丽丹楹，翼翼侔帝居。向来堂上人，零落烟海隅。联翩际时会，振迹皆刑余。闺帷尚帝主，皂隶乘轩车。流威被东南，生杀在指呼。楼船载花石，里巷无袴襦。至今江左地，风云亦嗟呼。叨荣已过量，受祸如尝逋。荒凉戟门路，尚想冠盖趋。客舸维岸柳，邻人罾池鱼。徘徊极幽观，曲折迷归途。夜月扃绮户，春风散罗裾。繁华能几时，丧乱实感予。曹郐予何讥，此曹真人奴。"① 在诗人的主观意识中，朱勔其人可诛，促使北宋覆败的花石纲可恨，但朱勔那"夜月扃绮户，春风散罗裾"的家园，和王傅宅、太师桥一样，都是中华民族文化精华的凝聚，所以作者笔下才有"客舸维岸柳，邻人罾池鱼"这样的黍离之悲。尽管朱勔家园的荒废源于社会的丧乱，但它印证了世间繁华的短暂性。此诗处处都是历史记忆、现实空间与当下书写的交织，堂上之贵与刑余之贱，花石之盛与里巷之穷，叨荣之多与受祸之重，"冠盖趋"之荣华与"戟门路"之荒凉，在视觉和心理感受方面都形成强烈的对比。从创作的角度讲，靖康之变带来的繁华与丧乱之间的转换，丰富了刘子翚的生活体验，刺激了他的内心世界，由此在他的诗歌中开拓出新的艺术空间。

钱锺书在《宋诗选注》中说："假如一位道学家的诗集里，'讲义语录'的比例还不大，肯容许些'闲言语'，他就算得道学家中间的大诗人，例如朱熹。刘子翚却是诗人里的一位道学家，并非只在道学家里充个诗人。他沾染'讲义语录'的习气最少，就是讲心理学、伦理学的时候，也能够用鲜明的比喻，使抽象的东西有了形象。极口鄙弃道学家作诗的人也不得不说：'皋比若道多陈腐，请诵屏山集里诗。'"② "道学家中的诗人"和"诗人里的道学家"两者的角色区别，反映的是哲人和文士在文化心理结构上的差异。刘子翚当世以文学知名，有着诗人的角色自觉。他的纪事诗记录时代的重大变化，书写自身的悲慨情怀、审美体验和历史思考，表现出文人士大夫生命存在的本真性和民族情感的恒常性。换句话说，诗在刘子翚的手中是士大夫文化身份的标志，是接续文学传统的纽带，而不是传承理学的工具。

宋代不少道学家在青年时代激昂慷慨，壮年以后通过修身养性，变得性情平和，精华内敛。刘子翚《云际会刘致中》所云"少年鼻哂轻流俗，敛锐收豪今碌碌"，《出郊》所云"平生豪横气，未老半消磨"，说的就是自己的这样一种性格变化的过程。特别是随着由政治文化语境向学术文化语境的转化，刘子翚的心态从外扬转趋内敛，从对外部力量的抵抗转到对内心境界的体味，中流击楫的激愤让位于俯观仰察的恬淡，铁汉铮铮一变为秀骨清像，而这所有变化的中间环链可以从其纪事诗中窥见端倪。

---

① 读解此诗，可参看龚明之《中吴纪闻》卷六"朱氏盛衰"条的记载。其文说："（朱勔）弟侄数人皆结姻于帝族，因缘得至显官者甚众。盘门内有园极广，植牡丹数千本，花时以缯彩为幪帟覆其上，每花标其名，以金为标榜，如是者数里。园夫畦子蓺精种植及能迭石为山者，朝释负担，暮纡金紫，如是者不可以数计。圃之中又有水阁作九曲路入之。春时纵妇女游赏，有迷其路者，朱设酒食招邀，或遗以簪珥之属。"
② 钱锺书：《宋诗选注》，三联书店 2002 年版，第 246 页。

期待视野的形成与失落
——秦观"诗似小词"评价的接受学考察

王晓骊
华东政法大学人文学院

内容提要：北宋文人"诗似小词"的评价奠定了秦观诗歌在文学史上的地位，元好问"女郎诗"的说法即源出于此。这一评价的产生一方面固来自于秦观诗歌创作本身存在的清丽风格，另一方面则由于诗人早期投献酬赠诗给以苏门文人为主的读者群留下了豪宕奇峭的第一印象，秦诗的清丽风格由于溢出了苏门文人的期待视野而受到批评。此外，随着秦观词的广泛传播，婉约姸丽的词风加深了接受群体对其清丽诗风的印象，从而影响了时人对秦诗的全面评价。

关键词：秦观 诗似小词 接受 期待视野

作为"苏门四学士"之一的秦观，文、诗、词、书皆工。秦观受知于苏轼，多因其诗文，苏轼曾盛赞其诗文"超然胜绝，亹亹焉来逼人矣"[①]。陈师道则云："少游之文过仆数等，其诗与楚词，仆愿学焉。"[②] 此外，王安石、黄庭坚、吕本中等人都对秦诗有过赞赏性的评语。可见，时人对其诗曾颇为首肯。然而，秦观诗名却逐渐为词名所掩，尤其是元好问《论诗绝句》"女郎诗"的评价之后，秦观的诗人身份几乎被完全漠视。本文所关注的并不是元氏此论的问题所在，而在于秦少游文学史地位确立的过程。从源头来看，元氏之论其实来自于北宋苏门文人"诗似小词"的评价，因此还原"诗似小词"评价的产生过程，是考察秦观文学史地位形成的基础。

一、"假想读者"：投献酬赠诗与秦观早期诗风评价

在文学接受的过程中，作品的最早读者往往起着重要的作用，"一部作品被读者首次接受，包括同已经阅读过的作品进行比较，比较中就包含着对作品审美价值的一种检验。其中明显的历史蕴含是，第一个读者的理解将在一代又一代的接受之链上被充实和丰富，一部作品的历史意义就是在这过程中得以确定，它的审美价值也是在这过程中得以证实"[③]。在很多学者看来，"第一读者"是文学接受的开创者和奠基者。不过值得注意的是，真正对作家、作品产生影响的最早读者，并不一定产生于创作完成之后，在作家创作时，通常就会设定一个假想读者，其创作在很大程度上是为了迎合其审美兴趣，从而出现与"假想读者"

[①] 苏轼著，孔凡礼点校：《答秦太虚》，《苏轼文集》，中华书局1986年版，第1535页。
[②] 陈师道：《答李端叔书》，《后山居士文集》卷十，上海古籍出版社1984年版，第529页。
[③] （德）姚斯：《文学史作为向文学理论的挑战》，（德）姚斯、（美）霍拉勃著，周宁、金元浦译：《接受美学与接受理论》，辽宁人民出版社1987年版。

风格相似、或者符合其期待视野的作品。如果在不同的创作中,"假想读者"发生变化,那么就有可能出现各种不同的风格。秦观诗歌现存四百三十余首①,风格并不仅限于妩媚清丽一种。仅从其早期诗歌来看,就已出现了清丽、豪放、平淡、旷达等多种风格,这与秦观创作时的"假想读者"有很大关系。

北宋诗歌在"兴观群怨"的传统功能之外,更多地向着社会交际的方向倾斜,这意味着很多诗作都有其特定的受众,即"假想读者"。其中有的是酬唱应和之作,而有的则是投赠之诗。毋庸讳言,秦观以布衣而求知于苏轼等人,诗文投献是其重要途径。这些诗文作品既有明确的目标,那么投献对象的审美标准就成为创作的重要尺度。从北宋文人的评价来看,时人对秦诗的审美感受颇有差异,试举数例:

先生携酒傍玉丛,醉里雄辞惊电扫。东溪不见谪仙人,江路还逢少陵老。(参寥《次韵少游和黄自理梅花》)

新诗说尽万物情,硬黄小字临《黄庭》。(苏轼《次韵秦观秀才见赠》)

秦子我所爱,词若秋风清。萧萧吹毛发,肃肃爽我情。精工早奥妙,宝铁镂琼瑶。(张耒《寄答参寥》)

示及秦君诗,适叶致远一见,亦谓清新妩丽,鲍谢似之。公奇秦君,口之而不置;我读其诗,手之而不释。(王安石《答苏子瞻荐秦观书》)

李尚书公择,向见秦少游上正献公投卷诗云:"雨砌堕危芳,风轩纳飞絮",再三称赏云:"谢家兄弟得意诗,只如此也"。(吕本中《紫微诗话》)

或拟之李白,或方之鲍谢,或称其清新,或赞其雄放,或誉其刻画无遗,或推其精工奥妙。值得注意的是,以上这些评价基本形成于元丰年间。熙宁、元丰之间,秦观的诗歌数量骤增,这同时也是其文人交往关系形成并固定的时期。从熙宁九年(1076)到元丰七年(1084),秦观先后与孙觉(莘老)、李常(公择)、参寥(道潜)、苏轼、苏辙、李之仪、张耒、陈师道、黄庭坚等人定交,并以诗文投献吕公著、王安石②等名流。这并不一致的评论一方面固然由于接受者自身审美趣味的差异,另一方面也与秦观诗的针对性创作有关。以苏轼和王安石的评价为例。

苏轼最早接触的秦观诗当为仿苏之作,据北宋惠洪《冷斋夜话》:"东坡初未识秦少游,少游知其将复过淮扬,作坡笔语题壁于一山中寺。东坡果不能辨,大惊。及见孙莘老,出少游诗词数百篇,读之,乃叹曰:向书壁者岂此郎邪?"③ 元丰元年(1078)夏四月,秦观首次于徐州谒见苏轼,以诗《别子瞻》相赠,苏轼亦以诗和之,其中即有"新诗说尽万物情"之句。这两次投献,都有明显的仿苏倾向。苏轼之诗,赵翼《瓯北诗话》曾作过这样的总

---

① 参见徐培均:《淮海集笺注前言》,《淮海集笺注》,上海古籍出版社1994年版。
② 参见徐培均:《秦少游年谱长编》卷一,中华书局2002年版。
③ 惠洪:《冷斋夜话》卷一"秦少游作东坡笔题壁",中华书局1988年版,第9页。上述这条记载并没有详明秦少游所仿作的"坡笔语"是诗是词,但大致可以推测诗的可能性远过于词。首先,苏轼以词为诗余。他曾评论张先诗词云:"子野诗笔老妙,歌词乃其余技耳";"而世俗但称其歌词……皆所谓未见好德如好色者欤?"(《题张子野诗集后》)对"世俗但称其歌词"的接受现状表示不满。秦观试图以作品来结识苏轼,必定不会用为苏轼所轻视的"小词"。其次,从苏轼现存词作来看,其大规模作词当始于熙宁五年(1072),较之东坡后来词作,风格意境尚属稚嫩。而苏轼明确与柳永相抗礼的《江城子·密州出猎》此时还没有创作,也就是说苏轼的典型词风尚未形成,秦观以词来仿效苏轼也无从着手。

结:"尤其不可及者,天生健笔一枝,爽如哀梨,快为并剪,有必达之隐,无难显之情。"①而苏轼对秦诗"新诗说尽万物情"的最初评价与后人对苏轼的评价何其相似,这应当与秦观诗的刻意模仿有很大关系。

再看王安石。王安石收到苏轼寄给他的秦观诗词当在元丰七年(1084)。王安石于熙宁九年(1076)第二次罢相归居金陵,在诗歌审美上追求"深婉不迫之趣"②,其创作既日趋雅丽,评论也独好清新自然之美。如其评论隐士俞紫芝诗云:"君诗何以解人愁,初日红蕖碧水流。未怕元刘妨独步,每思陶谢与同游。"③可以推想,秦观投献给王安石的诗歌也应以清新之作为多,所以才能引起王安石的赞赏,以至于爱不释手,并以陶(渊明)、谢(灵运)目之。

而在秦观的诗友中,除苏轼之外,对秦观诗歌影响最大的当数孙觉、李常和参寥,少游早期酬赠诗也多与他们有关。孙觉、李常同受知于吕公著,他们的文学思想有相似之处。据惠洪《冷斋夜话》卷二载曰:

> 沈存中、吕惠卿吉甫、王存正仲、李常公择治平中在馆中夜谈诗。存中曰:"退之诗押韵之文耳,虽健美富赡,然终不是诗。"吉甫曰:"诗正当如是,吾谓诗人亦未有如退之者。"正仲是存中,公择是吉甫。④

可见李常在诗学思想上是认同韩愈"健美富赡"的风格的。又据王炎《双溪类稿》卷二十二,黄庭坚诗法得之于孙觉,亦可见孙觉对拗硬奇峭诗风的偏爱。秦观熙宁、元丰间诗也因此颇有韩愈诗风,尤其是他与李、孙二人的唱和交游诗。如《陪李公择同观金地佛牙》:

> 薄伽梵相含空虚,化人分段同璠玙。尔来示灭二千岁,真骨万里传中区。钱塘有尼号法照,得自禁掖藏金铺。欲因此胜高构阁,假设象似开群愚。偶从好事至雪上,持出瞻玩相欢娱。灵牙宝色玉不如,上有无数光明珠。庄严一一出御帑,蜿蜒绣袋荣砗磲。是时宾客尽上士,回向已登十地初。殷勤称赞出软语,坐人顾眄惊俗污。因悲人生信如梦,浪逐声势霜鬓须。一源清净谁复无,枉入诸趣更崎岖。愿因今日诣真际,古松白日常萧疏。乃知金仙妙难测,余润普及沾凡枯。况复老尼亦才辩,朱薋碧凡非难图。行看迢嶢倚青嶂,翁妪颂说倾三吴。⑤

诗歌叙议结合,有首有尾,具有明显的"以文为诗"的特点;笔势放纵而文辞富赡,又夹杂着奇句硬语,确有韩愈诗歌的影子。其余如"葱茏晓景破新花,蹭蹬老拳擒脱兔"(《答朱广微》)、"恶草空摇毒,群蜗谩污涎"(《次韵莘老》)、"孤凫瘦居士,双塔老头陀。飞鼠鸣深穴,胡蜂结巧窠"(《还自汤泉十四韵》)等,都有瘦硬诘屈、不避奇险的特点,这

---

① 赵翼:《瓯北诗话》卷五,凤凰出版社2009年版,第46页。
② 叶梦得:《石林诗话》卷中,何文焕辑《历代诗话》,中华书局1981年版,第419页。
③ 王安石:《示俞秀老》,《临川先生文集》卷二九,《四部丛刊》初编集部,上海商务印书馆1922年版。
④ 惠洪:《冷斋夜话》卷二,中华书局1988年版,第23页。
⑤ 徐培均笺注:《淮海集笺注·后集》卷二,上海古籍出版社1994年版,第1391页。下文所引秦观诗均出于《淮海集笺注》。

与李常之好韩愈诗应该有很大关系。

参寥，即道潜，与秦观初遇于熙宁九年（1076）春。参寥善诗，苏轼曾称赞他诗句清绝，与林逋上下①。善议论古今而性豪爽，陈师道曾作这样的描述："其议古今，张弛人情，貌肖否，言之从违，诗之精粗，若水赴壑、阪走丸、倒囊出物，鸷鸟举而风迫之也。"② 可见，其诗虽然清幽平易，其为人却并不平和。苏轼说他"独好面折人过失"③，苏过说他"性刚狷不能容物"④，惠洪则云："然性褊尚气，憎凡子如仇"⑤。他自己为人刚狷尚气，也欣赏如李白这样有才而放旷的人物，好以"谪仙"誉人。除了秦观外，他还在《醉眠亭》一诗中，赞扬隐士李无悔"君今外形骸，与世不拘窘"，有"谪仙"遗风。在他的影响下，秦观与参寥的交游诗，或平易朴实，如作于熙宁十年（1077）的《酬曾逢原参寥上人见寄山阳作》；或豪宕不羁，如《怀李公择学士》⑥，都可见参寥的影响。

受师友审美思想的影响，秦观早期诗作颇具豪宕奇峭的风格。当时文人对秦诗的"第一印象"虽然并不一致，但以之为宏丽雄放者占了大多数。除上文所引外，其余如：

东南淮海惟扬州，国士无双秦少游。欲攀天观守九虎，但有笔力回万牛。文学纵横乃如此，故应当家有季子。（黄庭坚《送少章从翰林苏公余杭》）

其词瑰玮宏丽，言近指远，有骚人之风……磊落奇怪，动人耳目。（曾肇《答淮海居士书》）

泗阳湖上小留连，疑是前时小谪仙。（贺铸《寄别秦观少游》）

狂客吾非贺季真，醉吟君似谪仙人。（苏辙《次韵秦观秀才携李公择书相访》）

可见，投献酬赠的对象及其诗学追求深刻影响了早期秦观诗歌的创作，而且值得注意的是这些评论多出自苏门文人，可以说，苏门作为对秦观影响最大的接受群体，对其诗文的"期待视野"是与苏轼、黄庭坚相类似的风格，这对秦观诗歌的后续评价产生了深刻的影响。

二、"晕轮效应"：秦观诗、词的共同审美特征及其影响

随着诗人在文学创作上的成熟以及交游圈的固定，其清丽精工的独特诗歌风格逐渐显露出来。这在其元丰八年之前的诗歌创作中实际上已经有所表现，如《春日杂兴》十首之前六首、《还自广陵》《田居五首》等。有意思的是，这些诗都属于自我抒情之作，而非交游应酬的副产品。以《春日杂兴》二首为例：

飘忽星气徂，青阳迫迟暮。鸣飞各有适，赤白纷无数。雨砌堕危芳，风轩纳飞絮。裛帏香雾横，岸帻云峰度。林影舞窗扉，池光染衣屦。参差花鸟期，蹭蹬琴觞趣。抚事动幽寻，感时遗近慕。秣马膏余车，行行不周路。（其一）

---

① 王文诰辑注，孔凡礼点校：《苏轼诗集》卷十七《次韵僧潜见赠》施注，中华书局1982年版，第879页。
② 陈师道：《送参寥序》，《后山居士文集》卷十六，上海古籍出版社1984年版，第740页。
③ 苏轼著，孔凡礼点校：《妙总》，《苏轼文集》卷七二，中华书局1986年版，第2299页。
④ 苏过著，舒大刚等校注：《送参寥道人南归叙》，《斜川集校注》卷八，巴蜀书社1996年版，第528页。
⑤ 惠洪：《冷斋夜话》卷六，中华书局1988年版，第51页。
⑥ 此诗参寥有和作，参见《秦少游年谱长编》卷一，第80页。

寝瘵倦文史，驾言从遨嬉。飓风举遥溆，规日丽清漪。含桃粲朱实，杜若怀碧滋。娉娉弱絮堕，圁圁文鲂驰。明霞廓远瞩，哀禽搅离思。缛草天际合，孤云川上移。宽闲绝轮鞅，重复多路歧。信美难久伫，归欤从所治。（其六）

《春日杂兴》其一曾投献于吕公著，但从其诗意来看，与投献行为并没有关系，应该是秦观自己比较得意的成作。这首诗因"雨砌堕危芳，风轩纳飞絮"两句被李常誉为"谢家兄弟得意诗"（见前引）。事实上，这两首诗在整体上都有"二谢"的风格。谢家兄弟，指谢灵运和谢惠连。谢灵运的诗清新俊逸，精警工丽；谢惠连为谢灵运所嘉赏，诗风也与大谢相似，《诗品》说他"又工为绮丽歌谣"①。这两首诗色彩鲜润，如"赤白纷无数""含桃粲朱实，杜若怀碧滋"；体物细腻，如"雨砌堕危芳，风轩纳飞絮""缛草天际合，孤云川上移"；对仗工整，如"参差花鸟期，蹭蹬琴觞趣""明霞廓远瞩，哀禽搅离思"，这些都是"二谢"诗歌的典型特点。而《春日杂兴》诸诗中又颇多绮丽之语，如"寒帏香雾横"（其一）、"璧月鉴帘栊，珠星络梧楸""霏霏花雾浮"（其二）、"巧转度虚棂，飞红触幽幔"（其五）、"规日丽清漪"（其六）等。由此可见，这些没有"假想读者"的诗表现出与交往诗并不相同的风格，而这恰可视为诗人的"自家面目"。

秦观清丽精工之诗风在当时就已有人论及。王安石对秦观的这一特点尤为欣赏，他曾将秦诗《和黄法曹忆建溪梅花》"月落参横画角哀，暗香销尽令人老"两句自书于纨扇之上，"盖其胜妙之极，收拾春色于语言中而已"。② 张耒在元丰三年就作诗云："秦子我所爱，词若秋风清。萧萧吹毛发，肃肃爽我情。精工早奥妙，宝铁镂琼瑶。"③ 又云："秦子善文章而工于诗，其言清丽刻深，三反九复一章乃成。"④ 然而，与当时的"雄奇"之论相比，这一看法并不普遍。秦观诗的清丽风格是从其词的广泛接受而被重视的。

秦观词在宋代就以"俊逸精妙"⑤"体制淡雅"⑥而著称，后人更因其"初日芙蓉，晓风杨柳"⑦的风格而视之为词家之正宗，婉约之代表。从现存宋人的评价来看，对秦观词的好评始于元丰二年（1079）冬《满庭芳》（山抹微云）。叶梦得《避暑录话》卷三："秦观少游亦善为乐府，语工而入律。知乐者谓之作家歌。元丰间，盛行于淮楚。"又黄昇《唐宋诸贤绝妙词选》卷二引苏轼之语："久别当作文甚胜，都下盛唱公'山抹微云'之词。"可见，在以乐工、歌妓为主要传播者的北宋，秦观的《满庭芳》受到了大众接受者的欢迎。而文人阶层也对这首词大加赞赏，如晁补之就极称道词中"斜阳外、寒鸦数点，流水绕孤村"，"虽不识字，亦知是天生好言语"⑧；胡仔《苕溪渔隐丛话后集》卷三十三引《艺苑雌黄》："其词极为东坡所称道，取其首句，呼为'山抹微云'君。"⑨ 由此可见，《满庭芳》标志着秦观婉转缠绵、纤柔悲苦词风的形成，周济《宋四家词选》谓此词"将身世之感，

---

① 钟嵘著，陈延杰注：《诗品注》，人民文学出版社1998年版，第46页。
② 惠洪：《石门文字禅》卷二十七《石台肱禅师所蓄草圣》，《四部丛刊》初编集部；吴聿：《观林诗话》，丁福保辑《历代诗话续编》，中华书局1983年版，第121页。
③ 张耒著，李逸安等点校：《寄答参寥五首》之三，《张耒集》卷九，中华书局1990年版，第131页。
④ 《送秦观从苏杭州为学序》，《张耒集》卷四七，第752页。
⑤ 王灼：《碧鸡漫志》卷二，唐圭璋编《词话丛编》，中华书局1986年版，第83页。
⑥ 张炎：《词源》卷下，唐圭璋编《词话丛编》，第267页。
⑦ 况周颐：《蕙风词话》卷二，唐圭璋编《词话丛编》，第4427页。
⑧ 魏庆之：《诗人玉屑》卷二十一"晁无咎评"，上海古籍出版社1978年版，第467页。
⑨ 胡仔：《苕溪渔隐丛话后集》卷三十三，人民文学出版社1962年版，第248页。

打并入艳情"、陈廷焯《词则·大雅集》卷二称"情词双绝",都说明这首词在艺术上的高度成熟。

不过,秦观早期词风也并非只此一种。据徐培均先生《秦少游年谱长编》卷一,秦观作词始于熙宁六年(1073)之前。现存最早的词作当为《品令》①,系用高邮当地方言写成,风格俚俗,明显为青楼冶游之作,李调元《雨村词话》就曾指出其中颇多俳语,"皆彼时歌伶语气"也②。熙宁七年(1074)作《御街行》,据宋人杨湜《古今词话》:"秦少游在扬州,刘太尉家出姬侑觞。……既而主人入宅更衣,适值狂风灭烛,姝来且相亲,有仓促之欢。且云:'今日为学士瘦了一半。'少游因作《御街行》以道一时之景。"③可见是筵前花间的逢场作戏之作。词中也夹有俗语,如"镜中消瘦,那人知后,怕你来僝僽","僝僽"即为时人俗语,秦观之前鲜见于宋人诗词。除了调笑俚俗的风格外,秦观早期词也有爽朗明快之作,如其熙宁十年(1077)所作《行香子》:

> 树绕村庄,水满陂塘。倚东风,豪兴徜徉。小园几许,收尽春光。有桃花红,李花白,菜花黄。　远远围墙,隐隐茅堂。飏青旗、流水桥旁。偶然乘兴,步过东冈。正莺儿啼,燕儿舞,蜂儿忙。

有意思的是,熙宁五年(1072)和熙宁七年(1074),苏轼分别作过两首《行香子》,前一首作于杭州通判任上,咏七里滩;后一首作于镇江,寄友人陈襄(述古)④,在题材和风格上都有明显的文人化倾向。秦观于熙宁七年以效仿苏轼创作的题壁诗给苏轼留下了深刻印象,他对苏轼的创作一定颇下功夫,这首《行香子》大约也受到了苏轼的影响。其实在秦观曲子词创作中,俚俗和旷放两种风格时有出现。王灼曾指出:"少游屡困京洛,故疏荡之风不除。"⑤ 应该创作过不少俚词。俞文豹《吹剑三录》就曾批评他的俗词:"少游《曲游春》云'脸薄难藏泪',又云'哭得浑无气力',又云'但掩面满袖啼红'。一词乃至三言哭泣。"⑥ 他的旷放之词更为多见,如《望海潮》(秦峰苍翠)、《满庭芳》(红蓼花繁)、《雨中花》(指点虚无征路)、《念奴娇》(长江滚滚东流去)等,豪迈洒脱不减东坡。然而,随着《满庭芳》所代表的清丽和婉风格被普遍接受和推许,其他审美风格就不为人所重视了。

由此可见,正如秦观诗风清丽与雄奇并存,其词除了和婉凄美之外,也还存在着俚俗、豪放、旷达等多种风格。但是,随着诗词的共同传播,尤其是词受到文人和乐工阶层的广泛赞誉之后,诗词清丽婉约的共性不断加强,并逐渐掩盖了其他风格,而被接收者视为最具少游"自家面目"的风格特色。

三、期待视野的失落:"诗似小词"评价的形成

从接受心理的角度来说,读者接触作品的"第一印象"将影响其"期待视野"的形成。

---

① 详见:《秦少游年谱长编》卷一,第38页。
② 李调元:《雨村词话》卷一,唐圭璋主编《词话丛编》,中华书局1986年版,第1394页。
③ 杨湜:《古今词话》,《词话丛编》,第33页。
④ 薛瑞生笺证:《东坡词编年笺证》卷一,三秦出版社1998年版,第37、53页。
⑤ 王灼:《碧鸡漫志》卷二,《词话丛编》,第83页。
⑥ 俞文豹撰,张宗祥校订:《吹剑录全编》,古典文学出版社1958年版,第52页。

"一部文学作品在其出现的历史时刻,对它的第一读者的期待视野是满足、超越、失望或反驳,这种方法明显地提供了一个决定其审美价值的尺度。"① 也就是说,当读者的"期待视野"形成之后,文本是否符合读者的期待,会影响他对作品的评价。

正如前文所述,秦观早期投献酬唱诗多为与交往对象诗学观相符合的雄奇精悍风格,从而使其"第一读者"形成了相应的期待视野。据朱弁《曲洧旧闻》卷五载,苏轼曾赞:"少游下笔精悍,心所默识而口不能传者,能以笔传之。"可见,苏轼的"第一印象"形成了他对秦诗整体评价的基础。但是秦观诗歌中还存在着清丽精致的另一种风格,而且随着少游词作的广泛传播,这越来越被视为秦观诗风的"自家面目",并获得了传播上的优势。然而,由于超出了原有接受者的期待视野,这一风格并没有得到广泛认可,相反以苏轼为核心的师友圈恰恰是对秦观质疑批评最为激烈的接受群:

> 苏子瞻于四学士中最善少游,故他文未尝不极口称善,岂特乐府?然犹以气格为病,故常戏云:"山抹微云秦学士,露花倒影柳屯田。"(叶梦得《避暑录话》卷三)
>
> 昔东坡见少游《上巳游金明池》诗有"帘幕千家锦绣垂"之句,曰:"学士又入小石调矣"。(汤衡《张紫微雅集序》)
>
> 世俗云:苏明允不能诗,欧阳永叔不能赋。曾子固短于韵语,黄鲁直短于散语。苏子瞻词如诗,秦少游诗如词。(陈师道《后山诗话》)
>
> 东坡尝以所作小词示无咎、文潜曰:"何如少游?"二人皆对云:"少游诗似小词,先生小词似诗。"(《王直方诗话》)
>
> 参寥言旧有一诗寄少游,少游和云:"楼阁过朝云,参次动霁光,衣冠分攀路,云气绕宫墙……"孙莘老读此诗至末句云:"这小子贱相发也。"(胡仔《苕溪渔隐丛话前集》卷五十)

所谓"以气格为病""诗如词"或者"又入小石调"批评的都是秦观诗词尤其是诗歌中柔弱妩媚的审美倾向,据说秦观自己也"自以华弱为愧"②。

其实传统诗歌审美并不排斥阴柔的审美类型,司空图《二十四诗品》中除了雄浑、劲健、豪放、悲慨等数种之外,其余都是偏于优美的类型。后人也因此为秦观抱不平,其中以清代袁枚的观点最为典型:

> 余雅不喜元遗山论诗,引退之《山石》句,笑秦淮海"芍药""蔷薇"一联为"女郎诗",是何异引周公之"穆穆文王"而斥后妃之"采采卷耳"也。前于《诗话》已深非之。近见毛西河与友札云:"曾游泰山,见奇峰怪嶁,拔地倚天;然山涧中杜鹃红艳,春兰幽香,未尝无倡条冶叶,动人春思。此泰山之所以为大也。大家之诗,何以异此?"其言有与吾意相合者,故录之。③

---

① 姚斯:《走向接受美学》,(德)姚斯、(美)霍拉勃著,周宁、金元浦译:《接受美学与接受理论》,辽宁人民1987年版,第31页。
② 李鹰:《师友谈记》,《百川学海》本,第4页。
③ 袁枚著,顾学颉校点:《随园诗话补遗》卷八,《随园诗话》,人民文学出版社1982年版,第773页。

秦观诗歌风格除了以清丽著称的七言绝句外，也有不少简朴平易乃至雄奇峭深的五古和七古。而即便是那些清词丽句，与其词相比，也有明显区别的，简而言之，诗风更偏向于"刻深"或"精工"（张耒语，见前引），词风则自然婉转；诗工于体物写景，词则长于抒情。以下面两首作品为例：

> 孟夏气候好，林塘媚晴辉。回渠转清流，藻荇相因依。丛薄起疏籁，众鸟鸣且飞。高城带落日，光景酣夕霏。即事远兴托，抚己幽思微。超摇弄柔翰，徙倚弦金徽。美人邈云杪，志愿固有违。丹青傥不渝，与子同裳衣。（《寄曾逢原》）

> 水边沙外，城郭春寒退。花影乱，莺声碎。飘零疏酒盏，离别宽衣带。人不见，碧云暮合空相对。　　忆昔西池会，鹓鹭同飞盖。携手处，今谁在？日边清梦断，镜里朱颜改。春去也，飞红万点愁如海。（《千秋岁》）

这两首作品的内容有相似之处，都是写于春日的怀人之作。在秦观的诗歌中，《寄曾逢原》是一首具有典型"陶谢"风格的"清新妩丽"之作①，但颇多雕琢之迹，如"林塘媚晴辉""高城带落日，光景酣夕霏"等，刻画工致，更近于大谢之"巧似"。这首诗的结构与谢灵运有相似之处，先景而后情，情感抒发平和而克制。《千秋岁》也有写景之句，但用语明白浅易，又寓情于景，如"花影乱，莺声碎"，既描写了花开重重、时闻鸟语的春景，又表现出词人内心的沉重繁乱；又如"春去也，飞红万点愁如海"，以落花万点的自然景色烘托深浓如海的人生之愁。这两首作品虽然都以清丽见长，但不管写景还是抒情，都有很大的差异，可见，"诗似小词"的说法其实并不准确。

然而，在北宋"以文字为诗，以才学为诗，以议论为诗"②的整体审美风气下，秦观诗风中清丽精工的特点并不符合当时的时代风气，尤其是苏门文人的审美追求。苏轼《与子由书》曾云："吾于诗人，无所甚好，独好陶渊明之诗。渊明作诗不多，然其诗质而实绮，癯而实腴，自曹、刘、鲍、谢、李、杜诸人，皆莫及也。"其《评韩柳诗》又云："所贵乎枯淡者，谓其外枯而中膏，似淡而实美，渊明、子厚之流是也。"所谓"质而实绮，癯而实腴""外枯而中膏，似淡而实美"，在外在形态上都以平淡质实为审美表现。同时，苏轼有着明确的文学创新追求，以诗而言，他虽然并不完全赞同黄庭坚的诗学理论，但仍以为"一代之诗当推鲁直"③，就在于黄庭坚从"句法"入手建立了新的诗歌创作和评价体系；以词而言，他有意与柳永分庭抗礼，建立"自是一家"的词风。而在"苏门四学士"中，苏轼独善少游。苏东坡对秦观在文学上的期许，让他对秦的创作持更为严厉的态度。在他看来，诗尊而词卑，秦观诗词的共通之处，让他颇为担忧秦诗受词风影响而"气格"不高，更何况秦词深受柳永词的影响。有一则记载颇耐人寻味：

> 坡遽云："不意别后，公却学柳七作词。"秦答曰："某虽无识，亦不至是，先生之言，无乃过乎？"坡云："'销魂当此际'，非柳词句法乎？"（黄昇《唐宋诸贤

---

① 徐培均《淮海集笺注》："王安石《答苏子瞻书》谓少游之作'清新妩丽，鲍谢似之'。本诗多化用陶谢笔意，或意境相似，或用语相袭。"参见《淮海集笺注》，第45页。
② 严羽：《沧浪诗话·诗辨》，何文焕辑《历代诗话》，中华书局1981年版，第688页。
③ 魏庆之：《诗人玉屑》卷十八"张秦"条，第399页。

绝妙词选》卷二）

"销魂当此际"是《满庭芳》中的名句，苏轼对这首词是颇为赞许的，然而却对其中的"柳词句法"深为不满，以"学柳七作词"责之，这一批评连秦观都以为"无乃过乎"。而这种期之深而责之切的做法又影响了时人尤其是苏门文人对秦观的整体评价。应该说，秦观诗的"清丽"风格虽然没有溢出中国诗歌的审美传统，但却溢出了苏轼及其追随者的"期待视野"。"诗似小词"，这一有着特定语境的评论由此而出炉，并产生了深刻影响。南宋敖陶孙所谓"秦少游如时女步春，终伤婉弱"①，元好问所谓"女郎诗"，其源头皆当出于苏门文人。

从某种程度而言，秦观"诗似小词"的评价来自于北宋文人严格的文体分工思想。在大多数文人眼中，词"别是一家"，所以不管是"诗似小词"，还是"小词似诗"都不是理想之作。前者固失之于婉弱而气格不高，后者则"虽极天下之工，要非本色"②。然而，在后来的文学发展中，由于诗庄词卑的文化序列长期存在，词向诗的靠拢被视为词"尊体"的必要途径，而诗向词的学习却始终不被认可。元好问曾记载其"女郎诗"的思想来源云："予尝从先生（王中立）学，问学诗究竟当如何？先生举秦观《春雨》诗云：'有情芍药含春泪，无力蔷薇卧晓枝'。此诗非不工，若以退之'芭蕉叶大栀子肥'之句较之，则《春雨》为妇人语矣。破却工夫，何至做妇人？"③ 其中所隐含的对词所代表的女性化文学审美倾向的歧视是显而易见的。从诗歌审美的角度而言，对"词家字"（李庆甲《瀛奎律髓汇评》卷十二）的拒绝隐含着保持诗体严肃性的努力。从这一意义而言，"诗似小词"不仅是对秦观诗艺、诗风的评价，更是对其诗歌品格的认定，后人对这一评价的认可和发展，多少都受诗尊词卑文学观念的影响。

---

① 敖陶孙：《诗评》，《敖陶孙诗话》，吴文治主编《宋诗话全编》第七册，凤凰出版社1998年版，第7541页。
② 陈师道：《后山诗话》，何文焕辑《历代诗话》，中华书局1981年版，第309页。
③ 元好问：《拟栩先生王中立传》，《中州集》卷九，中华书局上海编辑所1959年版，第473页。

北宋文人的地方流动及其影响论略

汪 超

武汉大学文学院

文人的地域流向主要有三：其一，辐辏于通都大邑等文坛中心、次中心；其二，由通都大邑下行流动至地方州郡等文坛基层或边缘地带；其三，在地方州郡之间流动。后两种是我们所谓的"地方流动"，文人流向地方最常见的原因是官场迁转、贬谪，其次是游历、退居。这有助于士人传布文学创作经验、宣扬文学思想、构筑新师承关系等。地方文坛精彩的篇章在一定程度上是由流转到当地的文坛精英及其周围的同道、门生谱写的。今且按文人流动的主要方式论列，再讨论其对地方士人与当地文坛之影响。

一、职司州县，乃兴学堂：官员兴学夯实地方文坛之基础

官员迁转是文人流动到地方的重要途径，所到之处每每兴学养士，因此两宋地方官学鼎盛，留下众多州、县学学记。地方长官兴学改善士人求学环境，影响当地文人，夯实了地方文坛的基础。

官员修葺学舍，置办学田，提升官学建筑设施；延聘学者讲学习文，改善学校教学环境，影响当地的求学氛围。王猎徙知林虑县，"县依山，俗以搜田为生，不知学。猎立孔子庙，择秀民诲之"①。"上高，筠之小邑，介于山林之间，民不知学，而县亦无学以诏民。县令李君怀道始至，思所以导民，乃谋建学宫。"② 宗泽"调衢州龙游令。民未知学，泽为建庠序"③。此三例皆强调新任官员在原本无官学的地方设立学校。他们通过修筑学舍，扭转"县亦无学以诏民"的状态，为士人求学提供了保障。有了保障后，官员还从环境上下功夫。他们"兴学养士"的方法之一是择选"秀民"诲导之。前述王猎就曾"择秀民诲之"，又如"雩都（今为江西省于都县）素少士人，人未知学，为之择秀民以诲导之，勉以进取"④。其例俯拾皆是。他们采取措施使生员符合入学标准，只有入学者的知识积累达到一定水准，切磋砥砺才更见效果。有合适的生源更需要选聘良师教导。宗泽知龙游，建庠序，"设师儒，讲论经术，风俗一变，自此擢科者相继"⑤。这些举措在一定程度上改变了地方士子求学环境，对当地士人产生了重要影响。

官员对地方官学的影响力到底有多大？且看嘉祐二年（1057）王安石出知常州之情。王令断言"介甫到常必兴学，此亦稀阔之遇"。而让王令兴奋不已的乃是"师学难遇，今世

---

① 脱脱等：《宋史》卷三二二《王猎传》，中华书局1977年版，第10445页。
② 苏辙：《上高县学记》，《全宋文》，上海辞书出版社、安徽教育出版社2006年版，第96册，第173页。
③ 脱脱等：《宋史》卷三六〇《宗泽传》，第11275页。
④ 苏颂：《承议郎集贤校理蔡公墓志铭》，《全宋文》第62册，第88页。
⑤ 脱脱等：《宋史》卷三六〇《宗泽传》，第11275页。

之学，分于多门，以令所考，自扬雄以来，盖未有临川之学也"①。王令所言师学难遇，对王安石倡言新说非常期待。同时，也可知地方主政官员对学校运作的现实影响，以及这种影响左右生员向学的力度。

其次，主讲儒师影响士子求学趋向。官学主讲者一般都学有所成，如王岳在当地声望甚著，"州学以礼请为庠正，其所教导弟子，悉有师法"②。刘康夫曾从周希孟学，是其高足，故而"广东安抚愿比广五路得君（指刘康夫）为学者师。……以布衣莅府学事垂三十年，门人至千数，登王官者十二三"③。

主讲者的教育理念、学术观点对士子有直接影响。因此，在选聘主讲者时，有些官员会优先选择学术观点、治学理念与自己相近的学者。这有时能够促进师门学说的流播。彭汝砺任职保信时曾特地"迎天隐置于学，执弟子礼事之"④。倪天隐是彭汝砺的老师。彭汝砺出守地方，请老师掌学事，可见其推崇师门的用心。孙奭罢任兖州，担心学校不能正常运转，且其说不能延续，因而推荐他所认同的杨光辅来主讲该州州学⑤。孙氏的忧虑不能说完全没有道理，州学讲授者的治学理念对学生产生的影响力怎么重视都不过分。刘康夫"雅不事诗赋，便君者迫使应书，君强为一出"⑥。如此言传身教，对官学生员将产生何种影响自不待言。而胡瑗则能因材施教，不死守经义，他的学生也赋诗谈文，讲武明数。甚至因胡瑗"严师弟子之礼"而使"凡从安定先生学者，其醇厚和易之气，望之可知也"⑦。欧阳修也说："（胡瑗弟子）其高第者，知名当时，或取甲科居显仕。其余散在四方，随其人贤愚，皆循循雅饬，其言谈举止，遇之不问可知为先生弟子。"⑧ 言传身教以致影响学生的言谈举止，更何况治学观念呢？

胡瑗主持苏州州学和倪天隐到保信官学等皆是跨地域流动，可见官员选聘主持学务者并不总是拘泥于当地。他们选聘师儒又为文人流动提供了新的可能。而地方文人通过学校受教，在体制内完成了拜师问学的过程，虽然在官学学习之后，士人还将别有师从。所有这些都影响地方文风，如宗泽知龙游后"风俗一变，自此擢科者相继"。蔡承禧知零都，"其后成就弟子若郭峻之徒，相继有登科第者"⑨。由此可见，官员兴学改善地方士子的求学环境，并由此提升了地方教育水平，扩大了知识人群，夯实了地方文坛基础。

二、奖掖后进，课徒授业：文人流动及其劝学传道之作用

自身学术造诣较高的官员任职地方，为当地生徒提供了更为直接的问学条件。此外，还有因归养、隐居、贬谪等而居停某地课徒传道，对地方士人求学与地方文坛的构筑都有所帮助。

首先，士子可向官员直接请益。如张耒之从苏辙就是在陈州官学，而晁补之"年十三，

---

① 王令：《与束伯仁手书》，《全宋文》第80册，第81页。
② 沈辽：《东安县尉王君墓铭》，《全宋文》第79册，第255页。
③ 刘弇：《宋故刘先生墓志铭》，《全宋文》第119册，第88页。
④ 曾肇：《彭待制汝砺墓志铭》，《全宋文》第110册，第134页。
⑤ 孙奭：《乞差杨光辅充兖州讲书奏》，《全宋文》第9册，第363页。
⑥ 刘弇：《宋故刘先生墓志铭》，《全宋文》第119册，第88页。
⑦ 邵伯温：《邵氏闻见录》卷一七，中华书局1983年版，第80页。
⑧ 欧阳修：《胡先生墓表》，《全宋文》第35册，第272页。
⑨ 苏颂：《承议郎集贤校理蔡公墓志铭》，《全宋文》第62册，第88页。

从王安国于常州学官"①，彼时的苏辙与王安国皆以名重天下。又如陆佃从王安石问学，也是因为"今大丞相王公守金陵以绪余成学者，而某也实并群英之游。方是时，初识凭面"。②

地方官员接受地方士人请谒问学，扩大了士子求学的接触面。像王安石、苏辙等知名文人任职州郡，更为当地士子提供了师承名家的便利条件。文学宗匠在朝时，地方士子常会觉得"如荆公、子固者既已贵，又相去辽邈，疏贱者莫幸见焉"，而县令、知州等"其位差不甚高，而又近在吾州，是宜朝夕操敝帚以侍门庭也"③。这里提到了空间距离、社会身份两个方面，可见文人任职地方使得该地文人与他们的空间距离缩短了，亲切感转深，更便于问学。由于外地士子前往从学，也使当地士子有接触外界的机会。如陈师道与秦观徐州初遇，就因秦往谒苏轼所致。

其次，官员的贬谪、退居与当地士子的师承。官员贬谪、退居也缩短了他们与当地士人的空间、身份距离，让寓居地的士人与其有更深入接触的可能。苏轼贬谪儋州，姜唐佐从其学④。当地从苏轼学习者当不止姜氏一人，苏轼有诗《海南人不作寒食，而以上巳上冢。予携一瓢酒寻诸生，皆出矣。独老符秀才在，因与饮，至醉。符盖儋人之安贫守静者也》⑤记云："己卯上元，余在儋耳，有老书生数人来过，曰：'良月佳夜，先生能一出乎？'予欣然从之。"⑥能与诸生对饮，诸生又能在佳节约游，说明苏轼与儋州士人交往极为密切。而其间求学问道自然是题中应有之义了。黄庭坚被贬为涪州别驾时，给家人写信说：

> 此司理谭存之，忠州人，两儿皆勤读书，一已十七岁，一与相同岁，延在斋中令共学，差成伦绪。日为之讲一大经、一小经，夜与说老杜诗。⑦

谭氏二子受惠于黄庭坚之贬谪，得其日讲两经、夜说杜诗之教育。山谷诗学、经术通过这种方式在偏州远郡荡起涟漪。

文士退居同样让地方士人有问学求教的机会。如史扶"游泸州，杜门读书，士大夫之子弟多委束脩于门，遂老于泸州"⑧。王向"游梁、宋间。去居颍，其徒从者百人"⑨。史扶本非泸州人，却寓居其地读书，竟授徒终老。王向游寓梁、宋间，一旦离去，从者竟然达到百人。邹尧叟寄居福建，龟山云："寄余里中，始获从之游，先生不予弃，进而友之殆一年，未尝一日相舍也。……以尽其师友之情。"⑩邹氏不寓居，杨时未必能从游，又谈什么"师友之情"？此皆寓居士人对地方文人影响之侧面。

仕宦、游学返乡的士人对本土后进亦有助益。地方文人或经过科考铨叙入仕，或四处访学，视野更加开阔，一旦返乡传道，自然对地方后进有相当影响。如周启明因故未能如愿出

---

① 张耒：《晁无咎墓志铭》，《全宋文》第128册，第150页。
② 陆佃：《沈君墓表》，《全宋文》第101册，第267页。
③ 葛敏修：《送太和令黄鲁直序》，《全宋文》第119册，第106页。
④ 姜唐佐：《苏东坡端砚镌像记》，《全宋文》第133册，第7页。
⑤ 苏轼：《海南人不作寒食，而以上巳上冢。予携一瓢酒寻诸生，皆出矣。独老符秀才在，因与饮，至醉。符盖儋人之安贫守静者也》，载《全宋诗》，北京大学出版社1995年版，第14册，第9555页。
⑥ 苏轼：《东坡志林》卷一，中华书局1981年版，第23页。
⑦ 黄庭坚：《与七兄司理书》，《全宋文》第105册，第112页。
⑧ 黄庭坚：《泸南诗老史君墓志铭》，《全宋文》第108册，第89页。
⑨ 王向：《公默先生传》，《全宋文》第75册，第122页。
⑩ 杨时：《邹尧叟哀辞》，《全宋文》第125册，第132页。

仕，乃归教弟子百余人，不复有仕进之意①。郑闳中与周希孟、陈襄等号称"闽中四先生"，同举进士，"天下闻其名，乡间及四方之士称弟子者以千数"②。本土文人外出游历是文人流动的形式之一，返乡时带回的必定有游学所得。因此，在本地授课教学，对开拓当地后进的视野也相当有效果。

官员贬谪、退居使其所处地理空间转换，社会身份下移，这固然是当事人的人生挫折，却不失为地方士人的福音。试想，若非苏轼、黄庭坚遭受贬谪，那么，所谪之地的士人要想从其问学，该是多么艰难的事？

第三，过境文人对地方文士的影响。文人在旅行中也为沿途士人提供了问学的机会。比如柳承陕就因"诗者韦鼎来自衡山，从之游，得其旨"③。韦鼎若居衡山不出游，柳承陕便没有在当地得诗歌之宗旨的可能。欧阳修探亲，也有"秀才见仆于叔父家，以启事二篇偕门刺先进……甚有仪"④。欧阳修不探亲，秀才未必能谒见。可见过境文人也为地方文士求学问道提供了相应的条件。

总之，只要文士在不同空间跨地域流转，就会为途经、居停地的后学提供问学的可能，而他们自身也有传道授业的机缘。

三、讲习艺文，溪山俊游：士人流动与从游者互动的主要方式

文士跨地域流转，与经停地后学互动，讲习艺文、溪山俊游是其常见的方式。在任官员留心培养地方士子的方式之一，就是留士子在馆读书、讲习艺文。这也为地方士子提供了学习和实践的机会。

毕士安任济州团练推官时，发现磨家儿王禹偁聪慧有识，"遂留禹偁于推官廨中，使治书学为文"。他偶尔发现王氏的诗才，"大惊，因假冠带，以客礼见之。由此禹偁寖有声，后遂登第，进用反在公前"⑤。禹偁初不过在市中书馆旁听，其登第当与在推官廨专力读书脱不开关系。范仲淹也曾邀亲人"或来修学亦好，一如在陈州时，常有学徒三五人，日有功课"⑥。由此可知，范仲淹在陈州时也曾教授学徒，且日有功课。

这些士子的功课又是些什么呢？通过苏颂的回忆可以了解其大概。苏绅为无锡宰，华直温"与其从弟直清同以文章为贽"，谒无锡宰苏绅，苏氏"大加赏异，留君门下，使予（即苏颂）从其游，因得接砚席，习文史。君性至勤刻，所阅书传皆手自抄撮，日以三千言为准。虽甚寒暑，或课试燕私，则继之以夜，未尝废其程。予时羁卯，趋进士科举，为君牵勉，蚤暮不得息，日至抄诵数书，作词赋、歌诗、杂文"⑦。从苏颂的描述中大致可知当时"趋进士科举"的士人功课。

地方士人与过境、居停文人交游，也常讲习经义。王安石卧隐金陵，就"日讲文义，

---

① 脱脱等：《宋史》卷三一四《范纯仁传》，第13441～13442页。
② 范祖禹：《宝文阁待制郑公墓志铭》，《全宋文》第99册，第24页。
③ 柳开：《宋故前摄大名府户曹参军柳公墓志铭》，《全宋文》第6册，第407页。
④ 欧阳修：《与郭秀才书》，《全宋文》第33册，第67页。
⑤ 毕仲游：《丞相文简公行状》，《全宋文》第111册，第117页。
⑥ 范仲淹：《与朱氏书》其八，《全宋文》第18册，第336页。
⑦ 苏颂：《殿中丞华君墓志铭》，《全宋文》第62册，第108页。

士子归赴如市"①。黄庭坚则对友人称"荆州士大夫之渊薮,想多得佳士与游,诸令弟讲学有日新之功"②。士人聚学讲书、切磋文艺是当时文人在地方的重要活动内容。

文人跨地域流动,在新的地理空间往往乐意亲近山水,带领后学溪山俊游,吟咏唱和。由此,地方士子进行文学创作的实践,前辈文人则指点创作、阐释人生的意义。黄庭坚就常携学生出游,张仲吉"其子宽夫又从予学,故予数将诸生过其家"③。山谷贬谪黔中也不曾停止带学生出游,他跟朋友说:

> 闲居多病,人事废绝。遇风日晴暖,从门生、儿侄,扶杖逍遥林麓水泉之间,忽不知日月之成岁,以是久不报书。④

贬谪期间他在书简中多次提到相似话题:

> 斋阁安闲,颇与僚佐尊酒谢江山之胜,何慰如之!某自放林壑之间,闲居益有味。⑤
> 诗人得在江山胜处,沉疴当脱然去体。⑥
> 某窜逐孤危之迹,情实可知。……伏唯监理豫暇,时能樽酒以对江山。⑦

他说自己自放林壑,与学生、子侄耽于江山胜景,而"时苦门生抱经来咨问"⑧,又推己及人,认为异地友人能樽酒对江山。樽酒对江山也是他自身的生活,而门生则难免从游。溪山间问学、作诗自然也是免不了的雅事。所以民国《泸县志》云:"黄庭坚……以史官谪涪州别驾,安置戎州,尝侨居江阳,州守王献可厚遇之。乳泉、拙溪间多所题咏,遗翰犹存。"⑨门生从游并目睹师长的创作过程,与师长唱和,均是文学创作的实践。

此非山谷的"独家事迹",师生出游作诗并不罕见。盖山水游观乃文人雅事,周郷"随侍官九江,尝以诗见吕东莱居仁。后以书请教,答云:'庐阜咫尺,读书少休,必到山中,所与游者谁也? 古人观名山大川,以广其志意,而成其德,方谓善游。太史公之文,百氏所宗,亦其所历山川有以增发之也。惜其所用止在文字间,若使志于远者、大者,虽近逐游、夏可也。'"⑩吕本中给后辈学者的此段书简透露信息甚多,读书间歇游观山水被认为是必然的;若游观,则多有从游之人;游者视野扩大,有助德行,才是游得其所;游观山水必然有诗文咏怀。这里所说的应该是宋人对山水游观的通常看法吧,对于地方士子而言,这种跟随老师登山观水,吟诗作赋的活动不仅是文学创作实践,可能更是一种进军文坛后与其他士人

---

① 吕南公:《临川王君墓志铭》,《全宋文》第 109 册,第 346 页。
② 黄庭坚:《与宜春朱和叔书》其二,《全宋文》第 105 册,第 4 页。
③ 黄庭坚:《张仲吉绿阴堂记》,《全宋文》第 107 册,第 207 页。
④ 黄庭坚:《答李材书》,《全宋文》第 104 册,第 356 页。
⑤ 黄庭坚:《答从圣书》,《全宋文》第 104 册,第 356 至 357 页。
⑥ 黄庭坚:《与邢和叔书》其二,《全宋文》第 104 册,第 357 页。
⑦ 黄庭坚:《与通判通直书》其二,《全宋文》第 104 册,第 358 页。
⑧ 黄庭坚:《答李材书》,《全宋文》第 104 册,第 356 页。
⑨ 高觐光等纂,王禄昌修:《泸县志》,1938 年铅印本,转引自李金荣《黄庭坚谪居戎州行迹生活考述》(《宜宾学院学报》2009 年第 2 期)。
⑩ 周辉:《清波杂志》卷七,《全宋笔记》第五编第九册,大象出版社 2012 年版,第 91 页。

交游、联袂创作的预演。

四、士人流动，斯文日新：流动士人对地方文坛的影响

文人无论牧守一方、贬谪退居，还是暂过偶停，对于地方文人、文坛均有一定影响。其要有三，即育人、传道、沟通。

其一，提高地方教育水平，为地方文坛培育新人。由于教育水平的差异，地方文坛出产文士的数量并不均衡①。官员兴学对地方教育水平的提升起到积极作用，而地方士人受教育程度的提高为当地文坛提供了足够的人才支撑。前文所举诸例表明，新任官员到任后兴修学宫，聘请名师，为地方士子问学提供了方便。而这些地方的科举、文学也因此渐次兴盛。

有些官员自身也会与当地士人直接接触互动，如徐州丰县"县令河南李公育博洽能文，有盛名于时，君（指张寓）执弟子礼，日造其门，求所以学古为文之要"。② 同样在徐州，苏轼与当地士人多有互动，在黄楼曾召集当地学子燕集赋诗。在与这位文章太守的接触过程中，徐州地方文人受到他的浸润，以至于苏轼离开徐州之后当地士人还说："徐，先生旧治也，风迹未远，门生故吏多出庠序，而半在官府。每相过者，论先生德义，诵先生文章，堂上琅琅，终日不绝。"③ 可见地方官员牧守一方对当地士人所产生的影响。至于那些学有所成又返乡教授的文人及那些退居散处的文坛巨子，对地方士人也有相似影响。

其二，加强学说流播，扩大学派影响。地方官员通过聘请学术观点、治学理念的士人或者自己的师长执掌官学，都可以扩大本门影响。如本文提及的倪天隐之主保信及范仲淹之请胡瑗皆然。而地方士子之游学外地、请谒问学，受到点拨之后返回地方教授一方，自然会传播师说，扩大学派影响。如熙丰之际，二程居洛阳讲学，四方问学者辐辏其门下。福建人杨时、游酢不远千里从学于二程，均跻身程门四大弟子之列。杨时学成南归，程颢目送他出门并感慨地说："吾道南矣。"杨时与游酢返回南方后，共同传道东南，门下弟子众多，由此开创后来洛学的"道南一脉"。此系文人流动、加强师长学说流播、扩大本门影响的显例。

再如江端礼"学诗律于黄鲁直，论经行于徐仲车为尤谨。二公俱以子和（即端礼字）为贤，此二公者，他人或不能并善其家法也"。其学诗法后，又"教二弟必欲与己同善"，故而"其二弟端友、端本，今俱以文行称"④。江氏学于黄庭坚、徐积，而传其说于二弟，可见师说之传播能经文人流动来完成。黄庭坚贬谪黔中，以杜诗教弟子，证之以江西诗派之宗杜，亦可见学说流播之一斑。

其三，沟通主流文坛与地方文坛，有助于地方文坛之建构。向地方流动的文人多有从文坛中心而来者，有些甚至就是文坛宗主，如欧阳修、苏轼等。当文坛宗匠移帐地方，如欧阳修退居颍州、苏轼贬谪岭海，他们与中心文坛的联系并未断裂，曾有醉心欧苏文章、元祐学术的士人仍然不远千里奔向颍州、拜访东坡。若文坛领袖在地方，则对地方士人的震动可能更大。

---

① 关于宋代文人的地域分布情况，有唐圭璋先生《两宋词人占籍考》（《宋词四考》，江苏文艺出版社2009年版）、王兆鹏先生《宋词作者的统计分析》（《文艺研究》2003年第6期）、刘俊丽《宋诗作者的统计分析》（武汉大学2004年硕士学位论文）。此均可见文坛作者分布之不均衡。
② 李昭玘：《张广叔墓表》，《全宋文》第121册，第265页。
③ 李昭玘：《上眉阳先生书》，《全宋文》第121册，第98页。
④ 晁说之：《江子和墓志铭》，《全宋文》第130册，第131页。

如苏轼守徐州在苏门建构过程中就具有极其重要的意义，而对徐州文坛来说，也是难能可贵的。这期间，外地文士秦观等前往请谒，黄庭坚等驰函问道；东坡修黄楼，邀集众多文坛名流共同创作；子瞻与徐人互动，得晁补之、陈师道、王适兄弟等山东俊彦。王适等当地士人得以直接向子瞻问学，从其转官南迁，从此进入主流文坛。秦观等外地士子到徐州谒见苏轼，也与当地文人交游，陈师道就是在徐州本地与秦观相识的。苏轼的到来，提高了徐州的文学史地位，黄楼诗文因苏轼而起而传。苏轼的离去，为徐州留下千古佳话。后来，官员李昭玘报书求学，贺铸见黄楼而思贤。有意思的是贺铸，元丰五年（1082）八月他到徐州任宝丰监钱官，期间曾与王适、陈师中等人组织诗社，而这些人多在苏轼守徐期间与之有交往①。由此看来，苏轼播下的文学种子，在他离徐不久就开花结果了。

类似苏轼守徐这样的文人流动对地方带来的影响远非个案，虽然宋代大多数文人的文学史影响不能与苏轼相提并论，但他们同样为地方文坛的建构起到积极作用。地方文人的教化、师从显然受到当地文坛的重要影响。

文人跨地域流动，可推动教育发展，能夯实地方文坛基础。他们传布文学经验，构筑了新师承关系。其活动方式以讲学授业、游山观水为主，促进了地方文坛的文人交往、文学活动，在一定程度上影响着地方文坛的建构。

---

① 熊海英：《北宋文人集会与诗歌》（中华书局2008年版），对贺铸在徐州的彭城诗社组成人员和活动有较多分析，可参考。

翁方纲论宋诗

吴中胜

赣南师范学院文学院教授

内容提要：清初，人们从时代情绪出发或崇唐诗而贬宋诗，或学宋诗而讥唐诗。与这种厚此薄彼的诗学取向不同，作为清代宋诗派的重要旗手，翁方纲推崇宋诗但并不贬斥唐诗。他从诗学本身的内在理路出发，基于对诗学本质和内在精神的切实把握，尤其推崇以苏轼、黄庭坚为代表的宋诗。苏、黄崇实尚学的诗学精神成为翁方纲"肌理说"重要的精神资源和价值取向。由于翁方纲在仕途和诗学成就上的双重榜样作用，翁门弟子一时隆兴且代代相传，他们对宋诗的偏好甚至影响近代宋诗运动的诗学取向。

关键词：翁方纲　宋诗　肌理说　崇实尚学

清前中叶四大诗学流派，翁方纲"肌理说"居其一。袁枚曾批评翁方纲把"抄书"当"作诗"，后人对"肌理说"也存在许多的误解。如果我们从更久远的唐宋诗风接受批评的角度来看，我们对"肌理说"就会有新的认识。翁方纲正是在论述宋诗的过程中建构其"肌理说"崇实尚学的诗学精神，在苏轼、黄庭坚等杰出诗家身上找到了"肌理说"的学理依据和价值标杆。翁方纲当之无愧是清代宋诗派的重要旗手。

一、诗至宋人益加细密

关于有宋一代的学问，翁方纲有句精彩的话，他说："谈理至宋人而精，说部至宋人而富，诗则至宋人而益加细密，盖刻抉入里，实非唐人所能囿也。"[①] 他认为宋诗和宋代其他学问一样达到了繁富精密的程度，超越了唐代学问所达到的深度和广度，对宋诗的推崇之意甚明。近人陈寅恪论宋代文化的妙语似也从翁公此语而来。

梁启超《清代学术概论》谈及清初学术思潮时高屋建瓴地指出，各家各派"皆明学之反动所产也"[②]，从根本上抓住了清初学术思潮的价值取向和精神根脉。随着明朝灭亡，清初的学人们把亡国之责归因于明代空疏之学。诗学方面也是如此，清初诗坛上一时兴起的宋诗风潮，就主要是针对明人学唐诗而起的，主要人物有吕留良、田雯、吴之振、汪懋麟和叶燮等。《四库全书总目·敬业堂集提要》："明人喜称唐诗，自国朝康熙初年，窠臼渐深，往往厌而学宋。"宋荦的《漫堂说诗》亦云："明自嘉、隆以后，称诗家皆讳言宋，至举以相訾謷，故宋人诗集，庋阁不行。近二十年来，乃专尚宋诗。至余友吴孟举《宋诗钞》出，几于家有其书矣。"清初诗学由反思明人而厌及唐诗，这就带有明显的时代情绪，在学习取

[①] 《石洲诗话》卷四，《清诗话续编》，上海古籍出版社1983年版，第1426页。
[②] 梁启超著，夏晓虹点校：《清代学术概论》，中国人民大学出版社2004年版，第145页。

向上没有改变，由一个极端走向另一个极端，用后一个极端来打压前一个极端的毛病。带着时代情绪的诗学取向只是一时的兴趣偏好，并没有从学理本身出发看问题，也没有抓住唐诗或宋诗的诗学精神和各自的特质。清初的宋诗派和明代七子主唐诗一样，都是有明显偏颇的，所以也都经不起时代变迁的历史考验。到康熙朝，随着王士禛的"神韵说"独霸诗坛又重新推崇唐诗，宋诗派被冲击得七零八落，几乎无还手之力而近于销声匿迹。但"神韵说"清远冲淡的审美追求总给人肤廓虚矫无所依傍的感觉，随着"神韵说"独霸诗坛日久，人们渐而生腻，物极必反，时代呼唤新的诗学审美情趣和理论建构。在这一时代背景下，到乾隆朝，翁方纲的"肌理说"闪亮登场且在诗坛上享有绝对话语权，这是诗学发展的必然。

与清初宋诗派不同，面对唐宋诗，翁方纲能从诗学本身而不是时代情绪出发，在肯定唐诗的前提下，抓住了宋诗的诗学本质和内在精神。翁方纲与此前厚此薄彼的诗学倾向有所不同的是，他推崇宋代文化包括宋诗，却并不贬斥唐代文化包括唐诗。相反，他对唐诗的精髓及特质有较为深刻的认识。我们单从这两句话就可见一斑："盖唐人之诗，但取象超妙，至后人乃益研核情事耳。"① "盛唐诸公之妙，自在气体醇厚，兴象超远。然但讲格调，则必以临摹字句为主，无惑乎一为李、何，再为王、李矣。"② 翁方纲认为，唐诗之妙在兴象玲珑，情韵超妙。明人虽自谓学唐、崇唐，或"研核情事"，或"以临摹字句以主"，皆学唐诗皮毛，其实并未抓住唐诗之神髓。翁方纲撰有《石洲诗话》，讨论了从初唐至晚唐的大量诗人诗作，品味细致深密。从中我们不难看到，他对唐诗的精华和精英还是赞赏有加的。我们且举几例：

> 曲江公委婉深秀，远出燕、许诸公之上，阮、陈而后，实推一人，不得以初唐论。③
>
> 太白《远别离》一篇，极尽迷离，不独以玄、肃父子事难显言；盖诗家变幻至此，若一说煞，反无归着处也。惟其极尽迷离，乃即其归着处。④
>
> 大历十才子，卢纶、司空曙、耿湋、李端诸公一调；韩君平风致翩翩，尚觉右丞以来格调，去人不远；皇甫兄弟，其流亚也；郎君胄亦平雅；独钱仲文当在十子之上。⑤
>
> 元相《望云骓歌》，赋而比也；玉川《月蚀诗》点逗恒州事，则亦赋而比也，而元则更切本事矣。诗至元、白，针线钩贯，无乎不到，所以不及前人者，太露太尽耳。⑥

从以上我们所选的几条诗话可知，翁方纲对唐诗是下了一番功夫的，基于此，他对唐宋诗的评语就绝不是人云亦云，而是有切身感悟后的心得体会。从以上我们也大致可知，他对唐诗的发展脉络是非常清楚的，对唐诗的成就和艺术特点的认识也很到位。但我们这里要说的是，在翁方纲看来，唐代诗歌尽管水平很高，但不意味着唐后无诗，更不意味着后人没有进

---

① 《石洲诗话》卷一，《清诗话续编》，上海古籍出版社1983年版，第1367页。
② 同上，第1370页。
③ 同上，第1366页。
④ 同上，第1372页。
⑤ 同上，第1386页。
⑥ 同上，第1392页。

一步发展诗艺的广阔天地。正是在这个基础之上，翁方纲充分肯定宋一代诗人的开拓掘进之功。他说：

> 宋人精诣，全在刻抉入里，而皆从各自读书学古中来，所以不蹈袭唐人也。然此外也更无留与后人再刻抉者，以故元人只剩得一段丰致而已，明人则直从格调为之。然而元人之丰致，非复唐人之丰致也；明人之格调，依然唐人之格调也。孰是孰非，自有能辨之者，又不消痛贬何、李始见真际矣。①

翁方纲认为，宋人几乎开拓了唐诗剩下的全部诗学荒地，以致于元、明两代人无地可掘，只能学唐人，但又不能从真精神上学唐人，徒有唐人的形式格调而已。"宋人精诣，全在刻抉入里"，意即宋诗之精妙在于不落唐人窠臼，而是向深细处开拓，这是翁方纲尤为赞赏的。对于"精细"的要求，也是乾嘉学人普遍的学术崇尚。梁启超《清代学术概论》概括这一时期学术的时代特点是"愈析而愈密，愈浚而愈深"，是"窄而深"的研究。② 从这点来说，翁方纲"肌理说"是乾嘉学术风尚在诗学领域的具体表现而已。对于宋人在诗学上的开拓进取，可从各类诗体见出，翁方纲以律诗为例作了说明。在《唐人律诗论》一文中，翁方纲说："若作诗则切己言志，又非代古立言之比。至于律诗则更非衍拟古效古之比矣。唐之玉溪、樊川已不肯为大历以后之律诗，至苏黄而益加厉矣。此即教人自为之理也，至于放翁、遗山、道园律诗则真克自为矣，有一篇之袭唐调乎？唯遗山五律不克自振，吾已详言之矣。夫唯日与古人相磨切，日以古作者自期而后无一字之袭古也。夫唯无一字袭古而后渐渐期于师古也。岂特律诗也哉。"③"岂特律诗也哉"，翁方纲这句说得好，宋人在其他诗体上的掘进之功也可见一斑。

翁方纲推崇宋诗，也不是毫无分析地凡两宋诗都推崇，他推崇的主要是苏、黄诗，他所说的宋诗也主要是指苏、黄诗，而对其他人特别是南宋诗人的诗则多有微词。甚至对南宋著名诗人陆游也不是一味崇拜，一方面翁方纲认为陆游确有诗才，另一方面认为南宋的诗运已处颓势，虽才子也无力挽救。我们可以从《石洲诗话》以下几段话中见出这一点：

> 杨、范、陆极酣肆处，正是从平熟中出耳，天固不欲使南渡复为东都也。④
> 虽以陆公有杜之心事，有苏之才分，而驱使得来，亦不离平熟之径。气运使然，豪杰亦无如何耳！⑤
> 四灵皆晚唐体，大率不出姚合、贾岛之绪馀，阮亭谓"如袜材才窘于方幅"者也。吴钞乃谓"唐诗由此复行"。⑥

也就是说，唐诗境界有不到处，宋人进一步开拓之。两宋诗学深厚，得翁方纲赞赏，但两宋诗也有不足。这就是翁方纲对待唐宋诗总的态度。

---

① 《石洲诗话》卷四，《清诗话续编》，上海古籍出版社1983年版，第1427页。
② 梁启超，夏晓虹点校：《清代学术概论》，中国人民大学出版社2004年版，第157、174页。
③ （清）李彦章刻本，翁方纲撰：《复初斋文集》卷八。
④ 《石洲诗话》卷四，《清诗话续编》，上海古籍出版社1983年版，第1438页。
⑤ 同上，第1438页。
⑥ 同上，第1440页。

二、苏为宋一代诗人冠冕

如前所说，翁方纲对宋诗是够推崇的，但又不是对所有的宋代诗人都一律推崇备至。翁方纲推崇的主要是苏轼和黄庭坚。关于苏轼，翁方纲说："苏为宋一代诗人冠冕。"① 可谓推崇至极。

翁方纲对苏轼的推崇，有点类似今天年青人对明星那种"粉丝"式的崇拜。有几点可以说明，一是翁方纲的书房名与苏轼有关。翁方纲为书房取名为"苏斋""宝苏室"，有见贤思齐之意。乾隆四十四年正月，翁方纲自己为宝苏室作铭，铭曰："公迹嵩阳，公集淮仓。私淑方纲，稽首焚香。"又作《宝苏室铭记》，称"愿以苏斋名画室，窃附私淑前贤之意"②。就点明这一层意思。二是每年十二月十九日，翁方纲都要为苏轼做生日，其仪式之隆重和陈设之讲究远远超过自己及亲人的生日。我们选几个时间点为例来说明：乾隆三十八年，翁方纲做了几件与苏轼有关的事。如前所说，十二月十七日，他于厂肆购得宋椠《苏东坡诗施顾注》残本，并以"宝苏室"自题屋扁；十二月十九日，以合装《苏斋图》供苏轼像前，同人小集拜苏轼生日③；是年，先生撰《苏诗补注》八卷，由门人曹振镛梓。④ 乾隆四十七年十二月十九日，苏轼生日，之前，先生有启，邀诸友至苏斋，奉东坡笠屐像、荐笋脯。是日，至苏斋做苏轼生日者，有张埙、吴锡麒、洪范、杨宗岱、张锦发、江德量、宋葆惇。同用"生"字题《邢房梧前生图》，先生又有诗二首。⑤ 乾隆五十五年十二月十九日，苏轼生日，先生以苏墩、石铫二图为供。陈崇本过苏斋，做东坡生日，观先生所藏《宋椠施顾注苏诗》残本。先生又属罗聘作《苏斋图》。⑥ 嘉庆三年十二月十九日，雪中做苏轼生日，借来吾竹房所琢汉砖砚为供，先生有诗二首。⑦ 嘉庆五年十二月十九日，法式善、赵怀玉、吴锡麒、张问陶、孙铨、柳莲、方楷、周邵莲、高玉楷等均集苏斋，为苏轼做生日。是日，黄易以所藏苏轼、米芾诸贤像册寄来，属为摹黄庭坚像于内。高玉楷为摹之，先生有诗赋之，并寄黄易。是日，先生又作诗四首，写于《天际乌云帖》后。⑧ 嘉庆十七年十二月十九日，先生自己已是80岁高龄，还邀请吴荣光、叶筠潭、陈用光、刘嗣琯、董琴南、谢向亭、叶志诜等诗友集苏斋为苏轼做生日。适荣光以所得蔡襄《茶录》宋拓残本，与《天际乌云帖》同观，先生赋诗一首。⑨ 嘉庆二十一年十二月十九日，先生自己已是84岁高龄，且生活艰困。先生仍不忘为苏轼做生日，是日，先生跋苏轼宋本真像。李兰卿来借苏轼像并《偃松屏赞》卷。这是目前所见资料中先生最后一次给苏轼做生日，两年后先生以86岁高龄归道山。可以说，终其一生，念念不忘的是苏轼及其为代表的宋诗。

在各处视学、督学时，翁方纲凡遇与苏轼有关的碑刻字画，或旧址故居，都兴奋异常，都要赋诗作文，甚至邀朋结友共赋同祝。如乾隆三十七年九月，移居潘家河沿，置所刻苏轼

---

① 《石洲诗话》卷四，载《清诗话续编》，上海古籍出版社1983年版，第1427页。
② （台湾）沈津：《翁方纲年谱》，中央研究院中国文哲研究所2002年版，第131页。
③ 同上，第71页。
④ 同上，第71页。
⑤ 同上，第185页。
⑥ 同上，第281页。
⑦ 同上，第363页。
⑧ 同上，第381页。
⑨ 同上，第463～464页。

题"英德南山"、米芾题"药洲"二石于斋壁,匾曰"苏米斋",作《苏米斋诗》,邀钱载、钱大昕、白华、曹仁虎、程晋芳、严长明小集同赋。①

翁方纲还特别重视有关苏轼诗的点校工作,曾作过《苏诗补注》,对前人的苏诗注有所补充和完善,此书民国时期曾出版。② 翁方纲在《苏诗补注序》中说:"昔赵东山有《左传补注》,近时顾氏、惠氏又皆有《左传补注》。盖补之为词,不嫌于复也。方纲幸得详考施、顾二家苏诗注本,始知海宁查氏所补者犹或有所未尽。"③ 正是这种细补细敲的功夫,使翁方纲对苏诗有深入体悟。

翁方纲之所以对苏轼如此推重,与其诗学主张是有密切关联的。欧阳修称苏轼"善读书,善用书,他日文章必独步天下"。(《诚斋诗话》)苏轼也曾自称:"有笔头千字,胸中万卷。"(《沁园春·密州早行马上寄子由》)苏轼融儒、道、释于一身,是宋一代最有学问的人。在诗学主张上,苏轼认为:"读书万卷诗愈美"(《送任伋通判黄州》);"诗须有为而作"(《题柳子厚诗》)。这与翁方纲"肌理说"崇实尚学的诗学主张是相通的。

至于对苏诗的具体评议,我们可以从《石洲诗话》及《复初斋文集》的相关语段中见出。例如:"东坡《归自岭外再和许朝奉》诗'邂逅陪车马'四句,用扇对格。胡元任谓本杜诗'得罪如州去'云云,是也。但此诗'邂逅'一联乃第四韵,下'凄凉望乡国'一联乃第五韵,如此错综用之,则更变耳。"④ 评论从中国古典诗歌形式的重要载体"韵"入手,看似琐碎细杂,实却扣住了汉语诗学的重要特点。其中细读文本、体悟入微的功夫是一望而知的。再如《跋东坡诗稿二首》对苏轼的两首诗作了细致分析,开头一段说:"东坡《定惠院寓居》《月夜偶出》二诗,草稿纸本高九寸,横七寸,行草书十一行,半首二行之下半蚀去数字。第二首无末二句,盖当时脱稿未完之本也。前篇'不辞青春'二句原在'一枝亚'之下。'清秋独吟'二句原在'年年谢'之下,以笔钩剔改吟今本也……"⑤ 不难看出,这种对诗歌的细微推敲明显是乾嘉考据学风在诗学中的体现。从中也不难看出,翁方纲对苏诗还是下过工夫的,所以他的相关评语,绝不是空口无凭。正因为有这道细碎工夫,翁方纲评苏轼之语才有底气,如说:"宋人七律,精微无过王半山,至于东坡,则更作得出耳。阮亭尝言东坡七律不可学,此专以盛唐格律言之,其实非通论也。"⑥

三、少陵豫章同骨节

翁方纲对黄庭坚及其诗法也是如醉如痴。其《袁通甫钱唐杂诗墨迹卷》云:"少陵豫章同骨节,半山山谷何分别。"⑦ 众所周知,杜甫是中国古典诗学圣人级的人物,翁方纲把黄庭坚提到与诗圣杜甫并列的地位,推崇之意甚明。他的诗文常提到自己读黄庭坚诗的经历,如乾隆三十二年十二月五日,始兴舟中读黄庭坚诗。⑧ 黄庭坚的诗成为翁方纲的日常功课。

---

① (台湾)沈津:《翁方纲年谱》,中央研究院中国文哲研究所2002年版,第63页。
② 翁方纲:《苏诗补注》,商务印书馆1937年版。
③ (清)李彦章刻本,翁方纲撰:《复初斋文集》卷二。
④ 《石洲诗话》卷三,《清诗话续编》,上海古籍出版社1983年版,第1417页。
⑤ (清)李彦章刻本,翁方纲撰:《复初斋文集》卷二十九。
⑥ 《石洲诗话》卷四,载《清诗话续编》,上海古籍出版社1983年版,第1437页。
⑦ (清)李彦章刻本,翁方纲撰:《复初斋诗集》卷二十九。
⑧ (台湾)沈津:《翁方纲年谱》,中央研究院中国文哲研究所2002年版,第41页。

山谷诗法成为翁方纲给弟子们传授诗法的重要范本和教材，翁曾自言："愚在江西三年，日与学人讲求山谷诗法之所以然。"①

翁方纲也常给黄庭坚做生日，我们也可以选择几个时间点来看。乾隆四十九年六月十二日，黄庭坚生日，是夕，先生密云旅舍梦作山谷行草书，醒而有诗二首。② 乾隆五十二年六月十二日，黄庭坚生日，先生拜像赋诗，用乙未题正集韵。是日，又有诗两首。③ 乾隆五十四年六月十二日，黄庭坚诗三集注本刻成，集同学诸子于南昌使院谷园书屋黄山谷像前，荐筍脯赋诗。④ 从现有资料来看，翁方纲给黄庭坚做生日的次数没有像为苏轼做生日那么多，但也够痴情的了。翁方纲也有一处书房名源自黄庭坚，乾隆五十一年秋，翁方纲奉命视学江西，取凤昔瓣香山谷、道园二先生诗之义，以名是卷诗集。冬到南昌，遂以谷园名斋。⑤

我们认为，翁方纲之所以特别推重黄庭坚，一个重要原因，就是黄庭坚各方面学问的高深正合乎翁方纲"肌理说"的诗学精神。特别是在书法方面，两人更是异代心通，分别是各自时代书法的高手。在诗学主张上，黄庭坚主张："诗词高胜，要从学问中来。"（胡仔《苕溪渔隐丛话》前集卷四七引黄庭坚语）"点铁成金""脱胎换骨""无一字无来历"（《答洪驹父书》），可以说是以学问为诗的典型。

对于黄庭坚的具体评价，翁方纲尤其重视其与杜甫诗法的关联。宋代以后，杜甫诗成为中国古典诗歌的经典和标识，得其诗法就是得到祖法真传，是诗学正宗。翁方纲认为，黄庭坚是得到了杜诗真髓的。他说："唐之李义山，宋之黄涪翁，皆杜法也。"⑥《同学一首送别吴彀人》一文也说："义山以移宫换羽为学杜，是真杜也。山谷以逆笔为学杜，是真杜也。然而义山山谷何尝自谓学杜哉。"⑦ 在诗学史上，关于黄庭坚是否真的学杜各有分说，翁方纲也只是一家之言而已。翁方纲在这方面的意见还很坚决，对于后人的不同看法，翁方纲进行了批驳。如王士禛曾有论诗绝句云："涪翁掉臂自清新，未许传衣蹑后尘。却笑儿孙媚初祖，强将配食杜陵人。"（《仿元遗山论诗绝句三十五首》之一）翁方纲对此作了详细评议：

> 近日如朱竹垞论诗，颇不惬于山谷。唯渔洋极推山谷，似是山谷知己矣，而此章却必拘拘置之江西派，不许其嗣杜。揆之遗山论诗，孰为知山谷者，明眼人必当辨之。⑧

翁方纲批评王士禛、朱彝尊从不同的角度切断黄庭坚与杜甫诗的关联，指出他们的目的在于否定黄庭坚诗的正宗地位，因为杜诗已成为诗歌是与否的尺度和标杆。用翁方纲的话来说就是："诗法上下千年必于杜。"（《赠杨彤三序》）⑨ "杜诗之正"⑩ "上下古今万法源委必衷诸

---

① （清）李彦章刻本，翁方纲撰：《复初斋文集》卷三。
② （台湾）沈津：《翁方纲年谱》，中央研究院中国文哲研究所2002年版，第207页。
③ 同上，第247页。
④ 同上，第265页。
⑤ 同上，第237页。
⑥ 《石洲诗话》卷七，《清诗话续编》，上海古籍出版社1983年版，第1499页。
⑦ （清）李彦章刻本，翁方纲撰：《复初斋文集》卷十五。
⑧ 《石洲诗话》卷七，《清诗话续编》，上海古籍出版社1983年版，第1506～1508页。
⑨ 翁方纲撰：《复初斋文集》卷十二。
⑩ 乾隆五十七年十二月，翁方纲有铭浣花草书砚。铭曰："浣花溪砚，传自河津。杜诗之正，薛学之醇。于斯勉学，于斯校文。感荷神诒，勿懈益勤。"见（台湾）沈津：《翁方纲年谱》，中央研究院中国文哲研究所2002年版，第309页。

杜。"(《评陆堂诗》)① 翁方纲坚持认为黄庭坚是杜甫诗学的继承者,得诗学正宗,也是从自己的诗学主张和审美情趣出发的。翁方纲认为,后人对黄庭坚的诗学多有误解,并没有准确把握其诗学精神。黄庭坚诗法丰富,学养深厚,非一技一法所能概括。他说:"山谷诗,譬如榕树自根生出千枝万干,又自枝干上倒生出根来。"② 后人多以使事、逆笔之类来概括黄诗风格,翁方纲认为,这是不全面、不准确的。他在《渔洋先生精华录序》中就说:"山谷之诗或云由昆体而入杜也,又或谓其善于使事,又或谓其纯用逆笔也,此果皆山谷之精华乎。愚在江西三年,日与学人讲求山谷诗法之所以然,第于中得二语曰:'以古人为师,以质厚为本。'"③ 谓前人所谓"由昆体而入杜""使事""纯用逆笔"云云,皆未抓住黄诗特质,而自己与弟子们砥砺三年所得的"以古人为师,以质厚为本"才是黄诗特质所在。这是翁方纲在长期的细读文本、长期的教学实践中得出的诗学结论。这一特质与翁方纲自己主张的"肌理说"崇尚学问、求实斥虚的诗学主张是相通的。总之,翁方纲之所以特别推崇苏轼和黄庭坚,是因为他们的诗歌艺术是自己的诗艺标杆,他们的诗学精神和自己的诗学主张相通相契。

四、宋诗妙境在实处

对于唐、宋诗各自的诗学特质,翁方纲进行了精彩分析。他说:

> 唐诗妙境在虚处,宋诗妙境在实处。……若夫宋诗,则迟更二三百年,天地之精英,风月之态度,山川之气象,物类之神致,俱已为唐贤占尽,即有能者,不过次第翻新,无中生有,而其精诣,则固别有在者。宋人之学,全在研理日精,观书日富,因而论事日密。④

翁方纲认为,时人(包括吴之振等人的《宋诗钞》)多误解宋诗,不懂得宋诗精华之所在,因而无法正确继承宋诗之精神。翁方纲全面比较了唐宋诗,精准地概括了唐宋诗各自的艺术特质。他认为,唐诗主情韵,其妙在虚;宋诗以学问为底气,故精于实。抓住一虚一实,如此评议唐宋诗,确扣住了要害,表达也生动。细细想来,现代著名学者钱锺书《谈艺录·诗分唐宋》和缪钺《诗词散论》关于唐宋诗对比的精妙言说似也不过此意。钱锺书对于翁方纲的诗评是不满的,认为翁方纲经常不看诗就瞎议论。钱锺书说:"翁覃溪之流似只读论诗文之语,而不读所论之诗文与夫论者自作之诗文,终不免佣耳赁目尔。"⑤ 就唐宋诗的对比而言,笔者是不能苟同钱锺书的结论的。笔者认为翁方纲对于唐、宋诗的比较言说,是在认真细读唐、宋诗的基础上的结论。恰恰相反,钱锺书在《谈艺录》中谈唐、宋诗的观点有沿袭翁方纲上面那段话的嫌疑,只不过表达更简洁生动而已。翁方纲在清代就对唐宋诗的时代特质给出了生动精妙的概括,其理论眼光可谓深远。

翁方纲以"实处"来概括宋诗妙境,不仅是为了与唐诗作比,更主要的是为自己的

---

① 翁方纲撰:《复初斋文集》卷十。
② 《石洲诗话》卷七,《清诗话续编》,上海古籍出版社1983年版,第1427页。
③ (清)李彦章刻本,翁方纲撰:《复初斋文集》卷三。
④ 《石洲诗话》卷四,《清诗话续编》,上海古籍出版社1983年版,第1428~1429页。
⑤ 钱锺书:《谈艺录》,中华书局1984年版,第498页。

"肌理说"找到了诗学参照,也为自己批评王士禛的"神韵说"和沈德潜的"格调说"找到了学理依据。翁方纲认为,王士禛的"神韵"和沈德潜的"格调"异名同质,具有同样的"虚"的毛病。要纠正两者的毛病则要往"实"的方向努力,这样自然而然提出了"肌理说"的诗学主张:"吾谓新城变格调之说而衷以神韵,其实格调即神韵也。今人误执神韵似涉空言,是以鄙人之见欲以肌理之说实之。"(《神韵论》上)① 翁方纲"肌理说"之要义,即论诗主着实,反对空洞无物。他所谓"实处"主要有两个方面的内涵:一是"实学",即要有学问;二是"实际",要与政事相统一。从这个"实处"着手,翁方纲对"神韵说"和"格调说"进行了批评。首先,诗要有学问。在《杜诗精熟文选理理字说》中,翁方纲首先就对宋代严羽以来的"以禅喻诗"的诗风提出了批评,这一批评的指向是王士禛的"神韵说"。翁方纲师出王士禛弟子黄叔琳,他对王士禛总的说来还是很推崇的。《小石帆亭著录序》云:"先生言诗窥见古人精诣,诚所谓词场祖述江河万古者矣。"② 但他对王士禛的诗学思想"神韵说"则有保留意见。特别是凭王士禛在诗坛的影响,"神韵说"在康熙、雍正朝诗坛形成了一脉不尚学识积累、专宗空泛灵性的诗风,特别推崇严羽的"不涉理路"之说。翁方纲由杜甫诗句"熟精文选理"引申开去,认为"天下未有舍理而言文者"③。翁方纲认为,杜甫之诗根基于六经,方是诗家正脉。在《书何端简公然灯纪闻后二首》其一中,他又说:"性情与学问,处处真境地。法法何尝法,佛偈那空寄?且莫矜忌筌,妙不关文字。"④ 在另一篇文章《韩诗雅丽理训诰理字说》也表达了同样意思,他说:"理者,圣人理之而已矣。"⑤ 诗成为代圣人立言的工具,这肯定是不对的。由此,翁方纲主张多识前言往行:"尝谓学者立言宜以圣人三言为法,曰多闻曰阙疑曰慎言而已。多识前言往行,多识于鸟兽草木之名,此皆多闻之属也。罕言利命,不语怪力乱神,此皆阙疑慎言之属也。"(《濠上迻言序》)⑥ 他认为士人当以学养为本:"夫士以学养为归,以质厚为本,此读书立身之要。"(《三言诗序》)⑦ 他主张为诗为文当博通经籍:"予尝谓为文必根柢经籍,博综考订,非以空言机法为也。"(《蒋春农文集序》)⑧ 翁方纲论学问以圣人之旨为归,甚至认为"诗者,实由天性,忠孝笃其根柢,而后可以言情,可以观物耳"。(《月山诗稿序》)⑨ 这是非常迂腐不堪的,显然是其所处时代所决定的。对此,我们可以搁置不谈。我们这里要说的是,其力主厚积博识,以学养为立身之本的思想还是抓住了"神韵说""格调说"的不足,只是他又走了另一极端而已,已是"抄书为诗"了。翁方纲所谓"实处",还有一个方面的内涵,那就是要与政事相统一,即实际。其《延晖阁集序》比较集中地阐述了这一思想:

> 诗必研诸肌理,而文必求其实际。夫非仅为空谈格韵者言也,持此足以定人品、学问矣。乃今于曹子俪笙诗文集发之。圣门善言德行则文章即行事也。《乐记》:"声音之道与政通",则文章即政事也。泥于法者,或为绳墨所窘;矜言才藻

---

① (清)李彦章校刻本,翁方纲撰:《复初斋文集》卷八。
② 同上。
③ (清)李彦章校刻本,翁方纲撰:《复初斋文集》卷十。
④ (清)李彦章校刻本,翁方纲撰:《复初斋诗集》卷六十七。
⑤ (清)李彦章校刻本,翁方纲撰:《复初斋文集》卷十。
⑥ 同上。
⑦ 同上。
⑧ 同上。
⑨ 同上。

者，或外绳墨而驰。是皆不知文词与事境合而一之者也。①

翁方纲认为，"神韵说"也好，"格调说"也罢，都是空谈，即所谓"徒袭格调而不得其真际者也"。他认为"文章即政事""文章政事合一"。这种主实际反空洞的诗学思想体现在他的一系列论述中。如王渔洋主神韵，认为盛唐诗皆兴象玲珑，而翁方纲《重刻吴莲洋诗集序》则认为，盛唐诸作"皆真实出之者也""按之皆有实地"。②《唐人律诗论》说："诗之理则实，如此而已矣。"③《拟师说》曰："天下之学务实而已矣，古今之学适用而已矣。"④ 其诗《渭川梅梦图三首》也说："尔又三年归读书，试将诗境皆求实。"⑤ 本着这种"务实""适用"的诗学观点，翁方纲甚至认为"出处大节，人之本也，艺文其末也"。（《赵子昂论》)⑥ 为此，当他的得意弟子谢启昆出守扬州时，翁方纲劝告谢启昆，诗文是"词章之末、凭眺之事"，勤俭尽职才是根柢，要谢启昆十年不为诗（《送谢蕴山之任扬州序》)。⑦ 在仕途和文学两者之间，翁方纲优先考虑的是仕途业绩。仕途业绩先于诗艺，这是师长对门生弟子的诤诤告诫，也是翁方纲肌理说的应有之义，这一点往往为学者们所忽略。这些都体现出翁方纲"肌理说"以着实为本反对空洞的诗学主张。⑧翁方纲论诗主"实"也是清代学术精神在诗学上的具体表现，梁启超《清代学术概论》指出："清学以提倡一'实'字而盛，以不能贯彻一'实'字而衰。"所以，单从诗学史的角度来看，"肌理说"只是翁方纲一人的诗学主张而已，但从更大的时代背景来看，这是一代学人的学术精神和审美情趣的必然结果。

余 论

翁方纲"肌理说"在当时影响很大，这与他的从政生涯有关。翁方纲先后典江西、湖北、顺天乡试，督广东、江西、山东学政，累至内阁学士、左迁鸿胪寺卿，曾参加乾隆、嘉庆御赐千叟宴、鹿鸣宴和恩荣宴，两次赐衔至二品官。几十年的从政生涯，加之位至人臣至尊，翁方纲一生门生故吏无数。这为他宣扬自己的诗学思想提供了广泛的人脉，从其文集中不难看出，诗学也是他在与各位门生故吏来往中的重要主题。翁方纲的"肌理说"之所以成为一大诗学流派，自有内在的学理依据和现实基础。其中不仅有翁方纲的理论和诗学实践，也有一大批翁氏弟子如谢启昆、吴兰雪、冯敏昌、黄培芳等在继承、传播和实践这一诗学主张，甚至到近代的宋诗派还能看到其影响。

（本文要点曾发表于《文学评论》2011年第4期）

---

① （清）李彦章校刻本，翁方纲撰：《复初斋文集》卷四。
② 同上。
③ 同上。
④ 同上。
⑤ （清）李彦章校刻本，翁方纲撰：《复初斋诗集》卷十一。
⑥ （清）李彦章校刻本，翁方纲撰：《复初斋文集》卷八。
⑦ 同上。
⑧ 翁方纲以实救虚的诗学主张招来后世诸多非议，此举数端：袁枚云："误把抄书当作诗。"（袁枚撰《小仓山房诗文集》，上海古籍出版社1988年版，第856页。）朱庭珍《筱园诗话》卷三："翁以考据为诗，恒叮书卷，死气满纸，了无性情，最为可厌。"（郭绍虞编《清诗话续编》本，上海古籍出版1983年版）林昌彝《海天琴思续录》："覃溪诗患填实，盖长于考据者，非不能诗，特不可以填实为诗耳。以填实为诗，考据之诗也。"（清光绪福州刻本林昌彝撰《小石渠阁文集》卷五）我们此处搁置此主张优劣不论，只谈其思想渊源。

《将赴兴国别同社五君子》之五君子考

徐海梅

内容提要： 周紫芝在《太仓稊米集》卷三十四中有诗《将赴兴国别同社五君子》，此同社五君子皆系何人，何时何地所结，他们的活动范围、创作诗篇以及文学思想的倾向如何？辨别考订作者曾经参加的诗社活动不仅有助于理解诗人的思想转变，也利于我们把握一个时代的文化风尚。欧阳光先生在《宋元诗社研究丛稿》中认为此同社五君子乃是竹坡在临安馆阁任上所从事的诗社活动。笔者从周紫芝的仕宦生涯以及交游状况入手，分析其酬和诗作，披拣史料，得出了不同的结论。初步断定此首别诗写于作者逗留家乡宣城之际。惜舒元相、徐美祖、王元东、雷飞卿、汪养源僻塞一隅，其生平皆不可详考，此五君子尚有待更丰赡的史料来佐证。在此勾稽周紫芝酬诗应社之踪迹，抛砖引玉以备进一步校证之需。

关键词： 周紫芝　五君子　宣城诗社

在《太仓稊米集》卷三十四中有诗《将赴兴国别同社五君子》，此同社五君子皆系何人，何时何地所结，他们的活动范围、创作诗篇以及文学思想的倾向如何？欧阳光先生在《宋元诗社研究丛稿》中根据"将赴兴国"字样就想当然认为此同社五君子乃是竹坡在临安馆阁任上所从事的诗社活动[①]。实则有误。

下面从《全宋诗》中录出这首诗：

> 欲倾酒杯话平生，又解孤舟作晓行。有友五人哪忍别，去家三岁若为情。一时但恐无耆旧，四海谁言有弟兄。归路若随清梦到，江南虽远不多程。[②]

首先让笔者来勾稽周紫芝的仕宦生涯。周紫芝虽博学嗜书，怀有追求功名的热情，然科场蹭蹬，官晚运蹇。他在六十一岁释褐之前一直过着场屋失意的贫儒生活。这段时间其主要活动在家乡宣城。

绍兴十二年（1142），始以廷对第三同学究出身。《嘉靖宁国志》卷八（中本）周紫芝传云："年六十一，始以廷对第三同学究出生。"[③]元人汪泽民、张师愚同编《宛陵群英集》卷十二、明凌迪知编《万姓统谱》卷六十一小传所载皆同。竹坡为官时虽年已花甲，却是他人生的一次大转折。从《太仓稊米集》卷二十《舟过道场山下将往游舟师告以雪途不可

[①] 参见欧阳光：《宋元诗社研究丛稿》上册，广东高等教育出版社1996年版，第222页。
[②] 徐建华：《全宋诗》第26册，北京大学出版社1998年版，第17377～17378页。
[③] 黎民修、李默纂：《嘉靖宁国府志（安徽）》卷八，《天一阁藏明代方志选刊》第23册，上海古籍1982年重印，1962年据明嘉靖十五年黎晨校刻本影印本。

行而止》一诗，到卷三十四《吴中舟行口号七首》注云"自吴归宣，出守兴国"，即从绍兴十二年到绍兴二十一年，周紫芝作了九年的京官。这一段时间所留诗篇占据总数的四分之一有余，是他创作的重要阶段。杭州是南宋的文化中心，作者在这段时期所结交的文人雅士对其创作和思想的转变也有着重要的影响。

据《宣城志》载，周紫芝初为官时，"调安丰军、霍邱税，不赴"，后来才"监户部曲院"。周紫芝赴任之初的三年，也即1142至1145年卜居在西湖之滨，官居九品。《太仓稊米集》卷五十九《与张尚书论移曲院》载其监户部曲院之事；另外卷六十一《盦蛇》一文中有云"某官居九品职在莞库"。曲院，在西湖上，卷二十一分别有诗《茗雪舟中戏题》下注云"时赴官行在，官舍在西湖上"。另外，卷二十五《与与同舍郎观潮分韵得还字一字江字三首一字江字为坐客作》自注："时自西湖徙城居"，都说明周紫芝的仕途是从监户部曲院开始，并且曲院在西湖之滨。直到1145年朝廷设六部架阁官，周紫芝以右迪功郎掌礼、兵两部。李心传的《建炎以来系年要录》卷一百五十三云："绍兴十五年，三月壬戌，复置六部架阁官六员。……右迪功郎周紫芝掌礼、兵部。"① 陆心源的《宋史翼》② 所记略同。周紫芝在《太仓稊米集》卷五十五有《谢礼兵部架阁官启》云"分曹领事，久罹管库之劳"。初任京都，离城索居，位卑而人微，这三年之中周紫芝的交际并不广泛。

在《太仓稊米集》卷二十五《时宰生日乐府四首》中，周紫芝回忆道："前者拔自莞库置之省闱，稗司吏犊以主其藏"，显然，周紫芝能留守京师，与秦桧的另眼相待不无关系。《江南通志》卷一百六十七记载："初，秦桧爱其诗，颇厚遇焉。"③ 应该说周紫芝得到秦桧的赏识早在他为官之初，而并非是他后来写了一系列的贺寿秦桧、秦熺之颂才得以提携。因此四库馆臣在《太仓稊米集·提要》认为周紫芝诗媚秦氏父子，"殊为老而无耻，贻玷汗青"④ 是比较片面的。实际上，在杭任职的周紫芝谨恪职守，其升迁基本上是依条例按年月而擢迁。《宋会要辑稿》载："绍兴十七年十一月六日……右迪功郎周紫芝、张好问为删定官，诏依进国子监条司体例，推恩于是。"周紫芝在《种罂粟》一诗中也说"翁来只作三年留，仅比浮屠桑下宿"，此时周紫芝正是在监户部曲院，其任所在西湖之滨，但竹坡知道自己在这里的任期只是三年，所以他才会犹豫"墙根有地一弓许，人言可种数十竹……竹成须待五六年，我已归乡卜新筑"。的确，绍兴十五年（1145）周紫芝从户部曲院的九品小官升迁为礼兵部架阁官，自此别西湖郊区户部曲院任所，迁入临安城中。《太仓稊米集》卷六十一《实录院种木》云："某绍兴丁卯秋七月，为详定一司敕令所删定官。后两月，会实录院修撰罢去，院且无官，朝廷不以某不肖，俾摄检讨官事。"绍兴十七年（1147），周紫芝相继担任敕令所删定官、枢密院编修官、权实录院检讨官。官阶由最低级的迪功郎升为承奉郎。周紫芝人老官闲，俸禄渐丰，在临安城中也开始构建自己的馆舍。其《蝇馆落成赋》云："静寄老人晏坐，有室狭隘褊小，仅容吾膝，名曰'蝇馆'。……治于八月之壬子，而落成于是月之甲寅。"（《太仓稊米集》卷四十一）周诗《实录院与道山隔墙，堂后修竹。仆饮余必曳杖婆娑其下，时闻奉常阅乐之声，故诗中有云韶之语》（《太仓稊米集》卷二十九）云其："天怜人老悲双鬓，官似僧闲占一寮"；葛立方有和诗《次韵周少隐梅花三绝》

---

① 李心传：《建炎以来系年要录》，丛书集成初编本，中华书局1985年版，第2547页。
② 陆心源：《宋史翼》，中华书局1991年版，第296页。
③ 《江南通志》卷一百六十七，影印文渊阁四库全书本。
④ 《太仓稊米集·提要》，影印文渊阁四库全书本。

云"蝇馆先生心若灰,犹怜梅花傍墙栽。"①

周紫芝这段时间与葛立方、林大鼐、章复游、王之道等优秀的诗人交往密切,或游览西湖、烹茶营舍;或赏花题画、限题命诗等,不仅培养了一系列精致高雅的生活情趣,而且在诗艺的形式主义追求上愈加精益求精。

绍兴二十一年(1151)辛未五月,七十岁高龄的周紫芝以右宣教郎、枢密院编修官兼权实录院检讨官出知兴国军。兴国军治,在今湖北阳新县,见《建炎以来系年要录》卷一百六十二。《太仓稊米集》卷五十二也有《别子刘子序》"岁辛未夏五月某奉天子命伸守富水"。富水,兴国有富池,故云。按宋兴国军因有富池湖,故谓之富州。治在今湖北阳新县。《舆地广记》卷二十五载:"望永兴县,本鄂县地。二汉属江夏郡,孙权改鄂为武昌,既而别置阳新县,属武昌郡。晋以后因之江左,又析置永兴县。隋平陈改阳新曰富川。开皇十一年省永兴入焉。十八年改富川县曰永兴,属鄂州。唐因之,皇朝置兴国军。有阖闾山,吴王阖闾与楚相持屯此。"关于出知兴国的原因,宋人李心传著《建炎以来系年要录》卷一百六十二记录周紫芝"右宣教郎枢密院编修官兼权实录院检讨官周紫芝知兴国军",在其下面特注明"紫芝不知何时权实讨,非进士出身人为史官前此未有,故出之"②。周紫芝是以特奏名进士身份释褐。但紫芝被出,似另有隐情,《嘉靖宁国府志》卷八中也有记载:"始秦桧爱其诗云'秋声归草木,寒色到衣裘',留京,每一诗出,辄称赏不已,后和御制诗云:'已通灌玉亲祠事,更有何人敢告猷',桧谓其讽己,怒出之。"③ 这两句诗是作于十九年十一月的《恭和御制郊祀喜晴诗》尾联,早在绍兴十七年周紫芝作的《贺秦太师改封益国公启》中就有"通灌火以亲祠"之语,所以忤秦之说也是不够充分的。但可以肯定的是周紫芝的政治觉悟随着他在官场上年岁日久而有所提高,政治上的主张一旦改变,现实中的压抑挫折就随之而来。自此之后,周紫芝在创作上也必然会走上一条委曲求全的道路来摆脱一直令他备感尴尬的生存困境,这与一些一味依附权势、中伤善类的卑劣之徒是有区别的。

大约1151年十二月周紫芝到达兴国始揖郡事,《太仓稊米集》卷六十一《妙香寮》有云"余以辛未十二月之吉始从郡事"。《太仓稊米集》卷六十六《书具茨集后》有云"今年揭来富州……绍兴壬申二月庚午妙香寮书"。周紫芝于绍兴二十一年出知兴国军,取道归宣州,绍兴壬申,即绍兴二十二年(1152)周紫芝携家赴任兴国军,有诗云"吴帆送我作东归,双玉重新见两溪。脚踏故乡犹未稳,仍携十口过江西"(《太仓稊米集》卷三十四《宿能仁作》),自注"时赴兴国"。而《太仓稊米集》卷三十五有诗《借书》自注"到兴国"。古稀之年的周紫芝驻守兴国,与以往的文会社友天各一方,"江北江南几度秋,梦里朱颜换"(周紫芝《卜算子·席上送王彦猷》),星移物换,年华衰变,故有感慨万千。王彦猷作有《卜算子》(和兴国守周少隐钱别万山堂)云:"拄颊看西湖,屡对纶巾岸。江上相从醉万山,六见年华换。君唱我当酬,我醉君休管。明日醒时小艇东,莫负传书雁。"④(《相山集》卷三)《嘉靖宁国府志》本传云"为政简静不扰而事亦治"。竹坡在兴国的治所取名"妙香寮"。这段时间,他与永兴令郭元寿、县丞刘颖等多有唱和。

《宣城志》记载他出知兴国后,"秩满,奉祠居庐山"。《宋史翼》亦云其"秩满,乞祠

---

① 徐建华:《全宋诗》第 26 册,北京大学出版社 1998 年版,第 21803 页。
② 李心传:《建炎以来系年要录》,丛书集成初编本,中华书局 1985 年版,第 2547 页。
③ 黎晨修、李默纂:《嘉靖宁国府志(安徽)》卷八,《天一阁藏明代方志选刊》(第 23 册),上海古籍 1982 年重印,1962 年据明嘉靖十五年黎晨校刻本影印本。
④ 王之道:《相山集》,影印文渊阁四库全书本。

寓居九江之庐山以终"。《太仓稊米集》卷三十七诗《晓发永城》下注云"时任满得祠"。时间是1153年，十二月兴国军任满得奉祠庐山（《嘉靖宁国府志》本传）。周紫芝奉祠归老九江之后，因为身体不好，不耐烦嚣，也很少外出交游。秀丽的庐山风光和迷离的长江巨浪可以洗涤词人的心绪，寄情于自然山水。陈天麟《太仓稊米集序》云："自兴国守罢居九江，贫不能归宣城，而江山之胜，盖为晚助云。"周紫芝晚年卜居庐山之颠，自号"二妙堂"。《太仓稊米集》卷三十七《次韵强幼安中大以仆筑室镰溪见寄》自注："仆所居山顶作堂，下见长江、庐阜，故号'二妙'，自号'二妙老人'。"《竹坡词》卷三《千秋岁》，亦自注"春欲去，二妙老人戏作长短句留之，为社中一笑"。有文《二妙堂》《二妙堂落成家集》（《太仓稊米集》卷六十二）。周紫芝奉祠九江时因功成身退，已经无政事滋扰，也结识了许多慕名前来拜访的各级官僚和地方名士，比如《竹坡词》中所提及的人物石熙明、路使君、孙祖恭、侯彦嘉、杨师醇等，在文学艺术上给后辈以积极的引导和示范作用。

以上的仕宦生涯及交游线索有助于我们梳理周紫芝的入社酬和情况，也可以更清晰地展现南渡之后宣、杭等江南之地的诗社状况。

根据史料及诗文记载，周紫芝在赴兴国任之前，是先归省故乡宣城，并在宣城逗留有日。《太仓稊米集》卷三十四中有诸多诗记载了这段归省而后赴兴国的事实，例如《仆归自武林，蒙舒元相、徐美祖诸君皆惠诗。乍归，老倦未苏，姑以二诗为报，聊以塞后时之责耳》《次韵元相阅猥稿见赠二首》《谒梅公墓》等诗。同卷另有一诗更可资参证，即《宿能仁作》（时赴兴国）云："吴帆送我作东归，双玉（明抄校作眼）重新见两溪。脚踏故乡犹未稳，仍携十品（徐本作口）过江西。"① 诗中所言从吴地回归故乡，脚跟还没站稳便携家带口奔赴江西。回来小憩的这段时间，一些老朋友纷纷来看顾问候，并且安慰竹坡，《太仓稊米集》卷五十二《别子刘子序》云："岁辛未（1151）夏五月，某奉天子命俾守富水，归自吴至于江之南，客皆为仆贺曰：'富水去大江不数十里，环湖皆山，明秀可喜，而又米滑如跳珠，鱼白如切玉，羊肥河朔，酒甲江西，子可以乐矣。'余虽自喜亦窃自忧，郡无佳士，虽摩挲饱腹，日饮无何乐则乐矣。然入将谁与吾言乎？出将谁与吾嬉乎？吾有疑将谁问以质乎？吾有唱将谁和以应乎？吾有过则又于谁就以正耶？吾又何异于逃空虚之谷，处魋鼯之径，而望似人者之至耶。"但周紫芝并不是在乎所守的兴国物质是否富裕，而是悲叹与社友分别后，"吾有唱将谁和以应乎？"周紫芝认为到一个地方，关键是看周围是否有志同道合的朋友，他在《别子刘子序》中说道："士大夫从禄四方者，将拟于吏曹，必先询诸人……独不闻其言曰：吾将居是邦也，大夫之贤者有几，士之仁者有几，风流之可尚、词采之可观者有几？吾将偕而与之游焉。则其所问岂不贤于是数者哉。"

在这次短暂的归省中，周紫芝和答赠诗者在《太仓稊米集》卷三十四中恰有四人：舒元相、徐美祖、王元东、雷飞卿。

徐美祖，生平事迹不祥。《太仓稊米集》卷三十四有诗《仆归自武林，蒙舒元相、徐美祖诸君皆惠诗。乍归，老倦未苏，姑以二诗为报，聊以塞后时之责耳》云："红尘染尽去时衣，愁入双蓬鬓发稀。故国几番随梦到，长安十度送春归。懒看乌帽朝骑马，却忆黄绸昼掩扉。鸟倦知还吾已老，会令双鹄贴云飞。""相国风流原有种，徐卿苗裔固应稀。青衫好着君犹未，黄发无多我合归。清梦晓听湖上雨，暮年犹借水边扉。南来未是安巢鸟，拟趁西风着处飞。"

---

① 周紫芝：《太仓稊米集》，影印文渊阁四库全书本。

因为"南来未是安巢鸟",对于曾经同社的君子舒元相、徐美祖诸人的惠诗如同梦境般,倦意未苏。但从诗的内容来看,时间是可以确定的,即从钱塘归宣待赴兴国,即1151年。另从《太仓稊米集》卷二十五诗作《顷与徐美祖、汪养源同游杯渡道场,余来钱塘,而二君再游以诗见寄》,可以得知徐美祖、汪养源则是周紫芝在宣城的故交,志同道合,曾经游历隐静山杯渡道场而酬和赋诗。关于杯渡道场,宋韩元吉所撰《南涧甲乙稿》卷十五有《隐静山新建御书毗卢二阁记》云:"夫名山川惟隐静,以梁慧严师杯渡道场获受此赐。"宋李之仪所撰《姑溪居士前集》卷四十四有《请悟老住隐静》云:"碧霄胜地、杯渡道场乃东南第一丛林,真佛祖第三境界。"《嘉靖宁国府志》卷四《次舍纪·南陵县·隐静寺》记:"隐静寺,县西三十里。"其后在清《乾隆太平府志》卷三《地理志·山川·繁昌县》中,对该山的记载颇详:"隐静山,在邑东南三十里铜官乡,高二百八十丈。旧传杯渡禅师栖隐地。峰五:曰碧霄,曰桂月,曰鸣磬,曰紫气,曰行道。有泉二:曰金鱼、喷云。金鱼在碧霄峰,喷云在桂月峰下。旁有洞,曰宿猿,亦称卓锡寺。当五峰之会,巘岘拱合。右瞰西庵,左顾降福殿。钟声鞺鞳,从松涛竹浪中出。距寺二里许,双松对峙,势若虬蠖,为杯渡手植。古涧委折,殷雷轰地,肺间胜览,无过此者。"《元丰九域志》卷六在当涂县条下载有"桂月峰,梁杯渡师经行之地也"①。当涂与宣城间,距离芜湖很近。也在繁昌境内,距离无为更近。周紫芝在诗中写道:"当年三士各清狂,下马同寻古道场。人在诸峰朝着屐,天教我辈夜分床。胜游已是成陈迹,晚路何堪更异乡。闻道重来苦相忆,为君日转九回肠。"可知这首诗作于周紫芝绍兴十二年以后释褐临安馆阁任上了,家乡的朋友旧地重游时,还念念不忘寄诗与竹坡共赏。周紫芝曾经游历过隐静山毋庸置疑,至于次数却不得而知,在《太仓稊米集》卷三有诗《宿隐静作》云:"短策羸骖山路长,松阴十里午风凉。飞来一水自碧落,屹立五峰聚宝坊。青鸟也随人听法,老禅聊为客烧香。泉声绕枕浑如雨,月色满岩疑是霜。"

竹坡除了遥和杯渡道场之诗,另外还与徐美祖和韵的诗有《次韵徐美祖梅花》:"我得孤山已恨迟,水边无复昔年枝。花随此老俱成梦,诗似徐郎今有谁。陇使醉将春作信,广平应解玉为肌。五更笑语香中意,只有罗浮晓月知。"(《太仓稊米集》卷二十五)

在《太仓稊米集》卷三十四,另有《王元东寄长篇病中未能和韵先寄此诗为谢》《次韵元相阅猥稿见赠二首》《次韵美祖用元相韵以广后山之意读之汗下愧不自胜》《次韵飞卿二首》,诗内多有赠别之意,尤其是《次韵飞卿二首》云:"君当别我休辞醉,我亦匆匆恐问途",最后紧接着的诗作是《将赴兴国别同社五君子》。关于雷飞卿,《太仓稊米集》卷八有诗《次韵雷飞卿雪中掉小舟见过》,卷二十有诗《次韵雷飞卿送其女兄南归》《次韵雷飞卿游山时余以病不往》《舟中次韵飞卿赠别长句》。《舟中次韵飞卿赠别长句》诗云:"一病能令百念阑,霜蓬零乱照衰颜。心知只可开三径,炙手何劳叩八关。老喜社中多臭味,梦思方外有跻攀。劝君莫放寻山屐,赢取浮生半日闲。"从"老喜社中多臭味"句,看竹坡在家乡与雷飞卿确实有共同参与的结社活动,但是否即同社五君子尚不能盖棺定论。从《太仓稊米集》卷二十四诗《次韵飞卿》所云:"随计京华忆去年,梦魂合眼到家山。早无半菽能糊口,晚得三钟只汗颜。"以及卷三十四诗《飞卿携去腊书见过中有诗次韵》云:"强着玄端与沐猴,随人作计偶乘流。昔时来往从三径,今日崎岖念一丘。千里回思家似梦,十年赢得鬓双秋。缁尘满面君应笑,京洛相逢只自羞。"从这些诗作的内容来看,周紫芝通籍馆阁,

---

① 王存等:《元丰九域志》,中华书局1984年版,第241页。

赴任京都之际，仍与家乡社友书信往来、酬和密切。

依据《太仓稊米集》依时而序的特点，卷三十四从吴中舟行到仆归自武林，接着便是与旧耆酬和，紧跟着才是这首《将赴兴国别同社五君子》。诗中并有"又解孤舟作晓行"之语，已可初步断定此首别诗写于逗留家乡宣城之际。惜舒元相、徐美祖、王元东、雷飞卿生平皆不可考，再加上前面提及的汪养源，生平亦不详。此五人是否即同社五君子，尚有待更完备的史料进一步佐证。

周紫芝虽科场踬蹬，六十年的大半生生涯都是在宣城度过，然其一生嗜书如命，又广结善缘。建炎间，西洛吕公以尚书右丞作镇宛陵之际，周紫芝即被吕好问、吕本中父子延揽提携，号为"宣城四士"之一，在地方颇有时名。除此而外，周紫芝积极入世，与众多优秀的诗人交往密切，或烹茶营舍，或限题命诗，培养了一些精致高雅的生活情趣，在诗艺的形式主义追求上愈加精益求精。因此也被视为江西诗派的后进诗人。但周紫芝在不同的时期，或者同一时期从不同的社团中接受过许多同郡诗人的影响，继眉山之后，诗风特为秀出，终在南渡之际开宗别派，被陈天麟誉为在山谷、后山派中亦为小宗矣。宣城相对京都来说，地理位置仍属隐蔽，周紫芝在本郡所交往的文人大多是政位不显的隐逸雅士，因此他们一些风雅的诗社活动没能在史册上占据一席之地。我们今天所能看到的只是《太仓稊米集》中的零星记载，隐约透露出作者曾经参加诗社活动的踪迹。

《六州歌头·项羽庙》与北宋初年词坛生态

许芳红

淮阴师范学院文学院

内容摘要：刘潜的《六州歌头·项羽庙》记叙了项羽一生的事迹，塑造了一位叱咤喑噁、气充苍穹的悲剧英雄形象，风格慷慨悲凉，激昂遒劲。此词产生于北宋初年，远远早于苏轼。本文以刘潜《六州歌头》为中心辐射北宋初年词坛，在词史及北宋初年词坛生态的描述中，在对《六州歌头》词牌风格的考察中，认为：苏轼并非豪放词的首发作家，范仲淹也不仅仅是北宋初年词坛豪放词的唯一先驱，贺铸的《六州歌头》（少年游）也并非受到苏轼的影响所作。一种文学体裁主导风格的形成是一个复杂的过程，其丰富性与复杂性并不能为文学史家的主观逻辑所预设。

关键词：《六州歌头》 词坛生态 豪放词风 词牌风格

《六州歌头·项羽庙》为北宋初年作品，全词如下："秦亡草昧，刘项起吞并。驱龙虎。鞭寰宇。斩长鲸。把櫑枪。血染彭门战。视馀耳，皆鹰犬。平祸乱。归炎汉。势奔倾。兵散月明。风急旌旗乱，刁斗三更。命虞姬相对，泣听楚歌声。玉帐魂惊。泪盈盈。　恨花无主。凝愁绪。挥雪刃。掩泉扃。时不利，骓不逝。困阴陵。叱追兵。喑呜摧天地，望归路，忍偷生。功盖世。成闲纪。建遗灵。江静水寒烟冷，波纹细、古木凋零。遣行人到此，追念痛伤情。胜负难凭。"此词作者是谁，说法不一，《唐宋诸贤绝妙词选》卷五认为此词是刘潜（仲方）所作。而陈师道的《后山诗话》则认为是李冠所作："冠，齐人，为《六州歌头》，道刘、项事，慷慨雄伟。刘潜，大侠也，喜诵之。"[①] 认为刘潜喜欢诵读李冠词，而非刘潜自作。当代著名学者吴熊和先生支持陈师道的观点，认为："《唐宋诸贤绝妙词选》卷六，又有李冠《六州歌头》一首，咏骊山，与此同为怀古之作，且末句'使行人到此，千古只伤歌，事往愁多。'与此词结句相似，疑作李冠词为是。"[②] 吴先生虽然以李冠的另一首词风相近的《六州歌头》作为证据，但终究难以坐实，难成定论。

"刘潜，字仲方，曹州定陶人，少卓逸有大志，好为古文，以进士起家，为淄州军事推官，尝知蓬莱县，代还，过郓州，方与曼卿饮，闻母暴疾，亟归母死，潜一恸遂绝，其妻复抚潜大号而死，时人伤之曰：'子死于孝，妻死于义。同时以文学称京东者，齐州历城有李冠，举进士不第，得同三礼出身，调乾宁主簿卒。有《东皋集》二十卷。"[③] 刘潜极具豪侠色彩，据《宋史·石延年传》记载："石延年喜欢剧饮，尝与刘潜造王氏酒楼对饮，终日不交一言。王氏怪其饮多，以为非常人，益奉美酒肴果，二人饮啖自若，至夕无酒色，相揖而

---

① 陈师道：《后山诗话》，载何文焕辑《历代诗话》，中华书局1981年版。
② 吴熊和：《唐宋词通论》，上海古籍出版社2010年版，第152页。
③ （元）脱脱等著：《宋史》，北京图书馆出版社影印本2005年版。

去。明日,都下传王氏酒楼有二仙来饮,已乃知刘、石也。延年虽酣放,若不可撄以世务,然与人论天下事,是非无不当。"①《宋史·颜太初传》也曰:"范讽、石延年、刘潜之徒喜豪放剧饮,不循礼法,后生多慕之。"②《宋史》关于李冠的记载较少,我们从一些片断的记载中知道李冠与刘潜关系极好,《宋史》言及张揆时曰:"少从刘潜、李冠游。"③ 可见,李冠性格应与刘潜相类。《六州歌头》咏叹了楚汉相争中项羽从起兵到失败的历史过程,作者悲歌慷慨,词风苍凉激越,充满风雷之色,其风度神彩不让于苏轼与辛弃疾豪放词的任何作品。在北宋词坛上,贺铸、张孝祥以及刘辰翁的《六州歌头》均为后人津津乐道,享誉甚高,而刘潜④的《六州歌头》则很少有人提及,本文拟以刘潜《六州歌头》为中心辐射北宋初年词坛,在词史及北宋词坛生态描述中,探讨豪放词风形成及其发展的相关问题。

一

宋词风格多样,简而言之,则分婉约与豪放两体,明代张綖《诗余图谱》云:"词体有二,一体婉约,一体豪放。"⑤ 论词者向来都以婉约为正,豪放为变,而变者则自东坡始,宋人刘辰翁《辛稼轩词序》:"词至东坡,倾荡磊落,如诗如文,如天地奇观。"近人也多持此观点,如诸葛忆兵先生在《北宋词史》中亦云:"传统区分宋词风格,有'婉约''豪放'之说,苏轼便是'豪放'词风的开创者。"⑥ 而贺铸的《六州歌头》向来被认为是苏轼与辛弃疾之间的过渡,如程千帆先生主编《两宋文学史》云:"(贺铸《六州歌头》)词情高亢激越,苍凉悲壮,表现了有心报国而无路请缨的不平之气。这是在北宋词中极为罕见而对南宋爱国主义的英雄词风的产生起了先导作用的独特存在。"⑦ 王水照先生主编《宋代文学通论》一书亦说:"其中《六州歌头》'少年侠气'最称悲壮:上片追忆'少年侠气',在短韵促节中迸发出雄壮豪迈气势,为下片壮志难展之悲作铺垫;下片转入悲愤,歇拍以苍茫浩叹为结,更增雄浑之致。词中化用前代豪杰悲壮类典事成句,调度以入音律,挥洒自如地抒发了抑郁心怀的慷慨怨愤之情,显露出苏轼开创的革新词派创作观念对传统流派创作风格的某种影响。"⑧ 黄文吉先生在《北宋十大词家研究》中也认为:"就是像这样(六州歌头)直接反映现实,表现英雄志士的爱国热情,可以说是上承苏轼'密州出猎'的《江神子》(老夫子聊发少年狂),下开南渡、南宋词人如朱敦儒、张元幹、陆游、张孝祥、辛弃疾、陈亮等力主抗金的爱国词篇,影响非常深远。"⑨ 苏轼为豪放词风的开创者,而贺铸则是苏轼与辛弃疾之间的过渡者,此种观点已为学界定论,似乎已毋庸置疑,然细观苏轼之前词坛创作,细较《六州歌头》的词牌特点,我们认为此类判断并不符合词坛实际。

首先,刘潜的《六州歌头》词风悲慨激烈,它的出现在时间上远远早于苏轼的第一首豪放词《江城子·密州出猎》。刘潜的《六州歌头》记叙了项羽一生的事迹,塑造了一位叱

---

① (元)脱脱等著:《宋史》,北京图书馆出版社影印本2005年版。
② (元)脱脱等著:《宋史》,北京图书馆出版社影印本2005年版。
③ (元)脱脱等著:《宋史》,北京图书馆出版社影印本2005年版。
④ 这里姑且称之为刘潜作品。
⑤ (明)张綖:《诗余图谱》,明刊本。
⑥ 诸葛忆兵:《北宋词史》,黑龙江教育出版社2002年版,第60页。
⑦ 程千帆、吴新雷:《两宋文学史》,上海古籍出版社1991年版,第201页。
⑧ 王水照:《宋代文学通论》,河南大学出版社1997年版,第156页。
⑨ 黄文吉:《北宋十大词家研究》,台湾文史哲出版社1996年版,第290页。

咤喑噁、气冲苍穹的失败英雄形象。项羽崛起于秦末乱世，成就盖世功业，然最终四面楚歌，兵败垓下，乌江自刎，留下一个令人叹息不已的壮美人生。此词开篇即以极简短的"秦亡草昧"四字将读者带入秦代末年群雄逐鹿的纷争乱世，"刘项起吞并"则将刘邦与项羽置于时代大背景上，"吞并"二字突出了二人的非凡气概与野心，前两句高屋建瓴，起笔不凡。"驱龙虎"后则以连续四个三字句，以迅捷的节奏与千钧笔力活画出项羽当时勇夺三军、所向披靡的枭雄形象，"龙虎""长鲸"意象代表实力雄厚的章邯、王离，在巨鹿之战中，他破釜沉舟，决一死战，俘虏了秦朝大将王离，使主帅章邯投降，一举摧毁了秦军主力，威震诸侯。"寰宇"与"枪"可见项羽横扫千军之英豪之势，而"驱""鞭""斩""扫"等动词均来势汹汹、力量千钧，项羽年轻时的"力拔山兮气盖世"的雄豪英武之形象如在眼前。"血染彭门战"触目惊心，当年楚汉战场的惨烈如在眼前。"视余耳，皆鹰犬"则活画出项羽的不可一世与极度自信。"平祸乱"三句写尽当时项羽平定天下的武功业绩。"兵散月明"句则风格陡转，由慷慨激昂而至低沉凄楚。"风急"二句极力渲染项羽兵败与虞姬绝别时的阴沉与苍惶之景。"命虞姬"三句直至下阕五句以极为细致的笔墨再现了霸王别姬时的难舍难分，虞姬香消玉殒时的凄凉。"困阴陵"五句再现项羽垓下之围的走投无路，满溢英雄末路的悲凉。"功盖世"三句是作者对历史谁主沉浮、风云变幻的无奈叹息。"江静水寒"三句以苍凉萧瑟之自然界景色写作者内心的悲伤与悼念之情，静静的江水，冰冷的烟雾，凋零的古木，景色与情感浑然一体，此时无声胜有声。"遣行人到此"三句以议论结尾，直接抒发作者对项羽命运的痛惜与对历史的喟叹。作者以项羽的人生为主线，以极富力度与节奏感的句式介绍了项羽壮烈而又悲剧的一生，可谓悲歌慷慨，豪放激荡！相较贺铸、张孝祥的《六州歌头》，刘潜的《六州歌头》豪不逊色。此词是北宋初年作品，刘潜与石延年同时，石延年生于994年，卒于1041年①，估计刘潜也大概活动于这段时间，李冠约生于1019年，约宋真宗天禧（1017—1021）前后在世，按照传统的说法，苏轼最早的编年作品始于熙宁五年（1072）②，他的第一首豪放词《江城子·密州出猎》则写于熙宁八年（1075），所以，无论《六州歌头》是刘潜还是李冠的作品，我们都可以确定此词创作时间远远早于苏轼的《江城子·密州出猎》。我们一直认为范仲淹的《渔家傲·塞下秋来风景异》是"穷塞主之词"，是苏轼豪放词风的先驱，但实际上刘潜的这首《六州歌头》并不比范仲淹的《渔家傲》逊色。

其次，刘潜的《六州歌头》并并无独有偶，北宋初年词风豪放遒劲的作品颇多。唐圭章先生所编《全宋词》存刘潜词二首，另一首为《水调歌头》："落日塞垣路，风劲戛貂裘。翩翩数骑闲猎，深入黑山头。极目平沙千里，惟见弯弓白羽，铁面骇骅骝。隐隐望青冢，特地起闲愁。　　汉天子，方鼎盛，四百州。玉颜皓齿，深锁三十六宫秋。堂有经纶贤相，边有纵横谋将，不作翠娥羞。戎虏和乐也，圣主永无忧。"③ 此词吟咏昭君和番之事，笔力雄杰，阳刚气十足。与刘潜同时代的李冠之《六州歌头·骊山》也一直为人忽视，不妨抄录如下："凄凉绣岭，宫殿倚山阿。明皇帝。曾游地。锁烟萝。郁嵯峨。忆昔真妃子。艳倾国，方姝丽。朝复暮。嫔嫱妒。宠偏颇。三尺玉泉新浴，莲羞吐、红浸秋波。听花奴，敲羯

---

① 唐圭璋：《全宋词》，中华书局1965年版，第112页。
② 莫砺锋：《文体间的渗透——苏轼的"以诗为词"》，载《古典诗学的文化观照》，中华书局2005年版，第67页。关于苏轼何年开始写词，此文作了极为详细的辨证。苏轼从熙宁五年开始写词基本已成学界定论。
③ 此词首见《唐宋诸贤绝妙词选》卷五，别又作黄庭坚词，载《山谷琴趣外篇》卷一。

鼓,醑奏鸣鼍。体不胜罗。舞姿婆娑。正霓裳曳。警烽燧。千万骑。拥珊戈。情宛转。魂空乱。蹙双蛾。奈兵何。痛惜三春暮,委妖丽,马嵬坡。平寇乱,回宸辇。忍重过。香紫囊犹有,鸿都客、钿合应讹。使行人到此,千古只伤歌。事往愁多。"此词叙述杨贵妃的一生,写其"三千宠爱在一身"的得意、倾国倾城之美艳、"安史之乱"中的魂消魄散,抒发了作者的无限悲慨。此词虽以女性为主角,也多有笔墨描写杨贵妃的美貌,但却与艳情无涉,风格遒劲苍凉。北宋初年词坛词风不为婉约所牢笼的作品并非只有这几首,其他如欧阳修的《浪淘沙》(五岭麦秋残)借咏杨贵妃独好荔枝之事,抒发历史兴亡之感;裴湘《浪淘沙》(雁塞说并门)写雁门关之雄伟阔大的景观,透露无限历史兴衰之慨;王禹偁《点绛唇》(雨恨云愁)表现了作者想建功立业的愿望,同时也隐含着人生失意的郁闷,风格清旷苍凉,与唐五代、宋初那些春花秋月、雨恨闲愁的作品截然不同。潘阆《酒泉子十首》其十吟咏钱塘江潮水之磅礴壮观,赞叹弄潮儿轻松驾驭潮水的英勇无畏,传达出人定胜天的豪情,可谓气势淋漓、大气磅礴!林逋《霜天晓角》(冰清霜洁)写词人对梅花的喜爱,歌咏的却是词人自己所怀有的那种梅花般高洁的品格,抒写梅花独立尘俗的高洁,暗含对自己高尚品质的自许;寇准《阳关引》(塞草烟光阔)抒发对友人的思念之情,境界阔大,风格豪放,《苕溪渔隐丛话》后集卷九称此词"语豪壮,送别之曲,当为第一"。王安石今存词29首,多为深刻雄健、苍凉激越之篇,无声情婉媚、剪红刻翠之作,刘熙载《艺概·词曲概》称其"瘦削雅素,一洗五代旧习",龙榆生《唐五代词选》称其"笔力豪纵,不为妖媚语,一如其诗文"。我们现在都认为唐五代《花间词》树立了词的创作范本,形成了词体专言"要眇宜修"情感之特质,但从北宋初年词的创作现状来看,《花间集》的影响并未能延续,北宋初年词坛生态依然表现出与唐代一样的状态。

我们若重新审视一下唐五代词坛,就可轻而易举地发现,北宋初年的词坛生态正是对唐五代词坛的全面继承。词在产生之初,它的内容范围极其广阔,并非专抒男女之情,专咏春花秋月。就边关风光与豪放情怀而言,早在中唐则有韦应物的《调笑》:"胡马,胡马,远放燕支山下。跑沙跑雪独嘶,东望西望路迷。迷路迷路,边草无穷日暮。"词写西北雄浑如画的草原风光,气象开阔,风格豪放遒劲。敦煌词集中也有一些歌颂爱国统一内容的作品,如《菩萨蛮》(敦煌古往出神将)、《献忠心》(生死大唐好)等,这些词表达了"安史之乱"以后边地人民所遭受的苦难以及衷心盼望国家强盛、大唐帝国再获统一的强烈愿望。事实上,唐五代词之内容极其丰富庞杂,王重民先生在《敦煌曲子词集叙录》中说:"有边客游子之呻吟,忠臣义士之壮语,隐君子之怡情悦志,少年学子之热望和失望,以及佛子之赞颂,医生之歌诀,莫不入调。其言闺情与花柳者,尚不及半。"[①]

细考中唐以来至北宋初年的词坛,我们发现婉约词并未形成一统天下的局面,词作风格一直处于多家共存、各领风骚的状态。

二

《六州歌头》这一词牌本身就限定了词之激越悲壮的风格,其风格并非为某人所独创,更不存在后人受前人影响的问题。程大昌在《演繁露》中这样说:"《六州歌头》,本鼓吹曲也。近世好事者倚其声为吊古词,音调悲壮,又以古兴亡事实文之。闻其歌,使人慷慨,良

---

① 王重民:《敦煌曲子词集叙录》,载王重民《敦煌曲子词集》,商务印书馆1950年版。

不与艳词同科，诚可喜也。"《旧唐书·音乐志》："鼓吹本军旅之音，马上奏之。"郭茂倩《乐府诗集》（卷二一）云："鼓吹，马上奏之，用之军中，马上所奏是也。"可见，《六州歌头》本为雄壮之曲。明代杨慎所撰《词品》中有类似的说法："六州歌头，本鼓吹曲也，音调悲壮。又以古兴亡事实之，闻之使人慷慨，良不与艳词同科，诚可喜也。六州得名，盖唐人西边之州，伊州、梁州、甘州、石州、渭州、氐州也。此词宋人大祀大恤，皆用此调。"① 清沈雄《古今词话·同品》上卷云："唐人率多小令，《尊前集》载唐庄宗歌头一阕，不分过变，计一百三十六字，为长调之祖。苦不甚佳。按歌头系大石调，别有《六州歌头》《水调歌头》，皆宜音节悲壮，以古兴亡事实之，良不与艳词同科者。"② 由此，我们可以看出，《六州歌头》这一词牌本身就限定词作感情之激越，风格之慷慨。著名词学家龙榆生先生曾说："譬如《六州歌头》，只适宜于抒写苍凉激越的豪迈感情，如果拿来填上缠绵哀婉、抒写儿女柔情的歌词，那就必然要导致'声与意不相谐'的结果。"③ 从句式上来讲，《六州歌头》大量为三言短句，语短气促，这些三言句一气驱使，旋折而下，就形成了"繁音促节"的艺术效果，刚好可以表达那种急迫排荡、激昂悲壮的情绪。清代词评家沈祥龙云："词之体各有攸宜，如吊古宜悲慨苍凉，纪事宜条畅滉漾，言愁宜呜咽悠扬，述乐宜淋漓和畅，赋闺房宜旖旎妩媚，咏关河宜豪放雄壮。得其宜则声情合矣，若琴瑟合一，便非作家。"④ 不同的词调具有不同的声情特征，有的和畅，有的苍凉，有的呜咽，有的妩媚，有的豪放雄壮，虽然"宋词不尽依宫调声情"，声与意往往并不相谐，但北宋紧随唐五代而来，咏题与选调之间并未完全脱离，词调所规定的词之规模大小，句子之长短，平仄之差异，节奏之缓急，都会影响词之情感的表达。所以，吴世昌先生《词林新话》卷一《词论》第25条说："词之形式，'豪放''婉约'，乃由题材决定，非欲故意创某派、某风，如写猎词岂能用闺房声？同一送别，与朋友送别和与歌女送别即大不相同，与家属相别更不同，……要在咏题与选调耳。"⑤ 从时间上来说，刘潜的《六州歌头》产生于北宋初年，贺铸的《六州歌头》产生于北宋末年，张孝祥的《六州歌头》产生于南宋初年，而苏轼则在北宋中期将豪放词风发扬光大，对于文学史的书写而言，我们很容易得出贺铸受了苏轼词风的影响，并成为苏轼与辛弃疾之间的过渡的结论，也容易得出张孝祥受贺铸影响的结论，从刘潜《六州歌头》早在苏轼之前就已如此激昂排荡，从《六州歌头》词牌本身风格特点两方面，我们不难看出，实际上这样的结论都是想当然的结果，并不符合历史事实。

综上所述，我们可以得出苏轼并非豪放词的首发作家，范仲淹也不仅仅是北宋初年词坛豪放词的唯一先驱，贺铸的《六州歌头》（少年游）也并非受到苏轼的影响所作。一种文学体裁主导风格的形成是一个复杂的过程，其丰富性与复杂性并不能为文学史家的主观逻辑所预设。

---

① （明）杨慎：《词品》，唐圭璋《词话丛编》第一册，中华书局1986年版，第430页。
② （清）沈雄：《古今词话》，唐圭璋《词话丛编》第一册，中华书局1986版，第837页。
③ 龙榆生：《词学十讲》第三讲《选调和选韵》，北京出版社2011年版。
④ （清）沈祥龙：《论词随笔》，《词话丛编》，中华书局1986年版，第4049页。
⑤ 吴世昌：《词林新话》，北京出版社2002年版，第12页。

文章学对古代小说文法论之影响*

杨志平

江西师范大学文学院

内容摘要：文章学是关于时文与古文写作技巧与艺术思想的理论总结，对古代小说文法论产生了深刻影响。对这一影响的评价应该持有客观理性的态度。文章学影响小说文法论主要是从本体观念、结构观念以及具体写法等层面体现的。

关键词：文章学　古代小说　文法论　影响

作为主要以散体文写作的文体形式，古代小说自然与传统的古文、时文等文章体制有着类似之处，因此由古文、时文批评而形成的文章学也就不免对小说批评产生相当影响。此处所谓"文章学"主要是指自南宋直至明清均较为兴盛的关于古文评点与时文评点的理论，具体而言，它侧重于就古文、时文的艺术规律与写作技巧作以细致入微的抉发与总结，诸如结构线索、谋篇布局、勾连转换等写作环节均成为评点的重心所在。[②] 作为"真正意义上的文学评点"[③]，文章学不仅在批评体式与功能上影响了小说评点的形成，而且其中的技法理论与技法术语亦成为小说技法论的最主要来源。也正是如此，人们在否定古文与时文价值的同时往往否定了文章学的价值，而否定文章学的价值也就往往连带地否定了小说技法论的价值。这种做法本身的正误且不论，单从这种思维逻辑即可看出小说技法论与文章学存在极为密切的关联。在经历了对以往所谓反传统、反封建思潮的反思之后，研究者逐渐开始以较为平和的心态来理性地审视文章学自身价值及其产生的文学影响，这无疑是文学研究之大幸。

仅从文体特征而言，古文与八股文大体应分属两类不同的文体，不过自晚明以后，古文与八股文融合的趋势较为明显。如果说古文与八股文在文体面貌上还存有一些差异的话，那么从古文评点与八股文评点的实际形态来看，两者在评点术语、评点体制以及评点动机等方面均极为一致，用以评点古文的一套批评观念与批评方式同样适用于评点晚出的八股文，而专见于八股文评点中的批评用语亦能较好地为古文评点所吸纳融会。这一点已得到研究者论证，殆成共识，故而此处也不加展开[④]。正是基于古文评点与八股文评点的高度一致性，因此本文将二者视为一体，并以此探讨其对小说技法论所形成的实际影响。

---

* 本文系2013年江西省社科规划项目"中国古代小说文体理论研究"（项目编号13WX25）资助成果。

② 王水照先生在《文话：古代文学批评的重要学术资源》一文中将"文章学"内涵归结为七个方面：文道论、文气论、文境论、文体论、文术论、品评论和文运论，其中"文术论"包括"有关写作技巧、手法之多方面探讨，以及'有法'与'无法'关系的研究。"如果说这是广义上的界定，那么本文所说的"文章学"仅为狭义上的考虑，大体相当于其中的"文术论"部分。如此定义，更主要地在于指称上的便利。该文为《历代文话》的"前言"节录部分，载于《四川大学学报》2005年第4期。

③ 谭帆：《中国小说评点研究》，华东师范大学出版社2001年版，第10页。

④ 黄强：《八股文与明清文学论稿》第十三章"时文与古文"，上海古籍出版社2005年；吴承学、李光摩：《八股四题》，载《文学评论》2004年第2期。

一、文章学本体观念的借鉴与转化

明清时期的文人为求取科举功名，大都为提高时文技艺而费力不少，积久浸习，自然形成了一幅时文"手眼"，不同的文体在其看来皆可以"文"之观念去衡量。有如《儒林外史》第十一回鲁编修教导女儿所说："八股文章若做的（得）好，随你做甚么东西，要诗就诗，要赋就赋，都是一鞭一条痕，一掴一掌血。若是八股文章欠讲究，任你做出甚么来，都是野狐禅、邪魔歪道！"虽为小说语，却反映出当时八股文观念影响极为深厚，小说评点自然也概莫能外。由此，小说也应当做文章看，这几乎成了诸多小说评点者的共识。

在小说评点领域，《水浒传》袁无涯本的评点者较早具有此种批评意识。不过文章学与小说评点共通的理念在金圣叹那里体现得更为鲜明，也更为全面。在《读第五才子书法》中金圣叹说道："吾最恨人家子弟，凡遇读书，都不理会文字，只记得若干事迹，便算读过一部书了。""旧时《水浒传》，子弟读了，便晓得许多闲事；此本虽是点阅得粗略，子弟读了，便晓得许多文法。"由此可看出金圣叹评点小说具有突出的文本意识，在他看来，"文法"不仅蕴含在文章之中，也体现于小说之中。故而金圣叹认为《水浒传》"若其文章，字有字法，句有句法，章有章法，部有部法，有何异哉？"因此，在具体评点过程中，小说评点者应着力揭示文本中的各种法度，此方为"善读"者。从这里我们可以约略感受到文章学理念对金圣叹评点小说产生的影响，而在各回评点文字中，我们能够更为切实地体会到这点。

第三十回武松杀完张都监等人后在墙上留有八字"杀人者打虎武松也"，对此圣叹评道："文只八字，却有两番异样奇彩在内，直是天地间有数大文也。依谢叠山例，是一篇胆文字。"所谓"胆文字，"即谢枋得《文章轨范》中的"放胆文"（除此之外还有"小心文"）。从这一细节我们可以想见，金圣叹评点小说应受到南宋以来《古文关键》《崇古文决》《文章轨范》等古文评点著作的影响。除此之外，以时文眼光来评点小说，在金圣叹笔下也屡屡可见。试看以下几则评点材料：

> 夫不遇难题，亦不足以见奇笔也。此回要写宋江打祝家庄。夫打祝家庄，亦寻常战斗之事耳，乌足以展耐庵之经纬？故未制文，先制题……是皆耐庵相题有眼，捽题有法，捣题有力，故得至是。（第四十六回前评）
> 写徐宁夫妻睡后，已入二更余，而时迁偏不便偷。所以者何？盖制题以构文也。不构文而仅求了题，然则何如并不制题之为愈也。（第五十五回前评）
> 看他做出一正一反两股文章，知其进士出身也。（第六十二回夹评）
> 此书每欲作重叠相犯之题，如二解越狱，史进又要越狱，是其类也。忽然以"同尽"二字翻空造奇，夫然后知极窘蹙题，其中皆有无数异样文字，人自无才不能洗发出来也。（第六十八回前评）

所谓"制题""相题""捽题""捣题""构文""窘蹙题"等皆为时文评点术语。从所列材料中，可以明确地看出金圣叹小说评点的时文取向。因此，至少在评点现象本身而言（对此种现象的价值判断则当另论），胡适、鲁迅等人关于金圣叹的言说确有道理在。除金圣叹之外，小说评点与文章学相通的观念在其他评点者那里也较为普遍，可以说构成了小说评点中极为强大的文章学批评趋势。不妨先看以下评点实例：

  作者总要引出康梦庚与贡鸣歧两个宾主来，故生发此一段善恶报应，逼出正旨。譬如康梦庚是题目，贡鸣歧是文字，邢天民是文字中之起承转合，其余众人乃是之乎者也等衬字。（《生花梦》第四回总评）①
  此下共作四扇股法，色一股，财一股，看破的财一股，看破的色一股。而上二股内，乃各插入酒、气二种，盖本意只重财、色，而又借酒、气串入。股法生动不板也。（《金瓶梅》张竹坡评本第一回夹评）
  看小说，如看一篇长文字，有起伏，有过递，有照应，有结局，倘前后颠倒，或强生枝节，或遗前失后，或借鬼怪以神其说，俱属牵强。（《绣屏缘》总评）②
  论时文者入手得一好势则全体皆振，稗官亦然。（《铁花仙史》第一回末评）
  向见谈制艺者拈一小题，欲于对面反面旁面四路挑剔，令题神不待指点而势自跃如。稗官亦尔，正面无多，全赖有烘云托月之法。（《铁花仙史》第八回末评）
  时艺之文，有一章为一篇者，有一节为一篇者，有数章为一篇者，亦有一字一句为一篇者。而《西游》亦由是也，以全部而言，西游为题目，全部实是一篇；……一部《西游》，可当作时文读，更可当作古文读。（《新说西游记》张书绅"总批"）
  虚笼大意，一字不犯题，犹之作八股文者，上两句是破题，此是小讲，入后到正面，方实力诠发。孰谓传奇不可作制艺观耶？（《红楼梦》洪秋藩评本第三十三回末评）
  小说作法与制艺同：连章题要包括，如《三国》演说汉、魏间事，兴亡掌故了如指掌，而不嫌其简略；枯窘题要生发，如《水浒》之强盗，《儒林》之文士，《红楼》之闺娃，一意到底，颠倒敷陈，而不嫌其琐碎。（《海上花列传·例言》）

  从以上诸多小说评点者的论述来看，小说评点与文章评点在批评理念上确可谓难分二致。小说评点者由以文章体制来比照小说文体，进而由文章学的视角来观照小说的作法，两者在技法观念上趋于高度融合。这种融合现象之所以在明清时期得以长期维持，究其原因，不外乎两方面：其一，只要科举制度长期存在，那么小说评点的文章学取向也就会长期存在。无论科考成功与否，文章学对文人产生的深刻影响是难以彻底消除的，因而文人在从事文学批评时总会有意无意地流露出文章学的倾向。这可谓外在原因。其二，金圣叹等开创的以文章学来评点小说的模式在文学批评领域取得了极大成功，为之后的小说评点确立了可堪仿效的范本，并随之形成一种批评传统，而且其他评点者的认同导致这一传统形成的势能越来越大，使得晚出的小说评点几乎是在这一批评传统的惯性轨道上运行（这也就是科举制度消亡之后直至民国初年的小说评点仍无多大改观的原因之一），进而很有可能使得若以其他批评模式来进行小说评点反而难以为人接受。所谓金圣叹的小说评点"可作文法教科书读"，即是对这一批评传统所产生的深厚影响的极好说明。此可谓内在原因。
  既然小说评点者具有文章学的批评理念，那么将文章学中重视结构分析这一核心观念引

---

① （清）古吴娥川主人：《古本小说集成·生花梦》，上海古籍出版社影印本，第184～185页。
② （清）苏庵主人：《古本小说集成·绣屏缘》，上海古籍出版社影印本，第369页。

入小说评点也就势在必然。

二、文章学结构论的借鉴与转化

注重文章结构评析，归纳为文结构之法，是文章学非常突出的一个特色，这点在《古文关键》《崇古文诀》《文诀》等古文论评著作以及武之望《举业卮言》、归有光《文章指南》、董其昌《文诀九则》等时文论著和俞长城辑《可仪堂一百二十名家制义》等时文批点著作中均可以明显察觉出来。兹以下列材料为证：

> 大抵作文三段短，一段长，承主意多在末一段。（《古文关键·韩文·答陈生书》夹评）
>
> 看回互转换，贯珠相似，辞简意多，大抵文字使事须下有力言语。（《古文关键·柳文·晋文公问守厚议》前评）
>
> 结得有力，勾上生下。首尾救应。（《古文关键·欧阳文·本论下》夹评）
>
> 此篇须看首尾相应，枝叶相生，如引绳贯珠，大抵一节未尽又生一节。（《古文关键·老苏文·春秋论》前评）
>
> 脉络相生，节奏相应，无一字放过。此文如引绳贯珠，循环之无端；如常山之蛇，救首救尾；如累九层之台，一级高一级，而丰约不差毫厘。（《崇古文诀·卷十二·东池戴氏堂记》前评）
>
> 文字有关锁，首尾相绾，发明理致。（《崇古文决·卷二十五·倡勇敢》前评）
>
> 文字一篇中，止有三处大关键：曰提掇，曰过接，曰收缴。此三处结构得工，其余只顺手写去，便是极好文字。（《举业卮言·支论》）
>
> 文字除小比不论，篇中应有四大比。此四比最忌一直到底，须分开合顺逆，方有顿挫。（《举业卮言·支论》）
>
> 大抵股法不出起承转合四者，然起与承，势不容耸；转与合，机不容断。其要只在圆融耳。（《举业卮言·支论》）
>
> 场中文字，要一气呵成，观一篇只如一股，观七篇只如一篇。（《举业卮言·支论》）
>
> "前后相应则"第二十二：凡文章前立数柱议论，后宜铺应，或意思未尽，虽再三亦可，只要转换得好，非惟见文字有情，而章法亦见整齐。（《文章指南·礼集》）
>
> "文势如贯珠则"第三十：结上生下，意脉相连是谓贯珠势也。（《文章指南·礼集》）
>
> "文势如击蛇则"第三十二：救首救尾，段段有力是谓击蛇势也。（《文章指南·礼集》）①
>
> 前半用逆，后半用顺，直起直收，无首无尾，其神龙乎？（《可仪堂一百二十名家制义·于谦〈王自以为过与〉》末评）
>
> 前如浅漾轻波，后则惊涛怒浪。文之大结，必不可去，文连破承，人结连文，

---

① 《四库全书存目丛书·集部》第315册，题"归有光先生选本许筱莲蒐辑"，齐鲁书社1997年版。

有顺有断，时纵时横，乃成古文境界。大结可去，则破承亦可去矣。(《可仪堂一百二十名家制义·岳正〈唯仁者能〉》末评)

汤文孔子各云道统在此，既结本节，又起下节，篇法股法句法字法，各极其妙，破承及起束，皆卓有关系，至矣至矣！(《可仪堂一百二十名家制义·李东阳〈由尧舜至〉》末评)

有起有承，有转有合，有股首点题，有股末点题，可不一一深察之欤？(清李延昰《南吴旧话录·卷下》)。

可见，无论是古文评点还是时文论评，评点者总是以揭示文章结构为要义，诸如起承转合的观念、伏笔照应的观念、段段勾连的观念等结构要素均得到突出强调。在体制篇幅相对短小、欲以精巧取胜的古文、时文而言，论者凸显"结构"环节的重要性并无不妥，也合乎两种文体发展的内在规律。受文章学观念的影响，小说评点者也将评点古文、时文结构的批评思路和批评术语移用至小说结构分析。① 下面我们即以上述三种观念在小说技法论中的影响为中心来展开论述。

先看起承转合观念在小说技法论中的体现。对于这一结构观念的起源流变，学界还存有不同的看法②，其中蒋寅先生认为："起承转合之说，即使不是从经义作法中直接移植过来，也是在其理论框架中产生的。正因为它与经义有着天然的血缘关系，所以到后世，当经义发展为八股文的时候，它就自然地被吸纳到八股文的理论系统中。"我们认为此说较为在理。包括八股文理论在内的文章学给起承转合观念打上了浓厚的文章学烙印，进一步强化了此种观念的文章学色彩，而小说评点者亦正是通过文章学这一媒介，从而以起承转合的观念来衡度小说艺术结构的。如金圣叹在《读第五才子书法》中即说道："凡人读一部书，须要把眼光放得长。如《水浒传》七十回，只用一目俱下，便知其两千余纸，只是一篇文字。中间许多事件，便是文字起承转合之法。若是拖长看去，却都不见。"张书绅在《新说西游记》第七十三回总评中则说："此章两回，实分四大节看。三藏化斋一段是起，八戒忘形一段是承，打死蜘蛛一段是转，千花洞一段是合。起承转合，写出文章之奇；反正曲折，画出书理之妙。"《青楼梦》第二十三回回前评亦有云："文章无起承转合不可谓文章。"此类论述在小说批评中还有不少，它说明文章学上的起承转合观念对小说技法论产生了普遍影响。不过此种"影响"应作两方面审视，其一，小说评点者以此种观念客观上能引导读者从总体上来把握小说的艺术架构，避免专注于个别细微枝节而难以窥见小说作者的整体立意以及小说主旨所在（这应该归属于小说技法论中的"篇法"层面），此可谓影响积极的一面；其二，

---

① 认为小说评点者注意小说结构的抉发，这是现今小说研究者普遍的共识。在研究思路上，研究者多以"结构"一词在古代小说评点中的存在情形来佐证小说评点者具有小说结构意识。我们认为此举并无不妥，但是在评点材料的判断上有所偏差。如林岗先生在《明清之际小说评点学之研究》中认为："在金圣叹、毛氏父子、张竹坡这三家评点之中，只有毛氏父子十分明确地使用'结构'一词。"(北京大学出版社，第112页) 王平先生在《中国古代小说叙事研究》中也认为："毛宗岗在小说理论史上第一次使用'结构'这一概念"(河北人民出版社2001年版，第480页)。这样的论述显然不当，如金圣叹评本《水浒传》第三十二回夹评有云："世之浅夫读此文，则止谓花荣出妻见妹耳，岂复知其结构之妙哉？"第四十三回夹评："如此结构，真是锦心绣手。"第六十六回夹评："结构大奇"、"真乃异样结构"。见《金圣叹全集（一）》第498页，《金圣叹全集（二）》，曹方人、周锡山整理，江苏古籍出版社1985年版，第147、477、479页。当然这只是研究者百密一疏，但本着实事求是的原则，此点又须指出，因为不少研究论著均受其影响。

② 黄强：《起承转合结构说的源流》，载《伊犁师范学院学报》2006年第3期；蒋寅《起承转合——诗学中机械结构论的消长》，载《古典诗学的现代诠释》，中华书局2003年版，第101页。

此种观念毕竟更适合于审视篇幅短小的文体，将其套用至篇幅较长的小说文体，实有削足适履之嫌，也难以从小说文体的本位特征对所谓的起承转合各环节加以贴切的评论，诸如人物性格的丰富内涵、语言描写的生动意味、细节安置的艺术匠心等方面均难以在这一结构观念中显现出来，因此弊端也是较为明显的。

再看行文各环节间的埋伏照应。此点几乎在每部小说评点中均有体现，类似"以诗起，以诗结，极大章法""欲起后文，先于前文作地""首尾大照应、中间大关锁""隔年下钟、先时伏着""此书每传一人，必伏线于千里之前，又流波于千里之后""著此一段，为巧姐结果张本"、"挑下'德'字，照定结尾救苦，以作章法照应"等批语在小说评点中可谓触目皆是。出现这样的评点状貌，很大程度上仍应归因于文章学的影响。只不过小说评点中密度如此之大的埋伏照应之笔是否合乎小说文本实际，就很值得反思了。一般说来，精心构撰的小说文本，自身形成有机统一的整体的可能性是存在的（经由艺术素养较高的文人改订过的作品尤其如此），这为小说评点者揭示埋伏照应之笔提供了相对可靠的艺术根据。表1试以《水浒传》容与堂百回本与金圣叹改本部分改动文字作对照，以见出金圣叹批语的恰当性：

表1 《水浒传》容与堂百回本与金圣叹改本文字对照

百回本回目	百回本原文	金圣叹改订文字	金圣叹批语
第二十四回	奴家也听得说	奴家听得间壁王干娘说	亦倒插入
第二十八回	因此武松结拜张青为兄	张青便把武松结拜为弟	与前结拜为兄四字对看，是张青一篇纲领
第五十三回	李逵道："今番且除了一害，不烦恼公孙胜不去。"	改"今番且除了一害"为"这个人只可驱除了他"	与后真人语对锁作章法
第五十八回	众人那里劝得住，当晚又谏不从	改"众人那里劝得"以下为"……他呷一杯半盏，当晚和衣歇宿"	鹅项凳边，铁匠间壁，正与此处对看
第六十回	便差三阮、杜迁、宋万先送回山寨	于"便差"后补刘唐	差六人，章法奇绝人。读之，令人忽然想到初火并时，不胜风景不殊之痛。古本之妙如此，而俗本尽讹，故知古本可宝也
第六十回	言罢，便瞑目而死	于此句后补"众头领都听了晁盖遗嘱"	笔法
第六十回	把那枝誓箭，就供养在灵前	于此句前加"林冲却"三字	笔法。山寨定鼎之功，实唯武师始终之。章法奇绝人
第六十一回	说罢，燕青在面前拜了	改"在面前拜了"为"流泪拜别了"	写娘子昨日流泪，今日不流泪也，却恐不甚明显，又特地紧接燕青流泪，以形击之，妙笔，妙笔
第六十二回	我两个今奉哥哥将令，差往北京打听卢员外消息	于此句后加"军师与戴院长亦随后下山，专候通报"	先伏一句

(续表1)

百回本回目	百回本原文	金圣叹改订文字	金圣叹批语
第六十三回	哥哥这般长别人志气，灭自己威风！且看兄弟去如何？若还输了，誓不回山	改此句为"各个晓得我一生口快，便要我去妆着哑子，今日晓得我欢喜杀人，便不教我去作个先锋！依你这样用人之时，却不是屈煞了铁牛"	心直口快，骂得宋江更无可辩。语语带定哑道童，便令章法不断，读者应知
第六十三回	每日引军攻打	于此句下加"一面向山寨中催取粮草，为久屯之计，务要打破大名，救取卢员外、石秀二人"	为关胜围魏救赵之计，反衬一笔
第六十四回	只见寨内枪刀竖立，旌旗不倒，并无一人	改"枪刀竖立，旌旗不倒"为"灯烛荧煌"	此与前变作章法
第六十五回	一面使人寻药医治，亦不能好	改"一面"二句为"只是大军所压之地，急切无有医人"	用一跌法，跌出张顺
第六十八回	回到山寨忠义堂上，都来参见晁盖之灵。宋江传令	于"宋江传令"前加"林冲请"	古本有此"林冲请"三字，俗本无，两本相去如此

从表中可以看出，埋伏照应之类的评语在金圣叹那里大都有其根据。此种情况在毛氏父子和张竹坡那里也存在。因此经由文人改评的小说评点本中的伏应笔法有其合理性。①而如要从艺术价值原本不高的小说文本中仍极力发掘有如上述伏应之笔，其可靠性就难以获得普遍认同。而之所以出现如此广泛的同类批语，应该还是文章学"手眼"的惯性使然。因此，对小说评点中的埋伏照应等批语必须加以认真审视和甄别。合乎小说文本的伏应之笔自然可以起到所谓"数十回而只如一篇、只如一句"的艺术效果。不过同样是强调伏应之笔，与文章学有所不同的是，小说评点除了以表层的语句或物象来作为照应的媒介之外，还往往以因果、类比等逻辑关联作为照应之法的依托。这点是需要加以注意的。

再来看看小说评点者对行文之中勾连转接技法的评点。毛氏父子在《三国志演义》"读法"中提到："照应既在首尾，而中间百余回之内若无有前后关合者，则不成章法矣。"一部篇幅远甚于古文与时文的小说，照应之处当然并不仅仅局限于首尾，评点者指出在首尾两端中间也应紧密关联，确是在理的。如同评点古文与时文那样，小说评点者将中间环节的叙写也称之为"过枝接叶处"，并且也同样善于总结小说艺术中的勾连之法。试看以下评点实例：《水浒传》金圣叹评本第二十回两处写及阎婆惜与宋江共饮时的神态，起先为"那婆子吃了许多酒，口里只管夹七带八嘈"，而后为"那婆子坐在横头桌子边，口里七十三、八十四只顾嘈"。在后一描画处金圣叹评道："此行与前夹七带八行，只是一行书，分作两行写，又一过接之法也。"此处"过接之法"实以相似意象的反复叙写为"过接"。同书第五十二

---

① 当然这样说并非是认为金圣叹等人所谓"伏线""伏笔""照应"等批语都是恰当的，事实上也有一些颇有牵强之痕，这样论述只是表明文人涉足其间的小说评点术语有更大的合理比例。

回写宋江攻破高唐州后,为引入呼延灼讨伐梁山这一情节,而先叙及大肆征讨的来由,其中一点即是毗邻高唐州的州县因恐慌而向朝廷申报讯息,所以小说一头写宋江大摆贺胜宴,一头则是:"再说东昌、寇州两处已知高唐州杀了高廉",此处夹批为:"顺风斜渡,又一过接之法。"此"过接之法"应指由事理而引发的相关接续描写。《儒林外史》第四十五回余二因公案须与彭三爷周旋,而叙写过程中又不便贸然另起头绪专写彭三爷,故而作者将彭三爷的出场由余二与唐三痰攀谈之间加以引出:"(唐三痰)悄悄说道:'二先生,你这件事虽非钦件,将来少不得打到钦件里去……当事是彭府上说了就点到奉行的,你而今作速和彭三老爷去商议。'"评者曰:"如此转入彭老三,可谓片帆飞渡。"此"片帆飞渡"可谓极为便捷的趁势过接之法。《新说西游记》第七十回有夹批曰:"以下是从为富转到不富,不仁转到为仁,乃两截过渡之法",此处"两截过渡"即指多重意旨的同时转接叙写。《金瓶梅》文龙评本第九十四回批语:"此一回欲使陈、庞凑合一起,而又无因凑合之,又有孙雪娥在旁碍眼,故必先令闻其名,然后罗而致之,方不为无因。于是有刘二撒泼一事,此截搭渡法也。但渡要渡得自然,不要渡得勉强。"时文命题形式中即有"截搭题"一说,本指截取不相关联的语句以作为考试题目,难度自然相当大,对技巧性要求也极高。此处化用此一术语作为勾连之法,其侧重点在以不相关的事件作为前后联结之纽带。从以上列举的几种过接之法可以看出,此类技法术语的文章学印迹依然相当明显。

当然,文章学结构观念在小说技法论中的表现形式除了上述三方面之外,还可列举出其他一些细微的环节,因对小说结构并无太大关碍,在此不拟论述。从以上三方面来看,起承转合的观念是其他两者的主导,而埋伏照应、勾连转接则是起承转合观念的主要体现。三者既可针对"篇法"而言,又可针对"章法"而论,大致能够解释不同篇幅容量的结构布置之法。三者各自容括的技法术语,较诸它们在文章学中的意蕴虽微有变化,但大体还是保持了原来语境中的意涵,这点同其他艺术文化门类的批评术语在小说技法论中发生的变化程度相比,还是小得多。这应该是小说与古文、时文的文体性质更为接近的缘故。

三、文章学具体写作手法的借鉴与转化

对于古文和时文的写作手法,古人在这方面作了不少的总结。除上文论及的武之望和包世臣提出文章作法大要之外,其他批评家也作了这方面的总结。如沈位提出时文技法有"文要开阖""文要错综""文要无中生有""文要尔我相形""有宾主、有反覆、有操纵"等[1],唐彪《读书作文谱·卷七》认为"文章诸法"包括"虚实、开合、跌宕、抑扬、遥接、顿挫、翻论"等,传为归有光所撰的《文章指南》则总结出诸如"先虚后实则、先疑后决则、抑扬则、一反一正则、拦截上文则、回护题意则、驾空立意则、叠用缴语则"等作文技法,董其昌在《文诀九则》中揭示了为文的九条法则:"宾、转、反、斡、代、翻、脱、擒、离"。这些技法涉及作文的各个方面,可谓细密之至。这些技法很多也并非源自文章学本身,而是由其他领域化用而来,只不过经由文章学的长期运用之后,原初语境色彩渐为淡化。这些技法术语在小说评点中也频频出现,如要加以全部论述必定难以成行,故此我们拟围绕董其昌《文诀九则》这一时文批评力作,择取小说评点者使用较为普遍的几个术语加以例析,以窥见这些"字诀"在小说技法论中的运用特点。

---

[1] 吴承学:《中国古代文体形态研究》"第十三章 明代八股文",中山大学出版社2002年版,第298~299页。

1. 宾主

董其昌在《文诀九则》中将"宾"字诀视为作文要法之一，并作以详细论述：

> 昔洞山禅立四宾主：主中主，宾中宾，宾中主，主中宾。……以时文论：题目主，文章为宾；实讲为主，虚讲为宾；两股中或一股宾，一股主；一股中或一句宾，一句主；一句中或一二字宾，一二字主。明暗相添，生杀互用，文之妙也。故或进前一步，或退后一步，皆谓之宾。……惟宾中有主，主中有宾，步步恋着正意，而略不伤触，乃为宾字法门。①

从这段引文可以看出，所谓"宾主"之分并非源自时文的作法本身，而是出于禅家思想甚或其他领域，董其昌则在已有基础上作了进一步生发。在他看来，时文作法中的"宾"与"主"既可以构成表现与被表现的关系，两者地位有悬殊之别，同时"宾"与"主"又可以并立而存，两者形成明暗互用的关系。但不论如何，"宾"与"主"均是紧密关联的。董其昌作为晚明时期的文坛巨擘，他对士子文人产生的影响是较为深远的，因此不少科举应试者和时文评点者大多接受了董其昌所标榜的此一作文之法。

受此影响，小说评点者也在小说艺术中着力抉发"宾主"之道。《水浒传》第十五回写杨志等人押送生辰纲途中遇到白胜卖酒，老都管等人皆因口渴难耐而径直买酒自饮，而杨志惟恐卖酒者有其他企图而并不急于饮下。对此金圣叹批道："从来叙事之法，有宾有主，有虎有鼠。夫杨志虎也，主也；彼老都管与两虞侯，特宾也，鼠也。设叙事者，于此不分宾主，不辨虎鼠……将何以表其为杨志哉！"在此"宾主"之法实为主次陪衬之法，众人之大意正用以见出杨志之谨慎。与金圣叹评点理路相似，毛氏父子将"宾主"之法视为"以宾衬主"："《三国》一书，有以宾衬主之妙。如将叙桃园兄弟三人，先叙黄巾兄弟三人：桃园其主也，黄巾其宾也。"与金、毛二者不同，《平山冷燕》评点者则认为"宾主"之笔在小说描写中是相对而立的，在该书第九回即有批语曰："晏知府急急要见平如衡者，说破宋信之丑是正意，要荐平如衡转是旁意。然正意此时说不出，旁意此时恰好说，故不得不转借旁意为正意。文章家反宾作主之妙，正在此。"张竹坡亦进一步认为"宾主"之间的关系会发生逆转，不可将"宾主"之说绝对化。他提到："《水浒》本意在武松，故写金莲是宾，写武松是主。《金瓶》本写金莲，故写金莲是主，写武松是宾。文章有宾主之法，故立言体自不同，切莫一例看去。"

小说评点中的"宾主"之论大要如上，其他小说评点中的类似批语不过印证了此一批评观念的普遍性而已，当然也有诸如所谓"宾中宾""宾中主""主中宾"之说，那只不过是此一"宾主"之说的进一步细化。与文章学中的"宾主"说相较而言，小说技法论中的"宾主"说更偏重于人物与人物之间、事件与事件之间的主次性质的区分（而较少存在所谓并立而存的情形），而且较为注重宾主关系的转化，此可谓小说评点与文章学在此方面的差异所在。

2. 斡旋

对于"斡"字诀，《文诀九则》是这样阐述的：

---

① 本节中《文诀九则》的引文出自《举业卮言·卷之三》，题"江左陆翀之希有辑"，明万历绣谷周氏万卷楼刊本，上海图书馆藏。下同。

> 李长吉云："笔补造化天无功"。此"斡"之所自始也。以时文论，虽圣贤语，岂无待作者斡旋处？如"禹稷当平世，三过其门而不入"，既平世矣，何为却须三过其门不入？程文则云："盖洪水艰食，天下虽若犹未平也，而君明臣良，则天下有所赖以平也。"出人意表。……故缺漏处须用意斡旋。

所谓"笔补造化天无功"乃李贺《高轩过》中的诗句，用以形容艺术创作中的佳构，强调创作过程中要善于裁度。结合董其昌所举实例，"斡旋"应指在文意跳跃之处着力弥合裂痕，使行文顺畅自如。若考虑到科举考试中种种割裂题旨的命题形式，此种"斡旋"之法在时文应试中的重要性就不言而喻了。

小说评点者也借用此语来评述小说文本中的类似描写。《聊斋志异·伍秋月》写及伍秋月逝后托梦给王鼎，告知自己死因以及托生之方。正欲离去之际又说道："妾几忘之，冥追若何？生时，父传我符书，言三十年后，可佩夫妇。"此语正回应了王鼎心中的疑虑。冯镇峦此处夹批即为："斡旋法，救笔即是补笔。"《镜花缘》第八十九回道姑与春辉谈论为何将紫绡视为海外人，道姑答道："安知他日后不是海外人？"评者对此批道："借问答语补上起下，比作文随笔斡旋生法。"① 此处"随笔斡旋生法"即是对小说人物命运的预先说明，其性质也类似于上文"补笔"。《红楼梦》第二回写及林如海家世："这林家支庶不盛，人丁有限，虽有几门，却与如海俱是堂族，没甚亲支嫡派的。"这样的叙述，应该说很大程度上解释了林黛玉之所以日后要投靠贾府，也为之后省出笔墨专写林黛玉而不须顾及其身世背景的纠缠，从而简省头绪。对此张新之评道："芟除烦芜，是文家预为斡旋法。"② 这种"斡旋"之法与董其昌所提及的"斡旋"之法显然是存有差异的，其性质有如张竹坡提到的"预补法"。在《金瓶梅》第十二回写"潘金莲私仆受辱"，小说在写到潘金莲暗中怨骂李娇儿，不意恰被李娇儿听见，"（李娇儿）便走来窗下潜听。见金莲骂他家千淫妇万淫妇，暗暗怀恨在心。从此二人结仇。"张氏评道："未入私仆，先安败露之因，此谓之预补法。"③ 由此看来，小说评点中的"斡旋"之法虽基本延续了文章学中的"斡旋"法的命意，但在表现形态上却有所扩大，不仅可用以指涉补叙，还可与"预补"之法相通。

3. 转笔

确切说来，"转笔"应更可能源自书论，只不过在文章学上对此一术语更为强调，从而也就更具有文章学色彩。董其昌在总结古文评点关于"转笔"的描述的基础上，对这一技法思想加以进一步突出强调。在《文诀九则》中他说道：

> 文章之妙，全在转处。转则不穷，转则不板。如游名山，至山穷水尽处，以为观止矣。俄而悬崖穿径，忽又别出境界，则应接不暇。武夷九曲，遇绝则生。若千里江陵，直下奔迅便无转势矣。文章随题敷衍，开口即竭，须于言尽语竭之时，别行一路。

这种技法思想与古人为文"贵曲"的意识是基本一致的。小说评点者对于"转笔"在

---

① （清）李汝珍：《古本小说集成·镜花缘》，上海古籍出版社影印本，第1615页。
② 冯其庸：《八家评批红楼梦》，文化艺术出版社1991年版，第38页。
③ （明）兰陵笑笑生著，秦修容整理：《金瓶梅》（会评会校本），中华书局1998年版，第170页。

小说艺术中的微妙作用，应该说体会得比文章学论者还要更加到位。对于"转笔"的重要性和要求，《结水浒全传》的评点者在第七十七回作了较为形象的说明："作文不知转笔，圣叹所谓老鼠入牛角也。转笔有痕迹亦非善于用转笔者也。兹借丽卿一句科诨，便抛去阮其祥，带起东京。心灵笔妙，真不可及。"① 不过小说评点中对"转笔"意义的描述至为精当的，应属《聊斋志异》评点者但明伦。在《葛巾》篇总评中他指出：

> 此篇纯用迷离闪烁，夭矫变幻之笔，不惟笔笔转，直句句转，且字字转矣。文忌直，转则曲；文忌弱，转则健；文忌腐，转则新；文忌平，转则峭；文忌窘，转则宽；文忌散，转则聚；文忌松，转则紧；文忌复，转则开；文忌熟，转则生；文忌板，转则活；文忌硬，转则圆；文忌浅，转则深；文忌涩，转则畅；文忌闷，转则醒；求转笔于此文，思过半矣。……观书者即此而推求之，无有不深入之文思，无有不矫健之文笔矣。②

评者对"转笔"功用的推崇可能有言过其实之处，但不论如何，他对"转笔"所形成的艺术效果的认识还是相当深刻的。当然，此处"转"也不仅仅限于局部笔法的运用，完全也可以认为是评者对"起承转合"结构观念的更高层次的理性认识，这两方面是互通的。将此段论述与上文《文诀九则》相比，大体还是可以见出贯通的批评理念。

以上我们只是较为粗略地论述了文章学上的写作手法在小说技法论里的影响印迹，此种影响既有技法术语的转用，也有技法思想的借鉴。从所论述的三个批评术语来看，尽管生硬、抽象的文章学术语与形象生动的小说描写在形式上有难以融会之处，但就实质意涵来说，文章学术语还是大体能揭示出小说文本的艺术特征，因此它们对于建构小说技法论还是有所助益的，一味否定古文评点与时文评点并不可取。

通过上述三方面的分析，我们认为，文章学对小说技法论的影响主要体现在批评观念以及结构论两方面。受此支配，文章学中的技法术语才得以大量涌入小说评点，从而在很大程度上呈现出小说评点近似于文章学的总体面貌。当然，除了上述三方面之外，文章学对小说技法论还产生了其他影响，如技法形态就是较为突出的一例。小说技法论中有以字诀论文的形式，如《北史演义》第三十七回夹批中有所谓"行文避字诀"、《结水浒全传》第七十一回夹批有所谓"文家紧字诀"、同书第一百二回夹批有所谓"文家所以尚宽字诀也"、《聊斋志异·王桂庵》但明伦评本末评中有所谓"蓄字诀"之论。究其源头，很大程度上仍是受到董其昌《文诀九则》等文章学论著的影响。当然，我们对文章学影响小说技法论不拟面面兼顾，抓住主要影响要素才是我们研究的重点，因而对于文章学影响小说技法形态不拟作展开论述。不过，由此我们可进一步看出，文章学对小说技法论的影响可以说是极为深刻和广泛的。

---

① （清）俞万春：《古本小说集成·结水浒全传》，上海古籍出版社影印本，第311页。
② （清）蒲松龄著，张友鹤辑校：《聊斋志异》（会评会校会注本），上海古籍出版社1986年版，第1443～1444页。

朱熹《武夷棹歌》与朝鲜理学家李退溪的次韵诗

衣若芬

新加坡南洋理工大学

内容提要：1184 年，朱熹与友人舟游武夷山九曲溪，仿照民间船歌的形式，作《淳熙甲辰中春精舍闲居戏作武夷棹歌十首呈诸同游相与一笑》诗（本文简称《武夷棹歌》）。朝鲜理学家李滉于 1547 年作朱熹《武夷棹歌》次韵诗。大约十二年后，李滉修订了《武夷棹歌》组诗的最后一首。本文解读朱熹《武夷棹歌》和李滉的次韵诗，分析李滉更改诗作的原因，从而比较两人《武夷棹歌》之思想内涵。

关键词：朱熹　李滉　武夷九曲　《武夷棹歌》　次韵诗

一、前言

1184 年，朱熹（1130—1200）与友人舟游武夷山九曲溪，仿照民间船歌的形式，作《淳熙甲辰中春精舍闲居戏作武夷棹歌十首呈诸同游相与一笑》诗（本文简称《武夷棹歌》）。朱熹的《武夷棹歌》共十首，第一首为序曲，其后依一曲、二曲的顺序，分别歌咏九曲溪各曲的风光景致。

宋代以来，不乏诗人次韵唱和朱熹《武夷棹歌》[1]，且有元代陈普（1244—1315，字尚德，号惧斋，世称石堂先生）为之作注解。随着朱熹学说东传朝鲜半岛，《武夷棹歌》遂为韩国古代士人所知。其中，继承和创发朱熹思想的理学家李滉（号退溪，1501—1570）也作《武夷棹歌》次韵诗，力图阐明朱熹原作的微言大义。

李退溪次韵朱熹《武夷棹歌》首作于 1547 年。在此之前，朴龟元（1442—1506）有《姑射九曲诗》[2]、朴河淡（1479—1560）有《云门九曲歌》[3]（作于 1536 年），因其卜筑的山林媲美"武夷九曲"之胜景，置换"武夷"为其居处的实际地名，次韵朱熹的《武夷棹歌》以抒怀明志。李退溪与朴龟元、朴河淡等人不同，他当时还未讲学陶山，不是由隐遁山林之乐而赋诗，是阅读中国《武夷志》有感而作。

---

[1] 衣若芬：《宋代〈武夷棹歌〉中的地景空间与文化意蕴》，载《东华人文学报》2012 年 20 期，第 33～58 页。
[2] 《采芝堂先生遗稿》，《密城世稿》。김문기（金文基）：《조선중기 한국나학의 특위과 반성: 박구원의 고사 구곡원림과 사구곡시（朝鲜中期韩国儒学的特伟与反省：朴龟元的姑射九曲园林与姑射九曲诗）》，《한국의 철학（韩国的哲学）》五二卷（2013 年），第 1～32 页。
[3] 朴河淡：《逍遥堂先生逸稿》卷一，韩国文集编纂委员会《韩国历代文集丛书》第 1393 册，首尔图书出版景仁文化社 1999 年版，第 64～66 页。

古人指出次韵唱和诗的写作原则云："赓和之诗，当观元诗之意如何。"① 写作背景的差异，以及对朱熹思想孜孜不倦的探求，李退溪较朴龟元和朴河淡重视朱熹《武夷棹歌》的本意，他反覆推敲，并且和理学家奇大升（号高峰，1527—1572）书信讨论。大约在首作次韵朱熹《武夷棹歌》诗的12年后，李退溪修订了十首诗的最后一首，认为更能掌握朱熹诗的旨趣。

本文对读朱熹《武夷棹歌》和李退溪的次韵之作，分析前后两次写作武夷九曲诗的内容和意涵，以及李退溪对朱熹《武夷棹歌》的理解与反思。

二、朱熹《武夷棹歌》与李退溪次韵诗

以下逐一对读朱熹和李退溪的《武夷棹歌》。②

"武夷山上有仙灵，山下寒流曲曲清。欲识个中奇绝处，棹歌闲听两三声。（朱）"③

武夷山命名的由来之一，是因"武夷君"的传说。彭祖篯铿有二子，长为"武"，次为"夷"，合称"武夷君"。武夷山又是道教三十六洞天之一，自隋唐以降，武夷山也是佛教圣地。"武夷棹歌"仿民间船歌而作，因此，朱熹开篇便从民间认识的武夷山的特色说起。先说山上有仙灵，再言山下九曲溪的清凉透澈。"欲识个中奇绝处，棹歌闲听两三声"，宛如以棹歌说唱武夷山故事。

"不是仙山诧异灵，沧洲游迹想余清。故能感激前宵梦，一棹赓歌九曲声。"④（李）

李退溪仰慕武夷山的理由并非在于山上有奇异的仙灵，而是武夷山乃朱熹游历和讲学的地方。朱熹曾于南宋光宗绍熙三年（1192）在福建建阳西南筑"沧洲精舍"，自号"沧洲病叟"，李退溪以"沧洲"代称朱熹。据朱熹著作和《武夷志》等地理书籍的记载，李退溪得知天下胜景武夷山，于是怀着感激的心情，藉着次韵赓和朱熹诗，梦想神游武夷山。

"一曲溪边上钓船，幔亭峰影蘸晴川。虹桥一断无消息，万壑千岩锁翠烟。"（朱）

武夷九曲第一曲是游人登船之处，有传说武夷君宴饮款待乡人的"幔亭峰"，峰影倒映水中，别有风采。武夷君与人间往来的虹桥已经断绝，如今眼前是一片青翠的山岩和水壑。

"我从一曲觅渔船，天柱依然瞰逝川。一自真儒吟赏后，同亭无复管风烟。"（李）

天柱峰又名大王峰，相传魏王子骞等十三人辟谷于此。⑤ 朱熹有《天柱峰》诗云："屹然天一柱，雄镇斡维东。只说乾坤大，谁知立极功。"⑥ "逝川"指孔子云："逝者如斯夫，不舍昼夜。"在武夷九曲第六曲处，有朱熹摩崖石刻"逝者如斯"。武夷乡人为纪念与武夷君同在幔亭峰会宴，于冲佑观东建祠曰"同亭"。宋代改为"会真观"⑦。李退溪谓自从朱

---

① （元）杨载：《诗法家数》，台南：庄严出版社，1996年四库全书存目丛书本，北京图书馆藏明胡氏文会堂刻格致丛书本，第9页。

② 柳道源：《退溪先生文集考证》卷一，财团法人民族文化推进会《韩国文集丛刊》第31册，首尔：图书出版景仁文化社，1996年版，第281页。衣若芬：《宋代〈武夷棹歌〉中的地景空间与文化意蕴》。

③ （宋）朱熹著，陈俊民校订：《朱子文集》，卷九，台北：财团法人德富文教基金会，2000年，第302～303页。

④ 李滉：《闲居读武夷志次九曲棹歌韵十首》，《退溪先生文集·外集》卷1，财团法人民族文化推进会《韩国文集丛刊》，首尔：图书出版景仁文化社第29册，1996年版，第65～66页。

⑤ （清）王复礼：《武夷九曲志》卷一，台南：庄严出版社1996年版四库全书存目丛书本，据浙江省图书馆藏康熙五十七年刻本，1a页。

⑥ 《武夷七咏》之《天柱峰》，《朱子文集》卷六，第242页。

⑦ （清）董天工：《武夷山志》卷一，上海古籍出版社1997年版续修四库全书本，据天津图书馆藏清乾隆刻本影印，第14页。

熹吟咏天柱峰之后，人们不再只看重武夷山过去的神仙故事。

"二曲亭亭玉女峰，插花临水为谁容。道人不作阳台梦，兴入前山翠几重。"（朱）

二曲南边的山峰峰顶杂生草木，犹如鬟髻簪花的少女，名为"玉女峰"。玉女临水照镜，不知为谁打扮。诗人不做巫山神女的绮梦，经过玉女峰，继续前行

"二曲仙娥化碧峰，天妍绝世靓修容。不应更觊倾城荐，阊阖云深一万重。"（李）

二曲的"玉女峰"乃仙女化成，天生丽质，超凡绝俗。玉女峰之美天下皆知，不必像李延年推荐自己的妹妹给汉武帝一样，夸耀她"倾国倾城"的姿色，更何况仙娥所居的宫殿远离人间，阊阖天门在万里深云之外。

"三曲君看架壑船，不知停棹几何年。桑田海水今如许，泡沫风灯敢自怜。"（朱）

三曲岩壁间有"架壑船"。朱熹记曰："两崖绝壁人迹所不到处，往往有枯查插石镈间，以皮舟船棺柩之属。柩中遗骸，外列陶器，尚皆未坏。颇疑前世道阻未通，川壅未决时，夷落所居而汉祀者即其君长，盖亦避世之士，生为众所臣服，没而传以为仙也。"① 这些悬棺不知停放了多少年，朱熹因而生起人间变化如沧海桑田、生命短暂如泡沫风灯的感叹。

"三曲悬崖插巨船，空飞须此怪当年。济川毕竟如何用，万劫空烦鬼护怜。"（李）

巨船一般的悬棺高高插在山崖间，当年是如何飞升到空中，真是奇特怪异。这些本用来渡河的船，卡在此处，用途不详，长久以来只有鬼神照护它们。

"四曲东西两石岩，岩花垂露碧㲯毵。金鸡叫罢无人见，月满空山水满潭。"（朱）

到了四曲，随着溪流的南北走向，山岩在东西两侧，有大藏峰和仙钓台。山岩垂坠的花木犹带露水，在碧绿的叶片上晶莹剔透，有如散乱的鸟羽。大藏峰有"金鸡洞"，传说武夷金鸡会飞来栖息于此。没有人见过武夷金鸡，只见山月映照幽潭，宁静祥和。

"四曲仙机静夜岩，金鸡唱晓羽毛㲯。此间更有风流在，披得羊裘钓月潭。"（李）

夜晚的四曲仙机岩十分寂静，到了天亮，则有金鸡洞的金鸡晨啼。更值得称道的韵事，是由"仙钓台"联想的"狂奴"严光的故事，以及受赠羊裘的朱熹的隐居高志。严光穿着羊裘在富春江垂钓，不应汉光武帝之诏出仕。由"羊裘"引申至朱熹在武夷山的事迹。李退溪在此诗下自注："先生在武夷答刘静春寄羊裘诗：'狂奴今夜知何处，月冷风凄未肯归。'"刘静春，名清之，字子澄，他曾经寄羊裘给朱熹，朱熹作诗答之，其第二首云："谁把羊裘与醉披，故人心事不相违。狂奴今夜知何处，月冷风凄未肯归。"② 李退溪认为比美景更可观的就是像严光和朱熹的流风遗绪。

"五曲山高云气深，长时烟雨暗平林。林间有客无人识，欸乃声中万古心。"（朱）

武夷精舍筑于五曲大隐屏下，五曲有平林渡，经常云雾缭绕，烟雨晦暗。潜居其中不为人知的隐者，在棹舡声中坚持古今不易之心。朱熹诗中的隐者即是自喻，此诗颇有柳宗元《渔翁》诗意："烟销日出不见人，欸乃一声山水绿。回看天际下中流，岩上无心云相逐。"与世无争，心境澄明。

"当年五曲入山深，大隐还须隐薮林。拟把瑶琴弹夜月，山前荷蒉肯知心。"（李）

东晋王康琚《反招隐诗》云："小隐隐陵薮，大隐隐朝市"，李退溪反用此诗，认为大隐仍须隐于山林；"大隐"也符合朱熹武夷精舍所在地"大隐屏"之意。此诗后两句化用朱

---

① 朱熹：《武夷图序》卷七六，《朱子文集》，第 3836 页。
② 《刘子澄远寄羊裘，且有怀仁辅义之语。戏成两绝为谢，以发千里笑》，《朱子文集》卷九，第 304 页。

熹诗："独抱瑶琴过玉溪，琅然清夜月明时。只今已是无心久，却怕山前荷蒉知。"① "荷蒉"典出《论语·宪问》，背着箩筐的老人是隐姓埋名的智者，能够明白孔子的志向，并且提出忠言。②苏轼《醉翁操》有"人未眠，荷蒉过山前。曰有心也哉，此贤"。

"六曲苍屏绕碧湾，茅茨终日掩柴关。客来倚棹岩花落，猿鸟不惊春意闲。"（朱）

"苍屏绕碧湾"写出九曲溪到了第六曲，又做180度大转折，苍屏峰屹立水湾的实景。唐代刘长卿诗："浔阳数亩宅，归卧掩柴关。"③住在此处的隐者与外界少交接，故而柴门常掩。偶有客人到访，舟游九曲溪，感受的是沉醉于大自然、与万物同一的闲静。

"六曲回环碧玉湾，灵踪何许但云关。落花流水来深处，始觉仙家日月闲。"（李）

李退溪虽然没有亲身游历过九曲溪，但是从他阅读的《武夷志》里的图绘得知九曲溪在六曲回环。游人行至第六曲，已经来到九曲溪的中段幽深处，人烟稀少，只见花自飘零水自流。想象此处或有神灵仙家，然而行迹杳然，唯感岁月悠悠。

"七曲移船上碧滩，隐屏仙掌更回看。人言此处无佳景，只有石堂空翠寒。"④（朱）

朱熹游九曲溪是从一曲到九曲逆流而上，到了第七曲，水急滩险，速度放缓，第一句的"移"和"上"，写出舟子奋力撑篙前行。此处可回望五曲大隐屏和六曲仙掌峰，似乎别无美景，殊不知桃源洞之内，人称"陷石堂"的石堂寺遗迹另有可观。

"七曲撑篙又一滩，天壶奇胜最堪看。何当唤取流霞酌，醉挟飞仙鹤背寒。"（李）

天壶岩是七曲最佳景观。李商隐（约813—858）《武夷山》诗："只得流霞酒一杯，空中箫鼓几（一作当）时回。"⑤典出《抱朴子》，云有河东人入山学仙，仙人引他到天上，给他流霞一杯，"饮之辄不饥渴"。⑥唐求诗："风急云轻鹤背寒，洞天谁道却归难。千山万水瀛洲路，何处烟飞是醮坛。"⑦李退溪在此兴发了游仙的遐想。

"八曲风烟势欲开，鼓楼岩下水萦洄。莫言此处无佳景，自是游人不上来。"（朱）

八曲处的名胜是鼓楼岩，附近山峰较疏朗，视野开阔。一般游人认为此处风景平凡，没有特意停观；朱熹认为即使是平凡的风景，仔细留心，仍不乏意趣，故曰"莫言此处无佳景"。

"八曲云屏护水开，飘然一棹任旋洄。楼岩可识天公意，鼓得游人究竟来。"（李）

朱子歌八曲云"自是游人不上来"，李退溪则反言"鼓得游人究竟来"；游人来欣赏的是八曲的鼓楼岩，此处有高耸入云的山峰萦绕着迂回曲折的流水，放棹而行，颇有苏轼《赤壁赋》的情怀："纵一苇之所如，凌万顷之茫然。浩浩乎如冯虚御风，而不知其所止；飘飘乎如遗世独立，羽化而登仙。"

"九曲将穷眼豁然，桑麻雨露见平川。渔郎更觅桃源路，除是人间别有天。"（朱）

---

① 《读李宾老玉涧诗偶成》，《朱子文集》卷七，第247页。
② "子击磬于卫。有荷蒉而过孔氏之门者，曰，有心哉，击磬乎。既而曰，鄙哉，硁硁乎，莫己知也，斯己而已矣。深则厉，浅则揭。子曰，果哉，末之难矣。"
③ 刘长卿：《送郑十二一作山人还庐山别业》，（清）彭定求等编《全唐诗》卷一四八，中华书局1960年版，第1527～1528页。
④ 此诗后二句又作"却怜昨夜峰头雨，添得飞泉几道寒"。
⑤ （清）彭定求等编：《全唐诗》卷五四〇，第6190～6191页。
⑥ "河东蒲坂有项曼都者，与一子入山学仙十年而归家。家人问其故，曼曰：'在山中三年精思，有仙人来迎我，共乘龙而升天。良久，低头窃视，杳杳冥冥，上未有所至，而去地已绝远。龙行甚疾，头昂尾低，令人在其脊上，危怖峣巇。及到天上，先过紫府，金床玉几，晃晃昱昱，真贵处也。仙人但以流霞一杯与我，饮之辄不饥渴。'"（晋）葛洪著，何淑贞校注：《抱朴子内篇》卷四《祛惑第二十》，台北：国立编译馆2002年，第625页。
⑦ 唐求：《题（一作送）刘錬师归山》，《全唐诗》卷七二四，第8311页。

九曲溪底豁然开朗，但见平坦的河流依偎着农家。杜甫诗："桑麻深雨露，燕雀半生成。"① 经过一路溯溪，高峰深谷，曲水弯流，那些传说的神仙异迹都被抛诸身后。舟行至此，已是终点星村，眼前是百姓日常生活的景象，一派怡然自得，可不是世外桃源。渔人倘若要更寻觅前往桃源的道路，除非人间之外还别有天地。

李退溪共作两首次韵朱熹《武夷櫂歌》末章，初作为：

"九曲来时却惘然，真源何许只斯川。宁须雨露桑麻外，更问山中一线天。"（李）

游历九曲溪初时浑沌迷茫，到了九曲的终点，觉悟真源不在他处，正是九曲溪本身。在武夷九曲的二曲溪南的灵岩，岩顶如被劈开，鬼斧神工，由下往上仰观，仅漏天光一线，又名"一线天"。李退溪认为人们不必在寻常生活之外，另去探访山里"一线天"的奇景。

这第十首次韵诗，李退溪后来修改后为：

"九曲山开只旷然，人烟墟落俯长川。劝君莫道斯游极，妙处犹须别一天。"

九曲尽头是人烟聚集的村落，流水围绕平野，令人心旷神怡。劝告人们不要以为这里是游览的终极，更美妙的境界还需要继续追求。

三、李退溪对朱熹《武夷櫂歌》的理解与反思

经由以上的逐首对读，可知李退溪的次韵诗基本步趋朱熹诗意，唯独最后一首，初作和后作内涵不同。1559年李退溪致书奇大升，谈及写作二诗的想法：

> 滉尝和櫂歌，极知僭妄，而不敢有隐于左右，今录寄呈，望赐订评。其中第九曲有二绝，其一用注意者，旧所作也。后来反复。其"更觅""除是"等语意，似不为然，故又别作一首。不知于此两义，何取何舍。盖九曲乃是寻游极处，而别无奇胜，若因其无胜，而遂谓游事了讫，则兴尽意阑，而向来所历奇观，都成虚矣。故末句云云，意若劝游人须如渔人寻入桃源之境，则当得世外别乾坤之乐，至是方为究竟处，不但如今所见而止耳。乃既竭吾才后，如有所立卓尔处，亦百尺竿头，更进一步处。然则此处及八曲所谓"莫言此地无佳境，自是游人不上来"之类，可作学问造诣处看矣。然注家于八曲云："已近于下学"。既以九曲为深浅次第，而至八曲，方云"已近于下学"，则其前所学何事耶？九曲注："优入圣域，而未始非百姓日用之常。夫岂离人绝世，而有甚高远难行之事哉？"此言非不美，奈与"更觅""除是"等语不应，如何如何。若曰"渔郎更觅"以下，非说吾学当如是，谓索隐行怪之徒有如是者云。乃非彼而喻我之词耳，则似近。然则本注所谓"此景非人间所多得者"，又非矣。②

李退溪说的"用注意"，即陈普的《武夷櫂歌注》。陈普认为朱熹《武夷櫂歌》"纯是

---

① 杜甫：《屏迹三首》（之一），《全唐诗》卷二二七，第2455页。
② 奇大升：《两先生往复书》，《高峰集》卷一，财团法人民族文化推进会《韩国文集丛刊》第40册，首尔图书出版景仁文化社1996年版，第356～357页。（以下同）。李滉：《与奇明彦·别纸》，《退溪先生文集》卷一六，第428～429页。

一条进道次序",对朝鲜的影响很大。① 严格说来,李退溪写作次韵朱熹《武夷棹歌》时(1547 年),还没有读过陈普的注解。1553 年他才收到李桢出版的陈普注解,并且提出编辑、刊刻的意见。到 1555 年有更完善的陈普注解出版,为朝鲜士人解读朱熹《武夷棹歌》提供的观点,引发热烈的讨论。李退溪不赞同陈普注,因而反思自己的次韵诗是否也如其他人陷入了陈普注解的窠臼。其中,犹如结论的《武夷棹歌》第十首至关重要,于是李退溪斟酌了"更觅""除是"两句之后,重新写作具有"百尺竿头,更进一步"意涵的第十首诗。

在给奇大升的这封信里,李退溪引述了陈普的注解,认为有所矛盾。仅就第十首的最后两句看来,陈普云:"此景非人间所多得者,公(按:指朱熹)曾以此诗召谤。"这是没有根据的说法。陈普总结此诗云:

> 豁然贯通,无所障碍,日用沛然,万事皆理。虽优入圣域,而未始非百姓日用之常。夫岂离人绝世,而有甚高远难行之事哉?所谓道者,不过若是而已。若舍此而求道,则皆异端邪说,诬民惑世之谕,天理之所无;圣贤君子之所屏绝,不以留之胸中者也。②

陈普把第九曲视为入道的极至,舍此无他,道在日常生活,如果再想求于天外,则是向往神仙异界,不是儒家的正统。李退溪则认为学无止尽,不该停止于第九曲,仍要朝世外的桃源乾坤探寻。

奇大升回信附和李退溪对陈普的批评,并主张《武夷棹歌》是朱熹"因物起兴"之作:

> 私窃以为朱子于九曲十章,因物起兴,以写胸中之趣,而其意之所寓,其言之所宣,固皆清高和厚,冲淡洒落,直与浴沂气象同,其快活矣。岂有杜撰一个入道次第,暗暗地摹在九曲棹歌之中,以寓微意之理哉,圣贤心事或不如是之峣崎也。

至于《武夷棹歌》第十首诗的最后两句,奇大升云:

> 渔郎以下,寻常看作戒譬之词。若曰穷尽九曲,则眼界豁然,而桑麻雨露,掩蔼平川,此真清幽旷之境,便是游览之极矣。若于此而犹有所未惬,更欲求桃源之境,则是乃别有之天而非人间事矣。戒游者不可舍此而他求也。

对于李退溪次韵《武夷棹歌》的新作,奇大升直接表示:"再述一章及所喻云云者,鄙意亦未敢深以为然。"也就是说,《武夷棹歌》并无"百尺竿头,更进一步"的意思,朱熹诗当有寓意,但不必如陈普注解的"涉于张皇",也不必引申太过。

1563 年李退溪答金成甫的信中,再度重申自己对朱熹《武夷棹歌》第十首的见解。金

---

① 衣若芬:《印刷出版与朝鲜"武夷九曲"文化意象的"理学化"建构》,收入石守谦、廖肇亨主编《转接与跨界——东亚文化意象之传佈》,台北允晨出版社 2015 年版。
② (宋)朱熹撰,(宋)陈普注:《武夷棹歌》,台北:艺文印书馆,《百部丛书集成》据光绪八年(1882)上海黄氏重刻日本林衡辑刊《佚存丛书》本。

成甫的意见和奇大升一样，都认为朱熹的诗句显示武夷第九曲为究极，不必更觅桃源。李退溪云：

> 然则其下渔郎更觅桃源别有之天者，当作如何看耶？若并此而同作吾所自得处看，则不当反有更觅仙路、除是人间而别有一天之语矣。若以此二句，作异端老佛之徒厌常恶近，而觅道于空虚杳冥者看，则其语当有讥诮斥外之意，不宜如是作一段好事，为若有慕尚歆艳之意也。……①

李退溪认为：如果武夷第九曲已经是人们的自得之处，朱熹不会再说要更觅桃源。如果更觅桃源别有之天，是如陈普注解的，乃异端老佛的虚妄幻想，朱熹的语气应该不会有鼓励之意，而是应该表现出排斥讥诮的态度。

李退溪补充以前指出《武夷棹歌》最后两句内含"百尺竿头，更进一步"的说法，解释此"更进一步"是要在平常人间之外别有乾坤，寻求真源妙处，其言曰：

> 故鄙意窃谓先生此一绝，本只为景物而设。而九曲一境，山尽川平而已。素号此处别无胜绝，殆令游兴顿尽处，故诗前二句直叙所见，而末二句意，若曰勿谓抵此境界为极至处，而须更求至于真源妙处，当有除是泛常人间而别有一段好乾坤也云云。

在李退溪看来，武夷第九曲是泛常人间，除了武夷，还有人间之外的天，故必须如渔人觅桃源，再接再厉。他改作次韵诗，便是认为突破了旧作，思索出朱熹诗的深义。

四、结语

有关朱熹和李退溪的论著在中、韩两国汗牛充栋，不乏研究两人《武夷棹歌》的文章。② 笔者撰写拙稿，乃基于与前贤的见解不同。学者认为李退溪后作的《武夷棹歌》末章次韵诗发挥了朱熹的原意，愚意以为不然，其中部分关键在于《武夷棹歌》末章的最后两句："渔郎更觅桃源路，除是人间别有天"中的"除是"二字作何理解。

郭锺锡（1846—1919）云："'除是'，退陶以'除却是'看，恐偶失照检。'除是'犹'须是'也。"③ 郭锺锡指出：李退溪把"除是"理解为"除却是"，也就是"除了（除此）…之外（还有）"，除了人间，还有别天。所谓另一段"好乾坤"，所以渔郎要更觅桃源路。他认为："除是"，乃"须是"。人间之外"必须是还有"（别有）天，渔郎才要更觅桃

---

① 李滉：《答金成甫德鹍·别纸·癸亥》，《退溪先生文集》卷一三，第394页。（以下同）
② 王甦：《朱子的武夷棹歌——兼及对陈注的商榷》，《古典文学》第3集，台湾学生书局1981年版，第229～257页。王甦：《李退溪九曲棹歌析论》，《淡江学报》24期（1986年4月），97～110页。金周汉：《退溪의朱子诗 理解—武夷棹歌诗认识》，《岭南语文学》第10号（1983年），第275～239页。李秀雄：《朱熹与李退溪诗比较研究》（北京大学出版社1991年版）。姜正瑞：《退溪의〈武夷棹歌〉诗认识의 한局面》，《东方汉文学》14辑（1998年2月），第161～178页。
③ 郭锺锡：《答郑文显·别纸》，《俛宇先生文集》卷五九，《韩国文集丛刊》，首尔财团法人民族文化推进会2005年版，第341册，第18页。

源路。

回到朱熹和宋代的用语习惯,先看几个"除是"的例子。

> 片心除是眉头识,万感都从念脚生。①
> 一曲玉箫尘外意,此音除是鹤仙知。②
> 唯理可进,除是积久。既久,能变得气质,则愚必明,柔必强。③
> 凡世间所有之物,莫不穷极其理,所以处置得物,物各得其所。无一事一物不得其宜,除是无此物,方无此理;既有此物,圣人无有不尽其理者。④
> 人在世上无无事底时节,要无事时,除是死也。⑤

这些例子显示,"除是"意同"除非""只有"。和单纯的"只有"不同的是,"除是"强调有条件的情况,"除是"之后,常接(或隐含着)"否则""才"等语词。

因此,《武夷棹歌》末章最后两句可解读为:"只有在人间之外还另有天的情况下,渔郎才要更觅桃源路。"依棹歌的抒情传统,唱歌的渔人乐天知命,安于当下自由自在的生活,无须远求他处。

笔者无意指陈李退溪误读了朱熹诗,可以说,这是李退溪创造性的诠释,他在给金成甫的信中说:"窃意先生(按:指朱熹)初意亦只如此而已,而读者于讽咏玩味之余,而得其意思超远涵畜无穷之义,则亦可移作造道之人深浅高下抑扬进退之意看。"⑥

至今仍有些学者将"除是"解释为"除了",意即"除了人间还另有天地,渔郎应该再去寻觅桃源路",这和李退溪的看法相同,宜加辨正。继李退溪之后,朝鲜士人也创作了大量的朱熹《武夷棹歌》次韵诗,朝鲜士人能否依循李退溪的思路解读朱熹《武夷棹歌》,以致凝聚集体共识,是接下来值得考察的问题。

---

① (宋)胡仲参:《竹庄小藁》,《秋意》,《丛书集成三编》第40册,台北新文丰出版公司1997年版,第11页。
② (宋)戴昺:《七夕感兴二首》之一,《东野农歌集》卷四,台湾商务印书馆1983年文渊阁四库全书本,第6页。
③ (宋)程颢:《二程遗书》卷一八,台湾商务印书馆1983年文渊阁四库全书本,第16页。
④ (宋)黎靖德:《朱子语类》卷一八,宋咸淳六年导江黎氏本,明成化九年江西藩司覆刻,据日本内阁文库藏覆成化本修补,京都中文出版社1984年版,第8页。
⑤ (宋)黎靖德:《朱子语类》卷一一八,第21页。
⑥ 李滉:《答金成甫德鹍·别纸·癸亥》。

试论柳永及其词在宋金时期的经典化

郁玉英

江西吉安

内容提要：柳永及其词在宋金时期既具传播广度，又具接受深度，是当之无愧的经典。但在经典化过程中，其人其词一方面是被訾责的对象，另一方面又是受崇拜、被效仿的偶像。柳永词质与沉淀着历史传统、时代文化的读者接受心理之间的碰撞导致了这种矛盾性现象的产生。柳永及其词是批评权威与普通大众合力建构的经典。普通大众读者对经典的建构拥有隐性的话语权。

关键词：柳永　宋金　矛盾性　经典化　话语权

柳永（约987年—约1053年），这位在11世纪最具人气的宋词名家，其经典地位的确立过程充满斥责、诋毁之声。无论是对于柳永的人品，还是对于柳词的词品，都不乏贬损之辞，尤其是批评权威——上层文士，几乎一边倒地批柳。但词史上这些把握了审美话语权的批评者却并没能将备受他们訾责的柳永及其词踢进历史的垃圾堆。柳永在宋代便确立了词坛的经典地位，而且一千年以后，其人其词仍以无可争辩的影响和生命力列于文学史之林，跻身经典之列。什么样的力量最终造就了柳永及其词的经典地位？经典化过程中，掌握着审美霸权的批评权威有没有绝对的话语权？普通大众读者对文学经典的建构有何影响？

一、经典地位确立

经典，作为对象性的存在，是历史实在与历史理解的统一体。经典的生成，是不断向未来敞开的"作品（作家）—读者"之间的交互碰撞过程。在这个过程中，作品（作家）的内在特质与沉淀在读者内心深处的历史传统、时代文化碰撞融合的状况决定作品（作家）传播的广度和接受的深度。由此所造成的影响力大小决定着作品（作家）能否成为经典。

柳永是一位在生前和身后都具有巨大的影响力的经典词人。综观整个宋金时期，当时上至帝王将相、文人雅士，下至平民百姓、青楼歌女无不生活在柳词的影响下。柳永的词既被广泛传播，又被深度接受。

作为宋金最具人气的词人，柳永的词不仅在上层社会和下层市井之间广泛流传，而且远播域外。柳词在当时下层读者间流传相当广泛，据叶梦得《避暑录话》载："永为举子时，多游狭邪，善为歌词，教坊乐工每得新腔，必求永为辞，始行于世，于是声传一时。"[①]另据胡仔《苕溪渔隐词话》引《后山诗话》云："柳三变游东都南北二巷，作新乐府，骫骳从

---

* 基金项目：国家社科基金项目"宋词经典的生成及嬗变"（10CZW027）。
① 叶梦得：《避暑录话》卷下，《丛书集成初编》第2787册，中华书局1985年版，第49页。

俗，天下咏之，遂传入禁中。仁宗颇好其词，每对酒，必使侍妓歌之再三。"① 可见柳永的词不仅普通百姓爱唱，皇帝也爱听。柳永的词不仅在宋朝本土流传，甚至远播境外，在西夏、金国、朝鲜产生巨大影响。从西夏归来的官员描述当时西夏传播柳词的盛况云："凡有井水饮处，即能歌柳词。"② 另据载："孙何帅钱塘，柳耆卿作《望海潮》词赠之云：……此词流播，金主亮闻之，欣然有慕于'三秋桂子、十里荷花'，遂起投鞭渡江之志。"③ 这些记载虽只是小说家言，却可见柳词的传播已至于西夏、金国，产生广泛影响。另外，载74首北宋词曲《高丽史·乐志》，是作为一种音乐文艺传入高丽的，其中就有《转花枝》《夏云峰》《醉蓬莱》《倾杯乐》《雨霖铃》《浪淘沙》《御街行》《临江仙》8首可考为柳永词，可见柳永在朝鲜半岛也有重要影响。

柳永的词不仅因为广泛的传唱而声播海内外，具有传播的广度，而且潜移默化地影响宋代词人的创作，同时具有被接受的深度。

由于文献的散佚，流传下来的宋词中，可考的有四首直接唱和柳词的作品，分别是朱雍《塞孤》《西平乐》《笛家弄》及张师师《西江月》。但柳永词对宋代词人创作的影响远不止于唱和。宋代的著名词人，大都不可避免地受到柳永词的影响。薛砺若先生即认为实际上"在苏轼'横放杰出'的词风没有取得广大读者拥护之前，整个的北宋词坛，几乎全为柳永所笼罩"④。他还特别指出了在周邦彦成名之前，"受柳永的影响和反映而雄起词坛的，则有苏轼、秦观、贺铸、毛滂四个最大的作家。在他们五个人的作品中，已将全部的北宋词风概括无余"⑤。至于集大成的周邦彦，亦受柳词影响。"周美成的长调慢词的格局，几乎都是从他（柳永）蜕变而来的。"⑥

在宋代，柳永确实影响了相当多的词人。譬如苏轼《与鲜于子骏书》云："近却颇作小词，虽无柳七郎风味，亦自是一家。呵呵。数日前，猎于郊外，所获颇多。作得一阕，令东州壮士抵掌顿足而歌之，吹笛击鼓以为节，颇壮观也。"⑦ 另外，俞文豹《吹剑录》载："东坡在玉堂，有幕士善歌。因问我词何如柳七。对曰：'柳郎中词只合十七八女郎，执红牙板歌杨柳外晓风残月。学士词须关西大汉，铜琵琶、铁绰板，唱大江东去。'"⑧ 这两则在词史上广泛流传的轶事体现了典型的面对前代大师时所产生的"影响的焦虑"。苏轼四十岁始作词，此时柳永已然离世。面对柳词产生的巨大影响，苏轼自觉地拿自己的作品与柳词比较，表现出期盼超越前人的渴望，从中也可见柳永的影响在当时词坛达到了令人难以企及的高度。再譬如文人雅士们将秦观与柳永戏谑并称为"山抹微云秦学士，露花倒影柳屯田"⑨，也表明秦观词有似柳永词之处。对柳词颇多微词的王灼也不得不承认："沈公述、李景元、孔方平、处度叔侄，晁次膺、万俟雅言，皆有佳句，就中雅言又绝出。然六人者，源流从柳氏来……"⑩ 同时，他还不得不承认这样的事实："今少年妄谓东坡移诗律作长短句，十有

---

① 胡仔：《苕溪渔隐词话》卷一之《柳三变词天下咏之》，《词话丛编》本，中华书局2005年版，第163页。
② 叶梦得：《避暑录话》卷下，《丛书集成初编》第2787册，中华书局1985年版，第49页。
③ 罗大经：《鹤林玉露》丙篇卷一之《十里荷花》，中华书局1983年版，第241页。
④ 龙榆生：《宋词发展的几个阶段》，龙榆生《词学十讲》附录三，北京出版社2005年版，第227页。
⑤ 薛砺若：《宋词通论》，上海书店1985年版，第107页。
⑥ 薛砺若：《宋词通论》，上海书店1985年版，第114页。
⑦ 苏轼：《与鲜于子骏书》，《苏轼文集》卷五三《尺牍》，中华书局1986年版，第1560页。
⑧ 冯金伯：《词苑萃编》卷十一，《词话丛编》本，第2013页。
⑨ 冯金伯：《词苑萃编》卷九，《词话丛编》本，第1963页。
⑩ 王灼：《碧鸡漫志》卷第二，《词话丛编》本，第83页。

八九，不学柳耆卿，则学曹元宠，虽可笑，亦毋用笑也。"① 张端义则引项平斋的话明确地说："诗当学杜诗，词当学柳永"②。事实上，李之仪《姑溪词》被认为"长调近柳，短调近秦，而均有未至"。方千里词被认为"其胜处则近屯田"③。南宋极具影响力的姜夔即被认为"脱胎耆卿"④。刘熙载则明确指出"南宋词近耆卿者多，近少游者少。少游疏而耆卿密也"⑤。柳永对宋词的创造影响深远。

综上可见，柳永始终处于词坛的中心，既具传播广度又具接受深度，成为宋金时期当之无愧的经典。

二、批评权威对柳永及其词的贬损

与苏轼、辛弃疾、周邦彦、姜夔等宋代经典名家颇受赞誉的情况不同，作为把握了审美话语权的批评权威——宋代文人士大夫对柳永及其词的接受态度是极其矛盾的。一方面，作为批评权威的上层文化精英难免于对柳永词有效仿，如上所述。另一方面，他们对柳永及其词又极其排斥贬低如下所述。

宋代上层社会对柳永的贬斥甚于任何时代。正统文人学士既鄙夷柳永偎红倚翠的游冶放纵生活，又不满他那些"淫冶讴歌之曲"，即大部分以市井口语入词，以歌妓为题材，涉闺闱秘事或张扬个性的作品。据《能改斋漫录》卷十六载，柳永"尝有《鹤冲天》词云：'忍把浮名，换了浅斟低唱。'"因此科举之时仁宗"特落之，曰：'且去浅斟低唱，何要浮名！'"⑥抛开这则逸事的真伪不论，故事本身反映出柳永那种宣扬平民意识、游离于主流价值观之外的个性为正统阶层所难以容忍的观念。另外张舜民《画墁录》中记载着这样一段文字：

> 柳三变既以词忤仁庙，吏部不放改官，三变不能堪，诣相府。晏公曰："贤俊作曲子么？"三变曰："只如相公亦作曲子。"公曰："殊虽作曲子，不曾道'彩线慵拈伴伊坐'。"柳遂退。⑦

"彩线慵拈伴伊坐"是柳永《定风波》里的词句。《定风波》全词为：

> 自春来、惨绿愁红，芳心是事可可。日上花梢，莺穿柳带，犹压香衾卧。暖酥消，腻云亸，终日厌厌倦梳裹。无那！恨薄情一去，音书无个。　　早知恁么。悔当初、不把雕鞍锁。向鸡窗、只与蛮笺象管，拘束教吟课。镇相随，莫抛躲。针线闲拈伴伊坐。和我，免使年少，光阴虚过。

---

① 王灼：《碧鸡漫志》卷第二，《词话丛编》本，第85页。
② 张端义：《贵耳集》卷上，《宋元笔记小说大观》（第四册），上海古籍出版社2001年版，第4276页。
③ 冯煦：《蒿庵论词》，《词话丛编》本，第3588、3589页。
④ 谭献：《复堂词话》，《词话丛编》本，第3992页。
⑤ 刘熙载：《词概》，《词话丛编》本，第3697页。
⑥ 吴曾：《能改斋词话》卷一，《词话丛编》本，第135页。
⑦ 张舜民：《画墁录》，《宋元笔记小说大观》（第二册），上海古籍出版社2001年版，第1553页。

柳永用市井俗语，将女子思念情人的慵懒无聊之态刻画得备足无余。可是，身为上层文化精英的晏殊根本不能容忍自己的文人雅词与以浅俗之语直白描写市井生活气息的柳永词相提并论。柳永无趣而退，正表明作为上层文人领袖的晏殊对柳永及其词的批判态度。

宋代上层精英文化人士对柳永之"俗"的批评从北宋至南宋，从来就没有中断过。苏轼批评他的门生秦观"学柳七作词"，王灼说他"浅近卑俗""声态可憎"①。李清照在肯定柳词"协音律"的同时也批评他"词语尘下"②。吴曾说柳永"好为淫冶讴歌之曲"③。徐度亦是明显站在"流俗"阶层的对立面说："（柳）词虽极工致，然多杂以鄙语，故流俗人尤喜道之。"④ 陈振孙尽管称赞柳永之词，说"音律谐婉，语意妥帖，承平气象形容曲尽，尤工于羁旅行役"，但最后还是批评"若其人则不足道也"⑤。

至于金代，大环境是"苏学北行"，主流文化以苏、辛豪放词风为宗。譬如王若虚《滹南诗话》主张"诗词只是一理"，力推东坡词"为古今第一"⑥。金代文学第一号人物元好问也谓"乐府以来，东坡为第一，以后便到辛稼轩"⑦。钟振振先生也认为："北国气候干烈祁寒，北地山川浑莽恢阔；北方风俗质直开朗；北疆声乐劲激粗犷。根于斯，故金词之于北宋，就较少受到柳永、秦观、周邦彦等婉约词人的影响，而更多地继承了苏轼词的清雄伉爽。"⑧ 金代文人以崇苏辛一派表明了他们对柳永的贬抑态度。

三、下层普通大众读者对柳永及其词的推崇

在上层文化精英们极尽贬损的同时，柳永及其词却深受下层普通大众的喜爱，是市井百姓极其崇拜的偶像。据徐度《却扫篇》载：

> 刘季高侍郎宣和间尝饭于相国寺之智海院，因谈歌词力诋柳氏，旁若无人者。有老宦者闻之，默然而起，徐取纸笔跪于季高之前，请曰："子以柳词为不佳者，盍自为一篇示我乎？"刘默然无以应。⑨

从老宦对刘季高诋毁柳词的严重不满中，可见柳词在当时深入人心的程度绝非一般。又据《湘山野录》载：

> 吴俗岁祀，里巫祀神，但歌柳永《满江红》，有"桐江好，烟漠漠，波似染，山如削，绕严陵滩畔，鹭飞鱼跃"之句。⑩

---

① 王灼：《碧鸡漫志》卷二，《词话丛编》本，第84页。
② 魏庆之：《魏庆之词话》，《词话丛编》本，第202页。
③ 吴曾：《能改斋词话》卷一，《词话丛编》本，第135页。
④ 徐度：《却扫编》卷下，《宋元笔记小说大观》（第四册），上海古籍出版社2001年版，第4518页。
⑤ 陈振孙：《直斋书录解题》卷二十一，上海古籍出版社1987年版，第616页。
⑥ 王若虚：《滹南诗话》卷二，丁福保《历代诗话续编》本，中华书局1983年版，第517页。
⑦ 元好问：《遗山乐府引》，施蛰存《词籍序跋萃编》本，中国社会科学出版社1994年版，第450页。
⑧ 钟振振：《论金元明词》，《第一届词学国际研讨会论文集》，台湾中央研究院文哲所筹备处编印出版。
⑨ 徐度：《却扫编》卷下，《宋元笔记小说大观》（第四册），上海古籍出版社2001年版，第4518页。
⑩ 释文莹：《湘山野录》，《宋元笔记小说大观》（第二册），上海古籍出版社2001年版，第1409页。

可见，柳永词不仅仅在青楼楚馆、勾栏瓦肆间广为流传，而且融入当时民间的风俗节气，不同于流行一阵风的通俗文化，成为民俗的一部分。

至于长时间与柳永直接接触的歌妓，对柳永更是崇拜与追捧不已。譬如《醉翁谈录》记载："至今柳陌花衢，歌姬舞妓，凡吟咏讴唱，莫不以柳七官人为美谈。……耆卿居京华，暇日遍游妓馆，所至，妓者爱其有词名，能移宫换羽；一经品题，声价十倍，妓者多以金物资给之。"①这说明柳永在当时流行歌坛享有巨大的声望。再如以下三则记载：

  柳永字耆卿，仁宗景祐间余杭令，长于词赋，为人风雅不羁，而抚民清净，安于无事，百姓爱之。②

  （柳永）卒于襄阳。死之日，家无余财，群妓合金葬之于建安南门外，每春日上冢，谓之"吊柳七"。③

  柳耆卿风流俊迈，闻于一时。既死，葬于枣阳县花山。远近之人，每遇清明日，多载酒肴，饮于耆卿墓侧，谓之"吊柳会"。④

柳永，《宋史》无传，他的故事散见于一些野史笔记中，有的真伪难辨。但不论历史上的柳永与这些轶事传说中的柳永行迹是否吻合，从接受的角度看，这些轶事所呈现出来的情节与状态反映着一定的时代文化心理是没有疑问的。上面几则笔记小说中的记载至少反映出当时人们有以下心理：其一，他们认为长于词赋是柳永得百姓爱之，尤其受歌姬舞妓高度崇拜的原因；其二，他们认为风雅不羁的柳永颇得歌妓们的真情。柳永在歌女们中拥有绝对的声望，这令一百多年后的刘克庄还不禁题诗感叹曰："相君未识陈三面，儿女多知柳七名。"⑤

在金代，通俗文学的作者与方外之士对柳永词多有效仿且持认同态度，如《西厢记诸宫调》的作者董解元在《哨遍》（太暤司春）后说："此词连情发藻，妥帖易施，体格与《乐章》为近。"又说："其所为词，于屯田有沉滢之合。"⑥ 其《古本董解元西厢记》卷六《大石调》（玉翼蝉）云："雨儿乍歇，向晚风如凛冽，那闻得衰柳蝉鸣凄切。未知今日别后，何时重见也。衫袖上盈盈，揾泪不绝。幽恨眉峰暗结。好难舍割，纵有千种风情，何处说。"⑦ 此段明显借鉴了《雨霖铃》的语言与意境。隐逸之士全真教创始人王重阳曾作《解佩令》表达他对柳永词的激赏与体悟。题序云："爱看柳永词，遂成。"词云："平生颠傻，心猿轻忽。《乐章集》、看无休歇。逸性撼灵，返认过、修行超越。仙格调，自然开发。四旬七上，慧光崇兀。词中味、与道相渴。一句分明，便悟彻、耆卿言曰，杨柳岸、晓风残月。"⑧全真弟子马钰在词中也屡次借用柳永词的词韵，如《五灵妙仙借柳词韵》《玉楼春借柳词韵·赠云中子》《传妙道借柳词韵》等词。

---

① 罗烨：《醉翁谈录》丙集卷二，古典文学出版社1957年版，第32～33页。
② 张吉安修，朱文藻纂：《嘉庆余杭县志》卷二十一《名宦传》引"旧志"语，上海书店出版社2011年版。
③ 徐伯龄：《蟫精隽》卷十四之《崇安柳七冢》，《景印文渊阁四库全书》第867册，第170页。
④ 曾敏行：《独醒杂志》卷四，朱杰人标校，上海古籍出版社1986年版，第33页。
⑤ 刘克庄：《后村先生大全集》卷十三，《四部丛刊》本。
⑥ 况周颐：《蕙风词话》，《词话丛编》本，第4460页。
⑦ 董解元：《古本董解元西厢记》卷六，《续修四库全书》第1738册，上海古籍出版社2002年版，第66页。
⑧ 王重阳：《重阳全真集》卷之七，载王重阳著、白如祥辑校《王重阳集》，齐鲁书社2005年版，第105～106页。

综上可见，宋金时期，柳永虽备受上层文人雅士们的訾责，却深度影响他们的创作，在下层普通大众接受者中则是有口皆碑，风光无限。宋金时期对柳永及其词的接受为什么会呈现这样的矛盾现象呢？拥有审美霸权的批评者在经典化中有没有绝对的话语权？普通大众读者在文学经典化中会发生什么样的影响？

四、矛盾现象的产生：柳词内质与接受心理的遇合与冲突

文学经典的生成是一个复杂的系统性事件。在"作品（作家）—读者"交互作用的过程中，与任何一方相关联的因素都可能影响作家（作品）经典化过程。笔者以为，以上矛盾现象的出现，既与柳永行迹及其词的内质相关，又与沉淀着历史传统、时代文化的读者接受心理有着密切联系。

1. 艺术上的创造性与典范性赢得创作者的认同与效仿

柳永词内在艺术上的创造性与典范性是柳永其人其词成为宋词经典的关键。康德在谈到"美的艺术是天才的艺术"时就说过，"独创性必须是它的第一特性"①。就作家创作的经典作品来讲，它无论在文体上，还是在艺术上都有独创性、示范性的意义，能给读者以新的启示。哈罗德·布鲁姆指出："一切有力的文学原创性都具有经典性。"② 而莎士比亚之所以是经典，即在于"他建立了文学的标准和限度"③。柳永毫无疑问是宋金词坛最富创造性和典范性的一位词人。

"柳永以一己之'俗词'与'慢词'，得以与一批台阁词人的'雅词'和'令词'相抗衡，沿袭了数百年的唐宋词坛也因为柳永的出现而展示出一片新风采。"④ 这样的评价应该说并不是溢美之辞。柳永对于词坛的创造性贡献已为学界不少同仁所论述。简而言之，表现在以下几个方面。其一，创体创调。晚唐五代词以小令为主，慢词不过十余首。柳永系统性地创制了慢词，扩大了词的表现力，譬如慢词《戚氏》长达212字。这从根本上改变了小令一统天下的局面。柳永大力发展慢词，对宋词的繁荣起到了决定性的作用。同时，作为音乐天才的柳永，在大力发展慢词的同时，创调之功亦不可没。柳永200多首词用调100多种，宋代词调中，约十分之一为柳永所创。其二，将词从贵族的歌舞筵席之间引向勾栏瓦肆、驿站别馆，使词平民化、大众化。从现存的敦煌民间词来看，词最初表现的是真率质朴的民间百姓生活。但经过唐五代文人的手笔，词成了"绮筵公子，绣幌佳人，递叶叶之花笺，文抽丽锦；举纤纤之玉指，拍案香檀。不无清绝之词，用助娇娆之态"⑤ 的贵族生活的点缀。柳永不仅发展了词的体式调式，而且扩大了词的表现内容，改变了词的内涵与趣味。其三，将"敷陈其事而直言之"的赋法用之于词，用铺叙衍展的笔法描绘场面和过程，表现人物情感心态的变化，展现时代风物气象，发展了宋词的表现手法。如《雨霖铃》巧妙地用铺叙之法写景叙事，将离别的环境氛围、人物动态、情绪体验细致、具体地描绘出来，让人仿佛身临其境。至于他那些描写宋代都市繁华的词更可谓词家之史笔。千载之下，民情

---

① （德）康德著，宗白华译：《判断力批判》上卷，商务印书馆1985年版，第153页。
② （美）哈罗德·布鲁姆著，江宁康译：《西方正典》，译林出版社2005年版，第18页。
③ （美）哈罗德·布鲁姆著，江宁康译：《西方正典》，译林出版社2005年版，第36页。
④ 刘尊明：《唐宋词综论》，中国社会科学出版社2004年版，第336页。
⑤ 欧阳炯：《花间集序》，载施蛰存《词籍序跋萃编》，中国社会科学出版社1994年版，第631页。

物态、都市繁华，如在目前，"承平气象，形容曲尽"①，"形容盛明"，令人"千载如逢当日"②。宋代高级官僚范镇更不无感慨地说："仁宗四十二年太平，镇在翰苑十余载，不能出一语咏歌，乃于耆卿词见之。"③

柳永从调式、体式、题材内容、表现手法等方面对词体文学进行了全面的创造性改进，促进了宋词的繁荣。由于艺术上的独创性，柳永的词成为文人自觉或不自觉的比拟效仿的对象，如前所述，具高度的典范性。独创性与典范性是文学经典性最关键的特质之一，这也是柳永词虽然备受上层文人士大夫的訾责却仍能立足于词坛中心，成为宋词经典的重要原因之一。

2. 直面生命的真率抒写，导致其人其词毁誉叠加

柳永经常流连于勾栏瓦肆，浪迹于驿站别馆，以口语、俚语入词，配着动人哀婉的新声，演唱着人们所喜闻乐见的节气风光、世俗繁华与情感思绪，这是一种直面生命本身的真率书写，表现出鲜明的通俗化风格与世俗化的文化品格。在与读者接受心理的融合碰撞中，直面生命、真率书写世情的柳永词在受到普通大众读者喜爱的同时，被掌握着审美话语权的上层文化精英们贬黜。

首先，柳永词契合着宋金时期下层世俗百姓的审美需求，因而获得普通大众的喜爱。一方面，柳词的语言是通俗化的，宋翔凤《乐府余论》记载："耆卿失意无俚，流连坊曲，遂尽收俚俗言语，编入词中，以便伎人传习。一时动听，散布四方。"④ 这在一定程度上说明了柳词深受下层普通读者喜爱的原因。"收俚俗言语编入词中"，柳词因此而极易引起普通大众的情感共鸣，故出现"流俗人尤喜道之"的情况。

深受大众读者喜爱的更深层的原因是柳词真率书写世情。柳永把眼光投向市井，以一种感同身受的情感体验抒写世俗人生，表现世俗生活，再加之柳词"音律协婉"，因而柳永及其词在普通市井人中享有盛誉。譬如柳永的不少词作将笔触伸向了平民女子、青楼歌妓等下层女性的内心深处，表现她们的喜乐需求及对她们的同情、关怀、尊重、欣赏。譬如：《少年游》赞赏她们虽身在风尘却"心性温柔，品流详雅，不称在风尘"，"丰肌清骨，容态尽天真"；《定风波》"镇相随，莫抛躲。针线闲拈伴伊坐"，表现世俗女性真率的爱情意识；《满江红》"残梦断、酒醒孤馆，夜长无味。可惜许枕前多少意，到如今两总无终结"，描写了失恋的平民女子的痛苦。再譬如，《少年游》"一生赢得是凄凉。追往事、暗心伤"，表现青楼歌妓的人生不幸辛酸；《迷仙引》"万里丹霄，何妨携手同归去。永弃却、烟花伴侣。免教人见妾，朝云暮雨"，表现下层妓女从良的美好愿望。柳永的这些词直面生命本身，抒写下层女子的喜怒哀乐，因此深受她们的喜爱。同时，柳永在很大程度上甚至将她们视为心灵的知音，他在羁旅中吟着"便纵有千种风情，更与何人说"（《雨霖铃》），他在仕途失意时唱着"幸有意中人，堪寻访"（《鹤冲天》）。柳永因此赢得这些歌儿舞女们的尊重与追捧。"音律协婉"的柳词则通过她们的朱唇玉齿而声传天下。再譬如那些表现都市风情的词，则因为其展现着下层普通读者所渴望与向往的世俗繁华，自然也易赢得他们的钟爱。如元丰五年进士第一的黄裳，在其《演山集·书乐章集后》对柳永歌颂"太平气象"的词叹

---

① 沈雄：《古今词话》，《词话丛编》本，第982页。
② 李之仪：《跋吴思道小词》，载金启华等《唐宋词集序跋汇编》，江苏教育出版社1990年版，第36页。
③ 徐伯龄：《蟫精隽》卷十四之《崇安柳七冢》，《景印文渊阁四库全书》第867册，台湾商务印书馆1986年版，第170页
④ 宋翔凤：《乐府余论》，《词话丛编》本，第2499页。

赏不已:"予观柳氏乐章,喜其能道嘉祐中太平气象,如观杜甫诗。典雅文华,无所不有。是时予方为儿,犹想见其风俗,欢声和气,洋溢道路之间,动植咸若。令人歌柳词,闻其声,听其词,如丁斯时,使人慨然有感。呜呼!太平气象,柳能一写于《乐章》,所谓词人盛世之世之黼藻,岂可废耶!"① 作为时代的记忆,慨然有感于柳词所展现的世俗繁华的又岂止黄裳一人呢?

可见,不论是语言风格还是内容情感,柳永词均契合市井普通读者的接受心理,柳永及其词因此而获得他们充分的肯定与喜爱。

其次,对于身处社会上层,把握着审美话语权的批评权威来说,柳词直面生命的真率书写所导致的世俗化、通俗化特点却让他们在接受柳永及其词时充满矛盾。

如上所述,帝王将相、文人雅士者如宋仁宗、晏殊、苏轼、李清照等人对柳词均可谓又爱又恨,充满了矛盾。他们一方面批判柳词之俗,另一方面却对柳词耳熟能详,喜闻乐道。之所以出现这种矛盾现象,直接与柳永直面生活,以生命的名义真率、通俗地描写他长期留连勾栏瓦肆、浪迹于市井驿站的见闻感受与情绪体验相关。因为这种真率的生命表达毫无疑问地与自然个体的生命冲动相吻合,但却与当时的主流生活价值观与审美观念相背离。因此对于受宋代主流文化话语支配的上层精英读者来说,柳词所展现出的文化精神与沉淀在他们内心的集体无意识碰撞融合,必然导致这样的情形:作为一个自然的生命个体,作为一个活生生的普通的生命,柳词中所展现的富贵繁华、温柔缠绵以及娱乐因素是他们无法拒绝柳词的原因;而作为一个社会的人,尊贵的身份、身居高位使得他们在社会上不可避免地受到传统道德规范的约束,在文学上秉承儒家的诗教传统,以含蓄、典雅、韵致为审美追求,因而批判柳词之俗。柳永生活上放纵无行,文学上张扬个性,代世俗阶层立言,这必然导致上层主流文化对柳永及其词的贬黜。

总之,柳永真实地描写世情与自己的心声,所展现出来的平民化、世俗化的精神意蕴与文化品格与宋代日渐发达的城市民俗文化及自然人的本性相遇合,却与主流权威的传统文化与审美观念相冲突,这最终导致了柳永在宋代被经典化过程中的矛盾:在上层文人的贬斥与模仿,下层读者的推崇与追捧中成为经典。

五、批评权威与大众话语合力建构的经典

文学经典化机制中,作品的内质、权威人士的批评和选择、国家的教育体制与意识形态、读者承载的文化传统等诸多因素分别从不同的侧面对经典的生成与嬗变发生影响。从上可知,柳永及其词经典化过程中矛盾的产生就是一个复杂的现象,当中既有柳词内质的参与,又与沉淀着宋金人历史传统、时代气候的接受心理等因素相关,两者相互碰撞导致了以上矛盾现象的产生。

一方面,批评权威在作品(作家)经典化过程中的重要作用是毋庸置疑的。如刘象愚先生在肯定作品内质情况下就曾指出,具有经典或大师地位的学者或批评家的肯定是影响经典化最重要的因素之一②。批评权威的点评与遴选,在很大程度上决定着普通大众读者的阅读范围,也影响着他的同代与后代读者对某类文学作品的理解。譬如中国古代批评者常用的

---

① 黄裳:《演山集》卷三十五,《景印文渊阁四库全书》第1120册,台湾商务印书馆1986年版,第239～240页。
② 刘象愚:《经典、经典性与关于"经典"的论争》,载《中国比较文学》2006年第2期,第48～50页。

传、注、笺、疏、点评等接受方式有效地延伸了作品（作家）的生命力，对古代经典的形成起着至关重要的作用。宋金时期的批评权威对柳词"协音律""极工致""音律协婉"的肯定，对柳词的效仿与点评在柳永及其词的经典地位的确立过程中起着不容忽视的作用。譬如在上层精英读者对柳永的接受中，他的羁旅行役词由于艺术上的成功为他在文人当中赢得了不小的声誉，如苏轼对其《八声甘州》（对潇潇暮雨洒江天）"不减唐人高处"的评价就影响了整个词史对该词的批评，产生了广泛的影响。

另一方面，普通大众读者无形中影响作为审美权威的批评者的选择。下层普通大众读者虽然没有直接参与编选选本、点评、唱和这样的直接影响柳永经典地位确立的活动，但他们在柳永经典化过程中的隐性作用却不可忽视。综观柳永经典地位确立过程中的传播接受活动，可以说正是下层市井读者造成天下传唱柳词的局面，从而使柳词不但传入禁中，而且远播域外。更重要的是，天下传唱的巨大声势让上层掌握着审美话语权的精英读者们不得不认真审视柳词，不得不在创作中潜移默化地受到柳词的影响。在普通大众读者造就的柳词风靡天下的气势中，柳永词中符合传统审美倾向的作品也自然更容易引起批评权威的关注，从而扩大影响。柳永及其词最终在上层批评权威与下层普通读者传播、接受的合力中成为经典。

总之，柳词内在的品质，即直面生命、真率书写及其所导致的通俗化、世俗化特质，既是柳词获得下层市井人士赞赏与喜爱的原因，也是柳词为上层精英文士又爱又贬的缘由。柳永及其词经典地位的确立既受到批评权威的影响，也与普通大众读者有关。在这一过程中，我们可以看到，批评权威与普通大众读者对作品（作家）的接受是相互影响的。掌握着审美霸权的批评权威虽起着重要作用但并不拥有绝对的话语权，下层普通大众读者实际上对经典的建构也拥有强大的隐性话语权。

王灼行年补考

岳 珍
华中科技大学中文系

内容提要：王灼晚年有诗称自己一生"八督州"。笔者旧著《王灼行年考》考订了王灼五次入幕经历。本文结合新辑佚的王灼诗文，补考其余三次：通化军幕府、楼炤两浙东路安抚使幕府、四川总领司赵不弃幕府。在四川总领司赵不弃幕府期间，王灼写作了他的名著《碧鸡漫志》。

关键词：王灼　八督州　补考　碧鸡漫志

《碧鸡漫志》的作者王灼（1105—1181后），《宋史》无传。他的生平行迹主要见于其诗文以及宋人笔记等文献。王灼晚年有诗云："我亦老将死，何苦逐昏醉。归从浮图师，了此一大事。试问八督州，何如三入寺。"（《颐堂集》卷三《再次韵》）今考王灼一生，曾经于建炎元年五、六月间入吕好问幕府，绍兴四年至六年间入通化军幕府，九年入夔州钤辖安抚使冯康国幕府，十年至十二年入夔州路提点刑狱公事何麒幕府，十二年至十四年间入楼炤两浙东路安抚使幕府，十五年入四川总领司赵不弃幕府，三十二年入李师颜幕府，淳熙二年入范成大幕府，前后通计正好八次。王灼所云"八督州"是对自己一生经历的总结。笔者旧著《王灼行年考》曾考订王灼五次入幕经历。本文结合新辑佚的王灼诗文，补考其余三次：通化军幕府、楼炤两浙东路安抚使幕府、四川总领司赵不弃幕府。

一、绍兴四年（1134）到六年（1136），任职于通化军

王灼有《赠王先生》（卷二）诗，其序云："绍兴六年，（王）道成见予于金川。"金川县即通化县，宋代属威州，治所在今四川理县东北通化乡。《舆地广记》卷三十威州通化县云："本汉广柔县地，隋开皇初置金川县，仁寿初改曰通化，属汶山郡，后废焉。唐咸亨二年以生羌户置小封县，后复改曰通化，属茂州，后属维州。皇朝天圣元年改曰金川，景佑四年复旧，治平三年即县治置通化军使。县在保、霸二州之间。"其诗云："年来我亦厌樊笼"，知绍兴六年王灼于通化军任职。

这次任职时间大约始自绍兴四年。王灼《宿崇德祠下望青城诸山》（卷三）云："昔年来就学，颇熟青城面。虽无寻山分，犹喜旦暮见。违去八寒暑，梦想无时休。谁意俗士驾，复作山下游。……愧非自由身，又复尘中去。""昔年就学"指靖康元年就学成都应乡试一事。"违去八寒暑"，自靖康元年起，历经八寒暑即绍兴四年，这是该诗的写作时间。诗又云"愧非自由身，又复尘中去"，显然其时身在仕途，只是具体地点不详。王灼《赠王先生》诗有"年来我亦厌樊笼"之说，该诗作于绍兴六年，绍兴四年从常理讲是可以包含在此"年来"范围之内的，可见这时已在通化军任职。通化军在成都西北，两地相距约三百里，有可能于工作之暇前往青城山游览。

这次任职的其它情况不详。

二、绍兴十二年夏秋到十四年秋在江南，入楼炤两浙东路安抚使幕府

王灼《谢交割启》（补遗卷第三，永乐大典卷一〇五三九/12A引"王灼颐堂集"）云："下流自居，擢发莫数其大罪；余光曲照，捐躯难报于异恩。初服彝篯，敢输款实，伏念某学不造道，才不追时。徒信直情以径行，未悟跋前而疐后。半生亲友，同处京华。十客共玷，坐贻覆鼎之怒；一言焚券，反羞抵负之名。远投谤书，置诸要路。既肆其失真之毁，又谓有不肖之心。隆中得施，交击随至，危叶易落，弱羽当摧。使贱子无他，恃巨贤之在上。念某水浮陆走者万里，尘入块出者二年。险阻艰难之备尝，崎历落之可笑。偶获寸禄，实过初心。念故园之未归，兼儒冠之多误。弃之可惜，仅同鸡肋之微；续之又悲，其如凫胫之短。进退莫决，夙夜抱忧。不图苒苒之孤根，复实潭潭之盛府。德固有自，身岂无知？此盖伏遇某官以至公行权，以至明应物。柔不茹而刚不吐，寔仲山甫之遗风；挠不浊而澄不清，真黄叔度之雅量。脱略流俗，追配古人。坐令芜秽之资，辱在封培之数。某谨当永戢解骖之惠，旋收去干之魂。勉力驱驰，悉意事法。文章小技，何济于横流；忠义大闲，誓坚于素守。傥伸一节，仰报二天。归一寸诚，复绝常品。"

《谢启》为任期届满交割职务而作。其中"半生亲友，同处京华""念某水浮陆走者万里，尘入块出者二年""不图苒苒之孤根，复实潭潭之盛府"等语说明了此次任职的基本情况：王灼从万里之外水陆兼程到达杭州，任职于某权高位重的部门，任期两年。《谢启》没有涉及任职的具体时间、地点和部门，笔者结合王灼其它作品和有关史料考证如下。

王灼《李教授墓志铭》云："绍兴九年，灼官夔州钤辖安抚司幕府。临邛李亮字长孺，与其弟防以父命游学吴中，来扣门求交。时主帅冯公康国见而奇之，留语十日，具舟送出关。后三年，灼被檄临安，二子相从，益详其为人。"绍兴九年，王灼在夔州送别李亮兄弟入吴游学。十二年夏秋之交，自己被檄出使杭州。王灼有《长孺幼安作西湖之游不以告某与元受明日二公有诗元受率次韵》（《永乐大典》卷二二六四/14A引"王灼颐堂集"）诗，该诗有注，称李亮（长孺）、李防（幼安）于杭州"旅食四年"，二李绍兴九年入吴游学，"旅食四年"则为绍兴十三年，这一年王灼身在杭州。王灼《前年一首投赠刘荆州锜》（卷二）诗云："前年别公东南驰，正当六龙还宫时。都人欢传好消息，慈宁首问公何之。毡裘不复恃军马，颍上一战中兴基。青天白日呈万象，向来逸吻真成痴。数从西府伺行李，枢莞政要人扶持。吴江再见丹枫落，宁料我公犹在兹。呼鹰台边闲鼓角，望沙楼上陈书诗。夕烽平安置莫问，贤牧自当十万师。维昔全荆号强国，近者贼火仍疮痍。形胜之地勋名集，端使前辈相追随。襄宗依刘有故事，自怜远去作儿嬉。明朝烂醉沙头酒，不管春风吹鬓丝。"该诗自述前后两度往吴江探望刘锜事。第一次"正当六龙还宫时"，"六龙还宫"指高宗生母韦太后驾还江南一事（《宋史·高宗纪》），时间在绍兴十二年秋八月壬午。绍兴十二年是"前年"，写诗的时间即为十四年。十四年秋王灼再往吴江探望刘锜，说明他此时仍在杭州一带。诗又云"襄宗依刘有故事，自怜远去作儿嬉"，可见王灼此行探望刘锜兼有告别之意，此后王灼即离开江南返回蜀地。总起来说，王灼绍兴十二年夏秋之交从夔州出发到杭州公干，自此逗留至十四年秋。这与《谢启》"同处京华""念某水浮陆走者万里，尘入块出者二年"的经历可以互为印证。所以王灼此次任职的具体时间在绍兴十二年至十四年之间。

王灼回蜀以后与朋友勾龙伯秋有一组唱和诗回忆这段生活。《答伯秋》云"他年梦苎

罗",《又和》云:"早岁撑吴榜,春风试越罗,只今中夜梦,突怒见潮波。"苎罗,苎罗山。江南有两苎罗,一在诸暨县,一在萧山县。宋施宿嘉泰《会稽志》卷九:"诸暨县,苎罗山在县南五里。萧山县,苎罗山在县南三十里,有西子庙。"从地理位置说,萧山县正临杭州湾,而诸暨县离大海尚有一段距离,根据王灼诗"突怒见潮波"语,可以判断王灼之"梦苎罗"者当在萧山县。王灼《送缘庵主》云"我昔客吴楚,但爱云水涵。不闻清庙瑟,浪走雪满簪"、《风蓬蓬一首赠范德承》云"万里湿云"、《次韵任元受除夕》云"水云国"等,都可以视为王灼身在萧山县的旁证。萧山县属绍兴府,绍兴府为两浙东路安抚司驻节地。此外,两浙东路提点刑狱公事、两浙东路茶盐公事均于绍兴府置司。王灼《谢启》云"复真潭潭之盛府",既称"潭潭盛府",其所在部门必为安抚司、提刑司、提举司这三府之一。《会稽志》卷二"太守":"楼炤,绍兴十二年十月以资政殿学士左朝奉大夫知,十四年二月召赴阙。"宋张淏《会稽续志》卷二提刑题名:"吕用中,绍兴十年十二月以右宣教郎到任,十二年十二月改知泉州。范振绍兴十三年正月以左朝请大夫到任,九月罢。吴序宾,绍兴十三年十月以右朝奉大夫到任,十四年四月与知泉州吕用中两易。"《会稽续志》卷二提举题名:"虞浣,绍兴十二年十月二十一日以右朝奉郎到任,绍兴十三年九月二十六日罢。韦寿成,绍兴十三年十二月二十一日以右朝奉大夫到任,绍兴十五年正月二十九日改除浙西提举茶盐。"对照王灼逗留江南、离开江南的具体时间,只有楼炤任职绍兴安抚司的时间可以与之吻合,所以王灼在江南入楼炤幕府的可能性最大。这一判断还有一些旁证。第一,安抚司位高权重,最宜称"潭潭盛府"。第二,王灼《投秦太师》(《永乐大典》卷九一七/13A 引"王灼颐堂集",补遗卷第二)云"今代堂堂有魏公",秦桧于绍兴十二年九月封魏国公(《宋史·高宗本纪》),又云:"双龙阙下五云新,喜见天元第一春。"天元,谓日月星辰运行之始,亦即历法推算的起点。《史记·历书》:"王者易姓受命,必慎始初,改正朔、易服色,推本天元,顺承厥意。"司马贞索隐:"言王者易姓而兴,必当推本天之元气行运所在,以定正朔,以承天意。"故周历建子,以十一月为岁首;殷历建丑,以十二月为岁首;夏历建寅,以正月为岁首。后人谓"周以天元,殷以地元,夏以人元",见《后汉书·陈宠传》。此"天元第一春",谓甲子年。盖干支纪年以甲子为首,六十甲子,周而复始。绍兴十四年为甲子年,可知诗于十四年春作于杭州。又云:"绕木惊乌栖未定,恋轩疲马望重来。酬恩有胆大如斗,造化炉中肯铸回。"说明此诗是王灼为了酬谢秦桧的再造之恩而作,这个"恩"显然关系王灼的任用问题。秦桧既然插手王灼的任用,则必然将他安置在自己的势力范围之内,而绍兴府此时的长官楼炤恰恰就是桧党要员。所以说,王灼在楼炤手下的可能性是最大的。

楼炤于绍兴十四年二月卸任赴阙,《谢启》交割职务的时间当在此时。又据《前年》诗,绍兴十四年秋王灼拜别刘锜,返回蜀地。

宋李石有《王晦叔许惠歙砚作诗迫之》诗,云:"书生总不羁,岂是谬进取。偶然一舟具,初不作出处。三年客江湖,风浪恣掀舞。君门九天上,一一守兔虎。是间无先容,何忍弃外府。万卷久已破,一字未及吐。归来赋蜀都,笔下带吴语。传闻两坑石,妙处天可补。试遣长须来,拜赐君已许。"可为王灼江南幕府生活的旁证。

据王灼自己的描述,他此次任职经历十分惊险。

三、绍兴十五年（1145）底至十七年初，入四川总领司赵不弃幕府

赵希弁《郡斋读书附志》云：王灼"尝佐总幕，故赵公为之序"。"总幕"指四川总领司幕府。四川总领司设置于绍兴十五年，首任长官为宋宗室赵不弃。赵不弃始领四川宣抚司总领官，在绍兴十五年十一月庚申，十七年二月乙未受代。宋程大昌《演繁露续集》卷二"四川总领财赋结总领在四川上"条："绍兴十五年十月二十八日，汪勃言：'四川既已休兵，可罢都转运使，归其职于宣司。宣司既典兵，又总财赋，则为非是。乞即宣司置四川总领一司，应辨宣司钱粮。'旨用其言。其年十一月十八日，除赵不弃为之。初降指挥，以'四川宣抚司总领财赋'为衔。至其命词给告，则结衔曰'总领四川财赋'。是初时使为宣司属官，已而返来总领宣司财赋也。是时郑刚中为宣抚使，既见不弃全衔结'总领'于'宣司'之上，乃始惊疑而知其有异矣。此盖秦丞相微机。或者云：不弃有请而秦从之。"绍兴十七年二月乙未，以符行中代，七月己巳赵不弃自蜀中还入对。（《建炎以来系年要录》卷一五六）王灼入佐总幕的时间在绍兴十五年底到十七年初之间。

值得说明的是，在四川总领司期间，王灼写作了《碧鸡漫志》。其《序》云："乙丑冬，予客寄成都之碧鸡坊妙胜院，自夏涉秋。与王和先、张齐望所居甚近，皆有声妓，日置酒相乐，予亦往来两家不厌也。……予每饮归，不敢径卧，客舍无与语，因旁缘是日歌曲，出所闻见，仍考历世习俗，追思平时论说，信笔以记。积百十纸，混群书中，不自收拾。今秋开箧偶得之，残脱逸散，仅存十七。因次比增广成五卷，目曰《碧鸡漫志》。"乙丑冬即绍兴十五年冬，"自夏涉秋"云云，当指次年夏秋，即绍兴十六年。据《郡斋》记载，《碧鸡漫志》是与王灼的诗文集、词集等合为一册刊行的，从王灼入佐总幕与《漫志》的写作时间相同这一点来推测，赵不弃为王灼文集作序的的直接诱因很可能就是《碧鸡漫志》的成书。而《郡斋》"《漫志》可以见乐府之源委"的评论，从常情推测，应该是取自赵不弃为王灼集撰写的序文。

宋元词学批评中的词体体性论*

岳淑珍

河南大学新闻与传播学院

内容提要：词体体性是指词体区别于其他文体的特性，这一特性即花间时代确立的言情特性。宋元时期，随着词体创作环境的不断变化，词学批评对词体体性内涵的要求也在不断发生变化，期间经历了从艳情到性情再到情志、雅正、骚雅的进一步深化过程，词学批评就此特性展开了持久而深入的探讨，阐明这些理论上的探讨不仅能帮助我们深入理解宋元不同时期词体创作的变化以及词作的内涵，同时也为我们梳理明代词体体性论的变化发展提供了翔实的理论依据。

关键词：宋元　词体体性　艳情　性情　情志　雅正　骚雅

词体体性是指词体区别于其他文体的特性，"诗言志，词言情""诗庄词媚""词为艳科"皆指出了词体的特性，词体这一特性是"花间时代"确定的，《花间集序》把它上升到了理论层面。之后，随着词体创作环境的不断变化，不同时代对词体体性内涵的要求也在不断发生变化，词学批评就此特性展开了持久而深入的探讨，成为词学理论中与风格论相提并论的热点问题之一，本文所谓的词体体性即指这一特性。

一、从艳情到性情：晚唐至北宋的词体体性论

"花间时代"，人们对词体体性的认识非常明确："有绮筵公子，绣幌佳人，递叶叶之花笺，文抽丽锦；举纤纤之玉指，拍按香檀。不无清绝之辞，用助娇娆之态。"认为词言情，并且是"艳情"，这一点在当时文人的文论与创作中可以得到证实。"花间"鼻祖温庭筠，词作侧艳，而其诗则不乏咏史怀古、针砭时弊之作，以诗言志，渴望"霸才有主"，实现"欲将书剑学从军"的理想[①]；花间派另一代表词人韦庄在诗歌中尽情抒发自己"平生志业匡尧舜"的宏大抱负[②]，而其词则多闺怨离愁之作；牛希济作《文章论》对晚唐以来的文风深恶痛绝："忘于教化之道，以妖艳为胜，夫子之文章，不可得而见矣。古人之道，殆以中绝……浮艳之文，焉能臻于道理"[③]，而其词则"芊绵温丽极矣"[④]，极其"妖艳"；孙光宪认为作诗要"以诗见志，乃宣父之遗训"[⑤]，而其词则"一庭疏雨善言愁"[⑥]，非言志之作；

---

* 本文为国家社会科学基金项目"明代词学理论研究"（11BZW057）阶段性成果。
① 温庭筠：《过陈琳墓》，刘学锴《温庭筠全集校注》，中华书局2007年版，第387页。
② 韦庄：《关河道中》，李谊《韦庄集校注》，四川省社会科学院出版社1986年版，第25页。
③ 牛希济：《文章论》，《文苑英华》卷七百四十二，四库全书本。
④ 仇远评牛希济词《临江仙》之语，《古今词话·词评》上卷引，唐圭璋：《词话丛编》，中华书局1986年版，第973页。
⑤ 孙光宪：《北梦琐言》卷五，中华书局2002年版，第100页。
⑥ 况周颐撰，屈兴国辑注：《蕙风词话辑注》，江西人民出版社2000年版，第305页。

《花间集序》的作者欧阳炯作诗主教化，"尝拟白居易讽谏诗五十篇以献"①，而其词则"淫靡甚于韩偓"②。《花间集》所选五百首词作，是这一时期词体言情体性的形象体现。

北宋开国六十年间，由于统治阶级鉴于西蜀、南唐溺于声乐而灭亡的教训，也由于政权还在进一步建立中，艳歌小词的创作一度陷于沉寂，甚至人们对侧艳之词心存排斥③，六十年间留存词作仅有三十余首，"它们偏重继承的是'花间'词中韦庄、孙光宪、李珣的清疏淡远之风和南唐词人言志抒情的传统"④。宋初词坛创作的变化立即反应在词学批评中，潘阆（962？—1010）在其《逍遥词附记》中对词体体性提出了自己的看法：

茂秀茂秀，颇有吟性，若或忘倦，必取大名，老夫之言又非佞也。闻诵诗云："入廓无人识，归山有鹤迎。"又云："犬睡长廊静，僧归片石闲。"虽无妙用，亦可播于人口耶。然诗家之流，古自尤少，间代而出，或谓比肩。当其用意欲深，放情须远，变风雅之道，岂可容易而闻之哉！其所要《酒泉子》曲子十一首，并写封在宅内也。若或水榭高歌、松轩静唱，盘泊之意，缥缈之情，亦尽见于兹矣。其间作用，理且一焉。⑤

在此附记中，潘阆第一次提出了之后词学史上反复争论的一个问题，即诗与词"理且一焉"，认为词不是单纯言情的娱乐文字，而是与诗歌一样，"用意欲深，放情须远，变风雅之道"，潘阆用其敏锐的眼光发现了词体创作的变化并把这种变化上升到理论高度，可以说开北宋中期苏轼词体体性论之先河。之后，越来越多的文人染指词作，词体创作逐渐繁荣，词坛上基本沿着"花间"规范进行创作，词学家在几十年间没有展开关于词体体性的探讨，这种局面一直延续到王安石的出现。作为政治改革家的王安石（1021—1086），在宋代率先用儒家诗教规范词体："古诗歌者，皆先有词，后有声。故曰：'诗言志，歌永言，声依永，律和声。'如今先撰腔子，后填词，却是永依声也。"⑥认为词体也应该如诗歌一样"言志"，王安石现存的二十九首词作也确实做到了这一点。仕途蹭蹬后的苏轼（1037—1100）很快对词体创作产生兴趣，而后以诗为词，对词体创作表现出自觉的革新意识，并把这种意识上升到理论层面。他认为诗词一体，诗词同源，他评价蔡景繁词道："颁示新词，此古人长短句诗也。"⑦评价张先词时指出："微词宛转，盖诗之裔。"⑧认为词是"古人长短句诗"，词体是诗体的一次新变，诗词之本质内涵是一样的。苏轼用诗词一体的理论指导其词的创作，以诗为词，把诗歌中的题材大量引入词中，他在词中抒爱国之志，发怀古之思，写田园风光，述农村生活，感夫妻之情，叙师友之谊，讲理趣，悟禅机，几乎做到了"无意不可入，无事不可言"⑨，使词像诗歌一样抒情言志，在晏殊、欧阳修、柳永、王安石等词人的创作基础上，终于突破了词为艳科的局面，使词从"言情"转变为多方面陶写士

---

① 脱脱：《宋史》卷四百七十九，第13895页。
② 田况：《儒林公议》，中华书局1985年版，第41页。
③ 徐安琪：《唐五代北宋词学思想史论》，人民文学出版社2006年版，第91页。
④ 刘扬忠：《唐宋词流派史》，福建人民出版社1999年版，第135页。
⑤ 潘阆：《逍遥词》附，四印斋汇刻《宋元三十一家词》本。
⑥ 赵令畤：《侯鲭录》卷七引，中华书局2002年版，第184页。
⑦ 苏轼：《与蔡景繁十四首》其四，《苏轼文集》卷五十五，中华书局1986年版，第1662页。
⑧ 苏轼：《祭张子野文》，《苏轼文集》卷六十三，中华书局1986年版，第1943页。
⑨ 刘熙载：《词概》，《词话丛编》，第3690页。

大夫的真性情。

应和苏轼词学观的是晏几道与苏门学士中的黄庭坚、张耒。晏几道（1038—1110）在《小山词自序》中开篇就指出："《补亡》一篇，补《乐府》之亡也。叔原往者浮沉酒中，病世之歌词，不足以析酲解愠，试续南部诸贤绪余，作五、七字语，期以自娱，不独叙其所怀，兼写一时杯酒间闻见，所同游者意中事。尝思感物之情，古今不易。窃以谓篇中之意，昔人所不遗，第于今无传尔。故今新制，通以'补亡'名之。"① 他把自作之词看做补乐府之亡，即认为词为诗之苗裔，把"感物之情"皆诉诸词，并强调他的词作所表达的是昔日诗中之意，而当今词作中诗意已无，他要用词这种体裁续乐府之意。黄庭坚（1045—1105）在《小山词序》中认为晏几道"独嬉弄于乐府之余，而寓以诗人之句法。清壮顿挫，能动摇人心。士大夫传之，以为有临淄之风耳，罕能味其言也……至其乐府，可谓狎邪之大雅，豪士之鼓吹。其合者《高唐》《洛神》之流，其下者岂减《桃叶》《团扇》哉"②。黄庭坚论词亦与苏轼同，强调词体不仅仅只是言情，更是士大夫陶写性情的载体，有诗歌言志的功能。张耒（1054—1114）更是把词与经国之大业的文章相提并论：

  文章之于人，有满心而发，肆口而成，不待思虑而工，不待雕琢而丽者，皆天理之自然，而性情之至道也。世之言雄暴虓武者，莫如刘季、项籍，此两人者，岂有儿女之情哉？至其过故乡而感慨，别美人而涕泣，情发于言，流为歌词，含思凄婉，闻者动心。为此两人者，岂其费心而得之哉？直寄其意耳。余友贺方回，博学业文，而乐府之词，高绝一世……满心而发，肆口而成，虽欲已焉而不得者。③

张氏认为词体同诗文一样可以抒发人之自然之情，是"性情之至道"的载体。北宋后期，在苏轼诗词一体的指导下，一批词学家对"花间"以来词体狭隘的言情体性作了理性的思考，认为词体与诗文一样，不仅仅只是言情，而且可以陶写士大夫的真性情，从而扩大了词体体性的言情内涵，提高了词体的地位与品质。

二、从性情到情志：北、南宋之交的词体体性论

  北、南宋之交，社会发生了天翻地覆的变化，文人经历了国破家亡的痛楚，苏轼所开创的豪放词风被南渡词人张元幹、张孝祥等承接，他们用词抒发爱国之情，反映当时的时政，词学家对本是娱宾遣兴的词体也有了更高的要求，希望词体不仅要陶写士大夫的真性情，而且要像诗文一样，可以"动天地、感鬼神"，"经夫妇、移风俗"，"正乎下""化乎下"，因此，词体特性的探讨进一步深化，词学家在词为诗裔、词可表现"性情之至道"的基础上，直接把词体与《诗经》《离骚》联系起来。黄裳（1044—1130）在其词集序中率先表现出这样的要求：

  演山居士闲居无事，多逸思，自适于诗酒间，或为长短篇及五七言，或协以声

---

① 晏几道：《小山词自序》，《彊村丛书》本《小山词》。
② 黄庭坚：《小山词序》，《彊村丛书》本《小山词》。
③ 张耒：《东山词序》，《彊村丛书》本《东山词》。

而歌之，吟咏以舒其情，舞蹈以致其乐。因言：风雅颂诗之体，赋比兴诗之用，古之诗人，志趣之所向，情理之所感，含思则有赋，触类则有比，对景则有兴，以言乎德则有风，以言乎政则有雅，以言乎功则有颂。采诗之官收之于乐府，荐之于郊庙，其诚可以动天地、感鬼神；其理可以经夫妇、移风俗。有天下者得之以正乎下，而下或以为嘉；有一国者得之以化乎下，而下或以为美。以其主文而谲谏，故言之者无罪，闻之者足以诫。然则古之歌词，固有本哉。六序以风为首，终于雅、颂，而赋比兴存乎其中，亦有义乎？以其志趣之所向，情理之所感，有诸中以为德，见于外以为风，然后赋比兴本乎此以成其体，以给其用。六者圣人特统以义而为之名，苟非义之所在，圣人之所删焉。故予之词清淡而正，悦人之听者鲜，乃序以为说。①

此文是黄裳为自己的词集作序，他对自己的词作自视甚高，以致把它与《诗经》六义联系起来。在黄裳看来，自己把"逸思"发而为诗词，"吟咏以舒其情"，而古之诗人亦然，把自己的志趣、情理用赋、比、兴的手法抒写在诗歌中，"以言乎德则有风，以言乎政则有雅，以言乎功则有颂"，这些诗作可以"动天地、感鬼神""经夫妇、移风俗"，而自己的词作正是如此："清淡而正"。"清淡"者，不秾艳也；"正"者，不淫也。黄裳通过对《诗经》六义的详细阐述，用意在于诗"可以经夫妇、移风俗"，词当之无愧地可以美教化、正人伦，并明确规定了"吟咏以舒其情"的具体内容，在苏轼陶写性情、晏几道"感物之情"、黄庭坚"以诗人之句法"、张耒"情发于言，流为歌词"等较为笼统的指向论述中向前迈出了一大步。黄裳在阐述词体体性内涵的同时，也强调了词体达到"正乎下""化乎下"功能所采取的艺术手段，即用赋、比、兴的手法增强词体的艺术感染力。黄裳的词体体性论在词学史上第一次把词与《诗经》联系在一起，这一论述在此后以及元、明、清的词学批评中不断被丰富、被深化。稍后的胡寅（1098—1156）在黄裳把词与《诗经》联系起来的基础上，进一步把词体与《离骚》联系在一起："词曲者，古乐府之末造也。古乐府者，诗之旁流也。诗出于《离骚》楚词。而《离骚》者，变风变雅之怨而迫、哀而伤者也。其发乎情则同，而止乎礼义则异。名曰曲，以其曲尽人情耳，方之曲艺犹不逮焉，其去《曲礼》则益远矣。"② 胡寅勾勒出《诗经》、楚辞、汉乐府、词这一音乐文学发展的线索，认为词是诗歌发展过程中的一个环节，并且承认词的体性："曲尽人情"，但指出楚辞与《诗经》已有不同，楚辞"怨而迫、哀而伤"，被称为"变风变雅"，与《诗经》"发乎情则同，而止乎礼义则异"，并且认为词"去《曲礼》则益远"，"《曲礼》"是《礼记》中的名篇，显然，胡寅用儒家诗教规范词体，他感慨当时词作不符合儒家诗教，多"绮罗香泽"、"绸缪婉转"之作，不能做到"发乎情，止乎礼义"，同时呼唤荡涤秾艳轻浮词风的"染而不色""逸怀浩气"之作。

词体体性在北南宋之交的特殊时期被词学家赋予更丰富的涵义，即与《诗经》《离骚》、儒家诗教联系在一起，强调其言情之外的"言志"功能，但此时的词学家并没有放弃词体传统的言情特性，而是要求词体在赋、比、兴手法的恰当运用中"发乎情，止乎礼义"，在"曲尽人情"中实现如诗文一样的教化作用。

---

① 黄裳：《演山居士新词序》，《演山集》卷二十，四库全书本。
② 胡寅：《题酒边词》，《百家词》本。

三、从情志到雅正：南宋时期的词体体性论

南宋前期，民族矛盾激烈，辛弃疾在张元幹、张孝祥等词人创作爱国豪放词的基础上，最大程度地把豪放词发扬光大，一时豪放爱国词大放异彩。伴随着词坛的巨大变革，词学批评出现了一股强大的复雅潮流，这种复雅潮流又是针对词体言情特性而发的。词学家要求词体在体性上归于雅正，产生于此时的两部大型词总集鲖阳居士的《复雅歌词》、曾慥的《乐府雅词》，皆以"雅"字命名，别集以"雅"命名的也不少，如赵彦端的《宝文雅词》、张孝祥的《紫微雅词》、程垓的《书舟雅词》、林正大的《风雅遗音》等。不仅这些总集、别集的序文皆呼吁词体要归于雅正，其他词学批评文献亦如此，一时间词学批评领域发出同一声音。这种声音最早见于鲖阳居士的《复雅歌词序略》①："孟子尝谓：'今之乐犹古之乐。'论者以为今之乐，郑、卫之音也，乌可与《韶》《夏》《濩》《武》比哉！孟子之言，不得无过？此说非也。"②鲖阳居士用孟子之语，把古乐与今歌词联系在一起，然后借今人对歌词的评价论证自己的观点。他回顾了整个音乐文学的发展史，从《诗经》到汉魏乐府，再到唐"始依乐工拍弹之声"的词，从"流为淫艳猥亵不可闻"的温、李词，再到"荡而不知所止"的宋代"宗工巨儒"之作，认为从晚唐到北宋之词，皆非"讴歌载道，遂为化国"之作，序文"卒章显志"，作者由古今乐同这一角度，阐释自己的词体体性观：词应当"发乎情，止乎礼义"，具有古雅乐的品味与诗骚精神，这一点与黄裳、胡寅殊途同归，亦为后人的词体体性论提供了从古乐阐释的角度提高词体地位的先例。但是鲖阳居士仅仅从"讴歌载道，遂为化国"这一思想标准去规范言情的词作，而不考虑词体的艺术性，显然是片面的。尽管如此，鲖阳居士的复雅呼声在词坛上还是得到了大面积应和。曾慥的《乐府雅词引》③就明确指出："涉谐谑则去之"，"欧公一代儒宗，风流自命，词章幼眇，世所矜式。当时小人或作艳曲，谬为公词，今悉删除"。④ 其编纂的大型词集谐谑、艳曲一概不选，为了表明自己的词学观点，作为一部词总集，对在当时传播久远的柳永之词一首不选，可见其崇雅正、黜俗艳的决心。王灼⑤则从歌曲起源的角度论证词体应具有的体性：

或问歌曲所起，曰：天地始分，而人生焉，人莫不有心，此歌曲所以起也。《舜典》曰："诗言志，歌永言，声依永，律和声。"《诗序》曰："在心为志，发言为诗，情动于中，而形于言。言之不足，故嗟叹之，嗟叹之不足，故永歌之，永歌之不足，不知手之舞之足之蹈之。"《乐记》曰："诗言其志，歌咏其声，舞动其容，三者本于心，然后乐器从之。"故有心则有诗，有诗则有歌，有歌则有声律，有声律则有乐歌。永言即诗也，非于诗外求歌也。今先定音节，乃制词从之，倒置甚矣。而士大夫又分诗与乐府作两科。古诗或名曰乐府，谓诗之可歌也。故乐府中有歌有谣，有吟有引，有行有曲。今人于古乐府，特指为诗之流，而以词就音，始

---

① 鲖阳居士，南宋前期人，编纂大型词集《复雅歌词》，此集刻于1142年。
② 宋谢维新辑《古今合璧事类备要》外集卷十一《音乐门》，四库全书本。
③ 曾慥，南宋前期人，绍兴二十五年（1155）终右文殿撰。编撰词总集《乐府雅词》，刻于1146年。
④ 见《乐府雅词》卷首，中华书局1985年版。
⑤ 王灼（1081—1162后），著词话《碧鸡漫志》，1149年定稿。

名乐府，非古也。①

从王氏论述可知，他继承了王安石、苏轼之观点，但比王、苏论述得更充分。他认为天地之起就有歌曲，歌曲是心之所动的结果，心动之情感可以用诗歌抒发，也可以用词体抒发，因此，古歌、古乐府、今曲子皆同源，"古歌变为古乐府，古乐府变为今曲子，其本一也"，也就是说，诗歌所能抒发之情感，今曲子皆能为，当然，今曲子也要遵守诗歌的创作原则，"繁声淫奏"是不行的，所以他评价柳永之词"浅近卑俗""声态可憎"，甚至李清照词也被其斥为"闾巷荒淫之语"，高扬王安石、晏殊、欧阳修、苏轼词，尤其高度赞扬苏轼的以诗为词，表现出追求雅正的词学观点。

陈应行（1175年进士）在《于湖先生雅词序》中评价于湖词之标准与鲖阳居士同："取乐府之遗意铸为毫端之妙词，前无古人，后无来者，散落人间，今不知其几也……其潇散出尘之姿，自在如神之笔，迈往凌云之气，犹可以想见也。使天假之年，被之声歌，荐之郊庙，当与《英》《茎》《韶》《濩》间作而递奏，非特如是而已。"② 序中所言"《英》《茎》《韶》《濩》"，皆古之雅乐，《英》为帝喾所作乐、《茎》为颛顼所作乐、《韶》为舜时乐、《濩》为汤时乐。陈应行认为张孝祥词有古歌词、乐府之遗意，具有庙堂文学的功能。南宋淳熙十四年（1187）陈槩为曹冠的词集《燕喜词》所作序言与陈应行同调：

　　春秋列国之大夫聘会燕飨，必歌诗以见意。诗之可歌，尚矣！后世《阳春白雪》之曲，其歌诗之流乎？沿袭至今，作之者非一。造意正平，措词典雅，格清而不俗，音乐而不淫，斯为上矣。高人胜士，寓意于风花酒月，以写夷旷之怀，又其次也。若夫宕荡于检绳之外，巧为淫亵之语以悦俚耳，君子无取焉。③

陈氏认为古代大夫赋诗言志是后世歌词的传统，强调词体的言志体性，不仅如此，他还把宋词分为三等：典雅者为上，闲逸者次之，淫亵鄙俚者最次，赞赏典雅不俗、纯正平和、符合儒家诗教的雅正之作。同时为《燕喜词》作跋语的詹俲之也表示对雅词同样的见解，他在《燕喜词跋》中认为曹冠词："旨趣纯深，中含法度，使人一唱而三叹，盖其得于六义之遗意，纯乎雅正者也。昔王褒为益州刺史作中和乐职，宣布诗出于一时歆羡，犹且选，好事者以鹿鸣之声习而歌之，至于转而上闻，汉宣帝褒美之。矧斯作也，和而不流，足以感发人之善心，将有采诗者播而飏之，以补乐府之阙，其有助于教化，岂浅浅哉！"④ 指出燕喜词纯乎雅正，得《诗经》六义之遗音，有助教化。林正大⑤《风雅遗音序》几乎与陈槩的体性观不谋而合：

　　古者燕飨则歌诗章。今之歌曲，于宾主酬献之际，盖其遗意。乃若花朝月夕，贺筵祖帐，捧觞称寿，对景纾情，莫不有歌随寓而发……余暇日阅古诗文，撷其华粹，律以乐府，时得一二，衷而录之，冠以本文，目曰《风雅遗音》。是作也，婉

---

① 王灼：《碧鸡漫志》卷一，《词话丛编》，第73页。
② 陈应行：《于湖先生雅词序》，汲古阁《宋六十名家词》本。
③ 曹冠：《燕喜词》卷首，四印斋汇刻《宋元三十一家词》本。此序作于淳熙丁未（1187年）。
④ 曹冠：《燕喜词》卷首，四印斋汇刻《宋元三十一家词》本。此序作于淳熙丁未（1187年）。
⑤ 林正大，南宋宁宗开禧年间（1205-1207）曾为严州学官，有《风雅遗音》二卷，皆为檃括词。

而成章，乐而不淫，视世俗之乐，固有间矣。①

林正大亦认为当时歌于筵席的词作与古代士大夫赋诗言志的诗作一脉相传，词与古诗一样具有言志之体性，并且自赞己词乐而不淫，归于雅正。

从此期用"雅"命名的词总集、别集、序言以及其他词学批评文献可知，所谓"雅"不仅仅是指雅致、闲雅、高雅，更是指符合儒家诗教规范的"雅正"，即《毛诗序》所谓的"雅者，正也，言王政之所由兴废也"②。即"乐而不淫，哀而不伤""思无邪""发乎情，止乎礼义"等，很显然，到了南宋前期，词学家对词体体性的内涵的要求发生了根本的变化，与北宋后期甚至北南宋之交有了很大的不同，这一方面与南宋前期动荡的社会现实、激烈的民族矛盾有关，也与南宋理学崇正思潮密切相连。③

但这一时期有些词学家表现出较有特色的词体体性论，如罗泌（1131—1189）在《题六一词》中指出："情动于中而形于言，人之常也。《诗》三百篇，如'俟城隅''望复关''揉梅实''赠芍药'之类，圣人未尝删焉。陶渊明《闲情》一赋，岂害其为达？而梁昭明以为白玉微瑕，何也？公性至刚而与物有情，盖尝致意于《诗》，为之本义温柔宽厚，所得深矣。吟咏之余，溢为歌词，有《平山集》盛传于世，曾慥《雅词》不尽收也。今定为一卷，其浅近者，前辈多谓刘煇伪作，故削之。"④作者首先引用《毛诗序》语，认为"情动于中而形于言"是人之常情，《诗经》中就有很多言情之作，并且欧阳修"致意于《诗》"，对儒家温柔敦厚的诗教思想理解深透，因此欧词中那些言情之作无伤大雅，无可指责，并且符合诗教本义。这里罗泌与之前词学家把词与《诗经》联系起来的角度不一样，之前词学家仅仅强调词体与诗歌一样，"发乎情，止乎礼义"，注重从道德层面强调词体体性，而罗泌从"情"本身立论，作家情动可以成诗，亦可成词，但他同时也认为"浅近"之作不可为。与罗氏同时的尹觉的《题坦庵词》，也承认词体的言情体性："词，古诗流也，吟咏情性，莫工于词，临淄、六一，当代文伯，其乐府犹有怜景泥情之偏，岂情之所钟不能自已于言耶？坦庵先生金闺之彦，性天夷旷，吐而为文，如泉出不择地……人见其模写风景、体状物态，俱极精巧，初不知得之易，以至得趣忘忧，乐天知命，兹又情性之自然也。"⑤尹觉与罗泌一样，也看到了"吟咏情性，莫工于词"的词体特质，也认为欧阳修之词是"情之所钟"，但他也指出了欧词的缺陷，即"泥情之偏"，词可钟于情不可"泥于情"，钟于情则可"发乎情"，"发乎情"必须"温柔宽厚"，而"泥于情"则容易出现"浅近"的毛病，这也是罗泌在编纂《六一词》时，削其"浅近"之作的原因。

曾丰在《知稼翁词序》中所阐述之体性观与王灼一致，而对苏轼"缺月疏桐"一章的分析显然受鲷阳居士的影响，从而强调词体体性的道德性：

> 余谓乐始有声，次有音，最后有词。商《那》、周《清庙》等颂，汉《郊祀》等歌是也。夫颂，类选有道德者为之，发乎情性，归乎礼义，故商周之乐感人深；歌则杂出于无赖不羁之士，率情性而发耳，礼义之归欤否邪，不计也。故汉之乐感

---

① 林正大：《风雅遗音》卷首，清刻本《宋元名家词》。
② 孔颖达：《毛诗正义》，中华书局1980年影印《十三经注疏》阮刻本。
③ 参见张春义：《南宋"复雅"词论的艺术背景及艺术缺陷》，《文艺理论研究》2008年第4期。
④ 罗泌：《题六一词》，汲古阁《宋六十名家词》本。
⑤ 尹觉：《题坦庵词》，汲古阁《宋六十名家词》本。

人浅。本朝太平二百年,乐章名家纷如也,文忠、苏公,文章妙天下,长短句特绪余耳,犹有与道德合者。"缺月疏桐"一章,触兴于惊鸿,发乎情性也,收思于冷洲,归乎礼义也。黄太史相多大以为非口食烟火人语,余恐不食烟火之人口所出仅尘外语,于礼义遑讦欤?①

但他超越二人的地方在于词体的道德性怎样抒发、表达,才能达到强烈的艺术感染力,才能起到教化的作用。他在分析黄公度词时指出:"考功所立不在文字,余于乐章窥之,文字之中所立寓焉。泉幕之解,非所欲去,而寓意于'邻鸡不管离情'之句;秘馆之除非所欲就,而寓意于'残春已负归约'之句。"认为知稼翁词有寓意,有寄托,这样的词作"清而不激,和而不流",中正和婉,给人以美的享受,不仅使词人的情性得到适度的抒发,同时又合乎礼,"道德之美腴于根而益于华"。他不像铜阳居士一样,对晚唐、北宋词人之词作大范围否定,仅仅用道德标准作为衡量词的唯一标准,他承认词体的言情特性。知稼翁《青玉案》"邻鸡不管离怀苦"与《好事近》"湖上送残春,已负别时归约"二词,皆言情之作,但词人在词中运用比兴寄托的手法传情达意,因此受到曾丰的赞赏。曾丰之论对张炎的词学观影响很大。

在南宋前期激烈的民族矛盾与理学崇正思潮的共同作用下,词体体性论出现了浓郁的正统雅正色彩,强调词体的道德性形成一股强大的潮流。但一部分词学家在应和这股潮流的同时,没有忘记词体的言情特性,并就言情的程度以及运用比兴寄托的手法传情达意提出了自己的看法,为南宋后期姜夔等骚雅词派词人的创作作了理论上的指导,也为宋元之际张炎等人的骚雅理论开了先河。南宋前期词体体性的雅正要求从铜阳居士起,到林正大《风雅遗音序》告一个段落。到了南宋后期,除了张侃在其《跋拣词》中谈到:"若夫泥纸上之空言,极舞裙之逸乐,非惟违道,适以伐性,予则不敢。"②用儒家诗教规范词体体性外,几乎没有词学家作词体体性方面的探讨,这种局面一直持续到元代。

四、从雅正到骚雅:金元时期的词体体性论

金代的词体体性论主要体现在王若虚和元好问的词学批评中。王若虚(1174—1243)所持观点与南宋前期的体性说相同,认为"诗词只是一理,不容异观",对末世"纤艳柔婉"的流俗之作予以强烈批判③,要求词作亦如诗一样反映广阔的现实生活,其观点显然与其生活的时代密切相关。与其生活时代相当的元好问(1190—1257)的体性观则继承了苏轼的观点,明确提出"性情说":

> 唐歌词多宫体,又皆极力为之。自东坡一出,性情之外,不知有文字,真有"一洗万古凡马空"气象……《诗》三百所载小夫贱妇幽忧无聊赖之语,时猝为外物感触,满心而发,肆口而成者尔,其初果欲被管弦、谐金石、经圣人手以与"六经"并传乎?小夫贱妇且然,而谓东坡翰墨游戏,乃求与前人角胜负,误矣。

---

① 曾丰:《知稼翁词序》,汲古阁《宋六十名家词》本。
② 唐圭璋:《词话丛编》,中华书局1986年版,第189页。
③ 王若虚:《滹南诗话》,中华书局1985年版,第10~11页。

自今观之，东坡圣处，非有意于文字之为工，不得不然之为工也。坡以来，山谷、晁无咎、陈去非、辛幼安诸公俱以歌词取称，吟咏情性，留连光景，清壮顿挫，能起人妙思。

元好问认为词体应抒发"为外物感触""不得不然"的真性情，这种情感就像"《诗》三百所载小夫贱妇幽忧无聊赖之语"一样，"满心而发，肆口而成"，并且能"起人妙思"，回味无情。元氏没有具体指出"性情"的内涵，但从他的词作中我们可知，他所谓的性情可以是"恨人间、情是何物，直教生死相许"的艳情①，可以是"匹马明年西去，看君射虎南山"的爱国之情②，可以是"待都把功名付时流，只求个天公、放教空老"的隐逸之情③，也可以是"偶解东门长啸，取次论韩彭"的怀古之情④，诸如入世与归隐的矛盾、超脱尘世的情怀、壮志难酬的悲愤、对国势危亡的担忧、对亡妻的痴情、对宫女命运的悲叹、对故国的无限思念、"崔立碑"事件后面对非议的独立超然、遗民生活的孤独寂寞、晚年我行我素、孤芳自赏的心态……在其词中皆有充分的表现，其"性情"的内涵可谓丰富深厚，并且能"以硬语写柔情"，做到"清丽刚健"。⑤

由于元代很多词学家与南宋前期的词学家经历相同，因此对词体体性的理解亦大体一致。林景熙（1242—1310）就认为"唐人《花间集》，不过香奁组织之辞，词家争慕效之，粉泽相高，不知其靡，谓乐府体固然也。一见铁心石肠之士，哗然非笑，以为是不足涉吾地。其习而为者，亦必毁刚毁直，然后宛转合宫商，妩媚中绳尺，乐府反为情性害矣"。对只言艳情的花间词深恶痛绝，指出：

> 乐府，诗之变也。诗发乎情，止乎礼义，美化厚俗，胥此焉寄？岂一变为乐府，乃遽与诗异哉？宋秦、晁、周、柳辈，各据其垒，风流蕴藉，固亦一洗唐陋而犹未也。荆公《金陵怀古》末语"后庭遗曲"，有诗人之讽；裕陵览东坡月词，至"琼台玉宇，高处不胜寒"，谓"苏轼终是爱君"。由此观之，二公乐府根情性而作者，初不异诗也。⑥

林氏重申"乐府，诗之变也"这一观点，认为"诗发乎情，止乎礼义，美化厚俗"，词也一样，称赞王安石《金陵怀古》有"诗人之讽"，苏轼的《水调歌头》有忠君之意，因此得出结论："乐府根情性而作者，初不异诗也"，此处之性情与元好问提出之"性情"的内涵相一致。在此基础上，林景熙高度赞扬胡君汲之词，认为其词"诗之法度在焉。清而腴，丽而则，逸而敛，婉而庄。悲凉于残山剩水，豪放于明月清风，酒酣耳热，往往自为而歌之。所谓乐而不淫，哀而不伤，一出于诗人礼义之正。然则先王遗泽其独寄于变风者，独诗也哉！"在词中倡导"变风"精神，呼吁词作抒发故国之情，"悲凉于残山剩水"。林景熙的词体体性说深深打上了时代的烙印，带有强烈的政治功利色彩。

---

① 元好问：《摸鱼儿》，《元好问全集》下，山西人民出版社1990年版，第128页。
② 元好问：《朝中措》，《元好问全集》下，山西人民出版社1990年版，第165页。
③ 元好问：《洞仙歌》，《元好问全集》下，山西人民出版社1990年版，第34页。
④ 元好问：《水调歌头》，《元好问全集》下，山西人民出版社1990年版，第120页。
⑤ 朱庸斋：《分春馆词话》卷四，章璋等《历代词话续编》下册，大象出版社2005年版，第1217页。
⑥ 林景熙：《胡汲古乐府序》，《霁山文集》卷五，四库全书本。

同时期的戴表元（1244—1310）与林景熙同调，他认为词源于《诗经》："《国风》《雅》《颂》，古人所以被弦歌而荐郊庙，其流而不失正，犹用之房中焉，此乐府之所由滥觞也。"指出："陈礼义而不烦，舒性情而不乱，其事宁出于诗！"并借刘梦得"五音与政通，而文章与时高下"之言，认为词作为音乐之一种，亦与政通，也应该与时俱进，陈礼义，抒性情。进而称赞同乡友余景游之词如诗歌一样"有所愤切，有所好悦，有所感叹，有所讽刺"。①

作为爱国将士之后的刘将孙谈起词体体性亦慷慨激昂，他的《胡以实诗词序》开篇论道："文章之初惟诗耳，诗之变为乐府。"继而讥讽那些不懂此理之人："尝笑谈文者，鄙诗为文章之小技，以词为巷陌之风流，概不知本末至此。"认为"诗词与文同一机轴"，即诗、词、文三者皆"发乎情性，浅深疏密，各自极其中之所欲言"，其文学属性是一样的，词体不仅仅限于"淫哇调笑"之作，而应像诗词一样，去表现丰富深厚的"性情"。与林景熙、戴表元不同的是他还指出了怎样在词中表现"性情"："脱落蹊径，而折旋蚁封，狭袖屈伸，而舞有余地。"使词既要拥有诗文的文学属性，又要不失其特有的含蓄蕴藉、言有尽而意无穷的艺术魅力。

这一时期还有一部分词学家承认词体的言情特性，但又认为不能肆意任情，脂粉气太浓，艳至于淫，为情所役。王博文指出："乐府始于汉，著于唐，盛于宋，大概以情致为主。秦、晁、贺、晏，虽得其体，然哇淫靡曼之声胜。东坡、稼轩，矫之以雄词英气，天下之趣向始明。近时元遗山每游戏于此，掇古诗之精英，备诸家之体制，而以林下风度，消融其膏粉之气。"②他认为词以"情致为主"，但不能"哇淫靡曼"，而应"掇古诗之精英"，以雄词英气、林下风度消融其脂粉之气。甘楚材在《存中词稿序》中进一步论述词体之体性："词者诗之余，作诗难，作词尤难。词欲媚而正，艳而不淫。高宗南渡以来，辛稼轩为词人第一，正而不淫也。余读存中词，诸词意深远媚而正者，《南乡子·咏春闺》有态度，艳而不淫者，使杂诸稼轩词中，熟知其为存中哉？"③他认为词体既要媚艳又要不淫，即词体既要保有传统的言情体性，又要词意深远，得骚雅之正。甘氏所谓的"正"，即不淫、雅正。

词学大家张炎把甘楚材的观点进行充分阐述，对词体体性提出了自己的要求："簸弄风月，陶写性情，词婉于诗。盖声出莺吭燕舌间，稍近乎情可也。若邻乎郑卫，与缠令何异也……皆景中带情，而存骚雅。燕酣之乐，别离之愁，回文题叶之思，岘首西州之泪，一寓于词。若能屏去浮艳，乐而不淫，是亦汉魏乐府之遗意。"④他认为词体较之诗歌，陶写性情是其特性，因词体出于歌妓演唱，即便如此，稍近乎情则可，若如郑卫之音之浮华淫靡，就与民间说唱的"缠令"没有什么区别了。因而他认为词中抒写离情应景中带情，而存骚雅，即继承汉魏乐府之遗意，屏去浮华，乐而不淫，哀而不伤，而"得言外意"。因此，他进一步指出：

> 词欲雅而正，志之所之，一为情所役，则失其雅正之音。耆卿、伯可不必论，

---

① 戴表元：《余景游乐府编序》，《剡源戴先生文集》卷九，四库全书本。
② 王博文：《天籁集序》，徐凌云《天籁集编年校注》，安徽大学出版社2005年版，第205页。
③ 李修生主编：《全元文》卷四百五十七，第13册，江苏古籍出版社1998年版，第230页。
④ 张炎：《词源》卷下，《词话丛编》，第263页。

虽美成亦有所不免。如"为伊泪落",如"最苦梦魂,今宵不到伊行",如"天便教人,霎时得见何妨",如"又恐伊,寻消问息,瘦损容光",如"许多烦恼,只为当时,一晌留情",所谓淳厚日变成浇风也。

康、柳词亦自批风抹月中来,风月二字,在我发挥,二公则为风月所使耳。

辛稼轩、刘改之作豪放词,非雅词也。于文章余暇,戏弄笔墨,为长短句之诗耳。①

张炎认为词体擅长"簸弄风月,陶写性情",但词人对所言之"情"须拿捏得体,不能仅言艳情,要情中见"志",情志相当;同时,抒写艳情不能为情所役,流于俚俗;抒怀言志又要节制豪气,不使其过度,保持词体应有的特性,进而达到"清空骚雅"的意境,即把《诗经》中的"雅正"之意与《离骚》中的"芳草美人"之托水乳交融地融合在一起,凝结为词作中"骚姿雅骨"的性情意趣。张炎的词体体性论是他所处宋元之际时代精神的反映,也是宋末元初词体体性论的理论总结,因此带有鲜明的时代特色。

宋元时期词学批评中的体性论随着词体创作的不断变化而变化着,期间经历了几个不同的发展时期。把握这一发展线索不仅能帮助我们深入理解宋元不同时期词体创作的变化以及变化的原因所在,同时为我们梳理明代词体体性论的变化发展提供了翔实的理论依据。

---

① 张炎:《词源》卷下,《词话丛编》,第266页。

论苏轼诗学思想与书法理论的互通与互补*

由兴波

吉林大学文学院

内容提要：苏轼提出"尚意"的书法审美观，并将之应用于诗歌、书法创作中，这是对唐诗、唐书的反叛与创新，为宋代诗歌与书法开辟了新路；他注重创作过程中心灵的感悟，追求文艺创作的"自然"表现，使线条与语言具有了流动性，形成内外合一的创作情态；同时注重继承与创新的关系，还强调"天工"，在其文艺思想中充满辨证思维。

关键词：苏轼　诗学思想　书学理论　互通　互补

苏轼是宋代诗坛与书坛最为著者，他的诗学思想与书学理论对后世影响极大。苏轼提出"尚意"的书法审美观，并将之应用于诗歌、书法创作中，其诗学思想与书法理论形成互通与互补态势。苏轼的文艺思想呈现出综合性面貌，对宋及以后各朝影响极大。

一、书法的"尚意"与诗歌的"有感于心"

苏轼在诗论与书论中都强调创作主体的作用，无论是书法中的尚"意"，还是诗歌中的"言发于心"，均体现了重神、轻形的文艺思想。

（一）书法艺术观的核心——尚"意"

苏轼在书法方面的成就并不在于将书写技巧提高到什么样的高度，而是在晋"韵"、唐"法"之后，找到了另一条书法审美的道路——尚"意"。其《次韵子由论书》中云"苟能通其意，常谓不学可"[①]，"意"即指书法的内在规律和书家的主体精神，"尚意"就是指这种主体精神在书法作品中的体现。书法中点线是"形"，意象属"神"，形神共同构成"境"，意味由情与理构成，是书法审美核心之"意"[②]，它和书法点画本身密切融合在一起，不可分开。苏轼曾云："书必有神、气、骨、肉、血，五者阙一，不为成书也"[③]（《论书》），明确表达了对书法欣赏要重精神、重气质的思想。苏轼极力追求这种内在的精神，所以在形式上便不拘一格，自由挥洒，极力淡化对书法形体的依赖，评价他人书法，也往往取其内在精神而论之，如《题晋武书》中"甚有英伟气"、《跋叶致远所藏永禅师千文》中"其意已逸于绳墨之外"等语，即着眼"气""意"等内在的主体精神，即"意"！

---

* 本文为2012年国家社科基金项目"北宋诗学思想与书法理论比较研究"（项目号：12CZW030）、2013年吉林大学项目"南宋诗学思想与书法理论比较研究"（项目号：2013ZZ011）阶段成果。

① 苏轼著，孔凡礼点校：《苏轼诗集》第1册，中华书局1982年版，第209页。本文所引苏轼诗均出自该本。
② 王岳川：《中国书法文化精神》，（韩国）首尔：新星出版社2002年版，第116页。
③ 苏轼著，孔凡礼点校：《苏轼文集》第5册，中华书局1986年版，第2183页。本文所引苏轼文均出自该本。

（二）有感于心的诗歌观

苏轼认为进行诗歌创作首先要有感于心，如在《诗论》中谈到《诗经》中"兴"的问题时认为"意有所触乎当时"后才形诸文字，所以要真正理解诗，应努力去追寻诗人当时的"意"，即指诗人的心灵感受。而书法中的"意"则是这种感受的外在表达，两个"意"互为里表，乃是同一主体精神统摄下的情感活动，这样在诗歌与书法的内在精神层面上形成了互通。苏轼的无意作诗而成诗同书法中的"无意作书"完全一致，诗歌最本质的即诗人的真实性情，这同书法中之"神""气"一样，是作品生命之所在。他在《孟子论》中强调对所掌握的各种知识应"统一"，才能"博学而不乱，深思而不惑"。而这种统一应该由作家主体的内在精神、审美趣味来完成，根据个人的好恶，提取符合主体审美标准的东西有机地统一在一起，而非杂乱地拼凑。他在《〈送钱塘僧思聪归孤山〉叙》中进一步阐发以内在精神统一的重要性，可以统摄心智，进而统摄文学艺术作品。此种思想摆脱了形式上的束缚，去追求一种更高层次上的精神享受，使诗歌与书法作品不但有血有肉，而且有了精神，这样才真正鲜活起来。

（三）"诗言志"

诗歌与书法作为不同的文艺部类，历史赋予二者的责任也不同，诗歌被赋予太多的社会意义，"诗言志"（《尚书》）、"诗可以兴，可以观，可以群，可以怨"（《论语》）、"诗者，经夫妇，成孝敬，厚人伦，美教化，移风俗"（《诗序》）等，都赋予了诗歌以太多的社会意义。而书法则被视为一种技艺而已，《论语·述而》云："志于道，据于德，依于仁，游于艺"即此。苏轼也持这样的观点，在书法中尽情挥洒个人情感，而强调诗歌的社会作用，认为诗歌必须"有为而作"，必须发挥其社会功能。他在《〈凫绎先生诗集〉叙》中指出好的诗文应"言必中当世之过，凿凿乎如五谷必可以疗饥，断断乎如药石必可以伐病"，强调文学的经世治用的一面。苏轼在反对理学家们"多空文而少实用"（《与王庠书》）的诗风，追求质实的文风，而非刻意于形式的雕琢。在《题柳子厚诗二首》其二中强调说"诗须要有为而作"，是苏轼对诗歌的要求，也是其评诗的重要标准。

苏轼还通过实际创作来实现自己的理论主张，如在年轻时所作的《雨中游天竺灵感观音院》一诗，即被评为"刺当事不恤民也"[①]（汪师韩《苏诗选评笺释》卷一、纪昀《批点〈苏文忠公诗集〉》卷七），明确指出了苏诗讽刺当权者不关心民生疾苦的思想。另其《荔枝叹》中"宫中美人一破颜，惊尘溅血流千载"，寄慨遥深，对当权者不吸取历史教训痛心疾首。该诗有"史诗"之誉，把描写与议论、对历史的批判与现实的揭露结合起来，写得跌宕起伏，沉郁顿挫，是其"有补于世"诗学理论的具体实践。

二、诗书创作中的"技巧"问题

苏轼追求文艺创作的"自然"状态，既要求主体情感的自然流露，也要求作品本身展示自然。他要求作书时"心忘其手手忘笔"（《小篆般若心经赞》），作诗时"好诗冲口谁能择"（《重寄》），使线条与语言具有了流动性，形成内外合一的创作情态。

（一）"自然"是文艺创作的标准

苏轼对文学艺术要求依"自然"之理进行创作，讲究"天工"（《书鄢陵王主簿所画折

[①] 王水照：《苏轼选集》，上海古籍出版社1984年版，第49页。

枝二首》之一），亦即他在《〈南行前集〉叙》中所云"非能为之工，乃不能不为之工"，即不露痕迹的雕饰。苏轼以画竹比喻文学艺术要依"自然"之理的观点，在《文与可画筼筜谷偃竹记》中所云"成竹于胸"，是指真正了解了竹的生长规律后才动笔去画。他又曾云"竹何尝逐节生？"① 他并非不懂绘画技法，而是遵循竹生长的自然规律。苏轼认为万物都有其内在的"理"，在《净因院画记》中阐发"理"即自然，是万物之内在规律，是其最本质属性。

苏轼强调作诗也要依"自然"之理，不须刻意雕琢。他在《出都来陈，所乘船上有题小诗八首，不之何人有感于心者，聊为和之》其八中云："我诗虽云拙，心平声韵和。"说明自己由于心境的平和，发而为诗则"声韵和"，并不在意诗的工与拙。另在《广倅萧大夫借前韵见赠，复和答之二首》其二中亦云："心闲诗自放，笔老语翻疏。"同样说明由于心境的闲淡，诗歌才放达流畅。在《读孟郊诗二首》其二中亦有类似感触。苏轼那些有亲身体悟、从胸臆中自然流出的诗歌，往往最具真情，也最能打动读者，如《予以事系御史台狱，狱吏稍见侵，自度不能，堪死狱中，不得一别子由，故作二诗，授狱卒梁成，以遗子由》其一、《月夜与客饮杏花下》都是诗人因情设景，因景生情，情景交融，出神入化，是诗人超脱飘逸风格的体现，也是其真实心情的流露。

（二）任性而为之书与自然圆转之诗

1. 书写态度的任性而为

自由任性是是苏轼的性格特点之一，在诗歌、书法、绘画等艺术活动中时有显现。"我书意造本无法，点画信手烦推求"（《石苍舒醉墨堂》），将其力求突破束缚、追求自由的艺术性格强烈地表现出来。苏轼认为，在作书时要使思想纯一，心无杂念，就可以达到书写的自由境界，"心忘其手手忘笔，笔自落纸非我使"（《小篆般若心经赞》）。苏轼还常常表示自己并不刻意作书，乃是无意为之，"我生百事不挂眼，时人谬说云工此"（《次韵答舒教授观余所藏墨》），"洗墨无池笔无冢，聊尔作戏悦我神"（《戏书》）。其实苏轼并非不懂书、不善书，他只是以一种游戏的态度来作书、评书，以期在自然而然的状态中，寻求对书法真谛的体悟。他既提倡自然任性，又在合理的法度之内，可谓"无法之法"，也就是自然之法。任其自然而不违背艺术创作的规律，看似无法而又有法，这才是最高的法。② 也正因为如此，苏轼那些自由挥洒的作品并不是信手涂鸦之作，因其具有很高的艺术性，才为后人所接受和激赏。

2. 诗歌的自由流畅风格

苏轼对作书要求不受束缚，对诗歌也要求感情真挚，自然流畅，曾云："好诗冲口谁能择"（《重寄》）、"新诗如弹丸，脱手不暂停"（《次韵答王巩》）、"好诗真脱兔，下笔先落鹘"（《送欧阳推官赴华州监酒》），继承并发扬了谢朓"好诗圆美流转如弹丸"（《南史》卷二十二）的审美观点，追求语言的自然涌出，不刻意雕饰。苏轼在《自评文》中认为文学应该"常行于所当行，常止于不可不止"，认为自然的本性展现是文学中最可贵的，而外在的言辞只是表达感情的载体而已，不必刻意强求。他在《答虔倅俞括一首》《与谢民师推官书》中都阐述了"辞达"即可。

苏轼在诗歌创作中实践着自己的审美观点，追求一种轻快自然的风格，如《戎州》、

---

① 《珊瑚网》卷四十八《米襄阳画学》，全国图书馆文献缩微中心 2001 年版。
② 参见张少康、刘三富：《中国文学理论批评发展史》下册，北京大学出版社 1995 年版，第 27～28 页。

《江上看山》等诗，都营造出一个极具动感的氛围。诗风轻快自然，如瀑布奔流、水银泻地一般，毫无滞涩感，真正体现了东坡主张的"好诗如弹丸"观点。《洗儿戏作》则纯是他一时兴起，却显得自然流畅，毫不做作，语调戏谑之中夹杂讽刺，同他任性而为思想相关联。

（三）对诗书创作技巧的态度

1. 书写技巧的任性而为

苏轼任性而为的书风还表现在书写技巧上。汉崔瑗《草书势》提倡章草用笔和结体应左轻右重、左俭右丰、左低右昂，打破了篆、隶的平稳而呈欹侧之状，被后世书家引为字体基本美学。而苏轼却反其意而行之，别人运笔骏快，他反而迟缓；别人结构精巧，他反而肥扁；别人强调中锋，他反而偃卧；别人用墨适中，他反而浓稠。于是创造出一种别开生面、颇具个性的书法形象。① 苏轼曾于《书所作字后》论述执笔姿势云："浩然听笔之所之而不失其法度"，《记欧公论把笔》中云："当使指运而腕不知"，以求人笔合一，思想感情方能充分融入到点画之中。

对于苏轼在书写姿势、用墨等方面的特点，就连多方维护其书的黄庭坚，对此也颇有微词，如在《跋东坡水陆赞》中云："西子捧心而颦，虽其病处乃自成妍。"② 表面看来山谷似乎在维护东坡，无疑说东坡字乃是一种病态美。黄庭坚又在《书吴无至笔》《与载熙书》《跋东坡论笔》《题东坡大字》《跋自所书与宗室景道》等中对东坡执笔姿势、用墨、点画等均作了委婉的批评。

苏轼这种书风的形成同其任性而为的性格特点紧密相连，其任性而为的性格表现在书法中是突破成法，追求点画之外"意"的体现，其价值在点画之外；表现在诗歌中是不刻意雕琢，追求"言外之意"，其价值在文字之外。苏轼在书法中力求将隐性的思想感情显性化，将创作主体的情感尽可能多的传递出来，对其诗与书的欣赏，应透过外在介质寻求内在的情感，去体悟其心灵的律动。

2. 对诗歌的锤炼

苏轼作书时不在意点画，作诗时态度则分两种：一种是同书法一样，任性而为；一种是刻意炼字。其诗歌中的"冲口出常言，法度越前轨"（《诗颂》）同书法中的"我书意造本无法，点画信手烦推求"（《石苍舒醉墨堂》）相呼应，追求一种自然的状态。他的有些诗歌往往冲口而出，对字句、韵脚等毫不在意，有的甚至有点低俗，如《被酒独行，遍至子云、威、徽、先觉四黎之舍，三首》之一中"但寻牛矢觅归路"，纪昀《批点〈苏文忠公诗集〉》卷四十二中就认为"牛矢"二字太过俚俗。再如《和子由渑池怀旧》，全诗以真情写出，并不用典使事，语句亦平，但真挚感人，同他在书法中任性而为、不重点画的性格相吻合，"正是放笔快意，追求豪健清雄风格所带来的缺点"③。

苏轼有时候又非常注重对诗歌字句、韵脚等的锤炼，"清诗要锻炼，乃得铅中银"（《崔文学甲携文见过，萧然有出尘之姿，问之，则孙介夫之甥也。故复用前韵，赋一篇，示志举》）。苏轼评价他人诗作时也经常从字句着眼，如《题渊明〈饮酒诗〉后》《书诸集改字》中对陶诗中炼字予以赞赏。苏轼有时直接化用前人诗句入诗，同书法中的"自出新意，不践古人"（《评草书》）理想相去甚远了，如《书韩幹〈牧马图〉》篇中"骓駓駓駱騆騮驎"

---

① 参见曹宝麟：《中国书法史·宋辽金卷》，江苏教育出版社1999年版，第117页。
② 黄庭坚：《山谷题跋》卷五，虞山毛氏汲古阁《津逮秘书》本。本文所引黄庭坚题跋均出自该本。
③ 王水照：《苏轼选集》，上海古籍出版社1984年版，第6页。

化自韩愈《陆浑山火》诗"鸦鸱鹏鹰雉鹄鹳",《留别释迦院牡丹呈赵倅》诗化用唐代诗人刘希夷《代悲白头翁》、崔护《题都城南庄》、刘禹锡《再游玄都观》等诗。苏轼对诗歌强调才学的重要性,认为如果读书少,就连古人的诗也读不懂,《书子美〈自平诗〉》中云:"见书不广而以意改文字,鲜不为人所笑也。"苏轼不喜欢那些过于朴素的诗歌,如在《书司空图诗》中云推崇杜甫"才力富健"的诗,而不喜欢司空图"寒俭有僧态"的作品。苏轼《次韵张安道读杜诗》可为其"以才学为诗"诗论的代表,该诗用典繁富,不似写诗,倒像是斗富,显示才学。① 诸多典故连缀成篇,同其书法之流畅自然风格大相径庭。

三、继承与反叛并存的文艺思想

苏轼在书法方面具有反叛思想,对唐书"法"的限定有很大突破;在文学创作方面追求"自是一家",既有创新也有继承。书、诗方面亦注重"不废前人"。

（一）对唐人书法的反叛思想

从艺术发展的普遍规律来看,书法法则和体系在唐代的确立无疑会使书法观念的发展面临着停顿的危机。苏轼跳出窠臼,提出尚"意"书论,引领宋代书法走上新路。苏轼大胆求新,一反颜、欧书结构严整、笔画之间相互呼应等特点,并不在意每个字的结构是否匀称,笔画之间是否相互呼应,而是以"意"取胜,兴之所致,笔之所致。苏轼自我辩解道:"短长肥瘦各有态,玉环飞燕谁敢憎?"（《孙莘老求墨妙亭诗》）以历史上一瘦一肥两位美人作喻,可谓非常恰当,又诙谐幽默。唐人书法对后世的楷模作用毋庸置疑,就连苏轼,其书也是从颜书而来。但苏轼不愿墨守成规,希望能够写出自己的风格,"世人初不离世间,而欲学出世间法"（《小篆般若心经赞》）。在宋初书坛,苏轼令人眼前一新,跳出了唐人的约束,使书法展现了全新的面貌。对这点苏轼自己也颇自豪,"吾书虽不甚佳,然自出新意,不践古人,是一快也"（《评草书》）。此乃东坡书学理论终极目的之一。

苏轼并不反对学习古人,但主张不应一味学习古人,应适度地在古人的基础上求变、求新,并不是完全否定前人,他在《记潘延之评予书》中评己书"似鲁公而不废前人",表明自己向古人学习,从中汲取有益的精华,同时又不割裂同古人的联系。

（二）对前人诗歌的继承与创新

1. 我即渊明,渊明即我

苏轼在诗歌方面向前人学习的最突出实例是写作和陶诗。苏轼晚年心慕陶渊明的高尚品格,潜心研究陶诗并写了大量的和作,在精神上找到了与陶相通之处,如他在《书渊明〈东方有一士〉诗后》中云:"若了得此一段,我即渊明,渊明即我也。"此番表白,说明了苏轼重的是"神"而非"形",同书法中尚"意"思想是一致的。

正因为苏轼追求的是精神上与陶渊明相同,所以在和陶诗时,也更注重领悟渊明的精神内涵。苏轼一生共留下了124首和陶诗,10首《归去来集字》,1篇《和〈归去来辞〉》及大量间接模仿陶诗冲淡质朴风格的作品。苏轼学陶时只取己所用,并不是完全模仿,他倾慕的只是渊明"冲淡自然"的一面,就像他对唐人书法的继承与批判一样,将自己认可的东西继承下来,自己不认可、不接受的部分则抛弃。苏轼对待前人书法与诗歌都是这样的态度,源自他要建立属于自己的主体精神,而绝不是单纯的模仿与继承。

---

① 该诗具体用典情况见王水照《苏轼选集》第29～32页注释。

2. 批判与继承

苏轼以发展的眼光来看待前人的书法与诗歌，可以从他对杜甫诗的评价中可以看出，他虽然推崇杜诗，但更多的是喜爱杜甫那些轻狂野逸、有着闲情逸致的诗篇，乐于体味诗外所蕴涵的意旨，如《书子美〈黄四娘诗〉》："东坡云：此诗虽不甚佳，可以见子美清狂野逸之态，故仆喜书之。"再如《评子美诗》中"乃知子美诗外尚有事在也"。苏轼对杜甫那些追求建功立业、关心民生疾苦的诗并不是很在意，而对那些抒发个人情感、具有隐逸情结的诗情有独钟。与此相对应，苏轼对杜甫那些缺乏内涵意蕴、过于注重雕琢的诗则毫不客气地进行批评，这种批判地继承同其书法中的思想是一致的，如《记子美陋句》："杜甫诗固无敌，然自'致远'以下句，真村陋也。"

苏轼在创作实践上对前人之优秀成果多有继承，其诗中多可找到前贤痕迹，如《栖贤三峡桥》《赠刘景文》《寿星院寒碧轩》等诗，均能找到模仿前人诗作的痕迹。正如东坡书法，虽标举尚"意"大旗，但并不割裂同前人的联系，"不废古人"是其在诗、书中理论与实践之结合。

3. 诗词中"自是一家"的思想

苏轼在诗、词创作中吸收了黄庭坚书法理论中"自成一家"的思想，力避流俗，追求自己独特的风格，如《书鲜于子骏〈楚词〉后》中推崇鲜于侁恢复古意做法，反对时人流俗。苏轼主张诗歌要写出自己的感情，不要盲目模仿，如《次韵孔毅父集古人句见赠五首》其三"信手拈得俱天成"，此种作诗态度与"点画信手烦推求"的作书态度完全一致。苏轼通过实际创作来实践自己的诗歌理论，如《寓居定惠院之东，杂花满山，有海棠一株，土人不知贵也》，魏庆之《诗人玉屑》卷十七评曰："东坡作此诗，词格超逸，不复蹈袭前人。"（又见《王直方诗话》《古今诗话》）纪昀《批点〈苏文忠公全集〉》卷二十亦云："此种真非东坡不能。东坡非一时兴到亦不能。"① 该诗可谓"信手拈得俱天成"的代表之作。

苏轼"自成一家"的思想在词的创作中表现得尤为明显，与"自成一家"的书法观完全一致，他的这种观点在《与鲜于子骏三首》之二中表述得非常清楚。尚"意"作法、任真性格贯穿于苏轼的文学、艺术创作中，即使其词被批为"句读不葺之诗"也毫不在意，因为他所追求的就是自然任真，不受羁绊，不与流俗同。

四、诗书画的互通与互融

苏轼追求文学艺术的互通与互融，其诗、书、画论结合在一起，讲求"天工"，即不有意求工而自工，不要拘泥于外在的"形"而要重其"理"。

（一）诗书画相结合问题研究

苏轼画论、诗论与书论相通互用，如《书鄢陵王主簿所画折枝二首》其一："论画以形似，见与儿童邻。赋诗必此诗，定非知诗人。诗画本一律，天工与清新。"诗与画的艺术规律是有其共同性的，都要作到形象自然鲜明，富有生意。"这首诗开头有点过于贬低'形似'的偏向，其实苏轼不满的是只讲形似、取貌遗神。他强调神似，并非不要形似。"② 苏

---

① 《苏轼选集》，第 134～136 页。
② 顾易生：《苏轼的文艺思想》，《顾易生文史论集》，复旦大学出版社 2002 年版，第 323 页。

轼认为诗歌和绘画有着内在的紧密联系，二者的精神实质是一致的，诗歌作为一种抒情文体，在表达作家主观感情时，因客观原因和文字等介质的限制，必然有表达不完全的，那么这些在诗歌中没有表达出来的感情，就可以在书法和绘画中流淌出来。因为同诗歌比较起来，书法和绘画更具有隐晦性，表达感情更朦胧，但也更充分。从中可以看出苏轼将书法中尚的"意"推广到诗、画中，将主体精神完全融入到诗歌、书法、绘画中去。

（二）求新求变的思想

苏轼认为作诗和作画一样，诗人应该在以"变"为诗家之"能事"的思想指导下，敢于自出己意以为诗，不在形式上死守前人的"法度"。个性鲜明是东坡文艺作品的一个典型特征，诗歌中的"冲口出常言，法度越前轨"（《诗颂》），书法中的"我书意造本无法，点画信手烦推求"（《石苍舒醉墨堂》），绘画中的"出新意于法度之中，寄妙理于豪放之外"（《书吴道子画后》）如此一致，都是要求冲破法度，追求一种自然的状态和主体精神的自由抒发。

苏轼前期写了大量反映社会现实、关心民生疾苦的诗，而晚年诗风趋向澹泊，追求自我的真实体现。他不但冲破了前人的诗歌理论，也在自己身上求变、求新，突破了自我。苏诗从意气风发到饱经沧桑，最后归于澹泊，走向了"自然"。"浮云时事改，孤月此心明"（《次韵江晦叔二首》其二）这样的诗句在他青年时期是不会出现的。

（三）遵循自然之"理"

苏轼认为，不论是画还是诗都要遵循自然之"理"，即符合事物的内在规律，而不能只是简单地描摹外在的"形"。他在《净因院画记》中指出："常形之失，人皆知之；常理之不当，虽晓画者有不知。"苏轼通过自己的实际创作来体悟事物的自然之"理"，在《文与可画筼筜谷偃竹记》中"成竹于胸"的艺术观点，即其论画重内不重外、重精神不重形体思想的体现。苏轼指出，诗人同画师在描摹物象上是一致的，都是通过外在之"形"来展示内在之"理"，如《次韵吴傅正枯木歌》中云"古来画师非俗士，妙想实与诗同出"，另在《欧阳少师令赋所蓄石屏》中也云"古来画师非俗士，摹写物象略与诗人同"，都指出画家与诗人通过对事物外在形象的摹写来展示其内在的"理"。《王维吴道子画》诗中对王维与吴道子的优劣作以品评，指出吴的描摹物象虽"妙绝"，但只能是对外在形象的描绘，"犹以画工论"；而"摩诘得之于象外"，能够在刻画外在形象的同时，追寻内在之"理"，则是更高层次的艺术表现，此乃苏轼在诗、书、画中最为推崇之处。

（四）诗歌中的形象描写

苏轼论画重"神似"，但并非不要"形似"，他不满的是只讲形似、取貌遗神。苏轼认为诗歌也可以做形象描写，在这点上是毫不逊色于绘画的。为了表明"诗人有写物之功"（《评诗人写物》），苏轼的一些诗歌在形象描写方面很出色，同绘画相比，有异曲同工之妙，如《韩幹马十四匹》诗，将十四匹马的形象刻画得栩栩如生，神态各异，如在读者目前，"苏子作诗如见画"，是自己对该诗的准确评价。另《次韵子由书李伯时所藏韩幹马》也在形象描绘的同时，指出"丹青弄笔聊尔耳，意在万里谁知之"，指出书画中更有深意寄托。再如《书晁补之所藏与可画竹三首》其一"其身与竹化，无穷出清新"，指出在文同所画竹中隐含着作者的主观情感，已经是人、竹合一，观赏者从中会看到作者的影子，会体悟到作者的情感与精神。苏诗中的形象描写使诗歌具有了绘画的功能，而且其诗在描摹物象时遵循的仍是"天工"思想，并不做过多的夸张与想象，基本忠实于事物的自然形态，无论是对马之神态的描绘，还是对竹之神韵的展现，首先都在形貌上有真实的叙述，在此基础上辅以审美感受，使"形"具有了"神"。

五、文艺思想的思辨性

苏轼的文艺思想极具思辨性，提倡"技道两进"，并注重以内在精神统一文艺创作。这种哲学思辨性使苏轼的文艺思想上了一个新高度。

（一）哲学思辨性对书法观的影响

1."技道两进"的书学观

苏轼认为，作书光追求技法是不行的，还要有内涵，他在《跋秦少游书》中指出"技进而道不进，则不可"，这里的"技"当指技法、技艺；"道"则指书家内在素质与修养。只有具有了技法上的成熟，再辅以相关的知识、修养，书法和诗歌才能有所提高。苏轼决不是一位纯艺术技巧综合论者，他特别强调"技道两进"的命题，认为作家的思想性与技巧性应是紧密结合、统一而进互进的。①

苏轼在对书法"技"的追求上并不妨碍对"道"的表现；反之，对"道"的追求也并不否定对"技"的重视。苏轼同样重视对书法基本功的训练，对此多有论述：

> 书法当自小楷出。（《跋君谟书赋》）
> 未能正书而能行、草，犹未尝庄语而辄放言，无是道也。（《跋陈隐居书》）
> 真生行，行生草，真如立，行如行，草如走，未有未能行立而能走者也。（《书唐氏六家书后》）

均强调楷书基础的重要性。苏轼在《跋王晋卿所藏〈莲华经〉》中还对字的结构提出自己的看法，认为大字要写得"结密而无间"，方显得紧凑，给人以整体浑一的感觉；小字要写得"宽绰而有余"，才不显得"局促"，字才能生动，这种书学观极具哲学思辨色彩。

2. 重视书写工具

苏轼对笔墨纸砚等书写工具十分重视，在他现存的题跋中，题墨的35篇，题笔的17篇，题砚的17篇，题纸的5篇。另与墨有关的诗歌6首，与笔有关的3首。

苏轼对墨的要求很高，其标准是不但要黑，而且要有光亮，他评价墨的好坏就从这两点入手，在《书王君佐所蓄墨》《记王晋卿墨》中都有明确要求，苏轼要求好墨要"光清而不浮，湛湛如小儿目睛"（《书怀民所遗墨》）。为了能达到这样好墨的标准，东坡多方探索好的方法，亲手试验做墨，并从中得出了一些经验，在《书所造油烟墨》《书别造高丽墨》《书潘衡墨》《记海南作墨》等中有所记录，从东坡自己的记载中可以看出他对制墨很有研究，且具有极高的专业水准。苏轼不但喜欢墨，并且能从墨中体味出人生哲理，曾云："茶欲其白，墨欲其黑。方求黑时嫌漆白，方求白时嫌雪黑，自是人不会事也"（《书墨》），"茶欲其白，常患其黑，墨则反是"（《书茶墨相反》）。东坡思想中豁达的一面，对福、祸能够以正确的心态来对待，反映到诗歌中，就是其中常常蕴含深刻的人生哲理，极富思辨性，此点是东坡文学与书法关系中极重要一点。

苏轼爱用诸葛散卓笔，但要求笔也不能过软，要有一定的弹性，如《书鲁直所藏徐偃

---

① 参见朱靖华：《苏轼的综合论及综合研究苏轼》，《中国人民大学学报》2002年第3期，第112～116页。

笔》中要求"有筋无骨"。苏轼亦懂制笔、藏笔之法，在《记都下熟毫》《记古人系笔》《书杜君懿藏诸葛笔》中可以看出，他对制笔之法是很专业的，且很有研究，这和他书写时的任性而为做法不同，从中可以看出他的细致一面。

苏轼对砚的品性提出很高要求，认为好砚的标准是"滑而发墨"，但二者难全，所以常常留有遗憾，"然此两者常相害，滑者辄褪墨"（《书砚·赠段玘》），"砚之发墨者必费笔，不费笔则退墨。二德难兼，非独砚也"（《书砚》），"昙秀畜龙尾石砚，仆所谓'涩不留笔、滑不拒墨'者也"（《书昙秀龙尾砚》）等等，均见对砚的喜欢及要求，亦以哲学思辨对待。

苏轼论及纸的文字不多，尚不能推断其所好。

（二）思辨性对诗歌的影响

苏轼以主体精神来统摄文学、艺术作品，这就使字句、点画有了鲜活的生命力。他在《孟子论》中所云"一以贯之"，"一"，即主体精神，能统摄各种知识，使芜杂的材料变得有条理，才能"博学而不乱，深思而不惑"。又在《送钱塘僧思聪归孤山叙》中云："聪能如水，镜以一含万，则书与诗当益奇。"指出诗歌与书法最重要之处都是有主体精神。苏轼反对那种没有思想的作品，甚至对孔子"思无邪"的观点提出批判，如在《思无邪斋铭并叙》中云"夫有思皆邪也，无思则土木也"。在《处州崇庆禅院新经藏记》中亦云："夫有思皆邪也，善恶同而无思，则土木也，云何能使有思而无邪？无思而非土木乎？"苏轼认为在诗中必然会有人的思想，而"有思皆邪"，不可能没有作者的主观情感。

那么，怎样才能使诗歌表达出主体的真实情感呢？虽然要求"辞达"，但这只能靠意会，靠感受，而难以言明。苏轼在《跋赤溪山主颂》认为，"达与不达者语，譬如与无舌人说味"，同书法中所求之"意"一样，创作主体精神存于诗、书中，同时又靠读者的再创造才能得到，并不能明确说出。

苏轼之哲学思辨性在其诗歌创作中也时有体现，其《题西林壁》诗在景物描写中蕴含着深刻的人生哲理。黄庭坚评此诗云："此老人于般若横说竖说，了无剩语，非其笔端有口，亦安能吐此不传之妙。"[①] 此乃苏轼思辨的主体精神在诗中之自然展现。

---

① 《苕溪渔隐丛话·前集》卷三十九引《冷斋夜话》，全国图书馆文献缩微中心2005年版。

唐稷生平思想考述

曾 敏

江西省会昌县文化馆，会昌县非物质文化遗产保护中心

内容提要：唐稷是宋代士大夫的一个代表，他关心民瘼，秉公执法，不畏强权；他忠义双全，舍生忘死，以天下为己任，忧国忧民。历代《赣州府志》《会昌县志》的编纂者对唐稷都给予了很高的评价。然而，人们对他却知之甚少，因此，对唐稷的生平和思想进行初步的考察，使其生平明朗化是必要的。

关键词：唐稷　会昌县志　砚冈集

唐稷，字尧弼，号砚冈，会昌县西江人。少颖异，好学，北宋政和二年（1112）登进士第。历授宜黄县丞、上犹县尉、湖北监利县令、湖州司士参军。南宋绍兴十五年（1146）升枢密院编修，后改任荆湖南路安抚使、江南西路安抚使等。晚年迁左朝奉郎、左朝散郎。唐稷一生博览群书，尤精《易经》，作品汇集《砚冈集》五十二卷，胡铨为之作序。

唐稷耿直坚贞，不畏强权，政绩卓著，每为官一方无不关心黎民疾苦，造福百姓。历代《赣州府志》《会昌县志》的编纂者对唐稷都给予了很高的评价。因此，对唐稷的生平事迹作一大致编年，使其生平明朗化是必要的。

一、家世

据胡铨《编修唐君墓志铭》（以下简称《墓志铭》）载："唐稷，字尧弼，世为兖之邹人。避五季乱，徙赣之会昌，家焉。"[①] 这里说的"兖之邹"，即山东邹城。可见，唐稷的祖先是在五代时因避战乱来到会昌的。

据《唐氏重修族谱》[②] 载，唐稷祖父陵郎，字伯充，生于宋真宗天禧元年（1017）四月十六日，卒年不详。父亲存八郎，字公庆，生于宋仁宗嘉祐四年（1059）三月十三日，卒于宋徽宗政和四年（1114）十月。母赖氏生于宋仁宗嘉祐五年（1060）三月初二，卒于绍兴元年（1131）。唐稷的先祖都是饱学之士，隐居于乡野，以教书为业。据《墓志铭》载："曾祖镒，祖伯充，皆隐弗仕。"尤其值得注意的是唐稷的祖父伯充较早创办了书馆，为培养后代做出了应有的贡献。据《墓志铭》载："初，君之祖泛舟过于阳，遥望山势郁然，询其名曰砚冈，爱之，易之十万钱，创一堂二庑为书馆，曰：'吾子孙其以文章名[③]乎？'"康熙《会昌县志》与同治《会昌县志》也同样记载了这件事情，文字稍微不同，为："先是，

---

① 胡铨：《编修唐君墓志铭》，曾枣庄，刘琳等编：《全宋文》卷四三二六，第196册，上海辞书出版社2006年版。本文涉及唐稷墓志铭的文字均指该文，不再重复说明。

② 唐氏：《唐氏重修族谱》，民国刊印，现藏唐氏后人手中，笔者从唐辉先生处看到该谱。

③ 《全宋文》卷四三二六《编修唐君墓志铭》作"鸣"，乾隆《会昌县志》卷二十附录胡铨撰写的《墓志铭》作"名"。今从乾隆《会昌县志》。

稷祖过于都,奇砚冈山水,结庐其间。"① 可见,唐稷的祖父已有教育后代读书获取功名的想法,并付诸实践。就是在这样的家庭环境下,唐稷一生博览群书,尤精于《易》,作品汇编成五十二卷的《砚冈集》。

二、生平

关于唐稷的生平,历代《赣州府志》《会昌县志》都有记载,康熙《会昌县志》与同治《会昌县志》基本一致,乾隆《会昌县志》因是会昌人吴湘皋编纂的,对于唐稷的介绍稍微详细些,尤其可贵的是附录了胡铨撰写的《编修唐君墓志铭》②,为我们研究唐稷提供了便利。

(一)生卒年

从现有的方志材料来看,对于唐稷的生卒年均有涉及,说法大抵相同。康熙《会昌县志》则载"卒年七十有六",而乾隆《会昌县志》和同治《会昌县志》则均记载"隆兴元年卒"。再参照《墓志铭》的记载"隆兴改元八月二十九日卒于正寝,享年七十有六"。以上诸多记载唐稷享年为76岁,卒于隆兴元年,我们反推一下就可以得到他的生年,那么,我们对唐稷的生卒年有了比较准确的时间,即1088年至1163年八月二十九日。

(二)字号

在现有的资料来看,各家都有类似"唐稷,字尧弼"的记载,我们对唐稷的"字"没有任何异议。关于他的"号"(别号)或者说"自号"则各家记载略有不同,为了表述的方便,兹引录如下:

> 《唐氏重修族谱》:"唐稷,字尧弼,号砚冈。"③
> 《墓志铭》:"唐稷……号砚冈居士。"
> 陈振孙《直斋书录解题》卷十"艺苑雌黄"条记载:建安严有翼撰。大抵辨正讹谬,故曰"雌黄"。砚冈居士唐稷序之。④
> 同书"砚冈笔志"条则载:唐稷撰。自号砚冈居士。
> 《文献通考》卷二一七·经籍考四十四"砚冈笔志"条则载:陈氏曰:唐稷撰。自号砚冈居士。⑤

从以上诸条来看,对于唐稷的号有两种差别甚微的说法,那么是什么原因造成的呢?这还得从宋人的"居士情结"说起。宋代儒、释、道三教渐渐融合,文人士大夫也就渐渐乐衷于"居士"了。正如张玉璞先生所说的那样:"种种政治的、社会的、经济的、文化的因缘,圆了宋代文人士大夫的'居士梦',也塑造了他们的'居士'文化人格。……他们可以在政事之余,完全地放松自己,彻底地解脱自己,或在'禅定'的状态中潜心体验生生不

---

① 康熙《会昌县志》与同治《会昌县志》基本一致,此处参考同治《会昌县志》。
② 乾隆《会昌县志》附录的墓志铭,其题目为《胡忠简公铨墓志铭》,这是十分明显错误的题名,据《全宋文》卷四三二六,这里改为《编修唐君墓志铭》。
③ 唐氏:《唐氏重修族谱》,民国刊印。
④ 陈振孙:《直斋书录解题》,上海古籍出版社1987年版。
⑤ 马端临:《文献通考》,中华书局1986年版。

息、圆明活泼的生命本质,消解一切世俗的烦累;或在游山玩水、渔猎躬耕、营园艺蔬、品茗饮酒、吟诗作文、濡墨挥毫、抚琴啸歌中肆意享受生活的乐趣——这种'准隐士'行为模式摆脱了'政统'的束缚,以'自然'与'人'为观照对象,是审美的,而非功利的,它所成就的人生正是宋代文人士大夫所努力追求的艺术的人生。"①

这样看来,唐稷应当自号"砚冈居士"无疑了。那么,唐稷是从何时起自号砚冈居士的呢?在《墓志铭》里面我们发现了这样的文字:"绍兴初,卜居豫章。其始至也,倒囊得荒圃,结屋数楹,不植他木,止于莳菊。屋足以容书,日哦其间,自号砚冈居士。""绍兴改元,丁太宜人②忧,居丧毁瘠过礼。"从这些文字中,我们可以看到,绍兴元年,唐稷丁母忧,其间迁居南昌(豫章),倾其所有买了一个荒芜的园子,周围种了很多菊花。这段时间,他"居丧毁瘠过礼",完全处于隐居状态。大概这个时候,他开始自号"砚冈居士"。

(三) 仕宦

由于关于的唐稷的生平史料非常少,也就很难掌握其详细的仕宦履历。我们只能通过地方志的记载和胡铨撰写的《墓志铭》及其有关资料来大抵推测。胡铨(1102—1180),字邦衡,号澹庵,庐陵县纯化乡值夏(今吉安市青原区值夏镇)人。宋高宗建炎二年(1128)中进士,之后,由于其力主抗金,忠直敢言,因而多次被贬,颠沛流离,半生岭海。唐稷年长胡铨14岁,却因忠直敢言,不畏强权,力主抗金等诸多因素且经历相似,我们认为《全宋文》中收入的胡铨撰写的《编修唐君墓志铭》是可信的。事实上,《墓志铭》描述唐稷的仕宦也最详尽。

因表述的需要,本文对唐稷的生平仕宦做一简要的编年③,以求勾勒出唐稷的生活轨迹。

三、思想

(一) 清正廉明的为官思想

宋代清正廉明的士大夫有很多。在唐稷身上,我们也一样可以看到他清正廉明、秉公执法、清身自爱、施政为善的一面。

宣和五年秋,唐稷授湖州④司士曹事⑤,专管刑狱。他到任后发现当地豪强经常诬指平民为强盗,骗取赏金,甚至监狱里还关押着很多无辜的百姓。唐稷申报上司,释放了数十名无辜的平民。唐稷在湖州掌管刑狱三年,获得了秉公执法、清正廉明的好名声,很多罪犯都表示:"愿就唐君鞫,死不恨。"⑥ 能够让犯罪分子死心塌地接受牢狱之苦,的确非一般的人

---

① 张玉璞:《宋代文人"居士"情结的社会文化阐释》,载《山东社会科学》2002年第3期。
② 《唐氏重修族谱》"存八郎"(即唐稷父亲)条载:"存八郎,陵郎之子,字公庆……妣赖氏,生于宋嘉祐五年庚子三月初二日子时,赠太宜人。"
③ 参见本文后的附录。
④ 乾隆《会昌县志》、同治《会昌县志》《墓志铭》及《唐氏重修族谱》作"潮州",同治《赣州府志》(卷五十)、康熙《会昌县志》、康熙《于都县志》作"湖州"。另笔者在唐稷的家乡会昌县西江镇河背村看到了一方关于唐稷仕宦的匾额,也作"湖州",故从之。
⑤ 同治《赣州府志》(卷五十)、康熙《会昌县志》、同治《会昌县志》、康熙《于都县志》作"司士参军",《嘉定赤城志》卷一二载:司理参军一员,国朝沿唐置,初为司寇参军,后改今称,大观改左治狱参军,政和改司士曹事,建炎仍旧。可知,司士曹事与司士参军、司理参军为同官,是宋代管理地方刑狱的重要部门和官吏。
⑥ 胡铨:《编修唐君墓志铭》,《全宋文》卷四三二六。

可以做到，这也从另一个侧面反映了唐稷秉公执法，铁面无私。

绍兴年间，唐稷任龙南县丞，到任后改革了一些陈规陋习，就连"盗贼时作"的现象也明显得到了好转，百姓安居乐业，再也没有人愿意做盗贼了。百姓担心唐稷会调离龙南，就一起到知府那里请求唐稷担任县令。唐稷能够得到龙南百姓这样的拥护，的确不容易，也反映了唐稷身体力行着清正廉明、施政为善等为官思想。

我们还可以看看唐稷的生活起居的情况。胡铨在《墓志铭》里说："（唐稷）平居不茹荤者，或至连年"，这种说法或许夸张了些，但唐稷的日常生活十分艰苦朴素则可见一斑。

（二）重节义的道德观

建炎三年，隆祐太后一路逃到赣州（当时为虔州）。由于长期战乱，赣州府库已然捉襟见肘，士兵使用"沙钱"① 买东西，与百姓发生争执，并进一步演变为交斗，这样危急的情况下，唐稷与江西南路转运判官一起安抚百姓。转运判官见形势危急，不敢出面安抚。唐稷"正色曰：'皇太后蒙尘，可坐视乎？'"②。于是只身前去安抚百姓，缓和了军民矛盾。此时，土豪陈新乘机胁从游民数万人烧杀抢掠，并以赣县梅林镇为根据地。唐稷"单骑往谕"，浑然不惧。陈新不听劝说，反而率众进攻赣州城南门。唐稷冒着生命危险带领士兵与陈新交战，经过激烈的战斗，陈新中箭而死，他的部下四下逃散。唐稷又一次化解了危机，保全了隆祐太后。

作为士大夫出身的唐稷始终把隆祐太后的安危放在第一位，完全不顾自身的生命危险，这是值得肯定的。这是唐稷重节义思想的外在表现。也正因为唐稷冒死保护隆祐太后，朝廷给予了褒奖："循左儒林郎，调吉州军事判官。"③

在两宋之交，民族矛盾异常尖锐，宋代士大夫重节义的道德观在此时有着最为丰富的表现。《宋史·忠义传》对宋代重节义的社会风气做了如下总结：

> 士大夫忠义之气，至于五季，变化殆尽。宋之初兴，范质、王溥犹有余憾，况其他哉！艺祖首褒韩通，次表卫融，足示意向。厥后西北疆场之臣勇于死敌，往往无惧。真、仁之世，田锡、王禹偁、范仲淹、欧阳修、唐介诸贤，以直言谠论倡于朝，于是中外缙绅知以名节相高、廉耻相尚，尽去五季之陋矣。故靖康之变，志士投袂，起而勤王，临难不屈，所在有之。及宋之亡，忠节相望，班班可书。匡直辅翼之功，盖非一日之积也。

此外，《宋史·忠义传》所列举的靖康前后死节者约二十人，其中还不包括大量未进入正史的英雄义士。唐稷就是一位没有列入正史的忠义之士，我们不能因为他没有被列入正史而抹杀他的功绩。

（三）以天下为己任的为政思想

唐稷作为出身贫寒、门第卑微的知识分子，通过科举考试改变了自身命运，抱着忠君爱国、"仁者爱人"的观念，他身体力行"以天下为己任"的为政思想，为官一任必定造福一

---

① 语出《宋史·后妃传下·哲宗昭慈圣献孟皇后》："时虔州府库皆空，卫军所给，惟得沙钱，市买不售，与百姓交斗。"沙钱，就是质地粗劣的铜钱。

② 出处同上。

③ 出处同上。

方百姓。不论是在监利县令任上修筑堤坝杜绝水患，还是在龙南任上改革时弊拘捕贼盗，都是这种思想的体现。

"达则兼济天下，穷则独善其身"，这是儒家的传统观念，士大夫的人生准则。士大夫用自己一生的精力去践行"修身、齐家、治国、平天下"的理想，这点宋代士大夫尤其明显。唐稷也就是这样做的。唐稷在龙南任上还有一个更生动的例子。有一年夏天下了很多雨水，百姓一日三餐十分艰难，这时通守要求唐稷征收"户贴钱"，唐稷忧心忡忡，给通守写了一封信，信上请求道："小邑新刳于兵，去秋旱，今夏雨，麦禾俱损，官吏虽欲奉行，如百姓何！"[①] 贪得无厌的通守收到唐稷的信后大发雷霆，唐稷又向上级反映，最终阻止了征收"户贴钱"这项苛捐杂税。然而，唐稷也因此受到了通守的打击报复，几乎丢了官。

通过这些，我们可以看到一个关心民瘼、忧国忧民、以天下为己任的忠臣！

（四）切中时弊的革新思想

在经世致用思想的影响下，宋代士大夫改革弊端的呼声从未停止过。唐稷作为传统的士大夫，也有过惊人的举动。建炎间，唐稷诣行在，上《十四策》，又接着上了万言书。上书言事是宋代士大夫一个独特的现象。朱熹就认为"士大夫以面折廷争为职"[②]，在范仲淹看来，则是"儒者报国，以言为先"。[③] 早在天圣三年（1025），范仲淹还是地方小官时，便上了一份《奏上时务书》，提出救文弊，复武举，重三馆之选，赏直谏之臣等建议。可见，上书言事在宋代士大夫群体中十分普遍。

唐稷的这两份文件现在已经看不到了，我们也就无从知晓唐稷的改革措施。但康熙、乾隆、同治时的《会昌县志》均是这样评价的："皆切于时，惜不能用。"可见，唐稷要求改革的主张切中时弊，可惜的是唐稷当时人微言轻，宋高宗并没有把他放在眼里。唐稷轰轰烈烈的上书言事就这样宣告失败。

事实上，唐稷的革新思想在其他方面还有涉及。绍兴年间在龙南任上，唐稷就曾把他的革新思想进行了一番实践。经过一番努力，唐稷革除了龙南的陈规陋习，"盗息囹空，民安田里"。原先龙南是"僻左且瘴，盗贼时作，调者不愿就，久缺正官"。一个时常有盗贼出没的、大家不愿意去任职的偏僻小县，在唐稷努力下变成了百姓安居乐业的乐园，我们不得不赞叹：唐稷是一个了不起的改革家！可见，他的革新思想对当时的社会改革有一定的价值。康熙、乾隆、同治时的《会昌县志》对唐稷革新思想有这样的评价也就不难理解了。

四、著述

据《墓志铭》载，唐稷一生著作等身，作品十分丰富，他的门人将其汇集为《砚冈集》五十二卷，南宋名臣胡铨为之作序。遗憾的是《砚冈集》我们再也看不到了，也就无从了解其作品。

翻阅各种文献，最早录著他的作品的是陈振孙。陈振孙在《直斋书录题解》卷一一说："《砚冈笔志》[④] 一卷，唐稷撰，自号砚冈居士。"后来马端临在编纂《文献通考》时采用了

[①] 《宋史·后妃传下》。又见胡铨：《编修唐君墓志铭》，《全宋文》卷四三二六。
[②] 见《朱子语类》卷一三二。
[③] 范仲淹：《让观察使第一表》，《范文正公集》卷一六，《四部丛刊》本。
[④] 上海古籍出版社 1988 年版《〈说郛〉三种》作"砚岗笔志"，陈振孙《直斋书录题解》、马端临《文献通考》等书均作"冈"，据唐稷自号"砚冈居士"及地方志记载信息，今从"冈"。

陈氏的这条书目。以至于一千多年后，我们还能够了解到唐稷著有《砚冈笔志》一卷。幸运的是在《说郛》中保存了这部杂著，为我们了解唐稷的作品提供了珍贵的材料。

附：生平编年

元祐间（1088—1094）唐稷1岁—7岁。

少时的唐稷就表现出了超乎常人的聪明，喜欢读书，且读书速度十分快，"五行俱下"，记忆力超群。

元符、建中靖国间（1095—1101）唐稷8岁—14岁。

唐稷十三岁时，文思泉涌，"落笔动数千言"。十四岁时在乡间学校读书，然而看到同学性格不好、品格低下，他一气之下回到砚冈读书。

崇宁、大观间（1102—1110）唐稷15岁—23岁。

这段时期，唐稷主要在砚冈读书，为今后的科举考试做准备。其间，大观三年（1109）左右与道州营道县令张天民之女结婚。次年长子唐澈出生。

政和间（1111—1118）唐稷24岁—31岁。

政和元年（1111）唐稷参加乡试，获得第一名的成绩，为解元。次年，唐稷参加会试，中进士①，授宜黄县丞。直到第二年，唐稷才到任。政和四年（1114）七月，次子唐演出生。同年十月，父亲去世，唐稷回乡丁忧。政和七年（1117），唐稷服满，授南安军上犹县尉。到任后一月，唐稷按惯例升为文林郎，授江陵府监利知县。唐稷到任后，得知监利县水灾严重，就立马着手准备修筑堤坝。老百姓为此感到很高兴，也乐于从事此类苦役。堤坝修筑完工后，监利县的水患问题得到了解决，唐稷颇感欣慰。然而，不久后，朝廷派遣廉访使到地方考察官员，见监利县粮食丰收，就要求增加税收。唐稷据理力争，认为监利百姓刚刚从水患中自力更生，生活还很贫困，实在不适宜增加税收。于是，廉访使授意他人在徽宗前弹劾唐稷，唐稷被免官。免官后，唐稷回到家乡著书立说，教育子弟。

重和、宣和间（1119—1125）唐稷32岁—38岁。

宣和初，朝廷为唐稷平反。宣和五年（1123）授湖州司士曹事，掌管地方刑狱。唐稷在湖州任上爱民如子，平反了不少冤狱，释放了无辜的死囚数十人。三年任满后，唐稷带着母亲回到砚冈。

建炎间（1127—1130）唐稷40岁—43岁。

靖康二年（1127）四月，北宋灭亡。五月一日，康王赵构即位，是为宋高宗。建炎初，唐稷诣行在，献上了他针对时局精心准备的《十四策》，并上万言书，与胡铨等主战派一道力主抗金。建炎三年（1129）冬，隆祐太后一路逃到虔州（今赣州），"搜访人才，召赴从卫"，唐稷被召安抚百姓。当时军民矛盾激化，引发军民交斗，土豪陈新乘机胁从游民数万人烧杀抢掠，外又有金兵虎视眈眈，在此内忧外患之际，唐稷一面安抚百姓，化解军民矛盾；一面劝谕陈新抗金。陈新不听，率兵围攻赣州城南门，唐稷带领士兵与陈新交战，最终陈新中箭而死。胡铨在《墓志铭》中评价道："是日，微君几殆"，充分肯定了唐稷的功绩。

绍兴间（1131—1162）唐稷44岁—75岁。

绍兴元年（1131），唐稷母亲赖氏去世，唐稷丁忧，"居丧毁瘠过礼"。安葬母亲后，卜

---

① 参见傅璇琮主编《宋登科记考》，江苏教育出版社2005年版。

居南昌，盖了几间草屋，周围种了很多菊花。平日里或陪朋友聊天喝酒，或跟僧道问答解惑。绍兴三年（1133），唐稷到京城听候调遣。朝廷因唐稷建炎三年（1129）护卫隆祐太后的功劳升为左儒林郎，授吉州军事判官。还没有赴任，赣州太守韩昭问①就"辟宰龙南"。唐稷到任后，首先着手革除了龙南的陈规陋习，又下大力气整顿龙南的社会风气，龙南"盗息囹空，民安田里"。绍兴六年（1130），唐稷任期将满，龙南百姓担心他会调走，就到赣州知府衙门去请愿，请求知府答应唐稷任龙南知县。知府衙门的上司们了解唐稷的情况，也希望唐稷担任龙南县令，然而唐稷以户籍的原因拒绝了。继任者还没有到任，这时刚好遭饥荒，赣州通守要求唐稷征收"户贴钱"以解决财政危机，唐稷一口拒绝。唐稷又向上司申诉，最终停止了这项荒唐的举动。不久，惠州的一伙强盗犯境，唐稷亲自带领士兵抵御。不想新太守刚好上任，赣州府大小官员都去迎接，只有唐稷因剿强盗没有参加，遂被通守弹劾，朝廷听信谗言，停止对唐稷的任命。唐稷连忙向朝廷申辩，获得谅解。绍兴十年（1140）冬，诏唐稷为诸王子讲课。后改授南外宗正司教官。十五年（1145）冬，授枢密院编修。十七年（1147）循资升为左通直郎。这时，他屡次要求到地方任职，授荆湖南路安抚使，主管机宜文字。二十年（1150），授荆湖北路安抚使。二十三年（1153）改荆湖南路安抚使，因功晋升为左承议郎。二十六（1156）年改江南西路安抚使，升左朝奉郎。三年任满后，唐稷以年事已高请求祠禄，主管台州崇道观。三十二年（1162），唐稷再领祠。夏，升左朝散郎。

隆兴元年（1163）唐稷76岁。

八月二十九日，唐稷寿终正寝。这位清正廉明、忠义双全、以天下为己任的士大夫走完了他坎坷的一生。

唐稷《砚冈笔志》节录（资料来源：《〈说郛〉三种》，上海古籍出版社1988年版）

---

① 康熙、乾隆、同治《会昌县志》和康熙《于都县志》均作"韩昭问"，胡铨《墓志铭》作"韩昭"，又同治《赣州府志》卷三十四《府秩官表》"绍兴元年"条为"韩昭问"，故从之。

胡铨《编修唐君墓志铭》节录（资料来源：乾隆《会昌县志》）

参考文献

[1] 余英时：朱熹的历史世界——宋代士大夫政治文化的研究［M］．三联出版社2004年版．
[2] （宋）陈振孙：直斋书录解题［M］．上海古籍出版社1987年版．
[3] （元）马端临：文献通考［M］．中华书局1986年版．
[4] 胡铨撰，曾枣庄、刘琳等编：编修唐君墓志铭［M］．全宋文卷四三二六．上海辞书出版社2006年版．
[5] 唐氏：唐氏重修族谱［M］．民国刊印本．
[6] （清）王凝命修，董喆等纂：会昌县志．康熙十四年版．
[7] （清）戴体仁等修，吴湘皋等纂：会昌县志．乾隆十六年版．
[8] （清）刘长景修，陈良栋，王骥等纂：会昌县志．同治十一年版，台北成文出版社1989年版．
[9] （元）脱脱等：宋史．［M］．中华书局1977年版．
[10] 陈耆卿等：嘉定赤城志［M］．台湾商务印书馆1986年版．
[11] 诸葛忆兵：宋代士大夫的境遇与士大夫精神［J］．中国人民大学学报，2001（1）．
[12] 郭学信：宋代士大夫文化品格与心态［M］．天津人民出版社1997年．
[13] 张玉璞：宋代文人"居士"情结的社会文化阐释［J］．山东社会科学，2002（3）．
[14] 程彩利：宋代司理参军制度研究［D］．南京师范大学（2006）．
[15] 苗书梅：宋代州级属官体制初探［J］．中国史研究2002（03）．
[16] 傅璇琮主编：宋登科记考［M］．南京：江苏教育出版社2005年9月版．

"碛砂藏"与《三体唐诗》之流传

查屏球

内容提要:诗僧天隐圆至是宋遗民,其元初笺注《唐三体诗》流行甚广,后世传本取名为《碛砂唐诗》,这表明本书与碛砂寺关系甚大。本文研究这一选本的流行与碛砂寺(也即与碛砂藏)的关系。从南宋后期到元末,碛砂寺都是东南一带最著名的佛籍刊印中心,碛砂寺上百年的刊印历史积累了雄厚的刊印资源与印书技术,僧人也可以于此刊印自己的著作。圆至与碛砂寺关系密切,其时主持刊印碛砂藏的僧人多与他有交往。在其身后,碛砂寺僧人魁天纪自己捐资为其刊印本集与《唐三体诗笺注》。后人再刊其书,取名为《碛砂唐诗》。本书的流行固然与寺本刻印精良相关,还在于圆至笺注颇为实用,适合习诗需要。为其增注补笺者,从元到清代不乏其人。这些都表明刊印业对于《唐三体诗》的流行以至成为几代人的诗学范式起到了重要的作用。

清《四库全书总目》卷一百九十一录有《唐三体诗》一种传本:

> 《唐诗说》,二十一卷(两淮盐政采进本),元释圆至撰。圆至有《牧潜集》,已著录。此书盖取宋周弼所选三体唐诗为之注释。前有大德九年方回序。其书诠解文句,颇为简陋。坊本或题曰《碛沙唐诗》。考都穆《南濠诗话》曰:"长洲陈湖碛沙寺,有僧魁天纪者居之,与高安僧圆至友善。至尝注周伯弼所选唐三体诗,魁割其资,刻置寺中,方万里特为作序。由是三体诗盛传人间,今吴人称《碛沙唐诗》是也。"则其来已久矣。

入元之后,圆至注周弼《唐三体诗》是最流行的唐诗读本,本书传至后来出现了一些异名本,如《唐三体家法》《唐诗说》《碛砂唐诗》等。前两种异名可视为书贾盗版篡名之举,后一种则以标明来源于碛砂寺以示其正宗。关于此事,都穆(1458—1525)《南濠诗话》所记更详:

> 长洲陈湖碛沙寺,元初有僧魁天幻者居之。魁与高安僧圆至友善,至尝注周伯弼所选《三体唐诗》,魁割其资,刻置寺中,方万里特为作序,由是《三体诗》盛传人间。今吴人称"碛沙唐诗"是也。魁读儒家书,尤工于诗,平生厓立绝俗,誓不出世,住山。至有诗赠之云:"拈笔诗成首首新,兴来豪叫欲攀云。难医最是狂吟病,我恰才瘥又到君。"

这里记录了《唐三体诗》流传过程中的一段佳话,也交代了本书流传至广的三个重要因素:

圆至加注、僧魁助刊、方回作序。但未确说明本书取名为《碛砂唐诗》的原因以及本书的流传与碛砂寺的关系,以下即据相关史料,对此事稍加说明,希望借此佐证刊印机构对于经典形成与接受所起到的特殊的作用。

一、碛砂藏与碛砂寺刊印中心

长洲陈湖,是苏州长洲县濒临太湖的一个相对独立的湖区,原有水道与太湖相连,现名澄湖,在现苏州市的甪直镇西南。碛砂寺,碛砂延圣寺的简称,以寺建在湖中碛砂洲之上而得名,初建于萧梁之时,宋乾道八年(1172)复建,咸淳初(1265)又加扩建,在宋元明三朝为江南名寺。圆至《牧潜集》卷三有二文叙述了本寺的历史以及在当时的规模。

《平江府陈湖碛砂延圣院记》:姑胥以水为国,民庐皆岸沟港滨沏泾而居,畎畒之间,有浍洫无涂径,虽东阡越西陌非舟不通,荒村下聚,菰苇鱼鸟之乡,陂湖浸淫涂卤渗溢,至于水之不及,人乃以为桑为田,犹必堤其外以备水之争,环州四疆,其东为海,北西南为具区,娄松之江贯其内,土耕民与食于水者户相半,猾商游贩出疆入境之舟,岸牵港刺,夜歌昼行,大抵一州之间,民里往来以水为径,不独资之以生而已。然其险不测,非如蹈土驾陆之安,故远涉者必恃中流,有避患之地乃敢无恐而济。陈湖在长洲东四十里,当华亭吴江之间,两界民舟之东西行者,鱼衔而蚁接,然其水混江际海,以云为涯,旦而放舟,日昃而后至岸,其浪波潮汐之壮,足以败舟帆而宿奸宄。宋乾道八年,寂堂禅师来自华亭,得湖中费氏之洲曰碛砂,乃庵其上,为中流之镇,民利其留而惜其势之犹小也,更为大招提宫室居之,于是穹殿涌堂屹流崛兴,据津瞰汜,碇泊凑附,既成,因所请故额曰延圣院,而定其传为甲乙之居。寂堂没,其子孙立浮图以祀其舍利,又刻三藏之经而栖其板于院北之坊,其后碛砂四面沙益延而水日却,东北皆为田属于岸,延圣子孙益蕃衍富盛,其才贤者争以学术,自缘饰时节,众会文物,布述粲然矣。宝佑六年,延圣大火,独忏殿与寂堂之塔不火。咸淳初,住山可枢按火所毁,募其徒分而构之,益为壮靡,以加旧观。迨今吉公之世,延圣院复成,吉为六世之勤,未能有记以留不朽,使其老清懋买石以请于余,盖自宋之季年,郡国兵饥,大姓贫而施予之家少,名山大川,化佛灵僧鼓钟,香火之宫,福民寿国之祀,其栋宇不幸而坏废,则无以劝豪杰之才力而复于成,能自植立于邱烬之中以存,其旧者少矣。独延圣益有余力,以增巨丽为崇侈,其勃兴决起之势,非独不挠于时之难,而屋室之盛赀聚之赢方且擅强于今,而加富于昔,虽其嗣继材智能争翔竞奋,以大其门,亦寂堂养培积种以遗其后者丰坚根硕叶之荫茂也。呜呼,盛哉,寂堂祝氏,讳师元,华亭人,尝学于水庵一公,密庵杰公,有名孝宗时,多灵德异迹,既老又为白莲寺于弁山之下,而归终于碛砂,其言有录而行有铭,故不繁载于记。

《延圣院观音殿记》:余记延圣院逾月,其大浮图惟吉来曰:院有刻经室,有白衣菩萨之殿,我所为也,请复得记。刻(经室)之役始至元二十四年六月,成于二年七月,成之明年,然后举殿所宜有毕备,役于下者曰清宇、曰志琛,实庀其事,相于旁者曰清仰、清懋、志明、志颐,实佽其费,殿之中菩萨西向,天王侍于前,南北相向立,凡二十躯。其髹彤刻饰工材之价又若干,则出于里豪顾氏。盖湖滨之壮招提，延圣为甲，而延圣之屋百有余室，无能与殿比隆者，则其势之大，作之难，不见而可知也。夫圣人之出必有地，固将假境以表其教也，教不一方，得不一门，观音氏之道以耳为门，以闻为修，以应为形，故其神岛处于海水之中，水无穷而一月皆入，应之智象焉，海无声而假潮以鸣，闻之性显焉，使凡至其室者，目击而道得，不言而教行，此圣人导惑之冥权也。今夫陈湖之大姑苏之水，以是为归，霆奔雪蹴，濒洞百里，半济而后，碛砂屹焉。其境之所肖，固有冥示于人者，而又当二邑之会，舟车襁襘之冲，险足以扬灵，要足以拯物，是故菩萨所择处以行其教者也，然则吉之成此，其假物以谕于人者，为道至大，岂苟以崇材巨甓之观为一鋆之饰哉。初殿在院北庑南，住山文雅所建也。宝佑火祸毁焉，吉于雅公为冢孙，卒复殿以继其先人之志。

本寺在佛教史上的闻名，不只在于它的历史与规模，而在于本寺曾主持刊印大藏经，史称"碛砂藏"，全称为《宋碛砂延圣寺刻本藏经》，是宋元时佛教诸藏一次大汇编。全书1 532部，6 362卷，装为591函，采用梵夹装，又称经折装，以《千字文》编册号，始"天"字，终"终"字。① 今据日本奈良西大寺藏《碛砂藏》本之《大般若经》卷一上题记可知，此事始于南宋宁宗嘉定九年（1216）②，到元英宗至治二年（1322）完毕，经宋元两朝，历时一百余年，实是中国佛教史上一大盛事。圆至两文在叙及及碛砂寺的历史与规模时，都提及了刻经之事。"寂堂没，其子孙立浮图以祀其舍利，又刻三藏之经而栖其板于院北之坊。""刻经室之役始至元二十四年六月，成于（大德）二年七月。"刻经之事起于碛砂寺祖师寂堂身后不久，至元大德三年（1299）原延圣院升格为寺，屋舍有百余间，刊经之事再得壮大，建平江路碛砂延圣寺大藏经局。今存"虞"字函《大乘大方等日藏经》卷四末刊记：

> 己亥大德三年十一月日掌管大藏经局功德主清圭题：平江路碛砂延圣寺大藏经局沙门德璋、志琛对经；平江路碛砂延圣寺大藏经局沙门慧琚、慧朗点样；平江路碛砂延圣寺头首沙门清表、志明管局，平江路碛砂延圣寺头首沙门志莲、志昌管局，平江路碛砂延圣寺前本路僧录司提控案牍圆明大师行一管局；平江路碛砂延圣寺前住持天台文殊教院讲主惟总提调，平江路嘉定州法昌寺传天台教讲主昙瑞提调；平江路碛砂延圣寺前住持今掌管大藏经局沙门惟吉，平江路碛砂延圣寺住持兼掌大藏经局沙门清圭；大檀越前湖广安南等处行中书省参知政事张文虎。

其列最大施主是张文虎，其地位近宰相。数年后，规模又扩大。《碛砂藏》"气"字函《阿毗达磨集异门足论》卷十五刊记：

---

① 碛砂藏，后世散佚，仅在西安卧龙寺、开元寺有藏，现藏陕西省图书馆。1931年，朱庆澜将军与叶恭绰、蒋维乔等发起"影印宋版藏经委员会"，影印《碛砂藏》，计五百九十三册，总共影印了五百部。在叶恭绰等影印《碛砂藏》的前几年，约1926—1927年间，北京大悲寺收藏了几百年的一部抄配、配补的《碛砂藏》，被一个美国人吉礼士（Gillis）买去，后又被美国的普林斯顿大学收藏。日本奈良西大寺也收藏有六百卷宋刊原版《碛砂藏》，据此可知实际开刻时间在南宋嘉定九年（1216）。另，日本大阪"杏雨书屋"存有4888卷。
② 见《奈良县大般若经调查报告书》一、二，奈良县教育委员会事务局文化财保存科编，奈良县教育委员会1992年、1995年刊。转引自李际宁《北京图书馆藏碛砂藏研究》，《北京图书馆馆刊》1998年第三期，第71～73页。

时大元大德十年岁次丙午七月十五日主缘刊大藏经僧录管主八谨题：刊字作头何屋，沈必达、徐怡祖；局司冯元吉；碛砂延圣寺大藏经局沙门德璋、妙乘宣力；碛砂延圣寺大藏经局沙门志琛、清表对经；碛砂延圣寺大藏经局沙门惠朗提调，助缘兼提调经局前海盐州僧正惠明、修证大师志颐；平江路嘉定州保安报恩禅寺住持沙门志璿点对；平江路碛砂延圣寺首座兼管经局沙门志明，平江路碛砂延圣寺住持兼管经局沙门志莲；前江西吉州路报恩寺官讲所开演沙门克己校证，陕西巩昌路广严禅寺讲经沙门义琚校证，陕西秦州观音院讲经经律论持衣沙门海云校证，宣授住持平江路开元禅寺佛蕙圆照大师季庄校证；行宣政院所委官杭州路天泽院孤岩居士何敬德，行宣政院所委官真定府石佛寺住持沙门普德；劝缘掌局功德主行宣政院所委官前松江府僧录广福大师管主八；劝缘都功德主荣禄大夫中书省左丞张闾。

以上所列人名仅是题记中的两例，这是一个浩大的工程，参与者有数百人之多。由李福华、何梅先生统计，参加经文书写者有六十一人，刻工三百八十三人①，其中有些刻工的人名亦见于同时期其他刊本中。而且在《碛砂藏》的刻版中，很多经卷是由同姓合刻的，如詹周和詹玉、游和与游谦、滕吉甫和滕文荣、王祥和王介、牛吉和牛志、胡昶和胡垲、胡昶和胡仁、沈宝和沈珍等。最为突出的是俞氏一家的刻工，《碛砂藏》中的《华严经》"道"字函基本上是由俞氏一家来刻版的，该函共有刻版者十四人，即：俞宗（鱼宗）、俞有、鱼宣、鱼奇、俞原、鱼母、唐三娘、鱼李氏、严氏、鱼乙郎、鱼保奴、陈昂、徐民、崔松。其中崔松为后世补刻版工，陈昂和徐民为俞家亲戚，唐三娘、李氏、严氏为俞家妇女。这是由一家承揽刻版工程，男女共同刻制的典型事例②。众多刻工家族聚集于此，表明因连年刊印大藏经，碛砂寺也成为一个刊印中心。从形成方式上看，碛砂藏一大特色就是它是私刻版大藏经，从头至尾都是碛砂院僧人募缘雕造。其板记中详叙刊字费用，如"羊"字函《佛遗教经》卷末板记："嘉兴府华亭县修竹乡四十三保西郭秀野桥居住，奉佛弟子周桂……发心谨施净财一百单三贯五伯六十五文入碛砂大藏经局，刊《佛道教经》一卷，计二千九百五十九字。所集功德，报荐……淳祐四年三月日弟子周桂谨题。"又《法苑珠林》卷五十二末有："平江府碛沙延圣院大藏经坊，今据嘉兴府华亭县修竹乡四十二保钱盛里居住，奉佛弟子盛璿同男孙二位家眷等情旨，生前发心亲书遗言，喜舍十七里官会一万二千贯，恭入本院大藏经坊，建造西廊一带屋宇，内交二千贯开刊《法苑珠林》第五十二卷，计一万七百四十字，每字五十文，总计五百三十七贯文。……宝祐元年八月日谨题，都劝缘大檀越成忠郎赵安国。"民间捐资都与具体的经典联系在一起，民间可以根据所刊经典的规模与字数确定出资的数目，也就是说出资人可指定寺院刊印指定的书籍。这样一种运作方式，也使得这个刊印中心也可刊印佛典之外的书。如"约"字函《传法正宗记》卷一首刊记言：

> 平江路碛砂延圣寺大藏经局，今依福州开元禅寺校定元本《传法正宗记》一十二卷，重新刊板流通，祝延圣寿万安者。其明教大师所上之书及藏礼子，旧本皆在帙尾，今列于首，庶期展卷，备悉所从。延祐二年岁在乙卯五月日住持传法比丘

---

① 参见李富华、何梅：《汉文佛教大藏经研究》第七章《宋元版碛砂藏研究》，宗教文化出版社2003年版，第252～315页。

② 参见方晓阳、吴丹彤：《促进宋代印刷技术进步的主要因素》，载《北京印刷学院学报》2011年12月。

清表题。

《传法正宗记》是宋僧契嵩撰写的禅宗史籍，此事表明碛砂寺刊印的佛典还包括当朝名僧所撰的著作。因此，此间也是刊印僧人作品的一个特殊出版机构。如《影印宋碛砂藏经》"韩""弊""弊""烦"四函收录了《天目中峰和尚广录》三十卷，册尾题记曰："云居禅庵住持比丘知皓、首座比丘德清，施财刊此一卷。"此天目中峰即元代中峰明本禅师（1263—1323），是西天目山住持。碛砂藏的刊印于1322年完成，天目中峰之作的刊印应是其后之事，此事足可证明碛砂寺确实具有出版机构的功能。只要达到了出资条件，僧人著作就可以在此刊印。

二、圆至与碛砂寺的关系

碛砂寺刊经之事在宋末元初曾间断二十三年（咸淳九年至元贞二年，1273—1296），大德年间（1297—1307）再盛。这一时期，正是圆至与碛砂寺发生关系的时期。所以，圆至为碛砂寺所作两篇题记中提到的惟吉、志琛、志明、志颐等，也见于《碛砂藏》题记之中。这表明圆至与当时主持刊经之僧交往颇密，其著作包括《唐三体诗注》完全有可能在此被刊行。此事在方回（1227—1305）《至隐注周伯弼三体诗序》有记，全文如下：

> 子曰：诗三百一言以蔽之曰思无邪，此诗之体也。又曰：小子何莫学夫诗，可以兴可以观，可以怨，迩之事父，远之事君，多识于鸟兽草木之名，此诗之用也。圣人之论诗如此，后世之论诗不容易矣。后世之学诗者舍此而他求可乎？近世永嘉叶正则水心介为晚唐体之说，于是四灵诗江湖宗之，而宋亦晚矣。圣人之论诗不暇讲矣。而汉魏晋以来河梁、柏梁、曹刘、陶谢俱废矣。又有所谓汶阳周伯弼三体（诗）法者，专为四韵五七言小律诗设，而古之所谓诗益付之鸿荒草昧之外矣。其说以为有一诗之法，一句之法，一字之法，止于此三法而江湖无诗人矣。唐诗前以杜李后以韩柳为最，姚合而下，君子不取焉。放翁、石湖诸贤诗皆当深玩熟观，体认变化。虽然以吾朱文公之学而较之，则又有向工夫，而文公诗未易可窥测者也。高安沙门至天隐，乃大魁姚公勉之犹子，聪达博赡，禅熟文熟诗熟，又从而注伯弼所集之诗。一山魁上人，回之方外交也。将碛砂南峰袁（表）公之命，俾回为序，以弁其端云，大德九年（1305）乙巳九月初六日，紫阳山虚叟方回序。①

由方序可见，圆至注《唐三体诗》与刊行，对本书的流传作用甚大②，其中涉及以下诸人：高安沙门至大隐、一山魁上人（魁天幻）、碛砂南峰袁公三人，这些人都与碛砂寺有关。

圆至（1256—1298），是元初颇有影响的一个诗僧，并与当时诗家多有交往，其季父姚勉，是宝佑元年（1253）的状元，有《雪坡集》传世。方回集中有关于圆至生平的更具体

---

① 本序录自和刻本裴庾注《唐三体诗》，不见于方回文集《桐江续集》中，这是因为现存《桐江续集》已是残本，文集已佚十三卷，本序或许就是已佚的内容。
② 元刊本首页书名《笺注唐贤三体诗法》卷之一排列有："汶阳周弼伯弜选，高安释圆至天隐注，陇西金銮在衡校订，广陵火钱尤卿重梓"，这说明此本已非初刊本了。

的记录：

> 《桐江续集》卷二十五《次韵吴僧魁一山十绝》之十曰：
> 高安僧宝姚圆至，盐水谁其成酱冰。莫为猕猴打筋斗，回头不记读书灯。（注曰：前住建昌军能仁禅寺僧圆至，字天隐，古筠州人。癸丑（1253）廷魁姚公勉之犹子，宝佑丙辰（1256）生，咸淳甲戌（1274），年十九出家，至元元贞间（1295—1297）住前寺，二年弃去，卧庐山。大德二年（1298）丁酉圆寂，年四十三。有《天隐禅师文集》若干卷，又曰《筠溪牧潜集》，文近世僧之所无而殁，可痛也。其友吴僧行魁一山上人，朱姓，咸淳戊辰（1268）生，年三十二（1300）。求予序其文，且赋十绝辞，去将隐于天目山之西峰，依韵和以送之云。

同时，当时文人戴表元（1244—1310）、洪乔祖分别作有《圆至师诗文集序》、《天隐禅师文集序》[①]，戴氏所记颇详：

> 圆至师诗文一卷，师讳圆至，字天隐，江西高安姚氏子，父兄宗邻俱以进士科目起家，独喜为僧。江上兵事起，即去依袁州仰山雪岩钦禅师。至元中，自淮入浙，依承天觉庵真禅师、天童月波明禅师、育王横川巩禅师，二十七年复归庐山。越四年建昌能仁虚席，郡牧赵侯移文请居之，二年竟弃归庐山，卒于大德二年六月二十四日。以上皆吴僧行魁师所记。圆至师在天童育王时，余适授徒郡郭，屡相遇于亲友袁氏舍，每见但好弈棋，劳形苦心，拈子移时，嗫嚅不即下，骨貌素癯，不善饮啖，一语不肯为人说诗文，性似厌睨，然退而出其所作，清驯峭削，殆以理胜。魁师又言在承天时，亦留碛砂三年，碛砂魁师所居有贤游，从佳馆谷，留之甚安，既不得已居庐山，愈多病，魁师尝南泛长江，问其安否，今死，又惧遗稿散坠，为掇拾刊木碛砂，以传其气，义可谓能始终，而天隐为少慰矣。师可传不但诗文，今世言禅者，亦多推天隐，又或号筠溪牧潜云。

圆至在元兵过江后，先投靠袁州雪岩，宋亡之后，由淮入浙先后依庵真、月波、横川，皆是禅林中的大德。同时，他又曾依靠地方官。其卒年在大德二年。方回序作于大德九年（1305），《三体唐诗》的元刊本也是在圆至身后（大德二年，1298）所刻。此时，碛砂寺刊经正处鼎盛之时。明河《补续高僧传》的圆至传记说的很清楚。

> 《元筠高安圆至传》：圆至，字天隐，高安姚氏子，季父勉，父文，叔兄云，皆中显科，为宋名臣。师按窥世相，深有所感悟于中，以咸淳甲戌出家，依仰山慧朗禅师钦公脱发，时年十九。务静退寡交识，怡然以道味自尚，喜为文章志弘护，非衒饰知见以自售也，故其文日益进。其曰吾圣人，自称文佛。盖以存其道于无穷，非文莫能，曰经曰论，皆是物也。惟震旦诸师，欲抚中下之质，乃皆以天纵上智，示为椎朴少文，与愚者同事，乃圣人冥权，非真然也。愚者诱于其迹，直谓圣人道妙，可以鄙俚凡近蹴，至薄经论为浅教，斥文字为异端，岂不惑哉。其论吾宗文，

---

① 分见戴表元《剡源文集》卷九与圆至《牧潜集》末跋（文渊阁四库全书本）。

独许嵩明教一人。其融会超了知见，扶宗匡道之心，居然可思矣。至元元贞间，住建昌能仁寺，说法一禀于钦，不两年弃去。师行止不恒，所居斯其最久耳。大德二年戊戌，卒于庐山，年四十三。惜无修期以究其道之所归，化之所及，为可哀耳。有文集一卷，吴门碛砂魁上人所藏，以示紫阳方虚谷，读而醉心，叙其首，刻焉。

在《平江府陈湖碛砂延圣院记》本文中，圆至记载了碛砂寺的历史，也介绍了此寺刻书之事，记录了碛砂寺在元初复兴之状。由文中看，圆至不是碛砂寺的住僧，而是暂住的游僧。他与碛砂寺关系也可能缘于临济宗宗派关系。碛砂寺主寂堂曾就学于密庵杰，应指密庵咸杰，这是临济宗大慧派四代传人。在其后，有三大弟子传其学：松源崇岳、曹源道生、破庵祖先，也是大慧派的三大支派①。圆至曾随横川行珙、雪岩祖钦习禅。二人分别是松源崇岳、破庵祖先的再传弟子。因此，圆至与碛砂寺的主人应有同门同宗的教派关系。

一山魁（魁天幻）②是碛砂寺住僧。圆至在文集中，存有他与魁上人交往的诗文。如：

《牧潜集》卷一《赠魁天纪》：拈笔诗成首首新，喜来豪叫欲攀云。难医最是狂吟病，我恰才瘥又到君。

卷五《答魁首座》有言：

紫垣足下，辱书无不达，然失于答者，所居僻绝使然，非于故旧有所忘也。寄示诗文皆清丽雅正，能使识者叹服。仆何幸见足下之进，仆愿慊矣。然足下之成，本其质之妙，非仆湔湔能有以发足下，而足下推其所自必归德于，仆无其功，而冒其奉使，仆受之，其色赧然。

卷五《与明东川》中言：

近魁天纪自吴门至，见迫出浙，属仆有系，未能遽如其言，留数日。出诗文百余，皆清丽可爱，使仆怀如久疾之瘳。仆年来于世无乐，惟赖良友以此娱解其悒悒耳。辄拔其十一为寄，非自诚知言则不敢以出之也。

卷六《题紫垣文后》：

魁天纪聪明好古，读书能快览捷领，记忆兼人。其作文出语新妍，皆自得不盗袭。盖遵大途而驾者也。性疏简不能为机械，意之所是以身徇之，不顾讥憎。以此怛忤于人，而终不为备。与余游久，予爱其高明，苦其忤，而忧其简也。常告之曰：君子之为学，非苟以自娱而已，固将推其能以闻达于人也。薪达于人而不以智周乎外，是犹能为车而不能御车，虽良其行哉。天纪善予言，终莫能用也。因观其文，辄复书此告之。天纪将远游，方以其学驰骋于世，其于名声若蛰雷之欲奋，幸留意謦言以卒自致于达哉。

由这些材料可以看出，两人关系非常密切，魁天纪可能是圆至的追随者，也是圆至比较赏识的后辈。戴表元《剡源文集》卷九有《魁师诗序》：

戊戌己亥岁，有魁师自吴中来，屡相接前后，袖诗贶余，累十百篇，指斥倾

---

① 《临济宗传系承世系略表之六》参见杨曾文《宋元禅宗史》，中国社会科学院2006年版，第465页。
② 魁天幻，文渊阁四库全书本《牧潜集》作魁天纪，《剡源文集》与有关禅宗文献作魁天幻，本文取后者。

尽，寄属沉着，读其诗繁者锵遥音，简者涵淳风，究而讯其能，奔驹纵鹘，搴拔俊笔，飞丹幻宝，闪烁迅发，盖于余少时所爱悦有过之无不及也。嗟乎，师之诗至此，信其所自养与好而乐之者，异于人耶，将视他人以为异，而在师能之则固适然耶，闻师所居吴中，有良父兄，别业藏书，致客规模风指凡，皆出人意表，师所以能纵游博交耳，目肺腑豁，无鄙滞者，亦有以成之而然也。余家大处士晚年吴中好事者，经理佳山林馆，留之迤逦，遂居吴中，余穷困何由，就师结诗邻乎。

此处写到了魁天纪家颇富有，有专门的藏书楼。今人已研究出碛砂藏刻印费用，每字五十文，元刊本"笺注唐贤三体诗法"，单面九行，行十七字，每板至少需要十五贯三百文，全书一百四十二板，需费钱二千一百三十四贯，是一笔颇大的费用，非富足之家是无力承担的。《南濠诗话》言"魁割其资"，一山魁并不是碛砂寺佛籍刻印的主事人员，应是自己出资交由碛砂寺刊印，其方式如同人赞助刊印佛经一样。此人到后来成了禅僧中一个传奇性的人物。明代《续灯存稿》卷十二（明嗣祖沙门东吴通问编定，笠泽居士华亭施沛汇集）有《杭州天目一山魁庵主》：

> 一山魁，苏州人也，天资敏捷，通内外典，与平石砥友善，栖迟岩谷不与世接，仅有山麓洪氏子弟往来送供。一夕洪氏妇梦主乘肩舆至其舍，觉而产一子。翌旦登山候之，果化去矣，因名应魁，字士元。幼读书，补邑庠，娶妻生子，年三十。一旦忽自猛省，遂弃家缚茅于东峰绝顶，昼夜精勤行道。一日空室和尚因避寇自径山过其庐，见其举止闲雅，应对从容。叩其所以，乃知其为一山后身也。因谓之曰：公前身与平石翁为莫逆交，翁今年垂九十，尚耳目聪明，何不通个信息，亦见一梦两觉而梦觉一如乎。主欣然挥毫作偈寄之曰：寄语天童老平石，一念非今亦非昔。欲听寒山夜半钟，吴江依旧连天碧。

这个故事在明天台沙门释无愠《山庵杂录》卷之下中也有记载：

> 天目居山有魁一山者，苏州人，博学多才，与天童平石翁交甚密。当丛林全盛时，人皆翕翕求进，魁独栖迟于岩谷，不与世接，有古大梅、懒瓒之风，独许山下檀越洪家府诸子弟往来。既终，洪氏梦魁乘一山轿至其家，次日产一子，名应魁，字士元。自幼入学，至娶妻育子，绝无前生趣味。年三十，忽自猛省，尽变平日所为。与一僧明维那者，结屋东天目绝顶，习禅定，至若烧畬、乞食皆躬为之。虽老于头陀者，有所不如。至正丁酉，猫獠烧劫径山。余奔抵其所，士元肃容，礼度和雅，答对从容。徐问其故，乃知魁后身也。因谓之曰：公前身与天童平石翁为莫逆交。今翁年垂九十，耳目聪明。公盖作偈寄之，庶见一梦两觉，而梦觉一如乎。士元乃作偈曰：寄语天童老平石，一念非今亦非昔。欲听枫桥半夜钟，吴江依旧连天碧。偈未及到，翁已示寂。

这些材料表明，在元代禅林中魁一山者，已成为一个传奇性的人物。他早年应与圆至有师生关系。

另一位人物"碛砂南峰袁公"，在圆至《牧潜集》中也能发现一些线索。笔者以为其与

《牧潜集》中提到碛砂寺中的"南峰表上人"近似。

  《牧潜集》卷一:"《寄南峰表上人》:自别陈湖寺,清朋绝胜游。林中无半夏,江上见孤舟。夜梦思山泣,寒禅过雪修。知君诗思苦,天际下盟鸥。"
  卷六:"《书近文与南峰表上人因题其后》:余少嗜古文,每读战国、秦汉作者之辞,爱其高简雄浑,锐意欲少似之,由之不得其涂,陷于声律鄙浅之学,盖尝慨然耻其失,日夜刮濯,求以自新。然犹恨旧习既固,自克之力未充,每一引笔,则时语衮衮不可禁。呜呼,古之道其果不可至矣乎。余客游碛沙,所遇无旧,而表上人顾余独厚,嗜好亦与人同。余无以为上人骧,乃书近文数首为笑乐。己丑(至元二十六年,1289)腊日江西圆至书。"

诗中言"南峰表上人",居于陈湖寺,碛砂寺在陈湖边,又名陈湖寺,文中言圆至在碛砂寺时与之相交。禅家常以寺名与号名合称,故称其为"碛砂南峰"是有可能的。"表""袁"字形相近,"袁公"者,即"表公""表上人"呼?圆至称为"上人",十六年后,方回称其为"公",似乎也是合理的推断。在碛砂藏题大德三年、大德十年题记中均提到清表,分别是"平江路碛砂延圣寺头首沙门清表管局""碛砂延圣寺大藏经局沙门清表对经",由名称看,在碛砂寺禅师称号中,"清""志"之类属行辈同称,唯后一字才属己号,故此"碛砂南峰表公"者,可能就是题记的"清表",此人亦好文,且看重圆至诗文,与方回序中所称人物的个性也相符①。他在大德年间一直参与刊印碛砂藏之事,由参与事务管局到参与对经,由方回序所言看,他也参与刊印圆至集及《唐三体诗注》一事。

三、圆至注与《碛砂唐诗》的流行

  《南濠诗话》言其"刻置寺中"。可能其初是作为寺院里僧人学习写诗的课本,魁天幻捐资助刊,起初也应与他人捐资印佛籍一样,主要是为佛寺服务。宋元之时,禅院诗风颇盛,僧人参禅作偈都少不了作诗。禅林中习诗,也成为禅家一门功课。周弼《三体唐诗》可能已成为其时禅家习诗的教材。魁天幻捐资刻印圆至"笺注本",既是表达对圆至的敬佩,也是为碛砂寺禅僧提供一种更方便的教材。在都穆看来,圆至、魁天幻都是很成功的诗家。《三体唐诗》经二人之手,又依托碛砂寺这样的出版中心,自然获得了较大的传播效应。故周弼《三体唐诗》的流行与碛砂寺这一印刷出版中心有着极大的关系。圆至注《唐三体诗》的流行,还应与圆至注有关。虽然清四库馆臣对圆至注评价不高,但细绎全部注文,必须承认还是颇有特色的,清人的恶评未必允当。
  第一,圆至注有很强的实用性,注家将诗的作者本事、疑难词语、相关典故多作简明扼要的解释,为读《唐三体诗》者提供了很大的便利。其解词释词多出所据之书,文献丰实,来源可信,显示了注家具有较强的训诂功力。如:

华清宫_{骊山温泉宫,太宗所建,玄宗天宝六载改名华清宫,又于其间起老君殿,左朝元殿,右长生殿也。}
行尽江南数十程,晓风残月入华清。_{华清自禄山乱后,空宫希复迎幸,故其景如此}朝元阁上西风急,_{朝元阁,降圣阁也。天宝七载,老君降于朝}

---

① 日本江户时代学者熊谷立闲《三体诗法备考大成》对方回序的注文,也作了这样的推论。

元阁，改曰降圣阁。程大昌《雍录》曰："长生殿，斋殿也。<u>都入长杨作雨声</u>。《三辅黄图》云："长阳本秦宫，汉武修之以备巡行，在盩厔县东南三十有事于朝元阁，则斋沐于此殿。盖朝元阁乃祠玄元之所 里。"风作雨声，皆空宫凄凉之迹象也。此诗盖讥玄宗感于神仙之事，与奉皇汉武同遭遗荒凉，俱为后人感慨之具。长扬、华清，相去道里辽远，况秦汉旧宫惟未央南在，长杨已不存。乃诗人寓言以托讽耳。王建《华清宫》亦云："武帝自知身不死，看修玉殿号长生"。其讽意亦同，但不若此诗语意含蓄、情景混融耳。

宫词 王建 大历十年第二进士，大和中为陕州司马，初为渭南尉，与宦者王守澄有宗人之分，澄以弟呼之，故多知禁掖故事，作宫词百篇。

金殿当头紫阁重，仙人掌上玉芙蓉。 玉芙蓉，玉杯也。《汉武故事》曰："上作承露盘、仙人掌，擎玉杯以取云表之露，和玉屑服之，求不死。"《三辅黄图》谓仙掌在甘泉宫通天台上。按古人把注之器多作芙蓉，如华清池中玉芙蓉是也。**太平天子朝元日，五色云车驾六龙。** 五色云车，画云气车也。《郊祀志》："交成言上欲与神通，宫室被服非象神，神不至，乃作画云气车，甲丙戌庚壬日，各以其色驾之。《甘泉赋》曰："于是舆，乃登夫凤皇兮翳华芝，驷苍螭兮六素虬。""注曰，"六马也。"此篇为全用甘泉宫事，创世主迷礼之好怪。《礼》："奇器不入官，器不奇不入，沉非礼之器，为服食以求不死，御鬼神之车服以逐和乎？神惟非事而讥自见，此杜元凯所谓具文见意者也。人多以官词为情诗者，非也。按建《宫词》百篇有情者，有事者，有怨者，有刺者，指不一也，而咸者柳以情愁说宫词，误矣。

吴姬 薛能 李至抽，会昌六年致悼思榜及第，后镇徐军，乱而毙。

自作是三千第一名， 三者者，宫女之数，自此以下皆自述其昔日才宠如此。**内家丛里独分明。** 崔令钦《教坊记》："妓女入宜春院谓之内人，亦曰前头人。其家在教坊，谓之内人"。**芙蓉殿上中元日，** 芙蓉殿在曲江**水拍银盘弄化生。**《唐岁时纪事》曰："七夕俗，以蜡作婴儿形，浮水中以为戏，为妇人宜子之祥，谓之化生。"本出西域，谓之摩睺罗。今富贵家犹有此。以上皆自述昔日才宠如此。此诗盖说不一，多失作之意。余观薛能《吴姬词》凡八首，皆以女自喻，古诗多有此体，如《妾薄命》之类是。

在圆至之前，除对杜甫、韩愈、柳宗元等少数唐人别有详注之外，很少有人对唐诗选本作详注的。圆至此书可能是第一部唐诗选本的详注本，这应是圆至注本即《碛砂唐诗》流行的主要原因。圆至作为僧人，少有士大夫文人轻视近作的传统观念，完全以注经方式来为《唐三体诗》作注，用力甚深。这表现在翻检文献甚广，仅由此三首看，其引书就有：《孙公谈圃》《西清诗话》《雍录》《三辅黄图》《汉武故事》《郊祀志》《教坊记》《唐岁时纪事》等。又如李德裕《岭南道中》：

岭水争分路转迷，桄榔椰叶暗蛮溪。《广川志》：桄榔树大四五围，长五六丈，无枝条，顶生叶。《本草》：椰子出岭南，**愁冲毒雾逢蛇草，** 马援计交趾曰：下潦上雾，毒气蒸薰，永州异蛇啮指争肱。草尽死。后人，触掌犹堕指掌腕。**畏落沙虫避燕泥。**《录异记》：潭、袁、虔、吉等州有沙虱，即鲧鱼，鳞中蛇所到，则树身急流水，或加沙中，雁虫入沙，人中之三日死。**五月巴田收火米。**《异物志》：交趾稻无秋冬，再种。火米，火耕之米也。一岁**三更津吏报潮鸡。**《典地志》：移风县有潮鸡，潮长则鸣。**不堪肠断思乡处，红槿花中越鸟啼。**《岭南异物志》：红槿自正月连十二月常开，秋冬差少。越鸟，鹧鸪也。李白《鹧鸪词》云："有客桂阳至，能吟山鹧鸪。清风动窗竹，越鸟起相呼。"德时谪揭阳。

为解一首诗涉及《广川志》《本草》《计交趾》《缘异记》《异物志》《与地志》《岭南异物志》等七种稀见典籍，这种释解为读者省去了翻检之劳，为阅读诗歌提供了方便。又如解朱褒《悼亡姬》（魂归溟漠魄归泉，只住人间十五年。昨日施僧裙带上，断肠犹系琵琶弦）言："唐人亡者，遇七日则以亡者衣物施僧。事见唐《杨氏丧仪》。"《杨氏丧仪》应不是常见书，注家能从中发现唐人习俗，对诗句作了更确切的说明。又如其解窦牟《奉诚园闻笛》（曾绝朱缨吐锦茵，欲披荒草访遗尘。秋风忽洒西园泪，满目山阳笛里人）一诗时，先解奉诚园之事："《唐史》，马燧之子畅，以第中大杏饷窦文场，文场以进德宗，德宗未尝见怪之，令中使封杏树，畅惧进宅为奉诚园。《雍录》云：在安邑坊内。"再解绝缨、吐茵之典："司马彪《战略》曰：'楚庄王赐群臣酒，日暮烛灭，有客引美人衣，美人绝其缨，告王取火视绝缨者。王曰：今已饮，不绝缨者不欢。君臣绝缨，然后出火。'汉丙吉，御吏，醉呕车上，曹吏白斥之，吉曰：第忍之，不过污丞相车茵耳。"说明马家曾经受宠之事，又解"西园泪""山阳笛"："《魏志》：陈思王置西园于邺，与诸才子夜游赋诗。故刘桢于王去后作诗云：'步出北寺门，遥望西苑园，乖人易感动，涕下与衿连。'""向秀《思旧赋序》曰："余与嵇康、吕安居止相近，后各以事见法。余西边经过其旧庐，邻人有吹笛者，追思曩昔宴游之好，感音而叹息。"解释了诗中对物是人非的感伤之情，强调了其中包含的对政治迫害的忧惧之意。最后，既详解其中感伤马家的本意，又对相关史料进行了辨析："旧史谓马畅自父死后,屡为豪幸邀取才产,末年妻子冻馁,无室可居。余观德宗播越,非马燧几亡,不能恤其孤,又夺其财业,使之失所。此故吏之所以伤也。《通鉴》载大历十四年,德宗初即位,疾将帅治第奢丽,命毁马璘第,乃命马氏献其园为奉诚园者,误也。按新旧史皆言奉诚为马畅园,《卢氏杂记》亦云马燧宅为奉诚园,而旧史载其本末尤详。璘家所献乃山池也,《通鉴》误以山池为奉诚耳。"奉诚园是马家废弃之园,而非皇家夺得马家之园,这种说明甚有必要,它将诗中情感仍归于"怨而不怒"的儒家诗教之义,否则,依后者,诗则有刺上之意。又如其解元稹《和乐天早春见寄》"萱近北堂穿土早,柳偏东面受风多"一语曰:"时微之以李赏之谤自同州移沂东,乐天守杭在北,故以北萱喻乐天之可忘已忧,以东柳喻己之受侮不少也。"不仅解释忘忧草之典,而且还能由元稹、白居易的实际境遇,说明了用典中特别寓意。又如其解许浑《金陵》"惟有青山似洛中"言:"李白《金陵诗》曰:'苑方秦地少,山似洛阳多。'曾景建曰:洛阳四山,四山围伊洛,瀍涧在中,建康亦四山,围秦淮,直渎在中,故许浑云似洛中。"不仅取李白作比较,还引曾景建文说明似洛中的内含。如解崔涂《绣岭宫》"上皇曾此去泥金"一语言:"《封禅仪注》曰:持礼三十人,发坛上石,尚书令藏玉牒毕,持礼覆石,尚书令缠以金绳,泥以金泥,四方各依其色。玄宗开元十三年封禅,幸东都,故杜牧《洛阳长句》云:'连昌绣岭离宫在,玉辇何时父老迎。'又云:'君王谦让泥金事,苍翠空高万岁山。'"既解了封禅古典,又以杜牧诗说明了今典之义。如王建《华清宫》(酒幔高楼一百家,宫前杨柳寺前花。内园分得温汤水,二月中旬已进瓜)注言:"唐置温汤监,监丞种瓜蔬,随时贡奉。瓜夏熟者,二月而进。盖讥明皇违时取物,求口体奇巧之奉,以悦妇人。杜牧《华清宫》:'一骑红尘妃子笑,无人知道荔枝来',亦讥以口腹劳人也。或问:'子说佳矣,奈二月非瓜时。'答曰:'惟骊山温汤地暖,可以人力为之。按卫宏《古文奇字》曰:'秦始皇密令人种瓜骊山硎谷中,实成,使人上书曰瓜冬有实,乃诏诸生往视,因坑之。然则温汤方冬已瓜矣,何待二月。'"其对二月有瓜一事,提出疑问,再据相关史料作出分析,论证合理,让人信服。

作为一个僧人,他还能于诗中涉佛之典别有深解,如李洞《送僧还南海》(春往海南边,秋闻半夜蝉。鲸吞洗钵水,犀触点灯船。岛屿分诸国,星河共一天。长安却回日,松偃旧房前),其解后二句言:"玄奘往西域,房前有松,其枝西偃。忽一日,枝东偃,弟子曰:'师归矣。'果然。"此解非熟悉佛典者不可,仅此可见出他释词训义的功底。又如解卢纶《酬李端病中见寄》"寂寞日长谁问疾"一语曰:"维摩居士疾,佛敕文殊问疾。"若非熟悉佛典者,对此语很难作如此联想。

第二,其注多能根据相关史料对诗之本事与背景加以笺释,他对单篇作品的作注,多是与诗人全集联系起来,解诗是建立在对诗人整个作品理解的基础上。如其解杜牧《江南春》言:"余观本集,此诗盖牧之赴宣州时纪道中所见景耳。"又如解析戴叔伦《湘南即事》(卢橘花开枫叶衰,出门何处望京师。沅湘日夜东流去,不为愁人住少时)言;"身不得去,故怨水之去,所以深伤己不能去也。盖叔伦事曹王于湖湘,故有是作。秦少游谪郴州有词云:'郴江幸自绕郴山,为谁流下潇湘去?'正用此意。"这种分析,也是建立在对戴叔伦生平与诗的整体了解的基础上。又,张籍《逢贾岛》(僧房逢着款冬花,出寺吟行日已斜。十二街中春雪遍,马蹄今去入谁家):"岛初为僧,名无本。此诗有僧房出寺之语,当是岛未加冠巾时作。""按张衡《四愁诗》序云:'效楚词以香草比君子,以雪霏水深比小人。'此诗用其体,以款冬花耐寒寂比岛,以春雪比小人,以日斜比时昏而伤己。与岛未知所托也。杜云:'风涛暮不稳,舍棹宿谁门?'此诗全用杜意。"他认为本诗主旨是表达贾岛怀才不遇的感恨,虽然对花与雪比喻意的解释稍显牵强,但对全诗分析是建立在对贾岛生平了解的基础上,将本诗写作时间定在贾岛释褐之前。这提升了理解本诗的精度。又如罗隐《偶兴》(逐队随行二十春,曲江池畔避车尘。如今赢得将衰老,闲看人间得意人),其解曰:

> 唐进士赐宴曲江杏园。隐屡举不第,故曰避车尘。此诗疑为白马之祸而作。史谓隐屡举不第,唐亡,依钱氏。李振亦屡举不第,及佐朱温篡唐,尽取名士杀之白马津,曰:"此辈清流,可投之浊流。"得意人盖指名士也。诗意谓当时曲江池畔,彼皆得意。我二十年避其车尘,岂料今日我以不第独存,乃及见其受祸也。第三句"赢得"二字殊有意焉。

这是一段误解,白马之祸时,罗隐已归越中多年,本诗应与此事无关,但注家这种解释仍有鉴赏功能,可以给读者提供一个欣赏作品的历史空间,也为本诗的主题提供了另一种解释。又如为解元稹《重赠商玲珑兼寄乐天》(休遣玲珑唱我辞,我辞多是寄君诗。明朝又向江头别,月落潮平是去时)引《脞说》云:"商玲珑为杭州歌者,乐天作郡日,赋歌与之。元微之在越,厚币邀至月余,使尽歌所唱之曲,作诗送行兼寄乐天。"则以一则可信的材料为读者鉴赏本诗提供了一段具体而生动的背景,引导读者进入具体的创作时空之中,对其中的人生感慨体会更深。又如刘禹锡《听旧宫人穆氏歌》(曾随织女渡天河,记得云间第一歌。休唱贞元供奉曲,当时朝士已无多)言:"梦得贞元时入仕,元和初谪,二十四年方归,故有是语也。"注家联系史籍中关于刘禹锡政治沉浮的叙述,将此诗置于唐和宗初年,可使读者对其中的政治感恨体会更深。又如关于杜牧《将赴吴兴登乐游原》(清时有味是无能,闲爱孤云静爱僧。欲把一麾江海去,乐游原上望昭陵)曰:"旧史云牧自负才略,兄惊隆盛于时,而牧居下位,心常不乐。望昭陵者,不得志于时而思明君之世,盖怨也。首言清时,反辞也。"本诗并未涉及杜牧与杜悰的关系,但是注家由这一背景来分析诗中的情感内容,具体说明了"望昭陵"一语中的含义。他往往根据诗意,对史料作出新的解释。如僧灵彻《答韦丹》(年老心闲无外事,麻衣草坐亦容身。相逢尽道休官去,林下何曾见一人)是一首有名的讥俗诗,韦丹是有名的良吏,史有定论。圆至却于诗末解曰:

> 丹镇江西,尝以诗寄彻云:"王事纷纷无暇日,浮生冉冉只如云。已为平子归休计,五老峰前必共君。"彻公此答盖讥其内怀禄外能言耳。后丹竟失位,以待辩忧死。

他将韦丹与灵彻酬唱诗与本诗联系起来,具体说明本诗立意的针对性。《新唐书·韦丹传》言:"有卒违令当死,释不诛,去,上书告丹不法,诏丹解官待辨。会卒,年五十八。验卒所告,皆不实,丹治状愈明。"本无待辩忧死之意,圆至稍加引申,强调其急于仕进之心,更加突出诗中的讽刺强度。又如司空图《修史亭》(乌纱巾上是青天,检束酬知四十年。谁料平生臂鹰手,挑灯自送佛前钱),其解言:

> 司空图《山居记》曰:"中条五莲峰颇然。会昌毁佛宫,因为我有。本名正宫谷,易之曰祯陵溪。乃刻大悲像,构亭其右曰拟纶,志其所著也。拟纶之右亭曰修史,勖所职也"。《北梦琐言》:"(司空)图为王文公凝所知,后分司,又为旧相

卢公所知。"诗意谓四十年中欲以功名答知己,天可质也。谁料豪侠之志无所施,遂灰心以修方外香火之事乎。

参照司空图相关作品,根据司空图生平史料,具体说明了"送佛钱"一事的诗意,详辨其中怀才不遇、壮志难酬的情思。又如其解元稹《寄乐天》"惟应鲍叔偏怜我,自保曾参不杀人"一语言:

> 管仲曰:生我者父母,知我者鲍叔。史谓稹与乐天友善,乐天尝上疏理之。
> 甘茂谓秦王曰:昔曾参有与同姓名者杀人,人告其母,母曰:吾子不杀人。有顷一人来,有顷又一人来,其母投杼而走。夫以曾参之贤,其母信之,然三人则母惧。今疑臣者非特三人,臣恐大王之投杼也。
> 微之长庆二年为相,时王庭凑围牛元翼于深州,稹以天子非次拔己,欲立功报上,有于方言于稹曰:有奇士王昭、王友明,尝客燕赵与贼党通,可以反间出元翼,稹然之。李赏知其谋,告裴度曰:于方为稹结客刺公,度隐而不发,及神策中尉奏于方之事,诏三司讯鞫,而害裴之事无验,稹与度遂俱罢,出稹为同州刺史。

此处也不仅只是解释了管鲍之交、曾母投杼两典,而且元、白在政治活动中的表现,说明元稹出典的用意,其解表明,圆至对元、白生平及作品是相当熟悉的。

第三,圆至常常于诗末除了作注之外,还对诗之主旨、立意及创意加以揭示、总结与分析,对诗之立意构思的特别之处着重加以说明并评述,如崔群《初入谏司喜家室至》(一旦悲欢见孟光,十年辛苦伴沧浪。不知笔砚缘封事,尚问佣书日几行)笺曰:

> 后魏蔡亮,家贫,佣书自给。诗意谓吾妻不知我今已有官,守言责,犹以贫贱时视我。盖群初为处士隐毗陵,韦夏卿以丘园茂异荐之,不报。至夏卿尹京,复荐,方拜拾遗、御史。此妻所以十年辛苦伴己于沧浪也。然群处士而以穷通为悲欢,才得一拾遗则对荆妻夸喜,情见于辞,夫岂真隐者邪!宜末路以反复贬死也。

圆至将本诗与唐书崔群本传事迹对照,详解佣书及沧浪之典的内含,又对诗中夸喜之情进行批评,指出其无真隐之心,其悲剧化的政治人生也是其性格使然。又如薛能《游嘉陵后溪》(山屐经过满径踪,隔溪遥见夕阳春。当时诸葛成何事,只合终身作卧龙),笺曰:

> 诸葛初隐草庐,徐庶谓之卧龙,后相蜀。(薛)能性傲诞,其《题筹笔驿》自注云:"余为蜀从事,常薄武侯非王佐才,故有是题。"此章意亦同,然能后镇彭门,广顺初军乱被杀,则武侯未可薄也。

圆至以薛能的政治与其诗意对照,说明诗家之语的偏狭与狂妄之处。如于卢纶《早春归盩厔寄耿沛李端》(野日初晴麦陇分,竹园村巷鹿成群。万家废井生新草,一树繁花对古坟。引水忽惊冰满涧,向田空见石和云。可怜荒岁青山下,惟有松枝好寄君)末言:"盖史思明吐蕃乱后之景也。"点明了卢诗的背景与主旨。有时在释典的同时,往往要交代诗人的特别用意。如杜荀鹤《春宫》(早被婵娟误,欲妆临镜慵。承恩不在貌,教妾若为容。风暖鸟声碎,日高花影重。年年越溪女,相忆采芙蓉),其注曰:"刘良曰:芙蓉,美花。思妇盛年采此,自伤也。"不仅引五臣注作解,而且点明其中的自伤之意。

他于注多引用相关诗句,通过比较说明作品的特色。如柳宗元《酬曹侍御过象县见寄》(破额山前碧玉流,骚人遥驻木兰舟。春风无限潇湘意,欲采苹花不自由)注解曰:"采苹花者,喻自献也。《左传》:'苹蘩蕰藻,可羞于王公。'盖曹在湖湘,暂过柳州象县。诗意谓欲自献于曹,怀意无限,而拘于罪不自由也。叶梦得词云'谁采苹花寄取?但目送兰舟客与',语意本此。"此则以叶梦得之词来印证自己的说法。又如卢纶《酬李端病中见寄》(野寺昏钟山正阴,乱藤高竹水声深。田夫就饷还依草,野雉惊飞不过林。齐沐暂思同静室,清羸已觉助禅心。寂寞日长谁问疾,料君惟取古方寻)其解云:"按李端诗云:'青青麦陇白云阴,古寺无人春草深。乳燕拾泥依古井,鸣鸠拂羽历花林。千年驳藓明山腹,万尺垂萝入水心。一卧漳滨今欲老,谁知才子忽相寻。'允言盖次其韵,但观李诗,则此章语意自见。"将卢所酬唱的李端原诗引出,更加清楚地表明了卢诗立意所在。

最后,需要强调的是,圆至注诗采取唐儒疏不破注的态度,充分尊重周弼原书,对疑异之事,详作辨析,但也不妄下结论,力求可信。但往往在讨论中,生发新意。如关于第一首诗的注解:

> 杜常,新旧史及唐诸家小说并无杜常姓名,惟《孙公谈圃》以杜常为宋人,《西清诗话》亦曰:士有才藻擅名而词不工者,有不以文艺称而语惊人者,如近传《华清宫》二绝乃杜常,《武昌阻风》乃方泽也。按二说,则杜常、方泽皆宋人。伯弜诗学传家,列之于唐必有据,更俟传闻者定之。

关于杜常是否是宋人的问题,他就相关文献提出疑异,并以为周弼或许有人们不知道的依据。又如其解钱起《归雁》一诗曰:"瑟中有《归雁操》。诗意谓潇湘佳景,水碧沙明,何事即回? 我瑟夜弹方怨,汝却飞来乎? 又一说以二十五弦弹夜月为湘妃鼓瑟。诗意谓潇湘佳境,雁不应回,乃湘瑟之怨不可留耳,此诗人托兴之言。其说亦通。"圆至自身是诗家,深通诗道,二说并举,给人们理解作品释放出新的空间。注家还善于发现问题,于疑异拓展欣赏空间。如解赵嘏《经汾阳旧宅》(门前不改旧山河,破房曾轻马伏波。今日独经歌舞地,古槐疏冷夕阳多)云:"张籍《法雄寺东楼》诗云:'汾阳旧宅今为寺,止有当时歌舞楼。四十年来车马路,古松深巷暮蝉愁',观此则宅已为寺矣。然所谓郭氏子孙富贵封爵至开成后犹不绝,则其宅不应在贞元、元和中已为寺也。然《郭晞传》云卢杞秉政,多论夺郭氏田宅,德宗稍闻,乃诏曰:'子仪有大勋,尝誓山河琢金石。自今有司毋得受。'按此诏虽禁有司论夺,未尝以已夺者还之也,岂宅为寺在此时乎? 夫以子仪之勋,肉未寒而不保其室,德宗待功臣何薄耶! 故此诗第一、第二句深致意焉。"通过详辨史料,加深了诗人感慨的现实感。又如关于张又新《三月五日泛长沙东湖》一诗(上巳余风景,芳辰集远坰。湖光迷翡翠,草色醉蜻蜓。鸟弄桐花日,鱼翻谷雨萍。从今留胜会,谁看画兰亭),其注曰:"《画记》有《兰亭修禊图》。按,本集此篇乃长律。盖伯弜撷而为此。既非警句,不知何以取也。"这原是一篇十二句的排律,中间还有二联:"彩舟浮泛荡,绣縠下娉婷。栖树回葱蒨,笙歌转杳冥。"周弼节选为五律,圆至认为所选并非警句,直言不明原因。这种质疑已表现出他是熟悉唐诗文献的学者,又是一个深通诗学的诗家。当然,也必须指出圆至注的问题也不少,总的说来,体例不一,前面七绝较详,后七律、五律较略;有些笺解也略显生硬牵强。唯因如此，才遭致清四库馆臣的指责与鄙视。

都穆《南濠诗话》是明初的书，其提及当时已流行《唐三体诗》异名本《碛砂唐诗》一书，表明至少在元末《碛砂唐诗》一书已开始流行。可以推想本书以此为名，既是要表明与碛砂寺这个刊印中心的关系，以示其版本来源之正规，以与坊俗之本划清界限，同时，也是表明对圆至注的珍重。本书在元明清三朝都比较流行。在圆至注被刊后五年，裴庚的增注本也出版了，增注本全部采用了圆至注，并依体例，新增了一些注。延至清康熙年间，盛传敏、王谦对圆至注再加笺释，并再次延用《碛砂唐诗》一名。盛于序中言："余有《碛砂唐诗》之嗜三十年矣。"（《唐诗选本六百种提要》，290页）这其中除了选家之功外，圆至之注也起到很大的作用，实际上，其注提供了一个解诗与赏诗的方法，自此之后，注唐诗者多取法于此。

在李攀龙《唐诗选》传入之前，周弼《唐三体诗》是日本流行最广的一部唐诗选本，这个现象的产生与五山禅林文化活动相关，五山僧人选读《唐三体诗》，是因为本书本身是元初寺僧文化的一部分。从这个意义看，圆至注《唐三体诗》与严羽作《沧浪诗话》一样，都体现了佛学对传统诗学发展的推进意义。至于《碛砂唐诗》一书的流行与碛砂寺刊印中心的关系，又反映了元明僧院文化对世俗文化的影响与作用。

观照：源于佛教的审美批评方式[*]

张海沙

暨南大学文学院

内容提要：观照是一个被广泛运用的批评方法，然而对于观照应该坚持的理论立场，一般运用者却概念模糊。本文对其佛学渊源及意蕴进行清理，提出观照的立场是充满智慧（出入内外）、超脱清静（出离主观立场）、周遍该罗（无等差拣择），认为观照的立场与审美批评的立场最为接近。

关键词：观照　佛教　智照　静照　圆照　审美

现代美学以及哲学甚至政治学、经济学、法学等领域的批评实践中，"观照"一词作为对于批评者主观认知立场的陈述被广泛地运用。[①] 而在批评实践中，批评者的立场与作为"观照"之批评应有的主观姿态有较大的差异。我们看到，批评者自身以及读者对于这种认知及批评立场概念是模糊的。运用"观照"这种方法，批评者处于何种逻辑立场、其认知心理过程有何特征、将会指涉批评对象的哪些属性以及由此而期待得出何种思维成果，这些问题是运用"观照"之方法应该明确而在批评实践中却未及明确的，由此引发了我们对于"观照"的研究兴趣。鉴于作为一种认知、考察事物方法的"观照"源于佛教，我们将在清理佛教中的"观照"之丰富内涵的基础上，阐释在古代及现当代诗学中有着广泛运用的"观照"一词之理论意义，并期待对于运用"观照"这一方法的批评提供批判的武器。

一、"观照"方法使用之佛经溯源

对于主体之外的人和事进行观察并且作出判断，即主观获得认知，这种方式当然自古存在于中华传统文化之中，先秦典籍亦有记载，而其语言表述为单一个"观"字。《论语》中有"子曰：父在观其志；父没观其行。三年无改于父之道，可谓孝矣"[②]。对于一个人，既观其志、亦观其行，则"观"既是外表的看，由此获得对于认识对象的表象反映，同时认知过程中有理性加入的分析判断，其心理过程经历了直觉、知觉与概念。庄子强调"观"之智能参与的立场，"观"并非只是感官"看"。"连叔曰：然瞽者无以与乎文章之观；聋者无以与乎钟鼓之声。岂唯形骸有聋盲哉，夫知亦有之。"[③] 庄子轻形而重智，以智慧主导的

---

[*] 本文为国家社科基金项目《唐宋诗学范畴之佛经溯源》研究成果，项目批准号11BZW041。

[①] 如：《在"思辨"与自然的现实观照之间——关于"自然辩证法"的思考》，载《北京科技大学学报（社会科学版）》2012年第2期；《法律生活的哲学观照：法哲学的智慧》，载《北方法学》2007年第2期；《十七大精神对德育的观照：德育的和谐》，载《现代哲学》2007年第6期；《欧洲中心主义观照下的19世纪〈论语〉英译》，载《山西农业大学学报（社会科学版）》2013年第2期等。

[②] 楼宇烈整理：《论语注》，中华书局1984年版，第11页。

[③] （晋）郭象注，（唐）成玄英疏：《庄子注疏》，中华书局2011年版，第16页。

观察，有不同平常的结果与判断，也就带来不同的主观态度。"是故大知观于远近，故小而不寡，大而不多，知量无穷。"① 庄子难得地指出了"观"有不同的立场。"北海若曰：以道观之，物无贵贱；以物观之，自贵而相贱；以俗观之，贵贱不在己；以差观之，因其所大而大之，则万物莫不大，因其所小而小之，则万物莫不小。"② 庄子指出了观之立场不同、方式不同，则结果与判断亦不同；然而相对主义的庄子却没有提出应坚守的立场。

作为具有缜密的思维体系又强调对于世界如实观察的佛教，其观察世界具有特定立场和方式，佛教以"观照"一词进行标示。玄奘所译佛教经典《大般若波罗蜜多经》中有"观照品"，佛教典籍多次提到有佛世界名曰观照，有佛名号为观照如来。"观照"这一认知世界的方式在佛教中有极为重要的地位和作用。佛教之智慧称为般若，般若有三。"般若亦三义，谓实相、观照、文字也。"③ 在三种智慧中，观照智慧既是对于实相的认知，也是文字的表达内容，它是人们最应该具备的智慧。"般若慧义，古释有三。一实相谓真理；二观照谓真慧；三文字谓真教。"④ "以三种般若为宗。一实相，谓所观真性；二观照，谓能观妙慧；三文字，谓诠上之教。不越此三故以为宗。"⑤

观照是认识实相的能力，是获得真理的智慧，佛教经典将它提到极高的地位："尔时世尊于毗沙门天王宫，说观自在菩萨往昔因缘：过去无量无边阿僧祇劫，有佛名观照观察如来，成佛道已，住二十七日说法。临涅盘时，有一天子名曰越那罗延力。尔时如来为彼说此青颈观自在菩萨心真言。时彼天子才闻，获得大悲三摩地，作是愿言：'所有一切众生，若有怖畏厄难，闻我名者皆得离苦解脱，速证无上正等菩提。宁一称观自在菩萨名字号，不称百千诸恒沙如来名。'"⑥ 欲脱离畏怖厄难获得无上菩提，观照观察观自在的作用不亚于如来。佛教经典中，对于观照的神奇作用屡有阐释。观照世界有观自在如来，授宝髻陀罗尼，有大威力，能降吉祥："阿难我闻帝释作是语已，即告之言：汝当勿怖，施汝拥护。天主过去劫时，有佛世界名曰观照，彼土有佛名观自在如来。彼佛授我宝髻陀罗尼，是陀罗尼一俱胝佛异口同说，有大威力能降吉祥。"⑦ 从愚昧的黑暗到觉悟的光明，观照具有决定之意义。"尔时妙吉祥童子，观察会中一切大众，于是妙吉祥童子，入观照三摩地。入此定已，从其脐轮出大光明。复有无数百千那由他俱胝光明以为眷属，普遍照耀一切众生界及净光天。"⑧

观照作为一种观察方法，异于常人之见。"众生起见凡有二种：一者常见、二者断见。如是二见不名中道，无常无断乃名中道。无常无断即是观照十二因缘智。"所谓常见即常人之见，执着于身心常住不灭的见解，这是对于事物的表象（甚至假象）之见。而断见则是断灭之见，不见因果与轮回，不见事物的本质与联系。常见与断见均为边见。观照异于此二

---

① （晋）郭象注，（唐）成玄英疏：《庄子注疏》，中华书局2011年版，第308～309页。
② （晋）郭象注，（唐）成玄英疏：《庄子注疏》，中华书局2011年版，第313页。
③ 《金刚经纂要刊定记》卷一，《大正新修大藏经》卷三十三，台北财团法人佛陀教育基金会1994年版，第170页。
④ 《般若波罗蜜多心经幽赞》卷上，《大正新修大藏经》卷三十三，台北财团法人佛陀教育基金会1994年版，第524页。
⑤ 《般若波罗密多心经略疏》，《大正新修大藏经》卷三十三，台北财团法人佛陀教育基金会1994年版，第552页。
⑥ 《青颈观自在菩萨心陀罗尼经》，《大正新修大藏经》卷二十，台北财团法人佛陀教育基金会1994年版，第489页。
⑦ 《佛说消除一切灾障宝髻陀罗尼经》，《大正新修大藏经》卷二十一，台北财团法人佛陀教育基金会1994年版，第916页。
⑧ 《大方广菩萨藏文殊师利根本仪轨经》卷四，《大正新修大藏经》卷二十，台北财团法人佛陀教育基金会1994年版，第848页。

种,是有智慧的理事俱见。佛教在严密的辨析之下,推出了智慧观照的方法。

以下这段经文对于观照的各层含蕴作出了叙述。"佛告金刚密菩萨摩诃萨,说此金刚尊悉地印契及密言字,住大寂静、远离一切心(即超脱的观照),于月爱三昧白毫轮中(即智慧的观照),次第观照分明普现(即圆满的观照,本文作者注)。一切如来金刚大摩尼如意之宝,同一法性一真法界一味如如。不来不去无相无为,清净法身照圆寂海。"① 观照一词是指以智慧照见万物。观为观察,而佛教之所以加之以"照",即是以佛教智慧遍及万物,是透彻(内外无碍、显现本质)之照,是超脱(无有利益、无有好恶)之照,是普遍(遍及万物、无有分别)之照。

二、"观照":以智慧观察世界的方法

观照是认知世界的方法,佛教的方法是为领悟佛教智慧、认识世界真相而设的。对于世界的认知目的是为认识真理,这个层面上方法可称为方便,设置方便的目的是对于世界的本质领悟。观照作为一种获得对于世界真实认知的方法,它的目标与过程必须置于智慧指引之下。佛教以为任何一种方法都是一种智慧的方便。"云何菩萨摩诃萨修行出世方便智慧?若菩萨修静虑时,于诸有情起慈悲心,名为方便;观法寂灭,是名智慧。复次,修静虑时归依于佛,是名方便;了无取着,是名智慧。求一切法,是名方便;了法性空,是名智慧。观佛色身,是名方便;观佛身空,是名智慧。观佛梵音,是名方便;了无言说,是名智慧。若正观时,是名方便;观照亦空,是名智慧。"②

佛教所说的智慧是大智慧,即能认识万物本质空的智慧,特称为般若。本文是在真俗二谛层面讨论智慧,则我们所说的在认知方面的智慧是能使我们深入表象认识到事物的某种本质特征的能力,是智慧也是方便,也是观照中的真俗双照。

佛教对于以智慧进行观照的强调,能使我们认识到观照中智慧的作用。"比丘复白佛言:世尊,云何五根?佛言:所谓信根、进根、念根、定根、慧根。……云何慧根,谓于定中,观照一切,通达无碍,是名慧根。"③

尽管观照的对象多为具象性,佛教为观照设定了理性的目标,即观照获得的认知非仅是表象的反映而有理性的判断,或者可以表述为虽不离表象而又出离于表象。"彼色受想行识等,菩萨观照悉无常。各各现行而不知,非法非生智者见。无色无受想行识,是法无得复无生。了知一切法皆空,是名最上般若行。"④"说此心明时,出现一切如来,皆如观自在相手持莲花,咸依观自在菩萨本曼拏罗仪安住。是时观自在菩萨,即入观照诸法智自在印三摩地。"⑤ 色受想行识是佛教所归纳的五蕴,包括了客观事物和主体感知及主体思想行为,将一切置于观照之下,照见一切皆空。这是最上般若。佛教观照智慧在认识上表现为内外无

---

① 《金刚顶经毘卢遮那一百八尊法身契印》,《大正新修大藏经》,台北财团法人佛陀教育基金会1994年版,第335页。
② 《大乘理趣六波罗蜜多经》卷九,《大正新修大藏经》,台北财团法人佛陀教育基金会1994年版,第906页。
③ 《佛说法乘义决定经》卷中,《大正新修大藏经》,台北财团法人佛陀教育基金会1994年版,第656~657页。
④ 《佛说佛母宝德藏般若波罗蜜经》卷上,《大正新修大藏经》,台北财团法人佛陀教育基金会1994年版,第678页。
⑤ 《佛说最上根本大乐金刚不空三昧大教王经》卷二,《大正新修大藏经》,台北财团法人佛陀教育基金会1994年版,第791页。

碍、显现本质。

佛教经典中对于观照智慧的弘发，主要表现为在超脱了具体观照者立场的基础上，提出并解决了认知过程中几对范畴的辩证关系：观照对象表象（包括假象）与实质的关系、观照者与观照行为的关系、观照者与观照对象的关系、观照者自身感性与理性的关系等。与儒家、道家之"观"不同，佛教之"观照"智慧表现在，在观照对象表象与实质的关系之中，重视假象对于实质的蒙蔽；观照对象值得关注的除其空虚本质外，还有其因果与因缘关系；观照者既可以是观照者同时又可以是被观照对象，而作为破除"我"执的途径，照见我性为空更为重要；观照者所获取的直觉、知觉与概念还须置于观照之下。

佛教智慧是为觉悟，达到认识到本际空、心无所依的境界。在这一过程中，佛教的认识方法不仅指导我们逐步认识事物的本质，而且将事物及其联系、将自我及其所获得的认知全置于观照之下："发菩提心，观照五蕴眼界色界乃至识界，十二因缘自性空寂。离我我相离有情相，离受者相离一切相。何以故？法自本来性自寂静，无我无作无自无他，离诸蕴界，是蕴入界真实观察。不可得故，无自识故，不可执受。是所执受亦不可得。何以故？一切法本无色无形离诸染着。心不住内外不在两间，内外两间亦不可得，本自清净平等无二，舍无我心主自在觉心本不生。"① 这是较之"观"更高层次的认知智慧。

庄子亦曾强调智慧的观察，但庄子智慧观察的主观目的与立场不明确，观察的对象有局限，因而作为一种方式既不太好把握又有明显的限域。佛教的观照智慧目的为认识世界的空虚本质，而且这种认识不是一蹴而就，而是有一个逐渐加深认识的过程。"慧者闻已持深义，于诸文句无妄执。常随理趣而观照，增长妙智量无边。无边妙智无边义，第一义解谅难思。"② 智慧无量，仍可逐步增长。增长智慧，即认识加深，是逐渐深入认识事物各种本质属性与特征以及事物相互的因果、生息变化的过程，并纳入认识者作为认知对象。

观照智慧着重在对对象的深层认识，增强了感性诗人理性的力量。李华《衢州龙兴寺故律师体公碑》强调观照的深入。"于辨才得自在，于文义得解脱，于人法得无我，于观照得甚深。"③ 观照的方法突出主体认识世界时把握世界本质的能力，这种认识不是照镜子似的反射，而是对于客体的表象与本质、现状与因果有全面的考察。这种把握对于文人而言，能使感性的文人在领悟世界时获得理性的指导，使得其诗歌创作更深地触摸到世界的深层次。

主体精神突出的李白把握了观照智慧。《与元丹丘方城寺谈玄作》："茫茫大梦中，唯我独先觉。腾转风火来，假合作容貌。灭除昏疑尽，领略入精要。澄虑观此身，因得通寂照。朗悟前后际，始知金仙妙。幸逢禅居人，酌玉坐相召。彼我俱若丧，云山岂殊调。清风生虚空，明月见谈笑。怡然青莲宫，永愿恣游眺。"④ 李白以为，世人皆在梦中，他却有醒悟。他所观照到的是人生前后的因缘，是纷纭复杂的人生中的终极真理。这增添了飘逸的李白诗歌的厚重。

不以常见看待事物，而是以智慧的眼光穿透事物，深入佛教的王维已经具备观照智慧。他有一首诗被认为写得抽象，实际上王维很想以诗歌的形式写出他的观照心得。《胡居士卧

---

① 《不空胃索神变真言经》，《大正新修大藏经》第20册，台北财团法人佛陀教育基金会1994年版，第906页。
② 《大宝积经》卷五十三，《大正新修大藏经》卷十一，台北财团法人佛陀教育基金会1994年版，第315页。
③ （唐）李华：《李遐叔文集》卷四，文津阁《四库全书》第358册，商务印书馆2005年版，第143页。
④ （唐）李白撰：《李太白全集》卷二十三，中华书局1977年版，第1059页。

病遗米因赠》:"了观四大因,根性何所有。妄计苟不生,是身孰休咎。色声何谓客,阴界复谁守。徒言莲花目,岂恶杨枝肘。既饱香积饭,不醉声闻酒。有无断常见,生灭幻梦受。即病即实相,趋空定狂走。无有一法真,无有一法垢。"① 胡居士卧病,王维不仅赠米亦且赠诗,让病中的胡居士得到物质馈赠的同时也得到精神的启迪。诗歌一开篇就明示诗人透彻观照的立场,观生命的因缘和虚幻。欲求解脱的王维多次写到自己观照人生:"虽方丈盈前而蔬食菜羹,虽高门甲第而毕竟空寂。人莫不相爱而观身如聚沫,人莫不自厚而视财若浮云。"② 由于观照到了四大皆空的因缘,对于有无生灭当然就有不同常见的看法。王维亦以观照方式观世如《登辨觉寺》:"竹径从初地,莲峰出化城。窗中三楚尽,林上九江平。软草承趺坐,长松响梵声。空居法云外,观世得无生。"③ 王维以智慧观照自然,如《积雨辋川庄作》:"积雨空林烟火迟,蒸藜炊黍饷东菑。漠漠水田飞白鹭,阴阴夏木啭黄鹂。山中习静观朝槿,松下清斋折露葵。野老与人争席罢,海鸥何事更相疑。"④ 以观照智慧看取万物,王维的诗歌具有深趣。

杜甫用观照看人生,获得从儒家思想中不可能得到的启示。《谒真谛寺禅师》:"兰若高山处,烟霞嶂几重。冻泉依细石,晴雪落长松。问法看诗妄,观身向酒慵。未能割妻子,卜宅近前峰。"⑤ 儒家思想为主导的杜甫此诗观身的方式是以佛教智能进行观照。也正是智慧的指引,让杜甫对于平日注重的诗酒觉得虚妄。杜甫对于佛教的观照方法曾有意识地学习。《别李秘书始兴寺所居》:"不见秘书心若失,及见秘书失心疾。安为动主理信然,我独觉子神充实。重闻西方止观经,老身古寺风冷冷。妻儿待来且归去,他日杖藜来细听。"⑥ 诗中写到"重闻西方止观经",杜甫对于佛教的止观法屡有接触,这使得儒家思想为主导而屡遭现实打击的杜甫亦有超世的情怀,使得杜甫的诗歌表现出沉郁顿挫的整体风格。

智慧指引下观照,与一般的观察、观看的区别,除逐步深入事物的本质,还体现在见与不见、观照者与被观照者的辩证关系中。"如是自性无生无灭无染无净,菩萨摩诃萨如是修行般若波罗蜜多。不见生、不见灭、不见染、不见净。何以故?但假立客名,分别于法,而起分别。假立客名,随起言说,如如言说。如是如是,生起执着。菩萨摩诃萨修行般若波罗蜜多时,于如是等一切不见,由不见故不生执着。"⑦ 这种观察是见是感知;而又不是见,因为感知中有假名幻象,须以智慧识破其假幻;而所得之识见亦为空幻,不能执着。事物的表象与分别,是妄相与假名;事物的本质是空,本质空是无法分析的;观照者与被观照者有着空性的同一,置于观照之下,显现出同一本质。既不拘于事物的本质,更不会拘于表象;既不拘于观照对象,亦不拘于观照自身。以智慧进行的观照,是心灵生发出来的观照,是如如本来的观照。"凡有作有证,名有相大乘;无作无证,名无相大乘。体相融一真味也。涉入无阂,因中说果,果中说因,此文殊道引之智。殺羊有角,能破金刚,不破如如之相。

---

① (唐)王维撰,(清)赵殿成笺注:《王右丞集笺注》卷之三,上海古籍出版社1984年版,第30页。
② (唐)王维撰,(清)赵殿成笺注:《王右丞集笺注》卷之十八,上海古籍出版社1984年版,第332页。
③ (唐)王维撰,(清)赵殿成笺注:《王右丞集笺注》卷之八,上海古籍出版社1984年版,第150~151页。
④ (唐)王维撰,(清)赵殿成笺注:《王右丞集笺注》卷之十,上海古籍出版社1984年版,第187页。
⑤ (唐)杜甫撰,(清)钱谦益注:《钱注杜诗》卷十六,上海古籍出版社1979年版,第577页。
⑥ (唐)杜甫撰,(清)钱谦益注:《钱注杜诗》卷七,上海古籍出版社1979年版,第233页。
⑦ 大藏经刊行会编:《No. 0220. 大般若波罗蜜多经》卷四二〇,《大正新修大藏经·第七卷·般若部三》,台北财团法人佛陀教育基金会1994年版,第11页。

我于观照权实，皆如如从心上变起。离心无物，离物无心。"① 看空一切的智慧是无所得之智慧。

深入佛道以东坡居士自称的苏轼，对于佛教观照的方法有深层的把握。他看待自然界别具只眼，所接受的不仅是山清水秀、花红柳绿的表象，而是可以由表及里的感受、由现在而及于过去和未来的感受、由自然而到人生的感受，也是有而空的感受。《吉祥寺僧求阁名》："过眼荣枯电与风，久长那得似花红。上人宴坐观空阁，观色观空色即空。"② 荣时见枯、红时见凋、色中见空。《过广爱寺见三学演师观杨惠之塑宝山朱瑶画文殊普贤三首》（之二）："妙迹苦难寻，兹山见几层。乱峰螺髻出，绝矿阵云崩。措意元同画，观空欲问僧。莫交林下意，终老叹何曾。"③《涵虚亭》一诗，诗人得以在山中寻妙迹、山中得画意、山中仍观空。"水轩花榭两争妍，秋月春风各自偏。唯有此亭无一物，坐观万景得天全。"④ 苏轼的诗歌之所以充满了理趣，就是因为他将观空与观色辩证地结合起来了。观照的方法既可以看取自然亦可以看取自身，所谓看取自身，就是将观照者置于观照之下。《西斋》："西斋深且明，中有六尺床。病夫朝睡足，危坐觉日长。昏昏既非醉，踽踽亦非狂。褰衣竹风下，穆然濯微凉。起行西园中，草木含幽香。榴花开一枝，桑枣沃以光。鸣鸠得美荫，困立忘飞翔。黄鸟亦自喜，新音变圆吭。杖藜观物化，亦以观我生。万物各得时，我生日皇皇。"⑤ 观物与观自身结合，就是将观照者与被观照者同置于智慧的观照之下，于是观照者自身的特点包括其弱点更能彰显。《安国寺浴》："老来百事懒，身垢犹念浴。衰发不到耳，尚烦月一沐。山城足薪炭，烟雾蒙汤谷。尘垢能几何，翛然脱羁梏。披衣坐小阁，散发临修竹。心困万缘空，身安一床足。岂惟忘净秽，兼以洗荣辱。默归无多谈，此理观要熟。"⑥

苏轼强调对于人生一定要观之以理，最高境界是闭眼观。《次韵王廷老退居见寄二首》："浪蕊浮花不辨春，归来方识岁寒人。回头自笑风波地，闭眼聊观梦幻身。北牖已安陶令榻，西风还避庾公尘。更搔短发东南望，试问今谁裹旧巾。"⑦ 所谓闭眼观则是将见与不见的辩证关系推到极致，是对于智能观照的除眼识的加入以外其它各识（眼耳鼻舌身意）加入的强调。《王巩清虚堂》："清虚堂里王居士，闭眼观身如止水。水中照见万象空，敢问堂中谁隐几。吴兴太守老且病，堆案满前长渴睡。愿君勿笑反自观，梦幻去来殊未已。"⑧ 苏轼在《大别方丈铭》里将不以目观照的意思表现得更加明确："闭目而视，目之所见冥冥蒙蒙；掩耳而听，耳之所闻隐隐隆隆。耳目虽废，见闻不断，以摇其中。孰能开目而未尝视如鉴写容，孰能倾耳而未尝听如穴受风。不视而见，不听而闻。根在尘空，湛然虚明。遍照十方，地狱天宫。"⑨

以观照看人生破除烦恼，这是佛教的真实目的，也是观照智慧的目标。"尔时菩萨，依前观照而白佛言：我今已见。佛言：云何为见？菩萨答言：见满月中五股金刚，一切烦恼悉

---

① （唐）顾况：《广陵白沙大云寺碑》，《华阳集》卷下，文津阁《四库全书》第358册，商务印书馆2005年版，第183页。
② （宋）苏轼撰，李之亮笺注：《苏轼文集编年笺注》（第11册），巴蜀书社2011年版，第43页。
③ （宋）苏轼撰，李之亮笺注：《苏轼文集编年笺注》（第11册），巴蜀书社2011年版，第74页。
④ （宋）苏轼撰，李之亮笺注：《苏轼文集编年笺注》（第11册），巴蜀书社2011年版，第123页。
⑤ （宋）苏轼撰，李之亮笺注：《苏轼文集编年笺注》（第11册），巴蜀书社2011年版，第115页。
⑥ （宋）苏轼撰，李之亮笺注：《苏轼文集编年笺注》（第11册），巴蜀书社2011年版，第205页。
⑦ （宋）苏轼撰，李之亮笺注：《苏轼文集编年笺注》（第11册），巴蜀书社2011年版，第178页。
⑧ （宋）苏轼撰，李之亮笺注：《苏轼文集编年笺注》（第11册），巴蜀书社2011年版，第190页。
⑨ （宋）苏轼撰，李之亮笺注：《苏轼文集编年笺注》（第3册），巴蜀书社2011年版，第125页。

皆摧碎。如销黄金，其色焕然。如此智慧最为第一。即是诸佛不生不灭金刚之身。"① 智慧的目的是为消除烦恼。

观照对于认识人生之苦，并获得解脱的作用，唐宋文人认识得很透彻。"身从造化而有不可尽如意事，从因缘而亦有不可尽如意，遇乐贪乐遂荒于乐，遇苦患苦重增于苦。观照裁处，名具足智。"② 人生从造化、从因缘，不如意事难免，应以智慧观照裁处。"自为观照总持辞：事往终空，如云如风；事来不绝，如日如月。摄念神凝，久习而成。触境情起，实时而止。不可殚言，自当求理。"③ 观照可知事物的来去因缘，止息自身的情感波涛。

苏轼屡受贬谪，历经坎坷，其人生路有佛教观照智慧指引，即使面临生离死别亦洒脱旷达。"某垂老投荒，无复生还之望，昨已与长子迈诀，已处置后事矣。今到海南，首当作棺，次便作墓。仍留手疏与诸子，死则葬于海外，庶几延陵季子嬴博之义，父既可施之子，子独不可施之父乎？生不挈棺，死不扶柩。此亦东坡之家风也。此外宴坐寂照而已。"④ 老临绝地、终无生还，此种处境之下，处置后事之后便是宴坐寂照，或者我们可以说是因为有宴坐寂照才能如此从容处置后事。苏轼有《送春》诗，诗歌写出观照之下，万事顿脱。"梦里青春可得追，欲将诗句绊余晖。酒阑病客惟思睡，蜜熟黄蜂亦懒飞。芍药樱桃俱扫地，鬓丝禅榻两忘机。凭君借取法界观，一洗人间万事非。"⑤ 苏轼的弟弟苏辙亦以观照之方法排解罹患忧思。"予自十年来，于佛法中渐有所悟，经历忧患，皆世所希有。而真心不乱，每得安乐。崇宁癸未，自许迁蔡杜门幽坐，取《楞严经》翻覆熟读，乃知诸佛涅盘正路，从六根入，每跌坐燕安，觉外尘引起六根，根若随去，即堕生死道中。根若不随，返流全一，中中流入，即是涅盘真际。观照既久，如净玻璃内含宝月。稽首十方三世一切佛菩萨罗汉僧，慈悲哀愍，惠我无生法忍，无漏胜果，誓愿心心护持，勿令退失。三月二十五日志。"⑥

宋人张守曾简明扼要地阐明观照智慧于人生的作用："定力坚决，故不退转。慧观照了，故不疑悔。古人用能成办大事，况世间法乎。至于死生去来，殆犹戏事耳。"⑦ 实际上，观照之方法，唐宋文人在诸多领域多有运用；观照之智慧曾给予唐宋文人诸多启迪。我们今天开启心智，亦可从中得到借鉴。

三、观照：超脱清净、出离主观、超然物外

实际中的观照都是以个体身份进行，个体主观的立场，即个人自身利益、自身社会位置、自身社会理想包括个人胸襟见识、抱负志趣，甚至修养习惯等都会影响到观察及思维的结果。入世的儒家重视个体的"观"，且对于"观"有明确的现实目标。"子曰：小子何莫

---

① 《诸佛境界摄真实经》，《大正新修大藏经》卷十八，台北财团法人佛陀教育基金会1994年版，第274页。
② （宋）晁迥：《新新理说序》，《昭德新编》卷上，文津阁《四库全书》第二八〇册，商务印书馆2005年版，第519页。
③ （宋）晁迥：《自为观照总持辞》，《昭德新编》卷下，文津阁《四库全书》第二八〇册，商务印书馆2005年版，第522页。
④ （宋）苏轼撰，李之亮笺注：《苏轼文集编年笺注》（第7册），巴蜀书社2011年版，第403页。
⑤ （宋）苏轼撰，李之亮笺注：《苏轼文集编年笺注》（第11册），巴蜀书社2011年版，第114页。
⑥ （宋）苏辙撰，曾枣庄、马德富校点：《栾城集·后集》卷二十一《书楞严经后》，上海古籍出版社1987年版，第1405页。
⑦ （宋）张守：《跋赵表之所藏江氏民表帖》，《陵集》卷十一，文津阁《四库全书》第376册，商务印书馆2005年版，第903页。

学夫诗。诗可以兴,可以观,可以群,可以怨。迩之事父,远之事君。多识于鸟兽草木之名。"在共同维护现实秩序、大家处于现实共同体这一理念的指导下,儒家假设的观察立场是无差别的,无观察个体之间的差别,无个体时空与心理差别。这也基于儒家对于人性趋同的判断。道家讨论以智慧观物时,的确有对于观察者持不同立场并由此所获得不同结果的描述。但是,道家的智慧是一种相对的智慧,道家的相对主义失去了对于特定立场的坚持。

佛教强调的观照立场是,在观照之时,须远离一切尘世的利益与主观特定的立场,并且出离于主观的爱憎与好恶,这样才能见到事物的本来面目与本质特征。在这一层面上,佛教的观照又可称为"静照""寂照"。"观照世间运慈心,清净满月虚空中"。远离一切心,立场离我,心不住内外,无爱憎取舍。没有主观爱憎取舍当然能更显示事物的本来面目。"清净佛言:明,谓:天眼明、宿命明、漏尽明;行足者,为如来身、口、意业,善修满足,正真清净。如有大衣钵等,自在观照而无爱着,于自愿力一切之行,修令满足,号明行足。"① "菩提者无出无入,由如是故我成正觉,平等观照。如来无此无彼,一切法离彼此故。"② "诸佛所观照,令一切有情,皆得大自在。菩萨摩诃萨,以大智悲愍,自在度众生,现作自在相。左手持妙莲,右手开莲叶,观照于自性,住此三摩地。犹众妙色莲,自性无诸染。无染清净故,不着诸烦恼。"③

清净观照的立场是佛教独特的理论出发点。摆脱利益和自身立场的局限,更能认清事物的本质与真相,一如佛教所推崇的那样,达到如实观察的状态。泯灭观照个体的差别,将观照者作为无差别的类的存在,在观照中获得普遍智慧,众生即如来,如来即众生。这是佛教最理想的境界。"令诸众生了知一切,虚妄分别诸所取着,而悉不起,普令众生如实伺察。如来以善方便说譬喻法,令诸众生于彼诸漏不实法中如实知已。于一切法无少法可取,于诸取着而悉寂止。舍利子,如来了知一切众生诸漏所集、诸漏灭法、诸漏向灭之道。如来如实知已,随其所应为说法要。诸住信菩萨,于佛如来漏尽作证智力,闻已净信。超越分别离诸疑惑,乃至发希有想。舍利子,如是如来十种智力,如来以具十智力故了知胜处。于天人世间能师子吼,转妙梵轮,所有一切天人魔梵悉不能转,无与如来同其法者。诸住信菩萨,于佛如来不可思议最胜智力,应当净信。超越分别、离诸疑惑,后复生起身喜心喜适悦之相,发希有想。"④ 如来的说法对象是无分别的诸众生,诸众生也通过闻法觉悟,达到超脱清净、超越分别的境界。如来佛具有无上智力,而且如来佛已经断了世间一切的习气达到解脱。无有烦恼、脱离因缘、一切尘雾不染,犹如虚空清净澄莹,这样才可以如实观察。摆脱的是个人利益喜好的愚昧有漏种子,发起清净智慧。

静观与寂观的无主观立场之立场强调,与审美距离说有极为相似的心理机制。美学家朱光潜曾为我们介绍英国心理学家布洛(Bullough)的心理距离说,并形成审美距离说。他以海雾为例。海上遇雾,作为航行者从安全的角度看,可能视之为灾难而使人心焦气闷;若离开航程与安全的考虑,海雾是一种绝美的风景,是极愉快的经验。海雾如果是实用世界的一

---

① 《佛说十号经》,《大正新修大藏经》卷十七,台北财团法人佛陀教育基金会 1994 年版,第 720 页。
② 《大乘菩萨藏正法经》卷十四,《大正新修大藏经》卷十一,台北财团法人佛陀教育基金会 1994 年版,第 812 页。
③ 《佛说最上根本大乐金刚不空三昧大教王经》卷第五,《大正新修大藏经》卷八,台北财团法人佛陀教育基金会 1994 年版,第 808 页。
④ 《大乘菩萨藏正法经》卷十二,《大正新修大藏经》卷十一,台北财团法人佛陀教育基金会 1994 年版,第 809 页。

片段，它和你的知觉、情感、希望以及一切实际生活需要都连瓜带葛地固结在一起。若把海雾摆在实用世界，它是恐怖的；若把海雾摆在审美角度，则是令人愉悦的。"在美感经验中，我们所对付的也还是这个世界，不过自己跳脱实用的圈套，把世界摆在一种距离以外去看。"① 所谓心理距离或审美距离，就是脱离现实利益、现实目标的立场，也就是静观的态度。

　　静观与诗歌创作的关系，苏轼以诗进行了阐述。《送参寥师》"上人学苦空，百念已灰冷。剑头唯一吷，焦谷无新颖。胡为逐吾辈，文字争蔚炳。新诗如玉雪，出语便清警。退之论草书，万事未尝屏。忧愁不平气，一寓笔所骋。颇怪浮屠人，视身如丘井。颓然寄淡泊，谁与发豪猛。细思乃不然，真巧非幻影。欲令诗语妙，无厌空且静。静故了群动，空故纳万境。阅世走人间，观身卧云岭。咸酸杂众好，中有至味永。诗法不相妨，此语当更请。"② 苏轼的这首诗为人们所熟知，也被广泛征引，空与静对于诗歌创作的意义也得到普遍的认同。苏轼还特别以韩愈与僧人相比较：百念灰冷的上人，出语清警；韩愈却将忧愁的万事寓于笔端。至味则在于淡泊之中。空且静，就是指的观照立场，"了群动"与"纳万境"就是诗人的观照结果。这里的静是无主观爱憎，这里的空是无主观先入之见。

　　唐宋时期，有许多寺院以静照命名，其意在于推崇一种无主观立场的观照方法，以及达到静寂心境的目标。身处寺院原本尘缘极深，即个体意识极强的文人有了超脱的愿望，在超脱之中，升腾出诗意。诗僧齐己游岳麓，得静照。《暮游岳麓寺》："寺楼高出碧崖棱，城里谁知在上层。初雪洒来乔木暝，远禽飞过大江澄。闲消不睡怜长夜，静照无言谢一灯。回首何边是空地，四村桑麦遍丘陵。"③ 岳麓寺高出城市甚至高出碧崖，一盏佛灯让人获得静照，于是回首四村，空地桑麦有分别。

　　寺院静照堂落成，往往请文人题字赋诗，由此弘发佛法，也因此而提升了文人境界。苏轼为秀洲僧做成静照堂赋诗，诗中对于静照，即无主观立场的方法有深切的体悟："鸟囚不忘飞，马系常念驰。静中不自胜，不若听所之。君看厌事人，无事乃更悲。贫贱苦形劳，富贵嗟神疲。作堂名静照，此语子谓谁。江湖隐沦士，岂无适时资。老死不自惜，扁舟自娱嬉。从之恐莫见，况肯从我为。"④ 诗歌对于鸟飞与鸟囚、马系与马驰、厌事与无事等状态提出听之从之。所谓静，并非强制地压抑，而是不加主观意志。不加主观意志，即是随缘。以随缘处世，穷达无悲喜。《寒食与器之游南塔寺寂照堂》："城南钟鼓斗清新，端为投荒洗瘴尘。总是镜空堂上客，谁为寂照境中人。红英扫地风惊晓，绿叶成阴雨洗春。记取明年作寒食，杏花曾与此翁邻。"⑤ 城南的一片红英绿叶中，寂照，给万里投荒的苏轼审美心情。黄庭坚为潭府来客替明因寺僧做静照堂求其诗而作律诗，诗歌如此理解静照堂僧人之心境："客从潭府渡河梁，籍甚传夸静照堂。正苦穷年对尘土，坐令合眼梦湖湘。市门晓日鱼虾白，邻舍秋风橘柚黄。去马来舟争岁月，老僧元不下胡床。"⑥ 在一片鱼虾白、橘柚黄及去马来舟争岁月的喧嚣之中，老僧不下胡床，没有竞逐也没有刻意的回避，只是主观不起

---

① 朱光潜著：《文艺心理学》，复旦大学出版社2005年版，第12页。
② （宋）苏轼撰，李之亮笺注：《苏轼文集编年笺注》（第11册），巴蜀书社2011年版，第177页。
③ （唐）释齐己撰：《白莲集》卷八，文津阁《四库全书》第362册，商务印书馆2005年版，第352页。
④ （宋）苏轼撰，李之亮笺注：《苏轼文集编年笺注》（第11册），巴蜀书社2011年版，第25页。
⑤ （宋）苏轼撰，李之亮笺注：《苏轼文集编年笺注》（第11册），巴蜀书社2011年版，第471页。
⑥ （宋）黄庭坚：《客自潭府来称明因寺僧作静照堂求予作》，《山谷集·外集》卷十四，文津阁《四库全书》第372册，商务印书馆2005年版，第336页。

念想。

宋代文人留下许多题静照堂的诗歌，这些诗歌表达了诗人对于静照的心得。《静照庵》："扰扰百年何可为，正应静处得忘机。心猿不动无余境，照见人间是与非。"① 人间有是非，静照无分别。《题招提院静照堂》："身虽在城邑，趣不落人间。门外尘埃满，庭中日月闲。潮随朝梵响，雨入定衣斑。几欲携笻去，松阴一叩关。"② 静照，即是超脱尘世。当然，超脱的只是尘事，获得的是精神愉悦。《题招提院静照堂》："招提去山远，还似在山家。晚日唯归鸟，春风自落花。空谈销剑火，醉墨洒天葩。更欲拏舟去，清溪月正华。"静照，似出似处。③《静照堂》："任公蹲会稽，海上得招提。净观堂新构，幽寻客屡携。飞檐出风雨，洒翰落虹霓。投老黄尘陌，东看路恐迷。"④ 静照，孕育着一片璀璨。

寂照之中，心静境静，排除主观意识的提早介入，诗人可以获得对于自然和人生的新的感悟，这样，对于诗歌创作具有积极意义。《题玉潭》："碧玉徒强名，冰壶难比德。唯当寂照心，可并蠡沧色。"⑤ 唐人已经感觉到寂照之心与诗境的相通，宋人明确地指出了这种意义，并且由此赋予诗歌新意。《游南山宿盘龙寺》："盘龙得山名，寺占山之下。老师草庵居，后嗣广精舍。禅流日益盛，寂照腾诗价。我来诲其徒，竞以相夸诧。"⑥ 这首诗指出在当时禅流之中，以寂照写诗而提高诗之地位，甚至当进士及第历官龙图阁直学士、参知政事赵抃来到寺庙时，僧人还以此夸耀。

禅流的创意，在静照之中与诗人的求新相沟通。《颂寄实师顺师》："传闻二禅伯，共是一家风。悟处头头悟，通时事事通。西堂入妙用，寂照舍真空。更有青青竹，菩提法眼中。"⑦ 文彦博于宋仁宗时拜同中书门下平章事集贤殿大学士，这首诗表现了具宰相之才的他对于僧人寂照的领悟。《独坐》："长江酿碧山滴蓝，书堂枕北户启南。无人与言略为二，邀月对影聊成三。澄清万虑了无据，渔猎百氏几如贪。观兰玩石亦何好，平生嗜好有所耽。沈烟纷郁醒宿醉，松风清越供幽谈。反观静照默有契，森然众理俱包涵。羁穷纷纷叹荼苦，真味往往如饴甘。客来问讯主人处，春风轩下榻睡酣。"⑧ 徐鹿卿嘉定十六年进士，官至礼部侍郎，为一代名宦。他于静照中得森然众理、如饴真味，在万虑澄清的境界中以至于看待历代作为超世象征的渔猎之人都近乎贪。《钱伸仲乞静照轩诗，取逸少所谓静照在忘求云》："往者多逸想，山阴时见之。肯持圭组面，自尘丘壑姿。奇伟不少贷，确讷无纤遗。保全胜东山，出语曾未思。巢许逢稷契，何由至于斯。乃比石卫尉，此老端不为。观其誓墓作，岂复随家鸡。忘求在静照，定体发光辉。谁料百代下，领此无言师。元非折腰具，聊复尉河西。开轩延胜气，不许剩客随。凛然□蔺风，坐用谈笑追。悬知杜武库，时与河阳期。持觞望天末，云树相参差。直恐永和日，未能相盛衰。径烦画幽处，公莫惜鹅溪。"⑨

由于佛教观照立场的对于个人利益的超脱，甚至宋代理学家也会推崇这种观察方法。朱

---

① （宋）沈辽：《静照庵》，《云巢编》卷三，文津阁《四库全书》第373册，商务印书馆2005年版，第601页。
② （宋）王珪：《题招提院静照堂》，《华阳集》卷二，文津阁《四库全书》第365册，商务印书馆2005年版，第276页。
③ （宋）郑獬：《郧溪集》卷二十六，文津阁《四库全书》第366册，商务印书馆2005年版，第699页。
④ （宋）王安石：《临川集》卷十四，文津阁《四库全书》第369册，商务印书馆2005年版，第354页。
⑤ （唐）独孤及：《题玉潭》，文津阁《四库全书》第358册，商务印书馆2005年版，第61页。
⑥ （宋）赵抃：《清献集》卷一，文津阁《四库全书》第365册，商务印书馆2005年版，第732页。
⑦ （宋）文彦博：《潞公文集》卷七，文津阁《四库全书》第367册，商务印书馆2005年版，第768页。
⑧ （宋）徐鹿卿：《清正存稿》卷六，文津阁《四库全书》第393册，商务印书馆2005年版，第916页。
⑨ （宋）李彭：《日涉园集》卷三，文津阁《四库全书》第375册，商务印书馆2005年版，第221页。

熹的许多诗歌出于晏坐观照。"我闻洞岩幽，结友事临眺。浮言妨胜践，怅望空永啸。归来眩奇语，更欲穷窈窕。却寻两翁意，宴坐得观照。鸣泉俯淙净，穹石仰苍峭。共与前创古，三叹遗墨妙。"① 曾为国事忠激愤发、气概凛然的李光也会以摆脱现实的观照立场追求人生真理。"世人不能捐弃外事，澄心观照，而日奔趋乎是非利害之境，遂使气自出入乎内，神自驰乎外，神气各行，子母不相守。"② 宋代理学家邵雍将静观的立场和传统儒家诗教相沟通。"其或经道之余，因闲观时，因静照物，因时起志，因物寓言，因志发咏，因言成诗，因咏成声，因诗成音。是故哀而未尝伤，乐而未尝淫。虽曰吟咏情性，曾何累于性情哉。"③

超脱个人局限、拓广掘深自身的观察，达到自身不曾达到的高度，达到这一高度谈何容易。人们不仅对于佛教宣扬的这一境界充满憧憬："而佛如来无所不知无所不见，无不成证无不觉了。如来以清净眼及如来普眼，永断过失远离贪爱，破诸痴瞙过于肉眼，而能观照甚深顶相，宣说无上第一义谛。"④

四、观照：遍一切处、平等该罗无拣择

基于佛教的众生平等、慈航普渡基本理念，基于对佛教智慧无上甚深、不可思议的推崇，观照般若在指涉观照对象时，是普遍平等、遍及万物。佛教经典这样表述观照的普遍："佛眼观照遍十方，佛刹广大不思议。"佛教经典这样表述观照的平等："无生无作诸法中，如来平等同观照"。从这样的意义出发，观照又可称为圆照和普照。

圆照和普照首先是周遍、该罗、无遗漏。包罗万象的理念，佛教以阳光遍照万物譬喻，又以性质无量、数目无数、和广度无边进行界定。"舍利子！譬如日轮光明炽盛，照赡部洲无不周遍。如是菩萨摩诃萨，皆作是念：'我当修行六波罗蜜多，成熟有情、严净佛土，满佛十力、四无所畏、四无碍解、大慈、大悲、大喜、大舍、十八佛不共法，证得无上正等菩提，方便安立无量、无数、无边有情于无余依般涅盘界。'"⑤ 智慧如同日光，遍照无量、无数、无边有情世界，同得解脱。"观照义。如日月处空而照物故。"⑥

佛教为我们描绘出佛光普照的宏观世界，这一宏观世界的建立透出该罗万象的视野。"是故世界名宝庄严，彼佛寿命六十六亿岁，出家菩萨僧六十六亿，在家菩萨无量无边。是庄严如来，为诸菩萨演说法时，上升虚空高八十亿多罗之树，结加趺坐满千国土，出千光明照彼佛土。雨于天花天香末香，天乐各各有百千种，说法音声普闻佛土，说无尽主陀罗尼法。何谓无尽主陀罗尼法？一切诸法寂静主故，显示身心寂静之想。一切诸法观照主故，显示分别于一切法。一切诸法善思惟主故，显示一切诸法寂静。一切诸法善行主故，显示一切可作之法光明照曜。一切诸法智光明照平等主故，显示诸法无有增减。"⑦

---

① （宋）朱子撰：《伏读尤美轩诗卷谨赋一篇寄呈伯时季路二兄》，《晦庵集》卷十，文津阁《四库全书》第382册，商务印书馆2005年版，第48页。
② （宋）李光撰：《养生堂记》，《庄简集》卷十六，文津阁《四库全书》第377册，商务印书馆2005年版，第202页。
③ （宋）邵雍撰，陈明点校：《伊川击壤集·自序》，学林出版社2003年版，第5页。
④ 《大乘宝要义论》卷一，《大正新修大藏经》卷三十二，台北财团法人佛陀教育基金会1994年版，第51页。
⑤ 《大般若波罗蜜多经》卷四百三十《观照品》，《大正新修大藏经》第七卷，台北财团法人佛陀教育基金会1994年版，第12～13页。
⑥ 《新华严经论》卷十五，《大正新修大藏经》卷三十六，台北财团法人佛陀教育基金会1994年版，第816页。
⑦ 《大宝积经》卷二十七，《大正新修大藏经》卷十一，台北财团法人佛陀教育基金会1994年版，第148页。

法眼之中，一的一切、一切的一，全都包括。之所以将一切众生置于法眼之下，是因为有普渡众生的宗教目标。"又舍利子，如来清净天眼，遍观一切佛刹诸众生界。何等众生所应化度？随其观已有应度者，佛即为现其前而化度之。是彼众生既得度已，余诸众生亦悉不知。舍利子，此是如来第九天眼作证智力，无其边际与虚空等。"①"若了诸佛无我心，诸亲友从我见出。复能出生一切佛，慈心即是佛如来。诸佛爱为普观照，诸佛慈悲为法语。"②流行于中土的大乘佛教自度度人、普度众生，一切众生皆可成佛。在皆具佛性的基础上，诸法平等。

佛教之圆照普遍的观念中，生发出难能可贵的平等理念。众生平等，无有分别。"尔时净庄严王，白法速疾菩萨言：愿为我说菩萨正行。法速疾言：大王，舍诸所有是菩萨行，众生平等无分别故；头陀学戒是菩萨行，戒性平等无所行故；离瞋热恼是菩萨行，忍性平等无心相故；坚固勇猛是菩萨行，精进平等离心行故；三昧解脱是菩萨行，禅定平等无所缘故；闻慧资粮是菩萨行，慧性平等无所念故；生于梵住是菩萨行，染净平等二俱离故。"③ 此段经文反复论述净染平等、敌友平等、心性平等。世间一切法，与佛法平等。"世间一切异生法，与诸法平等。有学无学诸法门，及缘觉法亦如是。所有世间一切法，及彼出世胜法门。善恶无动法亦然，与涅槃道皆同等。所有空法无相法，彼无愿法亦复然。无生无作诸法中，如来平等同观照。"④ 观照对象既是平等，观照者自然就不能起拣择之心。既无分别，则无拣择。

出于宗教普度目的的平等，在哲学意义上表现为对于个体存在的尊重，在政治意义上表现为对于个人权利的重视。这对于儒家倡导的社会等级潜伏着消解的威胁。宋代理学家朱熹非常敏感地把握了佛教无拣择的实质而坚持儒家的须拣择。"曰：人心是个无拣择底心，道心是个有拣择底心。佛氏也不可谓之邪，只是个无拣择底心。到心存时，已无大段不是处了。"⑤ 佛教的无拣择是随缘与率性，儒家的有拣择是人伦与礼仪。二者有着不同的哲学基础、宗教目的。将人心与道心区别，就有了是非善恶、有了高低对错。"曰：人心便是饥而思食、寒而思衣底心。饥而思食后，思量当食与不当食。寒而思衣后，思量当着与不当着。这便是道心。圣人时那人心也不能无，但圣人是常合着那道心，不教人心胜了道心。道心便只是要安顿，教是莫随那人心去。这两句也须子细辨别。所以道人心唯危、道心唯微。这个便须是常常戒谨恐惧精去拣择。若拣得不精，又便只是人心。大概这两句只是个公与私，只是一个天理一个人欲。"⑥"前日所说人心道心，便只是这两事。只去临时思量那个是人心那个是道心，便颜子也只是使人心听命于道心，不被人心胜了道心。今便须是常常拣择教精，使道心常常在里面。"⑦ 儒家将天理与人欲相区别，为以理制性、以礼制乐。儒家倡导"仁"，仁者爱人。然而，爱是有等差的，这个等差就是封建秩序建立的基础。宋代理学家

---

① 《佛说大乘菩萨藏正法经》卷十二，《大正新修大藏经》卷十一，台北财团法人佛陀教育基金会1994年版，第808页。

② 《一切秘密最上名义大教王仪轨》卷上，《大正新修大藏经》卷十八，台北财团法人佛陀教育基金会1994年版，第338页。

③ 《大宝积经》卷八十六，《大正新修大藏经》第十一卷，台北财团法人佛陀教育基金会1994年版，第495页。

④ 《大乘菩萨藏正法经》卷十三，《大正新修大藏经》第十一卷，台北财团法人佛陀教育基金会1994年版，第811页。

⑤ （宋）黎靖德编，王星贤点校：《朱子语类》卷十二，中华书局1986年版，第一册第220页。

⑥ （宋）黎靖德编，王星贤点校：《朱子语类》卷七十八，第5册，中华书局1986年版，第2016页。

⑦ （宋）黎靖德编，王星贤点校：《朱子语类》卷三十一，第3册，中华书局1986年版，第800页。

特别对于佛教的观照理念提出批评："光明寂照，无所不通，不动道场，遍周沙界者，则又瞿昙之幻语。"① 从理学家的批评中，我们更能领会到平等无拣择思想对于社会大众的普遍意义。

最具中国化特色的佛教宗派——禅宗，将佛教通往天国的大道向全体社会成员特别是社会下层成员敞开的禅宗，把握了佛教平等的核心理念。"至道无难，唯嫌拣择。但莫憎爱，洞然明白。毫厘有差，天地悬隔。欲得现前，莫存顺逆。违顺相争，是为心病。"② 禅宗三祖道信禅师所推崇的至道无拣择，其核心就在于无有主观憎爱之心与差别之想。禅门中许多禅师对此有演绎。"韶州云门常宝禅师上堂：至道无难，唯嫌拣择。还有拣择者么？时有僧问：十方国土中唯有一乘法，如何是一乘法？师曰：日月分明。曰：学人不会。师曰：清风满路。"③ 禅师以日月照耀和清风满路喻示所谓"唯有"，实则"遍有"。下面开示得更加明白。"上堂：至道无难，唯嫌拣择。桃花红，李花白，谁道融融只一色。燕子语，黄莺鸣，谁道关关只一声。不透祖师关棙子，空认山河作眼睛。"④

若无拣择，美丑同收，平等的宗教观念里包含了美学意义。禅门表述无拣择的平等观时，已经以桃花、李花、燕子、黄莺这些各具审美特征的事物予以譬喻。在审美领域，美丑对照而又同具有审美作用，最能消解拣择。"贤者用智能周万类，若夫镜之照物，妍丑俱见其中。如朗月之当空，泉沼皆临其内。观照遐迩，明辨是非。知众之苦辛，减己之逸乐。"（《素履子》卷中，唐张弧撰）无有主观拣择的观照，能遍照万物，实践中不加主观拣择也就脱离了主观局限。

遍照无拣择的思想，对于宋代审美视域的扩大、宋代文学题材的开拓颇具意义。宋僧道璨作《能侍者编无准语录序》表述这样的思想：圆照之道普化之下，万物皆得本真。以语言文字之类状其迹虽有隔，然亦涵韵生意。"圆照之道如春行天地，万物咸被其泽。华而为草木，动而为蛰鸣，媚而为山川，盖其迹之可见也。写生像真，巧状妙似，又其迹之相似者也。嗟夫。以迹而观春色，造物已不幸矣。即其似者而观之，又何其大不幸也。然传者久在熏陶块圠中，化机生意染肺腑，故华而草木，动而蛰鸣，媚而山川，状其本真，无二无别。因告之曰：似则似矣，无乃包裹春风耶。"⑤ 僧人尽管具有宗教的目标，然而他明白指出万物不管其为草木、为虫兽、为山川，皆与本真无二无别。宗教层面认识万物具有意义，促进美学层面审美范域扩大。

宋代诗歌在唐诗繁荣之后，其开拓之功在很大程度上表现为题材的扩大。宋诗代表人物苏轼在这方面的造诣颇为人称道。"参寥尝与客评诗。客曰：世间故实小说，有可以入诗者、有不可以入诗者，唯东坡全不拣择，入手便用。如街谈巷说，一经坡手，似神仙点瓦砾为黄金，自有妙处。参寥曰：老坡牙颊间别有一副炉鞴，他人岂可学耶。座客无不以为然。"⑥ "参寥尝与客评诗。客曰：世间故实小说，有可以入诗者，有不可以入诗者。唯东坡

---

① （宋）黎靖德编，王星贤点校：《朱子语类》卷一百二十五，第8册，中华书局1986年版，第2986页。
② （宋）普济撰，苏渊雷点校：《五灯会元》卷一《东土祖师·三祖僧璨鑑智禅师》，中华书局1984年版，第49页。
③ （宋）普济撰，苏渊雷点校：《五灯会元》卷十五《云门偃禅师法嗣·云门常宝禅师》，中华书局1984年版，第950页。
④ （宋）普济撰，苏渊雷点校：《五灯会元》卷十九《五祖演禅师法嗣·太平慧懃禅师》，中华书局1984年版，第1259页。
⑤ （宋）释道璨撰：《柳塘外集》卷三，文津阁《四库全书》第396册，商务印书馆2005年版，第571页。
⑥ （明）唐顺之：《稗编》卷七十四，文津阁《四库全书》第316册，商务印书馆2005年版，第752页。

全不拣择，入手便用，如街谈巷说，一经坡手，似神仙点瓦砾为黄金，自有妙处。参寥曰：老坡牙颊间别有一副炉鞴，他人岂可学耶。座客无不以为然。"①《小篆般若心经赞》中，苏轼作诗对于诗材广泛采纳，无所拣择，苏轼自己在一首谈书法的诗歌中阐述创作的最高境界是不加区别、不加拣择。"世人初不离世间，而欲学出世间法。举足动念皆尘垢，而以俄顷作禅律。禅律若可以作得，所不作处安得禅。善哉李子小篆字，其间无篆亦无隶。心忘其手手忘笔，笔自落纸非我使。正使匆匆不少暇，倏忽千百初无难。稽首般若多心经，请观何处非般若。"② 世间与出世间、尘垢与禅律、篆书与隶书实则无差别，在般若智慧观照下，事事处处莫非般若。

苏辙以为，世间之事，仿佛千差万别，其实表现出的巧机为妄，以春风为象征的物化，对万物无有拣择。《次迟韵千叶牡丹二首》（之二）"老人无力年年懒，世事如花种种新。百巧从来知是妄，一机何处定非真。园夫漫接曾无种，物化相乘岂有神。毕竟春风不拣择，随开随落自匀匀。"③

无有高下分别的观念宋人已经升华到哲学层面，黄庭坚将此作为人生必须具备的眼界心境。"黄山谷赠张叔和曰：我提养生之四印，君家所有更赠君。百战百胜，不如一忍。万言万当，不如一默。无可拣择眼界平，不藏秋毫心地直。"④

唐代诗歌高雅而富有情韵，唐代诗人对于诗材都有选择。杜甫"七龄思即壮，开口咏凤凰"⑤，李白以《大鹏赋》开始自己的文学生涯，颇见拣择之功。宋诗涵韵万物、不加拣择，在唐诗之后开凿出一片新世界。宋代诗人黄裳《答仲时高轩小酌之什》一诗中对于中唐时期开拓了诗歌境界的韩孟诗派予以批评，认为他们的开拓还是属于有拣择，应该在空色皆无的广阔时空中驰骋。"韩公浩浩乐文字，乃笑红裙醉豪子。张侯切切务高洁，亦鄙双鬟献回雪。东野先生穷且愁，蚯蚓窍中煎百忧。北舍主人贫亦欢，典衣取酒更未□。悲愁伤气岂足尚，拣择害道非所安。空色皆无适相遇，衮衮百年谁自苦。太平功业时可为，万丈虹蜺不须吐。一源湛湛吾忘情，四人毁誉浮沤生。"⑥ 宋诗对于唐诗的拓展，前辈今贤多有发明。"宋人继唐人之后，在唐人已有的题材之外，还有不少拓展。'凡唐人以为不能入诗或不宜入诗之材料，宋人皆写入诗中，且往往喜于琐事微物逞其才技。如苏黄多咏墨、咏纸、咏砚、咏茶、咏画扇、咏饮食之诗，而一咏茶小诗，可以和韵四五次。'（缪钺《论宋诗》）宋人吟咏的范围的确相当广阔，特别是对日常生活和文化生活方面的开拓，应予以肯定。"⑦ 我们肯定这一现象，更想探寻造成这一现象的哲学及心理基础。

南宋理学家张栻在创作中明确引入无拣择的观念。"知君日来修竹底，却课市楼朱墨程。应是禅门嫌拣择，不论清浊要圆成。"⑧ 日日逡巡于竹下，是为从竹影中得到朱墨笔韵启迪。而竹影对于朱墨的启迪就在于无拣择的浑然天成。张栻另一首诗歌《下山有作》，表

---

① （明）何良俊：《何氏语林》卷十七。
② （宋）苏轼撰，李之亮笺注：《苏轼文集编年笺注》卷二十一，巴蜀书社2011年版，第三册第255页。
③ （宋）苏辙撰，马德富校点：《栾城集·后集》卷三，曾枣庄，上海古籍出版社1987年版，第1164页。
④ （明）彭大翼：《山堂肆考》卷一百三十八，文津阁《四库全书》第324册，商务印书馆2005年版，第451页。
⑤ （宋）潘自牧：《记纂渊海》卷四十二，文津阁《四库全书》第309册，商务印书馆2005年版，第314页。
⑥ （宋）黄裳：《答仲时高轩小酌之什》，《演山集》卷三，文津阁《四库全书》第374册，商务印书馆2005年版，第314页。
⑦ 余恕诚：《唐诗风貌》，中华书局2010年版，第5页。
⑧ （宋）张栻：《访罗孟弼竹园》，《南轩集》卷六，文津阁《四库全书》第390册，商务印书馆2005年版，第157页。

现出随意的创作倾向："五日山行复下山，爱山不肯住山间。此心无着身长健，明岁秋高却往还。"① 山行下山、爱山离山，无拣择与无执着相联系。

南宋中兴诗人陆游是一位高产作家，即使经过了毁焚四十岁之前的诗稿，仍然在六十余年留存诗作万首。如此高的诗作产量，应该得益于无拣择的方法。"短蓑榜轻舟，时过野僧舍。长衫挂数珠，亦入法华社。平生无拣择，生死均早夜。余年犹几何，久已付造化。常嫌乐天佞，却肯退之骂。君看佛骨表，自是无生话。"② 以这种方法写作，诗歌信手拈来。我们读陆游《夜雨》："浓云如泼墨，急雨如飞镞。激电光入牖，犇雷势掀屋。漏湿恐败书，起视自秉烛。移床顾未暇，盆盎苦不足。不如卷茵席，少忍待其复。飞萤方得意，熠熠相追逐。姑恶独何怨，菰丛声若哭。吾歌亦已悲，老死终碌碌。"③ 诗歌很少提炼与升华，将一场夜雨和夜雨中的窘态描绘了出来，只要是自己的独特经历与感受，写出来即是诗。

宋代被真德秀称为"一代文宗"的楼钥有《攻媿集》一百一十二卷，这是四库馆臣删去其所作青词等"非文章正轨"之作后的数量。其中卷一至卷十四为古近体诗歌，这一千一百多首诗歌，作者从取材到构思直至表达，都是率意而为、随笔而作，不加拣择、不事雕琢。楼钥在一首古体诗中，将这种创作方法甚至推广到治国之策。《史少师赐第赏芍药分韵得木字》："人言此花胜，相君意倾属。谁知心广大，何物不蒙幅。岂以庭中花，而肯弃凡木。君看择胜具，所可可追逐。自言居闲时，情话会亲族。一花有可观，烂赏费银烛。此心何拣择，寓意本无欲。以此宰天下，以此镇藩服。儿童与走卒，人人歌相国。有能达此观，春风四时足。"④ 在审美上，不仅欣赏芍药亦欣赏凡木，心胸广大蒙福万物，由此而推广到治国，相国若无欲无拣择，人人得到其政策沾溉。儒家治国平天下的理想与佛教的众生普度观念和无处不在的审美相融合。《过苏溪》："处处溪还舍，家家石累墙。有时逢老稚，无事只耕桑。野色撩诗思，村醪引醉乡。山川已如许，急雨更斜阳。"东阳遇雨"万壑千岩已饱看，更寻佳处为开颜。无端早上一番雨，遮尽东阳县里山。《即事》："雨外山光淡烟中，草色鲜。断桥依古岸，流水自斜川。紫椹余桑表，青藤绕树颠。人情兼物态，只合付天然。荆坑道中"古涧随山转，征人趁水行。悬崖当步险，空翠逼人清。石路无寻直，沙田不亩平。千岩得一二，亦足慰平生。""芸芸物态见天机，静里工夫得细。阶下秋红千万，游蜂一一采香归。"⑤

不加拣择思想不仅为诗歌开创新局面，还为文人开辟新的精神领域。宋代理学盛行，文人生活却较为适意或者说过着不受拘束的散荡生活，是因为他们从儒家之外的学说中汲取了思想养分，特别是宋代盛行的禅学。《壬申春社前一日晚步欣欣园》："何必游园问主人，只寻花柳闹中春。都无拣择行随意，不费思量句有神。"⑥《寄徐稚山》："曾揽韬轩一整冠，江西吏胆至今寒。疲民仰德方为贵，野老言公不似官。身必静休犹是病，心无拣择始知安。高情未得真消息。试仗诗筒一问看。"⑦《浮庵洁疾戏呈》"黄埃簸空吹赫日，白鸟不度瘖蝉声。先生出门数有碍，陋巷粪壤愁逢迎。家山望断围修竹，常说携书伴鸣犊。心无拣择自清

---

① （宋）张栻：《南轩集》卷五，文津阁《四库全书》第390册，商务印书馆2005年版，第154页。
② （宋）陆游撰，钱仲联校注：《剑南诗稿校注》卷四十，上海古籍出版社2005年版，第2563页。
③ （宋）陆游撰，钱仲联校注：《剑南诗稿校注》卷四十，上海古籍出版社2005年版，第2526页。
④ （宋）楼钥：《攻媿集》卷二，中华书局1985年版，第23页。
⑤ （宋）楼钥：《攻媿集》卷二，中华书局1985年版，第108页。
⑥ （宋）陈文蔚：《克斋集》卷十六，文津阁《四库全书》第391册，商务印书馆2005年版，第312页。
⑦ （宋）王洋：《东牟集》卷四，文津阁《四库全书》第378册，商务印书馆2005年版，第341页。

凉,臭腐神奇总超俗。"①

结　　语

观照作为对于世界的认知方式,它具有的特性是智慧、清净、周遍。所谓智慧是出入表象与实质、双照观照对象与观照者;所谓清净是出离于观照者所局限的利益与目标立场;所谓周遍是万象该罗、不加拣择的平等观照。这样三个层面的预设,决定了它与一般的观察有更丰富的意蕴;决定了它对于观照对象有更深刻、更丰富的认知。这样一种方式对于审美批评最具借鉴意义,它融合了美学领域中几个重要的理念:理念的感性显现原理、审美距离说、美丑同价观念。它将一种宗教和哲学层面的认知方式提供给人们,成为人们创作批评乃至生活的思想基础。而有着强烈社会现实意义的其他学科,即社会实用目的性较强的学科,使用观照一词,实践中往往会背离观照者应有的逻辑立场。观照这一方式在理论立场的厘清,对于我们现代观照方法的运用,特别是在审美领域运用观照之方式所应该具有何种立场,确有裨益。

---

① (宋)张镃:《南湖集》卷三,中华书局1985年版,第47页。

《贺圣朝·预赏元宵》的
不同文本、作年和文本关系

张明华

阜阳师范学院文学院

内容提要：北宋词《贺圣朝·预赏元宵》有三种不同的文本，关于写作时间也有三种不同的说法。根据这几种文本并结合社会背景考察，可以断定《贺圣朝·预赏元宵》作于宣和五年（1123）。三种文本中，《宣和遗事》所收的文本最早，宋人俞文豹《清夜录》、明人张丑《真迹日录》记载的文本都是由其派生的；后两种文本之间似乎没有直接的关系。

关键词：预赏元宵　文本　作年　文本关系

《贺圣朝·预赏元宵》（以下简称《贺圣朝》）是北宋后期产生的一首民间词。该词的出现跟徽宗朝的"预赏元宵"活动有直接的关系。所谓"预赏元宵"，就是指为了避免元宵节下雨而无法放灯、观灯带来的遗憾，皇帝命令从年前的十二月开始放灯，供自己和臣民观赏。《贺圣朝》现存三种不同的文本，关于写作时间也有不同的说法，那么，该词到底作于哪一年？三种文本之间又是什么关系呢？现逐一加以分析。

一

关于《贺圣朝》，现在可以考察到的文本一共有三种，其中涉及到的创作时间也有三种不同的说法。第一种文本见于明人张丑的《真迹日录》。该书卷二载米芾的手稿："崇宁二年元宵前，都下与卢平父观灯预赏，闻歌此词，字多讹舛，今特为校正其词，名《贺圣朝》。襄阳米芾元章书。"所录之词为：

太平无事，四边宁静狼烟。喜国泰民安。尧年舜日，万民乐业嬉笑。瞩景龙门上，御灯凤烛辉照。教坊进钧天妙舞，艺人巧。葆箓宫前，赐御篆断妖。艮岳旁边，御炉深处，映蓬岛。笙歌奏，吾皇不疾，等元宵景色来到。恐后月，阴晴未保。

词后又有米芾之子米友仁的跋语："先礼部真迹也，乃遗佛印禅师。笔法轻清萧洒，钦仰恭爱，世当宝之。敷文阁直学士右朝议大夫提举佑神观友仁谨跋。"①

如果张丑所录米芾的手稿属实，可以推断《贺圣朝》产生在崇宁二年（1103）之前，

---

① （明）张丑：《真迹日录》，文渊阁《四库全书》第817册，上海古籍出版社1986—1990年版，第546页。

可是这个记载并不可靠。《真迹日录》收录了不少宋元以来的名人真迹，但其中真假参半，难以区分。这条关于"预赏元宵"的记载，前录米芾的手迹，后录其子米友仁的跋，看起来非常逼真。可是如果我们认真研究词中的具体内容，就会这条发现所谓的"真迹"，其实是伪作而已。按照《真迹日录》所录的词，其中涉及到两个重要的建筑物：葆箓宫和艮岳。葆箓宫应为宝箓宫，全称是上清宝箓宫，建于政和五年（1115）。《宋史·地理志》卷三十八"上清宝箓宫"条载：

> 政和五年作。在景龙门东，对景晖门。既又作仁济、辅正二亭于宫前，命道士施民符药，徽宗时登皇城下视之。又开景龙门，城上作复道，通宝箓宫，以便斋醮之路，徽宗数从复道上往来。是年十二月，始张灯于景龙门，上下名曰预赏。其明年，乃有期门之事。①

而艮岳修建的时间更迟。《宋史·地理志》在介绍了上清宝箓宫后，就是"岁山艮岳"条，云："政和七年，始于上清宝箓宫之东作万岁山，山周十余里……宣和四年，徽宗自为《艮岳记》，以为山在国之艮，故名艮岳……"

既然宝箓宫始建于政和五年（1115），艮岳始建于政和七年（1117），建成于宣和四年（1122），那么，米芾是没有可能在十几年前的崇宁二年（1103）就听人唱到这两个建筑的。据此可以断定，所谓米芾的"真迹"不过是后人伪作而已，因此其关于《贺圣朝》作于崇宁二年以前的说法自然也不足信了。

二

第二种文本见于宋人俞文豹的《清夜录》：

> 宣和七年预借元宵，时有谑词云：
> 太平无事，四边宁静狼烟眇。国泰民安，谩说尧舜禹汤好。万民翘望彩都门，龙灯凤烛相照。只听得，教坊杂剧欢笑。　　美人巧。宝箓宫前，咒水书符断妖。更梦近、竹林深处胜蓬岛。笙歌闹。奈吾皇，不待元宵景色来到。只恐后月，阴晴未保。②

唐圭璋《全宋词》所收的文本即本于此。根据这个记载，《贺圣朝》作于宣和七年（1125）。可惜这个记载也不足为信。其所录文本有以下几句："太平无事，四边宁静狼烟眇。国泰民安，谩说尧舜禹汤好。"这就是说，这首词的写作背景应该是"太平无事，四边宁静"，作者有感于"国泰民安"的现实，把徽宗比作历史上的"尧舜禹汤"。我们看看宣和七年的情况。仅以《宋史·徽宗纪》的记载，就有诸多"不太平"的大事：

> 正月癸酉朔，诏赦两河、京西流民为盗者。

---

① （元）脱脱等：《宋史》，中华书局 1977 年版，第 2101 页。
② （宋）俞文豹：《清夜录》，《丛书集成初编》本第 2879 册，中华书局 1991 年版，第 3～4 页。

二月……壬申，京东转运副使李孝昌言招安群盗张万仙等五万余人，诏补官犒赏有差。

三月……甲申，知海州钱伯言奏招降山东寇贾进等十万人，诏补官有差。

秋七月……是月，河东义胜军叛。熙河、河东路地震。

九月……是月，河东言粘罕至云中，招童贯复宣抚。

十二月……己酉，中山奏金人斡离不、粘罕分两道入攻。郭药师以燕山叛，北边诸郡皆陷。又陷忻、代等州，围太原府。太常少卿傅察奉使不屈，死之。

就以这些记载来说吧，流民大范围沦为寇盗，前线的军队叛变，金军不断南侵，不但"北边诸郡皆陷"，而且"又陷忻、代等州，围太原府"，国家安全受到严重威胁。这样的时代背景是无论如何都不能说是"太平无事，四边宁静"，更谈不上"国泰民安"的。有的学者认为，即便是在这样的背景下，仍有可能被美化成"国泰民安"，但毕竟仅仅只是一种可能。笔者以为，虽然不能完全排除《贺圣朝》作于宣和七年的可能，但这种可能性不大。

三

第三种文本见于《宣和遗事》：

皇都最贵，帝里偏雄。皇都最贵，三年一度拜南郊；帝里偏雄，一年正月十五夜。州里底唤作山棚，内前的唤作鳌山。从腊月初一日直点灯到宣和六年正月十五日夜。为甚从腊月放灯，盖恐正月十五日阴雨，有妨行乐，故谓之"预赏元宵"。怎见得？有一只曲儿唤做《贺圣朝》：

太平无事，四边宁静狼烟杳。国泰民安，谩说尧舜禹汤好。万民矫。望景龙门上，龙灯凤烛相照。听教杂剧喧笑，艺人巧。　宝箓宫前，呪水书符断妖。艮岳傍相，竹林深处胜蓬岛。笙歌闹。奈吾皇，不候等元宵景色来到。恐后月，阴晴未保。①

通过简单的对照即可看出：三种文本虽然在文字上有一定的差异，但显然本来是同一首词，只是在流传过程中发生了不同情况的变化。那么，这首词是什么时候写的呢？

根据该书记载，《贺圣朝》作于"宣和六年（1124）"前的"腊月"，即农历宣和五年（1123）十二月。这个记载跟事实最为吻合。一方面，葆箓宫和艮岳均在此前已经建成，故能成为"预赏元宵"时的游玩佳处。另一方面，当时的政治背景也与词中表现的内容相近。就国内而言，破东南六州五十二县的方腊之乱已于宣和三年平定，当时的确可以说是"太平无事"；就国外而言，宋、金南北合力灭辽，宣和五年四月庚子，童贯、蔡攸入燕；八月，徽宗皇帝命王安中作《复燕云碑》。这岂止是"四边宁静"，简直是威震远邦。按照当时人的说法，徽宗皇帝建立的功业已经超过了远古时期的唐尧和虞舜。因此，说这个时期"国泰民安"是说得过去的。而且，"宣和五年"的说法还可从元人凌准《艅艎日疏》中的记载再次证明：

---

① 无名氏：《宣和遗事》，《丛书集成初编》本第2879册，商务印书馆1939年版，第51页。

宣和五年，令都城自腊月初一日放鳌山灯，至次年正月十五日夜，谓之"预赏元宵"。徽宗至日出观之。时有谑词，末句云："奈吾皇，不待元宵来到，恐后月，阴晴未保。"①

这段话明确指出"预赏元宵"的时间是宣和五年（1123），从腊月初一开始，持续到次年正月十五日夜。因为是新生事物，所以"徽宗至日出观之"。所谓"时有谑词"，就是说当时产生了一首"谑词"。再据文中所引"谑词"的"末句"，和上面所说《贺圣朝》的结尾基本相同，因此可以断定凌准所说的"谑词"就是指的这首《贺圣朝》。

除了以上三种说法，清代徐釚还提出了一个"宣和四年"的说法。《词苑丛谈》卷十一云："宣和四年预借元宵，有戏为词云……（所引之词全同俞文豹《清夜录》的记载）"②这个记载更加不可信：一则这条材料是清代的，距北宋时间较远，可信程度自然不及前引宋代和元代的材料。二则这条材料的来源值得怀疑。王百里所作校笺云："此条出《宣和遗事》。"可是，根据前面我们引出《宣和遗事》的记载，词的文本与此处不同，而且《宣和遗事》记载的明明是宣和五年而不是"宣和四年"。就其文本看，应该出自《清夜录》，可是《清夜录》说的是宣和七年也不是"宣和四年"，而且"宣和七年"的说法也不足信，前文已有相关的辨析。

综合以上内容，可以断定《贺圣朝》与作于宣和五年（1123）十二月，其余两种说法都是不可信的。

四

在《贺圣朝》的三种文本之间，哪种文本最接近本来的面目呢？由于没有更早的文本可资参考，只能从这三种文本本身进行比较。三种文本中，《清夜录》（《全宋词》）的文本似乎最为可信，因为出自南宋俞文豹之手。该书不仅成书年代最早，而且作者也没有争议。以这种文本与另外两种相较，主要有三处不同：

（1）"更梦近"在词中非常突兀，明明是写眼前实景，怎么莫名其妙地进入"梦"中了？比较而言，另外两种文本中的"艮岳傍相""艮岳旁边"指出了具体地点，显然好得多。笔者推测，大概由于个别文化水平低的人不知道艮岳（即万岁山）为何物，又把"艮"字听成了"更"字，所以出现了这样的错误。南宋俞文豹据其载入《清夜录》中。

（2）"彩都门"涵义不明确，不知其所指，而另外两种皆作"景龙门上"，显然是更佳的文本。据此可以推断"彩都门"应是流传过程中产生的错误。

（3）第一个韵脚"眇"，与《宣和遗事》文本中"杳"字不同，但意思比较接近，而且不影响押韵。

根据以上三种不同之处推断，《清夜录》（《全宋词》）的文本不是最早的文本，因为有明显的不足和流传错误。

再以张丑所载文本与另外两种文本相较，其中的差别也很大：

（1）"赐御篆断妖"，用"御篆"即香来"断妖"，跟另外两种文本里的"咒水书符断

---

① （元）陶宗仪：《说郛三种》，上海古籍出版社1988年版，第1446页。
② （清）徐釚：《词苑丛谈》，人民文学出版社1988年版，第618页。

妖"相比，显得更加文雅，不似"咒水书符"更加贴近民间本色。

（2）"御炉深处映蓬岛"在意思上也不够顺畅。"御炉"可以理解为皇帝之香炉，它有什么"深处"？又如何可以"胜蓬岛"？比较而言，另外两种文本里的"竹林深处胜蓬岛"更加通顺流畅。

（3）开头几句，连韵脚都没有，错误是非常明显的。这可以从伪托米芾的真迹"字多讹舛，今特为校正其词"找到解释。另外两种文本则没有这样的错误。

对比以上的内容，《宣和遗事》所载的文本最为流畅可信，几乎没有错误，可以断定为最早的文本。另外两种文本都是从这个文本派生出来的，但在流传过程中增加了一些明显的错误。以《清夜录》（《全宋词》）所收的文本相校，其中"彩都门""更梦近""眇"等处的错误或差异，都是在《宣和遗事》文本基础上发生的变化。再以张丑所载文本相较，亦可从中看到一些错误是从《宣和遗事》文本中出来的。其第一个韵脚的丢失，是因为"杳"字流传过程被误为"喜"。"吾皇不疾"明显不通，其中的"疾"字，就是从"吾皇不候"的"候"发生讹错的结果。"候"与"待""等"意思都是一致的。"旁边"与"傍相"意思相近，但"傍相"可能是北宋时期开封一带的方言，其它地方、其它时期很少见到该词的使用。这说明其文本亦当出自《宣和遗事》文本。至于《清夜录》（《全宋词》）的文本与张丑所载的两种文本之间，可能并没有什么直接的关系。

通过以上分析可以看出，《宣和遗事》关于《贺圣朝》作于宣和五年的说法是正确的，其所载该词文本也是最佳的。不过，在加标点时"奈吾皇不候，等元宵景色来到"中间似乎不应该断开，直接写成"奈吾皇，不候等元宵景色来到"，意思更加流畅自然。

现存《贺圣朝》虽然有三种不同的文本，但根据相关的考证，可以断定该词作于宣和五年。这三种文本中，《宣和遗事》所载文本最早，也最为流畅，其余两种文本皆是出自《宣和遗事》所载的文本，而且增加了不同的错误。至于《清夜录》（《全宋词》）的文本与张丑所载的文本之间，并没有直接的关系，孰先孰后也无法确定。

宋人对白居易"池上"境界的
仿慕及文学史意义*

张再林

广西师范学院宣传部

内容摘要：中唐著名诗人白居易在贬官江州之后,开创了以方寸小池为广大境界、意趣闲适悠远的"池上"境界。白居易的"池上"境界是唐、宋文化转型过程中时代精神和士人心态发生深刻变化的一种反映,因其丰富的时代内涵和丰厚的文化意蕴而引起了宋人的纷纷仿慕,并由此产生了一大批以描述小池风光和赏池之乐为主题的文学作品,为宋代文坛增添了一份特有的闲适面貌,同时也成为构成"宋型文化"的一个重要因素,具有重要的文学史意义。

关键词：宋代 白居易 "池上"境界 文学史意义

我们知道,中唐是我国古代社会发展进程中具有承前启后意义的一个重要转型时期。陈寅恪先生曾明确指出："唐代……前期结束南北朝相承之旧局面,后期开启赵宋以降之新局面。关于政治、社会经济者如此,关于文化学术者亦莫不如此。"[①] 从我国古代社会发展的文化范型来说,魏晋—盛唐属于"唐型文化"（亦称"士族地主文化"构型）,中唐与两宋同属"宋型文化"（亦称"庶族地主文化构型"）。而中唐则是由"唐型文化"向"宋型文化"发展转变的重要过渡时期,同时也是"宋型文化"发端和兴起的重要时期。在这一转型过程中,随着时代精神由"马上"向"闺房"、由"世间"向"心境"的转变[②],士人的心态和精神旨趣也发生了巨大而又深刻的变化,日益朝着内敛、狭深的方向发展。而在这样的历史文化背景下,中唐著名诗人白居易在贬官江州之后所开创的以方寸小池为广大境界、意趣闲适悠远的"池上"境界,便显得极富时代性和典型意义,并且引起了宋代文人的纷纷仿慕,对宋代文学以及"宋型文化"的发展产生了很大的影响,具有重要的文学史意义。本文即拟对这方面的情况作一些分析和探讨。

一、白居易"池上"境界的形成过程及文化意蕴

白居易的一生,有意针对不同的政治形势而采取不同的人生态度。在贬官江州之前,由于受到唐宪宗的"非次拔擢"[③] 和格外礼遇,白居易焕发出了比较积极的政治热情。而在贬官江州之后,白居易就有意采取了避祸远嫌、明哲保身的态度。[④] 而他对"池上"境界的追

---

* 本文为2010年度国家社科基金西部项目（10XZW0014）阶段性成果。
① 陈寅恪：《论韩愈》,《金明馆丛稿初编》,上海古籍出版社1980年版,第285页。
② 李泽厚：《美的历程》,广西师范大学出版社2001年版,第207页。
③ 刘昫等：《旧唐书》卷一六六,中华书局1975年版,第4341页。
④ 张再林：《也谈白居易的思想创作分期问题》,载《唐都学刊》2004年第1期。

求与向往，正是从贬官江州时期开始的。

唐宪宗元和十年（815），宰相武元衡在上朝途中被刺客谋杀，朝野震惊。时为太子左赞善大夫的白居易首上疏请捕刺杀武元衡之贼，以雪国耻。宰相张弘靖、韦贯之等朝中权贵认为白居易越职言事，并诬言居易母亲看花坠井而死，但居易却作有《赏花》及《新井》诗，有伤名教，遂贬居易为江州刺史。后中书舍人王涯又上疏言居易"所犯状迹，不宜治郡"①，朝廷乃追诏改授江州司马。白居易遭此挫折和打击，固然难免有"天涯沦落"之感，但同时又能够自我调适、自我开解，努力从抑郁愤懑的心境中超脱出来。这种心态从他在江州期间所作的《舟行》《香炉峰下新卜山居，草堂初成，偶题东壁五首》以及《江州司马厅记》等一系列诗文中可以明显看出。如《唐宋诗醇》评其《舟行》诗云："迁谪远行，绝不作牢骚语，非实有见地者不能，如谢灵运《初发石首城》便云：'苕苕万里帆，忙忙将何之'，岂复成胸襟耶？"②又评其《香炉峰下新卜山居，草堂初成，偶题东壁五首》（其四）云："触景怡情，及时行乐，迁谪之感毫不挂怀，全是一团真趣流露笔墨间。"③而若将《江州司马厅记》与柳宗元在被贬为永州司马时所作的《永州八记》对照来读，则我们对白居易在遭受贬官打击之后顺适所遇、自我开解的心态特点就会看得更加清楚。而白居易始创于贬官江州时期的"池上"境界正是他努力追求精神上的解脱的一种生动体现。

白居易本来就喜爱山水园林风光，他曾这样讲述自己对园林山水的由衷喜爱之情："从幼迨老，若白屋，若朱门，凡所止，虽一日二日，辄覆篑土为台，聚拳石为山，环斗水为池，其喜山水，病癖如此。"④而自从贬官江州之后，对"小池"的营构和赏玩，更是成为了他日常生活中的一项重要内容。

白居易在江州为司马期间，曾在官舍内开凿了一方小池，并有诗记云：

帘下开小池，盈盈水方积。中底铺白沙，四隅甃青石。勿言不深广，但取幽人适。泛滟微雨朝，泓澄明月夕。岂无大江水，波浪连天白？未如床席前，方丈深盈尺。清浅可狎弄，昏烦聊漱涤。最爱晓暝时，一片秋天碧。⑤

诗人以从容舒缓的笔调描述了自己以方寸小池为广大境界、在池边游乐吟赏的闲适意趣。他非常珍爱这一方小池，将其当作公务之余的最佳休憩之地，甚至表示希望能够一辈子与小池相约相守："朝就高斋上，熏然负暄卧。晚下小池前，澹然临水坐。已约终身心，长如今日过。"⑥不久之后，白居易又在庐山草堂前开凿了一方小池，并有《草堂前新开一池，养鱼种荷，日有幽趣》诗记云：

淙淙三峡水，浩浩万顷陂，未如新塘上，微风动涟漪。小萍加泛泛，初蒲正离离。红鲤二三寸，白莲八九枝。绕水欲成径，护堤方插篱。已被山中客，呼作白

---

① 刘昫等：《旧唐书》卷一六六，中华书局 1975 年版，第 4345 页。
② 陈友琴：《白居易资料汇编》，中华书局 1962 年版，第 283 页。
③ 陈伯海：《唐诗汇评》中册，浙江教育出版社 1995 年版，第 2134 页。
④ 《草堂记》，顾学颉点校：《白居易集》卷四十三，第 3 册，中华书局 1979 年版，第 935 页。
⑤ 《舍内新凿小池》，《白居易集》卷七，第 1 册，第 130 页。
⑥ 《约心》，《白居易集》卷七，第 1 册，第 131 页。

家池。①

诗人认为，三峡江水虽浩荡壮观，但却不如自己新开小池的涟漪微波。因为小池中有浮萍香蒲、红鲤白莲，池旁有水径竹篱，能给日常生活增添无限乐趣，可以借此消除内心的苦闷忧愁。这首诗言广阔三峡不如方寸小池，与前一首诗中所言之"勿言不深广，但取幽人适"的意趣是一致的。

唐宪宗元和十四年（819）春，已谪居江州四年之久的白居易迁忠州刺史。次年（820），又自忠州召还朝廷，拜尚书司门员外郎。此后，白居易的仕途虽没有再出现过大的波折，但出于对险恶宦途的切身感受和进一步深入认识，白居易思想观念中"兼济天下"的热情有所减退，越来越追求其身的"独善"和内心的安适。而与此同时，他对"小池"的赏爱之情也与日俱增、越发浓厚了，这正是他心态上的这种变化的一个重要标志。

唐敬宗宝历元年（825），白居易罢杭州刺史归居洛阳履道里，从故散骑常侍杨凭手中购得一方春池，"每独酌赋咏于舟中"②，沉醉其间美景，甚至以其为天堂胜境："霜竹百千竿，烟波六七亩。泓澄动阶砌，淡泞映户牖……波上一叶舟，舟中一樽酒。酒开舟不系，去去随所偶。或绕蒲浦前，或泊桃岛后。未拨落杯花，低冲拂面柳。半酣迷所在，倚榜兀回首。不知此何处，复是人寰否？自注：此池始杨常侍开凿，中间田家为主，予今有之。蒲浦、桃岛皆池上所有。"③白居易还宣称自己愿从此"息躬于池上"，乃至愿为"池中物"。④

据笔者统计，白居易直接以"池上"为诗题首二字的诗歌就有25首之多，若加上"池边""池畔""池窗""小池"之类的诗，则这类作品的数量更加繁富，而对池上胜景与赏池之乐的描述是这类诗作的共同内容。如《池上有小舟》中云："池上有小舟，舟中有胡床。床前有新酒，独酌还独尝。薰若春日气，皎如秋水光。……身闲心无事，白日为我长。我若未忘世，虽闲心亦忙。世若未忘我，虽退身难藏。我今异于是，身世交相忘。"⑤《小池二首》（之二）中云："有意不在大，湛湛方丈余。荷侧泻清露，萍开见游鱼。每一临此坐，忆归青溪居。"⑥《池上篇》中云："十亩之宅，五亩之园；有水一池，有竹千竿。勿谓土狭，勿谓地偏；足以容膝，足以息肩。……优哉游哉！吾将终老乎其间。"⑦白居易与"小池"之间所结下的不解之缘于此斑斑可见。

由以上分析不难看出，无论是仅方丈余的袖珍小池，还是可以泛舟于其上的池塘，白居易都可忘情于其间，自有一种独得之乐。因此，白居易实际上是将"小池"当作自己的精神栖息之所。在这里，我们明显可以看到诗人企图将外部世界的营扰纷争纳入平静闲适的内心世界的努力："但问尘埃能去否，濯缨何必向沧浪。"⑧"虽未定知生与死，其间胜负两何如？"⑨"外容闲暇中心苦，似是而非谁得知"⑩……读到这些诗句，我们对白居易内心的无

---

① 《白居易集》卷七，第1册，第137页。
② 刘昫等：《旧唐书》卷一六六，中华书局1975年版，第4354页。
③ 《泛春池》，《白居易集》卷八，第1册，第166页。
④ 《池上篇·序》，《白居易集》卷六十九，第4册，第1450页。
⑤ 《池上有小舟》，《白居易集》卷二十九，第2册，第655页。
⑥ 《小池二首》之二，《白居易集》卷七，第1册，第139页。
⑦ 《池上篇》，《白居易集》卷六十九，第4册，第1451页。
⑧ 《池上夜境》，《白居易集》卷二十二，第2册，第496页。
⑨ 《池上闲吟二首》其一，《白居易集》卷三十一，第2册，第708页。
⑩ 《池上寓兴二绝》其二，《白居易集》卷三十六，第3册，第828页。

奈和苦衷也就有了更加深切的理解。

对于白居易的这种以方寸小池为广大境界、闲适悠远的精神意趣，我们暂或可以称之为"池上"境界。应该看到，白居易有相当多的诗篇是描写小池、小溪、小宅、小院、小斋、小阁这样相对狭小的自然景观和个人生活空间的，如《小宅》《卜居》《卧小斋》《惜小园花》《小院酒醒》等。但在他看来，宽、窄与否不在于外在客观的自然空间，而在于内在主观的心灵世界，这正如他在《小宅》一诗中所说的那样："庾信园殊小，陶潜屋不丰。何劳问宽窄？宽窄在心中。"① 在这些"小"的境界当中，"池上"境界显得更有开拓性和更具典型意义。而如果将研究视野放得更加开阔一些，我们不难看出，白居易所追求和向往的这种"小"的境界（"池上"境界），与中晚唐以来士人所普遍向往的"壶天"理想的时代思想潮流是一致的。② 这种虽高雅而不免纤细、虽无昂扬的气宇却又精致灵透的时代精神和审美心态，决定了文学的面貌不再像盛唐时那样开阔飞扬、豪迈刚健，而是转而更加注重对人的心灵世界的开拓，这直接导致中唐至两宋的文学的题材、风格、意境等均产生了深刻的变化。以下试以宋代文人对白居易"池上"境界的仿慕为例对此作进一步论述。

二、宋人对"池上"境界的仿慕及文学史意义

为了对白居易"池上"境界的时代意义看得更加清楚，不妨让我们先从宋人对"壶天"境界的向往说起。

翻检有宋一代的文史资料，不难发现，宋人对于中晚唐以来流行的"壶天"境界是普遍向往的。嗣汉三十代天师张继先与宋徽宗之间的一段问答颇能说明这一问题。徽宗问："所带葫芦如何不开口？"张继先乃作《点绛唇》词为答："小小葫芦，生来不大身材矮。子儿在内。无口如何怪。藏得乾坤，此理谁人会。腰间带。臣今偏爱。胜挂金鱼袋。"③ 以调笑的口吻道出了对壶中乾坤的向往之情。再如，古成之在临终之前作诗云："物外乾坤谁得到，壶中日月我曾游。留今留古曾留得，一醉浮生万事休。"④ 邵雍有诗云："壶中日月长多少，闲步天津看往来。"⑤ 苏过有诗云："枕上轩裳何足梦？壶中天地本来宽。"⑥ 宋代还有人因张元幹《念奴娇》词中有"壶中天地，大家著意留住"⑦ 之句，而径直将《念奴娇》改名为《壶中天》、《壶中天慢》……同时，他们也认识到，白居易所追求的"池上"境界其实就是"壶中"天地理想的一种表现形式：

> 白发老僧安住处，青衫司马爱闲来。松嫌天近株株短，花待春归款款开。堪信壶中藏日月，谁知云外有楼台。官卑合是寻山客，不见芳菲意懒回。
>
> ——陈舜俞《东林寺》⑧

---

① 《白居易集》卷三十二，第 2 册，第 731～732 页。
② 尚永亮：《"壶天"境界与中晚唐士风的嬗变》，《东南大学学报》2006 年第 2 期。
③ 唐圭璋编纂：《全宋词》第 2 册，中华书局 1999 年版，第 978 页。
④ 《临卒书诗》，傅璇琮主编《全宋诗》卷五四，第 1 册，北京大学出版社 1991 年版，第 583 页。
⑤ 《天津感事二十六首》之十七，《全宋诗》卷三六四，第 7 册，第 4488 页。
⑥ 舒大刚等：《斜川集校注》，巴蜀书社 1996 年版，第 165 页。
⑦ 《全宋词》第 2 册，第 1394～1395 页。
⑧ 《全宋诗》卷四〇三，第 8 册，第 4967 页。

>东池风物往来亲，兴在那能计酒巡。尘外留心曾待月，壶中满眼只知春。
>
>——赵丙《东池》①

将此二诗合而观之，明显可以看出，宋人是将白居易（"青衫司马"）的闲适悠远的"池上"境界（"东池风物"）与"壶中日月"的精神旨趣视为一致的。

白居易所开创的"池上"境界因其丰富的时代内涵和丰厚的文化意蕴而引起了宋人的纷纷仿慕，并由此产生了一大批以描述小池风光和池上之乐为主题的文学作品，为宋代文坛增添了一份特有的闲适面貌，同时也成为构成"宋型文化"的一个重要因素，具有重要的文学史意义。

在宋代，的确存在着一股比较浓厚的仿慕白氏"池上"境界的风气。如宋初文人蒋堂在《北池赋序》中云："姑苏北池，其来古矣。昔刺史韦应物诗云：'海上风雨至，逍遥池馆凉。'即其地也。韦与白乐天皆有池上之作，盛诧其景。自韦、白没仅三百年，寂无歌咏者。余景祐丁丑岁被命守苏，池馆必葺，常赋《北池宴集》诗。"序中表现出对白居易（以及韦应物）"池上"境界的热烈向往和自觉继承，而其赋更是生动地描述了北池的优美景色和徜徉其上的无穷乐趣："是时霁色疏净，群动纷盈。鱼在藻以性遂，龟游莲而体轻，禽巢枝而自适，蝉得荫而独清""吾方岸野帻，踞风亭；觞宾友，奏竽笙。或独茧静钓，或扁舟醉乘"，最后感慨道："姑徜徉于池上，亦何虑乎何营！"②

在这方面，北宋诗文革新的领袖欧阳修也颇具代表性，试看其《养鱼记》一文：

>折檐之前有隙地，方四五丈，直对非非堂。修竹环绕荫映，未尝植物。因洿以为池，不方不圆，任其地形；不甃不筑，全其自然。纵锸以浚之，汲井以盈之。湛乎汪洋，晶乎清明。微风而波，无波而平。若星若月，精彩下入。予偃息其上，潜形于毫芒；循漪沿岸，斯足以舒忧隘而娱穷独也。③

文中先叙开凿小池的经过，接着营造出一种徜徉池边，"渺然有江湖千里之想"的清幽悠远境界。这与白居易《闲居自题》诗中所说的"竹径绕荷池，萦回百余步……寂无城市喧，渺有江湖趣"④是何等的相似！欧阳修还有一首描写小池风光的诗作："深院无人锁曲池，莓苔绕岸雨生衣。绿萍合处蜻蜓立，红蓼开时蛱蝶飞。"⑤同样呈现出宁静清幽而又悠然闲适的意境。

宋诗面貌的奠基者梅尧臣与宋代理学的奠基者邵雍皆敬慕白居易。梅尧臣曾勉励友人说："使君才笔健，当似白忠州（按：白居易曾任忠州刺史）。"⑥至于邵雍的诗，"其源亦出白居易"。⑦司马光甚至戏言邵雍是白居易的后身："只恐前身是，东都白乐天。"⑧而他

---

① 《全宋诗》卷三四七，第6册，第4269页。
② 曾枣庄，刘琳主编：《全宋文》卷三二五，第8册，第468～469页。
③ 曾枣庄，刘琳主编：《全宋文》卷七四一，第18册，巴蜀书社1998年版，第134页。
④ 《白居易集》卷三十，第2册，第676页。
⑤ 欧阳修：《小池》，《全宋诗》卷三〇二，第6册，第3796页。
⑥ 梅尧臣：《送徐君章秘丞知梁山军》，朱东润《梅尧臣集编年校注》卷二十二，上海古籍出版社1980年版，第632页。
⑦ 永瑢等：《四库全书总目》卷一五三，中华书局1965年版。
⑧ 司马光：《戏呈尧夫》，《全宋诗》卷五一一，第9册，第6213页。

们的诗中也常表现出对白居易"池上"之境的向往之意。

先请读梅尧臣的《依韵和原甫新置盆池种莲花、菖蒲，养小鱼数十头之什》：

> 瓦盆贮斗斛，何必问尺寻。菖蒲未见花，莲子未见心。小鲜不足烹，安用芳饵沉。户庭虽云窄，江海趣已深，袭香而玩芳，嘉宾会如林。宁思千里游，鸣橹上清浔？①

此诗乃有感于友人（原甫）新置盆池而作，盆池虽小，但深有江海之趣，令人不思千里之游。此外，梅尧臣的《邵郎中姑苏园亭》是为友人（邵郎中）新购园池而作，首句即云："公爱乐天池上篇"，亦表现出对白氏"池上"境界的向往和企慕之情。

再请读邵雍的《盆池吟》：

> 有客无知，唯知不为。不为无他，唯求不欺。我有人是，人无我非。因开瓮牖，遂凿盆池。都邑地贵，江湖景奇。能游泽国，不下堂基。帘外青草，轩前黄陂。壶中月落，鉴里云飞。既有荷芰，岂无凫茈。既有蝌蚪，岂无蛟螭。亦或清浅，亦或渺弥，亦或渌净，亦或涟漪。风起蘋藻，凉生袖衣。林宗何在，范蠡何归。密雪霏霏，轻冰披披。垂柳依依，细雨微微。可以观止，可以忘机。可以照物，可以看时。不乐乎我，更乐乎谁。吾于是日，再见伏羲。②

与梅诗相比，邵雍这首诗的说理色彩更为浓厚，鲜明地体现出他作为理学家的特点。不过此诗以"盆池"为"壶中"，认为其间"可以观止，可以忘机。可以照物，可以看时"，则与梅尧臣赏慕"池上"的境界是一致的。这种赏慕之情在邵雍的诗中是很常见的，如其另一首《盆池》诗中云："三五小圆荷，盆容水不多。虽非大薮泽，亦有小风波。粗起江湖趣，殊无鸳鹭过。幽人兴难遏，时绕醉吟哦。"③《县尉廨宇莲池》诗中云："县尉小斋前，水清池有莲。岂唯观菡萏，兼可听潺湲。宛类江湖上，殊非尘土边。古人用心处，料得不徒然。"④

北宋名臣韩琦、韩维二人也对白居易的"池上"境界表示出了极大的热情和兴趣。韩琦曾"作堂于私第之池上，名之曰'醉白'。取乐天《池上》之诗，以为醉白堂之歌。意若有羡于乐天而不及者"⑤，并作《醉白堂》诗，其中有云："懿老新成池上堂，因忆乐天池上篇。乐天先识勇退早，凛凛万世清风传。古人中求尚难拟，自顾愚者孰可肩。但举当时池上物，愧今之有殊未全。……人生所适贵自适，斯适岂异白乐天。未能得谢已如此，得谢吾乐知谁先。"⑥ 诗中先述受乐天"池上篇"的启发而作"醉白堂"，次述堂中美景与身处其间的悠然自适心境，最后在与乐天的"比较"中结束全诗，处处体现出对白氏"池上"境界的深切企羡和仿慕之情。韩琦也因此而对白居易推崇不已："汉唐二傅推疏白，高退当时

---

① 《全宋诗》卷二五四，第5册，第3076～3077页。
② 《全宋诗》卷三七四，第7册，第4606页。
③ 《全宋诗》卷三六三，第7册，第4471页。
④ 《全宋诗》卷三六三，第7册，第4474页。
⑤ 苏轼：《醉白堂记》，孔凡礼点校《苏轼文集》卷十一，第2册，中华书局1986年版，第344页。
⑥ 《全宋诗》卷三二〇，第6册，第3985～3986页。

叹莫如"①，"十亩足居应慕白，一瓢犹乐直师颜"②，"三师共仰青宫贵，四海皆称白傅贤"③，"难追刘白樽前乐，尚约松乔世外游"等。④ 而韩维的《和原甫盆池种蒲莲畜小鱼》诗则描述了以小池为万里江湖的独得之乐："江湖岂非壮，浩荡不可寻。安知一斛水，坐得万里心。植蒲翠节耸，种莲紫实沉。群鱼不盈寸，泳浅安其深。主人乐幽事，清兴生中林。独观物性得，鹏海均牛涔。"⑤

苏轼是宋代文学成就最高、面貌独特的代表人物，他的文艺思想和创作观念在宋代不仅具有理论上的典型意义，而且往往还具有现实导向作用。苏轼对白居易的人生态度、思想观念的传承早在宋代即已成为人们经常谈论的一个热门话题。如周必大在《二老堂诗话》中言苏轼："不轻许可，独敬爱乐天，屡形诗篇。"⑥ 王十朋在《游东坡十一绝》（之二）中言苏轼"出处平生慕乐天，东坡名自乐天传"。苏轼思想上的很多特点皆是受白居易的启发、发展而来⑦，而他对白居易的"池上"境界更是别有会心。苏轼曾为韩琦的"醉白堂"作记，文中明确指出"醉白堂"的命名即是"取乐天《池上》之诗"之意。⑧ 而他的《池上二首》（其二）更是通过对李白、白居易思想观念的取舍表现出了自己对白居易所创造的"池上境界"的倾心向往：

不作太白梦日边，还同乐天赋池上。池上新年有荷叶，细雨鱼儿唼轻浪。……此池便可当长江，欲榜茅斋来荡漾。⑨

与白居易一样，苏轼也喜欢描写小池之上（旁）是如何诸景皆备和引人入胜的，如其《次韵子由岐下诗序》中云：

予既至岐下逾月，于其廨宇之北隙地为亭。亭前为横池，长三丈。池上为短桥，属之堂。分堂之北厦为轩窗曲槛，俯瞰池上。出堂而南，为过廊，以属之厅。廊之两傍，各为一小池。三池皆引汧水，种莲养鱼于其中。池边有桃、李、杏、梨、枣、樱桃、石榴、樗、槐、松、桧、柳三十余株……⑩

这则序言中所传述的景象和意兴与白居易的同类诗作（如前文所引《泛春池》《池上有小舟》《池上篇》等）是一脉相承的。

类似的例子还有曾巩和陈与义。曾巩曾在诗中表达了他对"池上"境界的领悟和体会。其《盆池》诗云："环环清泚旱犹深，炳炳芙蓉近可寻。苍壁巧藏天影入，翠奁微带藓痕

---

① 《贺宫师杜公增秩》，《全宋诗》卷三二四，第 6 册，第 4024 页。
② 《再答二阕》之二，《全宋诗》卷三三一，第 6 册，第 4072 页。
③ 《寄致政赵少师》，《全宋诗》卷三三一，第 6 册，第 4072 页。
④ 《提举陈龙图迁居邢台二首》，《全宋诗》卷三三六，第 6 册，第 4110 页。
⑤ 《全宋诗》卷四二○，第 8 册，第 5152 页。
⑥ 何文焕辑：《历代诗话》，上册，中华书局 1981 年版，第 656 页。
⑦ 张再林：《论苏轼学白居易诗》，载《学术论坛》2008 年第 9 期。
⑧ 苏轼：《醉白堂记》，《苏轼文集》卷十一，第 2 册，第 344 页。
⑨ 孔凡礼点校：《苏轼诗集》卷四十九，第 8 册，中华书局 1982 年版，第 2716 页。
⑩ 《苏轼诗集》卷三，第 1 册，第 134 页。

侵。能供水石三秋兴，不负江湖万里心。照影独怜身老去，日添华发已盈簪。"① 《北池小会》诗云："笑语从容酒慢巡，笙歌随赏北池春。波间镂槛花迷眼，沙际朱桥柳拂人。金缕暗移泉溜急，银簧相合鸟声新。幸时无事须行乐，物外乾坤一点尘。"② 其中的"不负江湖万里心""幸时无事须行乐"云云，对以方寸小池为万里江湖、意兴悠闲高远的"池上"境界作了完美的诠释。

而陈与义更是曾以清新生动的笔调展现了一幅幽静闲适的"池上"画面而轰动一时。据南宋洪迈《容斋随笔》载，陈与义曾与同僚在葆真宫池上集会，取"绿阴生昼静"分韵赋诗，陈与义得"静"字，其诗有云："是身惟可懒，共寄无尽兴。鱼游水底凉，鸟语林间静""微波喜摇人，小立待其定""人生行乐耳，诗律已其剩。"③ "诗成出示会上，皆诧为擅场。朱新仲时亲见之，云京师无人不传写也。"④ 清人潘德舆在《养一斋诗话》中亦称赞陈与义此诗"词意新峭可喜，虽西江风格而能药俗"⑤。由这些赞语我们不难看出宋人对"池上"境界的由衷喜爱和倾心向往以及由此对文学创作所造成的深刻影响。

综上所述，白居易所开创的以方寸小池为广大境界、意趣闲适悠远的"池上"境界，是唐、宋文化转型过程中的时代精神和士人心态发生深刻变化的一种反映，因其丰富的时代内涵和丰厚的文化意蕴而引起了宋人的纷纷仿慕，并由此产生了一大批以描述小池风物和池上之乐为主题的文学作品，为宋代文坛增添了一份特有的闲适面貌，同时也成为构成"宋型文化"的一个重要因素，具有重要的文学史意义。

---

① 《全宋诗》卷四五九，第 8 册，第 5570 页。
② 《全宋诗》卷四六〇，第 8 册，第 5588 页。
③ 陈与义：《夏日集葆真池上以绿阴生昼静赋诗得静字》，吴书荫、金德厚点校《陈与义集》（上册）卷十，中华书局 2007 年版，第 160 页。
④ 洪迈：《容斋随笔·四笔》卷十五，岳麓书社 1994 年版，第 530 页。
⑤ 朱德慈辑校：《养一斋诗话》卷九，中华书局 2010 年版，第 45 页。

宋代诗学视阈中的以"鬼"论诗

张振谦

暨南大学文学院

内容提要：在宋代诗学批评中，"鬼诗""鬼语"成为常用术语。诗歌内容摹写幽冥世界、诗风凄艳幽冷且空幻飘逸、情感基调以悲为美是宋代文人对"鬼诗"基本内涵的确认。以"鬼"论诗强调诗境的清迈出尘、诗人的妙手灵心，多为正面评价。以"鬼"论诗的流行受宋代谈鬼的社会风尚及传统诗学神秘化思维的影响较大，也与宋人对李贺的阐释和接受有关。

关键词：宋代诗学　鬼　鬼诗　鬼语　李贺

《说文解字》："人所归为鬼。从人，像鬼头。鬼阴气贼害，从厶。"这里的"厶"即自私，也就是说鬼是自私、阴险、可怖的。古人认为"鬼"乃人之变异，是人死后在另一世界的延续，是人的最终归宿。鬼在古代社会文化的诸多方面留下了深深的印记，诗歌领域亦然。唐代鬼诗繁荣，《全唐诗》卷八六五和卷八六六这两卷专收鬼诗共九十三首。李贺因常在诗中言及鬼神而被后人称为"诗鬼"。在宋代，"鬼"不仅活跃于诗歌创作领域，而且进入了文学批评之中。本文试图对宋代诗论中的"鬼诗""鬼语"说的诗学内涵、产生原因及其影响进行初步探讨，以理清宋代文人的创作心态、审美旨趣及以"鬼"论诗流行的原因。

一

在宋代诗话、笔记中，常出现以"鬼诗""鬼语"论诗的例子，如蔡絛《西清诗话》："罗隐云：'云中鸡犬刘安过，月里笙歌炀帝归。'定是鬼诗。"① 刘辰翁评李贺《七夕》时曰："鬼语之浅浅者。"② 刘祁《归潜志》卷九："梦中作诗，或得句，多清迈出尘。……余幼年梦中亦有作诗：'玄猿哭处江天暮，白雁天时泽国秋。'如鬼语也。"③ 陈振孙《直斋书录解题》云："世传《湘灵鼓瑟》诗，断句用鬼语者，即其试作也。"④ "鬼诗""鬼语"因而成为宋代诗歌批评常用术语之一。

我们来看宋晁公武《郡斋读书志》卷十八相关记载：

唐曹唐字尧宾，桂州人。初为道士。咸通中，为府从事，卒。作《游仙诗》百余篇。或靳之曰："尧宾尝作鬼诗。"唐曰："何也？""'井底有天春寂寂，人间

---

① （宋）魏庆之：《诗人玉屑》卷一一引，上海古籍出版社1978年版，第239页。
② （宋）刘辰翁：《笺注评点李长吉歌诗》，《文渊阁四库全书》第1078册，第487页。
③ （宋）刘祁：《归潜志》，中华书局1983年版，第93页。
④ （宋）陈振孙：《直斋书录解题》，上海古籍出版社1987年版，第562页。

无路月茫茫。'非鬼诗而何?"唐乃大哂。今集中不见,然他诗及神仙者尚多。①

晚唐道士曹唐以游仙诗名世,其诗往往被人称为"鬼诗","井底有天春寂寂,人间无路月茫茫"最为著名,宋人屡言之,如魏庆之《诗人玉屑》卷一一:"唐《汉武宴王母诗》云:'树底有天春寂寂,人间无路月茫茫。'岂非鬼诗耶!"②宋陶岳《五代史补》卷一云:"曹唐,柳州人,少好道,为大、小游仙诗各百篇。……其游仙之句则有《汉武帝宴西王母诗》,云:'花影暗回三殿月,树声深锁九门霜。'又云:'树底有天春寂寂,人间无路月茫茫。'皆为士林所称。"③此诗自唐代《才调集》至清代编纂《全唐诗》,诗题皆作《仙子洞中有怀刘阮》,而晁公武却云"今集中不见",不知何故,或为"鬼"诗铺垫。宋末方回《瀛奎律髓》评曹唐《仙子送刘阮出洞》诗时也指出:"曹唐专借古仙会聚离别之事以寓写情之妙,有如鬼语者。"④ 因此,在后世流传过程中,它又被认为是女鬼所作。宋曾慥《类说》卷二九载:"太和进士曹唐夜见一女,峨冠黄服,衣如烟雾,倚树吟曰:'暂调清瑟理霓裳,尘思那知鹤梦长。树里有天春寂寂,人间无路月茫茫。玉砂瑶草连溪绿,云水桃花满洞香。雾水风灯易零落,不知何日见刘郎。'唐明日病卒。"可见,曹唐的两句"鬼诗"是经过诸如晁公武、曾慥、方回等宋人的附会而成,附会的原因大概因为这两句诗中非人间的意境以及曹唐好道的特点。我们再来看欧阳修《六一诗话》中的一则材料:

> 石曼卿自少以诗酒豪放自得,其气貌伟然,诗格奇峭。……曼卿卒后,其故人有见之者云,恍惚如梦中,言"我今为鬼仙也,所主芙蓉城",欲呼故人往游,不得,忽然骑一素骡去如飞。其后又云降于亳州一举子家,又呼举子去,不得,因留诗一篇与之。余亦略记其一联云:"莺声不逐春光老,花影长随日脚流。"神仙事怪不可知,其诗颇类曼卿平生语,举子不能道也。⑤

此本事在宋代流传极广,江少虞《宋朝事实类苑》卷三十四、阮阅《诗话总龟》卷四六、胡仔《苕溪渔隐丛话》后集卷二四、何汶《竹庄诗话》卷二二均载有此事。石曼卿即宋初文人石延年,其人才高命短、仕途坎坷,据说死后作了芙蓉城主,苏轼《芙蓉城》诗云:"芙蓉城中花冥冥,谁其主者石与丁。"其中的"石"即石延年,"丁"指丁令威(一说是庆历年间丁度),苏轼诗《和蔡景繁海州石室芙蓉仙人(石曼卿也)旧游》也言及此事。南宋叶李《纪梦》诗亦云:"宋时豪士石曼卿,帝命作主芙蓉城。"仔细看上述材料,就不难发现这两句鬼诗的演变过程:先是"故人"在梦中听见死后的石延年称自己为"鬼仙",并骑青骡如飞。这一素材被欧阳修引入诗话,又加入亳州与举子赋诗一联的故事,从而使"鬼仙"与"诗"联系起来,这一联诗又呈现出恍恍惚惚、飘忽不定的画面感,因此到了朱熹这里,就直接称之为"鬼诗"了,《朱子语类》卷一四〇载:"有鬼诗云:'莺声不逐春光老,花影长随日脚流。'"⑥ 赵令畤《侯鲭录》卷二则载有苏轼谈论鬼诗的例子:

---

① (宋)晁公武撰,孙猛校证:《郡斋读书志校证》卷一八,上海古籍出版社1990年版,第927页。
② (宋)魏庆之:《诗人玉屑》卷一一,上海古籍出版社1978年版,第239页。
③ (宋)陶岳:《五代史补》,《文渊阁四库全书》第407册,第648页。
④ (宋)方回撰,李庆甲集评:《〈瀛奎律髓〉汇评》,上海古籍出版社1986年版,第1793页。
⑤ (宋)欧阳修:《六一诗话》,何文焕辑《历代诗话》,中华书局1981年版,第271页。
⑥ (宋)黎靖德:《朱子语类》卷一四〇,中华书局1986年版,第3332页。

东坡尝言鬼诗有佳者，颂一篇云："流水涓涓芥吐芽，织乌西飞客还家。深村无人作寒食，殡宫空对棠梨花。"尝不解"织乌"义，王性之少年博学，问之。乃云："织乌，日也，往来如梭之织。"坡又举云："杨柳杨柳，袅袅随风急，西楼美人春睡浓，绣帘斜卷千条人。"又诵一诗云："湘中老人读黄老，手援紫藤坐碧草。春至不知湘水深，日暮忘却巴陵道。"此必太白、子建之鬼也。①

这首鬼诗也为黄庭坚所喜爱，何汶《竹庄诗话》卷二二引《洪驹父诗话》云："《酉阳杂俎》载鬼诗两篇，山谷喜道之。'长安女儿踏春阳，无处春阳不断肠。学舞弓弯浑忘却，娥眉空带九秋霜。''流水涓涓芹吐芽，野鸟双飞客还家。荒村无处作寒食，殡宫空对棠梨花。'"② 诗中展示了一幅神异凄迷的画面：寒冷的泉水涓涓流淌，青绿色的野芹吐出嫩芽，这是野地的景色，色调偏冷。"织乌西飞"即夕阳西下，点出时间是黄昏。寒食节，在清明的前一天，古人从这天起，三天内禁止生火，只吃冷食。没有了炊烟的荒村，显得死寂凄凉，只有跳出殡宫的鬼，在寒食节的荒野里游荡。宋代程棨《三柳轩杂识》认为"棠梨花"为鬼客，它的生长，恰好反衬出人间的冷落。这颇合"鬼诗"风格，境界幽清，情文斐然，选取有特定意义的景物，层层深入，把旷野中幽绝凄迷的氛围写得淋漓尽致，难怪苏轼拍案叫绝。"杨柳杨柳"诗出自夷陵馆女鬼之手，明代胡应麟评其"体格特新，然真鬼语也"③。最后一诗语带奇气，正是因词气殆同李白、曹植而被视为太白、子建鬼魂所为。

二

宋代文人所谓"鬼诗""鬼语"在内容和风格上呈现出鲜明特征，主要包括三个方面：

其一，凄艳幽冷的诗歌意境。自古以来，鬼多与阴柔、幽暗相关联，《礼记·乐记》云："幽则有鬼神。"鬼诗的作者大多充溢着幽愁、悲怨色彩。据鬼诗本事，普遍可见女鬼心境郁郁而男鬼生涯窘困，"愁"自然成了鬼诗风格的主要基调。如《西塘集耆旧续闻》卷七记载汴京李长卿之女英华"俄染病疾而逝"，又因她有"三月园林丽日长，落花无语送春忙。柳绵不解相思恨，也逐游蜂过短墙"等诗句而判断"其诗无凄凉悲怨之词，皆艳丽欢愉之语言，殆鬼中之仙"④。又据《诗人玉屑》卷二一引《冷斋夜话》载：黄庭坚曾看到荆州江亭上的题柱诗，"读之，凄然"，又据题诗的笔势推断其作者"类女子"，以"泪眼不曾晴"判断题柱者为鬼，最后断定，诗的作者为吴城小龙女之鬼魂。⑤ 鬼诗多女子所为，"女鬼"如同现世女子，其愁苦之情往往表现为渴望爱情而不得的悲怨。《宋诗纪事》卷九九引《西湖志余》载："宋时有吴生，寓城西阑若，夜半闻叩扉声，启视，乃一处子，容服雅淡。问其从来，以比邻答之。强留入室，遂止宿焉。居数月，寺僧视生容止，稍疑之，乃以实告。僧惊叹曰：'昨一官员，有女才色艳丽，充选内庭，病卒，权殡西廊三年矣。曩尝出祟行客，汝遇得非是乎？不亟去，祸且及矣。'生犹未忍，至夜，于窗间得一诗，墨色惨淡，不类人书，生始惧，翌日遂行。"其中"女鬼"《题窗间》云：

---

① （宋）赵令畤：《侯鲭录》卷二，《侯鲭录·墨客挥犀·续墨客挥犀》，中华书局2002年版，第61页。
② （宋）何汶：《竹庄诗话》卷二二，中华书局1984年版，第429页。
③ （明）胡应麟：《少室山房笔丛》卷三七，上海书店出版社2001年版，第375页。
④ （宋）陈鹄：《西塘集耆旧续闻》，《师友谈记·曲洧旧闻·西塘集耆旧续闻》，中华书局2002年版，第357页。
⑤ （宋）魏庆之：《诗人玉屑》卷二一，上海古籍出版社1978年版，第466页。

> 西湖着眼事应非，倚槛临流吊落晖。昔日燕莺曾共语，今宵鸾凤叹孤飞。死生有分愁侵骨，聚散无缘泪湿衣。寄语吴郎休负我，为君消瘦十分肌。①

相对于现世女子，女鬼不必顾忌人间诸多礼教的束缚，在追求爱情时，显得主动而执着。但从诗中仍然可以看出她的隐愁和担忧，生怕情郎因"生死有分"而负她，害怕"聚散无缘"，希望情人能被她"为君消瘦十分肌"的痴情所感动，但是这脆弱的感情不堪一击，留下的唯有女鬼无尽的闺怨和愁苦。李献民《云斋漫录》记载寓迹僧舍的海州举子王生夜见女鬼，女鬼作诗亦云："芳姿沉晦几经秋，风响梧桐夜夜愁。惆怅平生浑如梦，满怀幽怨甚时休。"② 鬼诗幽怨凄婉的风格特征被宋代文人所接受并效仿。如薛季宣《读鬼诗拟作二首》诗云："坐对悲风啸晚山，征鸿不记几回迁。青铜蚀破菱花面，慵掠乌云绾髻鬟。""王乐纷华苦未真，至游无朕亦无身。细看浮世多尘坌，如我得归能几人。"③

其二，以悲为美的情感基调。中国古代诗歌创作有"穷苦之言易好"的审美传统，韩愈《荆潭唱和诗序》云："夫和平之音淡薄，而愁思之声要妙；欢愉之辞难工，而穷苦之言易好也。是故文章之作，恒发于羁旅草野。"在古人看来，表现愁苦的作品较之表现欢愉的作品更具有艺术感染力，也更能引起读者的同情和共鸣。清陈廷焯《白雨斋词话》卷七云："诗以穷而后工，倚声亦然，故仙词不如鬼词。哀则幽郁，乐则浅显也。"④ 又宋人张端义《贵耳集》卷中云：

> 《文选》，昭明太子之所作。昭明在梁时亦郁郁不乐，移此志于《文选》。考之集中，诸公负一世名者皆不得其善终。班固、张华、郭璞、机、云、嵇康、潘岳、谢灵运辈，尝读其诗，感怆之言近似鬼语。屈原《离骚》有山鬼殇，良可哀也。⑤

这里所谓"鬼语"主要指汉晋诸公诗中的"感怆之言"，而这些"感怆之言"均源于内心郁积的不平之气，"负一世名者皆不得其善终"。张氏还指出，不仅"鬼诗"的产生是作者内心郁结所致，其结集流传也是选家之"郁郁不乐"而"移志"的结果，这样能从中找到心灵的共鸣与慰藉。文人喜"鬼诗"与其自身的坎坷的情感遭遇有关，所作或所论"鬼诗"相当一部分正是其悲惨命运的写照。"鬼诗"大多带有凄苦悲怨的特征，充斥一股伤感不平之气。正如陆游所言"鬼语亦如人语悲"（《石首县雨中系舟戏作短歌》），南宋黎廷瑞《泊淮岸夜闻鬼语》诗中亦云："青燐走平沙，独夜鬼相语。沉吟乍幽咽，怨苦倍酸楚。"鬼诗以其幽冷的意趣、寒峭的笔调、哀婉的运思，营造了一个阴森恐怖、悲哀惨痛的氛围和情感基调，正如谢榛《四溟诗话》卷四中所云："险怪如夜壑风生，暝岩月堕，时时山精鬼火出焉；苦涩如枯林朔风，阴崖冻雪，见者靡不惨然。"⑥ 这种因异乎寻常的审美情趣和逸出常轨的构思方式造成的悲美效果正是"鬼诗"说在宋代被广泛接受的社会心理原因。

其三，空幻飘逸的诗歌风格。鬼，人未能见，凡涉鬼之论，均带有神秘色彩。因此，

---

① （清）厉鹗：《宋诗纪事》卷九九，上海古籍出版社1983年版，第2347页。
② （宋）李献民：《云斋广录》卷七，中华书局1997年版，第47页。
③ 《全宋诗》卷二四七五，第46册，第28666页。
④ （清）陈廷焯：《白雨斋词话》卷七，人民文学出版社1959年版，第199页。
⑤ （宋）张端义：《贵耳集》，上海古籍出版社2012年版，第117页。
⑥ （明）谢榛：《四溟诗话》卷四，《四溟诗话·姜斋诗话》，人民文学出版社1961年版，第115页。

"鬼诗"大多在诗歌意境方面带有起落无迹、轻灵缥缈的神秘特征，表现出空幻动荡、飘逸自然的风格。如南宋刘辰翁在评论李白《远别离》诗时云："参差屈曲、幽人鬼语而动荡自然，无长吉之苦。"① 这种诗境类似严羽所谓"羚羊挂角，无迹可求"（《沧浪诗话·诗辨》），也就是诗歌艺术进入了鬼斧神工、出神入化的境界，即化境。清人贺贻孙《诗筏》："诗家化境，如风雨驰骤，鬼神出没，满眼空幻，满耳飘忽，突然而来，倏然而去，不得以字句诠，不可以迹相求。"② 可见，诗歌化境与"鬼神出没"一样，均带有轻灵飘荡，无锻炼斧凿之痕。而宋人所赞赏的"鬼诗"意境也是如此，如陈振孙《直斋书录解题》云："世传《湘灵鼓瑟》诗，断句用鬼语者，即其试作也。"③ 钱起此诗为应试作品，结句"曲终人不见，江上数峰青"写曲终声消，却不见鼓瑟之人，湘江之上，唯有青山孤立。此时此景，令人无限遐思、回味无穷。这种意境非尘世凡间所为，只有在鬼域中才能出现。诗歌境界的空幻飘逸往往被视为非人间可拟，出于鬼神之手，如刘攽《中山诗话》载："海陵人王纶女，辄为神所凭，自称仙人。字善数品，形制不相犯。《吟雪诗》云：'何事月娥欺不在，乱飘瑞叶落人间。'他诗句词意飘逸，类非世俗可较。"④ 宋王明清《玉照新志》卷四引宝懿夫人（王纶女）诗甚佳："洞境春色长，人间夜寒早。西真不剪天外花，东君自戮云边草。玉女焊尊香满枝，碧玉养根红落稀。青玉楼台二十里，二十里花尽桃李。凌风人去鹤不还，万年依旧瑶池水。阑干有曲通太无，宝井霞牵金辘轳。风回紫縠绡衣卷，流金影转烟鸾孤。可怜世事杳难尽，至道虽元眉睫近。埃尘点染空自悲，此时不来来何时。"意境的空幻飘逸使其呈现出颇高的艺术价值，王明清称："虽置在李太白诗中，谁复疑其非耶！"⑤

宋代诗歌批评中的"鬼"是对一些诗歌总体风貌的一个印象式的概括。我们虽然可以从内容、艺术风格等方面进行阐释，但在阐释过程中，又带有朦胧性和不确定性，这是由于中国传统文化中的"鬼"本身就是人们的一种心灵创造，带有一定的神秘性，当一首诗歌（或其中某些诗句）在整体上表现出神秘幽渺、难以追索的艺术风貌时，往往被诗论者称为"鬼诗"或"鬼语"。

三

宋代诗学批评领域以"鬼"论诗的现象之所以流行，大致由于以下原因所致：

首先，与宋代文人谈鬼的社会风尚有关。宋代社会巫鬼信仰盛行，鲁迅曾言："宋代虽云崇儒，并容释道，而信仰本根，夙在巫鬼。"⑥ 由此产生了一批搜奇志异之书。《夷坚丙志序》云："颛以鸠异崇怪"，"但谈鬼神之事足矣"。《宋人轶事汇编》卷四亦载："徐铉不信佛，而酷好鬼神之说，记于简牍，为《稽神录》。"⑦ 这些谈论鬼神之事的书籍受到了文人士大夫的广泛传阅，正如《夷坚乙志》序所云："《夷坚》初志成，士大夫或传之，今镂板于闽、于蜀、于婺、于临安，盖家有其书。"这类书籍也深受帝王喜爱："宪圣在南内，爱神

---

① 《御选唐宋诗醇》卷二，《文渊阁四库全书》第1448册，第101页。
② （清）贺贻孙：《诗筏》，《清诗话续编》，上海古籍出版社1983年版，第165页。
③ （宋）陈振孙：《直斋书录解题》，上海古籍出版社1987年版，第562页。
④ （宋）刘攽：《中山诗话》，何文焕《历代诗话》，中华书局1981年版，第289页。
⑤ （宋）王明清：《玉照新志》卷四，《投辖录·玉照新志》，上海古籍出版社1991年版，第70页。
⑥ 鲁迅：《中国小说史略》，上海古籍出版社1998年版，第65页。
⑦ 丁传靖：《宋人轶事汇编》卷四，中华书局2003年版，第139页。

怪幻诞等书。郭彖《睽车志》始出，洪景庐《夷坚志》继之。"① 虽然宋代文人对待鬼魂的态度往往是半信半疑，但这丝毫没有消减他们谈鬼的热情。叶梦得《避暑录话》卷上载："子瞻在黄州及岭表，每旦起，不招客相与语，则必出而访客，所与游者亦不尽择，各随其人高下，谈谐放荡，不复为畛畦，有不能谈者，则强之说鬼。或辞无有，则曰'姑妄言之'。于是，闻者无不绝倒，皆尽欢而后去。"② 苏东坡贬谪黄州和岭南，无聊之极，随意找人聊天，谈话内容往往是奇奇怪怪之事，甚至"强之说鬼"。当然，宋人浓烈的谈鬼风气与当时道教的兴盛不无关系。与"敬鬼神而远之"（《论语·雍也》）的儒家不同，道教则与原始巫鬼文化联系密切，道教创始人之一的张鲁就"以鬼道教百姓，賨人敬信巫觋，多往奉之"（《晋书·李特传》）。至宋代，道教斋醮活动颇为频繁，诚如欧阳修所言："祈禳秘祝，往往近于家人里巷之事。"③ 道教符箓派的兴盛导致谈鬼成为风尚，《铁围山丛谈》卷四："李郁林佩，政和初出官尉芮城。时因公事过河镇，偶监镇夜同会坐数人，相与共征鬼神事。"④ 蔡京族子蔡窑"性矫妄，善谈鬼神事"⑤。宋代著名文人除苏轼外，黄庭坚、秦观、范成大、陆游等都加入了谈鬼、写鬼的行列。南宋文人开始在诗话、笔记中专门收集鬼诗、品评鬼语，如阮阅《诗话总龟》专辟鬼神门；胡仔《苕溪渔隐丛话》特设鬼诗类；魏庆之《诗人玉屑》以灵异门收集鬼诗。通过诗文评的方式评论鬼诗，标志着"鬼"正式进入文学批评领域。

其次，与传统诗学的神秘性思维有关。诗论家笔下的"鬼"往往形容诗艺高超神出鬼没，精妙无比。《易传·系辞》："阴阳不测之谓神。"又云："神也者，妙万物而为言。"认为万物变化奇幻莫测就是神，主要针对万物存在的不可言传之妙而言的，这可谓中国神秘主义之总纲。我国古代神秘主义以"天人合一"为精神核心，标举超越物质关怀的"立人极""与天地参"（《中庸》）的生命境界和人文境界。将天人感应、物我相通相融作为观照万物的最高境界。神秘主义在道家思想中获得了更深刻、玄妙的诗意形式，在批判世俗现实、标举超越境界的同时，人的本真生命呈现出精妙的智慧和空灵恬淡的美。《道德经》开篇"道可道，非常道，名可名，非常名"已明确昭示神秘性思维的特点。其二十一章又云："道之为物，唯恍唯惚。惚兮恍兮，其中有象；恍兮惚兮，其中有物；窈兮冥兮，其中有精，其精甚真。"因此，"道"本身包含不可言传的神秘性。古代诗论家的思维特点及其诗学思想与古代神秘主义关系密切。如刘勰《文心雕龙·神思》："寂然凝虑，思接千载；悄焉动容，视通万里。"认为这种构思时物与神游的境界与超自然的鬼神世界颇为相似。王水照先生曾说："宋代诗人趋于内省沉思，力求探索天道、人道与天人知道的奥秘。"⑥ 这种神秘性思维也往往影响宋人诗论，如《诗人玉屑》卷一二载："黄太史诗妙脱蹊径，言侔鬼神，唯胸中无一点尘。"以"鬼神"来比喻诗境的清迈出尘、诗人的妙手灵心。宋人也往往将一些妙手偶得的名篇佳构附会为鬼魂所作，称为"鬼诗""鬼语""鬼谣"。

最后，与宋人对李贺诗的阐释和接受有关。在中国古代诗歌批评史中，李贺诗素与"鬼"有缘。宋代，以"鬼才"指称李贺的现象颇为普遍。王得臣《尘史·诗话》中说：

---

① （宋）张端义：《贵耳集》卷上，中华书局1985年版，第6页。
② （宋）叶梦得：《避暑录话》卷上，中华书局1985年版，第3页。
③ （宋）欧阳修：《欧阳修全集》，中华书局2001年版，598页。
④ （宋）蔡絛撰：《铁围山丛谈》卷四，中华书局1983年版，第64页。
⑤ （元）脱脱等：《宋史》卷四七二，中华书局1977年版，第13733页。
⑥ 王水照：《宋代文学通论》，河南大学出版社1997年版，第68页。

"庆历间,宋景文诸公在馆,尝评唐人之诗云:太白仙才,长吉鬼才,其余不尽记也。"宋祁"鬼才"之论为鉴赏李贺诗歌提供了一种审美方式。严羽《沧浪诗话·诗评》云:"人言太白仙才,长吉鬼才。不然,太白天仙之词,长吉鬼仙之词耳。"① 又云:"太白仙才,李贺鬼才。然仙诗鬼诗皆不堪多见,多见则仙亦使人不敬,鬼亦使人不惊。"② 至此,"鬼"成为宋代文人评价李贺诗的常用术语,正如钱锺书所云:"自杜牧之作《李昌谷诗序》,有'牛鬼蛇神'之说,《尘史》卷中记宋景文论长吉有'鬼才'之目,说诗诸家,言及长吉,胸腹间亦若有鬼胎。"③ 南宋刘辰翁《笺注评点李长吉歌诗》评《七夕》时曰:"鬼语之浅浅者。"评《苏小小墓》:"古今鬼语无此惨淡尽情。"评《感讽》其三曰:"不凡尘俗,人情鬼语,殆不自觉。"④ 拈出"鬼语"一词作为李贺诗奇谲风格表现在语词上的特征。可谓发前人之所未发,使得长吉歌诗的语词特征得到了形象化的表现,也是对晚唐五代到两宋以来"鬼才"说的具体化。

随着宋人将李贺和"鬼"联系起来的现象的频繁出现,后人论诗往往沿袭这一现象,如元好问《续夷坚志》卷四载:沧州人田紫芝"六七岁知属文,一览万言。十三,赋《丽华引》,诗意惊人,有李长吉风调。十六与余游从。曾大雨后有诗见示云:'醉梦萧森蝶翅轻,一镫无语梦边明。虚檐雨急三江浪,老木风高万马兵。枕簟先秋失残暑,湖山彻晓看新晴。对床曾有诗来否,为问韦家好弟兄。'予兄敏之,私谓予言'诗首二句,非鬼语乎?'"⑤ 因田紫芝诗"有李长吉风调"而被称为"鬼语",这与晚唐以后人们将李贺诗与"鬼"相联系有关,其《黄金行》诗又云:"笔头仙语复鬼语,只有温李无他人。"明人许学夷《诗源辩体》亦云:

严沧浪云:"人言太白仙才,长吉鬼才。不然,太白天仙之词,长吉鬼仙之词耳。"愚按贺乐府、七言如"茂陵刘郎秋风客,夜闻马嘶晓无迹"、"大江翻澜神曳烟,楚魂寻梦风飕然"、"秋坟鬼唱鲍家诗,恨血千年土中碧"、"西山日没东山昏,旋风吹马马踏云"、"百年老鸮成木魅,啸声碧火巢中起"、"石脉水流泉滴沙,鬼灯如漆照松花"、"呼星召鬼歆杯盘,山魅食时人森寒"、"虫栖雁病芦笋红,回风送客吹阴火"等句,皆鬼仙之词也。又"啾啾赤帝骑龙来",真仙而鬼耶!⑥

许氏在肯定严羽的观点的同时,找出了一些直观的"鬼"诗特征。用李贺诗中能够代表"鬼"特征的语言来说明李贺的诗确实是"鬼仙"之词。明人陶望龄《徐文长传》又载:"(徐)渭为诸生时,提学副使薛公应旗阅所试论,异之,置第一,判牍尾曰:'句句鬼语,李长吉之流也。'"⑦ "句句鬼语"成了薛应旗将徐渭文章判为第一的标准,而真正让他能够把"鬼语"文章当作一流的根本原因是"李长吉之流也"。清何焯《义门读书记》评论李商隐《无愁果有愁曲北齐歌》时亦云:"此真鬼诗,大似长吉手笔。"李贺诗歌以瑰丽凄美

---

① (宋)严羽:《沧浪诗话》,人民文学出版社1983年版,第178页。
② (清)王琦等:《三家评注李长吉歌诗》,上海古籍出版社1998年版,第22页。
③ 钱锺书:《谈艺录》,中华书局1984年版,第44～45页。
④ 吴正子笺,刘辰翁评:《笺注评点李长吉歌诗》,《文渊阁四库全书》第1078册,第487、491、515页。
⑤ 姚奠中主编:《元好问全集》卷五一,山西古籍出版社2004年版,第1231页。
⑥ (明)许学夷:《诗源辩体》,人民文学出版社1998年版,第263页。
⑦ (明)徐渭:《徐渭集》,中华书局1983年版,第1341页。

的意境、神秘诡谲的意象、奇警峭拔的语言、孤傲遗世的情感塑造的"鬼诗"的风格成为后代文人论诗的审美类型和艺术范式。因此,宋代及后世以"鬼"论诗的流行也包含着李贺在古代诗歌中的地位、影响和创作风格的定位,包含着对李贺的激赏和对其诗风的赞美。

文人以"鬼"论诗往往是从欣赏"鬼诗"的层面出发的,对此作正面评价。清王士禛《香祖笔记》卷三:"范德机尝得十字云:'雨止修竹间,流萤夜深至。'既复曰:'语太幽,殆类鬼作。'吴师道《礼部集》亦云:'闻之危太朴,昔与先生秋夜不寐,微步山中,得此二句,喜甚,且曰云云。当以他语映带之,因足成此章云。'右二语果佳,余少时有句云:'萤火出深碧,池荷闻暗香。'故友叶文敏讱庵极喜之,取入《独赏集》。"① 此诗即范德机《苍山感秋诗》,《四库全书总目提要》卷一六七评曰:"其语清微妙远,为诗家所称。"② 而王士禛依此仿作二句,也为友人所爱。

综之,宋代文人以"鬼"论诗既注重鬼诗的娱乐游戏性,又是其精神世界的投射。从写作手法上看,鬼诗作者多以已逝者身份抒情,鬼诗之内涵,大多感时伤今,哀叹生死之异,抒发繁华易逝、生命短暂的哀伤情感。宋及后世文人以"鬼"论诗往往是正面激赏,他们对鬼诗的理解是一种主体的生命体验式理解,其阐释也是一种主体的直觉感悟式的阐释。他们对鬼诗的内在意蕴的理解与把握往往依赖传播者、接受者、评论者的生命体验和直觉感悟,从而创造出古代诗歌批评史上别具一格的"鬼趣"。

---

① (清)王士禛撰,湛之点校:《香祖笔记》卷三,上海古籍出版社1982年版,第54页。
② 《四库全书总目提要》卷一六七,中华书局1987年版,第1441页。

宋代"脚体"时文与元代"股体"时文

张祝平

南通大学文学院

内容提要：在现存宋代文献中，朱熹最早提出时文"脚"的概念。朱熹之说是对熙宁以至庆元年间宋代科举经义"脚体"时文的实况的揭示。宋人强调两脚立意解题。叶适之论也提供了南宋隆兴、乾道、淳熙年间，喜好对仗者凭借经义对偶破题成功攫第一、据上第、置首选的例证。宋代经义脚体与宋元十段文其实是一致的，关键是在用偶句还是用散句破题的问题，争议的焦点也是在破题和论述的散与偶上。根据史籍记载和朱熹、叶适等人的记述，从北宋熙宁、大观至南宋乾道、淳熙、庆元间的宋代经义的形式，士人们更偏重的是从破题对偶脚体时文的角度来谈作法，而不太强调十段文。元代"股"的概念及其考试经义继承了宋代的"脚体"时文的形式特点。元人尊朱，为何朱熹竭力反对的"脚体"时文被元代时文沿袭呢？其原因一是朱熹所说南宋时文的作法要求以破题二脚对偶式为主，是指当时科试经义时文的客观情况，影响已经很大，元代只不过是沿袭下来。二是元代科举尊崇朱熹之说，从元代诸家分股阐释《诗集传》例，可见朱熹解题往往也是从两方面来说，所以元人是套用两股之说来敷衍朱熹之说而已。

关键词：宋代脚体时文　元代股体时文　关系

一、引言

滥觞于北宋、成熟于明代的八股时文从思想内容到写作技巧、思维模式对宋元明清的思想文化产生了极大的影响，研究它的形成发展史是研究中国思想文化发展史的重要部分。关于八股文成熟期，清顾炎武曾言"其定于八股之法者实始于成化以后也"（《日知录·试文格式》）。而其对"股体"时文在明以前的演变并未作进一步阐述。《四库全书总目提要》谈及宋末由魏天应编、林子长笺注的《论学绳尺》时云："然当日省试中选之文多见于此，存之可以考一朝之制度，且其破题、接题、大讲、小讲、入题、原题诸式，实后来八比之滥觞，亦足以见制举之文源流所自出焉。"[①] 认为《论学绳尺》即八股文之滥觞。的确，从宋末魏天应《论学绳尺》中林子长之笺注所提"股""脚"名称并用的情况来看，宋末对时文的写作评价，就提出了注意"股""脚"的要求。关于八股文在宋元时期的形态，最突出的成果是上海师大朱瑞熙先生的论文《宋元的时文——八股文的雏形》[②]，他对宋元时文进

---

* 本文系国家社科基金项目"宋元股体时文与明八股文形成研究"（14BZW099）；教育部人文社科研究规划基金项目"宋元股体时文研究"（09YJA751049）成果。

① 《四库全书总目》卷一八七，中华书局1965年版，第1702页。
② 朱瑞熙：《宋元的时文——八股文的雏形》，载《历史研究》1990年第3期，第29～43页。

行了较为深入系统的研究,特别提出经义、论、策在宋元之际形成了一种包括破题、承题、小讲、缴结、官题、原题、大讲、余意、原经、结尾这十个段落在内的时文体式"宋元十段文"。但文章详于宋而略于元,他对元代时文的分析仅提及元倪士毅的《作义要诀》和王充耘的《书义矜式》的文体作法,而两书并未提及"股体"的概念,可能是由于元代"股体"时文材料缺乏的缘故,他对元代的"股体"时文没有提及。

其实最早提出时文"脚"的概念的应该是朱熹。笔者从朱熹《朱子语类》及其文集中所说当时时文用"两脚"的情况看,至少在宋宁宗时期之前,科举时文就已经讲究"脚"之说法,出现"股""脚"之说可能更早。这样看来,宋代时文之"股""脚"含义有两种,一种是朱熹谈及的"两脚"时文。一种是《论学绳尺》中林子长笺注时文的"股"与"脚"概念。由于宋末的《论学绳尺》中所言的"股""脚"之说,只是林子长等人对前人时文的一些局部做法所作的概括总结,并非当时对时文的普遍要求,在宋元影响并不大,因而本文不做研讨(将另文研究),本文着重探讨朱熹提到的时文"脚"的概念,宋代时文是否形成了"脚体"格式,它与人们说的"宋元十段文"有何关联,它与元代"股"的概念及时文有何关联等问题。

二、朱熹提出的"脚"与宋代的脚体时文

在科举考试中,试题和评判标准是至关重要的。"科场之文,风俗所系,所重者天下莫不以为法,所弃者天下莫不以为戒",因此,历代为科举而作的预测、分析试题,指导答题的程墨、拟题、选本、房稿等汗牛充栋,这就推动了时文的传播。但由于历代政府和正统文人对这类书籍不予重视,认为是迎合时好,一获愿即复弃去的敲门砖,是书坊射利,令士人专事剽窃之文,且这类时文"逾远而逾失其宗,亦逾工而逾远于道",所以屡遭查禁,政府不收,藏书家不重,目录学不讲,零落散失,损毁严重。因此,就现今所能看到宋代文献而言,最早谈及"脚"的概念的是朱熹。朱熹曾与学生谈及当时科考时文用"两脚"的情况:

> 尝与后生说:"若会将《汉书》及韩、柳文熟读,不到不会做文章。旧见某人作《马政策》云:'观战,奇也,观战胜,又奇也;观骑战胜,又大奇也。'这虽是粗,中间却有好意思。如今时文,一两行便做万千屈曲,若一句题也要立两脚,三句题也要立两脚,这是多少衰气。"①

关于"两脚"的含义,我们可参照朱熹的其它相关时文的言论,来推测出其意思:

(1)问"道千乘之国一章"(《论语·学而》第五章),曰:"这五句自是五句事(指敬事而信,节用而爱人,使民以时),只当逐句看是合当有底无底,合当做底不当做底,不消如作时文,要着两句来包说。"②

(2)读《诗》正在吟咏讽诵观其委曲折旋之意,正如自家作此诗相似,自然足以感发人之善心,今公门读诗,只将两三句包了,如作时文相似,中间委曲周旋

---

① (宋)黎靖德:《朱子语类》卷一三九,中华书局1986年版。
② 《朱子语类》卷二一《道千乘之国章》。

之意尽不曾理会得,济得甚事。①

(3) 不知时文之弊已极,虽乡举又何尝有好文字脍炙人口?若是要取人才,那里将这几句冒头见得?只是胡说。……只看如今秤斤注两,作两句破头,如此是多少衰气。②

由此看出,朱熹针对当时科试时文讲的"两脚"就是两句包容题意的对偶形式的破题句。不仅如此,朱熹还概括了当时脚体经义时文的体式特征:

今日经学之难,不在于治经,而难于作义。大抵不论问题之小大长短,而必欲分为两段,仍作两句对偶破题,又须借用他语,以暗贴题中之字,必极于工巧而后已。其后多者三二千言别无它意,不过止是反复敷衍破题两句之说而已。③ [按:这是朱熹在宁宗庆元元年(1195)所作。]

从朱熹这些言论可见,朱熹当时所见的科举时文是用两脚即两方面来包说、分解题意,而这所谓的"两脚"只是冒子(冒头)部分里的破题对偶句,且须借用其它话来暗示官题里的字。当时士子回答经义题目都要写成两大段,而后面的千言只不过是反复敷衍破题两句而已。朱熹虽然反对这种形式的时文,但强调时文对偶破题之"脚",是注重突出时文的解题立意,认为解题立意是时文成败的关键,只是不能用对偶破题句式来束缚影响文章内容的表达,"如此是多少衰气"。

朱熹之言真实地揭示了北宋直至南宋宁宗年间经义考试形式上讲究对仗、对偶的事实。这可以与史籍相印证。《宋史》有云:"大观四年(1110),臣僚言:场屋之文,专尚俪偶,题虽无两意,必欲厘为二,以就对偶,其超诣理趣者,反指以为淡薄。请择考官而戒饬之,取其有理致,而黜其强为对偶者,庶几稍救文弊。"④

南宋乾道年间编写的《四明图经》记载了北宋、南宋之交时四明人高闶在当时的科试情况:

高闶,字抑崇,唐宰相智周后,世家广陵,高祖赞襄始居明。闶幼颖悟不凡,八岁诵经史,通其义。或问:"得时则驾"出何书?闶曰:"非《史记·老子传》乎?"客惊异之,谓其父钦臣曰:此儿当兴君门户。溺冠入辟雍,继升太学,屡中魁选。初课试,文格尚对偶,闶特变为古文,又先群彦,一时文格,遂复元丰、元祐之旧。以校定最优,充举录。宣和中置讲议司领,以大臣辟官日夕讲议天下事,太学公试用为策题。闶对为"天下事当令天下人议之",时以为至言。建炎初试上舍,中优等。绍兴改元赐进士第。⑤

《宋史·高闶传》:

---

① 朱熹弟子辅广:《诗童子问》卷首《读诗法》引朱熹的话。
② 《朱子语类》卷一〇九《论取士》。
③ 《晦庵集》卷六九《学校贡举私议》。
④ 《宋史·选举志一》。
⑤ (乾道)《四明图经》卷二,清咸丰四年宋元四明六志本,第19页。

（高闳）绍兴元年（1131），以上舍选赐进士第。执政荐之，召为秘书省正字……寻迁著作佐郎，以言者论罢，主管崇道观。召为国子司业。时兴太学，闳奏宜先经术，帝曰："士习诗赋已久，遽能使之通经乎？"闳曰："先王设太学，惟讲经术而已。国初犹循唐制用诗赋，神宗始以经术造士，遂罢诗赋，又虑不足以尽人才，乃设词学一科。今宜以经义为主，而加诗赋。"帝然之。闳于是条具以闻。其法以《六经》《语》《孟》义为一场，诗赋次之，子史论又次之，时务策又次之。太学课试及郡国科举，尽以此为法，且立郡国士补国学监生之制。中兴以后学制，多闳所建明。①

《四库全书总目》卷一八七《论学绳尺》条云："考宋礼部贡举条式，元祐法以三场试士，第二场用论一首，绍兴九年定以四场试士，第三场用论一首，限五百字以上成。经义、诗赋二科并同。又载绍兴九年国子司业高闳《札子》，称太学旧法，每旬有课，月一周之；每月有试，季一周之。皆以经义为主，而兼习论策。云云。"②

高闳，字抑崇，号息斋，宋鄞县（今浙江省宁波市鄞州区）人。生于宋哲宗绍圣四年（1097）丁丑，卒于宋高宗绍兴二十三年（1153）癸酉。从《四明图经》"溺（弱）冠入辟雍……初课试，文格尚对偶，闳特变为古文，又先群彦，一时文格，遂复元丰、元祐之旧"，可见高闳将偶体文格变为古文当在政和七年（1117）丁酉前后。《宋史》《四库全书总目》所言高闳曾对南宋科试以经义为首兼顾诗、赋、策论的考试体制建立功不可没。虽然高闳身体力行反对经义考试的对偶两脚之体，但南宋在相当一段时间仍然盛行着脚体时文。

南宋杜范在《上殿札子》论经义考试道："乾、淳之间，词人辈出，见之方册，质而不野，丽而不浮，简而不率，奇而不怪，士子所当仿效。数十年来体格浸失，愈变愈差，越至于今，其弊益甚。六经义不据经旨，肆为凿说。其破语牵合字面之对偶，弗顾题意之有无。终篇往往掇拾陈言，缀缉短句，体致卑陋，习以为工。至有结语巧傍时事图贡谀言，如吾身亲见。此策语也，用之于论，已失其体，今乃于经义言之。"③

尽管朝廷、考官也想扭转此风，以救文弊，但士层习俗仍很执着于对仗整饬之美，叶适就曾举南宋隆兴、乾道、淳熙年间，喜好对偶者凭借经义对偶破题成功擢第一、据上第、置首选的事例：

> 熙、丰时文也；王安石谈经，未至悖理，然人情不顺者，尽罢诗赋故也。辟雍、太学既并设，答义者日竞于巧，破题多用四句，相为俪偶。隆兴初有对《易》义，破题云："天地有自然之文，圣人法之以为出治之本；阴阳有不息之用，圣人体之以收必治之功。"主司大称赏，以为得太平文体，擢为第一。主司所谓太平，则崇、观、宣、政时也。乾道中，主司欲革四句对偶之弊，答者言"圣人不求其臣之徇己，故其臣无得而议己"，遂据上第。淳熙初，学者厌破题、衬贴纤靡，颇复厘改，答者云："以己体民，而后尊卑之情通；以国观民，而后安危之理显。"学官不能

---

① 《宋史》卷四三三·列传第192《儒林三》。
② （清）永瑢等撰：《四库全书总目》，中华书局1965年版，第1702页。
③ 杜范：《清献集》卷一一，影印文渊阁四库全书本。

夺，卒置首选。诚使知义理者常为主司，学者不得以悖理之文希合于一时，虽因今之时文不改，亦自足以得士。不然，虽屡变其法，而学者之趋向亦终不能一，岂四句对偶、一冒工拙可为损益哉（俗有"五道不如一道，一道不如一冒"之语）。①

从《宋史》中述及朱熹、杜范、叶适等人的言论中及高闶之行为可见宋熙宁、大观、政和、乾道、淳熙、庆元等时期宋代经义考试盛行"脚体"形式的时文，这是不争的事实。下面我们结合南宋张孝的经义，看看脚体经义时文与宋元十段文的关系：

我心之忧，日月逾迈（出自《尚书·秦誓》）
张　孝

　　心之过者未易改，时之过者常易失。（对偶句破题）甚矣，贤侯改过之速也。（承题）方来之悔，既不能一朝而遽克思；遄往之时，又不能一息而暂留。心之可忧者如此而时之不可挽者又如彼。内慌于中心之是悼，外迫于岁时之易迁，此其一念之悔，盖将不俟终日，莫之或遑者矣。（小讲）吁，此非秦穆公之悔也哉。（缴结）"我心之忧，日月逾迈。"（官题）凡人之情，忧之炎炎者，则遇境皆感伤之地，处心之悠悠者，则日夜相代乎吾前，犹过客也。善士忧乎学业，则早夜以思，常恐夫岁之不我与；志士忧乎功名，则拊髀兴叹，常恨夫时之不再来。大抵心有所勤，则寸阴必惜，望道未见，则日昃靡皇。故仲尼兴逝水之嗟，君子有竞辰之急，非日月至焉果预乎吾事也。伤日月之遄往，而悔吾事之难立也。穆公之悔，其近诸此乎！（原题）凡人过而悔，悔而改，徐以图之未晚也，公则不能一朝居也。公之见必曰，一节不谨，没齿有遗恨，往不可谏则来者当何以自殄。曩者崤陵之败，前车之覆，后车其未易戒，我心恐恐乎其忧也。失之东隅，收之桑榆，其景不亦晚乎！顾念方来寡过之未能，是吾忧也。瞻彼日月，逝者如斯，弗可转也。哀吾生之须臾而事业之未来者无穷也，嗟日月之云莫而聪明则不及于前时也。吁，秦穆公之悔至此，其一念坚决殆何如耶！彼日月之迅速不可留矣，吾将一蹴而求造圣贤之域，而既悔不为后矣。《易》云：阴极之剥，剥之极者也，而喜于初九之不远之复，盖处剥而速复其初，则无间可容息，是其不远之复也。穆公忧其过之难改，而悼其时之易失，抑亦不远之复欤！（大讲）然自崤之悔而三败不沮，迄于焚舟，穆公报晋之心信乎与日月而同其速矣。毋乃血气之勇，非前日《秦誓》之勇乎？（余意）虽然，其亦贤于今之人惰于过行之忧而悠悠于岁月之失者矣。②（结尾）

由此看出宋代经义脚体与宋元十段文其实是一致的，只不过是围绕两句对偶句从两方面展开论证，还是围绕散句破题从几方面论证的异同。争议的焦点也是在破题和论述的散与偶上。但是我们根据史籍记载和朱熹、杜范、叶适等人的记述似乎从熙宁至乾道、淳熙间的宋代经义的形式，士人们更偏重的是从破题对偶脚体时文角度来谈作法，而不太注重强调十段文。

---

① 叶适：《习学记言序目》卷四八，中华书局1977年版。
② 见明人编《经义模范》，文渊阁本四库全书集部八。

三、元代的"股"的概念及经义

元代科举继承了王安石变法的传统,独开进士科,试以经义,经学取士终获独尊。这一做法被明清两代所继承。按元代科举条例规定:元仅设进士一科,第一场明经、经疑二问,从《四书》内出题,并用朱熹章句集注,限三百字以上,另试经义一道,各治一经,《诗》以朱氏为主,《尚书》以蔡氏为主,《周易》以程式、朱氏为主。元科举在考试内容上,确立了朱熹《四书章句集注》《诗集传》为制义的标准,其科举时文议论的内容也必须根据朱熹学说来阐发,字数也有限制。确定朱熹之学的统治地位,这样以尊朱为主的经义时文在元科举中占左右局势的地位。

由于元代科举文献散佚严重,因此研究宋元"股体"时文的关键是要从文献入手,爬罗剔抉,捡遗拾漏,方能有所斩获,有所突破。笔者经过十多年的搜讨发现现存元代最完整的谈及"股体"时文作法的材料在元代一些《诗经》注本中较好地保留下来,而这些注本的一些主要内容,集中保存在明初孙鼎编辑的《诗义集说》中。元江西庐陵人彭士奇著《诗经主意》、曹居贞著《诗义发挥》、谢升孙著《诗义断法》、福建人林泉生著《诗义矜式》、无名氏著《诗经旨要》等都倡导并作"股体"《诗经》经义,体现了解经与科举制义的密切关系,现根据元代五家之说来看元代分股情况。①

1. 元代时文大多以"两股"破题立意

(1)《兔罝》。

> 肃肃兔罝,椓之丁丁。赳赳武夫,公侯干城。
> 肃肃兔罝,施于中逵。赳赳武夫,公侯好仇。
> 肃肃兔罝,施于中林。赳赳武夫,公侯腹心。
> 朱熹《诗集传》:"化行俗美、贤才众多,虽罝兔之野人而其才之可用尤如此,故诗人因其所事以起兴而美之,而文王德化之盛因可见矣。"②

> 文王化行俗美,虽罝兔之野人皆有才德之可用,故诗人因其所为之事以起兴而美之。然三章则当顺题分章截上下股。若混截上下作两股则非诗意矣,况此诗三章前一章言其才,后二章言其德,诗人既因所事以兴斯人有可用之才,必两因所事以兴斯人有可美之德,破只如此。论治化之盛者必观诸人才,论人才之盛者必本于才德,三章皆由浅入深之意,分豁得分晓方好。三章只是叹美之无已,然要见得好仇亲于干城,腹心重于好仇。《发挥》③

按:此题三章,元曹居贞《诗义发挥》以为不能"混截上下作两股",而应据朱熹所云按野人的"才"与"德"来破题分两股,"前一章言其才"为一股,"后二章言其德"为一股。其云"破只如此",点出其分股即破题。

---

① 张祝平:《元代科举〈诗经〉试卷档案的价值》,载《中国典籍与文化》2007年第1期;《八股文探源——〈诗义集说〉中元代"股体"诗义著者考略》,载《历史档案》2012年第1期;《彭士奇与元代科举经义的著述和编选》,载《文献》2013年第4期。
② 朱熹集注:《诗集传》,上海古籍出版社1980年版,第5~6页。
③ (明)孙鼎:《诗义集说》,江苏古籍出版社1988年版,第6页。

(2)《甘棠》。

> 蔽芾甘棠，勿剪勿伐，召伯所茇。
> 蔽芾甘棠，勿剪勿败，召伯所憩。
> 蔽芾甘棠，勿剪勿拜，召伯所说。
> 朱熹《诗集传》："召伯循行南国以布文王之政，或舍甘棠之下。其后人思其德，故爱其树而不忍伤也。"①
> 爱其物之盛而不忍伤，盖思其人之德而不忍忘也，召伯昔舍于甘棠之下，后人思其德而不忍伤其树也，然思之愈久而爱之愈深，然始言勿伐，继言勿败，又终之以勿拜。爱之愈深而不忍伤也。此亦须分章截上下股，然只于勿伐、勿败、勿拜上，有爱之愈久而愈深之意，则混截亦可。盖爱物之心为有加，则感德之心为益至，盖思其人而爱其树，时虽久而爱愈深，则因物而感其德者，愈久而不能忘矣，只如此作亦可讲。中分三章排定讲去，庶不失诗意。盖物以人而存，人因物而感，感其德者愈深，则爱其物者益切，此人情感慕之至深矣。(《主意》)②

按：元彭士奇《诗经主意》根据朱熹《诗集传》之说以为按理根据诗章应分上下两股破解题意，但也可不按诗章分股，而按诗意去分股，这叫"混截"。按诗意可以"爱其物之盛而不忍伤，盖思其人之德而不忍忘也"，从爱物和思人这两方面分两股。

(3)《七月》。

> 七月流火，九月授衣。一之日觱发，二之日栗烈。无衣无褐，何以卒岁？三之日于耜，四之日举趾。同我妇子，馌彼南亩，田畯至喜。
> 朱熹《诗集传》："此章前段言衣之始，后段言食之始。"③
> 此题平作，上股言衣，下股言食。衣食者民生日用之所系，上股是先时而有备，则在己者可以无忧；下股是因时而用力，则在上者见之而喜。大概归重于先公风化。上股就"无衣无褐，何以卒岁"上发意，下股就"田畯至喜"上发意。则于周公戒成王有情，写出当时豳民勤劳之意以为戒，此是一诗总括处。(《旨要》)④

按：元无名氏《旨要》根据朱熹之说将此章分言衣和言食两部分，上股至"无衣无褐，何以卒岁"，下股自"三之日于耜"至"田畯至喜"。衣与食同等，所以此题两股"平作"，不应分轻重。

(4)《皇矣》。

> 维此王季，帝度其心。貊其德音，其德克明。克明克类，克长克君。王此大

---

① 《诗集传》，第10页。
② 《诗义集说》，第11～12页。
③ 朱熹：《诗集传》，上海古籍出版社1980年版，第90页。
④ (明)孙鼎：《诗义集说》，江苏古籍出版社1988年版，第40页。

邦，克顺克比。比于文王，其德靡悔。既受帝祉，施于孙子。

朱熹《诗集传》："言上帝制王季之心，使有尺寸、能度义，又清静其德音、使无非闲之言是以王季之德能此六者。至于文王而其德尤无遗恨。"①

上股是王季之德在于天而用之无间，下股是文王之德格于天而传之无穷，周之世德上有王季，其得于天者全，下有文王，其衍乎天者远。通篇宜以王季立说。（《断法》）②

按：元谢升孙《诗义断法》据朱熹所言认为此题虽上股言王季，下股言文王，但王季是重点，两股有轻重。

（5）《閟宫》。

> 是生后稷。降之百福。
> 黍稷重穋，稙稚菽麦。
> 奄有下国，俾民稼穑。
> 有稷有黍，有稻有秬。
> 奄有下土，缵禹之绪。

朱熹《诗集传》："赋也。閟，深闭也。宫，庙也。侐，清静也。实实，巩固也。枚枚，砻密也。时盖修之，故诗人歌咏其事以为颂祷之辞。而推本后稷之生，而下及于僖公耳。回，邪也。依，犹眷顾也。说见生民篇。先种曰稙，后种曰穉。奄有下国，封于邰也。绪，业也。禹治洪水既平，后稷乃始播百合。"③

天生圣人而厚其福者，固使之以农事肇封国而兴利于斯民，尤使之以美利及天下，而继功于同列。后稷为农官而开一国之封，此固足以见上天赐之以福，而其生非偶然也。及夫民共享其力农之利而天下同归于养育之中，则同列平成之功。有所继而上天所以生后稷而百福降之，尤可验矣。上二句总下二股。封之以国所以使之教民也。若缵禹之功则非利及天下者，不能至此，方见得后稷之福非特国家之福，实天下之福。鲁人颂其君而推其源流如此，见鲁国之为鲁，亦后稷之余福。（《矜式》）④

按：《诗集传》以为这是鲁人修建祠庙时的颂祷后稷之辞，元林泉生《诗义矜式》据此认为前两句赞诞生后稷给后人带来百福，是为上股。后八句为下股，其间又分四句一小股，前四句一言后稷之福"奄有下国"，后四句二言后稷之福"奄有下土"，非特国家之福，实亦天下之福。是"上二句总下二股"。

从元代五家对《诗经》解题立意的分股可见，其一般分为两股，也即按两股破题，两股相对，与朱熹所云宋代时文"两脚"破题相似。

---

① 《诗集传》，第185页。
② 《诗义集说》，第265页。
③ 《诗集传》，第240页。
④ （明）孙鼎：《诗义集说》，江苏古籍出版社1988年版，第564页。

2. 元代科试经义破题既有对偶句也有散句，论证仍注重对仗

元代五家中彭士奇做考生时的《诗经》乡试卷以及当上考官后对考生《诗经》试卷的批语被完整保存下来①，我们由此来看元代科举《诗经》经义考试的实际情况。

（1）彭士奇江西乡试卷。

  第四科　至治癸亥乡试
  江西乡试
  维天之命，于穆不已，于乎不显，文王之德之纯。（《周颂·维天之命》）
  第五名　彭士奇
  天道极其诚，而元亨利贞之德密运于冲汉之表，故庶类群生亘万古而不息；圣道极其诚，而仁义礼智之性不旧于人为之间，而千变万化妙一念而无穷。圣人一天也，天一圣人也。是故非天之无能名不足以喻帝尧之大，非天之不可阶不足以儗孔子之盛。至文王之子孙颂文王之盛德，乃独以文德之纯配天命之不已，言不已则先之以深穆，言纯则先之以明显。在天者深穆而难知，在文王者明显而易见，天道由圣人而著者是固可知也。（冒子）

（2）聂炳湖广乡试卷。

  第五科　泰定丙寅乡试
  湖广乡试
  颙颙卬卬，如珪如璋，令闻令望，岂弟君子，四方为纲。
  第十三名聂炳　榅夫　武昌江夏县人

［考官彭县丞士奇批］：余以诗学两诣礼部，所见荆楚同经之士褎然，贡且第者数人。此来本房得卷近百，《书》卷四十，《诗》且半之，意可快睹杰作其间，指此题为"文王以圣德、圣化、圣天子"作起语者凡数卷，以"颙卬"一三句属人才者又数卷。其言"为纲"也，或云为天下之维持，或云为天下之取正，或云为天下之取法，或云下民之纲常，或云统领乎众庶，或终篇以为康公告诫而略搀入题字间，有能举《朱传》四方以为纲一语则又茫然鲁莽。乃从它房遍阅大率类此。忽甲房得此卷，同经考者殊不满意，余见其组织题意已密，亟从史拔擢以备一经之选。习《诗》者之于《卷阿》，习《书》者之于《洪范》宜必在所熟讲，而《诗》题于"纲"字一义，《书》题于"时"字一义，求其合于《朱传》、《蔡传》者甚少，此卷虽不尽合，盖铁中之铮铮者矣。

  人君之德无不全则天下之治有所统。夫德之所存即治之所出也，天下望吾君以纲维治道而吾君能使之有条而不紊，必有出于政令之外者。召康公之告成王也，意谓使吾君之德外焉，有颙卬之章严内焉，如圭璋之纯粹，远之而为令闻，迩之而为令望。诚如是，则岂弟之德既全于一己，而四方之治必为于一己，其应自有不期然而然者矣。吾君其可不使道全德备以为出治之地耶。《卷阿》之六章曰云云，承上

---

① （元）刘贞所辑：《新刊类编历举三场文选诗义八卷》，元至正年余氏勤德堂刻本。

章而言其颂美中之规戒欤？尝谓维持天下之治无它焉，在于修德而已。何者？有以势力扶持天下者矣，然势力有时而或穷；有以智术笼络天下者矣，然智术有时而可尽。是故为政以德，何患乎政权之不立；聿修厥德，何忧乎主柄之下移？今焉康公进戒不以颂美之辞而忘规戒之意者，诚以天下之治本于德，而人君之德本诸身也。曾谓康公而不知为治者乎？嗟乎，尊严之有余，温厚之或乏也；纯洁而无间，严厉之或歉也。今既使颙卬而尊严，复圭璋而纯洁，闻之于远则曰令闻，望之于迩则曰令望。使颙卬之既著而圭璋之不称，未可谓之岂弟也。圭璋之具美而闻望之未乎，亦未可谓之岂弟也。夫惟表里之俱纯，闻望之俱令，本诸身者此德也，徵诸庶民者亦此德也。是故营东函西何所也，而皆望我以总礼乐之纲焉；越南燕北何地也，而皆俟我以立刑政之纲焉。天下之事大而为纲，小而为纪，大者既定，小者可知，曾谓统天下之大治而不原一人之大德乎？即此而观则其规谏之意寓于颂美之中，劝勉之心寄于称述之表。人谓康公为谄美吾不信也，虽然此非康公之私言也，文王相传之心法也。吾观文王宫焉而雍，庙焉而肃肃，则此所谓颙颙卬卬，如圭如璋者岂不足以相像之乎？令闻而不已，纪纲乎四方，则此所谓令闻令望四方为纲者岂不足以形容之乎？故其它日之威仪抑抑者，即今日颙卬圭璋之效验也；其德音秩秩者，今日令闻令望之根柢也。《假乐》之诗则曰假乐君子，《驷》《酌》之诗则曰岂弟君子。既曰四方为则矣，又曰四方之纲焉，至是则康公不唯无负于成王而亦无负于文王矣。"诗可以观"，岂不信？

[考官彭县丞自作诗经冒子]：
王者唯能备天下之德而后足以系天下之心。夫系天下之心者以德不以力，而德未易言也。外貌必极于尊严，内行必极于纯洁。纯洁者必播而为令闻，尊严者必著而为令望。表里之相符，名实之俱至，如是而后可以为岂弟之君子，如是而后四方以为纲。盖君为臣纲者理之常，而四方以为纲者德之至。

[彭县令自批云]：
此题头绪最多，必如此说庶几包括题目方尽，而于朱子"四方以为纲"一意亦发明颇彻，故以一冒从明经者商之。士奇拜手。

彭士奇当考生时的乡试卷，由对仗句式破题，整个承题皆由偶句构成。聂炳卷，破题和冒子为散句。彭士奇虽然给聂炳卷以好评并将其提擢，但仍有不满处，于是兴起，自作冒子，而承题由偶句构成。由此可见除诗义之外，彭士奇作为考官，本人非常热衷于对仗句式。元代经义虽非强调全用股体，但热衷股体者也大有人在。

三、结语

我们考察了宋元经义的情况，我们将其与宋元十段文的关系列表比较如下：

宋元十段文		宋"脚体"时文	元代经义
冒头	破题 承题 小讲 缴结	"两脚"（朱熹） 承题 小讲 缴结	两股或散句 承题 小讲 缴结
官题 原题 大讲 余意 原经 结尾	官题 原题 大讲 余意 原经 结尾	官题 原题 大讲 余意 原经 结尾	

我们将宋代脚体时文与元代经义作法进行了比较，可见朱熹说当时的时文任何题目都只讲究"两脚"，是指整篇文章立意而言，元人所说每题都分"上下二股"，其"股体"概念与朱熹之说相近，可见元代"股"的概念及其考试经义继承了宋代的"脚体"时文的某些形式特点。

元人尊朱，至于说朱熹竭力反对的"脚体"时文为何被元代时文沿袭呢？其原因一是朱熹所说南宋时文的作法要求以破题二股对偶式为主，说的是当时科试经义时文的客观情况，而且影响已经很大，元代只不过是沿袭下来。二是元代科举尊崇朱熹之说，从上举元代诸家分股阐释《诗集传》的例子可见朱熹解题往往也是从两方面来说，所以元人套用宋人两股之说来敷衍朱熹之说而已。

从宋传奇看宋人的"女色"观

郑慧霞

内容摘要：宋代传奇警世意味颇浓。其中颇多篇章详细记载女子对人、事的影响，篇章所涉及之女子，如杨妃、赵飞燕姊妹、绿珠、昭君、窈娘等，皆不得善终。这一点虽是客观存在的史实，但此选取倾向应该不是偶然的。另外，宋代传奇中涉及妖异类的篇章中，妖异变为美女迷惑男人的也占绝大多数，且此类篇章几乎全部是以女妖现形而告终。故从中不难看出宋人"避色如避仇"之"女色"观：一是美色祸人；二是美色祸己；三是色为妖孽。

关键词：宋传奇　女色　妖孽

一代有一代之文学，如唐传奇多诗，宋传奇则多词；唐传奇多旖旎情思，宋传奇则多现实人生；唐传奇重才情，宋传奇则重说教。概而言之，"宋人小说崇尚实录，渐近人生"[①]，不再如唐传奇多为"著文章之美，传要妙之情"[②]，故警世意味颇浓。其中颇多篇章详细记载女子对人、事的负面影响，从中不难看出宋人"避色如避仇"[③]之"女色"观。

一、美色祸人

宋代传奇中涉及历史上著名美女的篇章，有乐史的《绿珠传》《杨太真外传》，秦醇的《骊山记》《温泉记》《赵飞燕别传》和《玄宗遗录》等。赵飞燕姊妹、绿珠和杨妃，在宋人笔下，与其说是作为审美对象而愉悦受众，倒不如说是作为惩戒现实人生的反面教材而设立的靶子。赵飞燕等人的一生，没有因为美色而圆满，而是因为美色而残缺。这种残缺之表现，最突出地体现在飞燕等以"色"祸己且祸人上：飞燕姊妹以美艳惑汉成帝，飞燕为与妹争宠，"日夜欲求子，为自固久远计，多以小犊车载年少子与通"。其中有宿卫陈崇子，"帝使人就其家杀之，而废陈崇"[④]。后飞燕又诈称怀孕而"取民间子"，"以物囊之，入宫见后。既发器，则子死矣"。[⑤]"宫人凡孕子者，皆杀之。后帝行步迟涉，气颇惫，不能幸。有方士献大丹，其丹养于火百日乃成。……帝日服一粒，颇能幸昭仪。帝一夕在太庆殿，昭仪（飞燕妹）醉进十粒。……有顷帝崩。太后遣人理昭仪，且急穷帝得疾之端，昭仪乃自

[①] 李建国：《宋代传奇集》"序"，中华书局2001年版，第1页。本文所引宋代传奇皆出自该书，不再一一出注，仅标注卷数、作者和篇名等。

[②] 沈既济：《任氏传》，汪辟疆校录：《唐人小说》，上海古籍出版社1978年版，第58页。

[③] 无名氏撰，金心点校：《湖海新闻夷坚志》后集卷二"文华门"；又宋初有名人作座右铭云：'避色如避仇，避风如避箭。莫吃空心茶，少餐中夜饭。'"中华书局1986年版，第210页。

[④] 秦醇：《赵飞燕别传》，第223页。

[⑤] 同上，第225页。

缢。"昭仪死后，飞燕梦成帝言昭仪"以数杀吾子，今乏为巨鼋，居北海之阴水穴中，受千岁水寒之苦"。"美而艳"的绿珠，为石崇"以真珠三斛致之"，赵王伦乱常，贼类孙秀使人求绿珠。石崇不与，"秀自是谮伦族之。收兵忽至，崇谓绿珠曰：'我今为尔获罪。'绿珠泣曰：'愿效死于君前。'……于是坠楼而死，崇弃东市。"① 杨妃因美而被玄宗从寿王身边夺走："妃早孤……开元二十二年十一月，归于寿邸。二十八年十月，玄宗幸温泉宫，使高力士取杨氏女于寿邸，度为女道士，号太真，住内太真宫。天宝四载七月，册左卫中郎将韦昭训女配寿邸。是月，于凤凰园册太真宫女道士杨氏为贵妃，半后服用。"② 因杨妃得宠，"自此杨氏权倾天下"，安禄山反，"以诛国忠为名"③。杨国忠在政治上走红，完全是因为杨妃之故。李林甫死后，杨国忠为相："安禄山以李林甫狡猾逾己，故畏服之。及杨国忠为相，禄山视之蔑如也，由是有隙。国忠屡言禄山反状。"④ "安禄山专制三道，阴蓄异志，殆将十年，以上待之厚，欲俟上晏驾然后作乱。会杨国忠与禄山不相悦，屡言禄山且反，上不听；国忠数以事激之，欲其速反以取信于上。禄山由是决意遽反。"⑤ 杨妃以色惑玄宗，使得杨氏一门豪横专权，天怒人怨，故有马嵬惨剧。关于马嵬之变中杨妃死事，史家如此记载："军士围驿，使高力士问之，玄礼对曰：'国忠谋反，贵妃不宜供奉，愿陛下割恩正法。'上曰：'朕当自处之。'入门，倚仗倾首而立。久之……上曰：'贵妃常居深宫，安知国忠反谋？'高力士曰：'贵妃诚无罪，然将士已杀国忠，而贵妃在陛下左右，岂敢自安！愿陛下审思之，将士安则陛下安矣'。上乃命力士引贵妃于佛堂，缢杀之。舆尸置驿庭，召玄礼等入视之。"⑥ 司马光没有记载杨妃死前有何言语。而宋传奇则不然，把杨妃死的悲剧渲染得淋漓尽致："力士曰：'……愿陛下面赐妃子死，贵左右知而慰众军之心也。'帝可其奏。贵妃泣曰：'吾一门富贵倾天下，今以死谢之，又何恨也！'遽索朝服见帝曰：'夫上帝之尊，其势岂不能庇一妇人使之生乎？一门俱族而延及臣妾，得无甚乎？且妾居处深宫，事陛下未尝有过失，外家事妾则不知也。'帝曰：'万口一辞，牢不可破，国忠等虽死，军师犹未发，妃子一死，以塞天下之谤。'妃子曰：'愿得帝送妾数步，妾死无憾。'左右引妃子去，帝起立目送之，妃子十步而九反顾，帝涕下交颐。左右拥妃子行，速由军中过至古寺。妃子拥项罗掩面大恸，以其罗付力士曰：'将此进帝。'左右以帛缢之，陈其尸于寺门，乃解其帛。俄而气复来，其喘绵绵，遽用帛缢之，乃绝。"⑦ 宋传奇极力渲染杨妃对死的恐惧、对生的留恋，并非为惜美之凋残于非时非地，而是对其徒知以色固宠而得祸之批判，即人生得意在色，失意亦在色。观杨妃自到玄宗身边，无一劝谏之语，故其得宠愈多，而得祸犹剧。如其能有樊姬、班婕妤之德，何至如此？

宋踵唐后，自然会对唐明皇惑于杨妃之色得祸耿耿于怀。从自然的人性审美心理出发，当然目视美色而感官愉悦，这也是宋传奇中每涉及美女时，动辄极力夸饰赞誉之由；而从理性层面出发，则往往认为女色乃祸之源，故畏色如虎而拒斥犹甚。如《绿珠传》："汲此井（指绿珠井）饮者，诞女必多美丽。里闾有识者，以美色无益于时，因以巨石镇之。尔后虽

---

① 乐史：《绿珠传》，第 14 ～ 15 页。
② 乐史：《杨太真外传》，第 21 页。
③ 同上，第 28 页。
④ 司马光：《资治通鉴》卷二一六，中华书局 1956 年版，第 15 册，第 6918 页。
⑤ 《资治通鉴》卷二一七，第 15 册，第 6934 页。
⑥ 《资治通鉴》卷二一八，第 15 册，第 6974 页。
⑦ 佚名：《玄宗遗录》，第 238 页。

有产女端妍者，而七窍四肢多不完具。异哉！山水之使然。昭君村生女，皆炙破其面，故白居易诗云：'不取往者戒，恐贻来者冤。至今村女面，烧灼成瘢痕。'又以不完具而同焉。"但乐史又认为女子有色招祸，往往与炫色有关。炫色者或在于人、或在于己，皆足招祸。如石崇炫绿珠之色与乔知之炫窈娘之色皆见杀。乐史叹曰："悲夫！二子以爱姬示人，掇丧身之祸，所谓倒持太阿，授人以柄。《易》曰：'慢藏诲盗，冶容诲淫。'其此之谓乎！"石崇与乔知之虽因炫女色而得惨祸，但尚不足以乱国。而唐玄宗身为帝王，自得杨妃，常炫耀于人，则得祸至剧。乐史《杨太真外传》一再强调此点："上喜甚，谓后宫人曰：'朕得杨贵妃，如得至宝也。'乃制曲子，曰《得宝子》……时安禄山为范阳节度，恩遇最深，上呼之为儿。尝于便殿与贵妃同宴乐，禄山每就座，不拜上而拜贵妃。上顾而问之：'胡不拜我而拜妃子？意者何也？'禄山奏云：'胡家不知其父，只知其母。'上笑而赦之。"① 终有"鹿衔牡丹"之谶："一日，宫妃奏帝云：'花（指牡丹名一尺黄者，该花花面几一尺，高数寸，只开一朵，鲜艳清香，绛帷笼日，最爱护之）已为鹿衔去，逐出宫墙不见。'帝甚惊讶，谓：'宫墙甚高，鹿何由入？'……翁笑曰：'殊不知禄山游深宫，此其应也。'"② 此说自中唐即有："安禄山恩宠浸深，上前应对，杂以谐谑，而贵妃常在坐。诏令杨氏三夫人约为兄弟，由是安禄山心动。及闻马嵬之死，数日叹惋。虽林甫养育之，而国忠激怒之，然其肠有所自也。"③ "诏令杨氏三夫人约为兄弟"，即学所谓的"突厥法"："坊中诸女，以气类相似，约为香火兄弟，每多至十四五人。少不下八九辈。有儿郎聘之者，辄被以妇人称呼：即所聘者兄，见呼为新妇；弟，见呼为嫂也。……儿郎既聘一女，其香火兄弟多相奔云：'学突厥法。'又云：'我兄弟相怜爱，欲得尝其妇也。'主者知，亦不妒。他香火即不通。"④ 故秦醇在小说中借张俞与老翁对话强调明皇炫杨妃色而启禄山觊觎之心：

> 俞曰："吾尝观唐纪，见妃与禄山事，则未之信。夫帝禁深沉，守卫严密，宫女数千，各有掌执，门庭禁肃，示有分限，虽蜉蝣蚁蠛莫能得入，果如是乎？"翁曰："史氏书此作戒后世，当时事亦可言陈。《易》曰：'慢藏诲盗，冶容诲淫。'正为此也。妇人女子，性犹水也，置于方器则方，置于圆器则圆。且宫人数千，幽之深院……禄山日与贵妃嬉游，帝从观以为笑，此得不谓之上慢乎？"⑤

杨妃之色深动禄山，故其叛时曾言于左右："吾之此行，非敢觊觎大宝，但欲杀国忠及大臣数人，并见贵妃，叙吾别后数年之离索，得回住三五日，便死亦快乐也。"⑥ 终致玄宗乘舆播迁，失色失位，抱恨而终。秦醇诗对玄宗炫色事进行讥讽："玉帝楼前锁碧霞，终年培养牡丹芽。不防野鹿逾墙入，衔出宫中第一花。"⑦ 可谓一针见血，毫不避忌。

---

① 乐史：《杨太真外传》，第21～22页。
② 秦醇：《骊山记》，第212页。
③ 李肇：《国史补》卷上，丁如明等校点：《唐五代笔记小说大观》上册，上海古籍出版社2000年版，第165页。
④ 崔令钦：《教坊记》，《唐五代笔记小说大观》上册，第125页。
⑤ 秦醇：《骊山记》，第213页。
⑥ 秦醇：《骊山记》，第216页。
⑦ 秦醇：《温泉记》，第218页。

二、美色祸己

宋代传奇中塑造了一系列美貌女子,但几乎都不得善终。最典型的是《淮阴节妇传》,该篇写一少妇因美色致夫被害:"妇年少,美色,事姑甚谨。夫为商,与里人共财出贩,深相亲好,至通家往来。其里人悦妇之美,因同江行,会傍无人,即排其夫水中。"① 里人以种种伪装打动妇人而嫁之,生育数子后不再戒备妇人,遂告之:"吾以爱汝之故,害汝前夫。"妇诉于官而杀里人后,妇哭曰:"以吾之色而杀二夫,亦何以生为?"遂赴淮而死。《李妹传》记长安女倡李妹美色拒乱而死事。李妹幼年被卖至四王宫,"渐长益美,善歌舞",因忤王意被遣出,为龙州刺史张侯所得。"张尝于宴席见其人,心动不能忍,乃私愿得之,虽竭死无憾。""张固狂淫者,必欲力制之。乘其理发檐下,直前拥致之。妹大呼啜泣,走取其佩刀,将自刎,婢媵夺救得免。由是浸不合张意。张耻且怒,被酒挺刃,突入室逼之。"② 最终李妹虽严词正色不致被乱,但李妹竟自缢而死。《王幼玉传》中,衡州名娟王幼玉"颜色歌舞,角于伦辈之上",与柳富相爱,柳富迫于其亲而归东都,幼玉相思成疾而死。柳富所爱幼玉者,乃幼玉之色耳,幼玉临死前对侍儿讲:"我不得见郎,死为恨。郎平日爱我手发眉眼,他皆不可寄附,吾今剪发一缕、手指甲数个,郎来访我,子与之。"③ 柳富曾写诗赞幼玉容貌:"天姿才色拟绝伦,压倒花衢众罗绮。绀发浓堆巫峡云,翠眸横剪秋江水。素手纤长细细圆,春笋脱向青云里。纹履鲜花窄窄弓,凤头翅起红裙底。"④ 可见柳富爱的是幼玉之色。由色生情带给幼玉的不是幸福,而是生离死别的苦痛。《玉条脱》中孙氏女,则因美貌而终身误:

> 大桶张氏者,以财雄长京师。凡富人以钱委人,权其子而取其半,谓之行钱。富人视行钱如部曲也。或过行钱之家,其人设特位,置酒,妇人出劝,主人反立侍。富人逊谢,强令坐再三,乃敢就宾位,其谨如此。张氏子年少,父母死,主家事,未娶。因祠州西灌口神,归过其行钱孙助教家。孙置酒,张勉令坐。孙氏未嫁女出劝酒,其女方笄矣,容色绝世。张目之曰:"我欲娶为妇。"……张固豪奢,奇衣饰物,即取臂上所带古玉条脱,俾与其女带之,且曰:"择日作书纳币也。"饮罢而去。……其后张为人所诱,别议其亲。孙念势不匹敌,不敢往问期,而张亦若相忘者。逾年,张就婚他族,而孙之女不肯嫁。其母密谕之曰:"张已别娶妻矣。"女不对,而私自论曰:"岂有如此而别娶乎?"父乃复因张与妻祀神回,并邀饮其家,而令女窥之。既去,曰:"汝适见其有妻,可以别嫁矣。"女语塞,去房内以被蒙头,少刻遂死。⑤

孙氏女死后被葬时,臂上犹带张约婚所赠之玉条脱。忤作郑三欲窃之,在发棺时孙氏女复苏,郑三遂连骗带吓,哄得孙氏女乖乖为己妻。而孙对张氏痛恨入骨髓,竟至白昼入其家,

---

① 吕夏卿:《淮阴节妇传》,第168页。
② 王山:《李妹传》,第177页。
③ 柳师尹:《王幼玉传》,第187页。
④ 柳师尹:《王幼玉传》,第185~186页。
⑤ 王明清:《玉条脱》,第517页。

张推孙氏女仆地而死。孙氏女的"容色绝世",并无益于其身家,倒反成了一生悲惨命运的起因。

从宋徽宗时汴京名妓李师师一生遭际,更可看出色乃祸源。师师不炫色,深藏幽处,但"色艺双绝,帝艳心焉"①。数次行幸犹意不足,竟至造潜道以肆其志。韦妃问:"何物李家儿,陛下悦之如此?"徽宗曰:"无他,但令尔等百人,改艳妆,服玄素,令此娃杂处其中,迥然自别。其一种幽姿逸韵,要在色容之外耳。"② 徽宗悦李师师,天下共知。金兵破汴,主帅囡嬾索师师:"金主知其名,必欲生得之。"③ 师师吞金而死。师师遭遇徽宗宠眷,得以名满天下,终致启金人觊觎之心,必欲得之而后快,虽欲弃家为女冠犹不得避靖康之祸。观师师事,可知美色非但无益于人,而适足以祸己。

宋传奇中的《雍氏女》写女子因貌美而为神鬼之物所慕,遂误终身事。雍氏女为北阴天王子所慕,嫁人不成。父母请僧道作法逐之,北阴天王子谓女曰:"汝父母本无谊,吾将加以殃祸,不过三年,必使衰替。"④ 女父母继亡,女终身"无人敢议亲",孤独终身。

三、色为妖孽

美丽女子为"妖孽"之说,源自元稹《莺莺传》。该传奇写张生抛弃美丽的莺莺时,堂而皇之地大发议论:"大凡天之所命尤物也,不妖其身,必妖于人。……昔殷之辛,周之幽,据百万之国,其势甚厚。然而一女子败之。溃其众,屠其身,至今为天下僇笑。予之德不足以胜妖孽,是用忍情。"⑤ 所谓"尤物",即极美而惑人心智者。此词出于《左传·昭公二十八年》:晋国大夫叔向欲娶申公巫臣和夏姬所生的漂亮女儿为妻,叔向母亲劝曰"甚美必有甚恶",然后得出结论:"夫有尤物,足以移人;苟非德义,则必有祸。"即"尤物"足以移人心志而带来祸患。《莺莺传》中张生何以如此议论,是因为他一向"内秉坚,非礼不可入",故"年二十三,未尝近女色"。⑥ 而自从见到"颜色艳异,光辉动人"的莺莺后,方寸大乱,其自言曰:"余始自孩提,性不苟合。或时纨绮闲居,曾莫流盼。不为当年,终有所蔽。昨日一席间,几不自持。数日来,行忘止,食忘饱,恐不能逾旦暮……"⑦ 可见女色之可怕。

唐人小说中不仅有元稹《莺莺传》直斥女色为"妖孽",更有牛僧孺《崔书生》中畏色如狐者:崔书生不告而娶"有殊色"之女为妻,其母谓之曰:"吾有汝一子,冀得永寿。今汝所纳新妇,妖美无双。吾于土塑图画之中,未尝识此,必恐是狐媚之辈,伤害于汝,遂致吾忧。"⑧ 宋代传奇继承了上述唐人之观点,一类表现为美女本身即为妖异,一类表现为美女虽为人却险毒甚于妖异者。

美女本身即为妖异者如《范敏》《西池春游记》《西蜀遗遇》《周浩二艳》《任迥春游》

---

① 佚名:《李师师传》,第912页。
② 同上,第914页。
③ 同上,第915页。
④ 洪迈:《雍氏女》,第808页。
⑤ 元稹:《莺莺传》,汪辟疆辑录:《唐人小说》上卷,上海古籍出版社1978年版,第167页。
⑥ 同上,第162页。
⑦ 同上,第163页。
⑧ 牛僧孺:《玄怪录》卷二,《唐五代笔记小说大观》上册,第368页。

《历阳丽人》等篇,所记皆极美之女,然皆非人。《范敏》中女子,"貌极妖冶""高髻浓鬓,杏脸柳眉,目剪秋水,唇夺夏樱,敏三十岁未尝见如是美色"①。然此美妇乃女鬼耳。《西池春游记》记侯生邂逅自称独孤姓女子主动邀约欢会:"姬肌滑,骨秀目丽,异香锦衾,下覆明玉。生不意今日得此,虽巫山华胥不足道也。"②然此女乃狐也。《西蜀异遇》记李生所遇女子宋媛:"年十四五许,缓移莲步,微堕香鬟,脸莹红莲,眉匀翠柳,真蓬岛之仙子也。"③然此女亦乃一大狐也。李生迷恋宋媛之色,听任之"晨隐而往,暮隐而来,宿于生之第者几一月矣"。而生"神疲意怠",虽经二郎神点化,但仍不忘其色,仰天叹曰:"人之所悦者不过色也,今睹媛之色,可谓悦人也深矣,安顾其他哉!然则吾生之前,死之后,安知其不为异类乎!媛不可舍也。"④竟与宋媛一如既往。"如是者逾月,生容色枯悴,肌肉瘦削。"⑤《周浩二艳》中,周浩西湖临邸见"艳冶而慧"之"白衣少妇",遂厚礼娶焉;后观涛于江,"见双鬟女,美出妻右,心慕之"⑥,纳为妾。周浩竟为娇妻美妾所溺杀,因为妻乃西湖鳖怪,妾乃江上獭怪。《任迥春游》中,任迥所遇酒肆女子,"绝妖冶",于是"心殊慕悦",遂与其私下成婚且入赘其家。后晓其女乃鬼,弃之归家:"家人相号泣曰:'一去半年,无处寻访,以为客死矣。'调治数日,乃复人形。"⑦《历阳丽人》记芮不疑所遇丽人,"其容貌之美,服饰之盛,真神仙中人,为之心动"⑧。芮"甘心妖惑,死期将至",后女为道士所制而死,乃一巨蟒耳,"尸横百丈"。《顾端仁》篇警示男子"堕溺色爱"之危险颇耐人寻味:"(美女邀顾同行)才到市桥,顾遽跨栏赴水,适有草船在下,急拯之获免。询其所以,曰:'但见美人相引,造一宫宇,赫弈如王居。正拟从游,而为诸君唤回,殊为耿耿,不料几沦幽趣。……'然浸抱迷疾,少时而殂。"⑨

美女虽为人,身心却险毒甚于妖异者,莫过于《陈淑》。陈淑乃一美妇,但阴毒实比妖孽害人尤甚,为便于分析,不惮赘录全文如下⑩:(原文不分段,为便于分析,根据因陈淑而死于非命者分段):

绍兴初,北客陈监仓寓邵武军,笄女曰淑,美而慧。富子刘生欲娶之,刘父母以陈寠而挟官,恐侵其资,不许。陈亡,女不能自存,嫁同巷民黄生。黄母以罪系,家罄于吏,炊弗属,使淑质衣于市。过刘氏肆,刘子见之喜,呼入饮之,还其衣,予之千钱。他日复来,又益予之,寖挑谑及乱。淑归,视夫如仇,夫疑焉,侦而知其数过刘也。伪弗闻者,使淑厚要于刘,获既审其实,然后诟淑曰:"我虽极贫,义不食污,当执汝诣郡。妇奸,法不得用阴免也。"淑恨怒,饮夫醉杀而析其骸,置甖中。(陈淑杀夫黄生)

邻有闻者,捕淑赴官。刘生知女为己累,夜逸,逻者得之,黥隶澧州。淑坐杀

---

① 佚名:《范敏》,第322页。
② 佚名:《西池春游记》,第337页。
③ 李献民:《西蜀异遇》,第377页。
④ 同上,第379页。
⑤ 同上。
⑥ 沈氏:《周浩二艳》,第883页。
⑦ 同上,第812页。
⑧ 洪迈:《历阳丽人》,第759页。
⑨ 洪迈:《顾端仁》,第703页。
⑩ 沈氏:《陈淑》,第886~887页。

夫支解入不道，以凌迟论。刑有日矣，狱卒谢德悦其貌，夜率同牢卒，负而出诸垣，与俱窜至兴国某山李氏邸舍中。李盗窠也，察其必窃而逃者，率家人持兵，给以追至，德恐，穴壁遁去。淑为李生所得，诡言江州籍妓，不堪官役，故从尉曹谢士。李妻悍，不以归，置诸酒肆中。李蓄毒杀人掠财，淑久亦益习为之。谢德既脱去，为医褐衣，以药游荆鄂。又三四年而返，由故道饮李氏酒肆。李生已忘其为德，而淑怀德恩未替也，瞰无人焉，急走谓德："伪醉卧于此，我复从君去。"德如其言。夜，淑堇酒饮李及两童婢，皆僵仆，呼德使就杀之。席卷肆中所有，与德西上游襄阳。李氏家人来，见尸纵横，独意李生视盗侣不谨，为所怒戕，不知淑所为之也。（李淑再杀李生及两童婢）

先是刘生既配流于澧，以赇免，不敢归，往襄阳依其舅崔观察。崔亦盗巨擘，以侠雄一方，暮年革故态，多为邸店自给。有邸……使刘生主之。德来，适入其舍，刘大惊，密以叩淑，淑率言之。刘欲执告德，而恐淑并诛，乃伪善视之。月余，携德出城饮，以铁击其脑，推置檀溪中，复纳淑而室之。（因李淑刘生杀谢德）

亡何，刘父营得放停牒，呼使归，崔以一赤马、一奴送。刘至兴国，遣舅家奴去，乃迎淑，剪其发，衣以缁衣，赂尼寺而匿之。刘未至兴国十里，夜宿袁八店，袁窥见橐中物杀之。（刘生为袁八所杀）

刘父以子失归期，走价质之崔，崔曰："某日遣行，既累月矣。"刘父惊异，自走襄阳访之。崔之妻，其妹也，姑讳日设斋尼寺中，挽使偕行，刘父见淑，大惊曰："是吾乡杀夫者，当极刑。累吾子使黩，今胡为在是？其可乎？"乃械以陈邑，淑竟论死。（陈淑论死）

《陈淑》中被陈淑之"美而慧"直接或间接害死者凡7人。悦其色而与其有染者，皆不得善终。观陈淑杀夫之手段，其毒甚于蛇蝎，岂"妖孽"二字所能了得！《董汉州孙女》中董元广继室虽"微有姿色，"但"性颇荡"，元广甫死，即为人外妇。为肥私欲，竟卖继女为妓。名为人继母，其行实同蛇蝎。[①]美色的外表装裹着害人之心，此二例着实耐人寻味。

综论之，宋代传奇中涉及女子的篇章，如赵飞燕姊妹、绿珠、昭君、窈娘、杨妃等，皆不得善终。这一点虽是客观存在的史实，但宋传奇作者不选历史上美女得全身而退者如樊姬、西施、班婕妤等，而偏偏如此选择，此选取倾向应该不是偶然的。另外，宋代传奇中涉及妖异类的篇章中，妖异变为美女迷惑男人的占绝大多数，有斑狸精（《茶仆崔三》）、琴精（《刘改之教授》）、女鬼（《解俊保义》《建德茅屋女》《宁行者》《西湖女子》《吕使君宅》）、牝猪精（《蓬瀛真人》）、牛精（《连少连书生》）、狐精（《宣城客》《张三店女子》）等，不一而足，但此类篇章几乎全部以女妖现形殒身而告终。此点再次警示世人：所谓美色乃假色。色乃妖孽，美色只是假恶丑的装饰，是掩人耳目的。无论真妖还是假妖，都无益于时，是妖孽而当力避之。

---

① 洪迈：《董汉州孙女》，第729页。

从"意象"到"事象":叙事视野中的唐宋诗转型*

周剑之

北京师范大学文学院

内容提要:学界现有的"意象"理论体系,从本质上说是围绕中国古典诗歌的抒情传统而建立起来的。因此,"意象"说在面对中国古典诗歌叙事传统时往往陷入困境。这也是"意象"说、"意境"说尤其适宜于解释唐诗,却与宋诗品质不尽相合的重要原因。作为中国古典诗歌叙事脉络中的重要阶段,宋诗发展了"事象"的表现形式,提取与事相关的要素,以呈现动态的、历时的行为和现象;并通过"事象"营造出"事境",在每一个独特的事境中传达多元而充满变化的复杂体验,进而实现诗歌主旨的表达。以宋诗为代表提炼出来的"事象"与"事境",可以用于建构古代叙事诗学的理论体系,有助于深入认识古典诗歌的叙事传统,进而全面认识中国古典诗歌的本质特色。

关键词:意象 意境 事象 诗歌叙事 唐宋转型

一、"意象"的困境

"意象"是中国古典诗论中的一个重要范畴,不但有着源远流长的历史,而且在与西方文艺理论的碰撞中发展了新的内涵,凸显着中国诗歌艺术的独特魅力。如今,"意象"已成为中国古典诗歌研究的一个重要工具。尽管"意象"在古代文献中的含义是比较复杂的,但在现代学术研究视野中,"意象"在很大程度上被认为是主观的"意"与客观的"象"的辩证统一。持这一观点的代表性学者如袁行霈先生,在《中国古典诗歌的意象》一文中指出"意象是融入了主观情意的客观物象,或者是借助客观物象表现出来的主观情意"[①]。又如叶朗先生,虽是站在美学的立场上将"意象"视为艺术的本体,但也是从情景交融的角度来强调诗歌审美意象的属性[②]。主客观融合和情景交融,也就成为近年来以意象论诗的主流视角。

然而,作为一种诗歌阐释工具,"意象"并非放之四海而皆准,而是有一定使用范围和限制。在意象研究被不断深化的同时,也逐渐显露出一些不易解决的难题。不少前辈学者也意识到了这一点[③]。综观古代诗歌发展史,可以看到,最适宜以"意象"来阐释的诗歌其

---

* 本文为教育部人文社会科学研究青年基金项目"中国古典诗歌叙事传统研究"(13YJC751084)的阶段性成果之一。

① 袁行霈:《中国古典诗歌的意象》,《中国诗歌艺术研究》,北京大学出版社1996年版,第53页。
② 叶朗:《中国美学史大纲》,上海人民出版社1985年版,第264~271页。
③ 如袁行霈《中国古典诗歌的意境》:"仅用意境这一根标尺去衡量丰富多彩的古典诗歌,显然是不妥的。"《中国诗歌艺术研究》,第39页。又如陶文鹏《意象与意境关系之我见》(《文学评论》1991年第5期)。

实是唐诗。而唐以前及唐以后的许多诗歌，甚至唐诗中的不少诗歌，都并非只用"意象"阐释所能囊括。这种解释工具的局限性，在唐宋诗的对比中显得尤其突出。接续唐诗之后的宋诗，在唐诗形成以意象为主流的诗歌风格之后，发展出了迥然不同的面目。陶文鹏先生在《意象与意境关系之我见》一文就指出："到了宋代，诗人们有意突破唐人纯意象的艺术表现方式，以抽象化取代具象化，在诗中加入大量的直接抒情、叙事、议论说理成分，以便更全面、更丰富、更深刻地书写现实生活，揭示自然、社会和人生哲理。"① 宋诗确实表现出了与唐诗极不相同的风格。而非常直观的一点就是，宋诗中有许多不宜用意象理论来阐释的作品。

一个简单而典型的例子就是苏轼的《题西林壁》："横看成岭侧成峰，远近高低各不同。不识庐山真面目，只缘身在此山中。"诗人是通过游览庐山的经历来谈自己切身的体会，并包含着对人生道理的一种思考。诗中有虽有物象（庐山），但却很难说是意象；而且诗中表达的道理，似乎也与通常所讲的"意象"之"意"有所不同。苏轼另一首著名作品《六月二十七日望湖楼醉书》：

> 黑云翻墨未遮山，白雨跳珠乱入船。卷地风来忽吹散，望湖楼下水如天。

诗写夏日骤雨的景色，句句有景，可以认为是有意象；然而仅凭意象，还不能解释这首诗最精妙的地方。此诗妙处，不单在于景物摹写的细腻贴切，而在于句句写景中暗含动态的叙事过程。第一句形容下雨之前，第二句形容骤雨之急，第三句骤雨忽停，第四句则雨过天晴。虽然写景，但呈现出来的并非雨景某一幕的景象，而是勾勒了骤雨由降临到散去的整个过程，通过情景的替换造成时间的流动，并在短短四句的急促转换中连带着表现出夏雨猛烈而时间短的特点。这些内容，都是将黑云、白雨、风、水视为意象来解读时不易诠释出的诗歌内涵。

正如这两个例子，在许多情况下，以"意象"解读宋诗会遇上难以解释的困境。至少有几类情况是"意象"批评方式不能充分发挥作用的：一是强调内在思理，注重意思曲折和道理阐发的诗歌表达类型，如《题西林壁》；二是情节前后相续、具有内在连贯性的诗歌表达，如《六月二十七日望湖楼醉书》一类；还有一类是纪事式、实录性的表达，尤其是对于人物行为、活动等人事内容的记录，如汪元量《湖州歌·其三》："殿上群臣默不言，伯颜丞相趣降笺。三宫共在珠帘下，万骑虬须绕殿前。"描写南宋与元朝签订降书的场景。诗以纪事的形式显示南宋投降的耻辱与无奈。"殿上群臣""万骑虬须"尽管是经过诗人选择并对诗歌表达有关键作用的表现对象，但却同样不能简单视为"意象"。如若不把它们还原到具体的纪事语境中，其实很难还原诗歌所呈现出来的情景，也就难以获得对诗歌主旨的理解。

宋诗中不适宜用"意象"批评话语来解读的诗歌很多。陶文鹏先生从宋诗重思理的角度指出了唐宋诗表现上的不同，但尚未从理论上指出根本原因。意象批评之所以在宋诗中不能大行其道，其关键的原因在于，依据"意象"所建立起来的批评话语体系，实际上是与中国古典诗歌的抒情传统紧密相连的，其所强调的，是出现在诗中的客观物象对于诗人主观情志的反映。因此，当用"意象"解释抒情传统以外的现象时，就变得不那么适宜了。

---

① 陶文鹏：《意象与意境关系之我见》，载《文学评论》1991年第5期，第62页。

尽管从主客观融合的角度来解释"意象"本是颇为合理辩证的，但学者在把意象作为阐释工具的具体实践中，却往往落实到情景的关系之上。这种倾向从明清诗论对于"意象"的使用就已颇为明显。如王廷相《与郭价夫学士论诗书》："言征实则寡余味也，情直致而难动物也，故示以意象，使人思而咀之，感而契之，邈哉深矣，此诗之大致也。"① 又如王夫之《古诗评选》所言："言情则于往来动止缥缈有无之中，得灵蠢而执之有象，取景则于击目经心丝分缕合之际，貌固有而言之不欺，而且情不虚情，情皆可景，景非滞景，景总含情。"② 在论述中将意与象约等于情与景。后来的学者剖析意象内涵，也往往举此类言论为证。

与"意象"紧密相关的另一个重要范畴"意境"，在现代学术视野中，也大抵是从主客观交融的角度来加以解释。从较早的宗白华《中国艺术意境之诞生》，就认为"意境"是"主观的生命情调与客观的自然景象交融互渗"，是"情"与"景"的结晶品③。李泽厚《意境杂谈》认为"意境""是客观景物与主观情趣的统一"。④ 袁行霈先生也说"意境是指作者的主观情意与客观物境互相交融而形成的艺术境界"⑤。张少康先生虽对袁先生的观点有所质疑，但最终仍归结于"艺术意境是一种特殊的艺术形象、特殊的情景交融、特殊的主客观结合"⑥。

尽管学者会有意识地对意象（意境）、情景加以区分，指出"意象"不等于"情景"，指明"意""象"要比"情""景"具有更宽泛的外延，但在具体操作中，对意象的论述仍是以情景关系为展开基础，往往仍落到具体的景物上来，于是又回到了情景融合的论述中。而对情景关系的论述，其根本的着眼点仍在于对"情"的抒发。

可见，现有的意象说与意境说从本质上来讲，是与古典诗歌抒情传统相伴随的。现有意象说的局限，也很大程度上源自这一点。蒋寅先生《语象·物象·意象·意境》一文指出，以"意象"释诗常常存在一种混乱，"我们一方面肯定意象是意中之象，同时却又总是用它来指称作为名词的客观物象本身"⑦。这种混乱出现的原因，实在于意象说的抒情本质。由于是以抒情传统为观照视野，因此在以意象论诗时，会首先默认抒情的前提，并将"意"等同于情志，认为是隐含在"象"之内的深层底蕴，致使研究者容易关注在"象"上，而把"意"当成一个理所当然、不必过多解释的存在，只着重于讨论"象"（景）的表现。这就在一定程度上把"意"架空了。这种情形，将"意象"定义与"意象"操作割裂了开来，实际上将"意象"的内涵缩小化了，由此也导致了"意象"释诗遇到的困境。

抒情言志是中国古典诗歌的重要传统，也是在东西文化对比中被凸显出来的中国诗歌的特色。而"意象"是揭示古代诗歌抒情传统的重要角度。作为抒情言志典型代表的唐代诗歌，其与意象说的紧密契合也就是在这一背景中被确立起来。然而在抒情传统不断被强化的同时，中国诗歌的叙事传统却在有意无意间被忽略了⑧。上文提到了许多不易为意象所解释

---

① 王廷相：《与郭价夫学士论诗书》，《王廷相集》，第二册，中华书局1989年版，第502～503页。
② 王夫之：《古诗评选》卷五谢灵运，《登上戍石鼓山》评语，文化艺术出版社1997年版，第217页。
③ 宗白华：《中国艺术意境之诞生》，《美学与意境》，人民文学出版社2009年版，第191页。
④ 李泽厚：《意境杂谈》，载《光明日报》1957年6月9日。
⑤ 袁行霈：《中国古典诗歌的意境》，《中国诗歌艺术研究》，第23页。
⑥ 张少康：《论意境的美学特征》，《古典文艺美学论稿》，中国社会科学出版社1988年版，第25页。
⑦ 蒋寅：《语象·物象·意象·意境》，载《文学评论》2002年第3期，第70页。
⑧ 董乃斌：《古典诗词研究的叙事视角》，载《文学评论》2010年第1期；蔡英俊：《"诗史"概念再界定——兼论中国古典诗中"叙事"的问题》，《语言与意义》，华中师范大学出版社2011年版。

的内容，其实可以从叙事传统的视野中获得解答。意象理论诚然是诠释古典诗歌抒情传统、凸显中国诗歌特色的重要批评工具，但对于意象理论所不能解释的叙事传统，同样有必要建立另一套诠释体系和评价标准，并凸显诗歌叙事传统的中国特色。

二、"事象"的成立

从唐诗到宋诗，诗歌风貌发生了重大变化，这一点已无需多言。然论者多立足于抒情传统的视角来谈唐宋诗之变，而对于宋诗叙事性的增强论述不足。中国古典诗歌存在着叙事的诗学传统和发展脉络，宋代正是古典诗歌叙事脉络中的一个关键阶段。从《诗经》开始，《楚辞》、汉乐府等诗歌中都有叙事传统的存在；而六朝以来，在诗缘情观念的影响下，发展出以意象为主、以抒情为重的唐诗。大约中唐时期，诗风又有所变化。在杜甫那里，已初步显示了"事"在诗歌领域的新发展[1]，还有白居易"为事而作"的新乐府，韩愈"以文为诗"的尝试，也都强化了"事"对于诗歌的意义。这些变化在宋代不断强化和新变，实际上重新发展了诗歌叙事性的倾向。相比于唐诗，叙事性在宋诗中日益突出。"事"无论在诗歌创作中还是在诗歌评论中，都越来越占据重要的位置。以诗纪事的观念日益兴盛起来，"纪事""纪其事""记事""记之""以纪"等提法在诗歌领域中变得非常常见。以诗纪事的倾向，使得诗歌中景物类、形象性的内容有所减少，而行为性、动态性、过程性的内容有所增加。一旦引入诗歌叙事传统的视野，我们就可以看到，唐宋诗的表现方式存在着从以"意象"为主向以"事象"为主的变化。

在对比唐宋诗的不同时，温庭筠的《商山早行》与黄庭坚的《早行》是一组常见的例子。龚鹏程在《知性的反省：宋诗的基本风貌》一文中以两诗对比，证明宋诗中知性反省的诗学取向[2]。这是从内在思理上指出宋诗主理的特色。而落实到具体的诗歌分析上时，其实我们可以从叙事性的角度发现两首诗在表现方式上的重要区别：

晨起动征铎，客行悲故乡。鸡声茅店月，人迹板桥霜。槲叶落山路，枳花明驿墙。因思杜陵梦，凫雁满回塘。（《商山早行》）

失枕惊先起，人家半梦中。闻鸡凭早晏，占斗辨西东。辔湿知行露，衣单觉晓风。秋阳弄光影，忽吐半林红。[3]（《早行》）

两首诗写的都是清晨出行的情景。温诗因景物如画、宛然在目而备受推崇，"鸡声"两句以实词排比意象形成对偶。鸡声、茅店、月、人迹、板桥、霜六种景物组成完整的画面，是对早行所见情景的共时性呈现。后一首诗则不同，"鸡""斗""行露""晓风"等，不能简单视为意象，也不是独立出现的景物，而是被纳入了诗人的具体感知和行为中。诗人"失枕"而从梦中"惊"起；通过"闻鸡"来判断时间、"占斗"来辨别方向；"知行露""觉晓

---

[1] 一些学者已关注到了叙事在杜甫诗歌中的重要意义。如邹先进《从意象营造到事态叙写——论杜诗叙事的审美形态与诗学意义》（《文学遗产》2006年第5期），指出"叙写事态以抒情的诗歌范式，是杜甫在唐代诗歌史上的一大创变。"

[2] 龚鹏程：《知性的反省：宋诗的基本风貌》，《中国诗歌史论》，北京大学出版社2008年版，第117页。

[3] 此诗又见于宋释德洪《石门文字禅》卷十（《四部丛刊》本），五六句作："辔湿知行路，衣单怯晓风。"虽有异文，但"怯"仍是表达主体知觉的词语。尽管两出，但都见于宋人诗集，代表着宋诗的写法。

风",也在描写景物的同时呈现诗人的感知行为;尾联"忽吐",也用一个"忽"字传达了诗人看见秋阳的具体情境。诗联之间的视点具有连贯性和历时性,形成了一个动态的叙述链。于是呈现出来的更多是与事相关的感知和动态行为,虽有形象感,但又区别于温诗景物(意象)组合。同样的题材,同样的诗体,二诗的表现方式却有差别。这或许可以表明宋诗所偏好的处理方式。这类表达为宋诗提示了一种可能,即以具有叙事因素的"事象"作为诗歌的重要元素,来完成诗歌艺术的创造。

之所以将"闻鸡凭早晏""占斗辨西东"这类诗句视为"事象",首先是因为其所体现的人物感知和动态行为,体现出了颇为鲜明的叙事因素。需要特别指明的是,"事象"的"事",是以古典诗歌的泛事观为基础的,泛指对各种客观存在的情事的记录。这个"事"不等同于过程完整的具体事件,而主要是与事相关的要素,既包括事件的情境、人物的行为、动态,也包括片断的闻见和事实,一些时候甚至包括景物、情绪、感受等多方面的内容。宋诗中常见的情况是,尽管诗题或诗序曰"记事",但会在诗中留下写景、抒情、议论等内容。如陆游《庵中纪事用前辈韵》写的是"扫洒一庵躬琐细,蓬户朝昏手开闭。荒山斫药须长镵,小灶煎茶便短袂"等日常生活的片断;文天祥《纪事》:"狼心那顾歃铜盘,舌在纵横击可汗。自分身为齑粉碎,房中方作丈夫看。"则写自己与元军谈判时的慷慨激昂。宋人倾向于将这些内容都视为"事"。在宋以前的"诗言志""诗缘情"理论体系中,更多强调"事"对于诗歌的引发作用,如"感于哀乐,缘事而发","歌诗合为事而作"等诗学观念,也可以说"事"是被放在了"情""志"的大类下面。而宋诗进一步发展了诗歌的泛事观,以诗纪事的观念,突显了"事"的地位,将"事"视为较大的范畴,而景物、行为、言语、情绪、感受等皆可以在"事"的统辖之下。在宋诗中,一首兼有写景、抒情、叙事因素的诗歌,诗题不见得是"咏怀""感遇""即景",却更倾向于采用"纪事""记事"或"即事"时,鲜明反应了宋诗关注重心的转移。

"事"因素在宋诗中的增加,是"事象"成立的基础。不过以"事象"称之,又与诗歌表现事的方式有关。所谓"事象",不可简单等同于叙事诗中的叙事。"事象"与《孔雀东南飞》《木兰诗》及汉乐府中典型叙事诗的表现方式是有所区别的。"事象"不是对事件完整过程的展开,而是经由诗性提炼的片断性存在。它既有"事"的要素,又有"象"的形象性特点。事实上,中国古典诗歌中的叙事的主要存在形式并非叙事诗,而主要是以片断的形式出现[①]。可以说这种片断式的呈事方式,正是古代诗歌叙事传统的一个重要特点。因有所遇而书事,但并不聚焦于事件的完整性;既有事的因素,但又不是对事件完整而细致的陈述。这种追求在宋代得到了理论上的认定。宋人不主张白居易《长恨歌》式叙事"寸步不遗,犹恐失之"[②],而讲究取舍剪裁,追求"言简而意尽"的诗歌叙事策略[③]。而这也是"事象"区别于历史、小说等其他叙事文类,成为诗歌独有存在的重要原因。

总之,"事象"的核心特点在于,它不是单纯的形象,而是对事的要素的提取和捕捉,以呈现动态的、历时的行为和现象。当代学者虽偶有以"事象"论诗者,但往往囿于抒情

[①] 不少学者已注意到这一点。如陈平原《说"诗史"》认为,"场面"是中国叙事诗的基本单位,古代诗歌的叙事特点是"重场面轻过程、重细节轻故事"。见《中国小说叙事模式的转变》,北京大学出版社2003年版,第304页。又如葛晓音《论汉魏五言的"古意"》认为,汉魏五言古诗中的叙事言情往往藉由单个场景或事件的一个片断来表现,载《北京大学学报》(哲社版)2009年第2期。

[②] 苏辙:《诗病五事》,《苏辙集》,中华书局1990年版,第1229页。

[③] 唐庚:《唐子西文录》,《丛书集成初编》本,商务印书馆1936年版,第2页。

传统，很少能从叙事传统揭示"事象"的本质①。这是"事象"未能在诗歌领域获得重视的原因。其实"事象"在哲学领域已经受到关注，有学者认为"事象思维"是一种独立的思维形态②。对于宋诗的"事象"而言，它可以唤醒人们对某一事的识别，读者可以依据这一事来想象其中的情境或形象。我们可以看到，宋诗的主流特色，不是"鸡声茅店月"式的共时性感受，更多是历时性、过程性、融合着动态行为甚至主观感受等更为复杂的表现形态。

因此，从"事象"的角度来理解宋诗，许多用意象不易解释的问题就可以获得解答，而且能够照见许多从意象视角难以凸显的诗歌内涵。其中显而易见一项便利，即有助于使历时性、过程性的内容获得诗性的呈现。就好比《早行》中前后发展的叙述链。又比如苏轼的《汲江煎茶》：

> 活水还须活火烹，自临钓石取深清。大瓢贮月归春瓮，小杓分江入夜瓶。雪乳已翻煎处脚，松风忽作泻时声。枯肠未易禁三碗，坐听荒城长短更。

诗歌中有许多意象式的字眼：深清、大瓢、小杓、春瓮、夜瓶、雪乳、松风等。从意象角度解释，固然可以感受到煎茶的清幽闲雅之美，但却可能错过这些字眼背后对煎茶过程环环紧扣的叙事安排。诗人在这些物象的组合中暗含视点的流动和时间的推移，每一句诗皆含一个事象，且事象之间紧密勾连：第一句写火，第二句写取水；第三句从江中舀水装入瓮中，第四句从瓮中再舀水到煎茶的瓶中；第五句形容茶汤煮沸，第六句是将煎好的茶汤倾倒出来；七八两句写饮茶。诗歌一句接续一句，亦即一事接续一事，是前后完整的煎茶顺序，不可调换，不可或缺。而此诗之美，实在于汲江煎茶这一充满雅趣的整体过程。

不仅如此，"事象"又有助于解释诗歌用事中所包含的叙事特性，并进一步认识古典诗歌用事以叙事所带来的独特艺术效果。用事又称用典，在诗中出现通常是作为一种修辞手法而非叙事方式。"用事"之"事"的含义与一般意义上的"事"有所区别，特指典故或事例。不过从广义的层面看来，"用事"所用之"事"常常也属于一般的"事"的范围内，因而为"用事"与叙事二者保留了沟通的途径。宋人对于用事特别讲究，对所用事典内容的充分开掘和利用，促进了用事向"事象"的转化。如杨亿《汉武》："蓬莱银阙浪漫漫，弱水回风欲到难。光照竹宫劳夜拜，露污金掌费朝餐。力通青海求龙种，死讳文成食马肝。待诏先生齿编贝，那教索米向长安。"全诗以富于叙事意味的事典作为诗歌组成的元素，即通过"事象"的组合来传达诗歌内涵。诗中几乎每句都含典故，都是与汉武帝相关的史实。蓬莱、弱水、竹宫、金掌，都不是单纯的景物意象，诗人并不是要借助它们营造出一个供人直接体会的画面情境，而是要通过这些语词唤醒背后的典故内容，让读者在与这些文辞相遇的时候，联想到相关的历史事实，通过这些史实的叠加来呈现汉武帝热衷求仙而轻视人才的行为。这类用事方式，在开启宋诗以才学为诗风气的同时，也开启了宋代诗歌重"事象"的趋势。利用相关典故与事融为一体来叙述，这是宋人的一大收获。如苏轼《章质夫送酒

---

① 黄志浩《事象、物象、意象——关于诗歌中艺术形象类型的探析》，载《无锡商业职业技术学院学报》2006年第5期），仍将事象统摄在抒情传统之内；王颖《"事象"与"意象"的双重建构——论"艾青体"叙事诗》，载《浙江海洋学院学报》1999年第1期，则将"事象"基本等同于叙事诗对事件的叙述。

② 张秀芬：《论以表象为心象手段的思维形态：事象思维》（《学术探索》2002年第6期），提出事象思维是一种思维形态，并把它与形象思维、抽象思维并列为思维的三大形态。

六壶，书至而酒不达，戏作小诗问之》有云："岂意青州六从事，化为乌有一先生。""青州从事"用的是《世说新语》里的典故，桓玄有主簿善品酒，曾称美酒为青州从事。"乌有先生"则出自司马相如《子虚赋》。两句意为，章质夫所送的六瓶好酒不见了。苏轼所要叙述的事件其实很简单，但他不直说，而是选取了这两个典故，将叙事与用事结合得天衣无缝。

与"意象"丰富的唐诗相比，"事象"在宋诗中表现得更为活跃。诗人捕捉并提取事的要素，以呈现动态的、历时的行为和现象，兼具相关人物、景物、环境、场景的形象感。诗人对于事象有着越来越精密的提炼，促进了事象表现的丰富多彩。不过，对于读者而言，"事象"的形象感通常不是直接呈现出来的，需要理清"事象"的内容及潜藏其中的前后关系，才有可能唤醒这些形象。"事象"一方面帮助诗歌拓展了表现的广度和深度，另一方面也提高了对读者理解能力的要求。

三、"事境"的营造

尽管诗歌从本质上来讲是一种时间性的艺术，但唐诗发展起来的一个重要特色，却是在时间性的文字中建构出空间性的效果。唐诗逐渐形成了几项重要特点：一是意象凝练密集，通过具有形象性的意象营造可供感受体会的情境；二是语序的省略与视角的交叉变换，让诗歌成为意象平行陈列的共时性空间，感觉架构取代逻辑架构[①]。而宋诗的新变，则在于以叙事的要素重建历时性、逻辑性的架构，诗人追求诗歌内在意思的曲折，倾向于通过相关事件的具体情境来传达内在的复杂体验。通过对视角的精心选择，借助虚词、用事等手法，在诗歌中营造出一个具体可感可想的事境。如果说"事象"可以成立为从叙事视角诠释诗歌的一种方式，那么也可以用"事境"来概括诗歌所营造出来的关于事的情境。

"事境"简单来说就是事件的情境。诗人的所感所想、其所要表现的内容，往往都产生于一个具体的情境之内，而诗人又试图在诗中重现这样的情境，以利于将诗人所获得的体验传达出来，这就在诗中形成了对事境的营造。

宋人苏舜钦的《淮中晚泊犊头》常常被拿来与唐代韦应物的《滁州西涧》作对比：

  独怜幽草涧边生，上有黄鹂深树鸣。春潮带雨晚来急，野渡无人舟自横。（《滁州西涧》）
  春阴垂野草青青，时有幽花一树明。晚泊孤舟古祠下，满川风雨看潮生。（《淮中晚泊犊头》）

两诗都写傍晚河渡之景，同样有草有树，有春雨，有潮水，有孤舟。不过两诗境界不同，前一首野渡无人，是一种自由自在的闲适意趣；后一首满川风雨，折射出诗人动荡起伏的内心，这一层区别许多论诗者都已发现。其实不仅如此，二诗所表现出的叙事因素的多少也有所不同。韦诗有画境，而苏诗有事境。韦诗重在写景，如同一幅风景画，而叙事意味相对淡薄，只能隐约感觉到诗人对景物的观察欣赏。而苏诗中有着较为鲜明的主观体验行为，"晚泊""看潮生"都是诗人发出的行为，而且暗含先后之分，先有泊舟再有看潮。这就在写景的同时也融入了对诗人行为的叙述，体现出了行旅中的"晚泊"，透出事的因素。而诗歌也

---

① 葛兆光：《汉字的魔方》，复旦大学出版社2008年版，第195页。

就在这一风雨中晚泊看潮的事境中,折射出诗人内在不平静的心境。又如白居易《醉中对红叶》和苏轼《纵笔》的不同:

临风杪秋树,对酒长年人。醉貌如霜叶,虽红不是春。(《醉中对红叶》)
寂寂东坡一病翁,白须萧散满霜风。小儿误喜朱颜在,一笑那知是酒红。(《纵笔》)

惠洪《冷斋夜话》"换骨夺胎法"称,苏诗是从白诗"夺胎"而来①。两诗虽然取意相似,其实写法并不相同。白诗采取的是比喻的方式,将自己的醉貌比喻为霜叶,尽管鲜红,但不是生长在春天里。也就是说自己虽然面上有酒红,却不是年轻的朱颜。苏诗立意与之相似,但营造出一个事境来。诗人先写"小儿误喜",设置一个悬念,让人沉浸在"误喜"的愉悦中,然后再揭示原因——原来"是酒红",让人先疑惑再到释然。两句之间,有了前一句"误"的紧张,后一句的释然也就变得具有解开答案的快感。两诗对比,白诗的妙处只在于用了一个富于巧思的比喻,而苏诗的妙处在于叙事笔法的设置,将对醉貌的描写化入到了一个具体的事境里,使诗歌变得富有张力,而诗人的达观和风趣,也透过事境得到了真切的体现。

宋代诗人非常重视具体的事境,这是宋人认识自我和认识世界日益深入的结果。宋人善于知性反省,乐于思索物我关系,探究宇宙人生的奥秘,向精神世界的内里不断深掘。宋人思想体悟极其深细,这些深细的体悟在许多情况下是不易归纳、不易说清的,也是"抒情言志"不足以概括的。于是宋人进而寻找与之相适应的诗歌表达方式,用以传达诗人复杂的内在体验。一方面,人的体验往往离不开具体的事,面对不同的事件、场合会有不同的体会和感受,诗人总是在具体的事境中获得感受和思考;另一方面,诗歌的主旨和内涵的实现,也需要具体语境和情境的依托。因此,要实现深刻意思的表达,一个有效的途径就是,在诗歌中再造一个事境,将事境作为实现诗歌内在意蕴的途径,也将事境作为将读者引入诗歌的途径。与其用不够贴切、不够全面的方式来表现,倒不如将引发思想体悟的情境呈现出来,让人跟随事境的变化发展去领悟其中复杂多变、层次丰富的各种体验。从这里可以解释,为什么宋人越来越将"事"推向诗歌表现的重要位置。从宋人"述事以寄情""事贵详,情贵隐"②等说法中也可以看出,宋代诗人倾向于营造一个事境,让人在事境中体味诗歌的主旨、感受诗人的内在体验。那些题为"纪事""记事"一类的诗歌,其实是将事件情境与诞生于其中的思想情感视为一个整体,诗歌对于事境的记录和呈现,同时也就容纳了发生于其中的种种体验。正是在这样的要求下,事境越来越具有了重要的意义。

"事象"与"事境"对于叙事性增强的宋诗而言,是非常有益的观照视角,在与唐诗的对比下尤为明显。不过"事象"与"事境"的视角并不局限于宋诗,也可以用于解释宋诗以外的诗歌,尤其有利于解释中国古典诗歌的叙事传统。中国古代诗歌中纯正的叙事诗并不太多,而且纪事之诗也不见得都是在叙事。但许多诗歌都能够提取鲜明的事象、构筑鲜明的事境,并唤起对事件情境的体味和联想,从而营造出一个别具滋味的诗歌艺术世界。

在古代诗论中就已有以"事境"论诗者。如张㟧曰:"古之人得于中,而口不能喻,乃

---

① 惠洪:《冷斋夜话》卷一,中华书局1988年版,第16页。
② 魏泰:《临汉隐居诗话》,何文焕辑《历代诗话》,中华书局1981年版,第322页。

借事境以达之。"① 又如翁方纲："然予尝论，古淡之作，必于事境寄之。"②"若以诗论，则诗教温柔敦厚之旨，自必以理味事境为节制，即使以神兴空旷为至，亦必于实际出之也。"③ 都认为诗歌通过具体事境来传递内在体验。方东树《昭昧詹言》所言则更为逼近"事境"的表现特点："凡诗写事境宜近，写意境宜远；近则亲切不泛，远则想味不尽。"④

在意象批评体系中，通常认为诗歌需要通过意象建构意境，抽取各种景物意象，融为一个凝聚了作者主观情志的世界。而"事象"与"事境"的关系是，以"事象"抽取与事相关的各种要素，组织成可供理解领悟的一套系统，营造出动态可感的具体"事境"。就每一个"事象"而言，都含有相对独立的叙事因素；与此同时，这些"事象"又在诗歌中实现并置，通过前后勾连、对比反衬等，建立起事与事之间的关联，构筑出诗歌的意义空间。

基于古典诗歌叙事传统建立起来的"事境"，在表现特点上与基于抒情传统的"意境"是不同的。意境论强调"境生于象外"，强调言外之意、不尽之旨，情志趣味的虚化无穷，因此意境论很看重"虚"的意味。而基于叙事传统的"事境"，虽然同样是要传达诗人的内心体验，但却具有"实"的倾向。正如方东树所说的"事境宜近"和"亲切不泛"。一方面，诗歌对事件要素的呈现是偏于实的，通过具体的细节来框定事的轮廓，诗人营造的事境是细致可想的；另一方面，通过这一精细构筑的事境所要传达的体验也是偏于实的，具有相对明确的导向性，是紧密附着在事象与事境之上的。

这种求"实"的倾向在宋诗中就体现得非常鲜明。诗人试图呈现事情发生的具体情境，因此重视对事件发生、发展过程的再现。那些脉络清晰、过程分明的事象组合，体现了宋人这方面的要求。诗人依照事件本身的进展，依次讲述过程中的情境，由此带来动态前进的画面，使人跟随事件的进展而感受不同阶段所具有的体验。这种种不同层次体悟的叠加综合，才构成这整个事境中的独特体悟。即便如杨万里《稚子弄冰》这样一首短小的绝句，也在构筑事境的过程中层层曲折：

稚子金盆脱晓冰，彩丝穿取当银钲。敲成玉磬穿林响，忽作玻璃碎地声。

诗歌写稚子玩冰嬉戏的过程。第一、二句截取取冰、穿冰的事象；第三句从声音来写，稚子嬉玩的兴奋开心也到了最高点；第四句又从声音的变化来写冰块的碎裂，原本清扬的敲打声，却突然听到如同玻璃碎地的哗啦一响。短短篇幅，叙述了整个"弄冰"的过程。既有开端，又有高潮，有结局，在动态变化的描摹中层层曲折，呈现事件的情境。在这个具体的事境中，不但鲜活再现了稚子玩耍的过程，而且凸显了稚子的天真及生活中的童趣，并留下想象的空间，让人想见这一事境中稚子愕然又天真的神情。

营造"事境"的求"实"倾向，又表现在对事件细节的记录和交代上。这些细节，往往是触动诗人的重要因素。对这些细节的再现，可以凸显事境中的重点。事境细节之细，意味着诗人体悟之细。诗人尝试将这些细节置入诗歌的事境中，其实是想要传达诗人在这些细节中所获得的具体的体验。当诗人有选择地呈现事境中的某些细节时，这些细节也就成为将

---

① 张鼐：《题孙叔倩百花屿稿叙》，《宝日堂初集》卷十二，明崇祯二年刻本。
② 翁方纲：《朱草诗林集序》，《复初斋文集》卷四，清光绪三年李彦章校刻本。
③ 翁方纲：《石洲诗话》卷八，人民文学出版社1981年版，第241页。
④ 方东树：《昭昧詹言》卷二十一，人民文学出版社1961年版，第504页。

读者引向诗歌主旨内涵的关键。汪元量的《醉歌·其五》：

> 乱点连声杀六更，荧荧庭燎待天明。侍臣已写归降表，臣妾佥名谢道清。

诗歌着墨不多，只通过叙事的细节勾勒出南宋朝廷向元朝投降的情形。前两句写元兵包围宫廷的情形，乱声不断，庭燎荧荧。三四句中，侍臣写好了归降表，谢太后只能往降书上签名称臣。虽是无可奈何，却又体现出南宋大臣的怯懦无用；而太后自称臣妾，也就意味着国家的覆亡。诗人以看似冷静的笔触直接记录事件，其实却在细节的选取和呈现中注入了褒贬的价值判断，诗人的体验紧密附着在事境之上。正是出于这种细节的真实，使这一事境格外具有打动人心的震撼力。这种求实的倾向也表明，诗人在营造每一个具体事境时，不是将其作为某一类型的事情来认识，而是要作为只此一次的事情来表现，那么诗人的体验也就具备了只此一次的独特性。可见，"事境"讲求切近真实，虽有别于"意境"的审美风格，但并不会失了诗性之美，反而因此获得了许多独特的艺术成就。

总之，"事境"的意义在于，基于古典诗歌的叙事传统，以"事"为诗歌表现的重心，而将诗人的见闻、行为、感悟等整体体验都涵括在以诗歌营造出来的动态发展的情境之内。"事境"以一种偏于"实""近""亲切不泛"的表现特点，可以还原比画面更为复杂的场景和情境，能够在立体的时空中表现多元而充满变化的复杂体验。

综上所述，学界现有的"意象""意境"理论体系，实际上是与古代诗歌抒情传统紧密相连的。而与"事象""事境"相对应的，则是古典诗歌的叙事传统。"事象""事境"，不但可以在与唐诗的对比中凸显宋诗叙事性增强的特质，而且可以成为诠释古典诗歌叙事传统的有效工具。以此为基础，可以帮助我们从叙事视野获得对古典诗歌更深入全面的认识，并充分挖掘古典诗歌叙事传统的中国特色。

苏轼与临济宗禅僧尺牍考辨

朱 刚

复旦大学中文系

《苏轼文集》①卷六十一集中了苏轼写给僧人的尺牍，按受书人为序编集。两年前，笔者曾考证这些僧人中有十一位云门宗禅僧，作了《苏轼与云门宗禅僧尺牍考辨》②一文。此后继续比对资料，发现尚有两位云门宗禅僧，为前文所遗漏，此外可以确定为临济宗禅僧的则有三位。本文先补述前文之阙遗，再对苏轼与临济宗禅僧的尺牍加以考辨。

前文遗漏的两位云门宗禅僧，法系如下：

云门文偃—香林澄远—智门光祚—雪窦重显—┬─长芦智福——清凉和
　　　　　　　　　　　　　　　　　　　　└─报本有兰——中际可遵

一、《与遵老三首》

此三首亦见《纷欣阁丛书》本《东坡尺牍》卷八，标题、次序全同，《重编东坡先生外集》卷七十收入第一、二首，标题为《答灵就遵老》，七集本《续集》卷六则题为《答灵鹫遵老二首》。茅维大概综合了以上材料，编定为《与遵老三首》，而在题下标"以下俱杭州"③。但《外集》卷七十所标时地为"离黄州"，不知茅维何故改置"杭州"阶段？也许他把"灵鹫"认作了杭州的灵隐寺。但寺名"灵鹫"者其实不止一处，据此改动《外集》的系年信息，殊不可取。

《苏轼全集校注》考证"遵老"为庐山圆通寺僧可遵④，即云门宗中际可遵禅师。元丰七年（1084）五月苏轼游庐山时，曾在汤泉壁上见可遵一偈，随即唱和，故尺牍第一首有云："前日壁间一见新偈，便向泥土上识君。"如果尺牍作于苏轼游庐山之时，或稍后数日，那正好就在《外集》所标"离黄州"阶段，故笔者以为此考证不误。至于何以称为"灵鹫遵老"，则也许可遵曾经或将要担任某一灵鹫寺之住持，因缺乏资料，难以考定了。陆游《老学庵笔记》有云：

> 僧可遵者，诗本凡恶。偶以"直待众生总无垢"之句为东坡所赏，书一绝于壁间继之。山中道俗随东坡者甚众，即日传至圆通，遵适在焉，大自矜诩，追东坡

---

① （宋）苏轼著，孔凡礼点校：《苏轼文集》，中华书局1986年版。
② 朱刚：《苏轼与云门宗禅僧尺牍考辨》，中国人民大学国学院《国学学刊》2012年第2期。
③ 茅维所编《苏文忠公全集》就是孔凡礼点校《苏轼文集》的底本。关于现存苏轼尺牍各种版本的详情，以及其间关系，请参考笔者《东坡尺牍的版本问题》，《中国典籍与文化论丛》第12辑，2010年。
④ 张志烈、马德富、周裕锴主编：《苏轼全集校注》第18册，河北人民出版社2010年版，第6772页。

至前途。而途中又传东坡《三峡桥》诗,遵即对东坡自言:"有一绝,却欲题三峡之后,旅次不及书。"遂朗吟曰:"君能识我汤泉句,我却爱君三峡诗。道得可咽不可漱,几多诗将竖降旗。"东坡既悔赏拔之误,且恶其无礼,因促驾去,观者称快。遵大言曰:"子瞻护短,见我诗好甚,故妒而去。"径至栖贤,欲题所举绝句。寺僧方磨石刻东坡诗,大诟而逐之。山中传以为笑。①

陆游对临济宗的禅僧是很尊敬的,这位云门宗的可遵禅师却被他形容得很是不堪。主要的原因,大概在于云门宗到南宋法脉已绝,无子孙为之主张,故士人可以毫无忌惮地斥言之。从当事人苏轼留下的尺牍来看,他对可遵的印象决不坏,陆游的记载并不可信。

不过,《与遵老三首》中,第三首是颇有问题的。先据《苏轼文集》抄录此首于下:

> 某启。前日辱临屈,既已不出,无缘造谢。信宿,想唯法体佳胜。筠州茶少许,谩纳上,并利心肺药方呈。范医昨呼与语,本学之外,又通历算,甚可佳也。谨具手启。不宣。

苏轼游庐山之前,先去了一趟筠州看望苏辙,带来"筠州茶少许"赠送可遵,似乎也合乎情理,《苏轼全集校注》就是这样解释的。但是,《外集》却将此首编入卷六十八"黄州"阶段,而题为《与知郡朝散》。相应地,适合于僧人的"法体佳胜"之语,《外集》的文本作"尊体万福",适合于士大夫了。在苏轼贬居黄州时期,所谓"知郡朝散",当指以朝散郎知黄州的徐大受(字君猷)②。如果这一首尺牍是写给徐大受的,那么其中所述情事似与元丰六年(1083)春季苏轼患眼疾时相应。因患眼疾,对方来看望,自己却不能外出回谢。此时苏辙贬在筠州,亦可能有筠州茶寄来苏轼处。姓范的医生,可能是徐大受推荐或派遣的,因为徐是当地长官,所以苏轼要夸奖这位医生,俾受赏识。这些事情,除了"筠州茶"以外,与元丰七年的苏轼和可遵都不能相应。所以,笔者认为《外集》的标题和系年信息更为可信。苏轼写给徐大受的尺牍,仅此而已。

二、《答清凉长老一首》

这一首的文本极为简单,题下标"扬州还朝",正文只有"昨辱佳颂见贶,足为衰朽之光,未缘面谢"一句。《纷欣阁丛书》本《东坡尺牍》不载,而见于《外集》卷八十"北归"阶段。茅维当从《外集》获此尺牍,但不知何故改标"扬州还朝"?

《苏轼全集校注》推算为元祐七年(1092)之作③,根据就是"扬州还朝"一语,而茅维此语来历不明,未可遽信。但《校注》提到一个很重要的信息,就是苏轼绍圣元年(1094)南迁途中曾作《赠清凉寺和长老》一诗,这"和长老"乃金陵清凉广慧禅寺僧,《校注》判断与此首尺牍的"清凉长老"为同一人。笔者以为这个判断是正确的。

该僧亦见于禅门史料,佛国惟白编《建中靖国续灯录》,于卷十一"真州长芦智福祖印

---

① 陆游:《老学庵笔记》卷四,中华书局1979年版,第55页。
② 苏轼《遗爱亭记》:"东海徐公君猷,以朝散郎为黄州。"《苏轼文集》卷十二。
③ 《苏轼全集校注》第18册,第6814页。

禅师法嗣"中录"金陵清凉广惠和禅师"法语数段①，这"和禅师"应该就是"和长老"了。既然他在建中靖国元年（1101）还住持金陵清凉寺，则《外集》将苏轼这首尺牍编在"北归"阶段，就并不龃龉，因此年苏轼从海南"北归"，确实经过金陵。南迁时有诗，北归时有尺牍，苏轼与这位"和长老"的关系，仿佛就是对苏轼早年诗句的印证："身行万里半天下，僧卧一庵初白头。"遗憾的是我们无从考证"和长老"的全名，南宋汝达的《佛祖宗派图》也只称他为"清凉和"②。

到现在为止，我们已考知现存苏轼尺牍的受书人中，有十三位云门宗禅僧。相对而言，临济宗禅僧就少得多了，目前可以确认的只有三位，法系如下：

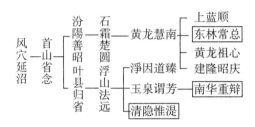

三、《与东林广惠禅师二首》

东林常总（1025—1091）禅师为临济宗黄龙派高僧，按南宋以来禅门定论，常总乃苏轼嗣法之师，但其实他们只见过一次面，就在元丰七年苏轼上庐山时。《五灯会元》以常总的师兄弟上蓝顺、黄龙祖心分别为苏辙、黄庭坚的嗣法之师，《续传灯录》又谓秦观嗣法建隆昭庆，那也是黄龙慧南的弟子。看起来，这不是常总与苏轼的关系问题，而是整个黄龙派禅僧与"苏门"士大夫的关系问题。

《外集》并无苏轼写给常总的尺牍，但《纷欣阁丛书》本《东坡尺牍》有之，标题亦作《与东林广惠禅师》，当是茅维所据。不过，《东坡尺牍》录有三首，其第二、三首就是茅维所录，其第一首则被茅维录为《与佛印十二首》之第七首，这倒是根据《外集》而来的。大概茅维看到《外集》与佛印了元的尺牍中有这一首，文字与《与东林广惠禅师》之第一首相同，他判断此首是写给了元的，所以编入《与佛印十二首》，而从《与东林广惠禅师》的三首中删去这一首。他这个判断恰恰是错误的，《苏轼全集校注》已指出，笔者也于《苏轼与云门宗禅僧尺牍考辨》一文中详论此为元丰八年（1085）苏轼致常总的尺牍，不再赘述。

从文本本身提供的信息来看，被茅维删去的一首是可以确切系年的，保留下来的两首却是谈药方、谈碑刻字体，并无系年依据。茅维在题下标"以下俱翰林"，恐怕还是据删去的一首推断的。《苏轼全集校注》则考为元祐三年（1088）之作③，与"翰林"的说法相符，但其考证也大有问题。《校注》引用了黄裳《演山集》卷三十四《照觉禅师行状》，谓常总于元丰七年得赐号"广惠大师"，元祐三年得诏住持东林寺，元祐四年改赐号"照觉禅师"，

---

① 《建中靖国续灯录》卷十一，《续藏经》本。
② 汝达：《佛祖宗派图》，整理本见须山长治《汝达の〈佛祖宗派总图〉の构成について——资料编》，《驹泽短期大学佛教论集》9，2003年。
③ 《苏轼全集校注》第18册，第6791页。

如此确定"东林广惠禅师"的称呼当在元祐三年,而此时苏轼正任翰林学士。按,元丰七年苏轼上庐山时,已参见东林寺住持常总禅师,这在苏轼生平研究中,已为常识,何以《校注》反信黄裳之说,谓常总住持东林寺晚至元祐三年?黄裳的原文是明显有错误的,"元祐三年,神宗诏东林为禅寺……"①云云,年号与皇帝庙号不合,《校注》疑"神宗"为"哲宗"之误,实际上,从全文叙事顺序来看,应该是"元祐"为"元丰"之误,而"神宗"不误。常总于元丰三年住持东林寺,可以惠洪《禅林僧宝传》卷二十四《东林照觉总禅师传》为证。这样,因黄裳的字误(更有可能是传写之误)而引起的元祐三年之说,是并不成立的。《与东林广惠禅师二首》宜与茅维删去的那一首同系元丰八年末或元祐元年初。

四、《与清隐老师二首》

此二首不见于《东坡尺牍》,而见于《外集》卷六十九,编在"黄州"阶段。《外集》题作《与清隐老夫》,《续集》卷五标题改"夫"为"师",茅维当据此录入。题下虽无系年标注,但茅本前一题《与无择老师一首》则标明"以下俱黄州",按茅维的编辑体例,这个标注对后续的《与清隐老师二首》也是有效的②。所以,茅维对写作时间的判断,也与《外集》相同。《苏轼全集校注》则谓"疑作于元祐时期"③,但未提供根据,亦不知"清隐老师"为何许人,仅注"未详"。

孔凡礼先生却知道"清隐老师"为清隐惟湜禅师,所著《苏轼年谱》于熙宁四年叙:"在京师时,尝晤惟湜于净因。"并论证云:

> 《栾城集》卷十三《题都昌清隐禅院》末云:"谁道溪岩许深处,一番行草识元昆。"原注:"长老惟湜,曾识子瞻于净因,有简刻石。"都昌属江南东路南康军,今属江西。惟湜时居清隐,人以清隐称之。诗次元丰七年。轼简佚。《文集》卷六十一《与清隐老师》第二简:"净因之会,茫然如隔生矣。名言绝境,寤寐不忘。"④

他将苏辙元丰七年《题都昌清隐禅院》诗的自注与苏轼尺牍第二首的内容相沟通,既考出清隐禅院的长老惟湜之名,又推知苏轼与惟湜的相识是在熙宁间京师的净因禅院。按,《五灯会元》卷十二列清隐惟湜为临济宗高僧浮山法远(991—1067)之法嗣,而法远的另一法嗣净因道臻(1014—1093)正是净因禅院的住持,苏氏兄弟熙宁初在京时屡访禅院,与道臻交往甚多⑤,惟湜想必曾至京师访问同门道臻,故得与苏轼相识。这样,尺牍第二首所谓"净因之会"就完全可以落实了。但此首后面又有"何时得脱缨绊,一闻笑语"之文,大概

---

① 黄裳:《照觉禅师行状》,《演山集》卷三十四,文渊阁四库全书本。
② 这一点详见拙作《东坡尺牍的版本问题》所考。
③ 《苏轼全集校注》第18册,第6806页。
④ 孔凡礼:《苏轼年谱》上册,中华书局1998年版,第203页。
⑤ 苏轼曾作《净因院画记》、《净因净照臻老真赞》,参考《苏轼年谱》熙宁四年纪事;苏辙曾作《赠净因臻长老》,参考孔凡礼《苏辙年谱》熙宁二年纪事,学苑出版社2001年版。

孔先生体会这是身任朝官时的口吻，故又将这首尺牍的写作时间系于"元祐在朝时"①。此推测与《苏轼全集校注》相同，但也无确切根据。

禅宗灯录对清隐惟湜的记载甚为简单，比较详细的是黄庭坚《南康军都昌县清隐禅院记》：

> 熙宁甲寅，令王师孟初得庐山僧建隆主之，遂为南山清隐禅院。乙卯、丙辰而隆卒，长老惟湜自庐山来，百事权舆，愿力成就，而僧太琦实为之股肱。于今八年，宫殿崇成……清隐出于福清林氏，饱诸方学，最后入浮山圆鉴法远之室。浮山，临济之七世孙，如雷如霆，观父可以知子矣。②

这里也提及清隐惟湜乃浮山法远的弟子。前面叙述清隐禅院的修建过程，"熙宁甲寅"是熙宁七年（1074），由僧建隆主持，经熙宁八年乙卯、九年丙辰，而建隆卒，于是惟湜"自庐山来"，继续主持修建，乃至成功。由此可知，惟湜离开京师净因禅院后，去了庐山，至熙宁九年（1076）开始担任都昌县清隐禅院的住持。"于今八年"，推算黄庭坚作此记当在元丰六年（1083）。该年黄庭坚从吉州太和县令解官，返家分宁，曾舟过彭蠡湖（鄱阳湖）③，当可登临湖岸的清隐禅院。此时的苏轼，则尚贬居黄州，但尺牍第一首所云，却似乎与黄庭坚此记相关：

> 黄长生人来，辱书，承起居佳胜为慰。示及黄君佳篇及山中图刻，欲令有所记述。结缘净境，此宿所愿也。但多病久废笔砚……

我以为"黄君佳篇"就指黄庭坚的记文。惟湜营建禅院既已成功，就希望征集名人的文字，刻石纪念。苏轼在黄州，水路遣使便利，又是旧识，当然也在征集之列。从尺牍中可以看到，他先把已经征集到的成果寄示苏轼，想唤起对方的创作欲。除黄庭坚记文外，还有一些"山中图刻"。次年苏辙舟过清隐禅院，惟湜也不放过，这才有了上面说的《题都昌清隐院》一诗。从此诗自注"有简刻石"来看，虽然苏轼在尺牍中表示了推辞之意，但惟湜实在太想得到苏轼的有关文字，所以把他的来信刻到石上去了，正好让苏辙看到。

如此，《外集》将苏轼这两首尺牍编在"黄州"阶段，就是完全正确的。具体地说，当在元丰六年，略后于黄庭坚的记文。所谓"何时得脱缨绊"，这"缨绊"宜指贬居处境，而不是高官厚禄。

苏轼与惟湜的交往，从熙宁初在净因禅院相识开始，保持终生。绍圣元年（1094）苏轼南迁，建中靖国元年（1101）北返，都经过虔州，而惟湜已任虔州崇庆禅院住持，苏轼有多篇作品与惟湜相关，已详见《苏轼年谱》④，此略。

五、《与南华辩老十三首》

这是苏轼写给临济宗禅僧的尺牍中留存最多的部分，"南华辩老"名重辩，有《苏轼文

---

① 《苏轼年谱》下册，第1113页。
② 黄庭坚：《南康军都昌县清隐禅院记》，《豫章黄先生文集》卷十八，《四部丛刊》景宋乾道刊本。
③ 郑永晓：《黄庭坚年谱新编》，社会科学文献出版社1997年版，第133页。
④ 《苏轼年谱》下册，第1169、1380页。

集》卷六十六《书南华长老重辩师逸事》为证。《建中靖国续灯录》卷十四以南华重辩为"荆门军玉泉谓芳禅师法嗣",玉泉谓芳与净因道臻、清隐惟湜一样,嗣浮山法远。然则重辩乃惟湜之法侄。绍圣元年(1094)苏轼南迁惠州,路过韶州南华寺,始与重辩相识,到元符三年(1100)北归,再过南华寺时,重辩已卒。二人间的尺牍联系,都发生在苏轼贬居惠州阶段,茅维在题下标"以下俱惠州",当然是不错的。

十三首中,第一至十首,及第十二首,俱见《纷欣阁丛书》本《东坡尺牍》卷八,标题、次序全同;而第一、十三、十、五、八首,则见于《重编东坡先生外集》卷七十五,题《答南华辩禅师》,亦置"惠州"阶段。茅维显然综合了以上两种资料,编定此十三首。《东坡尺牍》未收入的第十一首,其实并非写给重辩的尺牍,而是写给"学佛者张惠蒙"的一张字据,让他持此字据去南华寺参拜重辩禅师,不知茅维何从得此字据,因其内容与尺牍第十首相应(第十首有向重辩介绍张惠蒙前去参拜的内容),故编为第十一首。至于第十三首,《东坡尺牍》卷八编在开头,为《与辩才》的第一首。也就是说,《东坡尺牍》的编者认为此首的受书人是"辩才"(杭州僧元净)而非"辩老"。但茅维根据《外集》,将它判归"辩老",故编在最后。

《苏轼年谱》和《苏轼全集校注》对这些尺牍都有比较具体的系年,我们先来看《外集》所收的五首。

第一首,《校注》系绍圣二年(1095)二月,根据是尺牍中"到惠已百日"之句。按:苏轼于绍圣元年十月二日抵惠州,有他自己的文字为证①,是可以确信的,下推百日,当在次年正月中旬。但《外集》这一首的文本,作"到惠已二百日",则也可推至四月下旬。第十三首,《年谱》系绍圣三年六月,无据,《校注》则系二年六月,根据是尺牍中"泉铭模刻甚精"及"热甚"等语。按,《苏轼文集》"泉铭"作"银铭",不通,《校注》据《续集》改,并考此"泉铭"当指苏轼为南华寺所作《卓锡泉铭》,甚是。《外集》亦作"泉铭",可证《校注》所考不误。第十首,《年谱》与《校注》皆系绍圣二年六月。按,上文已叙此首内容与第十一首相关联,即介绍张惠蒙前往参拜重辩,而第十一首末署明"绍圣二年六月十一日",可无疑问。接下来的第五首却颇有疑问,《苏轼文集》的文本如下:

> 某顿首。净人来,辱书,具审法体胜常,深慰驰仰。至此二年,再涉寒暑,粗免甚病。但行馆僧舍,皆非久居之地,已置圃筑室,为苟完之计,方斫木陶瓦,其成当在冬中也。九月中,儿子般挈南来,当一礼祖师,遂获瞻仰为幸也。伏暑中,万万为众自重。不宣。

《年谱》与《校注》皆据尺牍中"至此二年,再涉寒暑"与"九月中,儿子般挈南来"二语,将此首的写作时间系于绍圣三年六月。按,"儿子"指苏轼长子苏迈,因授仁化县令,将带家属来广南上任,确是绍圣三年事。但《外集》和《续集》此首的文本,却只到"其成当在中冬也"为止,并无"九月中"以下部分。这当然可以认为是《外集》《续集》系统的文本有脱落,也可以认为是《东坡尺牍》、茅维、《文集》系统的文本误合两首为一,难以定论。笔者是倾向于后者的,因为"至此二年,再涉寒暑"也比较费解,从绍圣元年十月抵惠州算起,两历寒暑,自然要到三年的暑月,可是苏轼笔下对年数的表述,与宋人一

---

① 苏轼:《迁居并引》,《苏轼全集校注》第 7 册,第 4746 页。

般的习惯相同，都是统计首尾的，自绍圣元年至三年，他应该表述为"三年"而不是"二年"。他说"至此二年"，就应该是绍圣二年的说法。至于"再涉寒暑"，也许是把绍圣元年贬赴惠州的途中经历也算在里面了。还应当考虑的一点是，绍圣三年的夏天瘴疫流行，苏轼侍妾朝云亦感染，于七月五日病卒①。如果此首尺牍作于该年六月，则正当朝云病危之时，苏轼岂能自幸"粗免甚病"而一心去"置圃筑室"？《年谱》似乎也考虑及此，却说此首"作于伏暑，朝云未病也"，甚不合情理。所以，如果不考虑"九月中"以下《外集》所无的部分，这一首尺牍的系年就可以提前到绍圣二年。《外集》最后的第八首，《年谱》系绍圣二年六月，《校注》系同年七月。按，此首提及张惠蒙回到惠州后的事，显然在第十、十一首之后，系七月较妥。总体来看，《外集》所录的五首，叙事前后衔接，写作时间都在绍圣二年的数月之间，确实可以视为一个整体的。当然，如上所述，第五首的后半部分应该割出，另成一首。

《外集》未收的另外八首，第二、三、四、九、十一首是绍圣二年作，第六、七、十二首是绍圣三年作，俱见《校注》所考，笔者无异议。需要再次强调的一个结论是：《外集》所录虽少，却有比较规整的编年顺序；《东坡尺牍》所录虽多，其排列则杂乱无序。茅维综合这两类资料，来编定苏轼的尺牍作品，总体思路是不错的，但他的工作做得粗疏，对《外集》的重视很不够，判断常有失误。由于《苏轼文集》和《苏轼全集校注》都用茅维的本子做底本，便经常受到茅维的影响，继续其错误的判断。对于目前的苏轼研究来说，这一点是有必要从方法论层面加以反思的。换句话说，我们必须摆脱茅维的影响，直接面对茅维所根据的那些更原始的资料，重新加以审核。

苏轼写给临济宗禅僧的尺牍，现在能够考定的就是如此而已。当然，这并不说明他所交往的临济宗禅僧只此三位，但无论如何，其数量不会超过云门宗禅僧，这一点毫无疑问。

---

① 详见《苏轼年谱》下册，第1230页。

《全宋诗》误收唐诗考辩（下篇）

朱腾云[*]

河南大学文献信息研究所

内容提要：北京大学古文献研究所编纂的《全宋诗》是篇幅最大的中国古典诗歌总集，是20世纪古籍文献整理的代表性成果。但其重出、误收的诗歌数量庞大，笔者在研究中发现《全宋诗》《全唐诗》重出、误收、重见的诗歌有300余组，可粗略分为作者两收诗歌重录、《全唐诗》误收、《全宋诗》误收、诗歌重见不能考订时代这四种情况，这些重出、误收诗歌的考辩对《全宋诗》《全唐诗》的研究整理及相关作者别集的编纂研究，有一定的文献价值。本文对其中《全宋诗》误收唐诗的部分，共计21组诗歌，缘例释证，甄别真伪，考证作者归属，供研究者参考、批评。

关键词：全宋诗　误收　唐诗　考辩

（四〇）误收殷遥诗

潘阆《夏》："野花成子落，江燕引雏飞。暗草薰苔径，晴杨拂石矶。"（《全宋诗》卷五十七，第1册，第631页），又见《全唐诗》卷一一四，题为《春晚山行》："寂历青山晚，山行趣不稀。野花成子落，江燕引雏飞。暗草薰苔径，晴杨扫石矶。俗人犹语此，余亦转忘归。"作者殷遥。

潘阆作出《锦绣万花谷》后集卷三，此诗全章又见《唐百家诗选》卷六、《唐诗纪事》卷一七、《文苑英华》卷一六一、《渔隐丛话》后集卷一六，当为殷遥作。

（四一）误收元结诗

张耒《句》其五："灵橘无根井有泉。"（《全宋诗》卷一一八七，第20册，第13419页）

元结《橘井》："灵橘无根井有泉，世间如梦又千年。乡园不见重归鹤，姓字今为第几仙。风泠露坛人悄悄，地闲荒径草绵绵。如何蹑得苏君迹，白日霓旌拥上天。"

张耒残句据《舆地纪胜》卷五七收录。此残句实出唐元结《橘井》，见《湖广通志》卷七九、《氏族大全》卷三、《全唐诗》卷二四一、《全唐诗录》卷一八、《诗话总龟》卷一六。

---

[*] 基金项目：2013年度教育部人文社会科学研究青年基金项目"《全宋诗》重出误收研究"（13YJC751086）阶段成果。

（四二）误收韩愈诗

（1）黄庭坚《古意》："太华峰头玉井莲，开花十丈藕如船。冷比雪霜甘比蜜，一片入口沉疴痊。我欲求之不惮远，青壁无路难夤缘。安得长梯上摘食，下种七泽根株连。"（《全宋诗》卷一〇二七，第 17 册，第 11740 页）

韩愈《古意》："太华峰头玉井莲，开花十丈藕如船。冷比雪霜甘比蜜，一片入口沉疴痊。我欲求之不惮远，青壁无路难夤缘。安得长梯上摘实，下种七泽根株连。"

黄庭坚作见明万历《御制重刻古文真宝》前集卷四。韩愈作见《御定佩文斋书画谱》卷五六、《御定佩文斋广群芳谱》卷二九、《御定佩文斋广群芳谱》卷六六、《说郛》卷二四（下）、《锦绣万花谷》前集卷七、《古今事文类聚》前集卷一三、《古今事文类聚》后集卷三二、《记纂渊海》卷六、《记纂渊海》卷九二、《记纂渊海》卷九三、《全芳备祖集》后集卷二、《山堂肆考》卷一九九、《山堂肆考》卷二〇七、《御定渊鉴类函》卷四〇七、《别本韩文考异》卷三、《五百家注昌黎文集》卷三、《东雅堂昌黎集注》卷三、《双溪类稿》卷二、《全唐诗》卷三三八、《全唐诗录》卷四八、《诗林广记》卷五。

（2）朱熹《句》其一："秋夜不可晨，秋日苦易暗。我无汲汲志，何以有此恨。"（《全宋诗》卷二三九四，第 44 册，第 27682 页）

韩愈《秋怀诗十一首》其七："秋夜不可晨，秋日苦易暗。我无汲汲志，何以有此憾。寒鸡空在栖，缺月烦屡瞰。有琴具徽弦，再鼓听愈淡。古声久埋灭，无由见真滥。低心逐时趋，苦勉袛能暂。有如乘风船，一纵不可缆。不如觑文字，丹铅事点勘。岂必求赢馀，所要石与甔。"

朱熹作出《洛水集》卷九。

韩愈作见《别本韩文考异》卷一、《五百家注昌黎文集》卷一、《东雅堂昌黎集注》卷一、《文章正宗》卷二四、《唐诗品汇》卷二〇、《石仓历代诗选》卷五七、《全唐诗》卷三三六、《御选唐宋诗醇》卷二七、《全唐诗录》卷四六、《竹庄诗话》卷七。

（3）释文礼《颂马祖因僧问离四句绝百非》："唤起窗全曙，催归日未西。无心花里鸟，更与尽情啼。"（《全宋诗》卷二八二九，第 54 册，第 33698 页）

韩愈《游城南十六首·赠同游》："唤起窗全曙，催归日未西。无心花里鸟，更与尽情啼。"

释文礼作出《天童寺志》卷四，韩愈作见《野客丛书》卷一七、《类说》卷五五、《编珠·续编珠》卷二、《海录碎事》卷二二（上）、《锦绣万花谷》前集卷三七、《古今事文类聚》后集卷四七、《宋稗类钞》卷二〇、《墨客挥犀》卷七、《别本韩文考异》卷九、《五百家注昌黎文集》卷九、《东雅堂昌黎集注》卷九、《碧梧玩芳集》卷二三、《唐诗品汇》卷四三、《全唐诗》卷三四三、《御定佩文斋咏物诗选》卷四二一、《渔隐丛话》前集卷一七、《渔隐丛话》前集卷二七、《渔隐丛话》后集卷一〇、《诗人玉屑》卷二、《诗人玉屑》卷六、《诗林广记》卷五、《唐音癸签》卷二〇、《历代诗话》卷四九。

（四三）误收刘得仁诗

释绍昙《颂古五十五首》其二九："白发宫娃不解愁，满头犹自插花枝。曾缘玉儿君王

宠，准拟人看似旧时。"（《全宋诗》卷三四二九，第65册，第40793页）

刘得仁《悲老宫人》："白发宫娃不解悲，满头犹自插花枝。曾缘玉貌君王宠，准拟人看似旧时。"

释绍昙作出《希叟绍昙禅师广录》卷五。

唐刘得仁作见《才调集》卷七、《唐百家诗选》卷一七、《古今事文类聚》前集卷二一、《庄靖集》卷六、《万首唐人绝句》卷三九、《三体唐诗》卷二、《唐诗品汇》卷五四、《石仓历代诗选》卷九九、《古诗镜·唐诗镜》卷五〇、《全唐诗》卷五四五、《全唐诗录》卷八一、《唐诗纪事》卷五三。

《竹庄诗话》卷二〇题作者杜牧。

此诗既见《才调集》卷七，当是唐人诗。

（四四）误收张乔诗

艾性夫《赠头陀僧》："自说年深别石桥，遍游灵迹熟南朝。已知世路皆虚幻，不觉空门是寂寥。沧海附船浮浪久，碧山寻塔上云遥。如今竹院藏衰老，一点寒灯弟子烧。"（《全宋诗》卷三七〇一，第70册，第44425页）

张乔《赠头陀僧》："自说年深别石桥，遍游灵迹熟南朝。已知世路皆虚幻，不觉空门是寂寥。沧海附船浮浪久，碧山寻塔上云遥。如今竹院藏衰老，一点寒灯弟子烧。"

艾性夫作出《诗渊》册一页三九〇引《孤山晚稿》。张乔诗见《文苑英华》卷二二四、《天台前集》别编、《全唐诗》卷六三九。

（四五）误收卢肇诗

释晓莹《句》其六二："习习和风至。"（《全宋诗》卷一八四六，第32册，第20579页）

卢肇《风不鸣条》："习习和风至，过条不自鸣。暗通青律起，远傍白蘋生。拂树花仍落，经林鸟自惊。几牵萝蔓动，潜惹柳丝轻。入谷迷松响，开窗失竹声。薰弦方在御，万国仰皇情。"

释晓莹作出《亚愚江浙纪行集句诗》卷三。唐卢肇作见《古俪府》卷一、《文苑英华》卷一八三、《全唐诗》卷五五一、《御定佩文斋咏物诗选》卷六。

（四六）误收曹唐诗

宋高宗赵构《题马远画册五首》其二（《全宋诗》卷一九八二，第35册，第22217页），又见宋光宗赵惇《题张萱游行士女图》："闲来洞口访刘君，缓步轻抬玉线裙。细白桃花掷流水，更无言语倚彤云。"（《全宋诗》卷二六五三，第50册，第31080页）。重出失注。

曹唐《小游仙诗九十八首》其二六："偷来洞口访刘君，缓步轻抬玉线裙。细擘桃花逐流水，更无言语倚彤云。"

宋高宗赵构作出《珊瑚网》卷四四,《南宋院画录》卷七:"远非高宗时人误。"① 马远（1190—1279）,河中人,宋代杰出画家。赵构（1107—1187）。

宋光宗赵惇作见《式古堂书画汇考》卷三三。曹唐作见《万首唐人绝句》卷六一、《天台前集》别编、《全唐诗》卷六四一。

综之,此为赵惇题曹唐诗。

（四七）误收李群玉诗

朱熹《训蒙绝句·无题》:"白鹤高飞不逐群,嵇康琴酒鲍照文。此身未有栖归处,天下人间一片云。"（《全宋诗》卷二三九四,第44册,第27682页）

李群玉《言怀》:"白鹤高飞不逐群,嵇康琴酒鲍昭文。此身未有栖归处,天下人间一片云。"

朱熹作出《朱熹传记资料》第9册。

李群玉作见《李群玉诗集》后集卷四、《万首唐人绝句》卷六八、《全唐诗》卷五七〇。

此当为朱熹题写李群玉诗。

（四八）误收郑谷诗

宋光宗赵惇《题陆瑾渔家风景图》:"翠岚迎步兴何长,笑领渔翁入醉乡。日暮渚田微雨后,鹭鸶闲暇稻花凉。"（《全宋诗》卷二六五三,第50册,第31080页）

郑谷《野步》:"翠岚迎步兴何长,笑领渔翁入醉乡。日暮渚田微雨后,鹭鹚闲暇稻花香。"

宋光宗赵惇《式古堂书画汇考》卷三三:"宋光宗对题方绢本"。郑谷作见本集《云台编》卷下、《万首唐人绝句》卷五四、《全唐诗》卷六七六。

（四九）误收罗隐诗

陈郁《商驿楼东望有感》:"山川去接汉江东,曾伴隋侯醉此中。歌绕夜梁珠宛转,舞娇春席雪朦胧。棠遗善政阴犹在,薤送哀声事已空。惆怅知音竟难得,两行清泪白杨风。"（《全宋诗》卷三〇〇七,第57册,第35815页）

罗隐《商於驿楼东望有感》:"山川去接汉江东,曾伴隋侯醉此中。歌绕夜梁珠宛转,舞娇春席雪朦胧。棠遗善政阴犹在,薤送哀声事已空。惆怅知音竟难得,两行清泪白杨风。"

陈郁作出《诗渊》册五页三五六三。唐罗隐作见《罗昭谏集》卷三、《文苑英华》卷二九八、《石仓历代诗选》卷八九、《全唐诗》卷六五七。

---

① （清）厉鹗:《南宋院画录》,台北商务印书馆1983年影印四库全书本。

（五〇）误收朱景玄诗

宋祁《句》其二二："浙浙寒流涨浅沙。"（《全宋诗》卷二二五，第4册，第2620页）。此句又见释绍嵩集句诗《仙岩江口》："浙浙寒流涨浅沙，小桥通去路横斜。因寻野渡逢渔舍，夹路松开黄玉花。_{宋景文、总老}_{韦庄、陈与义}"（《全宋诗》卷三二三七，第61册，第38644页）。又见《全唐诗》卷五四七，题为《宿新安村步》"浙浙寒流涨浅沙，月明空渚遍芦花。离人偶宿孤村下，永夜闻砧一两家"，作者朱景玄。又见《全唐诗》卷七〇一，题为《宿新安村步》，作者王贞白。《全宋诗》宋祁作出《雅愚江浙纪行集句诗》卷五（参见书影001），可知《全宋诗》编者误朱景玄为宋景文。此为唐诗，《全宋诗》宋祁名下残句当删。

书影001：《雅愚江浙纪行集句诗》卷五

（五一）误收陆龟蒙诗

（1）刘攽《引泉诗睦州龙兴观老君院作》（《全宋诗》卷六〇二，第11册，第7119页），此诗又见《全唐诗》卷六一九，题为《引泉诗睦州龙兴观老君院作》，作者陆龟蒙。

刘攽作出《彭城集》卷五，陆龟蒙作见《笠泽丛书》卷五、《甫里集》卷三、《唐文粹》卷一七下、《严陵集》卷二、《全唐诗》卷六一九、《全唐诗录》卷八五，诗题并作《引泉诗》（睦州龙兴观老君院作）。

刘攽（1023—1089），字贡父，号公非，临江新喻（今江西新余）人。唐乾符六年（879）陆龟蒙卧病笠泽期间，自编《笠泽丛书》四卷，系为诗、赋、颂、铭、记等杂文集，不分类次，故名"丛书"。此"丛书"一词之始。宋叶茵汇《笠泽丛书》《松陵集》等，编成《甫里文集》二十卷。宋朝陈振孙在《直斋书录题解》中收录《笠泽丛书》两种，蜀本十七卷和四卷补遗本。元马端临的《文献通考》著录《笠泽丛书》七卷本。顾楗碧筠草堂、陆钟辉水云渔屋、许连古韵阁等三家书舍，都曾刊行过手写版《笠泽丛书》，世称"写刻本"或"精刻本"。《唐文粹》的编者姚铉(968—1020)字宝之,庐州合肥人。此两种文献皆早于刘攽,可见陆龟蒙诗无疑。

(2)李之仪《又书扇》:"几年无事在江湖,醉倒黄公旧酒垆。觉后不知新月上,满身花影倩人扶。"(《全宋诗》卷九五八,第17册,第11197页)

李之仪作出《姑溪居士前集》前集卷九,又见《宋诗纪事》卷二八,诗题作《书扇》。此诗又见《甫里集》卷一一,诗题作《和春夕酒醒》,作者陆龟蒙。

《才调集》卷三、《万首唐人绝句》卷四六、《御定佩文斋咏物诗选》卷三,诗题作《春夕酒醒》,作者陆龟蒙。《全唐诗》卷六二八,诗题作《和袭美春夕酒醒》:"几年无事傍江湖,醉倒黄公旧酒垆。觉后不知明月上,满身花影倩人扶。"作者陆龟蒙。《甫里集》《才调集》成书早于李之仪,此唐陆龟蒙诗,《全宋诗》当删。

(五二)误收韩偓诗

(1)韩浩《禁苑》:"星斗疏时禁漏残,紫泥封后独凭栏。露和玉屑金盘冷,月射珠光贝阙寒。天衬楼台笼苑外,风吹歌管下云端。长卿祇为长门赋,未识君王际会难。"(《全宋诗》卷一三一五,第22册,第14925页)

韩偓《中秋禁直》:"星斗疏明禁漏残,紫泥封后独凭阑。露和玉屑金盘冷,月射珠光贝阙寒。天衬楼台笼苑外,风吹歌管下云端。长卿只为长门赋,未识君臣际会难。"

韩浩作出《古今合璧事类备要》前集卷一七,又见《锦绣万花谷》后集卷四。韩偓作见《韩内翰别集》、《唐百家诗选》卷二〇、《岁时杂咏》卷三〇、《唐诗鼓吹》卷二、《瀛奎律髓》卷二、《御选唐诗》卷一七、《全唐诗》卷六八〇、《全唐诗录》卷九十、三、《御定渊鉴类函》卷二〇。

《韩内翰别集》、《唐百家诗选》卷二〇早于韩浩,此唐韩偓诗。

(2)陈与义《火蛾》:"阳光不照临,积阴生此类。非无惜死心,素有贼明意。粉穿红焰燋,翅扑兰膏沸。为尔一伤嗟,自弃非天弃。"(《全宋诗》卷一七五八,第31册,第19584页)

韩偓《火蛾》:"阳光不照临,积阴生此类。非无惜死心,奈有灭明意。妆穿粉焰焦,翅扑兰膏沸。为尔一伤嗟,自弃非天弃。"

陈与义作出《古今事文类聚》续集卷一八,韩偓作见《韩内翰别集》《全唐诗》卷六八一、《后村诗话》卷一二。

(五三)误收曹松诗

范仲淹《赠广宣大师》:"忆昔同游紫阁云,别来三十二回春。白头相见双林下,犹是清朝未退人。"(《全宋诗》卷一六七,第3册,第1900页),又见《全唐诗》卷七一七,题为《赠广宣大师》,作曹松。

曹松,字梦征,舒州人。学贾岛为诗,久困名场。至天复初,杜德祥主文,放松及王希羽、刘象、柯崇、郑希颜等及第,年皆七十余,时号五老榜。广宣,姓廖氏,蜀中人。与刘禹锡最善,元和、长庆两朝,并为内供奉,赐居安国寺红楼院,有《红楼集》。《全唐诗》有多人酬赠广宣之作,此为唐曹松诗,范仲淹名下当删。

（五四）误收熊皦诗

梅尧臣《早梅》："江南近腊时，梅亚雪中枝。一夜欲开尽，百花犹未知。人心空共惜，天意不教迟。莫讶无秾艳，芳筵最好吹。"（《全宋诗》卷二六二，第5册，第3343页），又见《全唐诗》卷七三七，题为《早梅》，作者熊皎。《御定佩文斋咏物诗选》卷二九七收录此诗，作者亦熊皎（熊皎，自称九华山人，《南金集》，《全唐诗》录其诗四首）。此诗最早见《才调集》卷九，题为《早梅》，作者熊皦。熊皦，后唐清泰二年登进士第，延州刘景岩辟为从事。入晋拜补阙，贬商州上津令，有《屠龙集》五卷，《全唐诗》录诗二首。可见此诗为熊皦作，《全唐诗》当修改作者，《全宋诗》当删。

（五五）误收曾麻几诗

曾几《放猿》："孤猿锁槛岁年深，放出城南百丈林。绿水任从联臂饮，青山不用断肠吟。"（《全宋诗》卷一六六〇，第29册，第18595页）

曾麻几《放猿》："孤猿锁槛岁年深，放出城南百丈林。绿水任从联臂饮，青山不用断肠吟。"

曾几作出《两宋名贤小集》卷一九〇，曾麻几作出《全唐诗》卷七六八。

《能改斋漫录》卷一一"曾庶几放猿绝句"条："吉水与敝友接境，有曾庶几者，隐士也。五代时，中朝累有聘召，不起。故老有能记其《放猿》绝句云：'孤猿锁槛岁年深，放出城南百丈林。绿水任从联臂饮，青山不用断肠吟。'"①《五代诗话》卷二、《江西通志》卷一五九引是书同。《全唐诗》曾麻几当为曾庶几形讹。曾几为脱讹。

（五六）误收皇甫冉诗

刘季孙《郑令狐明府》："行当腊候晚，共惜岁阴残。闻道巴山远，何如蜀路难。荒林藏积雪，乱石起惊湍。君有亲人术，应令劳者安。"（《全宋诗》卷七二三，第12册，第8370页）

刘季孙作出《永乐大典》卷一一〇〇〇引《诗海绘草》。《唐百家诗选》卷一〇、《全唐诗》卷八八二，诗题《送令狐明府》，作者皇甫冉。

刘季孙（1033—1092），字景文，祥符（今河南开封）人。王安石（1021－1086）编选的《唐百家诗选》，据卷首王安石自序："同为三司判官时，次道出其家藏唐诗百馀编。"②从编选情况看，此诗应属皇甫冉。

（五七）误收皇甫松诗

张耒《怨曲二首》其一："白首南朝女，愁听异域歌。收兵颉利国，饮马胡卢河。毳布

---

① （宋）吴曾：《能改斋漫录》，清乾隆四十二年刻本。
② （宋）王安石：《唐百家诗选》，台北商务印书馆1983年影印四库全书本。

腥膻久，穿庐岁月多。雕窠城上宿，吹笛泪滂沱。"（《全宋诗》卷一一五五，第20册，第13029页）

张耒《怨曲二首》其二："祖席驻征桡，开帆复信潮。隔筵桃叶泣，吹管杏花飘。船去鸥飞阁，人归鹿上桥。别离惆怅泪，江鹭宿红蕉。"（《全宋诗》卷一一五五，第20册，第13029页）

张耒作见《柯山集》卷三、《御选宋金元明四朝诗·御选宋诗》卷六；皇甫松作见《词律》卷三，《全唐诗》卷三六九分别题为《怨回纥歌》、《江上送别》，《全唐诗》卷八九一题为《怨回纥》、《唐诗纪事》卷五二；皇甫冉作见《全唐诗》卷二五〇，题为《怨回纥歌二首》。

佟培基先生以此二首为皇甫松作，可从。①

（五八）误收灵澈诗

释文礼《颂古五十三首》其三八："山边水边待月明，暂向人间借路行。如今还向山边去，只有湖水无行路"（《全宋诗》卷二八二九，第54册，第33695页）

灵澈《归湖南作》："山边水边待月明，暂向人间借路行。如今还向山边去，只有湖水无行路。"

释文礼作出《颂古联珠通集》卷二四，灵澈作见《杼山集》卷九、《宋高僧传》卷一五、《石仓历代诗选》卷一〇六、《全唐诗》卷八一〇。

此诗既见《杼山集》，当为唐灵澈作。

（五九）误收广宣诗

黄宣《应制咏菊》："可讶东篱菊，能知节候芳。细枝青玉润，繁叶碎金香。爽气浮朝露，浓姿带夜霜。泛杯传寿酒，应共乐时康。"（《全宋诗》卷一五四二，第27册，第17513页）

广宣《九月菊花咏应制》（一作清江诗）："可讶东篱菊，能知节候芳。细枝青玉润，繁蕊碎金香。爽（一作浮）气（浮一作凝）朝露，浓姿带夜霜。泛杯传寿酒，应共乐时康。"

黄宣作出《古今合璧事类备要》前集卷一七。广宣作见《文苑英华》卷一七三、《岁时杂咏》卷三五、《唐僧弘秀集》卷五、《石仓历代诗选》卷一〇七、《古今禅藻集》卷四、《全唐诗》卷八二二、《御定佩文斋咏物诗选》卷三五七、《御定佩文斋广群芳谱》卷五〇、《御定渊鉴类函》卷四〇九、《御定韵府拾遗》卷二二上。《唐诗纪事》卷七二作者从前误为清江，作者从后为广宣。

黄宣为廣宣形讹。《全宋诗》录黄宣诗仅此首，当删此人。

（六〇）误收齐己诗

释法演《句》其一："檐声不断前旬雨，电影还连后夜雷。"（《全宋诗》卷六一九，第11册，第7356页）

---

① 佟培基：《全唐诗重出误收考》，陕西人民教育出版社1996年版，第199页。

释如净《偈颂三十八首》其八:"檐声不断前旬雨,电影还连后夜雷。麦怕水侵秧怕冷,蚕桑犹要暖来催。众生没在苦,苍天良可哀。咄,杲日当空慧眼开。"(《全宋诗》卷二七四九,第 52 册,第 32366 页)

释法演作见《五灯会元》卷一九、《禅林僧宝传·补禅林僧宝传》、《佛祖历代通载》卷一九,《五灯会元》载本事:"上堂:'汝等诸人,见老和尚鼓动唇吻,竖起拂子,便作胜解。及乎山禽聚集,牛动尾巴,却将作等闲。殊不知檐声不断前旬雨,电影还连后夜雷。谢监收。'"上堂:佛教用语,指禅宗丛林中,住持之上堂说法。此处"上堂"指代法演。释如净作出《天童如净法师语录》。"檐声不断前旬雨,电影还连后夜雷。"一句又见《白莲集》卷九、《全唐诗》卷八四六,诗题作《春寄尚颜》,作者齐己。全诗:"含桃花谢杏花开,杜宇新啼燕子来。好事可能无分得,名山长似有人催。檐声未断前旬雨,电影还连后夜雷。心迹共师争几许,似人嫌处自迟回。"齐己《白莲集》十卷,是由齐己的学生西文辑印行世,收诗歌 809 首,雕印于后晋天福三年(938 年)。可见此句最早出齐己,释法演借用而已,《全宋诗》此处当删。

综而言之,《全宋诗》误收唐诗的情况相当严重,今续前文,对另外 21 组,作简单考证、辨别真伪,供研究者参考、批评。就本质而言,《全宋诗》误收唐诗是一种文献讹误,其出现频度存在一定规律。根据笔者对重出误收现象不完全统计,诗歌的重出误收基本上是沿着近同、相关、无绪三条线索,呈现散点不对称复合回归分布。当然这种归类是为了研究的方便,实际情形要远比这复杂,不同文献系列造成的混乱、错讹往往不是单一的而是错综纠结的。比如,上篇所举宋高宗赵构名下误收唐太宗李世民的诗句,从表面上看二者没有什么关联,我们根据《初学记》《文苑英华》等文献的记载,很容易判定是李世民的诗。但二者身份地位的近同,给我们一些启示和联想的空间,相似的例子还有释法演名下误收齐己诗等等。宋诗人陈存与唐诗人陈存、宋诗人李远与唐诗人李远、宋诗人徐珩与唐诗人徐珩更是名字相同,而宋陈与行(字叔达)与唐陈叔达有一个共同的称谓——陈叔达,这又某种程度上与李叔达类似。这种同姓、同名、同姓名、同称谓、同身份,极容易造成《全宋诗》的误收。米芾名下误收范朝诗、赵构名下误收李白诗、赵惇名下误收曹唐诗等为多属关联讹误,或误入本集,或编者理解错误,或误题写者为作者。而丁谓名下误收李峤诗、王柜名下误收李邕诗、卢明甫名下误收孟浩然诗在外在形式上没有规律可循,在内部逻辑上也无法找到通性。凡此种种,不一而足。

论帝王词作与尊体之关系*

诸葛忆兵

内容提要：帝王在词坛上是一个身份特殊的创作群体。一方面，帝王生活骄奢淫靡，带头创作艳俗流荡的歌词，词体不尊与卑下，帝王难辞其咎。另一方面，某些生活阅历或生活感受，是帝王独有的，写入词中，别具一格。大约为两类：亡国巨痛，歌咏太平。歌咏太平之作在"尊体"的过程中有特别的作用。宋室南渡，高宗拨乱反正，于歌词创作领域倡导高雅。且创作一组《渔父词》，将其纳入"童子举"考试内容，歌词某种程度上取得与儒家经典著作同样重要的地位，在"尊体"的过程中发挥重大影响。

关键词：帝王　渔父词　尊体

词之发展历程中，一直存在着"尊体"的需求。这种"尊体"的呼声和作为，到清代常州词派而登峰造极。以往，学界关注"以诗为词"、词之雅化、词之格律化等演变过程与"尊体"之关系。帝王，作为一个特殊的创作群体，于"尊体"过程中所发挥的特别作用，没有被提及。

一、帝王骄奢淫靡的生活与歌词创作

与"尊体"相对，词体初始阶段存在着"不尊"、卑下的问题。这与词的产生环境和作用密切相关。"词为艳科"，其初始阶段，词乃是配合燕乐演唱的歌词。燕乐则是隋唐之际人们在歌舞酒宴娱乐场所演奏的音乐。在这样灯红酒绿、歌舞寻欢的娱乐场所，歌妓舞女们大都歌唱一些俚俗浅易的男女相恋、相思之"艳词"。换言之，"艳词"的题材取向是由其流传的场所和娱乐功能决定的。故张炎云："簸弄风月，陶写性情，词婉于诗。盖声出于莺吭燕舌间，稍近乎情可也。"② 词言情，就是基于这样的立场对词体的读解。南宋人甚至对歌词所言之情有如此具体的说明："唐宋以来词人多矣，其词主乎淫，谓不淫非词也。"③ 所谓的"淫"，就是被儒家学者严厉排斥的男女之情。儒家要求文学创作能够起到"经夫妇，成孝敬，厚人伦，美教化，移风俗"的教化作用。词之作为，与之大相径庭，故被称之为"小词""艳词"。其体不尊，与生俱来。

"普天之下，莫非王土。"帝王，享尽人间荣华富贵，在放纵享乐、沉湎声色之世风淫

---

* 收稿日期：2013 - 10 - 13
基金项目：国家社会科学基金后期项目"明代词史"（12FZWO39）；中央高校基本科研业务费专项资金资助（中国人民大学科学研究基金）"宋代科学文献长编"（12XNL004）

② 张炎：《词源》卷下，唐圭璋编《词话丛编》第一册，中华书局1986年版，第263页。
③ 汪莘：《方壶诗余自序》，金启华等编《唐宋词集序跋汇编》，江苏教育出版社1990年版，第227页。

靡的时代，帝王往往是始作俑者。能文之帝王，在享受娇娃美姬和浅斟低唱之际，自己也参与创作。其作品之艳俗流荡，与青楼之作相同。孙光宪《北梦琐言·佚文五》载：

> 蜀后主自裹小巾，其尖如锥，卿士皆同之。宫妓多衣道服，簪莲花冠，每侍燕酣醉，则容其同辈免冠，髽然其髻，别为一家之美。因施胭脂，粉颊莲额，号曰"醉妆"。国人效之。又作歌词云："者边走，那边走，只是寻花柳。那边走，者边走，莫厌金杯酒。"①

这首词以最为直白的口吻，诉说对醉生梦死、寻花问柳生活的迷恋。其赤裸裸的欲望和浅俗的语言，都是当时"黄色歌曲"的典型特征。词体之不尊，于此可见。

五代十国的小君主，混同流俗，创作的小词都是描写纵情声色的颓靡生活场景。写得最多的是歌舞酒宴之间美人的容貌、体态、风情，以及"巫山云雨"的色情画面。后唐庄宗《阳台梦》云："薄罗衫子金泥缝，困纤腰怯铢衣重。笑迎移步小兰丛，斗金翘玉凤。娇多情脉脉，羞把同心撚弄。楚天云雨却相和，又入阳台梦。"后蜀孟昶《木兰花》云："冰肌玉骨清无汗，水殿风来暗香满。绣帘一点月窥人，欹枕钗横云鬓乱。起来琼户启无声，时见疏星渡河汉。屈指西风几时来，只恐流年暗中换。"将宫廷荒淫无耻生活写得最为雅致的是南唐后主李煜，其《浣溪沙》云：

> 红日已高三丈透，金炉次第添香兽。红锦地衣随步皱。　　佳人舞点金钗溜，酒恶时拈花蕊嗅。别殿遥闻箫鼓奏。

宫廷中通宵达旦寻欢作乐，一直到次日"红日已高三丈透"之时。歌舞与滥饮相掺杂，狂欢醉舞到踩皱红锦地毯，舞落金钗，酒恶反胃。最妙的是结句点出："别殿遥闻箫鼓奏"。不仅是李煜所在的宫殿是如此的放纵享受，其他宫廷隐隐传来"箫鼓"乐声，也在狂歌醉舞。李煜的宫殿简直就是一个大的"夜总会"。五代十国的君主们大都过着这种生活，李煜词语言相对雅丽，其生活情调依然低俗庸浅。李煜《木兰花》云："归时休放烛花红，待踏马蹄清夜月。"写得很有诗情画意，也仍然是歌舞声色生活的叙说。

与此相关，五代十国君主也会有香艳送别、恋情相思的抒写或敷衍。后唐庄宗《如梦令》云："曾宴桃源深洞，一曲清歌舞凤。长记别伊时，和泪出门相送。如梦！如梦！残月落花烟重。"南唐中主李璟《摊破浣溪沙》云："菡萏香销翠叶残，西风愁起绿波间。还与韶光共憔悴，不堪看！细雨梦回鸡塞远，小楼吹彻玉笙寒。多少泪珠何限恨？倚阑干。"宫廷中有的是美艳佳丽，君主是不会切身体验生离死别之苦恋的。离别相思云云，只是他们仿照秦楼楚馆之流行歌曲而创作。

凡此种种，王灼《碧鸡漫志》卷二归纳说："诸国僭主中，李重光、王衍、孟昶、霸主钱俶，习于富贵，以歌酒自娱。而庄宗同文，兴代北，生长戎马间，百战之余，亦造语有思致。"②

宋代帝王中，生活极端奢靡荒淫且又擅长填词的是宋徽宗。徽宗特别喜爱淫俗谑浪、靡

---

① 《全宋笔记》第一编·一，大象出版社2003年版，第264页。
② 《词话丛编》第一册，中华书局1986年版，第82页。

丽侧艳的词作,平日与群小相互戏谑、游乐,无所不至,俚俗的艳曲时常与这种享乐生活相伴随,群小也因此获得高官厚禄。徽宗自然有类似五代十国君主的创作,其《探春令》云:

　　帘旌微动,峭寒天气,龙池冰泮。杏花笑吐香犹浅。又还是、春将半。　　清歌妙舞从头按,等芳时开宴。记去年、对著东风,曾许不负莺花愿。

词写宫廷赏春与饮宴生活。"清歌妙舞"中,时光过得非常快,从"峭寒天气"的初春到"杏花笑吐"的春半,词人日日笙歌,夜夜歌舞。结尾将时光回溯到"去年",去年的日子也是过得如此优游欢快,并约定今年春来时的"不负莺花愿"。如今,得以偿愿。可见,徽宗年年、日日都是过着这样歌舞升平的生活。这首词语言也是相对清丽文雅,其内容还是写宫中歌舞酒宴寻欢的生活。此外,宋代其他帝王虽然没有类似词作,但是,他们对香艳俚俗歌词的喜爱,大致相同。宋仁宗号称"留意儒雅,务本理道,深斥浮艳虚薄之文"①。且公开对柳永词多有诟病。另一方面,《后山诗话》称柳永词"天下咏之,遂传禁中。仁宗颇好其词,每对酒,必使侍妓歌之再三"②。

创作和喜爱香艳小词,帝王与其他词人并无二致。然其特殊的身份,起到有力的推波助澜作用,香艳小词之创作迅速蔓延与之相关。词体不尊与卑下,帝王难辞其咎。至北宋仁宗年间,歌词已成为文坛创作的主要文体之一,不容忽视。

二、帝王特殊身份带来的相关题材歌词创作

歌词"尊体",在两宋期间是一个有起有落的渐变过程。在这个过程中,尊体的作为一旦达到一定的程度,理论上的自觉呼声随之出现。宋代帝王词作内容的特殊性,在尊体过程中发挥了极其重要的作用。

帝王身份特殊,生活经历便有独特之处。某些生活阅历或生活感受,是帝王独有的,写入词中,别具一格,引人注目。从题材角度归纳,大约为两类:亡国巨痛和歌咏太平。

首先,帝王有别于他人的是抒写亡国巨痛之作。晚唐五代直至两宋,多经改朝换代之变故,国破家亡之胁迫或深悲巨痛,帝王的感受当然与众不同。晚唐昭宗因兵变逃离京城,逃难途中有《菩萨蛮》二首,其一云:

　　登楼遥望秦宫殿,茫茫只见双飞燕。渭水一条流,千山与万丘。　　远烟笼碧树,陌上行人去。安得有英雄,迎归大内中?

眺望故国与京城,本来是朕之"千山万丘",如今烟云飘渺,茫然一气。他的另一首《菩萨蛮》云:"思梦时时睡,不语长如醉!"政权和江山失控的无力感,难以遏制的苦痛,重归大内而再度乾坤独尊的渴望,都是唐昭宗的独特感受。

从帝王沦为阶下囚、亡国奴,南唐后主李煜的感受最为强烈,词作最多。其《虞美人》云:

---

① 吴曾:《能改斋漫录》卷一六,上海古籍出版社1979年版,第480页。
② 《苕溪渔隐词话》卷一,《词话丛编》第一册,中华书局1986年版,第163页。

> 春花秋月何时了，往事知多少？小楼昨夜又东风，故国不堪回首月明中。
> 雕阑玉砌应犹在，只是朱颜改。问君能有几多愁，恰似一江春水向东流！

亡国之后，以泪洗面，长夜无眠，故国不堪回首。无休无尽之愁苦，如一江春水，滔滔不绝。所谓"追维往事，痛不欲生；满腔恨血，喷薄而出"①。李煜此类词作，脍炙人口，流传甚广，如《浪淘沙》（帘外雨潺潺）、《破阵子》（四十年来家国）、《忆江南》（多少恨）、《相见欢》（林花谢了春红），等等。王国维击节赞叹："词至李后主而眼界始大，感慨遂深，遂变伶工之词而为士大夫之词。……'自是人生长恨不长东'，'流水落花春去也，天上人间'，《金荃》、《浣花》能有此气象耶？"②

北宋末年，徽宗被金人俘获北去，途中作《燕山亭·北行见杏花》：

> 裁剪冰绡，轻叠数重，淡着胭脂匀注。新样靓妆，艳溢香融，羞杀蕊珠宫女。易得凋零，更多少无穷风雨？愁苦！问院落凄凉，几番春暮？　　凭寄离恨重重，这双燕，何曾会人言语。天遥地远，万水千山，知他故宫何处？怎不思量，除梦里有时曾去。无据，和梦也新来不做。

词咏杏花。词人借盛开之后便不得不凋零的杏花，寄寓了自己国破家亡的哀思，以及对故国的凄苦追恋。词人先用拟人手法极写杏花无比艳丽，笔触轻灵浓艳。而后，笔锋顿转，写杏花的凋零，实际也就是北宋王朝的零落残败。继而转为对故国的思恋。在令人绝望与无可奈何之际，作者只好把希望寄托于梦中。但可悲的是，近来连做梦的机会都不可得，借助梦魂归国的希望也完全破灭了。此词写得纡徐曲折，沉郁顿挫，感人肺腑。王国维说："后主之词，真所谓以血书者也，宋道君皇帝《燕山亭》词略似之。"③梁启勋评曰："下半阕愈含忍，愈闻哽咽之声，极蕴藉之能事。"④

与徽宗同时被掳北去的钦宗，亦有三首词传世，抒写亡国哀痛。其《西江月》云："塞雁嗈嗈南去，高飞难寄音书。只应宗社已丘墟。愿有真人为主。岭外云藏晓日，眼前路忆平芜。寒沙风紧泪盈裾，难望燕山归路。"虽艺术功力不如徽宗，亦别具一种撕心裂肺之痛苦。

国破家亡的经历是极为罕见的，帝王词作的转变也是被迫的，并非创作主体的自觉行为。虽"变伶工之词而为士大夫之词"，在"尊体"过程中发挥一定的作用，但是，这样的创作基本上不能被复制或模仿，对当时词坛创作的影响也就相对有限。

其次，帝王有别于他人的是歌咏太平之作。帝王作为专制社会的独裁者，最喜歌咏太平盛世的谀颂之作。汉大赋的"劝百讽一"，唐初"上官体"的"绮错婉媚"，宋代"西昆体"的"穷研极态"，以及后来明初"台阁体"的吟咏太平，皆其例。回到唐宋词创作的环境中，词是都市繁荣的衍生物，都市的歌楼妓院是催生歌词的温床，都市繁华常常成为歌词情感抒发的生活背景。一旦将画面上的歌舞场景和娇艳女子淡化，凸现出来的就是都市的繁

---

① 唐圭璋：《唐宋词简释》，上海古籍出版社1981年版，第43页。
② 《人间词话新注》，齐鲁书社1982年版，第93页。
③ 《人间词话新注》，齐鲁书社1982年版，第95页。
④ 梁启勋：《词学》下编，中国书店1985年版，第6页。

盛，以及对太平盛世的谀颂，便能投合帝王之心意。

帝王时而带头创作此类歌词。宋仁宗传《合宫歌》词一首，乃皇祐二年飨明堂之作。宫廷大典之作，就是以"颂圣"为主，如云："广大孝休德，永锡四海有庆。""唐舜华封祝，如南山寿永。"宋代最醉心于此类词作的是徽宗，其《声声慢》云：

> 宫梅粉淡，岸柳金匀，皇州乍庆春回。凤阙端门，棚山彩建蓬莱。沉沉洞天向晚，宝舆还、花满钧台。轻烟里，算谁将金莲，陆地齐开。　　触处笙歌鼎沸，香鞲趁，雕轮隐隐轻雷。万家帘幕，千步锦绣相挨。银蟾皓月如昼，共乘欢、争忍归来。疏钟断，听行歌、犹在禁街。

处处笙歌，万家灯火，徽宗真的是昏聩地认为自己治下乃太平盛世。上之所好，下必随之，宋代不乏创作谀颂词的作家。这类作品是可以被大量模仿创作，甚至形成创作潮流的。徽宗崇宁四年（1105）建大晟府，府中网罗一批懂音乐、善填词的作家，专职从事点缀升平的歌词创作。李昭玘《晁次膺墓志铭》云："大晟乐即成，八音克谐，人神以和，嘉瑞继至。宜德能文之士，作为辞章，歌咏盛德，铺张宏休，以传无穷。士于此时，秉笔待命，愿备撰述，以幸附托，亦有日矣。……（晁端礼）除大晟府按协声律。"① 《碧鸡漫志》卷二载：万俟咏"政和初招试补官，置大晟府制撰之职。新广八十四调，患谱弗传。雅言请以盛德大业及祥瑞事迹制词实谱。有旨依月用律，月进一曲"②。《铁围山丛谈》卷二载：江汉"为大晟府制撰，使遇祥瑞，时时作为歌曲焉"③。因此，徽宗年间谀颂词作大量涌现，成为当时歌词创作的主要题材之一。

谀颂词内容空泛，格调不高，然在"尊体"过程中却发挥了重大作用。"尊体"最为重要的诉求是扩大歌词的创作题材，改变其淫俗的风貌，提高其品位。吟咏升平、歌颂盛世，在独裁专制的体制下，永远被认为是时代的重大题材。大晟词人以前，偶而有歌颂太平盛世的词作，向来受到一致肯定。如柳永词以"骫骳从俗""词语尘下"而备受斥责，然其中一小部分再现承平盛世的作品，却屡受称赞。范镇云："仁宗四十二年太平，镇在翰苑十余载，不能出一语歌咏，乃于耆卿词见之。"④ 黄裳云："予观柳氏乐章，喜其能道嘉祐中太平气象，如观杜甫诗，典雅文华，无所不有。"⑤ 将吟咏太平的歌词与杜甫诗相提并论，品位已极尊崇。黄裳是北宋最早以"诗教"解说和规范歌词创作的作家，他的《演山居士新词序》完全用"赋比兴"之义解释歌词创作，认为自己的词作"清淡而正，悦人之听者鲜"。如此重视词作思想内容的作家，肯定并高度评价歌颂太平之作，代表了时人对这一类型题材作品的态度。后人重读这些谀颂词，感觉其阿谀夸张，令人肉麻。然对当时的词人来说，则心安理得地认为自己正在描写时代的重大题材，以词服务于现实政治，发挥歌词的社会和政治效用。正如今人重读"文革"期间创作出来的大量"万寿无疆"之颂歌，很难理解这些就是当时最为重大的题材和创作者严肃庄重的态度。总而言之，以帝王为表率、大量御用词人蜂拥而上的谀颂之作，主观上有扩大词的社会效用的意图。在他们手中，词不仅仅描写男

---

① 李昭玘：《乐静集》卷二八，文渊阁四库全书本。
② 《词话丛编》第一册，中华书局1986年版，第87页。
③ 蔡絛：《铁围山丛谈》，中华书局1997年版，第28页。
④ 祝穆：《方舆胜览》卷一一，上海古籍出版社1991年版，第136页。
⑤ 黄裳：《演山集》卷三五《书〈乐章集〉后》，文渊阁四库全书本。

女艳情,局限于"艳科"的狭小范围,只是作为娱乐工具;而且还直接服务于现实社会政治,与诗文一样肩负起沉重的社会使命。谀颂词正悄悄改变着词的内质成份,为南宋词的更大转移做好铺垫。

三、宋高宗"尊体"的倡导和创作

中国古代专制社会是一个政教合一的政体,帝王既是世俗社会的最高独裁者,又是普世的精神领袖,理论上同时是伦理道德最完美的典范。所以,中国古代诸多帝王,哪怕是满肚子的男盗女娼,在对外场合,也必须摆出一副仁义道德的模样,时时代表国家倡导高雅,摒弃斥淫俗。徽宗年间,由于帝王的极度喜爱,淫俗词创作成风①。朝廷另一方面却假惺惺地颁布政令,排斥俚俗,倡导高雅。《宋史》卷一二九《乐志》载:崇宁五年九月诏曰:"宜令大晟府议颁新乐,使雅正之声被于四海";政和三年五月,尚书省立法推广大晟新乐,"旧来淫哇之声,如打断、哨笛、呀鼓、十般舞、小鼓腔、小笛之类,与其曲名,悉行禁止。违者与听者悉坐罪"。

最为荒淫无耻的宋徽宗,也要颁布如此冠冕堂皇的政令。部分有明确政治诉求、治国理念的帝王,更是以身作则,积极倡导。回到宋词创作领域,以明确政治诉求规范歌词创作、意图将之导向雅正的帝王是南宋第一个君主宋高宗。高宗在南渡初期戎马倥偬之际,为了重建国家政权,有意识地反思北宋覆亡的原因,对徽宗年间的所作所为进行政治清算。高宗公开宣称:"朕最爱元祐。"② 高宗对元祐时期的文坛领袖苏轼也有特别喜好③。在歌词创作上,一方面,高宗于南渡初年战乱频仍之时,特意下诏到扬州,销毁曹组词集的刻板,以扫除淫俗④。另一方面,高宗喜好清雅醇正之作,以此作为朝廷中兴气象之粉饰与点缀。宋高宗曾带头亲制祭享乐章和"雅词",其流传至今的一组《渔父词》十五首,清雅超俗。词云:

一湖春水夜来生,几叠春山远更横。烟艇小,钓丝轻,赢得闲中万古名。
薄晚烟林淡翠微,江边秋月已明晖。纵远柂,适天机,水底闲云片段飞。
云洒清江江上船,一钱何得买江天。催短棹,去长川,鱼蟹来倾酒舍烟。
青草开时已过船,锦鳞跃处浪痕圆。竹叶酒,柳花毡,有意沙鸥伴我眠。
扁舟小缆荻花风,四合青山暮霭中。明细火,倚孤松,但愿尊中酒不空。
侬家活计岂能明,万顷波心月影清。倾绿酒,糁藜羹,保任衣中一物灵。
骇浪吞舟脱巨鳞,结绳为纲也难任。纶乍放,饵初沉,浅钓纤鳞味更深。
鱼信还催花信开,花风得得为谁来?舒柳眼,落梅腮,浪暖桃花夜转雷。
暮暮朝朝冬复春,高车驷马趁朝身。金挂屋,粟盈囷,那知江汉独醒人。
远水无涯山有邻,相看岁晚更情亲。笛里月,酒中身,举头无我一般人。

---

① 详见诸葛忆兵《徽宗词坛研究》,北京出版社2001年版,第112~145页。
② 李心传:《建炎以来系年要录》卷七九,上海古籍出版社2008年版,第326~100页。
③ 沈松勤:《宋代政治与文学研究》,商务印书馆2010年版,第309~336页。
④ 《碧鸡漫志》卷二:"(曹)组源倒无成,作《红窗迥》及杂曲数百解,闻者绝倒,滑稽无赖之魁也……组之子,知阁门事勋,字公显,亦能文。尝以家集刻板,欲盖父之恶。近有旨下扬州,毁其板云。"《词话丛编》第一册,中华书局1986年版,第82页。

谁云渔父是愚翁，一叶浮家万虑空。轻破浪，细迎风，睡起蓬窗日正中。
水涵微雨湛虚明，小笠轻蓑未要晴。明鉴里，縠纹生，白鹭飞来空外声。
无数菰蒲问藕花，棹歌轻举酌流霞。随家好，转山斜，也有孤村三两家。
春入渭阳花气多，春归时节自清和。冲晓雾，弄沧波，载与俱归又若何？
清湾幽岛任盘纡，一舸横斜得自如。惟有此，更无居，从教红袖泣前鱼。

词前小序云："绍兴元年七月十日，余至会稽，因览黄庭坚所书张志和《渔父词》十五首，戏同其韵，赐辛永宗。"这居然是高宗颠沛流离之仓皇逃难途中所作。词写渔夫悠闲隐逸、洒脱率性的生活场景，几乎不见人间烟火味儿，很难想象这是于战火纷飞途中所写。南宋汪莘在《方壶诗余自序》中曾总结说："唐宋以来，词人多矣。其词主乎淫，谓不淫非词也。"①即使写超尘出俗、清逸飘举的渔夫生活，也时而会与艳情发生某种关联。黄庭坚有《浣溪纱》写渔夫生活，云："新妇矶头眉黛愁，女儿浦口眼波秋，惊鱼错认月沉钩。青箬笠前无限事，绿蓑衣底一时休，斜风吹雨转船头。"苏轼评说此词云："鲁直此词，清新婉丽。问其最得意处，以山光水色替却玉肌花貌，真得渔父家风也。然才出新妇矶，又入女儿浦，此渔父无乃太澜浪乎？"②"太澜浪"的渔父，却是宋词"主乎淫"之本色。回到《渔父词》中，也有类似创作。南宋薛师石《渔父词》云："邻家船上小姑儿，相问如何是别离。双坠髻，一湾眉，爱看红鳞比目鱼。"渔父眼睛盯瞩的是邻船小姑，关心的是别离愁绪，亦是宋词"主乎淫"之本色。高宗一组《渔父词》，彻底摆脱艳情，《历代词话》卷七转引廖莹中《江行杂录》云：

> 光尧当内修外攘之际，尤以文德服远，至于宸章睿藻，日星昭垂者非一。绍兴二十八年，将郊祀，有司以太常乐章篇序失次，文义弗协，请遵真宗、仁宗朝故事，亲制祭享乐章。诏从之。自郊社宗朝等共十有四章，肆笔而成，睿思雅正，宸文典赡，所谓大哉王言也。至于一时闲适寓景而作，则有《渔父词》十五章，又清新简远，备骚雅之体。……词不能尽载。观此数篇，虽古人之骚人词客，老于江湖，擅名一时者，不能企及。③

南宋臣僚对帝王文学创作的意图揣摩得非常到位，所谓"以文德服远"。《渔父词》"备骚雅之体"，文体极尊，可以与《诗经》《离骚》相提并论。高宗在重建南宋军事力量的同时，亦着手国家的政治建设和文化建设。对曹组词版本的销毁和《渔父词》的创作，成为政治和文化建设的有机组成部分。更加有力的是，帝王可以通过国家机器引导和强化这种政治和文化之建设，使之迅速深入人心，乃至相当程度地改变时人的文学观念。确切地说，高宗是通过科举考试中的"童子举"来达到预设目的。

宋代科举之"童子举"，规定"凡童子十五岁以下，能通经作诗赋，州升诸朝，而天子亲试之"④。"童子举"非常科，北宋年间时设时废。据《宋会要辑稿·选举九·童子出身》

---

① 《唐宋词集序跋汇编》，江苏教育出版社1990年版，第227页。
② 《山谷词》，上海古籍出版社2001年版，第255页。
③ 《词话丛编》第2册，中华书局1986年版，第1212页。
④ 《宋史》卷一五六《选举二》，中华书局1986年版，第3653页。

统计①，北宋年间童子举概况如下：太宗朝2次，真宗朝12次，仁宗朝12次，神宗朝4次，哲宗朝3次，徽宗朝8次。其间，帝王多次发布政令，停止"童子举"。宋仁宗皇祐三年九月十五日诏："今后诸处更不得申奏及发遣念书童子赴阙。"宋哲宗元祐元年五月十二日诏礼部："自今乞试童子诵书，所属毋得令收接。"宋徽宗政和二年九月七日诏："童子陈乞诵书，今又九人，愈见滋多。所有近令辟雍长贰等通试人数，并今来并不试验。"而且，北宋年间"童子举"，据《宋会要辑稿·选举》载，皆为儒家经典，如：《诗经》《尚书》《周易》《礼记》《春秋》《论语》《孝经》《孟子》等，偶尔增加《老子》《太玄经》等。宋高宗特别重视"童子举"，登基后第二年便开始亲试童子。《宋史》卷一五六《选举二》载："建炎二年，用旧制，亲试童子，召见朱虎臣，授官赐金带以宠之。后至者或诵经、史、子、集，或诵御制诗文，或诵兵书、习步射，其命官、免举，皆临期取旨，无常格。"② 宋高宗朝童子举一共有26次，数量居两宋之冠。高宗南渡之后拨乱反正的政治和文化建设，有意识地"从娃娃抓起"，频频亲试童子，倡导风气。尔后，宋孝宗承继高宗，亲试童子18次。孝宗朝之后，"童子举"越来越罕见，乃至最终被废弃。

高宗于国破家亡之大动乱时代，仓皇登基，帝王和小朝廷的威望亟需重新确立。因此，高宗在亲试童子时，增加了"诵御制诗文"一项内容，御制诗文与儒家经典具有同样崇高重要的地位。检索《宋会要辑稿·选举九·童子出身》，有如下记载：

> （绍兴十三年）十二月五日，诏："饶州童子朱绶与免文解一次。"绶九岁，诵御制《劝学》、《渔父词》及经子书十四种。
>
> （绍兴）十五年正月二十一日，诏："饶州童子宁伯拱与免文解一次。"伯拱七岁，诵御制《建炎古诗》、《渔父词》及经子书十六种。
>
> （绍兴十五年）十一月一日，诏："饶州童子戴松、戴槐与免文解一次。"松十岁，诵御制《渔父词》及经子书九种，讲《禹贡》、《说命》、《无逸》、《周官》。槐八岁，诵御制《渔父词》及经子书九种。

御制诗文中，《渔父词》赫然在目。这与晚唐五代乃至北宋初期词体卑下的观念大相径庭。歌词与诗骚一样，具有儒家经典般的地位。叶梦得《避暑录话》卷二记载：宋人望子成龙之风甚盛，"小儿不问如何，粗能念书，自五六岁即以次教之五经，以竹篮坐之木杪，绝其视听"。高宗时期，"竹篮"书籍中增加了《渔父词》之类的"御制诗文"。这一代孩子长大或登上文坛之后，心目中的词体观念肯定不同于前辈。

宋孝宗相当程度上承继和贯彻了高宗的政治文化策略。歌词创作方面，孝宗有《阮郎归·远德殿作和赵志忠》云："留连春意晚花稠，云疏雨未收。新荷池面叶齐抽，凉天醉碧楼。能达理，有何愁，心宽万事休。人生还似水中沤，金樽尽更酬。"作品摆脱艳情和享乐生活，写晚春饮酒赏景之际的达观，清新洒脱，颇得高宗《渔父词》风范。

与之相应，尊体之"复雅"呼声贯穿南渡后的整个词坛。南渡初期，王灼就明确提出雅俗之辨的问题，《碧鸡漫志》卷一云："或问雅、郑所分？曰：中正则雅，多哇则郑。至

---

① 徐松：《宋会要辑稿》，中华书局1997年。以下统计数据和所有未加标注引文，皆出自《宋会要辑稿·选举九·童子出身》，不一一注明。

② 《宋史》卷一五六《选举二》，中华书局1986年版，第3653页。

论也。"① 杨万里同样将诗词相提并论，其《诗话》云诗词要"微婉显晦，尽而不污"，要"好色而不淫"②。刘克庄则直接通过歌词宣称自己的创作观点，其《贺新郎》云："粗识《国风·关雎》乱，羞学流莺百啭。总不涉闺情春怨。……我有平生《离鸾操》，颇哀而不愠、微而婉。"歌词内容题材上从"闺情春怨"中摆脱出来，风格上走向"哀而不愠、微而婉"，与儒家所倡导的"上以风化下，下以风刺上，主文而谲谏"之怨而不怒、哀而不伤的"诗教"完全合拍。至南宋末年，张炎《词源》卷下总结说："词欲雅而正，志之所之，一为情所役，则失其雅正之音。"③ 宋末元初的陆辅之作《词旨》，明确归纳出"以雅相尚"的创作标准，说："雅正为尚，仍诗之支流。不雅正，不足言词。"并说："凡观词须先识古今体制雅俗。"④ 南宋词论，多以"雅"论词⑤；南宋词集，多以"雅"题名⑥。南宋词坛上轰轰烈烈的尊体"复雅"活动，与南渡后的现实政治背景相关，也与高宗的特别倡导相关。高宗这组《渔父词》清雅飘逸，再通过广泛背诵改变人们的词体观念，词体由卑而尊，在南宋就是一件必然的事情。

晚唐五代乃至两宋帝王，词作数量不多，在歌词的演变发展历程中，却发挥了特殊的作用。从带头创作淫靡歌词，到有意识倡导高雅，帝王的影响是其他因素所无法替代的。帝王作为国家的形象代表和人们心中的伦理道德典范，在歌词创作领域，推尊词体，走向高雅，又是一种必然的趋势。

---

① 《词话丛编》第一册，中华书局1986年版，第80页。
② 《杨万里诗文集》，江西人民出版社2006年版，第1796、1797页。
③ 《词话丛编》第一册，中华书局1986年版，第266页。
④ 《词话丛编》第一册，中华书局1986年版，第301、302页。
⑤ 张炎《词源》卷下："美成负一代词名，所作之词，浑厚和雅"。"清空则古雅峭拔，质实则凝涩晦昧。""皆意中带情，而存骚雅。"沈义父《乐府指迷》："下字欲其雅，不雅则近乎缠令之体。""施梅川……读唐诗多，故语雅淡。""孙花翁……雅正中忽有一两句市井句，可惜。""吾辈只当以古雅为主"。
⑥ 如曾慥之《乐府雅词》，鲖阳居士之《复雅歌词》，张安国之《紫微雅词》，南宋诸家词集之丛刻《典雅词》等。

吕本中"活法"说内涵生成的理学观照

左志南

西南民族大学文学与新闻传播学院

内容摘要：对于作家诗论的解析不可脱离其知识构成凿空而论，解析吕本中"活法"说的形成与内涵亦是如此。吕本中的理学修养深刻影响了其诗论的形成与发展，其"活法"说的提出即是吕氏将理学修养与文学创作建立联系的产物，而其内涵则与杨时"执中"说存在着逻辑构建上的相通。

关键词：吕本中　活法　理学　未发之中

学界对于吕本中之"活法"一说讨论甚多，但往往因为吕本中门人曾几《读吕居仁旧诗有怀其人作诗寄之》中"学诗如参禅，慎勿参死句"之句，多认为吕本中"活法"说的提出是受禅宗理论影响的结果，如周裕锴先生《宋代诗学通论》即持此论点①，束景南先生亦将"活法"归入宋代禅宗美学思想的范畴②。诚然，"活法"说有着禅学因子，但吕本中祖父吕希哲为程颐门人，而吕本中亦有过师承杨时、游酢、尹焞的经历，其受理学思想浸染甚深，四库馆臣曾评其《春秋集解》曰："本中尝撰《江西宗派图》，又有《紫微诗话》，皆盛行于世，世多以文士目之，而经学深邃乃如此。"③故而，探讨吕本中诗论不可脱离对其知识构成的关注，亦不可忽视理学对其产生的影响，而吕氏"活法"一说更与理学渊源甚深。确切而言，是吕本中将理学的修养方式与文学的创作规律建立联系的结果。

一、吕本中理学渊源及其理学观点探讨

吕本中之祖父吕希哲即为理学名家，而其本人亦有着探讨理学的自觉意识，《宋史》称："祖希哲师程颐，本中闻见习熟。少长从杨时、游酢、尹焞游，三家或有疑异，未尝苟同。"④全祖望亦谓本中："自元祐后诸名宿，如元城、龟山、廌山、了翁、和靖以及王信伯之徒，皆尝从游，多识前言往行以畜其德。"⑤可见本中不但出身理学世家，自少小即浸染理学，且"遍参"理学诸家，颇有自成己说的自觉意识。黄宗羲叙其理学师承曰："荥阳孙，龟山、了翁、和靖、震泽门人。安定、泰山、涑水、百源、二程、横渠、清敏、焦氏再

---

① 周裕锴先生认为："云门宗诗僧如璧诗云：'禅家妙用似孙吴，奇正相生非一途。'所谓'奇正相生'即是变化与规矩的关系。如璧俗名饶节，是吕本中的诗友，属江西派前期诗人，因而我们有理由认为吕本中的'活法'就受其启发。又如大慧宗杲曾指教吕本中参禅，主张'不用安排，不假造作，自然活鱍鱍地，常用现前'，吕本中论诗重'活'，显然与此思想有关。"《宋代诗学通论》，巴蜀书社1995年版，第227页。

② 束景南：《黄庭坚的"心法"——江西诗派活法美学思想溯源》，载《浙江大学学报》（人文社会科学版）2003年第11期。

③ 纪昀等：《四库全书总目》卷二十七，河北人民出版社2000年版，第707页。

④ 脱脱等：《宋史》卷三百七十六"吕本中传"，中华书局1977年版，第11635页。

⑤ 黄宗羲著，全祖望补修：《宋元学案》卷三十六"紫微学案"，中华书局1986年版，第1233页。

传。鄞江、西湖三传。"① 其中之了翁、震泽即为陈瓘、王蘋，二者与杨时义兼师友，理学观点较为接近。而和靖为尹焞，《宋元学案》中曰："先生少从游定夫、杨龟山、尹和靖游，而于和靖尤久。"② 从中不难推知吕本中虽然遍参诸家，但参学龟山、和靖较多的事实。此外，杨时之婿陈渊《默堂集》卷十九《答范益谦郎中》中有"昨蒙示书与居仁舍人诲帖同至"之语，又有提及吕本中者五处，可见陈渊与本中交往亦颇为紧密。张九成《横浦集》有《祭吕居仁舍人》《书吕居仁与范秀才诗简》文，又有《悼吕居仁舍人》诗，可见张九成亦与吕本中交往颇多。其中杨时理学以体验喜怒哀乐未发之中为切要，内向式发展趋势明显，陈渊承其衣钵，亦以体验未发之中为要务，而张九成、王蘋之理学思想则更为激进，与后来之象山"心学"较为接近，黄宗羲评二家时皆用"陆学之先"概括之。而尹焞之理学则更为偏向于下学穷理一派，朱熹曰："尹和靖在程门直是十分钝底，被他只就一个敬字上做工夫，终被他做得成。"③ 又曰："尹和靖只是依傍伊川许多说话，只是他也没变化，然是守得定。"④ 指出了尹焞虽然创新较少，但却较好保留了程颐理学观点的特色。因此，从吕本中理学渊源上来看，吕氏游走于下学穷理与上达识仁两派之间，其接受何种理学思想以及如何调和两种理学思想，是探讨吕氏理学的重要问题。

从《东莱吕紫微师友杂志》《师友杂说》以及《童蒙训》中所载吕本中理学思想来看，吕氏兼收并蓄，对于上述两派理学思想都有接受，更偏向于下学穷理一派，并且呈现出了调和两派的意识。《东莱吕紫微师友杂志》载："崇宁中，始闻杨丈中立之贤于关沼止叔，久方见之，而获从游焉。"⑤ 可知在吕本中少年时期即已问学于杨时。今杨时《龟山集》卷二十一有《答吕居仁》书信三篇，大致应作于此时。其中《答吕居仁》其三中杨时将自己关于如何格物致知以会得"天理"的修养路径教授于吕本中，其曰："承问格物，向答李君书尝道其略矣。六经之微言，天下之至赜存焉。古人多识鸟兽草木之名，岂徒识其名哉？深探而力求之，皆格物之道也。夫学者必以孔孟为师，学而不求诸孔孟之言则末矣。《易》曰：'君子多识前言往行以畜其德。'孟子曰：'博学而详说之，将以反说约也。'世之学者欲以雕绘组织为工，夸多鬭靡以资见闻而已，故撷其华不茹其实，未尝畜德而反约也，彼亦焉用学为哉？"⑥ 而杨时所谓"答李君书"即是其《答李杭》一书，书中杨时叙其格物之说曰："明善在致知，致知在格物。号物之多至于万，则物将有不可胜穷者，反身而诚，则举天下之物在我矣。《诗》曰：'天生烝民，有物有则。'凡形色具于吾身者，无非物也，而各有则焉，反而求之，则天下之理得矣。由是而通天下之志，类万物之情，参天地之化，其则不远矣。"⑦ 杨时从世间万物皆是"天理"之体现的角度，推出自我亦是"天理"之体现。因此，就自我性情、认知规律等的反思内省入手，亦可实现对"天理"的深切体认。杨时之说对吕本中产生了潜移默化的影响，《童蒙训》卷下载："万物皆备于我矣，反身而诚，富有之大业；至诚无息，日新之盛德也。"⑧ 彰显了吕本中对杨时修养理论的承继。《师友杂

---

① 《宋元学案》卷三十六"紫微学案"，第1231页。
② 《宋元学案》卷三十六"紫微学案"，第1234页。
③ 黎靖德编，王星贤点校：《朱子语类》卷一百一十五，中华书局1986年版，第2782页。
④ 《朱子语类》卷一百一十四，第2760页。
⑤ 吕本中：《东莱吕紫微师友杂志》，《丛书集成初编》本，第3页。
⑥ 杨时：《杨龟山先生全集》卷二十一，台湾学生书局1974年版，第913页。
⑦ 杨时：《杨龟山先生全集》卷十八，第799页。
⑧ 吕本中：《童蒙训》卷下，《景印文渊阁四库全书》第698册，第537页。

说》载:"仁,人心也。知物己本同,故无私心。无私心,故能爱。人之有忧,由有私己心也,仁则私己之心尽,故不忧。"① "使无私心而有所为,则无适而不可。"② "常人之情多是私意而不能自观省也,如园林花竹己自种植者见之,意思便别他人所种植者,虽甚爱之,终无亲昵之意。草木无知,犹私之如此,况其亲党之所爱乎?若于此类,尽能观省,其亦将寡过而得至公之体矣。"③ 在吕本中看来,灭除私心则"天理"可见,这与杨时向内探求以会得"天理"的方式极为接近。《师友杂说》载:"《论语》弟子记孔子之语,都不及治心养性上事,止论目前日用闲邪,去非孝弟忠信而已。盖修之于此,必达之于彼;约之于内,必得之于外。知生则知死矣,能尽人则能事鬼神矣,下学则上达矣,圣人之道如是而已。"④ 吕氏此语虽是言说下学上达的修养次序,但其"约之于内,必得之于外"之语,则彰显了其重视向内探求的修养方式。

此外,杨时在《答吕居仁》其二中曾告诫吕本中,儒者当以达到随心所欲而不逾矩作为最高境界:"夫守一之谓敬,无适之谓一。敬足以直内,而已发之于外则未能时措之宜也,故必有义以方外。毋我者,不任我也,若舜舍己从人之类是也。四者各有所施,故兼言之也。道固与我为一也,非至于从心所欲不踰矩者,不足以与此言。"⑤ 杨时告诫吕本中要通过守敬等具体的、长期的修养工夫而达到不自觉的举手投足皆合乎"道"的地步,即随心所欲而不逾矩的境界。杨时为其指出,修养之标的乃是一种与道合一的、和乐自在的精神境界。吕本中颇为服膺杨时此说,《师友杂志》载:"明道先生尝说横渠《西铭》:'学者若能涵味此理,以诚敬存之,必自有得处。'某尝以书问杨中立先生曰:'既曰诚矣,又复说敬,何也?'杨先生答书言:'以诚敬存之,皆非诚敬之至者,若诚敬之至,又安用存?'"⑥ 吕氏为后学言及杨时此语,目的在于告诫后学:诚敬只是修养的方式,而修养之要则是通过长期的"以诚敬存之"的修养,达到无意间的举手投足皆合乎诚敬要求的境地,即"诚敬之至,又安用存"的境地,也就是杨时《答吕居仁》其二中告诫本中的随心所欲而不踰矩的境界。

杨时之修养理论注重通过向内探求以会得"天理",其优点在于简易明了,其缺陷则在于与禅学"回光内照"的修行方式界限不明。杨时曰:"《维摩经》云:'直心是道场。'儒佛至此,实无二理。"⑦ 杨时儒释不二的言论,正是其修养方式过于接近禅学的必然结果。吕本中并未混同儒释,其"于和靖尤久"的求学经历,使其汲引下学穷理的理论以救杨时理论之失。《师友杂志》载:"显道答康侯书云:'承谕进道浸确,深所望于左右。儒异于禅,正在下学处。颜子工夫真百世师范,舍此应无入路,无住宅。'"⑧ 吕本中对谢良佐之语的复述,正显示了其与谢氏观点的一致,即认为下学穷理的修养方式是儒学区别于禅学的特色。《师友杂说》载吕本中言:"至于命者,言尽天道也,熏陶渐染之功与讲究持论互相发明者也。"⑨ 吕氏作为"熏陶渐染"与"讲究持论"相互发明,即是强调通过师友间的切磋

---

① 吕本中:《师友杂说》,《丛书集成初编》本,第4页。
② 吕本中:《师友杂说》,《丛书集成初编》本,第29页。
③ 吕本中:《师友杂说》,《丛书集成初编》本,第22页。
④ 吕本中:《师友杂说》,《丛书集成初编》本,第10页。
⑤ 杨时:《杨龟山先生全集》卷二十一,第911页。
⑥ 吕本中:《东莱吕紫微师友杂志》,《丛书集成初编》本,第17页。
⑦ 杨时:《杨龟山先生全集》卷十,第532页。
⑧ 吕本中:《东莱吕紫微师友杂志》,《丛书集成初编》本,第18页。
⑨ 吕本中:《师友杂说》,《丛书集成初编》本,第9页。

探讨与读书治学的下学工夫,以达到对"天道"的深切体认。此外,程颐认为"凡一物上有一理,须是穷致其理",修养主体通过长期的"格物"而后"积习既多,然后脱然自有贯通处"①。吕本中亦承袭了程颐的观点,这在《师友杂说》《童蒙训》中多有反映,如:"今日行一难事,明日行一难事,久则自然坚固,涣然冰释,怡然理顺,久自得之,非偶然也。"②又如:"学问功夫,全在浃洽涵养,蕴蓄之久,左右采择,一旦冰释理顺,自然逢原矣。"③吕本中对下学穷理的重视,使其修养方式具有脚踏实地、笃实可行,亦消除了一味向内探求而坠入玄妙神秘的可能。

吕本中对杨时的师承,使其学标的确然、简易明了;而其对于程颐、尹焞下学穷理之治学路径的承继,使其学笃实亲切、精密平实。下学而上达是任何理学学派皆遵循的修养之路,但因其资质、才性及偏好的不同,在下学与上达的侧重上,历来之理学家或偏向于此,或着重于彼。吕本中亦不例外,从其所论理学修养来看,杨时等人的向内探求的修养方式虽对其影响深刻,但其论述向内探求以会得天理者共有三条,而论述下学穷理者比比皆是,吕本中偏向于后者的态势显而易见。而下学穷理的立论依据是"一物上有一理""物物皆有理",故而文学创作亦有"理"在其中;修养主体需要格物以明理,故而就文学创作中明理亦是理所当然。吕本中这种理学修养方式上的偏重,为其注重探讨诗歌创作规律提供了合理的理论依据。同时,吕氏下学穷理的修养方式,因其注重从实际工夫上践行,隐含着在诗歌创作的探讨中注重诗歌技法等基础理论的可能。而吕氏对下学目的在于上达的重视,则隐含着吕氏通过诗歌法度等基础工夫的探讨与践行而追求更高艺术境界的可能。要之,吕氏之理学修养,不但会使其重视并探讨诗歌的创作规律,亦决定了其探讨方式与关注视野。

二、吕本中《夏均父诗集序》写作前的诗论发展脉络及其与理学之关系

如前所述,吕本中之家学渊源使其自幼即对理学"闻见习熟",而自崇宁年间的少年阶段开始,吕本中遍参杨时、尹焞等理学名家的求学经历,亦使其一直处于理学理论的浸染中。而理学所关注的问题不但是至高至大的宇宙本体论,更是对主体精神境界、生存状态的关注,而诗歌则与主体之精神气度密不可分,故而吕本中之理学特点必会影响至其诗论,衡之以吕氏诗论的走向,也确是如此。

解读吕本中"活法"说的提出原因,不可忽视当时诗学发展之概况。在北宋末期,学习黄庭坚已经成为当时的一大潮流,杨万里云:"要知诗客参江西,正似禅客参曹溪。不到南华与修水,于何传法更传衣。"④诚斋之语形象地说明了当时江西诗派参学黄庭坚的浩大声势。但由于黄庭坚强调诗歌法度,并且留下了相当多的关于炼字、对偶、声律等诗歌具体技法探讨的文字,故而江西后学之学黄,亦着重从法度入手,但到北宋末期,这种以参学黄庭坚诗歌技法的诗学理念呈现出了很大的弊端:或眼界狭小,所学单一;或抄袭剽窃,缺少新意;或磔章裂句,失于晦涩。被吕本中列为江西宗派图的徐俯即批评此种现象说:"近世人学诗,止于苏、黄,又其上则有及老杜者。至六朝诗人,皆无人窥见。若学诗而不知有

---

① 程颢、程颐:《二程集·河南程氏遗书》卷十八,中华书局2004年版,第188页。
② 吕本中:《师友杂说》,《丛书集成初编》本,第12页。
③ 吕本中:《师友杂说》,《丛书集成初编》本,第12页。
④ 杨万里:《送分宁主簿罗宠才秩满入京》,《诚斋集》卷三十八,《四部丛刊初编》本,第365页。

《选》诗,是大车无輗,小车无軏。"① 陈岩肖曰:"或未得其妙处,每有所作,必使声韵拗捩,词语艰涩,曰'江西格'。"② 韩驹亦曰:"今人非次韵诗,则迁意就韵,因韵求事;至于搜求小说佛书殆尽,使读之者惘然不知其所以,良有自也。"③ 很显然,这种以参学黄氏诗歌技法入手的学诗方式,发展到吕本中登上诗坛的时期,其面临的问题是如何从形而下的技法研习,达到形而上的境界提升。

吕本中对北宋末期诗坛之弊亦有着清醒的认识,在其作于大观末的《外弟赵才仲数以书来论诗因作此答之》一诗,即隐含了吕氏关于如何救当时诗坛之弊的见解:

> 君才如长刀,大窾当一割。正须砻其锋,却立望容发。平生江海念,不救文字渴。茫然揽辔来,六骥仰朝秣。病夫百无用,念子故疏阔。未能即山林,颇复便裘褐。前时少年累,如烛今见跋。胸中尘埃去,渐喜诗语活。孰知一杯水,已见千里豁。初如弹丸转,忽若秋兔脱。旁观不知妙,可受不可夺。君看掷白卢,乃是中箭筈。不闻铁甲利,反畏强弩末。舆薪遵大路,过眼有未察。君能探虎穴,不但须可拔。④

该诗之"平生江海念"及以下几句即是对自我学诗经历的一种回顾,本中首言少年时期意欲浪迹江海的清迈豪气并没有使自己的诗歌创作臻于高妙境地,是为"平生江海念,不救文字渴"。而自"前时少年累"以下则是自我诗歌创作进步原因的剖析,吕本中认为自己诗歌创作之所以能取得进步,尽除少年之孤陋,则在于"胸中尘埃去",即内在修养的进步促成了诗歌创作水平的提升。其中"胸中尘埃去"则与程颢所言之"内外两忘"之修养方式关系紧密:"与其非外而事内,不若内外之两忘也,两忘则澄然无事矣。无事则定,定则明,明则尚何应物之为累哉?"又如陈渊所说:"盖尝收视反听,一尘之虑不萌于胸中,表里洞然,机心自息。"⑤ 在去尽私欲,胸中不置一物后,则可达到程颢所谓"情顺万物而无情"的境地,以此"浑然与物同体"之心态应事接物,则触处皆真,行诸于诗歌创作,则自然高妙。这种境界的获得是个体通过细微而长久的精神体验而得,故而具有个体性,难以明言之,吕本中"旁观不知妙,可受不可夺"即是指此。而内在修养的高妙行诸于具体的诗歌创作中,还需要熟练的诗歌技巧方可,"舆薪遵大路,过眼有未察"即是劝勉赵才仲当从具体的诗歌技法的研习、揣摩入手,切勿好高骛远,忽略诗歌技法之基础工夫的研习,惟有做到诗歌技法的了然于心、挥洒自如,方能将主体充盈高妙的内在修养表现出来,从而达到诗歌创作的高妙境界。在这首诗中,吕本中完整阐述了其内在修养决定诗歌创作水平的理念,同时又对诗歌技法于表现主体内在精神气度的重要性予以了重视。同时,该诗中"平生江海念,不救文字渴",彰显了吕氏对激情发越之诗学观的扬弃;而"胸中尘埃去,渐喜诗语活",则表现出了吕氏欲汲引理学理论成分,以修正元祐"以才学为诗"与江西派沉溺于技法的意图。

在政和三年所作之《别后寄舍弟三十韵》一诗中吕本中则明确提出了"活法"一说,

---

① 曾季狸:《艇斋诗话》,《历代诗话续编》本,中华书局1983年版,第296~297页。
② 陈岩肖:《庚溪诗话》,《历代诗话续编》本,第182页。
③ 魏庆之:《诗人玉屑》,载《陵阳先生室中语》,上海古籍出版社1978年版,第127页。
④ 吕本中:《东莱诗集》卷三,《景印文渊阁四库全书》第1136册,第699页下。
⑤ 陈渊:《默堂集》卷二十,《景印文渊阁四库全书》第1139册,第499页下。

诗之后半曰：

> 唯昔交朋聚，相期文字盟。笔头传活法，胸次即圆成。孔剑犹霄炼，隋珠有夜明。英华仰前辈，廊庙到诸卿。敢计千金重，尝叨一字荣。因观剑器舞，复悟担夫争。物固藏妙理，世谁能独亨。乾坤在苍莽，日月付峥嵘。凛凛曹刘上，容容沈谢并。直须用欸欸，未可笑平平。有弟能知我，他年肯过兄。初非强点灼，略不费讥评。短句筌筱引，长歌偪侧行。力探加润泽，极取更经营。径就波澜阔，勿求盆盎清。吾衰足欲憾，汝大不敬倾。莫以东南路，而无伊洛声。①

吕本中首先指出胸次圆成是"活法"的前提，而后吕本中又指出了诗歌技法的重要"敢计千金重，尝叨一字荣"，但其后之"因观剑器舞，复悟担夫争"，则用张旭"始见公主担夫争道又闻鼓吹而得笔法意，观倡公孙舞剑器得其神"的典故，来说明诗歌技法的探讨应当达到"悟"的境界，即通过长久的研习，将诗歌技法内化为个体经验的一部分，达到随意挥洒而可中节的境地。而"物固藏妙理，世谁能独亨"之句，则明显使其格物致知论的反映："今日辨一理，明日辨一理，久则自然浃洽。今日行一难事，明日行一难事，久则自然坚固，涣然冰释，怡然理顺。"② 在吕本中看来，诗歌创作乃至诗歌技法亦有"理"蕴含在内，通过长期的研习，主体则可达到应手而出的境地，也就是吕氏所谓之"涣然冰释，怡然理顺"。其后之"力探加润泽，极取更经营"，亦是强调由形而下技法的研习而达到形而上境界的提升。而其"径就波澜阔，勿求盆盎清"之语，则是再次强调不可耽于技法的锤炼而忽视对诗歌境界的追求。

绍兴元年，吕本中作《与曾吉甫论诗第一帖》。在此篇文中，吕本中从诗歌技法的角度，指出"遍考精取，悉为吾用"乃是学诗之要，即通过长久的研习，使诗歌技法内化为个体经验，达到随意挥洒而皆合作诗之要的境地。在此文中，吕本中进一步强调说："要之，此事须令有所悟入，则自然度越诸子。悟入之理，正在功夫勤惰间耳。如张长史见公孙大娘舞剑，顿悟笔法。如张者，专意此事，未尝少忘胸中，故能遇事有得，遂造神妙；使他人观舞剑，有何干涉？"③ 吕氏文中虽然运用禅学"悟入"的术语，但从吕氏思想的发展来看，则"悟入"之内涵更接近于其"蕴蓄之久，左右采择，一旦冰释理顺，自然逢原矣"的理学修养理论。在其同年所作的《与曾吉甫论诗第二帖》中，吕本中则从内在修养的角度进一步探讨如何由技而道的问题："其间大概皆好，然以本中观之，治择工夫已胜，而波澜尚未阔，欲波澜之阔，必须于规摹令大，涵养吾气而后可。规摹既大，波澜自阔，少加治择，功已倍于古矣。……近世江西之学者，虽左规右矩，不遗余力，而往往不知出此，故百尺竿头，不能更进一步，亦失山谷之旨也。"④ 在此篇文字中，吕本中明确指出了诗歌创作境界提升的路径，即通过"涵养吾气"，实现精神境界的超越高妙，达到"浑然与物同体"的境界，由此应事接物，则触处皆真，行诸于诗歌创作则规模必大、气象必宏、波澜必阔。在此基础上"少加治择"，即于诗歌技法上"遍考精取，悉为吾用"，则诗歌创作自然可臻于高妙之境地。在完成以上论述后，吕本中指出了江西派诗人的缺陷，即"左规右矩，不

---

① 吕本中：《东莱诗集》卷六，第722页～723页。
② 吕本中：《师友杂说》，《丛书集成初编》本，第12页。
③ 胡仔：《苕溪渔隐丛话·前集》卷四十九，人民文学出版社1962年版，第333页。
④ 胡仔：《苕溪渔隐丛话·前集》卷四十九，第333页。

遗余力"地仅仅专注于诗歌技法的研习，而忽略了"涵养吾气"对于诗歌创作的决定作用，所以江西派诗人一直未能通过形而下之技法的研习，达到形而上之创作境界的提升，是为"百尺竿头，不能更进一步，亦失山谷之旨也"。

从吕本中"活法"说提出前的诗学观点的发展来看，其一直力图将理学修养方式与诗学理论探讨建立起联系，以此来解决当时如何由形而下之技法研习达到形而上之创作境界提升的诗学问题，即如何由技而道、由枝叶入根本的问题。所以吕本中"活法"说的提出，是江西派诗学理论进一步发展的需要，亦符合了理论学说由形而下之问题考察到形而上之理论探讨的发展规律。因此，从理学的视角审视吕本中语广而意圆的"活法"说，有助于更好地揭示"活法"的理论内涵及其学术渊源。

三、吕本中"活法"说与杨时"执中"论的学理性相通

从吕本中"活法"说提出前的诗学理论的发展来看，吕本中关于"活法"的论述体现了一脉相承、渐次完善的特点，亦体现出了理学意味逐渐浓郁的特点。而吕本中下学穷理之理学修养论亦存在着通过探讨文学创作而实现体悟"天理"的可能，存在着由艺而道、由枝叶而根本的修养思路。《师友杂说》载吕氏语曰：

> 天下万物一理，苟致力于一事者必得之，理无不通也。张长史见公主担夫争道及公孙氏舞剑，遂悟草书法。盖心存于此，遇事则得之，以此知天下之理本一也。如使张长史无意于草书，则见争道舞剑有何交涉？学以致道者亦然，一意于此，忽然遇事，得之非智巧所能知也。德成而上，艺成而下，其愿学者虽不同，其用力以有得则一也。学者盍以张长史学书之志而学道乎？①

从中不难看出吕氏之修养意图，即由形而下之"艺"的探讨达到形而上之"道"的体悟。而对于"艺"的探讨，吕本中则用张旭书法之例，指出"心存于此""一意于此"的重要。同样，对于诗歌创作而言亦是如此，《紫微诗话》载："叔用尝戏谓余云：'我诗非不如子，我作得子诗，只是子差熟耳。'余戏答云：'只熟便是精妙处。'叔用大笑以为然。"②"心存于此""一意于此"的标的则是达到将诗歌技法等内化为创作主体之内在经验，从而随手挥洒而皆合法度。其学理则与杨时告诫吕本中之语相通："以诚敬存之，皆非诚敬之至者，若诚敬之至，又安用存？"③心存诚敬，长期修养，最终达到随心所欲而举止皆合乎诚敬要求的境地。吕本中的理学修养和诗歌技法的探讨至此连接在了一起，体现出了以形而上之"道"来明确形而下之"艺"的探讨的自觉意识，简言之，即是强调将枝叶而探根本的理学修养与文学创作规律的探求打并为一。

吕本中作于绍兴三年④的《夏均父诗集序》，对其"活法"诗论进行了系统的解说，其论虽从表面来看是对诗歌创作的探讨，但其逻辑构成却有着吕氏理学修养方式的脉络在内。

---

① 吕本中：《师友杂说》，《丛书集成初编》本，第10页。
② 吕本中：《紫微诗话》，《历代诗话》本，中华书局1981年版，第362页。
③ 吕本中：《东莱吕紫微师友杂志》，《丛书集成初编》本，第17页。
④ 曾明：《吕本中"活法"说文本考》，《西南民族大学学报》2011年第4期。

此外，吕氏一直力图将诗艺探讨与理学修养建立联系，故而从理学角度审视其"活法"的系统化构成，有助于更好的发掘其内涵。《夏均父诗集序》全文如下：

> 顷岁尝与学者论，学诗当识活法。所谓活法者，规矩备具而能出于规矩之外，变化不测而卒亦不背规矩也。是道也，盖有定法而无定法，无定法而有定法，知是者则可以语活法矣。世之学者，知规矩固已甚难，况能遽出规矩之外而有变化不测乎？谢元晖有言："好诗流转圆美如弹丸。"此真活法也，元晖虽未能实践此理，言亦至矣。近世黄鲁直首变前作之弊，而后学者知所趋向，毕精尽知，左规右矩，庶几至于变化不测，而远与古人比，盖皆由此道入也。然予区区浅末之论，皆汉魏以来有意于文者之法，而非无意于文者之法也。孔子曰："兴于诗。"又曰："诗可以兴，可以观，可以群，可以怨。迩之事父，远之事君，多识于鸟兽草木之名。"今之为诗者，果可以使人读之而能兴观群怨矣乎？果可以使人读之而能知所以事父事君而能识鸟兽草木之名乎？为之而不能使人如是，则如勿作。虽然，文犹质也，质犹文也，君子于文有不得已焉者也。吾友夏均父，蕲人也，贤而有文章，其于诗，盖得所谓规矩备具而出于规矩之外变化不测者，其天才于流辈独高，众苦不足，而均父常用之若不尽也。①

相对于吕本中诗歌中对于"活法"的论述，本中此文论述得更为详细、更为系统。吕本中此处之"活法"更加强调在做到"法度森严"的同时而能"卒造平淡"，更加强调对诗歌创作挥洒自如之境界的追求，周裕锴先生认为："'规矩具备而能处于规矩之外'，这是黄氏'稍入绳墨乃佳'与'不可守绳墨令俭陋'的翻版；'变化不测，而亦不背于规矩'，这又是苏轼'出新意于法度之中，寄妙理于豪放之外'的重申。活法之义，语广而意圆，要之可视为苏、黄诗学的合题。"②周先生之论颇中肯綮。但吕氏弥合苏黄诗论的思维方式和思维过程，却值得更深一步地探求。

吕本中在《夏均父诗集序》一文中将黄庭坚作为师法的对象，认为山谷"毕精尽知，左规右矩，庶几至于变化不测"，简言之，即是通过诗歌法度的研习，达到烂熟于心的地步，从而挥洒自如而皆合乎法度。对此，吕本中认为惟有做到"活法"，方能达到山谷之诗学高度。而其"活法"说则由两组对立统一的矛盾组合构成，即"规矩备具而出于规矩之外，变化不测而卒亦不背规矩"与"有定法而无定法，无定法而有定法"。很显然，吕氏此论所讨论的是由形而下之技法探讨上升至形而上之境界提升的问题，是如何对形而上之境界进行界定的问题，这与下学上达的理学修养进程颇为相似，其重心则在于如何上达。因此，欲探明"活法"说之内涵，必先梳理吕本中理学上达理论方可。

吕本中之理学对下学之重要论述颇为详细，而对于上达之方则语焉不详，这反映出两种情况，一是吕氏对此含混不清，二是吕氏认为这是自然而然的道理，无须进一步言说。从吕本中理学修养的自觉性来看，前一种可能基本不存在。如此，则吕氏必对上达之方了然于胸。从吕本中的参学经历来看，其早年即已问学于杨时，其后又与王蘋、张九成交往密切。

---

① 王正德：《余师录》卷三。据《余师录》序文可知，该书作于绍熙四年，此时刘克庄年仅七岁，故而本文所引《夏均父诗集序》以《余师录》为准。
② 周裕锴：《宋代诗学通论》，巴蜀书社1997年版，第225页。

同时，吕本中之祖父吕希哲亦是其首先师法之人，此四人之理学皆偏向于上达一派，故而，吕本中理学较少论及上达，也在情理之中。吕希哲之学，朱熹用"直截劲捷，以造圣人"概括之，指出了吕希哲之学偏向于内向式探求的特色。而杨时则在《答吕居仁》其二中详细向吕本中传授了其上达之方，杨时告诫吕本中当从"守一之谓敬，无适之谓一"的修养入手，以此长期的操存达到与道合一的随心所欲不逾距的最高境界。值得注意的是，这是杨时体验未发之中的翻版，其"守一""无适"即是保持中和心境，杨时详细阐述其观点曰：

> 《中庸》曰："喜怒哀乐未发谓之中，发而皆中节谓之和。"学者当于喜怒哀乐未发之际，以心体之，则中之义自见，执而勿失，无人欲之私焉，发必中节矣，发而中节，中固未尝亡也。孔子之恸，孟子之喜，因其可恸可喜而已，于孔孟何有哉？其恸也，其喜也，中固自若也。鉴之照物，因物而异，形而鉴之，明未尝异也。庄生所谓"出怒不怒，则怒出于不怒；出为无为，则为出于不为。"亦此意也。若圣人而无喜怒哀乐，则天下之达道废矣。……故于是四者，当论其中节不中节，不当论其有无也。夫圣人所谓"毋意"者，岂恝然若木石然哉？毋私意而已，诚意固不可毋也。①

杨时此处"执而勿失"中所执之物，与"守一"之"一"，皆为喜怒哀乐未发之"中"。杨时认为在体会到私意除尽的中和心境后，用之应事接物则可使自我之情绪表达皆合乎道。故而孔孟在具备中和心境后，仍然有着悲喜等情感，不同于常人的是其情感之流露皆合于道而已。张九成亦有类似的表述，其《少仪论》中有言曰："诸君诚有意于斯道，当自喜怒哀乐未发之前，求其所谓内心，傥有得焉，勿止也，当求夫发而中节之用，使进退起居饮食寝处不学而入于《乡党》之篇，则合内外之道，可与论圣人矣。"② 皆认为若用灭除私欲之中和心境处事，则喜怒哀乐发而皆可中节。主体情绪之抒发能于无意间而皆合乎道，即是随心所欲不逾矩之境界，这也就是杨时告诫本中"道固与我为一也，非至于从心所欲不逾矩者，不足以与此言"的内涵。吕本中问学于杨时乃在崇宁年间，其后又与张九成交往密切，因而杨时此种"执中"修养论吕本中当自少年时期即已熟知。也正因为对此专注上达之执中论的极度熟悉，吕本中才在其理学理论中一再强调下学。而其所熟知的"执中"以上达的修养方式，则为其"活法"说系统化完成提供了理论方法。

如前所述，吕本中活法说由两组对立统一的矛盾组合构成，这两组矛盾组合则与杨时所阐释的"出怒不怒，则怒出于不怒；出为无为，则为出于不为"在思维方式存在着对应的关系。所谓"出怒不怒"，即是主体在实现对未发之中的体验后，情绪抒发皆合乎儒者之道的要求；而"怒出于不怒"，则是主体虽然有喜怒哀乐等各种情绪，但不同于常人处在于其情绪抒发皆为曾跃出儒者之道的范围。所谓"出为不为"，即是主体灭除私欲后，应事接物，而其心境则本自对未发之中的体验，一直处于"无适之谓一"的状态；而"为出于不为"，则是强调主体虽然参与外在事物，但其内心却没有一丝一毫偏离未发之"中"。吕本中所谓"规矩具备而能出于规矩之外，变化不则而卒不背规矩"，则是强调在长期研习诗歌法度，达到烂熟于心的基础上，随意挥洒而不悖离诗歌法度。其"有活法而无定法，无定

---

① 杨时：《答学者》其一，《杨龟山先生全集》卷二十一，第898页。
② 张九成：《横浦集》卷五，《景印文渊阁四库全书》第1138册，第322页。

法而有定法",则是强调创作主体通过熟知法度、长期践行而造就自我风格后,其随意的挥洒皆是自我风格的展现。因此,体验未发之中以应事接物的理学理论与吕本中的"活法"论,其对应关系如下:

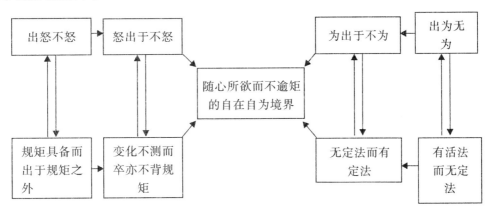

因此,吕本中之"活法"说的提出,是其长期致力于用理学修养方法贯通诗歌创作理论的必然结果。吕本中从当时诗坛沉溺于诗歌技法等形而下基础工夫探讨的弊端出发,将关注焦点转移到了如何通过形而下之技法锤炼而实现创作境界的提升。吕氏的这种诗论发展方向,使其熟知的理学"执中"以上达的修养方法进入到了其诗论的构建过程中,从而形成了由艺而道、由枝叶而根本的圆融完善、体用兼备的诗论系统。

四、南宋学者对"活法"一词运用的启示

如前所述,吕本中之"活法"诗论的提出有着借鉴理学思维方式的直接印记,而其内涵则即可用之分析诗歌创作,亦可用之论述理学修养。"活法"说语广而意圆,兼具理学、诗学两方面的意蕴。故而,在吕本中"活法"说提出后,不但文苑中人用之论述诗歌创作,而儒林学者亦用之论述理学修养。

在吕本中之后,"活法"一说广为学者所征引,朱熹即是其中之一,其评尹焞时说:"和靖持守有余,而格物未至,故所见不精明,无活法。"[①] 在与弟子的答问执中,朱熹亦屡次运用活法一词,《朱子语类》载:"赵曰:'某幸闻诸老先生之绪言,粗知谨守,而不敢失坠尔。'曰:'固是好,但终非活法尔。'"[②] 朱熹所言之"活法"乃是主体在体认儒者之道后,能施之于日常的人伦日用、应事接物中,是深切体会到儒者之道圆融无碍的外在表现,而不是一味"持守""谨守"而不能发之于用。朱熹弟子陈埴则明确地将"活法"看作是主体体验到未发之中后,应事接物圆融无碍的表现:"'允执厥中'乃时中之中,触处是道理,活法也。子莫乃执一以为中,死法也,霄壤之异。"[③] 陈埴认为主体实现了私欲去尽的未发之中后,则其喜怒哀乐之情绪抒发皆合乎儒者之道,故而"触处是道理",这就是"活法"。拘泥于一事一物而不能推而广之,则是"活法"的对立面。而滕珙对"活法"之理解亦与朱熹、陈埴大致一致:"圣贤所传明善诚身齐家治国平天下者,初无新奇可喜之说,遂

---

① 《朱子语类》卷一百零一,第2575页。
② 《朱子语类》卷一百二十,第2890页。
③ 陈埴:《木钟集》卷二,《景印文渊阁四库全书》第703册,第610页。

以为常谈死法而不足学。夫岂知其常谈之中自有妙理，死法之中自有活法，固非佛老管商之陋所能彷佛其万分也。"① 滕珙此处用"活法"来概指儒学圆融无碍的特点，指出儒学体用兼备，施诸于个体道德完善、人伦日用与外在事功而皆可。而不像佛禅之学那样"殆将灭五常，绝三纲，有孤高之绝体，无敷荣之大用"②。罗大经亦表达出了相类似的观点："夫着一能读书之心横于胸中，则锢滞有我，其心已与古人天渊悬隔矣，何自而得其活法妙用哉？"③ 罗氏此处虽是强调读书之态度，但从其读书为得"活法妙用"的观点来看，其所理解的"活法"亦是古人书中所蕴含的施之于人伦日用圆融无碍的道理，亦即儒学之要道。真德秀《汤武康墓志铭》曰："（汤武康）闲尝语予曰：'儒佛之道虽殊，要皆以求本心为主，倘能悟所谓活法者，则虽混融为一可也。"④ 从中不难看出，真德秀所理解的"活法"乃是儒释共有之妙理，是求得本心后应事接物而自在裕如的妙理。

可见，在吕本中之后，不单文苑中人以"活法"一说论诗，儒林中人亦多援引"活法"一词来论述儒学圆融无碍、体用兼备之特色。俞成即注意到了"活法"在诗学、理学相通的内涵，其《萤雪丛说》中概括曰：

> 伊川先生尝说《中庸》："'鸢飞戾天'，须知天上者更有大；'鱼跃于渊'，须知渊中更有地。会得这个道理便活泼泼地。"吴处厚常作《剪刀赋》，第五联对："去爪为牺，救汤王之旱岁；断须烧药，活唐帝之功臣。"当时屡窜易"唐帝"上一字不妥帖，因看游鳞，顿悟"活"字，不觉手舞足蹈。吕居仁尝序江西宗派诗，若言："灵均自得之，忽然有入，然后惟意所出，万变不穷，是名活法。"杨万里又从而序之，若曰："学者属文当悟活法，所谓活法者，要当优游厌饫。"是皆有得于活法也如此。吁！有胸中之活法，蒙于伊川之说得之；有纸上之活法，蒙于处厚、居仁、万里之说得之。⑤

俞成敏锐地指出了"活法"道、艺相通的特色，而其"胸中之活法"与"纸上之活法"的提法，则指出了"活法"说在逻辑思维上兼通理学修养与诗法探讨的内涵。

吕本中之后的南宋儒林学者对"活法"一词的运用，不但彰显了"活法"说语广意圆的特征，亦显示了"活法"一说的理学意蕴。南宋学者将"活法"一词用之于理学义理的言说中，这固然与南宋理学盛行的文化语境相关，但假若吕本中"活法"一词仅仅具备文学的意蕴，其理论渊源仅仅来源于诗歌理论，则不会出现南宋学者广泛用之解释儒学义理的现象。因此，南宋学者对"活法"一词的广泛运用，与吕本中"活法"说之逻辑推演过程、理论架构特点等方面的理学因子不无关系。

五、结语

综上所述，吕本中自幼浸染理学，遍参理学名家的求学经历，彰显了吕氏的理学自觉意

---

① 滕珙：《经济文衡·续集》卷二十二，《景印文渊阁四库全书》第704册，第492页下。
② 张九成：《少仪论》，《横浦集》卷五，第320～321页。
③ 罗大经：《鹤林玉露·甲编》卷五，中华书局1983年版，第89页。
④ 真德秀：《西山先生真文忠公文集》卷四十二，《万有文库》本，商务印书馆1937年版，第764页。
⑤ 俞成：《萤雪丛说》卷上，同治退补斋本，第9页。

识。而这种修学经历,亦养成了吕本中意图实现下学与上达并举的治学方向,吕本中对下学穷理的重视使其接受了程颐格物致知的理论,为其留意于诗歌创作提供了合理的理论依据,造就了吕氏打通理学修养与诗艺探讨之界限的道、艺合一的自觉意识。而北宋末期诗学溺于技法探求的弊端,则促使吕本中产生了修正当时诗学弊端的意识,而吕氏所接受的杨时的"执中"上达说则为吕氏提供了直接的理论启发:上达乃下学之目的,创作境界的提升亦是诗法探求之标的。吕本中从此角度出发,将诗论侧重点转移到了如何达到法度烂熟于心后之自如创作境界的探讨上。这是江西派诗论进一步发展的体现,亦符合了学说思想由形而下之具体工夫到形而上抽象理论的发展规律。吕本中"活法"说的提出是其诗学思想的集中体现,而其理学修养则使得其"活法"说在逻辑推演、理论建构上呈现出了与杨时"允执厥中"理论相对应的关系。因此,吕本中"活法"说亦是其道、艺合一之理学修养理论在文学层面的展现,而吕氏之后南宋诸学者对"活法"一词的论述,亦验证了"活法"说包含理学意蕴的事实。

中国宋代文学学会第八届年会暨宋代文学与宋城文化国际学术研讨会综述

马国栋　王利民

赣南师范学院

  2013 年 9 月 21 日，由赣南师范学院文学院、江西省社会科学院语言文学研究所、黄冈师范学院文学院联合承办的中国宋代文学学会第八届年会暨宋代文学与宋城文化国际学术研讨会在江西省赣州市隆重召开。国内外近两百名学者出席了这次学术盛会。

  大会开幕式由赣南师范学院副院长陈春生教授主持，赣南师范学院副院长范小林教授致欢迎辞，赣州市政府副秘书长彭江闽受冷新生市长委托也到会致辞。随后，中国宋代文学学会会长、复旦大学王水照先生致开幕词。中国社科院文学所刘扬忠教授介绍了他为江泽民同志讲宋词的情况。新加坡南洋理工大学衣若芬教授剖析了朱熹《武夷棹歌》与朝鲜理学家李退溪次韵诗的关系。南京大学莫砺锋教授讲述了北宋名臣韩琦诗歌的特点。日本大阪大学浅见洋二教授从杨万里与"诗债"的角度论述了杨万里诗学的独特性。台湾大学黄启方教授论述了黄庭坚"定韵组诗"的开创性。赣南师范学院文学院吴中胜教授以《翁方纲论宋诗》为题作了报告。

  21 日下午至 22 日上午，全体代表分四个小组，围绕"宋代文化演进与文学思想嬗变""宋代作家、作品研究""宋代文学流派研究""宋城文化研究"等议题展开了深入研讨。其中不少论文可圈可点。

  第一组诗歌组。中国社科院张剑编审指出，两宋之交的范浚是一位独特的儒者，他的诗歌传达出多种文学或文化意味，对范浚诗歌作多元观照，有利于释放被一元化或常规化视角所遮蔽的问题。安徽师范大学胡传志的《日课一诗论》认为：日课一诗源于宋前，宋代梅尧臣大力践行日课一诗法，直接开启了宋诗的面貌。上海财经大学人文学院李贵博士阐述了黄庭坚《书磨崖碑后》的文化背景，指出该诗在记忆、文化、诠释的创造性和玩味心理四个方面吸引着历代读者。北京师范大学周剑之博士作了《从"意象"到"事象"：叙事视野中的唐宋诗转型》的报告，指出宋诗通过"事象"营造出"事境"，在每一个独特的事境中传达多元而充满变化的复杂体验，进而实现诗歌主旨的表达。

  第二组散文小说组。南京大学巩本栋教授概述了欧阳修经学的起点、观念、方法、特色和成绩，并指出其经学对文学的深刻影响。复旦大学朱刚教授对苏轼写给临济宗禅僧的尺牍作了补遗与考辨。南通大学张祝平教授提出，元代"股"的概念及其考试经义继承了宋代的"脚体"时文的形式特点。

  第三组宋词组。武汉大学王兆鹏教授考辨了黄庭坚行书和苏轼草书《赤壁怀古》词石刻的真伪。深圳大学刘尊明教授探讨了宋词对琵琶乐妓的描写及其审美特征。南开大学孙克强教授从宋初城市格局的变化及其对词坛的影响这一角度，分析了宋初词坛沉寂以及由沉寂转为繁盛的原因。浙江大学陶然博士认为，高丽早期词作的用调与欧阳修词颇有关联，高丽存世的第一首词宣宗《贺圣朝》用调受欧阳修《贺圣朝影》的影响，金克己等高丽早期词人的作品也有许多欧词影响的痕迹。

第四组综合组。王水照先生指出学科交叉型专题研究需要关注三个问题：一是坚持以文学为本位的原则；二是真正打通文学学科和其他学科的交集点，善于借鉴其他学科的丰富成果，转换视角，开辟宋代文学研究的新境界；三是对文学研究中社会学化的倾向（如计量统计法）要有所警觉，不能完全脱离行之有效的文学研究方法，要注意从方法论上落实"以文学为本位"的原则。

22日下午，在闭幕式前的大会发言中，浙江大学胡可先教授概述了宋代徽籍进士及其文学创作，揭示了宋代徽州文学繁盛的特点和意义。中国人民大学诸葛忆兵教授分析了帝王词作与尊体的关系，指出歌咏太平之作在"尊体"过程中有特别的作用。黄冈师范学院方星移教授对北宋"后湖居士"苏庠的生平作了考证。四川大学周裕锴教授就《楞严经》中"若能转物，即同如来"对宋代文人处理物我关系的重要影响作了深入的探析。广西师范大学王德明教授指出宋人以"集注"注诗，促使大量集注著作出现，推动了宋代诗歌注释的发展。赣南师范学院邱昌员教授论述了志怪小说《夷坚志》对科举的批判。大会闭幕式由刘扬忠教授主持，王水照先生作了总结发言并致闭幕词。